Jean M. Auel · Das Tal der Pferde

Jean M. Auel

Das Tal der Pferde

Ein Roman
aus der Frühzeit des Menschen

Aus dem Amerikanischen
von Werner Peterich

Die amerikanische Originalausgabe erschien 1982 unter dem Titel
»The Valley of Horses« bei Crown Publishers, New York

Besuchen Sie uns im Internet
unter http://www.herbig.net

2. Auflage 2002 – Sonderproduktion

Umschlag: Wolfgang Heinzel
Umschlagillustration: Artworks, Michael Hellmich, Bielefeld

Druck und Binden: Wiener Verlag, Himberg
Printed in Austria
ISBN 3-485-00947-4

Für *Karen*
die die erste Fassung, auch die meines ersten Buches, las,
und herzlichst
für *Asher*

I

Sie war tot. Was machte es schon, daß der zu nadelfeinem Eis gefrorene Regen ihr die Haut aufriß, als würde sie geschunden! Die junge Frau kniff die Augen gegen den Wind zusammen und zog ihre Kapuze aus Vielfraßfell enger um den Kopf. Heftige Windstöße drückten ihr die Bärenfellbeinlinge gegen das Schienbein.

Wuchsen diese Bäume weiter vorn? Sie glaubte sich zu erinnern, vor einiger Zeit am Horizont eine unregelmäßige Reihe von Bäumen gesehen zu haben; hätte sie doch besser aufgepaßt oder wäre ihr Gedächtnis so gut wie beim Rest des Clans! In ihrer Vorstellung gehörte sie immer noch zum Clan; dabei hatte sie das nie getan, und jetzt war sie tot.

Sie senkte den Kopf und stemmte sich gegen den Wind. Der Sturm war ganz plötzlich über sie hergefallen, kam vom Norden heruntergebraust, und sie brauchte verzweifelt Schutz. Aber sie war weit von der Höhle entfernt und kannte die Gegend nicht. Der Mond hatte ab- und wieder zugenommen seit sie fortgegangen war, und noch immer hatte sie keine Ahnung, wohin sie eigentlich ging.

Nach Norden, zum Festland hinter der Halbinsel, das war alles, was sie wußte. In der Nacht, da Iza gestorben war, hatte diese ihr gesagt, sie solle fortgehen, ihr erklärt, Broud würde bestimmt Mittel und Wege finden, ihr wehzutun, wenn er Führer des Clans wurde. Iza hatte recht gehabt. Broud hatte ihr wehgetan, schlimmer als sie es sich je vorgestellt hatte.

Er hatte keinen Grund gehabt, ihr Durc wegzunehmen, dachte Ayla. Er ist mein Sohn. Broud hat auch keinen Grund gehabt, mich zu verfluchen. Er ist es, der die Geister erzürnt hat. Er ist es, dem sie das Erdbeben zu verdanken hatten. Diesmal hatte sie jedenfalls gewußt, was sie erwartete. Aber dann war alles so schnell gegangen, daß sogar der Clan eine Zeitlang gebraucht hatte, damit fertigzuwerden und sie aus seinen Reihen auszustoßen, daß sie ihnen nicht mehr unter die Augen kommen durfte. Nur Durc hatten sie nicht davon abhalten können, sie zu besuchen; dabei war sie für den Rest des Clans tot gewesen.

Broud hatte sie in einer Aufwallung von Zorn verflucht. Als Brun sie verflucht hatte, das erste Mal, hatte er sie darauf vorbereitet. Er hatte Grund dazu ge-

habt; sie hatten gewußt, daß er es tun mußte, und er hatte ihr eine Chance gegeben.
Als wieder ein eisiger Windstoß sie anfuhr, hob sie den Kopf und stellte fest, daß es Zwielicht war. Bald würde es dunkel sein, und sie hatte kein Gefühl mehr in den Füßen. Schneematsch sickerte ihr durch die ledernen Fußlinge, trotz des Riedgrases, mit dem sie sie ausgestopft hatte. Erleichtert erkannte sie eine verkrüppelte zwergwüchsige Kiefer.
Bäume waren selten in der Steppe; sie wuchsen nur dort, wo der Boden feucht genug war. Eine Doppelreihe von Kiefern, Birken oder Weiden, die der Wind zu geduckten, unregelmäßigen Formen hatte verkümmern lassen, verriet für gewöhnlich einen Wasserlauf; bei anhaltender Trockenheit ein willkommener Anblick in einem Land, in dem das Grundwasser selten war. Wenn Stürme von den großen Gletschern im Norden herunterfegten, boten sie, wenn auch nur geringen, Schutz.
Nach ein paar Schritten kam die junge Frau an den Rand eines Flusses, obwohl nur eine schmale Rinne freies Wasser zwischen den vereisten Ufern dahinfloß. Sie folgte ihm abwärts in westlicher Richtung und hielt dabei Ausschau nach dichterem Baumbewuchs, der mehr Schutz gewähren würde als das Gestrüpp in der Nähe.
Mit heruntergezogener Kapuze kämpfte sie sich mühselig voran, doch als der Wind unvermittelt aufhörte, hob sie den Kopf. Auf der anderen Seite schützte ein niedriger Steilhang den Fluß. Das Riedgras schützte beim Hinüberwaten zwar nicht vor dem eisigen Wasser, doch sie war froh, dem Wind nicht mehr ausgesetzt zu sein. An einer Stelle war der Hang ausgehöhlt und eine Art Dach aus verfilzten Graswurzeln und ineinander verflochtener alter Vegetation entstanden; darunter fand sich ein einigermaßen trockener Platz.
Sie löste die vom Wasser aufgequollenen Riemen, mit deren Hilfe sie die Kiepe auf ihrem Rücken festhielt, nahm sie mit einem Schulterrucken herunter und holte ein schweres Auerochsenfell sowie einen derben, von kleineren Zweigen befreiten Knüppel heraus. Dann stellte sie ein flaches, sanft abfallendes Zelt auf, dessen Enden sie mit Felsbrocken und schwerem Treibholz beschwerte; der aufgestellte Knüppel hielt es vorn offen.
Mit den Zähnen löste die die Riemen ihrer Handlinge, ungefähr runde Lederstücke, an denen noch das Fell saß; an den Handgelenken hatte sie sie zugebunden; durch einen kleinen Schlitz konnte sie den Daumen hindurchstecken, wenn sie etwas anpacken wollte. Die Fußlinge waren genauso gemacht, nur ohne Schlitz. Jetzt hatte sie größte Mühe, die vom Wasser aufgequollenen Riemen zu lösen, mit denen sie sie sich um die Fußgelenke gebunden hatte. Vorsichtig achtete sie darauf, daß beim Ausziehen nichts von dem nassen Riedgras verlorenging.

Die nasse Seite nach unten, breitete sie das Bärenfell auf dem Zeltboden aus, legte das Riedgras sowie die Hand- und Fußlinge obendrauf und kroch dann mit den Füßen voran ins Zelt. Sie schlug die beiden Seiten des Bärenfells um sich und zog die Tragekiepe heran, um die Zeltöffnung zu versperren. Sie rieb sich die kalten Füße, und als ihr feuchtes Nest allmählich warm wurde, rollte sie sich zusammen und schloß die Augen.

Der Winter machte die letzten frostigen Atemzüge und wich zögernd dem Frühling, aber die noch junge Jahreszeit zeigte weiterhin ihren Mutwillen. Unter kälteträchtigen Nachwehen eisiger Winde ließen mildere Tage quälend schon sommerliche Hitze ahnen. Ohne jede Vorwarnung legte sich der Sturm im Laufe der Nacht.

Als Ayla erwachte, glitzerte grell die Sonne auf Streifen von Eis und Schnee am Ufer, und der Himmel war strahlend und tiefblau. Wolkenfetzen trieben fern im Süden. Ayla kroch aus ihrem Zelt hinaus und rannte mit ihrem Wassersack barfuß zum Wasser. Ohne sich um die eisige Kälte zu kümmern, füllte sie die mit Leder bedeckte Blase, nahm einen tiefen Schluck und rannte zurück. Nachdem sie sich erleichtert hatte, kroch sie nochmal in den Pelz, um sich wieder aufzuwärmen.

Sie blieb jedoch nicht lange liegen. Dazu reizte es sie jetzt, wo der Sturm sich verzogen hatte und die Sonne herausgekommen war, zu sehr, draußen zu sein. Sie band sich die im Laufe der Nacht durch die Körperwärme getrockneten Fußlinge um und rollte das Bärenfell mit dem pelzgefütterten Lederumhang zusammen, in dem sie geschlafen hatte. Sie holte ein Stück getrocknetes Fleisch aus der Kiepe, verstaute Zelt und Handlinge darin und machte sich kauend auf den Weg.

Der Fluß verlief in ziemlich gerader Richtung sanft hügelab, und das Gehen war leicht. Leise summte Ayla eine eintönige Melodie. Am Ufergestrüpp bemerkte sie hier und da Flecken von jungem Grün. Gelegentlich reckte sogar eine Blume das winzige Blütenköpfchen mutig durch den schmelzenden Schnee und ließ sie lächeln. Ein Brocken Eis brach herunter, schlitterte einen Schritt lang neben ihr her und wurde dann von der kräftigen Strömung eilends davongetragen.

Der Frühling hatte begonnen, als sie die Höhle verlassen hatte, aber an der Südspitze der Halbinsel war es wärmer, und die wärmere Jahreszeit setzte früher ein als hier. Die hohe Bergkette hielt die eisigen Nordwinde ab, und milde Winde, die vom Binnenmeer herankamen, wärmten den schmalen Küstenstreifen samt den Südhängen, trugen Feuchtigkeit heran und schufen ein gemäßigtes Klima.

In den Steppengebieten war es kälter. Sie hatte das Ostende der Bergkette umrundet, doch als sie über die offene Grassteppe nordwärts wanderte, zog der Vorfrühling mit ihr, schien allerdings über vorfrühlingshafte Wärme nie hinauszukommen.

Die heiseren Schreie von Meerschwalben erregten ihre Aufmerksamkeit. Sie blickte in die Höhe und sah etliche von den kleinen, möwenartigen Vögeln mühelos mit ausgestreckten Flügeln dahinschießen und kreisen. Das Meer mußte nahe sein, dachte sie. Die Vögel müßten jetzt eigentlich brüten, und das bedeutete Eier. Sie beschleunigte ihren Schritt. Vielleicht sogar Muscheln an den Felsen und im Sand, Napfschnecken und Seeanemonen an Stellen, wo das zurückfließende Wasser in Tümpeln stehengeblieben war.

Die Sonne näherte sich ihrem Höchststand, als sie eine geschützte Bucht erreichte, die von der Südküste des Festlands und der Nordwestflanke der Halbinsel gebildet wurde. Endlich war sie an dem breiten Hals angelangt, der die Landzunge mit dem Festland verband.

Ayla nahm die Kiepe von den Schultern und kletterte einen zerklüfteten Felsen hinauf, der sich hoch über das umliegende Land erhob. Mächtige Wellen hatten aus der dem Meer zugewandten Seite der Klippe schrundige Felsbrocken herausgewaschen. Scharen von Lummen und Meerschwalben schossen um sie herum und stießen wütende Schreie aus, als sie Eier einsammelte. Ein paar von den nestwarmen Eiern schlug sie an Ort und Stelle auf und schlang ihren Inhalt hinunter. Andere verstaute sie in der Falte ihres hochgerafften Umhangs; dann kletterte sie wieder hinunter.

Sie streifte die Fußlinge ab und watete in das schäumende Wasser am Ufer, um die Miesmuscheln, die sie von niedrigen Felsen im Wasser losgebrochen hatte, vom Sand zu reinigen. Blumenähnliche Seeanemonen zogen ihre blütenblattähnlichen Auswüchse ein, als sie versuchte, sie in den Tümpeln zu pflücken, die die Ebbe zurückgelassen hatte. Allerdings waren diese Gewächse von einer Form und einer Farbe, die ihr nicht vertraut waren. So rundete sie ihre Mahlzeit statt dessen mit ein paar Venusmuscheln ab; kleine Vertiefungen im Sand verrieten, wo sie saßen, so daß sie sie leicht ausgraben konnte. Sie machte kein Feuer, sondern genoß die Gaben des Meeres roh.

Vollauf gesättigt, ließ die junge Frau sich am Fuß der Klippe nieder, um sich auszuruhen, doch dann kletterte sie nochmals hinauf, um einen besseren Überblick über Küste und Festland zu bekommen. Die Arme um die Knie geschlungen, hockte sie auf der höchsten Spitze des Monolithen und schaute über die Bucht hinaus. Der Wind, der ihr ins Gesicht blies, duftete würzig nach dem üppigen Leben, das die See barg.

Die Südküste des Erdteils zog sich in sanftem Bogen nach Westen. Hinter einem schmalen Saum aus Bäumen bot sich ihr ein weiter Blick auf Step-

penland, das sich nicht von der kalten Grassteppe der Halbinsel unterschied; von irgendwelchen menschlichen Behausungen keine Spur.
Da liegt es, dachte sie, das Festland, das nach der Halbinsel kommt. Und wohin wende ich mich jetzt, Iza? Du hast gesagt, da wären Andere, aber ich sehe niemand. Während sie die Blicke über das weite leere Land schweifen ließ, wanderten ihre Gedanken zurück zu jener schrecklichen Nacht vor drei Jahren, in der Iza gestorben war.

»Du bist nicht vom Clan, Ayla. Du bist ein Kind der Anderen; du gehörst zu ihnen. Du mußt fort, Kind, mußt deine eigenen Leute finden.«
»Fort? Wohin sollte ich, Iza? Ich kenne die Anderen nicht, wüßte nicht, wo ich sie suchen sollte.«
»Nach Norden, Ayla. Geh nach Norden. Im Norden gibt es viele von ihnen, auf dem Festland hinter der Halbinsel. Du kannst nicht hierbleiben. Broud findet Mittel und Wege, dir wehzutun. Zieh los und such' sie, mein Kind. Such' deine eigenen Leute, und such' dir selbst einen Gefährten.«

Sie war nicht fortgezogen, hatte es nicht fertiggebracht. Jetzt jedoch blieb ihr keine Wahl. Sie mußte die Anderen finden, es gab niemand sonst. Zurück konnte sie nicht; sie würde ihren Sohn nie wiedersehen.
Tränen rannen Ayla übers Gesicht. Zuvor hatte sie nicht geweint. Ihr Leben hatte auf dem Spiel gestanden, als sie fortgezogen war, und Kummer war ein Luxus, den sie sich nicht leisten konnte. Doch nun, da die Barriere überwunden war, gab es kein Halten mehr.
»Durc . . . mein Kleiner«, schluchzte sie und barg das Gesicht in den Händen. »Warum hat Broud dich mir weggenommen?«
Sie weinte um ihren Sohn und um den Clan, den sie hatte verlassen müssen; und sie weinte um Iza. Eine andere Mutter kannte sie nicht; dann weinte sie um ihre Einsamkeit und aus Angst vor der unbekannten Welt, die sie erwartete. Aber nicht um Creb, der sie um ihrer selbst willen geliebt hatte – noch nicht. Dieser Gram war zu frisch; sie war noch nicht soweit, sich dem zu stellen.
Nachdem die Tränen geflossen waren, ertappte Ayla sich dabei, daß sie auf den Schaum der sich unten brechenden Wellen hinabstarrte. Sie beobachtete, wie die heranrollenden Brecher Gischtfontänen in die Höhe schießen ließen und die zerrissenen Felsen umbrodelten.
Es würde ein Leichtes sein, dachte sie.
Nein! Kopfschüttelnd straffte sie sich. Ich habe ihm gesagt, meinen Sohn könne er mir nehmen und mich zwingen, fortzugehen; auch zu Tode verfluchen könne er mich, nicht jedoch, mich dazu zu bringen zu sterben.

Sie schmeckte Salz, und ein schiefes Lächeln verzog ihr Gesicht. Ihre Tränen hatten Iza und Creb immer durcheinandergebracht. Den Leuten des Clan stieg nicht das Wasser in die Augen, es sei denn, sie wären krank – nicht einmal Durc konnte das. Zwar hatte er viel von ihr, und selbst Laut geben wie sie konnte er – aber die braunen Augen, die Durc hatte, waren Clan-Augen.

Rasch kletterte Ayla hinunter. Als sie sich die Kiepe auf den Rücken lud, überlegte Ayla, ob sie wohl wirklich schwache Augen hatte, oder ob den Anderen auch Tränen in die Augen stiegen. Dann ging ihr ein anderer Gedanke echogleich durch den Sinn: Such deine eigenen Leute und such dir selbst einen Gefährten.

Die junge Frau westlicher in wanderte Richtung an der Küste entlang, überquerte so manchen Bach und Fluß, der hier in das Binnenmeer mündete, doch dann stieß sie auf einen ziemlich breiten Strom. Daraufhin wandte sie sich nach Norden, folgte dem schnellströmenden Wasserweg ins Landesinnere und suchte nach einer Stelle, wo sie übersetzen konnte. Sie ließ das schmale Band von Fichten und Lärchen hinter sich, Waldungen, in denen ab und zu ein Riese weit über seine verkrüppelten Vettern hinauswuchs. Als sie die Festlandssteppen erreichte, gesellten sich Weiden, Birken und Zitterpappeln zu dem Gesträuch aus Krüppelkiefern.

Sie folgte jeder Windung und Schleife des meanderförmig dahinfließenden Stroms, und mit jedem Tag, der verging, wurde ihre Beklommenheit größer. Der Fluß verlief allgemein in nordöstlicher Richtung und zwang sie daher, wieder in den Osten zurückzukehren. Manche Clans jagten in den östlichen Teilen des Festlandes. Sie hatte daher vorgehabt, auf ihrer Wanderung in den Norden in westlicher Richtung voranzugehen. Sie hatte keine Lust, zufällig auf irgendwelche Clansangehörige zu stoßen – wo sie doch mit einem Todesfluch belegt war! Sie mußte unbedingt hinüber, auf die andere Seite des Flusses.

Als der Strom sich verbreiterte und sich in zwei Kanäle verzweigte, die um eine kleine, mit grobem Kies bedeckte Insel herumflossen, an deren steinigen Ufern sich niedriges Buschwerk angesiedelt hatte, beschloß sie, den Übergang zu wagen. Eine Reihe größerer Felsen, die aus dem Kanal auf der anderen Seite herausragten, ließen vermuten, daß er seicht genug war, um hinüberwaten zu können. Sie war eine gute Schwimmerin, wollte jedoch ihre Kleidung und ihre Kiepe nicht naß werden lassen. Es könnte sein, daß es zu lange dauerte, bis alles wieder trocken war, und die Nächte waren immer noch empfindlich kalt.

Sie ging am Ufer hin und her und beobachtete das rasch dahinströmende Wasser. Nachdem sie sich für die seichteste Stelle entschieden hatte, zog sie sich nackt aus, verstaute alles in ihrer Kiepe, hielt diese in die Höhe und stieg ins Wasser. Die Felsen unter ihren Füßen waren schlüpfrig, und die Strömung drohte sie umzuwerfen. Als sie die Mitte des ersten Wasserarms erreicht hatte, ging ihr das Wasser bis zur Hüfte, doch sie erreichte ohne Mißgeschick die Insel. Der zweite Wasserarm war breiter. Sie war sich nicht sicher, ob sie überhaupt hinüberkäme, doch sie hatte die Hälfte bereits geschafft und wollte nicht aufgeben.

Sie hatte die Mitte des zweiten Flußarms bereits hinter sich, als es plötzlich tiefer wurde und ihr das Wasser bis zum Hals stand, obwohl sie auf Zehenspitzen ging; die Kiepe hielt sie sich über den Kopf. Plötzlich fiel der Boden steil ab. Ihr Kopf tauchte unter und sie schluckte unwillkürlich Wasser. Doch im nächsten Augenblick trat sie Wasser, die Kiepe immer noch auf dem Kopf. Mit der einen Hand hielt sie sie im Gleichgewicht, während sie mit der anderen versuchte, auf das Ufer zuzurudern. Die Strömung ergriff sie und trug sie fort, doch nur eine kurze Strecke. Dann spürte sie wieder Felsen unter sich, und gleich darauf stieg sie die Uferböschung hinauf.

Ayla ließ den Strom hinter sich und wanderte wieder durch Steppengebiet. Die Tage mit Sonnenschein überwogen schließlich die Regentage; die warme Jahreszeit hatte sie auf ihrer Wanderung gen Norden endlich eingeholt. Aus den Knospen an Bäumen und Sträuchern wurden Blätter, und an den Spitzen der Nadelbaumzweige zeigte sich helles frisches Grün. Sie pflückte davon und kaute unterwegs darauf herum; der leicht beizende Tannengeschmack tat ihr wohl.

Sie gewöhnte sich an, den ganzen Tag über bis kurz vor Einbruch der Dämmerung zu wandern, und wenn sie dann einen Bach oder einen Wasserlauf fand, schlug sie dort ihr Lager auf. Wasser war immer noch leicht zu finden. Frühjahrsregen und Schneeschmelze in den nördlicheren Regionen hatten die Flüsse so anschwellen lassen, daß sie über die Ufer getreten waren; Wasser füllte Mulden und Rinnen, die später austrocknen oder bestenfalls zu Schlammlöchern werden würden. Daß Wasser in Hülle und Fülle vorhanden war, würde rasch vorübergehen. Die Feuchtigkeit würde bald aufgesaugt und verdunstet sein, freilich nicht, bevor sie die Steppe erblühen ließ.

Fast über Nacht bedeckte das Weiß, Gelb und Violett – seltener Leuchtendblau oder Rot blühender Kräuter das Land und verschmolz in der Ferne mit dem dort vorherrschenden jungen Grün des Grases. Ayla schwelgte in der Schönheit der Jahreszeit. Der Frühling war ihr immer das Liebste gewesen.

Je mehr das Leben auf den offenen Ebenen sproß, desto weniger verließ sie sich bei ihren kärglichen Mahlzeiten auf die haltbar gemachte Nahrung, die sie bei sich trug, und desto mehr lebte sie von dem Land. Sie kam deswegen kaum weniger schnell voran. Jede Frau des Clans lernte schon als Kind, beim Unterwegssein Blätter, Blüten, Knospen und Beeren zu pflücken, meist ohne deshalb stehenzubleiben. Sie befreite einen kräftigen Stecken von Blättern und kleinen Zweigen, spitzte das eine Ende mit einem Feuersteinmesser an und benutzte den Grabstock, um nicht minder rasch Wurzeln und Knollen freizulegen. Es war leicht, genug einzusammeln. Sie brauchte ja nur sich selbst zu versorgen.

Allerdings hatte Ayla einen Vorteil, dessen die Frauen des Clans sich für gewöhnlich nicht erfreuten. Sie konnte jagen. Gewiß, nur mit einer Schlinge, aber sogar die Männer hatten – nachdem sie sich grundsätzlich mit der Vorstellung abgefunden hatten, daß sie jagte – zugegeben, daß sie von allen Clansangehörigen, die mit der Schlinge auf die Jagd gingen, am geschicktesten war. Sie hatte es sich selbst beigebracht, und sie hatte teuer für das Erlernen dieser Kunst bezahlt.

Seit sprießende Kräuter und Gräser jene Tiere, die in ihrem Bau unter der Erde überwinterten wie Erdhörnchen, Riesenhamster, große Wüstenspringmäuse und Hasen aus ihren Winterquartieren hervorlockten, trug Ayla auch wieder ihre Schlinge griffbereit über den Riemen gelegt, mit dem sie ihren Pelzumhang geschlossen hielt. Auch den Grabstock pflegte sie dort hinzustecken, doch ihr Medizinbeutelchen trug sie wie immer am Leibriemen unter ihrem Untergewand.

Nahrung war reichlich vorhanden, und Holz und Feuer kaum weniger schwierig zu sammeln und zu entzünden. Sie verstand sich aufs Feuermachen, und abgestorbene Bäume fanden sich immer wieder. Wann immer sie auf dürre Zweige oder Wildlosung stieß, sammelte sie sie ein. Allerdings machte sie nicht jeden Abend ein Feuer. Manchmal mangelte es ihr an dem richtigen Brennmaterial oder es war zu grün oder zu feucht; oder aber sie war zu müde und hatte keine Lust, sich damit abzumühen.

Freilich schlief sie nicht gern ohne die Sicherheit eines Feuers im Freien. Die ausgedehnten Steppen boten Lebensraum für zahllose größere Weidetiere, deren Anzahl von einer Reihe vierbeiniger Raubtiere verkleinert wurde. Ein Feuer hielt diese für gewöhnlich fern. Innerhalb des Clans war es üblich, daß ein hochstehendes männliches Mitglied unterwegs immer glühende Kohlen trug, um das nächste Feuer entfachen zu können; deshalb war es Ayla anfangs auch nicht in den Sinn gekommen, Gerät zum Feuermachen mit sich herumzuschleppen. Nachdem sie sich das zur Gewohnheit gemacht hatte, fragte sie sich, warum sie nicht schon früher darauf gekommen war.

Nur nützten Feuerbohrer und das flache Bohrholz auch nichts, wenn Zunder oder Holz zu grün oder feucht waren. Als sie jedoch das Skelett eines Auerochsen fand, glaubte sie, daß ihre Probleme gelöst seien.

Der Mond hatte sich abermals gerundet, und der feuchte Frühling ging in den Frühsommer über. Ayla wanderte immer noch über die breite Küstenebene, die sich sanft dem Binnenmeer zuneigte. Schlamm, der durch den jahreszeitlich unterschiedlich hohen Wasserstand der Flüsse heruntergeschwemmt wurde, bildete durch seine Ablagerungen oft lange, zum Teil durch Sandbänke verschlossene oder sogar gänzlich abgeriegelte tote Flußarme, Lagunen oder Tümpel.

Ayla hatte ein Lager auf trockenem Boden aufgeschlagen und war am Vormittag an einem solchen kleinen Tümpel stehengeblieben. Das Wasser machte einen fauligen Eindruck; offenbar war es ungenießbar, aber ihr Wasservorrat war sehr klein. Sie schöpfte mit der hohlen Hand, um zu kosten, spie das brackige Wasser aus und nahm einen kleinen Schluck aus ihrem Wasserbeutel, um sich den Mund auszuspülen.

Ich möchte wissen, ob der Auerochse hier auch von diesem Wasser getrunken hat, dachte sie, als sie vor den ausgebleichten Knochen und dem Schädel mit den spitz zulaufenden Hörnern stand. Sie kehrte dem Tümpel mit dem stehenden Wasser und dem Gebein, das sie an den Tod erinnerte, den Rücken zu, aber das Gerippe wollte ihr nicht aus dem Sinn. Immer wieder sah sie den weißen Schädel und die langen Hörner vor sich, besonders die geschwungenen hohlen Hörner.

Gegen Mittag machte sie in der Nähe eines Flusses Rast und beschloß, ein Feuer zu machen und ein Kaninchen zu braten, das sie erlegt hatte. Als sie in der warmen Sonne saß und den Feuerbohrer zwischen den Handflächen auf der hölzernen Unterlage herumwirbeln ließ, wünschte sie, Grod würde auftauchen mit der Glut, die er bei sich trug – worin?

Sie sprang auf, verstaute Feuerbohrer und Holzunterlage in der Kiepe, legte das Kaninchen obenauf und eilte den Weg zurück, den sie gekommen war. Als sie den Tümpel erreichte, blickte sie sich suchend nach dem Schädel um. Für gewöhnlich hatte Grod ein in trockenes Moos oder Flechten eingewickeltes Glutstück im langen hohlen Horn eines Auerochsen dabei. Hätte sie ein solches Horn, könnte auch sie Feuer mit sich herumtragen.

Doch während sie am Horn herumzerrte, um es vom Schädel zu lösen, überkamen sie Gewissensbisse. Weibliche Clansangehörige durften kein Feuer tragen; das war verboten. Aber wer trägt es dann, wenn ich es nicht tue, dachte sie, riß noch einmal mit aller Macht und brach das Horn vom Schädel los. Rasch eilte sie dann fort, als ob allein der Gedanke an das Verbotene wachsame und mißbilligend blickende Augen beschworen hätte.

Es hatte eine Zeit gegeben, da ihr Überleben davon abgehangen hatte, daß sie sich einer Daseinsform anpaßte, die ihrem Wesen fremd war. Jetzt hing es von ihrer Fähigkeit ab, die Normen ihrer Kindheit abzuschütteln und selbst

zu denken. Das Auerochsenhorn war ein Anfang und ließ Gutes für die Zukunft erwarten.
Doch das Feuer mit sich zu tragen war schwieriger, als sie sich vorgestellt hatte. Am Morgen suchte sie nach trockenem Moos, um ihre Glut darin einzuwickeln. Doch was in der bewaldeten Gegend um die Höhle herum so reichlich vorhanden gewesen war – hier, auf den trockenen offenen Ebenen war es nicht zu finden. Schließlich entschied sie sich für Gras. Zu ihrem großen Kummer war die Glut erkaltet, als sie ihr neues Lager aufschlagen wollte. Aber sie wußte, daß es möglich war; auch hatte sie oft genug ein Feuer mit Erde aufgeschüttet, so daß es die ganze Nacht über weiterglühte. Sie besaß das notwendige Wissen. Versuche schlossen Fehlschläge ein, und so wickelte sie abends viele Male erloschene Glut aus, ehe sie ein Verfahren entdeckte, ein Stück Glut vom Feuer eines Lagers bis zum nächsten zu erhalten. Fortan trug sie auch noch das Horn des Auerochsen an ihrem Hüftriemen mit sich.

Ayla fand bei den Flüssen, auf die sie stieß, immer wieder Stellen, an denen sie hinüberwaten konnte, doch als sie auf den großen Fluß stieß, wußte sie, daß sie eine andere Methode des Übersetzens finden müßte. Ein paar Tage lang folgte sie dem Strom flußaufwärts. Er bog nach Nordosten ab und wurde keineswegs schmaler.
Obwohl sie meinte, aus dem Gebiet herauszusein, in dem noch Angehörige des Clans jagen mochten, wollte sie nicht nach Osten. Sich nach Osten wenden, hieß zum Clan zurückkehren. Aber sie konnte nicht zurück, und so wollte sie nicht einmal in östlicher Richtung weiter vorstoßen. An ihrem offenen Lager beim Fluß konnte sie aber auch nicht bleiben. Sie mußte hinüber; es gab keine andere Möglichkeit.
Zwar meinte sie, es schaffen zu können – schließlich war sie immer eine kräftige Schwimmerin gewesen –, aber nicht, wenn sie dabei die Kiepe mit all ihren Habseligkeiten überm Kopf halten mußte. Das Problem waren ihre Sachen.
Sie saß im Windschatten eines umgestürzten Baums, dessen kahle Äste im Wasser lagen, neben einem kleinen Feuer. Die Nachmittagssonne glitzerte wegen der starken Strömung auf der bewegten Oberfläche des Flusses. Ab und zu trieben abgestorbene Äste, Schilf und Gras vorüber. Das erinnerte sie an den Fluß, der in der Nähe der Höhle vorbeigeflossen war, und sie dachte an Lachs- und Störfang dort, wo der Fluß ins große Binnenmeer mündete. Das Schwimmen hatte ihr immer Spaß gemacht, Iza hingegen Sorgen. Ayla erinnerte sich nicht daran, wie sie schwimmen gelernt hatte; es war, als hätte sie es immer gekonnt.
Warum wohl niemand sonst gern geschwommen war, sann sie. Sie fanden es

befremdlich, daß ich gern so weit hinausschwamm ... bis einmal Ona ums Haar ertrunken wäre.

Sie wußte noch genau, wie dankbar alle gewesen waren, daß sie dem Kind das Leben gerettet hatte. Brun hatte ihr sogar aus dem Wasser herausgeholfen. Bei dieser Gelegenheit war ihr ein warmes Gefühl der Anerkennung entgegengeschlagen, fast, als ob sie wirklich zu ihnen gehört hätte. Daß ihre Beine lang und gerade waren und sie einen Körper hatte, der zu schmal und zu groß war und sie auch noch blondes Haar, blaue Augen und eine hohe Stirn hatte – all das hatte in diesem Augenblick keine Rolle gespielt. Danach hatten etliche Clansangehörige versucht, schwimmen zu lernen, aber sie hielten sich nicht besonders gut oben und hatten Angst vor tiefem Wasser.

Ob Durc es wohl jemals lernt? Er war ja nie so schwer wie die Babys der anderen und wird bestimmt auch nie so muskulös wie die meisten Männer. Ich meine, er könnte ...

Wer sollte es ihm jetzt beibringen? Ich bin nicht da, und Uba kann es nicht. Sie wird sich seiner annehmen; schließlich liebt sie ihn genauso wie ich, aber schwimmen kann sie nicht. Und Brun auch nicht. Brun wird Durc das Jagen beibringen und ihn beschützen. Er wird nicht zulassen, daß Broud meinem Sohn etwas antut, das hat er versprochen – obwohl er mich eigentlich gar nicht hatte besuchen dürfen. Brun war ein guter Anführer, nicht wie Broud ...

Kann Broud die Ursache dafür sein, daß Durc in mir wuchs? Ein Schauder überlief Ayla bei dem Gedanken daran, wie Broud sie mit Gewalt genommen hatte. Iza hatte gesagt, Männer machten das so mit Frauen, die ihnen gefielen; aber Broud hat es nur getan, weil er wußte, wie sehr ich es haßte. Alle behaupten, es wäre der Geist der Totems, der den Anstoß dafür gibt, daß Babys wachsen. Dabei hat keiner der Männer ein Totem, das stark genug wäre, meinen Höhlenlöwen zu besiegen. Schwanger wurde ich erst, als Broud mich immer wieder zwang, und alle waren überrascht. Keiner hat gedacht, daß ich jemals ein Baby bekommen würde ...

Ich wünschte, ich könnte miterleben, wie er heranwächst. Er ist schon groß für sein Alter, so wie ich. Bestimmt wird er einmal der Größte im Clan sein, da bin ich mir ganz sicher ...

Nein, das bin ich nicht! Ich werde es nie erfahren. Ich werde Durc nie wieder sehen.

Hör auf, an ihn zu denken, befahl sie sich selbst und wischte eine Träne fort. Sie stand auf und trat an den Rand des Flusses. Es tut nicht gut, über ihn nachzudenken. Und bringt mich auch nicht über den Fluß hinüber! Sie war so sehr mit ihren Gedanken beschäftigt gewesen, daß sie den gegabelten Stamm, der nahe am Ufer vorübertrieb, erst gar nicht sah. Wie abwesend, und doch irgendwie bei der Sache, verfolgte sie, wie die auseinanderstrebenden Äste mit den ineinanderwachsenden Zweigen daran sich am Ufer verhedderten und beobachtete, ohne es recht zu sehen, wie der Stamm eine lange Zeit auf- und abwippte, um wieder freizukommen. Doch als ihr klar wurde, was dort vor sich ging, erkannte sie sogleich die Möglichkeiten, die sich daraus für sie ergaben.

Sie watete in das seichte Wasser hinein und zog den Stamm an Land. Es handelte sich um den oberen Teil eines ausgewachsenen Baums, der weiter flußaufwärts abgebrochen sein mußte und sich noch nicht allzusehr mit Wasser vollgesogen hatte. Mit der Feuerstein-Axt, die sie in einer Falte ihres Umhangs bei sich trug, hackte sie den längeren der beiden sich gabelnden Äste ab, so daß er ungefähr so lang war wie der andere, und befreite alles von den hinderlichen kleineren Zweigen, so daß zwei ziemlich lange Äste zurückblieben.

Nachdem sie sich rasch umgesehen hatte, strebte sie einer Gruppe von Birken zu, die von Waldreben umrankt wurden. Als sie an einer der frischen holzigen Ranken zerrte, löste sich ein langer, zäher Baststreifen. Beim Zurückgehen befreite sie diesen von den Blättern. Dann breitete sie ihr Schutzzelt auf dem Boden aus und leerte den Inhalt ihrer Kiepe darauf. Es war Zeit, eine Bestandsaufnahme zu machen und ihre Sachen neu zu packen.

Die Beinlinge mit dem Fell an der Innenseite sowie ihre Handlinge kamen zusammen mit dem gleichfalls pelzigen Winterumhang ganz nach unten; sie trug jetzt ihren Sommerumhang und brauchte den anderen vor dem nächsten Winter nicht mehr. Bei dem Gedanken an den nächsten Winter hielt sie einen Moment inne und sann darüber nach, wo sie ihn wohl erleben würde; lange verweilte sie jedoch nicht bei diesem Gedanken. Und wieder hielt sie inne, als sie das weiche geschmeidige Ledertuch hochnahm, mit dem sie Durc immer auf der Hüfte getragen hatte.

Sie brauchte es nicht; es war für ihr Überleben nicht notwendig; sie hatte es nur mitgenommen, weil es etwas war, das an ihn erinnerte. Sie hielt das Ledertuch an ihre Wange, legte es dann sorgfältig zusammen und verstaute es gleichfalls in der Kiepe. Obendrauf kamen die weichen, saugfähigen Lederstreifen, die sie für ihre Monatsblutungen brauchte. Als nächstes kamen ihre Fußlinge in die Kiepe. Sie lief jetzt barfuß und zog nur dann ein Paar an, wenn es feucht oder kalt war; aber sie zerschlissen bereits. Ayla war froh, ein zweites Paar mitgenommen zu haben.

Als nächstes sichtete sie ihre Vorräte. Eine Birkenrindentasche mit Ahornzukker war ihr noch geblieben. Ayla machte sie auf, brach ein Stück ab und steckte es sich in den Mund; ob sie wohl jemals wieder Ahornzucker kosten würde, wenn dieser aufgebraucht war?

Sie hatte immer noch ein paar Brocken Reiseproviant von der Art, wie die Männer sie mitnahmen, wenn sie auf die Jagd gingen und die aus ausgelassenem Fett, gemahlenem und getrocknetem Fleisch und Trockenfrüchten bestand. Der Gedanke an das köstliche Fett ließ ihr das Wasser im Mund zusammenlaufen. Das Niederwild, das sie mit ihrer Schlinge erlegte, war größtenteils mager. Ohne die pflanzliche Nahrung, die sie unterwegs sammelte, würde sie langsam zugrundegehen; ihre Nahrung durfte nicht zu einseitig sein.

Sie verstaute den Reisevorrat in der Kiepe, ohne davon gekostet zu haben, und hob ihn sich für Notfälle auf. Hinzu kamen noch ein paar Streifen getrocknetes Fleisch – zäh wie Leder, aber nahrhaft –, etliche gedörrte Äpfel, ein paar Haselnüsse und wenige Beutel mit Körnern, die sie auf den Steppen in der Nähe der Höhle gesammelt hatte; eine verfaulte Wurzel warf sie fort. Oben auf ihre Vorräte legte sie Becher und Schale, ihre Kapuze aus Vielfraßfell und die bereits ziemlich zerschlissenen Fußlinge.

Sie nestelte ihren Medizinbeutel vom Leibriemen und ließ die Hand über das glatte, wasserundurchlässige Otterfell gleiten: die harten Knochen von Füßen und Schwanz waren deutlich zu spüren. Die Schlaufe, mit deren Hilfe sie den Beutel schließen konnte, war um die Halsöffnung herum eingefädelt, und der durchs Trocknen merkwürdig flach gewordene und noch am Halsende festsitzende Kopf diente als Patte. Iza hatte den Beutel für sie gefertigt und das Erbe von Mutter auf Tochter übergehen lassen, als sie, Ayla, die Medizinfrau des Clans geworden war.

Plötzlich – zum erstenmal seit vielen Jahren – fiel Ayla der erste Medizinbeutel ein, den Iza ihr gemacht hatte – derjenige, den Creb verbrannt hatte, als sie zum erstenmal mit dem Fluch belegt worden war. Brun hatte nicht anders gekonnt. Frauen war es verboten, Waffen anzurühren, und Ayla hatte ihre Schlinge schon eine ganze Reihe von Jahren benutzt. Aber er hatte ihr eine Chance zur Rückkehr gegeben – falls es ihr gelang zu überleben.

Bislang war es ihr unmöglich gewesen, über Creb nachzudenken; dazu war der Schmerz noch zu neu, saß der Kummer zu tief. Sie hatte den alten Zauberer genauso geliebt, wie sie Iza geliebt hatte. Er war Izas Bruder gewesen und der von Brun auch. Da ihm ein Auge und ein Teil des einen Arms fehlten, hatte Creb nie gejagt; dafür war er zum Heiligsten Mann aller Clans geworden, zum Mog-ur, dem Gefürchteten und Geachteten; sein vernarbtes, einäugiges altes Gesicht vermochte noch dem tapfersten Jäger Furcht einzujagen, aber Ayla kannte auch seine weiche Seite.

Er hatte sie beschützt, sie umsorgt und geliebt als das Kind einer Gefährtin, die er nie gehabt hatte. Sich mit dem Tod Izas vor drei Jahren abzufinden, hatte Ayla Zeit gehabt; wenn die Trennung von Durc sie auch schmerzte, immerhin wußte sie, daß er noch lebte. Um Creb hatte sie noch nicht getrauert. Doch jetzt, unversehens, wollte der Schmerz, den sie seit dem Erdbeben, in dem er umgekommen war, unterdrückt hatte, heraus. Laut rief sie seinen Namen.

»Creb ... ach, Creb ... Warum bist du zurückgegangen in die Höhle? Warum hast du sterben müssen?«

Dann entrang sich ihr aus tiefstem Innern ein hoher Klageschrei. Sie wiegte sich vor und zurück, vor und zurück, und beklagte ihren Verlust, ließ ihrer Sorge und ihrer Verzweiflung freie Bahn. Doch es war kein verständnisvoll sie umsorgender Clan da, seine Klage mit der ihren zu vereinen und an ihrem Kummer teilzunehmen. Sie war allein in ihrer Trauer, und sie klagte um ihre Verlassenheit.

Als ihre Klage verebbte, kam sie sich wie ausgetrocknet vor, doch der schreckliche Schmerz war verflogen. Nach einer Weile ging sie hinunter an den Fluß, wusch sich das von Tränen verschmierte Gesicht und verstaute dann ihren Medizinbeutel in der Kiepe. Dessen Inhalt brauchte sie nicht zu überprüfen. Sie wußte genau, was darin war.

Sie hob ihren Grabstock auf und schleuderte ihn beiseite, als Zorn in ihr aufwallte, den Kummer verdrängte und sie in ihrer Entschlossenheit noch bestärkte. Broud wird es nicht fertigbringen, daß ich sterbe!

Tief holte sie Atem und zwang sich dann weiterzupacken. Jetzt kamen das Gerät zum Feuermachen und das Auerochsenhorn hinein; dann holte sie verschiedene Feuersteingeräte aus den Falten ihres Überwurfs. Einer besonderen Falte entnahm sie einen runden Kieselstein, warf ihn in die Luft und fing ihn wieder auf. Jeder Stein, sofern er von der richtigen Größe war, ließ sich mit der Schleuder schleudern, aber zielsicher treffen ließ sich am besten mit glatten, runden Geschossen. Die paar, die sie hatte, behielt sie.

Dann griff sie nach ihrer Schleuder, einer Hirschlederschlaufe, die sich im mittleren Teil verbreiterte und lang zulaufende, durch vielen Gebrauch zusammengedrehte Enden besaß. Daß sie die Schleuder behalten mußte, war keine Frage. Sie löste die Verknotung des langen Lederriemens, den sie dergestalt um ihren weichen Ziegenlederumhang geschlungen hatte, daß die verschiedenen Falten entstanden, in denen sie Dinge mit sich herumtrug. Der Umhang fiel zu Boden. Sie stand nackt da und trug nur den kleinen Lederbeutel an einem Riemen um den Hals – ihr Amulett. Sie streifte Riemen und Beutel über den Kopf und erschauerte; ohne Amulett kam sie sich nackter vor als ohne Umhang; die kleinen Dinge darin gaben ihr Sicherheit.

Das waren nun all ihre Habseligkeiten, alles, was sie brauchte, um zu überleben – diese Dinge und dazu Wissen, Können, Erfahrung, Klugheit, Entschlossenheit und Mut.

Rasch rollte sie ihr Amulett, die Werkzeuge und ihre Schleuder in ihren Umhang ein und steckte auch dies in die Kiepe. Dann wickelte sie das Bärenfell drum herum und verschnürte es mit ihrem langen Riemen. Dieses Bündel wiederum rollte sie in ihr Zelt aus Auerochsenfell, und das Ganze zurrte sie mit Hilfe des frischgebrochenen Schlingengewächses auf dem Baumstamm fest.

Eine Weile starrte sie auf den breiten Strom und das ferne Ufer, dachte dann an ihr Totem, schob mit dem Fuß Sand auf das Feuer und schleifte den Baumstamm mitsamt all ihrer kostbaren Habe hinunter ins Wasser. Dort stellte sie sich fest auf die Astgabelung, hielt sich an den stehengebliebenen Enden der ehemaligen Zweige fest und stieß dann mit ihrem Floß ab.

Immer noch eiskalt vom Schmelzwasser der Gletscher umfing das Wasser ihren nackten Leib. Sie schnappte nach Luft und konnte kaum atmen, doch Gefühllosigkeit setzte ein, und sie gewöhnte sich an das eisige Element. Die mächtige Strömung packte das Floß und versuchte, es weiter hinunterzutragen zum Meer. Das Floß schaukelte auf den Wellen, doch die Gabelung der Äste hielt es davon ab, sich um sich selbst zu drehen. Mit aller Macht strampelnd, kämpfte Ayla darum, es durch die schäumende Strömung hindurchzuschieben; in einem schrägen Winkel wurde sie abgedrängt, doch ging es immer noch auf das gegenüberliegende Ufer zu.

Sie kam nur quälend langsam voran. Jedesmal, wenn sie aufblickte, war das gegenüberliegende Ufer weiter entfernt, als sie gedacht hatte. Sie trieb viel rascher flußabwärts, als sie über den Fluß hinüberkam. Als die Strömung sie an der Stelle vorbeitrug, an der sie geglaubt hatte, landen zu können, war sie ausgepumpt und unterkühlt. Sie zitterte. Ihre Muskeln schmerzten. Ihr war, als hätte sie eine Ewigkeit mit den Füßen gestrampelt, um von Felsbrocken freizukommen, die man daran befestigt hatte. Trotzdem zwang sie sich weiterzumachen.

Schließlich war sie dermaßen erschöpft, daß sie sich der unerbittlichen Kraft der Strömung überließ. Das Wasser machte sich das augenblicklich zunutze und trieb das Floß zurück in die Richtung, die der Flußlauf nahm. Ayla klammerte sich verzweifelt an den Baumstamm, der jetzt sie beherrschte.

Doch weiter unten änderte der Fluß seinen Lauf und bog dort, wo es um eine Landzunge herumging, scharf von seiner südlichen Richtung nach Westen ab. Ayla hatte mehr als drei Viertel quer über die reißende Strömung geschafft, ehe sie sich ihrer Erschöpfung überließ, doch als sie jetzt das felsige Ufer sah, riß sie sich entschlossen noch einmal zusammen.

Sie zwang ihre Beine zu strampeln, stemmte sich gegen das Wasser, um das Ufer zu erreichen, ehe der Fluß sie um die Landzunge herumtrug. Geschlossenen Auges konzentrierte sie sich darauf, die Beine zu bewegen. Plötzlich spürte sie, wie der Baumstamm mit einem Ruck auf Grund lief und dann liegenblieb.

Ayla war unfähig, sich zu rühren. Halb im Wasser liegend, klammerte sie sich immer noch an den Zweigstümpfen fest. Eine Welle hob den Baumstamm von den schartigen Felsen herunter, und panisches Entsetzen ergriff die junge Frau. Sie zwang sich auf die Knie und schob den geschundenen Baumstamm auf den Sand. Dann fiel sie zurück ins Wasser.

Aber sie konnte nicht lange ruhen. Am ganzen Leibe zitternd zwang sie sich, die felsige Landzunge hinaufzukriechen. Mit fliegenden Händen versuchte sie die Knoten des Schlinggewächses zu lösen; als sie das geschafft hatte, schleifte sie ihr Bündel hinauf auf den Strand. Der Lederriemen war noch schwieriger zu lösen. Die Hände zitterten ihr.

Die Vorsehung half. An einer schwachen Stelle riß der Riemen. Sie zerrte ihn los, stieß die Kiepe beiseite, kroch auf das Bärenfell und wickelte sich hinein. Als sie endlich aufhörte zu zittern, war die junge Frau schon längst eingeschlafen.

Nach der gefährlichen Flußüberquerung wandte Ayla sich in leicht westlicher Richtung gen Norden. Die Sommertage wurden wärmer, und sie suchte die offene Steppe nach irgendwelchen Zeichen menschlichen Lebens ab. Die Blüten der Kräuter, die den kurzen Frühling mit Farben erfüllt hatten, verblaßten, und das Gras wuchs fast hüfthoch.

Zu ihrer sonstigen Nahrung kamen jetzt auch noch Luzerne und Klee, und sie freute sich über die stärkehaltigen, leicht süßlich schmeckenden Erdnüsse, an die sie herankam, indem sie die wuchernden Oberflächenranken bis zur Wurzel zurückverfolgte. Die Bärenschoten mit der Reihe ovaler grüner und eßbarer Samen darin schwollen an; auch die Wurzeln dieser Pflanze konnte sie essen, und sie hatte keine Schwierigkeit, zwischen ihr und ihren giftigen Verwandten zu unterscheiden. Als die Reifezeit für die Knospen der Taglilien vorüber war, waren ihre Wurzeln immer noch zart. Einige frühreife Arten niedrigwachsender Beerensträucher zeigten durch die rote und schwarze Färbung der Früchte ihre Reife an, und außerdem gab es immer ein paar junge Blätter von Fuchsschwanz, Senf und Brennesseln, um ihren Hunger zu stillen.

An Zielen für ihre Schleuder mangelte es nicht. Pfeifhasen, Präriehunde, Wüstenspringmäuse und verschiedene Hasenarten – grau-braun jetzt und nicht mehr im weißen Winterfell – bevölkerten die Ebenen, und gelegentlich lief ihr sogar ein allesfressender, mäusevertilgender Riesenhamster über den Weg. Tieffliegende Wald- und Schneehühner waren ein besonderer Leckerbissen für sie, obgleich Ayla sich niemals an einem Schneehuhn gütlich tun konnte, ohne daran zu denken, daß die fetten Vögel mit den gefiederten Füßen Crebs Lieblingsspeise gewesen waren.

Doch das waren nur die kleineren Tiere, die es sich an der sommerlichen Fülle wohl sein ließen. Sie sichtete auch Hochwildherden – Rentiere, Rotwild und Riesenhirsche mit ihren gewaltigen Geweihen; gedrungene Steppenpferde, Esel und Onager, die beiden den Pferden ähnlich waren; mächtige Wisente oder auch kleinere Gruppen von Steppenantilopen kreuzten ihren Weg.

Die Herde rötlich-brauner Wildrinder, deren Bullen bis zum Widerrist sechs Fuß maßen, graste mit den Frühlingskälbern, die noch an den ausladenden Eutern der Kühe saugten. Der Gedanke an das zarte Fleisch von Kälbern, die noch vom Muttertier gesäugt wurden, ließ Ayla das Wasser im Mund zusammenlaufen, doch mit ihrer Schleuder konnte sie nichts gegen die großen Auerochsen ausrichten. Sie begegnete wollhaarigen Mammuts auf ihrer Wanderschaft, und einmal sah sie sogar, wie eine Herde von Moschusochsen einen Ring um ihre Jungtiere bildete und einem Rudel angriffslustiger Wölfe die Stirn bot. Einer Familie der leicht reizbaren Wollhaarnashörner ging sie gleich aus dem Weg. Brouds Totem, erinnerte sie sich – wie passend!

Als die junge Frau immer weiter in den Norden kam, fiel ihr auf, daß die Landschaft sich veränderte. Sie wurde trockener und öder. Sie hatte die unregelmäßig verlaufende nördliche Grenze der feuchten, im Winter schneebedeckten Festlandssteppen erreicht. Jetzt kamen die trockenen Lößsteppen, die sich bis unmittelbar an die steilaufragenden Wände der nördlichen Eiskappe erstreckten und die es nur während der Eiszeit gab.

Gletscher – massive übereinandergelagerte Eisschichten, die sich über den gesamten Kontinent erstreckten– hüllten die nördliche Hemisphäre ein. Fast ein Viertel der gesamten Erdoberfläche wurde von ihrem unermeßlichen Gewicht erdrückt. Die riesigen Wassermengen, die sie banden, bewirkten, daß der Wasserspiegel der Ozeane sich senkte, die Landmasse sich entsprechend vergrößerte und auch die Umrisse dieser Kontinente sich veränderten. Kein Teil des Erdballs war ihrem Einfluß entzogen, Regenfälle überfluteten die Gebirge um den Äquator, und die Wüsten schrumpften; doch am nachhaltigsten wirkte sich der Einfluß der Eiskappe an ihren Rändern aus.

Die riesige Eisdecke kühlte die darüberliegende Luft, was zur Folge hatte, daß die Feuchtigkeit darin sich verdichtete und als Schnee herunterkam. Um den Mittelpunkt der Eiskappe setzte sich jedoch Hochdruck durch und schuf eine extrem trockene Kältezone, welche die Schneefälle immer weiter an den Rand drängte. Die Eisränder schoben sich zunehmend nach Süden vor, die Eisdecke selbst war von unglaublicher Einförmigkeit und nahezu zweitausend Meter dick.

Da der größte Teil des Schnees auf dem Eis herunterging und dafür sorgte, daß die Eisdecke immer größer wurde, war das Land südlich davon trocken – und gefroren. Der ständige Hochdruck über dem Mittelpunkt der Eiskappe ließ ein atmosphärisches Gefälle entstehen, das die extrem kalte Trockenluft in Richtung auf Tiefdruckgebiete fließen ließ; Wind wehte von Norden herunter und kam auf den Steppen niemals zum Stillstand, sondern variierte höchstens in seiner Stärke. Unterwegs riß er das von den Eismassen staubfein zermahlene Felsgestein in die Höhe. In der Luft verdichteten sich diese Staubteilchen zu einer körnigen, lehmartigen Substanz – Löß –, die über Hunderte von Kilometern entfernt niederging und eine viele Fuß dicke Schicht fruchtbaren Bodens bildete.

Im Winter trieben heulende Winde den spärlichen Schnee über das schwarze, gefrorene Land. Die Erde drehte sich jedoch immer noch um ihre geneigte Achse, und die Jahreszeiten lösten einander immer noch ab. Nur um wenige Grade niedrigere Jahresdurchschnittstemperaturen geben den Anstoß zur Gletscherbildung, und nur wenige heiße Tage wirken sich kaum aus, es sei denn, sie erhöhten die Mittelwerte.

Im Frühjahr schmolz der wenige im Winter gefallene Schnee, die Eisoberfläche erwärmte sich, Schmelzwasser sickerte aus den Gletschern und rann über die Steppen. Dieses Schmelzwasser weichte den Boden über dem Dauerfrost in der Tiefe genug auf, daß flachwurzelnde Gräser und andere Pflanzen sprießen konnten. In der Mitte des Sommers verdorrte es, ein ganzer Erdteil war von Grasland bedeckt, und dazwischen gab es in Meeresnähe nur verstreut kleinere Wald- und Tundraflächen.

In den Gebieten, die unmittelbar südlich der Eisränder lagen und wo die Schneedecke nur gering war, lieferte das Gras das ganze Jahr über Futter für Millionen und Abermillionen grasender und von Samen sich ernährender Tiere, die sich an die Eiskälte des Nordens angepaßt hatten – und diese wiederum gaben jenen Raubtieren Nahrung, die sich an jedes Klima anpassen, das ihren Beutetieren Nahrung gibt. Mammuts grasten am Fuß blau-weiß schimmernder, nahezu zweitausend Meter steil in die Höhe ragender Eiswände.

Wasserläufe, die in der wärmeren Jahreszeit vom Schmelzwasser gespeist wurden, fraßen sich durch die tiefe Lößschicht und oft auch noch durch das Sedimentgestein bis hinunter auf die kristalline Granitplatte, welche das Fundament des Erdteils bildete. Tiefe Schluchten und Flußverengungen waren überall in der offenen Landschaft zu finden, aber Flüsse sorgten für Wasser, und Schluchten boten Schutz vor dem Wind. Selbst in den trockenen Lößsteppen gab es grüne Täler.

Es wurde wärmer, und während ein Tag dem anderen folgte, wurde Ayla des Wanderns müde, wurde sie der Eintönigkeit der Steppen, der unbarmherzig herabscheinenden Sonne und des unablässig wehenden Windes überdrüssig. Ihre Haut wurde hart, sprang auf und pellte sich. Ihre Lippen waren aufgesprungen, die Augen entzündet, und im Hals hatte sie ständig Sand. Gelegentlich stieß sie auf ein Flußtal, das grüner und bewaldeter war als die Steppen, doch nichts reizte sie zum Verweilen, und keines ließ eine Spur von Menschenleben erkennen.

Der Winter beherrschte das Land auch jetzt. Nicht einmal an den heißesten Sommertagen konnte sie die durch Mark und Bein gehende Gletscherkälte vergessen. Sie mußte sich Nahrungsvorräte anlegen und daran denken, irgendwo Schutz zu suchen, um die lange, entbehrungsreiche Winterzeit zu überleben. Seit dem Frühjahr war sie jetzt unterwegs, und nachgerade überlegte sie, ob es ihr beschieden sein sollte, für alle Ewigkeit über die Steppen zu ziehen – oder doch zugrundezugehen.

Am Ende eines Tages, der sich in nichts von all den vorhergegangenen unterschied, schlug sie auf trockenem Boden ihr Lager auf. Sie hatte Beute gemacht, doch ihre Glut war ausgegangen, und Holz war schwerer zu finden. Sie kaute ein paar rohe Bissen und machte sich nicht die Mühe, ein Feuer zu machen, aber sie hatte keinen Appetit. Sie warf das Murmeltier beiseite, obwohl auch das Wild seltener zu werden schien – oder sie hielt nicht mehr so wachsam danach Ausschau wie zuvor. Auch das Sammeln von pflanzlicher Nahrung wurde schwieriger. Der Boden war dicht von abgestorbener Vegetation bedeckt. Und außerdem war da der ständige Wind.

Sie schlief nur schlecht; böse Träume suchten sie heim, und sie wachte unausgeschlafen auf. Sie hatte nichts zu essen; selbst das Murmeltier, das sie fortgeworfen hatte, war verschwunden. Sie trank einen Schluck Wasser, das schal und abgestanden schmeckte, packte ihre Kiepe und zog weiter nach Norden.

Gegen Mittag fand sie ein Flußbett mit einigen im Austrocknen begriffenen Tümpeln darin; das Wasser hatte zwar einen leicht bitteren Geschmack; dennoch füllte sie ihren Wasserbeutel damit. Sie grub ein paar Teichkolbenwurzeln aus; sie waren zäh und schmeckten fade; trotzdem kaute sie beim Weitergehen darauf herum. Sie wollte nicht weiter, wußte jedoch nicht, was sonst tun. Niedergeschlagen und lustlos wie sie war, achtete sie nicht weiter darauf, wohin sie ging. So bemerkte sie das Rudel Höhlenlöwen, das sich in der Nachmittagssonne aalte erst, als einer von ihnen warnend sein Gebrüll erhob.

Furcht durchzuckte sie und riß sie aus ihrer Teilnahmslosigkeit heraus. Sie bog von ihrer eingeschlagenen Richtung ab und wandte sich nach Westen, um dem Revier der Höhlenlöwen auszuweichen. Der Geist der Höhlenlöwen war es, der sie beschützt hatte, nicht das große Raubtier in der Wirklichkeit. Die Tatsache, daß der Höhlenlöwe ihr Totem war, bedeutete nicht, daß sie vor seinem Angriff sicher war.

Tatsächlich war Creb überhaupt nur dadurch darauf gekommen, daß der Höhlenlöwe ihr Totem war. Immer noch trug sie auf dem linken Oberschenkel die vier parallel verlaufenden Narben, und auch heute noch suchte sie der Angsttraum heim, bei dem eine riesige Tatze in die enge Felsspalte hineinlangte, in der sie als fünfjähriges Kind Zuflucht gesucht hatte. Auch letzte Nacht hatte sie von dieser Tatze geträumt. Creb hatte ihr gesagt, sie sei auf die Probe gestellt worden, um herauszufinden, ob sie würdig sei – und mit einem Zeichen versehen worden, um zu zeigen, daß sie erwählt worden war. Wie abwesend griff ihre Hand hinunter und spürte den Narben auf dem Oberschenkel nach. Warum der Höhlenlöwe wohl ausgerechnet mich erwählt hat, dachte sie.

Die grelle Sonne blendete, als sie im Westen versank. Ayla war mühsam einen Abhang hinaufgestiegen und hatte Ausschau gehalten nach einer Stelle, wo sie ihr Lager aufschlagen konnte. Wieder ein Lager ohne Wasser, dachte sie und war froh, den Wasserbeutel vorsichtshalber doch gefüllt zu haben. Trotzdem, sie mußte bald Wasser finden. Sie war müde und hungrig und immer noch ganz durcheinander, daß sie so unvorsichtig gewesen war, so nahe an die Höhlenlöwen heranzukommen.

Sollte das ein Zeichen sein? War es nur eine Frage der Zeit? Was bildete sie sich ein, daß sie glaubte, einem Todesfluch entkommen zu können?

Das Licht am Horizont war so grell, daß sie den jäh abfallenden Rand der Hochebene um ein Haar nicht bemerkt hätte. Schützend schirmte sie mit der Hand die Sonne ab; sie stand am Rand des Abhangs und schaute in eine Schlucht hinunter. Unten glitzerte ein kleiner Bach, und zu beiden Seiten wuchsen Bäume und Sträucher. Ein aus Felsklippen gebildeter Paß führte hinunter in ein kühles, grünes, schützendes Tal. Als sie den Abstieg zur Hälfte geschafft hatte, mitten auf einer Grasfläche, fielen die letzten schrägen Strahlen der Sonne auf eine kleine Herde friedlich grasender Pferde.

2

»Aber warum willst du mich begleiten, Jondalar?« fragte der junge Mann mit den braunen Haaren, während er das aus verschiedenen Häuten zusammengenähte Zelt abbaute. »Marona hast du gesagt, du wolltest nur Dalanar besuchen und mir den Weg zeigen. Nur um eine kurze Reise zu machen, ehe du deinen eigenen Hausstand gründetest. Du solltest doch zum Sommertreffen mit den Lanzadonii gehen und rechtzeitig für die Feier des Zusammengebens dort sein. Sie wird dir die Augen auskratzen, und wenn es eine Frau gibt, von der ich nicht möchte, daß sie auf mich wütend ist, dann ist sie es. Bist du sicher, daß du nicht von ihr wegläufst?« Thonolan hatte einen unbekümmerten Ton angeschlagen, aber der Ernst in seinen Augen verriet ihn.

»Kleiner Bruder, wie kommst du darauf, daß du der einzige in dieser Familie bist, der den Wandertrieb verspürt? Du hast dir doch wohl nicht eingebildet, daß ich dich ganz allein losziehen lasse, oder? Und du dann heimkehrtest und großtun könntest mit deiner langen Reise? Irgend jemand muß doch mitziehen, damit du hinterher nicht das Blaue vom Himmel herunterflunkerst – jemand, der aufpaßt, daß dir nichts zustößt«, erwiderte der großgewachsene blonde Mann, bückte sich dann und ging ins Zelt hinein.

Es war hoch genug, um bequem darin sitzen oder knien zu können, aber nicht hoch genug, darin zu stehen; der Platz reichte für ihre beiden Schlafrollen und ihr Gerät. Hochgehalten wurde das Zelt von drei in gerader Flucht aufgestellten Stangen; ungefähr in der Mitte, bei der mittleren und größeren Stange, befand sich eine Öffnung mit einer Lasche darüber, die man herunterrollen und mit Riemen verschließen konnte, um den Regen draußenzuhalten, oder aufrollen, um den Rauch hinauszulassen, wenn sie ein Feuer im Zelt machen wollten. Jondalar zog die drei Stangen aus dem Boden und kroch mit ihnen zur Zeltöffnung hinaus.

»Dafür sorgen, daß *mir* nichts zustößt?« sagte Thonolan. »Mir müssen doch Augen am Hinterkopf wachsen, um aufzupassen, was sich hinter deinem Rücken tut! Wart' nur, bis Marona dahinterkommt, daß du nicht bei Dalanar und den Lazadonii bist, wenn sie zum Treffen kommen. Könnte sein, daß sie beschließt, sich in eine Donii zu verwandeln und über den Gletscher zu fliegen, den wir gerade überquert haben, um dich zu packen, Jondalar.« Beide machten sie sich daran, das Zelt zusammenzulegen. »Sie hat doch schon lange ein Auge auf dich geworfen, und ausgerechnet in dem Augenblick, wo sie glaubt, dich zu haben, kommst du auf den Gedanken, eine lange Reise zu machen. Ich glaube, du hast einfach keine Lust, deine Hand in diese Schlinge zu stecken und zuzulassen, daß Zelandoni den Knoten schlingt. Ich glaube, mein großer Bruder ist ehescheu.« Sie legten das Zelt neben die Traggestelle. »Die meisten Männer in deinem Alter haben schon ein oder zwei Sprößlinge an ihrem Herdfeuer«, fügte Thonolan noch hinzu und duckte sich, um einem spielerischen Faustschlag seines älteren Bruders zu entgehen; jetzt lächelten auch seine grauen Augen.

»Die meisten Männer meines Alters! Ich bin schließlich nur drei Jahre älter als du«, sagte Jondalar in gespieltem Zorn. Dann stieß er ein herzliches lautes Lachen aus, das in seiner lockeren Überschwenglichkeit um so überraschender war, als es völlig unerwartet kam.

Die beiden Brüder waren verschieden wie Tag und Nacht; der etwas kleinere, dunkelhaarige war der Unbeschwertere von beiden. Sein gutmütiges Wesen, sein ansteckendes Grinsen und sein heiteres Lachen bewirkten, daß er überall rasch gern willkommen geheißen wurde. Jondalar war ernster, runzelte oft nachdenklich und besorgt die Stirn, und wenn er auch leicht lächelte, besonders in Gegenwart seines Bruders, lachte er doch nur selten laut heraus. Tat er es aber doch, hatte die Hemmungslosigkeit seines Lachens etwas Überraschendes.

»Und woher willst du wissen, daß Marona nicht schon etwas Kleines hat, es an mein Herdfeuer zu bringen, wenn wir zurück sind?« sagte Jondalar, als sie die lederne Bodendecke zusammenrollten, die mit Hilfe einer der Stangen rasch zu einem kleinen Wind- oder Regenschutz aufgestellt werden konnte.

»Und woher nimmst *du* die Überzeugung, daß mein schwer zu fassender Bruder der einzige Mann ist, den sie ihrer wohlbekannten Reize für würdig erachtete? Marona versteht sich wahrhaftig darauf, einem Mann zu gefallen – wenn sie will. Und dieses Feuer, das sie hat . . . Du bist der einzige Mann, der jemals mit ihr hat fertigwerden können, obwohl es weiß Doni genug gibt, die sie nehmen würden, und wenn sie noch so launenhaft ist. Warum hast du dich nicht mit ihr zusammengetan? Jeder hat das seit Jahren erwartet?«

Thonolan meinte diese Frage ernst. Kummer trat in Jondalars lebhaft blaue Augen, und seine Stirn legte sich in Falten. »Vielleicht einfach deshalb, weil jeder es erwartet«, sagte er. »Ich weiß es nicht, Thonolan, ehrlich. Dabei gehe auch ich davon aus, daß ich mich mit ihr zusammentue. Mit wem sonst sollte ich mich zusammentun?«

»Mit wem? Oh, einfach mit jeder, die dir gefällt, Jondalar. Es gibt in all den Höhlen keine unverheiratete Frau – und sogar ein paar verheiratete –, die nicht die Gelegenheit beim Schopfe packen würde, den Knoten mit Jondalar von den Zelandonii zu schlingen, dem Bruder von Joharran, Anführer der neunten Höhle – ganz zu schweigen davon, daß er auch noch der Bruder von Thonolan, dem flotten und unerschrockenen Abenteurer ist.«

»Du hast vergessen zu sagen: dem Sohn von Marthona, dem letzten Anführer der neunten Höhle der Zelandonii, und dem Bruder von Folara, der schönen Tochter Marthonas – zumindest wird sie schön sein, wenn sie heranwächst.« Jondalar lächelte. »Wenn du schon meine Familienbande aufzählst, vergiß die Gesegneten von Doni nicht.«

»Wer könnte sie vergessen?« sagte Thonolan und wandte sich den Schlafrollen zu. Diese waren jeweils aus zwei Fellen gefertigt und so zugeschnitten, daß ein Mann sich der Länge nach darauf ausstrecken konnte; mit an den Seiten und unten angebrachten Riemen konnten sie zusammengeschnürt und an der Öffnung mit einem Zugriemen verschlossen werden. »Was reden wir denn da? Ich glaube, sogar Joplaya würde dich nehmen, Jondalar.«

Sie machten sich daran, die steifen, nach oben sich verbreiternden Traggestelle zu packen. Diese bestanden aus starrem, ungegerbtem Leder, das an Holzstreben befestigt war, und gehalten wurde von ledernen Schulterriemen, deren Länge sich mittels einer Reihe geschnitzter Elfenbeinknöpfe verstellen ließ. Die Knöpfe wurden dadurch festgehalten, daß ein schmaler Riemen durch ein einzelnes Loch in der Mitte hindurchgezogen war, den man oben mit einem zweiten Riemen verknotet hatte, der wiederum durch dasselbe Loch zurücklief bis zum nächsten Knopf.

»Du weißt, wir können uns nicht zusammentun. Joplaya ist meine Base. Du solltest sie nicht ernst nehmen; sie nimmt andere schrecklich gern auf den Arm. Wir haben uns angefreundet, als ich zu Dalanar zog, um mein Handwerk zu erlernen. Er hat es uns beiden gleichzeitig beigebracht. Sie gehört zu den besten Feuersteinschlägern, die ich kenne. Aber erzähl' ihr bloß nicht, daß ich das gesagt habe. Das ließe sie mich nie vergessen. Wir haben immer versucht, uns gegenseitig zu übertreffen.

Jondalar hob den schweren Beutel mit seinen Steinschlaggeräten und ein paar unbearbeiteten Feuersteinen darin und dachte an Dalanar und die Höhle, die er gegründet hatte. Die Zahl der Lanzadonii wuchs. Seit er wieder fortgegangen war, hatten andere sich ihnen angeschlossen, und die Familien wurden größer. Bald wird es eine zweite Höhle der Lanzadonii geben, dachte er. Er verstaute den Beutel in seinem Traggestell ebenso wie Kochgerät, Vorräte und anderes Werkzeug. Seine Schlafrolle kam obendrauf, und zwei der Zeltstangen steckte er in eine links am Traggestell angebrachte Halterung. Thonolan trug die dritte Stange und die Bodendecke. In einem besonderen Köcher an der rechten Seite ihrer Traggestelle trugen beide ein paar Speere.

Thonolan füllte den Wasserbeutel mit Schnee. Der Beutel bestand aus einem mit Fell umhüllten Tiermagen. War es sehr kalt, wie jetzt auf dem über das Hochland sich vorschiebenden Gletscher, den sie gerade überquert hatten, trugen sie die Wasserbeutel unter ihren Obergewändern direkt auf der Haut, so daß der Schnee rasch schmolz. Auf einem Gletscher gab es weder Holz noch Wildlosung zum Feuermachen. Jetzt hatten sie den Gletscher hinter sich, waren aber noch nicht weit genug hinuntergelangt, um frei fließendes Wasser zu finden.

»Ich sage dir, ich bin froh, daß Joplaya nicht meine Base ist«, erklärte Thonolan und sah auf. »Ich glaube, ich würde meine Reise aufgeben, um mich mit dieser Frau zusammenzutun. Du hast mir nie erzählt, wie schön sie ist. Ich habe nie eine gesehen wie sie. Wie sollte ein Mann die Augen von ihr wenden? Ich bin richtig dankbar, daß ich von Marthona geboren wurde, nachdem sie sich mit Willomar zusammengetan hatte, und nicht, solange sie noch Dalanars Gefährtin war. Da bleibt mir jedenfalls eine Chance.«

»Gut möglich, daß sie schön ist. Ich habe sie seit drei Jahren nicht gesehen und hatte eigentlich erwartet, daß sie sich inzwischen mit einem Mann zusammengetan hätte. Bin ich froh, daß Dalanar beschlossen hat, die Lanzadonii dieses Jahr mitzunehmen zum Sommertreffen der Zelandonii. Kommt nur eine Höhle zusammen, sind nicht viele da, unter ihnen zu wählen. Jedenfalls bekommt Joplaya so Gelegenheit, andere Männer kennenzulernen.«

»Und außerdem bekommt Marona ein bißchen Konkurrenz. Eigentlich ein Jammer, daß wir nicht dabei sind, wenn die beiden sich kennenlernen. Marona ist es gewohnt, die Schönste von allen zu sein. Sie wird Joplaya bestimmt hassen. Und wo du nun auch nicht kommst, habe ich so das Gefühl, daß Marona das diesjährige Sommertreffen nicht gerade genießen wird.«

»Du hast recht, Thonolan. Es wird sie verletzen, und sie wird wütend sein, was ich ihr nicht übelnehmen kann. Sie ist wetterwendisch im Wesen, aber sie ist eine gute Frau. Sie braucht nichts weiter als einen Mann, der gut genug ist für sie. Und sie versteht sich wahrhaftig darauf, einem Mann zu gefallen. Bin ich bei ihr, bin ich nur allzu bereit, den Knoten mit ihr zu schürzen, aber wenn sie nicht da ist . . . Ich weiß nicht, Thonolan.« Jondalar runzelte die Stirn, als er einen Leibriemen um sein Obergewand schlang, nachdem er den Wasserbeutel darunter verstaut hatte.

»Sag mir eines«, fragte Thonolan, der wieder ernst geworden war. »Wie würdest du dir vorkommen, sollte sie beschließen, sich mit einem anderen Mann zusammenzutun, wenn du nicht da bist? Die Wahrscheinlichkeit, daß sie das tut, ist schließlich groß.«

Jondalar verknotete den Leibriemen und dachte nach. »Ich wäre verletzt, oder mein Stolz wäre es – ich weiß nicht genau, was. Aber einen Vorwurf würde ich ihr nicht daraus machen. Ich meine, sie hat einen Besseren als mich verdient, jemand, der nicht im letzten Augenblick auf den Gedanken verfällt, eine Reise zu unternehmen und sie im Stich zu lassen.

»Das hatte ich mir gedacht«, sagte sein jüngerer Bruder und verzog das Gesicht zu einem Grinsen. »Nun, großer Bruder, wenn wir der Donii, die hinter dir herkommt, ein Stück voraus sein wollten, sollten wir uns aufmachen.«

Thonolan war mit dem Packen seines Traggestells fertig, hob sein Obergewand und zog einen Arm aus dem Ärmel, um sich darunter den Wasserbeutel über die Schultern zu hängen.

Die Obergewänder waren einfach geschnitten. Vorderteil und Rücken bestanden aus mehr oder weniger rechteckigen, an den Seiten und an den Schultern zusammengenähten Stücken; zwei kleinere Rechtecke waren zu Röhren zusammengenäht und als Ärmel angesetzt worden. Die festsitzenden Kapuzen wiesen vorn einen Saum aus Vielfraßfell auf, der das Gesicht einrahmte und an dem sich kein Eis vom Atemhauch bildete. Die Obergewänder waren reich mit Zierat aus Knochen, Elfenbein, Muscheln, Tierzähnen und weißen Hermelinschwänzen mit schwarzen Spitzen geschmückt. Man streifte sie sich über den Kopf, sie hingen wie Säcke bis zur Hälfte an den Oberschenkeln herunter und wurden in der Mitte mit einem Leibriemen zusammengehalten. Unter dem Überwurf trugen sie weiche, ähnlich geschnittene Hirschlederhemden, dazu Fellhosen, die oben an der Hüfte über einem festgezogenen Gürtel umgekrempelt waren. Pelzgefütterte Fäustlinge hingen an einer langen, durch eine Schlaufe auf dem Rücken des Überwurfs gehaltenen Schnur, so daß man sie rasch ausziehen konnte, ohne Gefahr zu laufen, sie zu verlieren. Das Schuhwerk wies harte Sohlen auf, die wie Mokassins um den Fuß herumführten und an weicherem Leder befestigt waren, das sich dem Bein anschmiegte und mit Riemen daran verschnürt war. Das Schuhinnere war mit einem lockersitzenden Futter aus Mufflonwolle ausgepolstert, die angefeuchtet und gestampft wurde, bis ein fester Filz entstand. War es besonders feucht, wurden wasserdichte, passende Tierdärme über das Schuhwerk gezogen, die jedoch sehr dünn waren, schnell zerschlissen und nur dann benutzt wurden, wenn es unbedingt nötig war.

»Thonolan, wie weit willst du eigentlich wirklich ziehen? Du hast es doch nicht ernst gemeint, als du sagtest, bis zum Ende des Großen Mutter Flusses, nicht wahr?« fragte Jondalar, hob eine Feuersteinaxt mit kurzem, kräftig geformtem Stiel auf und steckte sie durch eine Schlaufe an seinem Leibriemen neben das Feuersteinmesser mit Knochengriff.

Thonolan, der gerade einen Schneeschuh anzog, hielt inne und stand auf. »Doch, das war wirklich ernst gemeint, Jondalar«, sagte er, diesmal ohne seinen sonst üblichen witzelnden Unterton.

»Aber vielleicht sind wir dann nicht einmal zum nächsten Sommertreffen wieder zurück!«

»Kommen dir Bedenken? Du mußt nicht unbedingt mitkommen, Bruder, ich meine das ernst. Ich werde nicht wütend sein, wenn du wieder umkehrst – du hast den Entschluß ohnehin im letzten Augenblick gefaßt. Und du weißt genausogut wie ich, daß wir vielleicht überhaupt nie mehr zurückkehren. Willst du jedoch umkehren, tu's besser jetzt, sonst schaffst du es bis zum nächsten Winter nicht über den Gletscher zurück.«

»Nein, es war kein Entschluß im letzten Augenblick, Thonolan. Ich habe schon lange daran gedacht, eine Reise zu machen, und jetzt ist der richtige Zeitpunkt«, sagte Jondalar in einem Ton, der etwas Endgültiges und, wie Thonolan meinte, einen Hauch von Bitterkeit hatte. Dann, als tue er schulterzukkend etwas ab, verfiel Jondalar in einen leichteren Tonfall. »Ich habe noch nie eine richtig lange Reise gemacht, und wenn ich es jetzt nicht tue, wird nie etwas daraus. Ich habe mich entschieden, kleiner Bruder, du wirst mich jetzt nicht wieder los.«

Der Himmel war klar, und die Sonne, die von der weiten Fläche unberührten Schnees zurückgeworfen wurde, blendete sie. Es war Frühling, doch in dieser Höhe war in der Landschaft nichts davon zu spüren. Jondalar griff in einen Beutel, der ihm vom Leibriemen herabhing, und zog eine Schneebrille hervor. Die Brille bestand aus Holz und war dergestalt gearbeitet, daß sie die Augen – bis auf einen schmalen, horizontalen Schlitz – vollständig bedeckte; mit einer Schnur wurde sie am Hinterkopf festgehalten. Mit einer raschen Fußbewegung, um die Riemenschlaufe in eine Schneeschuhhalterung um Zehen und Enkel gleiten zu lassen, stieg er in die Schneeschuhe und griff nach seinem Traggestell.

Die Schneeschuhe waren Thonolans Werk. Eigentlich war er Speermacher, und deshalb trug er auch den Schaftrichter bei sich, mit dem er am liebsten arbeitete, ein Werkzeug, das aus einer Geweihschaufel bestand, deren Sprossen entfernt waren und die am Ende ein Loch aufwies. Dieser Glätter oder Richter war über und über beschnitzt mit Tieren und Frühlingspflanzen, teils, um die Große Erdmutter zu ehren und sie zu bewegen, den Geistern der Tiere zu gestatten, die Speere, die mit ihm geglättet worden waren, anzuziehen, teils aber auch einfach deshalb, weil Thonolan gern schnitzte. Es lag in der Natur der Sache, daß sie auf der Jagd Speere verloren; folglich mußten sie unterwegs neue herstellen können. Der Speerrichter wurde insbesondere am Schaftende eingesetzt, wo man mit der Hand nicht mehr fest zupacken konnte; dadurch, daß man den Schaft durch das Loch schob, konnte man mehr Druck auf das Holz ausüben. Thonolan verstand sich vortrefflich darauf, Druck auf Holz auszuüben, das mit Hilfe heißer Steine oder Dampf erhitzt worden war, um den Schaft geradezubiegen oder um ihn zu krümmen und zu einer ganzen Rundung zu biegen wie bei der Herstellung eines Schneeschuhs. Es handelte sich nur um verschiedene Anwendungen desselben handwerklichen Könnens.

Jondalar wandte das Gesicht seinem Bruder zu, um zu sehen, ob er bereit sei. Auf ein Kopfnicken hin machten sie sich auf den Weg und stampften den leicht abschüssigen Hang in Richtung auf den Wald unten hinunter. Zu ihrer Rechten, weit hinter dem tiefergelegenen, bewaldeten Land, sahen sie das schneebedeckte Alpenvorland, und in der Ferne die gezackten Eisgipfel der nördlichsten Bergkette des massiven Hochgebirges. Im Südosten erhob sich schimmernd ein hoher Gipfel.

Das Hochland, das sie überquert hatten, war im Vergleich kaum mehr als ein Hügel, ein Massiv, das den Stumpf weggefressener Berge darstellte, die weit älter waren als die himmelstürmenden Gipfel im Süden. Trotzdem, es war immer noch hoch genug und dem schroffen Gebirge mit seinen massiven Gletschern gerade nahe genug, um das ganze Jahr über auf seinem ziemlich abgeschliffenen flachen Gipfel eine Eisschicht zu tragen. Die Gipfel des Gebirges im Süden waren nicht nur von Gletschern bekrönt, sondern bis hinunter in vergleichsweise geringe Höhen von Eis ummantelt. Eines Tages, wenn das Kontinentaleis sich bis auf einen polaren Rest zurückgezogen haben würde, sollten die niedrigeren und flachen Erhebungen ein wenig nördlich dieses Gebirges sich über und über mit schwarzem Wald bedecken. Jetzt bildeten sie einen Eisschild, eine Miniaturausgabe der unendlichen, den Erdkreis umspannenden Eiskappe des Nordens.

Als die Brüder die Baumgrenze erreichten, nahmen sie ihre Sonnenbrillen ab, die zwar die Augen schützten, aber auch die Sicht einengten. Ein wenig weiter unten am Hang stießen sie auf einen kleinen Wasserlauf, der sich gebildet hatte, als das Schmelzwasser vom Gletschereis durch die feinen Spalten im Felsen gesickert, unterirdisch dahingeflossen und dann gefiltert und von Rückständen gereinigt als sprudelnder Quell an die Oberfläche gekommen war. Das Wasser bahnte sich wie viele andere kleine Schmelzwasserbäche zwischen schneebedeckten Ufern seinen Weg.

»Was meinst du?« fragte Thonolan und wies auf den Bach. »Ungefähr hier, meinte Dalanar, müßten wir auf ihn stoßen.«

»Ob das der Große Mutter Fluß ist, werden wir bald wissen. Wir brauchen ihm nur zu folgen – wenn wir auf drei kleine Flüsse stoßen, die zusammentreffen und dann nach Osten fließen, ist er es, hat er gesagt. Ich würde meinen, fast jeder von diesen kleinen Bächen müßte uns schließlich zum Großen Mutter Fluß führen.«

»Nun, halten wir uns dann an das linke Ufer. Später dürfte es schwierig sein hinüberzukommen.«

»Das stimmt, aber die Losadunai leben auf dem rechten Ufer, und wir können doch in einer ihrer Höhlen rasten. Das linke Ufer soll Flachkopfland sein.«
»Jondalar, laß uns nicht bei den Losadunai Rast machen«, sagte Thonolan ernst lächelnd. »Du weißt doch, dann wollen sie uns nur bewegen, bei ihnen zu bleiben, und wir sind schon zu lange bei den Lanzadonii geblieben. Wären wir noch später losgezogen, hätten wir den Gletscher überhaupt nicht mehr überqueren können. Dann hätten wir um ihn herumgehen müssen, und nördlich davon ist wirklich Flachkopfland. Ich möchte, daß wir weiterkommen, und so weit im Süden treffen wir bestimmt nicht auf viele Flachköpfe. Und was macht es schon, wenn welche da sind? Du hast doch keine Angst vor den Flachköpfen, oder? Du weißt, was gesagt wird: einen Flachkopf erlegen ist wie einen Bären erlegen.«
»Ich weiß nicht recht«, sagte der Größere von beiden und legte die Stirn in Sorgenfalten. »Ich weiß nicht, ob ich es mit einem Bären aufnehmen möchte. Ich habe gehört, daß die Flachköpfe schlau sind. Manche Leute sagen, sie sind fast Menschen.«
»Schlau vielleicht, aber sie können nicht reden. Sie sind nichts weiter als Tiere.«
»Nicht die Flachköpfe sind es, deretwegen ich mir Sorgen mache, Thonolan. Die Losadunai kennen dies Land. Sie können uns auf den richtigen Weg bringen. Wir brauchen ja nicht lange zu bleiben, nur so lange, bis wir wissen, woran wir uns halten müssen. Sie können uns ein paar Landmarken nennen und sagen, was auf uns zukommt. Und wir können mit ihnen reden. Dalanar hat gesagt, ein paar von ihnen sprechen Zelandonii. Ich sage dir was: Wenn du einverstanden bist, jetzt zu rasten, bin ich einverstanden, die nächsten Höhlen links liegen zu lassen, bis wir auf dem Rückweg wieder auf sie stoßen.«
»Einverstanden. Wenn dir soviel daran liegt.«
Die beiden Männer hielten nach einer Stelle Ausschau, wo sie über den eisgesäumten Bach hinüberkommen konnten, der bereits zu breit war, ihn zu überspringen. Sie erblickten einen Baum, der hinübergefallen war und eine natürliche Brücke bildete. Ihm strebten sie zu. Jondalar ging voran, griff nach etwas, sich daran festzuhalten, und setzte einen Fuß auf die freiliegenden Wurzeln. Während Thonolan darauf wartete, daß er an die Reihe kam, blickte er sich um.
»Jondalar! Aufgepaßt!« rief er plötzlich.
Ein Stein sauste am Kopf des großen Mannes vorüber. Noch während er sich auf den Warnruf hin zu Boden fallen ließ, griff er mit der Hand nach dem Speer. Thonolan hatte bereits einen in der Hand, hatte sich niedergekauert und spähte in die Richtung, aus der der Stein gekommen war. Er erkannte

Bewegung hinter den ineinander verflochtenen Zweigen eines blattlosen Strauchs und warf den Speer. Als er nach einem zweiten griff, traten sechs Gestalten aus dem nahegelegenen Gesträuch. Sie waren umzingelt.

»Flachköpfe!« rief Thonolan, trat zurück und zielte.

»Warte, Thonolan!« schrie Jondalar. »Sie sind in der Überzahl.«

»Der Große da sieht aus, als wäre er der Anführer des Rudels. Wenn ich ihn erwische, ergreift der Rest vielleicht die Flucht.« Abermals holte er mit dem Arm aus.

»Nein! Sie könnten sich auf uns stürzen, ehe wir einen zweiten Speer zu fassen bekommen. Ich glaube, im Augenblick greifen sie nicht an – sie machen keine Bewegung.« Langsam, die Waffe wurfbereit, stand Jondalar auf. »Beweg dich nicht, Thonolan. Laß sie als nächstes etwas tun. Aber behalt' den Großen fest im Auge. Er kann sehen, daß du auf ihn zielst.«

Jondalar sah sich den großen Flachkopf genau an und hatte dabei das verwirrende Gefühl, daß die großen braunen Augen, die ihm entgegenstarrten, ihrerseits ihn genau studierten. Nie zuvor war er einem von ihnen so nahe gewesen, und jetzt war er überrascht. Diese Flachköpfe entsprachen nicht ganz der Meinung, die er von ihnen hatte. Die Augen des Großen wurden beschattet von einem mächtigen Brauenwulst, der durch buschige Brauen noch besonders betont wurde. Seine große schmale Nase hatte etwas von einem Schnabel und trug dazu bei, daß die Augen noch tiefer liegend wirkten, als sie es wirklich taten. Sein dichter, leicht gekräuselter Bart verbarg das Gesicht. Bei einem Jüngeren, dessen Bart gerade zu sprießen begann, erkannte er, daß sie kein Kinn hatten, sondern nur leicht vorgeschobene Kiefer. Sie hatten struppiges Haar, braun wie ihre Bärte, und schienen besonders oben auf dem Rücken mehr Körperbehaarung aufzuweisen, als Jondalar bei seinesgleichen gewohnt war.

Daß das der Fall war, konnte er erkennen, weil ihre Fellumhänge hauptsächlich ihren Brustkasten umspannten und Schultern und Arme trotz der eisigen Temperatur unbedeckt ließen. Daß sie jedoch weniger Kleidung trugen, erstaunte ihn längst nicht so sehr wie die Tatsache, daß sie überhaupt bekleidet waren. Kein Tier, das er jemals gesehen, trug Kleider, und Waffen schon gar nicht. Von diesen jedoch trug ein jeder einen langen hölzernen Speer – mit dem offensichtlich mehr zugestoßen wurde als geworfen, obgleich die zugespitzten Enden bedrohlich genug wirkten –, und einige waren auch noch mit schweren Keulen, den Beinknochen großer Weidetiere, bewaffnet.

Ihre Kiefer sind wirklich nicht die von Tieren, dachte Jondalar. Sie treten nur ein wenig mehr vor, und ihre Nasen sind ganz einfach groß. Ihre Köpfe sind es, die so anders sind.

Statt einer schönen hohen Stirn, wie er und Thonolan sie hatten, war die ihre niedrig und fliehend über den mächtigen Brauenwülsten, und erreichte erst am Hinterkopf ihre größte Ausdehnung. Es war, als ob ihnen der Scheitel auf dem Kopf, den er leicht erkennen konnte, flachgedrückt und zurückgeschoben worden wäre. Wenn Jondalar sich zu seiner ganzen Größe von sechs Fuß aufrichtete, überragte er noch den Größten von ihnen um einen Fuß. Selbst Thonolan mit seinen nicht ganz sechs Fuß wirkte wie ein Riese neben einem von ihnen, der anscheinend ihr Anführer war.

Jondalar und sein Bruder waren beide gutgewachsene Männer, kamen sich jedoch geradezu dürr vor neben diesen muskelbepackten Flachköpfen. Sie hatten einen mächtigen Brustkorb und dicke, muskulöse Gliedmaße; Arme und Beine waren irgendwie nach außen gebogen; trotzdem gingen sie aufrecht und mühelos wie ein Mensch. Je länger er hinschaute, desto mehr kamen sie ihm wie Menschen vor, nur eben nicht wie irgendeiner von den Menschen, die er kannte.

Einen langen, gespannten Augenblick machte keiner eine Bewegung. Thonolan kauerte mit wurfbereitem Speer am Boden; Jondalar stand zwar aufrecht, hatte aber seinen Speer fest gepackt und konnte den seinen dem seines Bruders im nächsten Augenblick folgen lassen. Die sechs Flachköpfe, die sie umringten, standen wie zu Stein erstarrt da, doch hegte Jondalar nicht den geringsten Zweifel, daß sie im Handumdrehen losspringen würden. Es war eine Situation, bei der beide Seiten abwarteten, und in Jondalars Kopf jagten die Gedanken einander bei dem Versuch, einen Ausweg zu finden.

Plötzlich stieß der große Flachkopf einen Grunzlaut aus und machte mit dem Arm eine winkende Bewegung. Ums Haar hätte Thonolan seinen Speer geworfen, doch bekam er Jondalars beschwichtigende Geste gerade noch rechtzeitig mit. Nur der junge Flachkopf hatte sich bewegt; er sprang zurück ins Gestrüpp, aus dem sie gerade herausgetreten waren. Gleich darauf kehrte er mit dem Speer, den Thonolan geschleudert hatte, zurück und brachte ihn ihm – was Thonolan völlig verblüffte. Dann ging der Junge zu dem Flüßchen hinunter und holte dort in der Nähe der Baumstammbrücke einen Stein heraus. Damit kehrte er mit gesenktem Kopf und offensichtlich zerknirscht zu dem Großen zurück. Im nächsten Augenblick waren alle sechs lautlos im Busch verschwunden.

Als Thonolan klar wurde, daß sie fort waren, stieß er einen Seufzer der Erleichterung aus. »Ich hatte schon gedacht, hier kommen wir nie raus! Allerdings war ich sicher, daß ich einen von ihnen mitnehmen würde. Ich möchte mal wissen, was das alles sollte.«

»Ich bin mir zwar nicht sicher«, erwiderte Jondalar, »aber es könnte immerhin sein, daß der Junge etwas angefangen hat, was der Große nicht zu Ende

bringen wollte, und zwar nicht, weil er Angst gehabt hätte. Jedenfalls glaube ich das nicht. Es hat schon verdammt viel Mut dazu gehört, dazustehen und sich deinem Speer zu stellen – und dann zu tun, was er getan hat.«
»Vielleicht wußte er es einfach nicht besser.«
»Doch wußte er das. Schließlich hat er gesehen, wie du den ersten Speer geschleudert hast. Warum sonst hätte er dem Jungen befehlen sollen, ihn zu holen und ihn dir zu bringen?«
»Meinst du wirklich, er hat ihm das befohlen? Wie denn? Sie können ja nicht sprechen.«
»Das weiß ich nicht, aber irgendwie hat der Große dem Jungen bedeutet, dir deinen Speer wiederzugeben und seinen Stein zu holen. Dadurch war alles wieder ausgeglichen. Niemand wurde verletzt, und damit waren wir wohl wirklich quitt. Du weißt ja, ich bin nicht so sicher, daß diese Flachköpfe Tiere sind. Das war schon sehr schlau. Und außerdem habe ich nicht gewußt, daß sie Felle tragen, Waffen dabei haben und aufrecht auf zwei Beinen gehen wie wir.«
»Nun, ich weiß jetzt jedenfalls, warum sie Flachköpfe genannt werden! Die konnten einem schon das Fürchten lehren. Mit denen würde ich bestimmt nicht gern zusammenstoßen.«
»Ich weiß – sie sehen aus, als könnten sie einem den Arm brechen wie einen dürren Ast. Außerdem hatte ich immer gedacht, sie wären klein.«
»Untersetzt vielleicht, aber nicht klein. Nein, das ganz gewiß nicht. Großer Bruder, ich muß zugeben, daß du recht hattest. Laß uns den Losadunai einen Besuch abstatten. Sie leben in der Nähe und sollten eigentlich mehr über die Flachköpfe wissen. Außerdem scheint der Große Mutter Fluß eine Art Grenze zu bilden, und mir ist so, als ob die Flachköpfe uns nicht gern auf ihrer Seite hätten.«

Die beiden Männer wanderten weiter und hielten mehrere Tage lang nach auffälligen Landmarken Ausschau, die Dalanar ihnen genannt hatte. Sie folgten dabei dem Fluß, der sich in diesem Stadium in nichts von den anderen kleinen Flüssen, Bächen und Rinnsalen unterschied, die das abschüssige Gelände hinunterflossen. Man war nur übereingekommen, diesen bestimmten Wasserlauf als die Quelle des Großen Mutter Flusses anzusehen. Die meisten Flüsse vereinigten sich hier miteinander und bildeten den Anfang jenes großen Stroms, der sich über achtzehnhundert Meilen durch die Berge winden und durch Ebenen dahineilen sollte, ehe er seine Wassermassen weit im Südosten in das Binnenmeer ergoß.
Das kristalline Gestein des Grundgebirges, das den mächtigen Strom entstehen läßt, gehört zu den ältesten der Erde überhaupt; die ausgedehnte Senke

entstand aufgrund jenes ungeheuren Drucks, der die herrlich schimmernden schroffen Bergzüge im Süden aufwarf und -faltete. Über dreihundert Nebenflüsse, viele davon selber große Ströme, entwässern den ganzen langen Weg entlang die Hänge der Gebirgszüge und lassen auf diese Weise seine mächtigen Fluten entstehen. Eines Tages sollte sich der Ruhm dieses Stroms bis an die entferntesten Ränder der Erde ausbreiten; trotz des schlammigen Wassers sprach man von der »schönen blauen Donau«.

Durch Bergketten und Grundgebirge leicht abgewandelt, machen sich der Einfluß sowohl des ozeanischen Westens als auch des kontinentalen Ostens bemerkbar. Flora und Fauna stellten eine Mischung der westlichen Tundra-Taiga und der östlichen Steppen dar. In den höheren Lagen lebten Steinbock, Gemsen und Mufflons, wohingegen in den tiefergelegenen Wäldern Rotwild vorherrschte. Das Tarpan, ein Wildpferd, das eines Tages gezähmt werden sollte, zog grasend durch die geschützteren Niederungen und Flußtäler. Wolf, Luchs und Schneeleoparden duckten sich lautlos in den Schatten. Allesfressende Bären erwachten taumelig aus dem Winterschlaf; die riesigen, pflanzenfressenden Höhlenbären kamen erst später auf. Viele kleinere Wildarten steckten die Nase aus dem Winternest heraus.

Die Hänge waren zumeist mit Kiefern bewachsen, doch auch Fichte, Weißtanne und Lärche waren zu sehen. Erlen herrschten an Flußläufen vor, häufig zusammen mit Weiden und Pappeln, seltener mit noch in der Entwicklung begriffenen Eichen und Buchen, die so klein waren, daß sie kaum Strauchhöhe erreichten.

Das linke Ufer stieg allmählich an. Jondalar und Thonolan folgten ihm aufwärts, bis sie auf dem Gipfel einer hohen Erhebung standen. Als sie den Blick über die Landschaft schweifen ließen, sahen sie, wie zerklüftet, wild und schön das Gebiet war; eine Schicht Weiß, die in Mulden und auf zutagetretendem Gestein liegengeblieben war, machte alles weich. Doch diese Täuschung gestaltete das Fortkommen schwierig.

Sie waren keiner der verschiedenen Gruppen von Menschen begegnet – die Gruppen hießen »Höhlen«, ob sie nun in einer solchen lebten oder nicht –, die sich Losadunai nannten. Jondalar meinte nachgerade schon, sie verpaßt zu haben.

»Schau!« Thonolan streckte den Arm aus.

Jondalar folgte der angegebenen Richtung und sah aus einem Gehölz einen Rauchfaden aufsteigen. Eilends machten sie, daß sie weiterkamen und stießen bald darauf auf eine kleine um ein Feuer herum lagernde Schar. Beide Hände in die Höhe haltend, traten die beiden Brüder unter sie; die Handflächen waren dabei nach außen gekehrt – ein Gruß, der allgemein Offenheit und Freundschaft bedeutete.

»Ich bin Thonolan von den Zelandonii. Und dies hier ist mein Bruder Jondalar. Wir sind unterwegs auf Reisen. Spricht einer hier unsere Zunge?«
Ein in mittleren Jahren stehender Mann trat vor und hielt dabei die Hände genauso nach außen gekehrt in die Höhe wie sie. »Ich bin Laduni von den Losadunai. Im Namen Dunas, der Großen Erdmutter, ihr seid willkommen.« Er packte Thonolans beide Hände mit den seinen und grüßte auf die gleiche Weise Jondalar. »Kommt! Setzt euch ans Feuer. Wir wollen gleich essen. Haltet ihr mit?«
»Ihr seid sehr großzügig«, entgegnete Jondalar förmlich.
»Ich bin auf meiner Reise gen Westen gezogen und eine Zeitlang bei einer Höhle Zelandonii gewesen. Das ist zwar schon etliche Jahre her, aber Zelandonii sind uns immer willkommen.« Er führte sie zu einem großen Baumstamm in der Nähe des Feuers. Zum Schutz vor Wind und Wetter war ein Dach darüber gebaut worden. »Hier, ruht euch aus und nehmt eure Last ab. Ihr müßt unmittelbar vom Gletscher heruntergekommen sein.«
»Vor ein paar Tagen«, erklärte Thonolan und nahm mit ruckartiger Bewegung sein Traggestell ab.
»Dann kommt ihr zu einem sehr späten Zeitpunkt. Der Föhn kann jetzt jeden Tag einsetzen.«
»Föhn?« Thonolan wußte nichts mit diesem Wort anzufangen.
»Der aus Südwesten wehende, warme und trockene Frühlingswind. Er weht mit einer solchen Heftigkeit, daß er ganze Bäume entwurzelt und dicke Äste herunterbrechen läßt. Allerdings bringt er den Schnee in kürzester Zeit zum Schmelzen. Binnen weniger Tage kann all dies hier verschwunden sein und die Bäume anfangen zu knospen«, erklärte Laduni und machte eine weitausgreifende Armbewegung, um anzudeuten, daß er den Schnee meinte. »Wenn er einen auf dem Gletscher überrascht, kann das tödlich sein. Das Eis schmilzt so schnell, daß sich Spalten auftun. Schneebrücken und -ränder können unter deinem Fuß nachgeben. Bäche, ja, ganze Flüsse fließen über das Eis.«
»Er bringt aber auch immer das Übel mit«, fügte eine junge Frau hinzu und nahm den Faden von Ladunis Bericht auf.
»Übel?« Thonolan richtete diese Frage an sie.
»Böse Geister, die sich vom Wind tragen lassen. Sie machen jedermann reizbar. Leute, die nie ein lautes Wort sagen, fangen plötzlich an, sich zu streiten. Leute, die sonst glücklich sind, weinen den ganzen Tag. Die Geister können dich krank machen, oder wenn du schon krank bist, können sie dich dazu bringen, daß du den Tod herbeisehnst. Es hilft, wenn man weiß, was auf einen zukommt; aber auf jeden Fall ist dann jeder schlecht gelaunt.«
»Wo hast du denn so gut Zelandonii sprechen gelernt?« fragte Thonolan und lächelte die attraktive Frau bewundernd an.

Diese erwiderte Thonolans Lächeln nicht minder freimütig, doch statt zu antworten, blickte sie hinüber zu Laduni.
»Thonolan von den Zelandonii, das hier ist Filonia von den Losadunai. Sie ist die Tochter meines Herdfeuers«, sagte Laduni rasch und verstand sehr wohl ihren unausgesprochenen Wunsch, dem Fremden in aller Form vorgestellt zu werden. Was wiederum Thonolan zu verstehen geben sollte, daß sie durchaus etwas auf sich hielt und sich nicht ohne förmliche Vorstellung mit Fremden unterhielt, nicht einmal mit hübschen, aufregenden, auf einer Reise begriffenen Fremden.
Thonolan hielt die Hände in der Geste der förmlichen Begrüßung in die Höhe; seine Augen drückten dabei Wohlgefallen und Bewunderung aus. Sie zögerte einen Moment, gleichsam als müsse sie überlegen, dann legte sie ihre Hände in die seinen. Er zog sie näher heran. »Filonia von den Losadunai, Thonolan von den Zelandonii fühlt sich geehrt, daß die Große Erdmutter ihn mit dem Geschenk deiner Gegenwart beglückt«, sagte er und grinste vielsagend.
Filonia errötete leicht über die verwegene Anzüglichkeit, die er mit seiner Anspielung auf das Geschenk der Mutter beabsichtigte, obwohl seine Worte genauso förmlich klangen, wie es seine Gesten waren. Seine Berührung hatte ein erregendes Prickeln zur Folge, und einladend leuchtete es in ihren Augen auf.
»Jetzt sag mir«, fuhr Thonolan fort, »wo hast du Zelandonii gelernt?«
»Meine Base und ich haben auf unserer Reise den Gletscher überquert und eine Zeitlang in einer Zelandonii-Höhle gelebt. Laduni hatte uns schon einiges beigebracht -- er redet oft in eurer Zunge mit uns, um es nicht zu vergessen. Er geht alle paar Jahre hinüber, um Handel zu treiben, und wollte, daß ich mehr lerne.«
Thonolan hielt ihre Hände immer noch in den seinen und sah sie lächelnd an. »Frauen machen nicht oft so lange und gefährliche Reisen. Was, wenn Doni dich gesegnet hätte?«
»So lang war sie nun auch wieder nicht«, sagte sie und genoß seine offenkundige Bewunderung. »Ich hätte bald gemerkt, wann ich zurück sollte.«
»Diese Reise war genauso lang wie die, die Männer machten«, erklärte er mit Nachdruck.
Jondalar, der das Zwischenspiel verfolgt hatte, wandte sich Laduni zu. »Und wieder hat er es geschafft«, sagte er grinsend. »Mein Bruder sucht sich unweigerlich die attraktivste Frau weit und breit aus und verzaubert sie innerhalb der ersten drei Herzschläge.«
Laduni gluckste. »Filonia ist noch jung. Sie hat die Riten der Ersten Wonnen erst vorigen Sommer hinter sich gebracht; allerdings hat sie seither genug Be-

wunderer gehabt, daß sie sich aussuchen kann, wen sie will und wen nicht. Ach, noch einmal jung sein und das Geschenk der Wonnen von der Großen Erdmutter noch nicht zu kennen! Nicht, daß ich es nicht immer noch genösse, aber ich fühle mich ganz wohl mit meiner Gefährtin und verspüre den Drang nach neuen Erregungen nicht oft.« Er wandte sich an den großen Blonden. »Wir sind nur eine Jagdgesellschaft und haben nicht viele Frauen bei uns, aber du solltest keine Schwierigkeiten haben, eine von unseren Duna-Gesegneten zu finden, die bereit ist, die Gabe mit dir zu teilen. Wenn du nicht die richtige findest – wir sind eine große Höhle, und Besucher sind immer Anlaß, ein Fest zu Ehren der Mutter zu feiern.«

»Tut mir leid, aber wir werden nicht mit zu eurer Höhle gehen. Wir stehen ja noch am Anfang unserer Reise. Thonolan möchte eine lange Reise machen und brennt darauf, daß es nun endlich losgeht. Vielleicht – wenn du uns den Weg weisen wolltest – auf dem Rückweg.«

»Schade, daß ihr nicht zu uns kommt – wir haben in letzter Zeit nicht viele Besucher gehabt. Wie weit wollt ihr denn ziehen?«

»Thonolan spricht davon, dem Großen Mutter Fluß bis an sein Ende zu folgen. Aber alle reden ja von einer langen Reise, wenn sie anfangen. Wer will das wissen?«

»Ich dachte, die Zelandonii lebten nahe dem Großen Wasser; zumindest taten sie das, als ich meine Reise antrat. Ich bin lange gen Westen gezogen und dann gen Süden. Hast du gesagt, ihr hättet euch gerade eben erst aufgemacht?«

»Ich sollte das besser erklären. Du hast recht, das Große Wasser ist nur wenige Tagemärsche von unserer Höhle entfernt, aber Dalanar von den Lanzadonii wurde meiner Mutter zur Zeit meiner Geburt zum Gefährten gegeben, und daher ist seine Höhle für mich wie eine zweite Heimat. Ich habe dort drei Jahre lang gelebt, und er hat mir mein Handwerk beigebracht. Mein Bruder und ich sind bei ihnen geblieben. Seit wir losgezogen sind, haben wir nur den Gletscher überquert, und bis zu dem dauert es nur ein paar Tage.«

»Dalanar! Selbstverständlich! Du bist mir gleich bekannt vorgekommen. Du mußt ein Kind seines Geistes sein, so ähnlich siehst du ihm. Und dann auch noch Feuersteinschläger! Wenn du ihm darin so ähnlich bist wie in deinem Gesicht, mußt du sehr gut sein. Er ist der beste Feuersteinschläger, den ich je erlebt habe. Ich wollte ihn nächstes Jahr besuchen, um ein paar Feuersteine aus der Lanzadonii-Mine zu bekommen. Es gibt keinen besseren Stein.«

Leute mit Holzschalen in den Händen versammelten sich ums Feuer, und die köstlichen Düfte, die von dort herüberdrangen, machten Jondalar bewußt, wie hungrig er war. Er nahm sein Traggestell auf, damit es nicht im Weg stände, doch dann kam ihm ein Einfall. »Laduni, ich habe etliches an Lanzadonii-Feuersteinen bei mir. Eigentlich hatte ich damit ersetzen wollen, was mir an Werkzeugen unterwegs entzwei ginge. Aber sie sind schwer zu tragen, und ich hätte nichts dagegen, ein oder zwei Steine hierzulassen. Wenn du sie haben möchtest, ich würde sie dir mit Freuden geben.«

In Ladunis Augen leuchtete es auf. »Ich würde sie mit Freuden annehmen, möchte dir aber etwas dafür geben. Sonst habe ich nichts dagegen, bei einem guten Handel das bessere Teil zu erwischen. Aber den Sohn von Dalanars Herdfeuer möchte ich nicht übers Ohr hauen.«

Jondalar grinste. »Du erbietest dich ja schon, mir meine Last zu erleichtern und mir eine warme Mahlzeit zukommen zu lassen.«

»Das reicht aber kaum für guten Lanzadonii-Stein. Du machst es zu leicht, Jondalar. Du verletzt meinen Stolz.«

Eine gutmütige Menge versammelte sich um sie, und als Jondalar lachte, stimmten alle mit ein.

»Na, schön, Laduni, dann mach ich's dir eben nicht leicht. Im Augenblick brauche ich nichts – ich möchte mir nur meine Last etwas erleichtern. Dafür bitte ich um die Gewährung einer künftigen Bitte. Einverstanden?«

»Jetzt will *er mich* übers Ohr hauen«, wandte der Mann sich grinsend an die Menge. »Dann sag' jedenfalls, was es sein soll.«

»Woher soll ich das wissen? Auf jeden Fall möchte ich es mitnehmen, wenn ich auf dem Rückweg wieder zu euch komme. Abgemacht?«

»Und woher soll ich wissen, daß ich es dir auch geben kann?«

»Ich werde dich um nichts bitten, was du mir nicht geben kannst.«

»Deine Bedingungen sind hart, Jondalar, aber wenn ich kann, will ich dir geben, was immer du verlangst. Abgemacht.«

Jondalar machte sein Traggestell auf, nahm die zuoberst liegenden Dinge zur Hand, zog dann den Beutel mit den Feuersteinen heraus und reichte Laduni zwei bereits zur Bearbeitung vorbereitete Brocken Feuerstein. »Die hat Dalanar ausgesucht und auch schon vorbereitet«, sagte er.

Ladunis Gesichtsausdruck ließ erkennen, daß er nichts dagegen hatte, zwei Feuersteinbrocken zu bekommen, die Dalanar für den Sohn seines Herdfeuers ausgesucht und vorbereitet hatte, doch laut genug, so daß jeder es hören konnte, murmelte er: »Wahrscheinlich handle ich mein Leben gegen zwei Steinbrocken ein.« Keiner gab einen Kommentar dazu ab, wie wahrscheinlich oder unwahrscheinlich es wäre, daß Jondalar jemals wiederkäme, um seine Schuld einzutreiben.

»Jondalar, willst du dastehen und ewig so weiterreden?« sagte Thonolan. »Man hat uns aufgefordert, ihr Mahl zu teilen, und das Wild riecht gut.« Er hatte das Gesicht zu einem breiten Grinsen verzogen; Filonia stand an seiner Seite.

»Jawohl, das Essen ist bereit«, sagte sie, »und die Jagd ist so gut gewesen, daß wir kaum etwas von dem Trockenfleisch gegessen haben, das wir mitgenommen haben. Jetzt, wo eure Last leichter ist, habt ihr gewiß Platz, etwas davon mitzunehmen, oder?« fügte sie mit einem schüchternen Lächeln für Laduni hinzu.

»Das wäre uns hochwillkommen. Laduni, bis jetzt hast du mich der bezaubernden Tochter deines Herdfeuers noch nicht vorgestellt«, sagte Jondalar.

»Es ist ein schrecklicher Tag, wenn die Tochter deines eigenen Herdfeuers anfängt, dir den Handel zu verderben«, sagte er, lächelte dabei aber voller Stolz. »Jondalar von den Zelandonii – Filonia von den Losadunai.«

Sie wandte sich dem älteren Bruder zu, um ihn anzusehen, und kam sich unversehens völlig verloren vor in den überwältigend strahlendblauen Augen, die auf sie herablächelten. Widerstreitende Gefühle trieben ihr die Röte ins Gesicht, als sie sich jetzt auch zu dem anderen Bruder hingezogen fühlte; sie senkte den Kopf, um ihre Verwirrung zu verbergen.

»Jondalar, bilde dir nicht ein, ich könnte das Leuchten in deinen Augen nicht erkennen. Vergiß nicht, ich war es, der sie als erster gesehen hat«, scherzte Thonolan. »Komm, Filonia, ich bringe dich von hier fort. Laß dich warnen: halt dich von diesem meinem Bruder fern! Glaub mir, du tust gut daran, nicht das geringste mit ihm zu tun zu haben. Ich kenne ihn!« Dann wandte er sich Laduni zu und sagte mit gespielter Gekränktheit: »Das macht er jedesmal so. Ein Blick, mehr braucht es bei ihm nicht. Wäre ich doch nur mit den Gaben meines Bruders geboren worden!«

»Du hast mehr Gaben als ein Mann braucht, Kleiner Bruder«, sagte Jondalar und ließ sein herzerfrischendes, warmes und ansteckendes Lachen ertönen.

Filonia wandte sich wieder Thonolan zu und schien erleichtert, ihn noch genauso anziehend zu finden wie zuvor. Er legte ihr den Arm um die Schultern und schob sie auf die andere Seite des Feuers zu, doch sie drehte noch einmal den Kopf, um den anderen Mann anzusehen. Diesmal lächelte sie zuversichtlicher und sagte: »Wir feiern Duna zu Ehren immer ein Fest, wenn Fremde in unsere Höhle kommen.«

»Sie werden nicht zur Höhle kommen, Filonia«, sagte Laduni. Einen Moment sah die junge Frau enttäuscht aus, doch dann wandte sie sich lächelnd an Thonolan.

»Ach, noch einmal jung sein!« Laduni gluckste in sich hinein. »Doch die Frauen, die Duna am meisten ehren, scheinen am häufigsten mit Nachwuchs gesegnet zu sein. Die Große Erdmutter lächelt denen, die ihre Gaben am meisten zu schätzen wissen.«

Jondalar verstaute sein Traggestell hinter dem Baumstamm und ging dann auf das Feuer zu. Ein Wildgericht brodelte in einem Topf, der aus einem Lederbalg bestand, welcher von zusammengebundenen Knochen gehalten wurde. Dieser Topf hing direkt über dem Feuer. Die Brühe war zwar heiß genug, das Fleisch darin garen zu lassen, sorgte gleichzeitig jedoch dafür, daß die Temperatur des Kochgeräts selbst so niedrig blieb, daß es nicht brannte. Die Verbrennungstemperatur des Leders lag viel höher als die des vor sich hinkochenden Eintopfs.

Eine Frau reichte ihm eine Holzschale schmackhafter Brühe und ließ sich neben ihm auf dem Baumstamm nieder. Er benutzte sein Feuersteinmesser, um die Brocken Fleisch und Gemüse – getrocknete Wurzeln, die sie mitgebracht hatten – aufzuspießen; die Brühe trank er aus der Schale. Als er fertig war, brachte die Frau ihm eine kleinere Schale Kräutertee. Dankbar schenkte er ihr ein Lächeln. Sie war ein paar Jahre älter als er, alt genug jedenfalls, das hübsche Aussehen der Jugend gegen die echte Schönheit auszutauschen, wie sie nur mit der Reife kommt. Sie erwiderte sein Lächeln und ließ sich wieder neben ihm nieder.

»Sprichst du Zelandonii?« fragte er.

»Sprechen wenig, mehr verstehen«, sagte sie.

»Sollte ich Laduni bitten, uns vorzustellen, oder darf ich dich einfach nach deinem Namen fragen?«

Wieder lächelte sie, ein wenig mit der Herablassung älterer Frauen. »Nur junge Mädchen brauchen jemand, Namen sagen. Ich: Lanalia. Du: Jondalar?«

»Ja«, antwortete er. Er spürte die Wärme ihres Beins, und die Erregung, die das erzeugte, zeigte sich in seinen Augen. Brennend erwiderte sie seinen Blick. Er ließ die Hand zu ihrem Schenkel hinaufwandern. Mit einer Bewegung, die ihn ermutigte und Erfahrung versprach, schmiegte sie sich enger an ihn. Nickend gab er ihr seine Einwilligung zu verstehen, doch das war nicht nötig. Sein Blick enthielt die gleiche Aufforderung wie der ihre. Sie sah über seine Schulter. Jondalar folgte dem Blick und sah Laduni auf sie zukommen. Voller Wohlbehagen entspannte sie sich neben ihm. Beide konnten sie warten, ihr Versprechen später einzulösen.

Laduni setzte sich zu ihnen, und kurz danach kam Thonolan zurück und hockte sich mit Filonia auf die Seite des Feuers, wo sein Bruder saß. Bald drängte sich alles um die beiden Besucher. Scherze und Neckereien flogen hin und her und wurden für diejenigen übersetzt, die sie nicht verstehen konnten. Schließlich beschloß Jondalar, etwas Ernsthafteres zur Sprache zu bringen.

»Wißt ihr eigentlich viel über die Leute weiter unten am Fluß, Laduni?«

»Früher hat uns gelegentlich einer von den Sarmunai besucht. Sie leben weiter unten und nördlich vom Fluß. Aber es ist Jahre her, daß es geschehen ist. Manchmal schlagen junge Leute auf ihrer Reise alle denselben Weg ein. Aber dann wird er allgemein bekannt und ist nicht mehr so aufregend; infolgedessen schlagen sie dann einen anderen Weg ein. Nach einer Generation oder so erinnern sich dann nur noch die Alten daran, und es wird wieder zum Abenteuer, eben diesen Weg wieder einzuschlagen. Alle jungen Leute bilden sich ein, ihre Entdeckungen sind etwas Neues. Da spielt es keine Rolle, ob ihre Vorfahren schon das gleiche getan haben oder nicht.«

»Für sie ist es neu«, sagte Jondalar. Ihm ging es um ein paar handfeste Informationen, ehe er sich auf eine Diskussion einließ, die vielleicht Spaß machte, aber keinen unmittelbar praktischen Wert hatte. »Kannst du mir etwas über ihre Sitten und Gebräuche erzählen? Kennst du irgendwelche Worte in ihrer Sprache? Weißt du, mit welchen Worten oder Gebärden man sich bei ihnen begrüßt? Was sollten wir möglichst vermeiden? Was könnte als Kränkung ausgelegt werden?«

»Viel weiß ich nicht, und aus neuerer Zeit schon gar nicht. Vor ein paar Jahren ist mal jemand in den Osten gezogen, aber er ist nie zurückgekehrt. Wer weiß, vielleicht hat er beschlossen, sich woanders niederzulassen«, sagte Laduni. »Wie es heißt, sollen sie ihre *Dunai* aus Schlamm machen, aber das ist wohl nur Gerede. Ich wüßte nicht, wie jemand darauf kommen sollte, die heiligen Bilder der Mutter aus Schlamm zu machen. Er würde ja einfach zerbröckeln, sobald er trocknete.«

»Vielleicht, weil Schlamm aus Erde ist. Manche Leute ziehen aus diesem Grunde ja auch Stein vor.«

Während er das sagte, griff Jondalar unbewußt in den an seinem Gurt hängenden Beutel und tastete nach der kleinen Steinfigur einer außerordentlich beleibten Frau. Er spürte die vertrauten, riesigen Brüste, den dicken, vortretenden Bauch sowie ihre mehr als ausladenden Hüften und ihr Gesäß. Arme und Beine spielten keine Rolle; wichtig waren nur die Mutteraspekte an ihr; die Gliedmaßen der kleinen Steinfigur waren kaum herausgearbeitet. Den Kopf bildete ein Knauf mit einer Andeutung von Haar, das übers Gesicht ging; Gesichtszüge waren nicht vorhanden.

Niemand konnte das furchteinflößende Gesicht von Doni ansehen, der Großen Erdmutter, Urahnin und Urmutter, Schöpferin und Erhalterin alles Lebens, Sie, die alle Frauen mit Ihrer Macht beschenkte, Leben hervorzubringen. Keines von Ihren kleinen Abbildern, in denen Ihr Geist, die *Donii* steckte, wagte, Ihr Gesicht auch nur anzudeuten. Selbst wenn Sie sich in Träumen offenbarte, blieb Ihr Gesicht zumeist unklar, wohingegen es oft vorkam, daß Männer Sie mit einem jungen, mannbaren Körper erblickten. Manche Frauen behaupteten, Ihre Geisterform annehmen und mit dem Wind fliegen zu können, um Glück zu bringen oder Rache zu säen – und Ihre Rache konnte furchtbar sein!

War Sie erzürnt oder fühlte Sie sich entehrt, war Sie vieler schrecklicher

Taten fähig; am bedrohlichsten war es jedoch, wenn sie Ihre herrliche Gabe der Lust vorenthielt, die kam, wenn es einer Frau in den Sinn kam, sich einem Mann zu öffnen. Die Große Mutter und – so wurde behauptet – etliche von Denen, Die Ihr Dienten –, vermochten einem Mann die Kraft zu geben, Ihre Gabe mit so vielen Frauen zu teilen, wie er wollte, oder dafür zu sorgen, daß er zusammenschrumpelte und weder imstande war, anderen noch sich selbst Lust zu verschaffen.

Wie geistesabwesend streichelte Jondalar die hängenden Steinbrüste der Donii in seinem Beutel und wünschte ihnen Glück, als er an ihre Reise dachte. Es stimmte: Einige von ihnen kamen nie zurück, doch das gehörte nun mal zum Abenteuer dazu. Dann stellte Thonolan Laduni eine Frage, die ihn wieder ganz Ohr sein ließ.

»Was weißt du über die Flachköpfe hier in der Gegend? Wir sind vor ein paar Tagen einer Horde begegnet. Ich war fest überzeugt, daß unsere Reise schon dort ein Ende finden würde.« Plötzlich hingen sie Thonolan alle an den Lippen.

»Charoli!« Laduni spuckte.

»Wer ist Charoli?« fragte Jondalar.

»Ein junger Mann aus Tomasis Höhle und Rädelsführer einer Bande von Rohlingen, die sich in den Kopf gesetzt haben, ihre Scherze mit den Flachköpfen zu treiben. Wir hatten nie Schwierigkeiten mit ihnen. Sie blieben auf ihrer Seite des Flusses und wir auf der unseren. Wenn wir doch mal übersetzten, gingen sie uns aus dem Weg, es sei denn, wir blieben zu lange. Aber auch dann taten sie nichts weiter, als uns unmißverständlich zu verstehen zu geben, daß sie uns beobachteten. Das genügte. Es macht einen ziemlich kribbelig, wenn eine Bande von Flachköpfen einen mit den Augen verfolgt.«

»Das kann man wohl sagen!« erklärte Thonolan. »Aber was meinst du damit: sie treiben ihren Mutwillen mit den Flachköpfen? Ich würde mich hüten, mich mit ihnen anzulegen.«

»Alles fing als Tollkühnheit an. Einer forderte wohl den anderen heraus hinzulaufen und einen Flachkopf anzufassen. Sie können ziemlich wütend werden, wenn man sie ärgert. Dann fingen die jungen Leute an, jeden Flachkopf, den sie allein fanden, zu umzingeln und ihn aufzuziehen, ihn so weit zu reizen, bis er hinter ihnen herlief. Flachköpfe fahren leicht aus der Haut, aber sie haben nur kurze Beine. Für gewöhnlich sind Menschen schneller als sie; allerdings tut er gut daran, die Beine in die Hand zu nehmen. Ich weiß nicht recht, wie es anfing, aber als nächstes schlugen Charoli und seine Bande sie zusammen. Wahrscheinlich hat einer von den Flachköpfen, die sie hänselten, einen von ihnen erwischt, woraufhin die anderen ihrem Freund zu Hilfe sprangen. Jedenfalls machen sie das jetzt gewohnheitsmäßig, aber selbst wenn mehrere

gegen einen Flachkopf standen, sind sie nicht ohne Schrammen davongekommen.«
»Das kann ich mir vorstellen«, sagte Thonolan.
»Was sie danach taten, ist womöglich noch schlimmer«, fügte Filonia hinzu.
»Filonia! Das ist abscheulich! Ich dulde nicht, daß du darüber sprichst!« polterte Laduni, und sein Zorn war nicht gespielt.
»Was haben sie gemacht?« fragte Jondalar. »Wenn wir auf unserer Reise durch das Gebiet von Flachköpfen kommen, sollten wir das wissen.«
»Da hast du wohl recht, Jondalar. Ich mag bloß nicht vor Filonia darüber reden.«
»Ich bin eine erwachsene Frau«, erklärte sie, doch klang das nicht sehr überzeugt.
Nachdenklich sah er sie an, überlegte und schien dann zu einem Entschluß zu kommen. »Die Männer gingen nur noch zu zweit oder in Gruppen aus, und das war zuviel für Charolis Bande. Folglich fingen sie an, jetzt ihre Frauen zu hänseln. Aber Flachkopffrauen streiten nun mal nicht. Es bringt keinen Spaß, sie aufzuziehen; sie ducken sich einfach und laufen weg. Deshalb kam diese Bande auf den Gedanken, sie zu einer Art von Sport zu benutzen. Ich weiß nicht, wer es als erster gewagt hat – vermutlich steckt dieser Charoli dahinter. Jedenfalls ist ihm so was durchaus zuzutrauen.«
»Steckt hinter was?« fragte Jondalar.
»Sie fingen an, Flachkopffrauen zu zwingen . . .« Laduni konnte den Satz nicht beenden. Erregt sprang er auf. Er kochte innerlich. »Es ist eine Schande! Damit wird die Mutter entehrt, wird Ihre Gabe mißbraucht! Tiere! Schlimmer als die Tiere! Schlimmer als diese Flachköpfe!«
»Willst du etwa sagen, sie hätten mit einer Flachkopffrau der Lust gepflogen? Sie gezwungen? Eine Flachkopffrau?« sagte Thonolan.
»Sie haben damit großgetan«, sagte Filonia. »Ich würde keinen Mann an mich heranlassen, der mit einer Flachkopffrau der Lust gepflogen hat.«
»Filonia! Ich verbiete dir, über solche Dinge zu reden! Ich dulde nicht, daß eine solche schändliche Sprache aus deinem Mund kommt!« erkärte Laduni. Das war schon kein Zorn mehr, der ihn bewegte; seine Augen waren steinhart.
»Ja, Laduni«, sagte sie und senkte beschämt den Kopf.
»Ich möchte mal wissen, was dabei in ihnen vorgeht«, meinte Jondalar nachdenklich. »Vielleicht ist das der Grund, warum der Junge auf mich losgegangen ist. Ich könnte mir vorstellen, daß sie wütend sind. Ich habe manche Leute sagen hören, sie könnten Menschen sein, und wenn sie das wären . . .«
»Solche Redereien habe ich auch gehört!« sagte Laduni, der immer noch versuchte, seine Erregung in den Griff zu bekommen. »Schenk dem keinen Glauben!«

»Der Anführer der Horde, dem wir in die Arme liefen, war schlau; und aufrecht gehen können sie genauso wie wir.«
»Auch Bären gehen manchmal auf den Hinterbeinen. Flachköpfe sind Tiere! Intelligente Tiere, aber Tiere!« Laduni mußte an sich halten, um nicht aus der Haut zu fahren; er war sich wohl bewußt, daß der ganzen Gruppe nicht wohl in ihrer Haut war. »Für gewöhnlich sind sie harmlos, es sei denn, man reizt sie«, fuhr er fort. »Ich glaube nicht, daß die Frauen – ich bezweifle, daß sie begreifen können, in welchem Maße das die Mutter entehrt. Es liegt alles nur an der Fopperei und am Zusammenschlagen. Wenn man Tiere genug reizt, schlagen sie eben zu.«
»Ich glaube, Charolis Bande hat uns einiges an Problemen aufgehalst«, sagte Thonolan. »Wir wollten den Fluß überqueren und aufs rechte Ufer überwechseln, damit wir uns später, wenn der Große Mutter Fluß aus ihm geworden ist, keine Sorgen zu machen brauchen, wie wir hinüberkommen.«
Laduni lächelte. Jetzt, wo sie bei einem anderen Thema waren, verflüchtigte sich sein Zorn so rasch, wie er gekommen war. »Der Große Mutter Fluß hat Nebenflüsse, die selbst große Ströme sind, Thonolan. Wenn ihr seinem Lauf wirklich bis ganz ans Ende folgen wollt, müßt ihr euch ans Flußüberqueren gewöhnen. Laß mich einen Vorschlag machen. Haltet euch bis zum großen Strudel auf diesem Ufer. Sobald der Fluß über Flachland fließt – und das kommt mehrere Male vor –, teilt er sich in verschiedene Arme, und es ist leichter, über die kleineren überzusetzen, als über einen großen breiten Strom. Außerdem wird es bis dahin auch noch wärmer sein. Wenn ihr den Sarmunai einen Besuch abstatten wollt, wendet euch nach der Flußüberquerung gen Norden.«
»Wie weit ist es bis zum Strudel?« erkundigte Jondalar sich.
»Ich werde es euch aufzeichnen«, sagte Laduni und nahm sein Feuersteinmesser zur Hand. »Lanalia, gib mir das Stück Rinde. Vielleicht kann einer von euch anderen im weiteren Verlauf ein paar auffällige Merkmale in der Landschaft nennen. Wenn man mehrere Flußüberquerungen und die Jagd unterwegs mit einbezieht, müßtet ihr es eigentlich bis zum Sommer schaffen, dorthin zu kommen, wo der Fluß nach Süden abbiegt.«
»Sommer!« sagte Jondalar gedankenverloren. »Ich bin es müde, immer nur Eis und Schnee zu sehen und kann den Sommer kaum erwarten. Ein bißchen Wärme würde mir sehr guttun.« Er spürte wieder Lanalias Bein an dem seinen und legte ihr die Hand auf den Schenkel.

3

Die ersten Sterne zeigten sich am Abendhimmel, als Ayla sich vorsichtig die steile felsige Wand der Schlucht hinunterarbeitete. Sobald sie den Rand hinter sich hatte, hörte der Wind unvermittelt auf, und sie hielt einen Moment inne, um sein Fehlen zu genießen. Freilich wurde das schwächer werdende Tageslicht gleichfalls durch die Felswand abgeschnitten, und als sie die Sohle der Schlucht erreichte, war das dichte Gebüsch den kleinen Fluß entlang nur eine undeutliche Silhouette, die sie vor dem flirrenden Schimmer der Myriaden leuchtender Punkte oben erkennen konnte.

Sie nahm einen großen, erfrischenden Schluck Flußwasser und tastete sich dann in das tiefere Dunkel am Fuß der Felswand hinein. Dort machte sie sich nicht erst die Mühe, das Zelt aufzuschlagen, sondern breitete einfach ihr Fell aus und rollte sich hinein; die Felswand im Rücken, hatte sie ein größeres Gefühl der Sicherheit als draußen auf den Ebenen in ihrem Zelt. Ehe sie einschlief, verfolgte sie noch, wie ein fast ganz gerundeter Mond über den Rand der Schlucht heraufkroch.

Schreiend wachte sie auf!

Sie schoß in die Höhe – Todesschrecken durchfuhr sie, hämmerte in ihren Schläfen und ließ ihr Herz rasen – und starrte auf unbekannte Schatten, die sich schwarz auf der schwarzen Leere vor ihr bewegten. Als ein ungeheures Krachen ihre Ohren betäubte und ein gleichzeitig aufzuckendes grelles Licht sie blendete, sprang sie auf. Zitternd beobachtete sie, wie eine hochragende, vom Blitz getroffene Fichte sich spaltete, Flammen emporloderten und der riesige Baum langsam und sich immer noch an seine andere Hälfte klammernd zu Boden fiel. Es hatte etwas Unwirkliches, wie die in Flammen stehende Fichte ihren eigenen Todeskampf erhellte und groteske Schatten auf die hinter ihr ragende Felswand warf.

Es knisterte und zischte, als ein heftiger Regenschauer das Feuer löschte. Ayla schmiegte sich dichter an die Felswand und merkte gar nicht, daß die warmen Tränen und die kalten Tropfen ihr das Gesicht netzten. Der erste ferne Donner, der an das Grollen eines Erdbebens erinnerte, hatte aus der Aschenglut verborgener Erinnerungen einen anderen, immer wiederkehrenden Traum in ihr entzündet; einen Alptraum, nie recht zu fassen, wenn sie wieder wach war, der sie aber gleichwohl mit einem elenden Gefühl und tiefbekümmert zurückließ. Ein neuerlicher greller Blitz, dem ein lautes Aufbrüllen folgte, erfüllte die schwarze Leere vorübergehend mit unheimlicher Grelle und erlaubte ihr einen flüchtigen Blick auf die steilen Wände und den zerspellten Baumstamm, den der mächtige Lichtfinger aus dem Himmel gebrochen hatte wie einen dürren Ast.

Vor Angst wie vor der feuchten, allesdurchdringenden Kälte zitternd, griff sie nach ihrem Amulett, nur um etwas in der Hand zu haben, was irgendwie Schutz versprach. Dabei handelte es sich um eine Reaktion, die nur zum Teil durch Donner und Blitz ausgelöst worden war. Ayla mochte Gewitter nicht sonderlich, war jedoch an sie gewöhnt; häufig wirkten sie mehr hilfreich als zerstörerisch. Gefühlsmäßig stand sie immer noch unter dem Eindruck ihres Erdbeben-Alptraums. Erdbeben waren eine zerstörerische Kraft, die sich immer verheerend auf ihr Leben ausgewirkt und bittere Verluste gebracht hatte. Nichts fürchtete sie mehr.

Endlich merkte sie, daß sie ganz durchnäßt war, und zog ihr Fellzelt aus der Kiepe. Dieses breitete sie wie eine zweite Decke über ihr Schlaffell und barg den Kopf darunter. Selbst als ihr bereits warm geworden war, zitterte sie noch, doch im Laufe der Nacht legte der Sturm sich, und schließlich schlief sie ein.

Vögel erfüllten die Morgenluft mit ihrem Gezwitscher, Geschilpe und Gekrächz. Ayla schlug die Decke zurück und sah sich um. Eine grüne, vom Regen noch feuchte Welt glitzerte in der Morgensonne. Ayla lag auf dem breiten steinigen Uferstreifen eines kleinen, für gewöhnlich in südlicher Richtung fließenden Flusses, der hier gerade nach Osten abbog.

Am gegenüberliegenden Ufer reichte eine Reihe von grünen Fichten hinauf bis zum obersten Rand der Schlucht, aber nicht weiter. Alles Wachstum, das sich darüber hinauswagte, wurde von den heulenden Winden aus den Steppen sofort gekappt, was den größten Bäumen ein eigentümlich verkrüppeltes Aussehen verlieh, zumal sie unten zu ausladender Fülle neigten. Ein himmelstrebender Riese von nahezu vollkommen ebenmäßigem Wuchs, der nur durch einen mächtigen, in rechtem Winkel vom Stamm fortstrebenden Ast gestört wurde, wuchs neben einem anderen mit verkohltem und zerspelltem hohen Stammrest, der sich immer noch an der abgebrochenen Spitze festhielt. Die Bäume wuchsen auf einem schmalen Streifen auf der anderen Seite des Flusses zwischen Ufer und Felswand, einige so nahe am Wasser, daß ihre Wurzeln zum Vorschein kamen.

Auf ihrer Seite neigten sich weiter oben am steinigen Ufer sanft geschwungene Weiden und ließen ihre langen, blaßgrünen Blatt-Tränen in den Fluß

rieseln. Die abgeflachten Stengel der hochstrebenden Pappeln bewirkten, daß die Blätter sirrend in der sanften Brise zitterten. Weißrindige Birken wuchsen gleichsam in Haufen beieinander; ihre Vettern, die Erlen, erreichten nur Strauchhöhe. Schlinggewächse kletterten und wanden sich um die Baumstämme, und unten am Wasser drängte sich eine Fülle stark belaubter Büsche.
Ayla war so lange über die ausgedörrten und von der Sonne versengten Steppen gezogen, daß sie ganz vergessen hatte, wie schön Grün sein konnte. Der kleine Fluß glitzerte einladend. Angst und Sturm waren vergessen. Sie sprang auf und rannte über den Strand. Als erstes packte sie die Lust zu trinken; dann nestelte sie den langen Riemen ihres Umhangs auf, nahm impulsiv das Amulett ab und lief ins Wasser hinein. Es wurde rasch tiefer, sie tauchte und schwamm ans andere Ufer hinüber.

Das Wasser war kühl und erfrischend; wie herrlich das Gefühl, den Staub und Schmutz der Steppen loszuwerden. Sie schwamm stromaufwärts, spürte, wie die Strömung stärker und eisiger wurde, als die Felswände sich einander näherten und der Fluß sich verengte. Sie rollte sich auf den Rücken und ließ sich, vom brodelnden Wasser getragen, stromabwärts treiben. Ihr Blick ging hinauf in ein tiefes Blau, das den Himmel zwischen den hohen Klippen ausfüllte; dann bemerkte sie flußaufwärts und gegenüber ihres steinigen Uferstreifens ein dunkles Loch. Ob das eine Höhle ist? dachte sie, und die Erregung packte sie. Ob es wohl schwierig ist hinaufzukommen?

Die junge Frau watete zurück an den Strand, setzte sich auf die warmen Steine und ließ sich von der Sonne das Haar trocknen. Ihr Blick wurde angezogen von den raschen, ruckartigen Bewegungen eines Vogels, der unten am Gebüsch über den Boden hüpfte und an Würmern zog, die der nächtliche Regen nach oben getrieben hatte; dann flitzte er von Zweig zu Zweig und pickte nach den reifen Beeren.

Schau dir diese Himbeeren an! Wie groß sie sind, dachte sie. Flügelgeschwirr erhob sich bei ihrem Näherkommen; gleich darauf hatten die Vögel sich ein wenig weiter weg niedergelassen. Ganze Hände voll der süßen saftigen Beeren stopfte sie sich in den Mund. Nachdem sie gesättigt war, spülte sie sich die Hände und legte sich ihr Amulett wieder um, krauste jedoch die Nase angesichts ihres verschmutzten und verschwitzten alten Umhangs. Sie hatte keinen anderen. Als sie kurz vor ihrem Fortgehen noch einmal in die vom Erdbeben verwüstete Höhle hineingegangen war, um sich Kleidung, Nahrung und Zelt zu holen, hatte sie nur ans Überleben gedacht und nicht daran, ob sie wohl einen zweiten Sommerüberwurf brauchte.

Jetzt dachte sie wieder ans Überleben. Ihre Hoffnungslosigkeit und ihr Schwermut beim Gedanken an die trockenen, staubigen Steppen war beim Anblick dieses grünen Tals verflogen. Die Himbeeren hatten ihr eher Appetit gemacht, als ihren Hunger zu stillen. Sie hatte Lust auf etwas Handfesteres und ging, ihre Schleuder von dort zu holen, wo sie geschlafen hatte. Sie breitete das nasse Fellzelt auf den sonnengewärmten Steinen aus, zog dann ihren schmutzigen Überwurf über und sah sich suchend nach glatten runden Steinen um.

Bei genauerem Hinsehen erkannte sie, daß der Uferstreifen mehr barg als nur Steine. Verstreut lagen dort neben mattem, grauem Treibholz ausgebleichte Knochen; an einer vorspringenden Wand lag sogar ein ganzer Haufen davon. Reißende Frühlingsfluten hatten Bäume entwurzelt, unachtsame Tiere mit sich gerissen, sie durch den Engpaß zwischen den Felsen weiter flußaufwärts hindurchgeschleudert und dann gegen diese Wand geworfen, wo sie liegengeblieben waren, während das brodelnde Wasser um die Flußbiegung herumgeschäumt war. Ayla entdeckte riesige Geweihe, lange Bisonhörner und etliche enorm gebogene Stoßzähne in diesem Haufen; nicht einmal das große Mammut war gefeit gegen die Kraft rasenden Wildwassers. Auch große Felsbrocken lagen dort, doch verengten sich die Augen der jungen Frau erst in dem Augenblick, wo sie ein paar mittelgroße kreidegraue Steine entdeckte.

Das ist Feuerstein, sagte sie sich, nachdem sie genauer hingesehen hatte. Da bin ich mir ganz sicher! Ich brauche einen Hammerstein, um einen aufzubrechen und auch noch den letzten Zweifel zu zerstreuen, aber ich bin mir ganz sicher. Erregt suchte Ayla den Strand nach einem glatten, eiförmigen Stein ab, der sich bequem in der Hand halten ließ. Als sie einen fand, schlug sie damit die äußere kreidige Hülle vom Kern ab. Ein Stück taubes weißes Gestein splitterte ab und ließ den matten Schimmer des dunkelgrauen Steins darin erkennen.

Feuerstein! Ich hab es gewußt! Ihre Gedanken überstürzten sich, als sie an die verschiedenen Werkzeuge dachte, die sie sich jetzt fertigen konnte. Sogar ein paar zum Ersatz kann ich machen. Dann brauche ich mir nicht mehr allzuviel Gedanken zu machen, wenn mal etwas entzweigeht. Sie befreite noch ein paar von den unscheinbaren weißlichen Steinen von ihrer Kruste. Irgendwo weiter stromaufwärts waren sie von der Strömung aus ihrem Kalklager herausgelöst, bis hierher getragen worden und an der Felsmauer zur Ruhe gekommen. Diese Entdeckung ermutigte sie, das Gelände noch weiter zu erforschen.

Die Wand, die den reißenden Fluten in Hochwasserzeiten eine Barriere entgegenstellte, stieß auf die Innenseite der Flußbiegung zu. Von seinen normalen Ufern eingeschlossen, war der Wasserstand so niedrig, daß es ein leichtes war, die Felswand watend zu umrunden; als sie um die Ecke lugte, blieb sie stehen. Was sich vor ihr ausbreitete, war das Tal, das sie am Abend zuvor von oben nur flüchtig gesehen hatte.

Hinter der Flußbiegung verbreiterte der Wasserlauf sich und sprang sprudelnd um Felsen im flacheren Wasser. Am Fuß der gegenüberliegenden Steilwand, die die eine Seite der Schlucht bildete, floß es nach Osten. Am nahegelegenen Ufer wuchsen Sträucher, die sich hier, wo sie vor dem schneidenden Wind geschützt waren, bis zu ihrer nicht geringen vollen Größe auswachsen konnten. Linker Hand, jenseits der Steinbarriere, lief die Felswand aus, flachte sich die Böschung zu einem sanften Hang ab und wurde im Osten und Norden allmählich eins mit der Steppe. Das breite Tal vor ihr war üppig mit trocken gewordenem Gras bewachsen, das wellenförmig wogte, sobald der Wind den Nordhang herunterwehte; etwa auf halbem Weg das Tal hinab graste die kleine Herde Steppenpferde.

Ayla nahm Schönheit und Ruhe des Bildes tief in sich auf und konnte es nicht fassen, daß ein solcher Ort mitten auf der trockenen, windigen Steppe existierte. Das Tal bildete eine unverhoffte Oase, die sich in einem Spalt der trockenen Ebenen verborgen hatte; ein Mikrokosmos des Überflusses, als ob die Natur, die sich auf den Steppen gezwungen sah, nur das hervorzubringen, was unbedingt nötig war, hier, wo sich Gelegenheit dazu bot, ihre ganze Fülle geradezu im Übermaß ausschüttete.

Die junge Frau beobachtete die Pferde in der Ferne, und was sie sah, gefiel ihr. Es waren robuste, gedrungene Tiere mit ziemlich kurzen Beinen, dickem Hals und hängenden Nasen, die sie an die großen, überhängenden Nasen einiger Clansangehöriger erinnerte. Sie hatten ein dichtes, zottiges Fell und eine kurze, borstige Mähne. Manche hatten zwar einen grauen Einschlag, doch die meisten wiesen sämtliche Schattierungen von Gelb und Braun auf, vom neutralen Beige des Steppenstaubs bis zum leuchtenden Gelb des Strohs. Ein wenig abseits von den anderen stand ein strohfarbener Hengst; Ayla bemerkte etliche Fohlen von derselben Farbe. Der Hengst hob den Kopf, schüttelte die kurze Mähne und wieherte.

Sie ging das Weideland entlang, das sich an das den Fluß begleitende Strauchwerk anschloß. Ohne bewußt darüber nachzudenken, nahm sie die Vegetation in sich auf und dachte dabei ebensosehr an die heilenden wie an die nährenden Kräfte darin. Es hatte zu ihrer Ausbildung als Medizinfrau gehört, Pflanzen um des ihnen innewohnenden Heilzaubers willen zu sammeln, und es gab nur sehr wenige, die sie nicht auf der Stelle hätte einordnen können. Diesmal ging es ihr um die nährenden Kräfte.

Sie bemerkte die Blätter und den vertrockneten Doldenansatz, der anzeigte, daß sie wenige Fingerbreit unter der Erde wilde Karotten finden würde, ließ sie jedoch stehen, als hätte sie sie nicht gesehen. Der Eindruck trog jedoch. Sie merkte sich die Stelle genauso sicher, als ob sie sich dort ein Zeichen gemacht hätte; doch die Vegetation würde bleiben, wie sie war. Ihr scharfes

Auge hatte die Fährte eines Hasen entdeckt, und im selben Augenblick konzentrierte sie sich darauf, Fleisch zu beschaffen.
Mit der Lautlosigkeit und Vorsicht des geübten Jägers folgte sie frischer Losung, einem geknickten Grasstengel, einem kaum erkennbaren Abdruck im Boden, und dann erspähte sie das Tier auch schon in seinem tarnenden Versteck. Sie zog ihre Schleuder aus dem Leibriemen und griff in jene Falte ihres Überwurfs, in der sie die Steine verwahrte. Als der Hase davonsprang, war sie bereit. Mit der unbewußten Anmut, wie sie nur Jahre der Übung bringen, schleuderte sie einen Stein und im nächsten Augenblick auch schon den anderen; sie hörte das beruhigende *Wumm, Wumm.* Beide Geschosse hatten ihr Ziel gefunden.
Ayla hob ihre Beute auf und dachte an die Zeit, da sie sich diese Doppel-Stein-Technik beigebracht hatte. Der unvorsichtige Versuch, einen Luchs zu erlegen, hatte ihr das Ausmaß ihrer Verwundbarkeit klargemacht. Aber es hatte vieler Tage der Übung bedurft, die Bewegung zu vervollkommnen, mit der ein zweiter Stein gleich nach dem Abschießen des ersten und noch im selben Schwung eingelegt wurde, so daß sie zwei Steine nacheinander in raschester Folge abschießen konnte.
Auf dem Rückweg hackte sie einen Zweig von einem Baum, spitzte das eine Ende zu und benutzte es, um die wilden Karotten auszugraben. Diese steckte sie in eine Falte ihres Überwurfs; erst nachdem sie zwei weitere – diesmal gegabelte – Äste abgeschlagen hatte, kehrte sie zurück ans Flußufer. Sie legte Hase und Wurzeln auf den Boden, holte dann Bohrer und Bohrholz aus ihrer Kiepe und suchte unter den größeren Stücken des Knochenhaufens trockenes Treibholz heraus; außerdem suchte sie trockenes Laub, das sich unter den schützenden Zweigen der Bäume gesammelt hatte. Mit demselben Gerät, das sie benutzt hatte, den Grabstock zu schnitzen, der an seinem spitzen Ende eine V-förmige Gabelung aufwies, schabte sie Zunder von einem trockenen Ast. Dann zupfte sie haarige Rinde von alten Beifußstengeln und getrockneten Flaum von den Samenschoten von Afterkreuzkraut.
Sie fand eine Stelle, an der man gut sitzen konnte, legte dann das Holz nach Größe geordnet bereit und häufte Zunder, Kienspäne und größeres Holz um sich. Sie prüfte das Bohrholz – ein Stück von einer trockenen Waldrebe –, machte mit Hilfe eines Feuersteinbohrers eine kleine Einkerbung und steckte ein Stück Rohrkolben, das noch aus dem vorigen Jahr stammte, hinein, um sich zu vergewissern, daß das Loch groß genug sei. Sodann häufte sie den Afterkreuzkraut-Flaum unter der Einkerbung im flachen Bohrholz in ein Stück faseriger Rinde und hielt dieses mit dem Fuß fest; danach steckte sie das Ende des Rohrkolbens in die Einkerbung und holte tief Luft. Um Feuer zu machen, bedurfte es hoher Konzentration.

Oben am Bohrstock die beiden Handflächen aneinanderlegend, fing sie an, ihn hin- und herzudrehen. Dabei bewirkte der ständige Druck, daß ihre Hände immer wieder nach unten abrutschten, bis sie nahezu das Bohrholz erreichten. Hätte sie jemand zur Hilfe gehabt, wäre das der richtige Augenblick gewesen, wieder oben anzufangen. Da sie jedoch allein auf sich angewiesen war, mußte sie unten loslassen und rasch wieder nach oben fahren, ohne daß der Rhythmus des sich um sich selbst drehenden Rohrstengels auch nur einen Herzschlag lang unterbrochen werden durfte; die durch die Drehung entstandene Hitze hätte sich augenblicklich verflüchtig und wäre nicht groß genug geworden, das Holz zum Glimmen zu bringen. Das war Schwerarbeit und ließ keinerlei Atempause zu.
Ayla ging ganz in dem Bewegungsrhythmus auf, achtete nicht auf den Schweiß, der ihr auf die Stirn trat und ihr in die Augen lief. Das Loch wurde bei der gleichmäßigen Drehbewegung immer tiefer, und rings um das Bohrloch bildete sich feiner Holzstaub, der sich von dem weicheren der beiden Hölzer löste. Sie roch Holzrauch und sah, wie es sich in der Kerbe schwärzte, ehe sie einen feinen Rauchfaden erkannte, was sie dazu anspornte weiterzumachen, obwohl ihr die Arme wehtaten. Schließlich brannte sich ein kleines Glutstück durch das flache Bohrholz und fiel auf das bißchen trockenen Zunder darunter. Was jetzt kam, war womöglich noch schwieriger als das Erzeugen der Glut. Erlosch diese jetzt, mußte sie noch einmal ganz von vorn anfangen.
Sie beugte sich ganz nahe an die Glut hinunter; dann fing sie an zu blasen. Sie beobachtete, wie die Glut mit jedem Atemhauch heller wurde und fast ausging, wenn sie innehalten mußte, um tief Atem zu holen. Sie schob feinste Späne an das bißchen glosendes Holz, verfolgte, wie sie aufglühten und schwarz wurden, ohne sich richtig zu entzünden. Dann flackerte ein winziges Flämmchen auf. Sie verstärkte ihr Blasen, streute weitere Schnipsel und Späne darauf und legte, als endlich ein kleines Häufchen brannte, ein paar dürre Zweige dazu.
Ruhe gab sie erst, nachdem die großen Treibholzstücke brannten und das Feuer nicht mehr ohne weiteres ausgehen konnte. Sie sammelte noch etwas Holz und stapelte es in der Nähe; dann schabte sie mit einem etwas größeren, gleichfalls gekerbten Werkzeug die Rinde von jenem grünen Ast, den sie benutzt hatte, um die wilden Karotten auszugraben. Die gegabelten Äste steckte sie zu beiden Seiten des Feuers dergestalt in die Erde, daß der zugespitzte Ast gut auf der Astgabel ruhte, und schickte sich dann an, den Hasen abzubalgen. Als das Feuer keine hohen Flammen mehr schlug, sondern zu einem glosenden Gluthaufen geworden war, hatte sie den Hasen ausgewaidet, so daß sie ihn braten konnte. Schon wollte sie die Eingeweide in den Balg wickeln, um

beides fortzuwerfen, wie sie es unterwegs immer getan hatte, da fiel ihr etwas ein.

Den Balg könnte ich gebrauchen, dachte sie. Es dauert ja nur einen, zwei Tage ...

Sie spülte die wilden Karotten im Fluß – wusch sich bei dieser Gelegenheit das Blut von den Händen – und wickelte sie in die Blätter vom Kreuzkraut ein. Diese großen faserigen Blätter waren zwar eßbar, doch mußte sie jedesmal, wenn sie sie sah, daran denken, daß sie auch feste und heilsame Bandagen für Fleischwunden und Blutergüsse abgaben. Die in Blätter gehüllten wilden Karotten legte sie neben die Glut.

Sie setzte sich hin und ruhte sich einen Moment aus; dann beschloß sie, den Hasenbalg zum Trocknen aufzuspannen. Während das Essen garte, schabte sie mit dem auseinandergebrochenen Schaber Blutgefäße, Talgdrüsen und Fettgewebe von der Innenseite des Fells und überlegte dabei, wie sie sich einen neuen Schaber machen könnte.

Beim Arbeiten stieß sie ein liedähnliches, gurrendes Summen aus und ließ die Gedanken schweifen. Vielleicht sollte ich ein paar Tage hierbleiben und warten, bis das Fell fertig ist. Außerdem brauche ich unbedingt ein paar Werkzeuge. Könnte ja versuchen, das Loch weiter oben in der Felswand zu erreichen. Der Hase fängt an, appetitlich zu duften. Eine Höhle würde mich vor Regen schützen – aber vielleicht ist sie auch unbewohnbar.

Sie stand auf, drehte den Spieß und bearbeitete dann weiter den Hasenbalg. Allzu lange kann ich nicht bleiben. Ich muß die Anderen finden, ehe der Winter einsetzt. Sie hielt im Fellschaben inne und richtete ihre ganze Aufmerksamkeit plötzlich auf den inneren Aufruhr, der stets unter der Oberfläche ihres Denkens rumorte. Wo sind sie? Iza hat gesagt, auf dem Festland gäbe es viele von den Anderen. Von einem Augenblick auf den nächsten stiegen ihr die Tränen in die Augen und rollten herab. Ach, Iza, wie du mir fehlst! Und Creb! Und auch Uba! Und Durc, mein Kleiner ... mein Kleiner. Ich habe dich so sehr gewollt, Durc, und es war so schwer! Und du bist *nicht* mißgestaltet, bloß ein bißchen anders als die Leute vom Clan. So wie ich.

Nein, nicht so wie ich. Du gehörst zum Clan und wirst höchstens ein bißchen größer sein als die anderen und dein Kopf ein bißchen anders aussehen. Eines Tages wirst du ein großer Jäger werden. Und mit der Schleuder umgehen können. Und schneller laufen als all die anderen. In den Wettkämpfen auf dem Clan-Treffen wirst du beim Laufen alle ausstechen. Beim Ringen vielleicht nicht; könnte ja sein, daß du nicht so stark wirst; aber stark genug.

Wer aber wird das Spiel des Lautmachens mit dir spielen? Und wer dir die Freudenlaute vormachen?

Ich muß damit aufhören, schalt sie sich und wischte sich mit dem Handrükken die Tränen fort. Ich sollte froh sein, daß du Leute hast, die dich lieben, Durc. Später, wenn du älter bist, wird Ura deine Gefährtin werden. Oda hat versprochen, sie zu einer guten Frau für dich heranzuziehen. Auch Ura ist nicht mißgestaltet. Bloß anders. Wie du. Ob ich wohl jemals einen Gefährten finde?

Ayla sprang auf, um sich um ihr Essen zu kümmern und sich zu bewegen, bloß, um etwas zu tun und nicht immer an das Vergangene zu denken. Das Fleisch war noch halb roh, doch sie fand es genießbar. Die wilden Karotten – klein und blaßgelb – waren zart und hatten einen süßlichen, leicht bitteren Nachgeschmack. Was ihr fehlte, war das Salz, das sich in der Nähe des Binnenmeeres immer reichlich hatte finden lassen, doch war der Hunger im Augenblick die richtige Würze. Während sie weiterhin den Hasenbalg sauberschabte, ließ sie den Rest des Hasen noch etwas länger garen; jetzt, wo sie gegessen hatte, war ihr wesentlich wohler zumute.

Die Sonne stand hoch, und sie beschloß, das Loch zu untersuchen, das sie oben in der Felswand entdeckt hatte. Sie legte ihren Überwurf ab, schwamm über den Fluß hinüber und hangelte sich an den freiliegenden Baumwurzeln aus dem tiefen Wasser heraus. Es war schwierig, die nahezu senkrecht in die Höhe strebende Felswand hochzuklettern, und sie überlegte, ob es überhaupt die Mühe lohnte, selbst wenn sich herausstellen sollte, daß es sich bei dem Loch tatsächlich um den Eingang zu einer Höhle handelte. Dennoch war sie enttäuscht, als sie schließlich auf ein schmales Sims vor dem dunklen Loch gelangte, das, wie sie feststellte, kaum mehr als eine Vertiefung im Felsen war. Die Losung einer Hyäne in einer schattigen Ecke machte ihr klar, daß es einen leichteren Zugang von der Steppe herunter geben mußte; aber für mehr als ein Tier dieser Größe war eigentlich kein Platz.

Schon wollte sie sich wieder an den Abstieg machen, da ließ sie den Blick noch einmal schweifen. Weiter unten am Fluß und etwas tiefer an der gegenüberliegenden Wand erkannte sie den oberen Teil jener Felsbarriere, die in die Biegung des Flusses vorstieß. Diese Felsbarriere bildete dort oben ein breites Band, und im Hintergrund schien in der Felswand ein weiteres Loch vorhanden zu sein – eines, das offenbar tiefer in den Felsen hineinführte als dieses hier. Sie hatte von dort, wo sie stand, einen guten Überblick und erkannte einen steilen, doch gangbaren Weg hinauf. Das Herz schlug ihr bis zum Hals. Wenn es sich um eine Höhle handelte, die einigermaßen Raum bot, hätte sie einen trockenen Platz, darin zu übernachten. Als sie wieder halb unten war, sprang sie in den Fluß hinein, so sehr brannte sie darauf nachzusehen.

Gestern abend auf dem Weg herunter muß ich daran vorübergekommen sein, dachte sie, als sie sich an den Aufstieg machte. Wahrscheinlich war es einfach schon zu dunkel. Dann fiel ihr ein, daß man sich einer unbekannten Höhle immer mit äußerster Vorsicht zu nähern habe, und so kehrte sie noch einmal um und holte ihre Schleuder und ein paar Steine.

Gestern hatte sie sich sehr behutsam herabgetastet, doch jetzt, bei hellem Tageslicht, stellte sie fest, daß sie sich überhaupt nicht festzuhalten brauchte. Über die Jahrtausende hatte der Fluß sich immer tiefer in das gegenüberliegende Felsufer hineingefressen; hier, auf dieser Seite, war der Felsen gar nicht so steil. Als sie sich dem Sims näherte, packte Ayla ihre Schleuder fester und bewegte sich mit gespannter Aufmerksamkeit weiter voran.

Alle ihre Sinne waren hellwach. Sie lauschte auf Atemgeräusch und leises Geraschel; hielt Ausschau nach irgendwelchen Zeichen, die ihr verrieten, daß sie in letzter Zeit bewohnt worden war; schnupperte nach den typischen Gerüchen fleischfressender Tiere, Kot- und Aasgeruch und machte sogar den Mund auf, um den Geschmacksnerven zu gestatten, ihrem Geruchssinn zu helfen; achtete darauf, ob ihre nackte Haut nicht irgendwelche Wärme wahrnahm, die aus der Höhle herauskam; und erlaubte ihrer Eingebung, sie zu leiten, als sie sich lautlos der Öffnung im Felsen näherte. Sie hielt sich ganz nahe an der Felswand, kroch zuletzt an das dunkle Loch heran und spähte hinein.

Sie sah nichts.

Die nach Südwesten gehende Öffnung war klein. Zwar konnte sie darin stehen, wohl aber mit der Hand den oberen Rand erreichen. Beim Eingang war der Boden abschüssig, wurde dann jedoch eben. Vom Wind hereingetragener Lößstaub und die Hinterlassenschaften von Tieren, die in der Vergangenheit hier gewesen waren, hatten eine Schicht weichen Bodens entstehen lassen. Ursprünglich uneben und felsig, bildete jetzt eine trockene, festgetretene Erdschicht den Boden der Höhle.

Als sie vorsichtig umherspähte, konnte sie kein Anzeichen dafür entdecken, daß die Höhle in letzter Zeit bewohnt gewesen wäre. Lautlos schlüpfte sie hinein und merkte sofort, wie kühl es hier drinnen war, verglichen mit draußen. Sie wartete, bis ihre Augen sich an das dämmerige Innere gewöhnt hatten. Es war heller, als sie erwartet hatte, und als sie sich weiter vorschob, sah sie durch ein Loch oberhalb des Eingangs Licht fallen und begriff, warum das so war. Aber sie erkannte augenblicklich auch den praktischen Nutzen eines solchen Lochs. Der Rauch konnte dadurch abziehen, ohne daß die oberen Regionen der Höhle sich damit füllten, und das war ausgesprochen von Vorteil.

Nachdem ihre Augen sich daran gewöhnt hatten, stellte sie fest, daß sie erstaunlich gut sehen konnte. Auch einfallendes Licht war von Vorteil. Die Höhle war zwar nicht groß, aber auch nicht klein. Vom Eingang aus gingen die Wände weiter auseinander, bis sie auf eine ziemlich gerade in die Höhe führende Rückwand stießen. Der Grundriß bildete ungefähr ein Dreieck, wobei die Spitze den Eingang bildete und die Ostwand etwas länger war als die Westwand. Die dunkelste Stelle war die Ostecke; dort galt es, als erstes nachzusehen.

Langsam kroch sie die Ostwand entlang und achtete besonders auf Spalten oder Gänge, die in weitere Höhlen führen und Gefahren bergen konnten. In der Nähe der dunklen Ecke lagen von der Wand heruntergebrochene Felsbrocken auf einem Haufen durcheinander. Sie kletterte hinauf, ertastete ein Sims und dahinter Leere.

Sie überlegte, ob sie sich eine Fackel holen sollte, entschied sich dann jedoch dagegen. Weder Gerüche noch Geräusche oder sonst etwas hatten auf irgendwelches Leben hingewiesen; außerdem konnte sie einigermaßen sehen. Sie nahm Schleuder und Steine in eine Hand und wünschte, sie hätte unterwegs haltgemacht, um ihren Überwurf anzuziehen; dann hätte sie gewußt, wohin mit ihren Waffen. Sie kletterte auf das Sims hinauf.

Die dunkle Öffnung war niedrig; Ayla mußte sich bücken, um sich darin zu bewegen. Aber es handelte sich nur um eine Nische, die endete, wo die Decke der Höhle mit dem Sims zusammentraf. Ganz hinten lag ein Haufen Knochen. Sie griff nach einem, kletterte dann hinunter und arbeitete sich an der Rückwand und die Westwand zurück zum Eingang. Es handelte sich um eine Höhle ohne weitere Ausgänge; auch wies sie außer der Nische weder Tunnels noch andere Kammern auf, die ins Unbekannte geführt hätten. Sie fühlte sich sicher und geborgen.

Abschirmend legte Ayla die Hand über die Augen, ging bis ans äußerste Ende der Terrasse vor der Höhle und blickte sich um. Sie stand oben auf der vorspringenden Felswand. Rechter Hand in der Tiefe lag der Haufen Treibholz und Knochen und der steinige Uferstreifen. Linker Hand konnte sie weit ins Tal hinabschauen. In der Ferne bog der Fluß wieder nach Osten ab und umrundete dabei die gegenüberliegende Felswand, während die Felsen linker Hand allmählich an Höhe verloren und dann in die Steppe übergingen.

Sie untersuchte den Knochen in ihrer Hand. Es handelte sich um die lange Vorderhand eines Riesenhirschs; sie war alt und ausgetrocknet und wies deutlich Spuren von Zähnen auf, die zugebissen und sie zertrümmert hatten, um an das Mark heranzukommen. Das Muster der Zähne und die Art und Weise, wie am Knochen herumgebissen worden war, kam ihr vertraut vor. Das konnte nur eine Raubkatze gewesen sein, dessen war sie sicher. Sie kannte sich bei den Fleischfressern besser aus als irgend jemand sonst im Clan. Ursprünglich hatte sie ihre Jagdkünste ja an ihnen entwickelt; allerdings nur an den kleineren bis mittelgroßen Arten. Diese Zahnspuren stammten von

einer großen, einer sehr großen Katze. Sie fuhr herum und blickte zur Höhle zurück.
Ein Höhlenlöwe! Das hier mußte einst das Lager von Höhlenlöwen gewesen sein. Die Nische eignete sich vollkommen für die Löwin, ihre Jungen darin zur Welt zu bringen, dachte sie. Vielleicht sollte ich doch nicht darin übernachten. Wer weiß, ob es wirklich sicher ist. Dann betrachtete sie nochmals den Knochen. Er war uralt; die Höhle war seit Jahren nicht mehr benutzt worden. Außerdem: Ein Feuer in der Nähe des Eingangs hält Tiere fern.
Eine schöne Höhle ist das! Davon gibt es nicht viele. Viel Raum im Inneren, ein guter Boden. Ich glaube, am besten ist es, ich hole meinen Pelz und die Kiepe und etwas Holz und bringe das Feuer herauf. Ayla eilte zum Flußufer hinunter, und nachdem sie wieder zurück war, breitete sie auf dem Platz vor der Höhle das Fell des Zeltes sowie ihren Schlafpelz aus und stellte die Kiepe in die Höhle hinein. Dann schleppte sie etliche Armvoll Brennholz herbei. Vielleicht hole ich mir auch noch ein paar Steine, um sie um die Feuerstelle herum zu legen, dachte sie, als sie wieder hinunterlief.
Dann blieb sie unvermittelt stehen. Wozu brauche ich denn Steine? Ich bleibe doch nur ein paar Tage. Schließlich muß ich weiterhin nach den Anderen Ausschau halten. Ich muß sie finden, ehe es Winter wird . . .
Und was ist, wenn ich sie nicht finde? Dieser Gedanke nagte schon seit geraumer Zeit in ihr, nur hatte sie sich nicht gestattet, ihn genau zu formulieren, denn die Konsequenzen waren allzu bedrohlich. Was mache ich, wenn der Winter einsetzt und ich die Anderen immer noch nicht gefunden habe? Ich habe keinerlei Vorräte anlegen können. Ich habe keinen Ort, der trocken und warm ist und weder Wind noch Schnee hereinläßt. Keine Höhle, um darin . . .
Abermals sah sie zur Höhle hinüber, ließ dann den Blick über das schöne, geschützte Tal und die weit hinten friedlich grasenden Pferde schweifen und heftete den Blick dann wieder auf die Höhle. Die Höhle ist genau richtig für mich, sagte sie sich. Es könnte sehr lange dauern, ehe ich eine ebenso gute finde. Und das Tal. Hier könnte ich sammeln, jagen und Vorräte anlegen. Es ist Wasser da, und Holz ist so reichlich vorhanden, daß es den ganzen Winter reicht, ja, viele Winter . . . Sogar Feuerstein ist da. Und kein Wind. Alles, was ich brauche, ist vorhanden – nur keine Anderen.
Ich weiß nicht, ob ich das aushalten kann – den ganzen Winter allein zu sein. Dabei ist es schon spät im Jahr. Wenn ich genug Vorräte anlegen will, muß ich mich sputen. Wenn ich bis jetzt niemand gefunden habe – woher will ich wissen, ob ich überhaupt einen finde? Und woher will ich wissen, ob die Anderen mich auch bei sich aufnähmen, wenn ich sie fände? Schließlich kenne ich sie nicht. Manche von ihnen sind so schlimm wie Broud. Denk nur daran, was

der armen Oda widerfahren ist. Sie sagt, die Männer, die ihr Gewalt angetan hätten, so wie Broud mir Gewalt angetan hat, seien Männer von den Anderen gewesen. Wie ich hätten sie ausgesehen, sagt sie. Was, wenn sie alle so sind?
Wieder warf Ayla einen Blick zur Höhle hinüber und schaute dann hinab ins Tal. Sie schritt die ganze Länge des Felsvorsprungs vor der Höhle ab, stieß einen lose herumliegenden Felsbrocken in die Tiefe, starrte hinüber zu den Pferden und kam dann zu einem Entschluß.

»Pferde«, sagte sie. »Ich werde eine Zeitlang in eurem Tal bleiben. Nächstes Frühjahr kann ich wieder losziehen und nach den Anderen suchen. Wenn ich mich aber jetzt nicht darauf vorbereite, bin ich nächstes Frühjahr womöglich gar nicht mehr am Leben.« Diese Ansprache an die Pferde brachte Ayla nur mit wenigen Lauten zum Ausdruck, dazu auch noch mit heftig hervorgestoßenen, kehligen Lauten. Sie benutzte Laute überhaupt nur, um Namen auszudrücken und um die reiche, vielfältige und durchaus verständliche Sprache zu unterstreichen, die sie mit anmutig fließenden Handbewegungen zum Ausdruck brachte. Das war die einzige Sprache, an die sie sich erinnerte.

Jetzt, wo Ayla sich entschieden hatte, fiel ihr ein Stein vom Herzen. Ihr hatte gegraut bei dem Gedanken, dieses liebliche Tal zu verlassen und mehr und immer mehr Tage durch die ausgedörrten, winddurchtosten Steppen zu ziehen; schon der Gedanke, überhaupt weiterzuwandern, war ihr zuwider. Sie rannte hinunter auf den steinigen Uferstreifen und bückte sich, um Überwurf und Amulett aufzuheben, und dabei fiel ihr ein glitzerndes Stück Eis ins Auge.

Wie kann es mitten im Sommer Eis geben, fragte sie sich und hob es auf. Es war nicht kalt und wies harte, scharfe Ecken und glatte Flächen auf. Sie betrachtete es von allen Seiten und freute sich daran, wie die einzelnen Facetten blitzten. Der Zufall wollte es, daß sie es gerade im richtigen Winkel hielt, so daß das Prisma das Sonnenlicht in sein gesamtes Farbspektrum zergliederte; Ayla hielt die Luft an beim Anblick des Regenbogens, den sie auf den Boden warf. Sie hatte nie zuvor ein Bergkristall gesehen.

Genauso wie die Feuersteine und viele andere Gesteinsbrocken, die den Uferstreifen bedeckten, war auch der Bergkristall vom Wasser hierhergetragen worden – stammte also nicht von hier. Der schimmernde Stein war durch die womöglich noch größere Kraft jenes Elements, dem es ähnelte – dem Eis – aus der Stätte seiner Entstehung herausgebrochen und durch das Schmelzwasser heruntergetragen worden, bis er an der Schwemmschwelle des Gletscherstroms zu Boden gesunken war.

Plötzlich kroch Ayla eine Kälte über den Rücken, die noch kälter war als Eis; sie mußte sich setzen, so durcheinander war sie; sie mußte über die Bedeutung des Steins nachdenken. Da war etwas, was Creb ihr vor langer Zeit einmal erzählt hatte, damals, als sie noch ein kleines Mädchen gewesen war . . .

Es war Winter, und die alte Dorv hatte Geschichten erzählt. Ayla hatte über die Legende nachsinnen müssen, die Dorv gerade beendet hatte, und Creb gefragt. Das hatte zur Erklärung des »Totems« geführt.
»Totems brauchen einen Ort zum Leben. Wahrscheinlich würden sie sich von Leuten abwenden, die allzu lange heimatlos umherziehen. Du möchtest doch nicht, daß dein Totem dich im Stich läßt, nicht wahr?«
Ayla faßte nach ihrem Amulett. »Aber mein Totem hat mich nicht verlassen, obwohl ich allein war und keine Heimat hatte.«
»Da hat es dich nur auf die Probe stellen wollen. Schließlich hat es eine Heimstätte für dich gefunden, oder? Der Höhlenlöwe ist ein starkes Totem, Ayla. Er hat dich erwählt, und vielleicht hat er beschlossen, dich immer zu beschützen, weil er dich erwählt hat – aber mit einem Zuhause sind alle Totems glücklicher. Wenn du gut aufpaßt, wird es dir helfen. Es wird dir zu verstehen geben, was am besten ist.«
»Woher soll ich das wissen, Creb?« fragte Ayla. »Ich habe nie den Geist eines Höhlenlöwen gesehen. Woran erkennt man es, wenn das Totem einem etwas sagt?«
»Den Geist deines Totems kannst du nicht sehen, weil er Teil von dir ist, in dir. Trotzdem wird er es dir sagen. Du mußt nur lernen zu verstehen. Wenn du eine Entscheidung treffen mußt, wird er dir helfen. Er wird dir ein Zeichen geben, wenn du die richtige Entscheidung getroffen hast.«
»Was für ein Zeichen denn?«
»Das ist schwer zu sagen. Für gewöhnlich wohl etwas Besonderes oder Ausgefallenes. Vielleicht ein Stein, wie du ihn nie zuvor gesehen hast, oder eine besonders geformte Wurzel, die bedeutungsvoll für dich ist. Du mußt lernen, mit dem Herzen und dem Gemüt zu verstehen, nicht nur mit Augen und Ohren; dann wirst du es wissen. Aber wenn die Zeit kommt und du auf ein Zeichen stößt, das dein Totem hinterlassen hat, steck es in dein Amulett. Es wird dir Glück bringen.«

Höhlenlöwe, schützt du mich immer noch? Ist dies ein Zeichen? Gibst du mir zu verstehen, daß ich in diesem Tal bleiben soll?
Ayla hielt den funkelnden Kristall in der Schale beider Hände und schloß die Augen; sie versuchte sich zu versenken, so wie Creb es immer getan hatte; versuchte, mit dem Herzen zu lauschen und mit dem Gemüt; versuchte, sich zu der Überzeugung durchzuringen, daß ihr großes Totem sie nicht verlassen hatte. Sie dachte über die Art und Weise nach, wie sie gezwungen worden war fortzugehen, dachte an die langen Tage des Umherwanderns, da sie nach ihren Leuten Ausschau gehalten und sich nach Norden gewandt hatte, so wie Iza es ihr gesagt. Gen Norden, bis . . .

Die Höhlenlöwen! Mein Totem hat sie mir geschickt, damit ich nach Westen abbiege und dieses Tal hier finde. Es wollte, daß ich daraufstoße. Meinem Totem ist es leid umherzuwandern und möchte, daß dies hier auch sein Zuhause sei! Hier, an diesem Ort, fühlt es sich wohl. Mein Totem ist immer noch bei mir! Es hat mich nicht verlassen!

Als sie dies verstand, löste sich eine gewaltige Spannung in ihr, von der sie gar nicht gewußt hatte, daß sie überhaupt dagewesen war. Lächelnd zwinkerte sie, um die Tränen zurückzuhalten; dann löste sie die Knoten in dem Riemen, mit dem der kleine Beutel zusammengehalten wurde. Sie schüttete den Inhalt des Beutels aus und nahm eins nach dem anderen zur Hand.

Das erste war ein Brocken roter Ocker. Jeder Clansangehörige trug ein Stück des heiligen roten Steins bei sich; das war das erste, was zum Amulett eines jeden dazugehörte; sie erhielten es an dem Tag, da der Mog-ur ihnen ihr Totem enthüllte. Für gewöhnlich wurde das Totem beim Namen genannt, wenn man noch ein kleines Baby war; Ayla war jedoch bereits fünf, als sie erfuhr, wie das ihre hieß. Creb hatte es ihr verkündet, bald nachdem Iza sie gefunden und man sie im Clan aufgenommen hatte. Ayla fuhr mit den Fingerkuppen über die vier Narben an ihrem Bein und betrachtete einen anderen Gegenstand: die Versteinerung einer Schnecke.

Zwar sah sie aus wie die Schale eines Krustentiers aus dem Meer, dabei war es aus Stein – das erste Zeichen, das ihr Totem ihr geschickt hatte, um ihr zu zeigen, daß es ihren Entschluß, mit der Schleuder zu jagen, billigte. Nur Raubtiere freilich, keine Tiere zum Essen; denn die hätten nur verderben können, da sie sie ja nicht mit zur Höhle hatte zurückbringen können. Raubtiere waren jedoch stärker und gefährlicher als die anderen, und an ihnen zu lernen, hatte ihr zu größtem Können auf diesem Gebiet verholfen. Als nächstes nahm Ayla ihren Jagd-Talisman zur Hand, ein kleines Stück ockergefärbter Stoßzahn vom Mammut, das Brun persönlich ihr anläßlich jener schreckenerregenden und faszinierenden Zeremonie geschenkt hatte, durch die sie zur ›Frau, Die Jagt‹ geworden war. Sie berührte die winzige Narbe an ihrem Hals, die Creb ihr beigebracht hatte, um Blut von ihr zu bekommen, das den Alten zum Opfer gebracht worden war.

Das nächste besaß eine ganz besondere Bedeutung für sie und hätte sie beinahe wieder zum Weinen gebracht. Was sie in der Hand hielt, waren die drei schimmernden, zusammengewachsenen Glimmerstücke, die sie fest in ihrer Faust hielt. Sie hatten ihr Totem ihr gegeben, um ihr zu verstehen zu geben, daß ihr Sohn leben werde. Das letzte war ein dunkles Stück Mangandioxid. Der Mog-ur hatte es ihr zusammen mit einem Stück des Geistes eines jeden Clansangehörigen gegeben, als sie zur Medizinfrau gemacht worden war. Jetzt kam ihr unversehens ein Gedanke, der sie beunruhigte. Bedeutete das, daß Broud, als er sie verfluchte, damit alle verflucht hatte? Als Iza gestorben war, hatte Creb die Geister wieder zurückgeholt, damit sie sie nicht mitnehmen konnte in die Geisterwelt. Mir hat sie niemand wieder abgenommen.

Eine dunkle Vorahnung beschlich sie. Seit jenem Clan-Treffen, auf der Creb auf irgendeine unerklärliche Weise erfahren hatte, daß sie anders war als die anderen, hatte sie bisweilen diese merkwürdige Orientierungslosigkeit verspürt, gleichsam als ob er eine andere aus ihr gemacht hätte. Sie verspürte ein Kribbeln und Jucken, ihr wurde flau im Magen, und sie bekam eine Gänsehaut. Eine tiefe Besorgnis machte sich in ihr breit darüber, was ihr Tod für den gesamten Clan bedeuten könnte.

Sie bemühte sich, dieses Gefühl abzuschütteln. Sie nahm das Lederbeutelchen zur Hand und tat die Sachen zurück; dann fügte sie das Bergkristall hinzu. Sie verknotete das Amulett wieder und suchte den Riemen nach Abnutzungsspuren ab. Creb hatte ihr gesagt, sie würde sterben, falls sie das Amulett jemals verlöre. Als sie es sich wieder um den Hals hängte, fiel ihr ein ganz leichter Gewichtsunterschied zu vorher auf.

Da sie so allein am steinigen Ufer saß, sann Ayla darüber nach, was wohl mit ihr geschehen sein mochte, ehe man sie gefunden hatte. Sie konnte sich an nichts aus ihrem Leben vor diesem Zeitpunkt erinnern; nur daß sie irgendwie anders war, wußte sie. Zu groß, zu blaß, das Gesicht nicht so wie bei den anderen Clansangehörigen. Sie hatte ihr Spiegelbild in einem stillen Teich erblickt: Sie war häßlich. Das hatte Broud ihr oft genug unter die Nase gerieben; außerdem fanden alle das. Sie war eine große, häßliche Frau; kein Mann begehrte sie.

Nur habe ich auch nie einen von ihnen haben wollen, dachte sie. Iza hat gesagt, ich brauchte einen Mann für mich; aber ob ein Mann von den Anderen mich mehr haben will als einer vom Clan? Keiner will eine große häßliche Frau. Vielleicht ist es ebensogut, einfach hierzubleiben. Woher soll ich wissen, daß ich einen Gefährten finde, selbst wenn ich die Anderen finde?

4

Jondalar duckte sich und beobachtete durch einen Vorhang aus hohem goldgrünen, unter der Last noch unreifer Samenrispen gebeugten Gras die Herde. Der Pferdegeruch war stark, freilich nicht, weil der trockene Wind ihm ihren strengen Schweißgeruch ins Gesicht blies, sondern weil er sich über und über mit reifem Dung eingeschmiert hatte und etwas davon sogar in den Achseln eingeklemmt hielt, um seinen eigenen Geruch zu überdecken, falls der Wind umschlug.

Die heiße Sonne glänzte auf seinem schweißnassen braunen Rücken. Schweiß lief ihm in Strömen übers Gesicht und färbte das sonnengebleichte Haar, das ihm auf der Stirn klebte, dunkel. Eine lange Strähne hatte sich von dem Lederriemen befreit, den er im Nacken verknotet hatte, und der Wind blies sie ihm immer wieder ins Gesicht, was sehr lästig war. Fliegen umsummten ihn, landeten gelegentlich auf ihm und ärgerten ihn, und im rechten Bein, das er regungslos angespannt hielt, kündigte sich ein Krampf an.

Doch all das waren kleine Unannehmlichkeiten, die er kaum wahrnahm. Seine ganze Aufmerksamkeit galt einem Hengst, der nervös schnaubte und tänzelte; offenbar spürte er instinktiv irgendeine Gefahr, die seiner Herde drohte. Die Stuten grasten immer noch friedlich, doch hatten die Muttertiere sich wie absichtslos zwischen die Menschen und ihre Fohlen geschoben.

Thonolan, wenige Schritte weiter, hockte ebenso angespannt da wie Jondalar. Einen Speer hatte er waagrecht über der rechten Schulter liegen, einen anderen in der Linken. Er warf einen raschen Blick zu seinem Bruder hinüber. Jondalar hob den Kopf und deutete mit den Augen auf eine mausgraue Stute. Thonolan nickte, balancierte seinen Speer noch besser aus und schickte sich zum Sprung an.

Als ob ein Signal zwischen den beiden hin- und hergegangen wäre, schossen die beiden Männer gleichzeitig in die Höhe und sprangen auf die Herde zu. Der Hengst stieg, stieß ein warnendes Gewieher aus und stieg abermals. Thonolan schleuderte seinen Speer auf die Stute, während Jondalar direkt auf das männliche Pferd zurannte und dabei johlte und schrie in dem Versuch, es scheu zu machen, als würde es von Geistern verfolgt. Die List gelang. Laut schreiende Feinde war das Tier nicht gewohnt; vierbeinige Jäger schlugen lautlos und in aller Heimlichkeit zu. Der Hengst wieherte, wollte auf den Menschen losstürmen, fuhr dann jedoch herum und galoppierte hinter seiner fliehenden Herde her.

Die beiden Brüder setzten ihnen nach. Der Hengst sah die Stute zurückfallen und stieß sie in die Flanken, um sie anzutreiben. Die Männer johlten und fuchtelten mit den Armen, doch diesmal ließ der Hengst sich nicht beirren, sondern schob sich zwischen Menschen und Stute, versuchte, die Jäger abzudrängen und gleichzeitig die Pferde anzutreiben. Die Stute machte noch ein paar unsichere Schritte, blieb dann jedoch stehen und ließ den Kopf hängen. Thonolans Speer stak ihr in der Seite; leuchtendrote Blutspuren zeichneten ihre graue Decke, und Blut tropfte von Strähnen zottigen Fells herunter.

Jondalar ging näher heran, zielte und schoß den Speer ab. Die Stute zuckte zusammen, ging in die Knie und fiel dann; der zweite Speerschaft saß ihr zitternd unter der borstigen Mähne im Hals. Der Hengst stob auf sie zu, stubste sie mit der Nase, stieg, stieß ein trotziges Wiehern aus und galoppierte dann hinter seiner Herde her, um die Lebenden zu beschützen.

»Ich hol' das Gepäck«, sagte Thonolan, als sie auf das gestürzte Tier zuliefen. »Es ist leichter, Wasser hierher zu bringen als ein Pferd zum Fluß zurückzuschleifen.«

»Wir brauchen ja nicht alles Fleisch zu dörren. Laß uns das, was wir brauchen, mit hinunternehmen an den Fluß. Dann brauchen wir das Wasser nicht hierherzutragen.«

Thonolan zuckte mit den Achseln. »Warum nicht? Ich hol' eine Axt, um die Knochen zu spalten.« Er machte sich in Richtung Fluß auf den Weg.

Jondalar zog sein Messer mit dem beinernen Griff aus der Scheide und vollführte einen tiefen Schnitt durch die Gurgel. Dann zog er die Speere heraus und sah zu, wie Blutlachen sich um den Kopf des Pferdes herum bildeten.

»Wenn du zur Großen Erdmutter zurückkehrst, danke ihr«, wandte er sich an das tote Pferd. Er griff in seinen Beutel und fingerte in unbewußter Gebärde liebevoll an der Steinfigur der Mutter herum. Zelandoni hat recht, dachte er. Sollten die Erdenkinder jemals vergessen, wer für sie sorgt, wachen wir vielleicht eines Tages auf und stellen fest, daß wir kein Zuhause haben. Dann packte er sein Messer und schickte sich an, sich seinen Anteil von dem zu nehmen, was Doni ihm gegeben hatte.

»Auf dem Rückweg habe ich eine Hyäne gesehen«, sagte Thonolan, als er zurückkam. »Sieht so aus, als ob nicht nur wir satt würden.«

»Die Mutter hat was gegen Verschwendung«, sagte Jondalar, der den Arm bis zum Ellbogen in Blut getaucht hatte. »Alles kehrt zu Ihr zurück, so oder so. Komm, hilf mir!«

»Es ist nicht ganz ungefährlich, weißt du«, sagte Jondalar und warf noch einen Ast auf das kleine Feuer. Ein paar Funken stoben zusammen mit dem Rauch auf und verschwanden in der Nachtluft. »Was machen wir, wenn der Winter kommt?«

»Bis dahin ist noch lange Zeit; wir müssen doch vorher auf irgendwelche Menschen stoßen.«

»Wenn wir jetzt umkehren, stoßen wir mit Sicherheit auf welche. Zumindest könnten wir es bis zu den Losadunai schaffen, ehe der Winter mit seiner ganzen Strenge kommt.« Er wandte das Gesicht dem Bruder zu. »Wir wissen ja nicht einmal, wie die Winter auf dieser Seite des Gebirges sind. Die Landschaft ist offener, weniger geschützt, und es gibt auch weniger Bäume fürs Feuer. Vielleicht hätten wir doch versuchen sollen, die Samunai zu finden. Möglich, daß die uns hätten sagen können, was uns erwartet und was für Menschen dort leben, wo wir hinwollen.«

»Du kannst umkehren, wenn du willst, Jondalar. Ich hatte diese Reise ohnehin allein machen wollen . . . nicht, daß ich mich über deine Gesellschaft nicht freute.«

»Ich weiß nicht . . . vielleicht sollte ich das wirklich«, sagte er und wandte sich wieder dem Feuer zu. »Ich hatte ja keine Ahnung, wie lang dieser Fluß ist. Sieh ihn dir an.« Mit der Hand wies er auf das im Mondlicht schimmernde Wasser. »Das ist die Große Mutter der Flüsse und ebenso unberechenbar. Als wir uns auf den Weg machten, floß er nach Osten. Jetzt geht er nach Süden und hat sich in so viele Flußarme verästelt, daß ich mich manchmal frage, ob wir überhaupt noch dem richtigen Fluß folgen. Wahrscheinlich habe ich dir nicht recht geglaubt, als du sagtest, du wolltest ihm ganz bis ans Ende folgen, gleichgültig, wie weit das wäre, Thonolan. Und übrigens: Falls wir wirklich auf Menschen stoßen – woher willst du wissen, daß sie uns freundlich gesonnen sein werden?«

»Darum geht es doch bei einer Reise. Darum, neue Orte und neue Menschen kennenzulernen. Man muß es darauf ankommen lassen. Schau, großer Bruder, kehr um, wenn du möchtest. Ich meine es ernst.«

Jondalar starrte ins Feuer und schlug dabei rhythmisch mit einem Stück Holz in die Handfläche. Plötzlich sprang er auf, warf das Holz ins Feuer, und wieder stiegen Funken empor. Er machte ein paar Schritte und faßte die Schnüre aus zusammengedrehten Fasern ins Auge, die zwischen Pflöcken dicht über der Erde ausgespannt worden waren; dünne Scheiben Fleisch hingen zum Trocknen daran. »Was zieht mich eigentlich zurück? Und recht bedacht: Was habe ich eigentlich, mich darauf zu freuen?«

»Auf die nächste Flußbiegung, den nächsten Sonnenaufgang, die nächste Frau, mit der du schläfst«, sagte Thonolan.

»Ist das alles? Erwartest du dir denn nicht etwas mehr vom Leben?«
»Was gibt es denn sonst? Man wird geboren, man lebt, so gut es geht, so lange man hier ist, und eines Tages kehrt man dann zurück zur Mutter. Danach . . . wer weiß?«
»Eigentlich müßte mehr daran sein, müßte es irgendeinen Grund zum Leben geben.«
»Wenn du den jemals ergründest, sag's mir.« Thonolan gähnte. »Im Augenblick freue ich mich jedenfalls auf den nächsten Sonnenaufgang. Einer von uns sollte allerdings wach bleiben, oder aber wir müßten mehrere Feuer bauen, damit sie die Aasfresser fernhalten. Sonst haben wir morgen früh kein Fleisch mehr.«
»Leg dich hin, Thonolan. Ich bleibe auf. Ich könnte ohnehin nicht einschlafen.«
»Jondalar, du grübelst zuviel. Weck mich, wenn du müde wirst.«

Die Sonne war bereits aufgegangen, als Thonolan aus dem Zelt kroch, sich die Augen rieb und sich streckte. »Bist du die ganze Nacht aufgeblieben? Ich hab' dir doch gesagt, du sollst mich wecken.«
»Ich habe nachgedacht, und mir war nicht nach Schlafen. Das ist heißer Salbeitee, wenn du möchtest.«
»Danke«, sagte Thonolan und schöpfte sich von der dampfenden Flüssigkeit in eine hölzerne Schale. Dann hockte er sich vors Feuer und barg den Napf zwischen den Händen. Die frühe Morgenluft war noch recht kühl, das Gras schwer von Tau, und er hatte nur einen Lendenschurz an. Er verfolgte, wie kleine Vögel um die wenigen Bäume und Sträucher am Fluß herumschossen und dabei geräuschvoll zirpten. Ein Schwarm Fischreiher, der auf einer weidenbestandenen Insel im Hauptkanal nistete, tat sich an frühmorgens gefangenen Fischen gütlich. »Nun, ist es dir gelungen?« fragte er schließlich.
»Was soll mir gelungen sein?«
»Den Sinn des Lebens zu finden. Hast du dir darüber nicht gestern abend den Kopf zerbrochen, als ich mich schlafen legte? Obwohl ich nie begreifen werde, weshalb du deswegen die ganze Nacht aufbleiben mußtest. Wenn hier eine Frau wäre . . . Hast du etwa eine von Donis Gesegneten in den Weiden versteckt . . .«
»Bildest du dir etwa ein, ich würde es dir sagen, wenn ich das hätte?« sagte Jondalar grinsend. Doch dann wurde ein Lächeln daraus. »Du brauchst keine schlechten Witze machen, bloß um mich aufzuheitern, kleiner Bruder. Ich werde mit dir ziehen, bis ans Ende des Flusses, wenn du willst. Nur – was machst du dann?«

»Das kommt darauf an, was uns dort erwartet. Ich für meinen Teil hielt es für am besten, mich hinzulegen. Wenn du in dieser Stimmung bist, gibst du für keinen eine gute Gesellschaft ab. Ich bin froh, daß du dich entschlossen hast mitzukommen. Irgendwie hab' ich mich an dich gewöhnt, trotz der schlechten Laune, die du oft hast.«
»Ich habe dir ja gesagt: Irgendwer muß aufpassen, daß du nicht in Schwierigkeiten gerätst.«
»Ich? Im Augenblick hätte ich nichts gegen ein paar Schwierigkeiten einzuwenden. Das ist besser als rumsitzen und darauf zu warten, daß das Fleisch trocknet.«
»Wenn das Wetter sich hält, ist es in ein paar Tagen soweit. Aber jetzt bin ich mir nicht so sicher, ob ich dir erzählen soll, was ich gesehen habe.« In Jondalars Augen blitzte es.
»Nun sag's schon. Du kannst es doch nicht für dich behalten . . .«
»Thonolan, da steht ein Stör in diesem Fluß – so groß ist er. Aber es hat keinen Sinn, ihn fangen zu wollen. Du würdest doch nicht rumsitzen und darauf warten wollen, daß auch noch der Dörrfisch trocken wird.«
»Wie groß?« fragte Thonolan. Er war aufgesprungen und blickte voller Eifer zum Fluß hinunter.
»Jedenfalls so groß, daß ich mir nicht sicher bin, ob wir beide es schaffen würden, ihn an Land zu bringen.«
»So groß ist kein Stör.«
»Der, den ich gesehen habe, schon.«
»Zeig ihn mir!«
»Für wen hältst du mich? Für die Große Mutter? Meinst du etwa, ich besäße die Kraft, einen Fisch zu bewegen, dir vorzuführen, was für ein Prachtkerl er ist?« sagte Jondalar.
Die beiden Männer gingen hinunter ans Wasser und standen nahe einem gestürzten Baum, der zur Hälfte ins Wasser hineinhing. Gleichsam als wollte er sie in Versuchung führen, kam eine große schattenhafte Gestalt gegen die Strömung auf sie zugeschwommen, blieb auf dem Boden des Flusses in der Nähe des Baumstamms stehen und bewegte nur leicht die Flossen, um nicht von der Strömung davongetrieben zu werden.
»Das muß die Großmutter aller Fische sein!« flüsterte Thonolan.
»Aber können wir ihn herausholen?«
»Wir können's ja versuchen.«
»Davon könnte eine ganze Höhle und noch mehr leben. Was sollten wir damit anfangen?«
»Bist nicht du es, der gesagt hat, die Große Mutter läßt nie etwas verkommen? Sollen doch Hyäne und Vielfraß sich ihren Teil holen! Komm, zu den

Speeren!« sagte Thonolan, der ganz begierig war, sein Können unter Beweis zu stellen.
»Mit Speeren ist da nichts zu machen. Was wir brauchen, sind Fischhaken.«
»Wenn wir erst lange Fischhaken machen, wird er fort sein.«
»Tun wir's aber nicht, schaffen wir es nie, ihn an Land zu bringen. Einen Speer schüttelt er einfach ab – wir brauchen etwas mit einem Widerhaken daran. Das dauert doch nicht lange, es zu machen. Schau den Baum dort drüben. Wenn wir Triebe eben unterhalb einer guten Astgabelung abschneiden – zu verstärken brauchen wir sie ja nicht, weil wir sie nur einmal verwenden.« Jondalar unterstrich seine Darstellung mit entsprechenden Handbewegungen. »Wenn wir den Zweig dann kurz über der Gabelung abschneiden und zuspitzen, haben wir einen Widerhaken . . .«
»Aber was nützt uns der, wenn der Fisch fort ist, ehe wir fertig sind?« fiel Thonolan ihm ins Wort.
»Ich habe ihn jetzt zweimal gesehen – sieht so aus, als wäre das sein Lieblingsplatz. Wahrscheinlich kommt er wieder.«
»Aber wer weiß, wie lange wir da warten müssen!«
»Hast du im Augenblick etwas Besseres zu bieten?«
Thonolan verzog das Gesicht zu einem schiefen Lächeln. »Schön, du hast gewonnen. Komm, schnitzen wir die Widerhaken.«
Sie machten kehrt, um zurückzugehen, und blieben überrascht stehen. Etliche Männer hatten sie umringt und betrachteten sie mit ausgesprochen unfreundlichem Ausdruck.
»Woher kommen die denn?« sagte Thonolan mit unterdrückter, heiserer Stimme.
»Sie müssen unser Feuer gesehen haben. Wer weiß, wie lange sie schon um uns herumschleichen. Ich bin wegen der Aasfresser die ganze Nacht aufgeblieben. Möglich, daß sie abgewartet haben, bis wir etwas Unvorsichtiges taten – wie etwa unsere Speere zurücklassen.«
»Allzu freundlich sehen sie nicht gerade aus. Nicht einer von ihnen hat die Geste des Willkommens gemacht. Was machen wir jetzt?«
»Wir setzen unser breitestes und freundlichstes Lächeln auf, kleiner Bruder, und du vollführst die Geste.«
Thonolan versuchte sich Mut einzureden und setzte ein, wie er hoffte, zuversichtliches Lächeln auf. Er streckte beide Hände aus und ging auf sie zu. »Ich bin Thonolan von den Zelan . . .«
Sein Weitergehen wurde durch einen Speer gehindert, der zitternd vor ihm in den Boden gefahren war.
»Noch irgendwelche guten Vorschläge, Jondalar?«
»Ich denke, jetzt sind sie an der Reihe!«

Einer der Männer sagte etwas in einer Sprache, die sie nicht kannten, und zwei andere sprangen auf sie zu. Mit vorgehaltenen Speeren wurden sie weiter vorangetrieben.
»Du brauchst doch nicht gleich böse zu werden, Freund«, sagte Thonolan und verspürte einen scharfen Stich. »In die Richtung wollte ich ja ohnehin, als ihr mich davon abhieltet.«
Sie wurden zurückgebracht an ihr eigenes Lagerfeuer und davor grob zu Boden gestoßen. Derjenige, der gesprochen hatte, bellte einen weiteren Befehl heraus. Mehrere Männer krochen in das Zelt hinein und zerrten alles heraus, was sich darin befand. Die Speere wurden aus ihren Traggestellen herausgezogen, ihr Inhalt auf den Boden geschüttet.
»Was bildet ihr euch eigentlich ein?« schrie Thonolan und wollte aufstehen, wurde jedoch gewaltsam daran erinnert, daß er sitzenbleiben sollte; ein Faden Blut rann ihm den Arm herunter.
»Nicht aufregen, Thonolan«, redete Jondalar ihm gut zu. »Sie scheinen verärgert. Ich glaube nicht, daß sie im Augenblick für Einwände empfänglich sind.«
»Behandelt man so Besucher? Haben sie denn keine Ahnung vom Durchzugsrecht für Reisende?«
»Das hast du gesagt, Thonolan.«
»Was gesagt?«
»Daß man beim Schopfe packt, was auf einen zukommt; das sei es, worauf es bei einer Reise im Grunde geht.«
»Danke«, sagte Thonolan, faßte nach der schmerzenden Stichwunde am Arm und betrachtete seinen blutverschmierten Finger. »Das zu hören hat mir noch gefehlt.«
Derjenige, welcher der Anführer zu sein schien, spie noch ein paar Worte aus, und die beiden Brüder wurden hochgerissen, so daß sie standen. Thonolan in seinem Lendenschurz war ihnen nur einen flüchtigen Blick wert; Jondalar hingegen wurde gründlich durchsucht und ihm das Messer mit dem beinernen Griff abgenommen. Ein Mann streckte die Hand nach dem Beutel aus, den er an seinem Leibriemen befestigt hatte, woraufhin Jondalar diesen packte. Im nächsten Augenblick verspürte er einen heftigen Schmerz im Hinterkopf, und er sackte zu Boden.
Die Benommenheit dauerte jedoch nur wenige Augenblicke; als er wieder zu sich kam, fand er sich auf dem Boden ausgestreckt wieder und blickte in die besorgten grauen Augen Thonolans. Die Hände waren ihm mit Riemen auf dem Rücken gefesselt.
»Das hast du gesagt, Jondalar.«
»Was soll ich gesagt haben?«

»Daß sie im Augenblick für Einwände nicht empfänglich sind.«
»Danke«, sagte Jondalar mit verzerrtem Gesicht; plötzlich merkte er, daß er heftige Kopfschmerzen hatte. »Das zu hören, hat mir gerade noch gefehlt.«
»Was, meinst du, haben sie mit uns vor?«
»Noch leben wir. Wenn sie uns hätten umbringen wollen, hätten sie es bereits getan, oder?«
»Vielleicht heben sie uns für etwas Besonderes auf?«

Die beiden Männer lagen auf dem Boden, lauschten den Stimmen und sahen zu, wie die Fremden sich in ihrem Lager bewegten. Sie rochen, daß Essen kochte, und ihnen knurrte der Magen. Als die Sonne höher stieg, wurde der Durst zu ihrem größten Problem. Jondalar döste im Laufe des Nachmittags ein; daß er die letzte Nacht nicht geschlafen hatte, machte sich bemerkbar. Laute Rufe und Bewegung im Lager weckten ihn. Jemand war gekommen.
Sie wurden in die Höhe gezerrt und starrten offenen Mundes einen stämmigen Mann an, der – eine weißhaarige, verhutzelte alte Frau huckepack auf dem Rücken – auf sie zugeschritten kam. Er ließ sich auf alle viere nieder, und der Frau wurde mit allen Zeichen der Ehrerbietung von ihrem menschlichen Lasttier heruntergeholfen.
»Wer immer sie ist – sie muß ganz hübsch wichtig sein«, sagte Jondalar. Ein heftiger Rippenstoß brachte ihn zum Schweigen.
Auf einen knotigen Stock mit geschnitztem Knauf gestützt, kam sie auf sie zu. Jondalar riß die Augen auf. Einen so uralten Menschen hatte er noch nie im Leben gesehen. Sie war zu Kindesgröße zusammengeschrumpft; die rosige Kopfhaut schimmerte durch ihr schütteres weißes Haar. Ihr Gesicht war dermaßen verrunzelt, daß es kaum noch menschlich aussah; die Augen paßten irgendwie überhaupt nicht dazu. Bei einem so alten Menschen hätte Jondalar glanzlose Triefaugen erwartet. Die ihren leuchteten jedoch vor Intelligenz und verstrahlten eine ursprüngliche Autorität. Diese winzige Frau flößte Jondalar Ehrfurcht ein, und er fürchtete ein wenig um Thonolan und um sich selbst. Sie hätte sich bestimmt nicht herbemüht, wenn es nicht sehr wichtig gewesen wäre.
Sie sprach mit alterskrächzender Stimme, die gleichwohl erstaunlich viel Kraft besaß. Der Anführer deutete auf Jondalar, und an ihn richtete sie ihre Frage.
»Tut mir leid, aber ich verstehe nicht«, sagte er.
Wieder sagte sie etwas, tippte mit dem Finger, der ebenso knotig war wie ihr Stecken, auf die Brust und sprach dabei ein Wort aus, das wie »Haduma« klang. Dann zeigte sie mit dem knotigen Finger auf ihn.
»Ich bin Jondalar von den Zelandonii«, sagte er in der Hoffnung, daß sie ihn verstünde.

Sie legte den Kopf auf die Seite, als lauschte sie einem Klang nach. »Ze-lan-don-jii?« wiederholte sie dann langsam.
Jondalar nickte und fuhr sich nervös mit der Zunge über die trockenen Lippen.
Nachdenklich starrte sie ihn an und richtete dann das Wort an den Anführer. Dessen Antwort klang barsch, sie erteilte einen knappen Befehl, drehte sich dann um und ging zum Feuer. Einer der Männer, die sie bewacht hatte, zog ein Messer. Jondalar warf einen Blick auf seinen Bruder und sah sein Gesicht, das seine eigenen Gefühle spiegelte. Er riß sich zusammen, schickte eine stumme Bitte zur Großen Erdmutter und schloß die Augen.
Erleichterung durchflutete ihn, als er spürte, wie die Fesseln an seinen Händen durchschnitten wurden, und er schlug die Augen auf. Jemand näherte sich mit einer Blase Wasser. Jondalar nahm einen tiefen Schluck und reichte die Blase dann weiter an Thonolan, dessen Hände gleichfalls befreit worden waren. Er machte den Mund auf, um ein Wort des Dankes zu sagen, doch dann fiel ihm ein, wie roh man ihn behandelt hatte, und er besann sich eines Besseren.
Von Wachen, die sich mit drohenden Speeren in ihrer Nähe hielten, wurden sie ans Feuer geleitet. Der Stämmige, der die alte Frau huckepack getragen hatte, brachte einen Baumstamm herbei, legte ein Pelzgewand darüber und trat dann, die Hand am Griff seines Messers, beiseite. Sie ließ sich auf dem Baumstamm nieder, und Jondalar und Thonolan mußten vor ihr Platz nehmen. Sie hüteten sich, eine unvorsichtige Bewegung zu machen, die man als Bedrohung der alten Frau hätte auslegen können; sie hegten nicht den geringsten Zweifel an ihrem Geschick, falls einer der Männer auch nur glaubte, sie könnten versuchen, ihr etwas anzutun.
Wieder starrte sie Jondalar an, sagte jedoch kein Wort. Er wich ihrem Blick nicht aus, doch als das Schweigen fortdauerte, fühlte er sich verwirrt und unbehaglich. Plötzlich griff sie in ihr Gewand, und mit zornblitzenden Augen und einem Schwall bitterer Worte, die keinen Zweifel darüber ließen, was gemeint war, hielt sie ihm etwas hin. Seine Augen weiteten sich vor Verwunderung. Was er in ihrer Hand sah, war das geschnitzte Steinfigürchen der Mutter, seine Donii.
Aus dem Augenwinkel heraus bemerkte er, wie die Wache neben ihm zusammenzuckte. Die Donii hatte etwas, was ihm nicht gefiel.
Die Frau beendete ihren Wortschwall, hob mit dramatischer Gebärde den Arm und warf das Figürchen zu Boden. Jondalar sprang unwillkürlich auf und streckte die Hand danach aus. Zorn über die Entweihung seines heiligen Bildnisses zeigte sich auf seinem Gesicht. Ohne auf den Speerstich zu achten, hob er es auf und legte schützend die Hände darum.

Ein scharfes Wort von ihr bewirkte, daß der Speer zurückgezogen wurde. Thonolan war überrascht, ein Lächeln auf ihrem Gesicht und ein schalkhaftes Glitzern in ihren Augen zu sehen, doch war er sich durchaus nicht sicher, ob sie lächelte, weil das Ganze sie belustigte, oder weil sie boshaft war.

Sie erhob sich von dem Baumstamm und kam näher heran. Im Stehen war sie nicht wesentlich größer als im Sitzen; ihr Gesicht in Augenhöhe vorschiebend, starrte sie ihm tief in die erschrockenen, lebhaft blauen Augen. Dann trat sie zurück, drehte seinen Kopf hin und her, fühlte seine Armmuskeln und nahm Maß an der Breite seiner Schultern. Mit einer Handbewegung gab sie ihm zu verstehen, er solle sich erheben. Als er nicht ganz verstand, half die Wache mittels Speer seinem Begreifen nach. Sie warf den Kopf zurück, um bis zu seiner stattlichen Höhe von über sechs Fuß emporzublicken, ging dann um ihn herum und stieß mit dem Finger in seine harten Beinmuskeln. Jondalar hatte das Gefühl, begutachtet zu werden wie eine kostbare Ware, die feilgeboten wurde, und errötete, als er bewußt darüber nachdachte, ob er dem auch entspreche.

Als nächstes musterte sie Thonolan, gab ihm zu verstehen, er solle sich erheben, wandte dann jedoch ihre Aufmerksamkeit wieder Jondalar zu. Er lief rot an, als ihm die Bedeutung ihrer nächsten Geste dämmerte. Sie wollte seine Männlichkeit sehen.

Er schüttelte den Kopf und warf dem unverschämt grinsenden Thonolan einen grimmigen Blick zu. Auf ein Wort der Frau hin packte einer der Männer Jondalar von hinten, während ein anderer – offenbar verlegen – an seiner Hose herumfingerte, um den Hosenschlitz zu öffnen.

»Ich glaube nicht, daß sie im Augenblick für irgendwelche Einwände empfänglich ist«, sagte Thonolan schmunzelnd.

Ärgerlich schüttelte Jondalar den Mann ab, der ihn gepackt hielt, entblößte sich, auf daß die alte Frau ihn sehen könne, und funkelte wütend seinen Bruder an, der sich die Seiten hielt und in dem vergeblichen Bemühen, sein Lachen zu unterdrücken, schnaufte. Die alte Frau betrachtete sein Gemächt, hielt den Kopf schief und rührte ihn dann mit einem knotigen Finger an.

Jondalar wurde puterrot, als er merkte, daß ihm sein Glied aus einem unerfindlichen Grunde schwoll. Die Frau gluckste in sich hinein, und auch einige der Männer, die in der Nähe standen, mußten kichern, doch ließen sie außerdem auch noch merkwürdig unterdrückte Laute ehrfürchtigen Schreckens vernehmen. Thonolan feixte und prustete, stampfte mit den Füßen auf und krümmte sich, da ihm vor Lachen die Tränen kamen. Hastig verstaute Jondalar sein anstößiges Glied; er kam sich beschämt vor und war gleichzeitig erbost.

»Großer Bruder, du mußt wirklich eine Frau brauchen, wo er dir bei der

Alten schon steht«, witzelte Thonolan und wischte sich die Tränen fort – um gleich darauf in schallendes Gelächter auszubrechen.
»Ich kann nur hoffen, daß als nächster du an die Reihe kommst«, sagte Jondalar und wünschte, ihm würde eine witzige Bemerkung einfallen, damit ihm das Lachen verging.
Die alte Frau gab dem Anführer der Männer, die sie abgefangen hatten, ein Zeichen und sagte etwas zu ihm. Daraus entspann sich ein hitziger Wortwechsel. Jondalar hörte die Frau »Zelandonjii« sagen und den jungen Mann auf das an den Schnüren zum Trocknen aufgehängte Fleisch zeigen. Auf ein herrisches Wort der alten Frau hin endete das Wortgefecht. Der Mann funkelte Jondalar wütend an, winkte dann jedoch einen kraushaarigen Jüngling zu sich heran. Nach ein paar Worten lief der junge Mann davon, so schnell ihn seine Beine trugen.
Die beiden Brüder wurden zurückgeführt zu ihrem Zelt, wo man ihnen ihre Traggestelle, nicht jedoch ihre Speere und Messer zurückgab. Ein Mann hielt sich immer in ihrer Nähe; offensichtlich sollte er sie im Auge behalten. Man brachte ihnen zu essen, und als es dunkel wurde, krochen sie in ihr Zelt. Thonolan war ausgesprochen guter Dinge, doch Jondalar offensichtlich nicht in der Stimmung, mit seinem Bruder zu plaudern, der jedesmal lachte, wenn er ihn ansah.
Als sie erwachten, lag so etwas wie Erwartung über dem Lager. Mitte des Vormittags traf eine große Gruppe ein und wurde laut und fröhlich begrüßt. Zelte wurden aufgeschlagen, Männer, Frauen und Kinder ließen sich darin nieder, und das karge Lager der beiden Männer erinnerte nachgerade an ein Sommertreffen. Jondalar und Thonolan verfolgten interessiert, wie ein großer runder Bau mit Wänden aus Fell und Strohdach entstand. Die verschiedenen Bauteile waren vorgefertigt und ließen sich mit erstaunlicher Schnelligkeit aufstellen. Bündel und zugedeckte Körbe wurden hineingetragen.
Während der Essensvorbereitungen ruhte fast jede andere Tätigkeit. Am Nachmittag versammelte sich eine große Menge um den Rundbau. Der Baumstamm der alten Frau wurde herbeigetragen, ein wenig vor dem Eingang niedergesetzt und das Pelzgewand darüber gebreitet. Sobald sie selbst eintraf, verstummte die Menge, bildete einen Kreis um sie und ließ nur den Platz in der Mitte offen. Jondalar und Thonolan sahen, wie sie das Wort an einen Mann richtete und auf sie zeigte.
»Vielleicht will sie, daß du dein großes Verlangen nach ihr nochmals unter Beweis stellst«, stichelte Thonolan, als der Mann sie heranwinkte.
»Da müßten sie mich erst umbringen.«
»Soll das heißen, du stirbst nicht vor Verlangen, mit dieser Schönheit zusammenzuliegen?« fragte Thonolan und tat mit geweiteten Augen, als könnte er

kein Wässerchen trüben. »Gestern hat das aber durchaus so ausgesehen.« Wieder gluckste er in sich hinein. Jondalar drehte sich um und marschierte auf die Gruppe zu.

Man geleitete sie in die Mitte und forderte sie mit Hilfe von Gesten auf, wieder vor der alten Frau Platz zu nehmen.

»Ze-lan-don-jii?« wandte sie sich an Jondalar.

»Ja.« Er nickte. »Ich bin Jondalar von den Zelandonii.«

Sie tippte dem alten Mann neben ihr auf den Arm.

»Ich ... Tamen«, sagte er. Dem folgten ein paar Worte, die Jondalar nicht verstehen konnte. »... Hadumai. Lange Zeit ... Tamen ...« – abermals Unverständliches – »Westen ... Zelandonii.«

Jondalar war ganz Ohr. Plötzlich ging ihm der Sinn einiger der Worte des alten Mannes auf. »Du heißt Tamen. Etwas über Hadumai. Es ist lange her ... vor langer Zeit, du ... Westen ... hast eine Reise in den Westen gemacht? Zu den Zelandonii? Sprichst du Zelandonii?« fragte er aufgeregt.

»Reise, ja«, sagte der Mann. »Nicht sprechen ... lange her.«

Die alte Frau packte den Mann am Arm und redete auf ihn ein. Daraufhin wandte er sich wieder den beiden Brüdern zu.

»Haduma«, sagte er und zeigte auf sie. »... Mutter ...« Tamen zögerte, dann streckte er den Arm aus und zeigte auf jeden einzelnen.

»Du meinst wie Zelandoni, Einer Der Der Mutter Dient?«

Tamen schüttelte den Kopf. »Haduma ... Mutter ...« Er dachte einen Augenblick nach, winkte dann ein paar Leute heran und ließ sie neben sich in einer Reihe Aufstellung nehmen. »Haduma ... Mutter ... Mutter ... Mutter ... Mutter«, sagte er, zeigte erst auf sie und dann auf sich und dann auf einen der Aufgereihten nach dem anderen.

Nachdenklich betrachtete Jondalar die Leute und versuchte, dahinterzukommen, was dies zu bedeuten habe. Tamen war alt, aber nicht so alt wie Haduma. Der Mann neben ihm hatte die mittleren Jahre gerade hinter sich. Neben ihm stand eine jüngere Frau, die die Hand eines Kindes hielt. Plötzlich stellte Jondalar die Verbindung her. »Willst du mir sagen, Haduma ist fünfmal Mutters Mutter?« Er hielt die Hand mit den fünf ausgestreckten Fingern in die Höhe. »Die Mutter von fünf Generationen?« sagte er ehrfurchtsvoll.

Nachdrücklich nickte der Mann. »Ja, Mutters Mutter ... fünf Generationen«, sagte er und zeigte nacheinander abermals auf jeden einzelnen.

»Große Mutter! Weißt du, wie alt sie sein muß?« wandte Jondalar sich an seinen Bruder.

»Große Mutter, ja«, sagte Tamen. »Haduma ... Mutter.« Er klopfte sich leicht auf den Bauch.

»Kinder?«

»Kinder.« Er nickte. »Haduma Mutter Kinder ...« Er zog Striche im Sand. »Eins, zwei, drei ...« Bei jedem Strich sprach Jondalar das Zahlwort laut aus. »... sechzehn. Haduma hat sechzehn Kinder geboren?«
Tamen nickte und zeigte nochmals auf die Striche auf dem Boden.
»... Viel Sohn ... viel ... Mädchen?« Zweifelnd schüttelte er den Kopf.
»Töchter?« sagte Jondalar versuchsweise.
Tamens Gesicht erhellte sich. »Viele Töchter ...« Er überlegte. Dann: »Leben ... alle leben. Alle ... viele Kinder.« Er hielt eine Hand und dazu noch einen Finger der anderen in die Höhe. »Sechs Höhlen Hadumai.«
»Kein Wunder, daß sie bereit waren, uns umzubringen, falls wir sie auch nur böse ansähen«, sagte Thonolan. »Sie ist die Mutter von allen, eine lebende Erste Mutter!«
Jondalar war nicht minder beeindruckt als sein Bruder, aber womöglich noch verwirrter als dieser. »Es ist mir eine Ehre, Haduma kennengelernt zu haben, aber ich verstehe nicht. Warum werden wir festgehalten? Und warum ist sie hierhergekommen?«
Der alte Mann zeigte auf ihr Fleisch, das in Streifen geschnitten an den Schnüren trocknete, dann auf den jungen Mann, der sie ursprünglich festgenommen hatte. »Jeren ... jagen. Jeren machen ...« Tamen zog einen Kreis auf dem Boden, dazu zwei Linien, die von einem kleinen, freigelassenen Teil ausgingen und V-förmig auseinanderliefen. »Zelandonii Mann machen ... machen laufen ...« Lange grübelte er, dann lächelte er und sagte: »Machen Pferd laufen.«
»Das ist es also«, sagte Thonolan. »Sie müssen einen Pferch gebaut und darauf gewartet haben, daß die Herde näher herankommt. Und wir haben sie vertrieben.«
»Ich kann ja verstehen, daß er wütend war«, sagte Jondalar zu Tamen. »Aber wir hatten doch keine Ahnung, daß wir in eure Jagdgründe eingedrungen waren. Selbstverständlich werden wir bleiben und jagen, um das Entgangene zu ersetzen. Trotzdem – so behandelt man doch keine Besucher! Weiß er denn nicht, was Durchzugsrechte für Reisende sind?« sagte er und machte damit seinem eigenen Zorn Luft.
Der alte Mann bekam nicht jedes Wort mit, begriff jedoch genug, um zu verstehen, was Jondalar meinte. »Nicht viele Besucher. Nicht Westen ... lange Zeit. Sitten und Gebräuche ... vergessen.«
»Nun, dann solltest du sie ihm ins Gedächtnis zurückrufen. Wir sind auf einer Reise begriffen. Vielleicht möchte er selbst eines Tages auch eine unternehmen.« Jondalar war immer noch erbost über die Behandlung, die ihnen zuteil geworden war, wollte der Sache jedoch nicht allzuviel Gewicht geben. Er war sich selbst nicht ganz klar darüber, was eigentlich los war; und sie

beleidigen wollte er schon gar nicht. »Warum ist Haduma gekommen? Wie könnt ihr zulassen, daß sie in so hohem Alter so lange unterwegs ist?«
Tamen lächelte. »Nicht . . . erlauben Haduma, Haduma sagen. Jeren . . . finde Dumai. Un . . . Unglück?« Jondalar nickte, um ihm zu verstehen zu geben, daß es das richtige Wort sei, aber begriff ihn trotzdem nicht. »Jeren geben . . . Mann . . . Läufer. Sagen Haduma vertreiben Unglück. Haduma kommen.«
»Dumai? Dumai? Meinst du die Donii?« sagte Jondalar und holte das geschnitzte Steinfigürchen aus seinem Beutel. Die Leute um sie hielten die Luft an und wichen vor dem zurück, was er da in der Hand hielt. Zorniges Gemurmel wurde laut, doch Haduma wandte sich leidenschaftlich an sie, woraufhin sie verstummten.
»Aber diese Donii bedeutet Glück, nicht Unglück«, verwahrte Jondalar sich.
»Glück . . . Frau, ja. Mann . . .« Tamen suchte in seiner Erinnerung nach einem Wort. »Entweihung«, sagte er.
Wie vom Donner gerührt, setzte Jondalar sich zurück. »Aber wenn sie Glück für eine Frau bedeutet, warum hat sie es dann in den Schmutz geworfen?« Er vollführte eine heftige Geste, als würfe er den Donii zu Boden, was wiederum besorgte Rufe zur Folge hatte. Haduma richtete das Wort an den alten Mann.
»Haduma . . . leben lange . . . viel Glück. Großer . . . Zauber. Haduma sagen mir Zelandonii . . . Sitten und Gebräuche. Sagen Zelandonii Mann nicht Hadumai . . . Haduma sagen Zelandonii Mann böse?«
Jondalar schüttelte den Kopf.
Jetzt meldete sich Thonolan zu Wort. »Ich glaube, er will sagen, daß sie dich auf die Probe gestellt hat, Jondalar. Sie wußte, daß unsere und ihre Sitten und Gebräuche nicht die gleichen sind, und da wollte sie sehen, wie du reagiertest, wenn sie die Donii entehrte . . .«
»Entehren, ja«, fiel Tamen ihm in die Rede, als er das Wort hörte. »Haduma . . . wissen, nicht alle Männer gute Männer. Wissen wollen, ob Zelandonii Mann Mutter entehren.«
»Hör zu, das hier ist eine ganz besondere Donii«, sagte Jondalar ein wenig ungehalten. »Sie ist uralt. Ich habe sie von meiner Mutter . . . sie ist von einer Generation auf die andere überkommen.«
»Ja, ja.« Tamen nickte nachdrücklich. »Haduma wissen. Weise . . . sehr weise. Leben sehr lange. Großer Zauber vertreiben Unglück. Haduma wissen, Zelandonii Mann guter Mann. Wollen Zelandonii Mann. Wollen . . . Mutter ehren.«
Jondalar sah, wie ein Grinsen Thonolans Gesicht erhellte, und schäumte innerlich.
»Haduma wollen« – Tamen deutete auf Jondalars Augen – »blaue Augen. Mutter ehren. Zelandonii . . . Geist machen Kind, blaue Augen.«

»Du hast es doch tatsächlich wieder geschafft, großer Bruder!« entfuhr es Thonolan mit boshaftem Grinsen. »Du mit deinen großen blauen Augen. Sie ist in dich verliebt!« Er bebte, bemüht, vor Lachen nicht herauszuprusten; er hatte Angst, sie zu verletzen, konnte es aber doch nicht unterdrücken. »Ach, Mutter! Ich kann es kaum erwarten, wieder nach Hause zu kommen und es ihnen zu erzählen. Jondalar, der Mann, den jede Frau will! Willst du immer noch umkehren? Für dies hier würde ich sogar das Ende des Flusses aufgeben.« Er wußte nicht mehr, was er sagen sollte, krümmte sich, hämmerte mit den Fäusten auf den Boden, hielt sich die Seiten und versuchte, nicht laut herauszulachen.

Jondalar mußte ein paarmal schlucken. »Ah . . . ich . . . hm . . . meint Haduma, die Große Mutter könnte sie . . . hm . . . immer noch mit einem Kind segnen?«

Tamen sah Jondalar an, sah dann die Verrenkungen, die Thonolan vollführte, und schien verwirrt. Dann jedoch verzog sich sein Gesicht zu einem breiten Grinsen. Er sprach mit der alten Frau, und das ganze Lager brach in schallendes Gelächter aus, wobei das Lachen der alten Frau alles andere übertönte. Thonolan war erleichtert, sich nicht mehr beherrschen zu müssen, sondern gleichfalls lauthals lachen zu können.

Jondalar konnte nichts Komisches in alledem sehen.

Der alte Mann schüttelte den Kopf und versuchte etwas zu sagen. »Nein, nein, Zelandonii Mann.« Er winkte jemand heran. »Noria, Noria . . .«

Eine junge Frau trat vor und lächelte Jondalar schüchtern an. Sie war kaum mehr als ein Mädchen, zeigte jedoch das frische Leuchten jungen Frauentums. Endlich legte sich das allgemeine Lachen.

»Haduma großer Zauber«, sagte Tamen. »Haduma segnen. Noria fünf . . . Generationen.« Er hielt fünf Finger in die Höhe. »Noria machen Kind, machen sechs Generationen.« Er hielt noch einen Finger in die Höhe. »Haduma will, Zelandonii Mann . . . ehren Mutter . . .« Tamen lächelte, als ihm der richtige Ausdruck einfiel. »Erste Wonnen.«

Die Sorgenfalten auf Jondalars Stirn glätteten sich, und der Anflug eines Lächelns umspielte seinen Mund.

»Haduma segnen. Bewirken Geist gehen Noria. Noria machen . . . Baby, Zelandonii Augen.«

Jondalar lachte hell heraus, ebensosehr vor Erleichterung wie vor Freude. Er blickte zu seinem Bruder hinüber. Thonolan war das Lachen vergangen. »Willst du immer noch nach Hause und aller Welt von der alten Vettel erzählen, bei der ich gelegen habe?« fragte er und wandte sich dann wieder Tamen zu. »Bitte, sage Haduma, es wird mir ein Vergnügen sein, die Mutter zu ehren und die Ersten Wonnen mit Noria zu teilen.«

Herzlich strahlte er die junge Frau an. Sie erwiderte sein Lächeln, zaghaft zuerst, doch als der unbewußte Zauber seiner leuchtendblauen Augen auf sie wirkte, wurde ihr Lächeln kühner.

Tamen richtete das Wort an Haduma. Sie nickte, gab Jondalar und Thonolan durch Zeichen zu verstehen, sie möchten sich erheben, und musterte dann den großen blonden Mann noch einmal sehr gründlich. Die Wärme seines Lächelns war noch nicht verflogen, und als Haduma ihm in die Augen sah, gluckste sie leise und betrat den großen Rundbau. Die Leute gingen auseinander, unterhielten sich aber immer noch vergnügt über das Mißverständnis.

Die beiden Brüder blieben, um sich weiter mit Tamen zu unterhalten; seine beschränkte Fähigkeit, sich mitzuteilen, war immer noch besser als gar keine.

»Wann hast du zu Besuch bei den Zelandonii geweilt?« erkundigte Thonolan sich. »Weißt du noch, in welcher Höhle?«

»Lange her«, sagte er. »Tamen junger Mann wie Zelandonii Mann.«

»Tamen, das hier ist mein Bruder, Thonolan, und mein Name ist Jondalar. Jondalar von den Zelandonii.«

»Ihr . . . willkommen, Thonolan, Jondalar.« Der alte Mann lächelte. »Ich, Tamen, drei Generationen Hadumai. Nicht sprechen Zelandonii lange. Vergessen. Nicht gut sprechen. Ihr reden, Tamen . . .?«

»Fällt es dann wieder ein?« schlug Jondalar vor. Der Mann nickte. »Dritte Generation? Ich dachte, du wärst Hadumas Sohn«, fügte Jondalar noch hinzu.

»Nein.« Er schüttelte den Kopf. »Möchte Zelandonii Mann Haduma vorstellen. Mutter.«

»Ich heiße Jondalar, Tamen.«

»Jondalar«, wiederholte er. »Tamen nicht Haduma Sohn. Haduma machen Tochter.« Mit fragendem Blick hob er einen Finger in die Höhe.

»Eine Tochter?« sagte Jondalar. Tamen schüttelte den Kopf.

»Erste Tochter?«

»Ja, Haduma machen erst Tochter. Tochter machen ersten Sohn.« Dabei zeigte er auf sich selbst. »Tamen. Tamen . . . Gefährte?« Jondalar nickte. »Tamen Gefährte von Mutter, Noria Mutter.«

»Ich glaube, ich verstehe. Du bist der älteste Sohn von Hadumas ältester Tochter, und deine Gefährtin ist Norias Großmutter.«

»Großmutter, ja. Noria machen . . . Tamen große Ehre . . . sechs Generationen.«

»Auch ich fühle mich geehrt, als Gefährte für Norias Erste Wonnen auserwählt worden zu sein.«

»Noria machen . . . Baby, Zelandonii Augen. Machen Haduma . . . glücklich.« Er lächelte, als ihm das Wort wieder einfiel. »Haduma sagen, großer

Zelandonii Mann machen ... großer ... kräftiger Geist, machen starken Hadumai.«
»Tamen«, sagte Jondalar stirnrunzelnd. »Kann sein, daß Noria mit meinem Geist kein Baby macht, verstehst du?«
Tamen lächelte. »Haduma großer Zauber. Haduma segnen, Noria machen. Großer Zauber. Frau keine Kinder. Haduma ...« Mit ausgestrecktem Finger zeigte er auf Jondalars Schritt.
»Berühren?« schlug Jondalar vor, und die Ohren brannten ihm.
»Haduma berühren, Frau machen Baby. Frau keine ... Milch. Haduma berühren, Frau machen Milch. Haduma machen Jondalar ... große Ehre. Viele Männer wollen, Haduma sie berühren. Machen lange Mann. Machen Mann ... Vergnügen?« Alle lächelten. »Frau Vergnügen machen immer. Viele Frauen, viele Male. Haduma großer Zauber.« Er hielt inne, und das Lächeln schwand aus seinem Gesicht. »Nicht Haduma zornig machen. Haduma böser Zauber, Zorn.«
»Und ich habe gelacht«, sagte Thonolan. »Meinst du, ich könnte sie dazu bringen, mich zu berühren?«
»Kleiner Bruder, die einzige Zauberberührung, derer es bei dir jemals bedurft hat, war der einladende Blick einer hübschen Frau.«
»Na und? Mir ist nie aufgefallen, daß es bei dir besonderer Nachhilfe bedurft hätte. Sieh doch, wem jetzt die Ehre dieser Ersten Wonnen zuteil wird. Jedenfalls nicht deinem kleinen Bruder mit seinen glanzlosen grauen Augen.«
»Armer kleiner Bruder. Ein Lager voller Frauen, und er soll die Nacht allein verbringen. Um alles auf der Welt nicht!« Sie lachten, und Tamen, der wohl spürte, worum es bei diesem Geplänkel ging, stimmte in ihr Lachen ein.
»Tamen, vielleicht weihst du mich in eure Sitten und Gebräuche ein, was die Erste Nacht betrifft«, sagte Jondalar, jetzt ernsthafter.
»Ehe du dich darüber ausläßt«, sagte Thonolan, »kannst du dafür sorgen, daß wir unsere Speere und Messer zurückerhalten? Mir ist da ein Gedanke gekommen. Während mein Bruder damit beschäftigt ist, die junge Schöne mit seinen großen blauen Augen zu umgarnen, mache ich wohl besser euren erbosten Jäger glücklicher.«
»Und wie?« fragte Jondalar.
»Selbstverständlich mit einer Großmutter.«
Tamen machte ein verwirrtes Gesicht, tat das Ganze dann jedoch kopfschüttelnd als Sprachschwierigkeit ab.

Weder an diesem Abend noch am folgenden Tag bekam Jondalar viel von Thonolan zu sehen; dazu war dieser viel zu sehr mit den Reinheitsritualen beschäftigt. Selbst mit Tamens Hilfe noch erwies sich die Sprachschwierigkeit als hinderlich für die Verständigung, und wenn er mit den finster dreinblikkenden älteren Frauen allein zusammensaß, war es womöglich noch schlimmer. Nur in Hadumas Gegenwart konnte er etwas entspannen, und er war sich sicher, daß sie beschwichtigend auf die anderen einwirkte, wenn er in irgendwelche Fettnäpfchen getreten war.

Haduma herrschte zwar nicht über die Leute, doch war es offenkundig, daß sie ihr nichts abschlagen würden. Man kam ihr mit wohlwollender Ehrerbietung entgegen, hatte aber auch ein wenig Angst vor ihr. Es mußte Magie sein, daß sie so alt geworden war und ihre geistigen Fähigkeiten voll und ganz behalten hatte. Sie schien gleichsam zu riechen, wenn Jondalar in Schwierigkeiten war. Einmal – er war sich sicher, unwissentlich gegen irgendein Tabu verstoßen zu haben – kam sie mit zornfunkelnden Augen herein und drosch mit ihrem Stab auf den Rücken etlicher sich zurückziehender Frauen ein. Sie duldete keinerlei Widerstand ihm gegenüber; die sechste Generation nach ihr sollte Jondalars blaue Augen haben.

Am Abend, als er schließlich in den großen Rundbau geführt wurde, war er sich erst in dem Augenblick sicher, daß es soweit war, als er eintrat. Er blieb stehen und sah sich um. Zwei Steinlampen mit schalenähnlichen Vertiefungen waren mit Fett gefüllt; ein aus getrocknetem Moos geflochtener Docht brannte und erhellte die eine Seite des Raums. Auf dem Boden lagen Felle, wohingegen die Wände behangen waren mit Rindenstoff-Webereien, die sehr verschlungene Muster aufwiesen. Hinter einer mit Fellen bedeckten Plattform hing das dicke weiße Fell eines Albino-Pferdes, das mit den roten Köpfen noch nicht ganz flügger Spechte geschmückt war. Am äußersten Rand der Plattform saß Noria und betrachtete nervös ihre im Schoß liegenden Hände.

Auf der anderen Seite war ein kleiner Teil des Raumes abgeteilt mit Lederhäuten, die mit geheimnisvollen Symbolen bemalt waren; eine der Häute war in so feine Streifen zerschnitten und am oberen Rand belassen worden, daß es wie riesige Fransen wirkte. Hinter diesem Fransenvorhang stand jemand. Er sah, wie eine Hand ein paar der Fransen beiseite schob, und dann blickte er für einen kurzen Augenblick in das verrunzelte Gesicht Hadumas. Erleichtert seufzte er auf. Es war immer zumindest ein Wächter zugegen, um Zeugnis zu geben dafür, daß die Umwandlung eines Mädchens in eine reife Frau vollständig war und um zu gewährleisten, daß Männer nicht über Gebühr roh vorgingen. Als ein Fremder hatte er befürchtet, man könne ihm eine Vielzahl von mißbilligenden Beobachtern zumuten. Haduma gegenüber kannte er jedoch keine Bedenken. Er wußte nicht, ob er sie grüßen oder aber ignorieren sollte, entschied sich jedoch für letzteres, als sich der Fransenvorhang wieder schloß.

Als Noria ihn sah, stand sie auf. Lächelnd trat er auf sie zu. Sie war ziemlich klein, und das weiche hellbraune Haar hing ihr locker ums Gesicht. Sie war barfuß. Ein Rock aus gewebter Faser umschloß sie um die Taille und ging ihr in farbenprächtigen Streifen bis übers Knie. Ein Hemd aus weichem, mit gefärbten Federkielen verziertem Hirschleder war vorn hoch und eng geschlossen. Gleichwohl schmiegte es sich ihren Körperformen so sehr an, daß sehr deutlich zu erkennen war, in welchem Maße ihre Fraulichkeit entwickelt war, wenngleich sie ihre rundliche Mädchenhaftigkeit noch nicht ganz verloren hatte.

Angst trat ihr in die Augen, als er näherkam, und doch versuchte sie zu lächeln. Er jedoch machte keinerlei plötzliche Bewegungen, sondern setzte sich nur auf den Rand der Plattform und lächelte. Das schien sie zu entspannen, und so nahm sie neben ihm Platz; freilich weit genug von ihm entfernt, daß ihre Knie sich nicht berührten.

Es würde helfen, wenn ich ihre Sprache spräche, dachte er. Was für eine Angst sie hat! Kein Wunder, denn schließlich bin ich ihr völlig fremd. Sehr reizvoll, so verängstigt, wie sie ist. Der Beschützerinstinkt wallte in ihm auf; dazu kam eine leichte Erregung. Er bemerkte eine geschnitzte Holzschale und ein paar Trinkbecher auf einem Ständer in der Nähe und wollte danach greifen, doch Noria bemerkte seine Absicht und sprang auf, um die Becher zu füllen.

Als sie ihm den mit einem bernsteinfarbenen Trunk gefüllten Becher reichte, berührte er ihre Hand. Sie fuhr zusammen und zog sie ein wenig zurück, doch dann überließ sie sie ihm. Er drückte sie sanft, nahm dann den Becher und trank. Es schmeckte nach etwas Kräftigem und Gegorenem. Nicht unangenehm, doch da er sich nicht sicher war, wie stark es sei, beschloß er, nur wenig davon zu kosten.

»Danke, Noria«, sagte er und stellte den Becher hin.

»Jondalar?« fragte sie und blickte auf. Bei Licht der Steinlampen konnte er gerade noch erkennen, daß sie helle Augen hatte, doch ob sie blau waren oder grau konnte er nicht entscheiden.

»Ja. Jondalar von den Zelandonii.«

»Jondalar . . . Zelandonjii-Mann.«

»Noria, Hadumai-Frau.«

»Frau?«

»Frau«, bestätigte er und berührte eine feste junge Brust. Sie sprang zurück. Jondalar nestelte den Riemen am Hals seines Überwurfs auf, schob ihn hoch und ließ eine hellbehaarte Brust sehen. Dabei setzte er ein schiefes Lächeln auf und berührte seine Brust. »Keine Frau.« Er schüttelte den Kopf. »Mann.« Sie kicherte ein wenig.

»Noria Frau«, sagte er und griff langsam wieder nach ihrer Brust. Diesmal ließ sie ihn gewähren, ohne zurückzuweichen, und lächelte auch weniger verspannt.
»Noria Frau«, sagte sie. Dann blitzte es schelmisch in ihren Augen auf und sie zeigte auf seinen Schritt, ohne ihn indes zu berühren. »Jondalar Mann.« Plötzlich hatte sie wieder etwas Verängstigtes im Gesicht, als befürchtete sie, zu weit gegangen zu sein, stand auf und füllte aufs neue die Becher. Nervös schöpfte sie das Getränk, verschüttete etwas davon und schien peinlich berührt. Zitternd reichte sie ihm seinen Becher.
Er faßte sie fest an, damit sie nicht mehr zitterte, nippte und bot ihr dann zu trinken an. Sie nickte, doch hielt er ihr den Becher dergestalt an den Mund, daß sie ihre Hände um die seinen legen mußte, um ihn zum Trinken schräg zu legen. Nachdem er den Becher hingestellt hatte, griff er nochmals nach ihren Händen, bog die Handflächen auseinander und küßte leicht eine nach der anderen. Ihre Augen weiteten sich vor Verwunderung, doch sie zog die Hände nicht zurück. Er ließ die Hände ihre Arme hinaufgleiten und beugte sich dann vor, um sie auf den Hals zu küssen. Sie war vor Erwartung wie vor Angst verkrampft.
Er rückte näher, küßte sie wieder auf den Hals und ließ eine Hand heruntergleiten, bis sie eine Brust bedeckte. Obwohl sie immer noch Angst hatte, spürte sie inzwischen, wie sie selbst auf seine Berührungen reagierte. Er bog ihr den Kopf nach hinten, küßte wieder ihren Hals, züngelte dann ihre Kehle hinauf und griff um sie herum, um den Riemen an ihrem Hals zu lösen. Dann näherte er sich mit dem Mund ihrem Ohr, strich damit über die Kinnlade, bis er ihren Mund fand. Den seinen öffnete er, schob ihr die Zunge zwischen die Lippen, und als sie diese öffnete, übte er sanften Druck darauf aus, damit sie sie noch weiter aufmachte.
Er bog sich zurück, hielt sie bei den Schultern und lächelte. Sie hatte die Augen geschlossen, den Mund jedoch immer noch geöffnet und atmete schneller als sonst. Daraufhin küßte er sie nochmals, bedeckte eine ihrer Brüste mit der Hand und griff dann hinaus, um den Riemen aus einer Öse herauszuziehen. Jetzt versteifte sie sich ein wenig. Er hielt inne, sah sie an, lächelte und zog den Riemen mit Bedacht aus einer weiteren Öse heraus. Ohne sich zu rühren, wurde sie womöglich noch steifer und blickte ihm ins Gesicht, als er den Riemen aus noch einer Öse herauszog, dann noch einer und noch einer, bis das hirschlederne Hemd ihr vorn ganz offenstand.
Er beugte sich bis zu ihrem Hals hinunter, als er das Hemd zurückschob und ihre Schultern und ihre aufgerichteten jungen Brüste mit den geschwollenen Höfen entblößte. Sein Glied pochte. Mit offenem Mund küßte er sie auf die Schulter, fuhr mit der Zunge auf ihrer Haut hin und her und spürte, wie sie

erschauerte. Zärtlich fuhr er ihr über die Arme, als er ihr das Hemd ganz abstreifte. Er ließ die Hände über ihr Rückgrat in die Höhe wandern, während er ihr mit der Zunge über Hals und Brust hinunterfuhr, den Hof umkreiste, spürte, wie die Brustwarze sich zusammenzog und saugte sanft daran. Sie schnappte nach Luft, entzog sich ihm jedoch nicht. Er saugte an der anderen Brust, fuhr mit der Zunge wieder hinauf zu ihrem Mund, küßte sie und drückte sie dann nach hinten.

Sie schlug die Augen auf und blickte ihn aus den Pelzen heraus an. Geweitet waren diese Augen und schimmernd, die seinen hingegen tiefblau und bannend, daß sie außerstande war fortzublicken. »Jondalar Mann, Noria Frau«, sagte sie.

»Jondalar Mann, Noria Frau«, sagte er mit heiserer Stimme, setzte sich dann auf, zog sich den Überwurf über den Kopf und spürte das mächtige Drängen seines Geschlechts, sich zu befreien. Er neigte sich über sie, küßte sie abermals und spürte, wie sie den Mund aufmachte, um den Geschmack seiner Zunge mit der ihren zu kosten. Er streichelte ihre Brust und fuhr ihr mit der Zunge den Hals herunter über die Schulter. Wieder fand er ihre Brustwarze, saugte fester, als er sie stöhnen hörte und fühlte, wie sein eigener Atem heftiger ging.

Es ist lange her, daß ich mit einer Frau zusammengewesen bin, dachte er und spürte das Verlangen, sie augenblicklich zu nehmen. Behutsam sein, sie nicht erschrecken, ermahnte er sich. Es ist das erste Mal für sie. Du hast noch die ganze Nacht, Jondalar. Warte, bis du ganz sicher bist, daß sie bereit ist.

Er streichelte ihre bloße Haut unterhalb ihrer schwellenden Brüste bis hinunter zur Hüfte und tastete nach dem Lederriemen, der ihren Rock zusammenhielt. Nachdem er die Schleife aufgezogen hatte, griff er hinein und ließ die Hand auf ihrem Bauch ruhen. Sie verkrampfte sich, entspannte dann. Er griff weiter hinunter, berührte die Innenseite ihrer Schenkel und strich über ihr weiches Schamhaar. Sie breitete die Beine aus, als er ihr die Innenseite der Schenkel streichelte.

Er riß sich los, setzte sich auf, zog ihr dann den Rock über die Hüften und ließ ihn zu Boden fallen. Dann erhob er sich und betrachtete ihre sanft gerundeten, noch nicht ganz erblühten Brüste. Vertrauensvoll und verlangend zugleich lächelte sie ihn an. Er löste den Riemen seiner Hose und ließ sie hinuntergleiten. Sie schluckte, als sie sein aufrecht stehendes, geschwollenes Glied erblickte, und ein Hauch von Angst kehrte in ihre Augen zurück.

Gebannt hatte Noria den Erzählungen anderer Frauen gelauscht, wenn sie von ihren Riten der Ersten Wonnen berichtet hatten. Manche Frauen hatten sie keineswegs als so wonnevoll in der Erinnerung gehabt und erklärt, die Gabe der Lust sei den Männern gegeben, den Frauen hingegen die Fähigkeit,

Männern Lust zu schenken und sie auf diese Weise an sich zu binden; damit die Männer auf die Jagd gingen, Nahrung und Felle heimbrächten, Kleidung daraus zu fertigen, wenn die Frau hochschwanger sei oder Kinder säuge. Noria war gewarnt worden, die Riten der Ersten Nacht würden schmerzhaft sein. Jondalar war so sehr geschwollen, war so riesig – wie sollte er in sie hineinpassen?

Der angstvolle Ausdruck in ihrem Gesicht war ihm vertraut. Es war der kritische Augenblick; sie mußte sich erst wieder an ihn gewöhnen. Er genoß es, eine Frau zum ersten Mal an die Freuden des Geschenks der Großen Mutter heranzuführen; freilich gehörten Zartgefühl und List zugleich dazu. Irgendwann, dachte er, möchte ich einer Frau gern zum ersten Mal Lust schenken, ohne ständig daran denken zu müssen, ihr nicht wehzutun. Er wußte, daß das nicht möglich war. Die Riten der Ersten Wonnen waren für eine Frau immer etwas schmerzhaft.

Er setzte sich neben sie und wartete, ließ ihr Zeit. Ihr Blick wurde angezogen von seinem pochenden Glied. Er ergriff ihre Hand, führte sie an sich heran, damit sie ihn berühre – und in ihm wallte es auf. Es war, als ob sein Geschlecht in einem Augenblick wie diesem ein eigenes Leben hätte. Noria spürte, wie weich seine Haut war, fühlte die Wärme und die feste Fülle, und als sein Glied sich begierig in ihrer Hand bewegte, überlief sie unversehens ein angenehmes, prickelndes Gefühl, und es wurde ihr feucht zwischen den Beinen.

Er streckte sich neben ihr aus und küßte sie sanft. Sie machte die Augen auf und schaute in die seinen. Sie erkannte die Fürsorglichkeit darin und sein Begehren – und irgendeine unnennbare, unwiderstehliche Kraft. Sie fühlte sich überwältigt, eingesogen und verloren in den unsäglich blauen Tiefen seiner Augen, und wieder überlief sie das angenehm prickelnde Gefühl. Sie begehrte ihn. Sie fürchtete den Schmerz, und doch begehrte sie ihn. Sie griff nach ihm, machte die Augen zu, öffnete den Mund und schmiegte sich enger an ihn.

Er küßte sie, ließ sie seinen Mund erkunden und arbeitete sich dann langsam über Hals und Kehle nach unten, drückte ihr dabei kleine Küsse auf, bewegte die Zunge und streichelte ihr sanft Bauch und Schenkel. Ein wenig spannte er sie auf die Folter und kam ganz nahe an ihre empfindsamen Brustwarzen heran, um dann wieder fortzurücken, bis sie seinen Kopf nahm und seinen Mund draufdrückte. In diesem Augenblick schob er die Hand in den warmen Schlitz zwischen ihren Schenkeln und fand das kleine pulsierende Knötchen. Ein leiser Schrei entfuhr ihr.

Er saugte und biß sie sanft auf die Brustwarze, während er gleichzeitig den Finger bewegte. Sie stöhnte und bewegte die Hüften. Er bewegte sich weiter abwärts und merkte, wie sie die Luft anhielt, als seine Zunge ihren Nabel fand

– und spürte, wie sich ihre Muskeln anspannten, als er noch weiter hinunterging und sich von der Plattform hinunterschob, bis seine Knie den Boden berührten. Dann zwängte er ihr die Beine auseinander und nahm die erste Kostprobe von ihrer scharfen Würze. Ein zitternder Schrei entrang sich ihrer Brust. Jeder Atemzug war ein Stöhnen, sie warf den Kopf hin und her und hob die Hüften, ihm entgegenzukommen.

Mit den Händen zog er sie auseinander, leckte ihre warmen Falten, fand dann mit der Zunge das Knötchen und bearbeitete es. Als sie aufschrie und die Hüften bewegte, war seine eigene Erregung kaum noch zu bändigen. Er kämpfte damit, sich nicht zu verausgaben. Als er sie rasch keuchen hörte, hob er den Oberkörper, lag aber immer noch auf den Knien, um das Eindringen ganz in der Hand zu haben, und führte die Spitze seines zum Bersten gefüllten Glieds in ihre unerfahrene Öffnung ein. Er knirschte mit den Zähnen, so sehr mußte er sich beherrschen, als er in den warmen, feuchten engen Schacht einfuhr.

Als sie die Beine um ihn verschränkte, fühlte er die Sperre in ihr. Mit dem Finger ertastete er wieder das Knötchen, bewegte sich selbst ganz leicht vor und zurück, bis ihr Stöhnen zu kleinen Schreien wurde und er fühlte, wie sie die Hüfte anhob. Da zog er zurück, stieß fest zu und spürte, wie er die Sperre durchbrach; während sie vor Schmerz und Lust aufschrie, vernahm er seinen eigenen gedämpften Aufschrei, der ihm entfuhr, als sein aufgestautes Bedürfnis sich zitternd und in Krämpfen entlud.

Er fuhr noch ein paarmal hinein und wieder heraus, drang so weit ein, wie er glaubte, es wagen zu können, spürte, wie das letzte bißchen an Lebenssaft aus ihm herausgepreßt wurde – dann fiel er über ihr zusammen. Es war vorüber. Den Kopf auf ihrer Brust, lag er einen Moment nach Atem ringend da, dann richtete er sich auf. Sie lag schlaff da, hatte den Kopf beiseite gedreht und die Augen geschlossen. Er zog sich ganz aus ihr zurück und sah Blutflecken auf dem weißen Pelz unter ihr. Er hob ihre Beine wieder auf die Plattform, kroch neben sie und ließ sich in die Pelze sinken.

Als er wieder ruhiger atmete, fühlte er Hände an seinem Kopf, und als er die Augen aufschlug, blickte er in das alte Gesicht mit den leuchtenden Augen darin – Hadumas Gesicht. Noria neben ihm regte sich. Haduma lächelte, nickte beifällig und ließ einen leisen Singsang hören. Noria machte die Augen auf, freute sich über den Anblick der alten Frau und freute sich noch mehr, als deren Hände Jondalars Kopf losließen und sich ihr auf den Bauch legten. Haduma vollführte bestimmte Gesten über ihnen, sang dabei und zog währenddessen das blutbefleckte Fell unter ihnen hervor. Eine Frau im Blut der Ersten Nacht besaß einen besonderen Zauber.

Dann sah die alte Frau wieder Jondalar an, lächelte und streckte einen knotigen Finger aus, um sein erschlafftes Glied zu berühren. Einen Moment schoß neue Erregung in ihn ein, er sah, wie es sich zu neuem Leben aufrichtete, dann jedoch wieder erschlaffte. Haduma gluckste leise, humpelte jedoch aus dem Zelt hinaus und ließ sie allein.

Jondalar überließ sich neben Noria ganz der Entspannung. Nach einer Weile setzte sie sich auf und blickte mit schimmernden, schmachtenden Augen auf ihn hinab.

»Jondalar Mann, Noria Frau«, sagte sie, als habe sie jetzt das Gefühl, wirklich eine Frau zu sein; dann beugte sie sich über ihn und küßte ihn. Es überraschte ihn, daß das Begehren sich so rasch wieder in ihm regte und überlegte, ob Hadumas Berührung etwas damit zu tun haben könne. Doch verging ihm das Überlegen schnell, und er nahm sich Zeit, der eifrigen jungen Frau neben sich zu zeigen, wie sie ihm Lust bereitete, und ihr selbst neue Lust zu schenken.

Der riesige Stör war bereits an Land gezogen, als Jondalar aufstand. Thonolan hatte zuvor schon den Kopf zum Zelt hineingesteckt und gefeixt, doch hatte Jondalar ihn fortgewinkt, seinen Arm um Noria geschlungen und weitergeschlafen. Als er später wieder erwachte, war Noria nicht mehr da. Er hatte die Hosen übergestreift und war zum Fluß hinuntergegangen. Dort sah er Thonolan, Jeren und etlichen anderen zu, die sich lachend ihrer neugefundenen Kameradschaft erfreuten, und wünschte, er wäre mit ihnen fischen gegangen.

»Ja, seht mal, wer sich entschlossen hat, aufzustehen«, sagte Thonolan, als er ihn erblickte. »Blaue Augen haben's gut und können schlafen, während alle anderen sich damit abplagen, diese alte Haduma aus dem Wasser zu holen.«

Jeren nahm das Thema auf. »Haduma, Haduma«, rief er lachend und zeigte auf den Fisch. Dann stolzierte er um ihn herum und nahm vor seinem urtümlichen, haiähnlichen Kopf Aufstellung. Die seinem Unterkiefer entspringenden Fühler bewiesen, daß er sich seine Nahrung am Grunde des Flusses suchte und harmlos war; nur durch seine Größe wurde er zu einer echten Herausforderung. Der Stör maß fast fünf Schritte.

Mit einem durchtriebenen Grinsen bewegte der junge Jäger wie in einem erotischen Tanz das Becken vor dem Maul des großen alten Fisches vor und zurück und rief dabei »Haduma! Haduma!«, gleichsam als flehte er darum, berührt zu werden. Alle anderen brachen in unflätiges Gelächter aus, und selbst Jondalar konnte sich eines Lächelns nicht erwehren. Die anderen fingen an, um den Fisch herumzutanzen, dabei die entsprechenden Beckenbewegungen zu machen und »Haduma!« zu rufen; in ihrer Hochstimmung stießen sie einander beiseite und kämpften um den Platz unmittelbar vor dem Maul des Fisches. Einer von den Männern wurde dabei in den Fluß hineingestoßen.

Watend kam er wieder an Land, packte den nächsten und zog ihn lachend ins Wasser. Triefend kamen sie wieder heraus und grinsten immer noch, bis einer von ihnen die alte Frau neben dem Fisch stehen sah.

»Haduma, eh?« sagte sie und faßte sie dabei streng ins Auge, woraufhin sie sich immer wieder gegenseitig ansahen und ziemlich betreten dreinschauten. Dann kicherte sie entzückt auf, nahm ihrerseits vor dem riesigen Fisch Aufstellung und bewegte ihre alten Hüften vor und zurück. Lachend liefen alle auf sie zu, ließen sich auf Händen und Knien vor ihr nieder und baten sie, sich auf ihre Rücken zu setzen.

Jondalar lächelte über dieses Spiel, das sie offenbar nicht das erste Mal mit ihr spielten. Ihr Stamm verehrte in ihr nicht nur seine Urahnin; er liebte sie vielmehr, und sie schien den Spaß zu genießen. Haduma blickte sich um, und als sie Jondalar sah, zeigte sie auf ihn. Die Männer winkten ihn heran, und im fiel auf, welche Vorsicht sie anwandten, als sie sie ihm auf den Rücken setzten. Sie wog fast nichts, doch was ihn überraschte, war die Macht, mit der sie ihn zwischen die Beine nahm. Die zerbrechliche alte Frau besaß immer noch eine erstaunliche Kraft.

Er wollte sich in Bewegung setzen, doch liefen die anderen voraus, woraufhin sie ihm auf die Schulter schlug und ihn vorantrieb. Sie liefen am Strand hin und her, bis sie alle außer Atem waren, woraufhin Jondalar sich wieder auf die Knie herunterließ, um sie absteigen zu lassen. Sie streckte sich, fand ihren Stab und machte sich auf den Weg zu den Zelten.

»Ist diese alte Frau zu fassen?« wandte Jondalar sich voller Bewunderung an Thonolan. »Sechzehn Kinder, fünf Generationen, und immer noch kräftig. Ich bezweifle nicht, daß sie auch noch die sechste Generation erleben wird.«

»Sie sechs Generationen leben, dann sterben.«

Jondalar drehte sich nach der Stimme um. Er hatte Tamen nicht näherkommen sehen. »Was meinst du damit: dann sterben?«

»Haduma sagen, Noria gebären blauäugigen Sohn, Zelandonii-Geist, dann Haduma sterben. Sie sagen, lange hier, Zeit davonzugehen. Baby sehen, dann sterben. Babyname Jondal, sechs Generationen Hadumai. Haduma glücklich über Zelandonii-Mann. Sagen, guter Mann. Frau bei Riten Erste Wonnen Lust schenken nicht einfach. Zelandonii-Mann guter Mann.«

Jondalar war von widersprüchlichen Gefühlen erfüllt. »Wenn es ihr Wunsch ist zu gehen, wird sie es tun, aber es macht mich traurig«, sagte er.

»Ja, alle Hadumai sehr traurig«, sagte Tamen.

»Kann ich Noria so bald nach den ersten Riten wiedersehen? Nur für kurze Zeit? Ich kenne eure Sitten und Gebräuche nicht.«

»Sitte und Brauch: nein. Haduma sagen ja. Du bald gehen?«

»Wenn Jeren meint, daß wir mit dem Stör unsere Verpflichtung erfüllt haben,

die damit begann, daß wir die Pferde verjagten, meinte ich, sollten wir uns auf den Weg machen. Woher weißt du das?«
»Haduma sagen.«

Der Stör bildete die Grundlage für das Festmahl am Abend; viele Hände hatten die Zeit des In-Streifen-Schneidens, um den Fisch zu trocknen, am Nachmittag nicht lang werden lassen. Jondalar erhaschte einen flüchtigen Blick von Noria, die von einer Reihe von Frauen an einen Ort weiter stromaufwärts geleitet wurde. Die Dunkelheit hatte sich bereits herniedergesenkt, als sie zu ihm geführt wurde. Gemeinsam schlenderten sie zum Fluß hinunter; zwei Frauen folgten ihnen in gebührendem Abstand. Der Bruch mit Sitte und Herkommen, ihr zu gestatten, ihn so schnell nach den Riten der Ersten Wonnen zu sehen, war groß genug; sie auch noch allein zu lassen, wäre zuviel gewesen.
Sie standen unter einem Baum und sagten nichts; sie hielt den Kopf gesenkt. Er strich ihr eine Haarsträhne beiseite und hob ihr Kinn, damit sie ihn anblickte. Ihr standen Tränen in den Augen. Mit dem Knöchel einer Hand wischte Jondalar ihr einen schimmernden Tropfen aus den Augenwinkeln und hob ihn dann an die Lippen.
»Ach . . . Jondalar!« rief sie und griff nach ihm.
Er hielt sie im Arm und küßte sie, zart erst, dann leidenschaftlicher.
»Noria«, sagte er. »Noria Frau, wunderschöne Frau.«
»Jondalar machen Noria Frau«, sagte sie. »Machen . . . Noria . . . machen . . .« Ein Seufzer entrang sich ihr; wüßte sie doch nur die Worte, um ihm verständlich zu machen, was sie ihm sagen wollte.
»Ich weiß, Noria. Ich weiß«, sagte er und drückte sie an sich. Dann trat er einen Schritt zurück, hielt sie bei den Schultern, lächelte sie an und strich ihr über den Bauch. Durch ihre Tränen hindurch lächelte sie ihn an.
»Noria machen Zelandonjii . . .« Sie berührte sein Augenlid. »Noria machen Jondal . . . Haduma . . .«
»Ja.« Er nickte. »Tamen hat es mir gesagt. Jondal, sechste Generation Hadumai.« Er griff in seinen Beutel. »Ich habe da etwas, was ich dir schenken möchte, Noria.« Er holte die steinerne Donii heraus und drückte sie ihr in die Hand. Er wünschte, ihr auf irgendeine Weise verständlich machen zu können, daß sie etwas Besonderes für ihn bedeutete; ihr zu sagen, daß er sie von seiner Mutter erhalten habe; ihr zu sagen, wie alt sie sei und daß sie seit Generationen schon von einem auf den anderen vererbt worden sei. Dann lächelte er:
»Diese Donii ist mein Haduma«, sagte er. »Jondalars Haduma. Jetzt ist es Norias Haduma.«

»Jondalar Haduma?« sagte sie fragend und betrachtete die geschnitzte weibliche Gestalt. »Jondalar Haduma, Noria?«
Er nickte, und sie brach in Tränen aus, verkrampfte beide Hände um das Figürchen und hob es an die Lippen. »Jondalar Haduma«, sagte sie, von Schluchzern geschüttelt. Plötzlich schlang sie beide Arme um ihn und küßte ihn; dann lief sie zurück zu den Zelten und weinte so sehr, daß sie kaum den Weg erkennen konnte.

Das ganze Lager eilte herbei, ihnen Lebewohl zu sagen. Haduma stand neben Noria, als Jondalar vor ihnen stehenblieb. Haduma lächelte und nickte beifällig; Noria hingegen rollten die Tränen über die Wangen. Er fing eine auf, hob sie an die Lippen, und sie lächelte, wenngleich das ihren Tränenstrom nicht versiegen ließ. Er wandte sich zum Gehen, sah jedoch noch, wie der kraushaarige junge Mann, den Jeren als Boten fortgeschickt hatte, Noria mit liebeskranken Augen ansah.
Sie war jetzt eine Frau, von Haduma gesegnet, jemand, der einem Mann gewiß ein Glückskind an sein Herdfeuer brachte. Es wurde allgemein darüber gesprochen, daß sie Lust bei den Riten der Ersten Nacht empfunden hatte, und jeder wußte, daß solche Frauen die besten Gefährtinnen ergaben. Noria war eine mannbare, eine überaus begehrenswerte Frau.

»Glaubst du wirklich, daß Noria mit einem Kind deines Geistes schwanger geht?« fragte Thonolan, nachdem sie das Lager hinter sich gelassen hatten.
»Das werde ich zwar nie erfahren, aber diese Haduma ist eine weise alte Frau. Sie weiß mehr, als alle anderen ahnen. Ich glaube, sie gebietet über den ›großen Zauber‹. Wenn ein Mensch dafür sorgen könnte, daß es geschieht, dann sie.«
Schweigend folgten sie eine Weile dem Lauf des Flusses. Dann sagte Thonolan: »Großer Bruder, etwas möchte ich dich fragen.«
»Nur zu.«
»Über was für einen Zauber gebietest *du*? Ich meine, jeder Mann redet davon, für die Riten der Ersten Wonnen auserkoren zu werden; dabei haben die meisten große Angst davor. Ich weiß sogar von einigen, daß sie die Ehre abgelehnt haben, und ehrlich gestanden, ich selbst komme mir immer ziemlich unbeholfen vor. Allerdings würde ich es nie ablehnen. Aber du, auf dich fällt die Wahl immer wieder. Und ich habe noch nie erlebt, daß es schiefgegangen wäre. Sie verlieben sich in dich. Wie machst du das?«
»Ich weiß es nicht, Thonolan«, sagte er ein wenig verlegen. »Ich bemühe mich nur, vorsichtig zu sein.«
»Welcher Mann tut das nicht? Nein, es ist mehr als das. Was hat Tamen noch

gesagt? ›Frauen bei Riten Erste Nacht Lust bereiten nicht leicht.‹ Wie verschaffst du einer Frau also Lust. Ich bin schon froh, wenn ich ihr nicht allzu weh tue. Schließlich bist du nicht weniger groß ausgestattet als wir anderen auch, um es zu erleichtern. Sag schon, gib deinem kleinen Bruder einen guten Rat. Ich hätte nichts dagegen, wenn eine Handvoll junger Schönen mir nachliefe.«

Er verlangsamte den Schritt und sah Thonolan an. »Doch würdest du das. Ich glaube, das ist einer der Gründe, weswegen ich mich Marona versprochen habe – damit ich eine Entschuldigung hätte.« Jondalar legte die Stirn in Falten. »Die Riten der Ersten Nacht sind etwas Besonderes für eine Frau. Und für mich auch. Nur sind viele junge Frauen in mancher Beziehung noch junge Mädchen. Sie wissen noch nicht, was es heißt, hinter Jungen herzulaufen oder einen Mann aufzufordern – kennen den Unterschied noch nicht. Wie bringt man einer jungen Frau, mit der man gerade eben eine ganz besondere Nacht verbracht hat, bei, daß man es vorziehen würde, sich mit einer erfahreneren Frau zu entspannen – und das, wenn sie dich ganz allein beim Wickel hat? Große Donii, Thonolan! Ich will sie zwar nicht verletzen, aber ich verliebe mich nicht gleich in jede Frau, mit der ich eine Nacht verbringe.«

»Du verliebst dich überhaupt nicht, Jondalar.«

Jondalar beschleunigte den Schritt. »Was willst du damit sagen? Ich habe schon eine ganze Reihe von Frauen geliebt.«

»Sie geliebt, gewiß. Aber das ist nicht dasselbe.«

»Woher willst du das wissen? Hast du schon jemals geliebt?«

»Schon mehr als einmal. Gewiß, es mag nicht von Dauer gewesen sein, aber ich kenne den Unterschied. Schau, Bruder, ich will nicht meine Nase in deine Angelegenheiten stecken, aber du machst mir Sorgen, besonders dann, wenn du niedergeschlagen bist. Du brauchst auch nicht wegzulaufen. Ich halte schon den Mund, wenn du das möchtest.«

Jondalar verlangsamte den Schritt. »Ja, vielleicht hast du recht. Vielleicht habe ich wirklich noch nie geliebt. Vielleicht ist es mir nicht gegeben, mich zu verlieben.«

»Was fehlt dir denn? Was haben die Frauen, die du kennst, denn nicht?«

»Wenn ich das wüßte . . . meinst du nicht, daß ich dann . . .«, begann er aufgebracht, um dann nicht weiterzusprechen. »Ich weiß nicht, Thonolan. Ich glaube schon, daß ich mir das alles wünsche. Ich möchte eine Frau so, wie sie bei den Riten der Ersten Wonnen ist – ich glaube, ich verliebe mich dann in jede Frau, zumindest für diese eine Nacht. Gleichzeitig wünsche ich mir jedoch eine Frau und kein Mädchen. Ich wünsche mir sie so, daß ihr Eifer nicht vorgetäuscht ist, daß sie sich nicht nur den Anschein gibt, bereit zu sein; gleichzeitig möchte ich nicht vorsichtig mit ihr umgehen müssen. Ich möchte, daß sie Schwung hat und daß sie weiß, was sie will. Ich möchte, daß sie jung und alt ist, kindlich und weise zur gleichen Zeit.«

»Das ist aber viel verlangt, Bruder.«

»Nun, du hast mich gefragt.« Schweigend gingen sie eine Weile weiter.

»Was meinst du, wie alt Zelandoni ist?« fragte Thonolan. »Etwas jünger als Mutter vielleicht?«

Jondalar wurde ganz steif. »Warum?«

»Es heißt, sie sei wirklich wunderschön gewesen in ihrer Jugend, selbst noch vor ein paar Jahren. Einige von den Älteren sagen, keine sei mit ihr zu vergleichen gewesen, auch nicht annähernd. Schwer für mich zu sagen, aber sie behaupten, sie sei jung, Die Erste zu sein unter Denen, die Der Mutter Dienen. Sag mir etwas, Bruder. Stimmt es, was sie über dich und Zelandoni sagen?«

Jondalar blieb stehen und wandte seinem Bruder langsam das Gesicht zu. »Sag mir, was reden sie über mich und Zelandoni?« fragte er mit zusammengebissenen Zähnen.

»Verzeihung. Ich bin zu weit gegangen. Vergiß, daß ich gefragt habe.«

5

Ayla trat auf das vor der Höhle gelegene Sims hinaus, rieb sich die Augen und streckte sich. Die Sonne stand noch tief im Osten, und sie beschattete die Augen, als sie sich nach den Pferden umschaute. Gleich nach dem Aufwachen morgens nach den Pferden Ausschau zu halten, war ihr bereits zur Gewohnheit geworden, obwohl sie erst wenige Tage hier war. Es machte ihr einsames Leben ein wenig erträglicher, wenn sie daran dachte, daß sie das Tal mit anderen Lebewesen teilte.

Nach und nach wurde sie sich der Bewegungen der Herde bewußt, war sich darüber im klaren, wo sie am Morgen zur Tränke gingen und welche Schattenbäume sie am Nachmittag am liebsten aufsuchten; außerdem hatte sie gelernt, die einzelnen Pferde zu unterscheiden. Da war zum Beispiel das Hengstfüllen vom Vorjahr, dessen graue Decke so hell war, daß sie fast weiß aussah; nur der charakteristische Streifen, der ihm vom Widerrist über den ganzen Rücken lief, sowie die Vorderbeine unten und die steif starrende Mähne waren dunkler. Dann war da noch die rotbraune Stute mit dem falbfarbenen Fohlen, dessen Fell dem des Hengstes ähnelte. Und dann der stolze Leithengst selbst, dessen Platz eines Tages einer eben jener Jährlinge einnehmen würde, die er heute gerade noch in seiner Nähe duldete; vielleicht aber auch von einem Hengst aus den Würfen des nächsten oder gar des übernächsten Jahres. Der helle, falbfarbene Hengst mit dem tiefbraunen Rückenstreifen, der dunkleren Mähne und den gleichfalls dunkleren Vorderbeinen stand in der Blüte seiner Jahre, und sein ganzes Gebaren verkündete das.

Leichtfüßig lief sie hinunter an den Fluß, denn inzwischen kannte sie den steil hinunterführenden Pfad so gut, daß sie keinen falschen Tritt mehr machte. Sie trank und legte dann ihr Gewand ab, um schwimmend ihre morgendliche Runde zu drehen. Es war immer noch dasselbe Gewand, doch hatte sie es inzwischen gewaschen und mit ihrem Schaber bearbeitet, um das Leder wieder geschmeidig zu machen. Ihre natürliche Neigung zu Ordnung und Sauberkeit war von Iza nur verstärkt worden, denn Izas Fülle und Vielfalt von Heilpflanzen verlangte Ordnung, um jeden Mißbrauch auszuschließen; außerdem hatte Iza um die Gefahren von Schmutz und Ansteckungen gewußt. Unterwegs ließ sich ein gewisses Maß an Verschmutzung nicht vermeiden; wohl aber dann, wenn man einen glitzernden Fluß in der Nähe hatte.

Sie fuhr sich mit den gespreizten Fingern durch das dicke blonde Haar, das ihr in Wellen bis weit über die Schultern fiel. »Heute morgen werde ich mir die Haare waschen«, verkündete sie mit ihrer Gebärde niemand im besonderen. Gleich hinter der Flußbiegung hatte sie Seifenwurzeln wachsen sehen und ging jetzt hin, um einige davon auszureißen. Als sie gemächlich wieder zurückkehrte, bemerkte sie den großen Felsen, der aus dem seichten Flußbett aufragte und eine Reihe von glatten, schalenartigen Vertiefungen aufwies. Sie hob einen runden Stein auf und watete zu dem Felsen hinüber. Dann spülte sie die Wurzeln ab, schöpfte Wasser in eine der Vertiefungen und zerstampfte die Wurzeln darin, um das Saponin darin freizusetzen und eine schöne Seifenlauge herzustellen. Nachdem sich reichlich Schaum gebildet hatte, feuchtete sie ihr Haar an, rieb den Schaum hinein, wusch sich auch sonst damit ab und tauchte hinterher ins Wasser, um sich abzuspülen.

Irgendwann in der Vergangenheit war ein Brocken des vorspringenden Felsens heruntergebrochen. Ayla kletterte auf den unter Wasser liegenden Teil dieses Felsens hinauf und schritt dann auf dem über Wasser liegenden Teil an eine Stelle, wo sie sich in der Sonne wärmen konnte. Ein hüfttiefer Kanal an der Landseite machte den Felsen zu einer Insel, die teilweise von einer überhängenden Weide beschattet wurde, deren freiliegende Wurzeln sich gleich knochigen Fingern am Fluß festklammerten. Ayla brach einen kleinen Zweig von einem Busch, dessen Wurzeln in einem Spalt Halt gefunden hatten, entrindete ihn mit den Zähnen und benutzte ihn dann, um sich während des Trocknens in der Sonne Verfilzungen aus dem Haar zu reißen.

Sie starrte verträumt ins Wasser und summte leise vor sich hin, als ihre Augen plötzlich Bewegung vermerkte. Von einem Augenblick auf den anderen hellwach, starrte sie ins Wasser und auf die silbrige Gestalt einer großen Forelle, die sich unter den Wurzeln ausruhte. Seit ich die Höhle verlassen habe, habe ich keinen Fisch mehr gegessen, dachte sie, wobei ihr einfiel, daß sie auch noch nicht gefrühstückt hatte.

Lautlos glitt sie auf der anderen Seite des Felsens ins Wasser, schwamm ein Stück flußabwärts und watete durch seichtes Wasser. Die Hand hielt sie im Wasser und ließ die Finger einfach schlaff hineinhängen. Langsam und mit unendlicher Geduld bewegte sie sich dann stromaufwärts. Als sie sich dem Baum näherte, sah sie, wie die Forelle sich mit dem Kopf in die Strömung gestellt hatte und langsam die Flossen bewegte, um an derselben Stelle unter den Wurzeln stehenzubleiben.

Aylas Augen blitzten vor Erregung, dabei überwog ihre Vorsicht die Aufregung, als sie sicher einen Fuß vor den anderen setzte und sich dem Fisch näherte. Sie hob die Hand von hinten, bis sie unmittelbar unter der Forelle lag, berührte sie dann unmerklich und fühlte nach den offenen Kiemendeckeln. Plötzlich packte sie den Fisch, hob ihn dann mit einer einzigen sicheren Bewegung aus dem Wasser heraus und warf ihn aufs Ufer. Die Forelle schnellte ein paarmal hin und her und kämpfte eine Weile, dann lag sie still da.

Ayla lächelte. Sie war zufrieden mit sich. Als Kind war es ihr schwergefallen zu lernen, wie man einen Fisch mit der Hand fängt. Deshalb erfüllte sie jetzt fast der gleiche Stolz wie damals, als sie es das erste Mal geschafft hatte. Die Stelle mußte sie im Auge behalten; sie wußte, daß noch andere Fische ihn zum Ausruhen benutzen würden. Dieser Bursche ist so groß, daß er zu mehr als zum Frühstück reicht, dachte sie, als sie ihre Beute holte – und schon im voraus den Geschmack der frischen, auf heißen Steinen gebackenen Forelle im Mund hatte.

Während ihr Frühstück garte, beschäftigte Ayla sich damit, einen Korb aus Palmlilienblättern zu flechten, die sie tags zuvor mitgebracht hatte. Es handelte sich um einen schlichten Gebrauchskorb, doch mit Hilfe einiger kleinerer Veränderungen beim Flechten entstand ein ganz anderes Muster, was ihr großen Spaß machte. Sie arbeitete flink, gleichzeitig jedoch so kunstvoll, daß der Korb kein Wasser durchlassen würde. Füllte man noch heiße Steine hinein, ließ er sich als Kochgerät verwenden, doch das war nicht der Zweck, für den sie ihn gedacht hatte. Was ihr vorschwebte, war ein Vorratsbehälter; schließlich mußte sie an all die vielen Dinge denken, die sie brauchte, um für die kalte Jahreszeit gerüstet zu sein.

Die Johannisbeeren, die ich gestern gepflückt habe, werden in ein paar Tagen gedörrt sein, schätzte sie, als sie zu den runden roten Beeren hinüberblickte, die vor der Höhle auf Grasmatten zum Trocknen ausgebreitet waren. Inzwischen werden weitere reifen. Viele Blaubeeren wird es auch noch geben, nur von dem kümmerlichen kleinen Apfelbaum werde ich nicht viel bekommen. Der Kirschbaum strotzt von Früchten, nur sind sie leider schon fast überreif. Wenn ich überhaupt welche bekommen will, sollte ich mich heute darum kümmern. Die Kerne der Sonnenblume werden gut sein, falls nicht die Vögel sie vorher alle holen. Die Sträucher in der Nähe des Apfelbaumes müssen Haselnußsträucher sein, nur viel kleiner als die Art mit den großen Nüssen in den Zapfen. Ich weiß nicht recht. Ich nehme an, bei den Tannen handelt es sich um die Art mit den großen Kernen in den Zapfen. Das werde ich später feststellen. Wenn der Fisch doch bald gar ist!

Ich sollte anfangen, Grünzeug zu trocknen. Und Flechten. Und Pilze. Und Wurzeln. Die Wurzeln brauche ich allerdings nicht alle zu trocknen; etliche halten sich eine lange Zeit, wenn ich sie hinten in der Höhle aufbewahre. Ob ich mir noch mehr Fuchsschwanzsamen hinlegen sollte? Die Samenkörner sind so klein; es sieht immer so aus, als ob man ganz wenig davon hätte. Beim Getreide hingegen lohnt sich die Mühe, und manche Ähren und Rispen auf der Wiese sind reif. Deshalb werde ich heute Kirschen und Getreidekörner holen; dafür brauche ich allerdings noch mehr Vorratskörbe. Vielleicht kann ich aus Birkenrinde ein paar Behältnisse machen. Hätte ich doch bloß ein paar ungegerbte Felle, um große Behälter daraus zu fertigen!

Als ich noch beim Clan lebte, waren immer ein paar Felle übrig, die nicht verarbeitet wurden. Jetzt wäre ich froh, wenn ich nur ein einziges warmes Fell für den Winter mehr hätte. Hasen und Hamster sind einfach nicht groß genug, einen guten Fellumhang daraus zu machen; außerdem sind sie so mager. Könnte ich ein Mammut jagen, hätte ich reichlich Fett; sogar für die Lampen würde es reichen. Ob die Forelle endlich gar ist? Sie nahm ein schlaffes Blatt beiseite und stocherte mit einem Stück Holz im Fisch herum. Nur noch ein kleines bißchen länger.

Es wäre schön, hätte ich ein bißchen Salz, aber es gibt hier kein Meer in der Nähe. Huflattich schmeckt salzig, und andere Kräuter ergeben eine gute Würze. Iza hat es verstanden, alles Essen schmackhaft zu machen. Vielleicht sollte ich auf die Steppe hinaus und sehen, ob ich nicht ein paar Schneehühner erwische, die ich dann zubereiten könnte, wie Creb sie immer besonders gern gemocht hat. Beim Gedanken an Iza und Creb schnürte sich ihr die Kehle zu; sie schüttelte den Kopf, gleichsam als wollte sie die Gedanken daran hindern zu kommen – oder zumindest die Tränen.

Zum Trocknen von Kräutern und Tee und auch Heilkräutern brauche ich eine Darre. Könnte ja sein, daß ich einmal krank werde.

Für die Pfosten könnte ich ein paar Bäume umhauen, nur brauche ich frische Riemen, um sie zusammenzubinden. Wenn die trocknen und sich zusammenziehen, hält das. Wo soviel Bäume stürzen und soviel Treibholz den Fluß herunterkommt, meine ich, brauche ich keine Bäume zu fällen, um Feuerholz zu machen. Außerdem ist da immer noch der Pferdedung. Der brennt vorzüglich, wenn er getrocknet ist. Gleich morgen werde ich anfangen, Holz zur Höhle heraufzutragen. Außerdem sollte ich mir bald ein paar Werkzeuge machen. Welch ein Glück, daß ich Feuerstein gefunden habe. Jetzt muß der Fisch aber wirklich gar sein.

Ayla verspeiste die Forelle direkt von der Unterlage aus heißen Steinen, auf denen sie gegart war; dabei überlegte sie, ob sie nicht in dem Haufen Treibholz und Knochen nach ein paar flachen Holzstücken oder Knochen suchen sollte, die sich als Teller benutzen ließen; Schambeine und Schulterblätter eigneten sich dafür besonders gut. Sie leerte ihren kleinen Wassersack in die Kochschale und wünschte, sie besäße den wasserdichten Magen eines größe-

ren Tieres; dann könnte sie einen größeren Wasservorrat in der Höhle haben. Sie warf erhitzte Steine aus dem Feuer in die Kochschale, damit das Wasser sich erhitzte, streute dann getrocknete Hagebutten aus dem Medizinbeutel in das dampfende Wasser. Hagebutten benutzte sie als Heilmittel gegen leichtere Erkältungen; außerdem ließ sich ein angenehm schmeckender Tee daraus aufbrühen.
Die mühselige Aufgabe des Einsammelns, Verarbeitens und der Lagerung all dessen, was das Tal überreichlich zu bieten hatte, war nichts, was sie zurückgehalten hätte; vielmehr freute sie sich darauf. Da hatte sie jedenfalls etwas zu tun und keine Zeit, darüber nachzudenken, wie einsam sie war. Sie brauchte ja nur genug Vorräte für sich selbst anzulegen; freilich, hätten mehr Hände geholfen, wäre alles auch viel schneller gegangen, und sie machte sich Sorgen, ob ihr genug Zeit blieb, genügend Vorräte anzulegen. Und noch etwas bedrückte sie.
Sie trank von dem Tee und flocht ihren Korb. Ayla dachte darüber nach, was sie alles fürs Überleben während des langen kalten Winters brauchte. Behältnisse aus Birkenrinde lassen sich viel schneller herstellen als Körbe flechten; ich brauchte nur ein paar Hufe, Knochen und Fellstücke, um Leim zu sieden. Und woher bekomme ich einen großen Wassersack? Und Riemen, um die Pfosten der Darre fest miteinander zu verbinden? Auch Sehnen könnte ich gebrauchen, und Därme, um das Fett aufzubewahren, und . . .
Ihre flink flechtenden Finger hielten mitten in der Arbeit inne. Sie starrte ins Leere, als würde ihr dort eine Offenbarung zuteil. All das könnte mir ein einziges großes Tier liefern! Ein einziges, mehr brauche ich nicht zu töten. Aber wie?
Sie flocht den kleinen Korb zu Ende und steckte ihn in den Sammelkorb, den sie sich auf den Rücken schnallte. Ihre Werkzeuge kamen in die Falten ihres Überwurfs. Sie griff nach Grabstock und Schleuder und machte sich auf den Weg zur Weide. Sie fand den wilden Kirschbaum, pflückte so viele Kirschen, wie sie erreichen konnte; dann kletterte sie in den Baum hinein und aß sich satt; selbst überreif waren sie immer noch süßsauer im Geschmack.
Beim Hinunterklettern beschloß sie noch, etwas Kirschrinde gegen Husten mitzunehmen. Mit dem Handbeil schlug sie einen Teil der zähen äußeren Rinde ab und kratzte dann mit dem Messer die innere Kambiumschicht ab. Dabei mußte sie an die Zeit denken, da sie als Mädchen hingegangen war, um Rinde der Wildkirsche für Iza zu sammeln. Dabei hatte sie heimlich die Männer beobachtet, wie sie mit ihren Waffen geübt hatten. Sie hatte gewußt, daß das unrecht war, aber auch gefürchtet, daß man sie entdecken

würde, wenn sie sich fortgeschlichen hätte. Und dann hatte sie an nichts anderes mehr denken können und nur gebannt zugesehen, wie Zoug den Jungen im Gebrauch der Schleuder unterwiesen hatte.

Sie hatte gewußt, daß Frauen Waffen nicht anrühren durften, doch als sie die Schleuder hatten liegen lassen, hatte sie nicht widerstehen können. Sie hatte es einfach ausprobieren müssen. Und wäre ich heute noch am Leben, wenn ich damals die Schleuder nicht aufgehoben hätte? Würde Broud mich so sehr gehaßt haben, hätte ich ihren Gebrauch nicht erlernt? Vielleicht würde er mich nicht gezwungen haben fortzugehen, hätte er mich nicht so sehr gehaßt. Hätte er mich jedoch nicht so sehr gehaßt, hätte es ihm nicht soviel Spaß gemacht, mir Gewalt anzutun, und vielleicht wäre Durc dann nicht geboren worden.

Vielleicht! Vielleicht! Vielleicht! dachte sie erbittert. Was hat es für einen Sinn, darüber nachzudenken, was hätte sein können? Jetzt bin ich hier, und diese Schleuder hilft mir nicht, ein großes Tier zu erlegen. Dazu brauche ich einen Speer!

Ayla zwängte sich durch einen Hain junger Zitterpappeln, um sich etwas zu trinken zu holen und den klebrigen roten Kirschsaft von den Händen zu waschen. Die hohen, schlanken und gerade gewachsenen jungen Bäume hatten etwas an sich, was sie innehalten ließ. Sie packte den Stamm einer der Jungpappeln, und dann ging es ihr auf. Diese Pappeln mußten gehen! Daraus mußten sich Speere machen lassen.

Einen Augenblick sank ihr aller Mut. Brun würde wild und wütend werden, dachte sie. Als er mir erlaubte zu jagen, hat er mir ausdrücklich eingeschärft, nie mit etwas anderem zu jagen als mit einer Schleuder. Er würde . . .

Was will er tun? Was kann er mir schon anhaben? Was kann denn irgendeiner von ihnen mir antun, selbst wenn sie es wüßten? Ich bin tot. Ich bin ja bereits tot. Es ist niemand hier außer mir.

Dann riß etwas in ihr, wie eine Schnur, die man zu sehr anspannt. Sie fiel auf die Knie. Ach, wie sehr wünschte ich, es wäre noch jemand hier außer mir. Irgendwer. Egal, wer. Selbst Broud zu sehen würde mich freuen. Nie würde ich wieder eine Schleuder anrühren, wenn er mir erlaubte, zurückzukehren. Wenn er mir gestattete, Durc wiederzusehen. Am Fuß der schlanken Pappel kniend, barg Ayla das Gesicht in den Händen und weinte und schluchzte.

Doch ihr Schluchzen traf auf gleichgültige Ohren. Die kleinen Tiere der Weide und des Waldes machten nur einen weiten Bogen um die Fremde in ihrer Mitte mit ihren unverständlichen Lauten. Niemand konnte sie hören, niemand sie verstehen. Als sie noch umhergezogen war, hatte sie die Hoffnung genährt, Leute zu finden, Leute wie sie selbst. Jetzt, da sie beschlossen hatte hierzubleiben, hatte sie diese Hoffnung beiseiteschieben müssen, lernen, sich mit ihrer Einsamkeit abzufinden, mit ihr zu leben. Die nagende Angst, allein an einem unbekannten Ort einen Winter von unbekannter Strenge überleben zu müssen, machte alles nur um so schwerer. Weinen löste die Spannung.

Als sie wieder aufstand, zitterte sie zwar, aber sie nahm ihr Handbeil heraus und hackte wütend am Wurzelansatz einer jungen Pappel herum; dann nahm sie sich einen zweiten Pappelschößling vor. Ich habe oft genug Männer mit Speeren hantieren sehen, sagte sie sich, als sie den Stamm von den Zweigen befreite. So schwer hat es gar nicht ausgesehen. Sie schleifte die Stämme aufs Feld hinaus und ließ sie dort liegen, während sie den Rest des Nachmittags über die Ährchen von Einkornweizen und Roggen sammelte; dann schleifte sie sie zurück zur Höhle.

Den Spätnachmittag verbrachte sie damit, die schlanken Stämme zu entrinden und zu glätten. Sie unterbrach ihre Arbeit nur, um sich ein paar Körner zu kochen, die sie zusammen mit dem restlichen Fisch verzehren wollte, und um die Kirschen zum Trocknen auszubreiten. Als die Dunkelheit hereinbrach, war sie bereit für den nächsten Schritt. Sie nahm die Schäfte mit hinein in ihre Höhle. In Erinnerung daran, wie die Männer es getan hatten, maß sie einen Schaft, der etwas größer war als sie selbst, ab und markierte die Stelle. Genau diese legte sie dann ins Feuer und drehte den Schaft, so daß er von allen Seiten ankohlte. Mit einem geriefelten Schaber kratzte sie dann das Schwarze ab, fuhr mit dem Verkohlen und Abkratzen so lange fort, bis das obere Stück abbrach. Mit Hilfe weiteren Verkohlens und Abkratzens bekam der Speer eine scharfe, feuergehärtete Spitze. Danach nahm sie sich den nächsten Schaft vor.

Es war spät geworden, als sie endlich fertig war. Sie war müde und froh darüber, durfte sie doch hoffen, auf diese Weise leichter einzuschlafen. Die Nächte waren am schlimmsten. Ayla schob Erde um das Feuer zusammen, so daß ein kleiner Wall entstand; dann trat sie an den Ausgang, blickte zum sternenübersäten Himmel hinauf und suchte bei sich einen Grund, sich noch nicht schlafen zu legen. Sie hatte eine flache Mulde ausgehoben, diese mit trockenem Gras gefüllt und ihr Fell darübergebreitet. Langsam ging sie darauf zu, ließ sich darauf nieder, starrte zur schwachen Glut des Feuers hinüber und lauschte auf das Schweigen.

Nirgends das Rascheln von Leuten, die sich anschickten, sich schlafen zu legen, nirgends Paarungsgeräusche von nahegelegenen Herdfeuern, kein Grunzen und kein Schnarchen, keines der vielen kleinen Geräusche, wie Leute sie machen, nirgends ein Hauch von Leben – bis auf ihren eigenen Atem. Sie griff nach dem Umhang, in dem sie ihren Sohn auf der Hüfte getragen hatte, drückte ihn sich an die Brust, wiegte sich vor und zurück und summte leise vor sich hin, wobei ihr die Tränen über das Gesicht liefen. Schließlich streckte sie sich aus, umschlang den Umhang mit den Armen und weinte sich in den Schlaf.

Als Ayla am nächsten Morgen hinausging, um sich zu erleichtern, hatte sie Blut am Bein. Sie kramte unter ihren wenigen Habseligkeiten nach den saugfähigen Fellstreifen und ihrem besonderen Hüftriemen. Sie waren steif und abgewetzt, obwohl sie sie immer wieder gewaschen hatte; eigentlich hätte sie sie nach dem letzten Gebrauch vergraben sollen. Sie wünschte, sie hätte etwas Mufflonwolle, um die Streifen damit anzureichern. Dann erblickte sie den Kaninchenbalg. Den habe ich eigentlich für den Winter aufheben wollen, dachte sie; aber ich bekomme schon noch mehr Kaninchen.

Sie zerschnitt das kleine Fell in Streifen; dann ging sie hinunter, um zu schwimmen wie jeden Morgen. Ich hätte mir denken können, daß ich meine Tage bekomme, und hätte Vorsorge treffen sollen. Jetzt darf ich überhaupt nichts tun außer . . .

Plötzlich mußte sie lachen. Hier hat der Frauenfluch doch nichts zu bedeuten. Es sind ja keine Männer da, die ich vermeiden muß anzusehen, keine Männer, deren Nahrung ich weder sammeln noch zubereiten darf. Ich bin die einzige, um die ich mich zu kümmern habe.

Trotzdem hätte ich darauf gefaßt sein müssen; nur sind die Tage so schnell vorübergegangen. Ich hätte nicht gedacht, daß es schon wieder soweit ist. Wie lange bin ich jetzt in diesem Tal? Sie versuchte, sich zu erinnern, doch schienen die Tage einer in den anderen überzugehen. Sie runzelte die Stirn. Ich sollte wissen, wie viele Tage ich jetzt hier bin – vielleicht ist die Jahreszeit schon weiter fortgeschritten, als ich denke. Einen Moment befiel sie Panik. Nein, so schlimm kann es noch nicht sein, sagte sie sich. Es schneit nicht, ehe die Früchte gereift sind und die Blätter fallen; trotzdem sollte ich es wissen. Ich sollte mir merken, wie viele Tage vergehen.

Sie erinnerte sich, wie Creb sie vor langer Zeit darin unterwiesen hatte, einen Stecken einzukerben, um das Verstreichen der Zeit festzuhalten. Er war damals erstaunt gewesen, wie schnell sie begriffen hatte, um was es ging; er hatte es ihr ja nur erklärt, um ihrer unablässigen Fragerei zu entgehen. Eigentlich hätte er ein Mädchen niemals in geheimes Wissen einweihen dürfen, das heiligen Männern und ihren Gehilfen vorbehalten blieb. Wie er ihr eingeschärft hatte, das nie zu verraten! Genauso erinnerte sie sich daran, wie erbost er gewesen war, als er sie dabei ertappt hatte, als sie einen Stecken einkerbte, um die Tage zwischen zwei vollen Monden zu zählen.

»Creb, wenn du mir jetzt aus der Geisterwelt zusiehst, sei nicht böse«, sagte sie mit ihrer stummen Zeichensprache. »Du wirst ja wissen, warum ich das tun muß.«

Sie fand einen langen glatten Stock und kerbte ihn mit Hilfe ihres Feuersteinmessers ein. Dann überlegte sie und fügte noch zwei Kerben hinzu. Dann legte sie drei Finger über die Kerben und hielt sie in die Höhe. Ich glaube, es sind mehr Tage vergangen als das; nur – so viele wie diese Kerben, das weiß ich mit Gewißheit. Heute abend werde ich noch eine Kerbe hinzufügen, und das jeden Abend tun. Abermals betrachtete sie ihren Stab. Ich glaube, diese Kerbe vertiefe ich noch etwas, um den Tag zu kennzeichnen, an dem ich angefangen habe zu bluten.

Der Mond war, nachdem sie die Speere fertiggestellt hatte, bereits durch die Hälfte seiner Phasen hindurchgegangen, doch sie wußte noch immer nicht, wie sie Jagd auf das große Tier machen sollte, das sie brauchte. Sie saß am Höhleneingang und blickte auf die gegenüberliegende Wand und den nächtlichen Himmel. Die sommerliche Hitze war groß, und sie genoß die kühle Abendbrise. Sie hatte sich gerade ein Kleidungsstück für den Sommer gemacht, denn ihr großer Umhang war jetzt oft viel zu warm, um ihn zu tragen. Wenn sie auch in der Nähe der Höhle nackt herumlief – sie brauchte doch Beutel und Gewandfalten, um Dinge darin unterzubringen, wenn sie weiter fortging. Seit sie eine Frau war, trug sie auch gern ein fest um die vollen Brüste gewickeltes Lederband, wenn sie auf die Jagd ging. Das war beim Laufen und Springen angenehmer. Und im Tal brauchte sie sich nicht ständig um die verstohlenen Blicke von Leuten zu kümmern, die es sonderbar fanden, daß sie ein solches Band trug.

Sie hatte kein großes Fell, um sich ein Gewand daraus zu machen, doch zuletzt fand sie eine Möglichkeit, als Sommergewand enthaarte Kaninchenfelle zu tragen; damit blieb zwar ihr Oberkörper bloß, doch benutzte sie andere Felle als Brustband. Sie nahm sich vor, morgen früh mit ihren Speeren einen Ausflug in die Steppe zu machen und hoffte, auf Tiere zu stoßen, die sie jagen konnte.

Das flache Ansteigen am Nordende des Tals erleichterte den Zugang zu der Steppe, die sich östlich des Flusses erstreckte; im Westen war es der Steilwand wegen schwierig, die Ebene zu erreichen. Ayla sichtete eine Reihe von Rotwildrudeln, Wisent- und Pferdeherden und sogar eine kleine Herde Saiga-Antilopen, brachte jedoch nichts weiter als zwei Schneehühner und eine große Wüstenspringmaus mit nach Hause. Sie kam einfach nicht nahe genug an das große Wild heran, um mit dem Speer etwas ausrichten zu können.

Die Tage vergingen. Ayla war ständig mit dem Problem beschäftigt, ein großes Tier zu erlegen. Oft hatte sie den Männern im Clan dabei zugehört, wenn sie über das Jagen redeten – sie redeten fast über nichts anderes –, doch die waren immer gemeinschaftlich auf die Jagd gegangen. Am liebsten gingen sie so vor wie ein Rudel Wölfe: sie versuchten, ein Tier von seiner Herde zu trennen, sich bei der Verfolgung abzuwechseln und es so lange zu hetzen, bis es ermüdete und sie nahe genug herankommen konnten, um ihm den Todesstoß zu versetzen. Ayla hingegen war allein.

Manchmal hatten sie auch davon gesprochen, wie Katzen auf der Lauer lägen, um sich im geeigneten Augenblick auf ihr Opfer fallen zu lassen oder auch einen ungeheuren Satz zu machen und die Beute mit Zähnen und Klauen zu Fall zu bringen. Doch Ayla hatte weder Fänge noch Tatzen, noch war sie eine Kurzstreckenläuferin wie die Raubkatzen. Sie konnte noch nicht einmal besonders sicher mit den Speeren umgehen, dazu waren diese viel zu lang und schwer mit der Hand zu packen. Trotzdem – sie mußte eine Möglichkeit finden.

Es war die Nacht des Neumonds, als ihr endlich der Gedanke kam, wie es eigentlich klappen müßte. Sie dachte oft an die Clans-Treffen, die stattfanden, wenn der Mond der Erde den Rücken zukehrt und die ferneren Bereiche des Raums in seine Helligkeit tauchte. Das Fest des Höhlenlöwen wurde stets bei Neumond abgehalten.

Sie dachte an die Jagdspiele, die von den verschiedenen Clans vorgeführt worden waren. Broud hatte für ihren Clan den aufregenden Jagd-Tanz angeführt und augenscheinlich gemacht, wie ein Mammut mit Hilfe von Feuerbränden in eine ausganglose Schlucht hineingetrieben worden war; damit hatten sie alle anderen Clans ausgestochen. Doch die Darstellung des gastgebenden Clans – sie hatten eine Fallgrube auf dem Wechsel eines Wollhaarnashorns gegraben, dieses dann eingekreist und in die Falle hineingescheucht – hatte diesem beim Wettbewerb einen guten zweiten Platz eingetragen. Wollhaarnashörner waren unberechenbar und galten als äußerst gefährlich.

Am nächsten Morgen sah Ayla nach, ob die Pferde da wären, aber sie begrüßte sie nicht wie sonst jeden Morgen. Inzwischen hatte sie gelernt, die einzelnen Tiere der Herde zu unterscheiden. Sie betrachtete sie als gute Gesellschaft, fast als Freunde; trotzdem konnte sie nicht anders. Schließlich ging es ums Überleben.

In den folgenden Tagen brachte Ayla den größten Teil ihrer Zeit damit zu, ihre Weidebewegungen zu beobachten; festzustellen, wo sie normalerweise zur Tränke gingen, wo sie mit Vorliebe grasten und wo sie die Nächte verbrachten. Und während sie die Herde beobachtete, nahm ein Plan in ihrem Kopf Gestalt an. Sie machte sich Gedanken über die Einzelheiten der Ausführung, bemühte sich, an alle Möglichkeiten zu denken, und machte sich schließlich ans Werk.

Es kostete sie einen ganzen Tag, kleine Bäume und Sträucher zu fällen, diese fast bis zum Fluß hinunterzuschleifen und sie in der Nähe einer Schneise aufzuhäufen. Insbesondere sammelte sie harzreiche Rinde von Tannen und Fichten und stocherte mit ihrem Grabstock in alten verrotteten Stubben nach harten Reststümpfen, die rasch Feuer fingen, und zupfte Büschel trockenes Gras aus. Am Abend schnürte sie die Reststümpfe mit Harzbrocken und trokkenem Gras zusammen, um Fackeln herzustellen, die rasch brannten und viel Rauch von sich gaben.

Am Morgen des Tages, da es losgehen sollte, holte sie ihr Fellzelt und das Auerochsenhorn hervor. Dann kramte sie in dem Haufen am Fuß der Wand nach einem flachen, kräftigen Knochen und kratzte eine Seite so lange, bis er spitz zulief. Sodann holte sie jede Schnur und jeden Riemen herbei, den sie finden konnte, riß Lianen von den Bäumen und stapelte all dies am Steinufer. Sie zog ganze Ladungen Treibholz auf den Strand, um genügend Brennmaterial zur Verfügung zu haben.

Gegen Abend war alles fertig, und Ayla lief bis zur vorspringenden Wand am Ufer auf und ab und behielt die Bewegungen der Herde im Auge. Beklommen beobachtete sie, daß sich im Osten einige Wolken bildeten, und hoffte, sie würden nicht weiterziehen und das Mondlicht verdunkeln, auf das sie zählte. Sie kochte sich einige Körner und pflückte ein paar Beeren, brachte jedoch nicht viel hinunter. Immer wieder nahm sie die Speere zur Hand, um damit zu üben, und legte sie wieder hin.

Im letzten Augenblick arbeitete sie sich noch durch den Stapel Treibholz und Knochen hindurch, bis sie den Oberschenkelknochen eines Hirsches fand, der eine gutausgebildete Gelenkverdickung aufwies. Mit aller Macht schlug sie damit gegen den Stoßzahn eines Mammuts und zuckte auf beim Rückprall, der ihr durch den ganzen Arm ging. Der lange Knochen war unbeschädigt und gab eine gute und schlagkräftige Keule ab.

Der Mond ging auf, als die Sonne noch nicht untergegangen war. Ayla wünschte, sie wüßte mehr über Jagdzeremonien, von denen Frauen jedoch stets ausgeschlossen gewesen waren. Frauen brachten Unglück.

Mir selbst habe ich nie Unglück gebracht, dachte sie; allerdings habe ich bis jetzt auch noch nie versucht, ein großes Tier zu jagen. Wenn ich doch nur etwas wüßte, was Glück bringt. Unwillkürlich griff sie nach ihrem Amulett und dachte dabei an ihr Totem. Schließlich war es der Höhlenlöwe, der sie ursprünglich einmal zur Jagd gebracht hatte. Zumindest hatte Creb das gesagt. Aber was für einen anderen Grund sollte es sonst dafür geben, daß eine Frau mit der von ihr gewählten Waffe tüchtiger wurde als irgendein Mann? Ihr Totem sei zu stark für eine Frau – es verleihe ihr männliche Züge, hatte Brun gemeint. Ayla hoffte, daß ihr Totem ihr auch diesmal wieder Glück brachte.

Das Zwielicht verging, es wurde dunkel, und Ayla ging bis an die Biegung des

Flusses, wo sie sah, wie die Pferde sich für die Nacht zurechtstellten. Sie nahm den flachen Knochen und das Zeltfell und lief durch das hohe Gras, bis sie an die Schneise gelangte, durch welche die Pferde kamen, wenn sie morgens zur Tränke hinunterwollten an den Fluß. Das grüne Laub sah im schwindenden Tageslicht grau aus, und die weiter entfernten Bäume bildeten schwarze Silhouetten vor dem schimmernden Himmel. In der Hoffnung, daß Mondlicht durch die Baumkronen fallen und ihr gestatten möge, etwas zu sehen, legte sie das Zelt auf den Boden und begann zu graben.

Die oberste Schicht war hart, doch nachdem sie einmal hindurch war, wurde das Graben mit der geschärften Knochenschaufel leichter. Jedesmal, wenn sie einen kleinen Berg Erde auf das Fell gehäuft hatte, schleifte sie ihn in den Wald und ließ ihn dort heruntergleiten. Das Loch wurde tiefer. Sie breitete das Fell auf dem Boden der Grube aus und hievte die Erde damit nach oben. Dabei tastete sie mehr, als daß sie gesehen hätte. Es war Knochenarbeit. Nie zuvor hatte sie allein eine Grube ausgehoben. Die großen Kochgruben, die mit Feldsteinen ausgekleidet worden waren und dazu dienten, ganze Tiere zu rösten, waren immer das Gemeinschaftswerk aller Frauen gewesen. Dabei mußte diese Grube noch tiefer und länger sein als die Feuerstellen des Clans.

Sie hatte die Grube etwa hüfthoch ausgehoben, da fühlte sie Wasser, und ihr ging auf, daß sie nicht in so großer Nähe des Flusses hätte graben sollen. Der Boden füllte sich rasch mit Wasser. Sie stand bis zu den Knöcheln im Schlamm, ehe sie es aufgab, hinauskletterte und beim Heraushieven des Fells auch noch eine Wand zum Einstürzen brachte.

Hoffentlich ist das Loch tief genug, dachte sie. Es *muß* einfach gehen – denn je tiefer ich grabe, desto mehr Wasser kommt herein. Sie blickte zum Mond hinauf und war überrascht, wie spät es bereits war. Sie mußte schnell arbeiten, um fertigzuwerden; folglich konnte sie nicht, wie ursprünglich geplant, jetzt eine kleine Pause einlegen.

Sie lief dort hin, wo sie Strauchwerk und Bäume aufgeschichtet hatte, stolperte über eine Wurzel, die sie nicht gesehen hatte, und schlug schwer hin. Das ist nicht der geeignete Augenblick, um unvorsichtig zu sein, dachte sie und rieb sich das Schienbein. Knie und Handflächen schmerzten sie, und sie war sich sicher, daß das, was klebrig an ihrem Bein heruntersickerte, Blut war, obwohl sie es nicht sehen konnte.

Unversehens ging ihr auf, wie verletzbar sie war, und einen Moment ergriff sie Panik. Was, wenn ich mir das Bein breche? Es ist niemand da, der mir hilft – falls irgendwas passiert. Was mache ich in stockfinsterer Nacht hier draußen? Ohne Feuer? Was geschieht, falls ein Tier mich anfällt? Ihr stand noch lebhaft vor Augen, wie einmal ein Luchs sie angesprungen hatte, griff nach ihrer Schleuder und bildete sich ein, glühende Augen in der Nacht zu sehen.

Ihre Waffe hing jedoch sicher an ihrem Leibriemen. Das gab ihr neuen Mut. Ich bin bereits tot oder soll es jedenfalls sein. Wenn mir etwas zustößt, geschieht das eben. Es hat keinen Sinn, sich jetzt Gedanken darüber zu machen. Wenn ich mich nicht beeile, ist es morgens, ehe ich fertig bin.

Sie fand ihren Haufen Gestrüpp und schleifte die kleinen Bäume zur Grube. Zwar konnte sie die Pferde nicht allein umzingeln, hatte sie überlegt, und ausganglose Schluchten gab es hier auch nicht, doch eine plötzliche Eingebung sagte ihr, wie sie es schaffen konnte. Es handelte sich dabei um einen genialen Einfall, für das ihr Gehirn – jenes Gehirn, das sie weit mehr vom Clan unterschieden hatte als ihre äußere Erscheinung – besonders geeignet war. Wenn es keine Schluchten im Tal gab, dachte sie – vielleicht kann ich eine machen.

Es tat nichts, daß dieser Gedanke schon von anderen gedacht worden war – für Ayla war er neu. Gleichwohl sah sie darin auch keine umwälzende Erfindung, sondern nichts weiter als eine kleinere Anpassung an die Art und Weise, wie der Clan gejagt hatte, etwas, das eine ganz auf sich allein angewiesene Frau in die Lage versetzte, ein Tier zu erlegen, auf das allein Jagd zu machen keinem Clansangehörigen auch nur im Traum eingefallen wäre. Also war es doch eine große, aus der Notwendigkeit heraus geborene Neuerung.

Bangvoll beobachtete Ayla den Himmel, als sie Zweige miteinander verflocht, so daß, von den beiden Ecken der Fallgrube ausgehend, eine V-förmig auseinanderlaufende Barriere entstand. Sie schloß die Lücken und machte sie mit Zweigen und Strauchwerk höher. Im Osten verblaßten bereits die Sterne, die ersten Vögel begrüßten schmetternd den Morgen, und der Himmel wurde hell.

Die Grube wies ungefähr eine rechteckige Form auf, war also etwas länger als breit und dort, wo sie an den Ecken die letzten feuchten Ladungen Erde herausgehievt hatte, ziemlich schlammig. Lockere Erde, die von ihrem Fell heruntergefallen war, lag überall auf dem heruntergetretenen Gras in dem dreieckigen Bereich verstreut, der durch die an der schlammigen Grube zusammenlaufenden Wälle aus Buschwerk gebildet wurde. Durch die von der Grube gebildete Lücke hindurch konnte man den Fluß sehen, auf dem sich der glühende östliche Himmel spiegelte. Auf der anderen Seite des ruhig dahinfließenden Wasserlaufs ragte dunkel die steile Wand der südlichen Begrenzung des Tals, dessen Umrisse nur in den oberen Regionen zu erkennen waren.

Ayla machte kehrt, um festzustellen, wo die Pferde ständen. Die andere Seite des Tals wurde von einem sanfteren Abhang gebildet, der von der Stelle an, wo vor ihrer Höhle die Felswand vorsprang, steiler wurde, während das Gelände weit im Osten des Tals in sanft rollenden, grasbewachsenen Hügeln

auslief. Dort war es immer noch dunkel, doch konnte sie erkennen, daß allmählich Leben in die Pferde kam.
Sie ergriff das Fell und die flache Knochenschaufel und lief hinunter an den Fluß. Das Feuer war heruntergebrannt. Sie legte Holz auf und angelte dann mit einem Stecken ein Stück Glut aus der Asche und steckte dieses in das Auerochsenhorn. Dann raffte sie Fackeln, Speere und Keule an sich und lief zurück zur Grube. Den Speer deponierte sie an einer Seite der Grube, legte die Keule daneben und schlug dann einen weiten Bogen, um hinter die Pferdeherde zu gelangen, ehe diese sich in Bewegung setzte.
Und dann wartete sie.
Das Warten fiel ihr schwerer als die harte Arbeit die ganze Nacht hindurch. Sie war erregt und wartete gespannt darauf, ob ihr Plan klappen würde. Sie überprüfte ihr Stück Glut und wartete; untersuchte noch einmal ihre Fakkeln und wartete. Sie dachte an zahllose Dinge, die ihr zuvor nicht eingefallen waren, die sie aber hätte tun oder anders machen sollen – und wartete. Sie fragte sich, wann die Pferde sich endlich in Bewegung setzen und ihren gewundenen Weg zum Fluß hinunter antreten würden, dachte daran, ein bißchen nachzuhelfen, besann sich dann jedoch eines Besseren – und wartete.
Jetzt liefen die Pferde durcheinander. Es kam Ayla vor, als wären sie unruhiger als sonst, sie hatte sie jedoch noch nie zuvor aus so großer Nähe beobachtet und war sich deshalb nicht ganz sicher. Schließlich machte das Leittier sich in Richtung Fluß auf, die Herde folgte ihm, blieb aber unterwegs immer wieder stehen, um zu grasen. Als sie sich dem Fluß näherten, wurden sie mit Sicherheit unruhiger: sie hatten Aylas Witterung aufgenommen und den Geruch frisch aufgebrochener Erde in der Nase. Als die Leitstute im Begriff stand, sich herumzuwerfen und abzudrehen, meinte Ayla, daß der Zeitpunkt zum Handeln gekommen sei.
Mit der Glut zündete sie eine Fackel an und dann mit dieser eine zweite. Als sie gut brannten, lief sie hinter der Herde her und ließ das Auerochsenhorn zurück. Sie rannte, schrie und brüllte und fuchtelte mit den Fackeln in der Luft herum, war jedoch noch zu weit von der Herde entfernt. Rauchgeruch weckte die instinktive Furcht vor Steppenbränden in den Pferden. Sie nahmen Tempo auf und ließen Ayla bald hinter sich. Sie liefen auf ihre Wasserstelle und den Strauchwall zu, witterten jedoch Gefahr und versuchten, nach Osten auszubrechen. So schnell ihre Beine sie trugen, lief Ayla, in der Hoffnung, sie abzudrängen, in dieselbe Richtung. Als sie näherkam, sah sie, daß auch noch andere Tiere die Richtung änderten, um der Fallgrube auszuweichen, woraufhin Ayla gellend schreiend mitten unter sie fuhr. Die Herde teilte sich vor ihr. Mit angelegten Ohren und geblähten

Nüstern liefen sie zu beiden Seiten an ihr vorüber, und schrien vor Angst und vor Kopflosigkeit. Auch Ayla geriet in Panik, denn sie hatte Angst, alle könnten ihr entgehen.
Sie befand sich nahe des östlichen Endes der Strauchbarriere, da sah sie eine graubraune Stute auf sich zukommen. Kreischend hielt Ayla ihre Fakkeln in die Höhe und lief direkt auf die Stute zu, so daß sie praktisch mit dem Tier zusammenstoßen mußte. Doch im letzten Augenblick sprang die Stute zur Seite, auf die – für sie – falsche Seite, stellte fest, daß ihr der Fluchtweg abgeschnitten war und galoppierte in der Hoffnung, einen Ausweg zu finden, am Zaun entlang. Keuchend vor Atemlosigkeit hastete Ayla hinter ihr her; sie hatte das Gefühl, daß ihr die Lungen platzten.
Die Stute sah die Lücke mit dem verlockend blinkenden Fluß dahinter und lief darauf zu. Dann erkannte sie die offene Fallgrube – zu spät. Sie verhielt, um über die Grube hinwegzuspringen, rutschte jedoch am schlüpfrigen Rand mit den Hufen aus und landete mit einem gebrochenen Bein in der Grube.
Keuchend lief Ayla hinzu; sie griff sich einen Speer, stand da, ließ die wild um sich blickende, schreiende, den Kopf in die Höhe werfende und im Schlamm keinen Halt findende Stute nicht aus den Augen. Ayla packte den Speer mit beiden Händen, spreizte die Beine und schleuderte die Waffe mit aller Macht. Dann ging ihr auf, daß sie dem Tier den Speer in die Flanke getrieben und es verwundet, nicht jedoch getötet hatte. Da lief sie um die Grube herum, glitt im Schlamm aus und wäre um ein Haar selbst in der Grube gelandet.
Ayla ergriff den zweiten Speer, und diesmal zielte sie genauer. Völlig verwirrt und von Schmerzen gepeinigt, wieherte die Stute, und als die Spitze des zweiten Speers sich ihr in den Hals bohrte, schoß sie in einem letzten tapferen Sich-Aufbäumen noch einmal vor, sank dann mit einem Laut, der kaum mehr war als ein Wimmern, mit zwei Wunden und einem gebrochenen Bein zurück. Ein fester Schlag mit der Keule setzte ihren Schmerzen ein Ende.
Nur langsam begriff Ayla, was geschehen war; sie war viel zu benommen, um das volle Ausmaß ihrer Leistung zu erkennen. Erschöpft und nach Luft ringend stützte sie sich am Rand der Fallgrube auf ihre Keule und starrte auf die umgesunkene Stute unten. Das graubraune Fell war mit Schlamm und Blut beschmiert, doch das Tier regte sich nicht mehr.
Dann, nach und nach, dämmerte es ihr. Ein nie gekannter Drang stieg in ihr auf, wuchs in ihrer Kehle und entrang sich als urtümlicher Siegesschrei ihren Lippen. Sie hatte es geschafft!
In diesem Augenblick stand mitten in einem riesigen Erdteil irgendwo in

der Nähe der fließenden Grenze zwischen den nördlichen Lößsteppen und den feuchteren kontinentalen Weidegebieten im Süden eine junge Frau mit einer Keule in der Hand da – und kam sich übermächtigt vor. Sie konnte überleben! Sie würde überleben!

Doch ihr Jubel dauerte nur kurz. Als Ayla auf das gefällte Pferd hinuntersah, ging ihr unversehens auf, daß sie es nie schaffen würde, das ganze Tier aus der Grube herauszuziehen; sie würde es auf dem Boden der schlammigen Grube zerlegen müssen. Und dann würde sie ihre Beute und das Fell in verhältnismäßig gutem Zustand rasch ans Ufer hinunterbringen müssen, ehe zu viele andere Raubtiere Blut witterten. Sie mußte das Fleisch in dünne Streifen schneiden, die anderen Teile, auf die sie Wert legte, in Sicherheit bringen, Feuer unterhalten und Wache halten, während das Fleisch trocknete.

Dabei war sie schon erschöpft von der Nachtarbeit und der aufregenden Jagd. Doch sie war kein männlicher Clansangehöriger, der sich jetzt, wo sein aufregender Teil vorüber war, ausruhen und die Aufgabe des Zerlegens und Verarbeitens den Frauen überlassen konnte. Aylas Arbeit hatte erst begonnen. Sie stieß einen tiefen Seufzer aus und sprang hinunter in die Grube, um der Stute die Kehle durchzuschneiden.

Sie lief zurück ans Ufer, um Feuersteinwerkzeuge und ihre Zeltbahn aus Fell zu holen. Bei ihrer Rückkehr fiel ihr auf, daß die Herde am anderen Ende des Tales immer noch in Bewegung war, vergaß sie jedoch, als sie in dem beengten Raum in der Grube blut- und lehmbeschmierte Fleischstücke aus dem erlegten Tier heraushackte und sich nach Kräften bemühte, das Fell nicht noch mehr zu beschädigen, als es ohnehin schon war.

Aasfressende Vögel pickten Fleischreste von den weggeworfenen Knochen, als sie so viel Fleisch auf ihrer Zeltbahn aufhäufte, wie sie meinte, auf einmal fortschaffen zu können. Sie schleifte es hinunter zum Strand, legte Holz nach und warf ihre Ausbeute so nahe ans Feuer auf den Boden, wie sie konnte. Das leere Fell hinter sich herziehend, lief sie zurück, betätigte jedoch ihre Schleuder und ließ die Steine sausen, noch ehe sie die Grube erreicht hatte. Sie hörte einen Fuchs aufjaulen und sah, wie er davonhinkte. Wären ihr nicht die Steine ausgegangen, sie hätte einen erlegt. Sie sammelte Wurfgeschosse am steinigen Ufer des Flusses und löschte ihren Durst, ehe sie sich wieder ans Werk machte.

Der Stein traf und erwies sich als tödlich für den Vielfraß, der mutig der Hitze des Feuers getrotzt hatte und versuchte, sich mit einem großen Fleischklumpen davonzuschleichen, als Ayla mit ihrer zweiten Ladung zurückkam. Sie schleifte ihr Fleisch ans Feuer, holte sich dann den Vielfraß und hoffte, die Zeit zu finden, auch ihn abzubalgen. Vielfraßfelle waren im Winter besonders nützlich. Sie legte noch mehr Holz aufs Feuer und betrachtete besorgt den Stapel Treibholz.

Weniger Glück hatte sie bei ihrer Rückkehr zur Grube mit einer Hyäne, die es schaffte, mit einem ganzen Schenkel zu flüchten. Seit ihrem Eintreffen im Tal hatte sie nicht so viele Fleischfresser gesehen. Füchse, Hyänen und Vielfraße hatten Geschmack an ihrer Beute gefunden. Wölfe und ihre wilderen Verwandten, die Wildhunde, umschlichen sie gerade außerhalb der Reichweite ihrer Schleuder. Falken und Gabelweihen erwiesen sich als mutiger, hüpften beiseite und schlugen nur ein paarmal mit den Flügeln, als sie näherkam. Sie war darauf gefaßt, jeden Augenblick einen Luchs, einen Leoparden oder sogar einen Höhlenlöwen auftauchen zu sehen.
Als sie endlich das völlig verdreckte Fell aus der Grube herausziehen konnte, hatte die Sonne den Zenit bereits überschritten und befand sich auf dem Abstieg, doch Ayla gab ihrer Müdigkeit erst nach, nachdem sie ihre letzte Ladung an den Fluß hinuntergeschleift hatte. Sie hatte die ganze Nacht kein Auge zugetan und den ganzen Tag über keinen Bissen zu sich genommen; und wollte kein Glied mehr rühren. So waren es ausgerechnet die kleinsten Lebewesen, die nach ihrem Anteil an Aylas Beute dafür sorgten, daß sie doch wieder hochkam. Die summenden Fliegen brachten ihr zum Bewußtsein, wie verdreckt sie war; und sie stachen. Sie zwang sich in die Höhe und watete, ohne sich erst auszuziehen, in den Fluß hinein; dankbar ließ sie sich von den Fluten umspülen.
Das Bad im Fluß erfrischte sie. Hinterher ging sie hinauf zu ihrer Höhle, breitete ihre Sommersachen zum Trocknen aus und wünschte, sie hätte daran gedacht, ihre Schleuder aus dem Leibriemen zu ziehen, ehe sie ins Wasser hineingegangen war. Jetzt fürchtete sie, daß sie durch das Trocknen steif werden würde. Sie hatte keine Zeit, das Leder zu walken und weichzuhalten. Sie zog ihren Umhang über und holte ihr Schlaffell aus der Höhle. Ehe sie wieder hinunterstieg zum Fluß, blickte sie vom Rand des Felssimses vor der Höhle über das grasbewachsene Tal dahin. In der Nähe der Fallgrube waren Geräusche und Bewegung zu erkennen, doch die Pferde hatten sich ganz aus dem Tal zurückgezogen.
Plötzlich fielen ihr ihre Speere ein. Die lagen immer noch auf dem Boden, wo sie sie niedergelegt hatte, nachdem sie sie aus der Stute herausgezogen hatte. Sie ging mit sich zu Rate, ob sie hingehen und sie holen sollte und war fast schon im Begriff, sich dagegen zu entscheiden, als ihr klar wurde, daß es besser sei, zwei völlig intakte gute Speere zu haben, als später gezwungen zu sein, sich neue zu machen. Sie hob ihre feuchte Schleuder auf, ließ ihr Fell auf den Strand fallen und blieb stehen, um sich einen Beutel Wurfgeschosse zusammenzusuchen.
Als sie sich der Fallgrube näherte, war ihr, als ob sie die Folgen ihrer Schlächterei zum ersten Mal sähe. Der Wall aus Strauchwerk war an manchen Stellen

zusammengestürzt. Die Fallgrube stellte eine klaffende Wunde im Boden dar, das Gras war zertrampelt. Blut, Fleischfetzen und Knochen waren überall verstreut. Zwei Wölfe stritten sich knurrend um den Kopf der Stute. Jungfüchse balgten sich jaulend um ein Vorderbein, an dem noch der Huf zu erkennen war, während eine Hyäne sie argwöhnisch beäugte. Ein Schwarm Gabelweihen flog bei ihrem Näherkommen auf, doch ein Vielfraß am Rande der Grube rührte sich nicht vom Fleck. Was auffiel, war, daß die Katzen noch nicht da waren.

Ich sollte mich beeilen, dachte sie, als sie den Vielfraß mit einem Stein verscheuchte. Ich muß dafür sorgen, daß die Feuer an meinem Fleisch nicht ausgehen. Die Hyäne stieß einen meckernden Laut aus, als sie abdrehte, dann aber, außer Reichweite von Aylas Schleuder, wieder stehenblieb. Fort mit dir, häßliches Tier, dachte sie. Ayla haßte Hyänen. Jedesmal wenn sie eine sah, fiel ihr ein, daß es eine Hyäne gewesen war, die sich Ogas Baby geschnappt hatte. Sie, Ayla, hatte nicht innegehalten, um die Folgen zu bedenken, sondern die Hyäne einfach getötet. Sie hatte es nicht zulassen können, das Baby auf diese Weise umkommen zu lassen.

Als sie sich bückte, um die Speere aufzuheben, wurde ihre Aufmerksamkeit auf eine Bewegung gerichtet, die sie durch eine Lücke in der Buschwand hindurch wahrnahm. Ein paar Hyänen umkreisten ein falbfarbenes Fohlen mit spindeldürren Beinen.

Tut mir leid für dich, dachte Ayla. Ich habe dir deine Mutter nicht nehmen wollen; nur war es zufällig sie, die es getroffen hat. Ayla wurde von keinerlei Schuldgefühlen geplagt. Es gab Jäger und es gab Gejagte; manchmal wurden auch die Jäger zu Gejagten. Sie konnte ohne weiteres selbst einem Jäger zum Opfer fallen, trotz ihrer Waffen und trotz ihres Feuers. Jagen war eine Lebensweise.

Aber sie wußte, daß das Schicksal des Fohlens ohne seine Mutter besiegelt war, und das kleine und hilflose Tier tat ihr leid. Seit sie Iza das erste Kaninchen gebracht hatte, damit sie es heile, hatte sie zu Bruns Verzweiflung eine Vielzahl kleiner verwundeter Tiere in die Höhle gebracht. Raubtiere mitzubringen, hatte er ihr freilich nicht gestattet.

Sie beobachtete, wie die Hyänen das Fohlen, das ihnen immer wieder munter auszuweichen versuchte, umschlichen; das kleine Tier machte große und verängstigte Augen. Wo niemand sich um dich kümmert, ist es vielleicht besser, es rasch hinter sich zu bringen, überlegte Ayla. Doch als eine der Hyänen auf das Füllen zuschoß und ihm dabei an der Flanke das Fell aufriß, überlegte sie nicht mehr. Steine schleudernd brach sie durch das Gesträuch. Eine Hyäne fiel zu Boden, die anderen sprangen davon. Ayla versuchte nicht, sie zu erlegen; sie war an dem struppig aussehenden, getüpfelten Fell der Hyänen nicht interessiert; ihr ging es einzig und allein darum, daß sie das Fohlen in Ruhe ließen. Dieses lief zwar gleichfalls fort, doch nicht ganz so weit. Es hatte Angst vor Ayla, fürchtete die Hyänen aber noch mehr.

Langsam näherte Ayla sich dem jungen Tier, streckte die Hand aus und gurrte leise. Auf diese Weise hatte sie schon so manches verängstigte Tier beruhigt. Ayla besaß eine ganz natürliche Art, mit Tieren umzugehen, und ein Feingefühl, das sie zusammen mit ihren Heilfähigkeiten ausgebildet hatte und das sich auf alle Lebewesen erstreckte. Iza hatte sie in der Ausbildung dieses Feingefühls bestärkt und darin die Weiterentwicklung ihres eigenen Mitgefühls gesehen, das sie damals dazu getrieben hatte, ein merkwürdig aussehendes, verletztes und halbverhungertes Mädchen-Kind bei sich aufzunehmen.

Das kleine Fohlen reckte den Hals, um an Aylas ausgestreckten Fingern zu schnuppern. Die junge Frau kam näher heran und streichelte und klopfte und kraulte das Tier. Als es an Aylas Fingern etwas Vertrautes entdeckte, fing es an, geräuschvoll daran zu saugen, was ein altes, schmerzliches Gefühl in Ayla weckte.

Armes Baby, dachte sie, so hungrig und keine Mutter, die dir Milch gibt. Ich habe keine Milch für dich; ich hatte ja nicht einmal für Durc genug. Sie spürte, wie ihr die Tränen kamen und schüttelte den Kopf. Nun, er ist trotzdem groß und kräftig geworden. Vielleicht fällt mir etwas anderes ein, womit ich dich füttern kann. Du mußt aber auch früh entwöhnt werden. Komm, Baby. Mit den Fingern führte sie das junge Füllen hinunter zum Strand.

Gerade als sie hinunterkamen, sah Ayla einen Luchs sich mit einem Brocken des schwerverdienten Fleisches davonschleichen. Also war jetzt doch eine Raubkatze auf den Plan getreten. Ayla griff nach zwei Steinen und ihrer Schleuder. Als das lebhafte Füllen davonsprang und der Luchs aufsah, schleuderte sie die Steine mit aller Macht.

»Einen Luchs kannst du mit der Schleuder erlegen«, hatte Zoug vor langer Zeit nachdrücklich behauptet. »Versuch's nicht mit einem noch größeren Tier, aber einen Luchs kannst du mit der Schleuder erlegen.«

Es war nicht das erste Mal, daß Ayla die Richtigkeit seiner Aussage bewiesen hatte. Sie holte sich ihr Fleisch zurück und schleifte die Raubkatze mit den Pinselohren gleich mit. Dann betrachtete sie ihren Haufen Fleisch, das schlammstarrende Pferdefell, den toten Vielfraß und den toten Luchs. Plötzlich mußte sie lachen. Ich habe Fleisch gebraucht. Und ich habe Felle gebraucht. Was ich jetzt brauche, sind nur noch ein paar Hände mehr, dachte sie.

Das kleine Füllen hatte bei ihrem Lachausbruch und dem Geruch des Feuers gescheut und war etwas beiseite gesprungen. Ayla nahm einen Riemen, näherte sich dem Pferd sehr behutsam, legte ihm den Riemen um den Hals und führte es zurück ans Ufer. Das andere Ende des Riemens verknotete sie an einem Busch. Dann fiel ihr ein, daß sie wieder ihre Speere vergessen hatte, lief, sie zu holen und ging hin, das kleine Pferd zu beruhigen, das versucht hatte, ihr zu folgen. Womit füttere ich dich bloß, dachte sie, als das Fohlen wieder versuchte, an ihren Fingern zu saugen. Als ob ich im Augenblick nicht gerade alle Hände voll zu tun hätte!

Sie versuchte es mit etwas Gras, doch das kleine Tier schien nicht recht zu wissen, was es damit tun sollte. Dann fiel Ayla die Kochschale mit dem kalten gekochten Korn am Boden ins Auge. Babys können dasselbe essen wie ihre Mütter, erinnerte sie sich; es muß nur weicher sein. Deshalb goß sie etwas Wasser in die Schale, verrührte den Körnerbrei darin und trug diesen zu dem Fohlen, das jedoch nur schnaubte und sich sträubte, als die Frau seine Schnauze hineinsteckte. Doch dann leckte es ihr übers Gesicht und schien den Geschmack zu mögen. Es war hungrig und versuchte es wieder mit Aylas Fingern.

Ayla überlegte einen Moment; noch während das Füllen an ihren Fingern saugte, senkte sie die Hand in die Schale hinein. Das kleine Pferd saugte ein wenig Brei auf und schüttelte den Kopf, doch nach einigen weiteren Versuchen schien es zu begreifen. Nachdem es fertig war, stieg Ayla zu ihrer Höhle hinauf, holte noch etwas Körner und bereitete sie für später zu.

Ich werde wohl viel mehr Korn sammeln müssen, als ich ursprünglich vorgehabt hatte. Aber vielleicht bleibt mir ja Zeit genug – wenn ich es schaffe, all dieses Fleisch hier zu trocknen. Sie hielt einen Augenblick inne und überlegte, wie sonderbar der Clan das alles finden würde: daß sie erst ein Pferd erlegte und dann Futter für das Baby eben dieses Pferdes suchte. Aber ich kann so sonderbar sein wie ich will . . . hier, sagte sie zu sich, als sie mit einem zugespitzten Stock ein Stück Pferdefleisch aufspießte, um es für sich selbst zu kochen. Dann faßte sie die vor ihr liegenden Aufgaben ins Auge und machte sich ans Werk.

Sie schnitt das Fleisch immer noch in dünne Streifen, als der Vollmond aufging und die Sterne wieder blinkten. Ein Rund von Feuern flackerte auf dem Strand, und Ayla war dankbar für das viele Treibholz in der Nähe. Innerhalb des Feuerrunds war eine Schnur mit trocknendem Fleisch nach der anderen aufgespannt. Ein lohfarbenes Luchsfell lag neben der kleineren Rolle zottigen braunen Vielfraßpelzes aufgerollt; beide warteten darauf, geschabt und gewalkt zu werden. Die frischgewaschene graue Decke der Stute war auf den Steinen ausgebreitet und trocknete neben dem Pferdemagen, der gesäubert und mit Wasser gefüllt worden war, damit er weich blieb. Da lagen Streifen trocknender Sehnen zum Schnüren, Abschnitte von gesäuberten und ausgewaschenen Därmen, ein Haufen Hufe und Knochen und weitere Haufen Fettklumpen, die darauf warteten, ausgelassen und zwecks Lagerung in die Därme gefüllt zu werden. Selbst dem Luchs und dem Vielfraß hatte sie etwas Fett abgewinnen können, wenn sie auch das Fleisch fortwarf; das Fett brauchte sie für Lampen und zum Regenfestmachen. Dem Geschmack von fleischfressenden Tieren konnte sie nicht recht etwas abgewinnen.

Ayla sah sich die beiden letzten Batzen Fleisch an; sie hatte sie im Wasser des Flusses vom Schlamm befreit und war drauf und dran, nach einem zu greifen, da besann sie sich eines Besseren. Die konnten warten. Sie konnte sich nicht erinnern, jemals so müde gewesen zu sein. Sie untersuchte noch einmal ihre Feuer, legte auf jedem noch etwas Brennholz nach, breitete dann ihr Bärenfell aus und wickelte sich hinein.

Das kleine Pferd war längst nicht mehr an dem Busch festgebunden. Nach einer zweiten Fütterung schien es nicht mehr den Wunsch zu verspüren fortzulaufen. Ayla war fast eingeschlafen, als das Füllen sie beschnupperte und sich dann neben ihr niederlegte. In diesem Augenblick erkannte sie nicht, daß die Reaktion des Füllens sie wecken würde, falls ein Raubtier zu sehr in die Nähe der ausgehenden Feuer kam. Im Halbschlaf schlang die junge Frau dem kleinen warmen Tier den Arm um den Hals, fühlte seinen Herzschlag, hörte seinen Atem gehen und kuschelte sich näher an.

6

Jondalar rieb sich die Bartstoppeln am Kinn und langte nach seiner gegen eine zerspellte Fichte gelehnten Kiepe. Er kramte ein kleines, in weiches Leder gehülltes Paket hervor, zog die Schleife auf, faltete es auseinander und begutachtete sorgfältig eine dünne Feuersteinklinge. Die Klinge wies die Schneide entlang eine kaum merkliche Wölbung auf – alle aus gespaltenem Feuerstein hergestellten Klingen wiesen eine solche auf; sie bildete ein Charakteristikum gerade dieses Steins –, aber die Schneide war gleichmäßig und scharf. Was er in der Hand hielt, war eines von ganz besonders gut gearbeiteten Werkzeugen, die er eigens beiseite gelegt hatte.

Ein plötzlich aufkommender Wind raschelte in den abgestorbenen Ästen der flechtenüberzogenen Fichte. Der Windstoß riß die Zeltöffnung auf, blähte die Zeltplane, zerrte an den Spannschnüren, ruckte an den Pflöcken und ließ die Zeltöffnung sich wieder schließen. Jondalar betrachtete die Schneide, schüttelte den Kopf und wickelte sie wieder ein.

»Zeit, den Bart wachsen zu lassen?« sagte Thonolan.

Jondalar hatte gar nicht bemerkt, daß sein Bruder herangekommen war. »Da hat so ein Bart jedenfalls mal etwas für sich«, sagte er. »Im Sommer kann er schon eine Plage sein. Da juckt's, wenn man schwitzt – und so ist es angenehmer, ihn abzuschaben. Aber im Winter hilft er einem, das Gesicht warmzuhalten – und der Winter kommt.«

Thonolan blies sich in die Hände, rieb sie und hockte sich dann vor das kleine Feuer vorm Zelt und hielt sie über die Flammen. »Was mir fehlt, ist die Farbe«, sagte er.

»Die Farbe?«

»Rot. Was fehlt, ist das Rot. Ein Busch hier und da, aber sonst wird alles einfach gelb und dann braun. Das Gras, die Blätter.« Mit einer Kopfbewegung zeigte er in das offene Grasland hinter sich und blickte dann zu Jondalar hinüber, der neben dem Baum stand. »Sogar die Fichten machen einen langweiligen Eindruck. Auf Pfützen und am Rand der Bäche bildet sich schon Eis; dabei warte ich immer noch auf den Herbst.«

»Warte nicht zu lange«, sagte Jondalar, kam herzu und hockte sich gegenüber seinem Bruder ans Feuer. »Heute morgen habe ich ein Nashorn gesehen, das nach Norden zog.«

»Und ich hatte gedacht, es riecht nach Schnee.«
»Viel wird's nicht werden, so lange es noch Nashörner und Mammuts hier in der Gegend gibt. Die mögen zwar die Kälte, aber was sie nicht mögen, ist viel Schnee. Sie scheinen es immer schon im voraus zu wissen, wenn ein großer Sturm bevorsteht, und sich möglichst schnell in den Schutz des Gletschers zurückzuziehen. Die Leute sagen: ›Zieht's das Mammut gen Norden, heißt's daheimbleiben!‹ Und das trifft auch auf Nashörner zu. Nur hatte dies es nicht besonders eilig.«
»Ich habe schon ganze Jagdgesellschaften umkehren sehen, ohne auch nur einen einzigen Speer geworfen zu haben, bloß weil die Wollhaarnashörner nach Norden zogen. Ob es wohl viel Schnee hier gibt?«
»Der Sommer war trocken. Wenn der Winter das auch ist, könnten Mammuts und Nashörner ja das ganze Jahr über hierbleiben. Aber wir sind jetzt weiter im Süden, und das bedeutet für gewöhnlich Schnee. Falls Menschen dort in den Bergen im Osten leben, müßten sie's eigentlich wissen. Vielleicht hätten wir bei den Leuten bleiben sollen, die uns mit dem Floß über den Fluß gesetzt haben. Wir brauchen eine Bleibe für den Winter, und zwar bald.«
»Ich hätte im Moment nichts gegen eine schöne behagliche Höhle voll schöner Frauen einzuwenden«, sagte Thonolan grinsend.
»Mir würde schon eine schöne behagliche Höhle genügen.«
»Großer Bruder, du hast doch genausowenig wie ich Lust, den Winter frauenlos zu verbringen.«
Der größere der beiden lächelte. »Naja, der Winter wäre wohl ohne Frauen wesentlich kälter – gleichgültig, ob sie nun schön sind oder nicht.«
Sinnend sah Thonolan seinen Bruder an. »Darüber habe ich schon oft nachgedacht«, sagte er.
»Worüber?«
»Ich hab's schon erlebt, daß eine ausgesprochene Schönheit da war, hinter der alle Männer herlechzten – aber sie hat nur Augen für dich. Ich weiß, du bist nicht unempfänglich für weibliche Schönheit, du selbst weißt das auch – und trotzdem läßt du sie links liegen, gehst hin und suchst dir eine unscheinbare kleine Frau aus, die irgendwo in der Ecke sitzt. Warum?«
»Ich weiß es nicht. Manchmal hält so eine sich nur deshalb nicht für schön, weil sie einen Leberfleck auf der Backe hat oder sich einbildet, ihre Nase wäre zu lang. Wenn du dich mit ihr unterhältst, ist oft mehr an ihr dran als an derjenigen, hinter der sie alle her sind. Manchmal sind Frauen, die nicht vollkommen sind, interessanter als andere: Sie haben mehr getan oder mehr gelernt.«
»Vielleicht hast du recht. Manche von ihnen blühen ja auch richtig auf, wenn man ihnen ein bißchen Aufmerksamkeit schenkt.«

Jondalar zuckte mit den Achseln und stand auf. »Durch Reden finden wir weder Frauen noch eine Höhle. Laß uns das Lager abbrechen.«
»Richtig«, meinte auch Thonolan, kehrte dem Feuer den Rücken zu – und erstarrte. »Jondalar!« warnte er mit unterdrückter Stimme, bemühte sich dann jedoch, ganz normal weiterzusprechen. »Mach nichts, was seine Aufmerksamkeit erregen könnte, aber wenn du übers Zelt hinwegblickst, wirst du deinen Freund von heute morgen sehen.«
Jondalar spähte vorsichtig über den Zeltfirst hinweg. Direkt dahinter stand ein riesiges doppelhörniges Wollhaarnashorn und schwankte leicht, während es sein gewaltiges Gewicht von einem Fuß auf den anderen verlagerte. Den Kopf beiseite gelegt, beäugte es Thonolan. Unmittelbar vor sich war das Tier so gut wie blind; denn seine kleinen Augen saßen tief in den Höhlen, und seine Sicht war ohnehin beschränkt. Sein besonders ausgeprägtes Gehör und Riechvermögen glichen jedoch sein schlechtes Sehvermögen aus.
Es handelte sich ganz offensichtlich um ein Tier der Kälte. Es besaß dichtes, flauschiges Unterhaar und darüber längeres, zottiges, rötlichbraunes Deckhaar; außerdem wurde es unter seiner ledrigen Haut durch eine fast Handbreit dicke Fettschicht geschützt. Den Kopf trug der Koloß tief; er senkte sich von den Schultern bodenwärts, und sein langes Horn auf der Nase stieß in einem Winkel vor, daß es, wenn es den Kopf hin- und herbewegte, gerade eben nicht die Erde berührte. Das Horn diente ihm vor allem dazu, sofern er nicht zu tief war, den Schnee vom Weidegras beiseite zu schieben. Mit seinen stämmigen kurzen Beinen blieb es leicht im tiefen Schnee stecken. Die grasreichen Ebenen im Süden suchte es nur vorübergehend im Spätherbst und zu Winteranfang auf, wenn es dort kalt genug geworden, aber noch nicht viel Schnee gefallen war, um sich sattzufressen und sich ein zusätzliches Fettpolster zuzulegen. Hitze konnte das Wollnashorn mit seinem dichten Fell genausowenig ertragen wie tiefen Schnee. Sein Lebensraum war die bitterkalte, knirschend-trockene Tundra sowie die Steppen nahe der Gletschereisgrenze.
Das lange, spitzzulaufende Horn auf seiner Nase konnte jedoch zu etwas weit Gefährlicherem gebraucht werden als zum Schnee-Beiseiteschieben, und zwischen dem Nashorn und Thonolan lagen nur wenige Schritte.
»Nicht bewegen!« zischte Jondalar. Er duckte sich hinter dem Zelt und streckte die Hand nach den Speeren aus.
»Mit den leichten Speeren richtest du nicht viel aus«, sagte Thonolan, obwohl er ihm den Rücken zuwandte. Diese Worte ließen Jondalars Hand für einen Augenblick innehalten; woher mochte Thonolan das wissen? »Du mußt es schon an verwundbarer Stelle treffen, zum Beispiel im Auge, und

das ist ein allzu kleines Ziel. Für ein Nashorn brauchst du eine größere Lanze«, fuhr Thonolan fort, und seinem Bruder ging auf, daß er sich nur in Mutmaßungen erging.
»Rede nicht zuviel, sonst erregst du noch seine Aufmerksamkeit«, versuchte Jondalar ihn zu beschwichtigen. »Ich habe zwar keine Lanze, aber du bist völlig unbewaffnet. Ich gehe jetzt um das Zelt herum und versuch's von dort aus.«
»Warte, Jondalar! Mit dem Speer reizt du ihn nur und kannst ihn nicht einmal verletzen. Weißt du noch, wie wir als Jungen immer Nashörner geärgert haben? Manche von uns sind losgerannt, um das Nashorn zu bewegen, hinter ihnen herzustürmen; und sind dann ausgewichen, während andere seine Aufmerksamkeit auf sich lenkten und ihn hetzten, bis er nicht mehr konnte. Sei jetzt bereit, ihn abzulenken – ich lauf jetzt los und bringe ihn dazu, hinter mir herzustürmen.«
»Nein, Thonolan!« schrie Jondalar, doch es war bereits zu spät. Thonolan schoß davon.
Es war unmöglich, schlauer zu sein als das unberechenbare Tier. Statt hinter dem Menschen herzustieben, ging das Nashorn zum Angriff auf das sich im Wind blähende Zelt über, rammte es, riß ein Loch hinein, zerriß die Schnüre und verhedderte sich darin. Während es sich von Schnüren und Planen befreite, kam es zu dem Schluß, daß es die Menschen und ihr Lager nicht mochte, und trottete ohne weiteren Schaden anzurichten davon. Thonolan sah sich über die Schulter hinweg um, erkannte, daß das Nashorn fort war und kam zurückgelaufen.
»Das war dumm!« schrie Jondalar und rammte seinen Speer mit einer solchen Gewalt in den Boden, daß der hölzerne Schaft oberhalb der Knochenspitze abbrach. »Wolltest du dich etwa umbringen? Große Donii, Thonolan! Zu zweit – das reicht nicht aus, um ein Nashorn abzuhängen. Da muß man es schon umzingeln. Was, wenn es dir nachgesetzt wäre? Und was um der Großen Mutter Unterwelt hätte ich tun sollen, wenn du verwundet worden wärest?«
Erst malte sich Überraschung auf Thonolans Gesicht, dann Zorn. Schließlich verzog er das Gesicht zu einem Grinsen. »Du machst dir also echt Sorgen um mich! Schrei, soviel du willst, mir machst du nichts vor. Vielleicht hätte ich's nicht versuchen sollen, aber ich wollte nicht, daß du irgendeine Unvorsichtigkeit begehst und etwa mit einem solchen leichten Speer auf ein Nashorn losgehst! Was um der Großen Mutter Unterwelt hätte ich tun sollen, wenn *du* verletzt worden wärest?« Sein Grinsen verbreiterte sich, und in seinen Augen blitzte es auf wie bei einem kleinen Jungen, der es geschafft hat, einem anderen einen Streich zu spielen. »Und außerdem hat es mich nicht verfolgt.«

Jondalar wußte nicht, wie er auf das Grinsen seines Bruders reagieren sollte. Sein Ausbruch war mehr ein Zeichen der Erleichterung als des Zorns gewesen; jetzt brauchte er eine Weile, bis er begriff, daß Thonolan kein Haar gekrümmt worden war.
»Du hast Glück gehabt. Das haben wir wohl alle beide«, sagte er und atmete erleichtert auf. »Aber wir sollten uns wohl ein paar Lanzen machen, und wenn wir vorläufig auch nur die Spitzen schärfen.«
»Ich hab in letzter Zeit keine Eiben gesehen, aber wir können unterwegs ja auch nach Esche oder Erle Ausschau halten«, meinte Thonolan und schickte sich an, das Zelt abzubauen. »Damit geht es auch.«
»Alles geht, selbst Weide. Aber wir sollten uns welche machen, ehe wir weiterziehen.«
»Jondalar, laß uns sehen, daß wir von hier fortkommen. Wir müssen unbedingt die Berge dort drüben erreichen, oder?«
»Ich mag aber nicht ohne Lanzen weiterziehen – nicht, wo es hier Nashörner gibt.«
»Wir können ja zeitig haltmachen. Das Zelt müssen wir ohnehin flicken. Und wir können unterwegs auch nach gutem Holz Ausschau halten und einen besseren Lagerplatz finden. Wer weiß, vielleicht kommt dieses Nashorn wieder.«
»Und heftet sich auch noch an unsere Fährte.« Thonolan brannte morgens immer darauf fortzukommen; Verzögerungen machten ihn unruhig, das wußte Jondalar. »Vielleicht sollten wir versuchen, die Berge zu erreichen. Einverstanden, Thonolan. Aber wir machen zeitig halt, abgemacht?«
»Abgemacht, großer Bruder.«

Die beiden Brüder folgten in gleichmäßigen, raumgreifenden Schritten dem Lauf des Flusses; seit langem hatten sie sich an jeweils die Gangart und das lange Schweigen des anderen gewöhnt. Sie hatten sich eng aneinander angeschlossen, sich gegenseitig Herz und Gedanken geöffnet und Stärken und Schwächen des anderen auf die Probe gestellt. Aus Gewohnheit hatte jeder von ihnen bestimmte Aufgaben übernommen, und wenn Gefahr drohte, war einer auf den anderen angewiesen. Beide waren sie jung, kräftig und gesund und beide, ohne sich darüber im klaren zu sein, von der Zuversicht durchdrungen, mit allem fertigzuwerden, was vor ihnen lag.
Auf ihre Umgebung waren sie in einem solchen Maße eingestimmt, daß ihr Wahrnehmungsvermögen auf geradezu wunderbar feine Weise funktionierte. Bei jeder Störung, die eine Bedrohung darstellte, wären sie augenblicklich auf der Hut gewesen. Der Wärme der fernen Sonne waren sie sich nur unbestimmt bewußt; was sie herausforderte, war der kalte Wind, der

durch entlaubte Bäume fuhr, niedrighängende, schwarze Wolken, welche die weißummantelten Schanzen der Berge vor ihnen umwallten, und der tiefe, rasch dahinfließende Strom.

Die Bergzüge der zusammenhängenden Landmasse lenkten selbstverständlich den Lauf des Großen Mutter Flusses. Dieser kam aus dem Hochland nördlich einer der gletscherbedeckten Bergketten und floß gen Osten. Hinter dem ersten Gebirge erstreckte sich eine Tiefebene – in früherer Zeit das Bekken eines riesigen Binnenmeeres – und weiter im Osten bildete eine zweite Bergkette einen großen Bogen. Wo das am weitesten nach Osten vorstoßende Alpenvorland der ersten Bergkette am nordwestlichen Ende der zweiten mit den Vorbergen der zweiten zusammentraf, brach der Fluß durch eine felsige Barriere hindurch und bog unvermittelt nach Süden ab.

Nachdem er sich durch hochgelegenes Karstland hindurch- und hinuntergearbeitet hatte, schlängelte er sich meanderförmig über grasbestandene Steppen, teilte sich in verschiedene Arme auf, die sich später wieder vereinigten und hinunterwanden gen Süden. Der vielverzweigte, träge durch flaches Land dahinströmende Fluß vermittelte den trügerischen Eindruck, sich nie zu verändern. Doch das war eine Illusion. Nachdem der Große Mutter Fluß dann das Hochland am Südende der Ebene erreicht hatte, der sie zwang, alle seine Arme wieder zu vereinigen und nach Osten abzubiegen, hatte er die gewaltigen Wassermassen von der nördlichen und östlichen Stirnwand des ersten massiv eisbedeckten Gebirges in sich aufgenommen.

Die große, mächtig angeschwollene Mutter wühlte eine Senke aus, als sie in breitem Bogen in östlicher Richtung auf das Südende der zweiten Gebirgskette zurollte. Die beiden Männer waren ihrem Lauf auf dem linken Ufer gefolgt und waren über die gelegentlichen Seitenarme und Zuflüsse übergesetzt, die immer noch auf sie zuströmten. Auf der anderen Seite des mächtigen Stroms, im Süden, stieg das Land in steilen, zerklüfteten Terrassen auf, wohingegen die sanfteren Hügel auf ihrer Seite allmählich anstiegen.

»Ich glaube einfach nicht, daß wir das Ende des Flusses vor dem Winter erreichen«, erklärte Jondalar. »Überhaupt frage ich mich nachgerade, ob er jemals ein Ende nimmt.«

»Es gibt ein Ende, und ich glaube, wir werden bald darauf stoßen. Schau doch, wie mächtig sie geworden ist.« Mit weitausholender Gebärde wies Thonolan nach rechts. »Wer hätte gedacht, daß sie jemals so gewaltig werden würde? Wir müssen einfach kurz vor ihrer Mündung sein.«

»Dabei haben wir ja noch nicht einmal den Schwester Fluß erreicht, zumindest glaube ich das nicht. Tamen hat gesagt, sie wäre genausobreit wie die Mutter.«

»Das muß eine von den Geschichten sein, die immer größer werden, je mehr

Männer sie erzählen. Du glaubst doch nicht im Ernst, daß es noch einen zweiten Fluß dieser Größe gibt, der über diese Ebene nach Süden fließt?«
»Nun ja, Tamen hat zwar gesagt, er selbst habe ihn nie gesehen. Aber damit, daß die Mutter wieder nach Osten abbiegt, hat er genauso recht wie mit den Menschen, die uns über den Hauptarm übergesetzt haben. Da könnte er doch auch mit dem Schwester Fluß recht haben, oder? Ich wünschte, wir hätten die Sprache des Stammes mit den Flößen verstanden. Die hätten uns vielleicht etwas über den Nebenfluß erzählen können, wo er doch so groß sein soll.«
»Du weißt doch, wie leicht es ist, ferne Weltwunder zu übertreiben. Ich glaube, Tamens Schwester ist nichts weiter als ein Seitenarm der Mutter weiter im Osten.«
»Hoffentlich hast du recht, kleiner Bruder. Denn wenn es diese Schwester gibt, müssen wir sie überqueren, bevor wir die Berge erreichen. Und ich weiß nicht, wo sonst wir vielleicht noch einen Ort finden könnten, um dort zu überwintern.«
»Ich glaube nur, was ich mit eigenen Augen sehe.«
Eine Bewegung, die anscheinend nicht in den natürlichen Gang der Dinge paßte und ihnen dadurch zu Bewußtsein kam, erregte Jondalars Aufmerksamkeit. Dem Klang nach erkannte er die schwarze Wolke in der Ferne, die sich ungeachtet des vorherrschenden Windes in eine ganz andere Richtung fortbewegte; er blieb daher stehen und beobachtete den in V-Formation näherkommenden Schwarm schreiender Gänse. Der Schwarm insgesamt senkte sich hernieder und verdunkelte durch seine große Zahl den Himmel; aus der dunklen Masse wurden Einzelvögel, die sich mit vorgestreckten Füßen flügelschlagend niedersenkten und eine Rast einlegten. Der Fluß floß um die steile Erhebung vor ihnen herum.
»Großer Bruder«, sagte Thonolan und verzog das Gesicht vor Aufregung zu einem Grinsen, »diese Gänse wären nicht heruntergekommen, wenn nicht sumpfiges Gelände vor uns läge. Vielleicht sogar ein See oder ein Binnenmeer. Wetten, daß die Mutter hineinmündet? Ich glaube, wir haben das Ende des Flusses erreicht.«
»Wenn wir die Erhebung dort hinaufklettern, haben wir bestimmt einen besseren Überblick.« Jondalar bemühte sich bewußt um einen ganz neutralen Ton, doch Thonolan hatte den Eindruck, daß sein Bruder ihm nicht ganz glaubte.
Rasch kletterten sie hinauf und waren ganz außer Atem, als sie den Gipfel erreichten. Dann hielten sie überrascht den Atem an. Sie befanden sich in so großer Höhe, daß sie ziemlich weit sehen konnten. Hinter der Flußbiegung verbreiterte die Große Mutter sich, wurde das Wasser unruhig, und als es die

riesige Wasserfläche erreichte, brodelte es und warf Gischt auf. Die große Wasserfläche war durch den vom Boden aufgewühlten Schlamm milchig trüb. Abgebrochene Äste, verendete Tiere und ganze Bäume schaukelten und drehten sich im Sog der miteinander in Widerstreit liegenden Strömungen.
Nicht das Ende der Mutter war es, das sie erreicht hatten. Sie waren vielmehr auf die Schwester gestoßen.
Hoch in den Bergen vor ihnen hatte die Schwester in einer Vielzahl von Rinnsalen und Bächen begonnen. Aus den Bächen wurden Flüsse, die durch Stromschnellen hindurchgurgelten, über Wasserfälle hinwegschäumten und steil die Westhänge des zweiten großen Gebirgszugs hinunterflossen. Da weder Seen noch andere Sammelbecken sie in ihrem Lauf aufhielten, gewannen die turbulenten Wassermassen immer mehr an Gewicht und an Kraft, bis sie sich unten auf der Ebene zu einem einzigen Fluß zusammenfanden. Das einzige, was die durcheinanderwirbelnde Schwester aufhielt, war die bereits übersättigte Mutter selbst.
Der nahezu gleichgroße Nebenfluß stürzte sich in den Mutterstrom und kämpfte gegen den herrschenden Einfluß einer raschen Strömung an. Die Fluten bäumten sich auf, strömten dann reißend weiter und bildeten ein Durcheinander von sehr unterschiedlichen Strömungen und Gegenströmungen; plötzlich sich bildende Strudel rissen Treibholz und andere Trümmer auf das Flußbett herunter und spien es kurze Zeit darauf flußabwärts wieder aus. Der alles mit sich reißende Zusammenfluß weitete sich zu einem gefährlichen See, der so groß war, daß man das andere Ufer nicht erkennen konnte. Die Herbstüberflutung hatte ihren Höhepunkt erreicht, und ein schlammiger Morast hatte sich weit über die ursprünglichen Ufer hinaus ausgedehnt, zwischen denen das Wasser in der letzten Zeit sogar schon zurückgegangen war und einen Sumpf der Verwüstung zurückgelassen hatte: umgerissene Bäume, deren Wurzeln himmelwärts ragten, Stämme, die sich mit Wasser vollgesogen hatten, abgebrochene Äste; Tierkadaver und sterbende Fische, die in austrocknenden Wasserlachen gelandet waren. Wasservögel taten sich an der leichten Beute gütlich; auf dem nahegelegenen Ufer wimmelte es nur so von ihnen. Nicht weit von ihnen machte eine Hyäne, ohne sich vom Flügelschlagen schwarzer Störche stören zu lassen, einem Hirsch den Garaus.
»Große Mutter!« entfuhr es Thonolan leise.
»Das muß die Schwester sein.« Jondalar war zu sehr von ehrfürchtiger Scheu erfüllt, als daß er seinen Bruder hätte fragen können, ob er es jetzt glaube.
»Wie kommen wir da nur hinüber?«
»Das weiß ich nicht. Vielleicht müssen wir stromaufwärts gehen.«
»Wie weit? Sie ist doch genauso mächtig wie die Mutter.«
Jondalar konnte nur den Kopf schütteln. Besorgt runzelte er die Stirn. »Wir

hätten uns nach Tamens Rat richten sollen. Es kann jetzt jeden Tag anfangen zu schneien; uns bleibt nicht viel Zeit, wieder stromaufwärts zu ziehen. Wenn ein großer Sturm kommt, möchte ich nicht im Freien sein.«
Ein plötzlicher Windstoß fuhr Thonolan unter die Kapuze und drückte sie nach hinten, so daß sein Kopf unbedeckt war. Er zog sie wieder drüber, tiefer ins Gesicht, und erschauerte. Zum erstenmal, seit sie aufgebrochen waren, befielen ihn ernstliche Zweifel, ob sie den langen vor ihnen liegenden Winter auch überstehen würden. »Was machen wir jetzt, Jondalar?«
»Wir suchen uns einen Lagerplatz.« Jondalar spähte von ihrer Höhe herab das Gelände ab. »Dort drüben, ein wenig weiter stromaufwärts, dort bei dem etwas höher gelegenen Ufer mit der Erle. Dort fließt ein Bach in die Schwester – das Wasser müßte eigentlich gut sein.«

»Wenn wir beide Traggestelle an einem Stamm festmachen und uns beiden eine Leine um den Leib binden, könnten wir hinüberschwimmen, ohne daß wir getrennt werden.«
»Ich weiß, daß du kühn bist, kleiner Bruder, aber das wäre sträfliche Tollkühnheit. Ich bin mir nicht sicher, ob ich es schwimmend bis hinüber schaffe – und dann auch noch mit einem Stamm und allen unseren Habseligkeiten hinter mir. Außerdem ist das Wasser kalt. Nur die Strömung bewahrt den Fluß vorm Zufrieren. Heute morgen hatte sich am Ufer Eis gebildet. Und was ist, wenn wir uns im Geäst eines entwurzelten Baums verfangen? Dann würden wir stromabwärts getrieben und vielleicht unter Wasser gezogen.«
»Erinnerst du dich an die Leute, die nahe dem Großen Wasser leben? Die höhlen den Stamm großer Bäume aus und benutzen sie, um Flüsse zu überqueren. Vielleicht könnten wir . . .«
»Dann zeig mir einen Baum hier in der Gegend, der groß genug wäre«, sagte Jondalar und zeigte mit ausholender Gebärde auf die grasbewachsene Ebene mit den wenigen verkrüppelten Bäumen darauf.
»Hm . . . jemand hat mir von einer anderen Höhle erzählt, die Schalen aus Birkenrinde machen . . . nur kommt mir das viel zu dünn und zerbrechlich vor.«
»Ich habe so etwas zwar schon gesehen, aber ich habe keine Ahnung, wie sie gemacht werden oder welche Art Leim sie benutzten, um sie abzudichten. Außerdem wuchsen die Birken bei ihnen größer, als ich sie je woanders gesehen habe.«
Thonolan sah sich suchend um und zerbrach sich den Kopf über eine andere Möglichkeit, die sein Bruder mit seiner unerschütterlichen Logik nicht einfach beiseite fegen konnte. Er entdeckte einen Hain gerade gewachsener, hoher Erlen auf einem Erdbuckel im Süden und grinste. »Wie wär's mit einem

Floß? Da brauchen wir doch nichts weiter zu tun als eine Anzahl von Stämmen aneinanderzubinden, und da drüben auf dem Hügel stehen mehr als genug Erlen.«

»Auch eine, die lang und kräftig genug wäre, eine Stange daraus zu machen, mit der wir den Flußboden erreichen, um das Floß zu lenken? Flöße sind schwer zu handhaben, selbst auf seichten Flüssen.«

Thonolans zuversichtliches Grinsen schwand. Jondalar mußte sich zusammenreißen, um seinerseits nicht zu lächeln. Thonolan war außerstande, seine Gefühle zu verbergen; Jondalar bezweifelte, daß er es jemals versucht hatte. Aber was ihn so liebenswert machte, war ja gerade sein ungestümes, offenes Wesen.

»Allerdings, eigentlich ist das gar keine so schlechte Idee«, gab Jondalar zu und bemerkte, wie das Lächeln in Thonolans Gesicht zurückkehrte. »Wenn wir weit genug stromaufwärts gekommen sind, besteht wohl kaum noch Gefahr, daß wir in das reißende Wasser hineingezogen werden. Und finden dort eine Stelle, wo der Fluß breiter und seichter wird und nicht mehr so schnell fließt – und wo es auch noch Bäume gibt. Hoffentlich hält sich das Wetter.«

Thonolan war, als das Wetter erwähnt wurde, genauso ernst geworden wie sein Bruder. »Komm, laß uns gehen«, sagte er. »Das Zelt ist geflickt.«

»Aber ich möchte mir erst die Erlen dort drüben ansehen. Wir brauchen ja immer noch ein paar kräftige Lanzen. Wir hätten schon gestern abend welche machen sollen.«

»Machst du dir immer noch Sorgen wegen des Nashorns? Das haben wir längst abgehängt. Wir sollten uns aufmachen und eine Stelle zum Übersetzen suchen.«

»Ich werde zumindest einen Schaft abhacken.«

»Dann kannst du auch gleich einen für mich mit schneiden. Ich fange schon an zu packen.«

Jondalar nahm sein Beil und fuhr mit dem Daumen prüfend über die Schneide, nickte beifällig und ging den Hügel hinauf auf den Erlenhain zu. Dort prüfte er die einzelnen Bäume eingehend und wählte einen hoch und gerade gewachsenen jungen Stamm aus. Er hatte ihn bereits gefällt und die Zweige abgeschlagen und war eben dabei, einen für Thonolan auszusuchen, da vernahm er plötzlich Laute: ein Schnaufen und Grunzen. Er hörte seinen Bruder rufen und dann ein Geräusch, erschreckender als alles, was er bisher im Leben gehört hatte: den Schmerz in seines Bruders Stimme. Das Schweigen, als sein Schrei abgeschnitten wurde, war womöglich noch schlimmer.

»Thonolan! Thonolan!«

Jondalar raste den Hügel hinunter, hielt immer noch den Erlenschaft gepackt und war selbst von einer kalten Angst gepackt. Sein Herz hämmerte, und sein Blut rauschte in den Ohren, als er ein riesiges Wollhaarnashorn erblickte, die Schultern so hoch wie er groß war, das die Gestalt eines Mannes am Boden hin- und herwarf. Das Tier schien nicht zu wissen, was tun mit seinem Opfer, jetzt, wo es am Boden lag. Aus der Tiefe seiner Furcht und seiner Wut heraus überlegte Jondalar nicht lange – er reagierte.

Den Erlenstamm wie eine Keule schwingend, stürmte der ältere Bruder, ohne auf die eigene Sicherheit zu achten, auf das Tier los. Ein heftiger Schlag landete unmittelbar unterhalb des gebogenen Horns auf der Schnauze des Nashorns, dann ein zweiter. Das Nashorn wich einen Schritt zurück; angesichts des wütend um sich schlagenden und ihm Schmerz bereitenden Menschen wußte es nicht was tun. Jondalar holte zu einem dritten Schlag aus – da drehte das Tier ab. Der kräftige Schlag auf seinen Rumpf tat nicht weiter weh, trieb es jedoch vorwärts, und der große Mann jagte hinter ihm drein.

Als der Erlenschaft jetzt, wo das Tier davonstürmte, nur durch die Luft sauste, blieb Jondalar stehen und sah das Nashorn fliehen. Er rang nach Luft. Dann ließ er den Schaft fallen und lief zurück zu Thonolan. Das Gesicht auf der Erde, lag sein Bruder dort, wo das Nashorn von ihm abgelassen hatte.

»Thonolan! *Thonolan*!« Jondalar drehte ihn um. Die Lederhose war in der Leistengegend aufgerissen, und ein Blutfleck wurde immer größer.

»Thonolan! Ach, Doni!« Er legte dem Bruder das Ohr auf die Brust, horchte nach dem Herzschlag und fürchtete, sich nur einzubilden, ihn zu hören, bis er ihn atmen sah.

»Ach, Doni! Er lebt! Aber was mache ich jetzt?« Stöhnend vor Anstrengung hob Jondalar den Bewußtlosen auf, stand einen Moment da und hielt ihn auf den Armen.

»Doni, ach Große Erdmutter! Nimm ihn noch nicht! Laß ihn leben! Ach, bitte . . .« Seine Stimme krächzte, und ein gewaltiger Schluchzer stieg in seiner Brust auf. »Mutter . . . bitte . . . laß ihn am Leben!«

Jondalar senkte den Kopf und schluchzte einen Moment in die schlaffen Schultern seines Bruders hinein, dann trug er ihn zurück zum Zelt. Sanft legte er ihn auf seiner Schlafrolle nieder und schnitt ihm mit dem Messer mit dem beinernen Griff die Kleidung auf. Die einzig sichtbare Wunde war ein böser gezackter Riß am linken Oberschenkel, der durch Haut und Muskel ging; nur seine Brust hatte sich böse gerötet, und die linke Seite schwoll an und verfärbte sich. Ein eingehenderes Abtasten überzeugte Jondalar, daß Thonolan sich mehrere Rippen gebrochen hatte; wahrscheinlich hatte er auch innere Verletzungen.

Blut schoß stoßweise aus Thonolans Beinwunde und sammelte sich auf der Schlafrolle. Jondalar kramte in seinem Gepäck und suchte nach etwas, es aufzutupfen. Er griff nach seinem ärmellosen Sommerüberwurf, knüllte ihn zusammen und versuchte, das Blut auf dem Fell damit aufzuwischen, was jedoch nur zur Folge hatte, daß er es noch weiter verschmierte. Da legte er weiches Leder auf die Wunde.

»Doni! Doni! Ich weiß nicht, was ich tun soll. Ich bin kein Zelandoni.« Jondalar hockte sich hin und fuhr sich mit der Hand durchs Haar. Blutflekken blieben auf seinem Gesicht zurück. »Weidenrinde! Es wird gut sein, Weidenrindentee aufzubrühen.«

Er ging, Wasser zu erhitzen. Er brauchte kein Zelandoni zu sein, um die schmerzstillenden Eigenschaften von Weidenrindentee zu kennen. Jeder brühte Weidenrindentee auf, wenn er Kopfweh oder irgendwelche kleinere Schmerzen hatte. Daß er auch bei ernsthaften Wunden verwendet wurde, wußte er nicht. Nur wußte er sonst nichts zu tun. Nervös schritt er um das Feuer herum, warf bei jedem Umgang erst einmal einen Blick ins Zelt und wartete darauf, daß das kalte Wasser anfing zu sieden. Er häufte mehr Holz auf das Feuer und versengte eine Ecke des Holzrahmens, an dem die mit Wasser gefüllte Kochhaut aufgehängt war.

Warum dauert es so lange! Warte, ich habe ja gar keine Weidenrinde. Ich sollte hingehen und welche holen, ehe das Wasser kocht. Er steckte den Kopf ins Zelt hinein und starrte seinen Bruder lange an. Dann lief er hinunter an den Fluß. Nachdem er Rinde von einem blattlosen Baum geschält hatte, dessen lange dünne Zweige ins Wasser hineinhingen, lief er zurück.

Zuerst sah er nach, ob Thonolan wieder zu sich gekommen sei, und sah, daß sein Sommerüberwurf sich voll Blut gesaugt hatte. Dann erkannte er, daß die überreichlich gefüllte Kochhaut überkochte und das Feuer löschte. Er wußte nicht, was zuerst tun – sich um den Tee kümmern oder um seinen Bruder – und blickte immer wieder zwischen Feuer und Zelt hin und her. Schließlich packte er ein Trinkgefäß, schöpfte etwas Wasser heraus, verbrühte sich dabei die Hand und ließ dann die Weidenrinde in den Felltopf fallen. Er legte noch ein paar Stück Holz nach und hoffte, daß sie angehen würden. Er durchsuchte Thonolans Traggestell, kippte es in seiner Verzweiflung sogar aus und nahm seines Bruders Sommerüberwurf, um ihn gegen den blutdurchtränkten auszuwechseln, der ihm gehörte.

Als er ins Zelt kriechen wollte, hörte er seinen Bruder aufstöhnen. Es war der erste Laut, den er von Thonolan hörte. Daraufhin machte er, daß er wieder aus dem Zelt herauskam, schöpfte einen Becher Tee und bemerkte, daß kaum noch Flüssigkeit übriggeblieben war. Ob das Gebräu wohl jetzt zu stark war? Mit einem Becher der heißen Flüssigkeit kroch er nochmals ins Zelt hinein, suchte wie gehetzt nach einer Stelle, wo er ihn absetzen konnte, und bemerkte, daß nicht nur sein Sommerüberwurf sich mit Blut

vollgesogen hatte. Das Blut sammelte sich unter Thonolan und färbte seine Schlafrolle.
Er verliert zuviel Blut! Oh, Mutter! Er braucht einen Zelandoni. Was soll ich nur tun? Die Angst um seinen Bruder machte ihn immer aufgeregter. Wie hilflos er sich vorkam! Ich muß Hilfe holen. Aber wo? Wo finde ich einen Zelandoni? Ich kann ja nicht einmal über die Schwester hinüber, und allein zurücklassen kann ich ihn auch nicht. Sonst wittert irgendein Wolf oder eine Hyäne Blut und fällt über ihn her.
Große Mutter! Schau das viele Blut auf dem Überwurf! Irgendein Tier riecht es bestimmt. Jondalar packte das blutdurchtränkte Hemd und warf es zum Zelt hinaus. Nein, das hilft auch nichts. Wie der Wind war er aus dem Zelt draußen, hob das Hemd wieder auf und sah sich gehetzt nach einer Stelle um, entfernt vom Lager, fern von seinem Bruder, wo er es hinlegen konnte.
Er war wie benommen, von Kummer überwältigt, und im Grunde seines Herzens wußte er, daß es keine Hoffnung gab. Sein Bruder brauchte Hilfe, die er ihm nicht geben konnte; und fortgehen, um Hilfe herbeizuholen, konnte er auch nicht. Selbst wenn er wüßte, wo er Hilfe bekäme, könnte er nicht fort. Es war sinnlos, sich vorzumachen, daß ein blutgetränkter Überwurf Raubtiere mehr anziehen würde als Thonolan mit seiner offenen Wunde selbst. Aber er wollte der Wahrheit in seinem Herzen nicht ins Auge schauen. Er wandte sich von der Vernunft ab und ergab sich der Panik.
Er sah den Erlenhain und hetzte den Hügel hinauf und klemmte das Lederhemd in einer hohen Astgabelung fest. Dann lief er zurück. Er kroch ins Zelt hinein und starrte Thonolan an, als ob er ihn mit bloßer Willensanstrengung dazu bringen könnte, wieder gesund und heil und ganz zu werden und zu lächeln.
Fast als ob Thonolan sein Flehen gespürt hätte, stöhnte er, warf den Kopf hin und her und schlug die Augen auf. Der knieende Jondalar brachte das Gesicht näher heran und erkannte trotz des schwachen Lächelns Schmerz in seines Bruders Augen.
»Du hast recht gehabt, großer Bruder. Wie gewöhnlich. Wir hatten das Nashorn doch nicht abgehängt.«
»Es geht mir aber nicht darum, recht zu haben, Thonolan. Wie fühlst du dich?«
»Willst du eine ehrliche Antwort? Es schmerzt. Wie schlimm ist es?« fragte er dann und versuchte, sich aufzusetzen. Das halbherzige Grinsen verzerrte sich in eine Grimasse des Schmerzes.
»Versuch nicht, dich zu bewegen. Hier, ich habe etwas Weidenrinde aufgegossen.« Jondalar stützte seinem Bruder den Kopf und hielt ihm den Becher an die Lippen. Thonolan trank ein paar Schlucke, legte sich dann jedoch er-

leichtert wieder zurück. So etwas wie Angst gesellte sich zu dem Schmerz in seinen Augen.
»Sag es mir rundheraus, Jondalar. Wie schlimm ist es?«
Der große Mann schloß die Augen und holte tief Atem. »Es sieht nicht gut aus.«
»Das habe ich auch nicht angenommen – aber wie schlimm ist es wirklich?«
Thonolans Blick fiel auf die Hände seines Bruders, und seine Augen weiteten sich vor Schreck. »Deine Hände sind ja über und über mit Blut beschmiert! Stammt das von mir? Ich glaube, du solltest mir die Wahrheit sagen.«
»Ich weiß es eigentlich auch nicht. In der Leistengegend hat es dich mit dem Horn aufgerissen, und du hast viel Blut verloren. Das Nashorn muß dich entweder in die Luft geschleudert haben oder auf dir rumgetrampelt sein. Ich glaube, dabei hast du dir ein paar Rippen gebrochen. Was sonst noch ist, weiß ich nicht. Ich bin kein Zelandoni . . .«
»Aber ich brauche einen, und die einzige Hoffnung, Hilfe zu finden, liegt auf der anderen Seite des Flusses, über den wir nicht hinüberkommen.«
»Das wär's dann ja wohl.«
»Hilf mir auf, Jondalar. Ich will sehen, wie schlimm es ist.«
Jondalar wollte widersprechen, gab dann jedoch zögernd nach und bedauerte das augenblicklich. In dem Moment, da Thonolan sich aufzusetzen versuchte, schrie er vor Schmerz auf und verlor wieder das Bewußtsein.
»Thonolan!« rief Jondalar. Die Anstrengung hatte bewirkt, daß das Blut jetzt wieder reichlicher floß. Jondalar faltete das Sommergewand seines Bruders zusammen, legte es über die Wunde und verließ dann das Zelt. Das Feuer war fast ausgegangen. Sorgsam legte Jondalar Holz nach und baute es wieder auf, setzte Wasser auf und schnitt mehr Holz.
Dann kehrte er ins Zelt zurück, um nach seinem Bruder zu sehen. Thonolans Gewand hatte sich abermals mit Blut vollgesogen. Er nahm es fort, um sich die Wunde anzusehen, und verzog das Gesicht zu einer Grimasse, als er daran dachte, wie er den Hügel hinaufgelaufen war, um das andere Gewand loszuwerden. Die Panik, die ihn anfangs befallen hatte, war verflogen, und so kam ihm das jetzt töricht vor. Die Blutung hatte aufgehört. Er fand noch etwas zum Anziehen – ein Untergewand für den Winter –, legte es über die Wunde und deckte Thonolan zu. Dann nahm er das zweite mit Blut vollgesogene Gewand und ging hinunter an den Fluß, warf es ins Wasser, beugte sich dann hinunter, um das Blut von den Händen zu waschen und empfand seine Panik neuerlich als peinlich.
Er wußte nicht, daß Panik in extremen Situationen eine Überlebensreaktion ist. Wenn alles andere nicht mehr hilft und alle rationalen Versuche, eine Lösung zu finden, erschöpft sind, setzt Panik ein, und so führt eine irrationale

Handlung manchmal zu einer Lösung, auf die rationale Überlegung nie gekommen wäre.
Er kehrte zurück zum Lagerplatz, legte noch etwas Holz nach und suchte dann den Erlenschaft, obwohl es im Augenblick sinnlos schien, sich eine Lanze zu machen. Er kam sich nur so nutzlos vor und hatte das Bedürfnis, etwas zu tun. Nachdem er den Schaft gefunden hatte, setzte er sich vors Zelt und machte sich mit bösartig geführten Schlägen daran, das eine Ende zuzuspitzen.
Der folgende Tag war für Jondalar ein Alptraum. Thonolans linke Körperhälfte reagierte noch auf die leiseste Berührung empfindlich und schien ein einziger großer Bluterguß. Jondalar hatte nur wenig geschlafen. Es war eine schwierige Nacht für Thonolan gewesen, und jedesmal, wenn er stöhnte, war Jondalar aufgestanden. Dabei war das einzige, was er ihm bieten konnte, Weidenrindentee gewesen, und der half nicht sonderlich. Am Morgen bereitete er ein wenig Essen und kochte eine Brühe, doch keiner von ihnen brachte viel hinunter. Gegen Abend hatte sich die Wunde entzündet, und Thonolan fieberte.
Als Thonolan nach unruhigem Schaf erwachte, blickte er in die besorgten blauen Augen seines Bruders. Die Sonne war gerade hinter dem Rand der Erde verschwunden; obwohl es draußen noch einigermaßen hell war, konnte man im Zelt kaum mehr etwas erkennen. Doch hielt das Dämmern Jondalar nicht davon ab zu bemerken, wie fiebrig Thonolans Augen glänzten; außerdem hatte er im Schlaf gestöhnt und Unverständliches gemurmelt.
Jondalar gab sich Mühe, seinen Bruder aufmunternd anzulächeln. »Wie fühlst du dich?«
Thonolan hatte zu große Schmerzen, als daß ihm ein Lächeln gelungen wäre, und wie Jondalar aussah, war auch nicht ermunternd. »Mir ist nicht gerade danach, auf Nashornjagd zu gehen«, sagte er.
Sie schwiegen eine Weile; keiner wußte, was er sagen sollte. Thonolan schloß die Augen und stieß einen tiefen Seufzer aus. Er war es leid, gegen den Schmerz anzukämpfen. Die Brust tat ihm bei jedem Atemzug weh, und der tiefsitzende Schmerz in der Leistengegend schien sich über den ganzen Körper ausgebreitet zu haben. Hätte er irgendwelche Hoffnung gesehen, er würde es ertragen haben, doch je länger sie hierblieben, desto geringer wurde die Chance, daß Jondalar den Fluß noch vor Einsetzen eines Sturms überquerte. Daß er sterben mußte, war noch lange kein Grund, daß auch sein Bruder sterben sollte. Er schlug die Augen wieder auf.
»Jondalar, wir wissen beide, daß es ohne Hilfe keine Hoffnung für mich gibt. Das ist aber noch lange kein Grund, daß du . . .«

»Was soll das heißen: keine Hoffnung? Du bist jung, du bist kräftig. Du kommst schon wieder auf die Beine.«
»Es bleibt nicht mehr viel Zeit. Hier draußen haben wir keine Chance. Jondalar, mach dich auf, finde einen Ort, wo du bleiben kannst, du . . .«
»Du redest irre!«
»Nein, ich . . .«
»Du würdest nicht so reden, wenn dein Geist nicht verwirrt wäre. Sieh du zu, daß du wieder zu Kräften kommst – laß mich nur für uns beide sorgen. Wir schaffen es beide. Ich habe einen Plan.«
»Was für einen Plan?«
»Den werde ich dir erklären, wenn ich mir über die Einzelheiten klargeworden bin. Möchtest du etwas essen? Du hast nicht viel gegessen.«
Thonolan wußte, daß sein Bruder nicht fortgehen würde, solange er noch lebte. Er war erschöpft; er wollte aufgeben, sehnte sich nach dem Ende und wünschte, Jondalar eine Chance zu geben. »Ich habe keinen Hunger«, sagte er, doch dann erkannte er in den Augen des Bruders, wie verletzt dieser war. »Ein Schluck Wasser würde mir aber guttun.«
Jondalar goß den Rest des Wassers aus und hielt Thonolan beim Trinken den Kopf. Dann schüttelte er den Wasserbeutel. »Er ist leer. Ich gehe Wasser holen.«
Er brauchte einen Vorwand, um aus dem Zelt hinauszukommen. Thonolan gab auf. Jondalar hatte geblufft, als er gesagt hatte, er habe einen Plan. Er hatte die Hoffnung aufgegeben – kein Wunder, daß sein Bruder die Lage für hoffnungslos hielt. Ich muß eine Möglichkeit finden, uns beide über den Fluß hinüberzubringen und Hilfe zu finden.
Er stieg eine kleine Anhöhe hinauf, von der er über die Baumkronen hinweg einen guten Blick flußaufwärts hatte; so stand er da und beobachtete einen abgebrochenen Ast, der sich an einem aus dem Wasser ragenden Felsen verfangen hatte. Er kam sich genauso hilflos und gefangen vor wie der kahle Ast, und einer Eingebung des Augenblicks nachgebend, ging er zum Fluß hinunter und befreite ihn von dem Felsen, der ihn festhielt. Er sah ihm nach, wie die Strömung ihn stromabwärts führte und überlegte, wie lange es wohl dauern mochte, ehe er sich wieder an etwas verfing und festsaß.
Schließlich drehte er der Schwester den Rücken zu und kehrte zurück an den kleinen Bach, der sein bißchen Wasser dem reißend dahinströmenden Fluß hinzufügte. Er füllte den Wasserbeutel und machte sich auf den Rückweg. Er war sich nicht sicher, was ihn stromaufwärts blicken ließ – bei dem Rauschen, das der dahineilende Strom erzeugte, konnte er nichts gehört haben –, doch als er hinsah, blieb er fassungslos und offenen Mundes stehen.
Von flußaufwärts her näherte sich etwas, hielt direkt auf das Ufer zu, auf

dem er stand. Ein monströser Wasservogel mit langem, gebogenem Hals mit einem kammgekrönten Kopf und starrblickenden Augen kam auf ihn zugeglitten. Als der Vogel näherkam, nahm Jondalar auf seinem Rücken Bewegung wahr und erkannte die Köpfe anderer Wesen. Eines der kleineren Lebewesen winkte.
»Ho-la!« rief eine Stimme. Jondalar hatte noch nie einen willkommeneren Laut gehört.

7

Ayla fuhr sich mit dem Handrücken über die schweißbedeckte Stirn und sah lächelnd das kleine gelbe Pferd an, das sie anstupste und versuchte, seine Schnauze unter ihre Hand zu schieben. Das Füllen verlor Ayla nicht gern aus den Augen und folgte ihr überallhin. Dagegen hatte Ayla nichts einzuwenden; sie war froh darüber, Gesellschaft zu haben.

»Kleines Pferd, wieviel Korn soll ich jetzt für dich sammeln?« gab Ayla ihm durch ihre Handbewegungen zu verstehen. Das kleine, strohfarbene Tier folgte den Bewegungen der Hände sehr aufmerksam und erinnerte Ayla daran, wie sie als junges Mädchen angefangen hatte, die Gebärdensprache des Clans zu lernen. »Willst du etwa Reden lernen? Nun, es ist schon gut, wenn du verstehst. Ohne Hände würde das Reden dir schwerfallen. Immerhin scheinst du dich darum zu bemühen, mich zu verstehen.«

Wenn Ayla redete, benutzte sie auch einige wenige Laute; die gewöhnliche Sprechweise ihres Clans war nicht vollständig stumm; nur die förmliche alte Sprache beruhte ausschließlich auf Gebärden und verzichtete auf jeden Laut. Das Füllen spitzte die Ohren, als sie ein Wort laut aussprach.

»Du hörst zu, nicht wahr, kleines Fohlen?« Ayla schüttelte den Kopf. »Immer wieder nenne ich dich Fohlen, kleines Pferd. Irgendwie erscheint mir das nicht recht. Ich finde, du brauchst einen Namen. Ist es das, worauf du lauschst – auf den Klang deines Namens? Ich möchte mal wissen, wie die Stute, deine Mutter, dich gerufen hat. Aber selbst wenn ich das wüßte, ich könnte den Namen ja vermutlich doch nicht aussprechen.«

Das junge Pferd beobachtete sie sehr wach; es wußte, daß Ayla ihm Aufmerksamkeit entgegenbrachte, wenn sie die Hände auf diese bestimmte Weise bewegte. Es wieherte, als Ayla aufhörte.

»Soll das eine Antwort sein? – *Winniiie!*« versuchte Ayla, das Wiehern nachzumachen. Das Füllen antwortete mit einem Kopfrucken und neuerlichem Gewieher auf den fast vertrauten Laut.

»Heißt du etwa so?« fragte Ayla lächelnd in Gebärdensprache. Abermals ruckte das Füllen mit dem Kopf, sprengte wenige Fluchten davon und kam zurückgetrabt. Die Frau lachte. »Dann müssen alle kleinen Pferde gleich heißen, oder vielleicht höre ich den Unterschied auch nicht.« Ayla wieherte abermals, das kleine Pferd antwortete mit einem Gewieher, und so fuhren sie eine Weile fort, dieses Spiel zu spielen. Das erinnerte sie wiederum an die Laut-Spiele, die sie mit ihrem Sohn gespielt hatte, nur daß Durc jeden Laut hatte hervorbringen können, den auch sie machen konnte. Creb hatte ihr gesagt, sie habe, als sie sie gefunden hätten, viele Laute ausgestoßen. Auch war sie sich bewußt, daß sie viele Laute machen konnte, die kein anderer fertigbrachte. Welche Freude es für sie gewesen war, als sie entdeckt hatte, daß ihr Sohn die gleichen Laute ausstoßen konnte wie sie!

Ayla wandte sich wieder dem Pflücken von Einkornweizen zu. Auch Zweikorn wuchs im Tal, und außerdem Roggengras, ähnlich der Art, wie es in der Nähe der Clanshöhle gedieh. Sie überlegte, welchen Namen sie dem Pferd geben könne. Sie hatte noch nie jemand einen Namen gegeben. Sie mußte lächeln. Wie sonderbar sie es wohl finden würden, wenn sie jetzt ausgerechnet einem Pferd einen Namen gab. Aber wohl nicht sonderbarer als den Umstand, daß sie überhaupt mit einem Pferd zusammenlebte. Ayla beobachtete, wie das junge Tier spielerisch davontrabte und in die Luft sprang. Wie froh ich bin, daß das Füllen bei mir lebt, dachte Ayla und hatte einen Kloß im Hals. Jetzt, wo du hier bist, fühle ich mich längst nicht mehr so allein. Ich wüßte nicht, was ich machen würde, wenn ich dich verlöre. Ich will dir einen Namen geben.

Die Sonne war bereits im Abstieg begriffen, als Ayla innehielt und zum Himmel aufsah. Ein großer Himmel war das, riesig und leer. Keine Wolke ließ seine Tiefe erahnen oder das Auge vor der Unendlichkeit innehalten. Einzig das ferne weiße Glühen im Westen, dessen waberndes Ausmaß sich gleichsam nach dem Hinschauen enthüllte, setzte dem intensiven Blau des Firmaments eine gewisse Grenze. Ayla maß an dem Raum zwischen den Strahlen und der Spitze der Klippe, wieviel Tageslicht ihr noch blieb, und beschloß aufzuhören. Das Pferd, das merkte, daß sie nicht mehr ganz bei ihrer Aufgabe war, wieherte und kam auf sie zugelaufen. »Müssen wir zurück in die Höhle? Dann laß uns vorher aber einen Schluck Wasser trinken.« Sie legte dem jungen Pferd den Arm um den Hals und lenkte es zum Fluß hinunter.

Das Laub in der Nähe des fließenden Wassers am Fuß der steil aufsteigenden Südwand stellte ein ganz langsam sich drehendes Kaleidoskop von Farben dar, welches den Rhythmus der Jahreszeiten spiegelte: jetzt, da das Dunkelgrün von Tannen und Fichten mit Sprenkeln von lebhaftem Gold, blasserem Gelb, trockenen Brauntönen und loderndem Rot vermischt war. Das geschützte Tal stellte einen leuchtenden Farbklecks inmitten der gedämpften Beigetöne der Steppe dar, und die Sonne schien innerhalb seiner windgeschützten Wände wärmer als anderswo. Trotz all der Herbstfarben hatte Ayla das Gefühl gehabt, einen Sommertag zu erleben.

»Ich sollte wohl mehr Gras zusammenbringen. Du fängst ja schon an, deine

Lagerstatt zu fressen, wenn ich sie dir frisch mache.« Neben dem Pferd dahingehend, fuhr Ayla mit ihrem Monolog fort, hörte dann jedoch unbewußt mit ihren Handbewegungen auf; nur ihre Gedanken folgten dem Faden. Iza hatte im Herbst stets Gras für ihre Lagerstätten im Winter eingesammelt. Wie gut es beim Auswechseln immer geduftet hatte! Besonders dann, wenn der Schnee hoch lag und draußen der Wind heulte. Herrlich, dem Wind zu lauschen und das sommerfrische Heu zu riechen und dabei einzuschlafen!

Als das Füllen erkannte, wohin es gehen sollte, trabte es ein wenig voraus, und Ayla lächelte nachsichtig. »Du mußt genauso durstig sein wie ich, kleine Winniiie«, sagte sie und zog den Laut gleichsam als Antwort auf den Ruf des jungen Tieres in die Länge. Klingt nicht schlecht als Name für ein Pferd; allerdings, so eine Namensgebung sollte gebührlich vonstatten gehen.

»Winniiie, Winniiie!« rief sie. Das Pferd lupfte den Kopf, sah zu der Frau hinüber und trabte dann auf sie zu.

Ayla rieb ihm den Kopf und kraulte es. Das Füllen warf das juckende Babyfell ab, während das längere Winterfell nachwuchs; es liebte es daher, gekratzt und gekrault zu werden. »Ich glaube, der Name gefällt dir. Und er paßt zu dir, kleines Pferdebaby. Ich meine, wir sollten eine Namensgebungs-Zeremonie für dich abhalten. Zwar kann ich dich nicht hochheben und auf den Arm nehmen; auch ist Creb nicht da, das Zeichen über dir zu machen, deshalb muß *ich* wohl der Mog-ur sein und es tun.« Sie lächelte. »Stell dir vor, eine Frau als Mog-ur!«

Ayla wollte zum Fluß zurück, schlug dann jedoch einen Bogen stromaufwärts, als ihr klar wurde, daß sie in der Nähe jener Stelle war, wo sie die Fallgrube gegraben hatte. Zwar hatte sie das Loch wieder zugeschaufelt, doch das Füllen trieb sich immer wieder dort herum, schnüffelte und schnaubte und kratzte den Boden mit den Hufen auf; irgendein Geruch oder eine Erinnerung mußte ihm zusetzen. Die Herde war seit dem Tag, da sie das ganze Tal hinunter vor dem Feuer und Lärm geflohen war, den sie gemacht hatte, nicht wieder zurückgekehrt.

Sie führte das Füllen in der Nähe der Höhle zur Tränke. Der schlammige Fluß, durch herbstliches Oberflächenwasser angeschwollen, war von seinem Höchststand bereits wieder gesunken und hatte am Ufer einen rotbraunen dünnflüssigen Schlammbrei zurückgelassen. Es gluckste unter Aylas Füßen und hinterließ eine bräunlich-rote Schmiere. Das erinnerte sie an den roten Ockerbrei, den der Mog-ur zu Zeremonialzwecken wie der Namensgebung benutzte. Sie fuhr mit einem Finger im Schlamm herum und machte dann ein Zeichen auf ihrem Bein, lächelte und nahm eine Handvoll Schlamm hoch.

Eigentlich habe ich nach rotem Ocker Ausschau halten wollen, aber vielleicht geht dies genausogut. Die Augen schließend, versuchte Ayla sich daran zu erinnern, was Creb gemacht hatte, als er ihrem Sohn seinen Namen gegeben hatte. Sie sah sein verrunzeltes altes Gesicht vor sich, die Hautfalte, die die Stelle bedeckte, wo eigentlich ein Auge hätte sein müssen, seine große Nase, die stark vorgewölbten Brauen und die niedrige fliehende Stirn. Sein Bart war zottig und schütter geworden, und der Haaransatz hatte sich nach hinten verschoben, aber sie erinnerte sich an ihn, wie er an diesem Tag ausgesehen hatte. Nicht jung, sondern auf dem Höhepunkt seiner Macht. Sie hatte das schöne, verrunzelte alte Gesicht geliebt.

Plötzlich brachen alle alten Gefühle wieder in ihr auf. Ihre Befürchtung, ihren Sohn zu verlieren, und dann die unbeschreibliche Freude beim Anblick der Schale mit rotem Ocker darin. Sie schluckte ein paarmal, doch der Kloß, den sie im Hals hatte, wollte nicht hinuntergehen; sie wischte eine Träne fort und ahnte nicht, daß sie statt dessen einen braunen Fleck hinterließ. Das kleine Pferd lehnte sich an sie und suchte mit der weichen Schnauze nach Liebe, gleichsam als hätte es gespürt, wonach Ayla sich sehnte. Die Menschenfrau kniete nieder, schlang die Arme um das Tier und lehnte die Stirn an den kräftigen Hals des kleinen Fohlens.

Dies soll doch eine Namensgebungs-Zeremonie sein, dachte sie und faßte sich wieder. Der Schlamm war ihr zwischen den Fingern zerronnen. Sie schöpfte noch eine Handvoll und reckte dann die andere Hand himmelwärts, so wie Creb es mit seinen verkürzten einhändigen Gebärden getan hatte, um die Geister herbeizurufen. Dann zögerte sie; sie war sich nicht sicher, ob sie bei der Namensgebung eines Pferdes die Geister der Clansangehörigen anrufen sollte oder nicht – vielleicht waren sie alles andere als damit einverstanden. Sie tauchte die Finger in den Schlamm und zog von der Stirn bis zur Nasenspitze einen Strich über das Gesicht des Fohlens, genauso, wie Creb es mit dem roten Ockerbrei bei Durc gemacht hatte.

»Winnie«, sagte sie laut und nahm damit Abschied von der förmlichen Gebärdensprache. »Der Name dieses Mädchens . . . dieses weiblichen Pferdes lautet Winnie.«

Das kleine Pferd schüttelte den Kopf und versuchte, den nassen Schlamm auf seinem Gesicht abzuschütteln, worüber Ayla lachen mußte. »Das trocknet bald und fällt dann von selbst ab, Winnie.«

Sie wusch sich die Hände, rückte den Korb mit dem Korn auf dem Rücken zurecht und marschierte langsam auf die Höhle zu. Die Namensgebungs-Zeremonie hatte sie zu sehr an ihr Alleinsein erinnert. Winnie war ein warmes, lebendiges Wesen und ließ sie die Einsamkeit leichter ertragen, doch als Ayla das steinübersäte Ufer erreichte, liefen ihr ungewollt und unbemerkt die Tränen über die Wangen.

Sie redete dem jungen Pferd gut zu, den steilen Pfad zur Höhle hinaufzugehen, und das riß sie ein wenig aus ihrem Kummer heraus. »Komm, Winnie, das schaffst du schon. Ich weiß, daß du kein Steinbock und auch keine Steppenantilope bist, aber du brauchst dich nur dran zu gewöhnen.«

Sie erreichten die höchste Stelle der Wand, die das Sims bildete, das sich vor ihrer Höhle erstreckte, und traten ein. Ayla entfachte das halb mit Erde bedeckte Feuer wieder zu neuem Leben und fing an, ein paar Körner zu kochen. Das Füllen fraß jetzt Gras und Getreide und war nicht mehr auf besonders hergerichtetes Fressen angewiesen; dennoch kochte Ayla ihm ab und zu einen Brei, weil Winnie ihn mochte.

Sie trug zwei Kaninchen, die sie früh am Tag erlegt hatte, nach draußen, um sie abzubalgen, solange es noch hell war, brachte sie dann wieder hinein, um sie zu kochen und rollte die Felle zusammen, bis sie Zeit fand, sie zu bearbeiten. Sie hatte bereits einen ganzen Vorrat von Tierfellen angelegt: Kaninchen und Hasen, Hamster – was immer ihr vor die Schleuder kam. Zwar war sie sich noch nicht darüber im klaren, wofür sie sie verwenden wollte, doch sorgte sie dafür, daß sie alle haltbar blieben und nicht vermoderten. Vielleicht fiel ihr im Winter etwas ein, wofür sie sie gebrauchen konnte. Falls es zu kalt wurde, brauchte sie sie nur um sich herum aufzuschichten.

Der Gedanke an den Winter beschäftigte sie, als die Tage kürzer wurden und die Temperaturen fielen. Sie hatte keine Ahnung, wie streng oder lang er sein würde, und das beunruhigte sie. Ein plötzlicher Anfall von Angst trieb sie dazu, ihre Vorräte zu sichten, obwohl sie genau wußte, wieviel sie hatte. Sie sah Körbe und Rindenbehältnisse voll Trockenfleisch, Früchten und Gemüsen, Samen, Nüssen und Körnern durch. In der dunklen Ecke, die am weitesten vom Höhleneingang entfernt war, untersuchte sie Bündel ganzer, gesunder Wurzeln und Früchte, um sicherzugehen, daß sie keine faulen Stellen aufwiesen.

An der Rückwand hatte sie Holz, getrockneten Pferdedung und Bündel getrockneten Grases gestapelt. In der gegenüberliegenden Ecke hatte sie noch Körbe mit Getreide für Winnie nebeneinandergestellt.

Ayla ging zurück zum Feuer, um nachzusehen, wie es mit den Körnern stand, die in dem eng geflochtenen Korb kochten, und das Kaninchengericht umzurühren; dann ging sie an ihrer Lagerstatt und ihren persönlichen Habseligkeiten an der Wand daneben vorüber, um Kräuter, Wurzeln und Rinden zu untersuchen, die von einem Gestell herunterhingen. Die Pfosten dafür hatte sie in die festgestampfte Erde des Höhlenbodens nicht allzu weit von der Feuerstelle entfernt eingegraben, damit die Gewürze, Tees und Heilkräuter beim Trocknen von der Hitze profitierten, gleichwohl jedoch nicht allzu nahe beim Feuer lagerten.

Sie hatte keinen Clan, um den sie sich kümmern mußte, und brauchte gewiß nicht alle Heilkräuter, doch hatte sie Izas Heilkräutersammlung immer gut bestückt gehalten, nachdem die alte Frau zu alt geworden war. Sie war es also gewohnt, diese nicht stehenzulassen, wenn sie Eßbares suchte. Auf der anderen Seite der Kräuterdarre lagerte ein Vorrat aller möglichen Materialien: Holzklötze, Stecken und Zweige, Gräser und Rinden, Felle, Knochen, etliche Felsbrocken und Steine und sogar ein Korb Sand vom Flußufer unten.

Sie dachte nicht gern an den langen, einsamen Winter vor ihr, da sie zum Nichtstun verurteilt sein würde. Aber immerhin war sie sich darüber im klaren, daß es keine Feiern mit Fasten und Geschichtenerzählen geben würde, keine Babys, die erwartet wurden, weder Getuschel noch Geplauder oder ernste Unterhaltungen, weder Gespräche über Fragen der Heilkunst mit Iza oder Uba, noch Zuhören, wenn die Männer sich über Vorgehensweisen bei der Jagd unterhielten. Sie hatte sich deshalb vorgenommen, ihre Zeit mit dem Herstellen von Dingen hinzubringen – je schwieriger und zeitraubender, desto besser –, um sich so gut wie möglich beschäftigt zu halten.

Sie besah sich die Holzstücke, die sie für diesen Zweck beiseite gelegt hatte. Da lagen größere und kleinere, um Näpfe und Schalen unterschiedlicher Größe herstellen zu können. Das Ausmessen des Fassungsvermögens sowie das Aushöhlen mit dem Messer und der als Meißel verwendeten Handaxt, dann das Glätten mit Hilfe von Sand und einem runden Stein – all das konnte Tage dauern. Sie nahm sich vor, mehrere Gefäße dieser Art herzustellen. Ein paar von den kleineren Fellen sollte zu Handlingen, Beinlingen und Futter für die Fußlinge verarbeitet werden; andere galt es zu enthaaren und so gut zu walken, daß sie anschmiegsam und weich wurden wie Babyhaut, außerdem aber auch noch saugfähig.

Ihr Vorrat von Palmlilienblättern, Schilfblättern und -stengeln, Binsen, Weidenruten und Baumwurzeln sollte zu Körben der unterschiedlichsten Art verarbeitet werden, locker geflochten oder fest, in verstrickten Mustern, zum Kochen, Essen, für die Vorratshaltung, zu Worfelschütten, Tabletts, Sitzmatten und Unterlagen zum Darreichen und Trocknen von Eßbarem. Sie hatte vor, aus Pflanzenfasern, Rinde und Sehnen sowie den langen Schwanzhaaren des Pferdes Bindematerial herzustellen, vom dünnen Bindfaden bis zum dicken Seil; außerdem Lampen aus Steinen mit kleinen Mulden darin, die mit Fett und einem Docht aus getrocknetem Moos gefüllt wurden und die rauchlos brannten; eigens für diesen Zweck hatte sie das Fett von Raubtieren aufgehoben. Nicht, daß sie es notfalls nicht gegessen hätte; das Fett von Pflanzenfressern schmeckte ihr einfach besser.

Es galt, flache Hüftknochen und Schulterblätter zu Tellern und Platten zurechtzuschnitzen und aus anderen Kellen und Rührlöffel herzustellen. Feine Fasern verschiedener Pflanzen dienten zusammen mit Federn und Haaren als

Zunder oder Polstermaterial. Außerdem hatte sie eine Auswahl von Feuersteinen und Werkzeug bereitgelegt, um die Steine damit zu bearbeiten. Sie hatte so manchen Wintertag damit verbracht, ähnliche Dinge herzustellen, die fürs Leben wichtig waren. Doch außerdem hatte sie einen Vorrat von Gegenständen, die zu fertigen sie nicht gewohnt war, bei deren Herstellung sie den Männern jedoch zugeschaut hatte: Jagdwaffen.

Es ging ihr darum, Speere zu machen, Keulen, die gut in der Hand lagen, neue Schleudern. Und sie hatte sogar daran gedacht, sich an einer Bola zu versuchen, obwohl sie, um damit umzugehen, genauso lange würde üben müssen wie mit ihrer Schleuder. Brun war ein ausgezeichneter Bola-Werfer gewesen: schon das Herstellen dieser Waffe erforderte besonderes Geschick. Drei Steine mußten zu gleich großen Kugeln gerundet und dann in genau dem richtigen Abstand an einer Schnur befestigt werden, so daß ein Gleichgewicht erreicht wurde.

Ob er wohl Durc in dieser Kunst unterrichtete? fragte Ayla sich.

Das Tageslicht schwand, und ihr Feuer war am Erlöschen. Die Körner waren aufgequollen und hatten alles Wasser in sich aufgesogen. Eine Schale voll behielt sie für sich selbst; dann goß sie Wasser hinzu und bereitete den Rest für Winnie. Sie füllte diesen Schleim in einen wasserdichten Korb und trug ihn an den Schlafplatz des Pferdes an der Rückwand der Höhle gegenüber dem Eingang.

Die ersten Tage unten am Strand hatte Ayla bei dem kleinen Pferd geschlafen, war dann jedoch zu dem Schluß gekommen, daß das Füllen oben in der Höhle einen eigenen Platz bekommen sollte. Sie verwendete getrockneten Pferdedung zwar als Brennmaterial, fand es jedoch weniger schön, ständig frischen Dung auf ihren Schlaffellen zu finden; das Pferd schien darüber auch nicht sonderlich glücklich. Außerdem kam bestimmt einmal der Zeitpunkt, da das Pferd viel zu groß sein würde, um neben ihm zu schlafen; zudem war ihre Lagerstätte auch nicht groß genug für sie beide. Dennoch legte sie sich oft an dem neuen Schlafplatz des kleinen Pferdes nieder und kuschelte mit ihm.

»Das muß dir reichen«, bedeutete Ayla dem Pferd. Es war ihr nach und nach zur Gewohnheit geworden, mit dem Füllen zu reden, und dieses fing auch an, auf bestimmte Signale zu reagieren. »Hoffentlich habe ich genug für dich gesammelt. Wenn ich nur wüßte, wie die Winter hier sind.« Sie war recht gereizt und ein wenig bedrückt. Wäre es nicht schon dunkel gewesen, hätte sie draußen noch einen Spaziergang gemacht. Oder, noch besser, einen langen Dauerlauf.

Als das Pferd anfing, an seinem Korb zu knabbern, brachte Ayla ihm einen Armvoll frisches Heu. »Hier, Winnie, kau auf diesem hier herum. Du sollst

doch nicht deinen Futterkorb fressen!« Ayla war danach, ihrem jungen Gefährten etwas Gutes zukommen zu lassen, ihn zu streicheln und zu kraulen. Als sie damit aufhörte, schnüffelte das Fohlen an ihrer Hand und präsentierte ihr eine Flanke, die noch gekratzt und gekrault werden sollte.
»Dann muß es dich wohl schrecklich jucken.« Ayla lächelte und fing wieder an zu kratzen. »Warte, da fällt mir etwas ein.« Sie kehrte an die Stelle zurück, wo sie ihre verschiedenen Materialien liegen hatte, und suchte eine Kardendistel heraus. Nach dem Trocknen entstand bei dieser Pflanze eine längliche, eiförmige Bürste mit längeren Borsten daran. Jetzt brach sie einen solchen Fruchtstand ab und bearbeitete damit behutsam die Stelle an Winnies Flanke. Eine Stelle führte zur anderen, und so hörte sie erst auf, nachdem sie zum offensichtlichen Vergnügen des jungen Tieres Winnies gesamtes zottiges Fell gebürstet hatte.
Danach schlang sie Winnie die Arme um den Hals und legte sich neben dem warmen jungen Tier auf das frische Heu.

Erschrocken fuhr Ayla auf. Die Augen angstvoll und voll böser Vorahnung aufgerissen, blieb sie ganz still sitzen. Irgend etwas stimmte nicht. Sie verspürte einen kalten Hauch und hielt den Atem an. Was war das für ein schnüffelndes Geräusch? Sie war sich allerdings nicht sicher, ob sie es im Atemgeräusch und dem Herzschlag des Füllens wirklich gehört hatte. Kam es aus dem Hintergrund der Höhle? Es war so stockfinster, daß sie nichts sehen konnte.
So dunkel . . . Das war es! Die Glut des halb mit Erde bedeckten Feuers verströmte keinen warmen roten Schimmer. Außerdem stimmte ihre Orientierung in der Höhle nicht. Die Wand lag auf der falschen Seite, und der Luftzug . . . Da war es wieder! Dieses Schnaufen und Husten! Was mache ich hier an Winnies Lagerstätte? Ich muß eingeschlafen sein und vergessen haben, das Feuer mit Erde zu bedecken. Jetzt ist es ausgegangen. Und seit ich hier in dieses Tal gekommen bin, bin ich noch nie ohne Feuer gewesen.
Ayla erschauderte und spürte plötzlich, wie sich ihr die Nackenhaare sträubten. Sie hatte kein Wort, keine Geste, keine Vorstellung von dem Vorgefühl, das sie überlief – trotzdem empfand sie es sehr deutlich. Ihre Nackenmuskeln spannten sich. Irgend etwas würde gleich geschehen. Etwas, das mit Feuer zu tun hatte. Das wußte sie so gewiß wie sie atmete.
Diese Gefühle befielen sie bisweilen seit jener Nacht, da sie Creb und den Mog-ur in den kleinen Raum tief in der Clanshöhle gefolgt war, in dem die Versammlung stattfand. Creb hatte sie entdeckt; nicht, weil er sie gesehen hätte, sondern weil sein Gefühl ihm gesagt hatte, daß sie da war. Auf sehr eigentümliche Weise hatte auch sie gespürt, daß er in ihrem Hirn gegenwärtig

war. Dann hatte sie Dinge geschaut, die sie sich nicht erklären konnte. Und hinterher hatte sie dann manchmal Dinge einfach gewußt. Hatte gewußt, wann Broud sie anstarrte, obwohl sie ihm den Rücken zukehrte. Hatte den bösartigen Haß gespürt, den er im Herzen für sie hegte. Und hatte noch vor dem Erdbeben gewußt, daß Tod und Zerstörung in der Clanshöhle wüten würden.

Doch so stark wie dieses hatte sie nie zuvor etwas gespürt. Was sie erfüllte, war ein tiefes Gefühl der Beklommenheit, ja, der Furcht – nicht, wie ihr klar wurde, eines Feuers wegen und auch nicht um sich selbst, sondern um jemand, den sie liebte.

Lautlos stand sie auf und tastete sich zum Herdfeuer hinüber in der Hoffnung, dort doch noch ein kleines Stück Glut zu finden, aus dem sich das Feuer neu entfachen ließ. Aber es war erloschen. Plötzlich hatte sie das dringende Bedürfnis, sich zu erleichtern, fand die Wand und tastete sich an ihr bis zum Eingang vor. Ein kalter Windstoß trieb ihr Haar nach hinten, fuhr raschelnd in die kalte Asche und wirbelte sie in die Höhe. Es fröstelte sie.

Als sie hinaustrat, fuhr ein starker Wind sie an. Sich dagegenstemmend und an der Felswand festhaltend, arbeitete sie sich bis ans Ende des Simses vor, wo sie ihre Abfälle hinwarf.

Keine Sterne schmückten den Himmel, doch die dünne Wolkendecke bewirkte, daß das Mondlicht zu einem gleichmäßigen Schimmer verteilt wurde, der das Dunkel draußen weniger undurchdringlich machte als das in der Höhle. Doch waren es ihre Ohren und nicht ihre Augen, die sie warnten. Sie hörte das leise Fauchen und den Atem, ehe ihre Augen die verstohlene Bewegung registrierten.

Sie griff nach ihrer Schleuder, doch hing die nicht an ihrem Leibriemen. Sie hatte sie drinnen gelassen. In der Höhle und um sie herum war sie nachlässig geworden und hatte sich darauf verlassen, daß das Feuer Eindringlinge abhalten würde. Doch das Feuer war ausgegangen, und ein junges Pferd war für die meisten Raubtiere eine verlockende Beute.

Plötzlich hörte sie vom Höhlenmund her ein keckerndes Knurren, dem ein angstvolles Gewieher folgte. Das kleine Pferd fand sich in der Steinkammer eingeschlossen, und der einzige Ausgang war ihm durch Hyänen versperrt.

Hyänen! dachte Ayla. Ihr keckerndes Knurren, das wie ein Lachen klang, ihr zottiges geflecktes Fell und die Art, wie sich ihr Rücken von den gut entwikkelten Vorderbeinen und Schultern zu den kleinen Hinterbeinen hinabwölbte, so daß man immer den Eindruck hatte, sie duckten sich kriecherisch – all das irritierte sie. Auch konnte sie niemals Ogas Schrei vergessen, als diese hilflos zugesehen hatte, wie ihr Sohn davongeschleppt worden war. Diesmal hatten sie es auf Winnie abgesehen.

Zwar trug sie ihre Schleuder nicht bei sich, doch das konnte sie nicht abhalten. Es war nicht das erstemal, daß sie ungeachtet ihrer eigenen Sicherheit eingriff, wo jemand anders bedroht war. Die Faust drohend erhoben und laut schreiend lief sie auf die Höhle zu.
»Raus da! Fort mit euch!« Das waren Sprachlaute, selbst in der Sprache des Clans.
Die Tiere trollten sich. Teils war es ihre Zuversicht, die bewirkte, daß sie sich zurückzogen; und wenn auch das Feuer erloschen war, der Rauchgeruch hielt sich noch in der Luft. Trotzdem: Es gab noch einen anderen Grund. Aylas Geruch war den Tieren zwar nicht allgemein bekannt, aber er wurde ihnen vertrauter, und als sie ihn das letztemal gewittert hatten, waren hart geschleuderte Steine angeflogen gekommen.
Ayla suchte in der stockfinsteren Höhle tastend nach ihrer Schleuder und war wütend auf sich, da sie sich nicht erinnerte, wo sie sie hingelegt hatte. Das durfte ihr nicht noch einmal passieren, sagte sie sich. Ich werde eine Stelle suchen, wo sie hingehört, und dorthin kommt sie dann jedesmal, wenn ich sie nicht bei mir tragen will.
Stattdessen häufte sie ihre Kochsteine vor sich auf – wo die lagen, wußte sie. Als eine vorwitzige Hyäne sich nahe genug heranwagte, daß ihre Umrisse sich vor der Höhlenöffnung abhoben, mußte sie die Erfahrung machen, daß Ayla ihr Ziel auch ohne Schleuder nicht verfehlte und daß solche Steinwürfe wehtaten. Noch ein paar solcher Versuche, und die Hyänen kamen zu dem Schluß, daß das junge Pferd doch keine so leichte Beute war.
Ayla tastete im Dunkeln nach noch mehr Steinen und stieß dabei auf einen der Stecken, in die sie Kerben geschnitten hatte, um das Verstreichen der Zeit festzuhalten. Den Rest der Nacht verbrachte sie an Winnies Seite, bereit, das Füllen notfalls auch mit einem Stecken zu verteidigen.
Den Schlaf abzuwehren, erwies sich da als schwieriger. Kurz vor der Dämmerung döste sie eine Weile, doch als das erste Morgenlicht heraufkroch, stand sie mit der Schleuder in der Hand auf dem Sims. Hyänen waren nirgends zu entdecken. Da ging sie zurück, um ihren Fellüberwurf und ihre Fußlinge zu holen. Die Temperatur war empfindlich gefallen, der Wind über Nacht umgeschlagen. Da er jetzt aus nordöstlicher Richtung kam, wehte er durch die volle Länge des Tals und fuhr dann – von der vorspringenden Felswand und der Flußbiegung aufgehalten – stoßweise in ihre Höhle hinein.
Sie lief mit ihrem Wasserbeutel den steilen Pfad hinunter und zertrümmerte eine dünne durchsichtige Eisschicht, die sich am Rand des Flusses gebildet hatte. Die Luft roch nach Schnee. Als sie die Eisschicht durchbrach und eisiges Wasser schöpfte, konnte sie es nicht fassen, daß es jetzt so kalt war, wo es doch tags zuvor so warm gewesen war. Das Wetter hatte sich rasch geändert.

Sie war in ihrer Routine zu bequem geworden. Es bedurfte nur eines Wetterumschlags, um sie daran zu erinnern, daß sie es sich nicht leisten konnte, nichts zu tun.

Iza hätte sich darüber aufgeregt, daß ich mich schlafen legen konnte, ohne zuvor das Feuer abzudecken. Jetzt werde ich ein neues machen müssen. Auch hatte ich es nicht für möglich gehalten, daß der Wind in die Höhle hineinwehen würde; schließlich ist er bisher immer aus dem Norden gekommen. Vielleicht hat das dazu beigetragen, daß das Feuer erloschen ist. Ich hätte es abdecken sollen. Treibholz strahlt eine so große Hitze aus, wenn es trocken ist. Vielleicht sollte ich frisches Holz schlagen. Damit läßt sich zwar nicht so leicht Feuer machen, aber dafür brennt es langsamer. Auch sollte ich Pfosten für einen Windschutz schlagen und mehr Holz heraufschaffen. Fängt es erstmal an zu schneien, wird das Holzholen schwieriger. Ich hole jetzt mein Handbeil und fälle ein paar Bäume, ehe ich ein Feuer mache. Ich möchte ja nicht, daß der Wind es mir ausbläst, ehe ich einen Windschutz gebaut habe.

Auf dem Weg zurück zur Höhle nahm sie ein paar Stücke Treibholz mit. Winnie stand auf dem Sims, begrüßte sie mit seinem Gewieher, stupste sie mit der Nase und erhoffte sich Zeichen von Zuneigung. Ayla lächelte zwar, schlüpfte aber eilends in die Höhle hinein. Winnie folgte ihr und versuchte, seine Nase unter Aylas Hand zu schieben.

Na schön, Winnie, dachte Ayla, nachdem sie Holz und Wasser niedergesetzt hatte. Sie streichelte und kraulte das Fohlen eine Weile und schüttete ihm dann ein paar Körner in seinen Korb. Sie selbst aß etwas kaltes, übriggebliebenes Kaninchen und wünschte, sie hätte etwas heißen Tee, begnügte sich dann jedoch mit kaltem Wasser. Es war kalt in der Höhle. Ayla blies sich in die Hände und steckte sie sich unter die Achseln, um sie zu wärmen. Dann holte sie ihren Korb mit dem Werkzeug herbei, den sie in der Nähe ihrer Lagerstatt stehen hatte.

Kurz nach ihrer Ankunft im Tal hatte sie sich einige neue Werkzeuge gemacht und vorgehabt, noch mehr zu machen, doch dann war ihr immer etwas anderes wichtiger erschienen. Sie wählte ihr Handbeil – dasjenige, das sie mitgebracht hatte – und trug es nach draußen, um es sich im helleren Licht genauer anzusehen. Richtig gehandhabt konnte ein Handbeil sich selbst schärfen. Für gewöhnlich sprangen beim Gebrauch immer kleine Splitter ab, so daß die Schneide scharf blieb. Bei falscher Handhabung konnte aber auch ein größerer Splitter abgehen und manchmal sogar der ganze Stein in kleine Teile zerspringen.

Ayla bemerkte nicht das Klappern von Winnies Hufen, als diese sich ihr von hinten näherte; an diesen Laut war sie zu sehr gewöhnt. Das junge Tier versuchte, Ayla seine Nase unter die Hand zu schieben.

»Oh, Winnie!« rief sie, als das spröde Feuersteinbeil auf den harten Felssims fiel und in mehrere Stücke auseinanderbrach. »Das war mein einziges Handbeil und ich muß doch Holz schlagen!« Ich weiß nicht, was los ist, dachte sie. Gerade wo es kalt wird, geht mir das Feuer aus. Hyänen kommen, als ob sie kein Feuer vorzufinden erwarteten, und machen den Eindruck, als ob sie jeden Augenblick auf einen losgehen wollten. Und jetzt zerspringt mir auch noch das einzige Beil. Sie machte sich Sorgen; eine Pechsträhne verhieß nichts Gutes. Jetzt muß ich als allererstes ein neues Handbeil machen.

Sie hob die einzelnen Stücke, in die ihr altes Beil zersprungen war, auf und legte sie neben dem erloschenen Feuer nieder; vielleicht ließ sich etwas anderes aus ihnen machen. Aus einer Nische hinter ihrer Schlafstätte holte sie ein in das Fell eines riesigen Hamsters gewickeltes und verschnürtes Bündel hervor und trug es hinunter zum Steinstrand.

Winnie folgte ihr, doch als sie Ayla stupste und sich an ihr reiben wollte, schob diese sie eher unsanft fort, als daß sie sie gestreichelt hätte. Daraufhin überließ das Füllen Ayla ihren Steinen und streifte allein durch das Tal.

Ayla wickelte das Bündel behutsam, ja geradezu ehrfürchtig aus: diese Haltung hatte sie von Droog, dem Werkzeugmacher des Clans, übernommen. Das Bündel enthielt eine ganze Reihe von Dingen. Als erstes nahm sie einen eiförmigen Stein zur Hand. Als sie den Feuerstein zum ersten Mal bearbeitet hatte, war sie auf die Suche nach einem Hammerstiel gegangen, der ihr gut in der Hand lag und außerdem auch noch die nötige Härte besaß, nicht seinerseits zu zersplittern, wenn man damit gegen Feuerstein schlug. Werkzeuge zur Steinbearbeitung waren alle außerordentlich wichtig, keines jedoch von einer solchen Bedeutung wie ein Hammerstein. Dieser war das erste Werkzeug, mit dem man den Feuerstein bearbeitete.

Der ihre wies im Gegensatz zu Droogs durch Gebrauch arg mitgenommenem Schlagwerkzeug nur wenige winzige Dellen auf. Trotzdem hätte nichts ihn dazu bewegen können, ihn aufzugeben. Jeder war imstande, aus Feuerstein ein rohes Werkzeug zu machen, die wirklich guten jedoch stammten aus der Hand von Werkzeugmachern, die ihre Hilfswerkzeuge hoch in Ehren hielten und wußten, wie man den Geist eines Hammersteins glücklich hielt. Wiewohl sie das früher nie getan hatte, machte Ayla sich diesmal ausgesprochen Sorgen um den Geist ihres Hammersteins. Der besaß jetzt, wo sie ihr eigener Werkzeugmacher sein mußte, eine viel größere Bedeutung für sie als früher. Sie war sich darüber im klaren, daß es bestimmter Rituale bedurfte, um Unglück abzuwehren, wenn ein Hammerstein einmal zersprang, um dann den Geist dieses Steins zu beschwichtigen und ihn zu bewegen, Wohnung in einem neuen Stein zu nehmen; die Rituale selbst aber kannte sie nicht.

Sie legte den Hammerstein beiseite und untersuchte den kräftigen Hinterbeinknochen eines Weidetiers nach Splitterspuren vom letztenmal, da sie ihn benutzt hatte. Nach dem Knochenhammer begutachtete sie einen Feinmeißel, den Eckzahn einer großen Raubkatze, den sie aus einem Unterkieferknochen aus dem Knochenhaufen unten an der Felswand herausgebrochen hatte. Danach inspizierte sie auch noch die anderen Steine und Knochen.

Die Bearbeitung von Feuerstein hatte sie dadurch erlernt, daß sie Droog zugesehen und hinterher geübt hatte. Er hatte nichts dagegen gehabt, ihr zu zeigen, wie man Feuerstein bearbeitete. Sie hatte aufmerksam zugeschaut und gewußt, daß er ihre Bemühungen beifällig betrachtete; nur, richtig gelernt hatte sie bei ihm nicht. Eine Frau als Lehrling auch nur in Betracht zu ziehen, lohnte sich nicht; denn die Zahl der Werkzeuge, die Frauen machen durften, war beschränkt. Jagdgeräte und Werkzeuge zur Herstellung anderer Geräte zu fertigen, kam für sie nicht in Frage. Ayla war jedoch bald dahintergekommen, daß die Geräte, die Frauen benutzten, sich gar nicht so sehr von den typischen Männerwerkzeugen unterschieden. Ein Messer war schließlich ein Messer, und eine geriffelte Feile ließ sich ebensogut beim Zuspitzen eines Grabstockes wie eines Speers benutzen.

Sie sah Arbeitsgerät und Material noch einmal durch, entschied sich für einen kleinen Feuersteinknoten, legte ihn aber gleich wieder hin. Wenn sie ernstlich Feuerstein bearbeiten wollte, brauchte sie einen Amboß, etwas, worauf der Stein ruhte, während sie ihn bearbeitete. Droog hatte keinen Amboß gebraucht, um ein Handbeil zu schlagen; den brauchte er nur für kompliziertere Gerätschaften. Ayla hingegen fand, daß sie besser arbeiten konnte, wenn sie den schweren Feuerstein auf eine feste Unterlage setzen konnte; die rohen Umrisse eines Geräts konnte freilich auch sie ohne Amboß zurichten. Was sie jetzt brauchte, war eine feste glatte Oberfläche, die wiederum nicht zu hart war, damit der Feuerstein unter kräftigeren Schlägen nicht in viele Stücke zerbarst. Droog hatte den Fußknochen eines Mammuts benutzt, und so beschloß sie jetzt, hinzugehen und nachzusehen, ob sich in dem Knochenhaufen nicht einer fände.

Sie kletterte um das aufgehäufte Durcheinander von Knochen, Holz und Steinen herum. Da Stoßzähne vorhanden waren, stand zu erwarten, daß sich auch Fußknochen fanden. Sie entdeckte einen langen Ast und benutzte ihn als Hebel, um die schweren Stücke zu bewegen. Freilich zerbrach er, als sie versuchte, einen Felsbrocken damit zu lockern. Dann fand sie den kleinen elfenbeinfarbenen Stoßzahn eines jungen Mammuts, der sich als wesentlich widerstandsfähiger erwies. Schließlich entdeckte sie ganz am Rand des Haufens, hinten an der Wand, wonach sie suchte und schaffte es, ihn unter der Masse der anderen Dinge herauszuziehen.

Als sie den Beinknochen fortschleppte zu ihrem Arbeitsbereich, fielen ihre

Blicke auf einen graugelben Stein, der im Sonnenlicht schimmerte und an den glatten Flächen aufblinkte. Erst als sie stehenblieb und das Stück Eisenpyrit aufhob, fiel ihr ein, warum es ihr so vertraut vorgekommen war.
Mein Amulett, dachte sie und berührte das Lederbeutelchen, das sie um den Hals hängen hatte. Mein Höhlenlöwe hat mir einen Stein wie diesen zukommen lassen, um mir zu verstehen zu geben, daß mein Sohn am Leben bleiben würde. Plötzlich bemerkte sie, daß der ganze Strand mit diesen graugelben, matt in der Sonne blinkenden Steinen übersät war. Erst jetzt, wo sie einen von ihnen wiedererkannt hatte, wurden sie ihr bewußt. Zuvor hatte sie sie einfach übersehen. Jetzt merkte sie auch, daß die Wolken aufrissen. Als ich den meinen fand, war es der einzige weit und breit. Hier hingegen haben sie nichts Besonderes, liegen sie überall herum.
Sie ließ den Stein fallen und schleifte das Mammutbein das Ufer hinunter, setzte sich dann hin und zog es sich zwischen die Beine. Den Schoß bedeckte sie sich mit dem Hamsterfell; dann nahm sie ihren unbearbeiteten Feuerstein wieder zur Hand, drehte ihn hin und her, betrachtete ihn von allen Seiten und überlegte, an welcher Stelle sie den ersten Schlag ausführen sollte, doch wollte es ihr nicht gelingen, sich zu konzentrieren. Irgend etwas störte sie. Offenbar sind es die harten, kalten runden Steine, auf denen ich sitze, dachte sie, lief zur Höhle hinauf, holte sich eine Matte und brachte bei dieser Gelegenheit gleich ihren Feuerbohrer sowie das flache Bohrholz sowie ein wenig Zunder mit. Ich kann froh sein, wenn es mir gelingt, ein Feuer zu entzünden. Der Vormittag ist schon halb vorüber, und es ist immer noch kalt.
Sie ließ sich auf der Matte nieder, legte ihre Geräte zum Herstellen von Werkzeugen griffbereit zurecht und das Hamsterfell wieder über ihren Schoß, griff nach dem kreidegrauen Stein und legte ihn sich auf dem Amboß zurecht. Dann nahm sie den Hammerstein, drehte ihn ein paarmal, bis er richtig in der Hand lag, und legte ihn wieder fort. Was ist nur los mit mir? fragte sie sich. Warum bin ich so unruhig? Droog hat jedesmal, ehe er anfing zu arbeiten, sein Totem um Hilfe angerufen; vielleicht sollte ich das jetzt auch tun.
Sie umfaßte ihr Amulett, schloß die Augen, holte langsam ein paarmal Atem, um ganz ruhig zu werden. Sie stellte keine besondere Bitte, es ging ihr nur darum, mit Herz und Hirn den Geist des Höhlenlöwen zu erreichen. Der Geist, der sie beschützte, sei ein Teil von ihr und wohne in ihrem Inneren, hatte der alte Zauberer erklärt, und sie hatte ihm geglaubt.
Das Bemühen, den Geist des großen Raubtiers zu erreichen, das sie erwählt hatte, übte eine beruhigende Wirkung auf sie aus. Sie spürte, wie sie sich entspannte, und als sie die Augen wieder aufmachte, krümmte sie die Finger und griff abermals nach dem Hammerstein.

Nach den ersten wenigen Schlägen brach die kreidige äußere Schale ab, und Ayla hielt inne, um den eigentlichen Feuerstein genau zu betrachten. Er wies eine gute Farbe auf und schimmerte dunkelgrau; die Struktur war allerdings nicht die allerfeinste. Gleichviel, Einschlüsse waren nicht vorhanden, und so war der Stein eigentlich gerade recht für ein Handbeil. Viele von den dicken Splittern, die fielen, als sie begann, den Stein zu einem Handbeil zurechtzuhauen, ließen sich noch für anderes verwenden. Zwar wiesen sie an der Stelle, wo der Hammerstein sie traf, eine Delle, ein Schlagmal auf, verjüngten sich jedoch zu einer scharfen Schneide. Viele wiesen auch halbmondförmige Wellen auf, die eine tiefe geriffelte Narbe im Steininneren hinterließen, aber solche Splitter waren gut zu besonders widerstandsfähigen Schneidewerkzeugen zu verarbeiten, wie zum Beispiel zu Schneidemeißeln zum Zerteilen dicken Leders und Fleisch, oder zu Sicheln, um Gras damit zu schneiden.

Als Ayla den Stein ungefähr in die von ihr gewünschte Form gebracht hatte, legte sie den Hammerstein beiseite und nahm statt dessen den Knochenhammer zu Hilfe. Knochen stellten ein weicheres und elastischeres Material dar, das die dünne scharfe, wenn auch etwas gewellte Schneide nicht gleich zertrümmerte, wie der Hammerstein es getan hätte. Sorgfältig zielend, schlug sie ganz nahe der gewellten Schneide zu. Bei jedem Schlag lösten sich längere und dünnere Splitter, die flachere Schlagdellen und weniger gewellte Enden aufwiesen. In wesentlich kürzerer Zeit, als die Vorbereitungen in Anspruch genommen hatten, war das Beil fertig.

Es war etwa vierzig Zentimeter lang, besaß einen birnenförmigen Umriß, nur, daß das Ganze flach war und in einer gewölbten Schneide auslief. Es war kräftig, aber nicht besonders dick, und von der Spitze verlief die sich verwölbende Schneide gerade nach unten. Das gerundete Ende war so gestaltet, daß es gut in der Hand lag. Das ganze Werkzeug war sowohl als Beil zum Holzschlagen zu benutzen als auch als Hohlbeil – etwa zum Aushöhlen von Schalen und Näpfen. Mit seiner Hilfe ließ sich etwa ein Stück Elfenbein vom Stoßzahn eines Mammuts in kleinere Stücke zerteilen und Tierknochen beim Zerlegen der Jagdbeute zertrümmern. Es handelte sich um ein starkes, scharfes Schlagwerkzeug, das vielfältigsten Zwecken dienen konnte.

Jetzt fühlte Ayla sich wohler, kam sich weniger verkrampft vor und war bereit, sich auch an fortgeschrittenere und schwierigere Techniken heranzuwagen. Sie griff nach einem weiteren kreideummantelten Feuerstein und ihrem Hammerstein und zertrümmerte die äußere Schale. Der Stein war fehlerhaft. Die Kreidehülle reichte an einer Stelle bis ins dunkelgraue Steininnere hinein. Dieser Einschluß war der Grund dafür, daß der Stein nicht weiter zu verwenden war – die Ursache dafür, daß der Gang ihrer Arbeit und ihre Konzentration unterbrochen wurden. Sie war wieder reizbar wie zuvor. Sie legte den Hammerstein auf den steinübersäten Strand.

Neuerliches Pech, noch ein Zeichen mit schlechter Vordeutung. Sie wollte nicht daran glauben, diesem Gedanken keinen Raum geben. Wieder betrachtete sie ihren Feuerstein, überlegte, ob sich nicht wenigstens ein paar nützliche Splitter davon abschlagen ließen und griff wieder nach dem Hammerstein. Mit einem Schlag löste sie einen Splitter, doch der mußte noch zurechtgeschlagen werden, und so legte sie den Hammerstein wieder hin und griff nach dem Feinmeißel. Dabei warf sie nur einen flüchtigen Blick in Richtung auf ihre Gerätschaften. Ihre Augen waren auf den Feuerstein gerichtet, und so griff sie daneben und hob einen Stein auf, der unter vielen anderen am Ufer gelegen hatte – und gab damit den Anstoß zu etwas, das ihr ganzes Leben verändern sollte.

Nicht alle Erfindungen entspringen irgendwelchen Notwendigkeiten. Bisweilen spielt auch der Zufall eine entscheidende Rolle. Worauf es ankommt, ist, jeweils die Möglichkeiten zu erkennen. Sämtliche Elemente waren vorhanden, doch einzig der Zufall sorgte dafür, daß sie genau im richtigen Moment alle zusammenkamen. Der Zufall spielte überhaupt die größte Rolle. Kein Mensch, gar nicht zu reden von der jungen Frau, die in einem einsamen Tal an einem steinigen Strand saß, hätte davon geträumt, ein solches Experiment absichtlich herbeizuführen.

Als Aylas Hand nach dem Feinmeißel griff, stieß sie statt dessen auf ein Stück Eisenpyrit von ungefähr der gleichen Größe. Als sie das frisch freigelegte Innere des fehlerhaften Feuersteins damit traf, lag zufällig der trockene Zunder aus ihrer Höhle in der Nähe, und der Zufall wollte es, daß der durch das Zusammenprallen der beiden Steine entstandene Funke geradewegs in einen Bausch zerzauster Fasern fiel. Am allerwichtigsten war jedoch, daß Ayla just in diesem Augenblick zufällig in diese Richtung blickte, als der Funke flog, auf dem Zunder landete, der einen Moment schwelte und dann im Erlöschen einen Rauchfaden in die Höhe schickte.

Das war die Zufallsentdeckung. Was Ayla dazu beitrug, war die Fähigkeit, die Zusammenhänge und die anderen dazugehörigen Elemente zu erkennen; sie verstand den Vorgang des Feuermachens, denn sie brauchte Feuer und hatte auch keine Angst, etwas Neues auszuprobieren. Trotzdem brauchte sie einige Zeit, um zu erkennen und zu würdigen, was sie da beobachtet hatte. Im ersten Augenblick verwirrte der Rauch sie. Sie mußte erst überlegen, ehe sie den Zusammenhang zwischen dem Rauchfaden und dem Funken herstellte; was sie jedoch am meisten verwirrte, war der Funke. Woher war er gekommen? Diese Frage stellte sie sich, als sie den Stein in ihrer Hand betrachtete.

Es war der falsche Stein! Nicht der Feinmeißel, sondern einer von den matt schimmernden Steinen, die überall am Flußufer umherlagen. Trotzdem immer noch ein Stein, und Stein brannte nicht. Gleichwohl – irgend etwas hatte einen Funken erzeugt, der den Zunder hatte in Rauch aufgehen lassen. Der Zunder hatte schließlich geschwelt, oder?

Bereit zu glauben, sie habe sich das alles eingebildet, hob sie den Bausch der rauhen Rindenfaser in die Höhe, doch als sie daran rieb, hinterließ das kleine Loch, das hineingebrannt war, Ruß an ihren Fingern. Daraufhin nahm sie nochmals das Stück Eisenpyrit zur Hand und besah es sich ganz genau. Wie war der Funke aus dem Stein ausgefahren? Was hatte sie getan? Der Feuersteinsplitter! Sie hatte gegen den Feuerstein geschlagen. Sie kam sich zwar ein bißchen albern vor, schlug aber die beiden Steine trotzdem zusammen. Nichts geschah.

Was hast du erwartet? sagte sie sich. Dann schlug sie sie nochmals zusammen, mit mehr Macht diesmal – schlug zu und sah den Funken fliegen. Plötzlich nahm eine Idee, die sich widerstrebend in ihr gebildet hatte, in ihrem Kopf deutlich Gestalt an. Eine merkwürdige, erregende Idee, eine, die sogar etwas angst machte.

Behutsam legte sie die beiden Steine auf ihrem ledernen Schutzschurz oben auf dem Beinknochen des Mammuts nieder; dann suchte sie die Sachen zum Feuermachen zusammen. Nachdem alles bereitlag, nahm sie die Steine zur Hand, hielt sie nahe an den Zunder und schlug sie zusammen. Ein Funke flog davon und erlosch an den kalten Steinen. Sie veränderte den Winkel und versuchte es nochmals, diesmal allerdings nicht mit genügend Kraft. Daraufhin schlug sie die Steine kräftiger zusammen und beobachtete, wie ein Funke mitten im Zunder landete. Er versengte ein paar Fasern und erstarb dann; der kleine Rauchfaden jedoch, der entstand, war ermutigend. Noch einmal schlug sie die Steine zusammen, eine Windbö fuhr heran, und der schwelende Zunder flammte auf, ehe er erlosch.

Natürlich! Ich muß draufblasen. Sie setzte sich anders hin, um auf die im Entstehen begriffene Flamme blasen zu können, und erzeugte mit ihren Steinen noch einen Funken. Diesmal war es ein starker, heller, lange glosender Funke, der auch noch genau an der richtigen Stelle landete. Sie saß so nahe, daß sie die Hitze spürte, als sie so lange auf den schwelenden Zunder blies, bis ein richtiges Flämmchen entstand. Ayla streute Schnipsel und kleine Späne darüber, und ehe sie sich's versah, hatte sie ein Feuer.

Es ging lächerlich einfach. So einfach, daß sie es kaum glauben konnte. Sie mußte sich das Ganze noch einmal beweisen, häufte aus diesem Grunde mehr Zunder, mehr Holzschnipsel und -späne aufeinander, und bald hatte sie ein zweites Feuer, dann noch ein drittes und ein viertes. Sie war erfüllt von einer

Erregung, die zum Teil Angst, zum Teil ehrfürchtige Scheu und zum Teil Entdeckerfreude war; zu dem allem gesellte sich eine große Portion Fassungslosigkeit, als sie zurücktrat und ihre vier verschiedenen Feuer betrachtete.

Durch den Rauchgeruch angezogen, kam Winnie um die Felswand herumgetrabt. Feuer, das ihr einst solchen Schrecken eingejagt hatte, roch heute nach Geborgenheit.

»Winnie!« rief Ayla und lief auf das kleine Pferd zu. Irgend jemand mußte sie es sagen, mit irgendwem ihre Entdeckung teilen, selbst wenn es nur ein Pferd war. »Schau!« gab sie dem Füllen mittels Gebärdensprache zu verstehen. »Schau dir diese Feuer an! Sie sind mit Steinen gemacht worden, Winnie, mit Steinen!« Die Sonne brach durch die Wolken, und plötzlich schien der ganze Uferstreifen zu glitzern.

Ich hatte unrecht, als ich dachte, an diesen Steinen sei nichts Besonderes. Ich hätte es wissen müssen; mein Totem hat mir einen in die Hand gegeben. Schau sie dir an. Jetzt, wo ich es weiß, kann ich das Feuer sehen, das darin lebt. Woraufhin sie sehr nachdenklich wurde. Aber warum ich? Warum ausgerechnet ich? Einmal hat mein Höhlenlöwe mir einen in die Hand gegeben, um mir zu verstehen zu geben, daß Durc am Leben bleiben würde. Was will er mir jetzt zu verstehen geben?

Sie erinnerte sich an die sonderbare Vorahnung, die sie überkommen hatte, nachdem das Feuer erloschen war. Und jetzt, wo sie inmitten von vier Feuern stand, erschauerte sie, spürte sie das Gefühl von neuem. Dann, unversehens, empfand sie eine ungeheure Erleichterung, obwohl sie sich gar nicht bewußt war, sich jemals Sorgen gemacht zu haben.

8

»Hallo! Hallo!« rief Jondalar laut und lief armschwenkend ans Flußufer hinunter.

Ein ungeheures Gefühl der Erleichterung erfüllte ihn. Zuvor war er völlig verzagt gewesen, doch der Klang einer anderen menschlichen Stimme ließ neue Hoffnung in ihm aufkeimen. Nie wäre es ihm in den Sinn gekommen, daß es sich um Feinde handeln könnte; nichts konnte schlimmer sein als die vollkommene Hilflosigkeit, der er ausgeliefert gewesen war. Außerdem machten sie keinen feindseligen Eindruck.

Der Mann, der ihn angerufen hatte, hielt ein Seil in der Hand, das am einen Ende des merkwürdigen, riesigen Wasservogels befestigt war. Jondalar erkannte, daß es sich nicht um ein Lebewesen handelte, sondern vielmehr um eine Art Fortbewegungsmittel. Der Mann warf ihm das Seil zu. Jondalar ließ es fallen und lief ins Wasser hinterher, daß es aufspritzte. Eine Handvoll anderer Männer, die an einem anderen Seil zogen, kletterte heraus und watete durch das Wasser, das ihnen bis zu den Hüften ging. Einer von ihnen, der lächelte, als er den Ausdruck auf Jondalars Gesicht sah – und in dem Hoffnung und Erleichterung sich mit der Verlegenheit darüber mischten, was er mit dem Seil in der Hand anfangen sollte –, nahm ihm das Tau ab. Er zog das Fahrzeug näher heran, machte das Seil an einem Baum fest und ging dann nachsehen, wie straff das andere Tau gespannt war, das sie um den Stumpf eines abgebrochenen Astes von einem großen Baum gelegt hatten, der halb untergegangen im Fluß lag.

Noch ein anderer Insasse des Wasserfahrzeugs sprang über die Brustwehr auf eben diesen Baumstamm, um zu prüfen, wie fest er saß. Dann sprach er ein paar Worte in einer unbekannten Sprache, und eine leiterähnliche Brücke wurde in die Höhe gehoben und bis zum Baum hinübergeschoben. Er kletterte zurück, um einer Frau zu helfen, die eine dritte Person über diese Brücke und den Baumstamm hinweg ans Ufer geleitete, obwohl es so aussah, als ob diese gar nicht darauf angewiesen wäre, sich leiten zu lassen.

Diese Person – der offensichtlich große Ehrfurcht entgegengebracht wurde – hatte eine stolze, geradezu königliche Haltung, doch eignete ihr auch etwas schwer zu Fassendes und Undefinierbares, eine gewisse Zweideutigkeit, je-

denfalls etwas, das Jondalar diese Person offenen Mundes anstarren ließ. Der Wind erfaßte Strähnen langen weißen, im Nacken zusammengenommenen Haares, das von einem glattrasierten – oder bartlosen –, sonst aber vor Alter verrunten Gesicht zurückgesträhnt war, ein Gesicht, das trotz der vielen Runzeln ganz sanft zu leuchten schien. Der Verlauf der Kinnbacken und die Art, wie das Kinn vorgereckt wurde, verriet Kraft – war das Charakterstärke?
Erst als man ihn aufforderte herauszukommen, merkte Jondalar, daß er im kalten Wasser stand. Das Rätsel wurde allerdings bei eingehenderem Hinsehen auch nicht gelöst, und er hatte das Gefühl, daß ihm irgend etwas Wichtiges entgangen sein müsse. Als er stehenblieb, blickte er in ein Gesicht mit einem mitfühlenden, fragenden Lächeln und durchdringenden Augen von unbestimmbarem Grau oder Nußbraun. Errötend wurde Jondalar plötzlich klar, was es bedeutete, daß die geheimnisvolle Person geduldig vor ihm wartete, und er hielt Ausschau nach irgendwelchen Zeichen, die ihr Geschlecht verraten hätte.
Die Größe half nicht sonderlich; ein bißchen groß für eine Frau, etwas zu klein für einen Mann. Wallende, formlose Kleidung verbarg körperliche Einzelheiten; selbst die Art zu gehen verwirrte Jondalar und gab ihm keinerlei Anhalt. Je mehr er hinsah und keine Antwort auf seine Fragen fand, desto erleichterter war er. Er wußte von Menschen wie diesem, die in den Körper eines Geschlechts hineingeboren wurden, jedoch von den Neigungen des anderen erfüllt waren. Sie waren weder das eine noch das andere, oder aber alles beide und traten für gewöhnlich in den Stand jener ein, Die Der Mutter Dienten. Da sich in ihnen Kräfte sowohl weiblicher wie männlicher Elemente miteinander verbanden, standen sie im Ruf, über außerordentliche Heilkräfte zu verfügen.
Jondalar war fern von daheim und kannte Sitten und Gebräuche dieser Menschen nicht; trotzdem hegte er nicht den geringsten Zweifel, daß die Person, die vor ihm stand, ein Heilkundiger war. Vielleicht Einer, Der Der Mutter Diente, vielleicht aber auch nicht; es spielte keine Rolle. Thonolan brauchte einen Heilkundigen, und ein Heilkundiger war gekommen.
Aber woher hatten sie gewußt, daß ein Heilkundiger gebraucht wurde? Woher hatten sie überhaupt gewußt, daß sie kommen sollten?

Jondalar warf noch ein Scheit ins Feuer und sah zu, wie aufstiebende Funken dem in den Nachthimmel aufsteigenden Rauch nachjagten. Er ließ sein nacktes Hinterteil tiefer in seine Schlafrolle hineinrutschen und lehnte sich gegen einen Felsblock, um den nicht erlöschenden Funken nachzusehen, die über den Himmel jagten. Eine Gestalt schwebte in seinen Gesichtskreis herein und versperrte einen Teil des sternübersäten Himmels. Es dauerte einen Augenblick, ehe seine in unbestimmte Fernen starrenden Augen sich auf den Kopf der jungen Frau einstellten, die ihm einen Becher mit dampfendem Tee hinhielt.

Rasch setzte er sich auf, entblößte ein ganzes Stück nackten Schenkels, packte die Schlafrolle und zog sie mit einem Blick auf seine Hose und die neben dem Feuer zum Trocknen aufgehängten Stiefel hoch. Sie grinste, und ihr strahlendes Lächeln verwandelte die ernste, scheue und unaufdringlich hübsche junge Frau in eine Schönheit mit blitzenden Augen. Nie zuvor hatte er eine solche erstaunliche Verwandlung erlebt, und das Lächeln, mit dem er darauf einging, ließ erkennen, wie angezogen er sich fühlte. Sie jedoch hatte den Kopf beiseite gelegt, um ein boshaftes Lachen zu unterdrücken; schließlich wollte sie den Fremden nicht in Verlegenheit bringen. Als sie ihn endlich wieder anblickte, blieb nur noch ein leises Aufleuchten in ihren Augen.

»Dein Lächeln ist wunderschön«, sagte er, als sie ihm den Becher Tee reichte. Sie schüttelte den Kopf und antwortete mit Worten, von denen er annahm, daß sie soviel bedeuten wie: Ich verstehe dich nicht.

»Ich weiß, daß du mich nicht verstehen kannst. Trotzdem möchte ich dir sagen, wie dankbar ich bin, daß ihr hier seid.«

Sie sah ihn eindringlich an, und er hatte das Gefühl, daß ihr ebensosehr an einer Verständigung gelegen sei wie ihm. Er redete weiter, weil er fürchtete, sie könne gehen, wenn er aufhörte.

»Es ist wunderbar, nur mit euch zu sprechen, einfach zu wissen, daß ihr da seid.« Er nippte am Tee. »Gut ist der. Was für eine Mischung ist das?« fragte er, hielt den Becher in die Höhe und nickte anerkennend. »Ich glaube, ich schmecke Kamille heraus.«

Sie reagierte mit einem beifälligen Nicken, setzte sich dann ans Feuer und beantwortete das von ihm Gesagte mit Worten, die er sowenig verstand, wie sie die seinen verstanden hatte. Doch ihre Stimme klang angenehm, und sie schien zu wissen, daß er ihre Gesellschaft wünschte.

»Wenn ich euch nur danken könnte. Ich weiß nicht, was ich getan hätte, wäret ihr nicht gekommen.« Er runzelte die Stirn, um Besorgnis und Spannung auszudrücken, und sie lächelte verständnisvoll. »Ich wünschte, ich könnte euch fragen, woher ihr gewußt habt, daß wir hier waren, und wieso euer Zelandoni oder wie ihr euren Heilkundigen sonst nennt, den Weg zu uns gefunden hat.«

Sie antwortete und zeigte dabei auf das Zelt, das in der Nähe errichtet worden war und das jetzt von einem Feuer innen erleuchtet wurde. Verkrampft schüttelte er den Kopf. Es sah so aus, als ob sie ihn fast verstünde; nur konnte er *sie* nicht verstehen.

»Ich nehme zwar an, daß es nicht weiter von Wichtigkeit ist«, sagte er. »Aber ich wünschte, euer Heiler würde mich bei Thonolan lassen. Selbst ohne Worte war klar, daß meinem Bruder keine Hilfe zuteil werden würde, ehe ich nicht gegangen war. Ich zweifle ja nicht an den Fähigkeiten des Heilkundigen. Ich möchte ja nur bei ihm bleiben, das ist alles.«

Bei diesen Worten blickte er sie so ernsthaft an, daß sie ihm begütigend die Hand auf den Arm legte. Er versuchte zu lächeln, doch gelang ihm das nur kläglich. Der Zeltvorhang erregte seine Aufmerksamkeit; eine alte Frau trat heraus.

»Jetamio!« rief sie und ließ dem noch andere Worte folgen.

Rasch erhob sich die junge Frau, doch Jondalar ergriff ihre Hand und hielt sie fest. »Jetamio?« fragte er und zeigte dabei auf sie. Sie nickte. »Jondalar«, sagte er und tippte sich dabei auf die eigene Brust.

»Jondalar«, wiederholte sie langsam. Dann blickte sie zum Zelt hinüber, tippte erst auf sich, dann auf ihn und zeigte dann auf das Zelt.

»Thonolan«, sagte er und wiederholte den Namen, als sie auf das Zelt zueilte. Wie Jondalar bemerkte, hinkte sie leicht, doch schien sie das nicht zu behindern.

Seine Hose war noch feucht, doch er zog sie hastig über und schoß dann auf ein Gebüsch zu, ohne sie vorher zuzumachen oder seine Stiefel anzuziehen. Er hatte seinen Drang seit dem Erwachen zurückgehalten, aber seine Extrakleidung befand sich in einer Kiepe, die er in dem großen Zelt zurückgelassen hatte, wo der Heilkundige Thonolan behandelte. Jetamios Grinsen den Abend zuvor hatte zur Folge, daß er es sich zweimal überlegte, ehe er, in nichts anderes als in sein kurzes Untergewand gekleidet, gleichmütig zu dem abgelegenen Gebüsch hinüberschlenderte. Auch wollte er nicht unbeabsichtigt gegen irgendeine Sitte oder ein Tabu dieser Menschen verstoßen, die ihm halfen – jedenfalls nicht, wo auch noch zwei Frauen im Lager waren.

Zuerst hatte er versucht aufzustehen und in seine Schlafrolle gehüllt hinüberzugehen; dann hatte er lange gewartet, ehe es ihm in den Sinn kam, seine Hose doch anzuziehen, ob sie nun feucht war oder nicht; inzwischen hatte er fast schon vergessen, daß es ihm peinlich war, und war bereit, einfach loszulaufen. Wie die Dinge nun einmal standen, folgte ihm Jetamios Gelächter.

»Tamio, lach' nicht über ihn. Das ist nicht nett«, sagte die ältere Frau, doch verpuffte die Kraft ihrer Vorhaltung, als sie versuchte, ihr eigenes Lachen zu unterdrücken.

»Ach, Roshario, ich will mich ja gar nicht über ihn lustig machen. Ich kann nur nicht anders. Hast du gesehen, wie er versucht hat, in seiner Schlafrolle zu gehen?« Schon wieder mußte sie kichern, wenn sie sich auch bemühte, es nicht zu tun. »Warum nur ist er nicht einfach aufgestanden und hingegangen?«

»Vielleicht gelten bei seinem Volk andere Sitten und Gebräuche, Jetamio. Die beiden müssen von weither kommen. Ich habe noch nie zuvor Kleidung wie die ihre gesehen, und seine Sprache hat mit der unseren überhaupt nichts gemein. Die meisten Reisenden gebrauchen ein paar Wörter, die den unsrigen ähneln. Ich glaube, manche von seinen Wörtern könnte ich nicht mal aussprechen.«

»Du mußt recht haben. Er muß irgendwas dagegen haben, seine Haut zu zeigen. Du hättest mal sehen sollen, wie er gestern abend rot geworden ist, bloß weil ich ein bißchen von seinem Schenkel gesehen habe. Allerdings kenne ich niemand, der so froh gewesen wäre, uns zu sehen, wie er.«

»Kannst du ihm das verdenken?«

»Wie ist denn der andere?« erkundigte sich die junge Frau, wieder ernst geworden. »Hat der Shamud irgendwas gesagt, Roshario?«

»Ich denke, die Schwellung ist zurückgegangen und das Fieber auch. Zumindest schläft er jetzt ruhiger. Der Shamud nimmt an, daß er von einem Nashorn angefallen worden ist. Ich weiß nicht, wie er das überlebt hat. Und er hätte auch nicht viel länger überlebt, wenn der Großgewachsene nicht darauf verfallen wäre, auf diese Weise um Hilfe zu bitten. Trotzdem – es ist ein Glücksfall gewesen, daß wir sie gefunden haben. Mudo muß ihnen hold gewesen sein. Die Mutter hat immer etwas für hübsche junge Männer übriggehabt.«

»Aber nicht genug, um . . . Thonolan vorm Verletzt-Werden zu bewahren. Wie er aufgeschlitzt wurde . . . Meinst du, er wird wieder gehen können?«

Liebevoll lächelte Roshario der jungen Frau zu. »Wenn er nur halb so sehr dazu entschlossen ist wie du, wird er auch wieder gehen können, Tamio.«

Jetamios Wangen röteten sich. »Ich gehe lieber mal nachsehen, ob der Shamud irgend etwas braucht«, sagte sie, schoß gebückt zum Zelt hinüber und bemühte sich besonders, überhaupt nicht zu hinken.

»Warum bringst du dem Großgewachsenen nicht seine Sachen«, rief Roshario hinter ihr her, »damit er keine feuchten Hosen mehr anzuziehen braucht?«

»Ich weiß nicht, welches seine sind.«

»Bring' ihm beide, dann haben wir hier drinnen mehr Platz. Und frag' den Shamud, wann wir . . . wie heißt er doch noch? Thonolan? . . . transportieren können.«

Jetamio nickte.

»Wenn wir länger hierbleiben, muß Dolando eine Jagd veranstalten. Wir haben ja nicht viel Proviant mitgebracht. Ich glaube nicht, daß die Ramudoi so, wie der Fluß ist, fischen können, obwohl ich glaube, daß sie ebenso froh wären, wenn sie nie an Land gehen müßten. Ich habe lieber festen Boden unter den Füßen.«

»Ach, Rosh, hättest du dir einen Ramudoi zum Mann genommen und keinen Dolando, würdest du heute genau umgekehrt reden.«

Die ältere der beiden Frauen faßte die Jüngere scharf ins Auge. »Hat irgendeiner von den Ruderern versucht, sich an dich heranzumachen? Ich bin zwar nicht deine richtige Mutter, Jetamio, aber jeder weiß, daß du für mich wie eine Tochter bist. Wenn ein Mann nicht mal den Anstand besitzt zu fragen, ist er nicht die Art Mann, die du dir wünschst. Du kannst diesen Flußmännern nicht trauen ...«

»Keine Angst, Rosh, ich habe nicht beschlossen, mit einem Flußmann durchzubrennen ... jedenfalls noch nicht«, sagte Jetamio und lächelte.

»Tamio, es gibt gute Shamudoi-Männer genug, die bei dir einziehen würden ... worüber lachst du?«

Jetamio hatte beide Hände vor den Mund geschlagen und bemühte sich, das Lachen zu unterdrücken, das sich jedoch prustend und schnaubend Bahn brach. Roshario wandte sich in dieselbe Richtung, in die auch Jetamio blickte, und mußte gleichfalls die Hand vor den Mund schlagen, sonst wäre sie in Lachen ausgebrochen.

»Ich hole wohl besser die beiden Kiepen«, gelang es Jetamio schließlich zu sagen. »Unser großgewachsener Freund braucht etwas Trockenes zum Anziehen.« Wieder wollte sie losprusten. »Er sieht aus wie ein Baby, das die Hose vollgemacht hat.« Mit einem Satz war sie bei dem Zelt, doch Jondalar hörte ihr Lachen aufperlen, als sie eintrat.

»Was gibt es Lustiges, meine Liebe?« sagte der Heilkundige und schob fragend eine Augenbraue in die Höhe.

»Tut mir leid, ich habe nicht lachend hier hereinkommen wollen. Es ist nur so, daß ...«

»Entweder ich bin in der nächsten Welt, oder aber du bist eine Donii, die gekommen ist, mich dorthin zu bringen. Keine irdische Frau kann so schön sein wie du. Aber verstehen kann ich kein Wort von dem, was ihr sagt.«

Jetamio und der Shamud wandten sich beide dem Verletzten zu. Mit einem schwachen Lächeln sah er Jetamio an. Ihr Lächeln schwand von ihrem Gesicht, als sie neben ihm niederkniete.

»Ich habe ihn gestört! Wie kann ich nur so gedankenlos sein!«

»Hör nicht auf zu lächeln, meine schöne Donii«, sagte Thonolan und ergriff ihre Hand.

»Jawohl, meine Liebe, du hast ihn gestört. Aber laß dich das nicht anfechten. Ich vermute, daß er noch wesentlich mehr gestört sein wird, ehe du mit ihm fertig bist.«
Jetamio schüttelte den Kopf und sah den Shamud verständnislos an. »Ich habe nur fragen wollen, ob du etwas brauchst oder ob ich in irgendeiner Weise behilflich sein kann.«
»Das bist du gerade eben gewesen.«
Sie verstand immer noch nicht. Manchmal fragte sie sich, ob sie überhaupt jemals etwas von dem verstand, was der Heiler sagte.
Die durchdringend blickenden Augen bekamen etwas Weicheres, dem jedoch auch ein Hauch von Ironie innewohnte. »Ich habe alles getan, was ich kann. Alles andere muß jetzt von ihm kommen. Allerdings: Alles, was ihm mehr Lebenswillen einflößt, kann ihm in diesem Stadium nur helfen. Und genau das hast du eben mit deinem bezaubernden Lächeln getan . . . meine Liebe.«
Jetamio errötete und senkte den Kopf; da wurde ihr klar, daß Thonolan immer noch ihre Hand hielt. Sie blickte auf, erkannte das Lachen in seinen grauen Augen und reagierte mit einem strahlenden Lächeln darauf.
Der Heiler räusperte sich, und Jetamio unterbrach den Kontakt. Es verwirrte sie ein wenig, als sie erkannte, daß sie den Fremden so lange angestarrt hatte.
»Es gibt etwas, das du tun kannst. Da er wach ist und klar denken kann, könnten wir versuchen, ihm etwas Nahrung einzuflößen. Wenn etwas Brühe vorhanden ist – ich glaube, davon würde er trinken, wenn sie von dir käme.«
»Oh, natürlich. Ich werde gleich welche holen«, sagte sie und eilte hinaus, um ihre Verlegenheit zu verbergen. Sie sah, daß Roshario versuchte, sich mit Jondalar zu unterhalten, der ein wenig unbeholfen dastand und versuchte, ein nettes Gesicht zu machen. Huschend verschwand sie wieder in dem Zelt, um zu tun, was man ihr aufgetragen hatte.
»Ich brauche ihre Kiepen, und Roshario möchte wissen, wann Thonolan transportfähig ist.«
»Wie, hast du gesagt, heißt er?«
»Thonolan. Jedenfalls hat mir der andere das gesagt.«
»Sage Roshario, frühestens in ein oder zwei Tagen. Einer Fahrt über reißendes Wildwasser ist er noch nicht gewachsen.«
»Woher kennst du meinen Namen, schöne Donii? Und wie kann ich den deinen erfahren?« Lächelnd wandte sie sich nach Thonolan um und eilte dann mit den beiden Tragekiepen hinaus. Er ließ sich mit einem selbstzufriedenen Grinsen wieder zurücksinken, fuhr jedoch zusammen, als er zum erstenmal den weißhaarigen Heilkundigen sah. Das rätselhafte Gesicht war zu einem katzenhaften Lächeln verzogen: weise, wissend und ein wenig besitzerisch.
»Ist junge Liebe nicht etwas Herrliches?« erklärte der Shamud. Die Bedeu-

tung der Worte bekam Thonolan zwar nicht mit, wohl aber den beißenden Sarkasmus, der in ihnen lag. Er sah genauer hin.

Die Stimme des Heilers war weder besonders hoch noch tief, und so suchte Thonolan in seiner Kleidung oder seinem Verhalten nach einem Hinweis, ob es sich um den tiefen Alt einer Frau oder um den Tenor eines Mannes handelte, den er da gehört hatte. Er kam zu keinem Schluß, und wiewohl er nicht genau wußte, warum, entspannte er sich ein wenig und hatte das sichere Gefühl, in besten Händen zu sein.

Jondalars Erleichterung, als er Jetamio mit den beiden Kiepen aus dem Zelt herauskommen sah, war so offenkundig, daß sie sich ein wenig schämte, sie nicht schon früher geholt zu haben. Sie kannte sein Problem, nur war es so komisch. Er dankte ihr überschwenglich mit unbekannten Worten, die aber trotzdem seine Dankbarkeit erkennen ließen. Dann ging er auf das hohe Gebüsch zu. Mit trockenen Kleidern fühlte er sich um so viel wohler, daß er Jetamio sogar das Lachen verzieh.

Ich muß wohl ziemlich lächerlich ausgesehen haben, dachte er, aber die Hosen waren nun mal naß und kalt. Nun, ein bißchen Lachen ist ein geringer Preis für ihre Hilfe. Ich weiß nicht, was ich getan hätte . . . Woher sie es wohl gewußt haben? Vielleicht verfügt der Heilkundige über besondere Kräfte – das würde alles erklären. Im Augenblick bin ich einfach froh über seine Heilkräfte. Ich habe Thonolan nicht gesehen und weiß nicht, ob es ihm besser geht oder nicht. Ich denke, es wird höchste Zeit, daß ich das herausfinde. Schließlich ist er mein Bruder.

Jondalar kehrte zurück ins Lager, stellte seine Kiepe neben dem Feuer ab und nahm sich absichtlich Zeit, seine feuchten Kleider wieder zum Trocknen auszubreiten, und ging dann auf das Zelt zu.

Ums Haar wäre er mit dem Heilkundigen zusammengestoßen, der gerade in dem Augenblick herauskam, da er sich bückte, um einzutreten. Der Shamud erkannte sofort, was ihn hergetrieben hatte, und ehe Jondalar etwas hätte sagen können, trat er beiseite, lächelte einladend, forderte ihn mit einer übertrieben anmutigen Gebärde auf näherzutreten und willigte damit in das Begehren des großen, kräftigen Mannes ein.

Jondalar musterte den Heiler abschätzend. Nichts in seinen durchdringenden Augen, die ihn ihrerseits abschätzend musterten, deutete darauf hin, daß er etwas von seiner Autorität aufgegeben hätte; was er jedoch weiter vorhatte oder beabsichtigte, blieb genauso dunkel wie die rätselhafte Farbe seiner Augen. Sein Lächeln, das im ersten Augenblick einnehmend erschienen war, wirkte bei näherem Hinsehen eher ironisch. Jondalar ahnte, daß dieser Heilkundige wie so viele seiner Zunft sowohl ein mächtiger Freund als auch ein schrecklicher Gegner sein konnte.

Er nickte, gleichsam als behielte er sich ein endgültiges Urteil noch vor, lächelte kurz, um zu zeigen, wie dankbar er sei, und trat ein. Überrascht stellte er fest, daß Jetamio noch vor ihm gekommen war. Sie stützte Thonolans Kopf und hielt ihm einen Knochenbecher an die Lippen.
»Ich hätte es wissen müssen«, sagte er, und sein Lächeln drückte die reine Freude aus, als er seinen Bruder wach und offensichtlich beträchtlich genesen sah. »Du hast es wieder mal geschafft.«
Beide sahen sie Jondalar an. »Was habe ich geschafft, großer Bruder?«
»Binnen dreier Herzschläge nach dem Augenaufmachen hast du es geschafft, die schönste Frau weit und breit dazuzubringen, dir aufzuwarten.«
Thonolans Grinsen war der schönste Anblick, den sein Bruder sich vorstellen konnte. »Du hast recht, was die hübscheste Frau weit und breit betrifft.« Herzlich sah Thonolan Jetamio an. »Aber was treibst du in der Geisterwelt? Und wo ich gerade darüber nachdenke – bedenke, daß sie meine ganz persönliche Donii ist. Du brauchst deine großen blauen Augen gar nicht erst zu bemühen.«
»Mach dir meinetwegen keine Sorgen, kleiner Bruder. Jedesmal, wenn sie mich ansieht, kann sie sich vor Lachen nicht mehr halten.«
»Über mich kann sie lachen, soviel sie will«, sagte Thonolan und lächelte die Frau an. Sie erwiderte sein Lächeln. »Kannst du dir vorstellen, vom Tod aufzuwachen und als erstes dieses Lächeln zu sehen?« Hatte er sie erst herzlich angesehen, wirkte sein Blick jetzt, wo er ihr in die Augen sah, ausgesprochen liebevoll.
Jondalar sah zwischen seinem Bruder und Jetamio hin und her. Was geht hier vor? Thonolan ist gerade erst wieder zu sich gekommen; sie können kaum ein Wort miteinander gesprochen haben, und doch würde ich schwören, er ist in sie verliebt. Er faßte die Frau jetzt objektiver ins Auge.
Ihr Haar war von einem eher nichtssagenden hellen Braun, und sie selbst war kleiner und schmaler als die Frauen, von denen Thonolan sich für gewöhnlich angezogen fühlte. Man hätte sie fast für ein Mädchen halten können. Sie besaß ein herzförmiges Gesicht mit ebenmäßigen Zügen, war dabei jedoch eine eher gewöhnlich aussehende junge Frau; hübsch vielleicht, aber ganz gewiß nicht ungewöhnlich – bis sie lächelte.
In diesem Augenblick wurde sie durch irgendeine unerwartete Alchemie, durch eine geheimnisvolle Neuverteilung von Licht und Schatten, und eine rätselhafte Veränderung ihrer Züge schön, unendlich schön. Die Veränderung, die mit ihr vorging, war so vollkommen, daß auch Jondalar sie plötzlich schön fand. Sie brauchte nur zu lächeln, um diesen Eindruck hervorzurufen; dabei hatte er das Gefühl, daß sie eigentlich gar nicht oft lächelte. Ihm fiel ein, daß er sie zuerst für ernst und scheu gehalten hatte, obwohl er das jetzt kaum

noch glauben konnte. Sie strahlte, war von vibrierender Lebendigkeit, und Thonolan schaute sie mit einem idiotischen, liebeskranken Grinsen an.
Nun, es ist nicht das erste Mal, daß Thonolan verliebt ist, dachte Jondalar. Hoffentlich nimmt sie es nicht zu schwer, wenn wir weiterziehen.

Eine der Schnüre, die das Rauchloch oben an der Spitze des Zeltes zuhielt, war durchgescheuert. Jondalar starrte hinauf, nahm es jedoch nicht wahr. Er war hellwach, lag in seiner Schlafrolle und überlegte, was ihn so rasch aus den Tiefen seines Schlafes herausgerissen hatte. Er rührte sich nicht, spitzte jedoch die Ohren, schnupperte und bemühte sich, irgend etwas Ungewöhnliches zu entdecken, das ihn geweckt und vor igendeiner drohenden Gefahr gewarnt hatte. Nach ein paar Augenblicken schlüpfte er aus der Schlafrolle hinaus, konnte aber nichts Ungewöhnliches entdecken.
Ein paar Leute hatten sich um das Lagerfeuer versammelt. Unruhig und gereizt wie er war, schlenderte er hinüber. Irgend etwas nagte an ihm, doch er wußte nicht, was. Thonolan? Nein, beim Können des Shamud und der aufmerksamen Pflege Jetamios ging es seinem Bruder ausgesprochen gut. Nein, es war nicht Thonolan, der ihn beunruhigte – jedenfalls nicht direkt.
»Hola«, sagte er zu Jetamio, als sie aufblickte und lächelte.
Sie fand ihn nicht mehr so zum Lachen. Aus ihrer gemeinsamen Sorge um Thonolan war Freundschaft geworden, obwohl die Verständigung zwischen ihnen sich auf ein paar grundlegende Gesten und die wenigen Worte beschränkte, die er gelernt hatte.
Sie reichte ihm einen Becher mit einer heißen Flüssigkeit. Er dankte ihr mit den Worten, die er gelernt hatte und mit denen sie Dank zum Ausdruck brachten; dabei wünschte er, eine Möglichkeit zu haben, ihnen ihre Hilfe zu vergelten. Er nippte an dem heißen Getränk, runzelte die Stirn und nippte nochmals. Es war ein Kräutertee, nicht unangenehm, wohl aber überraschend. Für gewöhnlich nahmen sie morgens eine nach Fleisch schmeckende Brühe zu sich. Sein Geruchssinn verriet ihm, daß in dem kerbengeschmückten Kochgefäß in der Nähe des Feuers zwar Wurzeln und Körner vor sich hinkochten, aber kein Fleisch. Ein einziger rascher Blick genügte, um ihm die Veränderung in der Morgenmahlzeit klarzumachen. Es war kein Fleisch vorhanden; keiner war Jagen gegangen.
Er leerte den Beinbecher mit wenigen Schlucken und eilte dann zurück in sein Zelt. In der Wartezeit hatte er aus den Erlenstämmchen kräftige Speere gearbeitet und sie sogar noch mit Feuersteinspitzen versehen. Jetzt nahm er die beiden schweren Schäfte, die an der Rückwand seines Zeltes gelehnt standen, auf, griff dann in seine Kiepe, nahm ein paar von den leichteren Wurfspeeren heraus und kehrte ans Feuer zurück. Er kannte nicht viele Worte, doch be-

durfte es auch nicht vieler, um den Wunsch auszudrücken, auf die Jagd zu gehen, und noch ehe die Sonne wesentlich höher gestiegen war, versammelte sich eine aufgeregte Menge.

Jetamio war hin- und hergerissen. Einerseits wollte sie bei dem verwundeten Fremden bleiben, dessen lachende Augen ihr jedesmal das Lächeln ins Gesicht trieb, wenn er sie ansah, andererseits wollte sie auch mit auf die Jagd. Wenn es sich vermeiden ließ, ließ sie sich nie eine entgehen, seit sie überhaupt mit auf die Jagd hatte ziehen können. Roshario drängte sie auch diesmal mitzugehen. »Um ihn brauchst du dir keine Sorgen zu machen. Der Shamud wird auch ohne dich eine Zeitlang mit ihm zurechtkommen. Schließlich bin ja auch ich noch da.«

Die Jäger hatten sich bereits auf den Weg gemacht, als Jetamio hinter ihnen herlief, sie rief und ihre Kapuze am Kopf feststeckte. Jondalar hatte darüber nachgedacht, ob sie auf die Jagd ging oder nicht. Junge Zelandonii-Frauen taten das oft. Frauen stand die Wahl frei, ob sie jagen wollten oder nicht; das gehörte zu den Sitten und Gebräuchen ihrer Höhle dazu. Sobald sie erst einmal Kinder bekamen, hielten Frauen sich für gewöhnlich mit Ausnahme einer Treibjagd in größerer Nähe von daheim auf. Bei einer Treibjagd wurde jeder gesunde Clansangehörige gebraucht, um eine Herde in Fallen hinein- oder über eine tödliche Klippe hinwegzutreiben.

Jondalar mochte jagende Frauen – den meisten Männern seiner Höhle ging es ebenso. Inzwischen hatte er erfahren, daß das keineswegs überall so war. Es hieß, daß Frauen, die selber jagten, die die Schwierigkeiten des Jagdlebens erst richtig einzuschätzen verstünden, verständnisvollere Gefährtinnen abgäben. Seine Mutter war besonders um ihre Fähigkeiten als Fährtenleserin berühmt gewesen und war oft mit auf die Jagd gegangen, auch nachdem sie schon Kinder gehabt hatte.

Sie warteten, bis Jetamio sie eingeholt hatte, und zogen dann zügig weiter. Jondalar meinte, es müsse kälter geworden sein, doch bewegten sie sich so rasch, daß er sich nicht sicher war, bis sie an einem kleinen Fluß haltmachten, der sich über flaches Grasland dahinwand und einen Weg suchte, die Mutter zu erreichen. Als er hinging, um seinen Wasserbeutel aufzufüllen, bemerkte Jondalar, daß das Eis am Rand des Baches dicker wurde. Er schob die Kapuze zurück, da der Pelzrand um sein Gesicht seine Sicht einengte, doch dauerte es nicht lange, und er zog sie sich wieder über den Kopf, wie alle anderen übrigens auch. Die Luft war entschieden zu eisig.

Jemand entdeckte weiter stromaufwärts Spuren. Alle standen im Kreis herum, während Jondalar sie untersuchte. Auch eine Nashornfamilie hatte haltgemacht, um zur Tränke zu gehen, und das war noch nicht lange her. Als Jondalar eine Skizze in den nassen Ufersand zeichnete, um klarzumachen,

wie man angreifen solle, fiel ihm auf, daß Eiskristalle den Boden hart machten.
Dolando stellte mit Hilfe eines eigenen Stocks eine Frage, und Jondalar führte seine Zeichnung genauer aus. Man einigte sich, und jetzt waren alle daran interessiert weiterzuziehen.
Sie fielen in Trab, und die schnelle Gangart wärmte sie. Schon wurden die Kapuzen wieder gelockert. Jondalars langes Blondhaar knisterte und klebte am Pelz seiner Kapuze. Es dauerte länger als erwartet, die Nashörner einzuholen, doch als er die rötlich-braunen, wollhaarigen Tiere vor sich sah, begriff er, warum. Die Tiere bewegten sich schneller als gewöhnlich – und zwar unbeirrbar gen Norden.
Beklommen blickte Jondalar zum Himmel auf: er war wie eine tiefblaue Schüssel, die über sie gestülpt war. Nur in der Ferne waren hier und da ein paar Wolken zu erkennen. Nichts deutete darauf hin, daß sich ein Sturm zusammenbraute. Trotzdem war er bereit, umzukehren, Thonolan zu holen und zu machen, daß er fortkam. Nur schien niemand sonst irgendwelche Neigung zu verspüren, jetzt, wo die Nashörner gesichtet worden waren, umzukehren. Jondalar überlegte, ob zu ihren Überlieferungen auch die Vorhersage gehörte, daß es, wenn die Nashörner gen Norden zögen, bald schneien würde, bezweifelte es jedoch.
Es war seine Idee gewesen, auf die Jagd zu gehen, und er hatte keine Schwierigkeiten gehabt, ihnen das verständlich zu machen; jetzt wollte er zurück und Thonolan und sich in Sicherheit bringen. Wie jedoch sollte er ihnen erklären, daß ein Schneesturm drohe, wo doch kaum eine Wolke am Himmel zu sehen war und er ihre Sprache nicht sprach? Er schüttelte den Kopf; mußte eben erst ein Nashorn erlegt werden.
Als sie näher herankamen, eilte Jondalar voraus und versuchte, den letzten Nachzügler der Nashornfamilie zu überholen. Es handelte sich um ein noch nicht ganz ausgewachsenes Jungtier, das einige Mühe hatte, mit den anderen Schritt zu halten. Nachdem der große Mann das Nashorn überholt hatte, schrie er, fuchtelte mit den Armen und versuchte, die Aufmerksamkeit des Tieres auf sich zu lenken und es zu bewegen, auszuweichen oder die Geschwindigkeit zu verringern. Doch das mit der gleichen Unbeirrbarkeit wie die anderen nordwärts eilende Jungtier kümmerte sich nicht im geringsten um den Menschen. Offensichtlich würde es Schwierigkeiten geben, irgendeines von ihnen abzulenken, und das machte ihm Sorgen. Der Sturm näherte sich also schneller, als er gedacht hatte.
Aus den Augenwinkeln heraus erkannte er, daß Jetamio ihn eingeholt hatte, und das überraschte ihn. Ihr Hinken trat jetzt zwar deutlicher zutage, doch bewegte sie sich sehr rasch vorwärts. Unbewußt nickte Jondalar anerkennend

mit dem Kopf. Die anderen Teilnehmer der Jagdgesellschaft kamen näher, versuchten, das Tier zu umzingeln und die anderen zu wilder Flucht zu veranlassen. Doch Nashörner sind keine Herdentiere, gesellig, leicht zu führen oder in Panik zu versetzen, Tiere, die – was ihre Sicherheit und das Überleben betrifft – auf eine große Zahl angewiesen sind. Wollhaarnashörner waren einzelgängerische, streitsüchtige Geschöpfe, die sich selten zu größeren Gruppen als einem Familienverband zusammenfanden. Außerdem waren sie gefährlich unberechenbar. Jäger taten gut daran, ihnen gegenüber auf der Hut zu sein.

In stillschweigendem Übereinkommen konzentrierten die Jäger sich auf das etwas zurückgebliebene Jungtier, doch veranlaßten die Schreie der rasch den Ring um das dahineilende Tier schließenden Menschen das Nashorn, weder die Gangart zu verlangsamen noch sie zu beschleunigen. Endlich gelang es Jetamio, seine Aufmerksamkeit zu erregen; sie hatte ihre Kapuze abgezogen und wedelte damit in der Luft herum. Das Tier wurde langsamer, drehte den Kopf nach dem Geflatter und machte einen ausgesprochen unentschlossenen Eindruck.

Das gab den Jägern Gelegenheit, es vollends zu umringen. Sie stellten sich um das Tier herum auf. Die mit den schweren Spießen gingen näher heran, während diejenigen mit den leichteren Speeren einen äußeren Ring bildeten und sich bereit hielten, den schwerer Bewaffneten notfalls zu Hilfe zu eilen. Das Nashorn blieb endgültig stehen; es schien sich nicht bewußt zu sein, daß der Rest seiner Familie rasch weitereilte. Plötzlich fiel es in einen ziemlich langsamen Trott und bog auf die im Winde wehende Kapuze ab. Jondalar schob sich näher an Jetamio heran und sah, daß Dolando seinem Beispiel folgte.

Gleich darauf fuchtelte ein junger Mann, in dem Jondalar jemand erkannte, der auch auf dem Boot gewesen war, ebenfalls mit seiner Kapuze in der Luft herum und schoß vor ihnen her auf das Tier zu. Das verwirrte Nashorn hielt in seinem schneller gewordenen Trott auf die junge Frau inne, fuhr herum und schoß auf den Mann zu. Das größere sich bewegende Ziel war selbst bei begrenztem Sehvermögen leichter zu verfolgen, und die Anwesenheit so vieler Jäger verwirrte es in seinem sonst überaus feinen Geruchssinn. Gerade als es sich näherte, schoß wieder eine Gestalt zwischen das Nashorn und den jungen Mann. Wieder blieb das Wollhaarnashorn stehen und versuchte, sich schlüssig zu werden, welches von den beiden beweglichen Zielen es verfolgen sollte.

Es fuhr abermals herum und preschte auf das zweite, so verlockend nahe Ziel zu. Doch dabei kam ihm wieder ein anderer Jäger in die Quere, wedelte mit einem großen Fellumhang, und als das junge Nashorn sich ihm näherte, lief ihm noch ein anderer so nahe vor die Nase, daß er es an seinem langen rötlichen Haaren reißen konnte. Das Nashorn war mehr als verwirrt; es wurde wütend, mörderisch wütend. Es schnaubte, scharrte mit einem Fuß den Boden auf, und als es noch eine von den laufenden Gestalten, die es ganz durcheinanderbrachten, sah, raste es mit Höchstgeschwindigkeit darauf zu.

Der junge Mann von den Flußleuten hatte Schwierigkeiten, seinen kleinen Vorsprung zu halten, und als er abbog, bog auch das Nashorn in rascher Verfolgung ab. Allerdings wurde das Tier müde. Es hatte einen nach dem anderen von den lästigen Läufern verfolgt, war hin- und hergelaufen und hatte doch keinen von ihnen einholen können. Als nun noch ein kapuzenschwenkender Jäger vor das wollhaarige Nashorn sprang, blieb dieses stehen, senkte den Kopf, bis sein Stoßhorn den Boden berührte, und konzentrierte sich auf die hinkende Gestalt, die sich gerade jenseits seiner Reichweite bewegte.

Jondalar rannte mit hocherhobenem Spieß auf sie zu. Er mußte sein Wild zur Strecke bringen, ehe das ausgepumpte Nashorn Atem schöpfte. Dolando, der sich aus der entgegengesetzten Richtung näherte, verfolgte die gleiche Absicht, und etliche andere kamen auch immer näher heran. Jetamio schwenkte ihre Kapuze, kam äußerst vorsichtig näher und versuchte die Aufmerksamkeit des Nashorns weiterhin zu fesseln. Hoffentlich ist es wirklich so erschöpft, wie es aussieht, dachte Jondalar.

Die Aufmerksamkeit aller galt Jetamio und dem Nashorn. Jondalar war sich nicht sicher, was ihn dazu brachte, einen Blick nach Norden zu richten – vielleicht war es eine Bewegung, die er am Rande wahrgenommen hatte. *»Aufpassen!«* schrie er und schoß vorwärts. »Von Norden her ein Nashorn!«

Doch den anderen erschien sein Handeln unerklärlich; sie verstanden nicht, was er hinausschrie, und bemerkten das wutschäumende Nashornweibchen nicht, das da mit größter Geschwindigkeit auf sie zugerast kam.

»Jetamio! Jetamio! Norden!« schrie er nochmals, fuchtelte mit dem Arm und zeigte mit dem Wurfspieß in die angegebene Richtung.

Sie blickte nach Norden, dorthin, wo er zeigte, und schrie dem jungen Mann warnend zu, ein Nashornweibchen greife an. Alle anderen liefen hinzu, ihm zu helfen, und vergaßen das Jungtier für den Augenblick. Möglich, daß es sich inzwischen erholt hatte oder der Geruch der Angreiferin seine Lebensgeister wieder geweckt hatte – jedenfalls stürmte der junge Nashornbulle plötzlich auf diejenige zu, die die Kapuze schwenkte und so aufreizend nahe war.

Jetamio hatte Glück, daß er so nahe war. Er hatte daher keine Möglichkeit, Geschwindigkeit aufzunehmen und seine Stoßkraft zu vergrößern; außerdem lenkte der Grunzlaut, mit dem er losstürmte, ihre Aufmerksamkeit wieder auf ihn. Jondalar erging es genauso. Sie fuhr zurück, entging dem Horn des Nashorns und lief hinter ihm her.

Das Tier verlangsamte sein Tempo, suchte nach dem Ziel, das so unerklärlich entschwunden war, und hatte nicht den großgewachsenen Mann im Blickfeld, der mit langen Schritten die Lücke zwischen ihnen schloß. Gleich darauf war es zu spät. Das kleine Auge des Nashorns verlor jede Fähigkeit, sich auf irgend etwas einzustellen. Jondalar rammte den schweren Spieß in die verwundbare Öffnung und trieb ihn bis ins Gehirn hinauf. Unmittelbar darauf konnte es überhaupt nichts mehr sehen, denn die junge Frau stieß ihm ihren Speer in das andere Auge. Das Tier schien überrascht, wankte, brach in die Knie und rollte dann leblos auf die Seite.

Ein Schrei ertönte. Die beiden Jäger blickten auf und spritzten, so schnell ihre Beine sie trugen, in verschiedene Richtungen auseinander. Das voll ausgewachsene Nashornweibchen preschte auf sie zu. Als es sich jedoch ihrem Jungen näherte, verlangsamte es seinen Lauf, machte noch ein paar Schritte, hielt inne und wandte sich dem jungen Bullen zu, der mit einem Wurfgeschoß in jedem Auge am Boden lag. Es stieß ihn mit dem Horn an, drängte ihn aufzustehen. Dann wandte es den Kopf hin und her und verlagerte sein Gewicht von einem Fuß auf den anderen, gleichsam als wolle es sich über etwas schlüssig werden.

Ein paar von den Jägern versuchten, seine Aufmerksamkeit auf sich zu lenken und ließen Kapuzen und Umhänge knallen, doch entweder sah es sie nicht, oder aber es ignorierte sie einfach. Noch einmal stieß sie ihr Junges an und wandte sich dann wieder gen Norden.

»Und ich sage dir, Thonolan, es ist nochmal um Haaresbreite gutgegangen. Allerdings, das Weibchen wollte unbedingt nach Norden – es wollte einfach nicht bleiben.«

»Meinst du, es gibt Schnee?« fragte Thonolan, warf einen Blick auf den Breiumschlag und sah dann wieder seinen besorgten Bruder an.

Jondalar nickte. »Ich weiß bloß nicht, wie ich Dolando klarmachen soll, daß wir gut daran täten, von hier fortzugehen, ehe der Sturm losbricht, wo doch so gut wie keine Wolke am Himmel zu sehen ist . . . selbst wenn ich ihre Sprache spräche.«

»Ich rieche seit Tagen, daß es Schnee gibt. Es muß sich ein ganz schwerer Schneesturm zusammenbrauen.«

Jondalar war überzeugt, daß die Temperatur immer noch fiel, und wußte es, als er am nächsten Morgen eine dünne Eisschicht in einem Teebecher zertrümmern mußte, den er in der Nähe des Feuers hatte stehen lassen. Abermals versuchte er, ohne sichtlichen Erfolg, den anderen seine Besorgnis mitzuteilen und suchte den Himmel immer wieder nach offenkundigeren Anzeichen für einen Wetterumschwung ab. Eigentlich hätte er erleichtert aufatmen müs-

sen, als er endlich die brodelnden Wolken über die Berge sich herüberwälzen sah, wäre nicht die unmittelbare Gefahr gewesen, die sie darstellten.
Bei den ersten Anzeichen, daß sie das Lager abbauten, brach er sein eigenes Zelt ab und packte seine und Thonolans Kiepe. Dolando lächelte und nickte beifällig, winkte ihn dann ans Flußufer hinunter; diesmal jedoch war das Lächeln des Mannes von Unruhe und größter Besorgnis geprägt. Jondalars unheilvolle Ahnung vertiefte sich noch, als er den rauschenden Fluß und das hölzerne Gefährt sah, das an seinen Tauen ruckte und zerrte.
Der Ausdruck im Gesicht der Männer, die ihm seine Kiepen abnahmen und sie in der Nähe des ausgewaideten und gefrorenen Nashornkadavers verstauten, war zwar gleichmütiger, doch Ermunterndes konnte er auch bei ihnen nicht erkennen. So sehr ihm auch daran gelegen war fortzukommen – das Fortbewegungsmittel, mit dem das geschehen sollte, flößte ihm auch nicht gerade Vertrauen ein. Er überlegte, wie sie wohl Thonolan in das Boot schaffen wollten und ging noch einmal zurück, um zu sehen, ob er helfen könne.
Jondalar sah zu, wie das Lager geschwind und sachkundig aufgelöst wurde; er wußte, daß man manchmal am besten dadurch half, daß man nicht im Wege war. Inzwischen waren ihm gewisse Einzelheiten in der Kleidung aufgefallen, durch welche sich diejenigen, die Unterkünfte an Land aufgebaut hatten und sich selbst Ramudoi nannten, von den Männern unterschieden, die auf dem Boot blieben. Um regelrecht unterschiedliche Stämme schien es sich jedoch nicht zu handeln.
Die Art, wie sie sich verständigten, hatte etwas Selbstverständliches; es wurden viele Späße gemacht, und es kam zu keinem jener übertriebenen Höflichkeitsbeweise, die für gewöhnlich verborgene Spannungen verraten, wenn zwei verschiedene Völker sich begegnen. Sie schienen dieselbe Sprache zu sprechen, teilten ihre Mahlzeiten und arbeiteten gut zusammen. Allerdings fiel ihm auf, daß an Land Dolando das Sagen zu haben schien, während die Männer an Bord des Bootes sich ihre Anweisungen von jemand anders holten.
Der Heiler kam aus dem Zelt. Ihm folgten zwei Männer, die Thonolan auf einer sinnvoll zusammengesetzten Tragbahre trugen. Zwei Schäfte aus dem Erlenhain oben auf dem Hügel waren um und um mit Seilen vom Boot umwunden und bildeten zwischen sich eine Stütze, auf welcher der Verwundete sicher festgezurrt worden war. Jondalar eilte auf sie zu und bemerkte, daß Roshario bereits angefangen hatte, das große Rundzelt abzubauen. Die Art, wie sie immer wieder unruhig zum Himmel aufschaute, überzeugte Jondalar, daß sie sich genausowenig auf die vor ihnen liegende Fahrt freute wie er.
»Die Wolken da oben sehen nach Schnee aus«, sagte Thonolan, als sein Bruder in Sicht kam und neben seiner Tragbahre herging. »Die Berggipfel sind

nicht mehr zu sehen; oben im Norden muß es bereits schneien. Ich muß schon sagen, man sieht die Welt aus dieser Lage heraus mit ganz anderen Augen.«

Jondalar blickte zu den Wolken hinauf, die über die Berge herübergequollen kamen, die eisummantelten Gipfel verhüllten und sich übereinanderwälzten und pufften und stießen, während sie damit beschäftigt waren, den klaren blauen Himmel droben eilends anzufüllen. Jondalars Stirnrunzeln hatte etwas ähnlich Bedrohliches wie der Himmel, und seine Stirn umwölkte sich besorgt, wiewohl er sich bemühte, sich seine Befürchtungen nicht anmerken zu lassen.

»Ist das der Vorwand, den du benutzt, um liegen zu bleiben?« sagte er und versuchte zu lächeln.

Als sie den weit in den Fluß hineinreichenden Baumstamm erreichten, blieb Jondalar zurück und beobachtete, wie die beiden Flußmänner, die Tragbahre zwischen sich, das Gleichgewicht auf dem umgestürzten Baumstamm zu halten versuchten, um die Tragbahre dann auch noch die noch gefährlichere Brücke zum Boot hinauf zu bewegen. Jetzt begriff er, warum sie Thonolan so festgebunden hatten. Er folgte ihnen und hatte seinerseits Schwierigkeiten, sein Gleichgewicht zu halten, woraufhin er die beiden Männer mit noch größerer Bewunderung betrachtete.

Einige wenige weiße Flocken kamen bereits vom grauverhangenen Himmel heruntergegaukelt, als Roshario und der Shamud das festverzurrte Fell- und Stabbündel – das große Zelt – an ein paar Ramudoi übergaben, damit diese sie an Bord trügen; dann balancierten sie selber über den Baumstamm hinüber. Der Fluß, der die Stimmung des Himmels widerspiegelte, schoß aufgewühlt und strudelnd vorüber – die Zunahme der Feuchtigkeit in den Bergen machte sich hier, flußabwärts, bemerkbar.

Der Baumstamm tanzte nach einer anderen Strömung als das Boot, und Jondalar lehnte sich über die Bordwand und streckte der Frau die Hand entgegen. Roshario warf ihm einen dankbaren Blick zu und wurde beim letzten Anlauf geradezu in die Höhe und ins Boot hineingehoben. Der Shamud hatte gleichfalls keinerlei Bedenken, seine Hilfe anzunehmen, und sein dankbarer Blick war genauso aufrichtig wie Rosharios.

Ein Mann war immer noch an Land. Er machte eine der Vertäuungen los, rannte dann über den Baumstamm und kletterte an Bord. Rasch wurde die bewegliche Brücke eingezogen. Das Boot wurde in die Höhe gehoben, versuchte sich vom Land zu lösen und der Strömung anzuvertrauen, wurde daran jedoch von einem Tau und den Paddeln mit den langen Griffen in den Händen der Ruderer gehindert. Mit einem Ruck wurde das Tau fahren gelassen, und das Boot ergriff seine Chance, in die Freiheit zu entkommen. Jondalar klammerte sich an der Bordwand fest, als das Wasserfahrzeug sich ruckend und bockend der Hauptströmung der Schwester anvertraute.

Der Sturm nahm rasch an Stärke zu, und die wirbelnden Flocken verminderten die Sicht. Treibholz und Abfälle schwammen mit unterschiedlicher Geschwindigkeit neben ihnen her. Schwere Baumstämme, die sich mit Wasser vollgesogen hatten, ineinander verschlungenes Strauchwerk, aufgetriebene Tierkadaver und gelegentlich ein kleiner Eisberg ließen Jondalar einen Zusammenstoß fürchten. Er beobachtete, wie das Ufer vorüberflog; seine Augen hefteten sich auf das Erlengehölz auf der Hügelkuppe. Irgend etwas, was an einem der Bäume festsaß, flatterte im Wind. Ein plötzlicher Windstoß riß es los und trieb es hinunter zum Fluß. Als es herniederfiel, erkannte Jondalar plötzlich, daß es sich bei dem steifen, dunkelgefleckten Leder um seinen Sommerüberwurf handelte. Hatte der die ganze Zeit über dort geflattert? Einen Moment trieb er neben ihnen her, bis er sich mit Wasser vollsog und unterging.

Thonolan war von der Tragbahre losgebunden worden und lehnte gegen die Bordwand. Er sah blaß aus, schien Schmerzen zu haben und sich zu fürchten, lächelte jedoch tapfer der neben ihm sitzenden Jetamio zu. Jondalar ließ sich neben ihnen nieder und runzelte die Stirn bei dem Gedanken daran, wie sehr er sich gefürchtet hatte und daß er beinahe in Panik geraten war. Dann erinnerte er sich an die fassungslose Freude, als er das Boot hatte näherkommen sehen, und wieder fragte er sich, woher sie gewußt haben mochten, daß er da war. Ein Gedanke durchfuhr ihn: Konnte es der im Wind flatternde blutige Überwurf sein, der ihnen verraten hatte, wo sie nachsehen mußten? Doch wie waren sie überhaupt auf den Gedanken gekommen, den Fluß herunterzukommen? Und dazu auch noch mit dem Shamud?

Das Boot sprang ruckend über das aufgewühlte Wasser; jetzt, da Jondalar es sich eingehend ansah, überzeugte ihn das robuste Fahrzeug. Der Boden des Bootes schien aus einem einzigen, soliden Stück Holz gemacht – einem ausgehöhlten und im Mittelteil sich verbreiternden ganzen Baum. Ganze Reihen von Brettern, die eines das andere überlappten und aneinander befestigt waren, vergrößerten das Boot, erhöhten die Bordwände und liefen vorn am Bug zusammen. In gewissen Abständen verstärkten Spanten die Bordwände; Bretter, die zwischen ihnen ausgelegt waren, bildeten Sitzbänke für die Ruderer. Sie drei saßen vorn auf der ersten Bank.

Jondalars Augen folgten dem Aufbau des Bootes und glitten über einen Ast, der sich am Bug des Bootes verfangen hatte. Dann wanderte sein Blick nach hinten, und das Herz klopfte ihm bis zum Hals hinauf. Nahe dem Heck, verfangen in den kleineren Seitenzweigen des Stammes, der am Boden des Bootes festsaß, hing ein blutbefleckter lederner Sommerüberwurf.

9

»Nicht so gierig, Winnie!« mahnte Ayla, als das falbfarbene Pferd die letzten Wassertropfen vom Boden der Holzschale aufleckte. »Wenn du alles säufst, muß ich mehr Eis schmelzen.« Das Füllen schnaubte, schüttelte den Kopf und steckte die Nase wieder in die Schale. Ayla lachte. »Ja, wenn du so großen Durst hast, hole ich mehr Eis. Kommst du mit?«

Ayla war es längst zur Gewohnheit geworden, ihren stetigen Gedankenfluß auf das junge Pferd zu richten. Manchmal handelte es sich um nichts weiter als Bilder, die sie im Kopf hatte, oft jedoch griff sie auch zu der beredten Sprache von Gebärden, Körperhaltung und unterschiedlichem Gesichtsausdruck, mit der sie am vertrautesten war; da jedoch das junge Tier besonders auf den Klang ihrer Stimme ansprach, setzte sie zunehmend diesen ein. Im Gegensatz zu den anderen Clansangehörigen hatte ihr stets eine Fülle von Lauten und Modulationen zu Gebote gestanden; nur ihr Sohn hatte es ihr darin gleichgetan. Für sie beide war es ein Spiel gewesen, sich gegenseitig die unsinnigen Silben nachzumachen, wobei einige dieser Laute nach und nach eine bestimmte Bedeutung angenommen hatten. Jetzt erweiterte sie diese Tendenz, wenn sie sich an das Fohlen richtete, und drückte irgendwelche Sachverhalte auch durch kompliziertere Lautfolgen aus. Sie machte Tierlaute nach, erfand neue Wörter aus Kombinationen von ihr bekannten Lauten und übernahm sogar einige von den unsinnigen Silben aus den Spielen mit ihrem Sohn. Da niemand sie mißbilligend ansah, wenn sie unnötige Laute von sich gab, vergrößerte ihr Lautschatz sich, bildete jedoch eine Sprache, die vorerst nur ihr – und auf besondere Weise ihrem Pferd – verständlich war.

Ayla wickelte sich Fell-Beinlinge um, zog einen Überwurf aus zottigem Pferdefell über und eine Vielfraßkapuze über den Kopf; danach band sie ihre Handlinge fest. Um das zu bewerkstelligen, steckte sie eine Hand durch den Schlitz im Fell des Handlings, um den Leibriemen festzuziehen und die Kiepe zu schultern. Danach griff sie nach einem Eispickel – dem langen Vorderarmknochen eines Pferdes, der spiralförmig aufgebrochen worden war, um an das Mark heranzukommen, und dann durch Zersplittern und Schleifen an einem Stein geschärft worden war.

»Na, komm schon, Winnie«, forderte sie das Pferd auf. Sie hielt das schwere

Auerochsenfell beiseite, das früher ihre Zeltplane gewesen war, jetzt jedoch als Windschutz von Pfählen herunterhing, die sie am Eingang in den Höhlenboden eingegraben hatte. Das Pferd kam heraus und trottete hinter ihr den steilen Weg nach unten. Wind, der um die Flußbiegung herumgefahren kam, fuhr sie an, als sie den gefrorenen Wasserlauf betrat. Sie fand eine Stelle, die aussah, als ob die rauhe Eisdecke aufgebrochen werden könne, und hackte Bruchstücke und Blöcke heraus.

»Es ist viel leichter, Schnee in eine Schale zu füllen, als Eis für die Wassergewinnung herauszuhacken, Winnie«, sagte sie und tat das Eis in ihre Kiepe. Am Fuß der vorspringenden Felswand, wo der Stapel Holz und Knochen lag, blieb sie stehen und lud sich noch etwas Treibholz auf. Wie dankbar sie für das Holz war – denn damit konnte sie nicht nur Wärme erzeugen, sondern auch noch Eis schmelzen. »Die Winter hier oben sind trockener und auch kälter als unten auf der Halbinsel. Mir fehlt der Schnee, Winnie. Das bißchen, das hier herumwirbelt, fühlt sich noch nicht mal wie Schnee an, sondern ist nur kalt.«

Sie stapelte das Holz in der Nähe der Feuerstelle und kippte das Eis in die Schale. Diese schob sie in die Nähe des Feuers, damit die vom Feuer ausgestrahlte Wärme anfing, das Eis zu zerschmelzen, ehe sie es in ihren Topf aus Tierhaut steckte, der unbedingt zumindest ein bißchen Wasser enthalten mußte, um nicht zu verbrennen, wenn sie ihn übers Feuer hängte. Danach sah sie sich in ihrer behaglichen Höhle um und faßte die verschiedenen Vorhaben in unterschiedlichen Stadien der Fertigstellung ins Auge, um zu einem Entschluß zu kommen, womit sie sich heute beschäftigen solle. Aber sie war von Unruhe erfüllt. Nichts gefiel ihr, bis sie etliche neue Speere entdeckte, die sie vor kurzem vollendet hatte.

Vielleicht gehe ich auf die Jagd, dachte sie. Ich bin schon eine ganze Zeitlang nicht mehr oben in der Steppe gewesen. Nur, die kann ich nicht mitnehmen. Sie runzelte die Stirn. Sie würden mir nichts nützen, ich würde nie nah genug an ein Wild herankommen, um sie benutzen zu können. Also nehme ich nur meine Schleuder und mache einen Spaziergang. Sie füllte eine Falte ihres Überwurfs mit runden Steinen, von denen sie eine ganze Menge in die Höhle hinaufgebracht und dort auf einen Haufen gelegt hatte – für den Fall, daß die Hyänen sich noch einmal blicken ließen. Dann legte sie Holz nach und verließ die Höhle.

Winnie versuchte ihr zu folgen, als Ayla sich den steilen Hang hinaufarbeitete, der von ihrer Höhle zur Steppe oben hinaufführte, wieherte dann aber nur nervös hinter ihr her. »Keine Angst, Winnie. Ich bleibe nicht lange. Dir wird schon nichts passieren.«

Oben angekommen, fuhr ihr der Wind unter die Kapuze und drohte, sie ihr zu entführen. Ayla zog sie fest um sich und zerrte die Schnur fest. Dann machte sie einen Schritt vom Abgrund weg und blieb stehen, um sich umzusehen. Die ausgedörrte und versengte sommerliche Landschaft hatte vor Leben pulsiert im Vergleich mit der erstarrten Leere der winterlichen Steppe. Heftige Windstöße ließen immer wieder klagende Töne anschwellen, heulten dann dünn und durchdringend und schwollen zu einem Schmerzensschrei an, um dann in einem hohlen, gedämpften Ächzen zu verklingen. Er blies die fahle Erde von Sand und Humus frei, wirbelte den trockenen, körnigen Schnee aus weißlichen Mulden im Boden heraus und blies die gefrorenen Flocken wieder in die Luft.

Der hochgewirbelte, treibende Schnee fühlte sich wie körniger Sand an, der ihr das Gesicht rötete, so kalt war er. Ayla zog die Kapuze noch fester, beugte den Kopf und schritt durch das an den Boden gedrückte, vertrocknete Gras in den beißenden Nordostwind hinein. Ihre Nasenlöcher verengten sich, und ihre Kehle schmerzte, als ihr die Feuchtigkeit von der bitterkalten Luft weggerissen wurde. Ein heftiger Windstoß überraschte sie. Sie geriet außer Atem, schluckte nach Luft, hustete und keuchte, spuckte Schleim aus und sah, wie er gefror, noch ehe er auf den felsharten Boden aufprallte und ein wenig wieder in die Höhe hüpfte.

Was mache ich denn hier oben? dachte sie. Ich habe ja nicht geahnt, daß es so kalt sein könnte. Ich kehre um.

Sie drehte sich um, blieb stehen und vergaß für einen Moment die intensive Kälte. Eine kleine Herde wollhaariger Mammuts trottete quer durch die Schlucht: riesige, sich bewegende Buckel, das schüttere Fell von einem dunklen Rotbraun, mit langen gebogenen Stoßzähnen. Dieses öde, allem Augenschein nach unfruchtbare Land war ihr Zuhause; für sie war das kältestarre Gras lebenswichtige Nahrung. Doch indem sie sich an einen so unwirtlichen Lebensraum anpaßten, gingen sie gleichzeitig der Fähigkeit verlustig, in einem anderen zu leben. Ihre Tage waren gezählt; sie blieben nur so lange am Leben, wie die Gletscher das Land bedeckten.

Gebannt folgte Ayla ihnen mit den Augen, bis die schemenhaften Gestalten im wirbelnden Schnee verschwanden. Dann eilte sie weiter und war nur allzu froh, als sie über den Bruchrand hinunterspringen und der Wind ihr nichts mehr anhaben konnte. Genauso, erinnerte sie sich jetzt, war es ihr ergangen, als sie ihre Zufluchtsstätte entdeckt hatte. Was wäre wohl aus ihr geworden, hätte sie dieses Tal nicht gefunden? Als sie das schmale Sims vor ihrer Höhle erreichte, umarmte sie das Füllen; dann trat sie an den Rand heran und ließ den Blick über das Tal schweifen. Hier lag der Schnee um ein weniges tiefer als auf der Steppe, besonders dort, wo sich Schneewehen aufgetürmt hatten; aber kalt und trocken war er genauso wie weiter oben.

Was das Tal bot, war Schutz vor dem Wind und eine Höhle. Ohne das Tal und ohne Felle und Feuer hätte sie nicht überlebt, denn sie war schließlich kein Pelztier. Während sie dastand, trug der Wind ihr das Geheul eines Wolfs sowie das Gekläff eines Wildhundes ans Ohr. Unten schnürte ein Polarfuchs über das zugefrorene Gewässer; sein weißes Fell machte es schwer, ihn überhaupt zu erkennen, wenn er stehenblieb und erstarrte. Sie bemerkte Bewegung weiter unten im Tal und erkannte die Umrisse eines Höhlenlöwen; sein gelbliches, fast zu Weiß aufgehelltes Fell war dicht und voll. Vierfüßige Raubtiere paßten sich der Umgebung ihrer Beutetiere an. Ayla und ihresgleichen hingegen paßten ihre Umwelt ihren Bedürfnissen an.
Ayla fuhr zusammen, als sie in ihrer Nähe keckerndes Gelächter vernahm; sie blickte auf und sah über sich eine Hyäne am Rand der Schlucht stehen. Erschauernd griff sie nach ihrer Schleuder, doch das aasfressende Tier trollte sich mit seinem charakteristischen zockelnden Lauf den Rand der Schlucht entlang und entschwand dann wieder auf der offenen Steppe. Winnie trat neben Ayla, wieherte leise und stupste sie sanft. Ayla zog den rötlich-braunen Überwurf aus Pferdefell enger um sich, schlang Winnie einen Arm um den Hals und kehrte mit ihm zurück in die Höhle.

Ayla lag auf ihrer fellbedeckten Lagerstatt, starrte die ihr vertraute Felsformation über ihrem Kopf an und fragte sich, wieso sie plötzlich so hellwach sei. Sie hob den Kopf und sah zu Winnie hinüber. Die Augen des Fohlens waren gleichfalls geöffnet und schauten sie an, ließen aber keinerlei Angst erkennen. Trotzdem war Ayla sich sicher, daß irgend etwas anders war als sonst.
Sie kuschelte sich wieder in ihre Felle, wollte die Wärme, die sie spendeten, nicht verlassen, und blickte sich in dem Licht, das durch die Öffnung oberhalb des Eingangs hereinfiel, in ihrem selbstgeschaffenen Zuhause um. Die einzelnen Dinge, an denen sie arbeitete, lagen um sie herum verstreut, doch hinter der Darre lag ein ständig wachsender Haufen von fertigen Gerätschaften und Werkzeugen. Sie war hungrig, und ihr Blick glitt wieder zurück zu der Darre. Das ausgelassene Fett des Pferdes hatte sie in die gereinigten Därme gefüllt und diese in gewissen regelmäßigen Abständen zusammengedrückt und ein paarmal um sich selbst gedreht. Die auf diese Weise entstandenen kleinen weißen Würste hingen neben einer Vielzahl von getrockneten Kräutern und Würzpflanzen, die sie dort an den Wurzeln aufgehängt hatte.
Das brachte sie auf das Frühstück. Trockenfleisch, in einer Brühe gekocht, dazu ein wenig Fett, um das Ganze gehaltvoller zu machen, Würze, vielleicht ein paar Körner, getrocknete Johannisbeeren. Sie war viel zu wach, um liegenzubleiben, und warf die Felldecke beiseite. Flink zog sie den Überwurf an

und legte die Fußlinge an, griff dann nach dem noch warmen Luchsfell vom Bett und trat hinaus, um am äußersten Ende des Felssimses ihr Wasser zu lassen. Sie stieß den Windschutz beiseite und hielt den Atem an.

Die scharfkantigen Konturen des Felssimses waren während der Nacht von einer dicken Schneeschicht zugedeckt worden, die alles viel weicher erscheinen ließ. Der Schnee glitzerte über und über und spiegelte das durchsichtige Blau des Himmels mit den weißen Federwölkchen darin. Es dauerte noch einen Moment, ehe sie eine noch viel erstaunlichere Veränderung begriff. Die Luft war unbewegt. Es regte sich kein Lüftchen.

Das Tal, das sich in jenem Gebiet befand, wo die feuchten Kontinentalsteppen in die trockenen Lößsteppen übergingen, hatte an beiden Klimazonen teil, wobei im Augenblick der Süden das Übergewicht behielt. Der schwere Schnee erinnerte an die Winterverhältnisse, die für gewöhnlich in der Nähe der Clanshöhle vorherrschten, und so war das für Ayla ein Hauch von Heimat.

»Winnie!« rief sie. »Komm heraus! Es hat zur Abwechslung einmal richtig geschneit.«

Plötzlich fiel ihr der Grund ihres Herauskommens ein, und sie hinterließ jungfräuliche Spuren im reinen Weiß, als sie an das äußerste Ende des Simses eilte. Als sie zurückkehrte, sah sie, wie das junge Pferd tänzelnd auf das wesenlose Weiß trat, den Kopf senkte, um zu schnuppern und dann schnaubend auf die kalte Oberfläche blies. Das Füllen sah Ayla an und wieherte.

»Komm schon, Winnie! Der Schnee tut dir nichts.«

Das Pferd hatte tiefen Schnee in dieser Menge nie zuvor erlebt; es war es gewohnt, Flocken im Wind treiben und zu Schneewehen zusammengedrückt zu sehen. Es sank mit dem Huf ein, als es versuchsweise noch einen Schritt machte, und wieherte die Frau nochmals an, gleichsam als bäte es um Unterstützung. Ayla führte das junge Tier hinaus, bis ihm wohler zumute war, und lachte dann über seine Kapriolen, als die natürliche Neugier und der Sinn des Füllens für Spaß die Oberhand gewannen. Es dauerte nicht lange, bis Ayla aufging, daß sie für einen längeren Aufenthalt im Freien nicht richtig gekleidet war. Es war kalt.

»Ich mache mir jetzt heißen Tee und etwas zu essen. Allerdings bin ich knapp mit dem Wasser, muß also Eis holen . . .« Sie lachte. »Ich brauche ja kein Eis aus dem Fluß rauszubrechen. Ich kann ja genausogut eine Schale voll Schnee holen! Wie wär's mit einem warmen Schleim heute morgen, Winnie?«

Nachdem sie die Morgenmahlzeit zu sich genommen hatten, zog Ayla sich warm an und ging wieder nach draußen. Ohne den Wind war die Luft beinahe balsamisch, doch was ihr am meisten das Herz erwärmte, war der vertraute Anblick des ganz gewöhnlichen Schnees auf dem Boden. Sie brachte ganze Schalen und Körbe voll davon in die Höhle hinein und setzte sie in der Nähe ihrer Feuerstelle nieder, damit er schmolz. Schneeinsammeln war so unendlich viel weniger mühselig als Eisschlagen, und so beschloß sie jetzt, etwas von dem gewonnenen Wasser sogar zum Waschen zu benutzen. Sie war es gewohnt gewesen, sich im Winter regelmäßig mit geschmolzenem Schnee zu waschen, doch war es in letzter Zeit schwierig genug gewesen, genügend Eis herauszubrechen und heraufzuschaffen, um Wasser zum Trinken und Kochen zu gewinnen. Waschen war ein Luxus, auf den sie längst hatte verzichten müssen.

Mit dem Holz, das sie an der Rückwand der Höhle gestapelt hatte, baute sie das Feuer wieder auf; danach räumte sie den Schnee von dem zusätzlichen Feuerholz, das sie draußen aufgestapelt hatte, und brachte neues herein.

Wenn ich doch nur Wasser so stapeln könnte wie Holz, dachte sie und blickte auf ihre Behälter mit dem schmelzenden Schnee. Wer weiß, wie lange dieser Vorrat reicht, wenn der Wind erst mal wieder einsetzt. Sie ging hinaus, um noch eine Ladung Holz zu holen und nahm eine Schale mit hinaus, um den Schnee abzuräumen. Als sie eine Schale voll forträumte und sie neben dem Holz auf den Boden warf, bemerkte sie, daß der Schnee seine Form behielt, nachdem sie die Schale wieder hochgenommen hatte. Ob wohl . . .? Warum nicht Schnee auf diese Weise stapeln? Wie einen Stoß Holz . . .?

Diese Vorstellung erfüllte sie mit Begeisterung, und so hatte sie bald den größten Teil des unberührten Schnees vom Sims in der Nähe des Höhleneingangs an der Felswand aufgetürmt. Dann stieg sie den steilen Pfad zum Ufer hinunter. Winnie machte sich den Vorteil des freigeräumten Wegs zunutze und lief zum Feld hinunter. Aylas Augen leuchteten, und ihre Backen waren gerötet, als sie stehenblieb und zufrieden über den Schneeberg vor ihrer Höhle lächelte. Sie erspähte eine kleine Stelle am Ende des Simses, die sie nicht ganz vom Schnee freigemacht hatte; entschlossen ging sie jetzt darauf zu. Dort angekommen, ließ sie den Blick über das Tal schweifen und lachte über Winnie, die sich, tänzelnd die Hufe hebend, ihren Weg durch die ungewohnten Schneewehen bahnte.

Als sie zurückblickte zu dem Schneehaufen, hielt sie inne, und ein unverhofftes Lächeln hob einen ihrer Mundwinkel, als ihr ein seltsamer Einfall kam. Der große Schneehaufen bestand aus vielen schalenartigen Batzen und erinnerte von dort aus, wo sie stand, an ein Gesicht. Sie schob noch ein bißchen Schnee zusammen, hob ihn auf, kehrte zurück, klopfte ihn an einer bestimmten Stelle fest und trat zurück, um die Wirkung zu begutachten.

Ihre Augen glitzerten, und sie lächelte spitzbübisch. »Grüß dich, Brun«, gab sie ihm mittels Gebärdensprache zu verstehen, doch dann legte sich Kümmernis über ihr Gemüt. Der richtige Brun würde nicht gerade begeistert sein, wenn sie einen Haufen Schnee mit seinem Namen anredete. Namens-Wörter waren etwas zu Wichtiges, als sie so bedenkenlos auf irgend etwas anderes anzuwenden. Aber er sieht nun mal so aus wie er. Sie kicherte bei dem Gedanken. Aber vielleicht sollte ich höflicher sein. Es gehört sich nicht für eine Frau, den Anführer zu begrüßen, als ob er ein Blutsverwandter wäre. Ich sollte ihn erst um Erlaubnis bitten, dachte sie, ging dann jedoch in ihrem Spiel noch weiter, setzte sich vor den Schneehaufen und blickte zu Boden – die richtige Haltung einer Frau des Clans, wenn sie darum bat, von einem Mann gehört zu werden.

Innerlich über ihre Schauspielerei lächelnd, saß Ayla gebeugten Hauptes da, als erwartete sie wirklich, daß der Angesprochene ihr auf die Schulter klopfte und damit zu verstehen gab, daß sie sprechen dürfe. Das Schweigen wurde immer lastender, und auf dem Felssims war es kalt und hart. Sie dachte, wie lächerlich es doch war, hier zu sitzen. Bruns Abbild aus Schnee würde ihr nicht auf die Schulter klopfen – genauso, wie Brun selbst es nicht getan hatte, als sie sich das letztemal vor ihn hingesetzt hatte. Sie war, wenn auch zu Unrecht, verflucht worden, und sie hatte den alten Anführer darum bitten wollen, ihren Sohn vor Brouds Zorn zu beschützen. Doch Brun hatte sich von ihr abgewandt; es war zu spät gewesen – sie war bereits tot. Plötzlich verging ihr die Lust zu spielen. Sie erhob sich und starrte Bruns Abbild aus Schnee an.

»Du bist nicht Brun!« gab sie ihm erbost zu verstehen und schlug gerade jenen Teil ab, den sie so sorgsam hinzugefügt hatte. Wut stieg in ihr auf. »Du bist nicht Brun! Du bist nicht Brun!« Mit Händen und Füßen bearbeitete sie den Schneehaufen und löschte alles aus, was einem Gesicht hätte ähnlich sehen können. »Ich werde Brun nie wiedersehen. Ich werde Durc nie wiedersehen. Ich werde überhaupt nie jemand wiedersehen! Ich bin vollkommen allein.« Ein bitterer Klagelaut entrang sich ihren Lippen, und sie schluchzte verzweifelt auf. »Ach, warum bin ich nur so allein!«

Sie sank auf die Knie, streckte sich im Schnee aus und spürte, wie die warmen Tränen auf ihrem Gesicht kalt wurden. Sie hieß die eisige Feuchtigkeit willkommen, gab sich ihr ganz hin, begrüßte die Benommenheit, die sie ihr brachte. Sie wollte ganz darin versinken, sich davon einhüllen und den Schmerz ausfrieren lassen, die Empörung und die Einsamkeit. Als sie anfing zu zittern, schloß sie die Augen und versuchte, die Kälte, die allmählich in ihr hochkroch, einfach nicht zur Kenntnis zu nehmen.

Dann spürte sie etwas Warmes und Feuchtes an ihrem Gesicht und hörte das leise Schnauben eines Pferdes. Sie versuchte, auch Winnie einfach nicht zu beachten. Wieder stupste das junge Tier sie an. Ayla machte die Augen auf und blickte in die großen dunklen Augen und auf die lange Nase des Steppenpferdes. Sie streckte die Arme aus, legte sie dem Fohlen um den Hals und barg das Gesicht in seinem zottigen Fell. Als sie losließ, wieherte das Pferd leise.

»Du möchtest, daß ich aufstehe, nicht wahr, Winnie?« Das Pferd hob und senkte den Kopf, als hätte es verstanden, was Ayla gern glauben wollte. Ihr Überlebensinstinkt war immer sehr ausgeprägt gewesen; es bedurfte schon mehr als nur der Einsamkeit, sie zum Aufgeben zu bringen. Obwohl sie in Bruns Clan aufgewachsen war und auch Zuneigung erfahren hatte, war sie in vieler Hinsicht ihr Leben lang allein gewesen. Sie war immer anders, ihre Liebe zu anderen immer die bestimmende Kraft in ihr gewesen. Daß andere sie gebraucht hatten – Iza, als sie krank gewesen war, Creb, als er alt geworden war –, hatte ihrem Leben Ziel und Sinn gegeben.

»Du hast recht, ich sollte aufstehen. Ich kann dich nicht allein lassen, Winnie, und hier draußen werde ich nur kalt und naß. Ich werde etwas Trockenes überziehen. Und dann werde ich dir einen schönen warmen Brei kochen. Das würde dir gefallen, nicht wahr?«

Ayla beobachtete, wie die beiden Polarfuchsrüden knurrten und nach einander schnappten, und roch den durchdringenden Fuchsgeruch, wie er typisch ist für Rüden in der Ranz, hatte ihn sogar hier oben auf ihrem Sims in der Nase. Im Winter sind sie hübscher als im Sommer, wo sie einfach langweilig braun sind. Wenn ich ein weißes Fell möchte, sollte ich sie jetzt jagen, dachte sie, machte jedoch keine Anstalten, sich zu erheben und ihre Schleuder zu holen. Einer der Rüden war Sieger geblieben und bestand jetzt auf der Belohnung. Als der Rüde sie bestieg, verkündete die Fähe mit rauhem Schrei, daß sie bereit sei.

Diesen Schrei stößt sie nur dann aus, wenn sie sich paaren. Ich möchte mal wissen, ob sie es mag oder nicht? Ich habe es nie gemocht, selbst nachdem es nicht mehr wehtat. Die anderen Frauen aber wohl. Warum bin ich da so anders gewesen? Bloß weil ich Broud nicht mochte? Was sollte das schon ausmachen? Mag die Fähe dort unten diesen Rüden? Gefällt ihr, was er da macht? Jedenfalls läuft sie nicht fort.

Es war nicht das erste Mal, daß Ayla Abstand davon nahm zu jagen, um Füchse und andere fleischfressende Tiere zu beobachten. Oft hatte sie tagelang damit zugebracht, die Beute zu beobachten, die ihr Totem ihr zu jagen gestattete, um ihre Gewohnheiten und ihren Lebensbereich kennenzulernen – und hatte dabei festgestellt, daß es sich um interessante Mitgeschöpfe handelte. Die Männer des Clans lernten das Jagen, indem sie sich an pflanzenfressenden Tieren übten, Tieren, die man essen konnte; wenn sie ihnen auch nachspürten und sie jagten, wenn es ihnen darum ging, einen wärmenden Pelz zu bekommen – besonders gern machten sie auf fleischfressende Raubtiere nicht Jagd. Deshalb entwickelten sie auch nicht jene besondere Beziehung zu ihnen, wie Ayla sie hatte.

Sie faszinierten sie immer noch, obwohl sie sie inzwischen gut kannte; doch der rasch rammelnde Rüde und die schreiende Fähe brachten sie dazu, auch über anderes nachzudenken als die Jagd. Jedes Jahr gegen Ende des Winters kommen sie auf diese Weise zusammen, und wenn ihr Fell braun wird, wird diese Fähe einen Wurf Junge haben. Ob sie wohl hierbleibt und unter den Knochen und dem Treibholz haust, oder ob sie sich woanders einen Bau gräbt? Hoffentlich bleibt sie. Sie wird sie säugen und ihnen dann zum Teil durchgekaute Babynahrung füttern. Später wird sie dann Beutetiere bringen, die sie geschlagen hat: Mäuse und Maulwürfe und Vögel. Manchmal sogar ein Kaninchen. Und wenn ihre Jungen größer sind, wird sie ihnen lebendige Beute bringen und ihnen beibringen, wie man jagt. Nächsten Herbst werden sie dann fast ausgewachsen sein, und im folgenden Winter werden die Fähen schreien wie diese hier, wenn die Rüden sie besteigen.

Warum tun sie das? So zusammenkommen? Ich nehme an, er legt die Grundlage für die Jungen in ihr. Wenn sie nichts weiter zu tun braucht, als einen Geist zu verschlucken, um sie zu bekommen, wie Creb mir immer gesagt hat, warum paaren sie sich dann so? Niemand hätte gedacht, daß ich ein Baby bekommen würde. Der Geist meines Totems sei zu stark, haben sie immer gesagt. Und dann habe ich doch eines bekommen. Ob die Grundlage für Durc gelegt wurde, als Broud das mit mir machte? Dann würde es keine Rolle spielen, ob mein Totem stark war oder nicht.

Leute sind aber nicht wie Füchse. Sie bekommen nicht nur im Frühling Babys; die können sie jederzeit bekommen. Und Männer und Frauen paaren sich auch nicht nur im Winter, sondern tun das dauernd. Allerdings bekommt eine Frau nicht jedesmal ein Baby, wenn sie das tun. Vielleicht hat auch Creb recht. Vielleicht muß der Geist vom Totem eines Mannes in die Frau hineinkommen; nur, daß sie ihn nicht hinunterschluckt. Ich glaube, er tut es in sie hinein, wenn sie zusammenkommen – mit seinem Glied. Manchmal wehrt ihr Totem sich dagegen, und manchmal bildet es die Grundlage für neues Leben.

Ich glaube, ich möchte gar keinen weißen Fuchspelz haben. Wenn ich einen erlege, gehen die anderen fort, und ich möchte sehen, wie viele Welpen sie bekommt. Ich werde mir den Hermelin holen, den ich unten am Wasser gesehen habe, und zwar, ehe sein Fell braun wird. Das Fell ist noch weicher und weißer als das des Polarfuchses; und außerdem gefällt mir die schwarze Spitze am Schwanz.

Nur ist das Tier so klein, daß sein Fell kaum für einen Handling ausreicht; außerdem wird es im Frühjahr Junge bekommen. Nächsten Winter wird es

vermutlich mehr Hermeline geben als jetzt. Vielleicht gehe ich heute überhaupt nicht jagen. Ich glaube, ich mache lieber diese Schale fertig.
Es kam Ayla nicht in den Sinn, sich zu fragen, wieso sie darüber nachdachte, wo sie doch vorgehabt hatte, im Frühjahr weiterzuziehen. Sie gewöhnte sich immer mehr an ihr Alleinsein – nur abends kam es ihr zum Bewußtsein, wenn sie eine neue Kerbe in ihren glatten Stab schnitt und einen vollgeschnitzten Stab auf den immer größer werdenden Haufen solcher Stäbe legte.

Ayla versuchte, sich die fettige Haarsträhne mit dem Handrücken aus der Stirn zu streichen. Sie war dabei, in Vorbereitung auf das Flechten eines großen, weitmaschigen Korbs die Pfahlwurzel eines Baumes zu spalten und konnte sie im Augenblick nicht loslassen. Sie hatte mit neuen Flechttechniken experimentiert und dabei höchst unterschiedliches Material und die Kombination von verschiedenen Materialien ausprobiert, um verschiedene Muster herzustellen. Der ganze Vorgang des Flechtens, Knüpfens und Verbindens sowie die Herstellung von Geweben, Fäden und Schnüren hatte sie so sehr gefesselt, daß sie kaum mehr für etwas anderes Sinn hatte. Obwohl das Endergebnis bisweilen nicht zu gebrauchen war und sie nur darüber lachen konnte, hatte sie ein paar erstaunliche Neuerungen gemacht, die sie ermutigten, mit ihren Versuchen fortzufahren. Sie ertappte sich dabei, daß sie nahezu alles, was ihr in die Finger geriet, flocht oder umeinanderzwirbelte.
Seit dem frühen Morgen hatte sie an einer besonders verzwickten Webart gearbeitet, und erst als Winnie eintrat und den aus Fell bestehenden Windschutz vor dem Eingang mit der Nase beiseite schob, merkte sie, daß es Abend geworden war.
»Wieso ist es denn schon so spät, Winnie? Du hast noch nicht mal Wasser in deiner Schale«, sagte sie, stand auf und streckte sich; solange auf einer Stelle gesessen zu haben, hatte sie steif gemacht. »Ich sollte uns etwas zu essen holen. Außerdem wollte ich meine Schlafstelle wechseln.«
Die junge Frau eilte geschäftig hin und her, holte frisches Heu für das Pferd und Heu für die flache Mulde unter ihrer Lagerstatt, und warf das alte Heu über den Rand des Simses. Sie hackte den Eismantel auf, der sich über dem in der Nähe des Höhleneinganges aufgehäuften Schneehaufen gebildet hatte, um an den Schnee im Inneren heranzukommen; wie dankbar sie jetzt war, daß sie ihn hatte. Allerdings merkte sie, daß nicht mehr viel übrig war, und sie überlegte, wie lange dieser wohl noch reichen würde, ehe sie wieder Wasser von unten würde heraufholen müssen. Sie ging mit sich zu Rate, ob sie auch Wasser zum Waschen mit hineinnehmen sollte; sie fand, daß sie eigentlich bis zum Frühling keine Gelegenheit mehr dazu haben würde, sich zu waschen, und nahm daher genug Schnee mit, daß es auch noch zum Haarewaschen reichte.

Eis schmolz in Schalen in der Nähe des Feuers, während sie etwas zu essen zubereitete und kochte. Dabei kehrten ihre Gedanken immer zu dem Prozeß des Arbeitens mit Pflanzenfasern zurück, das sie im Augenblick mit solcher Ausschließlichkeit beschäftigte. Nachdem sie gegessen und sich gewaschen hatte, kämmte sie sich mit einem Zweig und den gespreizten Fingern Verfilzungen aus dem nassen Haar, da fiel ihr Blick auf eine getrocknete Kardendistel, die sie benutzt hatte, um irgendwelche zerzauste Borke zum Zwirbeln auszukämmen und zu entzwirren. Seit sie Winnie regelmäßig kämmte, war sie auf den Gedanken gekommen, die Kardendistel auch zum Auskämmen von Pflanzenfasern zu benutzen. Von da aus war es nur ein natürlicher Schritt, sie auch zum Kämmen der eigenen Haare zu benutzen.

Vom Ergebnis war sie entzückt. Ihr dickes goldenes Haar fühlte sich weich und glatt an. Bisher hatte sie ihrem Haar keinerlei besondere Beachtung geschenkt und es nur gelegentlich gewaschen; für gewöhnlich trug sie es aus dem Gesicht genommen und hinter den Ohren festgemacht, so daß in der Mitte mehr oder weniger zufällig ein Scheitel entstanden war. Iza hatte ihr oft gesagt, das Haar sei das Schönste an ihr; das fiel ihr besonders wieder ein, nachdem sie es nach vorn gekämmt hatte, um es beim Schein des Feuers zu betrachten. Die Farbe war eigentlich sehr hübsch, fand sie; was ihr jedoch noch weit mehr gefiel, war die schöne, lange und glatte Beschaffenheit des Haares als solches. Fast noch, ehe sie sich darüber klar wurde, hatte sie bereits einen Teil ihres Haares zu einem langen Zopf geflochten.

Das Ende umwickelte sie mit einem Stück Sehne; dann machte sie sich an einen anderen Teil. Flüchtig mußte sie daran denken, wie sonderbar andere es finden würden, wenn sie sahen, wie sie sich selbst Zöpfe flocht, doch das hielt sie nicht davon ab, und es dauerte nicht lange, und ihr ganzer Kopf war voller langer Zöpfe. Sie bewegte den Kopf immer wieder von einer Seite zur anderen und lächelte über die neue Art, das Haar zu tragen. Die Zöpfe gefielen ihr; nur konnte sie sie nicht hinterm Ohr feststecken, damit sie sie nicht im Gesicht störten. Nach einigen Versuchen fand sie eine Möglichkeit, die Zöpfe vorn schneckenförmig zusammenzurollen und auf dem Kopf festzustecken; da sie sie jedoch gern schwenkte, ließ sie die Zöpfe an der Seite und hinten einfach hängen.

Anfangs war es nur das Neue, was ihr so gefiel; später war es die Bequemlichkeit, die sie dazu brachte, ihr Haar immer geflochten zu halten. Auf diese Weise blieb es, wo es sein sollte, und sie war nicht ständig damit beschäftigt, lockere Strähnen aus dem Gesicht zu streichen. Und was machte es schon, daß irgend jemand sie vielleicht sonderbar fände? Sie konnte, wenn sie wollte, ihr Haar zu Zöpfen flechten – schließlich brauchte sie niemand außer sich selbst zu gefallen.

Bald danach verbrauchte sie den letzten Schnee auf ihrem Sims, doch Eis brechen, um Wasser zu bekommen, brauchte sie auch nicht mehr. In den Schneewehen hatte sich Schnee genug festgesetzt. Als sie das erste Mal hinunterging, um welches zu holen, bemerkte sie allerdings, daß die Schneedecke unterhalb ihrer Höhle von einer hauchdünnen Schicht Ruß und Asche von ihrem Feuer bedeckt war. Sie ging auf der gefrorenen Wasserfläche weiter flußaufwärts, um eine saubere Stelle zu finden, doch als sie die schmale Schlucht einmal betreten hatte, verführte die Neugierde sie weiterzugehen.
Sie war nie so weit stromaufwärts geschwommen, wie sie es hätte tun können. Die Strömung war kräftig, und es hatte auch keine Notwendigkeit vorgelegen. Einfach zu gehen, bereitete jedoch keinerlei Mühe; sie mußte nur achtgeben, daß sie auf dem Eis nicht ausglitt. Die Schlucht entlang, wo fallende Temperaturen Wasserspritzer hatte erstarren lassen oder Druck Grate aufgeworfen hatte, hatten Phantasien in Eis Traumlandschaften entstehen lassen. Die wundersamen Gestalten, die sie sah, entlockten ihr ein freudiges Lächeln, doch war sie in keiner Weise auf das gefaßt, was sie zuletzt vor sich sah.
Sie war eine Weile dahingegangen und dachte schon daran umzukehren. Auf dem Boden der im Schatten liegenden Schlucht war es kalt, und das Eis trug dazu bei, alles noch kälter erscheinen zu lassen. Sie beschloß, nur noch bis zur nächsten Biegung des Flusses weiterzugehen. Dort angekommen, blieb sie unverhofft stehen und starrte überwältigt auf das Bild, das sich ihren Augen bot. Hinter der Biegung stießen die Wände der Schlucht zusammen und bildeten eine Felswand, die bis zur Steppe oben hinaufreichte. Über diese Wand ergossen sich die glitzernden Eiszapfen eines erstarrten Wasserfalls. Steinhart, dabei jedoch kalt und weiß, wirkte er auf sie wie eine staunenswerte Umkehrung – gleichsam, als ob das Innere einer Höhle nach außen gekrempelt worden wäre. Das massive Eisgebilde war atemberaubend in seiner Großartigkeit. Die ganze gewaltige Kraft des Wassers, vom Winter in seinem Griff gehalten, schien bereit, sich auf sie zu stürzen. Die Wirkung war schwindelerregend, doch gleichzeitig stand sie wie angewurzelt ganz im Banne seiner Pracht da. Sie erschauerte angesichts dieser geballten Kraft, und ehe sie sich abwandte, meinte sie, an der äußersten Spitze eines hoch droben sitzenden Eiszapfens einen Tropfen Wasser blitzen zu sehen, und es überlief sie ein noch tieferer Schauder.

Ayla erwachte. Kalte Windstöße fuhren herein, und als sie aufblickte, sah sie durch den Höhleneingang die gegenüberliegende Felswand. Der Windschutz klatschte immer wieder gegen den Pfosten. Nachdem sie ihn wieder in Ordnung gebracht hatte, stand sie eine Weile da und hielt das Gesicht in den Wind. »Es wird wärmer, Winnie. Ich bin sicher, der Wind ist nicht mehr so kalt wie vorher.«

Das Pferd zuckte mit den Ohren und sah die Frau erwartungsvoll an. Aber es war nur Rede. Die Frau gab weder Zeichen noch Laute von sich, auf die das junge Pferd hätte eingehen müssen: keine Gebärde, mit der es aufgefordert wurde, näherzukommen oder zurückzuweichen; kein Zeichen, das besagte, daß es gleich Futter bekäme, gekrault, gestreichelt oder geklopft werde und auch sonst keine Form von Zuneigung zu erwarten stand. Ayla hatte das Pfed nicht bewußt trainiert; für sie war Winnie ein Gefährte und ein Freund. Nur hatte das kluge Tier allmählich begriffen, daß bestimmte Signale und Laute mit bestimmten Tätigkeiten verbunden waren, und gelernt, auf viele von ihnen entsprechend zu reagieren.

Auch Ayla begriff nachgerade Winnies Sprache. Das Pferd brauchte nicht mit Worten zu sprechen; die Frau war es gewohnt, in verschiedenen Ausdrucksformen feine Bedeutungsunterschiede zu erkennen. Laute hatten bei der Verständigung innerhalb des Clans immer eine zweitrangige Bedeutung gehabt. Im Laufe des langen Winters, in dessen Verlauf sie gezwungen gewesen war, auf engem Raum beieinander zu leben, hatte sich ein warmes Band der Zuneigung sowie ein hohes Maß an Verständigung und Verständnis zwischen ihnen herausgebildet. Für gewöhnlich wußte Ayla genau, ob Winnie glücklich, zufrieden, nervös oder erregt war und reagierte auf Signale von seiten des Pferdes, die ihre Aufmerksamkeit erheischten – Fressen, Wasser, Streicheln. Allerdings war es die Frau, die zielgerichtete Anweisungen und Signale von sich gab, auf die das Pferd einging.

Ayla stand am Ausgang, aber noch in der Höhle, und begutachtete ihre Reparatur und den Zustand des Fells, das den Windschutz bildete. Sie mußte am oberen Rand neue Löcher machen und einen neuen Riemen durchziehen, um das Fell wieder am Querbalken oben festzuzurren. Plötzlich spürte sie etwas Feuchtes hinten am Hals.

»Nicht, Winnie . . .« Sie drehte sich um, doch das Pferd hatte sich nicht von der Stelle gerührt. Gerade in diesem Augenblick traf sie wieder ein Tropfen. Sie blickte sich um und dann hinauf auf den Eiszapfen am Rand des Rauchabzugs. Der Dampf, der beim Kochen entstanden war, sowie ihr und Winnies Atem, von der Wärme des Feuers nach oben getragen, war dort auf die kalte Luft gestoßen, die durch das Loch hereinkam, was zur Folge gehabt hatte, daß sich Eis bildete. Allerdings nahm der trockene Wind immer gerade genug Feuchtigkeit mit, so daß das Eis sich nicht zu einem regelrechten Eiszapfen auswachsen konnte. Die meiste Zeit den Winter über hatte nur ein Eisrand das Loch oben geziert. Um so überraschter war Ayla, jetzt den langen schmutzigen Eiszapfen voller Ruß und Asche dort oben herunterhängen zu sehen.

Ein Wassertropfen, der unten an der Spitze hing, fiel herunter und traf sie mitten auf der Stirn, ehe ihre Verwunderung so groß wurde, daß sie beiseite trat. Sie wischte sich die Feuchtigkeit ab und stieß dann einen Freudenschrei aus.

»Winnie! Winnie! Es wird Frühling! Das Eis fängt an zu schmelzen!« Sie lief zu dem Fohlen, schlang ihm die Arme um den zottigen Hals und beruhigte das durch ihre Ausrufe aufgeregte Tier. »Ach, Winnie, bald werden die Bäume knospen und das erste Grün erscheinen. Nichts ist so gut wie das erste Frühlingsgrün! Warte, bis du Frühlingsgras gekostet hast. Das wirst du mögen!«

Ayla lief auf das breite Sims hinaus, als ob sie erwartete, eine grüne statt einer weißen Welt dort draußen zu sehen. Der kalte Wind trieb sie jedoch rasch wieder hinein, und ihre freudige Erregung über die ersten Tropfen Schmelzwasser verwandelte sich in Bestürzung, als der Frühling sein Versprechen wieder zurücknahm und ein paar Tage später der schlimmste Schneesturm des ganzen Winters die Schlucht heruntergefegt kam. Doch trotz des Eismantels, mit dem alles überzogen wurde, folgte der Frühling dem Winter unerbittlich auf den Fersen, und der wärmende Hauch der Sonne brachte die gefrorene Kruste der Erde zum Schmelzen. Die Wassertropfen hatten in der Tat die Verwandlung von Eis in Wasser im Tal angekündigt – und zwar in einem Ausmaß, wie Ayla es nie für möglich gehalten hätte.

Zu den ersten wärmeren Schmelzwassertropfen gesellten sich bald Frühlingsregen, die halfen, Schnee und Eis überall dort, wo sie sich festgesetzt hatten, aufzuweichen und herauszuwaschen; vor allem aber brachten sie den trockenen Steppen das jahreszeitliche Maß an Feuchtigkeit. Allerdings gingen die Regenfälle diesmal nicht nur im Umkreis des Tals hernieder. Die Quelle, die den Fluß speiste, der durch das Tal floß, war der große Gletscher selbst, und während des Tauwetters nahm der Fluß überall das Wasser von kleineren Zuflüssen in sich auf, von denen viele gar nicht vorhanden gewesen waren, als Ayla hierhergekommen war.

Springfluten in vorher trockenen Flußläufen überraschten ahnungslose Tiere und rissen sie aufschäumend mit. In den strudelnden und durcheinanderwirbelnden Wassermassen wurden ganze Tierkadaver auseinandergerissen, zermahlen und zerrieben und bis auf die Knochen zerfetzt. Gelegentlich kümmerten herunterrauschende Wassermassen sich kein Deut um frühere Flußbette. Das Schmelzwasser bahnte sich neue Wege, riß samt den Wurzeln Sträucher und Bäume heraus, die in der feindseligen Umgebung jahrelang gekämpft hatten, um hier zu gedeihen. Steine und Felsbrocken, ja, riesige Findlinge gerieten durch die Fluten in Bewegung und wurden samt dem anderen Geröll und Schutt flußabwärts getragen.

Die einander nahe gegenüberstehenden Wände der schmalen Schlucht weiter stromaufwärts von Aylas Höhle engten die reißenden Fluten ein und zwangen sie, sich als hoher Wasserfall in die Tiefe zu stürzen. Der Widerstand, der ihnen entgegengebracht wurde, verstärkte jedoch nur den Druck der Wassermassen, und so stieg der Wasserstand beträchtlich an. Die Füchse hatten ihren Bau unter der Vorjahreshalde von Knochen und Treibholz längst verlassen, ehe der steinübersäte Uferstreifen unterhalb der Höhle wieder überschwemmt wurde.

Ayla hielt es nicht in der Höhle. Vom Sims aus verfolgte sie, wie der wirbelnde, durcheinanderstrudelnde und schäumende Fluß von Tag zu Tag höher stieg. Das Wasser rauschte durch die schmale Schlucht – Ayla konnte sehen, wie das Wasser sich überstürzte, als es diese endlich hinter sich lassen konnte –, schäumte auf die vorspringende Felswand zu und lud einen Teil der mitgebrachten Fracht am Fuß des Felsens ab. Jetzt endlich begriff sie, wieso sich der Haufen von Knochen, Treibholz und Felsbrocken, den sie so nützlich gefunden hatte, dort abgelagert hatte, und erst jetzt erkannte sie dankbar, welch ein Glücksfall es gewesen war, daß sie eine so hochgelegene Höhle gefunden hatte.

Sie spürte, wie das Sims erschüttert wurde, wenn ein großer Findling oder Baum dagegenprallte. Das machte ihr zwar angst, doch hatte sie sich längst eine fatalistische Lebensansicht zu eigen gemacht. Wenn sie sterben sollte, würde sie sterben; sie war verflucht worden und sollte ohnehin längst tot sein. Es mußten Kräfte ihr Schicksal bestimmen, die weit mächtiger waren als sie selbst, und wenn die Felswand zusammenbrach, während sie oben stand, konnte sie nichts dagegen tun. Aber die rücksichtslose Gewalttätigkeit der Natur faszinierte sie.

Jeden Tag bot sich ihr ein neues Bild. Einer der großen Bäume, die nahe der gegenüberliegenden Wand gewachsen waren, hielt der Flut nicht stand. Er fiel gegen ihr Sims, wurde aber bald von der angeschwollenen Strömung fortgerissen. Sie sah mit eigenen Augen, wie er um die Flußbiegung herumgewirbelt und hinausgeschwemmt wurde auf eine Wasserfläche, die sich jetzt dort ausdehnte, wo am Flußrand zuvor üppige Vegetation geherrscht hatte. Bäume und Sträucher, die unter den brodelnden Fluten immer noch im Erdreich verwurzelt waren, hielten den gestürzten Riesen fest, doch war jeder Widerstand sinnlos. Der Baum wurde von ihnen losgerissen, die Wurzeln freigeschwemmt.

Sie wußte, daß der Winter die vereisten Wasserfälle endgültig freigeben mußte. Ein Krachen hallte in der Schlucht wider und verkündete das Erscheinen von zerfressenen Eisschollen, die tanzend und sich drehend von der Strömung heruntergetragen wurden. Vor der Wand drängten sie sich zusammen, dann rauschten sie um sie herum und verloren sich auf der Weite der Wasserfläche.

Der vertraute Uferstreifen machte einen völlig veränderten Eindruck, als das Hochwasser endlich so weit zurückgegangen war, daß Ayla sich wieder den steilen Pfad zum Fluß hinunterwagen konnte. Der verschlammte Treibholz- und Knochenhaufen am Fuß der Wand hatte ein neues Gesicht bekommen; jetzt lagen dort auch noch Tierkadaver. Auch das steinübersäte Ufer selbst sah völlig verändert aus, und vertraute Bäume waren entwurzelt und einfach fortgeschwemmt worden. Freilich nicht alle. Im normalerweise trockenen Boden reichten die Wurzeln tief hinab, zumal in einiger Entfernung vom Fluß. Sträucher und Bäume waren die jahreszeitlichen Überschwemmungen gewohnt, und was bisher jahrelang überlebt hatte, hatte sich auch diesmal größtenteils halten können. Als an den Himbeeren die ersten Knospen aufbrachen, mußte Ayla schon an die reifen roten Früchte denken, und damit wurde ihr ein dringendes Problem bewußt.
Es war sinnlos, auf Beeren zu zählen, die erst im Sommer reifen würden. Wenn sie ihre Suche nach den Anderen fortsetzen wollte, dann wäre sie längst nicht mehr hier. Die erste Frühlingsahnung machte ihr bewußt, daß sie sich entscheiden mußte, wann sie das Tal verlassen wollte. Das war schwieriger, als sie es sich vorgestellt hatte.
Sie saß an ihrem Lieblingsplatz am Ende der Terrasse. Dort, wo es auf die Weiden hinausging, befand sich eine flache Stelle, auf der sie sitzen, und in genau der richtigen Entfernung eine Schwelle, auf die sie ihre Füße stellen konnte. Zwar sah sie von dort aus nicht das Wasser, wie es um die Biegung herumfloß, doch dafür bot sich ihr ein weiter Ausblick auf das Tal, und wenn sie den Kopf ein wenig drehte, konnte sie weiter flußaufwärts den Ausgang der Schlucht sehen. Sie hatte Winnie unten auf den Weiden beobachtet und gesehen, wie sie den Kopf wandte. Als sie um die vorspringende Felswand herumkam, war sie Aylas Blicken entschwunden, doch hörte sie sie jetzt den Pfad heraufkommen und wartete auf ihr Erscheinen.
Die Frau lächelte, als sie den großen Kopf des Steppenpferdes mit den dunklen Ohren und der struppigen braunen Mähne erblickte. Als sie näherkam, bemerkte Ayla, daß das falbfarbene Tier sein Winterfell verlor, und sie sah den dunklen Streifen, der sich von seiner Kruppe bis zum Schweifansatz hinzog. Die Vorderbeine wiesen oberhalb der Knie die Andeutung von helleren Streifen auf. Das junge Pferd sah die Frau und schnaubte leise; es wartete darauf, ob Ayla etwas von ihm wollte, und ging dann weiter in die Höhle hinein. Wenn er auch noch recht mager war, hatte der Jährling inzwischen schon seine volle Größe erreicht.
Ayla wandte sich wieder dem vor ihr liegenden Ausblick sowie den Gedanken zu, die sie schon tagelang beschäftigten und sie nachts nicht schlafen ließen. Ich kann jetzt nicht fort – ich muß erst ein bißchen jagen und vielleicht sogar

warten, bis die ersten Früchte reifen. Und was mache ich mit Winnie? Das war ihr größtes Problem. Sie wollte nicht allein leben, wußte aber von den Leuten, die vom Clan die Anderen genannt worden waren, nichts weiter, als daß sie selbst eine von ihnen war. Was, wenn ich auf Leute stoße, die mich Winnie nicht behalten lassen? Brun würde niemals zulassen, daß ich ein ausgewachsenes Pferd behalte, zumal wenn es so jung und zart ist. Was, wenn sie Winnie töten wollen? Sie würde ja nicht einmal fortlaufen, sondern einfach dableiben und sie gewähren lassen. Wenn ich ihnen sagte, sie sollten es nicht tun – würden sie überhaupt acht darauf geben? Broud würde sie töten, ich könnte sagen, was ich wollte. Was, wenn die Männer der Anderen genauso sind wie Broud? Oder womöglich noch schlimmer? Schließlich haben sie das Baby getötet, wenn auch nicht mit Absicht.

Irgendwann muß ich irgendwen finden, aber ich kann auch noch etwas länger hierbleiben. Zumindest solange, bis ich wieder auf die Jagd gehen kann und vielleicht einige der Wurzeln wieder genießbar sind. Ja, das werde ich tun. Ich werde bleiben, bis die Wurzeln wieder so groß sind, daß ich nach ihnen graben kann.

Nachdem sie den Entschluß gefaßt hatte, ihr Fortgehen noch hinauszuschieben, war ihr, als wäre ihr ein Stein vom Herzen gefallen, und sie war bereit, wieder etwas zu tun. Sie stand auf und ging hinüber ans andere Ende des Simses. Der Aasgeruch von verwesendem Fleisch unten am Fuß der Wand stieg bis zu ihr herauf. Sie bemerkte Bewegung dort unten und beobachtete, wie eine Hyäne mit ihren kräftigen Kiefern das Vorderbein eines toten Tieres zermalmte, das wahrscheinlich einmal ein Hirsch gewesen war. Kein anderes Tier, weder Aasfresser noch Raubtier, besaß eine solche Kraft in den Kiefern und in der Vorderhand; gleichzeitig verlieh diese der Hyäne ein so häßlich unproportioniertes Aussehen.

Als Ayla das erste Mal das niedrige Hinterteil einer Hyäne mit den leicht gebogenen Beinen gesehen hatte, die schnüffelnd in dem Haufen unten herumgestöbert hatte, hatte sie an sich halten müssen. Doch als sie dann sah, wie sie mit einem verwesenden Teil eines Tierkadavers abgezogen war, hatte sie sie ganz in Ruhe gelassen, denn diesmal war sie froh gewesen über den Dienst, den sie ihr leistete. Sie hatte sie genauso beobachtet wie die Raubtiere. Im Gegensatz zu Raubkatzen oder Wölfen war die Hyäne nicht auf kräftig entwickelte Hinterbeine angewiesen, um ihr Opfer anzuspringen. Wenn Hyänen jagten, hatten sie es auf die Weichteile und die Euter oder Zitzen ihrer Beutetiere abgesehen. Normalerweise ernährten sie sich jedoch von Aas in jedem Grad der Verwesung.

Sie schwelgten in Verfall und Verwesung. Ayla hatte sie selbst Kot von Clansangehörigen fressen und Leichen freischarren sehen, die nicht tief genug vergraben worden waren; sie fraßen sogar Dung und stanken genauso widerwärtig wie das, was sie fraßen. Mochte ihr Biß auch nicht sogleich tödlich sein; hinterher führte er durch Infektion häufig zum Tode. Außerdem hielten sie sich an Jungtiere.

Ayla verzog angewidert das Gesicht und erschauerte. Sie haßte sie und mußte an sich halten, um die Hyäne da unten nicht mit ihrer Schleuder zu erlegen. Ihre Haltung war irrational, doch vermochte sie ihre heftige Abneigung gegen die braungesprenkelten Aasfresser nicht zu überwinden. Von ihrem vorteilhaften Standort aus sah sie einen Vielfraß sich seinen Anteil vom Aas holen. Das Tier sah aus wie ein Bärenjunges, nur, daß es einen langen Schwanz hatte. Allerdings wußte Ayla, daß sie eigentlich mehr wie Wiesel waren und ihre Moschusdrüsen eine genauso wirksame Abwehrwaffe darstellten wie die des Stinktiers. Der Vielfraß war ein tückischer Aasfresser. Es kam vor, daß diese Tiere ohne jeden ersichtlichen Grund ganze Höhlen oder offene Lagerplätze verwüsteten. Sie waren angriffslustige, intelligente und absolut furchtlose Räuber, die sich selbst an die Riesenhirsche heranwagten, sich aber auch mit Mäusen, Vögeln, Fröschen, Fischen und Beeren zufriedengaben. Ayla hatte gesehen, wie sie sogar größere Tiere von ihrer eigenen Beute verjagten. Sie waren ihrer Achtung würdig, und ihr absolut frostabweisendes Fell sehr wertvoll.

Sie beobachtete, wie ein rotes Milan-Pärchen sich von seinem hochgelegenen Nest auf einem Baum auf der anderen Seite des Flusses in die Luft aufschwang und rasch in den Himmel aufstieg. Sie breiteten ihre langen, rötlichen Schwingen und die V-förmig ausgeschnittenen Schwanzfedern aus und stießen zum steinigen Uferstreifen hinab. Milane verschmähten gleichfalls kein Aas, jagten aber wie die anderen Raubvögel auch kleinere Säugetiere und Reptilien. Die junge Frau war mit Raubvögeln nicht sonderlich vertraut und wußte nur, daß die Weibchen für gewöhnlich größer waren als die Männchen – und daß es schön war, ihnen zuzusehen.

Geier konnte Ayla trotz des häßlichen nackten Halses und ihres widerwärtigen Geruchs immerhin ertragen. Ihr gebogener Schnabel war scharf und kräftig, dazu gemacht, tote Tiere zu zerfleischen und auseinanderzureißen; ihre Bewegungen hatten jedoch etwas Majestätisches. Es war atemberaubend zuzusehen, wie ein Geier mühelos aufstieg und seine Kreise zog, mit großen Schwingen auf den Luftströmungen dahinglitt und sich, sobald er etwas Freßbares erblickt hatte, zu Boden fallen ließ und mit vorgestrecktem Hals und halb ausgebreiteten Flügeln auf das Aas zuhüpfte.

Die Aasfresser unten hatten reiche Beute gefunden. Selbst Aaskrähen bekamen ihren Anteil, und Ayla war heilfroh. Bei dem Gestank, der von den verwesenden Tieren aufstieg, konnte sie selbst die verhaßte Hyäne ertragen. Je

schneller sie dort unten aufräumten, desto glücklicher würde sie sein. Plötzlich bereitete ihr der widerwärtige Aasgeruch Übelkeit. Sie sehnte sich danach, reine Luft zu atmen.
»Winnie!« rief sie. Das Pferd steckte beim Klang seines Namens den Kopf zur Höhle heraus. »Ich mache einen Spaziergang. Kommst du mit?« Die Jungstute sah die auffordernde Handbewegung, warf den Kopf ein paarmal in die Höhe und ging auf die Frau zu.
Sie stiegen den schmalen Pfad hinunter, schlugen einen weiten Bogen um den steinigen Uferstreifen mit seinen ekligen Gästen und umrundeten die Felswand. Das Pferd schien ruhiger zu werden, als sie an dem Band aus Strauchwerk entlanggingen, das den kleinen Flußlauf säumte, der ruhig wieder in seinem ursprünglichen Bett dahinfloß. Der Todesgeruch machte sie nervös, und ihre unbewußte Furcht vor Hyänen beruhte auf einer sehr frühen Erfahrung. Obwohl die Luft immer noch ein wenig feucht-kalt war, genossen Ayla und ihr Pferd die Freiheit, die ihnen dieser sonnige Frühlingstag nach dem langen Winter bescherte, da sie kaum hatten herauskommen können. Auch auf der offenen Weide roch es frischer als sonst, und die Aasvögel waren nicht die einzigen Tiere, die sich den Bauch vollschlugen; doch wichtiger schien anderes.
Ayla verlangsamte den Schritt, um ein Buntspechtpärchen zu beobachten. Das Männchen hatte eine rote, das Weibchen eine weiße Haube, und beide schossen ihre Kapriolen in der Luft, hackten trommelnd auf einen toten Baumstamm im Wasser ein und jagten einander um Stämme herum. Spechte waren Ayla nicht unbekannt. Sie wußte, daß sie das Kernholz von alten Bäumen aushöhlten und diese mit den Abfällen ihrer Arbeit auspolsterten. Sobald jedoch die sechs oder sieben braungesprenkelten Eier gelegt und ausgebrütet und die Brut großgezogen war, ging das Pärchen wieder jedes seiner Wege, klopfte innerhalb ihres eigenen Reviers Baumstämme nach Insekten ab und ließen ihren schrillen Ruf im Wald ertönen.
Ganz anders die Lerchen. Nur während der Brutzeit löste sich der gesellige Schwarm in Einzelpaare auf und benahmen sich die Männchen früheren Freunden gegenüber wie gereizte Streithähne. Ayla vernahm das wunderbare Tirilieren eines steil in die Luft sich aufschwingenden Paars. Diese Vögel sangen mit einer solchen Stimmgewalt, daß Ayla sie selbst dann noch hörte, als sie nur mehr zwei kleine Punkte hoch droben im Blau waren. Dann, unversehens, ließen sie sich herunterfallen wie Steine, fingen sich dann wieder und stiegen abermals tirilierend in die Höhe.
Ayla erreichte jene Stelle, an der sie einmal eine Fallgrube gegraben hatte, um eine falbfarbene Stute zu jagen; zumindest meinte sie, hier müsse es gewesen sein, denn es war keine Spur davon zurückgeblieben. Die Schmelzwasserflu-

ten hatten alles von ihr geschlagene und zusammengetragene Strauchwerk mit sich fortgerissen und die Grube selbst eingeebnet. Weiter flußabwärts hielt sie inne, um zu trinken, und lächelte über eine Bachstelze, die mit wippendem Schwanz flink am Rand des Wassers dahintrippelte. Sie ähnelte zwar einer Lerche, war aber kleiner und hatte eine gelbliche Brust. Den Kopf hielt sie weit vorgestreckt, so daß ihr ganzer Körper horizontal zum Boden dahinschoß, wodurch sie sicherstellte, daß ihr Schwanz nicht naß wurde. Das wiederum führte zum Auf- und Abhüpfen des Schwanzes.
Eine Fülle fließender Töne lenkte ihre Aufmerksamkeit auf ein weiteres Vogelpärchen, das freilich nicht im geringsten etwas dagegen hatte, naß zu werden. Die im Liebesspiel umeinander fliegenden Wasseramseln streiften sich immer wieder, was Ayla jedoch nicht so verwunderte wie die Tatsache, daß sie unter Wasser laufen konnten, ohne daß ihr Gefieder sich vollsaugte. Als sie wieder auf die offene Ebene hinaustrat, tat Winnie sich in der Nähe an frischen grünen Trieben gütlich. Sie lächelte über das aufgeregte Gezeter eines Zaunkönigpärchens, an dessen Nest im Gebüsch sie zu nahe vorüberkam. Kaum hatte sie es hinter sich, gingen die kleinen Vögel zu einem klaren, fließenden Gesang über, und zwar so, daß erst der eine die Melodie zwitscherte und dann der andere darauf antwortete, was sich immer wieder wiederholte.
Sie blieb stehen, setzte sich auf einen umgestürzten Baumstamm, lauschte dem süßen Gesang der grundverschiedenen Vögel und war höchst überrascht, als ein Waldsänger in einem einzigen melodischen Stimmausbruch den Chor der gesamten anderen Sänger nachahmte. Sie holte vernehmlich Luft ob der Virtuosität des kleinen Geschöpfes und überraschte nunmehr sich selbst, als sie dabei einen Pfeiflaut hervorbrachte. Eine Grauammer folgte ihr mit ihrem charakteristischen Ruf, der wie ein langgezogenes Pfeifen klang, was der Waldsänger augenblicklich nachmachte.
Ayla war entzückt. Ihr war, als wäre sie eins geworden mit dem gefiederten Chor und versuchte es noch einmal. Sie spitzte die Lippen und saugte die Luft ein, brachte dabei aber nur ein kläglich säuselndes Geräusch hervor. Beim nächstenmal holte sie tiefer Luft und füllte ihre Lungen dabei dermaßen, daß sie sie wieder ausstoßen mußte, was einen lauten Pfeifton zur Folge hatte. Das klang schon viel eher wie der Gesang der Vögel. Beim nächsten Versuch entwich ihr nur Luft zwischen den Lippen, und als sie es hinterher noch ein paarmal probierte, hatte sie damit auch nicht mehr Glück. Sie wandte sich daher wieder dem Luft*ein*saugen zu und brachte damit immerhin einige Pfeiftöne zustande, die allerdings noch recht kraftlos klangen.
Sie ließ sich jedoch nicht entmutigen, sog die Luft ein und stieß sie wieder aus, wobei sie gelegentlich einen scharfen Pfeiflaut hervorbrachte. Sie vertiefte

sich dermaßen in ihr Bemühen und merkte daher gar nicht, daß Winnie jedesmal die Ohren spitzte, wenn es ihr gelang, einen durchdringenden Pfiff auszustoßen. Das Pferd wußte nicht, wie es reagieren sollte, wurde jedoch neugierig und machte ein paar Schritte auf Ayla zu.

Ayla sah die Jungstute, die Ohren fragend vorgestellt, näherkommen. »Überrascht es dich, daß ich Vogellaute machen kann, Winnie? Mich selbst ja auch. Ich hatte gar nicht gewußt, daß ich singen kann wie ein Vogel. Nun, vielleicht nicht ganz so wie ein Vogel, aber wenn ich weiter übte, ich glaube, ich käme dem einigermaßen nahe. Mal sehen, ob es mir noch einmal gelingt.«

Sie füllte ihre Lungen mit Luft, spitzte die Lippen, konzentrierte sich und stieß einen langen schönen Pfeifton aus. Winnie hob ein paarmal den Kopf, wieherte und kam auf sie zugetrabt. Ayla stand auf und schlang dem Pferd die Arme um den Hals. Ihr wurde plötzlich klar, wie groß es geworden war. »Du bist gewachsen, Winnie. Pferde wachsen rasch, du bist jetzt fast so groß wie ein ausgewachsenes Pferd. Wie schnell kannst du laufen?« Ayla versetzte ihm einen Klaps auf den Rumpf. »Komm, Winnie. Laß uns um die Wette laufen«, gab sie dem Pferd zu verstehen und lief so schnell sie konnte voran über die Ebene.

Das Pferd hatte sie nach ein paar Fluchten eingeholt und lief voran, wobei es im Galopp den ganzen Körper streckte. Ayla folgte ihm aus reiner Lust am Laufen und strengte sich an, bis sie einfach nicht mehr konnte und atemlos und keuchend stehenblieb. Sie sah dem Pferd nach, das das Tal hinuntersprengte, dann einen weiten Bogen schlug und zurückgetrabt kam. Ich wünschte, ich könnte laufen wie du, dachte sie. Dann könnten wir zusammen laufen, wohin wir auch immer wollten. Ob ich wohl glücklicher wäre, wenn ich ein vierbeiniges Pferd wäre und kein Zweibeiner? Zumindest wäre ich dann nicht so allein.

Aber ich bin ja gar nicht allein. Winnie leistet mir gute Gesellschaft, auch wenn sie ein Pferd ist. Sie ist alles, was ich habe, und ich bin alles, was sie hat. Aber wäre es nicht herrlich, wenn ich so laufen könnte wie sie?

Das Füllen kam verschwitzt und schaumbedeckt zurück und brachte Ayla zum Lachen, als es sich auf der Wiese rollte, mit den Beinen in der Luft strampelte und kleine Laute des Vergnügens ausstieß. Dann stand es wieder auf, schüttelte sich und graste weiter. Ayla ließ es nicht aus den Augen, sann immer weiter darüber nach, wie großartig es wäre, wenn sie laufen könnte wie ein Pferd, und dann übte sie weiter pfeifen. Als sie das nächstemal einen durchdringenden Pfiff zustandebrachte, blickte Winnie auf und kam auf sie zugetrabt. Ayla legte erfreut die Arme um ihren Hals, mußte jedoch weiter daran denken, wie schön es wäre, mit dem Pferd zu laufen.

Dann kam ihr ein Gedanke.

Ein solcher Einfall wäre ihr nicht gekommen, hätte sie nicht den ganzen Winter über mit dem Pferd zusammengelebt und wäre es für sie nicht ein Freund und Gefährte gewesen. Ganz gewiß hätte sie nicht nach einem solchen Einfall gehandelt, lebte sie noch beim Clan. Inzwischen hatte Ayla jedoch gelernt, ihren Einfällen einfach nachzugeben.

Ob Winnie wohl was dagegen hätte? dachte Ayla. Ob sie mich hinaufließe? Sie führte das Pferd an den Baumstamm und stieg hinauf, dann legte sie dem Pferd die Arme um den Hals und hob ein Bein. Lauf mit mir, Winnie. Lauf und nimm mich mit, dachte sie und setzte sich dann auf den Rücken des Pferdes.

Die junge Stute war es nicht gewohnt, eine Last auf dem Rücken zu tragen, und so legte sie die Ohren an und tänzelte nervös hin und her. Doch wenn auch das Gewicht etwas Ungewohntes war – die Frau war es nicht, und daß Ayla ihr die Arme um den Hals geschlungen hatte, wirkte sehr beruhigend. Fast wäre Winnie gestiegen, um die Last auf dem Rücken abzuschütteln, lief aber statt dessen einfach davon. Sie fiel in einen Galopp und raste mit der sich an ihren Hals klammernden Ayla über die Ebene dahin.

Nun hatte das junge Pferd sich bereits ausgetobt, und das Leben in der Höhle hatte seinen Bewegungsdrang gezügelt, und es war ein wenig steif geworden. Wenn sie auch das dürre Gras der Weide gefressen hatte – was ihr gefehlt hatte, war die ständige Bewegung mit einer umherziehenden Herde. Sie hatte nicht mit dieser Schritt halten müssen, wenn Raubtiere Jagd auf sie machten. Außerdem war sie noch jung. Infolgedessen dauerte es nicht lange, bis sie langsamer wurde und schließlich mit fliegenden Flanken und gesenktem Kopf stehenblieb.

Die Frau ließ sich vom Pferderücken heruntergleiten. »Winnie, das war herrlich!« gab Ayla ihr mit Augen zu verstehen, die vor Begeisterung blitzten. Sie hob die gesenkte Schnauze mit beiden Händen hoch und legte dem Pferd die Wange an die Nase. Dann steckte sie in liebevoller Geste den Kopf der Stute unter ihren Arm, was sie nicht mehr getan hatte, seit das Pferd klein gewesen war. Es handelte sich dabei um eine liebevolle Geste, die sie sich für besondere Gelegenheiten aufhob.

Der Ritt war etwas so Aufregendes, daß sie kaum an sich halten konnte. Schon die Vorstellung, mit einem galoppierenden Pferd dahinzufliegen, erfüllte Ayla mit Staunen. Sie hätte sich sowas im Traum nicht einfallen lassen. Niemand hätte sich so etwas träumen lassen.

10

Ayla kam kaum vom Pferderücken herunter. Es war eine unsägliche Freude, die junge Stute zu reiten, während sie mit Höchstgeschwindigkeit dahingaloppierte. Das fesselte sie mehr als alles, was sie je erlebt hatte. Winnie schien es gleichfalls zu genießen und gewöhnte sich rasch daran, die Frau auf ihrem Rücken zu tragen. Bald wurde das Tal zu klein für die Reiterin auf ihrem dahingaloppierenden Pferd. Oft ritten sie über die Steppen östlich des Flusses, die verhältnismäßig leicht zu erreichen waren.

Ayla wußte, daß sie bald sammeln und jagen und die gefundene und erlegte Nahrung verarbeiten und lagern mußte, um für die nächste schwere Jahreszeit gewappnet zu sein. Aber im Vorfrühling war die Erde immer noch dabei, vom langen Winterschlaf zu erwachen, und so war der Tisch der Natur noch nicht so reichlich gedeckt. Ein paar frische grüne Schößlinge brachten Abwechslung in die Trockennahrung des Winters, doch bis jetzt waren weder Wurzeln noch Knospen geschwollen, noch hatten abgemagerte Schenkel wieder Fett angesetzt. Ayla nutzte die ihr auferlegte Muße dazu, so oft wie möglich mit dem Pferd auszureiten, an den meisten Tagen vom frühen Morgen an bis zum späten Abend.

Zuerst ritt sie einfach, ließ sich tragen, wohin Winnie wollte, saß einfach passiv auf ihrem Rücken. Es kam ihr gar nicht in den Sinn, das Pferd lenken zu wollen; die Signale, die Winnie erkennen gelernt hatte, waren visuelle Zeichen – Ayla versuchte nicht, sich nur mit Worten verständlich zu machen – und die konnte sie nicht sehen, wenn die Frau auf ihrem Rücken saß. Doch für die Frau hatte Körpersprache stets genauso zum Sprechen dazugehört wie bestimmte Gebärden, und das Reiten gestattete einen sehr innigen Körperkontakt.

Nachdem sie sich zuerst wundgeritten hatte, fing Ayla an, das Muskelspiel des Pferdes zu bemerken, und nach gewissen Anpassungsschwierigkeiten spürte Winnie, wie die Frau auf ihrem Rücken sich verkrampfte und entspannte. Beide hatten bereits die Fähigkeit entwickelt, Wünsche und Bedürfnisse des anderen zu erkennen; außerdem war der Wunsch in ihnen vorhanden, darauf einzugehen. Wenn Ayla in eine bestimmte Richtung wollte, lehnte sie sich, ohne es zu wissen, in eben diese Richtung vor, und die Veränderungen in ihren Muskeln vermittelten das weiter an das Pferd. So fing das Pferd an, auf Spannung und Entspannung der Muskeln seiner Reiterin zu reagieren, indem es eine andere Richtung oder eine andere Gangart einschlug. Und da das Tier auf kaum wahrnehmbare Bewegungen reagierte, wurde Ayla wiederum dazu gebracht, diese Muskeln auf eben diese Weise anzuspannen oder lockerzulassen, wenn sie wollte, daß Winnie wieder so reagierte.

Es handelte sich um eine Zeit wechselseitigen Trainings, in der beide voneinander lernten, was wiederum zur Folge hatte, daß ihre wechselseitige Beziehung sich vertiefte. Freilich, ohne es zu merken, war es Ayla, die in dieser Beziehung den Ton angab. Die Signale zwischen Frau und Pferd waren so fein und der Übergang von passiver Hinnahme bis zu aktiver Anweisung so natürlich, daß er Ayla anfangs gar nicht auffiel, höchstens auf einer höheren Ebene. Das ständige Reiten wurde zu einem Intensivkurs, und als ihre Beziehung immer inniger wurde, paßten Winnies Reaktionen sich auf so wunderbare Weise an, daß Ayla nur noch daran zu *denken* brauchte, wohin sie in welcher Geschwindigkeit wollte, und Winnie reagierte darauf, gleichsam als wäre das Tier eine Verlängerung ihres eigenen Körpers. Die junge Frau erkannte nicht, daß sie Signale durch Nerven und Muskeln auf die hochempfindliche Haut ihres Reittiers übermittelte.

Ayla hatte nicht vorgehabt, Winnie auszubilden. Das Training war das Ergebnis der Liebe und Aufmerksamkeit, die sie dem Tier entgegenbrachte, und der angeborenen Unterschiede zwischen Pferd und Mensch. Winnie war neugierig und klug, konnte lernen und hatte ein gutes Gedächtnis; dennoch war ihr Gehirn nicht so entwickelt wie das Aylas, und es war auch anders organisiert. Pferde waren gesellige Wesen, die normalerweise in Herden zusammenlebten und auf die Nähe und Wärme von Mitgeschöpfen angewiesen waren. Ihr Tastsinn war besonders ausgeprägt und spielte eine hervorragende Rolle bei der Herstellung einer persönlichen Beziehung. Der Instinkt der Jungstute brachte sie dazu, den Anweisungen zu folgen, wohin sie gelenkt wurde. Wenn sie in Panik gerieten, flohen sogar Leittiere mit dem Rest der Herde.

Was die Frau tat, wurde von einem Gehirn gelenkt, in dem Voraussicht und Analyse ständig mit Wissen und Erfahrung in Interaktion traten. Ihre verwundbare Stellung sorgte dafür, daß ihre Überlebensreflexe nie einschliefen, und zwangen sie dazu, sich ständig ihrer Umgebung bewußt zu sein; beides wiederum beschleunigte den Prozeß der Ausbildung des Pferdes. Der Anblick eines Hasens oder auch eines Riesenhamsters, selbst wenn sie nur so zum Vergnügen dahinritt, ließ Ayla unwillkürlich nach ihrer Schleuder greifen und weckte in ihr den Wunsch, das Tier zu verfolgen. Winnie hatte diesen

Wunsch rasch übersetzt, und ihr erster Schritt in diese Richtung führte letztlich dazu, daß die Frau – wenn auch unbewußt – das Tier beherrschte. Ayla selbst wurde sich dessen erst bewußt, als sie einen Riesenhamster erlegte.

Es war noch Vorfrühling. Sie hatten das Tier unabsichtlich aufgescheucht, doch in dem Augenblick, da Ayla es davonlaufen sah, neigte sie sich in seine Richtung – und während sie nach ihrer Schleuder griff, sprengte Winnie hinter dem flüchtenden Tier her. Als sie es fast eingeholt hatten, brachte die Verlagerung ihres Körpergewichts, die sich mit dem Gedanken ans Absitzen einstellte, das Pferd dazu, rechtzeitig stehenzubleiben, so daß sie sich hinunterrutschen lassen und einen Stein schleudern konnte.

Wie schön, heute abend einmal frisches Fleisch zu haben, dachte sie, als sie mit ihrer Beute zu dem wartenden Pferd zurückkehrte. Ich sollte mehr auf die Jagd gehen, nur hat es soviel Spaß gebracht, Winnie zu reiten . . .

Ich habe Winnie geritten! Winnie ist hinter dem Hamster hergehetzt. Und ist stehengeblieben, als ich wollte, daß sie es tat. Ayla dachte zurück an den ersten Tag, da sie dem Pferd auf den Rücken gestiegen und ihm die Arme um den Hals geschlungen hatte, um nicht herunterzufallen. Jetzt hatte Winnie den Kopf gesenkt, um an einem Büschel frischen jungen Grases zu knabbern.

»Winnie!« rief Ayla. Das Pferd hob den Kopf und stellte erwartungsvoll die Ohren vor. Die junge Frau war wie vor den Kopf geschlagen, wußte nicht, wie sie sich das alles erklären sollte. Schon der Gedanke, das Pferd reiten zu wollen, war überwältigend gewesen; daß jedoch das Pferd auch noch dorthin gehen würde, wo sie wollte, war schwer zu verstehen – das zu verstehen war schwieriger, als der Prozeß des Lernens für sie beide es gewesen war.

Das Pferd kam zu ihr. »Ach, Winnie!« sagte sie nochmals, wobei sie von Schluchzen geschüttelt wurde und doch nicht wußte, warum, als sie dem Pferd die Arme um den Hals schlang. Winnie schnaubte durch ihre Nüstern und bog den Hals, so daß sie der Frau über die Schulter lehnte.

Als Ayla sich anschickte, das Pferd zu besteigen, kam sie sich ziemlich ungeschickt vor. Der Hamster war hinderlich. Sie ging zu einem Felsblock, obwohl sie schon längst keinen mehr brauchte, und dachte darüber nach; sie wußte, daß sie früher einfach aufgesprungen und die Beine gespreizt hatte. Nach einiger anfänglicher Verwirrung machte Winnie sich auf den Rückweg zur Höhle. Sobald Ayla bewußt versuchte, das Füllen zu beherrschen, verloren ihre Signale ein wenig von ihrer Entschiedenheit, und mit Winnies Reaktionen ging es ebenso. Ayla wußte einfach nicht, wie sie das Pferd gelenkt hatte.

Ayla lernte, sich wieder auf ihre Reflexe zu verlassen, nachdem sie entdeckt hatte, daß Winnie besser reagierte, wenn sie ganz entspannt war; gleichzeitig entwickelte sie dabei jedoch eine Reihe ganz zweckgerichteter Signale. Als es wärmer wurde, ging sie mehr auf die Jagd. Zuerst hielt sie das Pferd an und glitt von seinem Rücken herunter, um ihre Schleuder zu gebrauchen, doch dauerte es nicht lange, und sie versuchte es vom Pferderücken aus. Traf sie ihr Ziel nicht, war das für sie nur um so mehr Grund zu üben – das war eine neue Herausforderung. Anfangs hatte sie den Umgang mit ihrer Waffe ausschließlich durch Üben erworben. Damals war es ein Spiel gewesen, und sie hatte niemand gehabt, an den sie sich mit der Bitte um Unterweisung hätte wenden können, denn eigentlich durfte sie ja nicht jagen. Und nachdem ein Luchs sie nach dem Abschuß ihres Steins praktisch unbewaffnet gefunden hatte, hatte sie es gelernt, in sehr schneller Folge zwei Steine nacheinander abzuschießen, und in dieser Technik hatte sie sich vervollkommnet.

Inzwischen war es lange her, daß sie mit ihrer Schleuder hatte üben müssen; auch diesmal war es wieder ein Spiel, das allerdings nicht weniger ernst war, bloß weil es Spaß machte. Freilich hatte sie es ja bereits zu beträchtlicher Fertigkeit im Steine-Schleudern gebracht, daß es nicht lange dauerte und sie vom Rücken ihres Pferdes aus nicht minder zielgenau damit umgehen konnte, als wenn sie auf ihren eigenen beiden Beinen gestanden hätte. Doch selbst, als sie noch zu Pferde einem flinkfüßigen flüchtenden Hasen hinterherjagte, begriff die junge Frau immer noch nicht, ja, konnte sie sich einfach nicht vorstellen, über welche Fülle von Vorteilen sie jetzt gebot.

Zu Anfang brachte Ayla ihre Beute so heim, wie sie es immer getan hatte: in einer Kiepe, die sie sich auf den Rücken schnallte. Von da aus war es ein leichter Schritt, das erlegte Tier quer vor sich auf Winnies Rücken zu legen. Der nächste logische Schritt bestand darin, eigens für die Jungstute einen Korb zu flechten. Es bedurfte nur etwas größeren Kopfzerbrechens, ehe sie auf den Gedanken kam, zwei Körbe zu flechten und diese an einem Gurt, den sie dem Pferd um den Leib schlang, zu befestigen. Doch nach der Einführung des zweiten Korbes dämmerte ihr allmählich, wie vorteilhaft es für sie sein könnte, die Kraft ihres vierbeinigen Freundes einzuspannen. Zum erstenmal in ihrem Leben brachte sie eine Last in ihre Höhle, die größer war, als sie allein tragen konnte.

Nachdem sie jedoch begriffen hatte, was sie mit Hilfe des Pferdes alles schaffen konnte, änderten sich ihre Methoden. Ihr gesamtes Leben veränderte sich. Sie blieb länger draußen, ritt weiter fort und kehrte mit mehr Gerät, Pflanzenmaterialien oder Kleintieren auf einmal zurück, als es ihr bisher möglich gewesen war. Die folgenden Tage brachte sie dann damit zu, die Ergebnisse ihrer Ausritte zu verarbeiten.

Nachdem sie bemerkt hatte, daß die wilden Erdbeeren reiften, ritt sie ein riesiges Gebiet ab, um so viele zu finden, wie möglich. So früh im Jahr gab es nur wenige reife, und diese wenigen wuchsen auch noch weit auseinander. Es war nahezu dunkel, als sie sich auf den Heimweg machte. Sie besaß ein scharfes Auge für auffällige Merkmale in der Landschaft, und das war auch nötig, um sich nicht zu verirren. Doch diesmal wurde es vorm Erreichen des Tals so dunkel, daß sie nichts mehr sehen konnte. Als sie sich in der Nähe der Höhle befand, verließ sie sich auf Winnies Instinkt, sie heimzutragen, und auf späteren Ausritten überließ sie es häufig ihrem Pferd, den Weg zurückzufinden.

Später nahm sie dann ihren Schlafpelz immer mit – für alle Fälle. Dann beschloß sie eines Abends, draußen auf der offenen Steppe zu übernachten, denn es war bereits spät geworden und sie meinte, eine Nacht unter freiem Himmel könnte ihr durchaus wieder einmal Spaß machen. Sie zündete ein Feuer an, doch neben Winnie in ihren Pelz gewickelt, brauchte sie es der Wärme wegen eigentlich gar nicht. Das Feuer diente nur noch dazu, die Nachttiere von ihr fernzuhalten. Steppentiere reagieren höchst empfindlich auf Rauchgeruch. Steppenbrände wüteten manchmal tagelang und vernichteten alles, was ihnen in den Weg kam.

Nach dem ersten Mal fiel es ihr leichter, ihrer Höhle fortan einen oder auch zwei Tage hintereinander fernzubleiben. So erforschte Ayla ausgiebig das Gebiet östlich des Tals.

Wenn sie es sich selbst gegenüber auch nicht recht eingestehen wollte, im Grund hielt sie Ausschau nach den Anderen – immer in der Hoffnung, sie zu finden, immer voller Bangen darauf gefaßt, es einmal wirklich zu tun. In gewisser Hinsicht stellte es den Versuch dar, die Entscheidung, das Tal zu verlassen, hinauszuschieben. Sie wußte genau, daß sie bald mit den Vorbereitungen dazu anfangen müßte, falls sie ihre Suche wiederaufnehmen wollte, nur – das Tal war ihr zur Heimat geworden. Sie wollte einfach nicht fort, und außerdem machte sie sich immer noch Winnies wegen Sorgen. Schließlich wußte sie nicht, was die unbekannten Anderen dem Pferd womöglich antaten. Wenn es im Umkreis ihres Tals Lebewesen ihrer Art gab, vielleicht gelang es ihr dann zu Pferde, sie als erste zu erkennen und sie erst zu beobachten und etwas über sie in Erfahrung zu bringen, ehe sie sich zu erkennen gab.

Die Anderen, das waren ihre Leute, nur hatte sie keinerlei Erinnerung an ihr Leben, ehe sie im Clan aufgenommen worden war. Sie wußte, daß man sie ohnmächtig an einem Fluß liegend gefunden hatte, halb verhungert und mit schwärenden Wunden von den Krallen eines Höhlenlöwen. Sie war dem Tod nahe, als Iza sie aufnahm und auf ihrer Suche nach einer neuen Höhle mit sich herumschleppte. Doch wann immer sie versuchte, sich an irgend etwas aus ihrem früheren Leben zu erinnern, befiel sie Übelkeit und Angst sowie das unbehagliche Gefühl, die Erde, auf der sie stand, bebe.

Das Erdbeben, das ein fünfjähriges Kind allein in die Wildnis hinausgeschleudert und seinem Schicksal – und dem Mitleid von Lebewesen, die so ganz anders waren – überantwortet hatte, hatte sich verheerend auf ihren Geist ausgewirkt. Sie hatte sowohl an das Erdbeben als auch an die Menschen, denen sie geboren worden war, jede Erinnerung verloren. Sie waren für sie genau das gleiche, was sie auch für den Rest des Clans waren: die Anderen.

Dem launischen Frühling mit seinem jähen Wechsel von eisigen Hagelschauern zu warmem Sonnenschein gleich, fiel Ayla mit ihren Wünschen und Sehnsüchten von einem Extrem ins andere. Die Tage waren so schlecht nicht. In den Jahren ihres Heranwachsens hatte sie in der Nähe der Clanshöhle auf der Suche nach Kräutern für Iza und später auf der Jagd die Gegend durchstreift, und so war sie die Einsamkeit damals durchaus gewohnt gewesen. So kam es, daß sie vormittags und nachmittags, wenn sie zu tun hatte, nichts lieber wollte als zusammen mit Winnie im geschützten Tal bleiben. Doch nachts in ihrer kleinen Höhle, in der nur das Feuer und ein junges Pferd ihr Gesellschaft leisteten, sehnte sie sich nach einem anderen Lebewesen ihrer Art, um nicht mehr so allein zu sein. Im wärmer werdenden Frühling fiel ihr das Alleinsein schwerer als während des langen kalten Winters. In Gedanken weilte sie häufig beim Clan und bei den Leuten, die sie liebte, und sie sehnte sich schmerzlich danach, ihren Sohn im Arm zu halten. Jede Nacht beschloß sie, gleich am nächsten Morgen mit den Vorbereitungen für ihr Fortziehen zu beginnen, um diese am Morgen dann wieder hinauszuschieben und doch lieber mit Winnie auf die östlichen Ebenen hinauszureiten.

Ihre sorgfältigen, ausgedehnten Erkundungsritte bewirkten, daß sie nicht nur von dem Gelände eine genaue Vorstellung bekam, sondern auch von dem Tierleben auf der weiten Grasebene. Herden von Zugtieren hatten sich auf ihre jährliche Wanderung begeben, und so kam es, daß sie sich in Gedanken wieder damit beschäftigte, ein großes Tier zu erlegen. Als dieser Wunsch immer stärker Besitz von ihr ergriff, verdrängte er in ihrem Bewußtsein mehr und mehr den Gedanken an ihre Einsamkeit.

Sie sah zwar Pferde, doch in ihr Tal war keines zurückgekehrt. Das spielte keine Rolle. Sie hatte ohnehin nicht die Absicht, noch einmal Jagd auf Pferde zu machen. Es mußte schon ein anderes Tier sein. Wenngleich sie noch nicht wußte, wie sie sie gebrauchen wollte, nahm sie auf ihren Ritten jetzt ihre Speere mit. Die langen Schäfte waren recht hinderlich, und so ersann sie Halterungen für sie, in jedem Korb, den das Pferd links und rechts auf dem Rükken trug, eine.

Erst als sie eine Rentierherde beobachtete, nahm allmählich eine Idee Gestalt in ihr an. In ihren Mädchenjahren, als sie damit beschäftigt gewesen war, sich das Jagen beizubringen, hatte sie oft einen Vorwand gefunden, um sich in der Nähe der Männer aufzuhalten, wenn diese über ihr Lieblingsthema, die Jagd,

redeten. Damals hatte sie sich vor allem für alles interessiert, was mit ihrer Jagdwaffe, der Schleuder, zusammenhing, doch die Ohren gespitzt hatte sie immer, gleichgültig, über welche Jagdart sie auch redeten. Auf den ersten Blick hatte sie die Tiere mit den kleinen Geweihen für eine nur aus Hirschen bestehende Herde gehalten. Dann sah sie die Kälber und erinnerte sich, daß bei den Rentieren nicht nur die Hirsche, sondern auch die Kühe ein Geweih tragen. Diese Erinnerung löste eine ganze Lawine von ähnlichen Erinnerungen aus – unter anderem die an den Geschmack von Rentierfleisch.
Wichtiger aber noch war, daß sie sich entsann, von den Männern gehört zu haben, daß die Rentiere im Frühjahr gen Norden ziehen und alle derselben Route folgen, gleichsam als gäbe es einen Weg, den nur sie allein sähen. Außerdem wanderten sie in verschiedenen Gruppen. Zuerst kämen die Kühe mit den Jungtieren, dann folgte eine Herde junger männlicher Tiere. Und später, wenn die Jahreszeit schon weiter fortgeschritten sei, kämen in ziemlich kleinen Gruppen die alten Kämpen denselben Weg entlanggezogen.

Ayla ritt gemächlich hinter einer Herde geweihtragender Renkühe und ihrer Kälber her. Die sommerlichen Schwärme von Mücken und Fliegen, die gern im Rentierfell, besonders um Augen und Ohren herum, ihre Eier ablegen und die Rentiere dazu treiben, kühlere Klimazonen aufzusuchen, in denen es nicht so viele Insekten gibt, fingen gerade erst an, sich bemerkbar zu machen. Mit ihren Gedanken ganz woanders, verscheuchte Ayla die wenigen, die ihr um den Kopf tanzten. Beim Aufbruch heute morgen hatte sich in tiefgelegenen Mulden und Senken noch Morgennebel gehalten. Die aufsteigende Sonne löste die noch übriggebliebenen Tiefnebel auf und bewirkte eine ungewöhnliche Luftfeuchtigkeit in der Steppe. Die Rentiere waren andere Paarzieher durchaus gewohnt und achteten weiter nicht auf Winnie und ihre menschliche Last, solange sie ihnen nicht zu nahe kamen.
Während sie sie beobachtete, dachte Ayla an die Jagd. Wenn die Hirsche den Kühen folgen, müßten sie eigentlich bald hier durchziehen. Vielleicht könnte ich ein junges männliches Ren erlegen; immerhin weiß ich ja jetzt, welchen Weg sie nehmen werden. Nur hilft mir das wenig, wenn ich nicht nahe genug an sie herankomme, um meinen Speer zu schleudern. Vielleicht sollte ich wieder eine Fallgrube graben. Nur würden sie zu beiden Seiten ein wenig ausweichen, um ihr aus dem Weg zu gehen; und genug Strauchwerk, um einen Zaun zu bauen, über den sie nicht hinüberspringen könnten, gibt es hier auf der Steppe einfach nicht. Vielleicht, daß eines hineinstürzt, wenn es mir gelingt, sie in Panik zu versetzen.
Und wenn das geschieht – wie bekomme ich es dann heraus? Ich möchte nicht noch einmal ein Tier auf dem Grund einer Fallgrube ausweiden und zerlegen

müssen. Wenn ich nicht alles zurückschaffen kann zur Höhle, muß ich das Fleisch eben hier an Ort und Stelle trocknen.

Die Frau und ihr Pferd folgten der Herde den ganzen Tag und legten unterwegs nur hier und da eine kurze Rast ein, um zu essen und sich auszuruhen; das ging solange, bis die Wolken am tiefblauen Himmel sich rosa färbten. Soweit wie heute war sie noch nie in den Norden vorgestoßen. Das ganze Gebiet war ihr unbekannt. Aus der Ferne hatte sie Vegetation gesehen, und als im schwindenden Licht der Himmel sich violett färbte, sah sie, wie sich die Farbe jenseits eines Dickichts spiegelte. Die Rentiere bildeten eine einzige Reihe, um durch schmale Öffnungen im Dickicht an das Wasser eines mächtigen Stroms heranzukommen, an dessen seichtem Ufer sie sich verteilten, um zu trinken, ehe sie hinübergingen.

Graues Zwielicht nahm dem Grün auf der Erde alle Frische, während der Himmel erglühte, als ob die nächtens gestohlenen Farben um so strahlender zurückgegeben würden. Ayla fragte sich, ob es wohl derselbe Fluß sei, den sie nun schon mehrere Male überquert hatte. Anstelle mehrerer Arme, Bäche oder Flüsse, die alle in einen größeren Strom einmünden, war es häufig ein und derselbe Fluß, der überquert werden mußte, wenn er sich über das Grasland schlängelte und in Schleifen gleichsam wieder zurückfloß und sich in mehrere Seitenarme aufteilte. Wenn ihre Orientierung stimmte, konnte sie, sobald sie erst einmal auf dem anderen Ufer wäre, ihr Tal erreichen, ohne einen größeren Wasserlauf überqueren zu müssen.

Die an Flechten äsenden Rentiere schienen sich am gegenüberliegenden Ufer für die Nacht niederzulassen. Ayla beschloß, es ihnen gleichzutun. Der Rückweg war lang, und sie mußte den Fluß an derselben Stelle überqueren. Nur wollte sie nicht naß werden und Gefahr laufen, sich jetzt, wo es Nacht wurde, womöglich zu erkälten. Sie ließ sich vom Pferd herabgleiten, nahm diesem die Tragkörbe ab und ließ Winnie frei laufen, während sie ihr Lager aufschlug. Mit Feuerstein und Eisenpyrit brannten Treibholz und trockenes Strauchwerk bald lichterloh. Nach einer Mahlzeit aus stärkehaltigen, in grüne Blätter eingewickelten und darin gerösteten Erdnüssen und einem mit vielerlei Kräutern gestopften und dergestalt gebratenen Riesenhamster stellte sie ihr kleines Zelt auf. Ayla pfiff das Pferd heran. Sie wollte es in der Nähe haben. Dann kroch sie in ihren Schlafpelz und steckte den Kopf zur Zeltöffnung hinaus.

Die Wolken hatten sich vor den Horizont gelagert. Über ihnen standen die Sterne so dicht, daß es schien, als ob irgendein unsäglich strahlendes Licht durch die gesprungene und löchrige schwarze Barriere der Nacht herunterstrahlte. Creb sagte, es seien Feuer am Himmel, sann sie, Herdstellen der Geisterwelt und auch Herdstellen von Totemgeistern. Ihre Augen tasteten den

Himmel ab, bis sie jenes Bild fanden, das sie suchten. Das ist die Heimat des Großen Bären, und darüber kommt gleich mein Totem, der Höhlenlöwe. Merkwürdig, daß sie über den Himmel ziehen können, ohne daß das Bild sich verändert. Ich möchte mal wissen, ob sie wohl auf die Jagd gehen und dann heimkehren in ihre Höhle.

Ich muß unbedingt ein Rentier erlegen. Am besten beeile ich mich, denn die Hirsche werden den Kühen bald folgen. Also werden sie an dieser Stelle den Fluß überqueren. Winnie witterte die Nähe einer Raubkatze, schnaubte und rückte näher an das Feuer und die Frau heran.

»Ist da draußen etwas, Winnie?« fragte Ayla, indem sie sowohl Zeichen als auch Laute benutzte, Wörter freilich, die anders waren als alle, die der Clan jemals benutzt hatte. Sie verstand es, leise zu wiehern, und dieser Laut war nicht von Winnies Wiehern zu unterscheiden. Sie konnte kläffen wie ein Fuchs, heulen wie ein Wolf und das Pfeifen nahezu sämtlicher Vogelarten nachahmen. Viele dieser Laute hatte sie ihrer ganz persönlichen Sprache einverleibt. Sie dachte kaum noch an die scharfe Kritik, die im Clan überflüssigen Lauten gegenüber geübt wurde. Die natürliche Fähigkeit ihrer Art, mühelos Laute von sich zu geben, setzte sich durch.

Das Pferd schob sich zwischen Feuer und Ayla und zog Sicherheit aus der Anwesenheit beider.

»Rück ein wenig beiseite, Winnie, du nimmst mir die Hitze.«

Ayla stand auf und legte noch etwas Holz nach. Dann schlang sie dem Pferd den Arm um den Hals; ihr war Winnies Unruhe nicht entgangen. Ich bleibe wohl besser wach und unterhalte das Feuer, dachte sie. Was immer dort drüben rumschleicht, interessiert sich bestimmt mehr für die Rentiere als für dich, mein Freund, solange du dich in der Nähe des Feuers aufhältst. Wäre vielleicht gar keine so schlechte Idee, eine Zeitlang ein richtig großes Feuer zu machen.

Sie hockte sich nieder, starrte in die Flammen und beobachtete, wie jedesmal, wenn sie ein Scheit nachlegte, ein Funkenregen aufstob und im Dunkel verglühte. Geräusche von der anderen Seite des Flusses verrieten ihr, daß ein oder zwei Rentiere von irgendwelchen Raubtieren, vermutlich Raubkatzen, geschlagen worden waren. Sie dachte wieder darüber nach, selbst ein Ren zu erlegen. Einmal stieß sie das Pferd beiseite, um mehr Holz nachzulegen, und plötzlich hatte sie eine Idee. Später, als Winnie sich beruhigt hatte, kroch Ayla zurück in ihren Schlafpelz. Ihre Gedanken drehten sich immer um das gleiche, doch die Idee wuchs und eröffnete weitere aufregende Möglichkeiten. Als sie endlich einschlief, stand ihr Plan in den Grundzügen fest; es ging dabei darum, etwas so Unerhörtes auszuprobieren, daß sie lächelte, so kühn fand sie es selbst.

Als sie am Morgen über den Fluß übersetzte, war die um ein oder zwei Tiere verminderte Rentierherde bereits weitergezogen, doch wollte Ayla ihr auch gar nicht weiter folgen. Sie trieb Winnie an, im Galopp ins Tal zurückzukehren. Es galt so viel vorzubereiten, daß sie sich beeilen mußte, wenn sie rechtzeitig damit fertig sein wollte.

»So ist's richtig, Winnie. Siehst du, es ist gar nicht so schwer«, ermunterte Ayla ihr Pferd. Winnie trug ein aus Lederriemen bestehendes Geschirr, das ihr um die Brust und über die Kruppe lief, und daran war ein schwerer Baumstamm befestigt, den sie hinter sich herschleppte. Ursprünglich hatte Ayla ihr einen Riemen über die Stirn gelegt, ähnlich dem Tragriemen, wie sie ihn selbst bisweilen benutzte, um schwere Lasten zu tragen, doch hatte sie rasch erkannt, daß das Pferd seinen Kopf frei bewegen mußte und besser mit Brust und Schultern zog. Trotzdem, das junge Steppenpferd war es nicht gewohnt, Lasten zu ziehen, und das Geschirr behinderte es in seinen Bewegungen. Doch Ayla war entschlossen. Nur so konnte ihr Plan gelingen.
Der Gedanke war ihr gekommen, als sie das Feuer aufgebaut hatte, um die Raubtiere fernzuhalten. Sie hatte Winnie beiseite geschoben, um an das Holz heranzukommen und dabei liebevoll darüber nachgedacht, daß das vollausgewachsene Pferd mit seiner ganzen Kraft schutzsuchend zu ihr gekommen war. Als sie dann flüchtig den Wunsch verspürt hatte, genauso stark zu sein wie Winnie, war ihr plötzlich die Idee gekommen, wie sie das Problem lösen könnte, das sie die ganze Zeit über beschäftigt hatte. Vielleicht konnte das Pferd ein Rentier aus der Fallgrube herausziehen.
Als sie dann über die Verarbeitung des Fleisches nachdachte, begann die neue Vorstellung Gestalt in ihr anzunehmen. Wenn sie das Tier auf der freien Steppe ausweidete und zerlegte, zog der Blutgeruch bestimmt die unvermeidlichen und unbekannten Fleischfresser an. Vielleicht war es kein Höhlenlöwe gewesen, den sie die Rentiere hatte schlagen hören, auf jeden Fall aber war es eine Raubkatze. Tiger, Panther und Leoparden mochten nur halb so groß sein wie ein Höhlenlöwe, doch vermochte sie mit ihrer Schleuder auch gegen sie nichts auszurichten. Sie konnte einen Luchs töten, aber Großkatzen waren etwas anderes, zumal draußen in der freien Wildbahn. Doch in der Nähe ihrer Höhle, wo sie eine Wand im Rücken hatte, konnte sie es schaffen, sie zu vertreiben. Wenn auch ein mit großer Macht geschleuderter Stein sich nicht tödlich auswirkte – immerhin schmerzte er empfindlich. Wenn Winnie es fertigbrachte, das Ren aus der Grube herauszuziehen, warum dann nicht auch den ganzen Weg zurück in ihr Tal?
Doch zunächst einmal mußte sie aus Winnie ein Zugpferd machen. Ayla dachte, sie brauchte bloß eine Möglichkeit zu ersinnen, das tote Ren mittels

Schnüren oder Riemen mit dem Pferd zu verbinden. Es kam ihr niemals in den Sinn, daß die junge Stute sich störrisch zeigen könnte. Das Reitenlernen war ein so unbewußter Vorgang gewesen, daß sie nicht darüber nachdachte, daß man Winnie erst einmal dazu bewegen müsse, eine Last hinter sich herzuziehen. Doch beim Anprobieren des Zuggeschirrs fand sie das heraus. Erst nach mehreren Versuchen, einer vollständigen Umkrempelung ihres Konzepts und etlichen Anpassungen begann das Pferd sich mit der Vorstellung abzufinden, und Ayla meinte, es könne gehen.

Als die junge Frau die Jungstute den Baumstamm hinter sich herziehen sah, mußte sie unwillkürlich an den Clan denken und schüttelte den Kopf. Die Leute hätten es schon für sonderbar gehalten, daß ich mit einem Pferd zusammenlebe; was die Männer wohl jetzt erst sagen würden? Ihrer aber waren viele, und außerdem hatten sie auch noch die Frauen, die die Aufgabe des Fleischtrocknens und -zurücktragens übernahmen. Keiner von ihnen war je gezwungen gewesen, das allein zu versuchen.

Spontan schlang Ayla dem Pferd die Arme um den Hals und barg den Kopf an seinem Hals. Welch große Hilfe du mir bist! Ich weiß nicht, was ich ohne dich täte, Winnie. Was, wenn die Anderen so sind wie Broud? Ich kann nicht zulassen, daß sie dir etwas antun. Wenn ich nur wüßte, was ich machen soll!

Tränen stiegen ihr in die Augen; doch dann wischte sie sie fort und nahm ihrem Pferd das Zuggeschirr ab. »Im Augenblick weiß ich jedenfalls, was ich zu tun habe. Ich muß nach der Herde junger Hirsche Ausschau halten.«

Die Herde mit den männlichen Rentieren kam nur wenige Tage nach den Kühen. Gemächlich zogen die Hirsche dahin. Nachdem Ayla sie erst einmal entdeckt hatte, war es für sie nicht schwierig, ihre Bewegungen zu beobachten und festzustellen, daß sie in der Tat der Spur der Kühe folgten, woraufhin sie ihre Ausrüstung zusammenholte und ihnen mit Winnie weit vorausritt. Ein wenig flußabwärts von der Furt, die die Kühe benutzt hatten, um ans andere Ufer zu gelangen, schlug sie ihr Lager auf. Dann machte sie sich mit ihrem Grabstock zum Lockern des Erdreichs, dem geschärften Hüftknochen zum Schaufeln und dem Zeltfell zum Fortschaffen der Erde ans Werk.

Durch das Gestrüpp führten zwei Haupt- und zwei Nebenstränge des Herdenwegs. Sie wählte einen der Hauptstränge aus, um ihre Fallgrube zu graben, und zwar in so großer Nähe des Flusses, daß die Rentiere hier bereits eines hinter dem anderen hergehen mußten, wiederum aber auch weit genug von diesem entfernt, damit das Loch tief genug werden konnte, ehe das Wasser hereinsickerte. Als sie fertig war, stand die Sonne unmittelbar über dem Rand der Erde. Ayla pfiff ihr Pferd heran und ritt zurück, um festzustellen, wie weit die Herde gekommen sei, und um abzuschätzen, wann sie den Fluß am nächsten Tag erreichen würde.

Als sie wieder zurück war am Fluß, war die Dämmerung bereits fortgeschritten, die Grube im Boden jedoch immer noch auffällig sichtbar. In diese Fallgrube fällt kein einziges Rentier hinein. Sie werden sie sehen und sie umgehen, dachte sie. Aller Mut sank ihr. Nun, heute abend ist es zu spät, noch etwas zu tun. Vielleicht fällt mir morgen früh etwas ein.

Aber auch am Morgen kam ihr kein erhellender Gedanke. Der Himmel hatte sich über Nacht bezogen. Sie wachte davon auf, daß ihr heftiger Regen aufs Gesicht prasselte. Fahles Licht kroch herauf. Sie hatte sich am Abend zuvor nicht erst die Mühe gemacht, ihr altes Zelt aufzustellen, denn der Himmel war klar gewesen und ihr Fell war feucht und voller Schlamm. Zwar hatte sie es in der Nähe zum Trocknen ausgebreitet, doch jetzt wurde es noch nasser. Der Regenschauer, der sie geweckt hatte, war nur der erste von mehreren, die noch kamen. Sie wickelte sich in ihr Schlaffell, und nachdem sie ihre Tragkörbe durchsucht und festgestellt hatte, daß sie ihre Kapuze aus Vielfraßfell vergessen hatte, zog sie sich einen Zipfel des Schlaffells über den Kopf und hockte sich über den schwarzen Resten ihres Feuers.

Ein heller Blitz zuckte auf und tauchte die östliche Ebene bis zum Horizont in grelles Licht. Kurz darauf ließ sich warnend grollender Donner vernehmen. Als hätten sie auf dieses Zeichen gewartet, öffneten sich die Schleusen des Himmels über ihr. Ayla nahm auch das bereits durchnäßte Fell ihres Zeltes auf und zog es über sich.

Ganz allmählich traten im fahlen Morgenlicht die Umrisse der Landschaft deutlicher hervor. Ein grauer Schleier lag über der zu neuem Leben erwachenden Steppe; es war, als hätte der Regen alle Farben fortgeschwemmt. Selbst der Himmel war von einer unbestimmten Farblosigkeit, weder blau oder grau noch weiß.

Wasser sammelte sich in Pfützen, nachdem die dünne durchlässige Schicht über dem unterirdischen Dauerfrost sich vollgesogen hatte. Immer noch sehr dicht unter der obersten Erdschicht bildete der gefrorene Boden darunter eine genauso undurchdringliche Schicht wie die Eiswände im Norden. Sobald das wärmere Wetter den Boden weiter auftauen ließ, senkte sich der Eispegel in der Erde, doch blieb die Dauerfrostschicht auch weiterhin undurchdringlich. Das Wasser konnte nicht versickern. Unter bestimmten Bedingungen konnte der wassergesättigte Boden sich in tückische Sümpfe verwandeln, von denen selbst ausgewachsene Mammuts verschluckt worden wären. Geschah das nahe der sich unberechenbar verschiebenden Gletschergrenze, konnte es geschehen, daß plötzlich einsetzender Frost diese Mammuts für Jahrtausende konservierte.

Der bleifarbene Himmel schickte dicke Tropfen in die schwarze Pfütze hinunter, die noch gestern eine Feuerstelle gewesen war. Ayla verfolgte, wie die schweren Tropfen kleine Krater und winzige Wasserausbrüche entstehen ließen, woraufhin sich nach allen Seiten kreisförmige Wellen ausbreiteten. Wäre sie doch in ihrer behaglichen Höhle im Tal! Obwohl sie ihre Fußlinge eingefettet und mit Riedgras ausgestopft hatte, wurden ihre Füße ganz gefühllos. Daß sich der Boden in einen Morast verwandelte, dämpfte ihre Jagdlust erheblich.

Als die überfließenden Pfützen Rinnsale aus schlammigem Wasser entstehen ließen, die zum Fluß hinunterrannen, der Zweige, Gras und Laub vom vorigen Jahr mitführte, suchte sie einen höher gelegenen Erdbuckel auf. Warum kehre ich nicht einfach um, dachte sie, als sie ihre Tragkörbe den Buckel hinaufschleppte. Sie warf einen Blick unter die Deckel; da die geflochtenen Schilfblätter das Wasser abwiesen, war der Inhalt noch trocken. Doch was nützt mir das? Ich sollte Winnie beladen und umkehren. Ich werde nie ein Ren bekommen. Schließlich springt nicht eines von ihnen in meine Grube hinein, bloß weil ich mir das wünsche! Vielleicht kann ich später einen von den alten Nachzüglern erlegen. Aber deren Fleisch ist zäh, und ihr Fell weist viele Narben auf.

Ayla stieß einen Seufzer aus und zog Schlaffell und Zeltbahn enger um sich. Jetzt habe ich so lange geplant und mich abgerackert; soll ich mich da vom Regen abhalten lassen, den Plan zu verwirklichen? Vielleicht bekomme ich kein Ren; es wäre nicht das erstemal, daß ein Jäger mit leeren Händen von der Jagd heimkehrt. Soviel steht fest – wenn ich nicht einmal einen Versuch mache, bekomme ich nie eines.

Als das Oberflächenwasser den Erdbuckel auszuwaschen drohte, kletterte sie auf einen Findling, verengte die Augen und versuchte festzustellen, ob der Regen nicht allmählich nachließ. Die flache Steppe bot nirgends einen Schutz; es gab keine Bäume, die über irgendwelche Klippen hinausgingen. Geduldig wie das zottige und triefende Pferd stand Ayla mitten im dichten Regen und versuchte, sein Ende abzuwarten. Sie hoffte, daß auch die Rentiere abwarteten. Sie war noch nicht bereit für sie. Als der Vormittag weiter fortschritt, wurde sie in ihrem Entschluß zum Ausharren wieder wankend, nur hatte sie einfach keine Lust, sich zu bewegen.

Wie es im launischen Frühling des öfteren geschieht, riß die Wolkendecke gegen Mittag auf, und ein kräftiger Wind vertrieb sie. Am Nachmittag war von Wolken keine Spur mehr zu sehen, und im strahlenden Frühlingssonnenschein leuchteten die Farben wie frisch gewaschen. Der Boden dampfte in seiner Begeisterung, die Feuchtigkeit wieder an die Luft abgeben zu können. Gierig saugte der trockene Wind, der die Wolken vertrieben hatte, sie auf, als wüßte er, daß er ohnehin einen Teil würde wieder an die Gletscher abgeben müssen.

Aylas Entschlossenheit kehrte zurück, ihre Zuversicht jedoch nicht. Sie schüttelte das schwere Auerochsenfell aus und breitete es in der Hoffnung, daß es diesmal zumindest ein wenig trocken würde, über einen hohen Strauch. Ihre Füße waren feucht, aber nicht kalt, und so tat sie einfach, als merkte sie es nicht – schließlich war alles feucht. Dann ging sie zur Furt hinunter. Sie konnte ihre Grube nicht finden. Als sie jedoch genauer hinsah, bemerkte sie einen schlammigen kleinen Teich, der von Laub, Geäst und anderen Abfällen überfloß. Das war ihre Grube gewesen.

Sie biß die Zähne zusammen und ging ein Wassergefäß holen, um das Loch leerzuschöpfen. Auf dem Rückweg mußte sie genau hinsehen, um ihre Grube aus der Ferne überhaupt zu erkennen. Dann plötzlich lächelte sie. Wenn ich Ausschau danach halten muß, weil nichts als Laub und Äste darauf schwimmen, sieht vielleicht ein schnellaufendes Rentier es auch nicht. Nur kann ich das Wasser nicht darin lassen – ob es wohl eine andere Möglichkeit gibt? Weidenruten sind so lang, daß sie ausreichen würden. Warum nicht eine Matte aus Weidenruten flechten und Laub draufstreuen. Zwar, ein Rentier würde es nicht tragen, wohl aber leichte Blätter und kleine Zweige. Plötzlich lachte sie laut auf. Das Pferd antwortete mit einem Gewieher und kam zu ihr. »Ach, Winnie, vielleicht war der Regen gar nicht so schlecht.«

Ayla schöpfte die Fallgrube leer, ohne sich vom Schlamm auf dem Boden abhalten zu lassen. Sie war zwar jetzt nicht mehr ganz so tief wie zuvor, doch als sie versuchte, den Schlamm hinauszubefördern, entdeckte sie, daß der Wasserspiegel inzwischen gestiegen war und die Grube sich nur mit noch mehr Wasser füllte. Als sie zum schlammigen Fluß hinunterblickte, bemerkte sie, daß er angeschwollen war. Zwar wußte sie es nicht, aber der warme Regen hatte einige Fingerbreit vom felshart gefrorenen Boden unter der obersten Erdschicht aufgetaut.

Ihre Grube zu tarnen, erwies sich als nicht so leicht, wie sie gedacht hatte. Sie mußte ein beträchtliches Stück flußabwärts laufen, um einen Armvoll langer Ruten von einem zerspellten Weidenstumpf abzuschneiden. Außerdem benutzte sie Schilfrohr. Das weitmaschige Geflecht sackte in der Mitte, nachdem sie es über die Grube gelegt hatte, und so mußte sie die Ränder mit Pflöcken feststecken. Selbst nachdem sie es mit Laub und kleinen Zweigen bestreut hatte, kam es ihr immer noch sehr auffällig vor. Sie war nicht ganz zufrieden, hoffte jedoch, daß es gehen würde.

Schlammbedeckt stapfte sie flußabwärts, blickte sehnsüchtig über den Fluß hinüber und pfiff dann nach Winnie. Die Rentiere waren noch nicht so nahe herangekommen, wie sie angenommen hatte. Wäre die Steppe trocken gewesen, hätten sie sich beeilt, um den Fluß zu erreichen, doch da nun soviel Wasser in Pfützen und Rinnsalen vorhanden war, hatten sie ihre Gangart verlangsamt. Ayla war überzeugt, daß die Herde junger Renhirsche die Furt nicht vor dem Morgen erreichen würde.

Erleichtert kehrte sie zu ihrem Lagerplatz zurück, zog ihre Kleidung und Fußlinge aus und watete in den Fluß hinaus. Das Wasser war zwar kalt, doch das war sie gewohnt. Sie wusch den Schlamm ab und breitete ihre Überwürfe und Fußbekleidung über den Findling. Da ihre Füße so lange in dem feuchten Leder gesteckt hatten, waren sie jetzt weiß und verschrumpelt – sogar ihre Fußsohlen waren ganz weich geworden –, und so freute sie sich über den sonnengewärmten Felsen, der ihr überdies auch noch einen trockenen Platz für ihr Feuer bot.

Ausgestorbene Fichtenzweige blieben im allgemeinen selbst im schlimmsten Regen trocken, und darin bildeten auch die Fichten am Ufersaum keine Ausnahme, obwohl sie nicht höher wuchsen als gewöhnliche Sträucher. Da sie trockenen Zunder bei sich trug und sich des Feuersteins und Eisenpyrit zum Feuermachen bediente, brannte bald ein kleines Feuer, das sie mit kleinen Zweigen und Holzstücken solange unterhielt, bis das größere, langsamer brennende Holz, das sie pyramidenförmig darüber aufgestellt hatte, trocken war. Sie verstand sich darauf, selbst bei Regen ein Feuer zu machen und zu unterhalten. Schwierigkeiten damit hatte sie nur, wenn es sich um einen regelrechten Wolkenbruch handelte. Wichtig war es, klein anzufangen und dabeizubleiben, bis größeres Holz brannte, das beim Brennen austrocknete.

Zufrieden seufzte sie auf, als sie den ersten Schluck heißen Tee getrunken und etwas Reiseproviant zu sich genommen hatte. Die Fladen nährten und füllten und ließen sich auch unterwegs essen – wohler tat ihr die heiße Flüssigkeit. Obwohl es noch recht feucht war, hatte sie ihr Zelt in der Nähe des Feuers aufgebaut, wo es trocknen konnte, während sie schlief. Mißtrauisch warf sie einen Blick auf Wolken, die im Westen die Sterne verdunkelten, und hoffte, daß es nicht wieder zu regnen anfing. Dann gab sie Winnie einen liebevollen Klaps, kroch in ihr Schlaffell und zog dieses fest um sich.

Es war dunkel. Ayla lag regungslos da und strengte die Ohren an. Winnie war unruhig und schnaubte leise. Ayla stützte sich auf einen Ellbogen, um sich umzusehen. Am östlichen Himmel kroch langsam Helligkeit herauf. Dann hörte sie einen Laut, bei dem sich ihre Nackenhaare sträubten. Sie hatte ihn zwar noch nicht oft gehört, wußte aber, daß das Fauchen und

Brüllen von jenseits des Flusses von einem Höhlenlöwen stammte. Das Pferd wieherte leise, und Ayla stand auf.

»Ist ja schon gut, Winnie. Dieser Höhlenlöwe ist weit weg.« Sie legte Holz nach. »Das muß ein Höhlenlöwe gewesen sein, den ich gehört habe, als wir das letztemal hier waren. Sie müssen auf der anderen Seite ziemlich nahe beim Fluß leben. Auch sie werden sich ein Ren holen. Bin ich froh, daß es Tag sein wird, wenn wir durch ihr Revier kommen; und hoffentlich haben sie sich den Bauch mit Rentier vollgeschlagen, ehe wir hinkommen. Ich kann ebensogut auch Tee aufbrühen – danach wird es Zeit sein aufzubrechen.«

Das bißchen Helligkeit am östlichen Himmel färbte sich rosig, als die junge Frau fertig war, alles in ihren Tragkörben verstaut und den Gurt um Winnies Bauch festgeschnallt hatte. Sie steckte einen langen Speer in die Halterung eines jeden Korbs und vergewisserte sich, daß sie nicht verloren gehen konnten. Dann stieg sie auf und saß zwischen den nach vorn gerichteten Speeren vor den Tragkörben.

Sie ritt in Richtung auf die Herde und schlug dann einen weiten Bogen, bis sie hinter den sich nähernden Rentieren war. Sie trieb ihr Pferd an, bis sie die ersten jungen Hirsche sichtete, verlangsamte dann das Tempo und folgte ihnen in gemächlicher Gangart. Winnie paßte sich dem Wanderzug mühelos an. Von ihrem Platz auf dem Rücken des Pferdes aus erkannte Ayla, als sie sich dem kleinen Fluß näherten, wie der Leithirsch der Rentierherde verhielt und ein paar Schritt vor dem aufgewühlten Schlamm und den Blättern auf dem Weg vor ihm sicherte. Das Tier war plötzlich hellwach und unruhig, was selbst die Frau spürte.

Die ersten Rentiere waren auf dem zweiten Zugang durch das aufgetürmte Buschwerk am Ufer bis zum Wasser vorgedrungen, und da beschloß Ayla zu handeln. Sie neigte sich vor und holte in Erwartung größerer Geschwindigkeit tief Atem; damit übermittelte sie dem Pferd ihre Absicht, und als das Pferd auf die Herde zugaloppierte, stieß sie gellende Schreie aus.

Das Tier, das den Schluß der Herde bildete, machte einen Satz nach vorn, sprang auf die vor ihm stehenden Rentiere zu und schob sie beiseite. Als das Pferd mit der schreienden Frau auf seinem Rücken auf sie zugedonnert kam, sprangen die erschreckten Tiere davon und rasten nach vorn, schienen jedoch den Pfad, in dem die Fallgrube lag, zu vermeiden. Ayla sank das Herz, als sie sah, wie die Tiere sie umrundeten, darüber hinwegsprangen oder es auf sonst eine Weise schafften, der Falle zu entgehen.

Dann fiel ihr eine Verwirrung in der rasch davonstrebenden Herde auf. Sie meinte, ein Geweih untergehen zu sehen, während andere um die Fallgrube herum sich hoben und senkten. Ayla riß die Speere aus den Halterungen und glitt vom Pferd. Sie lief so rasch, daß ihre Füße kaum den Boden berührten.

Ein Rentier mit panikgeweiteten Augen saß auf dem Boden ihrer Grube im Schlamm fest und versuchte, sich freizustrampeln. Diesmal zielte sie genau. Sie schleuderte dem Rentier den schweren Speer in den Hals und zerfetzte eine Arterie. Das Tier brach auf dem Boden der Grube zusammen, sein Kampf war beendet.

Es war vorbei. Geschafft. Viel rascher und leichter, als sie es sich vorgestellt hatte. Sie atmete schwer, doch nicht, weil sie sich überanstrengt hätte. Soviel Denken, soviel Sorgen und Nervenkraft war in die Planung eingeflossen, daß mit dem vergleichsweise mühelosen Erfolg der Jagd längst nicht alles verbraucht war. Sie war immer noch im höchsten Maße erregt und wußte nicht, wo sie sich verausgaben sollte – und hatte niemand, den Erfolg mit ihr zu teilen.

»Winnie! Wir haben es geschafft! Haben es geschafft!« Ihr Geschrei und ihr erregtes Gebärdenspiel erschreckten das Pferd. Dann sprang Ayla dem Pferd auf den Rücken und ritt ziellos hinaus auf die Ebene.

Mit fliegenden Zöpfen und fiebrig glänzenden Augen, ein besessenes Lächeln auf dem Gesicht, war sie wie von Sinnen. Und – falls jemand dagewesen wäre, sie zu beobachten – um so erschreckender, als sie rittlings auf einem Pferd saß, dessen gehetzter Augenausdruck und angelegte Ohren von einer Raserei anderer Art kündeten.

Sie schlugen einen weiten Bogen, und auf dem Rückweg brachte sie das Pferd zum Stehen, ließ sich zu Boden gleiten und schloß den Kreis mit einem kleinen Lauf auf ihren eigenen Beinen. Als sie diesmal auf das tote Rentier auf dem verschlammten Boden der Grube hinabblickte, ging ihr Atem wirklich keuchend – und das mit gutem Grund.

Nachdem sie wieder Atem geschöpft hatte, zog sie dem Ren den Speer aus dem Hals und pfiff ihr Pferd herbei. Winnie war ausgelassen, und Ayla bemühte sich, sie durch gutes Zureden und liebevolles Streicheln zu beruhigen, ehe sie ihr das Zuggeschirr anlegte. Dann führte sie das Pferd an die Fallgrube heran. Da sie weder Halfter noch Zügel hatte, das Pferd zu lenken, mußte Ayla dem erregten Tier schmeicheln und es antreiben zugleich. Als Winnie sich endlich beruhigt hatte, verknotete Ayla die nachschleifenden Stricke des Zuggeschirrs mit dem Geweih des Rentiers.

»Und jetzt zieh, Winnie!« ermunterte sie das Pferd. »Genauso, als ob es ein Baumstamm wäre.« Das Pferd legte sich ins Geschirr, spürte den Widerstand und bewegte sich zurück. Auf weiteres gutes Zureden hin bewegte es sich wieder vorwärts und legte sich, als die Stricke sich strafften, wieder ins Geschirr. Ayla half ihm auf jede nur mögliche Weise, als es das Rentier aus der Grube herauszog.

Ayla fiel ein Stein vom Herzen. Zumindest hatte dies zu bedeuten, daß sie das

Rentier nicht auf dem morastigen Boden der Grube zerlegen mußte. Sie war sich nicht sicher, wieviel mehr Winnie noch zu tun bereit war, hoffte jedoch, daß das Pferd ihr seine Kraft leihen würde, das Rentier bis ins Tal zu schaffen. Doch nichts überstürzen; ein Schritt nach dem anderen! Zunächst führte Ayla die junge Stute hinunter an den Fluß und befreite dort das Geweih des erlegten Rentiers von Zweigen und Ästen, die sich darin verfangen hatten. Dann packte sie die Tragkörbe neu, so daß einer im anderen steckte, und lud sie sich wie eine Kiepe auf den Rücken. Mit den beiden Speeren, die daraus hervorschauten, war es eine ungefüge Last, doch mit Hilfe des großen Findlings gelang es ihr, so beladen das Pferd zu besteigen. Ihre Füße waren nackt, doch raffte sie ihren Fellüberwurf, damit er nicht naß wurde, und trieb Winnie dann ins Wasser hinein.

Für gewöhnlich war der Fluß hier seicht und ohne größere Schwierigkeiten zu überqueren – einer der Gründe, warum die Rentiere instinktiv ihn gewählt hatten –, doch hatte der Regen den Wasserstand steigen lassen. Winnie schaffte es, in der raschen Strömung den Boden unter den Hufen zu behalten, und das tote Rentier schwamm obenauf, nachdem sie es erst einmal ins Wasser hineingezogen hatte. Das tote Tier über den Fluß hinüberzuziehen, bot einen Vorteil, an den Ayla nicht gedacht hatte: Blut und Schlamm wurden vom Wasser abgewaschen, und als sie die andere Seite erreichten, war das Rentier sauber.

Winnie machte einen kleinen Schritt zurück, als sie spürte, wie die Stricke sich wieder spannten, doch war Ayla inzwischen abgestiegen und half ihr jetzt, das tote Ren die kurze Strecke das Ufer hinaufzuziehen. Dann löste sie die Stricke. Immerhin war das Ren jetzt einen Schritt näher dem Tal. Ehe es weiterging, wollte Ayla noch einiges richten. Sie schlitzte das Ren vom After über Bauch und Brust bis zum Hals und zur Gurgel auf. Den Zeigefinger auf dem Rücken ihres Feuersteinmessers und die Schneide nach oben, fuhr sie die Schnittlinie dicht unter der Haut entlang. Gelang der erste Schnitt sauber, ohne tiefer ins eigentliche Fleisch zu schneiden, ging das Enthäuten hinterher um so leichter.

Der nächste Schnitt ging tiefer: Es galt, die Eingeweide herauszuholen. Die verwertbaren Teile – Magen, Därme und Blase – reinigte sie und legte sie zusammen mit den eßbaren Teilen in die nunmehr leere Bauchhöhle.

An die Innenseite einer ihrer Tragkörbe geschmiegt, hatte sie eine große Grasmatte mitgebracht. Diese entrollte sie jetzt auf dem Boden und schob ächzend und stöhnend das Rentier darauf. Dann legte sie die Matte um das tote Tier und verschnürte es mit Stricken, die sie wiederum mit denen von Winnies Zuggeschirr verband. Sie packte ein zweitesmal die Körbe um, steckte in jeden einen Speer und sorgte dafür, daß diese nicht hinausrutschen konnten. Dann erst, einigermaßen zufrieden mit sich selbst, kletterte sie wieder aufs Pferd.

Als sie sich zum drittenmal gezwungen sah abzusteigen und die Last, die Winnie hinter sich herschleifte, von Hindernissen wie Grasbüscheln, größeren Steinen und Strauchwerk zu befreien, war sie schon nicht mehr so zufrieden. Schließlich ging sie neben der Stute her und trieb sie an, bis das Ren wieder an irgend etwas festsaß, woraufhin sie nach hinten ging, um das Hindernis zu beseitigen. Erst als sie stehenblieb, um ihre Fußlinge wieder überzuziehen, bemerkte sie, daß ein Rudel Hyänen ihr folgte. Die ersten Steine, die sie mit ihrer Schleuder auf sie abfeuerte, zeigte den verschlagenen Aasfressern, bis auf wie weit sie sich ungestraft nähern durften.

Stinkende, häßliche Tiere, dachte sie, krauste die Nase und erschauerte vor Ekel. Sie wußte, daß die Hyänen auch jagten – wußte das nur allzugut. Einmal hatte Ayla ja einen solchen Aasfresser mit ihrer Schleuder erlegt – und damit ihr Geheimnis verraten. Von da an wußte der Clan, daß sie jagte, und sie hatte dafür bestraft werden müssen. Brun hatte keine andere Wahl gehabt; so war es nun einmal beim Clan Sitte und Brauch.

Auch Winnie fühlte sich durch die Hyänen beunruhigt. Dabei ging es um mehr als um ihre instinktive Furcht vor Raubtieren. Sie hatte niemals jenes Hyänenrudel vergessen, das sie angegriffen hatte, nachdem Ayla ihre Mutter getötet hatte. Außerdem war Winnie gereizt genug. Das tote Ren zu ihrer Höhle zu schaffen erwies sich für Ayla als ein größeres Problem, als sie vorausgesehen hatte. Hoffentlich schafften sie es noch, ehe die Nacht hereinbrach.

An einer Stelle, wo der Fluß sich wieder seinem eigenen Lauf näherte, machten sie eine Pause. All diese Pausen und der damit verbundene Neubeginn waren ermüdend. Ayla füllte ihren Wasserschlauch und einen großen wasserdichten Korb mit Wasser. Letzteren trug sie dann zu Winnie, die immer noch an das inzwischen wieder schmutzig gewordene Rentier angespannt war. Sie holte einen Fladen Reiseproviant heraus und setzte sich auf einen Stein, um zu essen. Dabei starrte sie zu Boden, ohne eigentlich etwas wahrzunehmen und nur damit beschäftigt, darüber nachzudenken, ob es nicht eine leichtere Art gab, ihre Beute in ihr Tal zu schaffen. So dauerte es eine Weile, ehe sie merkte, daß der Boden vor ihr aufgewühlt war, doch als das in ihr Bewußtsein drang, erregte das ihre Neugier. Das ganze Erdreich war zerstampft, das Gras niedergetreten, und die Spuren waren frisch. Vor kurzer Zeit mußte es hier zu einer großen Aufregung gekommen sein. Sie stand auf, um sich die Fährten genauer anzusehen, und reimte sich dann nach und nach zusammen, was sich abgespielt hatte.

Den Spuren im getrockneten Schlamm in Ufernähe entnahm sie, daß dies

hier das angestammte Revier eines Rudels Höhlenlöwen war. Sie vermutete, daß es hier irgendwo ein kleines Tal mit nackten Felswänden und einer gemütlichen Höhle geben müsse, in der die Löwin früher im Jahr ein paar gesunder Junge zur Welt gebracht hatte. Hier nun mußte ihr Lieblingsruheplatz sein. Die jungen Löwen hatten sich spielerisch um einen Brocken blutiges Fleisch gebalgt und mit ihren weichen Milchzähnen kleine Fetzen davon losgerissen, während die gesättigten männlichen Löwen sich in der Morgensonne geaalt und die schlanken Löwinnen nachsichtig über das Spiel ihrer Jungen gewacht hatten.
Die gewaltigen Raubkatzen waren unumstrittene Herren in ihrem Revier. Sie hatten nichts zu fürchten und keinen Grund anzunehmen, daß sie etwa einmal von ihren Beutetieren angegriffen werden würden. Normalerweise hätten Rentiere sich niemals in so große Nähe ihrer natürlichen Feinde verirrt, nur hatte die gellend schreiende Frau auf dem Pferderücken die ganze Herde von Panik ergreifen und in alle Winde auseinanderstieben lassen. Sie hatten sich in die Fluten gestürzt, um das andere Ufer zu erreichen, und ehe sie sich versahen, waren sie mitten in einem Löwenrudel gelandet. Löwen wie Rentiere waren überrascht gewesen. Die fliehende Herde hatte zu spät erkannt, daß sie von einer Gefahr fort- und einer weit größeren in die Arme gelaufen war und war neuerlich in alle Richtungen auseinandergestoben.
Als Ayla den Fährten folgte, stieß sie auf den Schluß der Geschichte. Zu spät, um den fliehenden Hufen zu entgehen, war eines der Löwenjungen von der davonstürmenden Herde niedergetrampelt worden.
Die Frau kniete neben dem Höhlenlöwenbaby nieder und fühlte mit der erfahrenen Hand der Medizinfrau nach irgendwelchen Lebenszeichen. Das Löwenjunge war warm und hatte sich wahrscheinlich ein paar Rippen gebrochen. Es war dem Tode nahe, atmete jedoch noch. Den Spuren im Sand entnahm Ayla, daß die Löwin ihr Baby gefunden und es mit der Schnauze angestoßen hatte, um es zum Aufstehen zu bewegen, was jedoch nichts gefruchtet hatte. Dann hatte sie reagiert, wie alle Tiere – mit Ausnahme des Tiers auf zwei Beinen – reagieren, die die Schwachen sterben lassen müssen, damit die anderen überleben, und ihre Aufmerksamkeit dem Rest ihres Wurfs zugewandt und war weitergezogen.
Einzig bei dem Mensch genannten Tier hing das Überleben von mehr als Kraft und Gesundheit ab. Schwächlich im Vergleich zu ihren räuberischen Konkurrenten, war die Menschheit auf Zusammenarbeit und Mitleid angewiesen, wenn sie überleben wollte.
Armes Kleines, dachte Ayla. Deine Mutter hat dir nicht helfen können, nicht wahr? Es war nicht das erstemal, daß ein verletztes und hilfloses Geschöpf ihr Herz anrührte. Einen flüchtigen Augenblick dachte sie daran, das Löwen-

junge mit zu sich in ihre Höhle zu nehmen, nahm dann aber rasch Abstand davon. Brun und Creb hatten ihr zwar gestattet, kleine Tiere mit in die Höhle des Clans zu bringen, um sie zu pflegen, als sie dabei war, die Heilkunst zu erlernen, doch beim ersten Mal hatte es einen beträchtlichen Aufstand gegeben. Ein Wolfjunges aufzunehmen, hatte Brun ihr jedoch strikt verboten. Das Löwenjunge war bereits jetzt fast so groß wie ein Wolf. Eines Tages würde es nahezu so groß sein wie Winnie.

Sie stand auf und blickte kopfschüttelnd auf das sterbende Löwenjunge hinab. Dann machte sie sich daran, Winnie weiterzuführen und hoffte, ihre Last würde nicht so bald wieder festsitzen. Als Winnie anzog, bemerkte Ayla, daß auch die ihnen folgenden Hyänen sich wieder in Bewegung setzten. Schon griff sie nach einem Stein, da erkannte sie, daß das Hyänenrudel abgelenkt worden war. Sie hatten das Löwenjunge entdeckt. Wo es aber um Hyänen ging, konnte Ayla nicht vernünftig handeln.

»Fort mit euch, stinkendes Gezücht! Laßt das Junge in Ruhe.«

Ayla lief zurück und schleuderte Steine auf die Hyänen. Ein Aufjaulen verriet ihr, daß sie ihr Ziel getroffen hatte. Die Hyänen ergriffen die Flucht und liefen außer Reichweite, als die Frau ihnen zornentbrannt folgte.

Da! Das wird sie fernhalten, dachte sie und stellte sich mit gespreizten Beinen schützend über das junge Tier. Dann verzog sich ihr Gesicht zu einem ungläubigen Grinsen. Was tue ich? Warum verscheuche ich sie von einem Löwenjungen, das ohnehin stirbt? Wenn ich die Hyänen heranlasse, werden sie mich jedenfalls nicht mehr belästigen.

Ich könnte es nicht mitnehmen. Ich könnte es ja nicht einmal tragen. Jedenfalls nicht den ganzen Weg. Es bereitet mir schon Sorgen genug, das Rentier zurückzuschaffen. Es ist lächerlich, auch nur daran zu denken.

Ist es das wirklich? Was wäre gewesen, wenn Iza mich hätte liegenlassen? Creb hat gesagt, der Geist des Löwen oder vielleicht auch der Geist des Höhlenlöwen habe mich ihnen in den Weg gelegt, weil niemand sonst sich meiner angenommen hätte. Sie hat den Gedanken nicht ertragen können, jemand krank oder verletzt zurückzulassen, ohne ihm zu helfen. Deswegen war sie ja auch eine so gute Medizinfrau.

Ich bin eine Medizinfrau. Iza hat mich dazu ausgebildet. Vielleicht ist mir dieses Löwenjunge in den Weg gelegt worden, damit ich es finde. Als ich es das erste Mal tat und das kleine Kaninchen in die Höhle brachte, weil es sich verletzt hatte, sagte sie, das beweise, daß ich eine Medizinfrau werden solle. Nun, hier ist wieder ein verletztes Jungtier, das ich unmöglich einfach den Hyänen überlassen kann.

Bloß, wie soll ich dieses Baby in die Höhle schaffen? Eine gebrochene Rippe könnte die Lunge verletzen, wenn ich nicht vorsichtig vorgehe. Ich werde es

einwickeln müssen, ehe es transportfähig ist. Der breite Riemen, aus dem ich Winnies Zuggeschirr gemacht habe, müßte gehen. Ich habe noch davon.
Ayla pfiff nach dem Pferd. Erstaunlicherweise verhakte sich die Last, die die Jungstute hinter sich herschleifte, diesmal an nichts. Nur Winnie selbst war erregt. Es ging ihr wider den Strich, im Löwen-Revier zu sein; Pferde gehörten zu den natürlichen Beutetieren der Höhlenlöwen. Schon seit Beginn der Jagd war sie nervös, und alle Augenblicke stehenzubleiben, um irgendein Hindernis zu beseitigen, das sich vor die schwere Last gelegt hatte, war nicht gerade geeignet gewesen, sie zu beruhigen.
Doch Ayla, die sich jetzt ganz auf das Löwenjunge konzentrierte, kümmerte sich nicht um die Bedürfnisse des Pferdes. Nachdem sie den jungen Löwen bandagiert hatte, fiel ihr nichts anderes ein, als ihn Winnie auf den Rücken zu legen, damit sie ihn in die Höhle trug.
Doch das war zuviel für das Pferd. Als die Frau die riesige junge Raubkatze hochhob, um sie ihm auf den Rücken zu laden, stieg Winnie. Von Panik ergriffen, bockte sie und keilte hinten aus und versuchte, sich von den sie hemmenden Lasten zu befreien. Dann sprengte sie über die Steppe davon. Das in die Grasmatte eingewickelte Rentier holperte und sprang hinter dem Pferd her, verfing sich dann jedoch an einem Felsen. Das vergrößerte Winnies Panik jedoch nur noch, und wieder bockte sie und keilte aus.
Plötzlich rissen die Lederriemen, es gab einen Ruck, und die Tragkörbe, die durch die langen Speere Übergewicht bekommen hatten, kippten. Offenen Munds vor Verblüffung sah Ayla zu, wie das völlig überdrehte Pferd in wilden Fluchten davonjagte. Der Inhalt der Tragkörbe wurde überall verstreut – nur die Speere saßen fest in ihren Halterungen, schleiften mit der Spitze nach unten am Boden und behinderten das Pferd nicht im geringsten in seiner Geschwindigkeit.
Ayla erkannte die Möglichkeiten augenblicklich – sie hatte sich den Kopf über eine Möglichkeit zerbrochen, das tote Rentier und das Löwenjunge in ihre Höhle zu schaffen. Jetzt darauf zu warten, daß Winnie sich wieder beruhigte, erforderte einige Zeit. Da Ayla befürchtete, Winnie könnte sich verletzen, pfiff und rief sie nach ihr. Sie wollte hinterher, hatte jedoch Angst, ihre Jagdbeute und das Löwenjunge den Hyänen zu überlassen. Das Pfeifen tat seine Wirkung. Der Pfeifton war etwas, was Winnie mit Zuneigung und Sicherheit in Verbindung brachte. Einen weiten Bogen schlagend, kam sie zu der Frau zurückgetrabt.
Als das völlig ausgepumpte und schaumbedeckte Pferd schließlich näherkam, konnte Ayla es nur erleichtert in die Arme schließen. Sie befreite es von Zuggeschirr und Traggurt und untersuchte Winnie sorgfältig, um festzustellen, daß ihr auch wirklich nichts passiert sei. Winnie lehnte sich an die Frau,

schnaubte bekümmert mit gespreizten Vorderbeinen, atmete schwer und flog am ganzen Leib.

»Ruh' du dich aus, Winnie«, sagte Ayla, als das Pferd aufhörte zu zittern und sich zu beruhigen schien. »Ich hab' sowieso noch zu tun.«

Es kam der Frau überhaupt nicht in den Sinn, wütend zu sein, weil das Pferd gebockt hatte, fortgelaufen war und all ihre Sachen verstreut hatte. Das Pferd war für sie nichts, was ihr gehörte oder dem sie einfach befehlen konnte. Winnie war für sie vielmehr eine Freundin, eine Gefährtin. Wenn sie in Panik geriet, hatte sie dafür gute Gründe. Es war einfach zuviel von ihr verlangt worden. Ayla spürte, daß sie die Grenzen dessen erfahren müsse, was Winnie für sie tun konnte, und nicht versuchen sollte, ihr ein besseres Benehmen beizubringen. Für Aylas Begriffe half Winnie ihr aus freien Stücken, kümmerte sie selbst sich aus Liebe um das Pferd.

Die junge Frau sammelte von den Sachen, die aus den Körben herausgefallen waren, ein, was sie fand, und dann nahm sie am Gurt für die Tragkörbe einige Veränderungen vor. Die Speere befestigte sie so in den Halterungen, wie sie – die Enden nach unten – über den Boden geschleift waren. Die Grasmatte, in die das Rentier eingewickelt worden war, befestigte sie zwischen den beiden Speerschäften, so daß sich eine Art Traggestell ergab – hinter dem Pferd und über dem Boden. Darauf zurrte sie das tote Ren fest und hinterher, besonders sorgfältig, das Löwenjunge, das immer noch nicht zu sich gekommen war. Nachdem sie sich entspannt hatte, schien Winnie Gurte und Zuggeschirr bereitwilliger anzunehmen und stand ruhig da, während Ayla hier und da noch etwas veränderte.

Nachdem die Tragkörbe aufgelegt und festgemacht waren, untersuchte Ayla noch einmal das Löwenjunge und stieg dann auf Winnies Rücken. Als sie in Richtung Tal loszogen, konnte Ayla sich kaum fassen vor Freude darüber, welche Verbesserung dieses neue Transportmittel darstellte. Da nur die Speerenden über den Boden schleiften und ihre Last nicht dauernd an irgendwelchen Hindernissen festsaß, konnte das Pferd die Last viel müheloser ziehen. Allerdings wagte Ayla kaum einen unbefangenen Atemzug zu tun, bis sie das Tal und ihre Höhle erreicht hatten.

Sie sorgte dafür, daß Winnie sich ausruhen und saufen konnte. Dann kümmerte sie sich wieder um das Löwenjunge. Es atmete immer noch, doch war sie sich nicht sicher, ob es überleben würde. Warum ist es mir in den Weg gelegt worden, sann sie. Im selben Augenblick, da sie das Löwenjunge gesehen, hatte sie an ihr Totem denken müssen – hatte der Geist des Höhlenlöwen gewollt, daß sie sich seiner annahm?

Dann kam ihr noch ein Gedanke. Hätte sie nicht beschlossen, das Löwenjunge mitzunehmen, wäre sie nie auf das neue Transportmittel gekommen.

Hatte ihr Totem diesen Weg gewählt, um es ihr zu zeigen? Handelte es sich um ein Geschenk? Was es auch war, Ayla war überzeugt, daß man sie aus gutem Grund auf das Löwenjunge hatte stoßen lassen. Sie würde alles in ihrer Macht Stehende tun, um es zu retten.

11

»Jondalar, du brauchst nicht hierzubleiben, nur weil ich es tue.«
»Wieso kommst du darauf, daß ich lediglich deinetwegen hierbleibe?« sagte der ältere der beiden Brüder verwirrter, als er hatte zugeben wollen. Er hatte sich in dieser Sache nicht empfindlich zeigen wollen, doch beruhte Thonolans Bemerkung mehr auf Wahrheit, als er zugeben mochte.
Er merkte, daß er das erwartet hatte. Er hatte nur nicht glauben wollen, daß sein Bruder tatsächlich bleiben und Jetamio zur Gefährtin nehmen würde. Was ihn jetzt jedoch selbst überraschte, war, daß auch er augenblicklich bereit war, bei den Sharamudoi zu bleiben. Er wollte einfach nicht allein zurückkehren. Ohne Thonolan wäre das ein sehr, sehr langer Weg; und dann war da auch noch etwas anderes, etwas, das tiefer saß: jenes innere Bereitsein, das ihn ursprünglich veranlaßt hatte, sofort der gemeinsamen Reise mit seinem Bruder zuzustimmen.
»Du hättest nicht mitkommen sollen.«
Einen Moment fragte Jondalar sich, woher sein Bruder seine Gedanken kannte.
»Ich hatte so ein Gefühl, daß ich nie wieder zurückkehren würde. Nicht, daß ich erwartet hätte, die einzige Frau zu finden, die ich je lieben könnte; aber ich hatte so das Gefühl, ich würde einfach immer weiterziehen, bis ich einen Grund fände zu bleiben. Die Sharamudoi sind gute Leute – vermutlich sind das die meisten Menschen, wenn man sie erst einmal richtig kennengelernt hat. Jedenfalls habe ich nichts dagegen, mich hier niederzulassen und einer von ihnen zu werden. Du bist ein Zelandonii, Jondalar. Wo immer du bist, du wirst immer ein Zelandonii sein, wirst dich nie woanders ganz zu Hause fühlen. Geh zurück, Bruder! Mach eine der Frauen glücklich, die hinter dir her gewesen sind. Werde seßhaft, gründe eine große Familie und erzähle den Kindern deines Herdfeuers von unserer langen Reise und von dem Bruder, der irgendwo hängengeblieben ist. Wer weiß? Vielleicht kommt eines Tages eines von deinen oder von meinen Kindern auf den Gedanken, zu einer langen Reise aufzubrechen, um seine Verwandten zu finden.«
»Warum bin ich mehr Zelandonii als du? Wie kommst du auf den Gedanken, ich könnte hier nicht genauso glücklich werden wie du?«

»Zum einen bist du nicht verliebt. Aber selbst wenn du es wärest, würdest du auf Mittel und Wege sinnen, sie mit dir zurückzunehmen, aber nicht, hier bei ihr zu bleiben.«

»Warum nimmst du Jetamio nicht mit zurück zu uns? Sie ist tüchtig, weiß, was sie will und kann sehr wohl auf sich selbst aufpassen. Sie würde eine gute Zelandonii-Frau abgeben. Sie kann mindestens ebenso gut jagen wie die besten von ihnen – sie würde prächtig mit ihnen auskommen.«

»Ich will mir einfach nicht die Zeit nehmen und ein ganzes Jahr vertun, bloß um zurückzukehren. Ich habe die Frau gefunden, mit der ich leben will. Ich möchte mich hier bei ihr niederlassen und ihr Gelegenheit geben, für Nachwuchs zu sorgen.«

»Und was ist mit meinem Bruder geschehen, der sich vorgenommen hatte, dem Lauf der Großen Mutter bis zum Ende zu folgen?«

»Irgendwann komme ich schon noch hin. Nur keine Eile. Du weißt doch, so weit ist es von hier aus gar nicht. Vielleicht begleite ich Dolando, wenn er das nächstemal loszieht, Salz einzuhandeln. Jetamio könnte ich sogar mitnehmen. Ich glaube, es würde ihr Spaß machen. Sie wäre nur unglücklich, wenn sie zulange von daheim fortbleiben müßte. Das bedeutet ihr nämlich sehr viel. Sie hat ihre Mutter nie gekannt und wäre ums Haar selbst an Lähmung gestorben. Ihre Leute sind ihr wichtig, und ich verstehe das, Jondalar. Ich habe schließlich einen Bruder, der ihr darin sehr ähnlich ist.«

»Was macht dich so sicher?« Jondalar blickte zu Boden und mied die Augen seines Bruders. »Und wie kommst du darauf, daß ich nicht liebe? Serenio ist eine schöne Frau, und Darvo« – Jondalar lächelte, »braucht einen Mann in seiner Nähe. Könnte übrigens sein, daß eines Tages ein sehr tüchtiger Feuersteinschläger aus ihm wird.«

»Großer Bruder, ich kenne dich jetzt schon eine lange Zeit. Mit einer Frau zu leben, bedeutet doch nicht, sie zu lieben. Ich weiß, du bist dem Jungen zugetan, aber das reicht doch nicht aus als Grund, hierzubleiben und seiner Mutter gegenüber eine Verpflichtung einzugehen. Es ist kein so schlechter Grund, mit ihr zu schlafen, reicht aber nicht, um hierzubleiben. Kehr nach Hause zurück und such dir eine ältere Frau mit ein paar Kindern, wenn du willst – dann kannst du sicher sein, ein Herdfeuer voll Kinder zu haben, aus denen du tüchtige Feuersteinschläger machen kannst. Jedenfalls geh zurück!«

Ehe Jondalar antworten konnte, kam der Junge, der noch nicht einmal zwei Handvoll Jahre erreicht hatte, atemlos auf sie zugerannt. Er war groß für sein Alter, dabei aber überschlank mit einem schmalen Gesicht und Zügen, die für einen Jungen zu fein und zu zart waren. Sein hellbraunes Haar war gerade und schlaff, aber seine haselnußbraunen Augen strahlten eine lebhafte Intelligenz aus.

»Jondalar!« rief er außer Atem. »Ich habe dich überall gesucht. Dolando ist bereit, und die Flußleute warten.«

»Sag ihnen, daß wir kommen, Darvo«, sagte der große blonde Mann in der Sprache der Sharamudoi. Der Junge schoß voraus, und die beiden Männer schickten sich an, ihm zu folgen, doch da blieb Jondalar stehen. »Gute Wünsche sind schon angebracht, kleiner Bruder«, sagte er, und das Lächeln auf seinem Gesicht machte deutlich, daß das aufrichtig gemeint war. »Ich müßte lügen, wenn ich behaupten wollte, ich hätte erwartet, daß du es förmlich besiegeln würdest. Und was deinen Versuch betrifft, mich loszuwerden – vergiß es! Es kommt nicht alle Tage vor, daß der Bruder eines Mannes die Frau seiner Träume findet. Ich würde um der Liebe einer Donii willen nicht missen wollen, wie du dich mit einer Frau zusammentust.«

Thonolans Grinsen ließ sein ganzes Gesicht strahlen. »Weißt du, Jondalar, genau dafür habe ich sie auch gehalten, als ich sie das erstemal sah: für einen wunderschönen Geist der Mutter, der gekommen war, meine Reise in die nächste Welt zu einem Vergnügen zu machen. Und ich wäre auch mit ihr gegangen, ohne Widerstreben . . . würde das noch tun.«

Während Jondalar hinter Thonolan Schritt faßte, legte sich seine Stirn in Falten. Die Vorstellung, daß sein Bruder irgendeiner Frau in den Tod folgen würde, verwirrte ihn.

Der Weg führte in Serpentinen den schmalen Pfad hinunter; auf diese Weise vollzog sich der Abstieg durch den dichtbelaubten Wald weniger steil. Weiter unten verbreiterte sich der Weg, als sie sich einer Felswand näherten, die sie bis an den äußersten Rand einer Felsklippe brachte. Um die Felswand herum war mühselig ein Weg herausgehauen worden, auf dem zwei Menschen nur unter größten Schwierigkeiten nebeneinander her gehen konnten. Jondalar ging hinter seinem Bruder her, als dieser die Wand umrundete. Er fühlte immer noch ein beklemmendes Gefühl in den Lenden, wenn er über den Rand in die Tiefe hinunterblickte, auf den breit dahinfließenden Großen Mutter Fluß; dabei hatten sie den ganzen Winter bei den Shamudoi von Dolandos Höhle zugebracht. Trotzdem – diesen freigelegten Weg zu benutzen, war immer noch besser als die anderen Zugänge.

Nicht alle in Höhlen genannten Gruppen lebten auch tatsächlich in Höhlen; auf Lichtungen und offenen Stellen errichtete Unterkünfte waren weit verbreitet. Nur waren die natürlichen Felsunterkünfte gesucht und geschätzt, besonders in der bitteren Winterkälte. Eine Höhle oder ein Felsüberhang konnte einen Standort begehrenswert machen, den man sonst verschmäht hätte. Dem Anschein nach unüberwindbare Schwierigkeiten bewältigte man ohne großen Aufhebens, wenn es darum ging, sich feste Wohnsitze dieser Art zu sichern. Jondalar hatte in Höhlen hoch oben in steilen Klippen und mit

schwindelerregend schmalen Terrassen davor gelebt; doch mit dem Wohnsitz dieser Shamudoi-Höhle war nichts zu vergleichen.
In einem weit früheren Erdzeitalter war die aus Sandstein, Kalkstein und Schiefer bestehende Kruste der Erde zu Gipfeln aufgefaltet worden, die von Eiskappen bedeckt waren. Doch mit diesen vergleichsweise weichen Gesteinen hatte sich härteres kristallines Felsgestein vermischt, das Vulkane aus dem Erdinneren herausgeschleudert hatten, die aufgrund derselben Umwälzungen in Tätigkeit geraten waren, welche die Auffaltungen verursacht hatten. Die gesamte Ebene, welche die beiden Brüder im vorigen Sommer überquert und die einst das Becken eines riesigen Binnenmeers gebildet hatte, wurde von den Bergen gesäumt. Jahrtausendelang hatte das Meer gebraucht, sich einen Durchfluß durch eine der Bergketten herauszuwaschen, die – einst mit einem ihrer südlichen Ausläufer verbunden – eine Einheit mit der großen Bergkette im Norden gebildet hatte; und über diesen Durchfluß war das Binnenmeer ausgetrocknet und die große Ebene entstanden.
Doch hatte der Berg nur widerwillig in seinem weicheren Material nachgegeben und dem Wasser einen schmalen, von widerstandsfähigem Felsgestein flankierten Durchlaß gestattet. Der Große Mutter Fluß, der bis dorthin auch die Fluten der Schwester sowie sämtlicher anderen Nebenflüsse und Nebenarme in sich aufgenommen hatte und einen einzigen breiten Strom bildete, floß durch dieselbe Lücke. Über eine Strecke von mehr als hundertfünfzig Kilometern bildete eine Serie von vier großen Engpässen das Tor zu seinem Unterlauf und letzten Endes zu seinem endgültigen Ziel. An manchen Stellen erreichte die Mutter eine Breite von anderthalb Kilometern, und an anderen mußte sie zwischen nackten Felswänden hindurch, die knapp zweihundert Meter auseinanderlagen.
Im Verlauf des langwierigen Prozesses, den es bedeutete, sich durch die Hunderte von Kilometern einer Gebirgskette hindurchzufressen, hatten die Wassermassen des immer weiter zurückweichenden Binnenmeers sich in Ströme, Wasserfälle, Teiche und Seen aufgeteilt, von denen noch heute viele Spuren künden. Hoch an der linken Wand, nahe der Stelle, wo der erste Engpaß entstand, hatte es eine bemerkenswerte Einbuchtung gegeben: einen ausgedehnten breiten Küstensockel mit erstaunlich ebenem Boden. Ursprünglich war es eine kleine geschützte Bucht gewesen, die von Wasser und Zeit aus dem Berg herausgewaschen worden war. Der dazugehörige See war längst verschwunden; zurückgeblieben war die hoch über dem Großen Mutter Fluß gelegene, mit vielen Einschnitten versehene U-förmige Terrasse – so hoch gelegen, daß nicht einmal das Frühlingshochwasser, das den Wasserspiegel des Flusses dramatisch ansteigen lassen konnte, der Terrasse auch nur nahe kam.
Eine große grasbewachsene Fläche reichte bis an den steil in die Tiefe gehen-

den Rand der Terrasse heran; dabei war die Humusdecke, wie man an ein paar flachen Kochgruben, die bis auf den Felsen hinuntergingen, erkennen konnte, wirklich nicht dick. Etwa von der Mitte an tauchten Sträucher und kleinere Bäume auf, die sich an die Felswände klammerten. In der Nähe der Steilwand hinten wuchsen die Bäume bereits zu respektabler Größe heran, und das Gebüsch verdichtete sich und bedeckte den unteren Teil der Wand. Weit hinten an einer Seitenwand war das, was das Besondere der hochgelegenen Terrasse ausmachte: ein tief ausgewaschener Sandsteinüberhang. Darunter waren mehrere Holzunterkünfte abgeteilt worden, die einen ungefähr kreisrunden offenen Platz bildeten, der der Hauptfeuerstelle sowie ein paar kleineren Feuerstellen Raum bot und Zugang und Versammlungsplatz zugleich darstellten.

Die gegenüberliegende Ecke der Terrasse war mit einer weiteren Besonderheit ausgestattet: ein langer dünner Wasserfall, der von einer hohen Schanze herunterkam, schäumte eine kurze Strecke über zackige Felsen hinweg, ehe er sich über einen kleineren vorragenden Sandsteinüberhang in einen Teich hinunterstürzte. Am Rand der Steilwand lief das Wasser weiter bis ans äußerste Ende der Terrasse, wo jetzt Dolando und eine Reihe anderer Männer auf Thonolan und Jondalar warteten.

Dolando winkte ihnen grüßend zu, als sie um die vorspringende Felswand herumkamen und von der Ecke her herunterstiegen. Jondalar trabte hinter seinem Bruder her und erreichte das Ende der Wand gerade in dem Augenblick, da Thonolan einen gefährlichen Pfad neben dem Bach hinabstieg, der über mehrere Stufen zur Großen Mutter hinunterrauschte. Diesen Pfad hätte man unmöglich hinabsteigen können, hätte man nicht mühsam einige Stufen in den Felsen hineingeschlagen und kräftige, aus Stricken bestehende Handläufe angebracht. Trotzdem machte das herabsprudelnde Wasser und der ständige Gischt ihn selbst im Sommer gefährlich schlüpfrig. Im Winter bildete er ohnehin eine unpassierbare Masse aus erstarrten Eiszapfen.

Im Frühling jedoch eilten die Sharamudoi – und zwar sowohl die gemsenjagenden Shamudoi als auch die flußbewohnenden Ramudoi, die die andere Hälfte des Stammes bildeten – den zusätzlich von Schmelzwasser überströmten und stellenweise vereisten Pfad hinauf und hinab wie die wendigen ziegenähnlichen Tiere, welche die höheren Regionen der Steilwände bewohnten. Als Jondalar seinen Bruder mit dem Übermut und der Nichtbeachtung des dazu Geborenen herunterkommen sah, meinte er, daß Thonolan zumindest in einer Beziehung recht hätte. Wenn er, Jondalar, auch sein ganzes Leben hier zubringen würde, nie würde er sich an den Aufstieg zu der hohen Terrasse gewöhnen. Er warf einen Blick auf das turbulente Wasser des reißenden Stroms in der Tiefe und verspürte wieder das beklemmende Gefühl in den Lenden; dann holte er tief Atem, biß die Zähne zusammen und stieg über den Rand.

Mehr als einmal war er dankbar für den Strick des Handlaufs, als er merkte, wie er auf unsichtbarem Eis ausrutschte, und er stieß einen tiefen Seufzer der Erleichterung aus, als er den Fluß unten erreichte. Eine schwimmende Plattform aus zusammengebundenen Baumstämmen, die sich auf der Strömung wiegte, bot eine vergleichsweise willkommene Sicherheit. Auf einem erhöhten Mittelteil, der über die Hälfte der ganzen Plattform einnahm, ragte eine Reihe von Holzbauten ähnlich jenen unter dem Felsüberhang oben.

Jondalar tauschte Grüße mit mehreren Bewohnern des Hausboots, als er über die zusammengebundenen Stämme bis ans Ende der Plattform ging, wo Thonolan gerade in eines der dort vertäuten Boote stieg. Sobald er eingestiegen war, stießen sie ab und ruderten mit Rudern, die einen sehr langen Griff aufwiesen, stromaufwärts. Die Unterhaltung beschränkte sich auf das Notwendigste. Die hochgehende, starke Strömung wurde durch das Schmelzwasser des Frühlings noch verstärkt. Während die Flußleute ruderten, hielten Dolandos Männer nach schwimmenden Hindernissen wie Sträuchern und Bäumen Ausschau. Jondalar lehnte sich zurück und sann über die einzigartige Wechselbeziehung der Sharamudoi untereinander nach.

Die Stämme, die er kennengelernt hatte, hatten sich alle auf unterschiedliche Weise spezialisiert, und er hatte sich oft gefragt, was sie wohl gerade auf den einen besonderen Weg geführt haben mochte, den sie eingeschlagen hatten. Bei einigen war es so, daß alle Männer der Sitte entsprechend eine Funktion ausübten und die Frauen eine andere, bis eine jede Tätigkeit so sehr mit einem der beiden Geschlechter identifiziert wurde, daß keine Frau mehr das tun wollte, was in ihren Augen Männerarbeit war, und kein Mann es über sich brachte, das zu verrichten, was er als Frauenarbeit betrachtete. Bei anderen Gruppen war es mehr so, daß bestimmte Aufgaben und Arbeiten bestimmten Altersgruppen zugeordnet waren – wobei die jüngeren Leute die mehr Kraft erfordernden Aufgaben wahrnahmen und die Älteren sitzenden Beschäftigungen nachgingen. Bei einigen Gruppen konnte es so sein, daß den Frauen die volle Verantwortung für das Aufziehen und die Anleitung der Kinder oblag, wohingegen es in anderen Gruppen so war, daß diese Aufgabe von den Älteren beiderlei Geschlechts übernommen wurde.

Bei den Sharamudoi verlief die Spezialisierung ganz anders, und es hatten sich bei ihnen zwei durchaus unterschiedliche, wenn auch verwandte Gruppen entwickelt. Die Shamudoi machten in den höheren Bergregionen Jagd auf Gemsen und andere Tiere, wohingegen die Ramudoi sich darauf spezialisiert hatten, Jagd auf den mächtigen Stör zu machen; denn auf diesen größten Fisch dieser Gewässer, der bis zu neun Meter lang werden konnte, machte man mehr Jagd, als daß man ihn fischte. Außerdem fischten sie Flußbarsche, Hechte und große Karpfen. Vielleicht hätte die Arbeitsteilung sie dazu bringen können, sich in zwei unterschiedliche Stämme aufzuteilen, hätte es nicht wechselseitige Bedürfnisse gegeben, die sie dazu brachten, bestimmte Ansprüche aneinander zu stellen und die sie zusammengehalten hatten.

Die Shamudoi hatten ein Verfahren entwickelt, aus Gamshäuten wunderschönes samtig-geschmeidiges Leder herzustellen. Dieses Leder war so einzigartig, daß weiter entfernt lebende Stämme dieser Region kamen, sie gegen andere Waren einzutauschen. Bei dem Verfahren handelte es sich um ein streng gehütetes Geheimnis, doch war Jondalar dahintergekommen, daß das Öl bestimmter Fischsorten dazu vonnöten war. Dieser Umstand gab den Shamudoi einen guten Grund, enge Bande mit den Ramudoi zu unterhalten. Andererseits wurden Boote aus Eichen gemacht, wobei für bestimmte Ausrüstungsgegenstände der Boote Buchen- und Fichtenholz benötigt wurde und die langen Planken der Bordwände mit Dübeln aus Eiben- und Weidenholz zusammengehalten wurden. Die Flußleute waren also auf die Kenntnisse von Bäumen und Wäldern der Bergbewohner angewiesen, wenn sie das richtige Holz finden wollten.

Innerhalb des Stammes der Sharamudoi hatte jede Shamudoi-Familie ihr Gegenstück in einer Ramudoi-Familie, mit der sie ein vielfältiges Netz verwandtschaftlicher Bande, die nicht unbedingt etwas mit Blutsverwandtschaft zu tun haben mußten, zusammenhielt. Jondalar war noch nicht hinter alle diese Dinge gekommen, doch nachdem sein Bruder sich mit Jetamio zusammengetan hatte, mußte er erleben, wie er plötzlich von Angehörigen beider Gruppen »Vetter« genannt wurde; das kam durch Thonolans Gefährtin, obwohl diese keine lebenden Blutsverwandten hatte. Es wurde erwartet, daß bestimmte gegenseitige Verpflichtungen erfüllt wurden, wenngleich dies für ihn kaum mehr bedeutete, als daß er bestimmte Anreden, die eine gewisse Hochachtung zum Ausdruck brachten, benutzte, wenn er sich mit seinen neuen Verwandten unterhielt.

Als Mann ohne feste Gefährtin stand es ihm immer noch frei fortzugehen, wenn er wollte; lieber sah man es jedoch, wenn er blieb. Doch die Bande, welche die beiden Gruppen miteinander verbanden, waren so stark, daß, wenn zum Beispiel die Wohnung zu eng wurde und ein oder zwei Shamudoi-Familien beschlossen, fortzuziehen, um eine neue Höhle zu gründen, ihr Gegenstück bei den Ramudoi mit ihnen ziehen mußte.

Es gab besondere Riten, um Bande auszutauschen, wenn das Gegenstück der Familie in der anderen Gruppe nicht mitziehen wollte, eine andere Familie aber wohl. Im Prinzip konnten jedoch die Shamudoi darauf bestehen, daß die Ramudoi mitkamen, und diese waren dazu verpflichtet, es zu tun; denn wo es um Dinge ging, die mit dem Land zu tun hatten, besaßen die Shamudoi das Entscheidungsrecht. Allerdings waren die Ramudoi nicht ganz ohne Druckmittel. So konnten sie sich zum Beispiel weigern, ihre Shamudoi-Verwandten zu transportieren oder ihnen zu helfen, nach einer passenden Wohngelegenheit zu suchen; denn Entscheidungen, die mit Wasser zu tun hatten, lagen bei ihnen. In der Praxis wurden größere Entscheidungen, wie zum Beispiel über einen Wegzug, gemeinsam getroffen. Sowohl im praktischen als auch im rituellen Bereich hatten sich zusätzliche Bande entwickelt, um die Beziehungen zwischen den beiden Gruppen zu stärken; viele davon betrafen die Boote. Obwohl Entscheidungen über auf dem Wasser schwimmende Boote ein Vorrecht der Ramudoi waren, gehörten die Boote selbst den Shamudoi, die folglich – im Verhältnis zu entsprechenden Gegenleistungen – Nutznießer der mit Hilfe der Boote erbrachten Leistungen waren. Die Grundsätze, die man entwickelt hatte, um Streitfragen zu regeln, waren viel verzwickter als die Praxis. Da man sich wechselseitig unausgesprochen einig war und die Rechte, Hoheitsrechte und das besondere fachliche Können des anderen begriff und achtete, kam es nur äußerst selten zu solchen Streitfragen.

Der Bootsbau war das Ergebnis einer Gemeinschaftsarbeit, und das aus sehr praktischen Gründen; er erforderte nämlich sowohl die Produkte des Landes als auch das Wissen um das Wasser, und das gab den Shamudoi einen gültigen Anspruch auf das von den Ramudoi benutzte Fahrzeug. Das Ritual verstärkte das Band, denn keine Frau aus der einen Stammesgruppe konnte mit einem Mann zusammenleben, der nicht einen solchen Anspruch hatte. So mußte Thonolan erst beim Bau oder bei der Ausbesserung eines Bootes mithelfen, ehe er sich mit der Frau zusammentun konnte, die er liebte.

Jondalar freute sich gleichfalls auf den Bau des Bootes. Das ungewöhnliche Fahrzeug hatte es ihm angetan; er war neugierig zu erfahren, wie Boote gebaut wurden und wie man sie vorwärtstrieb und steuerte. Er wäre lieber aus einem anderen Grund geblieben, um das herauszufinden; er hätte nicht gleich bleiben und eine Shamudoi-Frau nehmen wollen wie sein Bruder. Dabei hatten diese Menschen ihn von Anfang an brennend interessiert. Die Mühelosigkeit, mit der sie auf dem großen Strom umherfuhren und den riesigen Stör jagten, überstieg alles, was er von anderen Stämmen erfahren oder gehört hatte.

Sie kannten den Fluß in allen seinen Stimmungen. Er selbst hatte schon Schwierigkeiten, allein die gewaltigen Ausmaße dieses Wasserweges zu begreifen, ehe er nicht alles Wasser zusammen gesehen hatte, und dabei hatten die Fluten noch nicht einmal ihren Höchststand erreicht. Doch wie gewaltig der Strom war, ließ sich nicht vom Boot aus am besten erkennen. Im Winter, wenn der Wasserfallweg vereiste und unbenutzbar wurde, aber noch ehe die

Ramudoi zu ihren Shamudoi-Verwandten in der Höhe zogen, wurde der Verkehr zwischen den beiden Gruppen mit Hilfe von Seilen und großen geflochtenen Plattformen abgewickelt, die über den Rand der von den Shamudoi bewohnten Terrasse hinübergingen bis hinunter zum Landesteg der Ramudoi.

Die Wasserfälle waren noch nicht vereist gewesen, als er und Thonolan hier eingetroffen waren, doch war sein Bruder nicht in einem Zustand, der es ihm erlaubt hätte, den gefährlichen Aufstieg von sich aus zu machen. Infolgedessen wurden sie beide in einem Korb hinaufgezogen.

Als er die Große Mutter zum ersten Mal von dieser luftigen Höhe aus sah, ging Jondalar allmählich das ganze Ausmaß des Stromes auf. Alles Blut war ihm aus dem Gesicht gewichen; sein Herz schlug ihm bis zum Hals hinauf, so überwältigt war er, als er auf das Wasser und die gerundeten Berge auf der anderen Seite des Flusses hinunterblickte. Ihn erfaßte eine große Ehrfurcht vor der Mutter, deren Geburtswasser in einem wunderbaren Schöpfungsakt den Fluß hatte entstehen lassen.

Er hatte inzwischen längst erfahren, daß es noch einen längeren, leichteren, aber auch weniger spektakulären Weg zu der hochgelegenen Terrasse gab – und zwar einen Pfad, der sich von Westen nach Osten über die Bergpässe hinzog und am östlichen Ende des Durchbruchs zum breiten Flußbett hinunterführte. Der Westteil dieses Pfades, der durch das Hochland und das Vorgebirge heranführte an die aufeinanderfolgenden Engpässe oder Flußengen, war zwar unwegsamer, doch zum Teil führte er hinunter bis an den Rand des Flusses, und auf eine solche Stelle fuhren sie jetzt zu.

Das Boot war bereits im Begriff, die Strommitte zu verlassen und auf eine aufgeregt winkende Gruppe von Menschen zuzugleiten, die einen Uferstreifen aus grauem Sand bevölkerten, als ein allgemeines Atemanhalten den älteren Bruder veranlaßte, sich umzudrehen.

»Jondalar! Schau!« Thonolans ausgestreckter Finger wies flußaufwärts.

In tückischer Pracht kam in der Mitte des Stromes, wo es am tiefsten war, ein großer, zerklüfteter und schimmernder Eisberg heruntergetrieben. Kristallene Facetten der durchsichtigen Eisränder, in denen sich das Licht brach, verliehen dem Monolithen einen nebligen Schimmer, der das Eis umgab wie einen Heiligenschein; doch seine blaugrüne, schattige Tiefe barg sein ungeschmolzenes Herz. Gekonnt und erfahren veränderten die das Boot rudernden Männer Richtung und Geschwindigkeit, legten dann die Ruder flach und hielten inne, um die aus schimmernder Kälte gebildete Wand mit tödlicher Gleichgültigkeit vorübergleiten zu lassen.

»Du darfst der Mutter nie den Rücken zukehren«, hörte Jondalar einen Mann vor ihm sagen.

»Ich würde sagen, der muß die Schwester heruntergekommen sein, Markeno«, meinte der neben ihm Sitzende.
»Wie kommen ... großes Eis ... hierher, Carlono?« fragte Jondalar ihn.
»Eisberg«, sagte Carlono und nannte das Wort für seine Ohren zum ersten Mal. »Möglich, daß er von einem dieser sich immer weiter vorschiebenden Gletscher auf einem der Berge stammt«, fuhr er fort und wies mit dem Kinn in Richtung auf die weißen Gipfel über seiner Schulter, denn er hatte das Rudern wieder aufgenommen. »Möglich aber auch, daß er von weiter im Norden stammt und die Schwester heruntergeschwommen ist. Sie ist tiefer als die Mutter, verzweigt sich nicht in so viele Kanäle – besonders um diese Jahreszeit. Aber vor allem: An diesem Eisberg ist mehr dran als du siehst. Der größte Teil liegt unter Wasser.«
»Das ist schwer zu glauben ... Eisberg ... so groß, von so weit her«, sagte Jondalar.
»Eisberge bekommen wir jedes Frühjahr. Nicht immer so große wie diesen hier. Nur wird dieser sich nicht mehr lange halten – das Eis ist schon ganz bröckelig. Er braucht nur einmal tüchtig anzustoßen, und er bricht auseinander. Und weiter stromabwärts ragt mitten im Fluß ein Felsen bis ganz nahe an die Wasseroberfläche. Ich glaube nicht, daß der Eisberg es durch den Engpaß schafft«, fügte Carlono hinzu.
»Einmal tüchtig von dem angestoßen werden, und *wir* würden auseinanderbrechen«, sagte Markeno. »Deshalb: der Mutter nie den Rücken zuwenden!«
»Markeno hat recht«, sagte Carlono. »Du darfst ihr nie trauen. Dieser Fluß kann höchst unangenehm werden, um dich daran zu erinnern, daß deine ganze Aufmerksamkeit *ihr* zu gelten hat.«
»Ich kenne ein paar Frauen, die sind ähnlich. Du auch, Jondalar?«
Jondalar mußte plötzlich an Marona denken. Das wissende Lächeln seines Bruders verriet ihm, an wen Thonolan dachte. Er hatte schon seit geraumer Zeit nicht mehr an die Frau gedacht, die gemeint hatte, ihn bei der Feier des Zusammengebens auf diesem Sommertreffen zum Mann zu bekommen. Mit einem Aufwallen von Sehnsucht überlegte er, ob er sie wohl jemals wiedersehen würde. Sie war schön. Doch das war Serenio auch, dachte er. Vielleicht solltest du sie bitten. In mancher Beziehung ist sie besser als Marona. Serenio war zwar älter als er, doch hatte er sich oft zu älteren Frauen hingezogen gefühlt. Warum sich nicht zur selben Zeit mit einer Frau zusammentun, wie Thonolan es tat, und einfach hierbleiben?
Wie lange sind wir jetzt fort? Über ein Jahr – letztes Frühjahr sind wir von Dalanars Höhle aus losgezogen. Und Thonolan wird nicht zurückkehren. Alle können sich gar nicht genug tun, wegen ihm und Jetamio – vielleicht solltest du warten, Jondalar, sagte er zu sich selbst. Schließlich willst du die allge-

meine Aufmerksamkeit nicht ausgerechnet an ihrem großen Tag auf dich ziehen ... und Serenio könnte meinen, es sei dir erst nachträglich eingefallen ... Später ...

»Wieso habt ihr so lange gebraucht?« ließ sich die Stimme vom Ufer her vernehmen. »Wir haben auf euch gewartet und sind von weit her gekommen, über Land.«

»Wir mußten diese beiden finden. Ich glaube, sie wollten sich verstecken«, erwiderte Markeno lachend.

»Zum Verstecken ist es jetzt zu spät, Thonolan. Diese hier hat dich an der Angel!« sagte der Mann, der hinter Jetamio her ins Wasser hineinwatete, um das Boot zu packen und zu helfen, es aufs Trockene zu ziehen. Dabei machte er die Bewegung des Harpune-Werfens, um den Haken tief eindringen zu lassen.

Jetamio errötete, lächelte dann jedoch. »Nun, du mußt zugeben, er ist ein guter Fang, oder, Barono?«

»Du gute Fischerin«, erklärte Jondalar. »Er vorher immer davongekommen.«

Alles lachte. Wenn er die Sprache auch noch nicht vollkommen beherrschte, so freuten sie sich, daß er bei dieser Neckerei hatte mithalten können. Außerdem verstand er besser, als daß er sprach.

»Was würde dazugehören, einen Großen wie dich zu fangen, Jondalar?« fragte Barono.

»Der richtige Köder!« erklärte Thonolan schlagfertig und sah Jetamio dabei lächelnd an.

Das Boot wurde auf den schmalen, kiesigen Uferstreifen hinaufgezogen, und nachdem die Ruderer ausgestiegen waren, wurde es hochgehoben und einen Hang hinaufgetragen bis auf eine freigemachte Lichtung in einem dichten Steineichenwald. Offenbar wurde dieser Platz seit Jahren benutzt. Ganze Eichenstämme, dicke Äste und Holzspäne lagen auf dem Boden umher – die Feuerstelle vor einem großen Wind- und Regenschutz auf der einen Seite der Lichtung hatte jedenfalls keinen Mangel an Feuerholz –, doch manches Holz lag schon so lange hier, daß es angefangen hatte zu vermodern. Die Arbeit konzentrierte sich auf mehrere Stellen auf der Lichtung – auf jeder lag ein Boot in unterschiedlichen Stadien der Fertigstellung.

Das Boot, in dem sie gekommen waren, wurde zu Boden gelassen, und die Neuangekommenen eilten auf die willkommene Wärme der Feuerstelle zu. Ein paar Leute ließen ihre Arbeit liegen und gesellten sich zu ihnen. Aus einem Holztrog, der aus einem dicken Ast herausgehauen worden war, stieg der Dampf eines würzigen Kräutertees. Der Trog leerte sich rasch, da alle sich mit dem Becher bedienten. Runde Flußsteine zum Erhitzen waren nahebei aufgehäuft. Hinter dem ausgehöhlten Ast lag in einer aufgeweichten

Rinne ein Batzen ausgelaugter, im einzelnen nicht mehr zu unterscheidender Kräuter.

Der Trog wurde viel benutzt und sollte gerade wieder gefüllt werden. Zwei Männer rollten den starken ausgehöhlten Ast herum, um die letzten Teereste herauszubekommen, und ein dritter legte die Steine zum Erhitzen ins Feuer. Es wurde ständig Tee im Trog gehalten, damit jeder davon trinken konnte, wenn er Durst hatte; im Feuer wurden Kochsteine heißgehalten, um einen Becher zu erwärmen, wenn der Tee zu kalt geworden war. Nach weiteren freundlichen Neckereien und kleinen Sticheleien, die dem Paar galten, das bald zusammengegeben werden sollte, stellten die Versammelten ihre Holzbecher oder Trinkgefäße aus enggeflochtenen Pflanzenfasern auf den Boden und gingen zurück an die Arbeit. Thonolan sollte seine Einführung in den Bootsbau mit einem harten Stück Arbeit beginnen, das allerdings kein besonderes Können erforderte: dem Fällen eines Baumes.

Jondalar hatte sich mit Carlono gerade über das Lieblingsthema des Anführers der Ramudoi, Boote, unterhalten und ihm mit Fragen zugesetzt. »Aus welchem Holz kann man gute Boote bauen?« hatte er gefragt.

Carlono hatte sowohl an der Unterhaltung als solcher als auch an der offensichtlichen Intelligenz des jungen Mannes viel Freude und gab lebhaft und ausführlich Antwort.

»Am besten eignet sich das Holz der Grüneiche: Es ist zäh und dabei doch federnd, kräftig, aber nicht zu schwer. Beim Trocknen geht ein bißchen von der Biegsamkeit verloren, aber man kann sie im Winter fällen und die Stämme ein oder sogar zwei Jahre in Teichen oder im Morast aufbewahren. Dabei saugt es sich aber noch zusätzlich mit Wasser voll und ist schwer zu bearbeiten; außerdem hat das Boot dann Schwierigkeiten, im Wasser sein Gleichgewicht zu finden. Aber noch wichtiger ist es, den richtigen Baum auszusuchen.« Carlono bahnte sich beim Berichten den Weg in den Wald hinein.

»Einen großen?« fragte Jondalar.

»Es geht nicht nur um die Größe. Für den Boden und die Wände braucht man hohe Bäume mit geraden Stämmen.« Carlono führte den großen Zelandonii an eine Stelle, an der die Bäume besonders dicht wuchsen. »In dichten Wäldern wachsen die Bäume in die Höhe, um etwas von der Sonne zu erhaschen . . .«

»Jondalar!« Der ältere der Brüder sah erstaunt auf, als er Thonolans Stimme hörte. Er stand mit mehreren anderen um eine riesige Eiche herum, die von einer Reihe anderer sehr gerader Bäume umstanden war, deren Äste erst sehr hoch oben am Stamm ansetzten. »Wie ich mich freue, dich zu sehen! Dein kleiner Bruder könnte deine Hilfe gebrauchen. Weißt du, daß ich nicht mit Jetamio zusammengegeben werden kann, ehe nicht ein neues Boot gebaut ist, und dieser« – er wies ausdrucksvoll mit dem Kopf auf den großen Baum – »muß gefällt werden, weil die ›Planken‹ daraus gemacht werden müssen – was immer das sein möge. Und nun sieh dir diesen Riesen mal an! Ich hatte keine Ahnung, daß Bäume überhaupt so hoch werden können – ich brauche ja eine Ewigkeit, bis der fällt! Großer Bruder, ich werde ein alter Mann sein, ehe ich ein verehelichter Mann bin.«

Jondalar lächelte und schüttelte den Kopf. »Planken nennt man die Bretter, die man für die Bordwand der größeren Boote benutzt. Wenn du ein Sharamudoi werden willst, solltest du das wissen.«

»Ich werde ein Shamudoi. Die Boote überlasse ich den Ramudoi. Auf Gemsenjagd zu gehen, ist etwas, was ich verstehe. Ich habe schon früher auf Hochmatten Steinböcke und Mufflons gejagt. Hilfst du mir? Wir brauchen alle Muskelkraft, die wir bekommen können.«

»Wenn ich nicht will, daß die arme Jetamio warten muß, bis du ein alter Mann bist, werde ich dir wohl helfen müssen. Außerdem finde ich es interessant zu sehen, wie sowas gemacht wird«, sagte Jondalar, wandte sich dann an Carlono und sagte in der Sprache der Sharamudoi: »Jondalar helfen Baum fällen. Reden später mehr?«

Carlono lächelte zustimmend und trat zurück, um zu sehen, wie die ersten Holzsplitter davonflogen. Aber er blieb nicht lange. Es würde den größten Teil des Tages dauern, ehe der Waldriese fiel, und ehe er das tat, würden alle sich um ihn herum versammeln.

Hoch ansetzend und sich dann im spitzen Winkel weiter nach unten bis auf einen horizontalen Einschnitt hinunterarbeitend, wurden kleine Holzsplitter herausgehackt. Die Steinäxte fraßen sich nicht tief ins Holz hinein. Die Klinge mußte, wenn sie halten sollte, eine bestimmte Breite haben und konnte daher nicht tief in das Holz eindringen. Während sie sich bis zur Mitte des gewaltigen Stammes vorarbeiteten, sah dieser mehr wie angenagt als angeschlagen aus; dennoch kam man mit jedem herausfallenden Splitter näher an das Herz des uralten Riesen heran.

Der Tag neigte sich bereits seinem Ende zu, als Thonolan eine Axt gereicht wurde. Während alle, die gearbeitet hatten, sich in der Nähe versammelten, versetzte Thonolan dem alten Riesen ein paar letzte Schläge und sprang dann, als er es knarren hörte und er den mächtigen Stamm schwanken sah, zurück. Sich zuerst nur langsam neigend, nahm die Wucht der Eiche im Fallen zu und, Nachbarriesen Glieder ausreißend und kleinere dabei mitnehmend, ging der uralte Gigant rauschend und krachend zu Boden. Er fuhr noch einmal federnd in die Höhe, erbebte und lag dann still da.

Schweigen kehrte im Wald ein, als ob vor tiefer Ehrfurcht sogar die Vögel verstummt wären. Die majestätische alte Eiche war gefällt, war von den lebenspendenden Wurzeln abgeschnitten worden; der Stumpf bildete in den gedämpften Erdfarben des Waldes eine klaffende Wunde. Still und würdevoll kniete Dolando neben dem zersplitterten Stumpf nieder, grub mit bloßen Händen ein kleines Loch und ließ eine Eichel hineinfallen.

»Möge die Gesegnete Mudo unser Angebinde annehmen und einen neuen Baum entstehen lassen«, sagte er, bedeckte die Eichel mit Erde und goß Wasser darüber.

Die Sonne versank in einem dunstigen Horizont und verwandelte die Wolken in goldene Streifen, als die Menschen sich auf den langen Weg zurück zur hochgelegenen Terrasse begaben. Ehe sie die alte Einbuchtung erreichten, durchliefen die Farben das gesamte Spektrum von Gold- und Bronzetönen und danach von Rotschattierungen zu einem intensiven Blauviolett. Nachdem sie die vorspringende Wand umrundet hatten, mußte Jondalar angesichts der unberührbaren Schönheit des vor ihm ausgebreiteten Panoramas stehenbleiben. Dann machte er am Rand des Abgrunds entlang einige Schritte – allzusehr beschäftigt mit dem Anblick, der sich ihm bot, um die gähnende Leere vor ihm zu beachten. Der Große Mutter Fluß spiegelte in seiner ganzen ihm gelassenen Fülle den zitternden Himmel sowie die dunkler werdenden Schatten der gerundeten Berge auf der anderen Seite; die glatte Oberfläche ließ nur das Bewegungsspiel der tiefen Strömung erkennen.

»Schön, nicht wahr?«

Jondalar drehte sich nach der Stimme um und lächelte eine Frau an, die neben ihn getreten war. »Ja. Schön, Serenio.«

»Großes Fest heute abend. Wir feiern. Für Jetamio und Thonolan. Sie warten – du sollst kommen.«

Sie wandte sich zum Gehen, doch er ergriff ihre Hand, hielt sie fest und beobachtete, wie die letzten Strahlen des Sonnenuntergangs sich in ihren Augen spiegelten.

Sie hatte etwas Hingebungsvoll-Sanftes, eine alterslose Hinnahme, die mit Alter nichts zu tun hatte – sie war nur wenige Jahre älter als er. Auch mit Einwilligen hatte es nichts zu tun. Vielmehr war es so, daß sie keine Forderungen stellte und keinerlei Erwartungen hatte. Der Tod ihres ersten Gefährten und einer zweiten Liebe, ehe es Zeit war zu heiraten, und die Fehlgeburt eines zweiten Kindes, das eingegangene Band zu segnen, hatte sie den Kummer kennenlernen lassen. Da sie hatte lernen müssen, mit dem ihren zu leben, hatte sie die Fähigkeit erworben, die Schmerzen anderer in sich aufzunehmen. Welche Sorge sie auch befiel und welche Enttäuschung ihnen auch widerfuhr – die Menschen wandten sich an sie und gingen jedesmal erleichtert von ihr fort, weil sie ihnen für ihr Mitleid keinerlei Verpflichtungen auferlegte.

Ihrer beruhigenden Wirkung auf die bekümmerten oder ängstlichen Patienten wegen ging sie dem Shamud oft an die Hand und hatte aufgrund dieser Verbindung manches an Können des Heilkundigen in sich aufgenommen. So hatte Jondalar sie anfangs kennengelernt, als sie dem Heiler geholfen hatte, Thonolan wieder gesundzumachen. Als sein Bruder wieder auf war und sich weit genug erholt hatte, an die Herdstelle von Dolando und Roshario, vor allen Dingen aber Jetamios zu gehen, war Jondalar zu Serenio und ihrem Sohn Darvo gezogen. Er hatte nicht um Erlaubnis gefragt, und sie hatten das auch nicht von ihm erwartet.

Ihre Augen schienen immer etwas zu spiegeln, dachte er, als er sich vorneigte, um sie mit einem leichten Kuß zu begrüßen, ehe sie sich zu den flackernden Feuern aufmachten. In ihre Tiefe blickte er nie hinein. Er schob den ungebetenen Gedanken, ihr deshalb dankbar zu sein, beiseite. Es war, als ob sie ihn besser kannte als er sich selbst; von seiner Unfähigkeit wisse, sich ganz und gar zu geben, sich mit Haut und Haar zu verlieben, wie Thonolan es getan hatte. Sie schien sogar zu wissen, daß seine Art, den Mangel an gefühlsmäßiger Tiefe auszugleichen, darin bestand, sie mit einer Umsicht und einer Erfahrenheit zu lieben, die ihr den Atem raubte. Sie nahm das genauso hin wie sein gelegentliches Schlecht-Gelauntsein, ohne deswegen Schuldgefühle in ihm zu wecken.

Sie war eigentlich nicht zurückhaltend – Lächeln und Reden fielen ihr ausgesprochen leicht –, sondern nur gesetzt und nicht ganz zu erreichen. Das einzige Mal, da er etwas mehr als nur das zu sehen vermeinte, war, wenn sie ihren Sohn ansah.

»Warum habt ihr so lange gebraucht?« fragte dieser erleichtert, als er sie kommen sah. »Wir wollten eigentlich schon essen, aber alle haben auf euch gewartet.«

Darvo hatte Jondalar und seine Mutter am äußersten Rand der Terrasse stehen sehen, sie aber nicht stören wollen. Anfangs hatte es ihn gewurmt, die bisher ungeteilte Aufmerksamkeit an ihrem Herdfeuer mit jemand teilen zu sollen. Nur hatte er dann festgestellt, daß, statt ständig mit seiner Mutter zusammensein zu müssen, jetzt noch jemand da war, der auch ihm Aufmerksamkeit entgegenbrachte. Jondalar unterhielt sich mit ihm, erzählte ihm von seinen Reiseabenteuern und berichtete von den Jagdgewohnheiten und den Sitten und Gebräuchen seines Volkes – und hörte ihm mit einem Interesse zu, das nicht vorgetäuscht war. Was jedoch noch aufregender war: Jondalar hatte angefangen, ihm ein paar Techniken bei der Herstellung von Werkzeugen beizubringen, die der Bursche sich mit einer Auffassungsgabe angeeignet hatte, die sie beide erstaunte.

Der Halbwüchsige war überglücklich gewesen, als Jondalars Bruder beschlossen hatte, Jetamio zur Frau zu nehmen und zu bleiben, weil er glühend gehofft hatte, das könne bedeuten, daß auch Jondalar sich entschließen würde zu bleiben und seine Mutter zur Frau zu nehmen. Er hatte sich bewußt bemüht, ihnen aus dem Weg zu gehen, um ihre Beziehung nicht zu stören. Er war sich nicht darüber im klaren, daß er sie tatsächlich förderte.

Tatsächlich war Jondalar die Vorstellung den ganzen Tag nicht aus dem Sinn gegangen. Er stellte fest, daß er Serenio schätzte und würdigte. Sie hatte helleres Haar als ihr Sohn; es war eigentlich mehr dunkelblond als braun. Zwar war sie nicht dünn, wohl aber so groß, daß sie diesen Eindruck machte. Sie gehörte zu den wenigen Frauen, die er kennengelernt hatte und die ihm bis zum Kinn gingen, was er für eine angenehme Größe hielt. Es bestand eine große Ähnlichkeit zwischen Mutter und Sohn, selbst im Haselnußbraun ihrer Augen, obwohl die seinen nicht soviel Ausgeglichenheit verrieten wie die ihren. Auf jeden Fall waren die feinen Gesichtszüge bei ihr wunderschön.

Ich könnte glücklich mit ihr sein, dachte er. Warum bitte ich sie nicht einfach? Und in diesem Augenblick wollte er sie aufrichtig, hatte er den redlichen Wunsch, mit ihr zu leben. »Serenio?«

Sie sah ihn an und war gebannt vom Magnetismus seiner unglaublich blauen Augen. Sein Bedürfnis, sein Begehren, waren ganz auf sie gerichtet. Die Kraft seiner Ausstrahlung – die ganz unbewußt war und daher nur um so mächtiger wirkte – überraschte sie und durchbrach die Abwehrwälle, die sie so sorgsam aufgeschüttet hatte, um Schmerz zu vermeiden. Sie war offen, verwundbar, fast wider ihren Willen zu ihm hingezogen.

»Jondalar . . .« Ihre Einwilligung klang in Timbre ihrer Stimme mit.

»Ich . . . ich habe heute lange nachgedacht.« Er rang mit der Sprache. Die meisten seiner Vorstellungen konnte er zum Ausdruck bringen, doch wenn es um reine Gedanken ging, hatte er seine Schwierigkeiten. »Thonolan . . . mein Bruder . . . Lange zusammen unterwegs gewesen. Jetzt lieben Jetamio, wollen bleiben. Wenn du . . . ich möchte . . .«

»Kommt, ihr beiden. Alle sind hungrig, und das Essen ist . . .« Als Thonolan die beiden so eng beieinander und in der Tiefe der Augen des anderen verloren stehen sah, sprach er nicht weiter. »Hm . . . tut mir leid, Bruder. Ich glaube, ich habe da eben etwas unterbrochen.«

Sie machten einen Rückzieher; der Augenblick war verpaßt. »Ist schon in Ordnung, Thonolan. Wir sollten nicht alle warten lassen. Wir können später miteinander reden«, sagte Jondalar.

Als er Serenio ansah, schien sie überrascht und verwirrt, als ob sie nicht wüßte, was über sie gekommen sei – und sie mühte sich, ihren Schutzwall aus Gelassenheit um sich herum wieder zu errichten.

Sie begaben sich unter den Sandsteinüberhang und spürten die Wärme von dem großen Feuer der Hauptfeuerstelle. Auf ihr Erscheinen hin suchten sich alle einen Platz um Thonolan und Jetamio herum, die auf einem offenen Platz hinter dem Feuer standen. Das Fest des Versprechens bedeutete den festlichen Beginn der rituellen Periode, die ihren Höhepunkt in der Hochzeitszeremonie fand. Kommunikation und Kontakt zwischen dem jungen Paar sollten in der Zwischenzeit auf das Allernotwendigste beschränkt bleiben.

Der von den Menschen gebildete, herzliche, von tiefem Gemeinschaftsgefühl erfüllte Kreis umschloß das Paar. Sie reichten sich die Hände, und da sie nur Vollkommenheit in den Augen des anderen sahen, wollten sie ihre Freude der Welt verkünden und sich selbst ihr wechselseitiges Gelöbnis bestätigen. Der Shamud trat vor. Jetamio und Thonolan knieten nieder, um dem Heiler und geistigen Führer zu gestatten, jedem von ihnen einen Kranz aus gerade knospenden Weißdornzweigen auf den Kopf zu drücken. Immer noch Hand in Hand, umschritten sie gemeinsam mit den Versammelten dreimal das Feuer und wurden dann an ihren Platz zurückgeleitet; auf diese Weise wurde ein Kreis geschlossen, der die Höhle der Sharamudoi mit ihrer Liebe einschloß.

Der Shamud wandte sich ihnen zu und sprach mit erhobenen Armen: »Ein Kreis beginnt und endet an derselben Stelle. Das Leben ist wie ein Kreis, der mit der Großen Mutter beginnt und endet; der Ersten Mutter, die in Ihrer Einsamkeit alles Leben erschuf.« Die bebende Stimme war trotz der knisternden Flammen für alle Versammelten mühelos zu hören. »Die Gesegnete Mudo ist unser Anfang und unser Ende. Von Ihr stammen wir; zu Ihr kehren wir zurück. Sie ist es, die in jeder Weise für uns sorgt. Wir sind Ihre Kinder, alles Leben geht von Ihr aus. Sie schenkt freigiebig aus Ihrer Fülle. Ihr Leib versorgt uns mit allem: mit Nahrung und Wasser und warmer Wohnung. Aus Ihrem Geiste kommen die Gaben der Weisheit und der Herzlichkeit: Können und Wissen, Feuer und Freundschaft. Doch die größeren Gaben stammen aus Ihrer allumfassenden Liebe.

Die Große Erdmutter zieht Freude aus dem Glück Ihrer Kinder. Sie freut sich, wenn wir genießen, und daher hat Sie uns Ihr wunderbares Geschenk der Lust gemacht. Wir ehren Sie, beweisen Ihr unsere Ehrfurcht, wenn wir Ihre Gabe teilen. Doch den Gesegneten unter uns hat Sie Ihre größte Gabe zuteil werden lassen, hat ihnen Ihre eigene wundersame Macht verliehen, Leben hervorzubringen.« Der Shamud sah die Frau an.

»Jetamio, du gehörst zu den Gesegneten. Wenn du Mudo in jeder Weise ehrst, wird dir vielleicht die Gabe des Lebensspendens zuteil und wirst du gebären. Und doch kommt der Lebensgeist, den du hervorbringst, nur von der Großen Mutter.

Thonolan, wenn jemand feierlich gelobt, für jemand anders zu sorgen, wird

er wie Sie, die für uns alle sorgt. Indem du Sie ehrst, wird vielleicht auch dir die Schöpferkraft zuteil, damit ein Kind, das eine Frau hervorbringt, für die du sorgst, oder noch eine von Mudos Gesegneten, deines Geistes sein kann.«
Der Shamud richtete die Augen auf die Gruppe der Versammelten.
»Wenn wir einander zugetan sind und füreinander sorgen, ehren wir Die Mutter und sind gesegnet mit Ihrer Fruchtfülle.«
Thonolan und Jetamio lächelten einander an, und als der Shamud zurücktrat, nahmen sie auf geflochtenen Matten Platz. Auf dieses Zeichen hin begann das Fest. Als erstem wurde dem jungen Paar ein mildes berauschendes Getränk aus Löwenzahnblüten und Honig gereicht, das seit letztem Neumond gegoren hatte.
Aufreizende Düfte ließen jedem bewußt werden, wie hart man an diesem Tag gearbeitet hatte. Selbst diejenigen, die auf der hochgelegenen Terrasse zurückgeblieben waren, hatten die Hände nicht in den Schoß gelegt, wie sich erwies, als das erste herrlich aromatische Gericht aufgetragen wurde. Markeno und Tholie – Thonolans und Jetamios Bezugsfamilie bei den Ramudoi – brachten dem jungen Paar auf einem Brett appetitlich angerichteten frischen, am offenen Feuer gebackenen Weißfisch, der erst heute morgen in den Reusen gefangen worden war. Als scharfe Sauce dazu gab es gekochten und zu einem Brei gestampften Sauerampfer.
Jondalar kannte diese Sauce nicht, mochte sie aber und fand, daß sie den Geschmack des Fisches wunderbar ergänzte. Körbe, gefüllt mit kleinen Happen wohlschmeckender Beilagen zum Fisch, wurden herumgereicht. Als Tholie Platz nahm, fragte er sie, woraus sie bestünden.
»Aus Bucheckern, die wir letzten Herbst gesammelt haben«, sagte sie und erklärte ihm eingehend, wie sie mit scharfen Feuersteinmessern von ihrer ledrigen äußeren Hülle befreit und dann behutsam geröstet würden, indem man sie zusammen mit heißen Glutstücken auf schalenförmigen flachen Körben schüttelte und ständig in Bewegung hielt, damit nichts anbrenne; zuletzt würden sie dann in Salz gewälzt.
»Das Salz hat Tholie mitgebracht«, sagte Jetamio. »Das gehörte zu ihrem Brautgeschenk.«
»Leben viele Mamutoi in Nähe Meer, Tholie?« fragte Jondalar.
»Nein, unser Lager gehörte zu denjenigen, die der See am nächsten liegen. Die meisten Mamutoi leben weiter im Norden. Die Mamutoi sind Mammutjäger«, sagte sie stolz. »Wir sind jedes Jahr zur Jagd in den Norden gezogen.«
»Wie hast du es geschafft, eine Mamutoi zur Frau zu nehmen?« fragte der blonde Zelandonii Markeno.
»Ich habe sie geraubt«, erwiderte er und zwinkerte dabei der fülligen jungen Frau zu.

Tholie lächelte. »Das stimmt«, sagte sie. »Aber selbstverständlich war alles vorher abgesprochen.«
»Wir haben uns kennengelernt, als ich mit einem Handelszug unterwegs nach Osten war. Wir sind ganz bis zum Mündungsgebiet der Großen Mutter hinuntergefahren. Es war meine erste große Fahrt. Mir war es egal, ob sie Sharamudoi oder Mamutoi war – ich wollte jedenfalls nicht ohne sie zurückkehren.«
Markeno und Tholie berichteten von den Schwierigkeiten, die ihr Heiratswunsch hervorgerufen hatte. Es hatte langer Verhandlungen bedurft, die Bedingungen auszuhandeln, und dann hatte er sie ›rauben‹ müssen, um bestimmte Bräuche umgehen zu können. Sie war mehr als bereit gewesen mitzumachen; die Heirat hätte ohne ihr Einverständnis nicht stattfinden können. Aber es hatte zuvor Präzedenzfälle gegeben. Wenn auch nicht häufig, so waren ähnliche Verbindungen schon früher zustandegekommen.
Gruppen von Menschen gab es nur wenige, und sie lebten so weit verstreut, daß die eine selten auf das Territorium der anderen gelangte, was dazu führte, daß der seltene Kontakt mit Fremden den Reiz des Neuen besaß. Wenn auch anfangs auf der Hut, waren die Menschen einander für gewöhnlich nicht feindlich gesinnt, und im allgemeinen wurden Fremde willkommen geheißen. Die meisten Jägervölker waren es gewohnt, weite Entfernungen zurückzulegen. Häufig folgten sie Wildherden, die auf ihren jahreszeitlich bedingten Wanderungen begriffen waren, und bei vielen gab es auch die lange Tradition von Einzelreisen.
Zu Reibungen kam es weit häufiger durch zu große Vertrautheit. Feindseligkeiten kamen, falls überhaupt, zumeist innerhalb der Gruppe vor und blieben auf diese beschränkt. Leidenschaftliche Ausbrüche wurden durch Sitte und Verhaltensnormen unter Kontrolle gehalten und häufig nach ritualisierten Sitten geregelt, wenn diese Sitten auch nicht übermäßig streng beachtet wurden. Die Sharamudoi und die Mamutoi trieben seit langem Handel miteinander; außerdem gab es Ähnlichkeiten in der Sprache und in Sitten und Gebräuchen. Für erstere hieß die Große Erdmutter Mudo, bei letzteren Mut; für beide jedoch war sie ein göttliches Wesen, Urahnin und Erste Mutter zugleich.
Die Mamutoi waren ein Volk mit einem ausgeprägten Selbstwertgefühl, das sich in Offenheit und Freundlichkeit ausdrückte. Als Gruppe fürchteten sie niemand – schließlich waren sie ja die Mammut-Jäger. Sie waren draufgängerisch, selbstsicher und ohne Arg und überzeugt, daß alle anderen sie genauso sahen wie sie sich selbst auch. Obwohl die Diskussionen, wie Markeno fand, kein Ende zu nehmen schienen, hatte kein unüberwindliches Hindernis gegen die Verbindung mit Tholie vorgelegen.

Tholie selbst war typisch für ihr Volk: offen, freundlich und zuversichtlich, so daß jeder sie gern hatte. Ja, es war sogar so, daß nur wenige Leute ihrem überschwenglichen Wesen widerstehen konnten. Niemand nahm es übel, wenn sie die intimsten Fragen stellte, denn jeder spürte, daß keinerlei Bosheit dahinterstand. Sie war einfach interessiert und sah keinerlei Grund, ihre Neugier zu zügeln.
Ein Mädchen mit einem Baby auf dem Arm näherte sich ihnen. »Shamio ist aufgewacht, Tholie. Ich glaube, sie hat Hunger.«
Die Mutter nickte dankend und legte das Kind an die Brust, ohne die Unterhaltung oder die Schmauserei zu unterbrechen. Andere Leckerbissen wurden herumgereicht: geflügelte Eschensamen, die lange in Salzlake eingelegt worden waren, und frische Erdkastanien. Die kleinen Knollen ähnelten gelben Möhren, die Jondalar kannte; im ersten Augenblick schmeckten sie nach Nuß, hatten dann jedoch einen überraschenden rettichartigen Nachgeschmack, der bei den Gastgebern besonders beliebt war; Jondalar konnte sich nicht recht schlüssig werden, ob er ihn nun eigentlich mochte oder nicht. Dolando und Roshario boten dem jungen Paar das nächste Gericht dar: einen wohlschmeckenden Gemsenbraten, zu dem es einen tiefvioletten Heidelbeerwein gab.
»Den Fisch fand ich schon köstlich«, sagte Jondalar zu seinem Bruder, »aber dieser Braten übertrifft alles!«
»Jetamio sagt, es ist ein traditionelles Gericht, das mit den getrockneten Blättern des Gagelstrauchs gewürzt wird. Die Rinde benutzt man zum Gerben der Gamsfelle – daher die gelbliche Farbe. Der Gagelstrauch wächst in sumpfigen Gebieten, besonders dort, wo die Schwester in die Mutter einmündet. Ich kann von Glück sagen, daß sie vorigen Herbst hingezogen sind, Rinde und Blätter einzusammeln – sonst wäre ich wohl nie gefunden worden.«
Jondalar runzelte in Erinnerung an diese Zeit die Stirn. »Du hast recht: wir haben Glück gehabt. Trotzdem wünschte ich, ich könnte all das diesen Menschen gegenüber in irgendeiner Weise gutmachen.« Seine Runzeln vertieften sich noch, als er daran dachte, daß sein Bruder jetzt einer von ihnen wurde.
»Dieser Wein ist Jetamios Brautgabe«, sagte Serenio.
Jondalar griff nach seinem Becher, trank einen Schluck und nickte. »Gut. Viel gut!«
»*Sehr* gut«, verbesserte Tholie ihn. »Er ist sehr gut.« Sie hatte keinerlei Hemmungen, ihn zu verbessern; sie hatte selbst immer noch ein paar kleine Schwierigkeiten mit der Sprache, meinte aber, sie spreche sie recht gut.
»Sehr gut!« wiederholte er und lächelte die gedrungene junge Frau mit dem Baby an der ausladenden Brust an. Er mochte ihre Offenheit und Aufrichtigkeit und ihr entgegenkommendes Wesen, das es anderen leichtmachte, ihre

Scheu und ihre Zurückhaltung zu überwinden. Er wandte sich an seinen Bruder. »Sie hat recht, Thonolan. Dieser Wein ist sehr gut. Selbst Mutter würde dem zustimmen; dabei versteht keine, einen besseren Wein zu machen als Marthona. Ich glaube, Jetamio würde ihr gefallen.« Plötzlich wünschte Jondalar, er hätte das nicht gesagt. Thonolan würde seine Gefährtin nie zu seiner Mutter bringen; wahrscheinlich würde er selbst Marthona nie wiedersehen.

»Jondalar, du solltest Sharamudoi sprechen. Kein Mensch kann dich verstehen, wenn du Zelandonii sprichst, und du lernst es auch viel schneller, wenn du es immer sprichst«, sagte Tholie und neigte sich fürsorglich vor. Sie meinte aus Erfahrung zu sprechen.

Jondalar war peinlich berührt, konnte jedoch nicht böse sein. Tholie war ohne jedes Arg, und es war unhöflich von ihm gewesen, eine Sprache zu sprechen, die niemand sonst verstand. Er lief rot an, lächelte jedoch.

Tholie merkte Jondalars Verwirrung; wenn sie auch nie ein Blatt vor den Mund nahm, ohne Feingefühl war sie nicht. »Warum lernen wir nicht alle die Sprache des anderen? Wir könnten ja die eigene vergessen, wenn wir nicht jemand haben, mit dem wir sie ab und zu sprechen können. Zelandonii klingt so melodiös. Ich würde es gern lernen.« Dabei lächelte sie Jondalar und Thonolan zu. »Wir werden jeden Tag ein bißchen Zeit dafür erübrigen«, erklärte sie, als ob es keine Frage sei, daß alle ihrer Meinung wären.

»Tholie, du möchtest vielleicht Zelandonii lernen, aber vielleicht haben sie keine Lust, Mamutoi zu lernen«, sagte Markeno. »Hast du das nicht bedacht?«

Jetzt war es an ihr zu erröten. »Nein, das habe ich nicht«, sagte sie überrascht und betreten zugleich, nachdem sie erkannt hatte, wie anmaßend sie gewesen war.

»Nun, ich möchte jedenfalls Mamutoi und Zelandonii lernen. Ich glaube, das ist eine gute Idee«, sagte Jetamio mit Entschiedenheit.

»Auch ich halte das für eine gute Idee, Tholie«, sagte Jondalar.

»Was für einen Mischmasch wir da zusammenbringen. Das halbe Ramudoi ist Mamutoi, und jetzt wird das halbe Shamudoi auch noch halb Zelandonii sein«, sagte Markeno und lächelte seine Gefährtin zärtlich an.

Daß die beiden einander zugetan waren, war für jedermann zu erkennen. Sie passen sehr gut zusammen, dachte Jondalar, mußte aber dabei lächeln. Markeno war genauso groß wie er, wenn auch nicht so muskulös, und wenn Tholie und er zusammen waren, ließ der Gegensatz zwischen den beiden die körperlichen Züge nur um so deutlicher hervortreten: Tholie wirkte dann womöglich noch gedrungener und rundlicher als ohnehin schon und Markeno noch größer und dünner als sonst.

»Darf man dazustoßen?« fragte Serenio. »Ich fände es interessant, Zelandonii zu lernen, und ich nehme an, Darvo würde es hilfreich finden, Mamutoi zu sprechen, wenn er mal auf Handelsfahrt mitgehen will.«

»Warum nicht?« Thonolan lachte. »Ob nach Osten oder Westen – wenn man unterwegs ist, hilft es immer, eine andere Sprache zu sprechen.« Er sah seinen Bruder an. »Aber wenn man sie nicht kennt, hält einen das auch nicht davon ab, eine schöne Frau zu verstehen, nicht wahr, Jondalar? Besonders dann, wenn man große blaue Augen hat«, sagte er auf Zelandonii und grinste.

Jondalar lächelte über die liebevolle Stichelei seines Bruders. »Du solltest Sharamudoi sprechen, Thonolan«, sagte er und sah Tholie augenzwinkernd an. Er spießte mit seinem Eßmesser ein Stück Gemüse aus seiner Holzschale auf; er fand es nicht ganz in der Ordnung, seine Linke dazu zu benutzen, wie das bei den Sharamudoi Sitte war. »Wie heißt dies?« fragte er sie. »Auf Zelandonii heißt das ›Pilz‹.«

Tholie nannte ihm das Wort für den Schopftintling erst in ihrer Sprache und dann auf Sharamudoi. Darauf spießte er einen grünen Stengel auf und hielt ihn fragend in die Höhe.

»Das ist ein junger Klettenstengel«, sagte Jetamio, doch dann ging ihr auf, daß das Wort an sich ihm nur wenig sagen konnte. Daraufhin stand sie auf, ging hinüber zu einem Abfallhaufen in der Nähe der Kochstelle und brachte ein paar welke, aber noch gut erkennbare Klettenblätter zurück. »Klette«, sagte sie und zeigte ihm die großen, flaumhaarigen, graugrünen Blattstücke, die vom Stengel abgestreift worden waren. Durch Nicken gab er ihr zu verstehen, daß er begriffen hatte. Daraufhin hielt sie ein langes, breites, grünes Blatt in die Höhe, das einen unverkennbaren Geruch ausströmte.

»Ja, das ist es! Ich hab' gewußt, daß ich den Geschmack kenne«, sagte er zu seinem Bruder. »Ich habe nur nicht gewußt, daß Knoblauch solche Blätter treibt wie dieses hier!« Und dann wieder zu Jetamio: »Und wie heißt das?«

»Erlösungskraut«, sagte sie. Tholie kannte kein Mamutoi-Wort dafür, sehr wohl aber für das getrocknete Blatt, das Jetamio als nächstes in die Höhe hob.

»Tang«, sagte sie. »Das habe ich mitgebracht. Es wächst im Meer, und man kann das Essen damit andicken.« Sie versuchte es zu erklären, war sich aber nicht sicher, ob alle sie verstanden hätten. Jedenfalls hatte sie Tang zu den üblichen Zutaten des Gerichts hinzugefügt, weil sie in so enger Beziehung zu dem neuen Paar standen, aber auch, weil dieses dem Gericht eine andere Geschmacksnuance verlieh. »Es ist nicht mehr viel übriggeblieben. Es gehörte zu meinem Brautgeschenk.« Tholie legte sich ihr Baby über die Schulter und klopfte ihm auf den Rücken. »Hast du dein Geschenk an den Segensbaum schon gemacht, Tamio?«

Jetamio senkte den Kopf und lächelte geziert. Diese Frage wurde normalerweise nicht so freimütig gestellt, höchstens dann, wenn jemand sich ungehö-

rig einmischen wollte. »Ich hoffe, die Mutter segnet meinen Bund mit einem Baby, das genauso gesund und glücklich ist wie deines, Tholie. Ist Shamio nicht schon entwöhnt?«
»Sie nuckelt nur noch, weil es ihr Behagen verschafft. Wenn ich sie ließe, würde ich sie den ganzen Tag nicht los. Möchtest du sie halten? Ich muß mal hinaus.«
Als Tholie zurückkam, hatte sich das Gespräch anderen Dingen zugewandt. Die Essensreste waren fortgeräumt und mehr Wein gebracht worden; irgend jemand klopfte Rhythmen auf eine fellbespannte Trommel und improvisierte einen Text zum Lied. Als sie ihr Kind wieder nahm, standen Thonolan und Jetamio auf und versuchten, sich leise zu verdrücken. Plötzlich wurden sie von etlichen grinsenden Leuten umringt.
Es war üblich, daß ein Paar, das zusammengegeben werden sollte, das Fest früh verließ, um noch ein paar letzte Augenblicke allein zu sein, ehe die voreheliche Trennung vollzogen wurde. Da sie jedoch die Ehrengäste waren, konnten sie sich unmöglich still zurückziehen, solange andere noch das Wort an sie richteten. Es galt, sich still und leise in dem Augenblick zurückzuziehen, da niemand anders es bemerkte; dabei wußten alle anderen selbstverständlich Bescheid. Das Ganze wurde zu einem Spiel, und man erwartete von ihnen, daß sie ihre Rolle spielten – versuchten, sich davonzumachen, während alle anderen betont beiseite blickten und dann höfliche Entschuldigungen stammelten, wenn sie erwischt wurden. Nach einigen Hänseleien und Scherzen ließ man sie dann endlich ziehen.
»Du hast es doch nicht eilig, oder?« wurde Thonolan gefragt.
»Werden spät«, wich Thonolan grinsend aus.
»Ach was, es ist noch früh, iß noch einen Happen, Tamio.«
»Ich kann keinen Bissen mehr runterbringen.«
»Dann noch einen Becher Wein. Thonolan, du wirst doch keinen Becher Wein ablehnen? Einen Becher von Tamios wunderbarem Heidelbeerwein, oder?« »Hm . . . wenig.«
»Noch ein bißchen mehr für dich, Tamio?«
Sie drängte sich näher an Thonolan und warf einen verschwörerischen Blick über die Schulter zurück. »Nur noch einen Schluck, aber jemand muß unsere Becher holen. Sie stehen dort drüben.«
»Selbstverständlich. Ihr wartet doch, nicht wahr?«
Jemand ging die Becher holen, während alle anderen so taten, als sähen sie ihm dabei zu. Thonolan und Jetamio machten einen Ausfall ins Dunkel jenseits des Feuerscheins.
»Thonolan und Jetamio. Ich dachte, ihr würdet noch einen Becher Wein mit uns trinken.«

»Tun wir ja. Muß nur rasch mal nach draußen. Ihr wißt ja, wie das nach einer üppigen Mahlzeit ist«, erklärte Jetamio.

Jondalar, der neben Serenio stand, hatte das Bedürfnis, ihre Unterhaltung von vorhin fortzusetzen. Beide genossen das Scheingeplänkel. Er lehnte sich näher an sie, wollte ihr etwas zuflüstern, sie bitten, daß auch sie sich zurückziehen möchten, sobald alle des Scherzens müde würden und das junge Paar ziehen ließen. Wenn er sich verloben sollte, dann jetzt, ehe das Zaudern, das ihn schon wieder beschlich, ihn davon abhielt.

Es ging hoch her – die Blaubeeren waren im vorigen Jahr ganz besonders süß gewesen und der Wein stärker als sonst. Die Leute wirbelten durcheinander, zogen Thonolan und Jetamio auf und lachten. Einige hatten einen Frage-und-Antwort-Gesang angestimmt. Jemand wollte, daß das Gemsengericht heiß gemacht würde, und noch jemand anders setzte Teewasser auf, nachdem er irgendwem den letzten Tropfen in den Becher geschenkt hatte. Kinder, die noch nicht müde genug waren, sich schlafen zu legen, spielten Haschen. Eine allgemeine Verwirrung verriet, daß man zu anderen Dingen überging.

Dann hätte ein schreiendes Kind beinahe einen Mann umgerannt, der nicht mehr allzu fest auf den Beinen war. Er strauchelte und rempelte dabei eine Frau an, die einen Becher heißen Tee trug, und das gerade in dem Augenblick, da laute Rufe den Versuch des jungen Paares begleiteten, das Weite zu suchen.

Niemand hörte den ersten Schrei, doch die lauten, durch nichts zu beschwichtigenden Klagelaute eines Babys, das Schmerzen hatte, geboten allem Einhalt.

»Mein Baby, mein Baby! Es hat sich verbrannt!« rief Tholie.

»Große Doni!« entfuhr es Jondalar, als er mit Serenio auf die schluchzende Mutter und das schreiende Kleinkind zulief.

Alle wollten helfen, alle gleichzeitig. Die Verwirrung wurde immer größer.

»Laßt den Shamud durch! Tretet beiseite.« Serenios Anwesenheit wirkte sich beruhigend aus. Rasch befreite der Shamud das Baby von seinen Hüllen. »Kaltes Wasser, Serenio, rasch! Nein! Warte. Darvo, hole du das Wasser. Serenio, die Lindenborke – du weißt, wo sie ist?«

»Ja«, sagte sie und eilte davon.

»Roshario, ist noch heißes Wasser da? Wenn nicht, macht etwas. Wir brauchen einen Brei von Lindenborke und zur Beruhigung einen leichteren Aufguß. Beide haben sich verbrüht.«

Darvo kam mit einem Wasserbehälter vom Teich herbeigerannt; das Wasser schwappte über. »Gut, mein Sohn. Das hast du schnell gemacht«, sagte der Shamud und lächelte beifällig. Dann spritzte er kaltes Wasser über die stark geröteten Brandwunden. Auf diesen bildeten sich Blasen. »Wir brauchen eine

Salbe, etwas Linderndes, bis der Borkenbrei fertig ist.« Der Heilkundige sah ein Klettenblatt auf dem Boden und erinnerte sich an das Essen.
»Jetamio, was ist das?«
»Ein Klettenstengel«, sagte sie. »Der war im Essen.«
»Ist davon noch etwas übrig? Die Blätter vielleicht?«
»Wir haben nur einen Stengel verwendet. Dort drüben liegt ein Haufen.«
»Hole mir davon!«
Jetamio lief zum Abfallhaufen und kehrte mit zwei Handvoll abgestreiften Blättern zurück. Der Shamud tauchte sie in das Wasser und legte sie auf die Brandwunden von Mutter und Kind. Die fordernden Schreie des Kindes ebbten ab und wurden zu Schluchzern, als ob es einen Schluckauf hätte. Nur gelegentlich verkrampfte es sich dabei, und die lindernde Wirkung der Blätter machte sich bemerkbar.
»Es hilft«, sagte Tholie. Sie wußte nicht, daß sie sich verbrüht hatte, bis der Shamud es erwähnte. Sie hatte dagesessen und geredet und das Baby saugen lassen, um das Kleine ruhig- und zufriedenzuhalten. Als die siedendheiße Flüssigkeit sich über sie beide ergossen hatte, war sie sich nur der Schmerzen des Kindes bewußt geworden. »Wird mit Shamio auch alles wieder in Ordnung kommen?«
»Die Verbrennungen werden Blasen werfen, aber eine Narbe wird sie wohl nicht zurückbehalten.«
»Ach, Tholie. Es tut mir ja so leid«, sagte Jetamio. »Es ist einfach schrecklich. Die arme Shamio, und du auch!«
Tholie war damit beschäftigt, das Baby zu bewegen, wieder an ihrer Brust zu saugen, doch da das mit Schmerzen verbunden war, wehrte es sich. Schließlich ging ihm wohl auf, daß das Behagen die Angst überwog, und als ihre Lippen sich um die Brust der Mutter schlossen, hörten Shamios Schreie auf, was wieder Tholie beruhigte.
»Warum seid ihr noch hier, Thonolan und Tamio?« fragte sie. »Dies ist der letzte Abend, da ihr zusammen sein könnt.«
»Ich kann jetzt nicht fortgehen, wo du und Shamio verletzt seid. Ich möchte helfen.«
Das Baby wurde wieder unruhig. Die Klettenblätter halfen, doch die Verbrennung schmerzte immer noch.
»Serenio, ist der Lindenborkenbrei fertig?« erkundigte sich der Heilkundige und wechselte die alten Blätter gegen neue aus, die im kühlen Wasser gelegen hatten. »Die Lindenborke ist jetzt ausgelaugt genug, doch muß das Ganze noch etwas abkühlen. Vielleicht sollte ich damit hinausgehen; dann geht es schneller.«
»Kühl! Kühl!« rief Thonolan und schoß plötzlich davon.

»Wohin will er denn?« wandte Jetamio sich an Jondalar.
Dieser zuckte mit den Achseln und schüttelte den Kopf. Die Antwort ergab sich von selbst, als Thonolan außer Atem mit tropfenden Eiszapfen von der steilen Treppe angelaufen kam, die zum Fluß hinabführte.
»Ob das hilft?« fragte er und hielt sie hin.
Der Shamud blickte Jondalar an. »Der junge Mann ist ein sehr, sehr heller Kopf!« Diese Aussage hatte einen etwas ironischen Unterton, als ob so viel Klugheit nicht erwartet würde.
Dieselben Stoffe in der Lindenborke, die den Schmerz linderten, wirkten auch beruhigend. Sowohl Tholie als auch das Baby schliefen. Thonolan und Jetamio hatten schließlich dazu gebracht werden können, sich für eine Weile zurückzuziehen und ganz allein zu sein, doch die unbefangene Leichtigkeit beim Verlobungsfest war dahin. Keiner wollte es aussprechen, doch der Zwischenfall hatte einen unglücklichen Schatten auf ihre Verbindung geworfen.
Jondalar, Serenio, Markeno und der Shamud saßen nahe der Hauptfeuerstelle und genossen die letzte Wärme der erlöschenden Glut, tranken Wein und unterhielten sich leise. Alle anderen schliefen, und Serenio drängte Markeno, gleichfalls die Nachtruhe zu suchen.
»Du kannst nichts weiter tun, Markeno. Es gibt keinen Grund aufzubleiben. Ich werde bei ihnen wachen. Lege du dich nur hin.«
»Sie hat recht, Markeno«, sagte der Shamud. »Es geschieht ihnen schon nichts. Und du solltest dich auch hinlegen, Serenio.«
Sie erhob sich, womit sie ebensosehr Markeno bewegen wollte, sich niederzulegen, wie sich selbst. Auch die anderen standen auf. Serenio stellte ihren Becher hin, rieb ihre Wange flüchtig an der Jondalars und wandte sich zusammen mit Markeno in Richtung Unterkünfte. »Wenn es irgendeinen Grund gibt, wecke ich dich«, sagte sie noch im Gehen.
Nachdem sie fort waren, schöpfte Jondalar die letzten Reste des berauschenden Heidelbeersafts in zwei Becher und reichte einen davon der rätselhaften Gestalt, die im stillen Dunkel wartete. Der Shamud nahm ihn in dem stillschweigenden Einverständnis entgegen, daß sie beide einander noch mehr zu sagen hätten. Der junge Mann schob am Rand des geschwärzten Kreises die letzten Glutstücke zusammen und legte Holz nach, bis wieder ein kleines Feuer brannte. Schweigend saßen sie eine Weile da, nippten an ihrem Wein und beugten sich über die flackernde Glut.
Als Jondalar aufblickte, musterten ihn die Augen, deren undefinierbare Farbe im Feuerschein jetzt nur als dunkel auszumachen war. Er spürte Kraft in ihnen und Klugheit, und er begegnete ihnen mit gleicher Intensität. Die knisternden und leise zischenden Flämmchen warfen bewegliche Schatten auf das alte Gesicht und ließen die Züge darin verschwimmen; doch Jondalar

hatte sich auch bei Tageslicht außerstande gesehen, ihnen irgendwelche bestimmten Eigenschaften zu entnehmen – außer, daß ihr Besitzer alt war. Aber selbst das Alter war ein Geheimnis.
Das verrunte Gesicht strahlte eine Kraft aus, die ihm etwas Jugendliches verlieh, obwohl die lange Mähne, die es umrahmte, schlohweiß war. Obgleich die Gestalt unter der lockeren Kleidung hager und schwächlich schien – der Schritt des Shamud hatte etwas Federndes. Die Hände sprachen unmißverständlich von hohem Alter, doch so arthritisch verzogen sie auch waren, und so pergamenten die Haut mit den blauen Venen darin auch wirkte – diese Hand zitterte nicht im geringsten, als sie den Becher zum Munde führte.
Durch diese Bewegung wurde der Augenkontakt unterbrochen. Jondalar fragte sich, ob der Shamud das nicht bewußt getan hatte, um die wachsende Spannung zwischen ihnen nicht allzu groß werden zu lassen. Er nahm einen Schluck. »Der Shamud guter Heilkundiger«, sagte er.
»Das ist eine Gabe der Mudo.«
Jondalar strengte die Ohren an, um irgend etwas aus dem Klang und dem Tonfall herauszuhören, der den androgynen Heilkundigen eindeutig als Mann oder als Frau erscheinen ließ, und sei es nur, um die an ihm nagende Neugier zu befriedigen. Bis jetzt war er noch nicht dahintergekommen, was der Shamud eigentlich war, doch hatte er den Eindruck, daß der Heiler trotz seines unbestimmbaren Geschlechts kein enthaltsames Leben geführt hatte. Seine sarkastischen Seitenhiebe waren allzuoft von wissenden Blicken begleitet gewesen. Er wollte fragen, wußte jedoch nicht, wie er seine Frage taktvoll formulieren sollte.
»Shamud Leben nicht leicht, müssen viel aufgeben«, versuchte Jondalar es. »Hat Heiler jemals Gefährtin gewünscht?«
Für einen Moment weiteten sich die unergründlichen Augen; dann brach der Shamud in ein sardonisches Gelächter aus. Jondalar schoß die Schamröte ins Gesicht.
»Wen, meinst du, hätte ich nehmen sollen, Jondalar? Nun ja, wenn *du* in meinen jüngeren Jahren dahergekommen wärest, möglich, daß du mich in Versuchung hättest bringen können. Aber wärest du auch meinem Zauber erlegen? Hätte ich eine Perlenschnur an den Segensbaum gehängt, würde das ausgereicht haben, dich zu bewegen, mein Lager zu teilen?« sagte der Shamud und neigte dabei ein wenig geziert den Kopf. Einen Moment war Jondalar überzeugt, daß es eine junge Frau sei, die da sprach.
»Oder hätte es da von meiner Seite aus größerer Umsicht bedurft? Deine Neigungen sind kräftig entwickelt; hätte ich deine Neugier auf eine neue Lust wecken können?«
Erneut schoß Jondalar die Röte ins Gesicht. Er mußte sich geirrt haben;

trotzdem fühlte er sich seltsam hingezogen zu diesem Anblick von Sinnlichkeit und Geilheit und katzenhaft-geschmeidiger Anmut, die der Shamud einfach dadurch hervorzurufen verstand, daß er sich ein wenig anders hinsetzte und streckte. Selbstverständlich war der Heiler ein Mann, doch in seiner Sinneslust ausgestattet mit den Neigungen einer Frau. Viele Heilkundige zogen Kraft sowohl aus dem männlichen wie dem weiblichen Prinzip, was diese Kraft nur verstärkte. Wieder vernahm er das sardonische Lachen.

»Ist das Leben eines Heilkundigen schon schwierig – um wieviel schwieriger erst das Leben dessen, der das seine teilt? Für einen Mann sollte seine Gefährtin immer an erster Stelle stehen. So wäre es zum Beispiel kaum zumutbar, mitten in der Nacht jemand wie Serenio zu verlassen, um sich eines Kranken anzunehmen; außerdem gilt es, lange Zeiten der Enthaltsamkeit zu durchstehen . . .«

Der Shamud lehnte sich vor und redete von Mann zu Mann mit ihm, in den Augen den Schimmer, den ein Mann hat, wenn er an eine Frau denkt, die so schön war wie Serenio. Verwirrt schüttelte Jondalar den Kopf. Und unversehens, mit einem Schulterzucken, hatte seine Männlichkeit plötzlich einen ganz anderen Charakter bekommen. Einen, der ihn ausschloß.

». . . und ich bin mir nicht sicher, ob ich sie mit einem Haufen gieriger Männer allein lassen möchte.«

Der Shamud war eine Frau, allerdings keine, die sich jemals zu ihm oder zu der er sich hingezogen fühlen würde – jedenfalls nicht mehr als zu einer Freundin oder einem Freund. Es stimmte, die Macht des Heilkundigen entstammt dem Prinzip beider Geschlechter, war jedoch die einer Frau mit den Neigungen eines Mannes.

Wieder lachte der Shamud, und dem Lachen war nicht anzumerken, ob es von einem Mann oder einer Frau stammte. Mit dem Blick dessen, der von Gleich zu Gleich spricht und menschliches Verständnis heischt, fuhr der Heilkundige fort:

»Sag mir, wer von beiden bin ich, Jondalar? Welchen von beiden würdest du zum Gefährten nehmen? Manche versuchen, so oder so eine Beziehung zu finden, doch von längerer Dauer ist sie selten. Gaben sind nicht unbedingt ein reiner Segen. Ein Heilkundiger besitzt keine Identität, nur im weitesten Sinne. Der Name, den er ursprünglich erhalten hat, wird von ihm zurückgegeben; der Shamud löscht sein Selbst aus, um das Wesen aller anzunehmen. Es gibt auch für ihn Vorteile, doch das Heiraten gehört im allgemeinen nicht dazu.

Wenn man jung ist, ist es nicht unbedingt wünschenswert, für ein besonderes Schicksal auserkoren zu sein. Es ist nicht einfach, anders zu sein. Man möchte seine Identität nicht verlieren. Doch das ist gleichgültig – das Schicksal gehört zu einem. Es gibt keinen anderen Platz für jemand, der das Wesen von Mann und Frau in seinem Körper vereinigt.«

Im schwindenden Schein des Feuers sah der Shamud uralt aus wie die Erde selbst; er starrte blicklos in die Glut, gleichsam als schaue er eine andere Zeit und einen anderen Ort. Jondalar erhob sich, um noch ein paar Stücke Holz zu holen, und entfachte dann das Feuer zu neuem Leben. Als die Flammen wieder aufflackerten, straffte der Heiler sich, und der ironische Ausdruck kehrte in sein Gesicht zurück. »Aber das ist lange her, und es hat . . . Entschädigung gegeben. Es ist nicht die geringste, die eigene Begabung zu entdecken und Wissen zu sammeln. Wenn die Mutter einen zum Dienst an Ihr ruft, ist das nicht nur ein Opfer.«

»Bei den Zelandonii wissen nicht alle, die der Mutter dienen, schon in ihrer Jugend darum. Nicht alle wie Shamud. Ich einst gedacht, Doni dienen. Nicht alle berufen«, sagte Jondalar, und den Shamud erstaunte es nicht wenig zu sehen, wie seine Lippen schmal wurden und seine Stirn sich in Falten legte – Dinge, die eine Bitterkeit verrieten, die noch immer schmerzte. Tief in diesem jungen Mann, der mit allen denkbaren Vorzügen gesegnet schien, gab es offensichtlich Wunden, die er nicht preisgab.

»Ja, stimmt, nicht alle, die es sich wünschen, sind berufen, und nicht alle, die berufen sind, gebieten über die gleichen Gaben – oder Neigungen. Ist man sich nicht sicher, gibt es Mittel und Wege, dahinterzukommen, den eigenen Glauben und Willen auf die Probe zu stellen. Ehe man in die Heilkunst eingeführt wird, muß man eine Zeitlang ganz allein leben. Das kann erhellend sein, aber es kann auch sein, daß man mehr über sich selbst erfährt, als einem lieb ist. Ich rate denen, die daran denken, in den Dienst der Mutter zu treten, oft eine Zeitlang allein zu leben. Bringen sie das nicht fertig, werden sie nie imstande sein, die härteren Prüfungen zu bestehen.«

»Was für Prüfungen?« Nie zuvor war der Shamud so freimütig mit ihm gewesen. Jondalar lauschte wie gebannt.

»Zeiten der Enthaltsamkeit, in denen wir allen Freuden entsagen müssen; Zeiten des Schweigens, da wir an keinen Menschen das Wort richten dürfen; Zeiten des Fastens und Zeiten, in denen wir, solange es irgendwie geht, auf den Schlaf verzichten müssen. Es gibt auch noch andere. Wir lernen diese Methoden einzusetzen, um Antworten zu erhalten, Offenbarungen von der Mutter, insbesondere jene, die noch lernen. Nach einiger Zeit lernt man, sich willentlich in den jeweils erforderlichen Zustand zu versetzen, doch ist es stets von Nutzen, sich ab und zu darin zu üben.«

Es folgte ein langes Schweigen. Der Shamud hatte es fertiggebracht, das Gespräch behutsam an das eigentliche Problem, an die Antworten, um die es Jondalar ging, heranzuführen. Er brauchte nur zu fragen. »Du weißt, was not tut. Kann der Shamud mir sagen, was ... all dies ... bedeutet?« Jondalar vollführte eine allumfassende Gebärde mit dem Arm.

»Ja, ich weiß, was du willst. Nach dem, was heute abend geschehen ist, machst du dir Sorgen um deinen Bruder und in einem weiteren Sinne um ihn und Jetamio – und dich selbst.« Jondalar nickte. »Nichts ist gewiß ... das weißt du.« Jondalar nickte abermals. Der Shamud blickte ihn eindringlich an, gleichsam als wolle er sich schlüssig werden, wieviel er ihm enthüllen könne. Dann wandte er das alte Gesicht dem Feuer zu, und wieder hatte er diesen blicklosen Ausdruck in den Augen. Der junge Mann spürte, wie er sich entfernte, als ob plötzlich eine große Entfernung zwischen sie gelegt worden wäre; dabei hatte sich keiner von beiden von der Stelle bewegt.

»Die Liebe zu deinem Bruder ist stark.« Seine Stimme hatte einen unheimlichen hohlen Klang, wie ein jenseitiges Echo. »Du hast Angst, daß sie zu stark ist, fürchtest, sein Leben zu führen und nicht dein eigenes. Du irrst. Er führt dich, wohin du gehen mußt, nur allein nie hingehen würdest. Du folgst deinem eigenen Schicksal, nicht seinem; ihr legt nur eine Strecke Wegs gemeinsam zurück.

Deine Kräfte sind anderer Art. Du besitzt große Kraft, wenn dein Bedürfnis groß ist. Ich selbst habe, ehe wir sein blutiges Hemd an dem Ast fanden, der mir geschickt wurde, gefühlt, wie sehr du mich für deinen Bruder brauchtest.«

»Ich habe den Ast nicht geschickt. Das war Zufall, Glück.«

»Es war kein Zufall, daß ich spürte, wie sehr du mich brauchtest. Das haben auch andere gespürt. Du kannst nicht geleugnet werden. Nicht einmal die Mutter würde sich dir versagen. Das ist die Gabe, die dir gegeben worden ist. Nur sei dir bewußt, was für eine Gabe der Mutter das ist. Sie bewirkt, daß Sie in deiner Schuld steht. Wo Sie dich mit einer so starken Begabung beschenkt hat, muß Sie etwas Besonderes mit dir im Sinn haben. Nichts wird ohne Verpflichtung gegeben. Selbst Ihr Geschenk der Lust entspringt nicht reiner Großmut; damit wird ein Ziel verfolgt, ob wir das wissen oder nicht ...

Vergiß eines nicht: Du dienst dem Zweck der Mutter. Du brauchst keine Berufung; diesem Schicksal bist du von Geburt an geweiht worden. Gleichwohl wirst du geprüft werden. Um dieses Schicksals willen wirst du Schmerzen verursachen und leiden ...«

Die Augen des jungen Mannes weiteten sich vor Überraschung.

»... du wirst verletzt werden. Du wirst Erfüllung suchen und Enttäuschung finden; du wirst nach Sicherheit suchen und nichts finden als Unentschiedenheit. Doch gibt es auch Entschädigungen. Du bist wohl ausgestattet an Leib und Geist, du verfügst über besonderes Können, einzigartige Talente, und bist mit mehr als gewöhnlichem Feingefühl ausgestattet. Daß dich soviel bekümmert, ist nur die Folge dieser vielseitigen und großen Fähigkeiten. Dir ist zuviel gegeben worden. Du mußt lernen, indem du versuchst.

Vergiß vor allem eines nicht: Der Mutter zu dienen, bedeutet nicht nur Opfer. Du wirst finden, wonach du suchst. Es ist dein Schicksal.«

»Aber . . . Thonolan?«

»Ich spüre einen Bruch; dein Schicksal liegt woanders. Er muß seinem eigenen Weg folgen. Er ist ein Liebling der Mudo.«

Jondalar runzelte die Stirn. Die Zelandonii drückten sich ähnlich aus, doch bedeutet das nicht unbedingt Glück. Es hieß, Die Große Erdmutter sei eifersüchtig auf Ihre Lieblinge und rufe sie früh zu Sich zurück. Er wartete, doch der Shamud sagte nichts mehr. Er begriff nicht alles, was es mit »Bedürfnis« und »Macht« und »Zweck der Mutter« auf sich hatte. Diejenigen, Die im Dienst Der Mutter standen, sprachen oft mit einem Schatten auf ihrer Zunge – und das gefiel ihm gar nicht.

Als das Feuer wieder niedergebrannt war, stand Jondalar auf, um sich zurückzuziehen. Er starrte zu den Unterkünften ganz hinten unter dem Überhang hinüber, doch der Shamud war noch nicht ganz fertig.

»Nein! Nicht die Mutter und das Kind . . .«, rief die flehentliche Stimme hinaus ins Dunkel.

Der völlig überraschte Jondalar spürte, wie ihm ein Schauder über den Rükken lief. Er überlegte, ob Tholie und ihr Baby wohl schlimmere Verbrennungen davongetragen hatten, als er gemeint hatte, und warum er erschauerte, obwohl es doch gar nicht kalt war.

12

»Jondalar!!« Markeno grüßte ihn. Der große blonde Mann wartete, daß der andere große Mann ihn einholte. »Finde einen Vorwand, heute abend nicht hinaufzugehen«, sagte Markeno halblaut. »Thonolan hat seit dem Fest des Versprechens genug an Einschränkungen und Ritualen über sich ergehen lassen müssen. Es wird Zeit, daß er ein wenig entspannt.« Er nahm den Stöpsel vom Wasserbeutel, ließ Jondalar an dem Heidelbeerwein schnuppern und bedachte ihn mit einem listigen Lächeln.

Der Zelandonii nickte und erwiderte das Lächeln. Es gab Unterschiede zwischen seinen Leuten und den Sharamudoi, doch manche Sitten und Gebräuche waren offensichtlich weit verbreitet. Er überlegte, ob die jüngeren Männer wohl ein ›Ritual‹ eigener Art planten. Als die beiden Männer den Pfad hinunterschritten, paßten sie ihre Gangart einander an.

»Wie geht es Tholie und Shamio?«

»Tholie befürchtet, daß Shamio eine Narbe auf dem Gesicht zurückbehält, aber beide sind auf dem Weg der Besserung. Serenio sagt, sie glaubt nicht, daß die Verbrennung etwas hinterläßt, aber mit Gewißheit kann das nicht einmal der Shamud sagen.«

Der besorgte Ausdruck auf Jondalars Gesicht war während der nächsten paar Schritte nicht anders als der auf Markenos Gesicht. Sie kamen um eine Wegbiegung herum und stießen auf Carlono, der einen Baum begutachtete und breit lächelte, als er sie sah. Wenn er lächelte, wurde noch deutlicher, wie sehr er Markeno ähnlich sah. Er war zwar nicht so groß wie der Sohn seines Herdfeuers, aber der schmale, sehnige Körperbau war bei beiden gleich. Er bedachte den Baum noch einmal mit einem prüfenden Blick und schüttelte den Kopf.

»Nein, der ist nicht geeignet.«

»Nicht geeignet?« fragte Jondalar.

»Um Spanten daraus zu machen«, sagte Carlono. »Ich sehe das Boot nicht in diesem Baum. Keiner der Äste würde der gebogenen Innenlinie folgen, nicht einmal, wenn man sie zurechtstutzte.«

»Woher weißt du das? Boot nicht fertig«, sagte Jondalar.

»Er weiß es einfach«, mischte Markeno sich ein. »Carlono findet immer Äste,

die genau passen. Du kannst hierbleiben und dich mit ihm über Bäume unterhalten, wenn du willst. Ich gehe weiter hinunter auf die Lichtung.«
Jondalar sah ihm nach und fragte dann Carlono: »Wie erkennst du im Baum, was zum Boot paßt?«
»Dafür muß man einfach ein Gefühl entwickeln – und dazu braucht es Übung. Diesmal gilt es nicht, nach großen, gerade gewachsenen Stämmen Ausschau zu halten. Was wir jetzt brauchen, sind Bäume mit gekrümmten Ästen. Dann überlegst du, wie sie auf dem Boden aufliegen und als Spanten und Seiten hinaufgehen. Man sucht nach solchen, die allein wachsen und Raum genug haben, sich auszubreiten, wie sie wollen. Wie die Menschen wachsen manche am besten in Gesellschaft und versuchen, die anderen zu übertreffen. Andere dagegen brauchen das Alleinsein, um zu wachsen, wie sie wollen, auch wenn das vielleicht einsam ist. Beide haben etwas für sich.«
Carlono bog in einen nicht so häufig begangenen Seitenpfad ab. Jondalar folgte ihm. »Manchmal finden wir zwei, die zusammen wachsen«, fuhr der Anführer der Ramudoi fort, »und im Wachsen nur einer auf den anderen Rücksicht nimmt. So wie die da.« Er zeigte auf zwei Bäume, die umeinander herumgewachsen waren. »Die nennen wir Liebespaare. Es kommt vor, daß man einen fällt, und der andere dann eingeht.« Jondalar runzelte die Stirn.
Sie gelangten auf die Lichtung, und Carlono führte den großen Mann zu einem besonnten Hang, auf dem eine riesige, dickstämmige, verkrümmte und knorrige alte Eiche wuchs. Beim Näherkommen dachte Jondalar, eine seltsame Frucht an dem Baum zu erkennen. Doch dann erkannte er, daß er mit einem ungewöhnlichen Durcheinander von Dingen geschmückt war. Da hingen zierliche kleine Körbe mit Mustern aus gefärbten Federkielen daran, kleine, mit Perlen aus Weichtierschalen bestickte Lederbeutel sowie in verschiedenen Mustern geschlungene und geflochtene Schnüre. Eine Halskette war schon vor so langer Zeit um den Stamm geschlungen worden, daß sie teilweise in die Rinde eingewachsen war. Als Jondalar genauer hinschaute, erkannte er, daß sie aus Muschelschalenperlen gemacht worden war, die sorgsam in der Mitte durchbohrt und abwechselnd mit den Rückenwirbeln von Fischen aufgefädelt worden waren, die ja eine natürliche Öffnung aufwiesen. Er bemerkte winzige geschnitzte Boote, die von Zweigen herunterhingen, Reißzähne von Raubkatzen, die an Lederriemen herunterhingen, Vogelfedern und Eichhörnchenschwänze. Nie zuvor hatte er ähnliches gesehen.
Carlono kicherte, als er sah, wie Jondalar die Augen vor Staunen aufriß. »Das ist der Segens-Baum. Ich nehme an, Jetamio hat ihre Gabe aufgehängt. Das tun Frauen im allgemeinen, wenn sie sich wünschen, daß Mudo sie mit einem Kind segnet. Zwar meinen die Frauen, es sei ihr Baum, aber es gibt auch Män-

ner, die ihre Gaben hier aufhängen. Sie bitten damit um Glück bei der ersten Jagd, gutes Gelingen beim Bau eines neuen Bootes und um Segen beim Zusammenbleiben mit einer neuen Gefährtin. Aber man bittet nicht oft um etwas, nur bei besonderen Anlässen.«

»Wie groß Baum ist!«

»Ja. Es ist der Baum der Mutter. Doch das ist nicht der Grund, warum ich dich hierhergebracht habe. Siehst du, wie gebogen und verkrümmt die Äste sind? Dieser Baum wäre zu groß, selbst wenn es sich nicht um den Segens-Baum handelte; aber wenn es um Spanten geht, sucht man sich Bäume wie diesen. Dann sieht man sich die Äste genau an, um einen zu finden, dessen Äste sich genau der Bootswandung anpassen.«

Auf einem anderen Pfad gingen sie hinunter zu der Lichtung, auf der die Boote gebaut wurden, und näherten sich Markeno und Thonolan, die mit einem besonders langen und umfangreichen Stamm beschäftigt waren. Sie waren dabei, ihn mit Hilfe von Äxten auszuhöhlen. Im Moment ähnelte der Stamm noch mehr jenem rohen Trog, den man zur Teezubereitung benutzte, als einem der anmutig geschwungenen Boote; aber immerhin waren die rohen Umrisse bereits herausgearbeitet. Später sollten Bug und Heck noch mit Schnitzereien versehen werden; zunächst aber galt es, die Höhlung zu bewältigen.

»Jondalar entwickelt großes Interesse am Bootsbau«, sagte Carlono.

»Vielleicht sollten wir eine Fluß-Frau für ihn finden, damit er ein Ramudoi wird. Das wäre nur gerecht, wo doch sein Bruder Shamudoi wird«, scherzte Markeno. »Ich kenne da ein paar, die ihm schon sehnsüchtige Blicke nachgeworfen haben. Eine von ihnen ließe sich vielleicht bewegen . . .«

»Ich glaube, solange Serenio da ist, kämen sie nicht weit«, sagte Carlono und zwinkerte Jondalar zu. »Aber einige der besten Bootsbauer sind ja Shamudoi. Nicht das Boot an Land, sondern das Boot auf dem Wasser ist es, was einen zum Fluß-Mann macht.«

»Wenn du so darauf erpicht bist, die Bootsbauerei zu erlernen, warum nimmst du dir nicht eine Axt und hilfst?« schlug Thonolan vor. »Ich glaube, mein großer Bruder redet lieber statt zu arbeiten.« Seine Hände waren schwarz, und auch über dem Auge hatte er einen schwarzen Fleck. »Ich bin sogar bereit, dir meine zu leihen«, fügte er hinzu und warf sie Jondalar zu, der sie im Reflex auffing. Die Axt – ein kräftiger Axtkopf aus Stein, der im rechten Winkel auf einen Handgriff gesetzt war – hinterließ einen schwarzen Fleck auf seiner Hand.

Thonolan sprang herab und ging zu einem in der Nähe brennenden Feuer. Es war zu einem Haufen Glut heruntergebrannt, aus der ab und zu orangefarbene Flämmchen emporleckten. Er hob ein angebrochenes Plankenteil auf, dessen Oberkante verkohlte Löcher aufwies, und fegte mit einem Zweig Glut darauf. Diese trug er dann zum Baumstamm und schüttelte die Glut in die trogähnliche Höhlung, an der sie gerade arbeiteten. Markeno legte frisches Holz aufs Feuer und brachte einen Wasserbehälter mit. Sie wollten zwar, daß die Glut sich in den Stamm hineinbrannte, doch sollte er nicht in Flammen aufgehen.

Thonolan schob die Glutstücke mit einem Stecken herum und besprenkelte bestimmte Stellen mit Wasser. Aufzischender Dampf und der beizende Geruch von schwelendem Holz verriet den elementaren Kampf zwischen Feuer und Wasser. Doch schließlich gewann das Wasser die Oberhand. Thonolan scharrte die übriggebliebenen Stücke nasser Holzkohle heraus, kletterte dann in den Trog hinein, kratzte das Verkohlte heraus und vertiefte und verbreiterte auf diese Weise das Loch.

»Dann laß mich dich mal ablösen«, sagte Jondalar, nachdem er ihm eine Weile dabei zugeschaut hatte.

»Ich hatte mich schon gefragt, ob du den ganzen Tag über so dastehen wolltest«, sagte Thonolan grinsend. Die beiden Brüder neigten dazu, in ihre Muttersprache zu verfallen, wenn sie miteinander sprachen. Es war eben angenehm, sich so mühelos und vertraut unterhalten zu können. Beide konnten sich inzwischen recht sicher in der neuen Sprache ausdrücken, doch Thonolan sprach sie besser als Jondalar.

Nach den ersten paar Schlägen hielt Jondalar inne und betrachtete den Kopf der Axt, versuchte es dann aus einem anderen Winkel heraus, betrachtete die Schneide noch einmal und hatte dann den Bogen raus. Die drei Männer arbeiteten zusammen, sprachen wenig miteinander und legten dann eine Ruhepause ein.

»Ich vorher nicht sehen, machen Trog mit Feuer«, sagte Jondalar, als sie zum Windschutz hinübergingen. »Bisher immer mit Axt ausgehöhlt.«

»Mit der Axt allein geht es natürlich auch, aber mit dem Feuer geht es schneller. Eichenholz ist besonders hart«, erklärte Markeno. »Manchmal nehmen wir auch Fichten von höhergelegenen Stellen. Fichtenholz ist weicher und leichter auszuhöhlen. Trotzdem hilft das Feuer auch da.«

»Dauert lange, Boot zu machen?« wollte Jondalar wissen.

»Das kommt darauf an, wie viele daran mitarbeiten. Bei diesem hier wird es nicht lange dauern. Das ist Thonolans Anspruch und muß geschafft sein, ehe er Jetamio heiraten kann, verstehst du.« Markeno lächelte. »Ich habe noch niemand sich so hart ins Zeug legen sehen, und alle anderen treibt er auch an. Aber wenn man erst einmal angefangen hat, ist es ratsam dabeizubleiben, bis es fertig ist. Dann trocknet das Holz jedenfalls nicht aus. Heute nachmittag werden wir Bretter zuschneiden, für die Bodenplanken. Hilfst du uns?«

»Er wird gut daran tun zu helfen«, sagte Thonolan.
Die riesige Eiche, die Jondalar hatte fällen helfen, war, nachdem die Krone abgeschlagen worden war, auf die andere Seite der Lichtung hinübergeschafft worden. Dazu war die Mithilfe von fast jedem kräftigen Erwachsenen vonnöten gewesen; fast ebenso viele waren gebraucht worden, sie dann zu spalten. Jondalar hatte von seinem Bruder nicht erst angetrieben zu werden brauchen. Er hätte es sich auch so nicht entgehen lassen.
Zuerst wurde über die ganze Länge des Stammes in gerader Linie, aber der Maserung folgend, eine Reihe von Geweih-Keilen aufgesetzt. Diese wurden mit schweren, handgehaltenen steinernen Schlegeln in das Holz hineingetrieben. Die Keile zwängten das Holz zu einem feinen Spalt auseinander; der Stamm gab nur widerstrebend nach. Splitter, die noch an beiden Teilen des Holzes festhielten, wurden auseinandergerissen, als die klobigen, dreieckigen Geweih-Keile tiefer und immer tiefer ins Kennholz hineingetrieben wurden, bis der Stamm schließlich krachend in zwei Hälften auseinanderbarst.
Staunend schüttelte Jondalar den Kopf. Dabei war das erst der Anfang. Die Keile wurden noch einmal in der Mitte einer jeden Hälfte aufgesetzt und der Vorgang wiederholt, bis auch diese in zwei Teile auseinanderbarsten. Gegen Ende des Tages war der gesamte riesige Stamm zu einem Haufen radial aufgespaltener Planken aufeinandergestapelt, die sich sämtlichst zur Mitte hin verjüngten; das heißt, eine Schmalseite der Planken war noch schmaler als die andere. Einige wenige Planken waren eines Astes wegen kürzer als die anderen, doch sollten auch sie Verwendung finden. Es waren wesentlich mehr Planken vorhanden, als man zum Aufbau der Bordwand des Bootes brauchte. Diese sollten dazu verwandt werden, unter dem Sandsteinüberhang auf der hochgelegenen Terrasse eine Unterkunft für das junge Paar zu errichten; diese sollten mit der Unterkunft von Roshario und Dolando verbunden werden und groß genug sein, um während der kältesten Zeit im Winter auch noch Markeno, Tholie und Shamio aufzunehmen. Holz vom selben Stamm, das benutzt wurde, um ein Haus und ein Boot zu bauen, sollte der Beziehung die Stärke der Eiche verleihen.
Als die Sonne unterging, bemerkte Jondalar, wie ein paar von den jüngeren Männern im Wald verschwanden. Markeno ließ sich von Thonolan überreden, weiter mit ihm an der Aushöhlung des Bootes zu arbeiten, bis fast alle anderen verschwunden waren. So war es schließlich Thonolan, der zugab, es sei nun wirklich zu dunkel zum Weiterarbeiten.
»Es ist hell genug«, ließ sich eine Stimme hinter ihm vernehmen. »Du weißt ja nicht, was dunkel ist.«
Ehe Thonolan sich umdrehen konnte, um nachzusehen, wer gesprochen

hatte, wurde ihm eine Binde über den Kopf geworfen, packte man ihn bei den Armen und hielt ihm diese auf den Rücken. »Was geht hier vor?« schrie er und kämpfte, um sich zu befreien.

Die Antwort bestand aus gedämpftem Gelächter. Er wurde aufgehoben und fortgetragen, und als man ihn niedersetzte, merkte er, wie er entkleidet wurde. »Hört auf! Was macht ihr? Es ist kalt.«

»Du wirst nicht lange frieren«, sagte Markeno, nachdem man Thonolan die Binde abgenommen hatte. Thonolan erblickte ein halbes Dutzend lächelnder junger Männer, die alle splitterfasernackt waren. Wo er war, wußte er nicht, konnte es insbesondere in der Dunkelheit nicht erkennen, doch soviel immerhin wußte er, daß sie in der Nähe von Wasser waren.

Der Wald ringsum bildete eine dichte dunkle Masse, die sich auf einer Seite jedoch aufhellte, so daß vor einem lavendelfarbenen Himmel die Silhouetten einzelner Bäume zu erkennen waren. Dahinter gab der breiter gewordene Pfad den Blick auf gleißendes Silber frei, das sich auf der ölig-glatten Oberfläche der sich dahinwindenden Großen Mutter spiegelte. In der Nähe glomm Helligkeit durch die Ritzen eines kleinen, niedrigen rechteckigen Holzbaus. Die jungen Männer kletterten auf das Dach hinauf und dann durch ein Loch in der Decke in die Hütte hinein, wobei sie einen schräg angelehnten, mit Stufen versehenen Stamm benutzten.

In der Feuergrube in der Mitte der Hütte war ein Feuer aufgebaut worden; darüber hatte man Steine gelegt, die sich erhitzen sollten. Die Wände traten zurück, so daß eine Bodenbank entstanden war, die mit Brettern bedeckt war, welche man mit Hilfe von Sandstein glattgeschliffen hatte. Nachdem alle drin waren, wurde das Eingangsloch locker zugedeckt; der Rauch konnte durch die Ritzen entweichen. Holzkohlenglut war unter den heißen Felssteinen zu erkennen, und bald mußte Thonolan zugeben, daß Markeno recht hatte. Ihm war nicht mehr kalt. Jemand sprengte Wasser auf die Steine, Dampf stieg auf und machte es womöglich noch schwieriger, im dämmerigen Licht etwas zu sehen.

»Hast du ihn mitgebracht, Markeno?« fragte der Mann, der neben ihm saß.

»Hier ist er, Chalono.« Er hielt einen mit Wein gefüllten Wasserbeutel in die Höhe.

»Nun, dann los! Du bist ein Glückspilz, Thonolan. Eine Frau zur Gefährtin zu bekommen, die so ausgezeichneten Heidelbeerwein zu machen versteht.«

Zustimmendes Gelächter erhob sich. Chalono ließ den Weinschlauch herumgehen, zeigte dann ein viereckiges Lederstück, das zu einem Beutel zusammengebunden worden war, und sagte verschmitzt grinsend: »Und noch was habe ich gefunden.«

»Ich hatte mich schon gewundert, wieso du heute den ganzen Tag über fort

warst«, erklärte einer der Sitzenden. »Bist du auch sicher, daß es die richtige Art ist?«
»Keine Sorge, Rondo. Ich kenne mich in Pilzen aus. Zumindest diese kenne ich genau«, behauptete Chalono.
»Das solltest du. Du sammelst sie ja bei jeder Gelegenheit.« Noch mehr Gelächter erhob sich bei dieser sarkastischen Bemerkung.
»Vielleicht möchte er Shamud sein, Tarluno«, fügte Rondo spöttisch hinzu.
»Das sind doch nicht die Pilze des Shamud, oder?« fragte Markeno. »Die roten mit den weißen Tupfen können tödlich sein, wenn man sie nicht richtig zubereitet.«
»Nein, das hier sind ungefährliche kleine Pilze, die nur bewirken, daß man sich wunderbar fühlt. Ich habe keine Lust, mit denen des Shamud herumzuspielen. Ich will schließlich keine Frau in mir haben . . .«, sagte Chalono, und dann, kichernd: »Ich gehe lieber selbst in eine Frau hinein.«
»Wer hat den Wein?« fragte Tarluno.
»Ich habe ihn Jondalar gegeben.«
»Nimm ihn ihm weg. Er ist so groß, sonst trinkt er ihn noch ganz aus.«
»Ich habe ihn Chalono gegeben«, erklärte Jondalar.
»Ich habe noch nichts von den Pilzen gesehen – willst du den Wein und noch dazu die Pilze behalten?« fragte Rondo.
»Nun drängele doch nicht. Ich versuche, den Beutel hier aufzubekommen. Hier, Thonolan, du bist unser Ehrengast. Du darfst als erster zugreifen.«
»Markeno, ist es wahr, daß die Mamutoi aus einer Pflanze ein Getränk herstellen, das noch besser ist als Wein oder Pilze?« fragte Tarluno.
»Ob besser, weiß ich nicht; ich habe nur einmal davon gekostet.«
»Wie wär's mit etwas mehr Dampf?« schlug Rondo vor und spritzte einen Becher Wasser auf die heißen Steine unten.
»Leute weiter im Westen tun etwas in dem Dampf hinein«, sagte Jondalar.
»Und eine Höhle atmet Rauch von einer Pflanze ein. Sie lassen einen kosten, aber sie verraten einem nicht, was es ist«, fügte Thonolan hinzu.
»Ihr beide müßt ja nahezu alles ausprobiert haben . . . auf euren Reisen«, sagte Chalono. »Das möchte ich auch: Alles ausprobieren, was es gibt.«
»Wie ich gehört habe, trinken die Flachköpfe etwas . . .«, trug Tarluno zur Unterhaltung bei.
»Das sind Tiere – sie trinken alles«, sagte Chalono.
»Ja, hast du nicht gerade eben gesagt, das wolltest du auch?« feixte Rondo. Ein Ausbruch von Gelächter folgte.
Chalono bemerkte, daß Rondos Beiträge häufig Gelächter hervorriefen – manchmal auf seine Kosten. Um sich nicht übertrumpfen zu lassen, begann er eine Geschichte zu erzählen, von der er wußte, daß er damit schon vorher

Lacherfolge erzielt hatte. »Ihr kennt doch die von dem alten Mann, der so blind war, daß er eine Flachkopf-Frau fing und sie für eine Frau hielt . . .«
»Ja, seine Rute fiel ihm ab. So was ist widerlich, Chalono«, sagte Rondo. »Und welcher Mann würde schon eine Flachköpfin für eine Frau halten?«
»Manche verwechseln sie nicht, sondern machen es absichtlich«, erklärte Thonolan. »Männer von einer Höhle, weit im Westen, verschaffen sich Lust mit Flachköpfinnen und bringen die Höhle in Schwierigkeiten.«
»Du machst Witze!«
»Es ist kein Witz. Ganzes Rudel Flachköpfe hat uns umzingelt«, bestätigte Jondalar. »Sie wütend. Später wir hören, einige Männer nahmen Flachkopf-Frauen. Machen Scherereien für Höhle.«
»Und wie seid ihr davongekommen?«
»Haben uns gelassen«, sagte Jondalar. »Anführer von Rudel sehr schlau. Flachköpfe nicht so dumm, wie man denkt.«
»Ich habe von einem Mann gehört, der sich an eine Flachkopf-Frau herangemacht hat«, sagte Chalono.
»Wer war das? Du?« sagte Rondo höhnisch. »Du hast gesagt, du wolltest alles ausprobieren.«
Chalono wollte sich verteidigen, doch das Gelächter übertönte ihn. Als es sich legte, versuchte er es nochmals. »Das habe ich nicht gemeint. Ich habe von Pilzen und Wein und solchen Sachen gesprochen, als ich sagte, ich wollte alles ausprobieren.« Die Wirkung der Rauschmittel machte sich bei ihm bemerkbar, und er bekam eine schwere Zunge. »Aber viele Jungs reden von Flachkopf-Frauen, ehe sie wissen, was Frauen wirklich sind. Ich habe von einem gehört, der sich an eine Flachkopf-Frau herangemacht hat; zumindest hat er das behauptet.«
»Jungs reden vieles«, erklärte Markeno.
»Was meinst du, wovon Mädchen alles reden?« fragte Tarluno.
»Vielleicht reden die von Flachkopf-Männern«, sagte Chalono.
»Ich hab' keine Lust, mir das noch weiter anzuhören«, sagte Rondo.
»Du hast doch selbst nicht schlecht großgesprochen, als du jung warst, Rondo«, sagte Chalono, der die Sticheleien allmählich übel nahm.
»Nun, jetzt bin ich erwachsen. Ich wünschte, du wärest das auch. Ich bin deine widerlichen Bemerkungen leid.«
Chalono war beleidigt und ein wenig betrunken. Wenn sie ihn beschuldigten, widerwärtig zu sein, dann wollte er ihnen etwas wirklich Widerliches erzählen. »Ist das so, Rondo? Nun, ich habe von einer Frau gehört, die sich ihre Lust von einem Flachkopf-Mann holte, woraufhin ihr die Mutter ein Baby mit gemischten Geistern bescherte . . .«
»Schschscht!« Rondo schürzte die Lippen und erschauerte vor Ekel. »Cha-

lono, über so was scherzt man nicht. Wer hat ihn eigentlich eingeladen? Raus hier mit ihm! Mir ist, als hätte man mir Schmutz ins Gesicht geworfen. Ich habe ja nichts gegen ein paar Scherze, aber er ist zu weit gegangen.«
»Rondo hat recht«, erklärte Tarluno. »Warum läßt du uns nicht allein, Chalono?«
»Nein«, sagte Jondalar. »Draußen kalt, dunkel. Nicht hinauswerfen. Echte Babys von gemischtem Geist nichts zum Scherzen. Aber wie kommt, alle wissen darüber?«
»Halb Tier, halb Mensch – Scheusale. Es ist zu heiß hier drinnen. Ich mache, daß ich hinauskomme, sonst wird mir noch schlecht.«
»Aber dies soll Thonolans kleines Fest zur Entspannung sein«, erklärte Markeno. »Warum gehen wir nicht alle hinaus, schwimmen ein bißchen und fangen dann nochmal von vorn an. Es ist noch reichlich von Jetamios Wein da. Ich hab's euch nicht gesagt, aber ich habe zwei Beutel voll mitgebracht.«

»Ich glaube nicht, daß die Steine heiß genug sind, Carlono«, sagte Markeno. Seine Stimme verriet unterdrückte Spannung.
»Es ist aber nicht gut, das Wasser zu lange im Boot stehen zu lassen. Das Holz soll ja nicht schwellen, sondern nur weich werden, damit es sich besser bearbeiten läßt. Thonolan, liegen die Verstrebungen in der Nähe, damit wir sie zur Hand haben, wenn wir sie brauchen?« fragte Carlono und runzelte besorgt die Stirn.
»Sie hier«, erwiderte er und zeigte auf einen Stapel von zurechtgeschnittenen Erlenstämmen, die neben dem großen ausgehöhlten und mit Wasser gefüllten Baumstamm auf dem Boden lagen.
»Laß uns lieber anfangen, Markeno, und hoffen, daß die Steine heiß sind.«
Jondalar staunte immer noch über die Verwandlung, die der Baumstamm erfahren hatte; dabei war er dabei gewesen, als das Boot anfing, Gestalt anzunehmen. Die Eiche war im eigentlichen Sinne kein Stamm mehr. Das Innere war ausgehöhlt und geglättet worden, und außen wies der Stamm jetzt die schlanken Linien eines langen Kanus auf. Die äußere Hülle – mit Ausnahme von Heck und Bug – war nicht dicker als zwei Fingerbreit. Er hatte zugesehen, wie Carlono mit einer meißelförmigen Steinaxt die innere Rinde vom Holz geschält hatte, die nicht dicker war als die eines jungen Zweiges; dadurch hatte das Boot seine endgültige Gestalt erhalten. Nachdem Jondalar eigenhändig versucht hatte, diese Haut abzulösen, war er von noch größerer Bewunderung für die Tüchtigkeit und das Können des Mannes erfüllt. Am Bug verjüngte sich das Boot, um das Wasser zerteilen zu können. Es wies einen leicht abgeflachten Boden auf, lief in einem weniger spitz zulaufenden Heck aus und war im Verhältnis zu seiner Breite sehr lang.

Rasch beförderten alle vier die Wackersteine, die in dem großen Feuer erhitzt worden waren, in das mit Wasser gefüllte Boot, so daß das Wasser anfing zu brodeln und zu dampfen. Der Vorgang unterschied sich grundsätzlich nicht vom Erhitzen des Wassers zur Teebereitung in dem großen Trog in der Nähe des Windschutzes – nur brauchte man viel mehr Steine. Und es ging auch um etwas anderes. Hitze und Dampf dienten nicht dazu, irgend etwas zu kochen, sondern dem Rumpf seine endgültige Form zu verleihen.
Markeno und Carlono standen einander mitschiffs gegenüber und prüften die Dehnbarkeit der Bootswandung; sie wandten beim Auseinanderziehen allergrößte Vorsicht an; es ging darum, den Mittelteil des Bootes zu verbreitern, ohne daß das Holz Risse bekam. Die gesamte harte Arbeit des Aushöhlens und Formgebens wäre zunichte gewesen, wenn es bei diesem Dehnvorgang zu Sprüngen im Holz kam. Alle waren im höchsten Maße gespannt. Während der Mittelteil des Rumpfes auseinandergezogen wurde, standen Thonolan und Jondalar bereits mit der längsten Strebe bereit, und als die Dehnung groß genug war, setzten sie die Verstrebung quer zur Längsachse ein und hielten die Luft an. Es schien zu halten.
Nachdem die Mittelstrebe festgeklemmt war, wurden in regelmäßigen Abständen verhältnismäßig kürzere Streben eingesetzt, das Wasser ausgeschöpft, bis die Männer mit dem Gewicht fertig werden konnten; dann holten sie die Steine heraus, kippten das Boot, um den Rest des Wassers auszuschütten und setzten es zum Trocknen auf zwei Bohlen.
Die Männer atmeten nicht mehr so schwer, als sie zurücktraten und das Werk ihrer Hände bewunderten. Das Boot war nahezu fünfzehn Schritte lang und in der Mitte zweieinhalb Schritt breit. Die Dehnung hatte die Gestalt verändert, was sehr wichtig war. Da der Mittelteil gedehnt worden war, wies das Boot jetzt vorn und hinten eine anmutige, leicht in die Höhe führende Linie auf. Es war nicht nur darum gegangen, das Boot in der Mitte zu verbreitern, um mehr Raum zu schaffen und dafür zu sorgen, daß es besser im Wasser lag, sondern auch darum, Bug und Heck ein wenig anzuheben, damit die Enden etwas über das Wasser hinausragten und leichter mit Wellen und kabbeligem Wasser fertig wurden.
»Das nenne ich das Boot eines Faulpelzes«, sagte Carlono, als sie sich an eine andere Stelle der Lichtung begaben.
»Eines Faulpelzes?« rief Thonolan und dachte an die harte Arbeit.
Carlono lächelte. Er hatte diese Reaktion erwartet. »Es gibt eine lange Geschichte über einen Faulpelz mit einer ewig keifenden Gefährtin, der sein Boot den ganzen Winter über draußen liegen ließ. Als er es wiedersah, war es voll von Wasser, und Eis und Schnee hatten es dazu gebracht, sich auszudehnen. Alle hielten es für ruiniert, aber es war das einzige Boot, das er hatte.

Nachdem es ausgetrocknet war, ließ er es zu Wasser und entdeckte, daß es sich viel besser handhaben ließ als alle anderen Boote. Von da an, so heißt es in der Geschichte, bauten alle ihr Boot auf diese Weise.«
»Das nenne ich eine komische Geschichte, wenn sie richtig erzählt wird«, sagte Markeno.
»Könnte sogar sein, daß sie auf Wahrheit beruht, zumindest teilweise«, fügte Carlono hinzu. »Wenn wir vorgehabt hätten, ein kleines Boot zu bauen, wäre es jetzt bis auf die Innenausstattung fertig«, sagte er, als sie sich einer Gruppe von Männern näherten, die dabei waren, mit Hilfe von Knochenbohrern Löcher in die Planken zu bohren. Das war eine mühselige, schwierige Arbeit, doch da viele Hände halfen und dabei viel gescherzt und gelacht wurde, war es nie langweilig.
»Und ich komme um so schneller dazu, mich mit meiner Gefährtin zusammenzutun«, sagte Thonolan, als er Jetamio unter den Helferinnen sah.
»Ich sehe nur lächelnde Gesichter. Das muß bedeuten, daß die Weitung des Bootes gelungen ist«, sagte die junge Frau zu Carlono, doch ihre Augen suchten rasch Thonolan.
»Genau werden wir das erst wissen, wenn es trocken ist«, sagte Carlono. »Wie steht es mit den Spanten?«
»Sie sind fertig. Jetzt arbeiten wir an den Hausplanken«, erwiderte eine ältere Frau. Sie ähnelte auf ihre Weise Carlono, besonders wenn sie lächelte. »Ein junges Paar braucht mehr als ein Boot. Das Leben besteht wirklich aus mehr, lieber Bruder.«
»Dein Bruder ist genauso darauf erpicht, sie zusammenzugeben wie du, Carolio«, sagte Barono und lächelte seinerseits, als die beiden jungen Leute einander mit verzehrenden Blicken ansahen, jedoch kein Wort sprachen. »Aber was nützt ein Haus, wenn man kein Boot hat?«
Carolio sah ihn bekümmert an. Der Satz war eine ständige Redeweise der Ramudoi, die witzig sein sollte, aber so oft wiederholt worden war, daß sie langweilte.
»Ahh!« entfuhr es Barono. »Schon wieder abgebrochen!«
»Er ist heute besonders ungeschickt«, sagte Carolio. »Das ist jetzt schon der dritte Bohrer, den er zerbrochen hat. Ich glaube, er versucht nur, vom Löcherbohren freizukommen.«
»Sei nicht ungerecht deinem Mann gegenüber«, sagte Carlono. »Jedem bricht mal ein Bohrer ab. Das läßt sich nicht ändern.«
»Mit einem hat sie recht. Löcher bohren! Ich kenne keine bohrendere Langeweile als Löcherbohren«, sagte Barono und verzog das Gesicht zu einem breiten Grinsen, als alle aufstöhnten.
»Er bildet sich ein, ein Witzbold zu sein. Was kann schlimmer sein als ein

Gefährte, der sich für einen Witzbold hält?« wandte Carolio sich an alle Versammelten. Alle lächelten. Jeder wußte, daß sich hinter diesem Geplänkel große Zuneigung verbarg.
»Wenn ihr einen Bohrer übrig habt, ich versuche, Löcher zu machen«, sagte Jondalar.
»Stimmt was nicht mit diesem jungen Mann. Kein Mensch reißt sich darum, Löcher zu bohren«, sagte Carlono, erhob sich jedoch rasch. »Jondalar zeigt großes Interesse am Bootsbau«, bemerkte Carlono. »Er hat jede Arbeit ausprobiert, die damit zusammenhängt.«
»Vielleicht gelingt es uns doch noch, einen Ramudoi aus ihm zu machen!« sagte Barono. »Ich habe ihn immer für einen hellen Kopf gehalten. Was den anderen betrifft, bin ich mir allerdings nicht so sicher«, fügte er hinzu und lächelte Thonolan an, der für nichts Augen gehabt hatte als für Jetamio. »Ich glaube, es könnte ein Baum auf ihn fallen, und er würde es nicht merken. Haben wir denn nichts Vernünftiges für ihn zu tun?«
»Er könnte Holz für den Dampfkocher sammeln oder Weidenruten entrinden, die Planken damit zu verbinden«, sagte Carlono. »Sobald der Bootsrumpf getrocknet ist und wir oben am Rand Löcher gebohrt haben, können wir anfangen, die Planken zu biegen, damit sie passen. Wie lange, meinst du, brauchen wir noch, bis es fertig ist, Barono? Das sollten wir dem Shamud sagen, damit ein Tag für das Zusammengeben festgesetzt werden kann. Und Dolando wird Boten an die anderen Höhlen schicken wollen.«
»Was ist denn sonst noch zu tun?« fragte Barono, als sie sich zu einer Stelle aufmachten, in der kräftige Pfosten in den Boden eingegraben worden waren.
»Die Stangen vorn am Bug und hinten am Heck müssen noch festgelascht werden, und . . . kommst du mit, Thonolan?« rief Markeno.
»Was . . .? Oh, ja . . . ich komme.«
Als sie fort waren, ergriff Jondalar einen Knochenbohrer, der in eine Brustleier aus Hirschgeweih eingepaßt war, und beobachtete, wie Carolio mit einem ebensolchen Werkzeug arbeitete. »Wozu Löcher?« fragte er, nachdem er einige gebohrt hatte.
Carlonos Zwillingsschwester interessierte sich – trotz aller Fopperei – genauso brennend für Boote wie ihr Bruder und kannte sich in der Technik des Einpassens und Verlaschens der Planken genau so gut aus wie dieser in der des Stammaushöhlens und -zurichtens. Sie setzte an, es ihm zu erklären, doch dann stand sie auf und führte Jondalar an einen anderen Arbeitsplatz, wo ein Boot teilweise auseinandergenommen wurde.
Anders als ein Floß, das nur schwamm, weil Holz nun einmal schwimmt, beruhte das Prinzip eines Wasserfahrzeugs, wie die Sharamudoi es bauten, darauf, innerhalb einer hölzernen Schale eine Lufttasche einzuschließen. Dabei

handelte es sich um eine großartige Neuerung, die eine größere Wendigkeit und Tragfähigkeit gestattete. Die Planken, die die Bordwände des ausgehöhlten und im Mittelteil geweiteten Baumstammes erhöhten und das Fahrzeug auf diese Weise vergrößerten, wurden mit Hilfe von Dampf und Hitze so weit gebogen, daß sie der Längswölbung des Bootes genau angepaßt und buchstäblich angenäht wurden, für gewöhnlich mit Weidenruten, die durch die vorgebohrten Löcher geführt, mit der Bug- und Heckstange verlascht und festgeklemmt wurden. Spanten, die hinterher in Abständen an den Bordwänden befestigt wurden, verliehen dem Ganzen Stabilität und dienten dazu, Sitzbänke einzubauen.

Wurde es gut gemacht, war das Ergebnis eine wasserdichte Schale, die mehrere Jahre lang Spannungen und starke Beanspruchung aushielt. Irgendwann machten dann Abnutzung und natürlicher Verfall der Weidenfasern es nötig, die Boote ganz auseinanderzunehmen und neu zusammenzusetzen. Morsch gewordene Planken wurden ersetzt und verlängerten die Lebensdauer der Boote beträchtlich.

»Schau . . . hier sind die Planken abgenommen worden«, sagte Carolio und zeigte Jondalar das auseinandergenommene Boot. »Und hier siehst du die Löcher an der Oberkante des ausgehöhlten Baumstammes.« Dann zeigte sie ihm eine Planke, die dergestalt gebogen war, daß sie sich dem Rumpf anpaßte. »Das war die erste Planke. Die Löcher am dünneren Längsrand entsprechen denen des Unterteils. Verstehst du, die Planke überlappt mit dem Oberrand des Stamms und wird gleichfalls festgelascht.«

Sie gingen um das Boot herum auf die andere Seite, die bis jetzt noch nicht abmontiert worden war. Carolio zeigte auf die zerschlissenen und zum Teil gerissenen Fasern der Weidenruten in einigen Löchern. »Dieses Boot müßte unbedingt neu zusammengesetzt werden; aber du siehst, wie die Planken überlappen. Bei kleinen Booten für ein oder zwei Mann braucht man keine höheren Bordwände; da genügt ein Einbaum. Allerdings ist es bei rauhem Wasser schwieriger, mit ihnen zu manövrieren. Ehe man sich versieht, verliert man die Gewalt über sie.«

»Eines Tages ich möchte lernen«, sagte Jondalar, und als er den durchgebogenen Spant sah, fragte er: »Wie biegt ihr Planken?«

»Mit Dampf und Druck – wie du es bei der Ausweitung der Bordwand selbst erlebt hast. Die Pfosten dort drüben, wo Carlono und dein Bruder stehen, dienen dazu, die Spannseile anzuziehen, um die Planken beim Verlaschen nicht verrutschen zu lassen. Wenn die Löcher erst einmal gebohrt sind und alle mit Hand anlegen, geht das ziemlich schnell. Das größere Problem ist das Löcherbohren. Wir schärfen die Knochenbohrer zwar immer wieder, aber sie brechen leicht ab.«

Gegen Abend, als sie alle zurückkehrten auf die hochgelegene Terrasse mit dem Sandsteinüberhang, fiel Thonolan auf, daß sein Bruder ungewöhnlich wortkarg war. »Woran denkst du, Jondalar?«

»Ich denke über den Bootsbau nach. Das ist viel komplizierter, als ich jemals gedacht hätte. Von solchen Booten wie diesen habe ich noch nie zuvor gehört. Und auch noch nie jemand gesehen, der auf dem Wasser so geschickt gewesen wäre wie die Ramudoi. Ich glaube, die Kinder fühlen sich in ihren kleinen Booten sicherer als an Land. Wie geschickt die Leute mit ihren Werkzeugen umgehen können . . .« Thonolan sah, wie es in den Augen seines Bruders vor Begeisterung aufblitzte. »Ich habe sie mir angesehen. Ich glaube, wenn ich noch einen großen Splitter von der Schneide von Carlonos Axt abnehmen könnte, würde das eine glatte, nach innen gewölbte Wange oberhalb der eigentlichen Schneide ergeben und die Arbeit sehr erleichtern. Außerdem bin ich sicher, daß ich aus Feuerstein einen Bohrer machen könnte, mit dem man diese Löcher viel schneller bohren könnte.«

»Das also ist es! Und ich hatte schon gedacht, du interessierst dich wirklich fürs Bootsbauen, großer Bruder. Ich hätte es wissen müssen. Nicht die Boote sind es, die dich interessieren, sondern die Werkzeuge, mit denen sie sie bauen. Jondalar, im Herzen wirst du immer ein Werkzeugmacher bleiben.«

Jondalar mußte selbst lächeln, als ihm aufging, daß Thonolan recht hatte. Der Prozeß des Bootebauens war durchaus interessant, doch was seine Vorstellungskraft anregte, war der Gebrauch der Werkzeuge dabei. Es gab zwar innerhalb dieser Gruppe eine Reihe von Männern und Frauen, die mit dem Feuerstein recht passable Arbeit leisteten, doch keinen, der die Werkzeugmacherei zu seiner Spezialität gemacht hatte. Keiner von ihnen hatte einen Blick dafür, wie man mit nur wenigen Veränderungen Steinwerkzeuge wesentlich funktionstüchtiger machen konnte. Ihm hatte es stets ein ganz besonderes Vergnügen bereitet, Werkzeuge zu ersinnen, die für eine ganz bestimmte Aufgabe besonders geeignet waren, und so überlegte sein technisch-schöpferischer Geist auch jetzt schon Möglichkeiten, diejenigen zu verbessern, die die Sharamudoi benutzten. Vielleicht war das eine Möglichkeit, ihnen, denen er soviel schuldete, mit seiner einzigartigen Kunstfertigkeit und seinem Wissen einiges zu vergelten.

»Mutter! Jondalar! Es sind gerade noch mehr Leute angekommen. Es stehen schon so viele Zelte da, daß ich nicht weiß, wo sie noch eines aufschlagen wollen«, rief Darvo, als er in die Unterkunft hineingeschossen kam. Im Nu war er wieder draußen; er war nur gekommen, um ihnen die Neuigkeit zu berichten. Er konnte unmöglich drinnen bleiben – dazu war das Treiben draußen zu aufregend.

»Es sind mehr Besucher gekommen als zur Hochzeit von Markeno und Tholie, und das war für mich schon eine große Versammlung«, sagte Serenio. »Aber die meisten wissen ja von den Mamutoi, selbst wenn sie noch nie einen gesehen haben. Aber von einem Zelandonii hat noch nie jemand etwas gehört.«
»Sie nicht glauben, wir haben zwei Augen, zwei Arme und zwei Beine wie sie?« sagte Jondalar.
Er selbst war gleichfalls nicht wenig erstaunt über die große Zahl der Menschen. Bei einem Sommertreffen der Zelandonii kamen zwar für gewöhnlich mehr zusammen, doch diese hier waren alles Fremde, bis auf diejenigen, die zu Dolandos Höhle und zu Carlonos Bootslände gehörten. Die Nachricht hatte sich so rasch verbreitet, daß neben den Sharamudoi auch andere gekommen waren. Angehörige von Tholies Mamutoi-Verwandten nebst einigen anderen, die neugierig genug waren, sie zu begleiten, waren schon frühzeitig eingetroffen. Auch von flußaufwärts – sowohl der Mutter als auch der Schwester – waren Leute gekommen.
Viele der Hochzeitsbräuche waren ihm unbekannt. Sämtliche Höhlen trafen sich an einem vorher abgesprochenen Ort, wenn bei den Zelandonii eine Hochzeit stattfand, und bei solchen Gelegenheiten wurden immer mehrere Paare zusammengegeben. Jondalar war es nicht gewohnt, daß so viele Leute die Stamm-Höhle eines Paares besuchten, um eine Hochzeit mitzuerleben. Als Thonolans einziger Blutsverwandter sollte er eine besondere Rolle bei der Feier des Zusammengebens spielen, und so war er jetzt ziemlich aufgeregt.
»Weißt du, Jondalar, die meisten Leute wären erstaunt, wenn sie erführen, daß du keineswegs immer so selbstsicher bist, wie du wirkst. Aber keine Angst, du wirst deine Sache gut machen«, sagte Serenio, rückte ganz nahe an ihn heran und schlang ihm die Arme um den Hals. »Das tust du immer.«
Sie hatte das Richtige getan. Ihre Nähe war eine angenehme Ablenkung – er mußte an andere Dinge denken, ohne daß sie irgendwelche Anforderungen an ihn stellte – und was sie sagte, gab ihm Sicherheit. Er zog sie an sich, drückte seinen Mund auf den ihren und verweilte dort, was ihm einen Augenblick sinnlichen Vergnügens verschaffte, ehe seine Ängste wieder die Oberhand gewannen.
»Du meinst, ich sehe richtig aus? Reisekleidung nicht das Richtige für besondere Gelegenheit?« fragte er, sich plötzlich seiner Zelandonii-Gewandung bewußt.
»Das weiß hier keiner. Sie sind etwas Besonderes, etwas Einzigartiges. Genau richtig für die Gelegenheit. Ich glaube, es wäre zu gewöhnlich, wenn du etwas trägst, was alle kennen, Jondalar. Die Leute werden für dich ebenso Augen haben wie für Thonolan. Deshalb sind sie schließlich gekommen. Wenn sie

dich aus einiger Entfernung sehen können, haben sie vielleicht nicht das Bedürfnis, näher zu kommen, und du weißt, daß du dich in dieser Kleidung wohl fühlst. Du siehst gut darin aus. Sie paßt zu dir.«
Er löste sich von ihr und – dankbar, ihnen noch nicht gegenübertreten zu müssen – spähte durch eine Ritze auf die Menge draußen. Er ging in den Hintergrund der Unterkunft, bis das geneigte Dach es ihm unmöglich machte weiterzugehen, kehrte nach vorn zurück und warf noch einen Blick hinaus.
»Jondalar, laß mich dir etwas Tee machen. Es handelt sich um eine besondere Mischung, die ich vom Shamud habe. Sie wird deine Nerven beruhigen.«
»Sehe ich denn nervös aus?«
»Das nicht, aber du hast allen Grund, es zu sein. Es dauert nur einen kleinen Augenblick.«
Sie goß Wasser in ein rechteckiges Kochgefäß und legte heiße Steine hinein. Er zog einen hölzernen Hocker heran – einer, der viel zu niedrig für ihn war – und setzte sich. Er war mit seinen Gedanken ganz woanders und starrte wie abwesend auf die geometrischen Muster, mit denen die Kiste beschnitzt war: mit einer Reihe von parallelen, schräg nach unten verlaufenden Linien oben, denen sich von unten eine Reihe ebensolcher Linien in genau der entgegengesetzten Richtung näherte, was ein Fischgrätmuster ergab.
Die Seitenwände der genuteten Kästen bestanden aus einem einzigen Brett, in die gerade verlaufende Vertiefungen, Rinnen oder Nuten hineingeschnitten worden waren. Die mit Hilfe von Dampf biegbar gemachten Bretter wurden an den Nuten abgeknickt, so daß Ecken entstanden und die letzte Ecke zusammengedübelt wurde. Auch am unteren Rand wurde eine Nut angebracht, in die das Bodenbrett eingefügt wurde. Dergestalt gefertigte Kisten oder Kästen ließen kein Wasser durch, zumal dann nicht, wenn sie mit Wasser gefüllt worden waren und das Holz aufquoll. Mit abnehmbaren Deckeln versehen, dienten sie vielen Zwecken, vom Kochen bis zur Vorratshaltung.
Die Kiste ließ ihn an seinen Bruder denken, und er wünschte, er könnte in diesem Augenblick vor seiner Hochzeit bei ihm sein. Thonolan hatte die Technik des Holzbiegens und -formens der Sharamudoi rasch begriffen. Er selber hatte sich beim Speermachen dieselben Prinzipien von Dampf und Erhitzen zunutze gemacht, um einen Schaft geradezubiegen oder das Holz bei der Fertigung von Schneeschuhen zu runden. Der Gedanke an Schneeschuhe erinnerte Jondalar an den Beginn ihrer Reise und versetzte ihn in eine wehmütige Stimmung. Ob er sein Zuhause wohl je wiedersehen würde? Seit er wieder seine eigenen Kleider trug, hatte er jedes Aufwallen von Heimweh entschieden unterdrückt, das sich gerade dann wieder einstellte, wenn er es am wenigsten erwartete. Diesmal war es Serenios genutete Kochkiste, die es weckte.

Mit einer ruckartigen Bewegung stand er auf, stieß dabei den Hocker um, griff zu, um ihn wieder aufzurichten und hätte beinahe Serenio umgestoßen, die sich mit einem Becher brühheißen Tee näherte. Daß er um ein Haar einen Unfall verursacht hätte, erinnerte ihn an den unglücklichen Zwischenfall beim Fest des Versprechens. Tholie und Shamio schien es besser zu gehen, und ihre Verbrennungen waren fast geheilt; trotzdem befiel ihn ein unheimliches Gefühl, als er sich an die Unterhaltung mit dem Shamud hinterher erinnerte.

»Jondalar, trink deinen Tee. Ich bin sicher, das hilft.«

Er hatte den Becher in seiner Hand ganz vergessen, lächelte und nahm einen Schluck. Der Tee hatte einen angenehmen Geschmack – offensichtlich gehörte zu den Zutaten Kamille – und die Wärme im Magen beruhigte. Nach einer Weile spürte er, wie ein Teil der Spannung von ihm abfiel.

»Du hast recht, Serenio. Fühle besser. Nicht wissen, was falsch.«

»Es kommt nicht alle Tage vor, daß der Bruder eine Gefährtin nimmt. Ein bißchen Nervosität ist da verständlich.«

Er schloß sie in die Arme und küßte sie mit einer Leidenschaft, die ihn wünschen ließ, daß er nicht so bald fort müßte. »Treffen uns wieder heute abend, Serenio«, flüsterte er ihr ins Ohr.

»Jondalar, heute abend wird zu Ehren der Mutter ein Fest gefeiert«, erinnerte sie ihn. »Ich glaube, weder du noch ich sollten uns etwas vornehmen, wo doch so viele Besucher da sind. Warum nicht einfach den Abend seinen Lauf nehmen lassen? Wir können uns doch jederzeit haben.«

»Das habe ich ganz vergessen«, sagte er und nickte zustimmend. Doch aus irgendeinem Grunde fühlte er sich zurückgewiesen. Merkwürdig, aber dieses Gefühl hatte er noch nie gehabt. Ja, bisher war immer er es gewesen, der dafür gesorgt hatte, daß er während eines Festes von allen Verpflichtungen freigeblieben war. Wieso verletzte es ihn, daß Serenio es ihm erleichterte? Spontan beschloß er, den Abend mit ihr zu verbringen, ob nun Mutter-Fest war oder nicht.

»Jondalar!« Wieder kam Darvo hereingestürzt. »Sie haben mich geschickt, dich zu holen. Sie brauchen dich.« Er war atemlos vor Aufregung darüber, mit einer so wichtigen Aufgabe betraut worden zu sein, und tänzelte vor Ungeduld. »Beeil dich, Jondalar. Sie brauchen dich.«

»Nur mit der Ruhe, Darvo«, sagte der Mann und sah den halbwüchsigen Jungen lächelnd an. »Ich komme. Werde doch Hochzeit des eigenen Bruders nicht verpassen.«

Darvo lächelte ein wenig verlegen. Er wußte, daß sie nicht ohne Jondalar anfangen würden, doch vermochte das seine Ungeduld nicht zu zügeln. Er eilte hinaus. Jondalar holte Atem und folgte ihm.

Ein Murmeln ging bei seinem Erscheinen durch die Menge, und er freute sich beim Anblick der beiden Frauen, die auf ihn warteten. Roshario und Tholie geleiteten ihn auf eine kleine Erderhebung an der Seitenwand, wo die anderen warteten. Auf dem höchsten Punkt des Erdbuckels stehend und die anderen mit Kopf und Schultern überragend, stand eine weißhaarige Gestalt, deren Gesicht teilweise von einer hölzernen Halbmaske mit stilisierten Vogelzügen verdeckt war.

Thonolan bedachte ihn mit einem nervösen Lächeln, als er herzutrat. Jondalar erwiderte das Lächeln und versuchte, Verständnis hineinzulegen. War sein eigenes Gesicht jetzt verspannt, konnte er sich ausmalen, wie Thonolan sich fühlen mußte, und es tat ihm leid, daß die Gebräuche der Sharamudoi es ihnen versagt hatten, zusammen zu sein. Ihm fiel auf, wie gut sein Bruder sich den anderen anpaßte und schon zu ihnen zu gehören schien, und das versetzte ihm einen Stich. Auf der Reise hätten keine zwei Menschen besser zueinander passen können; jetzt jedoch hatten sich ihre Wege getrennt, ging jeder seinen eigenen, und Jondalar empfand schmerzlich die Trennung. Einen Moment war er überwältigt von unerwartetem Kummer.

Er schloß die Augen und ballte die Hände, um sich zu beherrschen. Er hörte Stimmen, die sich aus der Menge erhoben, und meinte, die Wörter »groß« und »Kleider« herauszuhören. Als er die Augen wieder aufmachte, ging ihm unversehens der Grund auf, warum Thonolan so gut zu den anderen paßte: er war vollständig nach Art der Sharamudoi gekleidet.

Kein Wunder, daß es Bemerkungen über seine eigene Kleidung gab, dachte er und bedauerte für einen Augenblick, so fremdländisch zu wirken. Aber Thonolan gehörte jetzt schließlich zu ihnen, war von ihrer Höhle aufgenommen worden, um das Zusammenkommen mit Jetamio zu erleichtern. Jondalar hingegen war immer noch ein Zelandonii.

Der großgewachsene Mann stellte sich zu der Gruppe der neuen Verwandten seines Bruders. Wenn er auch der Form nach noch kein Sharamudoi war, waren sie fortan doch seine Verwandten, selbst wenn sie nicht mehr da wären. Zusammen mit Jetamios Verwandten waren sie diejenigen, die Nahrung und Geschenke beigesteuert hatten, die später unter den Gästen verteilt werden sollten. Da mehr Fremde gekommen waren als erwartet, war noch zusätzlich manches herbeigeschafft worden. Die große Zahl der Besucher erhöhte noch das ohnehin schon hohe Ansehen und den Status des jungen Paares; man würde es als Schande betrachten, wenn sie hungrig und ohne Geschenke wieder fortziehen müßten.

Das plötzliche Verstummen des Gemurmels ließ sie alle den Kopf in Richtung einer Gruppe wenden, die jetzt auf sie zukam.

»Siehst du sie?« fragte Thonolan und stellte sich auf die Zehenspitzen.

»Nein, aber sie kommt bestimmt, das weißt du doch«, sagte Jondalar.
Als sie Thonolan und seine Verwandtschaft erreichten, öffnete sich der schützende Kreis und gab den Blick auf den verborgenen Schatz in seiner Mitte frei. Thonolan bekam einen trockenen Hals, als er die blumengeschmückte Schönheit in der Mitte erblickte, die ihm das strahlendste Lächeln schenkte, das er je gesehen hatte. Sein Glück war so unverkennbar, daß auch Jondalar nicht umhin konnte, leicht amüsiert zu lächeln. Wie eine Biene sich von der Blüte angezogen fühlt, wurde Thonolan von der Frau angezogen, die er liebte. Er führte sein Gefolge in die Mitte ihrer Gruppe, bis Jetamios Verwandte Thonolan und seine Verwandten umschlossen.
Beide Gruppen vermischten sich und fanden sich zu Paaren, während der Shamud auf einer Rohrflöte mehrere Male dieselbe Tonfolge ertönen ließ. Unterstrichen wurde der Rhythmus von einer anderen Person mit einer Vogel-Halbmaske, die eine große Reifentrommel schlug. Noch ein Shamud, wie Jondalar mutmaßte. Die Frau war ihm fremd, trotzdem hatte sie auch etwas Vertrautes, doch vielleicht war es nur eine Ähnlichkeit, die all jenen, Die Der Mutter Dienten, gemeinsam war. Während Angehörige der beiden Verwandtschaftskreise, die sich zu Paaren zusammengetan hatten, Figuren tanzten, die kompliziert schienen, jedoch nichts anderes als Variationen einer bestimmten Schrittfolge waren, spielte der weißhaarige Shamud auf der kleinen Flöte. Es handelte sich um einen langen geraden, mit glühenden Kohlen ausgehöhlten Stock, der ein Mundstück und eine Reihe von Löchern sowie am Ende einen geschnitzten Vogelkopf aufwies. Und in der Tat ahmten manche der Töne, die dem Instrument entlockt wurden, genau bestimmte Vogelstimmen nach.
Schließlich standen die beiden Gruppen einander in zwei Reihen gegenüber. Sie faßten sich bei den Händen und bildeten einen langen Bogengang. Während das Paar, das jetzt zusammengegeben werden sollte, hindurchschritt, folgten ihnen die hinter ihnen kommenden Paare. Der Shamud führte den Zug ans Ende der Terrasse und um die Felswand herum. Jetamio und Thonolan folgten dem Flötenspieler, danach kamen Markeno und Tholie, sodann als nächste Verwandte des jungen Paares Jondalar und Roshario. Es folgte die Gruppe der Verwandten, und alle anderen Höhlenangehörigen und Gäste bildeten den Schluß. Der trommelspielende Shamud, der zu Besuch gekommen war, reihte sich hinter den Angehörigen von Jetamios Höhle ein.
Der weißhaarige Shamud führte sie den Pfad zur Bootsbau-Lichtung hinunter, bog aber vorher in den Seitenpfad ab, der zum Segensbaum führte. Während die Leute sich um die riesige alte Eiche herum aufstellten, richtete der Shamud ruhig das Wort an das junge Paar, gab ihm Anweisungen und Ratschläge, wie sie zu einer glücklichen Beziehung kämen, und erbat dann den

Segen der Mutter. Nur die engsten Angehörigen und ein paar andere, die zufällig in Hörweite standen, bekamen diesen Teil der Zeremonie mit. Alle anderen Versammelten standen da und unterhielten sich, bis sie merkten, daß der Shamud still wartete.

Schweigen legte sich über die Gruppe – ein erwartungsvolles Schweigen. Das rauhe Rufen eines Eichelhähers unterbrach laut die Stille, und das Hämmern eines Buntspechts hallte durch den Wald. Dann schwang sich eine Waldlerche in die Luft und erfüllte diese mit einem süßen Klang.

Als habe er auf dieses Zeichen gewartet, winkte die wie ein Vogel maskierte Gestalt den beiden jungen Leuten, einen Schritt vorzutreten. Der Shamud holte ein Stück Schnur hervor und schlang es zu einer Schlinge. Thonolan und Jetamio, die nur Augen füreinander hatten, legten die Hände zusammen und steckten sie hindurch.

»Jetamio an Thonolan und Thonolan an Jetamio, ich binde euch aneinander«, sagte der Shamud, zog die Schlinge fest und band beide Handgelenke mit einem festen Knoten zusammen. »Genauso wie ich diesen Knoten schlinge, seid ihr verbunden, seid ihr euch nun gegenseitig verpflichtet und einer durch den anderen den Banden von Verwandtschaft und Höhle. Dadurch, daß ihr diese Verbindung eingeht, vollendet ihr das, was durch Markeno und Tholie begonnen wurde.« Bei der Nennung ihrer Namen traten auch die beiden anderen jungen Leute vor, und alle vier reichten sich die Hände. »Als Shamudoi sollt ihr die Gaben des Landes teilen, so wie die Ramudoi die Gaben des Wassers teilen; so seid ihr nun Sharamudoi, einander stets gegenseitig zu helfen.«

Tholie und Markeno traten zurück, und zu den hohen Klängen seiner Flöte machten Thonolan und Jetamio einen langsamen Rundgang um die uralte Eiche. Beim zweiten Umgang riefen die Umstehenden ihnen Glückwünsche zu und bewarfen sie dabei mit Vogelflaum, Blütenblättern und Fichtennadeln.

Beim dritten Umgang um den Segensbaum schlossen die Zuschauer sich ihnen lachend und fröhlich rufend an. Irgend jemand stimmte eine traditionelle Weise an, und es wurden weitere Flöten hervorgeholt, um die Sänger damit zu begleiten. Andere schlugen auf Trommeln. Dann zog eine der von weither gekommenen Mamutoi-Frauen das Schlüsselbein eines Mammuts hervor. Mit einem Schlegel schlug sie dagegen, und alles blieb für einen Moment stehen. Der weithin hallende Ton, den der Knochen von sich gab, überraschte die meisten Anwesenden, doch als sie fortfuhr, darauf zu spielen, überraschte sie das womöglich noch mehr. Indem sie an verschiedenen Stellen auf das Schlüsselbein einschlug, konnte die Spielerin Stärke und Tonhöhe verändern und paßte ihre Klänge der Melodie von Sängern und Flöte an. Als die Eiche das dritte Mal umrundet war, stellte der Shamud sich wieder an die Spitze des Zuges und führte ihn hinunter an die Lichtung am Fluß.

Jondalar hatte nicht miterlebt, wie letzte Hand an das Boot gelegt worden war. Obwohl er fast alle Stadien des Baus miterlebt hatte, bildete das fertige Boot jetzt einen atemberaubenden Anblick. Es schien viel größer, als er es in der Erinnerung hatte; dabei war es ihm noch nie klein vorgekommen. Jetzt jedoch wurde die enorme Länge von fünfzehn Schritten durch entsprechend hohe, sanft geschwungene Bordwände und durch die große vorspringende Eckstange erst in ein ausgewogenes Verhältnis gebracht. Der geschwungene Bug war zu einem langhalsigen hölzernen, an der Bordwand festgedübelten Wasservogel verlängert worden.

Bemalt war der Bugteil mit leuchtenden rötlichen und gelblichen Ockerfarben, Mangan-Schwarz und der weißen Kalksteinfarbe. Tief unten an der Bordwand erkannte man Augen, damit das Boot unter Wasser sehen und Gefahren aus dem Weg gehen könne. Außerdem zierten geometrische Schmuckmuster Bug und Heck. Ruderbänke spannten sich quer über die ganze Breite, und neue Riemen mit breiten Blättern und langen Armen lagen bereit. Zum Schutz vor Regen und Schnee krönte eine Überdachung aus gelbem Gamsleder den Mittelteil, und das gesamte Boot war mit Blumen und Vogelfedern geschmückt worden.

Es war wunderbar, Ehrfurcht gebietend. Stolz stieg in Jondalar auf, und die Kehle schnürte sich ihm zu, als er daran dachte, daß er seinen Beitrag dazu geleistet hatte.

Zu allen Festen des Zusammengebens gehörte ein neues oder neu hergerichtetes Boot, doch nicht jedes Fest konnte sich eines Bootes von solcher Stattlichkeit und Schönheit rühmen. Es war reiner Zufall, daß die Höhle in dem Augenblick, wo die beiden jungen Leute ihre Absicht erklärt hatten, beschlossen hatte, man brauche ein neues großes Boot. Jetzt jedoch schien es ganz besonders passend, zumal so viele Besucher von weither gekommen waren. Sowohl die Höhle als auch das Paar hatte mit dieser Leistung große Achtung errungen.

Das soeben zusammengegebene Paar stieg – der zusammengebundenen Handgelenke wegen ein wenig unbeholfen – hinein und nahm unter dem Baldachin auf der Mittelbank Platz. Eine Reihe von nahen Verwandten folgte ihnen; manche griffen nach den Riemen. Das Boot war zwischen Bohlen aufgebockt, damit es nicht hin- und herschwankte; die Bohlen reichten bis ans Wasser hinunter. Angehörige der Höhle und Besucher nahmen rings um das Boot Aufstellung, um es ins Wasser hineinzuschieben; unter Grunzen und Lachen wurde das neue Boot vom Stapel gelassen.

Sie hielten es nahe am Ufer fest, bis das neue Fahrzeug für flußtüchtig erklärt

wurde, das heißt, bis feststand, daß es keine Schlagseite hatte und keine ernstlichen Lecks aufwies; dann ging es flußabwärts auf die Jungfernfahrt bis zur Bootsländе der Ramudoi. Etliche andere Boote unterschiedlicher Größe wurden zu Wasser gelassen und umringten den großen neuen Wasservogel, als wären es Enten- oder Gänseküken.
Diejenigen, die nicht auf dem Wasserweg zurückkehrten, eilten den Pfad entlang in der Hoffnung, das hochgelegene Ufer noch vor dem jungen Paar zu erreichen. An der Bootslände kletterte eine Reihe von Leuten den steilen Wasserfallpfad hoch und bereiteten alles vor, jenen flachen Korb herabzulassen, in dem Thonolan und Jondalar bei ihrer Ankunft hinaufgezogen worden waren – diesmal allerdings sollten es Thonolan und Jetamio sein, welche – die Hände immer noch aneinandergebunden – hinaufbefördert werden sollten. Sie hatten sich einverstanden erklärt, sich einer an den anderen zu binden, und so sollten sie nicht getrennt werden, zumindest nicht für diesen einen Tag.
Gewaltige Mengen Essens wurden gereicht und mit sehr viel bei Neumond bereitetem Löwenzahnwein hinuntergespült; alle Besucher erhielten Geschenke, was zusätzlich Ansehen einbrachte. Als es Abend wurde, zog die neu gebaute Unterkunft Besucher an. Die Gäste schlüpften ohne Aufhebens hinein und legten ›eine Kleinigkeit‹ für das neu zusammengegebene Paar nieder, um ihm damit Glück zu wünschen. Die Geschenke wurden anonym hinterlegt, um den Reichtum der Höhle, die sie bei diesem Fest bewiesen hatte, nicht in den Schatten zu stellen. In Wahrheit aber wurde der Wert der erhaltenen Geschenke später gegen den Wert der verteilten Waren aufgerechnet; man merkte sich diese Dinge, um bei späterer Gelegenheit in nichts nachzustehen, denn die Geschenke als solche waren keineswegs anonym.
Form und Verzierung sowie eingeschnitzte oder aufgemalte Muster verrieten den Geber genauso deutlich, als wenn sie offen dargebracht worden wären – nicht die Einzelperson, die sie hergestellt hatte und von vergleichsweise geringer Bedeutung war, sondern die Familie, Gruppe oder Höhle, der sie angehörte. Entsprechend der wohlbekannten und von allen gleichermaßen anerkannten Wertsysteme sollten die ausgeteilten wie die erhaltenen Geschenke Ansehen, Ehre und Status der verschiedenen Gruppen nachhaltig unterstreichen. Wenn er auch nicht mit Verbissenheit ausgeführt wurde, der wechselseitige Kampf um das Ansehen wurde gleichwohl sehr heftig geführt.

»Ihm wird wahrhaftig viel Aufmerksamkeit entgegengebracht, Thonolan«, sagte Jetamio, als sie bemerkte, daß eine Handvoll Frauen den großen blonden Mann umringte, der ungezwungen gegen einen Baum gelehnt dastand.
»So ist das immer. Seine großen blauen Augen bewirken, daß Frauen sich von

ihm angezogen fühlen wie ... Falter vom Feuer«, sagte Thonolan, der Jetamio half, ein Eichenbehältnis Heidelbeerwein zu den feiernden Gästen hinauszutragen. »Hast du das noch nicht bemerkt? Hast du dich nie zu ihm hingezogen gefühlt?«

»Du hast mich als erster angelächelt«, sagte sie, und sein breites Grinsen rief eine wunderschöne Reaktion bei ihr hervor. »Aber ich glaube, ich verstehe es. Es liegt nicht nur an den Augen. Er ist etwas Besonderes, zumal in dieser Kleidung. Sie steht ihm gut. Doch auch das allein ist es nicht. Ich glaube, Frauen spüren, daß er ... sucht. Ausschau hält nach jemand. Auch reagiert er so ... feinfühlig ... ist so groß und so wohlgewachsen. Wirklich ein stattlicher Mann. Und seine Augen haben etwas – ist dir jemals aufgefallen, wie sie im Schein des Feuers violett aufleuchten?« sagte sie.

»Ich dachte, du nicht von ihm angezogen ...« sagte Thonolan mit gespielt entsetztem Ausdruck, bis sie schelmisch zwinkerte.

»Beneidest du ihn?« fragte sie behutsam.

Thonolan hielt inne. »Nein. Niemals. Weiß nicht, warum, aber viele Männer neidisch. Sieh ihn dir an, man meint, er hat alles. Wie du sagst: wohlgebaut, stattlich; und sieh dir all die Frauen um ihn herum an. Noch mehr: tüchtig mit den Händen, der beste Feuersteinschläger, den ich kenne. Guter Kopf, und doch kein Großmaul. Die Leute mögen ihn – Frauen wie Männer, beide. Sollte glücklich sein, ist es aber nicht. Wäre schön, wenn er jemand wie dich fände, Tamio.«

»Nein, nicht wie mich. Aber jemand anders. Ich mag deinen Bruder, Thonolan. Hoffentlich findet er eines Tages, wonach er sucht. Vielleicht eine von diesen Frauen?«

»Nein, nicht glauben. Habe das schon oft erlebt. Möglich, daß er eine genießt ... oder mehrere ... aber das, was er sucht, findet er nicht.« Sie gossen einen Teil des Weins in Wasserbeutel und ließen den Rest für die Zecher zurück. Dann gingen sie zu Jondalar hinüber.

»Und was ist mit Serenio? Er scheint etwas für sie übrig zu haben, und ich weiß, daß sie mehr für ihn empfindet, als sie je zugeben würde.«

»Er mag sie, er mag auch Darvo. Aber ... vielleicht nicht jede für ihn. Vielleicht sucht er nach Traum, nach Donii.« Thonolan lächelte liebevoll. »Als du mich das erste Mal angelächelt hast, dachte ich, du Donii.«

»Bei uns heißt es, der Geist der Mutter verwandelt sich in einen Vogel. Sie weckt die Sonne mit Ihrem Ruf und bringt den Frühling aus dem Süden mit. Im Herbst bleiben einige hier, uns an Sie zu erinnern. Die Jagdvögel, die Störche – jeder Vogel bildet irgendeinen Aspekt von Mudo.« Eine Schar Kinder lief an ihnen vorüber, und sie mußten stehenbleiben. »Kleine Kinder mögen die Vögel nicht, besonders, wenn sie unartig sind. Sie glauben, die Mutter beobachtet sie und weiß alles. Manche Mütter erzählen ihren Kindern das. Ich kenne Geschichten von Männern, die beim Anblick bestimmter Vögel irgendeine Übeltat gestanden haben. Und dann heißt es auch, Sie geleitet dich nach Hause, wenn du dich verirrt hast.«

»Bei uns heißt es, Geist der Mutter wird Donii und fliegt mit dem Wind. Vielleicht Sie aussehen wie Vogel. Habe darüber noch nie nachgedacht«, sagte er und drückte ihr die Hand. Als er sie dann anblickte und spürte, wie es vor Liebe in ihm aufwallte, flüsterte er mit einer Stimme, die heiser war vor innerer Bewegung: »Ich nie gedacht, ich dich finden.« Er versuchte, den Arm um sie zu legen, mußte jedoch feststellen, daß seine Hand an die ihre gefesselt war, und runzelte die Stirn. »Ich froh, daß wir Knoten geschlungen, aber wann wir ihn auseinanderschneiden? Ich möchte dich in den Armen halten, Tamio.«

»Vielleicht sollen wir herausfinden, daß wir auch zu sehr aneinander gebunden sind.« Sie lachte. »Wir können uns bald von der Feier entfernen. Komm, laß uns deinem Bruder etwas Wein bringen, ehe alles ausgetrunken ist.«

»Er vielleicht nicht mögen. Er tut so, als ob großer Trinker, dabei trinkt er nicht viel. Er nicht mögen Kontrolle über sich verlieren und dumme Sachen machen.« Als sie aus dem Schatten des Überhangs hinaustraten, wurden sie plötzlich bemerkt.

»Da seid ihr ja! Ich wollte dir Glück wünschen, Jetamio«, sagte eine junge Frau, eine Ramudoi aus einer anderen Höhle, jung und lebhaft. »Welch ein Glück du hast! Wir bekommen nie ansehnliche Besucher, die bei uns überwintern.« Sie bedachte den Mann mit einem, wie sie hoffte, gewinnenden Lächeln, doch er blickte mit Augen, die vor Erstaunen geweitet waren, eine andere junge Frau an.

»Du hast recht. Ich habe Glück«, sagte Jetamio und sah ihren Gefährten mit einem schmelzenden Blick an.

Die junge Frau sah Thonolan an und stieß einen Seufzer aus. »Sie sind beide stattlich. Ich weiß nicht, für wen ich mich hätte entscheiden sollen.«

»Dann hättest du keinen von beiden bekommen, Cherunio«, sagte die andere junge Frau. »Wenn du einen Gefährten willst, mußt du dich für einen entscheiden.«

Das hatte einen Lacher zur Folge, doch die junge Frau genoß die Aufmerksamkeit, die es ihr eintrug. »Ich habe eben noch nicht den Mann gefunden, für den ich mich entscheide«, sagte sie und sah Jondalar mit Grübchen in den Wangen an.

Cherunio war die kleinste der Frauen hier, und Jondalar hatte sie wirklich noch nie zuvor gesehen. Jetzt jedoch nahm er sie sehr wohl wahr. Wenn auch klein, war sie doch sehr wohl eine Frau und bekundete eine Lebhaftigkeit und

Begeisterungsfähigkeit, die sehr für sie einnahmen. Ein größerer Gegensatz zu Serenio war kaum denkbar. Seine Augen verrieten sein Interesse, und Cherunio zitterte förmlich vor Entzücken, jetzt, wo sie sein Interesse gefesselt hatte. Plötzlich wandte sie den Kopf ab. Sie hatte etwas gehört.
»Ich höre den Rhythmus – jetzt wird der Paartanz getanzt«, sagte sie. »Komm, Jondalar.«
»Ich kenne die Schritte nicht«, sagte er.
»Ich zeige sie dir. Es ist nicht schwer«, sagte Cherunio und zog ihn mit sich fort. Jondalar leistete keinen Widerstand.
»Wartet. Wir kommen mit«, sagte Jetamio.
Die andere Frau war nicht sonderlich erbaut darüber, daß Cherunio so rasch Jondalars Aufmerksamkeit errungen hatte, und er hörte Radonio sagen: »Es ist nicht schwer ... trotzdem!« Perlendes Lachen folgte diesen Worten. Doch als die vier der Tanzfläche zustrebten, hörte er das verschwörerische Getuschel nicht.
»Das hier ist der letzte Wasserschlauch, Jondalar«, sagte Thonolan. »Jetamio sagt, es wird von uns erwartet, daß wir den Tanz anführen. Aber wir brauchen nicht länger dabei zu bleiben. Sobald wir können, werden wir uns davonschleichen.«
»Möchtet ihr ihn nicht mitnehmen? Für eure Feier zu zweit?«
Thonolan sah seine Gefährtin grinsend an. »Nun, es ist nicht wirklich der letzte – einen haben wir versteckt. Nur glaube ich, wir brauchen ihn nicht. Mit Jetamio allein zu sein, ist für mich Feier genug.«
»Ihre Sprache klingt so hübsch. Meinst du nicht auch, Jetamio?« sagte Cherunio. »Verstehst du, was sie sagen?«
»Ein wenig. Aber ich werde mehr davon lernen. Und Mamutoi auch. Tholie ist auf die Idee gekommen, daß wir alle die Sprache der anderen lernen.«
»Tholie sagt, beste Möglichkeit, Sharamudoi zu lernen, ist immer reden. Sie recht. Tut mir leid, Cherunio. Nicht sehr höflich, Zelandonii zu sprechen«, entschuldigte Jondalar sich.
»Ach, ich habe nichts dagegen«, erklärte Cherunio, wiewohl das nicht stimmte. Sie hatte es durchaus nicht gern, von einer Unterhaltung ausgeschlossen zu sein. Doch seine Entschuldigung tat mehr, als sie nur beschwichtigen. Und zu dem auserwählten Kreis, mit dem neu zusammengegebenen Paar und dem großgewachsenen, stattlichen Zelandonii zu gehören, entschädigte für vieles. Sie war sich der neidischen Blicke etlicher anderer Frauen sehr wohl bewußt.
Hinter dem Tanzplatz und außerhalb des Überhangs brannte ein Freudenfeuer. Sie traten in den Schatten zurück und reichten den Weinschlauch herum. Dann bildete sich eine Gruppe, und die beiden jungen Frauen zeigten

den Männern die Grundschritte des Tanzes. Flöten, Trommeln und Rasseln setzten zu einer Melodie an, die von der Mammut-Schlüsselbein-Spielerin aufgenommen wurde.
Nachdem der Tanz angefangen hatte, merkte Jondalar, daß die Grundschritte Abwandlungen erlaubten, denen nur die Phantasie und das Können der Tänzer Grenzen setzte, und gelegentlich bewies ein Tänzer oder ein Paar eine solche ungewöhnliche Begeisterung, daß alle anderen stehenblieben, ihnen ermunternd zuriefen und dabei mit den Füßen den Takt schlugen. Eine Gruppe umringte die Tänzer, wiegte sich im Takt und sang, und ohne bewußten Bruch wechselte die Musik in ein anderes Tempo über. So ging es weiter. Musik und Tanzen hörten kein einziges Mal auf, dafür gesellten sich andere dazu und hörten wieder auf, wenn ihnen danach war, und es entstand eine endlose Folge von Variationen von Klängen, Schritten, Rhythmen und Melodien, die so lange weitergingen, wie jemand da war, der wünschte, daß es weiterging.
Cherunio war eine sehr temperamentvolle Partnerin, und Jondalar, der doch mehr Wein getrunken hatte als gewöhnlich, überließ sich ganz der Stimmung des Abends. Jemand stimmte einen Wechselgesang an, indem er den ersten bekannten Vers angab. Jondalar entdeckte bald, daß es sich um ein Lied handelte, bei dem der zur Gelegenheit passende Text von den einzelnen Mitwirkenden mit der Absicht erfunden wurde, in Anspielung auf Gaben und Freuden Gelächter hervorzurufen. Nicht selten wurde daraus ein Wettstreit zwischen denen, die darauf aus waren, komisch zu sein, und denen, die versuchten, nicht zu lachen. Manche Mitspielenden zogen sogar Grimassen in dem Versuch, die gewünschte Wirkung zu erzielen. Dann trat ein Mann in die Mitte des Kreises, der sich zum Rhythmus des Wechselgesangs hin- und herwiegte.
»Das ist Jondalar, so blond und groß, dieser Mann brauchte zu wählen bloß.
Cherunio ist süß, doch klein. Könnt' sein, er stürzt oder bricht sich's Bein.«
Der Singsang dieses Mannes erzielte das gewünschte Ergebnis; alles bog sich vor Lachen.
»Wie willst du das anstellen, Jondalar?« rief jemand anderes. »Du wirst dir den Hals brechen müssen, bloß um diese Maid zu küssen.«
Grinsend sah Jondalar die junge Frau an. »Nicht Hals brechen«, sagte er, hob Cherunio dann in die Höhe und küßte sie zum Stampfen von Füßen und Beifallsgeklatsche. Völlig überrascht, schlang sie ihm die Arme um den Hals und erwiderte gefühlvoll seine Küsse. Er hatte bemerkt, wie mehrere Paare die Gruppe verlassen und Zelte oder in abgelegenen Winkeln Matten aufgesucht hatten, und seine Gedanken waren in die gleiche Richtung gegangen. Die besondere Begeisterung, die sie in ihre Küsse hineinlegte, ließen ihn annehmen, daß es angenehm mit ihr sein müsse.

Sie konnten sich nicht sofort verdrücken – das hätte nur noch mehr Gelächter zur Folge gehabt –, aber immerhin konnten sie dafür sorgen, daß sie nicht mehr unbedingt im Mittelpunkt standen. Ein paar Leute schlossen sich den Sängern, andere den Zuschauern an, und das Tempo des Tanzes veränderte sich gerade. Das war ein guter Moment, sich der allgemeinen Aufmerksamkeit zu entziehen und in den Schatten zu verschwinden. Als er Cherunio behutsam an den Rand der Versammelten führte, tauchte plötzlich Radonio auf.

»Jetzt hast du ihn den ganzen Abend für dich gehabt, Cherunio. Meinst du nicht, es ist an der Zeit, daß auch andere etwas von ihm haben? Immerhin feiern wir das Fest, um die Mutter zu ehren, deren Gaben wir schließlich miteinander teilen sollen.«

Radonio drängte sich sanft zwischen sie und küßte Jondalar. Dann schlang eine andere Frau die Arme um ihn und dann wieder andere. Er war von jungen Frauen umringt. Doch als etliche Händepaare sich auf eine schon sehr persönliche Weise mit ihm beschäftigten, war er sich nicht mehr sicher, ob er überhaupt Lust dazu hatte. Freuden dieser besonderen Art galten als etwas, was auf freier Wahl beruhte. Er war jetzt vollauf damit beschäftigt, Hände abzuwehren, die versuchten, ihm den Hosenbund zu lösen und hineinzugreifen. Das ging zu weit.

Er schüttelte sie ab, ohne allzu großes Zartgefühl dabei walten zu lassen. Als sie schließlich begriffen, daß er keiner gestatten wollte, ihn anzurühren, traten sie zurück und feixten. Plötzlich merkte er, daß eine fehlte.

»Wo ist Cherunio?« fragte er.

Die Frauen sahen einander an und kreischten dann vor Lachen.

»Wo Cherunio ist?« wollte er wissen, und als er nur weiteres Gekicher zur Antwort bekam, trat er rasch einen Schritt vor und packte Radonio. Er tat ihr am Arm weh, doch das wollte sie nicht zugeben.

»Wir hatten gedacht, sie sollte dich mit uns teilen«, sagte Radonio und lächelte gequält. »Alle wollen sie den großen stattlichen Zelandonii.«

»Zelandonii will aber nicht alle. Wo Cherunio?«

Radunio drehte den Kopf weg und weigerte sich zu antworten.

»Du wollen großen Zelandonii, sagst du?« Er war erbost, das hörte man an seiner Stimme. »Dann kannst du großen Zelandonii haben!« Mit diesen Worten zwang er sie vor sich in die Knie.

»Du tust mir weh! Warum steht ihr anderen mir nicht bei?«

Doch die anderen jungen Frauen waren sich nicht sicher, ob sie wirklich näher an ihn herankommen wollten. Sie bei den Schultern packend, stieß Jondalar Radonio vor dem Feuer zu Boden. Die Musik hatte aufgehört, und Leute umkreisten ihn, unsicher, ob sie eingreifen sollten oder nicht. Sie drehte und

wand sich, um sich zu erheben, doch er hielt sie mit seinem Körper zu Boden gedrückt.
»Du wolltest großen Zelandonii, jetzt hast du ihn. Und jetzt sag: wo Cherunio?«
»Hier bin ich, Jondalar. Sie haben mich hier festgehalten und mir etwas in den Mund gestopft. Sie sagen, sie wollten uns nur einen Streich spielen.«
»Schlechter Streich«, sagte er, stand auf und half auch Radonio in die Höhe. Ihr standen die Tränen in den Augen, und sie rieb sich den Arm.
»Du hast mir wehgetan!« rief sie.
Plötzlich ging ihm auf, daß es nur ein Streich hatte sein sollen; er hatte keine gute Miene dazu gemacht. Schließlich hatte man weder ihm noch Cherunio etwas zuleide getan. Er hätte Radonio nicht wehtun dürfen. Sein Zorn verrauchte, und an seine Stelle trat Bekümmerung. »Ich . . . ich wollte dir nicht wehtun . . . ich . . .«
»Du hast ihr ja gar nicht wehgetan, Jondalar. Jedenfalls nicht sehr«, sagte einer der Männer, die alles beobachtet hatten. »Das hat sie sich selbst zuzuschreiben. Sie stiftet dauernd zu etwas an und macht Scherereien.«
»Du bist ja bloß neidisch, daß sie nicht mit dir was angestiftet hat«, erklärte eine der jungen Frauen und sprang Radonio jetzt, wo sie wieder normal miteinander sprachen, zur Seite.
»Ihr glaubt vielleicht, ein Mann mag das, wenn ihr alle euch auf diese Weise an ihn heranmacht, aber das ist nicht so.«
»Das stimmt nicht«, sagte Radonio. »Meinst du etwa, wir hätten dich nicht gehört, wie du dich über diese oder jene Frau lustig machst, wenn du glaubst, du bist allein? Ich habe gehört, wie du davon geredet hast, du könntest gar nicht genug kriegen von Frauen. Ich habe sogar gehört, wie du davon geredet hast, du wolltest Mädchen noch vor den Ersten Wonnen, wo du doch weißt, daß du sie nicht anrühren darfst, selbst wenn die Mutter schon dafür gesorgt hat, daß sie bereit sind.«
Der junge Mann errötete, und Radonio nutzte ihren Vorteil aus. »Manche von euch reden sogar davon, Flachkopf-Frauen zu nehmen!«
Plötzlich tauchte riesig aus den Schatten am Rande des Feuers eine Frau auf. Beeindruckend war nicht so sehr ihre Größe, als vielmehr ihr mächtiger Leibesumfang, ihre Fettleibigkeit. Die sichelförmige Hautfalte im inneren Augenwinkel verriet ihre fremdländische Herkunft ebenso wie die Tätowierung des Gesichts. Dabei trug sie einen Überwurf aus Shamudoi-Leder.
»Radonio!« sagte sie. »Man muß auf einem Fest zu Ehren der Mutter nicht unbedingt schmutzige Reden führen.« Jetzt erkannte Jondalar sie.
»Tut mir leid, Shamud«, sagte Radonio und senkte den Kopf. Sie war schamrot geworden und ehrlich zerknirscht. Erst jetzt merkte Jondalar, wie jung sie

war. Sie alle waren kaum mehr als junge Mädchen. Er hatte sich abscheulich benommen.

»Meine Liebe«, ermahnte die Frau Radonio sanft, »ein Mann mag zwar, wenn er aufgefordert und eingeladen wird – aber er hat es nicht gern, wenn man über ihn herfällt.«

Jondalar faßte die Frau genauer ins Auge; denn genau das dachte er auch.

»Aber wir wollten ihm ja nicht wehtun. Wir dachten, er würde es gern haben . . . nach einiger Zeit.«

»Das wäre ja auch durchaus möglich gewesen, wenn ihr etwas feinfühliger vorgegangen wäret. Niemand sieht sich gern Zwang ausgesetzt. Du hast es doch auch nicht gemocht, als du das Gefühl hattest, er könnte dich zwingen, nicht wahr?«

»Er hat mir aber wehgetan!«

»Wirklich? Hat er dich nicht vielmehr dazu gebracht, etwas gegen deinen Willen zu tun? Ich glaube, das hat dich viel stärker verletzt. Und was ist mit Cherunio? Hat keiner von euch bedacht, daß ihr *sie* vielleicht verletzen könntet? Man kann niemanden zwingen, Freuden zu genießen. Das gereicht der Mutter nicht zur Ehre. Sie fühlt sich dadurch vielmehr mißbraucht. Und was da mißbraucht wird, sind Ihre Gaben.«

»Shamud, du hast gewettet, daß . . .«

»Ich mache das Spiel weiter mit. Komm jetzt, Radonio. Wir feiern ein Fest. Mudo will, daß Ihre Kinder glücklich sind. Das war nur ein kleinerer Zwischenfall – laß dir dadurch nicht den Spaß verderben, meine Liebe. Es wird schon wieder getanzt; reihe dich ein!«

Als die Shamud-Frau zu ihrem Spiel zurückkehrte, ergriff Jondalar Radonios Hände. »Ich . . . tut mir leid. Ich nicht denken. Nicht die Absicht gehabt, dir weh zu tun. Bitte, schäme mich . . . verzeihen?«

Radonios erste Regung -- zu schmollen und sich wütend zurückzuziehen – schmolz dahin, als sie in sein ernstes Gesicht und in seine veilchenblauen Augen sah. »Es war ein alberner . . . kindischer Streich«, sagte sie, und da seine Nähe und Gegenwärtigkeit sie nahezu umwarfen, kam sie auf ihn zugewankt. Er fing sie auf, lehnte sich dann näher an sie und gab ihr einen langen, erfahrenen Kuß.

»Ich danke dir, Radonio«, sagte er und wandte sich von ihr ab, um fortzugehen.

»Jondalar!« rief Cherunio hinter ihm her. »Wohin willst du?«

Schuldbewußt ging ihm auf, daß er sie völlig vergessen hatte. Mit federnden Schritten trat er auf die kleine, hübsche, quicklebendige junge Frau zu – bei der es außer Frage stand, daß sie sehr anziehend war –, hob sie in die Höhe und küßte sie feurig und mit Bedauern zugleich.

»Cherunio, ich machen Versprechen. All dies wäre nicht geschehen, wenn ich nicht so bereit, Versprechen zu brechen. Aber du machen leicht zu vergessen. Ich hoffe . . . ein andermal. Bitte, nicht böse«, sagte Jondalar und eilte dann fort in Richtung auf die Unterkünfte unter dem Sandsteinüberhang.
»Warum hast du es nur für alle verderben müssen, Radonio?« sagte Cherunio, als sie ihn entschwinden sah.
Der Ledervorhang vor der Tür der Unterkunft, die er mit Serenio teilte, war heruntergerollt, doch gekreuzte Planken versperrten ihm den Zugang nicht. Erleichtert seufzte er auf. Jedenfalls war sie nicht mit jemand anders dort drinnen. Als er den Vorhang beiseite stieß, war es dunkel. Vielleicht war sie gar nicht da. Vielleicht war sie doch mit jemand anders zusammen. Wenn er jetzt darüber nachdachte, so hatte er sie den ganzen Abend über nicht gesehen, jedenfalls nicht seit der eigentlichen Feier. Auch war sie es gewesen, die vorgeschlagen hatte, keinerlei Verpflichtungen für den Abend einzugehen. Er hatte nur sich selbst versprochen, die Nacht mit ihr zu verbringen. Vielleicht hatte sie andere Pläne gehabt, oder vielleicht hatte sie ihn auch zusammen mit Cherunio gesehen.
Er tastete sich bis an die hintere Wand der Unterkunft heran, wo ein erhöhtes Podest mit einem federgefüllten Polster und Fellen bedeckt war. Darvos Lagerstatt an der Seitenwand war leer. Das war zu erwarten gewesen. Besucher kamen nicht alle Tage, insbesondere nicht Besucher seines Alters. Wahrscheinlich hatte er die Bekanntschaft einiger Jungen gemacht, verbrachte die Nacht mit ihnen und versuchte, sich wachzuhalten.
Als er sich dem Hintergrund näherte, spitzte er die Ohren. War das Atmen, was er da hörte? Er langte über das Podest, fühlte einen Arm, und ein freudiges Lächeln ging über sein Gesicht.
Er ging noch einmal hinaus, holte ein Stück Glut vom Hauptfeuer und kehrte mit einem Stück Holz, auf dem er diese Glut trug, zurück. Er entzündete den Moosdocht einer kleinen Steinlampe, stellte dann die beiden Planken kreuzweise vor die Tür, zum Zeichen, daß sie nicht gestört werden wollten. Er nahm die Lampe, ging leise hinüber zur Lagerstatt und betrachtete die schlafende Frau. Sollte er sie wecken? Jawohl, beschloß er – allerdings langsam und behutsam.
Diese Vorstellung bewirkte, daß sein Geschlecht sich regte. Rasch entledigte er sich seiner Kleider und schlüpfte neben sie, schloß ihre Wärme in die Arme. Sie murmelte etwas und rollte hinüber zur Wand. Sanft fuhr er mit der Hand über ihren ganzen Körper, spürte ihre Schlafwärme unter der Hand und atmete ihren weiblichen Geruch ein. Er erforschte jede Rundung, den Arm bis hinunter zu den Fingern, ihre ausgeprägten Schulterknochen, das tiefgelegene Rückgrat, das hinunterführte bis zum empfindsamen Kreuz und der

Schwellung ihrer Hinterbacken, dann ihre Hüften und ihre Kniekehlen, ihre Fußgelenke und Fersen. Als er die Fußsohlen berührte, zog sie die Füße fort. Er griff um sie herum, legte die Hand über ihre Brust und spürte, wie die Brustwarze sich zusammenzog und sich unter seiner Hand versteifte. Er verspürte den Drang, daran zu saugen, drängte statt dessen jedoch sanft die Brust an ihren Rücken und bedeckte Schultern und Hals mit Küssen.

Er genoß es, ihren Körper zu berühren, ihn aufs neue zu erforschen und zu entdecken. Nicht nur den ihren, das wußte er. Er liebte alle Frauenleiber um ihrer selbst willen und um der Gefühle willen, die sie in ihm weckten. Sein Geschlecht pulsierte und zuckte bereits, doch hatte er es immer noch unter Kontrolle. Es war immer besser, wenn er seinem Drängen nicht zu schnell nachgab.

»Jondalar?« hörte er eine schläfrige Stimme.

»Ja«, sagte er.

Sie drehte sich auf den Rücken und schlug die Augen auf. »Ist es schon Morgen?«

»Nein.« Sich auf einen Arm stützend, blickte er auf sie hinunter, liebkoste ihre Brust und beugte sich dann hinunter, um an der Brustwarze zu saugen, die er schon vorher in seinem Mund hatte spüren wollen. Er liebkoste ihren Bauch, griff dann hinunter in die Wärme zwischen ihren Schenkeln und ließ die Hand auf dem Haar ihres Hügels ruhen. Sie hatte das weichste, seidigste Schamhaar, das er je bei einer Frau erlebt hatte. »Ich will dich, Serenio. Ich möchte heute nacht Mutter mit dir ehren.«

»Du mußt mir etwas Zeit lassen aufzuwachen«, sagte sie, doch ein Lächeln umspielte ihre Mundwinkel. »Ist da etwas kalter Tee? Ich möchte mir den Mund ausspülen – der Wein hinterläßt immer einen so scheußlichen Geschmack.«

»Ich sehe nach«, sagte er und erhob sich.

Schmachtend lächelte Serenio ihn an, als er mit einem Becher zurückkam. Manchmal genoß sie es, ihn bloß anzusehen – er war so wunderbar männlich: die Muskeln, die beim Gehen unter seiner Haut spielten, die kraftvolle, blondgelockte Brust, sein harter Bauch und die Beine, die ganz Kraft und Sehnen waren. Sein Gesicht war fast zu vollkommen: kräftiges eckiges Kinn, gerade Nase, sinnlicher Mund – sie wußte, wie sinnlich sein Mund sein konnte. Seine Züge waren so fein geschnitten und so wohlproportioniert, daß man ihn als schön bezeichnet hätte, wäre er nicht so männlich gewesen, oder wenn man Männer überhaupt als *schön* bezeichnet hätte, was man in ihrer Sprache nicht tat. Selbst seine Hände waren kräftig und feinfühlig zugleich, und seine Augen – die ausdrucksvollen, bezwingenden, unsäglich blauen Augen, die ein Frauenherz mit einem Blick dazu bringen konnten, wie rasend zu pochen –, die in ihr das Verlangen nach seinem harten, stolzen und prächtigen, hochgereckten Geschlecht weckten, noch ehe sie es jemals gesehen hatte.

Als sie ihn das erste Mal so gesehen und erlebt hatte, wie gut er es zu gebrauchen verstand, hatte es sie ein wenig geängstigt. Er zwang es ihr nie auf, gab ihr immer nur so viel, wie sie aufnehmen konnte. Wenn überhaupt, so war sie es, die sich zwang – verlangte es sie doch, es ganz und gar in sich aufzunehmen. Er reichte ihr den Becher, und sie setzte sich auf, doch ehe sie einen Schluck trank, lehnte sie sich vor und nahm den klopfenden Kopf in den Mund. Er schloß die Augen und ließ sich von einem Schauder des Wohlbehagens durchfluten.

Sie trank einen Schluck und stand dann auf. »Ich muß hinaus«, sagte sie. »Sind noch viele auf? Ich möchte mich nicht erst anziehen.«

»Leute tanzen, noch früh. Vielleicht besser, Kübel benutzen.«

Er ließ sie nicht aus den Augen, als sie zum Lager zurückkehrte. Oh Mutter! Sie war eine wunderschöne Frau, ihre Gesichtszüge so bezaubernd, ihr Haar so weich. Sie hatte lange und anmutige Beine und ein kleines, aber wohlgeformtes Hinterteil. Auch ihre Brüste waren klein, aber fest und wohlgeformt mit hochgereckten Warzen – immer noch die Brüste eines jungen Mädchens. Ein paar Dehnungsrisse unter der Bauchdecke waren das einzige, was darauf hinwies, daß sie schon Mutter war, und die wenigen feinen Falten an den Augenwinkeln das einzige, was ihr Alter verriet.

»Ich dachte, du kommst spät – es wird gefeiert«, sagte sie.

»Warum du hier? Du hast gesagt, ›keine Verpflichtung‹.«

»Ich habe niemand Interessantes getroffen, und ich war müde.«

»Du interessant . . . ich nicht müde«, sagte er lächelnd. Er schloß sie in die Arme und küßte ihren warmen Mund, wobei er auffordernd die Zunge vorschob und sie ganz an sich zog. Sie spürte es hart und heiß gegen ihren Bauch klopfen, und warm durchflutete es sie.

Er hatte vorgehabt, es auszudehnen, sich so lange zu beherrschen, bis sie mehr als bereit war, doch jetzt hing er gierig an ihrem Mund, ihrem Hals, saugte und zog sanft an ihren Brustwarzen, während sie seinen Kopf an ihre Brust drückte. Seine Hand suchte ihren flaumbedeckten Hügel und stellte fest, daß sie darunter heiß und feucht war. Ein leiser Schrei entfuhr ihren Lippen, als er das kleine harte Organ in ihren warmen Falten berührte. Sie reckte sich und schmiegte sich an ihn, als er die Stelle liebkoste, von der er wußte, daß sie ihr die meiste Wonne bereitete.

Er spürte, was sie diesmal wollte. Sie veränderten ihre Stellung – er rollte sich auf die Seite, während sie sich neben ihn auf den Rücken legte. Sie hob eines ihrer Beine über seine Hüfte und schob das andere zwischen seine Schenkel, und während er das Herz ihrer Lust rieb und liebkoste, griff sie hinunter und führte sein Glied in ihre tiefe Spalte. Leidenschaftlich schrie sie auf, als er in sie eindrang und spürte die köstliche Erregung beider Empfindungen auf einmal.

Er fühlte sich von ihrer Wärme umfangen und bewegte sich hin und her, während sie sich ihm entgegendrängte, um ihn ganz in sich aufzunehmen. Er zog sich zurück und stieß wieder in sie hinein, bis es nicht weiterging. Sie schob sich seiner Hand entgegen, und er rieb härter, und stieß gleichzeitig wieder in sie hinein, bis es nicht weiterging. Er war bis zum Bersten gefüllt, und sie stöhnte laut, als ihre Spannung immer größer wurde. Sie stemmte sich ihm entgegen, und er fühlte, wie seine Lenden sich anspannten. Er rieb mit fester Hand, stieß zu und dann noch einmal; dann warfen mächtige Wellen sie zusammen, während sie einen unerträglichen Höhepunkt erreichten und herrliche Entspannung durch sie hindurchging. Einige wenige letzte Stöße brachten sie dazu, daß sie erschauernd vollkommene Erfüllung fanden.

Heftig atmend lagen sie nebeneinander, die Beine noch ineinander verschlungen. Mit einem Ruck ließ sie sich auf ihn hinunter. Erst jetzt, ehe er erschlaffte, aber nicht mehr zum Bersten gefüllt war, konnte sie ihn ganz in sich aufnehmen. Er wollte sich nicht bewegen – hätte fast einschlafen können, wollte jedoch auch das nicht. Schließlich zog er sein erschlafftes Glied heraus und umfing sie mit seinem ganzen Körper. Sie lag ganz ruhig da, doch er wußte, daß sie nicht schlief.

Er ließ die Gedanken schweifen, und plötzlich dachte er an Cherunio und Radonio und all die anderen jungen Frauen. Wie es wohl gewesen wäre, wenn er mit ihnen allen zusammen gewesen wäre? Wenn er all diese warmen, mannbaren weiblichen Leiber um sich gespürt hätte, ihre heißen Schenkel und runden Hinterteile und feuchten Brunnen. Die Brust einer im Mund zu haben und mit jeder Hand die Körper zweier anderer Frauen zu erforschen. Neue Erregung durchströmte ihn. Warum hatte er sie abgewiesen? Manchmal war er wirklich dumm.

Er ließ den Blick auf der Frau neben ihm ruhen und überlegte, wie lange es wohl dauern würde, sie wieder bereit zu machen, und blies ihr dann sanft ins Ohr. Sie lächelte ihn an. Er küßte sie auf den Hals, dann auf den Mund. Diesmal würde es länger dauern; er mußte sich Zeit lassen. Sie ist eine schöne, eine wunderbare Frau . . . warum kann ich mich nicht verlieben?

13

Als Ayla das Tal erreichte, sah sie sich vor ein Problem gestellt. Sie hatte vorgehabt, das Fleisch des toten Rens auf dem Uferstreifen unter ihrer Höhle zu zerlegen und zu trocknen und solange zu schlafen, wie sie es früher auch getan hatte. Doch des verwundeten Höhlenlöwenjungen konnte sie sich nur oben in der Höhle richtig annehmen. Der kleine Löwe war größer als ein Fuchs, aber sehr viel pummeliger; immerhin konnte sie ihn tragen. Mit dem vollausgewachsenen Rentier war das etwas anderes. Die Spitzen der beiden Speere, die Winnie hinter sich herzog und auf denen die Tragfläche mit dem Ren darauf befestigt war, standen zu weit auseinander, als daß das Pferd ungehindert den schmalen Pfad bis zur Höhle hätte hinaufkommen können. Sie wußte nun nicht, wie sie ihre schwer errungene Beute zur Höhle hinaufschaffen sollte, wagte es aber auch nicht, sie unbewacht unten zurückzulassen, denn die Hyänen folgten ihr immer noch.

Sie hatte allen Grund, sich Sorgen zu machen. Schon nach der kurzen Zeit, die es kostete, das Löwenbaby zur Höhle hinaufzutragen, stritten die Hyänen sich knurrend um das von der Grasmatte eingehüllte tote Ren – und das, obwohl Winnie nervös davor hin- und hertänzelte. Ayla war noch nicht halb wieder unten, da trat ihre Schleuder schon in Aktion; einer der hart geschleuderten Steine war tödlich. Ayla schleifte die Hyäne an einem Hinterlauf um die vorspringende Felswand herum auf die Weide; dabei haßte sie es, das tote Tier anzufassen. Sie roch das Aas, das es zuletzt gefressen hatte, und wusch erst die Hände im Fluß, ehe sie sich wieder ihrem Pferd zuwandte.

Schwitzend und mit bebenden Flanken stand Winnie da; erregt schlug sie mit dem Schweif hin und her. Den Geruch des Höhlenlöwen in so großer Nähe zu haben, war fast mehr, als sie hatte ertragen können. Und der durchdringende Geruch der ihnen folgenden Hyänen war womöglich noch schlimmer gewesen. Als diese versucht hatten, sich auf Aylas Beute zu stürzen, hatte sie sich umdrehen wollen, doch ein Schaft ihres Zuggestells hatte sich in einer Felsspalte festgeklemmt. Sie war der Panik nahe.

»Das war ein schwerer Tag für dich, nicht wahr, Winnie?« gab Ayla ihr zu verstehen, schlang der Stute dann einfach die Arme um den Hals und drückte sie an sich, wie sie ein verängstigtes Kind an sich gedrückt hätte. Winnie lehnte sich an sie und zitterte und stieß heftig den Atem aus den Nüstern, doch die Nähe der jungen Frau beruhigte sie schließlich. Das Pferd war stets mit Liebe und Verständnis behandelt worden und gab dafür Vertrauen und bereitwilligen Einsatz.

Immer noch unentschlossen, ob und wie sie das Rentier zu ihrer Höhle hinaufschaffen sollte, fing Ayla an, das Pferd von dem behelfsmäßigen Zuggestell abzuschirren; da sich jedoch einer der Speerschäfte gelockert hatte, war er nach innen gedrückt worden, so daß die beiden Enden jetzt längst nicht mehr so weit auseinanderstanden. Ihr Problem hatte sich von selbst gelöst. Ayla schnallte den Schaft, der sich gelockert hatte, wieder fest, so daß er nicht ganz herausrutschen konnte, und führte Winnie dann den Pfad hinauf. Die Last schwankte hin und her, aber die Strecke war ja nur kurz.

Winnie mußte sich ungeheuer anstrengen. Das Ren wog ungefähr soviel wie das Pferd, und der Pfad führte steil bergan. Ayla lernte jetzt erst kennen, welch große Kraft das Pferd besaß, und ihr ging erst jetzt richtig auf, was sie gewonnen hatte, als sie sich diese Kraft borgte. Vor dem Höhleneingang angelangt, entfernte Ayla alles Hinderliche und schloß die junge Stute nochmals dankbar in die Arme. Dann ging sie voran in die Höhle hinein und erwartete, daß Winnie ihr folgen würde; als das Pferd jedoch ängstlich wieherte, drehte sie sich nach ihm um.

»Was ist denn?« fragte sie in Gebärdensprache.

Das Löwenjunge lang genau an der Stelle, wo sie es zurückgelassen hatte. Das Löwenbaby! dachte sie. Winnie witterte den Löwen. Sie ging nach draußen.

»Ist ja schon gut, Winnie. Dieses Baby kann dir nichts tun.«

Sie rieb Winnies weiche Nase, legte einen Arm um ihren kräftigen Hals und drängte das Pferd dann sanft in die Höhle hinein. Wieder besiegte das Vertrauen zu der Frau die Furcht. Ayla führte Winnie zu dem kleinen Löwen. Vorsichtig schnupperte die Stute, machte ein paar Schritte zurück und schnaubte, senkte dann jedoch erneut den Kopf, um das regungslose Löwenbaby nochmals zu beschnuppern. Der Raubtiergeruch war unverkennbar vorhanden, doch hatte das kleine Tier sonst nichts Bedrohliches. Winnie schnaubte leise und stieß das Fellbündel mit der Nase an. Dann schien sie sich damit abzufinden, daß ein dritter Bewohner ihrer Höhle vorhanden war, ging hinüber an ihren Platz und fing an, Heu zu fressen.

Ayla wendete ihre Aufmerksamkeit dem verwundeten Löwenjungen zu. Das wuschelige Geschöpf wies bräunliche Flecken auf einem hellbeigen Untergrund auf. Es schien noch sehr jung, doch war Ayla sich da nicht sicher. Höhlenlöwen waren steppenbewohnende Raubkatzen; bisher hatte sie nur Raubtiere gründlicher kennengelernt, die in der bewaldeten Umgebung der

Clanshöhle gelebt hatten. Damals war sie niemals auf der offenen Steppe auf die Jagd gegangen.

Sie versuchte, sich an alles zu erinnern, was die Jäger des Clans über Höhlenlöwen erzählt hatten. Dieser hier schien heller zu sein als diejenigen, die sie bisher zu Gesicht bekommen hatte, und ihr fiel ein, daß die Männer die Frauen oft gewarnt hatten! Höhlenlöwen seien schwer zu entdecken. Sie paßten ihre Farbe dem trockenen Steppengras und dem staubigen Boden an, so daß man fast über einen stolpern könne. Ein ganzes Rudel, das im Schatten von Buschwerk oder zwischen Steinen und Felsen in der Nähe seiner Höhle schlafe, nehme sich aus wie eine Reihe von Findlingen – selbst aus größter Nähe.

Bei näherem Nachdenken kam sie zu dem Schluß, daß die Steppe hier in der Tat im großen und ganzen von hellerer Farbe war; die Löwen hier verschmolzen gleichsam mit dem Hintergrund. Sie hatte nie darüber nachgedacht, doch wollte es ihr nur vernünftig scheinen, daß die Löwen hier oben ein helleres Fell hatten als die weiter im Süden. Vielleicht sollte sie sich bemühen, die Höhlenlöwen genauer kennenzulernen.

Geschickt und mit erfahrener Hand tastete die junge Medizinfrau den jungen Löwen ab, um festzustellen, wie es um seine Verletzungen bestellt sei. Eine Rippe war gebrochen, drohte jedoch nicht, irgendwelchen anderen Schaden anzurichten. Krampfartiges Zucken und leise fauchende Laute verrieten, wo es ihm wehtat; es konnte sein, daß er innere Verletzungen davongetragen hatte. Die größte Schwierigkeit stellte eine offene Kopfwunde dar, die zweifellos von einem harten Huf herrührte.

Ihr Feuer war längst ausgegangen, doch das bekümmerte sie schon lange nicht mehr. Sie hatte ja ihre Feuersteine und das Eisenpyrit und konnte im Handumdrehen ein neues Feuer machen, sofern sie guten Zunder zur Verfügung hatte. Sie setzte Wasser zum Kochen auf und umwickelte dann die Rippen des kleinen Höhlenlöwen fest und glatt mit einem Lederband. Als sie die schwarze Rinde von der Beinwurz abzog, die sie unterwegs ausgegraben hatte, sonderte diese einen klebrigen Schleim ab. Sie schüttete Ringelblumenblüten ins siedende Wasser, und als dieses sich golden färbte, tauchte sie ein saugfähiges Stück Leder hinein, um dem Löwenjungen die Kopfwunde zu reinigen.

Als sie das geronnene Blut aufweichte, begann die Wunde wieder zu bluten, und sie erkannte, daß die Schädeldecke einen Riß aufwies, aber nicht regelrecht zertrümmert war. Sie zerhackte die weiche Beinwurz und trug den klebrigen Schleim direkt auf die Wunde auf – es würde die Blutung stillen und dazu beitragen, daß der Knochenriß wieder verheilte –, dann umwickelte sie die Wunde mit weichem Leder. Sie hatte nicht gewußt, was sie jemals damit anfangen sollte, als sie das Fell von nahezu jedem erlegten Tier gewalkt hatte. Doch selbst in ihren wildesten Träumen wäre es ihr nicht eingefallen, daß sie jemals einen verwundeten Löwen damit verbinden würde.

Wie verwundert Brun wohl wäre, wenn er mich sehen könnte, dachte sie und lächelte. Er hatte ihr nie erlaubt, sich mit Tieren abzugeben, die selbst auf die Jagd gingen; er wollte ja nicht einmal zulassen, daß ich den kleinen Wolfswelpen mit in die Höhle brachte. Und jetzt ein Löwenjunges! Ich glaube, ich werde in kurzer Zeit eine Menge über Höhlenlöwen erfahren – falls das Junge hier überlebt.

Sie brachte mehr Wasser zum Sieden, um Beinwurz- und Kamillentee aufzubrühen, obwohl sie nicht wußte, wie sie dem Löwenbaby diese innerlich heilende Medizin einflößen sollte. Danach ging sie nach draußen, um das Ren abzuhäuten. Nachdem die ersten zungenförmigen und dünnen Fleischstreifen zum Aufhängen bereitlagen, wußte sie plötzlich nicht weiter. Auf dem Felssims vor ihrer Höhle lag keine Erdschicht, in die sie die Stecken hineintreiben konnte, die sie benutzte, um ihre Schnüre daran aufzuspannen. Daran hatte sie überhaupt nicht gedacht, dazu war sie viel zu sehr mit dem Problem beschäftigt gewesen, das tote Tier zur Höhle hinaufzuschaffen. Warum waren es immer die kleinen Dinge, die sie hilflos machten? Es gab nichts, was für sie selbstverständlich gewesen wäre.

Ihr fiel in ihrer Verzweiflung keine Lösung ein. Sie war abgespannt, vollkommen erledigt und beunruhigt, das Löwenbaby in die Höhle gebracht zu haben. Sie war sich nicht sicher, ob sie es hätte tun sollen, und wußte nicht, was sie jetzt mit ihm anfangen sollte. Sie warf den Stecken zu Boden und stand auf, trat ans äußerste Ende des Simses und blickte über das Tal hinaus. Der Wind fuhr ihr ins Gesicht. Was hatte sie sich nur gedacht? Ein Löwenjunges mitzubringen, das auf ihre Fürsorge angewiesen war, wo sie sich doch darauf vorbereiten sollte, weiterzuziehen und die Suche nach den Anderen aufzunehmen? Vielleicht sollte sie es einfach zurückbringen auf die Steppe und es dem Geschick überantworten, das allen schwachen Geschöpfen in der Wildnis blüht. Hatte das unnatürliche Alleinsein sie dazu gebracht, nicht mehr vernünftig zu denken? Sie wußte ohnehin nicht, wie sie das junge Tier pflegen sollte. Wie sollte sie es füttern? Und was geschah, wenn es sich wirklich wieder erholte? Dann konnte sie es doch unmöglich wieder hinausschicken; seine Mutter würde es nicht wieder annehmen. Es würde zugrunde gehen. Wenn sie das Löwenbaby behalten wollte, mußte sie im Tal bleiben. Und wenn sie ihre Suche wieder aufnehmen wollte, mußte sie es zurückbringen auf die Steppe.

Sie kehrte zurück in die Höhle und beugte sich über das Löwenjunge. Es hatte sich nicht gerührt. Sie befühlte seine Brust. Es war warm und atmete, und sein wuscheliges Fell erinnerte sie an das von Winnie, als diese noch ein wenige Tage altes Füllen gewesen war. Es war niedlich und sah mit dem Verband um den Kopf so komisch aus, daß sie lächeln mußte. Aber aus diesem niedlichen Baby wird einmal ein sehr großer Löwe, sagte sie sich. Sie richtete sich auf und schaute nochmals darauf hinab. Es half nichts. Es gab keine Möglichkeit für sie, dieses kleine Tier wieder hinauszubringen auf die Steppe, wo es sterben mußte.

Sie trat wieder hinaus und starrte auf das Fleisch. Wenn sie länger im Tal blieb, mußte sie wieder anfangen, sich einen Nahrungsmittelvorrat anzulegen. Zumal sie jetzt noch ein Maul mehr zu stopfen hatte. Sie nahm den Stekken wieder auf und überlegte, ob es nicht doch eine Möglichkeit gab, ihn aufrecht irgendwohin zu stellen. Ihr Blick fiel auf einen Haufen kleinerer Felsbrocken hinten an der Wand und ganz am Ende ihres Simses, und sie versuchte, den Stecken darin festzustecken. Das Stück Holz blieb aufrecht stehen, würde aber niemals das Gewicht von Schnüren mit dem daran aufgefädelten Fleisch tragen. Gleichwohl kam ihr eine Idee. Sie ging in die Höhle, griff sich einen Korb und lief zum Uferstreifen hinunter.

Nach einigen Versuchen kam sie dahinter, daß eine Pyramide von kleineren Kieseln einem längeren Stecken Halt gab. Sie eilte etliche Male hinunter, um Steine hinaufzuschaffen und passende Holzstäbe zurechtzuschneiden, bis sie imstande war, mehrere Schnüre quer über den Sims zu spannen, auf denen sie das Fleisch aufhängen konnte. Dann machte sie sich wieder an die Arbeit des Fleischschneidens. Sie entfachte ein kleines Feuer nahe der Stelle, wo sie arbeitete, und spießte ein Bruststück auf, um es zu braten. Dabei dachte sie wieder darüber nach, wie sie das Löwenjunge bloß füttern und es dazu bringen konnte, die Medizin zu schlucken. Was sie brauchte, war Babynahrung für Löwen.

Jungtiere fraßen das gleiche wie die Erwachsenen, entsann sie sich; es mußte nur weicher sein, leichter zu kauen und zu schlucken. Vielleicht eine Fleischbrühe mit sehr fein zerstoßenem Fleisch darin. Damit hatte sie Durc gefüttert; warum nicht auch das Löwenbaby? Ja, warum nicht das Fleisch in dem Tee kochen, den sie als Medizin gedacht hatte?

Sie machte sich augenblicklich ans Werk und zerkleinerte das nächste Stück Rentierfleisch, das ihr unter die Hand kam. Sie trug es hinein, um es in den hölzernen Kochtopf zu stecken, und beschloß dann, auch noch etwas von der übriggebliebenen Beinwurz hineinzutun. Das Löwenjunge hatte sich nicht gerührt, doch hatte sie das Gefühl, es atmete ruhiger.

Bald darauf meinte sie, sich etwas rühren gehört zu haben, und ging nachsehen. Das kleine pelzige Tier war wach und maunzte leise, unfähig, sich auf den Bauch zu rollen und zu erheben, – doch als sie sich dem übergroßen

Kätzchen näherte, bleckte es die Zähne, fauchte und versuchte zurückzukriechen. Ayla lächelte und ließ sich neben ihm auf die Knie nieder.

Verängstigtes Kleines, dachte sie. Wer will dir das verdenken? Mit Schmerzen in einer völlig fremden Höhle aufzuwachen und dann jemand zu sehen, der überhaupt nicht aussieht wie die Mutter und die Geschwister! Sie streckte eine Hand aus. Hier, ich tu' dir nicht weh. Au! Deine kleinen Zähne sind ja schon scharf! Nur zu, Kleines! Schmeck meine Hand, gewöhne dich an meinen Geruch. Das erleichtert es, sich überhaupt an mich zu gewöhnen. Ich werde jetzt deine Mutter sein müssen. Selbst wenn ich wüßte, wo deine Höhle ist, deine Mutter wüßte nicht, wie sie dich pflegen sollte – falls sie dich überhaupt wieder annähme. Viel weiß ich nicht über Höhlenlöwen, aber von Steppenpferden auch nicht viel mehr. Ein kleines Tier ist ein kleines Tier. Bist du hungrig? Milch kann ich dir nicht geben. Hoffentlich magst du etwas von der Brühe und dem fein zerstoßenen Fleisch. Die Medizin wird dir guttun und du wirst dich besser fühlen.

Sie stand auf, um in der Kochschale nachzusehen. Daß aus dem Ganzen ein ziemlich dickflüssiger Brei geworden war, überraschte sie. Als sie es mit einem Rippenknochen umrührte, stellte sie fest, daß das Fleisch sich am Boden zu einer ziemlich festen Masse verdickt hatte. Mit einem Fleischspieß holte sie eine zusammenhängende Masse faserigen, sämig heruntertropfenden Fleisches heraus. Plötzlich ging ihr ein Licht auf, und sie mußte lachen, was das Löwenjunge dermaßen erschreckte, daß es fast die Kraft fand, sich zu erheben.

Kein Wunder, daß Beinwurz gut für Wunden ist. Es hält zerrissenes Fleisch genauso zusammen, wie es jetzt die Fleischfasern zusammenkleben läßt. Das muß ja heilen helfen!

»Baby, meinst du nicht, du könntest etwas davon trinken?« gab sie dem kleinen Höhlenlöwen zu verstehen. Sie goß etwas von der abgekühlten, sämigen Flüssigkeit in eine Eßschale aus Birkenrinde. Das Löwenjunge war von der Grasmatte heruntergerutscht und kämpfte mit dem Aufstehen. Ayla stellte ihm die Schale unter die Nase. Es fauchte und kroch rückwärts.

Ayla hörte Hufgeklapper den Pfad heraufkommen, und gleich darauf kam Winnie herein. Sie bemerkte das hellwache und sich bewegende Löwenbaby und ging hin, es zu untersuchen. Sie senkte den Kopf, um das wuschelige Geschöpf zu beschnuppern. Der junge Höhlenlöwe, der, wenn er erst einmal groß war, Todesfurcht in einem Tier von Winnies Art erregen konnte, war jetzt seinerseits zu Tode erschrocken über das Auftauchen von noch einem unbekannten, großen Tier, das vor ihm aufragte. Fauchend versprühte er Speichel und wich zurück, bis er fast auf Aylas Schoß landete. Er spürte die Wärme ihres Beins, erinnerte sich an einen etwas vertrauteren Geruch und kuschelte sich an sie. Es waren aber auch zu viele unbekannte neue Dinge zu sehen.

Ayla nahm den kleinen Löwen auf den Schoß, hätschelte ihn und machte sanft summende Laute – wie sie es bei jedem anderen Baby auch gemacht hätte. So, wie sie es bei ihrem eigenen Kind gemacht hatte.

Schon gut, schon gut! Du wirst dich schon an uns gewöhnen. Winnie schüttelte den Kopf und stieß ein leises Wiehern aus. Das Löwenjunge auf Aylas Schoß schien nicht bedrohlich, obgleich ihr Instinkt ihr sagte, daß diese Witterung Gefahr bedeutete. Dadurch, daß sie bei dieser Frau lebte, hatten sich ihre Verhaltensmuster ohnehin verändert. Vielleicht war dieser besondere Höhlenlöwe zu ertragen.

Das junge Tier reagierte auf Aylas Streicheln und Hätscheln, indem es sich suchend nach einer Stelle zum Saugen umtat. Du bist hungrig, nicht wahr, Baby? Sie griff nach der Schale mit der breiigen Brühe und hielt sie dem Löwenjungen unter die Nase. Dieses nahm zwar den Geruch wahr, wußte aber nicht, was es damit anfangen sollte. Ayla tauchte zwei Finger in die Schale und steckte sie ihm ins Maul. Da wußte es, was es zu tun hatte. Wie jedes sehr junge Tier fing es an zu saugen.

Wie sie in ihrer kleinen Höhle saß, das Höhlenlöwenbaby auf dem Schoß hielt und sich hin- und herwiegte, während es an ihren beiden Fingern saugte, befiel Ayla die Erinnerung an ihren Sohn. Sie merkte gar nicht, wie ihr die Tränen über die Wangen liefen und auf das wuschelige Fell tropften.

In diesen ersten Tage – und Nächten, wenn sie das Löwenbaby mit auf ihr Lager nahm, um es zu hätscheln und an ihren Fingern saugen zu lassen – entwickelte sich ein Band zwischen der einsamen jungen Frau und dem Höhlenlöwenjungen; ein Band, wie es sich zwischen dem Löwenjungen und seiner natürlichen Mutter nie hätte entwickeln können. Die Wege der Natur waren hart, zumal für die Jungen des mächtigsten aller Raubtiere. Zwar säugte die Löwenmutter ihre Jungen während der ersten Lebenswochen – manchmal bis zu sechs Monaten –, aber von dem Tag an, da sie die Augen öffneten, begannen junge Löwen, Fleisch zu fressen. Allerdings erlaubte die Freßhierarchie innerhalb eines Löwenrudels keinerlei Sentimentalität.

Die Löwin war eine Jägerin. Anders als andere Raubkatzen, jagte sie innerhalb einer aufeinander eingespielten Gruppe. Drei oder vier Löwinnen bildeten eine furchtgebietende Jagdgruppe, die ohne weiteres einen gesunden, ausgewachsenen Riesenhirsch oder einen Auerochsen zur Strecke bringen konnte. Nur jagte die Löwin nicht für sich, sondern für das Männchen. Das Leittier erhielt stets den Löwenanteil. Sobald es erschien, zog die Löwin sich zurück, und erst nachdem er sich den Bauch vollgeschlagen hatte, erhielten

auch die Löwinnen ihren Anteil. Als nächstes kamen die schon größeren männlichen Löwen an die Reihe, und erst danach bekamen die Jungtiere des letzten Wurfs die Möglichkeit, sich um die Reste zu balgen – falls überhaupt etwas übriggeblieben war.
Wagte ein hungriges Löwenjunges mit dem Mut der Verzweiflung hinzustürzen und, wenn es noch nicht an der Reihe war, sich einen Bissen zu holen, mußte es gewärtig sein, einen tödlichen Prankenhieb zu erhalten. Um solchen Gefahren zu entgehen, führte die Löwenmutter ihren Wurf auch dann häufig von ihrer Beute fort, wenn die Jungen am Verhungern waren. Drei Viertel des Nachwuchses erreichten niemals die Reife. Die das Glück hatten durchzukommen, wurden vom Rudel vertrieben und zu Nomaden; Nomaden aber waren überall unwillkommen, besonders, wenn es sich um Männchen handelte. Weibchen hatten es etwas besser: Sie durften unter Umständen am Rand des Rudels verbleiben, besonders dann, wenn das Rudel nicht genug Jägerinnen hatte.
Die einzige Möglichkeit für einen männlichen Löwen, Anerkennung zu finden, bestand darin, darum zu kämpfen. Kämpfe dieser Art nahmen häufig einen tödlichen Ausgang. Wurde der herrschende Löwe des Rudels alt oder verletzt, wurde er von einem jüngeren Rivalen aus dem Rudel – oder, was wahrscheinlicher war, von einem einsamen Nomaden – vertrieben. Das herrschende Männchen hatte das Revier des Rudels – das mit dem Geruch seiner Duftdrüsen oder dem Urin der Anführerin markiert wurde – zu verteidigen und für den Fortbestand des Rudels als Aufzuchtgruppe zu sorgen.
Bisweilen taten sich ein männlicher und ein weiblicher Nomade zusammen und bildeten den Grundstock eines neuen Rudels, waren dann jedoch gezwungen, den Nachbarrevieren ein eigenes Revier abzuringen. Löwen führten ein höchst gefährliches Leben.
Ayla jedoch war keine Löwenmutter, sondern ein Mensch. Menscheneltern beschützten ihre Nachkommen nicht nur, sie sorgten auch für sie. Baby, wie sie das gefundene Löwenjunge auch weiterhin nannte, wurde behandelt, wie noch nie ein Höhlenlöwe behandelt worden war. Es mußte nicht mit irgendwelchen Geschwistern um Fleischbrocken kämpfen und brauchte keine Prankenhiebe von älteren Angehörigen des Rudels zu fürchten. Ayla versorgte es; sie ging für Baby auf die Jagd. Doch wenn sie ihm auch einen Anteil überließ, auf ihren eigenen verzichten tat sie nicht. Sie ließ zu, daß er an ihren Fingern saugte, wann immer er das Bedürfnis danach hatte, und gelegentlich nahm sie ihn sogar mit auf ihr Lager.
Baby wurde ganz natürlich sauber und kotete stets außerhalb der Höhle, außer zu Anfang, als er dazu noch nicht in der Lage war. Selbst wenn er nur Wasser ließ, verzog er so angewidert das Gesicht, daß Ayla unwillkürlich lä-

cheln mußte. Doch das war für sie nicht der einzige Anlaß zum Lächeln. Babys possierliches Gehabe brachte sie oft dazu, laut aufzulachen. Er liebte es, sich bei ihr anzuschleichen – und war noch begeisterter, wenn sie vorgab, nichts davon zu merken, und überrascht tat, wenn er auf ihrem Rücken landete; manchmal aber überraschte sie ihrerseits ihn, indem sie sich im letzten Augenblick umdrehte und ihn mit den Armen auffing.
Clanskinder wurden immer mit Nachsicht behandelt; Strafen gingen selten darüber hinaus, Verhaltensweisen zu übersehen, mit denen die Kinder Aufmerksamkeit zu erregen trachteten. Wurden sie dann älter und sich des Status älterer Kinder und Erwachsener bewußt, fingen die Jüngeren an, sich gegen das Verwöhntwerden zu wehren, es als babyhaft zu betrachten und die Verhaltensweisen der Erwachsenen nachzuahmen. Trug ihnen das den unvermeidlichen Beifall ein, fuhren sie damit für gewöhnlich fort.
Nicht anders verwöhnte Ayla den Höhlenlöwen, besonders zu Anfang; als er dann heranwuchs, trugen seine Kapriolen ihr häufig unabsichtlich Schmerzen ein. Wenn er beim Herumtollen die Krallen ausfuhr oder Ayla bei einem Scheinangriff umwarf, reagierte sie für gewöhnlich damit, daß sie aufhörte, mit ihm zu spielen und häufig auch die Gebärde machte, die beim Clan »Aufhören!« bedeutet hatte. Baby entwickelte großes Feingefühl für ihre Stimmungen. Weigerte sie sich, Tauziehen mit einem Stück Holz oder einem alten Fell zu spielen, versuchte er häufig, sie durch eine Verhaltensweise zu beschwichtigen, die sie für gewöhnlich lächeln machte; oder aber er schnappte nach ihren Fingern, um daran zu saugen.
Genauso begann er auf ihre »Aufhörens«-Gebärde zu reagieren. Da Ayla Haltungen und Benehmen gegenüber größtes Feingefühl besaß, bemerkte sie sein Verhalten und vollführte die »Aufhörens«-Gebärde immer dann, wenn sie wollte, daß er mit irgend etwas Schluß machte. Dabei handelte es sich weniger darum, daß sie ihn bewuß trainierte, als vielmehr um ein wechselseitiges Aufeinandereingehen; aber Baby lernte schnell. Er hielt mitten im Vorwärtspatschen innen und versuchte, auf ihr Signal hin mitten in der Luft eine Kapriole abzubrechen. Für gewöhnlich war er nach einer solchen scharf und gebieterisch vorgebrachten »Aufhörens«-Gebärde darauf angewiesen, sich ihrer Zuneigung zu vergewissern, indem er an ihren Fingern saugte; es war, als ob er wüßte, daß er etwas getan hatte, was ihr Mißfallen erregte.
Andererseits entwickelte sie wiederum ein großes Gespür für seine Stimmungen und schränkte ihn physisch nicht ein. Es stand ihm genauso wie ihr oder dem Pferd frei, zu kommen und zu gehen, wann er wollte. Es kam ihr nie in den Sinn, einen ihrer Tiergefährten anzuleinen oder einzusperren. Sie bildeten ihre Familie, ihren Clan, waren Lebewesen, die ihre Höhle und ihr Leben teilten. Sie waren in ihrer einsamen Welt die einzigen Freunde, die sie hatte.

Sie verschwendete bald keinen Gedanken mehr daran, wie befremdlich es dem Clan vorkommen würde, daß sie Tiere bei sich leben hatte; was sie jedoch stets mit neuem Staunen erfüllte war, was für eine Beziehung sich zwischen Löwe und Pferd entwickelte. Die beiden waren natürliche Feinde; ihr Instinkt sagte ihnen, daß sie Beute und Erzfeind des anderen waren. Hätte sie in dem Augenblick, da sie das verwundete Löwenjunge fand, darüber nachgedacht, sie würde den Löwen wahrscheinlich niemals in die Höhle gebracht haben, die sie mit dem Pferd teilte. Es wäre ihr dann nie in den Sinn gekommen, daß sie zusammenleben könnten.

Zu Anfang hatte Winnie das Löwenjunge nur geduldet, doch nachdem es erst einmal auf den Beinen war und umherlief, ließ es sich nicht mehr übersehen. Als sie sah, daß Ayla an einem Fellende zog, während das Löwenbaby das andere mit den Zähnen festhielt, den Kopf schüttelte und dabei knurrte, gewann die natürliche Neugier des Pferdes die Oberhand. Sie mußte einfach hingehen und herausfinden, was hier vorging. Nachdem sie das Fell beschnuppert hatte, packte sie es oft mit den Zähnen, und es wurde ein Fellziehen zu dritt daraus. Ließ Ayla ihren Zipfel fahren, wurde ein Spiel zwischen Pferd und Löwen daraus. Später machte Baby es sich zur Gewohnheit, ein Fell hinter sich herzuziehen – zwischen den Vorderbeinen, so, wie er ein Beutetier hinter sich herschleifen würde – und damit den Weg des Pferdes zu kreuzen in der Absicht, Winnie zu bewegen, ein Ende zwischen die Zähne zu nehmen und Fellziehen zu spielen. Oft tat Winnie ihm auch den Gefallen. Da Baby keine Geschwister hatte, um seine Löwen-Spiele mit ihnen zu spielen, nahm er mit den Lebewesen vorlieb, die da waren.

Ein anderes Spiel – das Winnie weniger liebte, dem aber Baby offensichtlich nicht widerstehen konnte – war das Schwanz-Haschen. Besonders Winnies Schwanz. Baby schlich sich an. Geduckt lauernd verfolgte er, wie der Schweif wedelte und sich so einladend bewegte, daß Baby lautlos näherschlich und vor Aufregung zitterte. Dann wedelte er selbst in Vorfreude auf das Kommende mit dem Schwanz, sprang und war begeistert, Winnies Schweifhaare im Maul zu haben. Manchmal war Ayla überzeugt, daß Winnie das Spiel mitspielte und sich sehr wohl bewußt war, daß ihr Schweif Gegenstand von Babys Begehr war, und denoch so tat, als bemerke sie es nicht. Auch das junge Pferd liebte Spiele. Nur hatte es zuvor nie jemand gehabt, mit dem es hätte spielen können. Ayla war, was Spiele betraf, nicht sonderlich erfinderisch; sie hatte das nie gelernt.

Doch nach einiger Zeit, wenn sie genug hatte, drehte Winnie sich nach dem Angreifer um und stupste ihn mit der Schnauze. Obwohl auch sie nachsichtig war, ließ sie nie zu, daß der junge Löwe die Oberhand gewann. Mochte Baby auch ein Höhlenlöwe sein, er war immer noch ein Baby. Und wenn Ayla seine

Mutter war, wurde Winnie zu seinem Kindermädchen. Während die Spiele zwischen den beiden sich im Laufe der Zeit entwickelten, war der Wandel von passiver Duldung zu aktivem Gernhaben das Ergebnis einer ganz bestimmten Eigenart des Löwenjungen; Baby liebte nämlich Pferdedung.

Der Kot von fleischfressenden Tieren ließ ihn gleichgültig. Was er liebte, war der Dung von Weidetieren, und wenn sie draußen auf der Steppe waren, wälzte er sich darin, wann immer er welchen fand. Wie bei den meisten seiner Spiele, handelte es sich dabei um eine Vorbereitung auf die spätere Jagd. Der Geruch der eigenen Ausscheidungen konnte die Witterung eines Löwen überdecken, doch deswegen lachte Ayla nicht weniger, wenn sie beobachtete, wie er einen neuen Dunghaufen entdeckte. Ganz besonders hatte es ihm der Mammut-Dung angetan. Er nahm die großen Kugeln zwischen die Tatzen, brach sie auseinander und legte sich auf sie.

Kein Dung war jedoch so wunderbar wie der von Winnie. Als er das erste Mal den Haufen getrockneter Pferdeäpfel fand, die Ayla als Brennmaterial benutzte, konnte er gar nicht genug davon bekommen. Er trug sie umher, wälzte sich darin, spielte darin und wühlte sich regelrecht hinein. Als Winnie in die Höhle kam, nahm sie ihre eigene Witterung an ihm wahr und hatte offensichtlich das Gefühl, daß er dadurch zu einem Stück von ihr würde. Von diesem Tag an verlor sie auch noch die letzten Reste von Nervosität in seiner Nähe und nahm ihn gleichsam unter ihre Fittiche. Sie führte ihn und behütete ihn, und er reagierte auf eine Art, die manchmal verwirrend war, ihrer Zuneigung zu ihm jedoch keinerlei Abbruch tat.

In diesem Sommer war Ayla glücklicher als je, seit sie den Clan verlassen hatte. Winnie hatte ihr Gesellschaft geleistet und war ihr mehr als ein Freund gewesen; Ayla wußte nicht, was sie während der langen einsamen Winterzeit sonst gemacht hätte. Doch daß jetzt das Löwenjunge bei ihr lebte, erschloß ganz neue Welten für sie. Er brachte ihr Lachen. Irgend etwas zwischen dem Pferd mit dem Beschützerinstinkt und dem verspielten Junglöwen war immer amüsant.

In weitem Kreis tollten die beiden hintereinander her. Erst verlangsamte der Junglöwe seine Fluchten gerade so weit, daß Winnie ihn einholen konnte, dann schoß er voran, während sie ihre Gangart verlangsamte, bis er einen weiten Bogen schlug und hinter ihr war. Woraufhin sie wieder schneller wurde und er seine Gangart beibehielt, bis sie ihn wieder eingeholt hatte. Ayla meinte, nie etwas Komischeres gesehen zu haben. Sie bog sich vor Lachen, bis sie sich an einen Baum lehnte und sich die Seiten hielt.

Als Ayla sich allmählich wieder beruhigte, wurde sie sich aus irgendeinem Grund ihrer selbst bewußt. Was waren das eigentlich für Laute, die sie ausstieß, wenn irgend etwas sie amüsierte? Warum tat sie das? Das Lachen kam so selbstverständlich, wenn niemand da war, sie daran zu erinnern, daß es ungehörig sei. Und warum gehörte es sich eigentlich nicht? Sie konnte sich nicht erinnern, je jemand im Clan lächeln oder lachen gesehen zu haben – nur ihren Sohn. Trotzdem hatten sie Humor, und komische Geschichten riefen zustimmendes Nicken und einen freundlichen Ausdruck in ihnen hervor, der sich jedoch hauptsächlich auf ihre Augen konzentrierte. Die Clansangehörigen verzogen das Gesicht zu einer Grimasse, die einem Lächeln ein wenig ähnelte, erinnerte sie sich, doch vermittelte das mehr nervöse Angst oder das Gefühl von Bedrohtsein – jedenfalls nicht jenes Glücksgefühl, das sie empfand.

Wenn das Lachen sie jedoch so froh machte und ihr mit einer solchen Selbstverständlichkeit kam, wie sollte es dann unrecht sein? Ob wohl andere wie sie auch so lachten? Die Anderen! Das warme Glücksgefühl, das sie durchströmt hatte, schwand. Sie mochte nicht an die Anderen denken. Das brachte ihr zum Bewußtsein, daß sie aufgehört hatte, nach ihnen zu suchen, und das wiederum rief gemischte Gefühle in ihr hervor. Iza hatte ihr gesagt, sie müsse sie finden; allein zu leben könne gefährlich sein. Wenn sie krank wurde oder einen Unfall hatte – wer würde sich ihrer dann annehmen?

Aber sie war doch so glücklich in ihrem Tal mit ihrer Tier-Familie. Winnie und Baby schauten sie nicht mißbilligend an, wenn sie sich vergaß und rannte. Sie machten ihr nie Vorschriften, etwa nicht zu lächeln, oder zu weinen, oder wann sie jagen sollte und zu welcher Zeit und mit welchen Waffen. Sie konnte ihre eigene Wahl treffen, und das gab ihr ein solches Freiheitsgefühl. Sie fand nicht, daß die Zeit, die es brauchte, für die Befriedigung ihrer körperlichen Bedürfnisse zu sorgen wie etwa Essen, Wärme und Unterkunft ihre Freiheit einschränkte, obwohl das den größten Teil ihrer Zeit beanspruchte. Es gab ihr Zutrauen zu wissen, daß sie für sich selbst sorgen konnte.

Der Kummer in bezug auf die Leute, die sie liebte, hatte sich im Laufe der Zeit gelegt, besonders seit Baby da war. Die Leere, ihr Bedürfnis nach menschlichem Kontakt hatte einen ständig nagenden Schmerz dargestellt, daß er ihr schon ganz normal vorgekommen war. Jede Verminderung dieses Schmerzes empfand sie als Freude, und die beiden Tiere taten sehr viel, die Leere zu füllen. Sie gefiel sich in dem Gedanken, daß ihr Leben zu dritt dem ähnlich sei, das Iza und Creb und sie geführt hatten, als sie noch ein kleines Mädchen gewesen war, nur, daß in diesem Fall sie und Winnie es waren, die sich um Baby kümmerten. Und wenn das Löwenjunge mit eingezogenen Krallen die Vorderläufe um sie legte, wenn sie sich an ihn schmiegte, konnte sie sich fast einreden, es sei Durc.

Es widerstrebte ihr hinauszuziehen und sich auf die Suche nach den unbekannten Anderen mit ihren unbekannten Sitten und Gebräuchen und Einschränkungen zu begeben – jener Anderen, die ihr vielleicht wieder das Lachen nahmen. Das werden sie nicht tun, sagte sie sich. Ich will nie wieder mit jemand zusammenleben, bei dem ich nicht lachen darf.

Die Tiere waren ihrer Spiele müde geworden. Winnie graste, und Baby ruhte schwer atmend und mit heraushängender Zunge in der Nähe. Ayla stieß einen Pfiff aus, woraufhin Winnie herbeigetrabt kam, während der Löwe hinter ihr herlief.

»Ich muß auf die Jagd gehen, Winnie«, gab sie dem Pferd durch Zeichensprache zu verstehen. »Der Löwe frißt soviel und wird so groß.«

Nachdem das Löwenbaby sich von seinen Verletzungen erholt hatte, folgte es Ayla oder Winnie auf Schritt und Tritt. Jungtiere wurden vom Rudel nie allein gelassen, genauso, wie auch im Clan nie jemand auf die Idee gekommen wäre, ein Baby allein zu lassen; infolgedessen erschien sein Verhalten vollkommen normal. Gleichwohl stellte es ein Problem dar. Wie sollte sie jemals jagen, wenn ein Höhlenlöwe ihr dabei folgte? Nachdem jedoch Winnies Beschützerinstinkt erst einmal geweckt war, löste sich das Problem von selbst. Bei den Löwen war es ganz natürlich, daß die Löwin mit ihrem Wurf und einer Junglöwin eine Untergruppe bildete, solange die Nachkommenschaft noch klein war. Ging die Löwenmutter auf die Jagd, kümmerte sich eine Junglöwin um den Wurf, und eben diese Rolle akzeptierte Baby bei Winnie. Ayla wußte, daß keine Hyäne oder irgendein ähnliches Tier sich der Gefahr aussetzen würde, von den Hufen der auskeilenden Stute getroffen zu werden, wenn diese ihren Schützling verteidigte; allerdings bedeutete das, daß sie wieder allein und zu Fuß auf die Jagd gehen mußte. Doch daß sie die Steppe auf ihrer Suche nach Tieren, die sie mit ihrer Schleuder erlegen konnte, in größerer Nähe der Höhle durchstreifte, verschaffte ihr eine unverhoffte Gelegenheit.

Dem Löwenrudel, das östlich ihres Tals sein Revier hatte, war Ayla immer aus dem Weg gegangen. Als sie jedoch jetzt das erste Mal ein paar Löwen entdeckte, die im Schatten abgebrochener Fichten ruhten, fand sie, es sei an der Zeit, etwas mehr über die Geschöpfe zu erfahren, die ihr Totem waren.

Das war ein gefährliches Vorhaben. Obwohl sie selbst Jägerin war, konnte es leicht geschehen, daß sie zur Gejagten wurde. Doch hatte sie auch früher schon Raubtiere beobachtet und dabei gelernt, sich immer im Hintergrund zu halten. Die Löwen wußten, daß sie sie beobachtete, doch nach den ersten paar Malen beschlossen sie, sie einfach zu ignorieren. Die Gefahr war damit nicht vorbei. Es war jederzeit möglich, daß sich einer der Löwen aus keinem anderen Grund als schlechter Laune auf sie stürzte, doch je länger sie sie beobachtete, desto faszinierender wurden die Löwen.

Den größten Teil des Tages verschliefen sie oder ruhten sich aus, doch wenn sie jagten, waren sie von einer Schnelligkeit, Wendigkeit und Raserei ohnegleichen. Im Rudel jagende Wölfe konnten immerhin einen Riesenhirsch zur Strecke bringen, doch eine einzeln jagende Höhlenlöwin schaffte das viel schneller. Löwen jagten nur dann, wenn sie Hunger hatten; dabei brauchten sie sich über eine Zeitspanne von mehreren Tagen nur einmal den Bauch vollzuschlagen.

Ayla ging auf, daß sie im Sommer, wenn die Tage heiß waren, vornehmlich nachts jagten. Im Winter, wenn sie einen dicken Pelz trugen, dessen Farbe sich elfenbeinfarbig aufhellte, um mit der helleren Landschaft zu verschmelzen, hatte sie sie auch tagsüber auf die Jagd ziehen sehen. Die große Kälte hielt die gewaltige Energie, die sie bei der Jagd verbrauchten, davon ab, sie zu überhitzen. Nachts, wenn die Temperatur stark sank, schliefen sie dicht aneinandergedrängt in einer Höhle oder unter einem windgeschützten Felsüberhang oder aber verstreut unter dem Felsgestein einer Schlucht, wo die Steine tagsüber ein bißchen Wärme von der fernen Sonne absorbierten, die sie dann in der Dunkelheit wieder abgaben.

Die junge Frau kehrte, nachdem sie den ganzen Tag über die Höhlenlöwen beobachtet hatte, in ihr Tal zurück; was sie erlebt hatte, erfüllte sie neuerlich mit Achtung vor dem Tier, das ihr Totemgeist war. Sie war Zeuge gewesen, wie die Löwin ein altes Mammut zur Strecke gebracht hatte, dessen Stoßzähne sich aufwärts gerundet und vor seinen Augen gekreuzt hatten. Das gesamte Rudel hatte sich den Bauch an dieser Beute vollgeschlagen. Wie war es nur möglich gewesen, daß sie selbst, Ayla, als kleines Kind von fünf Jahren einem Löwen entgangen war und nur ein paar Krallennarben vorweisen konnte, das zu beweisen, überlegte sie und verstand jetzt viel besser, wie fassungslos der Clan über diesen Umstand gewesen war. Warum nur hat der Höhlenlöwe mich auserwählt? Einen Moment erfüllte sie eine sonderbare Ahnung. Nichts Besonderes, doch mußte sie hinterher lange an Durc denken.

Als sie sich dem Tal näherte, brachte sie mit zwei rasch geschleuderten Steinen einen Hasen für Baby zur Strecke, und plötzlich fragte sie sich, ob es wohl klug gewesen sei, das Löwenbaby in ihre Höhle gebracht zu haben. Sie versuchte sich vorzustellen, wie es wohl wäre, wenn er ganz ausgewachsen war. Das Unbehagen, das sich bei ihr eingestellt hatte, verflog allerdings rasch wieder, als der junge Löwe auf sie zugelaufen kam und – froh darüber, daß sie wieder da war – gierig nach ihren Fingern suchte und sie mit seiner rauhen Zunge leckte.

Später am Abend, nachdem sie den Hasen abgebalgt und ihn für Baby in kleine Stücke zerteilt hatte, säuberte sie Winnies Schlafplatz, brachte ihr etwas frisches Heu und bereitete sich selbst etwas zu essen. Danach saß sie da, trank heißen Tee, starrte ins Feuer und dachte über die Ereignisse des Tages nach. Der Junglöwe schlief im Hintergrund der Höhle, wo er der Hitze des Feuers nicht unmittelbar ausgesetzt war. Ihre Gedanken kehrten zu den Umständen zurück, die sie bewogen hatten, das Löwenjunge anzunehmen, und sie kam zu dem Schluß, daß das der Wunsch ihres Totems gewesen sein müsse. Warum, wußte sie nicht, aber der Geist des großen Höhlenlöwen hatte ihr ein Junges seiner Art geschickt, damit sie es aufzog.

Sie griff nach ihrem Amulett, das ihr an einer Schnur um den Hals hing, und tastete die Dinge ab, die sich in dem Lederbeutelchen befanden. Dann wandte sie sich mit der schweigenden förmlichen Sprache des Clans an ihr Totem: »Diese Frau hat nicht begriffen, wie mächtig der Höhlenlöwe ist. Diese Frau ist dankbar dafür, daß es ihr vor Augen geführt wurde. Vielleicht wird diese Frau nie begreifen, warum sie erwählt worden ist, doch ist sie dankbar für das Baby und für das Pferd.« Sie legte eine Pause ein und fügte dann hinzu: »Eines Tages, großer Höhlenlöwe, sollte diese Frau erfahren, warum ihr das Löwenjunge geschickt wurde . . . sofern es ihrem Totem gefällt, ihr das zu sagen.«

Die Arbeitslast, die Ayla im Sommer zu bewältigen hatte, um sich auf die kalte Jahreszeit vorzubereiten, wurde dadurch, daß jetzt der Höhlenlöwe bei ihr lebte, noch sehr viel größer. Baby war Fleischfresser, etwas anderes gab es für ihn nicht, und sein rasches Wachstum machte es erforderlich, daß er große Mengen Fleisch zu fressen bekam. Mit ihrer Schleuder kleine Tiere zu jagen, nahm viel zuviel Zeit in Anspruch – sie mußte größere Tiere erlegen, für sich selbst und für den Löwen. Doch dazu brauchte sie Winnie.

Baby wußte, daß Ayla etwas Besonderes vorhatte, als sie das Zuggeschirr hervorholte und nach dem Pferd pfiff, um jene Änderungen daran vorzunehmen, die es dem Pferd erlaubten, zwei kräftige Pfähle hinter sich herzuschleppen. Das Zuggestell hatte sich bewährt, doch ging es Ayla darum, es zu verbessern, damit Winnie auch noch die Tragkörbe tragen konnte. Außerdem war ihr daran gelegen, daß eine der Stangen beweglich blieb, damit das Pferd seine Last auch den schmalen Pfad zur Höhle heraufschleppen konnte. Das Fleisch hier oben auf dem Sims zu trocknen, hatte sich gleichfalls bewährt.

Zwar war sie sich nicht sicher, wie Baby sich anstellen würde oder wie sie überhaupt jagen sollte, wenn Baby dabei war, aber sie mußte es probieren. Als alles fertig war, kletterte sie Winnie auf den Rücken und zog los. Baby folgte ihnen, wie er auch seiner Mutter gefolgt wäre. Da es so viel bequemer war, das Gebiet östlich des Flusses zu erreichen, war sie – abgesehen von einigen Erkundungsritten – niemals nach Westen gezogen. Die steile Felswand an der Westseite zog sich viele Kilometer hin, ehe der geröllübersäte Hang den Zu-

gang zu den westlich davon gelegenen Ebenen freigab. Da sie zu Pferd über einen soviel größeren Aktionsradius verfügte, hatte sie die Ostseite, wo sich auch soviel besser jagen ließ, gut kennengelernt.
Sie hatte viel über die Herden dieser Steppen in Erfahrung gebracht, über ihre Wanderwege, Wechsel und Furten, war jedoch immer noch darauf angewiesen, ihre Fallgruben auf bekannten Wildwechseln anzulegen, und das war nichts, was dem Umstand zugute kam, daß sie einen springlebendigen Löwen bei sich hatte, der meinte, die junge Frau habe nur ein wunderbares neues Spiel für ihn erfunden.
Er kroch an die Grube heran, brachte mit seinen Pranken eine Wand zum Einsturz, sprang hinein, aber kam auch mühelos wieder heraus. Er wälzte sich auf dem Erdreich, das Ayla auf ihr Zeltfell geschafft hatte, das sie immer noch benutzte, um die Erde fortzubringen. Als sie sich anschickte, eben dies zu tun, beschloß Baby, gleichfalls an dem Fell zu ziehen. Daraus entwickelte sich ein Fellziehen, in dessen Verlauf das ganze Erdreich überall verstreut wurde.
»Baby! Wie soll ich denn diese Grube graben«, sagte sie verzweifelt, aber doch lachend, was den jungen Löwen wiederum ermutigte. »Komm, hier hast du was, das du schleppen kannst.« Sie kramte in ihren Tragkörben, die sie Winnie abgenommen hatte, damit die Stute friedlich grasen konnte, und stieß auf die Rehdecke, die sie als Bodenschutz mitgebracht hatte, falls es anfing zu regnen. »Komm, amüsiere dich hiermit, Baby«, gab sie dem jungen Löwen zu verstehen und zog sie vor ihm über den Boden. Mehr brauchte er nicht, er konnte einer über den Boden gezogenen Tierhaut einfach nicht widerstehen. Er schleppte das Fell so begeistert zwischen den Vorderläufen dahin, daß Ayla unwillkürlich lächeln mußte.
Trotz Babys Dabeisein schaffte Ayla es, die Grube auszuheben und sie mit dem alten, zu diesem Zweck mitgebrachten Fell abzudecken und mit einer Erdschicht zu tarnen. Die vier Pflöcke, mit denen sie das Fell an vier Enden festgesteckt hatte, trugen es kaum, und als sie es das erste Mal fertig hatte, mußte Baby kommen, das Ganze zu untersuchen. Er plumpste in die Grube hinein und sprang dann, erschrocken und voller Empörung wieder hinaus; hinterher hielt er sich von der Fallgrube fern.
Nachdem sie die Fallgrube erneut fertig hatte, pfiff Ayla Winnie und schlug einen weiten Bogen um eine Onagerherde. Sie brachte es einfach nicht über sich, noch einmal Jagd auf Pferde zu machen; selbst bei Onagern war ihr das schon unbehaglich. Diese Halbesel sahen Pferden eigentlich viel zu ähnlich, doch stand die Herde so günstig zu ihrer Grube, daß Ayla sich die Gelegenheit einfach nicht entgehen lassen konnte.
Nach Babys Possen um die Grube herum hatte sie noch größere Bedenken,

daß er sich bei der Jagd als hinderlich erweisen würde, doch nachdem sie erst einmal hinter der Herde waren, legte er plötzlich ein ganz anderes Verhalten an den Tag. Er schlich die Onager genauso an, wie er sich an Winnies Schweif herangeschlichen hatte, genauso, als ob er wirklich einen von ihnen zur Strecke bringen könnte, wozu er freilich noch viel zu jung war. Da ging ihr auf, daß er mit seinen Spielen nur das Jagdverhalten der Erwachsenen vorwegnahm, das er später bei der Jagd braucht. Er war der geborene Jäger und begriff instinktiv, daß er sich nicht verraten durfte.

Zu ihrer Überraschung stellte Ayla fest, daß das Löwenjunge ihr sogar eine Hilfe war. Als die Onagerherde sich der Fallgrube so weit genähert hatte, daß die Witterung von Mensch und Löwe sie dazu brachte, die Richtung zu ändern, trieb sie Winnie vorwärts, stieß ihre gellenden Schreie aus und versuchte, die Onager in Panik zu versetzen. Das Löwenjunge spürte, daß dies das Signal sei, und hetzte gleichfalls hinter den Tieren her. Die Löwenwitterung verstärkte die Panik der Onager beträchtlich, und so stürmten sie geradewegs auf die Fallgrube zu.

Den Speer in der Hand, ließ Ayla sich von Winnie heruntergleiten und lief so schnell ihre Füße sie trugen auf den schreienden Onager zu, der verzweifelt versuchte, aus der Grube herauszukommen. Doch Baby war schneller als Ayla. Er sprang dem Tier auf den Rücken – wußte also noch nicht, daß der tödliche Zugriff des Löwen der Gurgel ihrer Beute galt – und verbiß sich mit seinen Milchzähnen, die noch viel zu klein waren, um viel damit auszurichten, im Hals des Onagers. Das war eine viel zu frühe Erfahrung für ihn.

Lebte er noch in seinem Rudel, hätten die Erwachsenen ihm nie erlaubt, ihnen bei der Jagd in die Quere zu kommen. Jedem Versuch in dieser Hinsicht wäre von ihnen mit einem mörderischen Prankenhieb ein Ende bereitet worden. Bei all ihrer Kraft waren Höhlenlöwen nur Kurzstreckenläufer, wohingegen ihre Beutetiere es häufig gewohnt waren, weite Strecken zu laufen. Gelang es den Löwen nicht, ihr Wild beim ersten Anlauf zur Strecke zu bringen, war die Wahrscheinlichkeit groß, daß dieses entkam. Deshalb konnten sie es sich nicht leisten, den Jungen zu gestatten, sich – außer im Spiel – in der Jagd zu üben, ehe sie nahezu ausgewachsen waren.

Ayla jedoch war ein Mensch. Sie war weder so schnell wie eine Raubkatze noch wie ihre Beutetiere; außerdem verfügte sie weder über die Pranken noch über das Gebiß eines Raubtiers. Ihre Waffe war das Gehirn. Damit hatte sie Mittel und Wege ersonnen, ihren Mangel an natürlichen Jagdeigenschaften auszugleichen. Die Fallgrube – die dem langsameren und schwächeren Menschen die Jagd auf die großen Tiere erlaubte – gab selbst dem Junglöwen eine Gelegenheit, sein Können zu erproben.

Als Ayla die Grube erreichte, hatte der Onager entsetzensgeweitete Augen; er war gefangen in einer Fallgrube, und auf seinem Rücken saß das fauchende Junge eines Höhlenlöwen und versuchte, mit seinen Milchzähnen tödliche Bisse anzubringen. Mit einem sicheren Speerstoß beendete die Frau den Kampf des Tieres. Das Löwenjunge immer noch in seinen Rücken verbissen – seine scharfen kleinen Zähne hatten es immerhin geschafft, das Fell zu durchdringen – brach der Onager zusammen. Erst als er sich nicht mehr rührte, ließ Baby los. Ayla lächelte das stolze und ermunternde Lächeln einer Mutter, und der Höhlenlöwe, der sich am Rücken eines Tieres festkrallte, das viel größer war als er selbst, versuchte stolz und überzeugt, eine Beute geschlagen zu haben, zu brüllen.

Ayla sprang zu ihm in die Grube hinunter und schob ihn beiseite. »Rück rüber, Baby. Ich muß ihm diesen Strick um den Hals binden, damit Winnie ihn rausziehen kann.«

Das Löwenjunge war, als das Pferd sich in das Zuggeschirr legte und den Onager aus der Grube herauszog, regelrecht ein Nervenbündel. Baby sprang in die Grube hinein und wieder heraus, und als der Onager endlich draußen war, war er mit einem Satz auf dem toten Tier und dann wieder herunter und wußte nicht, was tun. Der Löwe, der ein Beutetier gerissen hatte, war für gewöhnlich der erste, der seinen Hunger stillte, doch schlug Baby noch nicht wirklich Beute. Nach der üblichen Rangordnung waren die Jungtiere die letzten, die etwas abbekamen.

Ayla legte den Onager zurecht, um den Bauchschnitt auszuführen, der am After begann und an der Gurgel endete. Ein Löwe wäre ähnlich vorgegangen und hätte zunächst die weiche Unterseite aufgerissen. Während Baby gierig zusah, brachte Ayla den ersten Teil ihres Schnittes zu Ende, drehte sich dann um und setzte sich rittlings auf ihre Beute, um den Rest zu erledigen.

Baby konnte nicht mehr warten. Er fuhr in die klaffende Bauchhöhle und schnappte nach den herausquellenden, blutigen Innereien. Seine nadelscharfen Zähne zerrissen das zarte innere Gewebe und schafften es, irgend etwas zu packen. Er stieß sich ab, so daß er herunterkam, und zerrte dann rückwärtsgehend wie beim Fellziehen an dem, was er gepackt hielt.

Ayla beendete ihren Schnitt, drehte sich um und spürte, wie jubelnd Lachen in ihr aufstieg. Was sie sah, belustigte sie dermaßen, daß sie sich krümmte und ihr die Lachtränen in die Augen stiegen. Baby hatte sich in ein Stück Darm verbissen, doch als er rückwärtsgehend daran zerrte, gab es plötzlich keinen Widerstand mehr. Die Innereien rutschten von selbst heraus. Im Feuereifer hatte er solange gezogen, bis mehrere Fuß Darm draußen waren, und als ihm jetzt alles entgegenquoll, machte er ein so erstauntes Gesicht, daß Ayla sich nicht mehr halten konnte. Sie ging zu Boden, hielt sich die Seiten und versuchte, sich wieder zu fassen.

Der junge Löwe, der nicht begriff, was die Frau auf dem Boden machte, ließ den Darm fahren und kam nachsehen. Grinsend packte sie ihn, nachdem er auf sie zugehopst war, beim Kopf und rieb ihr Gesicht an seinem Fell. Dann kraulte sie ihn hinter den Ohren und am leicht blutbefleckten Maul, und er leckte ihr die Hände und drängte sich ihr auf den Schoß. Er fand ihre beiden Finger, drückte abwechselnd mit den Vordertatzen gegen ihre Oberschenkel, saugte und gab leise schnurrende Laute von sich.
Ich weiß nicht, wer dich mir geschickt hat, Baby, dachte Ayla, aber ich bin ja so froh, daß du da bist.

14

Als es Herbst wurde, war der Höhlenlöwe bereits größer als ein ausgewachsener Wolf, und seine babyhafte Pummeligkeit war verschwunden. Er hatte schlaksige Beine und strotzte vor Muskelkraft. Doch trotz seiner Größe war er immer noch ein Junglöwe, und Ayla bekam, wenn er sich spielerisch mit ihr balgte, manchen Kratzer und manchen blauen Fleck ab. Schlagen tat sie ihn nie – er war ja ein Baby. Allerdings machte sie ihm mit ihrer »Aufhörens«-Gebärde Vorhaltungen und stieß ihn von sich, um dann hinzuzusetzen: »Das reicht. Du bist zu ungestüm!« und wandte sich von ihm ab.

Das genügte, und zerknirscht kam der junge Löwe hinter ihr her und machte Unterwerfungsgesten, so wie Mitglieder eines Löwenrudels es den stärkeren und beherrschenderen innerhalb ihrer Reihen gegenüber machten. Dem konnte sie nicht widerstehen, und er schlug in seiner glücklichen Ausgelassenheit, die ihrem Verzeihen folgte, nie richtig über die Stränge. Er zog die Krallen ein, ehe er sie ansprang und ihr die Pfoten auf die Schultern legte, um sie zu Fall zu bringen – statt sie regelrecht umzuwerfen – und dann seine Vorderläufe um sie zu schlingen. Sie mußte ihrerseits die Arme um ihn schlingen, und obwohl er die Zähne fletschte, wenn er ihre Schulter oder ihren Arm ins Maul nahm, blieb er sanft und riß ihr nie die Haut auf; genauso sollte er sich später bei der Paarung in die Löwin verbeißen.

Sie akzeptierte seine Zudringlichkeiten und Gesten der Zuneigung und erwiderte sie, doch innerhalb des Clans hatte ein Sohn seiner Mutter zu gehorchen – bis er seine erste Beute nach Hause brachte und erwachsen wurde. Genauso hielt Ayla es mit Baby. Dieser akzeptierte sie als Mutter, und so ergab sich ihre beherrschende Stellung für sie ganz von allein.

Die Frau und das Pferd waren sein Rudel; etwas anderes hatte er nicht. Die wenigen Male, bei denen er auf seinen Ausflügen mit Ayla auf der Steppe anderen Löwen begegnete, wurden seine neugierigen Annäherungsversuche kräftig zurückgewiesen, wie eine Narbe auf seiner Schnauze bewies. Nach der Rauferei, von der Baby mit blutiger Nase nach Hause kam, mied Ayla die anderen Löwen, wenn Baby sie begleitete; doch wenn sie allein war, beobachtete sie sie weiter.

Sie stellte fest, daß sie die Jungtiere des wildlebenden Rudels mit Baby verglich. Das erste, was ihr auffiel, war, daß er für sein Alter groß war. Im Gegensatz zu seinen Altersgenossen brauchte er keine Hungerstrecken durchzumachen, in denen ihm die Rippen heraustraten wie Wellen im Sand und sein wuscheliges Fell jeden Glanz verlor, und von Verhungern konnte noch weniger die Rede sein. Solange Ayla ihn ständig mit ihrer Fürsorge umgab und für sein Fressen sorgte, war gewährleistet, daß er unbeschadet seine volle Größe und Stärke erreichte. Wie eine Clansfrau mit einem gesunden und zufriedenen Kleinkind, war Ayla stolz darauf zu sehen, daß ihr Löwenjunges bei aller Schlankheit ausgefüllt und riesig war im Vergleich mit wildlebenden Junglöwen.

Ihr fiel auch noch eine andere Phase seiner Entwicklung auf, in der er seinen wildlebenden Altersgenossen weit voraus war. Baby war ein frühreifer Jäger. Da er beim ersten Mal mit solcher Begeisterung die Onager gejagt hatte, durfte er die Frau fortan immer auf der Jagd begleiten. Statt mit anderen Junglöwen das Anschleichen und Jagen spielerisch zu üben, bildete er seine Fähigkeiten an richtigen Beutetieren aus. Eine Löwenmutter hätte ihn mit Gewalt davon abgehalten, wohingegen Ayla ihn dazu ermutigte und seine Hilfe sogar begrüßte. Seine angeborenen Jagdeigenschaften vertrugen sich so gut mit der ihren, so daß sie jetzt als Gespann jagten.

Nur ein einziges Mal begann er seine Verfolgung vorzeitig und sorgte dafür, daß eine Herde weit vor der Fallgrube auseinanderstob. Als Ayla ihm ihre Mißbilligung, ja ihren Ärger deutlich spüren ließ, wußte Baby, daß er einen schweren Fehler begangen hatte. Daher beobachtete er sie beim nächstenmal genau und hielt sich zurück, bis sie loslegte. Obwohl es ihm nicht gelungen war, das in die Grube gestürzte Beutetier zu töten, bevor sie zur Stelle gewesen war, war sie überzeugt, daß es nicht mehr lange dauern würde, bis er seine erste Beute riß.

Er entdeckte, daß es ihm noch mehr Spaß machte, Ayla zu begleiten, wenn sie mit ihrer Schleuder Jagd auf Niederwild machte. Wenn Ayla Nahrung sammelte, an der er kein Interesse hatte, hetzte er hinter allem her, was sich bewegte – sofern er nicht schlief. Doch wenn sie jagte, lernte er beim ersten Sichten eines Wilds zu Regungslosigkeit zu erstarren wie sie. Er wartete solange, bis sie Schleuder und Stein hervorgeholt hatte, und lief los, sobald sie ihre Schleuder betätigte. Oft begegnete sie ihm, wenn er das getroffene Wild herbeischleppte, doch manchmal ertappte sie ihn dabei, wie er sich in dessen Gurgel verbiß. Sie fragte sich, ob es wohl ihr Stein gewesen war, der das Tier getötet hatte, oder ob er es erledigt hatte, indem er ihm die Luftröhre zudrückte und das Tier erstickte, so wie Löwen es zu tun pflegten. Sie ihrerseits lernte zur Regungslosigkeit zu erstarren, sobald er Beute witterte, ehe sie sie gesichtet hatte, und so war es auch ein kleineres Tier, das er als erstes ganz allein riß.

Baby hatte mit einem Brocken Fleisch herumgespielt, den Ayla ihm gegeben hatte, war jedoch nicht sonderlich interessiert gewesen und eingeschlafen. Er erwachte, als er Ayla die Steilwand zur Steppe oberhalb ihrer Höhle hinaufklettern hörte, und ihm knurrte der Magen. Winnie war nirgends zu sehen. Schutzlos allein gelassene Junglöwen in der freien Wildbahn stellten eine Herausforderung an Hyänen und andere Räuber dar; das hatte er früh gelernt und sich gut gemerkt. Er sprang daher hinter Ayla her und war früher oben auf der Steppe als sie. Später ging er neben ihr her. Sie sah ihn innehalten, ehe sie den Riesenhamster sichtete; dieser hatte sie jedoch gesehen und ergriff die Flucht, ehe sie einen Stein schleuderte. Sie war sich nicht sicher, ihr Ziel getroffen zu haben.

Baby schoß augenblicklich davon. Als sie ihn erreichte, hatte er seinen Fang in die blutigen Eingeweide des Hamsters gegraben, doch sie wollte gern wissen, wer das Tier nun getötet hatte. Sie drehte ihn auf die Seite, um nachzusehen, ob sie eine Stelle finden könne, wo sie ihn mit ihrem Stein getroffen hatte. Baby widersetzte sich nur einen Augenblick – lange genug, daß Ayla ihn streng ansehen konnte –, dann gab er widerstandslos nach. Er hatte ihr genug aus der Hand gefressen, um zu wissen, daß sie ihn niemals hungern ließ. Selbst nachdem sie den Riesenhamster untersucht hatte, war sie sich nicht sicher, wie er nun gestorben war; auf jeden Fall gab sie dem jungen Löwen die Beute zurück und lobte ihn. Allein, daß er das Fell durchbissen hatte, war eine Leistung für ihn.

Das erste Tier, bei dem sie sicher war, daß er es allein gerissen hatte, war ein Hase. Es war eines der wenigen Male, daß ihr der Stein aus der Schleuder gerutscht war. Sie wußte, daß sie einen schlechten Wurf gemacht hatte – der Stein war nur wenige Schritte weiter auf dem Boden gelandet –, doch die Schleuderbewegung war für den jungen Höhlenlöwen das Signal zum Loshetzen gewesen. Als sie auf ihn stieß, war er bereits dabei, das Tier zu zerfleischen.

»Du bist großartig, Baby!« Mit einer Mischung aus Handbewegungen und Lauten bedachte sie ihn ausgiebig mit Lob, so wie alle Jungen im Clan gelobt wurden, wenn sie zum erstenmal ein Tier erlegten. Der Löwe verstand nicht, was sie sagte, begriff aber sehr wohl, daß er sie erfreute. Ihr Lächeln, ihre Haltung und ihre Gebärden, all das vermittelte ihm, was sie empfand. Obwohl eigentlich noch zu jung dafür, hatte er seinen angeborenen Jagdtrieb befriedigt und die Billigung vom ranghöchsten Mitglied seines Rudels empfangen. Er hatte seine Sache gut gemacht, und er wußte es.

Die ersten kalten Winterwinde sorgten dafür, daß die Temperatur fiel. Brüchiges Eis bildete sich am Rand des Wassers, und Angst beschlich Ayla. Sie hatte große Gemüse- und Fleischvorräte für sich und noch einen extra großen Fleischvorrat für Baby angelegt, wußte jedoch, daß sie damit nicht ganz über den Winter kommen würde. Für Winnie waren Heu und Korn da, doch für das Pferd war Futter ein Luxus, keine Notwendigkeit. Pferde suchten sich auch den Winter über ihre Nahrung selbst, doch wenn der Schnee hoch lag, mußten sie hungern, bis wärmere Winde Tauwetter brachten, und nicht alle überlebten die kalte Jahreszeit.

Auch Raubtiere versorgten sich den ganzen Winter über selbst, räumten insbesondere unter den schwächeren Beutetieren auf und sorgten auf diese Weise dafür, daß für die kräftigeren mehr Nahrung vorhanden war. Die Populationen von Raub- und Beutetieren stiegen und senkten sich zyklisch, doch im großen und ganzen blieb das Gleichgewicht zwischen ihnen immer erhalten. In den Jahren, da es weniger Weidetiere gab, verhungerten viele Fleischfresser, und der Winter war die schwerste Jahreszeit für alle.

Nun, da der Winter Einzug hielt, wurden Aylas Sorgen brennender. Bei felshart gefrorenem Boden konnte sie keine Jagd auf Hochwild machen. Ihrer Jagdweise entsprechend war sie darauf angewiesen, Gruben in den Boden zu graben. Die meisten kleineren Tiere hielten Winterschlaf oder lebten in Nestern und Höhlen von den Nahrungsvorräten, die sie im Sommer angelegt hatten, was es schwieriger machte, sie überhaupt zu finden, zumal Ayla nicht über einen besonders fein ausgeprägten Geruchssinn verfügte. Ayla sorgte sich daher, genug Wild erlegen zu können, um den heranwachsenden Höhlenlöwen ständig sattzuhalten.

Zu Beginn des Winters, nachdem es kalt genug geworden war, das Fleisch erstarrt und später gefroren zu halten, bemühte sie sich, so viele große Tiere zu erlegen, wie sie konnte, und sie unter Bergen von aufgetürmten Steinen zu lagern. Aber mit den winterlichen Bewegungen der Herden war sie nicht vertraut genug, und so war sie in ihren Bemühungen nicht so erfolgreich, wie sie gehofft hatte. Wenn sie ihrer Sorgen wegen manchmal nachts auch keinen Schlaf fand, bedauerte sie doch keinen Augenblick, das Löwenbaby bei sich aufgenommen zu haben. In der Gesellschaft von Pferd und Höhlenlöwe litt die junge Frau nur selten unter der Einsamkeit, in der sie gezwungen gewesen war, sich ausschließlich mit sich selbst zu beschäftigen, wie in den meisten vorangegangenen Wintern. Statt dessen war ihre Höhle oft von Lachen erfüllt.

Jedesmal, wenn sie hinging, um ein neues Fleischversteck zu öffnen, war Baby dabei und versuchte, an den gefrorenen Tierkadaver heranzukommen, kaum daß sie den ersten Stein fortgewälzt hatte.

»Baby! Geh mir aus dem Weg!« Sie lächelte den jungen Löwen an, der sich mit komischen Schlenkerbewegungen unter die Steine zu schieben versuchte. Er war es dann, der das hartgefrorene Tier den Pfad hinauf- und in die Höhle hineinschleifte. Als ob er wüßte, daß sie schon früher von Höhlenlöwen benutzt worden war, machte er die Nische an der Rückwand zu seinem Lager und brachte auch die gefrorenen Tierkadaver zum Auftauen dorthin. Mit Vorliebe riß er aber schon vorher einen Brocken Fleisch heraus und kaute genüßlich darauf herum. Ayla wartete, bis er aufgetaut war, ehe sie für sich selbst ein Stück davon abtrennte.

Als die Fleischvorräte draußen dahinschwanden, fing Ayla an, das Wetter zu beobachten. Dann dämmerte ein klarer, klirrend kalter Tag herauf; sie beschloß, auf die Jagd zu gehen – oder es zumindest zu versuchen. Sie hatte sich keinen besonderen Plan zurechtgelegt, obwohl sie ausgiebig darüber nachgedacht hatte. Sie hoffte, daß ihr eine Idee kommen würde, sobald sie draußen wäre, oder daß ein besserer Eindruck von den Bodenverhältnissen ihr die Augen für irgendwelche neuen Möglichkeiten öffnete. Sie mußte etwas unternehmen und wollte nicht warten, bis alles gefrorene Fleisch aufgefressen war.

Sobald sie Winnies Tragkörbe hervorgezogen hatte, wußte Baby, daß sie bald auf die Jagd gehen würden, und lief immer wieder aufgeregt zur Höhle hinaus und wieder herein und knurrte voller Vorfreude. Winnie warf den Kopf in die Höhe, wieherte und war bei der Aussicht genauso erfreut wie er. Als sie endlich die kalte, im strahlenden Sonnenschein daliegende Steppe erreicht hatten, waren Verkrampfung und Sorge schon ein wenig von Ayla abgefallen und hatten der Hoffnung und der Freude an dem Unternehmen als solchem Raum gegeben.

Die Steppe war mit einer dünnen, blendendweißen Schneeschicht bedeckt, die der Wind kaum durcheinandergebracht hatte. Die Luft klirrte vor Kälte, daß die Sonne gar nicht hätte zu scheinen brauchen – nur, daß es dann dunkel gewesen wäre. Bei jedem Atemzug bildete sich eine weiße Dampfwolke; das Eis, das sich um Winnies Maul herum angesetzt hatte, sprühte in allen Richtungen davon, wenn sie schnaubte. Ayla war dankbar für die Vielfraßkapuze und die vielen wärmenden Felle, die ihr die Jagd eingebracht hatte.

Sie blickte auf die mit federnder Anmut sich bewegende Großkatze neben ihr und war ganz erschrocken, als ihr hier im Freien aufging, daß sie von der Schulter bis zu den Hinterläufen fast so lang war wie Winnie und sich auch dem Stockmaß des kleinen Pferdes rasch näherte. Der im Jünglingsalter stehende Höhlenlöwe zeigte den Anfang einer rötlichen Mähne, und Ayla fragte sich, warum ihr das nicht schon früher aufgefallen war. Plötzlich hellwach, schoß Baby, den Schwanz waagerecht nach hinten streckend, voraus.

Ayla war das Fährtenlesen in der winterlichen Steppe nicht gewohnt, doch selbst vom Rücken ihres Pferdes aus waren die Wolfsspuren im Schnee zu erkennen. Die Pfotenabdrücke waren klar und deutlich und weder von Sonne noch Wind angenagt, also offensichtlich frisch. Baby schnürte voraus; sie mußten in der Nähe sein! Sie trieb Winnie zu einem Galopp an und holte Baby gerade rechtzeitig ein, um mitzubekommen, wie das Wolfsrudel einen alten Bock einkreiste, der hinter einer kleinen Steppenantilopen-Herde hergezogen war.

Der Junglöwe sah sie gleichfalls, konnte sein Jagdfieber nicht mehr bändigen und fuhr unter sie, daß die Herde in alle Richtungen auseinanderlief und den Angriff der Wölfe vereitelte. Die überraschten und erbosten Wölfe reizten Ayla zum Lachen, doch gab sie dieser Regung nicht nach, um Baby nicht noch zu ermutigen. Er ist eben erregbar, dachte sie, wir sind schließlich lange nicht auf die Jagd gegangen.

Von Panik ergriffen, suchten die Steppenantilopen in langen Fluchten das Weite. Das Wolfsrudel fand sich wieder zusammen und folgte in bewußt langsamerer Gangart, mit der sie zwar rasch vorankamen, die Tiere jedoch nicht ermüdeten, ehe sie die Herde wieder eingeholt hatten. Ayla nahm Haltung an und bedachte Baby mit einem strengen, vorwurfsvollen Blick. Er faßte wieder neben Winnie Schritt, hatte jedoch zuviel Spaß an der Sache gehabt, als daß er zerknirscht gewesen wäre.

Als Ayla, Winnie und Baby den Wölfen folgten, nahm im Kopf der Frau eine Idee Gestalt an. Sie wußte nicht, ob sie eine Steppenantilope mit ihrer Schleuder zur Strecke bringen konnte, wohl aber einen Wolf. Sie selbst machte sich nichts aus Wolfsfleisch, doch wenn Baby genug Hunger hatte, würde er es nicht verschmähen, und das war Grund genug weiterzumachen.

Die Wölfe hatten wieder Tempo zugelegt. Der alte Steppenantilopenbock war hinter der Hauptherde zurückgefallen; er war bereits zu erschöpft, um mithalten zu können. Ayla lehnte sich vor, und Winnie fiel in gestreckten Galopp. Die Wölfe kreisten den alten Bock ein, doch noch flößten Hufe und Horn ihnen soviel Achtung ein, daß sie nicht sofort über ihn herfielen. Ayla näherte sich soweit, daß sie es wagen konnte, die Schleuder zu betätigen. Sie griff in die beutelartige Falte ihres Überwurfs, suchte nach einem passenden Stein und entschied sich dann für einen bestimmten Wolf. Als Winnie mit donnernden Hufen näherkam, ließ sie erst einen und gleich danach einen zweiten Stein auf ihn zuschießen.

Sie hatte getroffen. Der Wolf ging zu Boden, und zuerst dachte sie, der Aufruhr im Rudel sei die Folge ihres tödlichen Steins. Dann erkannte sie den wahren Grund. Baby hatte ihre Schleuderbewegung als Zeichen zur Verfolgung genommen, interessierte sich jedoch nicht für die Wölfe, jedenfalls jetzt nicht, da die weit schmackhaftere Antilope in Reichweite war. Das Wolfsrudel räumte dem herangaloppierenden Pferd mit der schleuderbewehrten Frau auf dem Rücken sowie dem entschlossen angreifenden Löwen das Feld.

Aber Baby war nicht der Jäger, der er sein wollte – noch nicht. Seinem Angriff fehlte es noch an der Kraft und der Schläue des ausgewachsenen Löwen. Ayla brauchte einen Moment, um die Situation zu erkennen. Nein, Baby! Das ist das falsche Tier, dachte sie. Doch dann besann sie sich rasch eines Besseren. Selbstverständlich hatte er das richtige Tier gewählt. Baby bemühte sich, den Todesbiß anzubringen und klammerte sich an den Rücken des fliehenden Bocks, dem in seiner Todesangst neue Kräfte zugewachsen waren.
Ayla riß den Speer aus dem Tragkorb hinter ihr. Winnie reagierte auf ihr Drängen und raste hinter der fliehenden alten Steppenantilope her. Doch die Kraftanstrengung der Antilope war nur von kurzer Dauer. Schon wurde sie langsamer. Das vorwärtsstürmende Pferd verringerte die Lücke zwischen ihnen rasch. Ayla reckte den Speer und stieß im selben Augenblick, da sie Brust an Brust liefen, zu und merkte gar nicht, daß sie beim Zustoßen einen urtümlichen Freudenschrei ausstieß.
Sie ließ das Pferd einen Bogen schlagen, und als sie zurücktrabten, sah sie den jungen Höhlenlöwen über dem alten Bock stehen. Zum erstenmal in seinem Leben verkündete er sein überragendes Können. Obwohl er das volle Donnergrollen des ausgewachsenen Löwen noch nicht schaffte, das Versprechen dazu wurde weit hallend hinausgetragen. Selbst Winnie scheute bei seinem Gebrüll.
Ayla glitt von der Stute hinab und klopfte ihr beruhigend den Hals. »Schon gut, Winnie! Es ist ja bloß Baby!«
Ohne zu überlegen, ob der Löwe wohl etwas dagegen haben und ihr ernste Verletzungen beibringen könnte, schob Ayla ihn beiseite und schickte sich an, den Antilopenbock vor dem Transport in die Höhle auszuweiden. Er fügte sich ihrem Herrschaftsanspruch und noch etwas anderem, das er nur bei Ayla fand: Selbstverständlichkeit, mit der sie ihn liebte.
Sie beschloß, den Wolf zu suchen und ihn abzuhäuten. Wolfspelz wärmte. Als sie wieder zurückkehrte, war sie überrascht, Baby die Antilope hinter sich herschleifen zu sehen, und sie begriff, daß er vorhatte, sie den ganzen Weg bis zur Höhle zurückzubringen. Der Antilopenbock war voll ausgewachsen, Baby hingegen nicht. Seine Kraft – und daß diese Kraft noch größer werden sollte – flößte ihr neuerlich größte Hochachtung ein. Doch wenn er die Antilope den ganzen Weg zurückschleifte, würde die Decke Schaden nehmen. Steppenantilopen waren weit verbreitet und lebten sowohl im Gebirge als auch auf den Ebenen; nur, allzu zahlreich waren die Herden nicht. Sie hatte noch nie eine erlegt, und so hatte diese eine besondere Bedeutung für sie. Die Steppenantilope war Izas Totem gewesen. Ayla wollte ihre Felldecke haben.
Sie machte die »Aufhörens«-Gebärde. Baby zögerte nur einen Moment, dann ließ er ›seine‹ Beute fahren und umkreiste danach den ganzen Weg zurück in

die Höhle Winnie mit dem Zuggestell, um sie zu bewachen. Interessierter als sonst verfolgte er, wie Ayla der Antilope das Fell abzog und das Gehörn abnahm. Als sie ihm das Tier überließ, schleifte er den ganzen enthäuteten Kadaver bis in seine Nische in der Höhle. Nachdem er sich sattgefressen hatte, blieb er noch eine Zeitlang wach und schlief später ganz in der Nähe.
Ayla war belustigt. Sie begriff, daß er seine Beute bewachte. Er schien das Gefühl zu haben, daß es mit diesem Tier etwas ganz Besonderes auf sich habe. Für Ayla war das nicht anders – wenn auch aus anderen Gründen. Immer noch war sie innerlich aufgewühlt. Die Geschwindigkeit, die Verfolgungsjagd und das Töten waren im höchsten Maße erregend gewesen – doch noch wichtiger war, daß sie eine neue Jagdart gefunden hatte. Mit Winnies und nun auch noch mit Babys Hilfe konnte sie jederzeit, sommers wie winters, auf die Jagd gehen. Sie fühlte sich mächtig und war dankbar – und wußte, daß sie genug Fleisch für Baby heranschaffen konnte.
Aus keinem besonderen Grund sah sie heute nach, ob mit Winnie auch alles in Ordnung sei. Das Pferd hatte sich niedergelegt, völlig unbefangen, trotz der Nähe eines Höhlenlöwen. Als Ayla zu ihr trat, hob sie den Kopf. Die Frau streichelte das Pferd. Sie spürte, daß es das Bedürfnis nach ihrer Nähe hatte, und streckte sich neben ihm aus. Winnie stieß leise schnaubend Luft durch die Nüstern. Sie war froh, die Frau bei sich zu haben.

Im Winter gemeinsam mit Winnie und Baby auf die Jagd zu gehen, ohne mühselig eine Fallgrube graben zu müssen, brachte Spaß. Von Jugend auf – seit sie sich im Umgang mit der Schleuder geübt hatte – war Ayla gern auf die Jagd gegangen. Jede neue Technik, die sie sich angeeignet und gemeistert hatte – Fährtenlesen, das rasch aufeinander folgende Abfeuern zweier Steine, die Fallgrube und der Speer –, verlieh ihr stärker das Gefühl, wirklich etwas erreicht zu haben. Nichts jedoch kam der reinen Freude gleich, wie sie sie empfand, wenn sie zusammen mit dem Pferd und dem Höhlenlöwen jagte. Beide schienen das genauso zu genießen wie sie. Wenn Ayla ihre Vorbereitungen traf, warf Winnie den Kopf in die Höhe und umtänzelte sie mit vorgestellten Ohren und erhobenem Schweif, und Baby schoß immer wieder zur Höhle hinaus und wieder herein und stieß dabei in Erwartung des Kommenden leise Laute des Wohlbehagens aus. Das Wetter machte ihr Sorgen, bis Winnie sie eines Tages durch einen blendenden Schneesturm nach Hause trug.
Für gewöhnlich machte das Trio sich kurz nach Tagesanbruch auf den Weg. Sichteten sie frühzeitig Beute, waren sie häufig schon vor Mittag wieder zurück. Für gewöhnlich folgten sie ihrer Beute solange, bis sie sich im Verhältnis zu ihr in einer vorteilhaften Lage befanden. Dann gab Ayla Baby mit der Schleuder das Signal, und der Löwe schoß eifrig voran. Winnie, die Aylas

Drängen spürte, galoppierte hinter ihm her. Und wenn der junge Höhlenlöwe dem von Panik befallenen Tier im Nacken saß – wobei seine Krallen und sein Biß es zum Bluten brachte, wenn auch nicht tötete –, dauerte es meistens nicht lange, bis das herangaloppierende Pferd sie einholte. Liefen sie dann auf gleicher Höhe, schleuderte Ayla ihren Speer.

Anfangs hatten sie nicht immer Erfolg. Manchmal war das Tier, das sie ausgespäht hatten, zu schnell, oder Baby fiel herunter und sah sich außerstande, das flüchtende Tier noch einmal anzuspringen und sich an ihm festzukrallen. Auch in gestrecktem Galopp mit dem schweren Speer umzugehen, bedurfte einiger Übung. Viele Male verfehlte sie ihr Ziel oder traf es so, daß der Speer abprallte, und gelegentlich kam Winnie auch nicht nahe genug heran. Selbst wenn sie nicht traf, war das Ganze erregend, und sie konnte es ja immer wieder versuchen.

Mit der Zeit verbesserten sie alle ihre Leistung. Sie fingen an, untereinander ihre Bedürfnisse und Fähigkeiten richtig einzuschätzen, und das erst machte das unwahrscheinliche Trio zu einer tüchtigen Jagdgruppe. Sie waren so gut aufeinander eingespielt, daß das Ganze als Teil der gemeinsamen Bemühung angesehen wurde und fast nicht richtig gewürdigt wurde, als Baby endlich zum ersten Mal völlig ohne jede Beihilfe ein Beutetier riß.

Als sie in vollem Galopp heranpreschte, sah Ayla den Hirsch straucheln. Er brach zusammen, ehe sie ihn erreichte. Winnie verlangsamte das Tempo, als sie vorüberritten. Sie hatte den Speer wurfbereit erhoben, um dem Hirsch den Todesstoß zu versetzen, doch dann wurde ihr klar, daß Baby das bereits getan hatte. So ging sie daran, den Hirsch auszuweiden, um ihn zurückzuschaffen in die Höhle.

Da erst ging ihr das volle Ausmaß dessen auf, was hier geschehen war. So jung er auch war, Baby war ein Jagdlöwe! Im Clan hätte ihn das zum Erwachsenen gemacht. So wie sie Die Frau, Die Jagt, genannt worden war, ehe sie richtig zur Frau herangereift gewesen war. Auch Baby hatte das Erwachsenendasein erreicht, ehe er ganz die Reife erreicht hatte. Sie müßte die Mannbarkeitszeremonie mit ihm abhalten, dachte sie. Doch was für eine Zeremonie konnte irgendwelche Bedeutung für ihn haben? Dann lächelte sie.

Sie band den Hirsch vom Zuggestell los und verstaute Grasmatte und Stangen in den Tragkörben. Der Hirsch war *seine* Beute, und er hatte ein Recht auf ihn. Zuerst begriff Baby nicht recht. Immer wieder lief er zwischen Hirsch und Frau hin und her. Doch als Ayla davonging, packte er den Hals des Hirsches mit den Zähnen und schleifte ihn zwischen den Vorderbeinen den ganzen Weg bis zum Uferstreifen und dann auch noch den steilen Pfad hinauf und in die Höhle.

Unmittelbar nach Babys erster Jagdbeute bemerkte sie keinen Unterschied.

Sie jagten immer noch gemeinsam. Doch immer häufiger erwies Winnies Jagd sich als die einzige Übung und Aylas Speer als überflüssig. Wollte sie etwas von dem Fleisch abhaben, schnitt sie es zuerst heraus; wollte sie das Fell, zog sie ihm erst dies ab. Wenn das stolze Löwenmännchen in der freien Wildbahn auch immer die erste und größte Portion bekam – Baby war noch jung. Er hatte, wie seine Größe bezeugte, nie Hunger kennengelernt, und er war es gewohnt, daß sie es war, die den Ton angab.

Doch als es Frühling wurde, verließ Baby immer häufiger allein die Höhle und ging auf Erkundung aus. Er blieb selten lange fort, doch wurden seine Ausflüge häufiger. Einmal kehrte er mit blutigem und zerfetztem Ohr zurück. Ayla vermutete, daß er auf andere Löwen gestoßen war. Da begriff sie, daß sie allein ihm jetzt nicht mehr genügte; er suchte nach Artgenossen. Ayla säuberte ihm das Ohr, und er verbrachte den nächsten Tag damit, ihr so dicht zu folgen, daß er sie behinderte. Nachts kroch er zu ihr aufs Lager und suchte nach ihren beiden Fingern, daran zu saugen.

Bald wird er mich allein lassen, dachte sie; ihm fehlt ein richtiges eigenes Rudel Löwinnen, die für ihn jagen, und Junglöwen, über sie zu herrschen. Sie mußte an Iza denken. Du bist jung, du brauchst einen Mann für dich, einen deiner eigenen Art. Finde deine Leute; such dir deinen eigenen Gefährten, hatte sie gesagt. Bald wird Frühling sein. Ich sollte daran denken, fortzuziehen, aber noch nicht gleich. Baby würde riesig werden, selbst für einen Höhlenlöwen. Schon jetzt übertraf er seine Altersgenossen bei weitem an Größe; dabei war er immer noch nicht ganz ausgewachsen. Noch konnte er nicht allein überleben.

Der Frühling setzte unmittelbar nach einem schweren Schneefall ein. Die Überflutungen sorgten dafür, daß sie nicht mehr ungehindert fort konnten. Ayla konnte zur Steppe hinaufklettern, und Baby schaffte es mühelos, sie springend zu erreichen, doch für das Pferd erwies sich der Hang als zu steil. Schließlich sank der Wasserspiegel, der Uferstreifen und der Knochenhaufen hatten ein anderes Aussehen bekommen, und Winnie konnte wieder den Pfad zur Weide hinunter. Doch das Pferd war unruhig.

Das erste Mal fiel Ayla etwas Ungewöhnliches auf, als Baby jaulend auf einen Huftritt reagierte. Die Frau war überrascht. Winnie war nie ungeduldig mit dem jungen Löwen gewesen; ein kleiner Nasenstüber hin und wieder, damit Baby nicht ausfällig wurde, doch war das nie so weit gegangen, daß die junge Stute ausgekeilt hätte. Ayla hielt dieses ungewöhnliche Verhalten für eine Folge der Winnie aufgezwungenen Untätigkeit, doch neigte Baby, als er älter wurde, dazu, sich möglichst von Winnies Platz in der Höhle fernzuhalten; er erkannte ihn instinktiv als Winnies Revier an, und Ayla fragte sich, was ihn wohl dorthin getrieben hatte. Sie ging nachsehen und wurde sich eines starken Geruchs bewußt, den sie unbestimmt schon den ganzen Vormittag über in der Nase gehabt hatte. Den Kopf gesenkt und die Hinterhand gespreizt, stand Winnie da und hielt den Schweif zur Seite. Ihre Scheide war geschwollen und pulsierte. Sie sah Ayla an und stieß einen winselnden Laut aus.

Rasch nacheinander durchlebte Ayla eine ganze Reihe unterschiedlicher Empfindungen. Zuerst war es Erleichterung. Das also ist dein Problem. Ayla wußte um die periodische Brunst bei Tieren. Bei manchen kam es häufiger zu Paarungszeiten, doch bei Weidetieren war einmal im Jahr die Regel. Das war die Zeit, in der die männlichen Tiere um das Recht zur Paarung kämpften und in der ausnahmsweise männliche und weibliche Tiere zusammenblieben, selbst diejenigen, die für gewöhnlich unabhängig voneinander jagten oder sonst rein weibliche oder männliche Herden bildeten.

Die Paarungszeit war einer jener geheimnisvollen Bereiche tierischen Verhaltens, die Ayla verwirrten – so wie das Abwerfen des Geweihs und das Nachwachsen größerer Geweihe. Sie gehörte zu jenen Dingen, die Creb veranlaßt hatten, sich darüber zu beschweren, sie stelle zu viele Fragen. Auch er wußte nicht, warum Tiere sich paarten, obwohl er einmal gemeint hatte, es sei die Zeit, in der die Männchen zu erkennen gaben, daß sie über die Weibchen herrschten oder vielleicht – wie bei ihresgleichen – die Männer ihre Bedürfnisse befriedigen müßten.

Winnie war schon im vergangenen Frühling rossig gewesen, allerdings zu einer Zeit, da sie – obgleich sie einen Hengst oben auf der Steppe hatte wiehern hören – es noch nicht geschafft hatte, zu ihm hinaufzukommen. Auch schien der Drang bei Winnie diesmal größer zu sein. Jedenfalls erinnerte Ayla sich nicht, daß die Scheidenschwellung so deutlich sichtbar gewesen wäre oder daß sie solche winselnden Töne von sich gegeben hätte. Winnie ließ das Streicheln und Umarmen der Frau über sich ergehen; doch dann senkte die Stute wieder den Kopf und winselte.

Plötzlich verkrampfte Aylas Magen sich vor Angst. Sie lehnte sich gegen das Pferd, so wie Winnie sich manchmal an sie anlehnte, wenn sie durcheinander war oder Angst hatte. Winnie würde sie verlassen! Das kam völlig unerwartet. Ayla hatte keine Zeit gehabt, sich darauf einzustellen, obwohl sie das hätte tun sollen. Sie hatte über Babys Zukunft nachgedacht und über ihre eigene. Statt dessen war für Winnie die Paarungszeit gekommen. Die Jungstute brauchte einen Hengst.

Äußerst widerstrebend ging Ayla zur Höhle hinaus und gab Winnie zu verstehen, sie solle ihr folgen. Als sie den steinübersäten Uferstreifen unten erreichten, saß Ayla auf. Baby erhob sich und wollte ihnen folgen, doch machte Ayla die »Aufhörens«-Gebärde. Sie wollte den Höhlenlöwen diesmal nicht dabeihaben. Sie hatte nicht vor zu jagen, doch woher sollte Baby das wissen? Ayla mußte dem Löwen noch einmal sehr nachdrücklich Einhalt gebieten, ehe er zurückblieb und ihnen nachsah.

Auf der Steppe war es warm und klamm zugleich. Die Sonne hatte ihren mittäglichen Höchststand noch lange nicht erreicht und schien von einem Dunstschleier umgeben aus einem blaßblauen Himmel herunter. Das Himmelsblau wirkte verschossen, ja ausgebleicht, so grell leuchtete die Sonne. Schnee verdampfte zu einem feinen Dunst, der die Sicht nicht beeinträchtigte, aber alle Konturen weich machte; Nebel, der sich im kühleren Schatten hielt, nahm allem seine sonstige Schärfe. Die Perspektive ging verloren und die ganze Sicht war verkürzt – und all das verlieh der Landschaft ein größere Unmittelbarkeit, ein Gefühl von größerer Gegenwärtigkeit, gleichsam als gäbe es nichts anderes als das Hier und das Jetzt. Fernes schien nur wenige Schritte entfernt, und doch dauerte es ewig, es zu erreichen.

Ayla lenkte das Pferd nicht in eine bestimmte Richtung. Sie ließ Winnie sich selbst ihren Weg suchen und nahm nur unterschwellig Richtung und auffällige Merkmale auf, um sich an ihnen zu orientieren. Ihr war es egal, wohin sie ritten, und sie merkte nicht, daß die salzige Feuchtigkeit ihrer Tränen noch zu der allgemeinen Feuchtigkeit hinzukam. Schlaff auf dem Pferderücken schaukelnd, war ihr Blick nach innen gerichtet. Sie erinnerte sich an das erste Mal, da sie das Tal mit den Pferden unten auf der Weide gesehen hatte. Sie dachte an ihren Entschluß hierzubleiben und daran, daß sie jagen mußte. Sie erinnerte sich daran, wie sie Winnie in die Sicherheit ihrer Höhle und ihres Feuers gebracht hatte. Sie hätte wissen müssen, daß es nicht dauern konnte, daß Winnie eines Tages zu ihren Artgenossen zurückkehren mußte, genauso wie sie selbst eigentlich auch.

Eine Veränderung in der Gangart des Pferdes riß sie aus ihren Gedanken. Winnie hatte gefunden, wonach sie suchte. Vor ihnen graste eine kleine Herde von Pferden.

Die Sonne hatte den Schnee auf einem flachen Hügel auftauen lassen. Zartes Grün kam zwischen dem verdorrten Vorjahrsgras zum Vorschein. Die Tiere, die einen Heißhunger auf frisches Grün hatten, rupften am saftigen Gras. Winnie blieb stehen, als die anderen Pferde sie anblickten. Ayla hörte einen Hengst wiehern. Sie entdeckte ihn etwas abseits auf einem Erdbuckel, den sie vorher nicht wahrgenommen hatte. Er war von einem dunklen Rotbraun; die Mähne, der Schweif und die Beine unten waren schwarz. Nie zuvor hatte sie ein so leuchtendfarbenes Pferd gesehen. Die meisten waren graubraun oder schmutziggrau oder – wie Winnie – falbfarben.

Der Hengst schrie, hob den Kopf und rollte die Oberlippe nach oben. Er stieg und galoppierte auf sie zu, blieb wenige Schritte von ihnen entfernt stehen

und scharrte den Boden mit dem Huf. Sein Hals war schwanengleich gebogen, sein Schweif gereckt, und sein Geschlecht prächtig erigiert.
Winnie reagierte mit einem vorsichtigen Wiehern, und Ayla glitt von ihr hinab. Sie umarmte das Pferd noch einmal und zog sich dann zurück. Winnie wandte den Kopf und sah die junge Frau an, die für sie gesorgt hatte, seit sie ein kleines Füllen gewesen war.
»Geh zu ihm, Winnie!« sagte sie. »Du hast deinen Gefährten gefunden. Geh zu ihm!«
Winnie reckte den Kopf in die Höhe und wieherte leise, dann wandte sie sich dem Fuchshengst zu. Der trabte um sie herum, bis er hinter ihr stand, stupste sie und trieb sie näher an seine kleine Herde heran, als wäre sie eine widerspenstige Nachzüglerin. Unfähig sich zu entfernen, sah Ayla sie gehen. Als der Hengst sie bestieg, mußte Ayla unwillkürlich an Broud denken und an den schrecklichen Schmerz. Später war es nur noch unangenehm gewesen, doch gehaßt hatte sie es immer, wenn Broud sie bestieg.
Doch Winnie versuchte trotz allen Schreiens und Winselns nicht, den Hengst abzuweisen, und während sie dastand und zusah, fühlte Ayla, wie sich Seltsames in ihr regte, Empfindungen, die sie sich nicht zu erklären vermochte. Sie konnte den Blick nicht von dem Fuchshengst wenden, der die Vorderbeine über Winnies Rücken gelegt hatte und schrie und pumpte und sich verkrampfte. Sie fühlte warme Feuchtigkeit zwischen ihren Beinen, ein rhythmisches Pulsieren, das sich zeitgleich mit den Stößen des Hengstes vollzog, und ein unbegreifliches Sehnen. Ihr Atem ging hart, das Blut rauschte ihr im Kopf, und es verlangte sie verzweifelt nach etwas, was sie nicht beschreiben konnte.
Hinterher, als die falbfarbene Stute dem Fuchs folgte und nicht einmal einen Blick zurückwarf, fühlte Ayla eine Leere in sich, die so schwer war, daß sie meinte, es nicht ertragen zu können. Sie erkannte, wie zerbrechlich die Welt war, die sie für sich im Tal aufgebaut hatte, wie vergänglich ihr Glück gewesen war, wie gefährdet ihr Dasein. Sie machte kehrt und rannte zurück zum Tal. Sie lief, bis ihr der Atem schier die Kehle zerriß und sie Stiche in den Seiten bekam. Sie lief und hoffte irgendwie, wenn sie nur schnell genug liefe, könnte sie das ganze Herzeleid und die ganze Einsamkeit hinter sich zurücklassen.
Sie rutschte den Hang, der zu ihrem Sims führte, mehr hinunter, als daß sie geklettert wäre, rollte und blieb liegen und rang keuchend nach Atem. Selbst nachdem sie wieder ruhiger atmen konnte, machte sie keine einzige Bewegung. Sie wollte sich nicht bewegen. Wollte nicht damit fertig werden, oder es versuchen, oder weiterleben. Was hatte es für einen Sinn? Sie war schließlich verflucht, oder?

Warum kann ich denn nicht einfach sterben? So wie ich es doch eigentlich tun soll. Warum muß ich alles verlieren, was ich liebe? Sie spürte heißen Atem und eine rauhe Zunge, die ihr das Salz von den Wangen leckte. Als sie die Augen aufschlug, stand ein riesiger Höhlenlöwe vor ihr.

»Ach, Baby!« rief sie und streckte die Arme nach ihm aus. Er streckte sich neben ihr aus und legte mit eingezogenen Krallen eine mächtige Tatze über sie. Sie wälzte sich herum, schlang ihm die Arme um den Hals und barg das Gesicht in seiner länger werdenden Mähne.

Als sie sich schließlich ausgeweint hatte und versuchte aufzustehen, fühlte sie die Folgen ihres Sturzes. Aufgerissene Hände, aufgeschürfte Knie und Ellbogen, eine geprellte Hüfte und eine wunde rechte Wange. Sie humpelte zur Höhle. Während sie ihre Schürfwunden und Prellungen behandelte, kam ihr ein ernüchternder Gedanke. Was, wenn ich mir einen Knochen gebrochen hätte? Das wäre schlimmer gewesen als der Tod, wo doch niemand dagewesen wäre, mir zu helfen.

Nur habe ich es nicht getan, dachte sie. Mein Totem will, daß ich am Leben bleibe, vielleicht hat es einen guten Grund dafür. Vielleicht hat der Geist des Höhlenlöwen Baby zu mir geschickt, weil er wußte, daß Winnie mich eines Tages verlassen würde.

Auch Baby wird mich verlassen. Es wird nicht mehr lange dauern, und auch er wird sich paaren wollen. Er wird eine Gefährtin finden, auch wenn er nicht in einem richtigen Rudel aufwächst. Er wird so groß werden, daß er imstande sein wird, ein großes Revier zu verteidigen. Und er ist ein guter Jäger. Hungern wird er nicht müssen, wenn er nach einem Rudel oder zumindest einer Löwin sucht.

Sie verzog den Mund. Man sollte denken, ich wäre eine Clan-Mutter, die sich Sorgen um ihren halbwüchsigen Sohn macht, der zu einem großen, tapferen Jäger heranwächst. Schließlich ist er nicht mein Sohn. Er ist bloß ein Löwe, ein gewöhnlicher . . . Nein, ein gewöhnlicher Höhlenlöwe ist er nicht. Er ist schon jetzt fast so groß wie ein voll ausgewachsener Höhlenlöwe, und er hat früh das Jagen gelernt. Aber er wird mich verlassen . . .

Durc muß inzwischen groß geworden sei. Und Ura wächst gewiß heran. Oda wird traurig sein, wenn Ura sie verläßt, um Durcs Gefährtin zu werden und in Bruns Clan zu leben . . . Nein, jetzt ist es ja Brouds Clan. Wie lange wird es bis zur nächsten Clansversammlung dauern?

Sie griff nach den kerbengezierten Stäben hinter ihrem Lager. Sie machte immer noch jeden Abend eine Kerbe. Es war eine Gewohnheit, ein Ritual. Sie löste die Schnur um das Bündel und breitete die Stäbe vor sich auf dem Boden aus. Dann versuchte sie die Tage zu zählen, die seit ihrer Ankunft im Tal vergangen waren. Sie legte die Hände über die Kerben, doch es waren zu viele; zu viele Tage waren vergangen. Sie hatte das Gefühl, die Zeichen müßten zusammenkommen und sich zu irgend etwas zusammenfinden, was ihr verriet, wie lange sie hier war, doch wußte sie nicht wie. Dann ging ihr auf, daß sie die Stäbe gar nicht brauchte; sie konnte ja die Jahre zählen, wenn sie überlegte, wie viele Frühlinge inzwischen gekommen und gegangen waren. Durc ist vor der letzten Clansversammlung zur Welt gekommen, dachte sie. Mit dem nächsten Frühling ging sein Geburtsjahr zu Ende. Sie machte ein Zeichen in den Boden. Das nächste war das Jahr, in dem er das Laufen gelernt hatte. Noch ein Zeichen im Boden. Der nächste Frühling bedeutete das Ende des Jahres, da sie ihn voll genährt hatte, das nächste das Jahr der Entwöhnung – nur daß er schon entwöhnt gewesen war. Sie machte ein drittes Zeichen.

Da war sie fortgezogen – sie schluckte und zwinkerte eine Träne fort – und im folgenden Sommer habe ich mein Tal gefunden – und Winnie. Im nächstfolgenden Frühjahr dann Baby. Sie machte ein viertes Zeichen. Und diesen Frühling . . . Sie mochte sich nicht vorstellen, daß Winnies Fortgang dasjenige sei, woran sie sich bei diesem Jahr erinnerte; nur war das eine Tatsache. Sie machte ein fünftes Zeichen.

Das ist soviel wie die Finger einer Hand – sie hielt die Linke in die Höhe – und so alt ist Durc jetzt. Sie reckte Daumen und Zeigefinger der rechten Hand in die Höhe. Und so viele sind es noch bis zur nächsten Versammlung. Wenn sie dann wieder zurückkehren, wird Ura bei ihnen sein, für Durc. Natürlich werden sie noch nicht alt genug sein, um sich zu paaren. Aber sie brauchen sie nur anzusehen, und sie wissen, daß sie für Durc bestimmt ist. Ob er sich wohl noch an mich erinnert? Ob er Clans-Erinnerungen hat? Wieviel von ihm ist von mir, und wieviel von Broud . . . vom Clan?

Ayla nahm die Stäbe mit den Kerben zusammen, und ihr fielen die regelmäßigen Abstände zwischen den besonders großen Kerben auf, die sie immer dann anbrachte, wenn ihr Geist kämpfte und sie blutete. Der Totem-Geist welchen Mannes könnte hier mit dem meinen ringen? Selbst wenn ich nur die Maus zum Totem hätte, würde ich nicht schwanger werden. Dazu braucht es einen Mann und sein Glied, damit ein Baby wächst. Jawohl, das glaube ich.

Winnie! Ist es das, was der Hengst mit dir gemacht hat? Hat er dafür gesorgt, daß ein Baby in deinem Bauch wächst. Vielleicht sehe ich dich irgendwann mit dieser Herde und finde das heraus. Ach, Winnie, wäre das nicht wunderbar?

Die Gedanken an Winnie und den Hengst machten sie zittern. Ihr Atem ging ein wenig rascher. Dann dachte sie an Broud, und die angenehmen Empfindungen hörten auf. Aber es war sein Glied, das Durc zum Wachsen gebracht hat. Hätte er gewußt, daß ich dadurch ein Baby bekomme, er würde es nie getan haben. Und Durc wird Ura bekommen. Auch Ura ist nicht mißgestaltet. Ich glaube, Ura fing an, in Oda zu wachsen, nachdem dieser Mann von den Anderen Oda Gewalt angetan hat. Ura ist gerade richtig für Durc. Zum Teil ist sie vom Clan und zum Teil von dem Mann der Anderen. Ein Mann von den Anderen ...

Ayla war unruhig. Baby war verschwunden, und sie hatte das Bedürfnis, sich zu bewegen. Sie ging hinaus und hielt sich gerade außerhalb der Sträucher, die den Fluß säumten. Sie ging weiter, als sie es je zuvor getan hatte; nur auf Winnies Rücken war sie so weit gekommen. Sie würde sich wieder ans Laufen gewöhnen müssen, erkannte sie, und daran, eine Kiepe auf dem Rücken zu tragen. Am Ende des Tals folgte sie der Biegung des Flusses um einen Steilhang herum, wo er nach Süden weiterfloß. Eben jenseits der Biegung rauschte das Wasser zwischen Felsen dahin, die aussahen, als seien sie absichtlich dort hingelegt worden: gerade im richtigen Abstand, um von einem zum anderen zu gehen. Die Felswand war hier nicht ganz so steil. Sie kletterte hinauf und ließ den Blick über die westlichen Steppen schweifen.

Eigentlich gab es keinen Unterschied zwischen Westen und Osten; höchstens, daß das Gelände etwas zerrissener war; der Westen war ihr wesentlich vertrauter. Sie hatte immer gewußt, daß – sollte sie das Tal eines Tages verlassen – sie sich nach Westen wenden würde. Sie machte kehrt, überquerte den Fluß ein zweites Mal und eilte dann das lange Tal hinunter bis zu ihrer Höhle.

Als sie dort eintraf, war es fast dunkel geworden, und Baby war noch nicht wieder zurück. Das Feuer war ausgegangen und die Höhle kalt und verlassen. Sie kam ihr heute leerer vor als damals, da sie sie zu ihrer Wohnstatt gemacht hatte. Sie zündete ein Feuer an, brachte etwas Wasser zum Kochen und machte Tee, aber nach Kochen war ihr nicht zumute. Sie nahm ein Stück Trockenfleisch und einige getrocknete Kirschen und setzte sich auf ihr Lager. Es war lange her, daß sie allein in ihrer Höhle gewesen war. Sie ging nach hinten, wo ihre alte Kiepe stand, und kramte darin herum, bis sie Durcs Tragefell fand. Es zusammenknüllend, drückte sie es sich gegen den Bauch und beobachtete das Feuer. Als sie sich niederlegte, stopfte sie es fest um sich.

Träume störten ihren Schlaf. Sie träumte von Durc und Ura, die herangewachsen und zusammengegeben worden waren. Sie träumte von Winnie an einem anderen Ort zusammen mit einem Fuchsfüllen. Einmal wachte sie schweißgebadet auf. Erst als sie ganz wach geworden war, wurde ihr klar, daß sie wieder ihren alten Schreckenstraum vom Erdbeben geträumt hatte. Warum suchte dieser Traum sie immer wieder heim?

Sie stand auf und schürte das Feuer, wärmte dann Tee auf und trank davon. Baby war immer noch nicht zurück. Sie nahm Durcs Tragefell und dachte wieder an Odas Geschichte von dem Mann der Anderen, der ihr Gewalt angetan hatte. Oda hatte gesagt, er habe so ausgesehen wie sie. Ein Mann wie ich – wie mag der wohl aussehen?

Ayla versuchte, sich einen Mann wie sie vorzustellen, bemühte sich, sich ihre Züge ins Gedächtnis zurückzurufen, wie sie sie in dem Teich gesehen hatte, doch das einzige, woran sie sich noch erinnerte, war ihr Haar, das das Gesicht einrahmte. Damals hatte sie es lang getragen, nicht zu vielen Zöpfen geflochten, um das Haar nicht dauernd im Gesicht zu haben. Es war gelb wie Winnies Fell. Allerdings leuchtender, golden fast.

Doch jedesmal, wenn sie sich das Gesicht eines Mannes vorzustellen versuchte, sah sie Broud, der sie hämisch anstarrte. Das Gesicht eines Mannes der Anderen vermochte sie sich nicht vorzustellen. Ihre Augen wurden müde, und sie legte sich wieder hin. Sie träumte von Winnie und einem Fuchshengst. Und dann von einem Mann. Sein Gesicht war verschwommen und undeutlich, wie im Schatten. Nur eines war klar. Er hatte gelbes Haar.

15

»Das machst du gut, Jondalar. Wir werden doch noch einen Flußmann aus dir machen«, sagte Carlono. »In den großen Booten kommt es nicht drauf an, ob man einen Schlag verpaßt oder nicht. Das schlimmste, was dir passieren kann, ist, daß du den ganzen Rhythmus durcheinanderbringst, denn du bist ja nicht der einzige Ruderer. Bei kleinen Booten wie diesem aber ist die Steuerung wichtig. Einen Schlag zu verpassen, kann gefährlich, ja, tödlich sein. Sei dir des Flusses stets bewußt – vergiß nie, wie unberechenbar er sein kann. Hier ist er sehr tief, folglich sieht er ruhig aus. Aber du brauchst bloß das Paddel hineinzustecken, und schon spürst du, wie kräftig die Strömung ist. Gegen die anzukämpfen ist schwer – man muß mit ihr zusammenarbeiten.«
Carlono ließ den Mund nicht stillstehen, während er und Jondalar den kleinen Zwei-Mann-Einbaum in die Nähe der Bootslände der Ramudoi lenkten. Jondalar hörte nur halb zu, konzentrierte sich aber ganz auf die Handhabung des Paddels, damit das Boot, das er steuerte, auch wirklich dorthin glitt, wo er wollte. Trotzdem, unbewußt bekam er die Bedeutung dessen, was Carlono sagte, doch mit.
»Du denkst, es ist leichter, flußabwärts zu fahren, weil du dann nicht gegen die Strömung an mußt, aber das ist ein Irrtum. Wenn du gegen die Strömung fährst, mußt du die ganze Zeit über beim Boot und beim Fluß sein und darfst keinen Augenblick an was anderes denken. Du weißt, wenn du in deiner Aufmerksamkeit nachläßt, kannst du alles verlieren, was du gewonnen hast. Läßt man sich mit der Strömung treiben, ist die Versuchung zu groß, nachlässig zu sein und an was anderes zu denken, und dann schlägt der Fluß zu. Weiter unten gibt es mitten im Fluß Felsen, die noch weit über das Flußbett heraus in die Tiefe reichen. Ehe du dich's versiehst, kann die Strömung dich dagegenwerfen; oder du rammst irgendeinen Baumstamm, der sich so mit Wasser vollgesogen hat, daß er ganz tief liegt. Der Mutter nie den Rücken zukehren! Das ist Regel Nummer eins. Sie steckt voller Überraschungen. Gerade, wenn du denkst, du weißt, was auf dich zukommt und alles für selbstverständlich hältst, tut sie das Unerwartete.«
Der ältere Mann setzte sich zurück und zog sein Paddel aus dem Wasser. Nachdenklich musterte er Jondalar und bemerkte, wie konzentriert er war.

Das blonde Haar hatte er sich zurückgestrählt und mit einem Riemen am Hinterkopf zusammengenommen – eine lobenswerte Vorsichtsmaßnahme. Er hatte die Kleidung der Ramudoi übernommen, die eigentlich nichts anderes war als die Kleidung der Shamudoi, nur den besonderen Lebensbedingungen am und auf dem Fluß angepaßt.

»Warum fährst du nicht zurück zur Bootslände und läßt mich aussteigen, Jondalar? Ich glaube, es ist an der Zeit, daß du es allein versuchst. Es ist schon ein Unterschied, wenn man mit dem Fluß ganz allein ist.«

»Meinst du, ich bin soweit?«

»Für jemand, der nicht hineingeboren wurde, hast du sehr schnell gelernt.«

Jondalar war darauf erpicht, sich und sein Können allein am Fluß zu messen. Ramudoi-Jungen besaßen für gewöhnlich ihren eigenen Einbaum, noch ehe sie Männer waren. Unter den Zelandonii hatte er sich längst bewährt. Er war kaum älter gewesen als Darvo und hatte bisher weder sein Handwerk erlernt noch seine volle Größe erreicht, da hatte er bereits seine erste Jagdbeute nach Hause gebracht. Jetzt konnte er den Speer mit mehr Kraft und weiter schleudern als die meisten Männer. Doch wenn er auch auf den Ebenen gejagt hatte – hier, auf dem Wasser, fühlte er sich noch nicht ganz zu Hause. Kein Flußmann galt als richtiger Mann, solange er nicht einen der großen Störe harpuniert, und kein Shamudoi auf dem Land galt als Mann, bevor er nicht ganz auf sich allein gestellt oben in den Bergen eine Gemse erlegt hatte.

Er hatte sich vorgenommen, Serenio nicht eher zu seiner Frau zu machen, bevor er nicht bewiesen hatte, daß er sowohl ein Shamudoi als auch ein Ramudoi sein konnte. Dolando hatte versucht, ihn zu überzeugen, um das zu tun, sei weder das eine noch das andere nötig: keiner bezweifele seine Fähigkeiten. Hätte es da noch irgendeines Beweises bedurft, so habe die Nashornjagd jeden Zweifel beseitigt. Jondalar hatte herausbekommen, daß keiner der anderen jemals zuvor Jagd auf ein Nashorn gemacht hatte. Die Ebenen waren für gewöhnlich nicht ihr Jagdrevier.

Jondalar versuchte nicht dahinterzukommen, warum er eigentlich das Bedürfnis hatte, besser zu sein als alle anderen; dabei hatte er früher nie das Gefühl gehabt, andere bei der Jagd übertreffen zu müssen. Sein ganzes Interesse galt der Steinschlägerei; einzig darin hatte er je etwas Besonderes leisten wollen. Dabei ging es ihm gar nicht um irgendwelchen Wettbewerb. Es verschaffte ihm nur eine tiefe persönliche Befriedigung, sein Können in dieser Kunst zu vervollkommnen. Später hatte der Shamud unter vier Augen mit Dolando gesprochen und ihm erklärt, der große Zelandonii müsse vor sich selbst beweisen, daß er voll akzeptiert werde.

Serenio und er hatten jetzt solange zusammengelebt, daß er meinte, dies Band auch förmlich besiegeln zu müssen. Sie war so gut wie seine Gefährtin.

Für die meisten Menschen galten sie als Ehepaar. Er begegnete ihr mit Achtung und behandelte sie rücksichtsvoll, und für Darvo war er der Mann des Herdfeuers. Doch nach dem Abend, da Tholie und Shamio sich verbrüht hatten, schien immer irgendwie das eine oder das andere dazwischenzukommen und war er nie ganz in der richtigen Stimmung. Es war leicht, das Leben zusammen mit ihr einfach seinen Gang nehmen zu lassen. Spielt es wirklich eine Rolle, fragte er sich.

Serenio bedrängte ihn nicht – sie stellte immer noch keine Forderungen an ihn – und bewahrte ihre abwehrende Zurückhaltung. Doch in letzter Zeit hatte sie ihn mit einem ganz aus der Tiefe ihrer Seele kommenden Blick angestarrt, der ihn überrascht und nicht mehr losgelassen hatte. Er war es, der sich durch diesen Blick verunsichert fühlte und sich als erster abwandte. So nahm er sich vor, sich selbst zu beweisen, daß er ein vollwertiger Sharamudoi-Mann sein konnte, und ließ diese Absicht auch durchblicken. Manche nahmen das als Bekundung des Versprechens, obwohl kein Fest des Versprechens abgehalten wurde.

»Fahr diesmal noch nicht so weit«, sagte Carlono, als er aus dem kleinen Boot stieg. »Nimm das Ganze als Versuch, allein mit dem Einbaum fertig zu werden.«

»Die Harpune nehme ich aber trotzdem mit. Wo ich einmal dabei bin, kann es ja nichts schaden, mich auch im Umgang damit zu üben«, sagte Jondalar und griff nach der Waffe, die auf dem Bootssteg lag. Er legte den langen Schaft unter die Sitze auf den Boden, rollte die Leine daneben auf und steckte die mit Widerhaken versehene Knochenspitze in eine seitlich am Boot angebrachte Halterung und verschloß sie. Der wichtigste Teil der Harpune mit der scharfen Spitze und den zurückgebogenen Haken war nichts, was man einfach im Boot herumliegen ließ. Kam es zu einem Unglücksfall, war es ebenso schwierig, sie aus einem Menschen herauszubekommen wie aus einem Fisch – ganz zu schweigen davon, wie schwierig es war, dem Knochen mit Steinwerkzeugen diese besondere Form zu geben. Ein Einbaum, der kenterte, sank selten, lose herumliegendes Gerät hingegen tat das.

Jondalar ließ sich auf dem Rücksitz nieder, während Carlono das Boot festhielt. Nachdem die Harpune gesichert worden war, nahm er das Doppelpaddel und stieß ab. Ohne die Last eines zweiten, weiter vorn sitzenden Mitfahrers, lag das Boot höher im Wasser und war schwieriger zu handhaben. Doch nachdem er sich dem veränderten Auftrieb etwas angepaßt hatte, glitt er rasch mit der Strömung flußabwärts und benutzte das Paddel seitlich vom Heck als Ruder. Dann beschloß er, gegen die Strömung flußaufwärts zurückzupaddeln. Bestimmt war es leichter, gegen die Strömung anzukommen, solange er noch frisch war, und sich dann später zurücktragen zu lassen.

Er war aber bereits weiter flußabwärts gekommen, als ihm klargeworden war. Als er die Bootslände endlich vor sich sah, wäre er fast gelandet, besann sich dann jedoch eines Besseren und paddelte vorbei. Er war entschlossen, die Kunst des Bootfahrens zu erlernen, und dazu gehörte eine ganze Reihe Fertigkeiten. Nichts und niemand, am allerwenigsten er selbst, sollte ihm vorwerfen können, er habe die Besiegelung der zwischen ihm und Serenio bestehenden Bande hinausgeschoben. Er lächelte dem winkenden Carlono zu, legte jedoch nicht an.

Stromaufwärts verbreiterte der Fluß sich und es nahm die Kraft der Strömung ab, so daß es leichter fiel, gegen sie anzupaddeln. Er erkannte den gegenüberliegenden Uferstreifen und hielt darauf zu. Es handelte sich um einen kleinen, abgeschlossenen Strand unter einer überhängenden Weide. Er fuhr dicht heran, und das jetzt vergleichsweise leichte Boot glitt mühelos über seichte Stellen hinweg; dann ließ er das Boot rückwärts treiben und lenkte mit dem Paddel. Sein Blick war ganz allgemein auf das Wasser gerichtet, doch dann faßte er einen großen, reglos unter der Wasseroberfläche stehenden Schatten genauer ins Auge.

Es war noch früh im Jahr für Störe. Für gewöhnlich schwammen sie erst zu Beginn des Sommers flußabwärts, doch war es warm gewesen, und der früh einsetzende Frühling hatte den Fluß anschwellen lassen. Jondalar blickte genauer hin und sah eine ganze Reihe der riesigen Fische lautlos vorübergleiten. Sie befanden sich also schon auf der Laichwanderung! Das war seine Chance. Er konnte den ersten Stör des Jahres heimbringen!

Er legte das Paddel ins Boot und griff nach der Harpune, um sie zusammenzustecken. Ohne Lenkung drehte das kleine Boot sich um die eigene Achse und trieb leicht seitlich mit der Strömung. Als Jondalar die Leine am Bug befestigt hatte, stand das Boot ein wenig quer zur Strömung, schwankte jedoch nicht, und er brannte vor Jagdfieber. Er hielt nach dem nächsten Fisch Ausschau und sollte nicht enttäuscht werden. Ein riesiger dunkler Schatten kam auf ihn zugeschwommen – jetzt wußte er, woher der Ausdruck ›Haduma‹-Fisch kam, doch gab es noch viele andere seiner Größe.

Vom Fischen mit den Ramudoi wußte er, daß das Wasser den wahren Standort eines Fisches veränderte. Er befand sich nicht dort, wo er zu sein schien – so hatte die Mutter Ihre Geschöpfe versteckt, bis Ihr Geheimnis offenbar geworden war. Während der Fisch näherkam, zielte Jondalar dergestalt, daß die Brechung durch das Wasser berücksichtigt wurde. Er lehnte sich über die Bordwand, wartete, und schleuderte die Harpune vom Bug aus auf den Stör. Das Boot schoß mit gleicher Kraft in die entgegengesetzte Richtung quer zur Strömung zur Flußmitte hinaus. Aber er hatte richtig gezielt. Die Spitze der Harpune hatte sich tief in die Flanke des riesigen Störs hineingebohrt, was jedoch nicht viel besagte. Der Fisch war seiner Kraft und seiner Wendigkeit keineswegs beraubt. Er schwamm mit Macht flußaufwärts in die Mitte des Stromes hinaus, um tieferes Wasser aufzusuchen. Rasch haspelte sich die Leine ab, um sich dann mit einem Ruck zu straffen.

Das Boot wurde herumgerissen, so daß Jondalar fast über Bord ging. Als er sich an der Bootswand festhielt, hüpfte das Paddel in die Höhe, kippelte und fiel ins Wasser. Er ließ die Bordwand fahren und lehnte sich weit hinaus, um es zu fassen zu bekommen. Der Einbaum legte sich auf die Seite. Jondalar mußte sich wieder festhalten, doch in diesem Augenblick hatte der Stör die Hauptströmung erreicht, schwamm machtvoll stromaufwärts und brachte das Boot wieder in die Gerade, so daß Jondalar gleichsam wieder hineingestoßen wurde. Er saß da und rieb sich eine Schramme am Schienbein, während das kleine Boot schneller denn je zuvor flußaufwärts gezogen wurde.

Wieder hielt er sich an der Bordwand fest, schob sich nach vorn und sah mit angstgeweiteten Augen rasend das Ufer vorübergleiten. Er griff nach der straff ins Wasser hineinführenden Leine und ruckte daran in der Hoffnung, dem Fisch die Harpune aus dem Fleisch zu reißen. Statt dessen neigte der Bug sich plötzlich so sehr, daß das Boot Wasser übernahm. Der Stör schlug Haken und zog das Boot hin und her. Jondalar ließ die Leine nicht fahren und rutschte von einer Seite auf die andere.

Er merkte es nicht, als er an der Bootsbau-Lichtung vorüberkam, und sah auch die Menschen nicht, die offenen Mundes auf das kleine Boot starrten, das im Schlepptau eines riesigen Fischs flußaufwärts vorüberschoß, während Jondalar über der Bootswand hing, die Leine mit beiden Händen gepackt hielt und versuchte, die Harpune herauszuziehen.

»Habt ihr das gesehen?« fragte Thonolan. »Mein Bruder hat einen flüchtenden Fisch an der Angel! Ich glaube, jetzt gibt es nichts mehr, was ich nicht gesehen habe.« Aus seinem Grinsen wurde ein Feixen. »Habt ihr gesehen, wie er sich an der Leine festhielt und versuchte, den Fisch dazu zu bringen, daß er losläßt?« Er schlug sich auf die Schenkel und schüttete sich aus vor Lachen. »Nicht er hat einen Fisch gefangen – der Fisch hat ihn gefangen!«

»Thonolan, das ist gar nicht komisch«, sagte Markeno, dem es allerdings schwerfiel, sich seinerseits das Lachen zu verbeißen. »Dein Bruder ist in Schwierigkeiten.«

»Ich weiß. Ich weiß. Aber habt ihr ihn nicht gesehen? Wie er von einem Fisch flußaufwärts geschleppt wurde? Sag mir bloß, das ist nicht komisch!«

Thonolan mußte wieder lachen, half aber gleichzeitig Markeno und Barono, ein Boot zu Wasser zu lassen. Dolando und Carolio kletterten gleichfalls hinein. Sie stießen ab und paddelten so rasch stromaufwärts, wie sie konnten. Jondalar saß in der Klemme; konnte sein, daß er in Gefahr war.

Der Stör wurde schwächer. Die Harpune zehrte an seiner Lebenskraft; dabei mußte er auch noch das Boot und den Mann darin ziehen! Die rasende Fahrt verlangsamte sich, doch gab das Jondalar kaum mehr als Zeit zum Überlegen – es lag immer noch nicht in seiner Hand, wohin der Einbaum fuhr. Er war weit flußaufwärts gezogen worden und glaubte nicht, seit jener ersten Bootsfahrt bei Schnee und heulenden Winden jemals so weit gekommen zu sein. Plötzlich fiel ihm ein, daß er die Leine ja kappen könnte. Es hatte keinen Sinn, sich noch weiter flußaufwärts schleppen zu lassen.

Er ließ eine Bootswand los und griff nach seinem Messer. Doch ausgerechnet in dem Augenblick, da er die Steinklinge mit dem Hirschhorngriff daran aus der Scheide ziehen wollte, raffte der Stör sich zu einer letzten Gewaltanstrengung auf, um sich von der Harpunenspitze zu befreien. Er schlug mit solcher Gewalt mit dem Schwanz, um vorwärtszuschnellen, daß der Bug des Einbaums jedesmal ins Wasser gedrückt wurde, wenn der Fisch wieder in die Tiefe ging. Jondalar versuchte die Leine zu kappen, da das Boot tanzte und von einer Seite auf die andere geworfen wurde. Er sah den mit Wasser vollgesogenen Baumstamm nicht, der tief im Wasser liegend mit der Strömung auf ihn zugeschwommen kam, bis er gerammt wurde und Jondalar das Messer aus der Hand flog.

Er fand rasch das Gleichgewicht wieder und versuchte, die Leine etwas einzuziehen, um dem Boot einigen Freiraum zu verschaffen, damit es sich nicht so gefährlich überlegte. Sich ein letztesmal verzweifelt aufbäumend, um freizukommen, schoß der Stör aufs Ufer zu und schaffte es auf diese Weise, sich endlich die Harpune aus dem Fleisch zu reißen. Aber es war schon zu spät. Die letzte Lebenskraft entwich aus der klaffenden Wunde. Das riesige Meeresgeschöpf sank auf den Boden des Flusses hinunter, trieb dann wieder in die Höhe und schaukelte mit dem Bauch nach oben auf der Wasseroberfläche. Nur ein Zucken gab Zeugnis von dem gewaltigen Kampf, den der urzeitliche Fisch gekämpft hatte.

Der Fluß machte in seinem langen gewundenen Lauf gerade dort, wo der Fisch verendet war, eine leichte Biegung und rief eine brodelnde Richtungsänderung in der Strömung hervor. Das letzte Vorwärtsschießen des Störs trug ihn in ein totes Stauwasser in Ufernähe hinein. Das Boot, das eine schlaffe Leine hinter sich herzog, bockte und kippelte, rammte immer wieder den Baumstamm und den Fisch, der seinen Platz in der unentschlossenen Zone zwischen Stauwasser und Hauptströmung mit ihm teilte.

In der plötzlichen Flaute ging Jondalar plötzlich auf, daß er Glück gehabt hatte, die Leine nicht gekappt zu haben. Ohne Paddel konnte er das Boot nicht steuern, wenn es jetzt flußabwärts trieb. Das Ufer war nahe: ein schmaler, felsiger Uferstreifen, der an der Stelle, wo die Biegung ansetzte, an einem

Steilufer wie angeschnitten endete. Bäume wuchsen so nahe am Rand des Wassers, daß nacktes Wurzelwerk hervorschaute, das vergeblich versuchte, in der Luft Halt zu suchen. Vielleicht ließ sich dort etwas finden, was ihm als Paddel dienen konnte. Er holte tief Luft, um sich auf den Sprung ins kalte Wasser vorzubereiten, dann ließ er sich über die Bordwand gleiten.

Es war tiefer, als er erwartet hatte; das Wasser ging ihm bis über den Kopf. Das im Stauwirbel sich drehende Boot fand den Weg zurück in die Hauptströmung, wohingegen der Fisch weiter ans Ufer getrieben wurde. Jondalar schickte sich an, dem Boot nachzuschwimmen, doch der leichte Einbaum, der kaum die Wasseroberfläche berührte, drehte sich um die eigene Achse und trieb schneller davon, als er folgen konnte.

Das eisige Wasser machte benommen, und so wandte er sich dem Ufer zu. Der Stör stieß immer wieder auf Grund. Jondalar schwamm darauf zu, packte ihn beim offenstehenden Maul und schleppte ihn hinter sich her. Wozu jetzt auch noch den Fisch verlieren! Er schleifte ihn ein kurzes Stück das Ufer hinauf, doch war er sehr schwer. Hoffentlich blieb er liegen. Jetzt, wo ich kein Boot mehr habe, brauche ich auch kein Paddel mehr zu suchen, dachte er; aber vielleicht finde ich etwas Holz zum Feuermachen. Er war bis auf die Haut naß und fror erbärmlich.

Er griff nach dem Messer, fand aber die Scheide leer. Er hatte vergessen, daß es ihm aus der Hand gesprungen war, und ein zweites hatte er nicht bei sich. Zwar trug er für gewöhnlich eine Reserveklinge in dem Beutel bei sich, den er an der Hüfte hängen hatte, doch das nur, wenn er Zelandonii-Kleidung trug. Als er angefangen hatte, sich wie die Ramudoi zu kleiden, hatte er den Beutel aufgegeben. Vielleicht fand er Material für Bohrholz und Bohrer, um ein Feuer entzünden zu können. Doch ohne Messer kannst du kein Holz schneiden und weder Zunder schaben noch Anmachholz spalten. Er erschauderte. Aber ich kann etwas Holz suchen.

Er blickte um sich und hörte, wie es im Gestrüpp raschelte. Der Boden war bedeckt mit moderndem Holz, Laub und Moos. Kein trockener Ast weit und breit. Du kannst dir trockenes ›Klein-Holz‹ holen, dachte er und sah sich nach den trockenen unteren Zweigen von Nadelhölzern um, die sich unter den grünen Zweigen am Stamm hielten. Doch dies hier waren nicht die Nadelholzwälder seiner Heimat. Das Klima hier war weniger streng und stand nicht so sehr unter dem Einfluß des Gletschereises im Norden. Es war kühl und konnte auch recht kalt werden, aber die Luft war feucht. Was hier wuchs, war der Laubwald der gemäßigten Zonen und kein nördlicher Nadelwald. Die Bäume waren von der Art, aus denen man die Boote machte: Hartholzbäume.

Um ihn herum wuchsen Eichen und Rotbuchen, ein paar Hainbuchen und Weiden, knorrige Bäume mit dicken braunen, borkenbesetzten Stämmen und schlanken Stämmen mit glatterer grauer Rinde, aber keinerlei Nadelbäume mit ›Klein-Holz‹. Es war Frühling, und selbst die kleineren Zweige knospten und standen voller Saft. Er hatte gelernt, wie man diese Hartholzbäume fällte. Das war nicht leicht, selbst dann nicht, wenn man eine gute Steinaxt hatte. Wieder erschauerte er. Er klapperte mit den Zähnen, rieb die Handflächen aneinander, lief auf der Stelle, nur um warm zu werden. Wieder vernahm er Rascheln im Gesträuch und meinte, irgendein Tier aufgescheucht zu haben.

Plötzlich wurde ihm der Ernst seiner Lage bewußt. Gewiß würden sie ihn vermissen und nach ihm suchen. Thonolan würde merken, daß er verschwunden war, oder? Ihre Wege kreuzten sich immer weniger, zumal auch er sich immer mehr der Lebensweise der Ramudoi anpaßte, während sein Bruder sich bemühte, ein Shamudoi zu werden. Er wußte nicht einmal, wo sein Bruder an diesem Tag war, vielleicht auf der Gamsjagd.

Nun, dann eben Carlono. Ob der wohl nach ihm suchen würde? Er hat gesehen, wie ich mit dem Boot flußaufwärts fuhr. Dann überlief Jondalar aus einem anderen Grund ein Schauder. Das Boot! Es ist davongeschwommen. Wenn sie ein leeres Boot finden, werden sie denken, du bist ertrunken, dachte er. Warum sollten sie nach dir suchen, wenn sie annehmen, daß du ertrunken bist? Wieder verschaffte der große Mann sich Bewegung, sprang auf der Stelle, schlug die Arme um sich, lief auf der Stelle, doch das Zittern wollte nicht weichen, und außerdem ermattete er. Die Kälte lähmte sein Denken.

Außer Atem ließ er sich fallen und rollte sich zu einer Kugel zusammen, um so viel Körperwärme wie möglich zu bewahren. Aber er klapperte mit den Zähnen und zitterte am ganzen Leib. Wieder hörte er es rascheln, näher diesmal, doch machte er sich nicht die Mühe nachzusehen. Dann schob sich etwas in seinen Gesichtskreis: zwei Füße – zwei nackte, schmutzige menschliche Füße. Erschrocken blickte er auf und erlebte einen derartigen Schock, daß er fast aufhörte zu zittern. Vor ihm, auf Armeslänge von ihm entfernt, stand ein Kind mit großen braunen Augen, die ihn aus den Schatten der vorspringenden Brauenwülste heraus anstarrten. Ein Flachschädel! dachte Jondalar. Ein junger Flachschädel.

Er war wie vor den Kopf geschlagen und erwartete mehr oder minder, daß das junge Tier jetzt, wo es gesehen wurde, zurückspringen würde ins Gebüsch. Doch der Junge regte sich nicht. Er stand einfach da, und nachdem sie sich eine Zeitlang schweigend gegenseitig angestarrt hatten, vollführte er weit ausholende, einladende Bewegungen. Der Flachschädel wiederholte die Aufforderung und trat versuchsweise einen Schritt zurück.

Was mochte er wollen? Will er, daß ich mit ihm komme? Als der Junge die

Bewegung wiederholte, machte Jondalar einen ersten Schritt hinter ihm her, war jedoch überzeugt, daß das Geschöpf fortlaufen würde. Doch der Junge trat nur einen Schritt beiseite und wiederholte die einladende Bewegung. Jondalar schickte sich an, ihm zu folgen, langsam erst, dann schneller, immer noch zitternd, doch wie gebannt.

Nach wenigen Augenblicken schob der Junge ein paar Zweige beiseite und gab den Blick auf eine Lichtung frei. Ein kleines, nahezu rauchloses Feuer brannte in der Mitte. Eine Frau sah erschrocken auf und zog sich angstvoll zurück, als Jondalar auf die zuckenden Flammen zuging. Dankbar hockte er sich davor nieder. Am Rande nahm er auch noch wahr, daß der junge Flachschädel und die Frau mit den Händen gestikulierten und kehlige Laute ausstießen. Er hatte den Eindruck, daß sie sich irgendwie verständigten, doch war er viel mehr damit beschäftigt, wieder warm zu werden, und wünschte, er hätte ein Fell oder ein Tuch.

Er achtete nicht weiter darauf, als die Frau hinter ihm verschwand, und war völlig überrascht, als er spürte, wie ihm ein Fell um die Schultern gelegt wurde. Er erhaschte noch den kurzen Blick aus dunkelbraunen Augen, ehe sie den Kopf senkte und davonkroch, merkte jedoch deutlich, daß sie Angst vor ihm hatte.

Selbst in feuchtem Zustand bewahrte die weiche Gamslederkleidung, die er trug, noch einige von ihren wärmebewahrenden Eigenschaften, und wo er jetzt Feuer und Fell hatte, wärmte Jondalar sich schließlich soweit auf, daß er aufhörte zu zittern. Erst dann wurde er sich bewußt, wo er war. Große Mutter! Das hier ist ein Flachschädel-Lager. Er hielt die Hände über die flackernden Flammen ausgestreckt, doch als ihm bewußt wurde, was das bedeutete, zuckte er zurück, als hätte er sich verbrannt.

Feuer! Sie kennen das Feuer? Vorsichtig streckte er wieder eine Hand nach den Flammen aus, als könnte er seinen Augen nicht trauen und müßte sich auch noch mit anderen Sinnen vergewissern, daß das, was er sah, stimmte. Dann bemerkte er das Fell, das ihm um die Schulter gelegt worden war. Er griff nach einem Zipfel und rieb es zwischen Daumen und Zeigefinger. Wolfspelz, zu diesem Schluß kam er, und gut durchgewalkt. Es ist weich, die Innenseite sogar erstaunlich weich. Das Fell schien nicht zu irgendeinem Zweck zurechtgeschnitten. Es handelte sich einfach um einen ganzen Wolfspelz.

Endlich drang die Wärme tief genug, so daß er sich erheben und dem Feuer den Rücken zukehren konnte. Er sah, daß der Junge oder Jüngling ihn beobachtete. Jondalar war sich nicht sicher, wieso er eigentlich überzeugt war, einen jungen männlichen Flachschädel vor sich zu haben. Wo er ein Fell um sich geschlungen und dieses mit einem Riemen festgebunden hatte, war das nicht ohne weiteres zu erkennen. Wenn er auch auf der Hut schien – sein

Blick war nicht verängstigt, wie der der Frau es gewesen war. Da fiel Jondalar ein, daß es bei den Losadunai geheißen hatte, Flachschädelfrauen kämpften nicht. Sie willigten einfach ein; so gesehen, bringe es gar keinen Spaß. Weshalb sollte überhaupt irgend jemand Lust auf eine Flachschädelfrau haben?

Während er weiterhin den Flachschädel musterte, kam Jondalar zu dem Schluß, daß dieser gar nicht mehr so jung und eher ein Jüngling als ein Junge sei. Daß er so klein war, hatte den falschen Eindruck hervorgerufen; seine Muskelentwicklung verriet jedoch große Kraft, und als er genauer hinsah, erkannte er auch einen weichen Anflug von Bartwuchs.

Der junge Flachschädel knurrte, woraufhin die Frau rasch zu einem Holzhaufen hinüberlief und ein paar Scheite zum Feuer brachte. Aus so großer Nähe hatte Jondalar bisher noch keine Flachschädelfrau zu sehen bekommen und wandte ihr jetzt den Blick zu. Sie war älter als der Jüngling, vielleicht seine Mutter, dachte er. Ihr schien nicht wohl in ihrer Haut; sie hatte es offensichtlich gar nicht gern, angestarrt zu werden. Gesenkten Kopfes zog sie sich zurück, und als sie den Rand der kleinen Lichtung erreichte, zog sie sich trotzdem immer weiter zurück, bis sie seinen Blicken entschwunden war. Das jedoch machte sie ganz unauffällig, und ehe er sich's versah, mußte er den Kopf ganz umdrehen. Einen Moment sah er woanders hin, und als er wieder hinblickte, hatte sie sich so wirkungsvoll verborgen, daß er sie zuerst überhaupt nicht sah. Hätte er nicht gewußt, daß sie da war, er würde sie überhaupt nicht gesehen haben.

Sie hat Angst. Mich wundert, daß sie nicht weggelaufen ist, statt Holz zu bringen, wie er ihr aufgetragen hat. Es muß an der Kälte liegen, daß mir der Kopf schwimmt. Ich kann nicht klar denken.

Wenn er sich innerlich auch dagegen sträubte, Jondalar konnte sich des Gefühls nicht erwehren, daß der Jüngling der Frau in der Tat befohlen hatte, Holz herbeizubringen. Auf irgendeine Weise mußte er ihr das zu verstehen gegeben haben. Jondalar wandte seine Aufmerksamkeit wieder dem Jüngling zu und hatte ausgesprochen den Eindruck von Feindseligkeit. Er wußte nicht, was sich plötzlich geändert hatte; er wußte nur, daß es dem jungen Mann offensichtlich nicht gefallen hatte, daß er die Frau gemustert hatte. Er war überzeugt, eine falsche Bewegung in ihre Richtung, und er wäre in größten Schwierigkeiten. Es war nicht klug, den Flachschädelfrauen zuviel Aufmerksamkeit zu schenken. Jedenfalls nicht in Gegenwart von Flachschädelmännern, welchen Alters auch immer.

Die Spannung legte sich, als Jondalar keinerlei Anstalten machte, sich mit der Frau zu beschäftigen oder sie weiterhin anzusehen. Während er dem Flachschädel Auge in Auge gegenüberstand, spürte er, daß sie Maß aneinander nahmen und, was beruhigender war, daß er einem Mann gegenüberstand.

Dabei sah dieser Mann ganz anders aus als alle Männer, die er kannte. Auf all seinen Reisen waren alle diejenigen, denen er begegnet war, deutlich erkennbar Menschen gewesen. Gewiß, sie hatten verschiedene Sprachen gesprochen und unterschiedliche Sitten und Gebräuche gehabt und in unterschiedlichen Unterkünften gelebt – aber sie waren Menschen gewesen.
Bei diesem hier war das anders; aber war er ein Tier? Er war viel kleiner und gedrungener als er, doch seine nackten Füße sahen genauso aus wie die seinen. Zwar hatte er leichte O-Beine, doch ging er aufrecht wie jeder andere Mensch auch. Zwar war er ein wenig behaarter als üblich, zumal auf Armen und Schultern, dachte Jondalar, doch ein Fell konnte man das eigentlich nicht nennen. Er kannte ein paar Männer, die genauso behaart waren. Der Flachschädel hatte einen kolossalen Brustkorb, der schon jetzt eine gewaltige Kraft verriet; so jung er offensichtlich war, es schien Jondalar nicht geraten, sich mit ihm anzulegen. Doch waren die Flachschädelmänner trotz ihrer gewaltigen Muskulatur immer noch genau wie Menschen. Das Gesicht, der Kopf – da lag der Unterschied. Doch was für ein Unterschied? Er hatte mächtige Brauenwülste, und die Stirn war bei ihm nicht so hoch wie bei Jondalars Artgenossen, und außerdem floh sie; dabei hatte er einen großen Kopf. Kurzer Hals, kein Kinn, gerade, daß der Unterkiefer ein bißchen vorspringt, dazu die Nase mit dem breiten Jochbein. Er hat ein menschliches Gesicht, das zwar niemand ähnelt, den ich kenne, aber immerhin: aussehen tut es wie ein menschliches Gesicht. Und außerdem kennen sie das Feuer!
Nur sprechen tun sie nicht, und sprechen tun alle Menschen. Ich möchte mal wissen . . . haben sie sich miteinander verständigt? Große Doni! Er hat sich ja sogar mit mir verständigt! Wieso hat er gewußt, daß ich ein Feuer brauche? Und wieso sollte ein Flachschädel einem Menschen helfen? Jondalar war verwirrt.
Der junge Mann schien sich zu etwas durchgerungen zu haben. Er machte plötzlich dieselbe einladende Bewegung wie vorhin, da er Jondalar zum Feuer gebracht hatte, und verließ dann die Lichtung in der Richtung, aus der sie gekommen waren. Er schien zu erwarten, daß der Mensch ihm folge, was Jondalar auch tat, der froh war, den Wolfspelz um die Schultern zu haben, als er das Feuer in seinen noch feuchten Kleidern verließ. Als sie sich dem Fluß näherten, lief der Flachschädel voran, stieß rauhe Laute aus und wedelte mit den Armen. Ein kleines Tier huschte davon, doch war der Stör immerhin schon angenagt. Es lag auf der Hand, so groß er war, wenn man ihn unbewacht zurückließ, würde der Fisch nicht lange halten.
Der Ärger des jungen Mannes über das aasfressende Tier gab Jondalar unversehens Aufschluß über etwas. Sollte der Fisch der Grund dafür sein, daß

der Flachschädel ihm geholfen hatte? War es möglich, daß er etwas von dem Fisch haben wollte?

Der Flachschädel griff in eine Falte seines Überwurfs, holte einen Feuerstein mit scharfer Schneide hervor und tat so, als wolle er den Stör zerschneiden. Dann deutete er mit Gebärden an: etwas für dich und etwas für mich. Dann setzte er eine abwartende Miene auf. Also war es klar. Für Jondalar stand es außer Zweifel, daß der Jüngling einen Anteil vom Fisch haben wollte. Eine Fülle von Fragen bedrängte ihn.

Woher hatte der Flachschädel das Werkzeug? Jondalar hätte es sich gern näher betrachtet, doch wußte er auch jetzt schon, daß es nicht so verfeinert war wie die von ihm geschaffenen Geräte, denn schließlich war es aus grobkörnigerem Feuerstein geschlagen und wies keine so schmale Schneide auf, aber immerhin war es ein brauchbares Messer. Jemand hatte es gemacht, es nach einem zweckentsprechenden Vorbild geformt. Doch mehr als das Werkzeug waren es Fragen, die ihn beunruhigten. Der junge Mann hatte nicht gesprochen, sich gleichwohl jedoch deutlich verständlich gemacht. Jondalar war sich nicht sicher, ob er seine Wünsche genauso direkt und mühelos hätte kundtun können.

Der Flachschädel nickte erwartungsvoll, und Jondalar nickte, obwohl er nicht wußte, ob diese Gebärde verstanden werden würde oder nicht. Doch war seine Absicht nicht nur im Kopfnicken zum Ausdruck gekommen, und so machte der junge Mann sich unverzüglich daran, den Fisch zu zerteilen.

Während der Zelandonii ihn dabei beobachtete, brach ein Sturm in ihm los, der tiefverwurzelte Überzeugungen zum Wanken brachte. Was war ein Tier? Ein Tier konnte vorschießen und sich einen Happen schnappen. Ein intelligenteres Tier mochte den Menschen für gefährlich halten und abwarten, bis er sich entfernte oder starb. Auf jeden Fall würde ein Tier nie begreifen, daß ein vor Kälte schlotternder Mensch Wärme brauchte; es würde auch kein Feuer haben und den Menschen dorthin führen; und würde niemals darum *bitten*, etwas von dem von ihm Erlegten abzubekommen. Das war menschliches Verhalten; das war menschlich.

Das Gebäude seiner Überzeugungen – die er schon mit der Muttermilch aufgesogen und gleichsam im Blut hatte – war ins Wanken geraten. Flachschädel waren Tiere. Jeder sagte, daß Flachschädel Tiere seien. Lag das denn nicht auf der Hand? Schließlich konnten sie nicht reden. Ist das alles? Besteht darin der ganze Unterschied?

Jondalar hätte nichts dagegen gehabt, auch wenn er den ganzen Fisch genommen hätte, aber er war neugierig. Wieviel konnte der Flachschädel mitnehmen? Zerlegt werden mußte der Stör ohnehin. Er war viel zu schwer, ihn so zu transportieren. Vier Männer hätten ihn nur mit Mühe hochheben können.

Plötzlich interessierte ihn der Flachschädel nicht mehr. Sein Herz jagte. Hatte er etwas gehört?

»Jondalar! Jondalar!«

Der Flachschädel machte ein erschrockenes Gesicht, doch Jondalar zwängte sich durch die Bäume am Ufer, um den Fluß besser überblicken zu können.

»Hier! Hier bin ich, Thonolan!« Also hatte sein Bruder sich doch aufgemacht, nach ihm zu suchen. Er sah eine Bootsladung Menschen in der Flußmitte und rief sie nochmals an. Sie sahen ihn, winkten zurück und ruderten auf ihn zu.

Ein gepreßtes Keuchen ließ ihn seine Aufmerksamkeit wieder auf den Flachschädel richten. Er sah, daß der Stör am Strand der Länge nach von der Rükkenflosse bis zum Bauch in zwei Hälften zerteilt worden war; außerdem hatte der junge Flachschädel eine Hälfte auf eine große Lederhaut geschafft, die er daneben ausgebreitet hatte. Während der große Mann zusah, nahm der junge Flachschädel die Enden der Haut zusammen und schlang sich die gesamte Ladung auf den Rücken. Der halbe Fischkopf und der halbe Schwanz schauten oben zu dem riesigen Sack heraus; dann verschwand der Flachschädel im Wald.

»Warte!« rief Jondalar und rannte hinter ihm her, holte ihn aber erst ein, als er die Lichtung betrat. Die Frau, die einen großen Korb auf dem Rücken trug, zog sich bei seinem Näherkommen wieder in die Schatten zurück. Nichts deutete darauf hin, daß die Lichtung jemals benutzt worden wäre; nicht einmal eine Spur vom Feuer war zurückgeblieben. Hätte er die Hitze nicht gespürt, die es ausgestrahlt hatte, er würde bezweifelt haben, jemals hier gewesen zu sein.

Er nahm den Wolfspelz von der Schulter und hielt ihn vor sich hin. Auf einen Grunzlaut des Mannes hin nahm sie ihn, doch dann zogen sie sich beide lautlos in den Wald zurück und waren gleich darauf verschwunden.

Jondalar fröstelte in seinen klammen Kleidern, als er an den Fluß zurückkehrte. Gerade als er aufs Ufer trat, legte das Boot an, und er lächelte, als er seinen Bruder herausklettern sah. Sie schlossen sich herzlich und brüderlich in die Arme.

»Thonolan! Bin ich froh, dich zu sehen! Ich hatte schon befürchtet, wenn sie das leere Boot finden, würden sie mich für verloren aufgeben.«

»Großer Bruder, wie viele Flüsse haben wir nicht zusammen überquert? Denkst du etwa, ich weiß nicht, daß du schwimmen kannst? Als wir das Boot fanden, wußten wir, daß du weiter flußaufwärts sein müßtest – nur wie weit, wußten wir nicht.«

»Wer hat denn den halben Fisch genommen?« fragte Dolando.

»Den habe ich verschenkt.«

»Verschenkt? An wen denn?« fragte Markeno.
»An wen *hast* du ihn denn verschenken können?« fügte Carolio noch hinzu.
»An einen Flachschädel.«
»Einen Flachschädel?« wiederholten viele Stimmen wie aus einem Mund.
»Wieso kommst du dazu, die Hälfte von einem so großen Fisch einem Flachschädel zu schenken?« fragte Dolando.
»Er hat mir geholfen und darum gebeten.«
»Was für einen Unsinn erzählst du da! Wie sollte ein Flachschädel um etwas bitten?« sagte Dolando. Er war zornig, was Jondalar verwunderte. Der Anführer der Sharamudoi zeigte selten seinen Zorn. »Wo ist er?«
»Jetzt ist er fort, irgendwo im Wald. Ich war naß und klapperte dermaßen mit den Zähnen, daß ich glaubte, nie wieder warm zu werden. Da tauchte plötzlich dieser junge Flachschädel auf und führte mich an sein Feuer . . .«
»Feuer? Seit wann machen Flachköpfe Feuer?« fragte Thonolan.
»Ich habe Flachköpfe erlebt, die das Feuer kannten«, sagte Barono.
»Und ich bin ihnen auf dieser Seite des Flusses auch schon begegnet. Wie viele waren es?« wollte Dolando wissen.
»Nur der Junge und eine ältere Frau. Vielleicht seine Mutter«, erwiderte Jondalar.
»Wenn sie ihre Frauen dabei haben, sind sie zu mehreren.« Der untersetzte Anführer warf einen suchenden Blick umher. »Vielleicht sollten wir zu einer Jagd auf die Flachschädel aufrufen und mit diesem Gezücht aufräumen.«
Dolandos Stimme hatte etwas Häßliches und Bedrohliches, daß Jondalar hellhörig wurde. Es war nicht das erste Mal, daß er feindselige Untertöne herausgehört zu haben meinte, wenn der Anführer von den Flachschädeln gesprochen hatte, doch noch nie mit dieser Heftigkeit.
Wer Anführer bei den Sharamudoi wurde, mußte Können beweisen und überzeugen. Dolando wurde stillschweigend als Anführer anerkannt, nicht, weil er alles am besten konnte, sondern weil er grundsätzlich fähig war, es verstand, Menschen anzuziehen und mit Problemen fertigzuwerden, wenn sie sich stellten. Er befahl nicht; er schmeichelte, drohte, überzeugte und schloß Kompromisse und lieferte im allgemeinen das Öl, um die Wogen zu glätten, die unvermeidlich hochgingen, wo Menschen, die zusammenlebten, sich aneinanderrieben. Er war politisch klug, besaß Durchsetzungsvermögen, und für gewöhnlich wurden seine Entscheidungen auch akzeptiert; doch an sie gebunden war keiner. Die Auseinandersetzungen darüber konnten sehr lautstark geführt werden.
Er war selbstbewußt genug, seine Ansichten durchzusetzen, wenn er überzeugt war, daß sie richtig wären, sich aber notfalls auch an jemand anders wenden, der über mehr Wissen oder Erfahrung auf einem bestimmten Gebiet

verfügte. Im allgemeinen hielt er sich aus persönlichen Streitereien heraus, es sei denn, die Streitenden gerieten außer Rand und Band und jemand rief ihn dazu. Wenn auch im allgemeinen leidenschaftslos, konnte Grausamkeit, Dummheit oder Sorglosigkeit, welche die Höhle insgesamt bedrohten, durchaus seinen Zorn erregen; das galt auch, wenn jemand sich nicht verteidigen konnte. Und für Flachschädel. Er haßte sie. Für ihn waren sie nicht nur bloß Tiere, sondern gefährliche, tückische Tiere, die ausgerottet werden sollten.

»Ich habe gefroren«, erhob Jondalar Einspruch, »und da hat er mir geholfen. Er hat mich an sein Feuer gebracht, und sie haben mir ein Fell gegeben. Von mir aus hätte er auch den ganzen Fisch haben können, aber er hat nur die Hälfte genommen. Ich jedenfalls werde mich an einer Flachschädel-Jagd nicht beteiligen.«

»Normalerweise machen sie keine Scherereien«, sagte Barono. »Aber gut zu wissen, daß welche in der Gegend sind. Gerissen sind die. Jedenfalls ist es nicht ratsam, sich von einem Rudel überraschen zu lassen . . .«

»Blutrünstige Tiere sind das . . .«, sagte Dolando.

Barono kümmerte sich nicht um die Zwischenrufe. »Wahrscheinlich hast du Glück gehabt, daß es ein junger Flachschädel und ein Weibchen war. Die Weibchen kämpfen nicht.«

Thonolan gefiel die Richtung, welche die Unterhaltung nahm, gar nicht. »Und wie bringen wir jetzt diesen prächtigen Halbfang meines Bruders nach Hause?« Er mußte daran denken, wie es ausgesehen hatte, als der Fisch Jondalar hinter sich hergezogen hatte, und verzog das Gesicht zu einem Grinsen. »Nach dem Kampf, den der dir geliefert hat, wundert es mich, daß du den halben Fisch hast laufen lassen.«

Das Lachen griff auf die anderen über; alle waren erleichtert.

»Bedeutet das, daß er jetzt ein halber Ramudoi ist?« sagte Markeno.

»Wer weiß, vielleicht bringt er eine halbe Gemse mit, wenn wir ihn auf die Jagd mitnehmen«, sagte Thonolan. »Dann kann die andere Hälfte von mir aus Shamudoi sein.«

»Aber welche Hälfte wird Serenio haben wollen?« sagte Barono augenzwinkernd.

»Die Hälfte von ihm ist mehr, als die meisten anderen vorzuweisen haben«, erklärte Carolio energisch, und ihr Gesichtsausdruck ließ keinerlei Zweifel, daß es nicht seine Größe war, die sie meinte. Da man in den Unterkünften auf kleinstem Raum beieinander lebte, war sein Können unter den Fellen nicht unbemerkt geblieben. Jondalar errötete, doch wirkte das lüsterne Lachen endgültig befreiend. Die Spannung legte sich, sowohl in bezug auf die Sorgen, die sie sich um ihn gemacht hatten, als auch, was Dolandos Reaktion auf die Flachschädel betraf.

Sie brachten ein aus Pflanzenfasern geknüpftes Netz zum Vorschein, das sich auch im Wasser gut hielt, breiteten es neben der blutigen Hälfte des Störs aus und schoben den halben Fisch unter Ächzen und Stöhnen darauf und dann ins Wasser. Dort befestigten sie das Netz am Heck des Bootes.
Während alle anderen sich mit dem Fisch abmühten, wandte Carolio sich Jondalar zu und sagte ruhig: »Rosharios Sohn ist von Flachschädeln umgebracht worden. Er war ein junger Mann, noch nicht versprochen, aber sehr lustig und waghalsig und Dolandos ganzer Stolz. Kein Mensch weiß, wie es geschehen ist, aber Dolando hat dafür gesorgt, daß die ganze Höhle hinter ihnen herjagte. Ein paar haben sie erlegt – dann verschwanden sie. Er war ohnehin nicht sonderlich gut auf sie zu sprechen, aber seither . . .«
Jondalar nickte verständnisvoll.
»Wie hat denn dein Flachschädel seinen halben Fisch fortgeschafft?« fragte Thonolan, als sie ins Boot stiegen.
»Er hat ihn hochgehoben und getragen«, sagte Jondalar.
»Was? Einfach hochgehoben und getragen?«
»Ganz allein. Dabei war er noch nicht einmal voll ausgewachsen.«

Thonolan näherte sich der Holzunterkunft, die sich sein Bruder, Serenio und Darvo teilten. Sie bestand aus Planken, die an einem Firstbalken lehnten, der sich seinerseits sanft zu Boden neigte. Das Ganze nahm sich aus wie ein Zelt aus Holz, dessen dreieckige Vorderfront höher und breiter war als die Hinterwand und dessen Seitenwände Trapezform aufwiesen. Wie die Wanten des Bootes waren auch die Planken befestigt: so, daß das leicht dickere Ende mit dem etwas dünneren Ende der nächsten Planke überlappte und dann zusammengenäht wurde.
Es handelte sich um behagliche und solide Unterkünfte, deren Planken so fest übereinanderlagen, daß nur bei den älteren Helligkeit durch die Risse im getrockneten Holz hindurchschien. Da der Sandsteinüberhang sie vor den schlimmsten Unbilden der Witterung schützte, brauchten die Unterkünfte nicht ausgepicht oder kalfatert werden wie die Boote. Im Inneren wurden sie vornehmlich durch die steingesäumte Feuerstelle oder durch die Vorderöffnung erhellt.
Der Jüngere warf einen Blick hinein, um nachzusehen, ob sein Bruder noch schlief.
»Komm nur herein«, sagte Jondalar schniefend. Er saß auf der fellbedeckten Lagerstatt, hatte weitere Pelze um sich gehäuft und hielt einen Becher mit einer dampfenden heißen Flüssigkeit darin in Händen.
»Was macht deine Erkältung?« erkundigte Thonolan sich und setzte sich auf das erhöhte Lager.

»Der Erkältung geht's schlechter, mir selbst aber besser.«
»An deine nasse Kleidung hat kein Mensch gedacht, und als wir hierherkamen, wehte der Wind wirklich tüchtig durch die Flußenge.«
»Ich bin ja so froh, daß ihr mich gefunden habt.«
»Und ich freue mich, daß es dir bessergeht.« Thonolan schien sonderbarerweise nicht recht zu wissen, was er sagen sollte. Er zappelte herum, stand auf und ging auf die Türöffnung zu, kehrte dann zu seinem Bruder zurück. »Kann ich dir nicht irgend etwas holen?«
Jondalar schüttelte den Kopf und wartete. Irgend etwas bedrückte seinen Bruder, und er versuchte dahinterzukommen, was. Er brauchte nur Zeit dazu.
»Jondalar . . .«, hob Thonolan an, sprach dann jedoch nicht weiter. »Du lebst jetzt schon lange mit Serenio und ihrem Sohn zusammen.« Im ersten Augenblick dachte Jondalar, er würde jetzt darauf anspielen, daß ihre Beziehung noch nicht förmlich besiegelt war, doch darin irrte er sich. »Wie kommst du dir so vor, als Mann des Herdfeuers?«
»Du bist der Verheiratete, der Mann deines Herdfeuers.«
»Ich weiß, aber ist es eigentlich anders, wenn man ein Kind des eigenen Herdfeuers hat? Jetamio bemüht sich sehr, ein Baby zu bekommen, und jetzt . . . jetzt hat sie wieder eines verloren, Jondalar.«
»Das tut mir leid . . .«
»Mir ist es egal, ob sie jemals ein Baby bekommt oder nicht. Bloß – *sie* möchte ich nicht verlieren«, rief Thonolan mit halberstickter Stimme. »Wenn sie doch bloß aufhören würde, es zu versuchen.«
»Ich glaube nicht, daß ihr das freisteht. Die Mutter gibt . . .«
»Warum läßt die Mutter sie denn nicht wenigstens eines behalten!« rief Thonolan und streifte Serenio, als er hinauslief.
»Er hat dir von Jetamio erzählt . . .?« fragte Serenio. Jondalar nickte.
»Dieses hat sie länger behalten, aber um so schwerer ist es ihr dann gefallen, es zu verlieren. Wie froh bin ich, daß sie mit Thonolan jedenfalls glücklich ist. Das hat sie wirklich verdient.«
»Kommt denn alles wieder mit ihr in Ordnung?«
»Es ist nicht das erste Mal, daß eine Frau ein Kind verliert, Jondalar. Da mach dir nur keine Sorgen – sie wird sich schon wieder erholen. Wie ich sehe, hast du den Tee entdeckt. Er besteht aus Minze, Boretsch und Lavendel, falls du versuchen solltest, es herauszubekommen. Der Shamud hat gesagt, das würde dir bei deiner Erkältung helfen. Ich wollte nur eben nachsehen, ob du schon wach bist.«
»Mir geht es gut«, sagte er und bemühte sich, gesund auszusehen.
»Dann gehe ich lieber wieder hin und leiste Jetamio Gesellschaft.«

Als sie ging, setzte er den Becher ab und legte sich wieder hin. Seine Nase war verstopft, und er hatte Kopfschmerzen. Er wollte einfach nicht mehr darüber nachdenken – denn das ließ nur einen anderen Schmerz wachwerden, tief in seiner Magengrube. Es muß diese Erkältung sein, dachte er.

16

Der Frühling reifte in den Sommer hinein, und die Früchte der Erde mit ihm. Da sie eßbar wurden, sammelte die junge Frau sie ein, und zwar mehr aus Gewohnheit denn aus Notwendigkeit. Sie hätte sich die Mühe sparen können. Denn sie hatte schon alles im Überfluß; noch vom vorigen Jahr hatte sie Nahrung übrigbehalten. Doch Ayla wußte nicht, was mit der Mußezeit anfangen. Sie hatte nie gelernt, sie auszufüllen.

Obwohl sie nun auch im Winter hatte auf die Jagd gehen können, hatte das nicht ausgereicht, sie ständig beschäftigt zu halten. Dabei hatte sie das Fell von nahezu jedem Tier bearbeitet, das sie erlegten, und manchmal Pelze daraus gemacht, manchmal aber sie auch enthaart und Leder daraus gemacht. Sie hatte fortgefahren, Körbe und Matten zu flechten, Becher zu schnitzen und Werkzeuge genug zu fertigen, dazu Gebrauchs- und Einrichtungsgegenstände für die Höhle, daß es für einen ganzen Clan gereicht hätte. Dabei hatte sie sich auf das Sammeln von Nahrungsmitteln im Sommer gefreut.

Und selbstverständlich hatte sie sich auch darauf gefreut, im Sommer mit Baby zu jagen – und das Fehlen eines Pferdes dabei irgendwie auszugleichen; dabei stellte sie fest, daß die Jagdweise, die sich zwischen ihr und Baby herausgebildet hatte, immer noch die richtige war. Winnies Fehlen wurde durch Babys zunehmende Geschicklichkeit in der Jagd ausgeglichen. Hätte sie gewollt, sie hätte ganz auf die Jagd verzichten können. Sie hatte nicht nur Trokkenfleisch übrigbehalten, sondern zögerte, als Baby sich erfolgreich allein in der Jagd versuchte, auch nicht, ihren Anteil von seiner Beute anzunehmen.

Zwischen der Frau und dem Löwen hatte sich eine einzigartige Beziehung herausgebildet. Sie war die Mutter und hatte daher das Sagen; sie war Jagdgefährtin und daher gleichberechtigt; außerdem war er das einzige, was sie hatte, es zu lieben.

Beim Beobachten der wildlebenden Löwen machte sie einige scharfsinnige Entdeckungen über deren Jagdgewohnheiten, die Baby bestätigte. Höhlenlöwen gingen in der warmen Jahreszeit nachts und im Winter tagsüber auf die Pirsch. Obwohl Baby im Frühling sein Winterfell verlor, war das Sommerfell immer noch recht dick, und so war es während der Hitze des Sommertages zu heiß zum Jagen. Die Energie, die er bei der Hetzjagd verbrauchte, erhitzte

ihn zu sehr. Baby wollte am liebsten nur schlafen, wenn es ging, möglichst in den kühlen Winkeln hinten in der Höhle. Wenn im Winter die Winde heulend von den Gletschern im Norden herunterfuhren, sanken die nächtlichen Temperaturen so tief, daß Baby trotz des Winterfells hätte erfrieren können. Dann dösten Höhlenlöwen am liebsten in einer windgeschützten Höhle. Sie waren Fleischfresser und anpassungsfähig. Dichtigkeit und Färbung ihres Fells paßten sich dem Klima, ihre Jagdgewohnheiten den Verhältnissen an – Hauptsache war, es waren genug Beutetiere vorhanden.
Am Morgen nach dem Tag, da Winnie fortging, als sie beim Aufwachen feststellte, daß Baby mit dem Kadaver eines gefleckten Hirschkalbs – dem Kalb eines Riesenhirschs – neben ihr geschlafen hatte, faßte Ayla einen Vorsatz. Sie würde von hier fortgehen, darüber herrschte bei ihr kein Zweifel, doch noch nicht diesen Sommer. Der Junglöwe brauchte sie immer noch; er war zu jung, um allein gelassen zu werden. Kein wildlebendes Rudel würde ihn annehmen; die wildlebenden männlichen Löwen würden ihn töten. Bis er alt genug war, um sich zu paaren und sein eigenes Rudel zusammenzubringen, war er auf die Geborgenheit und den Schutz ihrer Höhle genauso angewiesen wie sie selbst.
Iza hatte ihr gesagt, sie solle nach Leuten ihrer eigenen Art Ausschau halten und sich einen Gefährten suchen; eines Tages würde sie ihre Suche auch fortsetzen. Aber sie war erleichtert, daß sie ihre Freiheit noch nicht aufzugeben brauchte zugunsten der Gesellschaft von Menschen, deren Sitten und Gebräuche sie nicht kannte. Sie wollte nicht fortziehen, bis sie sicher war, daß Winnie nicht wieder zurückkehrte. Das Pferd fehlte ihr sehr. Winnie war von Anfang an bei ihr gewesen, und Ayla liebte sie.

»Komm, Faulpelz!« sagte Ayla. »Laß uns ein paar Schritte gehen und sehen, ob wir was zum Jagen finden. Du bist ja gestern abend nicht rausgegangen.« Sie stupste den Löwen an, verließ dann die Höhle und gab ihm zu verstehen, er solle ihr folgen. Er reckte den Kopf, riß das Maul zu einem gewaltigen Gähnen auf, zeigte dabei seine scharfen Reißzähne, erhob sich dann jedoch und trottete einigermaßen widerwillig hinter ihr her. Baby war nicht hungriger als sie und hätte viel lieber geschlafen.
Am Vortag hatte sie Heilkräuter gesammelt, etwas, was sie gern tat und mit angenehmen Erinnerungen verknüpft war. Während ihrer jüngeren Jahre beim Clan hatte die Aufgabe des Heilkräutersammelns für Iza ihr Gelegenheit geboten, den stets wachsamen Augen der anderen zu entschlüpfen, die so rasch bei der Hand waren, Mißbilligung über ungehöriges Verhalten auszudrücken. Es hatte ihr eine kleine Atempause verschafft, ihren natürlichen Neigungen zu folgen. Später hatte sie die Kräuter aus Freude am Erlernen

der Heilkunst gesucht, und dieses Wissen der Medizinfrau war heute Teil ihres Wesens.

Die heilenden Eigenschaften der Kräuter waren für Ayla so eng mit jeder Pflanze verbunden, daß sie sie ebensosehr nach diesen Eigenschaften wie nach ihrem Aussehen unterschied. Die Odermennig-Büschel, die in der warmen dunklen Höhle kopfüber von der Darre herunterhingen, waren für sie ebensosehr der Grundstoff für einen Aufguß gegen Blutergüsse, Abschürfungen und innere Verletzungen wie lange schlanke, winterfeste Mehrjahrspflanzen mit gezahnten Blättern und winzigen gelben Blüten, die auf spitz zulaufenden Stengeln saßen.

Huflattichblätter, die auf den geflochtenen Matten ihrer Darre ausgebreitet waren, brachten Linderung bei Atembeschwerden, wenn man den Rauch der schwelenden Blätter einatmete; sie bildeten zusammen mit anderen Ingredienzien einen hustenlösenden Tee und eigneten sich überdies gut als Speisewürze. Der Anblick der flaumbedeckten großen Beinwurzblätter, die samt Wurzeln draußen in der Sonne trockneten, erinnerte sie an das Zusammenflicken von Knochen und die Wundheilung. Die leuchtenden Ringelblumen stellten ein Heilmittel bei offenen Wunden, Schwären und Hautabschürfungen dar. Kamille half bei der Verdauung, eignete sich als leichter Aufguß aber auch zum Reinigen von Wunden, und die Blütenblätter der Wildrose, die auf einer in der Sonne stehenden Schale Wasser schwammen, ergaben eine duftende Flüssigkeit, welche die Haut angenehm straffte.

Sie hatte sie gesammelt, um das unbenutzte Vorjahrsmaterial durch frisches zu ersetzen. Obwohl sie nur wenig Verwendung für all die vielen gesammelten Heilkräuter hatte, genoß sie das Sammeln als solches, und außerdem frischte sie auf diese Weise ihr Gedächtnis auf. Doch da überall, wo Platz war, Blätter, Blüten, Rinde und Wurzeln in unterschiedlichen Stadien der Verwertbarkeit herumlagen, hatte es keinen Sinn, noch mehr zu sammeln – sie hatte einfach nicht den nötigen Raum. Infolgedessen hatte sie nichts zu tun und langweilte sich.

Sie schlenderte zum Uferstreifen hinunter, umrundete die vorspringende Felswand und folgte dem Rain der Sträucher, die den Fluß säumten. Der riesige Löwe trottete neben ihr her. Beim Dahingehen stieß er einen knurrenden Laut aus, der sich anhörte wie *hnga, hnga,* und der gleichsam seine normale Sprechstimme darstellte, wie Ayla inzwischen festgestellt hatte. Andere Löwen stießen ähnliche Laute aus, doch jeder war verschieden und Babys deutlich von anderen zu unterscheiden; Ayla konnte sie von weither erkennen, genauso wie sein unverkennbares Gebrüll. Dieses begann tief in seiner Brust mit einer Reihe von Knurrlauten und schwoll dann zu einem sonoren Donnergrollen an, daß ihr die Ohren wehtaten, wenn sie ihm zu nahe war.

Als sie an jenen Felsbrocken gelangte, auf dem sie sich für gewöhnlich ein wenig ausruhte, blieb sie stehen – sie war nicht eigentlich am Jagen interessiert, wußte aber nicht recht, was tun. Aufmerksamkeit heischend, stupste Baby sie an. Sie kraulte ihn hinter den Ohren und tief in seiner Mähne. Sein Fell war dunkler, als es im Winter gewesen war, aber immer noch sandfarben; seine Mähne jedoch hatte eine fuchsrote Färbung angenommen, ein Tiefrot, das nicht viel anders war als die Farbe roten Ockers. Er hob den Kopf, damit sie seinen Hals erreichen konnte, und ließ ein leises und tiefes zufriedenes Grollen vernehmen. Sie langte hinüber, um ihm auch die andere Seite zu kraulen, doch dann sah sie ihn mit einem neuen Bewußtsein an. Sein Rücken reichte gerade bis unter ihre Schulter. Er war fast so groß wie Winnie, nur unendlich viel massiver. Sie hatte gar nicht gemerkt, wie groß er geworden war.

Der Höhlenlöwe, der die Steppen südlich der Gletscherzone durchstreifte, lebte in einer Umwelt, die sich ideal für jene Jagdweise eignete, für die er geschaffen schien. Es handelte sich um riesige Grassteppen, die von einer Fülle der unterschiedlichsten Beutetiere bevölkert wurden. Viele dieser Tiere waren sehr groß – Wisente und Rinder, die noch einmal um die Hälfte größer waren als ihre späteren Namensvettern; Riesenhirsche mit ihren dreieinhalb Meter großen Geweihen; wollhaarige Mammuts und Wollhaarnashörner. Die Bedingungen waren so günstig, daß sich zumindest eine Art von Raubkatzen zu einer solchen Größe entwickeln konnte, die sie brauchten, um derart riesige Tiere zur Strecke zu bringen. Der Höhlenlöwe füllte diese Nische aus, und zwar auf bewunderungswürdige Weise. Die Löwen späterer Generationen waren nur halb so groß, also winzig im Vergleich dazu; der Höhlenlöwe war die größte Raubkatze, die es je gegeben hat.

Baby stellte ein überragendes Beispiel dieses überlegenen Raubtiers dar – er war riesig, verfügte über unheimliche Kräfte und hatte ein glattes Fell, das von seiner Gesundheit und seiner Jugend zeugte – und ließ sich absolut zutraulich von der jungen Frau kraulen. Hätte er sie angefallen, sie wäre völlig hilflos gewesen, nur: in ihrer Vorstellung war er nicht gefährlich. Für sie war er nicht gefährlicher als ein übergroßes Kätzchen – und er war ihr Schutz.

Daß sie Baby beherrschte, geschah unbewußt, und deshalb akzeptierte er es. Den Kopf hebend und drehend, um ihr zu zeigen, wo, überließ Baby sich dem sinnlichen Genuß des Gekraultwerdens, und sie freute sich, weil es ihm Freude machte. Sie kletterte auf den Felsbrocken, um an seine andere Seite heranzukommen, und lehnte sich über seinen Rücken, als ihr eine andere Idee kam. Sie hielt keinen Moment inne, um darüber nachzudenken, sondern schwang ihm einfach das Bein über den Rücken und setzte sich rittlings auf ihn, wie sie es bei Winnie so oft getan hatte.

Für Baby kam das zwar unerwartet, doch die Arme, die er um den Hals spürte, waren ihm vertraut, und das Gewicht unbedeutend. Eine Zeitlang regte sich keiner von beiden. Für das gemeinsame Jagen hatte Ayla das Startsignal der Schleuderbewegung entlehnt und dazu das Wort für »Los!« ausgesprochen. Als sie jetzt daran dachte, gab sie ohne zu Zögern das Zeichen und rief das Wort.

Als sie spürte, wie seine Muskeln sich unter ihr strafften und er vorwärtssprang, krallte sie sich an seiner Mähne fest. Mit der sehnigen Anmut seiner Gattung schoß er, die Frau auf dem Rücken, das Tal hinunter. Sie mußte die Augen verengen, da der Wind ihr ins Gesicht fuhr. Haarsträhnen, die ihren Zöpfen entgangen waren, flatterten hinter ihr her. Sie übte keinerlei Herrschaft aus. Sie lenkte Baby nicht so, wie sie Winnie gelenkt hatte – sie ging dorthin, wohin er sie trug, und tat das mit Freuden. Sie war von einer Beschwingtheit, wie sie sie nie zuvor erlebt hatte.

Der rasche Geschwindigkeitsausbruch war nur von kurzer Dauer, nicht anders als beim Angriff. Baby verlangsamte, schlug einen weiten Bogen und lief weiter in Richtung Höhle. Die Frau immer noch auf dem Rücken, trabte er den steilen Pfad hinauf und blieb an ihrem Platz in der Höhle stehen. Sie glitt hinunter und schloß ihn in die Arme; sie kannte keine andere Art, jenen Gefühlsüberschwang auszudrücken, der sie erfüllte. Als sie ihn schließlich losließ, peitschte er mit dem Schwanz und begab sich in den Hintergrund der Höhle. Er fand seinen Lieblingsplatz, streckte sich aus und war bald eingeschlafen.

Lächelnd beobachtete sie ihn. Du hast mich auf deinem Rücken reiten lassen, und das war's für den Tag, nicht wahr, Baby? Ach, Baby, jetzt kannst du von mir aus schlafen, solange du willst.

Gegen Ende des Sommers dehnte Baby seine Jagdausflüge immer weiter aus. Als er das erste Mal über einen Tag fortblieb, war Ayla außer sich vor Kummer und machte sich so viel Sorgen, daß sie auch in der zweiten Nacht kein Auge zutat. Als er am nächsten Morgen erschien, war sie so zerschlagen und kaputt, wie er aussah. Er kam ohne Beute, und als sie ihm Trockenfleisch aus ihrem Vorrat gab, hieb er sofort ein, obwohl er für gewöhnlich erst mit den spröden Fleischbatzen herumspielte. So müde sie war, sie ging mit ihrer Schleuder hinaus und brachte zwei Hasen zurück. Er wachte aus dem Schlaf der Erschöpfung auf, lief auf den Höhleneingang zu, um sie zu begrüßen, und trug dann einen der Hasen in den Höhlenhintergrund. Den anderen legte sie weg und begab sich dann noch einmal auf ihr Lager.

Als er einmal drei Tage hintereinander wegblieb, machte sie sich längst nicht mehr so viel Sorgen – nun wurde ihr das Herz schwer und schwerer, als die leeren Tage vorübergingen. Er kehrte mit klaffenden Wunden und Kratzern zurück, und da wußte sie, daß er sich mit anderen Löwen herumgeschlagen hatte. Sie vermutete, daß er jetzt reif genug war, um sich der Anwesenheit von Löwinnen bewußt zu sein. Anders als Pferde, kannten Löwinnen keine besondere Brunstzeit; sie konnten jederzeit brünstig werden.

Das lange Fernbleiben des jungen Höhlenlöwen häufte sich gegen Herbst, und wenn er überhaupt nach Hause kam, dann eigentlich nur, um zu schlafen. Ayla war sich sicher, daß er auch woanders schlief, dort offensichtlich aber nicht das gleiche Geborgenheitsgefühl hatte wie hier in der Höhle. Ayla hatte keine Ahnung, wann und aus welcher Richtung sie ihn erwarten sollte. Er tauchte einfach irgendwann wieder auf, kam entweder den Pfad heraufgetrabt oder sprang – wobei die Überraschung größer war – von der Steppe oberhalb ihrer Höhle auf den Sims herunter.

Sie war stets froh, ihn zu sehen, und die Art, wie er sie begrüßte, hatte immer etwas Liebevolles – manchmal war es sogar ein wenig zu liebevoll. Wenn er sich auf den Hinterbeinen aufrichtete, um ihr die Vorderläufe auf die Schulter zu legen und sie dadurch zu Fall zu bringen, beeilte sie sich, ihm die »Aufhörens«-Gebärde zu machen, wenn er etwas allzu ungestüm in seiner Wiedersehensfreude war.

Für gewöhnlich blieb er danach ein paar Tage; manchmal gingen sie dann gemeinsam auf die Jagd. Außerdem schleppte er hin und wieder immer noch ein Beutestück in die Höhle. Doch dann packte ihn wieder die Unruhe. Ayla war überzeugt, daß Baby für sich allein jagte und seine Beute Hyänen, Wölfen oder Aasgeiern gegenüber verteidigte, die sie ihm sonst stehlen würden. Sie machte die Erfahrung, daß er – hatte er erst einmal angefangen, unruhig auf- und abzulaufen – kurz darauf fortging. War er fort, kam ihr die Höhle dermaßen leer vor, daß sie anfing, sich vor dem näherrückenden Winter zu fürchten, denn sie hatte Angst, es würde ein einsamer Winter werden.

Der Herbst fiel ungewöhnlich aus – warm und trocken. Die Blätter färbten sich gelb und wurden gleich darauf braun, übersprangen also die leuchtenden Farbtöne, die ein kurzer Frost zur Folge haben kann. Vertrocknet und glanzlos hingen sie büschelweise noch an den Bäumen und raschelten immer noch in den Zweigen, als sie normalerweise längst auf dem Boden hätten liegen sollen. Die besondere Witterung machte nervös – ein Herbst sollte naß und kühl sein, voll von plötzlichen Windstößen und unerwarteten Regengüssen. Ayla konnte sich eines Angstgefühls nicht erwehren, als ob der Sommer den Wechsel der Jahreszeiten nicht zulassen wollte – bis dann von einem Tag auf den anderen der Winter zuschlug.

Jeden Morgen, wenn sie die Höhle verließ, erwartete sie irgendeine einschneidende Veränderung und war fast enttäuscht, wenn wieder eine warme

Sonne an einem erstaunlich klaren Himmel aufstieg. Die Abende verbrachte sie draußen auf dem Sims, sah zu, wie die Sonne hinter dem Rand der Erde versank und nur ein leichter Dunst matt schimmerte; was fehlte, war der Farbenrausch regenschwerer Wolken. Wenn die Sterne blinkten, erfüllten sie das Dunkel, so daß der Himmel durch ihre Fülle zerrissen und zersprungen wirkte.

Sie hatte sich seit Tagen nicht weiter vom Tal fortgewagt, doch als wieder ein warmer klarer Tag dämmerte, erschien es ihr töricht, so schönes Wetter nicht zu nutzen und nicht weiter draußen zu sein. Der Winter würde früh genug seinen Einzug halten und sie gezwungen sein, sich in der Höhle aufzuhalten. Schade, daß Baby nicht da ist, dachte sie. Der Tag wäre gut geeignet für die Jagd. Vielleicht kann ich auch allein auf die Jagd gehen. Sie packte einen Speer. Nein, nur meine Schleuder. Ob ich wohl einen Pelz mitnehme? Es ist so warm, daß ich nur darin schwitze. Aber ich könnte ihn mitnehmen, und vielleicht auch die Tragekiepe. Aber eigentlich brauche ich nichts – ich habe ja mehr als genug. Ich möchte ja nichts weiter, als einen schönen ausgedehnten Spaziergang machen. Und dazu brauche ich weder Kiepe noch Pelz. Wenn ich flott ausschreite, hält mich das warm genug.

Merkwürdig unbelastet schickte Ayla sich an, den steilen Pfad hinunterzusteigen. Sie trug keinerlei Last, brauchte sich keine Sorgen um ihre Tiere zu machen, und ihre Höhle war mit allem wohlversorgt. Einzig der absolute Mangel an Verpflichtungen erfüllte sie mit zwiespältigen Gefühlen: mit einem ungewohnten Freiheitsgefühl und einer Frustration, die sie sich nicht zu erklären vermochte.

Sie erreichte die Weide und stieg die leicht ansteigende Böschung zu den östlichen Steppen hinauf; dann lief sie schneller. Sie hatte kein bestimmtes Ziel und lief, wohin ihre Füße sie trugen. Auf der Steppe merkte man noch mehr, wie ungewöhnlich trocken es für die Jahreszeit war. Das Gras war dermaßen verdorrt, daß, als sie einen Halm in der Hand zerdrückte, dieser sofort zu Staub zerfiel. Der Wind trug ihn von ihrer offenen Handfläche hinweg.

Der Boden unter ihren Füßen war steinhart geworden und wies regelmäßige Risse auf. Sie mußte aufpassen, wo sie hintrat, um nicht zu stolpern oder sich den Fuß in einer Furche oder einem Loch zu verstauchen. Nie hatte sie eine so große Trockenheit erlebt. Die Atmosphäre schien die Feuchtigkeit ihres Atems sofort aufzusaugen. Sie hatte nur einen kleinen Wasserschlauch mitgenommen, den sie an irgendwelchen Bächen oder Flüssen oder Wasserstellen hatte füllen wollen, doch etliche, auf die sie stieß, waren längst ausgetrocknet. Der Schlauch war nicht einmal mehr halb voll, als der Vormittag halb vorüber war.

Als sie auf einen Fluß stieß, von dem sie überzeugt war, daß er Wasser führen müßte, fand sie nur Schlamm vor und beschloß umzukehren. In der Hoffnung, auf Wasser zu stoßen, ging sie eine Strecke das Flußbett entlang und stieß schließlich auf eine verschlammte Pfütze. Das war alles, was von einer einst tiefen Wildtränke geblieben war. Als sie sich hinabbeugte, um das Wasser zu kosten und festzustellen, ob es auch genießbar sei, bemerkte sie frische Hufspuren. Offensichtlich war vor noch nicht langer Zeit eine Pferdeherde hier gewesen. Etwas an einem der Hufabdrücke ließ sie genauer hinsehen. Sie war eine erfahrene Fährtenleserin, und obwohl sie nicht daran gedacht hatte, hatte sie Winnies Hufspuren allzuoft gesehen, als daß ihr die kleinen Unregelmäßigkeiten im Umriß und im Druck nicht aufgefallen wären, die diese Hufspuren unverwechselbar machten. Ein näherer Blick überzeugte sie, daß Winnie hier gewesen war, und zwar vor gar nicht langer Zeit. Sie mußte noch ganz in der Nähe sein. Aylas Herz schlug schneller.

Es war nicht schwierig, der Fährte zu folgen. Der eingebrochene Rand eines Erdrisses, wo ein Huf ausgerutscht war, als die Pferde den Schlamm verlassen hatten, lockerer neuer Staub, der sich darauf niedergelassen hatte, geknicktes Gras – all das zeigte, in welche Richtung die Pferde sich bewegt hatten. Mit atemloser Erregung folgte Ayla ihnen; selbst die unbewegte Luft schien erwartungsvoll den Atem anzuhalten. Wie lange war es nun schon her – ob Winnie sich ihrer wohl erinnerte? Allein zu wissen, daß sie lebte, würde ihr, Ayla, schon genügen.

Die Herde war weiter weg, als sie angenommen hatte. Irgend etwas hatte sie veranlaßt dahinzustürmen, im Galopp über die Ebene zu fegen. Sie hörte Knurren und Erregung, ehe sie auf das fressende Wolfsrudel stieß, und sie hätte zurückweichen sollen. Aber sie mußte näher herangehen und sich vergewissern, daß es sich bei dem gestürzten Tier nicht um Winnie handelte. Der Anblick eines tiefbraunen Fells beruhigte sie. Allerdings hatte dies die gleiche ungewöhnliche Farbe wie der Hengst, und so war sie überzeugt, es mit einem Pferd eben dieser Herde zu tun zu haben.

Als sie der Fährte weiter folgte, dachte sie über die Pferde in freier Wildbahn nach und wie leicht es sei, sie anzugreifen. Winnie war zwar jung und kräftig, doch war alles möglich. Ayla wollte die junge Stute wieder mit in ihre Höhle nehmen.

Es war fast Mittag, als sie die Herde endlich sichtete. Die Pferde waren von der Hetzjagd immer noch nervös, und Ayla kam mit dem Wind. Sobald sie ihre Witterung aufnahmen, zogen sie weiter. Die junge Frau mußte einen weiten Bogen um sie schlagen, um sich ihnen unter dem Wind zu nähern. Sobald sie nahe genug heran war, um einzelne Pferde unterscheiden zu können, sichtete sie Winnie, und ihr Herz schlug ihr bis zum Hals hinauf. Sie schluckte ein paarmal und bemühte sich, die Tränen zurückzuhalten, die ihr kamen.

Sie sieht gesund aus, dachte Ayla. Fett. Nein, fett nicht. Sie muß wohl trächtig sein. Ach, Winnie, wie wunderbar! Ayla war so entzückt, daß sie kaum an sich halten konnte. Dann konnte sie es nicht mehr aushalten; sie mußte sehen, ob das Pferd sich an sie erinnerte. Sie pfiff.

Winnie hob augenblicklich den Kopf und blickte in Aylas Richtung. Wieder stieß Ayla einen Pfiff aus. Der Pferd setzte sich in Bewegung und kam auf sie zu. Ayla konnte nicht warten und lief dem falbfarbenen Pferd entgegen. Plötzlich schob sich eine beigefarbene Stute zwischen sie, stupste Winnie in die Flanken und trieb sie davon. Dann trieb das weibliche Leittier den Rest der Herde zusammen und führte sie von der unbekannten und möglicherweise gefährlichen Frau fort.

Ayla brach das Herz. Sie konnte unmöglich hinter der Herde herlaufen. Sie war schon weiter vom Tal entfernt, als sie vorgehabt hatte, und sie waren auch soviel schneller als sie. Wenn sie sich beeilte, kam sie vielleicht gerade noch vor Einbruch der Dunkelheit heim. Noch einmal stieß sie ihren Pfiff aus, laut und lange, aber sie wußte, daß es zu spät war. Ihr sank das Herz, und sie wandte sich ab, zog ihren Lederüberwurf enger um die Schultern und stemmte sich mit dem Kopf in den kalten Wind.

Sie war dermaßen niedergeschlagen, daß sie auf nichts weiter acht gab als auf ihren Kummer und ihre Enttäuschung. Ein warnendes Knurren ließ sie unvermittelt stehenbleiben. Sie war wieder auf das Wolfsrudel gestoßen, das – die Schnauze tief im Blut – sich den Bauch mit dem fuchsroten Pferd vollschlug.

Ich sollte aufpassen, wo ich hingehe, dachte sie, und zog sich zurück. Das war meine Schuld. Wäre ich nicht so ungeduldig gewesen, hätte die Stute die Herde vielleicht nicht von mir weggetrieben. Nochmals warf sie einen Blick auf das gestürzte Tier. Was für eine leuchtende Farbe für ein Pferd. Sieht genauso braun aus wie der Hengst von Winnies Herde. Sie sah genauer hin. Etwas am Kopf, an der Färbung des Fells . . . die Bestätigung ließ sie durch und durch erschauern. Es war der Fuchshengst! Wie konnte ein Hengst in der Blüte seiner Jahre Wölfen zum Opfer fallen?

Der linke Vorderlauf des Pferdes war unnatürlich abgeknickt und gab ihr die Antwort auf ihre Frage. Selbst ein kraftvoller junger Hengst kann sich beim Laufen über tückischen Boden ein Bein brechen. Ein tiefer Riß in der trockenen Erde hatte den Wölfen ein Festmahl beschert. Was für ein Jammer, dachte Ayla. Im Regelfall hätte er viele gute Jahre vor sich gehabt. Als sie sich von den Wölfen abwandte, wurde ihr endlich klar, in welcher Gefahr sie selbst sich befand.

Der Himmel, heute morgen so klar, war von heftig sich durcheinanderschiebenden, bedrohlich grauen Wolken bedeckt. Der hohe Luftdruck, der den

Winter ferngehalten hatte, war endlich gewichen, und die wartende Kaltfront kam herangefegt. Der Wind drückte das trockene Gras auf den Boden und riß Büschel davon in die Luft. Die Temperatur sackte ganz schnell ab. Sie roch den Schnee auf dem Rückweg geradezu, doch war sie noch weit von ihrer Höhle entfernt. Sie blickte um sich, orientierte sich und begann zu laufen. Es würde ein Wettlauf mit dem Sturm werden, aber vielleicht schaffte sie es noch bis zur Höhle, ehe er losbrach.

Sie hatte keine Chance. Sie war über einen halben Tagesmarsch vom Tal entfernt, und der Winter hatte zu lange warten müssen. Als sie den ausgetrockneten Fluß erreichte, taumelten nasse Schneeflocken hernieder. Als der Wind wieder zunahm, wurden sie zu nadelfeinen Eisspitzen und verwandelten sich in die trockenen Flocken eines ausgewachsenen Schneesturms. Schneewehen bauten sich aus einer soliden Masse nassen Schnees auf. Wirbelwinde, die noch mit Gegenwinden sich umschichtender Luftströmungen kämpften, warfen sie erst in die eine und dann in die andere Richtung.

Sie wußte, ihre einzige Hoffnung bestand darin weiterzugehen; allerdings war sie sich nicht sicher, ob sie immer noch in die richtige Richtung ging. Ihre Anhaltspunkte waren wie fortgewischt. Sie blieb stehen, versuchte sich zu orientieren und der in ihr aufsteigenden Panik Herr zu werden. Wie dumm, ohne ihren Pelz fortzugehen! Sie hätte ihr Zelt in der Kiepe mitnehmen sollen! Dann hätte sie jetzt jedenfalls Schutz. Die Ohren froren ihr. In den Füßen hatte sie kein Gefühl mehr, und sie klapperte mit den Zähnen. Sie fror. Sie hörte den Wind pfeifen.

Wieder strengte sie ihr Gehör an. Das war doch nicht der Wind, oder? Sie legte die Hände trichterförmig um den Mund und pfiff so laut sie konnte – und horchte.

Das erregt-hohe Gewieher eines Pferdes kam näher. Nochmals pfiff sie, und dann tauchten geistergleich die Umrisse eines Pferdes aus dem Sturm auf. Ayla lief darauf zu, und die Tränen gefroren ihr auf dem Gesicht.

»Winnie, Winnie, ach, Winnie!« immer und immer wieder rief sie den Namen des Pferdes aus, schlang ihm die Arme um den kräftigen Hals und barg das Gesicht in dem struppigen Winterfell. Dann kletterte sie dem Pferd auf den Rücken, und beugte sich tief über seinen Hals, um möglichst viel Wärme von ihm abzubekommen.

Das Pferd folgte seinem Instinkt und strebte der Höhle zu. Es war auf dem Weg dorthin gewesen. Der unerwartete Tod des Hengstes hatte die Herde auseinandergerissen. Zwar hielt die Leitstute sie zusammen; sie wußte, daß sich früher oder später ein anderer Hengst finden würde. Und sie hätte auch die falbfarbene Stute zurückgehalten – wäre da nicht der vertraute Pfiff gewesen und die Erinnerungen an die Frau und die Sicherheit. Auf eine Stute, die nicht in der Herde aufgewachsen war, besaß die Leitstute weniger Einfluß. Als der Sturm losbrach, erinnerte Winnie sich an eine Höhle, in der sich Schutz vor heulenden Winden und blendendem Schnee finden ließ – und die Liebe eines anderen Wesens.

Als sie endlich die Höhle erreichten, zitterte Ayla dermaßen, daß sie es kaum fertigbrachte, ein Feuer zu entzünden. Als sie es schließlich doch schaffte, ließ sie sich nicht in der Nähe des Feuers nieder, sondern raffte ihre Felle zusammen und brachte sie auf Winnies Seite der Höhle hinüber und rollte sich in der Nähe des warmen Pferdes zusammen.

Doch die nächsten paar Tage hindurch konnte sie die Rückkehr ihres Freundes kaum richtig würdigen. Sie wachte mit Fieber und einem harten, schmerzenden Husten auf. Wann immer sie sich dazu aufraffen konnte, erhob sie sich und machte sich Heilkräutertees. Winnie hatte ihr zwar das Leben gerettet, konnte ihr jedoch nicht helfen, über die Lungenentzündung hinwegzukommen.

Die meiste Zeit über war sie schwach und phantasierte, doch als Baby wieder in die Höhle zurückkehrte, wurde sie aus diesem Zustand herausgerissen. Der Löwe war von der Steppe oben heruntergesprungen, sah sich jedoch von Winnies weithin hallendem herausfordernden Gewieher zurückgehalten. Der durchdringende Schrei des Pferdes – ebensosehr auf Angst wie auf Abwehr beruhend – drang durch Aylas Benommenheit und Erstarrung hindurch. Sie sah, wie das Pferd zornig die Ohren anlegte, angstvoll vorstürmte und nervös tänzelte und der Höhlenlöwe die Zähne fletschte, tief auf seinem Inneren ein Grollen aufsteigen ließ und zum Sprung ansetzte. Sie fuhr von ihrem Lager hoch und drängte sich zwischen Raubkatze und Beutetier.

»Aufhören, Baby! Du jagst Winnie doch Angst ein! Dabei solltest du froh sein, daß sie wieder da ist.« Woraufhin Ayla sich dem Pferd zuwandte und in leicht tadelndem Ton sagte: »Winnie! Das ist doch nur Baby. Du brauchst keine Angst vor ihm zu haben. Und jetzt hört beide damit auf!« Sie glaubte nicht an irgendeine Gefahr; beide Tiere waren zusammen in der Höhle großgezogen worden; beide gehörten hierher.

Der Geruch in der Höhle war beiden Tieren vertraut, insbesondere der, der von der Frau ausging. Baby kam, Ayla zu begrüßen, und rieb sich an ihr, woraufhin auch Winnie vortrat und sich ihr Teil an Zuwendung holte. Dann stieß das Pferd ein leises Wiehern aus, das weder Angst noch Zorn entsprang, sondern jener Laut war, den die Stute dem ihm anvertrauten Löwenbaby gegenüber ausgestoßen hatte, und der Höhlenlöwe erkannte sein Kindermädchen.

»Ich hab' dir doch gesgt, daß es bloß Baby ist«, wandte Ayla sich an das Pferd und wurde von Husten überwältigt.

Ayla stocherte im Feuer, um es anzufachen, griff dann nach dem Wasserbeutel und stellte fest, daß er leer war. Sich fest in ihr Schlaffell wickelnd, ging sie hinaus und schob eine Schale voll Schnee zusammen. Sie bemühte sich, die tief in ihrer Brust sitzenden Krämpfe zu bezwingen, solange sie darauf wartete, daß das Wasser kochte. Mit Hilfe eines Aufgusses aus Alantwurzeln und Rinde der Wildkirsche ließ sich der Husten beschwichtigen, und sie kehrte auf ihre Lagerstatt zurück. Baby hatte es sich in seiner Nische hinten gemütlich gemacht, während Winnie es sich an ihrem alten Platz gut sein ließ.

Ayla war von einer so starken natürlichen Vitalität erfüllt und dermaßen abgehärtet, daß sie ihre Krankheit überwand, jedoch eine ziemlich lange Zeit brauchte, um sich wieder zu erholen. Sie war außer sich vor Freude, ihre Tierfamilie wieder um sich zu haben – dabei war es nicht mehr ganz so wie früher. Beide Tiere hatten sich verändert. Winnie war hochträchtig und hatte in einer Herde gelebt, welche sehr wohl um die Gefahren von Raubtieren wußte. Sie gab sich dem Löwen gegenüber, mit dem sie früher gespielt hatte, jetzt wesentlich zurückhaltender, und Baby war ja auch kein wuscheliges kleines Baby mehr. Bald nachdem der Schneesturm sich gelegt hatte, verließ er die Höhle wieder, und je weiter der Winter fortschritt, desto seltener ließ er sich blicken.

Sobald Ayla sich übermäßig anstrengte, kam es neuerlich zu Hustenanfällen. Das dauerte weit bis in die zweite Winterhälfte hinein. In dieser Zeit verzärtelte Ayla sich und verwöhnte auch das Pferd, das das von ihr gesammelte und geworfelte Korn fraß und die Höhle nur zu kurzen Ausritten verließ. Doch als sie eines kalten und klaren Morgens voller Energie aufwachte, fand sie, daß ihnen beiden ein bißchen Bewegung nicht schaden könnte.

Sie schnallte dem Pferd die Tragkörbe um und nahm Speere sowie die Schäfte für das Zuggestell mit, Notproviant, zusätzliche Wasserschläuche und Kleidung, Kiepe und Zelt – kurz: alles, was ihr für jeden erdenklichen Notfall einfiel. Sie wollte nicht noch einmal überrascht werden. Einmal war sie sorglos gewesen, und dieses eine Mal hätte sie fast das Leben gekostet. Ehe sie aufsaß, legte sie Winnie noch ein weiches Stück Leder auf den Rükken, eine Neuerung, die sie nach der Rückkehr des Pferdes eingeführt hatte. Es war so lange her, daß sie geritten war, daß ihre Schenkel ganz wund wurden und aufsprangen; da half das Stück Leder.

Ayla genoß das Gefühl, wieder im Freien zu sein, und der fehlende Husten erfüllte sie mit Wohlbehagen. Infolgedessen ließ sie das Pferd selbst seine Gangart wählen und träumte vom Ende des Winters. Plötzlich spürte sie, wie Winnies Muskeln sich anspannten. Augenblicklich war sie hellwach. Etwas kam auf sie zu, etwas, das sich mit der Verstohlenheit einer Raubkatze bewegte. Winnie war jetzt verwundbarer als früher – es näherte sich die Zeit, da

sie ein Fohlen zur Welt bringen sollte. Ayla griff nach ihrem Speer, obwohl sie noch nie zuvor versucht hatte, einen Höhlenlöwen zu töten.
Als das Tier näherkam, erkannte sie die rote Mähne und die vertraute Narbe auf der Nase des Löwen, ließ sich vom Pferd heruntergleiten und lief auf die riesige Raubkatze zu.
»Baby! Wo hast du gesteckt? Weißt du nicht, daß ich mir Sorgen mache, wenn du zu lange wegbleibst?«
Der Löwe schien nicht minder aufgeregt als sie und begrüßte sie, indem er sich liebevoll an ihr rieb, so daß sie fast gestrauchelt wäre. Sie schlang ihm die Arme um den Hals und kraulte ihn hinter den Ohren und unterm Kinn, so wie er es gern hatte, woraufhin er ein wohliges Knurren von sich gab.
Dann hörte sie nicht weit entfernt das deutliche Grollen eines anderen Höhlenlöwen. Baby verstummte und straffte sich auf eine Weise, wie sie es noch nie bei ihm erlebt hatte. Über seine Schulter hinweg sah sie eine Löwin vorsichtig näherkommen. Auf einen Laut von Baby hin blieb sie stehen.
»Du hast eine Gefährtin gefunden. Ich hab's ja gewußt – hab' gewußt, daß du eines Tages dein eigenes Rudel haben würdest.« Ayla hielt nach mehr Löwinnen Ausschau. »Bis jetzt nur eine, wahrscheinlich auch noch eine Einzelgängerin. Du wirst um dein Revier kämpfen müssen. Aber immerhin, es ist ein Anfang. Eines Tages wirst du ein herrlich großes Rudel haben, Baby!«
Der Höhlenlöwe entspannte ein wenig, kam wieder auf sie zu und stupste sie mit dem Kopf. Sie kraulte ihn auf der Stirn und umarmte ihn ein letztesmal. Wie sie bemerkte, war Winnie außerordentlich nervös. Mochte Babys Witterung ihr auch vertraut gewesen sein, die der fremden Löwin war es nicht. Ayla saß auf, und als Baby sich ihnen abermals näherte, vollführte sie die »Aufhörens«-Gebärde. Er trieb sich noch eine Weile herum, dann wandte er sich mit einem *hnga, hnga* zum Gehen. Die Löwin hinter sich, trollte Baby sich.
Als sie Baby mit seiner Löwin sah, mußte die junge Frau an ihre eigene ungewisse Zukunft denken. Baby hat jetzt eine Gefährtin. Du hast einen Gefährten gehabt, Winnie. Ob ich wohl jemals einen bekommen werde?

17

Jondalar trat unter dem Sandsteinüberhang hervor und blickte die schneebedeckte Terrasse entlang, von deren Rand aus es schwindelerregend in die Tiefe ging. Die hohen Seitenwände rahmten die weißgerundeten Umrisse der ausgewaschenen Hügel auf der anderen Seite des Flusses ein. Darvo, der auf ihn gewartet hatte, winkte. Er stand neben einem Baumstumpf ein wenig weiter unten, an einer Stelle, die Jondalar ausgesucht hatte, um dort seine Feuersteine zu bearbeiten. Dort im Freien war das Licht gut, und es bestand wenig Gefahr, daß jemand auf die scharfkantigen Steinsplitter trat und sich verletzte. Er schickte sich an, auf den Jungen zuzugehen.

»Jondalar! Wart' einen Augenblick!«

»Thonolan«, sagte er lächelnd und wartete, daß sein Bruder ihn einholte. Gemeinsam gingen sie dann über den festgetretenen Schnee. »Ich habe Darvo versprochen, ihm heute morgen ein paar besondere Dinge beizubringen. Wie geht es Shamio?«

»Gut. Die Erkältung wird bald vorüber sein. Wir hatten uns schon Sorgen gemacht – ihre Husterei hat sogar Jetamio keinen Schlaf finden lassen. Wir reden darüber, daß wir für den nächsten Winter mehr Platz brauchen.«

Jondalar bedachte Thonolan mit einem abschätzenden Blick. Er fragte sich, ob die Verantwortung des verheirateten Mannes und die größere Familie sich nicht allzu schwer auf seinen sorglosen Bruder auswirkten. Aber Thonolan schien ruhig und zufrieden. Plötzlich brach er in ein selbstgefälliges Grinsen aus.

»Ich muß dir etwas sagen, großer Bruder. Hast du nicht bemerkt, daß Jetamio ein bißchen Fleisch ansetzt? Ich fand, daß sie endlich gut und gesund aussieht. Aber ich habe mich geirrt. Sie ist wieder in gesegneten Umständen.«

»Aber das ist ja wunderbar! Ich weiß, wie sehr sie sich ein Kind wünscht.«

»Sie weiß es schon seit geraumer Zeit, hat es mir bloß nicht sagen wollen. Hatte Angst, ich würde mir Sorgen machen. Diesmal scheint sie es zu behalten, Jondalar. Der Shamud sagt, wir sollten uns noch nicht allzusehr darauf verlassen, aber wenn alles weiterhin gutgeht, wird sie im Frühling gebären. Sie sagt, sie ist überzeugt, es sei ein Kind meines Geistes.«

»Da muß sie recht haben. Denk nur einer an! Mein Leichtfuß von kleinem

Bruder – ein Mann mit eigenem Herdfeuer und einer Frau, die ein Kind erwartet.«
Thonolans Grinsen verbreiterte sich. Sein Glück war so offensichtlich, daß auch Jondalar lächeln mußte. Er sieht so selbstzufrieden aus, daß man meinen könnte, er sei es, der ein Kind bekommt, dachte Jondalar.

»Dort hinten, weiter links«, sagte Dolando leise und zeigte auf eine Felsnase, die aus der vor ihnen in die Höhe gehenden Bergwand vorstieß. Jondalar schaute zwar hin, war aber so überwältigt, daß er den Blick nicht auf weniger denn das gesamte Panorama richten konnte. Sie hatten die Baumgrenze erreicht. Hinter ihnen lag der Wald, durch den sie heraufgekommen waren. In den tieferen Lagen hatte er mit Eichen begonnen; dann hatten Buchen vorgeherrscht. Weiter oben kamen die ihm bekannten Nadelbäume: Bergföhren, Kiefern und Fichten. Aus der Ferne hatte er gesehen, daß die gehärtete Erdkruste sich zu weit gewaltigeren Bergen auftürmte, doch als sie die Baumgrenze hinter sich gelassen hatten, hielt er den Atem an, so überraschend großartig war das, was sich seinen Blicken darbot. So oft er es nun schon gesehen hatte, es rührte ihn immer noch genauso wie beim erstenmal.
Die Nähe des aufragenden Gipfels überwältigte ihn; das Gefühl der Gegenwärtigkeit; als ob er bloß die Hand auszustrecken brauchte, um ihn zu berühren. In schweigender Ehrfurcht sprach die Bergkette von elementaren Umwälzungen, von kreißender Erde, die unter unsäglichen Mühen nackten Fels gebar. Von Wald unbedeckt, lag das urtümliche Flußtal der Großen Mutter allem preisgegeben in der verschobenen Landschaft. Der Himmel dahinter war von unirdischer Bläue – flach und tief –, ein gesichtsloser Hintergrund für das blendend zurückgeworfene Sonnenlicht, das sich auf Kristallen glazialen Eises brach, welches sich an Zacken und Schründen über den windgepeitschten alpinen Matten klammerte.
»Ich sehe sie!« rief Thonolan. »Ein bißchen weiter rechts, Jondalar. Siehst du? Dort auf dem Felsen.«
Der große Mann verlagerte seinen Blick und erkannte die kleine, anmutige Gemse, die auf dem höchsten Punkt einer Klippe keine Mühe hatte, sich im Gleichgewicht zu halten. Zum Teil hing ihr der dichte schwarze Winterpelz noch in Fetzen vom Leib, doch das beige-graue Sommerfell war vom Felsen kaum zu unterscheiden. Zwei kleine Hörner ragten ihr gerade auf die Stirn in die Höhe und bogen sich nur an der Spitze nach hinten.
»Jetzt sehe ich sie«, sagte Jondalar.
»Es könnte übrigens ebensogut Bock wie Geiß sein«, erklärte Dolando. »Bei den Gemsen tragen auch die Geißen ein Gehörn.«

»Sie sehen aus wie die Steinböcke, nicht wahr, Thonolan? Nur, daß sie kleiner sind – das Gehörn auch. Aber aus der Ferne . . .«
»Wie machen denn die Zelandonii Jagd auf Steinböcke, Jondalar?« fragte eine junge Frau, deren Augen vor Neugier, Aufregung und Liebe blitzten. Sie war nur wenige Jahre älter als Darvo und backfischhaft in den großen blonden Mann verliebt. Ursprünglich von Shamudoi-Eltern abstammend, war sie unten auf dem Fluß aufgewachsen, da ihre Mutter als zweiten Mann einen Ramudoi genommen hatte – und war zurückgekommen, als diese Beziehung plötzlich ein stürmisches Ende gefunden hatte. Anders als die meisten jungen Shamudoi war das Hochgebirge ihr nichts Vertrautes, und sie hatte auch keinerlei Neigung gezeigt, unbedingt auf Gamsjagd gehen zu wollen – bis vor kurzem, nachdem sie entdeckt hatte, daß Jondalar sehr viel für Frauen übrig hatte, die auf die Jagd gingen. Zu ihrer Überraschung fand sie die Jagd nun aufregend.
»Ich weiß nicht viel darüber, Rakario«, erwiderte Jondalar und lächelte sanft. Er hatte die Zeichen auch schon bei anderen jungen Frauen erlebt, und wenn er auch nicht umhinkonnte, auf ihre Aufmerksamkeit zu reagieren, so wollte er sie doch nicht ermutigen. »Es gab Steinböcke in den Bergen südlich von uns, und in den östlichen Bergen südlich von uns, und in den östlichen Bergzügen standen auch welche, aber wir haben ja nicht im Gebirge gejagt. Dazu war das viel zu weit entfernt. Ab und zu fanden sich ein paar von uns beim Sommertreffen zusammen, um gemeinsam auf die Jagd zu gehen. Aber ich ging nur zum Spaß einmal mit und hielt mich an die Anweisungen der Jäger, die etwas davon verstanden. Ich bin immer noch dabei zu lernen, Rakario. Dolando ist der Fachmann, der sich auf die Jagd von Bergtieren versteht.«
Die Gemse sprang von der Klippe auf eine Felsspitze und betrachtete von der luftigen Höhe aus den Anblick, der sich ihr bot.
»Wie jagt man denn eigentlich ein Tier, das ein so guter Springer ist?« sagte Rakario mit ehrfürchtiger Scheu in der Stimme angesichts der Mühelosigkeit und Anmut, mit der die Gemse sich bewegt hatte. »Wie können sie sich nur auf so kleinem Platz halten?«
»Du mußt dir die Hufe ansehen, wenn wir eine bekommen, Rakario«, sagte Dolando. »Hart ist nur die äußere Schale, der Rand – innen sind die Hufe nachgiebig, wie deine Handfläche. Darum rutschen sie auch nicht ab oder verlieren den Halt. Das weiche Innere des Hufs greift zu, der äußere Rand hält. Will man Jagd auf sie machen, ist es vor allem wichtig, nicht zu vergessen, daß sie immer nach unten schauen. Sie geben immer acht, wohin sie treten; was unter ihnen ist, wissen sie genau. Ihre Augen sitzen weit hinten seitlich am Kopf, so daß sie auch seitlich sehen können. Nur was hinter ihnen ist, können sie nicht sehen. Das ist dein Vorteil. Wenn du dich um sie herum

anschleichst, kannst du sie von hinten zu fassen bekommen. Wenn du vorsichtig bist und nicht die Geduld verlierst, kannst du so nahe herankommen, daß du sie berührst.«

»Und was ist, wenn sie sich bewegen, ehe man hinkommt?« wollte sie wissen.

»Schau mal hinauf. Siehst du den grünen Hauch auf den Weideflächen? Dieses Frühlingsgras ist nach dem Winterfutter ein Leckerbissen für sie. Der dort oben macht den Ausguck. Alle anderen – Böcke, Geißen und Kitze – stecken darunter zwischen den Felsbrocken und Büschen, wo man sie nicht sehen kann. Ist die Äsung gut und fühlen sie sich sicher, ziehen sie nicht so rasch weiter.«

»Warum stehen wir hier rum und reden? Laßt uns losgehen«, sagte Darvo.

Es fuchste ihn, daß Rakario dauernd um Jondalar herumscharwenzelte, und er wartete ungeduldig auf den Beginn der Jagd. Es war nicht das erste Mal, daß er die Jäger begleitete – Jondalar hatte ihn immer mitgenommen, seit er selbst angefangen hatte, mit den Shamudoi zu jagen –, wenn auch nur, um Fährten zu lesen, zuzusehen und zu lernen. Doch diesmal hatte er die Erlaubnis bekommen, selbst ein Wild zu erlegen, wenn er es schaffte. Gelang es ihm, würde das seine erste Beute sein und wurde er damit zum Gegenstand besonderer Aufmerksamkeit. Irgendwelcher Druck wurde jedoch nicht auf ihn ausgeübt. Er mußte diesmal nicht unbedingt etwas erlegen; er würde auch noch andere Gelegenheiten bekommen, es zu versuchen. Auf ein so wendiges Tier wie die Gemse in einer Umwelt Jagd zu machen, an die es auf einzigartige Weise angepaßt war, war bestenfalls schwierig. Wer immer es schaffte, nahe genug heranzukommen, machte einen Versuch, und das erforderte besonnenes und umsichtiges Vorgehen. Kein Mensch konnte einer Gemse von Fels zu Fels und über tiefe Abgründe hinweg folgen, wenn sie es erst einmal mit der Angst zu tun bekommen und angefangen hatte zu fliehen.

Dolando stieg eine Felsformation hinauf, deren parallele Schichtungen schräg nach oben verliefen. Weichere Schichten Sedimentgesteins waren vorn herausgewaschen worden, so daß bequeme stufenartige Absätze entstanden waren. Der steile Aufstieg, um die Gamsherde zu umgehen und sie von hinten anzupirschen, hatte zwar etwas Tollkühnes, war aber nicht gefährlich. Echte Bergsteigerei war nicht damit verbunden.

Die zur Jagdgesellschaft Gehörigen reihten sich hinter dem Anführer ein. Jondalar wartete, weil er die Nachhut bilden sollte. Fast alle waren bereits im Aufstieg begriffen, da hörte er, wie Serenio ihn anrief. Überrascht drehte er sich um. Serenio machte sich nichts aus der Jagd und verließ auch den Bereich der Unterkünfte nur selten. Er konnte sich nicht vorstellen, was sie denn so weit hier draußen machte, doch das Gesicht, das sie hatte, als sie endlich bei ihm anlangte, jagte ihm einen Schauder banger Vorahnung über den Rücken.

Sie war schnell gelaufen und mußte nach Luft schnappen, ehe sie reden konnte. »Froh ... dich erreicht zu haben. Unbedingt Thonolan ... Jetamio ... Wehen ...«, gelang es ihr schließlich hervorzustoßen.
Er legte trichterförmig die Hände um den Mund und rief: »Thonolan! Thonolan!«
Eine der Gestalten, die vor ihm hergingen, drehte sich um, und Jondalar winkte ihn zurück.
Ein unbehagliches Schweigen breitete sich aus, als sie alle warteten. Er wollte fragen, ob mit Jetamio alles in Ordnung sei, doch irgend etwas hielt ihn zurück.
»Wann haben Wehen angefangen?« fragte er schließlich.
»Sie hatte schon gestern abend Rückenschmerzen, wollte aber Thonolan nichts sagen. Er hat sich doch so sehr auf die Gamsjagd gefreut, und sie hatte Angst, er würde nicht gehen, wenn sie es ihm sagte. Sie sagt, sie sei sich auch nicht sicher gewesen, ob es wirklich schon die Wehen wären, und dann glaube ich auch, daß sie irgendwie die Vorstellung hatte, ihn bei seiner Rückkehr mit einem Baby zu überraschen«, sagte Serenio. »Sie wollte nicht, daß er sich Sorgen machte oder nervös wartete, während sie in den Wehen lag.«
Typisch Jetamio, dachte er. Ihm wollte sie es selbstverständlich ersparen. Thonolan war völlig in sie vernarrt. Plötzlich beschlich Jondalar ein unheimlicher Gedanke. Wenn Jetamio Thonolan überraschen wollte, warum war dann Serenio den Berg heraufgelaufen gekommen, um ihn zu holen.
»Es gibt Schwierigkeiten, nicht wahr?«
Serenio sah zu Boden, machte die Augen zu und seufzte tief auf, ehe sie antwortete. »Das Baby hat Steißlage; und Jetamio ist zu schmal gebaut und weitet sich nicht genug. Der Shamud meint, das liegt an der Lähmung, die sie als Kind hatte, und hat mir aufgetragen, ich soll Thonolan holen ... Und dich auch ... um seinetwillen.«
»Oh nein! Große Doni! Oh nein!«

»Nein! Nein! Nein! Das kann nicht sein! Warum? Warum sollte die Mutter sie in gesegnete Umstände kommen lassen und dann beide zu sich nehmen?«
Empört lief Thonolan in dem kleinen Raum auf und ab, den er mit Jetamio geteilt hatte, und schlug sich mit der Faust in die geöffnete andere Hand. Jondalar stand hilflos daneben, außerstande, mehr an Trost zu bieten als den seiner Anwesenheit. Den meisten war nicht einmal das möglich. Thonolan, der vor Schmerz völlig außer sich war, hatte alle anderen angeschrien, sie sollten fortgehen!

»Jondalar, warum ausgerechnet sie? Warum sollte die Mutter sie zu sich nehmen. Sie hat so wenig gehabt und so viel durchlitten. War das denn zuviel verlangt? Ein Kind? Etwas von ihrem eigenen Fleisch und Blut?«
»Ich weiß es nicht, Thonolan. Nicht mal ein Zelandoni könnte dir darauf eine Antwort geben.«
»Warum denn auf diese Weise? Unter soviel Schmerzen?« Thonolan blieb vor seinem Bruder stehen und flehte ihn an. »Sie hat mich doch kaum gekannt, als ich herkam. Jondalar, sie hat Schmerzen gelitten. Ich habe das an ihren Augen gesehen. Warum hat sie sterben müssen?«
»Niemand weiß, warum die Mutter Leben gibt und Leben nimmt.«
»Die Mutter! Die Mutter! Der ist das doch vollkommen gleichgültig! Jetamio hat Sie geehrt, ich habe Sie geehrt. Und wem frommt das? Sie hat Jetamio trotzdem genommen. Ich hasse die Mutter!« Wieder lief er auf und ab.
»Jondalar . . .«, rief Roshario vom Eingang aus, unschlüssig, ob sie nähertreten sollte oder nicht.
Jondalar trat hinaus. »Was gibt's?«
»Der Shamud hat einen Schnitt angebracht, um das Baby herauszuholen, nachdem sie . . .« Roshario blinzelte, um eine Träne zu verdrücken. »Er dachte, vielleicht könnte er das Baby retten – manchmal geht das. Es war zu spät – aber es war ein Junge. Ich weiß nicht, ob du es ihm sagen willst oder nicht.«
»Danke, Roshario.«
Er erkannte, wie sehr der Kummer sie bedrückte. Jetamio war für sie wie eine Tochter gewesen. Roshario hatte sie großgezogen, hatte sie während ihrer Lähmungskrankheit und in der langen Zeit der Genesung gepflegt und hatte ihr auch jetzt vom Anfang bis zum bitteren Ende ihrer unseligen Wehen beigestanden. Plötzlich drängte Thonolan an ihnen vorbei, lud sich unter Mühen sein altes Traggestell auf den Rücken und schoß auf den Weg zu, der um den Felsen herumführte.
»Ich glaube nicht, daß jetzt der richtige Zeitpunkt ist. Ich sag's ihm später«, erklärte Jondalar und lief hinter seinem Bruder her.
»Wohin willst du?« fragte er, als er ihn einholte.
»Ich geh' fort. Ich hätte die Reise nie unterbrechen sollen. Ich habe das Ende der Reise noch nicht erreicht.«
»Du kannst aber jetzt nicht fort«, sagte Jondalar und legte ihm die Hand auf den Arm. Heftig schüttelte Thonolan sie ab.
»Warum nicht? Was hält mich hier denn noch?« schluchzte Thonolan.
Wieder hielt Jondalar ihn zurück, und zwar so heftig, daß er herumwirbelte. Das Gesicht, in das er blickte, war so von Kummer zerrissen, daß er es kaum wiedererkannte. Der Schmerz saß so tief und brannte ihm in der Seele. Es

hatte Augenblicke gegeben, da er Thonolan um die Freude beneidet hatte, die es für ihn bedeutete, Jetamio zu lieben – und hatte sich gefragt, was an ihm nicht stimmen mochte, daß er zu einer solchen Liebe unfähig war. Lohnte es sich, so zu lieben? Lohnte diese Liebe ein solches Herzeleid? Eine derartige Verzweiflung?

»Erträgst du es, daß Jetamio und ihr Sohn ohne dich bestattet werden?«

»Ihr Sohn? Woher willst du wissen, daß es ein Sohn war?«

»Der Shamud hat ihn herausgeholt. Er dachte, er könnte zumindest das Baby retten. Es war zu spät.«

»Ich will den Sohn nicht sehen, der sie umgebracht hat.«

»Thonolan! Thonolan! Sie hat um den Segen der Mutter gebeten. Sie wollte schwanger werden, und sie war so glücklich darüber. Hättest du ihr dieses Glück nehmen wollen? Wäre es dir lieber gewesen, sie hätte ein langes Leben im Kummer gelebt? Kinderlos und verzweifelt darüber, nie eines zu bekommen? So hat sie Liebe und Glück erfahren – erst, indem sie dich zum Mann nahm, und dann dadurch, daß die Mutter sie segnete. Es war zwar nur für kurze Zeit, aber sie hat mir erzählt, sie sei glücklicher gewesen, als sie es jemals für möglich gehalten hätte. Sie hat gesagt, nichts habe ihr mehr Freude gebracht als du und das Wissen darum, ein Kind zu bekommen. Dein Kind, hat sie es genannt, Thonolan. Das Kind deines Geistes. Wer weiß, vielleicht hat die Mutter gewußt, daß nur das eine oder das andere möglich wäre, und so hat sie beschlossen, ihr Freude zu machen.«

»Jondalar, sie hat mich doch gar nicht erkannt . . .« Thonolans Stimme brach.

»Als es zum Ende ging, hat der Shamud ihr etwas gegeben, Thonolan. Es bestand keinerlei Hoffnung, daß sie gebären würde, und so hat sie nicht allzusehr gelitten. Sie hat gewußt, daß du da warst.«

»Als Sie Jetamio nahm, hat die Mutter alles genommen. Ich war so von Liebe erfüllt, und jetzt bin ich so leer, Jondalar. Es ist mir nichts geblieben. Wie ist es möglich, daß sie nicht mehr da ist?« Thonolan schwankte. Jondalar streckte die Hände nach ihm aus und stützte ihn, als er zusammenbrach – und hielt ihn an seine Schulter gedrückt, während er voller Verzweiflung schluchzte.

»Warum nicht zurück nach Hause, Thonolan? Wenn wir jetzt losziehen, schaffen wir es bis zum Winter bis zum Gletscher und könnten nächsten Frühling daheim sein. Warum willst du nach Osten?« Jondalars Stimme verriet Sehnsucht.

»Geh du nur nach Hause, Jondalar. Du hättest schon längst umkehren sollen. Ich habe immer gesagt, du bist ein Zelandonii, wirst immer einer bleiben. Ich gehe nach Osten.«

»Du hast gesagt, du wolltest bis ans Ende des Großen Mutter Flusses ziehen. Was aber wirst du tun, wenn du erst einmal das Binnenmeer erreicht hast?«
»Wer weiß? Vielleicht einmal um das Meer herumziehen. Aber vielleicht ziehe ich von dort mit Tholies Leuten auch nach Norden auf die Mammut-Jagd. Die Mamutoi behaupten, weiter im Osten gibt es noch einen weiteren Gebirgszug. Zu Hause lockt mich nichts, Jondalar. Ich halte lieber nach etwas Neuem Ausschau. Es wird Zeit, daß jeder von uns seiner Wege geht, Bruder. Du gehst nach Westen und ich nach Osten.«
»Wenn du nicht zurückwillst nach Hause, warum bleibst du dann nicht hier?«
»Ja, warum nicht hierbleiben, Thonolan?« sagte Dolando, der zu ihnen trat. »Und du auch, Jondalar. Ob nun als Shamudoi oder Ramudoi ist gleich. Ihr gehört hierher. Ihr habt Familie hier, Freunde. Es würde uns leid tun, wenn einer von euch fortginge.«
»Dolando, du weißt, daß ich bereit war, für den Rest meines Lebens hier zu leben. Aber jetzt kann ich das nicht mehr. Alles ist zu voll von ihr. Dauernd erwarte ich, sie zu sehen. Jeder Tag, den ich hier bin, erinnert mich daran, daß ich sie nie wieder sehen soll. Es tut mir leid. Ich werde viele von euch vermissen, aber ich muß gehen.«
Dolando nickte. Er drängte sie nicht zu bleiben, aber er hatte ihnen zu verstehen geben wollen, daß sie zur Familie gehörten. »Wann wollt ihr los?«
»Bald. Spätestens in ein paar Tagen«, erwiderte Thonolan. »Ich möchte nur noch einen Handel abschließen, Dolando. Ich werde alles zurücklassen, bis auf die Reisebündel und Kleider. Allerdings hätte ich gern ein kleines Boot.«
»Das läßt sich gewiß einrichten. Dann ziehst du also stromabwärts. Nach Osten? Nicht zurück zu den Zelandonii?«
»Ich gehe nach Osten«, sagte Thonolan.
»Und du, Jondalar?«
»Ich weiß es nicht. Da sind Serenio und Darvo . . .«
Dolando nickte. Jondalar hatte das Band zwar nicht förmlich besiegelt, aber er wußte, daß ihm die Entscheidung darum nicht leichter fiel. Der große Zelandonii hatte Gründe, nach Westen zu gehen, zu bleiben oder nach Osten zu ziehen – jeder konnte raten, wohin.
»Roshario hat den ganzen Tag gekocht. Ich glaube, sie hält sich beschäftigt, bloß um keine Zeit zum Nachdenken zu haben«, sagte Dolando. »Sie würde sich freuen, wenn du zum Essen zu uns kämest, Jondalar. Sie würde auch Serenio und Darvo gern dazubitten. Und wenn du auch nur einen Happen zu dir nehmen würdest, würde sie sich darüber ganz besonders freuen, Thonolan. Sie macht sich Sorgen um dich.«
Jondalar ging auf, daß es für Dolando auch schwer sein mußte. Er selbst hatte sich so große Sorgen um Thonolan gemacht, daß er gar nicht darüber nach-

gedacht hatte, welchen Kummer die ganze Höhle ergriffen hatte. Das hier war Jetamios Heimat. Sie muß Dolando soviel bedeutet haben wie ein Kind seines eigenen Herdfeuers. Es gab viele, denen sie nahegestanden hatte. Tholie und Markeno gehörten zu ihrer Familie, und er wußte, daß Serenio geweint hatte. Darvo war durcheinander und wollte nicht mit ihm reden.

»Ich werde Serenio fragen«, sagte Jondalar. »Ich bin sicher, daß Darvo gern käme. Vielleicht solltet ihr einfach davon ausgehen, daß er kommt. Mit Serenio werde ich sprechen.«

»Schick ihn rüber«, sgte Dolando und nahm sich vor, den Burschen über Nacht bei sich zu behalten, um seiner Mutter Zeit zu geben, zu einer Entscheidung zu kommen.

Die drei Männer gingen zusammen zurück zum Sandsteinüberhang und blieben nahe dem Hauptfeuer eine Weile stehen. Sie redeten nur wenig, genossen aber – bittersüß – einer die Gesellschaft des anderen, wußten sie doch, daß Veränderungen eingetreten waren, die es ihnen bald unmöglich machen würden, beieinanderzustehen.

Da die Felswand die Terrasse bereits in Schatten gehüllt hatte, war es ziemlich kalt geworden; vorn sah man jedoch immer noch das Sonnenlicht hinunterscheinen in die Schlucht mit dem Fluß darin. Während sie beim Feuer zusammenstanden, war ihnen beinahe, als wäre nichts geschehen, könnten sie die verheerende Tragödie fast vergessen. Lange standen sie noch im Zwielicht beisammen, versuchten, den Augenblick festzuhalten, und jeder hing schweigend seinen eigenen Gedanken nach; hätten sie darüber geredet, sie würden festgestellt haben, daß ihre Gedanken einander bemerkenswert ähnlich waren. Jeder dachte an die Ereignisse, die die Zelandonii-Männer zur Höhle der Sharamudoi gebracht hatten, und jeder fragte sich, ob er die beiden Männer wohl je im Leben wiedersah.

»Wollt ihr denn überhaupt nicht reinkommen?« fragte Roshario, die schließlich nicht mehr warten konnte. Sie hatte gespürt, daß sie das Bedürfnis hatten, ein letztes Mal schweigenden Austausch miteinander zu pflegen, und hatte sie dabei nicht stören wollen. Dann waren der Shamud und Serenio aus der Unterkunft herausgekommen. Darvo löste sich von einer Gruppe junger Burschen, andere kamen ans Hauptfeuer, und die Stimmung war unwiederbringlich dahin. Roshario trieb alle auf ihre Unterkunft zu, darunter Jondalar und Serenio, doch sollten sie bald wieder gehen.

Schweigend traten sie an den Rand der Terrasse und dann um die Wand herum zu einem gestürzten Baumstamm. Von dort aus konnte man bequem den Sonnenuntergang weiter stromaufwärts verfolgen. Die Natur tat alles, damit ihr Schweigen auch weiterhin andauerte, so schön war die untergehende Sonne, die sich ihren Blicken in metallischen Farben glänzend darbot.

Da die geschmolzene Kugel sich herabsenkte, wurden bleigraue Wolken in Silber getaucht und dehnten sich dann in schimmerndem Gold, das sich wiederum über den Fluß unten ergoß. Feuriges Rot verwandelte das Gold dann in schimmerndes Kupfer, das zu matter Bronze wurde und wiederum zu Silber verblaßte.

Als das Silber zu Blei wurde und noch dunklere Farben annahm, kam Jondalar zu einem Entschluß. Er wandte das Gesicht, um Serenio anzublicken. Kein Zweifel, sie ist schön, dachte er. Es war nicht schwer, mit ihr zu leben; sie machte das Leben angenehm. Er machte den Mund auf, um zu sprechen.

»Laß uns zurückgehen, Jondalar«, kam sie ihm zuvor.

»Serenio . . . ich . . . wir haben miteinander gelebt«, hob er an. Sie hielt ihm einen Finger vor den Mund, um ihn wieder zum Schweigen zu bringen.

»Sag jetzt nichts. Laß uns zurückgehen.«

Diesmal vernahm er das Drängen in ihrer Stimme und erkannte das Begehren in ihren Augen. Er griff nach ihrer Hand, hielt sie in der seinen, führte ihre Finger an die Lippen, drehte die Hand um, machte sie auf und drückte die Lippen auf ihren Handteller. Sein warmer suchender Mund fand ihr Handgelenk, folgte dem Arm zur Innenseite ihres Ellbogens, schob den Ärmel zurück, um heranzukommen.

Sie stieß einen Seufzer aus, schloß die Augen, legte den Kopf in den Nacken und öffnete einladend die Lippen. Er stützte sie im Nacken und küßte eine pulsierende Ader an ihrem Hals, fand ihr Ohr und suchte nach dem Mund. Sie wartete, hungrig. Da küßte er sie, langsam und liebevoll, kostete die Weichheit unter ihrer Zunge, berührte die geriffelte Gaumenplatte und zog ihre Zunge in seinen Mund. Als sie sich voneinander lösten, atmete sie schwer.

»Laß uns zurückgehen«, wiederholte sie, diesmal mit heiserer Stimme.

»Warum zurückgehen? Warum nicht hier?« fragte er.

»Wenn wir hierbleiben, wird es zu schnell vorüber sein. Ich möchte die Wärme des Feuers und der Felle, damit wir uns nicht zu beeilen brauchen.«

Ihr Liebesspiel war, wenn auch nicht schal, so doch etwas mechanisch geworden. Sie wußten jeder vom anderen, was ihn befriedigte, verfielen daher bestimmten festgefahrenen Gewohnheiten und experimentierten und erforschten nur noch selten. Heute nacht, das wußte sie, wollte sie mehr als Routine, und er war nur allzu bereit, dem zu willfahren. Er nahm ihr Gesicht in beide Hände, küßte ihre Augen und die Nasenspitze, fuhr ihr mit den Lippen über die weiche Wange und hauchte ihr Atem ins Ohr. Er knabberte an ihrem Ohrläppchen und suchte dann wieder ihren Hals. Als er abermals ihren Mund fand, nahm er ihn gierig und drückte ihn an sich.

»Ich meine, wir sollten zurückgehen, Serenio«, flüsterte er ihr ins Ohr.

»Das habe ich doch gesagt.«
Seite an Seite, er den Arm ihr um die Schulter gelegt und sie den ihren ihm um die Hüfte, kehrten sie um die vorspringende Wand herum zurück. Dies eine Mal trat er nicht zurück, um hinter ihr herzugehen und nicht zu nahe an den Rand des Pfades zu geraten. Er merkte nicht einmal, wie schwindelerregend steil es in die Tiefe ging.
Es war dunkel, und auf dem offenen Feld herrschte sowohl die Schwärze der Nacht als auch der Schatten. Das Mondlicht wurde immer noch von den hohen Seitenwänden behindert; nur wenige Sterne waren zwischen den Wolken oben sichtbar. Als sie unter den Überhang traten, war es später, als sie gedacht hatten. Niemand saß mehr um das Hauptfeuer herum, obwohl die Flammen noch an den brennenden Scheiten hochleckten. Sie sahen Roshario, Dolando und etliche andere im Inneren ihrer Unterkunft, und als sie am Eingang vorüberkamen, sahen sie Darvo zusammen mit Thonolan geschnitzte Knöchel werfen. Jondalar lächelte. Dieses Spiel hatte er oft an langen Winterabenden mit seinem Bruder gespielt; manchmal brauchte es die halbe Nacht, ehe ein solches Spiel entschieden war, und außerdem erforderte es die ganze Aufmerksamkeit der Spieler – und erleichterte das Vergessen.
Die Unterkunft, die Jondalar mit Serenio teilte, war dunkel. Er häufte Holz auf die Feuerstelle mit dem Steinring drum herum und holte dann ein Stück brennendes Holz vom Hauptherdfeuer, um es zu entfachen. Danach stellte er überkreuz zwei Planken vor den Eingang und breitete eine Lederdecke darüber. Eine warme Welt nur für sie allein entstand.
Sich schüttelnd entledigte er sich seines Überwurfs, und Serenio holte die Trinkbecher heraus. Jondalar holte den Schlauch mit dem vergorenen Heidelbeersaft und schenkte ihnen beiden ein. Die Unmittelbarkeit seines Feuers war vergangen, und der Rückweg hatte ihm Zeit zum Nachdenken gegeben. Sie ist eine bezaubernde und wunderschöne Frau, wie ich selten eine gefunden habe, dachte er und nippte an dem erwärmenden Getränk. Ich hätte unsere Beziehung längst förmlich besiegeln sollen. Vielleicht wäre sie bereit, mit mir zurückzugehen – und Darvo auch. Aber ob wir hierbleiben oder zurückgehen – ich möchte, daß sie richtig meine Frau wird.
Ein Stein fiel ihm bei diesem Entschluß von der Seele: Ein unentschiedener Faktor weniger, mit dem ich fertig werden muß. Es erfüllte ihn mit Genugtuung, daß er so froh darüber war. Es war schließlich recht und gehörte sich. Warum hatte er nur so lange damit gewartet?
»Serenio, ich bin zu einem Entschluß gekommen. Ich weiß nicht, ob ich dir jemals gesagt habe, wieviel du mir bedeutest . . .«
»Nicht jetzt«, sagte sie und stellte den Becher hin. Sie schlang ihm die Arme um den Hals, holte sein Lippen heran und küßte sie. Es war ein langer, lang-

samer und in die Länge gezogener Kuß, der ihn rasch seine Leidenschaft wieder bewußt werden ließ. Sie hat recht, dachte er, reden können wir später.
Als die Glut ihn wieder gepackt hatte, führte er sie zu der fellbedeckten erhöhten Schlafstätte. Das vergessene Feuer brannte niedrig, während er ihren Körper erforschte und neu entdeckte. Serenio hatte immer auf ihn reagiert, doch diesmal öffnete sie sich ihm, wie sie es nie zuvor getan hatte. Sie konnte nicht genug von ihm bekommen, obwohl sie befriedigt war und immer aufs neue befriedigt wurde. Welle um Welle ging über sie dahin, und als er meinte, das Äußerste erreicht zu haben, was er geben konnte, spielte sie mit seinen Möglichkeiten und brachte ihn langsam wieder dazu, daß das Begehren nochmal in ihm wach wurde. Unter Aufbietung ihrer letzten ekstatischen Kräfte erreichten sie gemeinsam ein freudige Erlösung und lagen dann, endlich gesättigt, völlig erschöpft nebeneinander.
Sie schliefen eine Weile, wie sie waren, nackt auf den Fellen. Als das Feuer ausging, weckte die Kühle vor der ersten Dämmerung sie. Sie entfachte mit der letzten verbliebenen Glut ein neues Feuer, wohingegen er einen Überwurf überzog und hinausschlüpfte, um den Wasserschlauch zu füllen. Die Wärme in ihrer Unterkunft war etwas, was er bei seiner Rückkehr begrüßte; er war rasch noch in den kalten Teich draußen gesprungen, fühlte sich erfricht und gekräftigt und so gründlich befriedigt, daß er für alles bereit war. Nachdem Serenio Steine zum Erhitzen ins Feuer gelegt hatte, schlüpfte auch sie hinaus, um sich zu erleichtern, und kam naß zurück wie er.
»Du zitterst«, sagte Jondalar und hüllte sie in einen Pelz.
»Das kurze Bad schien dir so gefallen zu haben, da dachte ich, das versuchst du auch«, sagte sie. »Es war kalt.« Sie lachte.
»Der Tee ist fast fertig. Ich bringe dir einen Becher. Bleib du nur sitzen«, sagte er, schob sie zurück auf ihre Schlafstatt und häufte noch mehr Felle um sie, bis nur noch ihr Gesicht herausschaute. Das Leben an der Seite einer Frau wie Serenio zu verbringen, ist gar nicht so schlecht, dachte er. Ich möchte mal wissen, ob ich sie bewegen kann, mit mir heimzukehren. Ein unglücklicher Gedanke schlich sich ein. Wenn ich nur Thonolan bewegen könnte, mit mir heimzukehren! Ich verstehe nicht, warum er unbedingt nach Osten will. Jondalar brachte Serenio einen Becher heißen Zehrkraut-Tee und holte auch für sich einen; dann nahm er auf dem Rand der Schlafstatt Platz.
»Serenio, hast du jemals daran gedacht, eine Reise zu machen?«
»Du meinst, irgendwo hinzugehen, wo ich nie zuvor war, und Menschen kennenzulernen, die eine Sprache sprechen, die ich nicht verstehe? Nein, Jondalar. Den Drang zu reisen habe ich nie verspürt.«
»Aber du verstehst doch Zelandonii. Sehr gut sogar. Als wir beschlossen, zusammen mit Tholie und den anderen die Sprache des anderen zu erlernen,

war ich überrascht, wie schnell du lerntest. Es wäre ja nicht so, als ob du eine völlig neue Sprache lernen müßtest.«

»Was willst du mir beibringen, Jondalar?«

Er lächelte. »Ich versuche dich zu überreden, nach unserer Heirat mit mir heimzukehren. Die Zelandonii würden dir gefallen . . .«

»Was soll das heißen: nach unserer Heirat? Wie kommst du darauf, daß wir heiraten?«

Er war betreten. Selbstverständlich hätte er sie erst um ihre Einwilligung bitten müssen und nicht einfach mit Fragen über Reisen herausplatzen sollen. Frauen wollen gefragt werden; sie mögen es nicht, wenn man sie für selbtverständlich nimmt. Etwas betroffen sah er sie an.

»Ich bin zu dem Schluß gekommen, daß es an der Zeit ist, unser Band förmlich zu besiegeln. Ich hätte das schon längst tun sollen. Du bist eine wunderschöne liebevolle Frau, Serenio. Und Darvo ist ein prächtiger Bursche. Ihn als richtiges Kind meines Herdfeuers zu haben, würde mich sehr stolz machen. Ich hatte nur gehofft, du würdest vielleicht einwilligen, die Reise zurück mit mir zu machen . . . zu den Zelandonii. Natürlich, wenn du nicht möchtest . . .«

»Jondalar, du kannst unsere Beziehung nicht förmlich besiegeln. Ich werde dich nicht heiraten. Dazu habe ich mich schon vor langer Zeit durchgerungen.«

Er wurde über und über rot. Jetzt war er wirklich in Verlegenheit. Es wäre ihm nie in den Sinn gekommen, daß sie es ablehnen könnte, ihn zum Mann zu nehmen. Er hatte nur an sich selbst gedacht, daran, wie er empfand, und nicht daran, ob sie ihn für würdig befinden mochte oder nicht. »Es tut mir leid, Serenio. Ich dachte, auch ich bedeute dir etwas. Ich hätte das nicht als selbstverständlich voraussetzen dürfen. Du hättest mir sagen sollen, ich solle ausziehen . . . Ich hätte schon eine andere Schlafstelle gefunden.« Er erhob sich und schickte sich an, ein paar Sachen zusammenzusuchen.

»Was tust du da, Jondalar?«

»Ich suche meine Sachen zusammen, damit ich woanders hingehen kann.«

»Warum willst du ausziehen?«

»Ich möchte ja nicht, aber wenn du mich hier nicht haben willst . . .«

»Nach dem, was heute nacht gewesen ist – wie kannst du da sagen, ich wollte dich nicht haben? Was hat das mit dem Heiraten zu tun?«

Er kam zurück, setzte sich wieder auf den Rand der Schlafstatt und blickte ihr in die rätselhaften Augen. »Warum willst du nicht meine Frau werden? Bin ich nicht . . . nicht Manns genug für dich?«

»Nicht Manns genug . . .« Sie hatte plötzlich einen Kloß im Hals, schloß die Augen, zwinkerte ein paarmal und holte dann tief Atem. »Oh, Mutter, Jondalar! Nicht Manns genug! Wenn du das nicht bist, dann ist kein Mann auf Erden Manns genug. Das ist ja gerade das Problem. Du bist nur allzusehr Mann, allzusehr alles. Ich könnte damit nicht leben.«

»Das verstehe ich nicht. Ich möchte dich heiraten, und du sagst, ich bin nicht gut genug für dich?«

»Du verstehst das wirklich nicht, nicht wahr? Jondalar, du hast mir mehr ... mehr gegeben als je ein Mann zuvor. Wenn ich dich heiratete, würde ich soviel haben, mehr als jede andere Frau, die ich kenne. Sie würden mich beneiden, würden wünschen, ihre Männer wären genauso freigebig, liebevoll und gut wie du. Sie wissen schon jetzt, daß eine Berührung von dir eine Frau dazu bringen kann, sich lebendiger vorzukommen, mehr ... Jondalar, du bist alles, was eine Frau sich ersehnt.«

»Aber wenn ich das bin ... alles, was du sagst – warum mich dann nicht heiraten?«

»Weil du mich nicht liebst.«

»Serenio, das tue ich doch ...«

»Ja, auf deine Weise liebst du mich. Ich bedeute dir etwas. Du würdest nie etwas tun, um mich zu verletzen, und du wärest so wunderbar, so unendlich gut zu mir. Trotzdem würde ich es immer wissen. Selbst wenn ich mir einredete, daß dem nicht so wäre – ich wäre mir dessen doch bewußt. Und würde mich dann fragen, was denn nicht mit mir stimmt, was mir fehlt, warum du mich nicht lieben kannst.«

Jondalar senkte den Blick zu Boden. »Serenio, es tun sich Menschen zusammen, die sich nicht so lieben, wie du meinst.« Ernst sah er sie an. »Wenn sie noch anderes haben, wenn einer sich was aus dem anderen macht, können sie ein gutes Leben miteinander führen.«

»Ja, manche Menschen können das. Ist sogar möglich, daß auch ich eines Tages wieder heirate. Und wenn wir auch noch anderes haben, brauchen wir uns nicht unbedingt zu lieben. Aber nicht dich, Jondalar.«

»Warum nicht mich?« fragte er, und der Schmerz in seinen Augen war so groß, daß sie nahe daran war, es sich anders zu überlegen.

»Weil ich dich lieben würde. Ich könnte gar nicht anders. Ich würde dich lieben und jeden Tag ein wenig sterben in dem Bewußtsein, daß du mich nicht so liebst. Keine Frau kann umhin, dich zu lieben, Jondalar. Und jedesmal, wenn wir beieinanderliegen und uns lieben wie heute nacht, würde ich innerlich ein bißchen mehr welken. Weil ich dich so sehr liebte und mich so nach dir verzehrte und doch wüßte, selbst wenn du es noch so sehr wolltest, du würdest meine Liebe nicht erwidern. Nach einer Weile würde ich vertrocknen, zu einer leeren Hülse werden und Mittel und Wege finden, dir das Leben genauso zu versauern wie du meines. Du würdest weiterhin wunderbar sein, liebevoll, großzügig – und all das, weil du genau wüßtest, warum ich so geworden bin. Nur würdest du dich deshalb hassen. Und alle würden sich fragen, wieso du es mit einem solchen keifenden und verbitterten alten Weib aushalten kannst. Und das möchte ich dir nicht antun, Jondalar, und mir auch nicht.«

Er stand auf und schritt zum Eingang hinüber, machte dort kehrt und kam zurück. »Serenio, warum kann ich nicht lieben? Andere Männer verlieben sich – was stimmt denn nicht bei mir?« Er sah sie so gequält an, daß sie ihn nur noch um so mehr liebte und alles in ihr sich nach ihm sehnte. Wenn es doch nur eine Möglichkeit gäbe, ihn dazu zu bringen, daß er sie liebte.

»Ich weiß es nicht, Jondalar. Vielleicht hast du immer noch nicht die richtige Frau gefunden. Vielleicht hat die Mutter etwas Besonderes mit dir vor. Viele macht sie nicht so wie dich. Du bist mehr, als die meisten Frauen ertragen könnten. Wenn sich all deine Liebe auf eine Frau allein richtete, könnte sie das überwältigen, es sei denn, sie wäre eine von denen, die die Mutter mit besonderen Gaben ausgestattet hat. Selbst wenn du mich liebtest – ich weiß nicht, ob ich wirklich mit dir leben könnte. Wenn du eine Frau genauso sehr liebtest, wie du deinen Bruder liebst, müßte sie schon eine sehr starke Frau sein.«

»Ich kann mich nicht verlieben, aber wenn ich es täte, könnte keine Frau es ertragen«, sagte er voller Bitterkeit mit einem trockenen ironischen Lachen. »Hüte dich vor den Gaben der Mutter!« Seine Augen, die im Feuerschein tief-violett aussahen, füllten sich mit Schrecken. »Was hast du damit gemeint: ›Wenn ich eine Frau ebenso sehr liebte wie meinen Bruder?‹ Wenn keine Frau stark genug ist, meine Liebe ›zu ertragen‹, denkst du dann, ich . . . ich brauchte einen Mann?«

Serenio lächelte und kicherte dann. »Ich meine nicht, daß du deinen Bruder liebst wie eine Frau. Du bist nicht wie der Shamud, mit dem Körper des einen und den Neigungen des anderen Geschlechts. Das hättest du inzwischen herausgefunden, wärest deiner Berufung gefolgt und hättest, wie der Shamud, hier eine Liebe gefunden. Nein«, sagte sie, und Wärme überflutete sie, als sie daran dachte, »dazu magst du den weiblichen Körper viel zu sehr. Nur liebst du deinen Bruder mehr, als du jemals eine Frau geliebt hast. Deshalb habe ich dich heute nacht ja so begehrt. Du wirst fortgehen, wenn er uns verläßt, und dann sehe ich dich nie wieder.«

Kaum hatte sie das gesagt, wußte er, daß sie recht hatte. Egal, zu welchem Entschluß er sich durchgerungen zu haben meinte – wenn es soweit war, würde er mit Thonolan fortgehen.

»Woher hast du das gewußt, Serenio? Ich habe das nicht getan. Ich bin mit dem Vorsatz hergekommen, mich mit dir zusammenzutun und Sharamudoi zu werden, wenn ich dich nicht mit mir zurücknehmen könnte.«

»Ich glaube, jeder weiß, daß du ihm folgen wirst, wohin er auch geht. Der Shamud sagt, es ist dein Schicksal.«

Jondalars Neugier in bezug auf den Shamud war nie befriedigt worden. Der Regung des Augenblicks nachgebend, fragte er: »Sag mir, ist der Shamud ein Mann oder eine Frau?«

Lange sah sie ihn an. »Willst du das wirklich wissen?«

Er überlegte. »Nein, es spielt wohl keine Rolle. Der Shamud wollte es mir nicht sagen – vielleicht ist ihm dieses Geheimnis wichtig.«

In dem Schweigen, das diesen Worten folgte, starrte Jondalar Serenio an; er wollte sie so in der Erinnerung behalten, wie sie jetzt war. Ihr Haar war immer noch feucht und zerzaust, doch war sie mittlerweile wieder warm geworden und hatte inzwischen den größten Teil der Felle beiseite geschoben. »Und was ist mit dir, Serenio? Was wirst du tun?«

»Ich liebe dich, Jondalar.« Das war eine schlichte Feststellung, eine Erklärung. »Es wird nicht leicht sein, darüber hinwegzukommen, aber du hast mir etwas gegeben. Ich hatte Angst vor der Liebe. Ich habe so viele Menschen verloren, die ich liebte, daß mir alle Liebesgefühle ausgetrieben worden sind. Ich habe gewußt, daß ich dich wieder hergeben muß, Jondalar, aber ich habe dich trotzdem geliebt. Und jetzt weiß ich, daß ich auch wieder lieben kann, und wenn ich denjenigen, den ich liebe, verliere, dann bleibt mir immer noch die Liebe, die gewesen ist. Das verdanke ich dir. Und vielleicht noch etwas.« Das Geheimnis der Frau tat sich in ihrem Lächeln kund. »Vielleicht wird bald jemand in mein Leben treten, den ich – ungestraft – lieben kann. Es ist zwar noch ein bißchen früh, um ganz sicher zu sein, aber ich glaube, die Mutter hat mich gesegnet. Ich dachte, das sei nicht mehr möglich, nachdem ich das letzte Kind verloren habe – wo ich doch jetzt so viele Jahre ohne Ihren Segen geblieben bin. Möglich, daß es das Kind deines Geistes ist. Das werde ich wissen, wenn das Baby deine Augen hat.«

Die vertrauten Falten bildeten sich zwischen den Augen. »Serenio, dann muß ich bleiben. Du hast keinen Mann am Herdfeuer, der für dich und das Kind sorgt«, sagte er.

»Jondalar, da mach dir keine Sorgen. Eine Mutter und ihre Kinder haben bei uns nichts auszustehen. Mudo sagt, allen, denen Ihr Segen zuteil wird, muß geholfen werden. Deshalb hat Sie ja die Männer gemacht, damit sie den Müttern die Gaben der Großen Erdmutter bringen. Die Höhle wird schon für uns sorgen, genauso, wie Sie für all Ihre Kinder sorgt. Du mußt deinem Schicksal folgen und ich dem meinen. Ich werde dich nie vergessen, und wenn ich ein Kind deines Geistes habe, wird es mich an dich erinnern, genauso wie Darvo mich an den Mann erinnert, den ich liebte, als er geboren wurde.«

Serenio hatte sich verändert, erhob jedoch immer noch keinerlei Ansprüche, erlegte ihm keinerlei Verpflichtungen auf. Er schloß sie in die Arme. Sie sah in seine bezwingenden blauen Augen. Ihr Blick hielt mit nichts zurück, weder mit der Liebe, die sie empfand, noch ihrer Trauer darüber, daß sie ihn verlor, und auch nicht mit der Freude über den Schatz, den sie, wie sie hoffte, unterm Herzen trug. Durch einen Spalt in den Planken sah sie, daß fahles Licht den kommenden Tag verkündete. Er stand auf.

»Wohin willst du, Jondalar?«

»Nur nach draußen. Ich habe zuviel Tee getrunken.« Er lächelte, und dieses Lächeln trat sogar in seine Augen. »Aber halt das Lager warm. Die Nacht ist noch nicht vorbei.« Er beugte sich über sie und küßte sie. »Serenio . . .« Seine Stimme war heiser, so sehr war er von Gefühlen überwältigt. »Serenio, du bedeutest mir mehr als jede Frau, die ich jemals gekannt habe.«

Das reichte nicht ganz. Er würde fortziehen, obwohl sie wußte, wenn sie ihn darum bäte, würde er bleiben. Aber sie bat ihn nicht, und dafür gab er ihr alles, was er ihr geben konnte. Und das war mehr, als die meisten Frauen sich jemals erhoffen durften.

18

»Mutter sagt, du wolltest mich sprechen.«

Jondalar erkannte, wie verkrampft Darvos Schultern waren, sah an seinen Augen, daß der Junge auf seiner Hut war. Er wußte, daß Darvo ihn gemieden hatte, und erriet den Grund. Der große Mann lächelte und bemühte sich, einen normalen und entspannten Eindruck zu machen, doch die Verzögerung, mit der seine warme Herzlichkeit rüberkam, machte Darvo womöglich noch nervöser; er wollte nicht, daß seine Befürchtungen sich bestätigten. Jondalar hatte sich auch nicht gerade darauf gefreut, es dem Jungen zu sagen. Er nahm ein säuberlich zusammengelegtes Gewand von einem Regal und schüttelte es aus. »Ich glaube, du bist fast groß genug dafür, Darvo. Ich möchte es dir schenken.«

Einen Moment leuchtete es voller Freude in den Augen des Jungen auf über den Zelandonii-Überwurf mit seinem verzwickten und exotischen Muster; doch dann kehrte die Vorsicht zurück. »Du gehst, nicht wahr?« beschuldigte er ihn.

»Thonolan ist mein Bruder, Darvo . . .«

»Und ich bin nichts.«

»Das stimmt nicht. Du weißt, wieviel du mir bedeutest. Aber Thonolan steckt noch so voller Schmerz, daß er manchmal wie von Sinnen ist. Ich habe Angst um ihn. Ich kann ihn nicht allein ziehen lassen, und wenn ich mich nicht um ihn kümmere, wer soll es dann tun? Bitte, versuch' das zu verstehen. Ich möchte eigentlich nicht noch weiter gen Osten ziehen.«

»Dann kommst du also zurück?«

Jondalar machte eine Pause. »Das weiß ich nicht. Ich kann es nicht versprechen. Ich weiß ja nicht, wohin wir gehen und wie lange wir unterwegs sein werden.« Er hielt dem Jungen den Überwurf hin. »Deshalb möchte ich dir dies schenken, damit du etwas hast, dich an den ›Zelandonii-Mann‹ zu erinnern. Darvo, hör mich an! Du wirst in meinem Herzen immer den ersten Platz einnehmen.«

Der Junge warf einen Blick auf den perlengestickten Überwurf; dann stiegen ihm die Tränen hoch und drohten überzulaufen. »Ich bin nicht der Sohn deines Herdfeuers!« rief er, drehte sich um und rannte hinaus.

Jondalar wollte hinter ihm herlaufen. Statt dessen legte er den Überwurf auf Darvos Schlafstatt und ging dann langsam hinaus.

Stirnrunzelnd betrachtete Carlono die niedrighängenden Wolken. »Ich glaube, das Wetter hält sich«, sagte er, »aber wenn wirklich heftige Windböen kommen, rudert an Land; allerdings werdet ihr nicht viele Stellen zum Landen finden, bevor ihr die Flußenge hinter euch habt. Sobald ihr die Ebene jenseits der Flußenge erreicht, wird sich die Mutter in verschiedene Flußarme aufteilen. Vergeßt nicht, daß ihr euch links halten sollt. Ehe ihr das Meer erreicht, biegt sie nach Norden ab und fließt später erst wieder nach Osten. Bald nachdem sie nach Norden abgebogen ist, ergießt sich auf dem linken Ufer ein starker Nebenfluß in sie – der letzte bedeutendere Nebenfluß. Bald danach beginnt dann das Delta – der Ausfluß ins Meer –, doch werdet ihr noch lange brauchen, bis ihr das erreicht. Das Delta ist riesig und gefährlich: Sümpfe und Moräste und Sandbänke. Wieder verzweigt die Mutter sich, für gewöhnlich in vier, manchmal aber auch in noch mehr Hauptkanäle und viele kleinere. Haltet euch an den linken Flußarm, den nördlichen also. Am Nordufer gibt es ein Mamutoi-Lager, kurz vor der Mündung.«

Der erfahrene Fluß-Mann legte ihnen das nicht zum ersten Mal dar. Er hatte sogar eine Karte auf den Boden gezeichnet, um ihnen den Weg bis ans Ende der Großen Mutter zu erklären. Aber er glaubte, wenn er es wiederholte, würden sie es sich besser einprägen, und das würde ihnen helfen, besonders dann, wenn sie von einem Augenblick auf den anderen irgendwelche Entscheidungen treffen mußten. Er war nicht glücklich, daß die beiden jungen Leute ohne einen erfahrenen Führer den unbekannten Fluß hinunterfahren wollten, aber sie hatten darauf bestanden, es zu tun. Oder vielmehr: Thonolan hatte das getan, und Jondalar hatte ihn nicht allein losziehen lassen wollen. Zumindest der große Mann hatte es einigermaßen gelernt, mit Booten umzugehen.

Sie standen auf der hölzernen Bootslände; all ihr Gerät war in einem kleinen Boot verstaut; dennoch mangelte es ihrer Abfahrt an der Aufregung, wie sie sonst den Aufbruch zu unbekannten Abenteuern begleitete. Thonolan verließ sie nur, weil er nicht bleiben konnte, und Jondalar wäre viel lieber in die entgegengesetzte Richtung gefahren.

Das Feuer in Thonolan war erloschen. War er früher immer freundlich und zuvorkommend gewesen, so war er jetzt launisch. Seine allgemeine Verdrießlichkeit wurde durch seine plötzlichen Wutausbrüche, die nur zu noch größerer Waghalsigkeit und frevelhafter Unbekümmertheit führten, nur noch unterstrichen. Bei dem ersten offenen Streit zwischen den beiden Brüdern war es nur deshalb nicht zu einer Schlägerei gekommen, weil Jondalar sich geweigert hatte, sich zu schlagen. Thonolan hatte ihm vorgeworfen, ihn zu verhätscheln wie ein kleins Baby, und hatte gefordert, ein Recht auf sein eigenes Leben zu haben, ohne daß Jondalar ihm auf Schritt und Tritt folgte. Als Thonolan hörte, Serenio sei möglicherweise schwanger, war er außer sich darüber, daß Jondalar daran denken könne, eine Frau allein zu lassen, die wahrscheinlich ein Kind seines Geistes trug, um seinem Bruder zu einem unbekannten Ziel zu folgen. Er bestand darauf, daß Jondalar bleibe und für sie sorge, wie jeder anständige Mann es tun würde.

Trotz Serenios Weigerung, das Band mit Jondalar förmlich zu besiegeln, hatte Jondalar das Gefühl, daß Thonolan in dieser Beziehung recht habe. Von klein auf war ihm eingetrichtert worden, daß es die Verantwortung eines Mannes, sein einziger Daseinszweck sei, für den Unterhalt von Müttern und Kindern zu sorgen, insbesondere für den einer Frau, die von Mudo gesegnet worden war und ein Kind in sich trug, das auf irgendeine geheimnisvolle Weise seinen Geist in sich aufgenommen haben könnte. Aber Thonolan wollte nicht bleiben, und Jondalar, der fürchtete, sein Bruder würde etwas Unbesonnenes und Gefährliches tun, bestand darauf, ihn zu begleiten. Die Spannung zwischen den beiden legte sich immer noch allen aufs Gemüt.

Jondalar wußte nicht recht, wie er Serenio Lebewohl sagen sollte, und hatte geradezu Angst, sie anzusehen. Doch sie lächelte, als er sich zu ihr hinabbeugte, um sie zu küssen, und obgleich ihre Augen ein wenig geschwollen und rot schienen, ließ sie nicht zu, daß sie irgendwelche Gefühle preisgaben. Er suchte nach Darvo und war enttäuscht, daß der Junge nicht unter denen war, die zur Bootslände heruntergekommen waren. Fast alle anderen waren da. Thonolan saß bereits in dem kleinen Boot, als Jondalar hineinkletterte und sich auf dem Rücksitz niederließ. Er nahm sein Paddel, und während Carlono das Tau losmachte, blickte er ein letztes Mal hinauf zur hochgelegenen Terrasse. Ein Junge stand am Rand. Er würde noch ein paar Jahre brauchen, um den Überwurf auszufüllen, den er trug, aber das Perlenmuster darauf war unverkennbar Zelandonii. Jondalar lächelte und winkte dann mit dem Paddel. Darvo erwiderte das Winken, und der große blonde Zelandonii tauchte das Doppelpaddel ins Wasser.

Die beiden Brüder paddelten in die Mitte des Flusses hinaus und blickten dann zurück zu den dichtgedrängten Leuten auf der Bootslände: das waren ihre Freunde. Während sie flußabwärts dahinglitten, dachte Jondalar darüber nach, ob er die Sharamudoi oder irgendeinen von denen, die er kannte, je wiedersehen würde. Die Reise, die als Abenteuer begonnen hatte, war nicht mehr so aufregend. Dennoch wurde er, fast wider seinen Willen, immer weiter von zu Hause fortgetrieben. Was mochte Thonolan im Osten zu finden hoffen? Und – was konnte der Osten schon für ihn bereithalten?

Die große Flußenge kündigte sich unter dem grauüberzogenen Himmel an. Kahler Felsen ragte aus der Tiefe des Wassers auf und reckte sich zu beiden Seiten zu turmhohen Bollwerken auf. Auf dem linken Ufer führte eine Reihe von Erhebungen aus scharfen, kantigen Felsen schrundig und zerrissen ganz bis zu den gletscherbedeckten Gipfeln hinauf, während rechter Hand die abgerundeten Berge den trügerischen Eindruck vermittelten, es handelte sich nur um niedrige Hügel; gleichwohl war ihre Höhe von dem kleinen Boot aus erschreckend. Größere Felsbrocken und -spitzen ragten aus dem Wasser heraus und zerteilten die Strömung in weißschäumende Fluten.

Sie gehörten zu dem Element dazu, in dem sie reisten, wurden hinuntergetrieben wie die Abfälle, die auf seiner Oberfläche dahinschwammen und in seinen schweigenden Tiefen zu Boden sickerten. Sie konnten weder Geschwindigkeit noch Richtung bestimmen und steuerten nur um Hindernisse herum, die sich ihnen entgegenstellten. Wo der Fluß sich verbreiterte und man kaum von einem Ufer zum anderen sehen konnte, hoben Wellen das kleine Boot und ließen es absinken, als führen sie über ein richtiges Meer. Verengten die Ufer sich, spürten sie die Veränderung der Energie: Die Strömung war stärker, wenn dieselben Wassermassen sich durch die enge Öffnung in den Felsen hindurchwälzten.

Sie hatten etwas mehr als ein Viertel des Wegs – etwa vierzig Kilometer – zurückgelegt, da kam der drohende Regen in einem furchtbaren Guß heruntergerauscht und peitschte das Wasser zu Wellen hoch, daß sie fürchteten, das kleine hölzerne Boot würde vollschlagen und versinken. Aber es war nirgends ein Uferstreifen zu erkennen, nur steiler nasser Fels.

»Ich kann steuern, wenn du das Wasser ausschöpfst, Thonolan«, sagte Jondalar. Sie hatten nicht viel miteinander gesprochen, doch hatte einiges von der zwischen ihnen herrschenden Spannung sich verflüchtigt, als sie einträchtig gepaddelt hatten, um das Boot auf dem richtigen Kurs zu halten.

Thonolan steckte sein Paddel weg und versuchte mit einem quadratischen, kellenähnlichen Schöpfgefäß das Wasser hinauszubefördern. »Es füllt sich genauso rasch wieder, wie ich es leerschöpfe«, rief er über die Schulter hinweg seinem Bruder zu.

»Ich glaube nicht, daß dieser Guß lange anhält. Wenn du durchhältst, glaube ich, schaffen wir es«, erwiderte Jondalar und bemühte sich, das Boot durch das aufgewühlte Wasser zu lenken.

Das Unwetter ging vorüber, und obgleich die Wolken immer noch bedrohlich aussahen, setzten sie ihren Weg durch die Flußenge die ganze Strecke über ohne weiteren Zwischenfall fort.

Gleich der Entspannung, die folgt, wenn man einen zu fest zugezogenen Gürtel lockert, breitete der angeschwollene schlammige Fluß sich aus, als sie

die Ebene erreichten. Flußarme wanden sich um weiden- und schilfbestandene Inseln herum: Nistplätze für Kraniche und Flußreiher, Gänse, Enten und zahllose andere Zugvögel.
Für die erste Nacht schlugen sie ihr Lager auf der grasbestandenen Steppe auf dem linken Flußufer auf. Das Vorgebirge zog sich ein beträchtliches Stück vom Fluß zurück, wohingegen die gerundeten Berge auf dem rechten Ufer dafür sorgten, daß der Große Mutter Fluß weiterhin nach Osten lief.
Jondalar und Thonolan verfielen so rasch wieder in ihre Reiseroutine, daß es aussah, als hätten sie jahrelang nicht bei den Sharamudoi gelebt. Trotzdem hatte sich etwas verändert. Verschwunden war die unbekümmerte Abenteuerlust, die nur aus der reinen Freude des Entdeckens an allem Freude hatte, was hinter der nächsten Flußbiegung lag. Thonolans Besessenheit weiterzukommen, hatte schon etwas Verzweifeltes.
Jondalar hatte noch einmal versucht, seinen Bruder zur Umkehr zu bewegen und ihn zu überreden, nach Hause zurückzukehren, doch hatte das nur zu einem bitteren Streit geführt. Er hatte das Thema nie wieder angeschnitten. Zumeist sprachen sie nur, um notwendige Informationen auszutauschen. Jondalar konnte nur hoffen, daß die Zeit Thonolans Kummer beschwichtigen würde und er sich eines Tages dazu durchringen könnte, nach Hause zurückzukehren und sein Leben dort wiederaufzunehmen. Bis dahin war er entschlossen, bei ihm zu bleiben.
In dem kleinen Boot kamen die beiden Brüder viel schneller voran, als wenn sie am Ufer zu Fuß gegangen wären. Es war eine Freude, sich von der Strömung treiben zu lassen. Wie Carlono vorausgesagt hatte, wandte der Fluß sich nach Norden, als er auf die Barriere eines alten Rumpfgebirges stieß, das weit älter war als die nackten Berge, um welche der große Strom herumfloß. Wiewohl von altehrwürdigem Alter abgeschliffen, stellten sie sich zwischen den Fluß und das Binnenmeer, das dieser zu erreichen trachtete.
Unbeirrt suchte die Große Mutter sich einen anderen Weg. Daß sie nach Norden abbog, brachte allerdings erst in dem Augenblick den gewünschten Erfolg, da sie endgültig nach Osten floß und ein letzter großer Nebenfluß seine Massen an Wasser und Sickerstoffen beisteuerte. Da nun ihr Weg endlich frei vor ihr lag, konnte sie sich nicht mehr an ein einziges Flußbett halten. Obwohl sie noch viele Kilometer zurückzulegen hatte, teilte sie sich nochmals in viele Wasserarme und bildete ein fächerförmiges Delta.
Das Delta bestand aus einem Morast von Mahlsand, Salzsümpfen und unsicheren kleinen Inseln. Einige von den Schwemmsandinseln blieben mehrere Jahre hindurch an ein und derselben Stelle liegen, so daß Bäume zähe Wurzeln hinuntertreiben konnten, um dann von völlig unberechenbaren Überschwemmungen und nagenden Strömungen fortgeschwemmt zu werden.

Vier Hauptwasserarme führten – je nach Umständen und jahreszeitlichen Bedingungen – bis ans Meer hinaus, doch ihr Lauf blieb nicht immer gleich. Aus keinem erkennbaren Grund konnte das Wasser plötzlich aus einem tief ausgewaschenen Bett ausbrechen und sich einen neuen Lauf suchen, Bäume und Sträucher herausreißen und eine Rinne aus weichem nassen Sand zurücklassen.

Der Große Mutter Fluß – nahezu dreitausend Kilometer lang – hatte fast sein Ziel erreicht. Doch das Delta mit seinen Hunderten von Quadratkilometern Schlamm, Sickerstoffen, Sand und Wasser war der gefährlichste Abschnitt des gesamten Flusses.

Indem sie dem tiefsten der linken Flußarme folgten, war es nicht schwer gewesen, den Fluß mit einem Boot zu befahren. Die Strömung hatte den kleinen Einbaum die Biegung gen Norden herumgetragen, und selbst der letzte Nebenfluß hatte sie nur in die Flußmitte hinausgedrückt. Was die beiden Brüder jedoch nicht vorhergesehen hatten war, daß der Fluß so rasch schon sich in viele Arme aufteilen würde. Ehe sie es sich versahen, waren sie in den mittleren Arm hineingetrieben worden.

Jondalar hatte eine beträchtliche Geschicklichkeit in der Beherrschung des kleinen Bootes erworben, und Thonolan konnte einigermaßen damit fertig werden, doch waren sie bei weitem nicht so fähig wie die erfahrenen Bootsleute der Ramudoi. Sie versuchten, den Einbaum zu wenden und sich stromaufwärts wieder zurückzuziehen, um dann in den richtigen Flußarm einzulaufen. Sie hätten besser daran getan, einfach in entgegengesetzter Richtung zu paddeln – denn schließlich sah das Heck nicht anders aus als der Bug –, doch auf die Idee kamen sie nicht.

Sie lagen quer zur Strömung, und Jondalar rief Thonolan Anweisungen zu, damit der Bug herumkam, und Thonolan verlor allmählich die Geduld. Ein riesiger Baumstamm mit weitverzweigtem Wurzelwerk, der sich vollgesogen hatte und daher tief im Wasser lag, schoß den Fluß hinunter, und die ausgreifenden Wurzeln fegten alles beiseite, was sich ihnen in den Weg stellte. Als die beiden Männer ihn näherkommen sahen, war es bereits zu spät.

Unter splitterndem Krachen rammte das zerspellte, von einem Blitz geschwärzte und spröde obere Ende des riesigen Baumstamms den dünnwandigen Einbaum. Wasser rauschte durch ein Loch in der Bordwand herein, so daß das kleine Boot rasch vollief. Als der Baumstamm auf sie zukam, stieß ein langer, unmittelbar unter der Wasseroberfläche vorstehender Wurzelfinger Jondalar in die Rippen und warf ihn um. Ein anderer hätte ums Haar Thonolans Auge getroffen, riß ihm aber nur seine Wange auf.

Unversehens in das kalte Wasser geworfen, klammerten Jondalar und Thonolan sich an den Baumstamm und sahen entsetzt zu, wie nur ein paar Luftblasen in die Höhe stiegen, während das kleine Boot mit ihren Habseligkeiten, die sie daran festgezurrt hatten, auf den Boden des Flusses sank.

Thonolan hatte den unterdrückten Schmerzensschrei seines Bruders gehört. »Alles in Ordnung mit dir, Jondalar?«

»Eine Wurzel hat mich am Brustkasten erwischt. Tut ein bißchen weh, aber ich glaube nicht, daß es was Ernstes ist.«

Jondalar folgte seinem Bruder langsam, als Thonolan sich um den Stamm herumarbeitete, doch war die Strömung so stark, daß sie sie immer wieder an den Stamm drückte wie anderes Treibgut auch. Plötzlich saß der Baumstamm auf einer Sandbank fest. Das Wasser, das nun um das Wurzelgewirr herum- und hindurchfloß, drückte Dinge, die von der Strömung unter Wasser gehalten worden waren, nach oben, und plötzlich tauchte ein ganzes aufgedunsenes Rentier vor Jondalar an die Oberfläche. Er versuchte, ihm aus dem Weg zu gehen und spürte den Schmerz in der Seite.

Da sie sich nun vom Stamm lösen konnten, schwammen sie zu einer schmalen Insel mitten im Strom. Dort wurzelten zwar ein paar junge Weiden, doch war die Insel nicht sicher und würde bestimmt bei nächster Gelegenheit hinweggeschwemmt werden. Die Bäume am Rand lagen zum Teil schon unter Wasser; die schlanken Zweige wiesen keinerlei Knospen auf, und da die Wurzeln ihren Halt verloren, hatten sie sich schon über das dahinströmende Wasser geneigt. Der Boden war morastig.

»Ich glaube, wir sollten weiterschwimmen und versuchen, eine trockenere Stelle zu finden«, sagte Jondalar.

»Aber du hast große Schmerzen – sag mir nicht, das stimmt nicht.«

Jondalar räumte ein, daß er einigermaßen behindert war. »Aber hier können wir nicht bleiben«, fügte er hinzu.

Sie krochen über die schmale Insel hinüber und ließen sich auf der anderen Seite wieder in das kalte Wasser gleiten. Die Strömung ging rascher, als sie angenommen hatten, und so wurden sie weit flußabwärts getrieben, ehe sie trockenes Land erreichten. Sie froren entsetzlich, waren völlig ausgepumpt und enttäuscht, als sie feststellten, daß sie abermals auf einer schmalen Insel gelandet waren. Sie war breiter, länger und lag etwas über dem Wasserspiegel, doch war sie sumpfig, und trockenes Holz war nirgends zu finden.

»Hier können wir kein Feuer machen«, sagte Thonolan. »Also müssen wir weiterschwimmen. Wo, hat Carlono gesagt, soll das Lager der Mamutoi liegen?«

»Am Nordende des Deltas, ganz in der Nähe des Meeres«, antwortete Jondalar und warf einen sehnsüchtigen Blick in diese Richtung. Der Schmerz in der Seite war stärker geworden, und er war sich nicht sicher, ob er es schaffen würden, schwimmend den Flußarm zu überqueren. Er sah nichts weiter als schäumendes Wasser, Flächen von ineinander verfilztem Treibgut und hier und da ein paar Bäume, die gelegentliche Inseln verrieten. »Wer weiß, wie weit das ist.«

Durch den Schlamm arbeiteten sie sich bis ans Nordende der schmalen Insel vor und stürzten sich dort wieder in das kalte Wasser. Jondalar bemerkte eine Baumgruppe weiter stromabwärts und hielt auf sie zu. Schwer atmend taumelten sie ganz auf der gegenüberliegenden Seite des Flußarms einen grauen Sandstrand hinauf. Wasser lief ihnen in Bächen aus dem Haar und aus der vollkommen durchnäßten Lederkleidung.

Die Spätnachmittagssonne brach golden funkelnd durch einen Riß in dem sonst bezogenen Himmel, brachte aber kaum Wärme. Ein plötzlicher Windstoß aus dem Norden brachte eine Kälte, die rasch durch ihre nassen Sachen hindurchdrang. Solange sie sich bewegt hatten, war es warm genug gewesen, doch jetzt hatte der Kampf mit dem Wasser ihre letzten Kraftreserven aufgezehrt. Sie zitterten im Wind und trotteten dann auf den geringen Schutz einer Erlengruppe zu.

»Schlagen wir hier unser Lager auf«, sagte Jondalar.

»Noch ist es hell, und ich würde lieber weitergehen.«

»Aber es wird dunkel sein, ehe wir mit einem Windschutz fertig sind und versuchen, ein Feuer in Gang zu bringen.«

»Wenn wir weitergehen, finden wir wahrscheinlich noch vor Einbruch der Dunkelheit das Lager der Mamutoi.«

»Thonolan, ich glaube nicht, daß ich das schaffe.«

»Wie schlimm ist es denn?« fragte Thonolan. Jondalar hob seinen Überwurf. Um eine Wunde herum, die zweifellos geblutet hatte, ehe sie von Gewebe geschlossen worden war, das sich mit Wasser vollgesogen hatte, verlor das Fleisch jede Farbe. Daraufhin bemerkte er auch ein Loch, das in das Leder gerissen worden war, und er fragte sich, ob er sich eine Rippe gebrochen hatte.

»Ich hätte nichts gegen eine Ruhepause und ein Feuer.«

Sie ließen den Blick über die weite Fläche schlammigen Wassers, stets in Bewegung befindlicher Sandbänke und eine Fülle verworrener Vegetation schweifen. Äste, die sich an toten Baumstämmen verheddert hatten, wurden von der Strömung wider Willen zum Meer hinausgeschwemmt, hakten sich aber an allem fest, was ihnen auf dem ständig sich verändernden Boden Halt gab. In der Ferne hatten sich auf einigen der wohl beständigeren Inseln ein paar grüne Büsche und Bäume angesiedelt.

Schilf und Binsen wuchsen überall, wo sie wurzeln konnten. In der Nähe wuchsen große Büschel Riedgras, deren Halme kräftiger aussahen, als sie waren; was ihre Höhe betraf, so taten es ihnen die geraden, lanzettförmigen

Blätter des gemeinen Kalmus gleich, die sich grün zwischen Flächen von Sumpfbinsen erhoben, welche kaum fußhoch wuchsen. In der Marsch, mehr am Rand des Wassers, sorgte drei Meter hohes Röhricht und Kolbenrohr dafür, daß die Männer sich ausnahmen wie Zwerge. Alles überragend erreichte das scharfblättrige Schilf mit seinen violetten Blütenrispen eine Höhe von über vier Metern.

Die beiden Männer besaßen nichts außer dem, was sie auf dem Leib trugen. Als das Boot unterging, war alles verlorengegangen, sogar ihre Kiepen, die sie zu Beginn ihrer Reise getragen hatten. Thonolan hatte die Tracht der Shamudoi angenommen, und Jondalar trug die der Ramudoi, doch seit er ins Wasser gefallen war – damals, als er den Flachschädeln begegnet war – trug er immer einen Beutel mit Werkzeugen am Gürtel, und darüber war er jetzt heilfroh.

»Ich werde sehen, ob ich ein paar Stengel von dem Kolbenrohr finde, die trokken genug sind, um Feuer damit zu bohren«, sagte Jondalar und bemühte sich, die Schmerzen einfach nicht zur Kenntnis zu nehmen. »Sieh du zu, ob du etwas trockenes Holz findest.«

Das Kolbenrohr lieferte mehr als einen alten Stengel für den Feuerbohrer. Die um einen Rahmen aus Erlenholz geflochtenen und gewebten langen Blätter ergaben einen Windschutz, der half, die Wärme des Feuers ein wenig festzuhalten. Die grünen Spitzen und jungen Wurzeln, die zusammen mit den Rhizomen des gemeinen Kalmus und der unter Wasser wachsenden Teile der Binsen in der Glut garten, ergaben so etwas wie eine Mahlzeit. Ein schlanker, angespitzter Erlentrieb, den sie mit der Genauigkeit des Hungers schleuderten, bescherte ihnen auch noch ein paar Flugenten. Aus den langen und schmiegsamen Binsen flochten die Männer sich weiche Matten, die sie verwendeten, um den Windschutz zu vergrößern und sich darin einzuwickeln, solange ihre nassen Kleider trockneten. Später schliefen sie auf diesen Matten.

Jondalar schlief nicht gut. Ihm tat der Brustkorb mit der Wunde weh, und er war überzeugt, daß er sich innerlich etwas getan hatte. Dennoch wollte er nicht daran denken, jetzt eine Pause einzulegen. Erst mußten sie wieder wirklich festen Boden unter den Füßen haben.

Am Morgen holten sie mit weitmaschigen Körben aus Röhricht, Erlenzweigen und Schnur, die sie aus faseriger Baumrinde zusammendrehten, ein paar Fische aus dem Fluß. Sie rollten das Material zum Feuermachen und die weichen Körbe in ihre Schlafmatten, verschnürten sie und schlangen sie sich auf den Rücken. Ihre Speere packend, machten sie sich auf den Weg. Bei den Speeren handelte es sich um nichts weiter als um zugespitzte lange Stecken, doch hatten diese ihnen bereits zu einer Mahlzeit verholfen – die zweite hatten ihnen die Fischreusen gebracht. Das Überleben hing ebensosehr von der Ausrüstung wie vom Wissen ab.

Die beiden Brüder hatten eine kleine Meinungsverschiedenheit in bezug auf die Richtung, die sie jetzt einschlagen sollten. Thonolan meinte, sie wären schon über das Delta hinaus, und wollte weiter nach Osten aufs Meer zustoßen. Jondalar hingegen wollte nach Norden; er war überzeugt, daß noch ein weiterer Wasserarm zwischen ihnen und dem Festland lag. Jondalar sollte recht behalten, obwohl es ihm wesentlich lieber gewesen wäre, er hätte sich geirrt. Um die Mittagszeit erreichten sie den nördlichsten Wasserarm des großen Flusses.

»Da müssen wir wohl wieder schwimmen«, sagte Thonolan. »Bist du dazu imstande?«

»Bleibt mir eine andere Wahl?«

Schon wollten sie zum Wasser hinunter, da blieb Thonolan stehen. »Warum zurren wir unsere Kleidung nicht an einem Baumstamm fest, wie wir das früher auch getan haben? Dann brauchen wir hinterher wenigstens nicht erst das Zeug zu trocknen.«

»Ich weiß nicht recht«, sagte Jondalar. Kleidung, selbst wenn sie durchnäßt war, würde sie wärmen; doch Thonolan hatte sich bemüht, vernünftig zu sein, wenn seine Stimme auch Frustration und Ärger verriet. »Aber wenn du meinst . . .« Achselzuckend fügte Jondalar sich.

Sie fröstelten, als sie nackt in der feuchtkalten Luft standen. Jondalar war versucht, sich seinen Werkzeugbeutel wieder um die nackte Hüfte zu binden, doch hatte Thonolan ihn bereits in seinen Überwurf eingewickelt und zurrte jetzt alles an einem Baumstamm fest, den er gefunden hatte. Das Wasser fühlte sich auf der nackten Haut kälter an, als er sich ins Wasser stürzte und zu schwimmen versuchte. Erstaunlicherweise linderte das kalte Wasser den Wundschmerz ein wenig. Er versuchte, möglichst auf der anderen Seite zu schwimmen und hinkte daher hinter seinem Bruder her, obwohl Thonolan noch den Baumstamm hinter sich herzog.

Als sie aus dem Wasser krochen und auf einer Sandbank standen, war ihr ursprüngliches Ziel – das Ende des Großen Mutter Flusses – in Sicht. In der Ferne konnten sie das Wasser des Binnenmeeres erkennen, doch war die Erregung des Augenblicks verloren. Die Reise hatte ihren Sinn verloren, und das Ende des Flusses war nicht mehr ihr Ziel. Auch standen sie immer noch nicht auf richtig festem Boden, hatten das Delta immer noch nicht ganz hinter sich. Früher hatte die Sandbank, auf der sie standen, in der Mitte des Seitenarms gelegen, doch inzwischen hatte dieser sich verschoben. Es galt noch ein leeres Flußbett zu überqueren.

Ein hohes bewaldetes Ufer, das dergestalt ausgewaschen worden war, daß die Wurzeln freilagen, winkte von der anderen Seite des verlassenen Flußbettes. Freilich war dieses noch nicht lange wasserlos. Immer noch standen Lachen und Pfützen in der Mitte, und die Vegetation hatte bis jetzt kaum Fuß gefaßt. Dafür hatten Insekten die stehenden Wasserreste gefunden, und jetzt hatte ein Mückenschwarm die beiden nackten Männer entdeckt.

Thonolan band ihre Kleider vom Baumstamm los. »Wir müssen immer noch durch diese Pfützen hindurch, und das Ufer sieht ziemlich verschlammt aus. Laß uns die Sachen erst anziehen, wenn wir drüben sind.«

Jondalar nickte zustimmend; er hatte viel zu große Schmerzen, um zu streiten. Außerdem befürchtete er, sich beim Schwimmen etwas ausgerenkt zu haben. Er hatte Mühe, aufrecht zu stehen.

Thonolan schlug nach einer Mücke, als sie den sanften Hang hinunterliefen, der einst vom Ufer zum Rand des Wasser hinuntergeführt hatte.

Man hatte es ihnen oft genug eingebleut: Dem Fluß nie den Rücken zukehren, nie den Großen Mutter Fluß unterschätzen! Obwohl dieser das Flußbett vorübergehend verlassen hatte, es gehörte immer noch ihm, und jetzt hatte er eine Überraschung für die beiden bereit. Millionen Tonnen Sickerstoffe waren zum Meer hinuntergeschwemmt worden und hatten sich dort Jahr für Jahr über Tausende Quadratkilometer Delta verteilt. Das verlassene Flußbett, das jedoch bei Flut überschwemmt wurde, bildete einen schlammigen Salzsumpf, dessen Feuchtigkeit kaum versickerte. Das neue grüne Gras und die Binsen wurzelten in feuchtem Sickerboden.

Die beiden Männer glitschten und rutschten auf dem feinkörnigen klebrigen Schlamm den Hang hinunter, und als sie unten ankamen, saugte er an ihren nackten Füßen. Thonolan eilte voraus und vergaß, daß Jondalar behindert war und nicht wie sonst weit ausgreifend vorwärtsstürmen konnte. Er konnte zwar gehen, doch der schlüpfrige Marsch hinunter hatte ihm Schmerzen bereitet. Bedächtig suchte er sich aus, wo er hintreten konnte, und kam sich ein wenig albern vor, wie er nackt durch diesen Salzsumpf marschierte und den hungrigen Insekten die bloße Haut darbot.

Thonolan war so weit vorausgeeilt, daß Jondalar schon nach ihm rufen wollte. Er blickte im selben Augenblick auf, da er seines Bruders Hilfeschrei hörte, und sah ihn zu Boden gehen. Aller Schmerz war vergesen. Angst packte ihn, als er Thonolan im Schwemmsand wanken sah.

»Thonolan! Große Mutter!« rief Jondalar und lief auf ihn zu.

»Bleib zurück, sonst versinkst du auch noch!« Thonolan, der versuchte, sich aus dem Schwemmsand herauszuwühlen, sank statt dessen nur immer tiefer.

Gehetzt blickte Jondalar sich nach etwas um, um Thonolan herauszuhelfen. Sein Überwurf! Ich könnte ihm ein Ende zuwerfen, dachte er, doch dann fiel ihm ein, daß das unmöglich war. Das Kleiderbündel war verloren. Er schüttelte den Kopf, dann sah er den Stumpf eines alten, halb im Schlamm vergrabenen Baums und lief hin, um nachzusehen, ob er eine der Wurzeln abbrechen könne, doch waren alle, die sich lösen ließen, auf der hektischen Reise flußabwärts längst abgegangen.

»Thonolan, wo ist das Kleiderbündel? Ich brauche etwas, um dich rauszuziehen!«

Die Verzweiflung, die aus Jondalars Stimme sprach, hatte eine unerwünschte Wirkung. Sie filterte Thonolans Panik und erinnerte ihn an seinen Kummer. Ruhige Schicksalsergebenheit kam über ihn. »Jondalar, wenn die Mutter mich holen will, soll Sie mich haben.«

»Nein! Thonolan, nein! Du kannst nicht einfach aufgeben. Du darfst nicht einfach sterben. Ach, Mutter, Große Mutter, laß ihn nicht einfach so zugrunde gehen!« Jondalar sank auf die Knie, reckte sich, soweit er konnte, und streckte Thonolan die Hand hin. »Nimm meine Hand, Thonolan, bitte, nimm meine Hand!« flehte er.

Thonolan war überrascht, diesen Schmerz und dieses Leid im Gesicht seines Bruders zu sehen – dies und noch etwas, was er zuvor nur ganz gelegentlich bei ihm bemerkt hatte. Doch in diesem Augenblick wußte er, was es war. Sein Bruder liebte ihn, liebte ihn, wie er Jetamio geliebt hatte. Zwar war es nicht dasselbe, aber eine Liebe, die genauso stark war. Er begriff instinktiv, was es war, und während er nach der ausgestreckten Hand griff, wußte er, daß er sie ergreifen mußte, auch wenn sein Bruder ihn nicht aus dem Schwemmsand herausziehen konnte.

Thonolan wußte das zwar nicht, doch als er aufhörte, sich zu wehren, versank er nicht mehr ganz so schnell. Und als er den Arm ausstreckte, um seines Bruders Hand zu ergreifen, legte er sich mit dem ganzen Oberkörper auf den Sand, geriet also nahezu in die Waagerechte und verlagerte sein Gewicht auf dem mit Wasser vollgesogenen, lockeren, schlickigen Sand, so daß er fast darauf schwamm. Er streckte sich, bis ihre Fingerspitzen sich berührten. Immer näher schob Jondalar sich an ihn heran, bis er fest zupakken konnte.

»So ist's richtig! Nicht loslassen! Wir kommen!« sagte eine Stimme in der Sprache der Mamutoi.

Jondalars Atem explodierte, es war, als ob die Spannung plötzlich verpuffte. Er stellte fest, daß er zitterte, hielt aber Thonolans Hand fest. Wenige Augenblicke später wurde Jondalar ein Seil zugeworfen, das er seinem Bruder um die Hände band.

»Und jetzt ganz lockerlassen!« wurde Thonolan instruiert. »Streck dich, wie beim Schwimmen. Du kannst doch schwimmen?«

»Ja.«

»Gut! Sehr gut! Nur nicht verkrampfen! Wir ziehen jetzt.«

Hände zogen Jondalar vom Rand des Schwemmsands zurück, und bald war auch Thonolan herausgezogen. Dann folgten sie alle einer Frau, die mit einer langen Stange im Boden herumstocherte. Erst nachdem sie wieder festen Boden unter den Füßen hatten, schien es den anderen aufzufallen, daß die beiden Männer splitterfasernackt waren.

Die Frau, die ihre Rettung geleitet hatte, trat zurück und musterte sie. Es war eine große Frau, das heißt, nicht eigentlich großgewachsen oder fett, als vielmehr vierschrötig und kraftvoll; außerdem hatte sie eine achtunggebietende Haltung. »Warum habt ihr nichts an?« fragte sie schließlich. »Wieso seid ihr beiden Männer nackt unterwegs?«

»Wir sind in den falschen Flußarm eingelaufen, und dann hat ein Baumstamm uns gerammt«, begann Jondalar. Ihm war unbehaglich zumute, und es war ihm unmöglich, gerade zu stehen.

»Nachdem wir unsere Kleidung trocknen mußten, dachte ich, zum Durchschwimmen des Flußarms und zum Durchqueren des Schlicks könnten wir sie genausogut ausziehen. Ich eilte voraus und trug sie, denn Jondalar war ja verletzt, und . . .«

»Verletzt? Einer von euch ist verletzt?« fragte die Frau.

»Mein Bruder«, sagte Thonolan, und als es ausgesprochen wurde, wurde Jondalar sich sehr deutlich des ziehenden und klopfenden Schmerzes in seiner Seite bewußt.

Die Frau sah, wie er weiß wurde. »Mamut muß sich um ihn kümmern«, sagte sie zu einem der anderen. »Ihr seid keine Mamutoi. Wo habt ihr unsere Sprache sprechen gelernt?«

»Von einer Mamutoi-Frau, die bei den Sharamudoi, meiner Verwandtschaft, lebt«, sagte Thonolan.

»Tholie?«

»Ja. Du kennst sie?«

»Sie ist auch meine Verwandte. Die Tochter einer Base von mir. Wenn du zu ihrer Verwandtschaft gehörst, bist du auch mein Verwandter«, sagte die Frau. »Ich bin Brecie von den Mamutoi, Anführerin des Weidenlagers. Ihr seid willkommen.«

»Ich bin Thonolan von den Sharamudoi. Und dies ist mein Bruder, Jondalar von den Zelandonii.«

»Ze-land-don-ji?« sprach Brecie das ungewohnte Wort aus. »Von einem solchen Volk habe ich noch nie gehört. Aber wenn ihr Brüder seid, wieso bist du dann Sharamudoi und er ein . . . Zelandonji? Er sieht nicht gut aus«, sagte sie und brach damit die Unterhaltung ab, bis sie sie zu einem günstigeren Zeitpunkt wieder aufnehmen konnte. Dann sagte sie zu einem der anderen: »Helft ihm. Ich glaube, er kann nicht gehen.«

»Ich glaube, ich kann doch gehen«, sagte Jondalar, dem sich vor Schmerz plötzlich alles drehte. »Wenn es nicht zu weit ist.«
Jondalar war dankbar, als einer der Mamutoi seinen Arm nahm, während Thonolan ihn auf der anderen Seite stützte.

»Jondalar, ich wäre schon längst ausgezogen, wenn du mir nicht das Versprechen abgenommen hättest, solange zu warten, bis du wieder reisefähig bist. Jetzt reise ich ab. Ich bin der Meinung, du solltest nach Hause zurückkehren, aber ich will nicht mit dir streiten.«
»Warum willst du gen Osten ziehen, Thonolan? Du hast das Ende des Großen Mutter Flusses erreicht. Das Binnenmeer liegt direkt vor uns. Warum jetzt nicht heimkehren?«
»Ich gehe gar nicht nach Osten. Ich ziehe vielmehr gen Norden – mehr oder weniger jedenfalls. Brecie sagt, sie werden bald alle zur Mammut-Jagd gen Norden ziehen. Ich gehe nur voraus zu einem anderen Mamutoi-Lager. Ich kehre nicht heim, Jondalar. Ich werde unterwegs sein auf Reisen, bis die Mutter mich holt.«
»So darfst du nicht reden! Das hört sich ja an, als ob du sterben möchtest!« rief Jondalar, was ihm sogleich leid tat, da er befürchtete, allein die Andeutung dieser Möglichkeit könnte sie Wirklichkeit werden lassen.
»Und was ist, wenn ich das möchte?« rief Thonolan seinerseits laut. »Für was lebe ich denn . . . ohne Jetamio?« Er konnte den Namen kaum aussprechen, und er schluchzte leise.
»Für was hast du denn gelebt, ehe du sie kennenlerntest? Du bist jung, Thonolan. Du hast noch ein langes Leben vor dir. Neue Orte zum Kennenlernen, Neues zu sehen. Halte dir die Möglichkeit offen, einer anderen Frau wie Jetamio zu begegnen«, drang Jondalar in ihn.
»Du verstehst mich nicht. Du weißt nicht, was Liebe ist. Es gibt keine andere Frau wie Jetamio.«
»Dann folgst du ihr also in die Geisterwelt und ziehst mich hinter dir her!« Gern sagte er das nicht, aber wenn die einzige Möglichkeit, seinen Bruder am Leben zu erhalten, darin bestand, Schuldgefühle bei ihm zu wecken – er war bereit, das auszuspielen.
»Niemand hat dich gebeten, mir zu folgen! Warum ziehst du nicht einfach heim und läßt mich in Ruhe?«
»Thonolan, jeder trauert, wenn er einen Menschen verliert, den er liebt – aber deshalb folgen sie ihm doch nicht bis in die nächste Welt.«
»Eines Tages wird es dir auch so ergehen, Jondalar. Eines Tages wirst du dich so sehr in eine Frau verlieben, daß du ihr lieber in die Geisterwelt folgst, als ohne sie zu leben.«

»Und wenn ich es wäre – würdest du mich denn allein ziehen lassen? Wenn ich jemand verloren hätte, den ich so sehr liebte, daß ich sterben wollte – würdest du mich dann im Stich lassen? Sag mir, das würdest du tun, Bruder. Sag mir, du würdest einfach nach Hause ziehen, wenn ich vor Herzeleid todkrank wäre?«

Thonolan senkte den Blick. Dann sah er in die bekümmerten blauen Augen seines Bruders. »Nein, ich würde dich wohl nicht verlassen, wenn ich meinte, daß du todkrank vor Gram wärest. Aber du weißt, Großer Bruder« – er versuchte ein Grinsen aufzusetzen, doch wurde daraus nur die Grimasse eines schmerzverzerrten Gesichts –, »du brauchst mir nicht ewig zu folgen, wenn ich beschließe, für den Rest meines Lebens unterwegs zu sein. Du hast das Unterwegssein satt bis obenhin. Irgendwann mußt du heimkehren. Sag mir: Wenn ich zurückwollte nach Hause, du aber nicht, dann würdest du doch auch wollen, daß ich es täte, nicht wahr?«

»Ja, dann würde ich wollen, daß du heimkehrtest. Ich möchte auch jetzt, daß du heimkehrst. Nicht, weil du es möchtest, sondern weil ich es möchte. Du brauchst deine eigene Höhle, Thonolan, deine Familie, Menschen, die du dein Leben lang gekannt hast und die dich lieben.«

»Du verstehst nicht. In der Beziehung sind wir verschieden. Für dich ist die Neunte Höhle der Zelandonii dein Zuhause und wird es immer bleiben. Mein Zuhause ist dort, wo ich möchte, daß es ist. Ich bin genauso sehr Sharamudoi wie ich jemals Zelandonii gewesen bin. Ich habe gerade meine Höhle verlassen – und Menschen, die ich genauso geliebt habe wie meine Zelandonii-Familie. Was nicht bedeutet, daß ich nicht gern wüßte, ob Joharran jetzt Kinder an seinem Herdfeuer hat oder ob Folara zu einer solchen Schönheit herangewachsen ist, wie ich annehme. Ich würde gern Willomar von unserer Reise erzählen und gern erfahren, wo er als nächstes hinzugehen vorhat. Ich weiß noch wie heute, wie aufgeregt ich war, als er von einer Reise nach Hause kam. Immer habe ich seinen Erzählungen gelauscht und davon geträumt, selbst zu reisen. Weißt du noch, daß er immer für jeden etwas mitgebracht hat? Mir und Folara und dir auch. Und Mutter immer etwas besonders Schönes. Bring ihr auch etwas Schönes mit, wenn du heimkommst, Jondalar!«

Daß Thonolan vertraute Namen aussprach, weckte schmerzliche Erinnerungen in Jondalar. »Warum bringst *du* ihr nicht etwas Schönes, Thonolan? Meinst du nicht, Mutter möchte dich gern wiedersehen?«

»Mutter hat gewußt, daß ich nicht wiederkomme. Sie hat ›Gute Reise‹ gesagt, nicht: Bis du wiederkommst. Du mußt es sein, der sie ganz durcheinandergebracht hat. Vielleicht noch mehr als Marona.«

»Warum sollte sie um meinetwillen mehr durcheinander gewesen sein als um deinetwillen?«

»Ich bin der Sohn von Willomars Herdfeuer. Ich glaube, sie hat gewußt, daß ich ein Reisender bin. Gefallen hat ihr das vielleicht nicht, aber sie hat es verstanden. Sie hat alle ihre Söhne verstanden – deshalb hat sie ja auch dafür gesorgt, daß Joharran nach ihr Anführer wurde. Sie weiß, daß Jondalar ein Zelandonii ist. Gingest du allein auf Reisen, wüßte sie, daß du zurückkehrst – aber du bist nun mal mit mir fortgezogen, und ich sollte nicht zurückkehren. Zu Anfang habe ich das nicht gewußt, sie aber wohl, glaube ich. Sie muß wollen, daß du zurückkommst; du bist schließlich der Sohn von Dalanars Herdfeuer.«

»Was macht das schon für einen Unterschied? Die beiden haben den Knoten schon lange durchtrennt. Wenn sie sich heute beim Sommertreffen wiedersehen, sind sie gute Freunde.«

»Möglich, daß sie heute nur Freunde sind, aber die Leute reden immer noch von Marthona und Dalanar. Ihre Liebe muß etwas ganz Besonderes gewesen sein, daß man heute noch davon spricht; und du bist das einzige, was sie hat, sie daran zu erinnern, der Sohn, der seinem Herdfeuer geboren wurde. Ein Kind von seinem Geist. Jeder weiß das; dafür siehst du ihm viel zu ähnlich. Du mußt einfach zurück. Du gehörst dorthin. Sie hat das gewußt, und du weißt es auch. Versprich mir, daß du eines Tages zurückkehrst, Bruder.«

Das Versprechen stürzte Jondalar einigermaßen in Verlegenheit. Ob er nun weiterhin seinen Bruder begleitete oder beschloß, ohne ihn heimzukehren – in jedem Fall gab er mehr auf, als er zu verlieren bereit war. Solange er sich weder so noch so festlegte, fand er, konnte er noch beides haben. Doch versprechen zurückzukehren bedeutete, daß sein Bruder nicht bei ihm sein würde.

»Versprich's mir, Jondalar.«

Welchen vernünftigen Einwand konnte er erheben? »Ich verspreche es«, willigte er ein. »Ich werde heimkehren – eines Tages.«

»Schließlich muß einer ihnen sagen, daß wir es bis zum Ende des Großen Mutter Flusses geschafft haben, Großer Bruder«, sagte Thonolan lächelnd. »Und da ich nicht dort sein werde, mußt du es tun.«

»Warum solltest du nicht dort sein?«

»Ich glaube, die Mutter hätte mich schon am Fluß zu sich genommen – wenn du Sie nicht um mich angefleht hättest. Ich weiß, ich kann dir das nicht begreiflich machen, aber ich weiß, Sie wird bald kommen und mich holen. Und ich möchte zu Ihr.«

»Du suchst den Tod, nicht wahr?«

»Nein, Großer Bruder.« Thonolan lächelte. »Das brauche ich gar nicht. Ich weiß einfach, daß die Mutter mich holen wird. Und du sollst wissen, daß ich bereit bin.«

Jondalar spürte, wie sich sein Inneres zusammenzog. Seit dem Zwischenfall mit dem Schwemmsand hatte Thonolan fatalistisch die Überzeugung bekundet, daß er bald sterben werde. Er lächelte, doch war das nicht sein altes Grinsen. Jondalar wäre es lieber gewesen, er wäre in die Luft gegangen, statt alles ruhig hinzunehmen. Er hatte alles Kämpferische abgelegt, besaß keinen Lebenswillen mehr.

»Meinst du nicht, wir sind Brecie und dem Weidenlager etwas schuldig? Sie haben uns Nahrung gegeben, Kleidung, Waffen, alles. Bist du willens, all das anzunehmen und ihnen nichts dafür zu bieten?« Jondalar wollte seinen Bruder wütend machen und erleben, daß doch noch etwas in ihm war. Er hatte das Gefühl, trickreich zu diesem Versprechen verleitet worden zu sein, das seinen Bruder seiner letzten Verpflichtung enthob. »Du bist dir so sicher, daß die Mutter irgendein Schicksal für dich bereithält, daß du nur noch an dich selbst denkst und an sonst niemand. Nun, Thonolan, stimmt's? Niemand sonst spielt eine Rolle.«

Thonolan lächelte. Er verstand Jondalars Zorn; wie sollte er ihm den verargen? Was wäre wohl in ihm selbst vorgegangen, wenn Jetamio gewußt hätte, daß sie sterben mußte – und es ihm gesagt hätte?

»Jondalar, ich möchte dir etwas sagen. Wir sind uns nahe . . .«

»Sind wir das wirklich noch?«

»Selbstverständlich. Denn bei mir kannst du ruhig sein. Bei mir brauchst du nicht dauernd vollkommen zu sein. Immer rücksichtsvoll . . .«

»Richtig – ich bin so gut, daß Serenio nicht mal meine Frau werden wollte.«

»Sie hat gewußt, daß du fortgehen würdest, und hat nicht mehr darunter leiden wollen als unbedingt nötig. Hättest du sie früher gebeten, sie hätte dich akzeptiert. Du hättest sogar nur noch ein bißchen mehr in sie dringen sollen, als du es tatest, dann hätte sie . . . obwohl sie wußte, daß du sie nicht liebst. Du hast sie nicht gewollt, Jondalar.«

»Woher willst du wissen, daß ich so vollkommen bin? Große Doni, Thonolan – ich wollte sie doch lieben.«

»Das weiß ich doch. Etwas habe ich von Jetamio gelernt, und ich möchte, daß auch du das weißt. Wenn du jemand lieben willst, darfst du mit nichts zurückhalten. Du mußt dich ganz öffnen und das Risiko eingehen, alles zu verlieren. Du wirst gelegentlich gekränkt werden, aber wenn du das nicht riskierst, wirst du nie glücklich sein. Diejenige, die du findest, erweist sich vielleicht gar nicht als die Art Frau, in die du meintest dich zu verlieben, aber das spielt keine Rolle. Du wirst sie als das lieben, was sie ist.«

»Ich hatte mich schon gefragt, wo ihr nur abgeblieben seid«, sagte Brecie und näherte sich den beiden Brüdern. »Da ihr nun mal darauf besteht fortzugehen, habe ich eine kleine Abschiedsfeier für euch vorbereitet.«

»Ich stehe in eurer Schuld, Brecie«, sagte Jondalar. »Ihr habt euch meiner angenommen und uns alles gegeben. Ich halte es nicht für richtig, euch wieder zu verlassen, ohne zumindest einen Teil vergolten zu haben.«
»Dein Bruder hat mehr als genug getan. Er ist, seitdem du auf dem Weg der Genesung warst, jeden Tag auf die Jagd gegangen. Er geht für mein Gefühl ein wenig zu tollkühn vor, aber er hat Glück als Jäger. Ihr schuldet uns nichts, wenn ihr weiterzieht.«
Jondalar sah seinen Bruder an. Thonolan lächelte nur.

19

Der Frühling im Tal war ein lodernder Farbenrausch, in dem vor allem junges Grün vorherrschte, doch war ein früherer Wintereinbruch erschreckend gewesen und hatte Aylas Begeisterung für die neue Jahreszeit einen empfindlichen Dämpfer aufgesetzt. Nachdem er spät eingesetzt hatte, war er dann mit mehr Schnee als gewöhnlich gekommen und hatte ihr das Leben schwergemacht. Die alljährliche Frühjahrsüberflutung hatte das Schmelzwasser mit nie gekannter Heftigkeit fortgerissen.

Das Wasser war durch die schmale Schlucht weiter stromaufwärts hindurchgerauscht und hatte sich mit einer solchen Gewalt gegen die vorspringende Felswand geworfen, daß die ganze Höhle gebebt hatte. Vor allem Winnies wegen machte Ayla sich Sorgen. Sie selbst konnte notfalls zur Steppe hinaufklettern, doch für ein Pferd war der Anstieg zu steil, zumal für ein hochträchtiges Tier. Die junge Frau verbrachte ein paar sorgenvolle Tage, in denen sie den brodelnden Strom höher und höher steigen und gegen ihre Wand donnern, zurückschießen und dann um die Wand herumrauschen sah. Flußabwärts stand das ganze Tal unter Wasser, und von den Sträuchern und Bäumen, die den Flußlauf sonst säumten, war nichts mehr zu sehen.

Als die Schmelzwasserflut am schlimmsten wütete, fuhr Ayla einmal mitten in der Nacht von ihrem Lager hoch, ein gedämpfter Knall, wie ein Donnerschlag, war von unten an ihr Ohr gedrungen und hatte sie aus dem Schlaf gerissen. Sie war wie gelähmt. Erst als der Wasserspiegel sank, sollte sie erfahren, was geschehen war. Der Zusammenprall eines riesigen Felsbrockens mit ihrer Wand hatte Schallwellen durch den Felsen hindurchgehen lassen, in dem ihre Höhle lag. Ein Stück von der Felsbarriere war unter der Wucht des Zusammenpralls abgebrochen, und jetzt lag ein großer Abschnitt der Wand quer über den Fluß.

Gezwungen, sich um dieses Hindernis herum einen neuen Weg zu suchen, hatte der Fluß seinen Lauf verändert. Die Bresche in der Felswand bildete eine willkommene Abkürzung, machte aber den steinigen Uferstreifen noch schmaler. Ein großer Teil der Knochen, des Treibholzes und des Gerölls, der sich dort unten angesammelt hatte, war fortgeschwemmt worden. Der Felsbrocken selbst, der aus dem gleichen Gestein zu bestehen schien wie die Felsen der Schlucht weiter oben, war nicht weit von der Wand zur Ruhe gekommen.

Doch wenn es auch zu einer Neuverteilung von Gestein und zur Entwurzelung von Bäumen und Sträuchern gekommen war – gewichen war letztlich nur, was ohnehin schwach gewesen war. Die meisten mehrjährigen Pflanzen wuchsen wieder aus Wurzelwerk hervor, das sich tief eingegraben hatte, und neues Sprießen füllte jede leere Nische. Eine Pflanzendecke wuchs sehr rasch über die frischen Narben von Felsgestein und Erdreich und vermittelte den Eindruck, als würde beides ewig bleiben. Bald wirkte die Landschaft, die vor kurzem derartige Veränderungen durchgemacht hatte, so als wäre sie nie anders gewesen.

Ayla paßte sich den Veränderungen an. Sie fand für jeden Stein und jedes Stück Treibholz, für welches sie eine besondere Verwendung hatte, einen Ersatz. Trotzdem hinterließ diese totale Umwälzung einen bleibenden Eindruck bei ihr. Ihre Höhle und ihr Tal kamen ihr nicht mehr ganz so sicher vor wie bisher. Jeden Frühling machte sie eine Zeit der Unentschlossenheit durch – denn wenn sie das Tal verlassen und ihre Suche nach den Anderen wieder aufnehmen sollte, mußte das im Frühling geschehen. Sie mußte sich Zeit fürs Unterwegssein zugestehen, gleichzeitig aber auch Zeit mit einkalkulieren, die sie brauchte, um sich eine neue Bleibe für den Winter zu suchen, falls ihre Suche ergebnislos blieb.

In diesem Frühjahr fiel ihr die Entscheidung schwerer als sonst. Nach ihrer Krankheit hatte sie Angst, daß es sie womöglich im Spätherbst oder zu Winterbeginn erwischte, und ihre Höhle kam ihr nicht mehr so sicher vor wie bisher. Ihre Krankheit hatte nicht nur ihr Wahrnehmungsvermögen in bezug auf die Gefahren des Alleinlebens geschärft, sondern ihr auch bewußt gemacht, daß ihr menschliche Gesellschaft einfach fehlte. Selbst nachdem ihre Tier-Freunde zu ihr zurückgekehrt waren, hatten sie die Leere nicht auf die gleiche Weise gefühlt wie früher. Sie besaßen Gefühle und gingen auf sie ein, doch sich verständigen konnten sie sich nur auf einfachster Ebene. Ayla konnte ihnen nicht mitteilen, was ihr durch den Kopf ging, konnte ihnen keine Geschichte erzählen und weder ihr Erstaunen noch eine neue Entdekkung, eine neue Fertigkeit mitteilen, noch einen anerkennenden Blick von ihnen erwarten. Sie hatte niemand, ihre Ängste zu beschwichtigen oder sie zu trösten, wenn sie Kummer hatte; doch wieviel von ihrer Unabhängigkeit und ihrer Freiheit war sie bereit, gegen Geborgenheit und Gesellschaft einzutauschen?

Welchen Beschränkungen ihr Leben unterworfen war, war ihr erst aufgegangen, nachdem sie die Freiheit gekostet hatte. Sie traf nun mal gern selbst ihre Entscheidungen, wußte aber nichts von den Menschen, denen sie geboren worden war, hatte keine Ahnung, wie es gewesen war, ehe der Clan sie bei sich aufgenommen hatte. Sie hatte keine Ahnung, wieviel die Anderen von ihr verlangen würden; sie wußte nur, daß es ein paar Dinge gab, die sie nicht aufzugeben bereit war. Dazu gehörte Winnie. Sie war nicht bereit, das Pferd wieder aufzugeben. Ob sie bereit sein würde, auf die Jagd zu verzichten, darüber war sie sich nicht ganz im klaren; aber was würde geschehen, wenn sie ihr zum Beispiel das Lachen verboten?

Es gab sogar eine noch größere Frage, und wenn sie sie auch einfach nicht wahrhaben wollte, neben ihr verblaßten alle anderen. Was, wenn sie einige von den Anderen fand, und diese sie einfach nicht haben wollten? Vielleicht war ein Clan von den Anderen nicht bereit, eine Frau bei sich aufzunehmen, die darauf bestand, ein Pferd zur Gesellschaft zu behalten, die auf die Jagd gehen oder lachen wollte – was aber wäre, wenn sie sie selbst dann nicht haben wollten, wenn sie bereit war, alles aufzugeben? Doch bis sie sie gefunden hatte, durfte sie hoffen. Was aber würde sein, wenn sie ihr ganzes Leben allein bleiben mußte?

Derlei Gedanken quälten sie von dem Zeitpunkt an, da der erste Schnee schmolz, und so war es kein Wunder, daß sie erleichtert aufatmete, als die Umstände eine Entscheidung hinausschoben. Sie wollte Winnie nicht aus dem vertrauten Tal fortbringen, ehe sie nicht gefohlt hatte. Sie wußte, daß die Pferde für gewöhnlich irgendwann im Frühling Junge bekamen. Die Medizinfrau in ihr, die bei genug Geburten im Clan dabeigewesen war, um zu wissen, daß es jeden Tag losgehen konnte, ließ die Stute nicht aus den Augen. Sie unternahm auch keine Jagdausflüge mit ihr, ritt aber häufig aus, um nicht aus der Übung zu kommen.

»Ich glaube, wir haben das Mamutoi-Lager verpaßt, Thonolan. Wir sind doch jetzt so weit im Osten«, sagte Jondalar. Sie folgten der Spur einer Herde von Riesenhirschen, um ihre Vorräte, die zu Ende gingen, wieder aufzufüllen.

»Ich glaube nicht . . . Schau!« Sie waren unvermutet auf einen Hirsch mit einem Schaufelgeweih von über drei Metern Durchmesser gestoßen. Thonolan zeigte auf das scheue Wild. In der Annahme, daß der Hirsch Gefahr witterte, erwartete Jondalar jeden Augenblick, sein tiefes Alarmröhren zu hören, doch ehe der Bock einen Warnlaut ausstoßen konnte, brach eine Hirschkuh durchs Unterholz und hielt direkt auf sie zu. Thonolan schleuderte den Speer mit der Feuersteinspitze so, wie sie es von den Mamutoi gelernt hatten: daß nämlich die breite Spitze zwischen den Rippen eindringen konnte. Er traf sein Ziel; die Hirschkuh brach nahezu vor ihren Füßen zusammen.

Doch ehe sie ihre Beute holen konnten, entdeckten sie, warum der Bock so unruhig gewesen und die Kuh ihnen in den Speer gelaufen war. Es durchfuhr sie wie ein Schlag, als sie sahen, wie eine Höhlenlöwin auf sie zugetrabt kam. Die Raubkatze schien verwirrt, wieso die Hirschkuh zusammengebrochen war. Schließlich war sie es nicht gewohnt, daß ihre Beute zu Boden ging, ehe sie selbst angegriffen hatte. Doch sie zögerte nicht lange. Ihr Beutetier beschnuppernd, um sicherzugehen, daß es auch wirklich tot sei, packte die Löwin sie mit ihrem Fang gut am Hals, stellte sich dann über sie und schickte sich an, sie fortzuschleifen.

Thonolan war empört. »Diese Löwin hat uns unsere Beute gestohlen.«

»Diese Löwin hat die Hirschkuh angeschlichen, und jetzt meint sie, sie sei ihre Beute. Ich möchte nicht mit ihr darüber streiten.«

»Ich aber wohl.«

»Mach dich nicht lächerlich«, schnob Jondalar. »Du wirst doch einer Höhlenlöwin nicht einen Hirsch streitigmachen wollen.«

»Ich gebe aber nicht auf, ehe ich nicht zumindest einen Versuch gemacht habe.«

»Laß sie ihr doch, Thonolan. Wir finden schon einen anderen Hirsch«, sagte Jondalar und ging seinem Bruder nach, der sich aufgemacht hatte, der Löwin zu folgen.

»Ich möchte bloß sehen, wohin sie sie bringt. Ich glaube nicht, daß sie zu einem Rudel gehört – sonst wären die anderen längst hier und rissen sich um die Beute. Ich halte sie für eine Einzelgängerin, die die Hirschkuh jetzt fortschleppt, um sie vor anderen Löwen zu verbergen. Früher oder später wird sie sie allein lassen, dann können wir uns frisches Fleisch für uns selbst holen.«

»Ich will kein Fleisch vom Beutetier eines Höhlenlöwen.«

»Er hat sie aber nicht gerissen. Die Hirschkuh gehört mir. Es steckt sogar noch mein Speer in ihr.«

Es hatte keinen Sinn zu streiten. Sie folgten der Löwin bis zu einer Schlucht, die keinen anderen Ausgang hatte und deren Boden mit Felsbrocken übersät war. Mit offenen Augen warteten sie, und wie Thonolan vorausgesagt hatte, kam die Löwin nach kurzer Zeit wieder heraus. Thonolan wollte in die Schlucht hinuntersteigen.

»Thonolan, steig nicht hinunter. Du weißt nicht, wann die Löwin zurückkommt.«

»Ich will mir bloß meinen Speer holen und vielleicht ein bißchen von dem Fleisch.« Thonolan stieg über den Rand hinweg und rutschte über das Geröll tiefer hinein in die Schlucht. Zögernd folgte Jondalar ihm.

Ayla kannte das Gebiet östlich des Tals mittlerweile so gut, daß sie es langweilte – und das besonders, wo sie nicht jagte. Es war seit Tagen grau und reg-

nerisch, und als die warme Sonne die Morgenwolken aufgesaugt hatte, als sie soweit war auszureiten, konnte sie den Gedanken, wieder in dasselbe Gelände hinauszureiten, nicht ertragen.
Nachdem sie die Tragekörbe und die Stangen für das Zuggestell festgezurrt hatte, führte sie ihr Pferd den steilen Pfad hinunter und um die nunmehr kürzer gewordene Wand herum. Sie beschloß, nicht auf die Steppe hinauszureiten, sondern lieber das lange Tal hinunter. Am Ende, dort, wo der Fluß nach Süden abbog, bemerkte sie den steilen, kiesbestreuten Hang, den sie schon einmal hinaufgestiegen war, um von dort aus nach Westen zu blicken, meinte jedoch, der Kies bildete einen zu unsicheren Untergrund für Winnie. Das jedoch ermunterte sie, einfach weiterzureiten und zu sehen, ob sie nicht einen leichter zugänglichen Ausgang nach Westen fände. Während sie also weiter gen Süden ritt, sah sie sich neugierig um. Dies Gelände war neu für sie, und sie überlegte, warum sie eigentlich nicht früher schon hier gewesen sei. Die Wand des Tals flachte sich ab und ging in einen sanften Abhang über. Als sie eine seichte Stelle im Fluß entdeckte, auf der leicht hinüberzukommen war, wendete sie Winnie und trieb sie an, das andere Ufer zu erreichen.
Bei der Landschaft handelte es sich um dieselbe Art von offenem Grasland. Nur die Einzelheiten waren anders, doch gerade das machte die Sache ja interessant. Sie ritt weiter, bis sie sich in einem etwas rauheren Gelände befand, in dem es zerrissene Schluchten und glatte Tafelformationen gab. Sie war weiter von der Höhle fort, als sie vorgehabt hatte, und als sie sich einer Schlucht näherte, dachte sie, eigentlich wäre es an der Zeit umzukehren. Dann hörte sie etwas, was ihr das Blut in den Adern gefrieren und ihr Herz fliegen ließ: das unverwechselbare Donnergebrüll eines Höhlenlöwen – und einen menschlichen Schrei.
Ayla blieb stehen. Das Blut rauschte ihr in den Ohren. Wie lange war es her, daß sie eine menschliche Stimme gehört hatte – dennoch wußte sie, daß diese Stimme von einem Menschen stammte – und noch etwas. Sie wußte, daß es sich um einen Menschen *ihrer* Art handelte. Sie war dermaßen vor den Kopf geschlagen, daß sie unfähig war zu denken. Der Schrei zerrte an ihr – es war ein Hilfeschrei. Aber sie konnte unmöglich einem Höhlenlöwen gegenübertreten oder Winnie einer dieser riesigen Raubkatzen aussetzen.
Das Pferd spürte, in welch verzweifelter Lage Ayla sich befand und wandte sich der Schlucht zu, obwohl das Signal, das Ayla ihr durch ihren Körperkontakt übermittelt hatte, bestenfalls halbherzig genannt werden konnte. Die Schlucht hatte keinen anderen Ausgang, wies am anderen Ende nur eine Geröllwand auf. Sie hörte das Knurren des Höhlenlöwen und sah seine rötliche Mähne. Dann ging ihr auf, daß Winnie überhaupt nicht nervös war, und sie begriff, warum.

»Das ist Baby! Winnie, es ist Baby!«
Sie lief in die Schlucht hinein, vergaß vollkommen, daß möglicherweise auch noch andere Höhlenlöwen da sein könnten, ja, dachte auch nicht daran, daß Baby nicht mehr ihr kleiner Gefährte, sondern ein ausgewachsener Löwe war. Es war Baby – etwas anderes spielte keine Rolle. Sie kannte keine Angst vor diesem Höhlenlöwen. Sie kletterte ein paar gezackte Felsen zu ihm hinauf. Er drehte sich um und fauchte sie an.
»Aufhören, Baby!« befahl sie per Zeichen und Laut. Er hielt nur einen Moment inne, doch inzwischen war sie neben ihm und stieß ihn fort, um sich seine Beute anzusehen. Die Frau war ihm zu vertraut, ihre Haltung erlaubte keinerlei Widerstand. Er trat beiseite, wie er es immer getan hatte, wenn sie zu ihm gekommen und begutachtet hatte, was er gerissen, und vielleicht das Fell für sich und auch ein Stück Fleich hatte haben wollen. Außerdem war er nicht hungrig. Er hatte sich den Bauch an der riesigen Hirschkuh vollgeschlagen, die seine Löwin ihm angeschleppt hatte. Angegriffen hatte er nur, um sein Revier zu verteidigen – und auch dann noch hatte er gezaudert. Menschen waren keine Beutetiere für ihn. Dazu rochen sie zu sehr nach der Frau, die ihn großgezogen hatte; das war die Witterung von Mutter und Jagdgefährtin zugleich.
Wie Ayla sah, waren es zwei. Sie kniete nieder, um sie zu untersuchen. Was sich hauptsächlich in ihr angesprochen fühlte, war die Medizinfrau – aber sie war auch verwundert und erstaunt zugleich. Sie wußte, daß es sich um Männer handelte, wiewohl es die ersten Männer der Anderen waren, die sie zu Gesicht bekam, soweit sie sich zurückerinnern konnte. Sie hatte sich einen Mann zwar nicht vorstellen können, doch in dem Augenblick, da sie diese beiden sah, begriff sie, warum Oda gesagt hatte, die Männer der Anderen sähen aus wie sie.
Sie wußte auch sofort, daß für den Mann mit dem dunkleren Haar jede Hilfe zu spät kam. Er lag in einer völlig unnatürlichen Haltung da – sein Hals war gebrochen. Die Male der Reißzähne an seiner Kehle verrieten den Grund. Obgleich sie ihn nie zuvor gesehen hatte, wühlte sein Tod sie zutiefst auf. Tränen traten ihr in die Augen. Nicht, daß sie ihn liebte; wohl aber spürte sie, daß sie etwas unendlich Wertvolles verloren hatte, ehe sie je die Möglichkeit bekommen hatte, es schätzen zu lernen. Sie war völlig geknickt, daß das erste Mal, da sie einen ihrer eigenen Art sah, dieser Jemand tot war.
Es drängte sie, sein Menschsein irgendwie anzuerkennen, ihn mit einer Bestattung zu ehren, doch als sie den anderen Mann genauer betrachtete, erkannte sie, daß das unmöglich sein würde. Der Mann mit dem gelben Haar atmete noch; allerdings spritzte das Leben stoßweise aus einer bösen Beinwunde heraus. Die einzige Hoffnung für ihn war, ihn so schnell wie möglich

zu ihrer Höhle zu bringen, um ihn behandeln zu können. Für ein Bestattung blieb ihr keine Zeit.

Baby beschnupperte den dunkelhaarigen Mann, während sie sich bemühte, den Blutfluß aus der Wunde des anderen mit einer Adernpresse Einhalt zu gebieten, die sie mit Hilfe ihrer Schleuder und einem glatten Stein zum Druckausüben improvisierte. Sie stieß den Höhlenlöwen von der Leiche fort. Ich weiß, er ist tot, Baby, aber trotzdem ist er nichts für dich! Der Höhlenlöwe sprang von dem Sims hinunter und ging sich vergewissern, daß die Hirschkuh immer noch in der Felsspalte steckte, in der er sie zurückgelassen hatte. Vertrautes Knurren verriet Ayla, daß er sich anschickte zu fressen.

Als das stoßweise hervorschießende Blut zum Stillstand gekommen war und nur noch wenig heraussickerte, pfiff sie Winnie und sprang dann hinunter, um das Zuggestell zu bauen. Winnie war jetzt viel nervöser als zuvor, woraufhin Ayla wieder einfiel, daß Baby ja eine Gefährtin hatte. Sie klopfte und streichelte das Pferd, um es zu beruhigen, untersuchte die kräftige Matte, die zwischen den beiden Schäften hinter dem Pferd hergezogen wurde, und meinte, sie müsse das Gewicht des Mannes mit dem gelben Haar tragen können. Was sie jedoch mit dem anderen machen sollte, wußte sie nicht. Sie wußte nur, daß sie ihn nicht für die Löwen liegenlassen konnte.

Als sie wieder hinaufkletterte, fiel ihr auf, daß das Geröll an der Hinterseite der Schlucht einen sehr unsicheren Eindruck machte – viel hatte sich hinter einem größeren Felsblock aufgetürmt, der selber nicht allzu sicher zu liegen schien. Plötzlich mußte sie an Izas Bestattung denken. Die alte Medizinfrau war behutsam in eine flache Mulde auf dem Höhlenboden gebettet worden; dann hatte man Steine und größere Gesteinsbrocken auf sie gehäuft. Das gab für Ayla den Anstoß. Sie schleifte den Toten ganz bis ans hintere Ende der Schlucht, wo die Halde mit dem lockeren Geröll herunterkam.

Baby ließ sich wieder blicken, um nachzusehen, was sie tat; sein Maul war noch blutig von der Hirschkuh. Er folgte ihr zurück zu dem anderen Mann und beschnüffelte ihn, während Ayla ihn an den Rand des Felsens schleppte, zu dessen Füßen die nervöse Stute mit dem Zuggestell wartete.

»Geh' jetzt aus dem Weg, Baby!«

Als sie sich bemühte, den Mann auf die Tragematte des Zuggestells niederzulassen, zuckten seine Augenlider und er stöhnte vor Schmerzen auf, doch dann gingen seine Augen wieder zu. Sie war ebenso froh, daß er bewußtlos war. Er war schwer, und daß sie ihn trug und schob, konnte ihm Schmerzen bereiten. Als sie es endlich geschafft hatte, ihn auf die Tragematte zu legen, kehrte sie mit einem langen, kräftigen Speer bewaffnet noch einmal zu dem Felssims zurück und begab sich an die Rückseite der Schlucht. Sie betrachtete den Toten; sie bedauerte, daß er tot war. Dann lehnte sie den Speer an den

Felsblock und wandte sich mit der lautlos-formalen Gebärdensprache des Clans an die Welt der Geister.

Sie hatte verfolgt, wie Creb, der alte Mog-ur, Izas Geist mit fließenden und beredten Bewegungen der nächsten Welt überantwortet hatte. Die gleichen Bewegungen hatte sie vollführt, nachdem sie Crebs Leichnam nach dem Erdbeben in der Höhle aufgefunden hatte, obwohl sie die ganze Bedeutung der heiligen Gebärden nie ganz begriffen hatte. Doch das war nicht von Belang – sie wußte, was damit gemeint war. Erinnerungen überfielen sie, und Tränen traten ihr in die Augen, als sie das schöne schweigende Ritual für den unbekannten Fremden vollzog und ihn auf den Weg in die Geisterwelt brachte.

Danach benutzte sie den Speer als Hebel, genauso, wie sie einen Grabstock benutzt hätte, um einen Baumstamm umzudrehen oder eine Wurzel auszugraben – das heißt, sie lockerte den großen Stein und sprang aus dem Weg, als eine Lawine losen Gerölls sich über den Toten ergoß.

Noch ehe der Staub sich gelegt hatte, führte sie Winnie zur Schlucht hinaus. Ayla setzte sich auf den Rücken des Pferdes und begann den langen Rückweg zur Höhle. Unterwegs hielt sie ein paarmal an, um sich um den Verletzten zu kümmern, und einmal auch, um frische Beinwurz auszugraben; dabei war sie hin- und hergerissen zwischen dem Wunsch, so schnell wie möglich heimzukommen, und dem Bedürfnis, auch auf Winnie ein wenig Rücksicht zu nehmen. Sie atmete leichter, als es ihr gelungen war, den Verwundeten über den Fluß hinüberzubringen, und sie die vorspringende Felswand in der Ferne vor sich sah. Doch erst als sie innehielt, um die Lage der Schäfte des Zuggestells zu verändern, bevor es den schmalen Pfad hinaufging, glaubte sie, daß sie die Höhle erreichen und der Mann noch am Leben sein würde.

Sie führte Winnie samt Zuggestell in die Höhle hinein, entfachte ein Feuer und bereitete alles zum Erhitzen von Wasser vor, ehe sie den Bewußtlosen losband und ihn auf ihre Lagerstatt legte. Sie schirrte das Pferd aus, drückte es dankbar, ging dann ihren Vorrat an Heilkräutern durch, wählte drei aus, die sie verwenden wollte. Ehe sie mit der Zubereitung begann, holte sie tief Atem und griff nach ihrem Amulett.

Sie schaffte es nicht, so klar zu denken, daß sie sich mit einer ganz präzisen Bitte an ihr Totem gewandt hätte – dazu war sie viel zu sehr von unerklärlichen Ängsten und widerstreitenden Gefühlen erfüllt –, aber sie wollte Hilfe. Es ging ihr darum, die Kraft ihres mächtigen Totems zu bewegen, sie bei ihren Bemühungen, diesen Mann zu behandeln, zu unterstützen. Sie mußte ihn retten. Warum, wußte sie nicht genau, und doch war ihr nie im Leben etwas wichtiger gewesen. Was es auch kostete – dieser Mann durfte nicht sterben.

Sie legte Holz nach und prüfte die Wassertemperatur in dem Ledertopf, der direkt über dem Feuer hing. Als sie es dampfen sah, streute sie Blütenblätter der Ringelblume hinein, und danach endlich wandte sie sich dem bewußtlosen Mann zu. Den Löchern im Leder, das er trug, entnahm sie, daß er noch andere Wunden hatte außer der an seinem rechten Schenkel. Sie mußte ihm die Kleider ausziehen, doch trug er keinen Überwurf, der mit einer Schlinge am Hals zugezogen war.

Als sie genauer hinsah, um dahinterzukommen, wie sie sie ihm ausziehen könnte, erkannte sie, daß Leder und Pelz zurechtgeschnitten und dergestalt mit Riemen zusammengefügt worden waren, daß Hüllen für Arme und Beine und den übrigen Körper entstanden waren. Sorgfältig untersuchte sie die Nähte. Seine Hose hatte sie durchgeschnitten, um an den Oberschenkel heranzukommen, und sie fand, das sei immer noch die beste Methode. Noch größer war ihre Überraschung, als sie nach dem Durchschneiden des äußeren Gewands auf ein zweites stieß, das völlig anders aussah als alles, was sie jemals gesehen hatte. Nach einem ganz bestimmten Muster waren Muschelstücke, Knochen, Tierzähne und bunte Vogelfedern daran befestigt. Ob das eine Art Amulett ist? fragte sie sich. Es war ihr arg, hindurchzuschneiden, doch gab es keine andere Möglichkeit, dem Bewußtlosen das auszuziehen. Sie schnitt sehr vorsichtig und versuchte, dem Muster zu folgen, um so wenig Schaden wie möglich anzurichten.

Unter dem geschmückten Gewand fand sich noch eines, das den unteren Teil seines Körpers bedeckte. Dieses umschloß jedes Bein einzeln und war mit einer Schnur zusammengenäht worden, wurde an der Taille zusammengehalten wie von einer Beutelschnur und lag vorn übereinander. Auch dieses Kleidungsstück zerschnitt sie, wobei sie flüchtig wahrnahm, daß es sich in der Tat um einen Mann handelte. Sie lockerte die Adernpresse und löste das steife, blutgetränkte Leder sanft vom zerschundenen Bein. Sie hatte die Adernpresse auch unterwegs schon ein paarmal gelockert und dabei Druck mit den Händen auf das Bein ausgeübt, um zweierlei zu erreichen: daß einerseits nicht zuviel Blut austrat und andererseits die Blutzirkulation im Bein nicht ganz aufhörte. Die Anwendung einer Adernpresse konnte bedeuten, daß der Behandelte das betreffende Glied verlor, wenn die entsprechenden Maßnahmen nicht richtig begriffen und angewandt wurden.

Als sie zu den Fußlingen kam, die wiederum der Gestalt des Fußes nachempfunden und entsprechend zusammengefügt waren, hielt sie erneut inne; dann durchtrennte sie beherzt die Verschnürungen und Riemen und zog sie ihm aus. Seine Beinwunde näßte wieder, doch kam das Blut nicht mehr stoßweise; daraufhin untersuchte sie ihn rasch, um festzustellen, welches Ausmaß seine Verletzungen hatten. Die anderen Schrammen und Abschürfungen waren oberflächlich; allerdings bestand die Gefahr, daß sie sich entzündeten. Wunden, die von Löwenkrallen herrührten, neigten dazu zu schwären; das war ihr häufig sogar mit den kleineren Kratzern so ergangen, die Baby ihr beigebracht hatte. Doch daran dachte sie vorläufig nicht. Zunächst mußte sie sich um sein Bein kümmern. Dabei hätte sie fast eine weitere Verletzung übersehen: eine große Beule seitlich am Kopf, die er sich vermutlich beim Sturz zugezogen hatte, nachdem er von Baby angefallen worden war. Sie war sich nicht sicher, wie ernst diese Wunde genommen werden mußte, doch konnte sie sich Zeit nehmen, das herauszufinden. Die große Beinwunde fing wieder an zu bluten.

Sie drückte die Leiste, wusch dann die Wunde aus und benutzte dazu ein Kaninchenfell, das sie saubergeschabt und gewalkt hatte, bis es saugfähig geworden war; dieses Fell tunkte sie in den warmen Ringelblumenaufguß. Dieser Aufguß wirkte sowohl gefäßverengend als auch entzündungshemmend; auch konnte sie ihn später benutzen, um noch die kleineren Blutungen der äußeren Wunde zu behandeln. Sie säuberte die Wunde gründlich sowohl direkt als auch außen herum. Unter der tiefgehenden Schnittwunde war ein Teil des Hüftmuskels zerrissen. Sie bestreute die Wunde reichlich mit Geraniumwurzel-Pulver und stellte fest, daß es sofort wirkte: das Blut gerann augenblicklich.

Die entscheidende Stelle mit einer Hand festhaltend, tauchte Ayla Beinwurz ins Wasser, um es abzuspülen. Dann zerkaute sie es zu einem Brei und spuckte diesen in den heißen Ringelblumen-Aufguß; das ergab einen Breiumschlag, den sie direkt auf die offene Wunde auftragen konnte. Sie hielt die klaffende Wunde zu und legte den zerrissenen Muskel wieder dorthin, wo er hingehörte, doch als sie dann losließ, klaffte die Wunde erneut auf, und der Muskel rutschte wieder heraus.

Wieder drückte sie sie zusammen, doch sie wußte, daß sie nicht halten würde und meinte auch, daß sie das nicht tun würde, wenn sie das Bein fest bandagierte; sie wollte aber auch nicht, daß das Bein des Mannes schlecht heilte und eine bleibende Schwächung zur Folge hätte. Wenn sie nur dasitzen und die Wunde zuhalten konnte, solange sie heilte, dachte sie und kam sich ganz hilflos vor. Wenn doch Iza da wäre! Sie war überzeugt, daß die alte Medizinfrau genau wissen würde, was zu tun sei, obwohl Ayla sich nicht an irgendwelche Anweisungen erinnern konnte, wie in einer Lage wie dieser vorzugehen sei.

Doch fiel ihr etwas anderes ein – etwas, das Iza ihr über sich selbst erzählt hatte, als sie gefragt hatte, ob sie, Ayla, denn überhaupt Izas Nachfolgerin als Medizinfrau werden könne. »Ich bin schließlich nicht deine richtige Tochter«, hatte sie gesagt. »Ich habe nicht deine Erinnerungen. Ja, ich verstehe nicht wirklich, was für Erinnerungen du hast.«

Woraufhin Iza ihr erklärt hatte, ihre Familie genieße höchstes Ansehen, weil sie die besten wären; jede Mutter habe ihrer Tochter weitergegeben, was sie wisse und gelernt habe; in diesem Sinne sei auch sie von Iza ausgebildet worden. Iza hatte ihr alles Wissen übermacht, das sie besaß – vielleicht nicht alles, was sie wußte, doch immerhin genug, weil Ayla noch etwas anderes hatte. Eine Gabe, wie Iza sie genannt hatte. »Du hast zwar nicht die Erinnerungen, Kind, aber du hast eine Art zu denken, und ein Verständnis . . . und eine Art zu wissen, wie du helfen kannst.«

Wenn mir bloß etwas einfiele, wie ich diesem Mann helfen kann, dachte Ayla. Dann fiel ihr Blick auf den Stapel Kleider, von denen sie den Mann befreit hatte, und dabei kam ihr ein Gedanke. Sie ließ das Bein los und griff jenes Kleidungsstück, das den unteren Teil seines Körpers bedeckt hatte. Die Stücke waren zurechtgeschnitten und mit einer feinen Schnur zusammengefügt worden – einer aus Sehnen gedrehten Schnur. Sie sah sich genau an, wie die einzelnen Teile zusammengefügt worden waren und zog sie auseinander. Die Sehne war durch ein Loch auf der einen Seite und durch ein Loch auf der anderen Seite hindurchgeführt und dann zusammengezogen worden.

Ähnlich verfuhr sie, wenn sie Gefäße aus Birkenrinde machte: sie drückte dann Löcher in die Rinde und verknotete die Enden der Schnur. Ob sie wohl etwas Ähnliches machen konnte, um die Beinwunde des Mannes geschlossen zu halten? Die Wunde solange geschlossen zu halten, bis sie verheilt war?

Rasch erhob sie sich und holte etwas herbei, das aussah wie ein dürrer brauner Ast und in Wirklichkeit ein getrocknetes Stück Sehne vom Hirsch war. Mit einem glatten runden Stein klopfte Ayla die getrocknete Sehne so lange weich, bis lange Fäden weißer Kollagenfasern sich voneinander lösten, die sie auseinanderriß und zu einem zähen dünnen Faden zusammenzwirbelte, den sie in den Ringelbumen-Aufguß tauchte. Genauso wie Leder wurden Sehnen weich, wenn sie naß wurden, und unbehandelt und getrocknet steif. Nachdem sie mehrere Fadenlängen bereitliegen hatte, sah sie ihren Bestand an Messern und Bohrern durch und suchte denjenigen heraus, mit dem sie glaubte, die kleinsten Löcher in das Fleisch des Mannes drücken zu können. Dann fiel ihr das Päckchen mit den Splittern ein, die sie von dem Baum hatte, in den der Blitz eingeschlagen hatte. Iza hatte derlei Splitter benutzt, um Beulen, Blasen und Schwellungen aufzustechen, die trockengelegt werden mußten. Sie würden ihrem Zweck dienen.

Sie wischte das heraussickernde Blut fort, war sich aber nicht ganz sicher, wo anfangen. Als sie mit einem der Splitter ein Loch in das Fleisch stach, zuckte der Mann zusammen und murmelte etwas. Offensichtlich mußte sie sich beeilen. Sie fädelte ein steifes Stück Sehne durch das mit dem Splitter hergestellte Loch und verfuhr auf dem gegenüberliegenden Fleischlappen genauso. Dann zog sie die beiden Stücke vorsichtig zusammen und schlang einen Knoten.

Sie beschloß, nicht allzu viele Knoten zu machen, war sie sich doch nicht sicher, ob sich die Sehnen später wieder herausziehen ließen. Die klaffende Wunde schloß sie mit vier Fäden; dann kamen noch drei hinzu, um den zerfetzten Muskel an der richtigen Stelle festzuhalten. Als sie damit fertig war, lächelte sie die Sehnenknoten an, die das Fleisch des Mannes zusammenhielten. Immerhin: Es hatte geklappt. Die Wunde klaffte nicht mehr auf, und der Muskel blieb, wo er hingehörte. Wenn die Wunde jetzt verheilte, ohne zu schwären, stand zu erwarten, daß er das Bein gut würde wieder gebrauchen können. Zumindest standen die Aussichten jetzt wesentlich besser als zuvor.

Aus dem Beinwurz bereitete sie einen Umschlag und umwickelte das Bein dann mit weichem Leder. Danach wusch sie sorgfältig den Rest der Schrammen und Fleischwunden ab; die meisten auf der rechten Schulter und der Brust. Die Beule am Kopf bereitete ihr Unbehagen. Zumindest war die Haut nicht aufgeplatzt – es war nur eine Schwellung. Sie nahm frisches Wasser, bereitete einen Aufguß aus Arnikablüten, tränkte eine Kompresse damit und legte ihm diese mit einem Lederriemen auf die Schwellung.

Erst danach setzte sie sich auf die Fersen. Wenn er erwachte, gab es Heilkräuter, die sie ihm eingeben konnte, doch fürs erste hatte sie alles getan, was sie tun konnte. Sie zog eine winzige Falte des Lederumschlags an seinem Bein glatt, und dann sah Ayla ihn zum erstenmal richtig an.

Er war nicht so robust wie die Männer des Clans, aber sehr muskulös; außerdem hatte er unglaublich lange Beine. Das goldene Haar, das sich auf seiner Brust kräuselte, wurde auf den Armen zu einem lichten Flaum. Er hatte eine blasse Haut. Seine Körperbehaarung war heller und feiner als diejenige, die sie von anderen Männern kannte; außerdem war er schlanker und ranker, sonst aber nicht wesentlich anders. Sein schlaffes Gemächt ruhte auf sanftgoldenen Locken. Sie streckte die Hand aus, um festzustellen, wie es sich anfühlte, doch dann tat sie es doch nicht. Sie bemerkte eine frische Narbe und einen noch nicht ganz verschwundenen Bluterguß auf dem Brustkasten. Er mußte sich erst vor kurzem von einer anderen Verletzung erholt haben.

Wer mochte ihn gepflegt haben? Und woher kam er?

Sie lehnte sich dichter über ihn, um sein Gesicht zu betrachten. Das war flach im Vergleich mit den Gesichtern der Männer des Clans. Sein völlig entspannter Mund war vollippig, doch traten seine Kinnladen stark hervor. Er hatte ein kräftiges Kinn mit einem Grübchen in der Mitte. Sie berührte ihres, wobei ihr einfiel, daß auch ihr Sohn ein Grübchen hatte, wenn auch sonst keiner im Clan. Die Nase des Mannes unterschied sich nicht sonderlich von den Nasen der Clansangehörigen – hoher Nasenrücken – nur war seine kleiner. Seine geschlossenen Augen standen weit auseinander und schienen vorzustehen, doch dann fiel ihr auf, daß er keine dicken Augenwülste hatte, wie sie die Augen der Clansangehörigen beschatteten. Seine Stirn wies leichte Falten auf, war aber sonst glatt und hoch. Für ihre Augen, die es gewöhnt gewesen waren, nur Clansangehörige zu sehen, schienen sie sich vorzuwölben. Sie legte ihm die Hand auf die Stirn und fühlte dann auf ihrer eigenen nach. Es war die gleiche. Wie merkwürdig sie dem Clan vorgekommen sein mußte!

Er hatte langes straffes Haar – das zum Teil noch von einem Riemen im Nakken zusammengenommen war, sonst aber ein wirres Durcheinander bildete – und es war gelb. Wie ihres, dachte sie, nur noch heller. Irgendwie vertraut. Danach traf es sie wie ein Schlag, und ihr ging auf, warum. Ihr Traum! Ihr Traum von einem Mann der Anderen. Sein Gesicht hatte sie nie erkennen können, doch sein Haar war gelb gewesen!

Sie deckte den Mann zu und eilte hinaus auf das Sims. Es überraschte sie, daß es immer noch heller Tag war, früher Nachmittag, der Sonne nach zu urteilen. Es war soviel geschehen, und eine solche Menge konzentrierter physischer und psychischer Energie verausgabt worden, daß sie fand, eigentlich müßte es viel später sein. Sie bemühte sich, Ordnung in ihre Gedanken zu bringen, doch ging ihr alles immer wieder kunterbunt im Kopf herum.

Warum hatte sie ausgerechnet heute beschlossen, gen Westen zu reiten? Warum hatte sie ausgerechnet in dem Augenblick da sein müssen, da er geschrien hatte? Und warum hatte es von all den vielen Höhlenlöwen auf der Steppe ausgerechnet Baby sein müssen, den sie in der Schlucht vorfand? Ihr Totem mußte sie dorthin geführt haben. Und was war mit ihrem Traum von dem Mann mit dem gelben Haar? Wer war dies? Warum war er hierhergebracht worden? Sie hatte keine Ahnung, was für eine Bedeutung er in ihrem Leben haben sollte; nur eines wußte sie: Es würde nie mehr das gleiche sein. Sie hatte das Gesicht der Anderen gesehen.

Sie fühlte, daß Winnie von hinten ihre Schnauze unter ihre Hand schob, und so drehte sie sich um. Das Pferd schob seinen Kopf über die Schulter der Frau, und Ayla hob beide Arme in die Höhe über die Schulter und umschlang seinen Hals damit. Dann legte sie den Kopf daran. Da stand sie, klammerte sich an das Tier, wollte ihr gewohntes behagliches Leben fortführen und hatte Angst vor der Zukunft. Dann streichelte sie die Stute, klopfte und liebkoste sie und fühlte die Bewegung des Jungen, mit dem sie trächtig ging.

»Lange kann es nicht mehr dauern, Winnie. Allerdings bin ich froh, daß du mir geholfen hast, diesen Mann hierherzubringen. Allein hätte ich das nie geschafft.«

Ich sollte hineingehen und nachsehen, daß mit ihm alles in Ordnung ist, dachte sie, beunruhigt, daß ihm etwas zustoßen könnte, wenn sie ihn auch nur einen Moment allein ließ. Er jedoch hatte sich nicht bewegt. Trotzdem blieb sie bei ihm, beobachtete, wie sein Atem ging, und brachte es nicht fertig,

die Augen von ihm abzuwenden. Dann fiel ihr etwas Außergewöhnliches auf: er hatte keinen Bart! Alle Männer im Clan hatten Bärte, buschige braune Bärte. Hatten die Männer der Anderen keine Bärte?
Sie berührte sein Kinn und fühlte die rauhen Stoppeln neuen Bartwuchses. Also hatte er doch einen Bart, nur einen sehr kurzen. Verwirrt schüttelte sie den Kopf. Wie jung er aussah! Und dafür war er sehr groß und muskulös. Trotzdem kam er ihr plötzlich mehr wie ein Junge denn wie ein Mann vor.
Er wandte den Kopf, stöhnte auf und murmelte etwas. Seine Worte konnte sie nicht verstehen, doch hatten sie etwas, die ihr das Gefühl gaben, eigentlich müßte sie sie verstehen. Sie legte ihm die Hand auf die Stirn, dann auf die Wange, und spürte, daß Fieberhitze in ihm aufstieg. Ich sollte sehen, daß ich ihn dazu bringe, etwas Weidenrindentee einzunehmen, dachte sie und stand wieder auf.
Während sie die Weidenrinde hervorholte, sah sie ihren Vorrat an Heilkräutern durch. Immer wieder hatte sie sich gefragt, warum sie wohl eine ganze Heilkräutersammlung aufbewahrte, wo sie doch niemand zu behandeln hatte außer sich selbst. Rein aus Gewohnheit offenbar. Aber jetzt war sie froh darüber. Es gab viele Pflanzen, die sie weder im Tal noch auf den Steppen gefunden hatte, die aber in der Nähe der Clanshöhle häufig vorgekommen waren; doch was sie hatte, reichte; außerdem hatte sie noch einige gefunden, die weiter im Süden unbekannt waren. Iza hatte sie gelehrt, unbekannte Pflanzen an sich selbst auszuprobieren, um herauszufinden, ob sie sich für Heilzwecke oder zum Essen eigneten; allerdings war sie mit keinem der neu gewonnenen Kräuter ganz zufrieden – jedenfalls genügte ihre Erfahrung ihr nicht, sie an dem Mann auszuprobieren.
Neben der Weidenrinde nahm sie noch eine Pflanze herunter, in deren Anwendung sie sich gut auskannte. Der behaarte Stengel wies keinerlei Blätter auf, schien aber aus der Mitte breiter, spitz zulaufender Doppelblätter hervorzuwachsen. Als sie sie gepflückt hatte, waren Trauben von weißen Blüten daran gewesen, die jetzt zu einem Braun verwelkt waren. Die Pflanze sah dem Odermennig so ähnlich, daß sie sie für eine Verwandte dieses Krauts hielt – doch eine der anderen Medizinfrauen auf der Clansversammlung hatte sie Wasserdost genannt und Knochenbrüche damit behandelt. Ayla verwendete es, um Fieber zu senken; allerdings mußte der Pflanzensaft zu einem dicken Sirup zusammengekocht werden, und das brauchte seine Zeit. Nahm man diesen Sirup ein, schwitzte man ausgiebig; er war jedoch so stark, daß sie ihn bei dem durch den Blutverlust sehr geschwächten Mann eigentlich nicht anwenden wollte – es sei denn, es ließ sich nicht vermeiden. Immerhin war es gut, auf diese Möglichkeit vorbereitet zu sein.
Auch Luzerne fiel ihr ein. Frische Luzerneblätter, in heißem Wasser eingeweicht, halfen bei der Blutgerinnung. Unten hatte sie einige Luzerne gesehen.

Und wichtig war auch noch eine kräftige Fleischbrühe, damit er wieder zu Kräften kam. Was da in ihr dachte, war wieder die Medizinfrau; damit überwand sie die Verwirrung, in die sie vorhin geraten war. Von Anfang an hatte sie sich an einen einzigen Gedanken geklammert, und diese Überzeugung wurde nun immer stärker in ihr: *Dieser Mann muß am Leben bleiben!*

Sie legte ihn so hin, daß sein Kopf auf ihrem Schoß lag, und schaffte es dann, ihm etwas von dem Weidenrindentee einzuflößen. Seine Augenlider flatterten, und er murmelte auch etwas, blieb jedoch weiterhin bewußtlos. Die Wunden, die er davongetragen hatte, waren rot und heiß geworden, und sein Bein schwoll sichtlich an. Sie wechselte den Umschlag aus und machte auch für die Schwellung am Kopf eine neue Kompresse. Wenigstens diese war zurückgegangen. Als der Abend fortschritt, wuchs ihre Sorge, und sie wünschte, Creb wäre da, die Geister anzurufen, die ihr helfen konnten, so wie er es für Iza getan hatte.

Als die Dunkelheit hereingebrochen war, wälzte der Mann sich auf dem Lager hin und her und stieß Wörter aus. Eines insbesondere sagte er immer und immer wieder; hinzu kamen Laute, die sich anhörten, als enthielten sie eine drängende Warnung. Sie meinte, es müsse ein Name sein, vielleicht der Name des anderen Mannes. Mit dem Rippenknochen eines Hirschs, dessen Ende sie ein wenig ausgehöhlt hatte, flößte sie ihm irgendwann gegen Mitternacht das Odermennig-Konzentrat ein. Da er sich gegen den bitteren Geschmack wehrte, schlug er für einen Moment die Augen auf, doch sah sie keinerlei Erkennen in der dunklen Tiefe. Ihm später den Stechapfeltee einzuflößen, war leichter – gleichsam, als hätte er das Bedürfnis, sich den Mund auszuspülen und den bitteren Geschmack loszuwerden. Sie war froh, den schmerzlindernden und schlaffördernden Stechapfel in der Nähe der Höhle gefunden zu haben.

Sie wachte die ganze Nacht bei ihm und hoffte, das Fieber würde sinken, doch erst gegen Morgen war der Höhepunkt erreicht. Hinterher wusch sie ihm den schweißüberströmten Körper mit kaltem Wasser und wechselte die Fellunterlage auf der Lagerstatt. Danach schlief er besser, und sie döste auf einem Fell neben ihm.

Plötzlich starrte sie in den hellen Sonnenschein, der durch die Öffnung hereinkam, und überlegte, warum sie denn so hellwach sei. Sie drehte sich auf die andere Seite, sah den Mann, und die Ereignisse des gestrigen Tages gingen ihr durch den Sinn. Der Mann schien entspannt und normal zu schlafen. Still lag sie da und lauschte, dann hörte sie Winnie schwer atmen. Rasch stand sie auf und ging auf die andere Seite der Höhle.

»Winnie!« sagte sie aufgeregt, »es ist soweit?« Die Stute brauchte nicht zu antworten.

Ayla hatte zuvor geholfen, Kinder auf die Welt zu bringen, und hatte sogar selbst eines geboren, doch einem Pferd dabei zu helfen, war eine neue Erfahrung für sie. Winnie wußte, was sie zu tun hatte, schien jedoch Aylas tröstliche Anwesenheit willkommen zu heißen. Erst gegen Ende, als das Füllen zum Teil schon heraus war, half Ayla, es den Rest des Weges herauszuziehen. Sie lächelte freudig, als Winnie anfing, das struppige braune Fell ihres frischgeborenen Hengstfohlens zu lecken.

»Das sehe ich zum erstenmal in meinem Leben: Daß jemand bei einem Pferd Hebamme spielt«, sagte Jondalar.

Ayla fuhr beim Klang seiner Stimme herum und erkannte, daß der Mann, der sich auf einen Ellenbogen gestützt hatte, sie beobachtete.

20

Ayla starrte den Mann an. Sie konnte nicht anders, obwohl sie wußte, daß es sich nicht gehörte. Ihn zu betrachten, während er bewußtlos war oder schlief, war eine Sache – doch ihn jetzt, da er hellwach war, anzublicken, war etwas völlig anderes. Er hatte blaue Augen!

Sie wußte, daß ihre Augen blau waren: Das war einer der Unterschiede, die der Clan sie oft genug hatte spüren lassen, und außerdem hatte sie sie in ihrem Spiegelbild im Teich gesehen. Aber die Augen der Clansangehörigen waren braun. Nie hatte sie jemand mit blauen Augen gesehen, und schon gar nicht mit Augen von einem so leuchtenden Blau, daß sie es kaum fassen konnte.

Diese blauen Augen hielten sie in ihrem Bann: Ihr war, als könnte sie keine Bewegung machen, bis ihr aufging, daß sie zitterte. Da erst begriff sie, daß sie einen Mann direkt angesehen hatte, und ihr schoß das Blut zu Kopf, als sie verlegen die Augen abwandte. Es war nicht nur ungehörig, jemand anzustarren; eine Frau durfte einen Mann überhaupt nicht ansehen; einen Fremden schon gar nicht.

Ayla senkte den Blick und bemühte sich, ihre Fassung wiederzugewinnen. Was muß er von mir denken! Freilich: Es war lange her, daß sie mit jemand zusammengewesen war, und dieses Mal war es überhaupt das erste Mal, daß sie mit einem von den Anderen zusammen war – zumindest, soweit sie sich erinnern konnte. Es verlangte sie danach, ihn anzusehen. Sie sehnte sich danach, die Augen zu füllen, den Anblick eines anderen Menschen in sich hineinzutrinken, das Bild eines Menschen, der so ungewöhnlich war. Gleichzeitig war es ihr wichtig, daß er gut von ihr dachte. Sie wollte ihrer ungehörigen Neugier wegen nicht in ein falsches Licht geraten.

»Es tut mir leid, ich wollte dich nicht in Verlegenheit bringen«, sagte er und überlegte, ob er sie verletzt habe oder ob sie bloß schüchtern sei. Als sie schwieg, verzog er den Mund zu einem schiefen Lächeln, und ihm ging auf, daß er Zelandonii gesprochen hatte. Er wechselte daraufhin zu Mamutoi über, und als auch das keine Reaktion bei ihr hervorrief, versuchte er es mit Sharamudoi.

Sie hatte mit verstohlenen Blicken zugehört, so wie Frauen es taten, wenn sie darauf warteten, daß der Mann ihnen das Zeichen gab, sich nähern zu dürfen. Doch er machte keinerlei Zeichen, zumindest keine, die sie verstand. Er machte nur Worte. Nur, daß keines dieser Worte auch nur die geringste Ähnlichkeit mit den Lauten hatte, die der Clan ausstieß. Es waren keine kehligen, klar voneinander abgesetzten Silben – das waren Silben, die ineinanderflossen. Sie konnte nicht einmal sagen, wann eine aufhörte und die andere begann. Seine Stimme hatte einen angenehmen, tiefen Klang, der sie allerdings zur Verzweiflung brachte. Irgendwie begriff sie grundsätzlich, daß sie ihn verstehen sollte, dazu jedoch außerstande war.

Sie wartete immer noch auf das Zeichen zum Näherkommen, bis das Warten peinlich wurde. Dann fiel ihr ein, daß Creb ihr in der allerersten Zeit beim Clan hatte beibringen müssen zu reden. Er hatte ihr gesagt, auch sie hätte nur Laute von sich gegeben, woraufhin er sich gefragt habe, ob die Anderen sich womöglich auf diese Weise verständigten. Kannte denn dieser Mann überhaupt keine Zeichen? Schließlich, als sie begriff, daß ein solches nicht von ihm kommen würde, wußte sie, daß sie andere Mittel und Wege finden mußte, sich mit ihm zu verständigen – und sei es zunächst auch nur, um zu gewährleisten, daß er die Heilmittel einnahm, die sie für ihn bereitet hatte.

Jondalar wußte nicht, was tun. Keines seiner Worte hatte eine Reaktion bei ihr hervorgerufen, und er fragte sich, ob sie wohl taub sei. Doch dann fiel ihm wieder ein, wie rasch sie den Kopf gedreht hatte, als er sie das erste Mal angesprochen hatte. Was für eine sonderbare Frau, dachte er voller Unbehagen. Wo wohl ihre Angehörigen sind? Er sah sich in der kleinen Höhle um, sah die falbfarbene Stute mit dem fuchsroten Füllen und stutzte. Was macht das Pferd in einer Höhle? Und warum erlaubte es der Frau, Geburtshilfe bei ihm zu leisten? Nie zuvor hatte er gesehen, wie ein Pferd gefohlt hatte, nicht einmal draußen auf den Ebenen. Ob die Frau über besondere Kräfte gebot?

Das Ganze bekam etwas Unwirkliches, als wäre es ein Traum; dabei schlief er doch gar nicht. Aber vielleicht ist es noch schlimmer. Vielleicht ist sie eine Donii, die gekommen ist, dich zu holen, Jondalar, dachte er erschaudernd; vielleicht ist sie alles andere als ein guter Geist . . . falls sie überhaupt ein Geist war. Er war erleichtert, als sie – wenn offenbar auch widerstrebend – zum Feuer hinüberging.

Sie hatte etwas Schüchternes und bewegte sich, als ob sie wollte, daß er sie nicht sah. An irgendwas erinnerte sie ihn . . . aber an was? Und gekleidet war sie auch seltsam. Sie schien einfach eine Tierhaut um sich gelegt und diese mit einem Riemen zusammengenommen zu haben. Wo hatte er so etwas schon einmal gesehen? Es fiel ihm nicht ein.

Mit dem Haar hatte sie etwas Interessantes gemacht. Sie hatte es auf dem ganzen Kopf in ordentliche kleine Felder eingeteilt und die Haare darin zu

Zöpfen geflochten. Zwar hatte er auch vorher schon Zöpfe gesehen, nie jedoch, daß jemand sie auf diese Art getragen hätte. Nicht abstoßend, nur ungewohnt. Gleich beim ersten Anblick hatte er gefunden, daß sie recht hübsch aussah. Jung hatte sie ausgesehen – sie hatte so etwas Unschuldiges in den Augen –, doch soweit er das bei der formlosen Hülle, die sie trug, beurteilen konnte, besaß sie den Körper einer reifen Frau. Sie schien seinen fragenden Blicken auszuweichen. Warum, fragte er sich. Irgendwie fand er sie ansprechend – und irgendwie war sie rätselhaft.

Daß er Hunger hatte, merkte er erst, als er die kräftige Brühe roch, die sie ihm brachte. Er versuchte, sich aufzusetzen, und der tiefsitzende Schmerz in seinem rechten Bein machte ihm bewußt, daß er auch noch andere Verletzungen davongetragen hatte. Ihm tat alles weh. Dann fragte er sich zum ersten Mal, wo er war und wie er hierhergekommen war. Plötzlich erinnerte er sich, daß Thonolan in die Schlucht hinuntergestiegen war . . . das Brüllen . . . und den gewaltigsten Höhlenlöwen, den er je gesehen hatte.

»Thonolan!« rief er und blickte sich entsetzt in der Höhle um. »Wo ist Thonolan?« Es war niemand in der Höhle außer der Frau. Sein Magen verkrampfte sich. Er wußte es und wollte es doch nicht wahrhaben. Vielleicht befand Thonolan sich in einer anderen Höhle irgendwo in der Nähe. Vielleicht kümmerte sich jemand anders um ihn. »Wo ist mein Bruder? Wo ist Thonolan?«

Das Wort kam Ayla bekannt vor. Es war dasjenige, das er immer wieder ausgestoßen hatte, als er aus den Tiefen seines Traums aufgeschrien hatte. Sie erriet, daß er von seinem Gefährten sprach, und so senkte sie den Kopf, um Achtung vor dem jungen Mann zu bekunden, der jetzt tot war.

»Wo ist mein Bruder, Frau?« schrie Jondalar, packte sie am Arm und schüttelte sie. »Wo ist Thonolan?«

Ayla war betroffen über diesen Ausbruch. Die Lautstärke seiner Stimme, die Angst, die Frustration, die ungezügelten Gefühle, die sie aus seiner Stimme heraushörte und seinem ganzen Verhalten entnahm – all das verstörte sie. Die Männer im Clan hätten ihre Gefühle nie so offen gezeigt. Gewiß, sie hätten nicht minder stark empfunden, nur – Männlichkeit wurde an Selbstbeherrschung gemessen.

Aber es stand Kummer in seinen Augen, und an der Art, wie er die Schultern verkrampfte und die Zähne zusammenbiß, entnahm sie, daß er sich gegen die Wahrheit wehrte, die er kannte, aber nicht anerkennen wollte. Die Leute, unter denen sie aufgewachsen war, verständigten sich mehr durch einfache Handzeichen und Gebärden. Positur, Haltung und Gesichtsausdruck, all das vermittelte Bedeutungsnuancen, die zum Ausdrucksschatz dazugehörten. Das Zucken eines Muskels konnte einer Bedeutung eine ganz bestimmte

Wendung geben. Ayla war es gewohnt, die Körpersprache zu lesen, und der Verlust eines geliebten Menschen rief überall Schmerz hervor.

Auch ihre Augen verrieten ihre Gefühle, sprachen von ihrer Trauer und ihrem Mitgefühl. Sie schüttelte den Kopf und senkte ihn wieder. Er konnte sich dem, was er ohnehin wußte, nicht länger verschließen. Er ließ sie los, und ergeben sackten seine Schultern herunter.

»Thonolan . . . Thonolan . . . warum hast du immer weitergehen müssen? Ach, Doni, warum? Warum hast du meinen Bruder genommen?« rief er, und seine Stimme klang gepreßt und verkrampft. Er versuchte, sich der Verzweiflung zu widersetzen, und gab seinem Schmerz Raum, nur . . . eine so tiefe Verzweiflung hatte er noch nie erlebt. »Warum hast du ihn mir nehmen müssen, und warum bin ich ganz allein zurückgeblieben? Du weißt doch, er ist der einzige Mensch gewesen, den ich jemals . . . geliebt habe. Große Mutter . . . Er war mein Bruder . . . Thonolan! . . . Thonolan!«

Kummer und Schmerz waren etwas, was Ayla verstand. Sie hatte am eigenen Leibe erfahren, wie das war; ihr Mitgefühl regte sich, und sie hatte das Bedürfnis, ihn zu trösten. Ohne zu wissen, wie es geschah, hielt sie den Mann plötzlich umfaßt, und wiegte sich mit ihm, während er verzweifelt den Namen hinausschrie. Er kannte diese Frau nicht, aber sie war ein Mensch, ein mitleidender Mensch, jemand, der erkannte, was er brauchte, und entsprechend reagierte.

Da er sich an sie klammerte, spürte er, wie etwas Überwältigendes in ihm aufwallte; den Kräften in einem Vulkan gleich, wenn sie einmal entfesselt sind, gab es kein Halten mehr für ihn. Er schluchzte auf, und dann zuckte sein ganzer verkrampfter Körper. Schreie entrangen sich seinem tiefsten Inneren, und jeder zerrissene Atemzug kostete ihn übermenschliche Anstrengungen.

Nie hatte er sich so vollkommen gehen lassen – jedenfalls seit seiner Kindheit nicht. Es entsprach nicht seinem Wesen, seine innersten Gefühle preiszugeben. Dazu waren diese zu übermächtig, und er hatte früh gelernt, sie zu beherrschen – doch die durch Thonolans Tod geöffneten Schleusen setzten Empfindungen frei, die mit längst vergessenen Erinnerungen verbunden waren.

Serenio hatte recht gehabt: Für die meisten Menschen war seine Liebe zuviel. Und war sein Zorn erstmal entfesselt, gab es auch für ihn kein Halten mehr. Beim Heranwachsen hatte er in rechtschaffener Wut einmal solche Verheerungen angerichtet, daß er jemand beinahe umgebracht hätte. Alle seine Gefühle waren zu machtvoll. Selbst seine Mutter hatte sich gezwungen gesehen, sie sich vom Leibe zu halten, und hatte mit schweigendem Verständnis zugesehen, wie Freunde sich zurückzogen, weil er sich zu heftig an sie klammerte, sie im Übermaß liebte und zu viel von ihnen erwartete. Ähnliche Züge kannte sie von dem Mann, mit dem sie einst verheiratet gewesen und an dessen Herdfeuer Jondalar geboren war. Nur sein jüngerer Bruder schien imstande, mit seiner Liebe umzugehen, sie ohne weiteres anzunehmen und die Spannungen, die sich daraus ergaben, lachend abzutun.

Als sie nicht mehr mit ihm hatte fertig werden können und die ganze Höhle in Aufruhr geraten war, hatte seine Mutter ihn zu Dalanar geschickt. Das war ein kluger Schritt gewesen. Denn als Jondalar zurückgekehrt war, hatte er nicht nur ein Handwerk erlernt, sondern auch noch gelernt, seine Gefühle zu beherrschen. Außerdem war er zu einem großen, muskulösen, bemerkenswert ansehnlichen Mann mit erstaunlichen Augen und einer unbewußten Ausstrahlung herangewachsen, die seine ganze Tiefe zum Ausdruck brachte. Besonders Frauen spürten, daß mehr an ihm sei, als er zu zeigen bereit war. Er wurde zu einer unwiderstehlichen Herausforderung, doch keine konnte ihn ganz gewinnen. Mochten sie seiner Tiefe auch noch so sehr nachspüren, seine tiefsten Empfindungen erreichten sie nicht, und mochten sie auch noch soviel nehmen, er hatte immer noch mehr zu geben. Er fand rasch heraus, wie weit er bei einer jeden gehen könne, doch für ihn waren diese Beziehungen oberflächlich und unbefriedigend. Die einzige Frau in seinem Leben, die ihm auf gleicher Ebene begegnet war, war einer anderen Berufung gefolgt. Sie wäre aber in jedem Fall nicht die richtige Frau für ihn gewesen.

Sein Kummer stand der Tiefe seines Wesens in nichts nach, nur – die Frau, die ihn umfangen hielt, hatte Gram gekannt, der nicht minder groß gewesen war. Sie hatte alles verloren – und das mehr als einmal; sie hatte den kalten Hauch der Geisterwelt verspürt – mehr als einmal; und doch hatte sie durchgehalten. Sie spürte, daß sein leidenschaftlicher Ausbruch mehr war als der Ausfluß von normalem Herzeleid und verschaffte ihm kraft ihres Verständnisses Linderung.

Als er nicht mehr von Schluchzen geschüttelt wurde, merkte sie, daß sie, während sie ihn in den Armen hielt, leise vor sich hinsummte. Mit diesem Gesumm hatte sie Uba, Izas Tochter, in den Schlaf gewiegt; und hatte erlebt, wie ihr eigener Sohn die Augen dabei geschlossen hatte; und sie hatte ihren eigenen Kummer und ihr eigenes Gefühl der Verlassenheit mit dem gleichen, einlullenden Laut beschwichtigt. Er war eben angemessen. Schließlich, tränenlos und erschöpft, ließ er von ihr ab. Den Kopf abgewandt, starrte er die Wand der Höhle an. Als sie seinen Kopf drehte, um ihm die Tränen mit kaltem Wasser abzuwischen, schloß er die Augen. Er wollte – oder konnte – sie nicht anblicken. Bald entspannte sich sein ganzer Körper, und da wußte sie, daß er schlief.

Sie ging nachsehen, was Winnie mit ihrem Füllen machte; dann trat sie hinaus. Auch sie kam sich völlig entleert vor, gleichzeitig aber auch erleichtert.

Vom äußeren Ende des Simses aus blickte sie hinaus ins Tal und dachte daran, welche Angst sie gequält hatte, als sie mit dem Mann hinten auf dem Zuggestell hierhergekommen war – und an ihren heißen Wunsch, daß er nicht sterben möchte. Sie eilte zurück in die Höhle und vergewisserte sich, daß er noch immer atmete. Sie trug die kalte Suppe zurück ans Feuer – er hatte andere Stärkung nötiger gehabt – und überzeugte sich, daß ihre Kräuter vorbereitet wären, wenn er erwachte. Dann ließ sie sich leise auf dem Fell neben ihm nieder.

Sie konnte sich nicht an ihm sattsehen und betrachtete sein Gesicht, als ob es darum ginge, all die Jahre der Sehnsucht nach dem Anblick eines anderen Menschen nachzuholen. Nun, da er ihr nicht mehr ganz so fremd war, sah sie sein Gesicht auch mehr als ein Ganzes, nicht nur als Nebeneinander verschiedener Züge. Sie wollte es berühren, mit dem Finger sein Kinn entlangfahren und über die leichte Krümmung der Brauen. Dann traf es sie wie ein Blitz.

Seine Augen hatten genäßt! Sie hatte Feuchtigkeit von seinem Gesicht abgewischt, und ihre Schulter war jetzt noch ganz feucht. Also bin nicht nur ich es, dachte sie. Creb hat nie verstehen können, wieso meine Augen wässerten, wenn ich traurig war – bei niemand sonst taten sie das. Er hatte gemeint, mit meinen Augen müsse irgend etwas nicht stimmen. Und nun wurden auch diesem Mann die Augen feucht, wenn er traurig war. Offenbar war es so, daß allen Anderen die Augen näßten.

Daß Ayla die ganze Nacht über gewacht hatte, wie ihre starken Gefühlsreaktionen zeigten, machte sich jetzt bemerkbar, und sie schlief auf dem Fell neben ihm ein, obwohl es noch nicht Abend war. Jondalar erwachte, als es dunkel wurde. Er war durstig und suchte nach etwas zu trinken; die Frau neben ihm wollte er nicht wecken. Er hörte das Schnauben des Pferdes sowie seines neugeborenen Fohlens, konnte jedoch nur das falbene Fell der Stute erkennen, die sich auf der anderen Seite des Höhleneingangs niedergelegt hatte.

Dann betrachtete er die Frau. Sie lag auf dem Rücken, blickte in die andere Richtung. Er konnte nur die Linie von Nacken und Kinn sowie ihre Nasenform erkennen. Er erinnerte sich an seinen Gefühlsausbruch, dann erst fiel ihm der Grund dafür wieder ein. Der Schmerz vertrieb jedes andere Gefühl. Er spürte, wie seine Augen sich füllten, und drückte sie fest zu. Er versuchte, nicht an Thonolan zu denken; er versuchte, an überhaupt nichts zu denken. Nach einiger Zeit gelang ihm das, und er wachte erst mitten in der Nacht wieder auf. Sein Stöhnen weckte auch Ayla.

Es war dunkel. Das Feuer war ausgegangen. Ayla tastete sich zur Feuerstelle vor, holte Zunder und Späne von dort, wo sie ihren Vorrat liegen hatte, und dann Feuerstein und Eisenpyrit.

Jondalars Fieber war wieder gestiegen, aber er war wach. Dennoch meinte er, für einige Zeit gedöst zu haben. Er konnte unmöglich glauben, daß die Frau so schnell ein Feuer gemacht hatte. Er hatte beim Aufwachen nicht einmal Kohlenglut gesehen.

Sie brachte dem Mann kalten Weidenrindentee, den sie zuvor zubereitet hatte. Er stützte sich auf einen Ellbogen, um den Becher in Empfang zu nehmen, und trank ihn trotz der Bitterkeit ganz aus, so groß war sein Durst. Den Geschmack erkannte er wieder – jeder schien die Heilkraft von Weidenrinde zu kennen –, hätte jedoch lieber einen Schluck klares Wasser gehabt. Er verspürte auch das Bedrüfnis, sein Wasser zu lassen, wußte jedoch nicht, wie er ihr beides begreiflich machen sollte. Er nahm den leergetrunkenen Becher, drehte ihn um, um ihr zu zeigen, daß er leer sei, und hob ihn dann an die Lippen.

Sie verstand sofort, brachte den Wasserschlauch, füllte ihm den Becher und ließ den Schlauch dann neben ihm liegen. Das Wasser stillte seinen Durst, vergrößerte aber sein anderes Bedürfnis so sehr, daß er sich unruhig hin- und herwarf. Daran erkannte die Frau sein Bedürfnis, nahm einen brennenden Ast aus dem Feuer, um ihn als Fackel zu benutzen, und begab sich in jenen Teil ihrer Höhle, wo sie Dinge lagerte. Wonach sie suchte, das war ein Behältnis, egal, wie es aussah, doch als sie erst einmal da war, fand sie andere nützliche Dinge.

Sie hatte Steinlampen gefertigt, eine flache Mulde in einen Stein gehauen, die geschmolzenes Fett und einen Moosdocht aufnahm, die Lämpchen jedoch kaum gebraucht. Für gewöhnlich reichte ihr das Licht, das von ihrem Feuer ausging. Sie nahm eine Lampe zur Hand, fand die Moosdochte und suchte dann eine mit Fett gefüllte Blase. Als sie neben den gefüllten auch noch eine leere Blase liegen sah, nahm sie auch diese mit.

Die gefüllte stellte sie in die Nähe des Feuers, damit das Fett weich wurde, und die leere brachte sie Jondalar – nur, wozu sie dienen sollte, konnte sie ihm nicht erklären. Sie löste die Lasche zum Gießen und zeigte ihm die Öffnung. Er wußte nicht, was er davon halten sollte. Es gab keine andere Möglichkeit. Sie zog die Decke fort, doch als sie mit der offenen Blase zwischen seine Beine griff, begriff er plötzlich und nahm sie ihr ab.

Es kam ihm lächerlich vor, auf dem Rücken zu liegen und sein Wasser fließen zu lassen. Ayla merkte, wie unbehaglich ihm das war und trat ans Feuer, um die Lampe zu füllen. Sie mußte lächeln. Er ist noch nie verletzt worden, jedenfalls nicht ernstlich genug, als daß er nicht hätte laufen können. Sie lächelte ein wenig betreten, als sie ihm die gefüllte Blase abnahm, um sie draußen zu leeren. Danach brachte sie sie ihm zurück, damit er etwas hätte, wenn er es brauchte, und machte dann das Lämpchen mit Öl und Docht gebrauchsfertig. Sie trug es ihm hinüber und zog die Decke wieder über sein Bein.

Er versuchte, sich hinzusetzen, um etwas sehen zu können. Doch das tat weh. Sie stopfte ihm etwas in den Rücken. Als er die Krallenspuren auf seiner Brust und dem Arm sah, begriff er, warum es wehtat, seine rechte Seite zu gebrauchen; was ihm jedoch mehr Sorgen bereitete, war der tiefsitzende Schmerz in seinem Bein. Wie weit mochte es mit dem Können dieser Frau her sein? Weidenrindentee machte noch keine Heilkundige aus.

Als sie den blutigen Umschlag entfernte, wurde er noch besorgter. Das Lämpchen war mit Sonnenlicht nicht zu vergleichen, ließ jedoch keinerlei Zweifel an der Ernsthaftigkeit seiner Verletzung zu. Sein Bein war geschwollen, zerschunden und druckempfindlich. Er sah genauer hin und meinte, Fäden und Knötchen zu bemerken, die sein Fleisch zusammenhielten. Er hatte von der Heilkunst keine Ahnung. Bis vor kurzem hatte er sich nicht mehr dafür interessiert als die meisten gesunden jungen Männer – hatte ein Zelandonii jemals einen Menschen mit Fäden zusammengebunden und diese verknotet?

Als sie den neuen Umschlag bereitete – diesmal aus Blättern, nicht aus Stengeln –, gab er sehr acht und hätte sie gern gefragt, um was für Blätter es sich handelte. Er hätte sie gern ausgefragt, um sich ein Bild davon zu machen, was sie von der Heilkunst verstand. Aber sie kannte keine der Sprachen, die er beherrschte. Ja, wenn er jetzt darüber nachdachte, war ihm so, als ob er sie überhaupt noch nie hätte reden hören. Doch wie konnte sie eine Heilerin sein, wenn sie nicht reden konnte? Immerhin schien sie genau zu wissen, was sie tat – und was es auch immer sein mochte, was sie ihm da aufs Bein legte, es linderte den Schmerz ein wenig.

Er entspannte sich – was blieb ihm auch schon anderes übrig – und verfolgte, wie sie seine Brust und die Arme mit einem lindernden Mittel wusch. Erst als sie den Riemen lockerte, mit dem die Kompresse seitlich am Kopf festgehalten worden war, wußte er, daß er auch am Kopf etwas abbekommen hatte. Er griff hinauf, befühlte die Beule und eine schmerzende Stelle, dann band sie eine frische Kompresse darüber.

Sie kehrte an die Feuerstelle zurück, um die Suppe aufzuwärmen. Er beobachtete sie und versuchte immer noch, dahinterzukommen, wer sie wohl sein möchte. »Das riecht gut«, sagte er, als der Duft der Fleischbrühe zu ihm herübergetragen wurde.

Der Klang seiner Stimme schien nicht hierherzupassen. Er war sich nicht sicher warum, aber es ging dabei um mehr als um das Bewußtsein, daß sie ihn nicht verstand. Als sie auf die Sharamudoi gestoßen waren, hatte keiner die Sprache der anderen verstanden; trotzdem war geredet worden – vom ersten Augenblick an und sehr lautstark –, denn jeder hatte versucht, Wörter zu finden, die den Verständigungsprozeß in Gang setzten. Diese Frau hingegen machte keinerlei Anstalten, mit irgendeinem Wortaustausch zu beginnen und reagierte auf seine Versuche stets nur mit einem verwirrten Augenausdruck. Sie schien nicht nur die Sprachen nicht zu können, die er konnte, sondern überhaupt nicht den Wunsch zu haben, sich zu verständigen.

Nein, das stimmt nicht ganz, sagte er sich. Schließlich *hatten* sie sich verständigt. Sie hatte ihm Wasser gebracht, als er etwas zu trinken hatte haben wollen, und sie hatte ihm eine Blase gegeben, sein Wasser darin abzuschlagen, obwohl er keine Ahnung hatte, woher sie wußte, daß er unter Harndrang litt. Er hatte nicht weiter darüber nachgedacht, welche Verständigungsmöglichkeit sie benutzt hatten, als er seinem Kummer Ausdruck verliehen hatte – dazu war der Schmerz noch viel zu frisch –, aber er hatte ihre Anteilnahme gespürt und sie berücksichtigt, als er sich den Kopf über sie zerbrochen hatte.

»Ich weiß, du kannst mich nicht verstehen«, sagte er behutsam. Er wußte nicht recht, was er zu ihr sagen sollte, hatte aber das Bedürfnis, es zu tun. Nachdem er erst einmal damit angefangen hatte, kamen ihm die Wörter leichter. »Wer bist du? Wo sind denn die anderen deines Volkes?« Er konnte nicht weit über den Kreis des Feuers hinausblicken, hatte aber niemand sonst gesehen und auch nichts entdeckt, was bewiesen hätte, daß es sie gab. »Warum willst du nicht reden?« Sie sah ihn an und sagte nichts.

Daraufhin schlich sich ein seltsamer Gedanke bei ihm ein. Er erinnerte sich, schon einmal mit einem Heilkundigen im Dunkeln zusammengesessen zu haben; bei der Gelegenheit hatte der Shamud von bestimmten Prüfungen erzählt, denen sich Diejenigen unterzogen, Die Der Mutter Dienten. War es da nicht auch um Zeiten des Alleinseins gegangen? Zeiten des Schweigens, da sie mit keinem anderen Menschen sprechen durften? Zeiten der Enthaltsamkeit und des Fastens?

»Du lebst hier allein, nicht wahr?«

Wieder richtete Ayla den Blick auf ihn und bemerkte seinen fassungslosen Ausdruck, als ob er sie zum erstenmal wahrnähme. Aus irgendeinem Grunde brachte das ihr wieder ihre Ungehörigkeit zum Bewußtsein, und so senkte sie die Augen und sah wieder die Brühe an. Er aber schien völlig unberührt von ihrem unschicklichen Verhalten. Er sah sich in ihrer Höhle um und machte Laute mit dem Mund. Sie füllte eine Schale, hockte sich dann damit vor ihn hin und senkte den Kopf, womit sie ihm Gelegenheit geben wollte, ihr auf die Schulter zu klopfen und zu bestätigen, daß er ihre Anwesenheit wahrnahm. Es kam keine Berührung, und als sie nun doch aufblickte, sah er sie fragend an und sprach seine Worte.

Er weiß es nicht! Er sieht nicht, was ich ihn frage. Ich glaube, er kennt überhaupt keinerlei Zeichen und Signale. Unversehens ging ihr etwas auf: Wie sollen wir uns denn verständigen, wenn er meine Signale nicht sieht und ich seine Wörter nicht verstehe?

Irgend etwas wollte ihr nicht recht schmecken bei der Erinnerung an Creb, wie er versucht hatte, ihr das Reden beizubringen, sie jedoch nicht begriffen hatte, daß er mit den Händen redete; damals hatte sie sich nur mit Lauten verständigt. Und inzwischen hatte sie nun so lange die Sprache des Clans gesprochen, daß sie sich an die Bedeutung der Wörter überhaupt nicht mehr erinnerte.

Aber ich bin keine Clansangehörige mehr. Ich bin tot. Ich bin verflucht worden und kann nie wieder zurückkehren. Ich muß jetzt mit den Anderen leben und muß lernen, so zu sprechen, wie sie sprechen. Ich muß wieder lernen, Wörter zu verstehen, und muß lernen, sie auszusprechen, sonst werde ich mich nie verständlich machen können. Selbst wenn ich auf einen ganzen Clan von den Anderen gestoßen wäre, ich hätte mich nicht mit ihnen verständigen können; sie hätten nicht gewußt, was ich sagen wollte. Ist das der Grund, warum mein Totem wollte, daß ich hier bliebe? Bis dieser Mann zu mir kommen konnte? Damit er mir das Sprechen wieder beibringen kann? Es überlief sie, ihr war plötzlich kalt; dabei hatte sich kein Lüftchen geregt.

Jondalar redete einfach weiter, stellte Fragen, auf die er keine Antwort erwartete; Hauptsache, er hörte sich reden. Von der Frau war keinerlei Reaktion gekommen, und er glaubte zu wissen warum. Er war sicher, daß sie entweder im Dienst der Mutter stand oder sich darauf vorbereitete, in ihn einzutreten. Das war die Antwort auf viele Fragen: wieso sie über Fertigkeiten in der Heilkunst verfügte, über das Pferd Gewalt besaß, warum sie allein lebte und nicht mit ihm reden wollte, vielleicht sogar, wie sie ihn gefunden und in diese Höhle gebracht hatte. Er überlegte, wo er sein mochte, doch spielte das im Augenblick keine Rolle. Er konnte von Glück sagen, daß er überhaupt noch lebte. Aber irgend etwas, das der Shamud gesagt hatte, nagte immer noch an ihm.

Hätte er dem weißhaarigen Heilkundigen nur mehr Aufmerksamkeit entgegengebracht, so ging ihm jetzt auf, er hätte nicht die Augen davor verschlossen, daß Thonolan sterben würde – doch war ihm nicht auch gesagt worden, daß er seinem Bruder folge, weil Thonolan ihn dorthin führen würde, wo er von allein nicht hingehen würde? Warum war er hierhergebracht worden?

Ayla hatte sich den Kopf darüber zerbrochen, wie sie es nur anstellen könnte, die Bedeutung seiner Wörter zu erfahren, und dabei war ihr eingefallen, wie Creb damals angefangen hatte: mit den Namenswörtern. Folglich nahm sie jetzt allen Mut zusammen, blickte ihm offen in die Augen, tippte sich auf die Brust und sagte: »Ayla.«

Jondalar machte große Augen. »Dann hast du dich also doch entschlossen zu sprechen? War das dein Name?« Er zeigte auf sie. »Sag es noch einmal.«

»Ayla.«

Eine merkwürdige Sprechweise, die sie hatte. Die beiden Wortteile waren wie abgehackt, die Kernlaute kamen kehlig hervor, als verschluckte sie sie. Er hatte zwar schon viele Sprachen gehört, doch keine, in der die Laute so kamen wie jetzt von ihr. Er konnte sie auch nicht ganz richtig wiederholen, versuchte es aber, sie möglichst genau nachzusprechen. »Aaai-lah.«

Sie konnte ihren Namen in diesen Lauten kaum wiedererkennen. Manche Clansangehörigen hatten größte Schwierigkeiten damit gehabt, doch keiner hatte ihn so ausgesprochen wie er eben. Er verband die einzelnen Laute miteinander, veränderte die Tonhöhe, so daß der erste Teil ihres Namens hoch ausgesprochen wurde, während der zweite gleichsam abrutschte. Sie konnte sich nicht erinnern, ihren Namen jemals auf diese Weise ausgesprochen gehört zu haben, und doch schien sie richtig. Sie zeigte auf ihn und lehnte sich erwartungsvoll vor.

»Jondalar«, sagte er. »Ich bin Jondalar von den Zelandonii.«

Das war zuviel; sie konnte unmöglich alles mitbekommen. Sie schüttelte den Kopf und zeigte nochmals auf ihn. Er begriff, daß sie verwirrt war.

»Jondalar«, sagte er, und dann, langsamer, noch einmal: »Jon-da-lar.«

Ayla tat alles, um ihre Lippen genau diese Laute machen zu lassen, doch »Duh-da« stellte die größte Annäherung dar, die sie schaffte.

Er merkte, daß sie Schwierigkeiten hatte, die richtigen Laute hervorzubringen, doch auch, daß sie sich sehr darum bemühte. Daraufhin fragte er sich, ob sie wohl irgendeine Mißbildung im Mund habe, die sie am Sprechen hinderte. War das der Grund, warum sie nicht geredet hatte? Weil sie es einfach nicht konnte. Er nannte ihr seinen Namen noch einmal, langsam, und sprach dabei jeden Laut so klar aus, wie er konnte, so, als wendete er sich an ein Kind oder an jemand, der ein wenig begriffsstutzig war. »Jon-da-lar . . .«

»Don-da-lah«, versuchte sie es noch einmal.

»Das ist schon viel besser«, sagte er, nickte beifällig und lächelte. Diesmal hatte sie sich wirklich besonders viel Mühe gegeben. Er war sich nicht mehr so sicher, ob er wirklich mit seiner Annahme recht hätte, daß sie eine Frau war, die lernte, in Den Dienst Der Mutter zu treten. Dazu schien sie ihm nicht klug genug. Trotzdem lächelte er weiterhin und nickte.

Er machte das glückliche Gesicht! Kein einziger im Clan hatte jemals so gelächelt, nur Durc. Und doch war es ihr mit so großer Selbstverständlichkeit gekommen, und jetzt machte er es genauso.

Die Überraschung, die sich auf ihrem Gesicht zeigte, wirkte so komisch, daß Jondalar an sich halten mußte, um nicht loszukichern; doch sein Lächeln vertiefte sich, und seine Augen strahlten Belustigung aus. Das Gefühl jedoch war ansteckend. Aylas Mundwinkel zogen sich nach oben, und als

das Grinsen, mit dem er darauf reagierte, sie noch ermunterte, reagierte sie ihrerseits mit einem reinen, breiten und entzückten Lächeln.
»Ach, Frau«, sagte Jondalar. »Du redest vielleicht nicht viel, aber wenn du lächelst, bist zu bezaubernd.« Der Mann in ihm fing an, sie als Frau zu sehen, und zwar als sehr attraktive Frau. Und so sah er sie jetzt auch an.
Irgend etwas war anders. Das Lächeln war immer noch da, doch seine Augen . . . Ayla fiel auf, daß seine Augen im Licht des Feuers tiefviolett aussahen und mehr verrieten als Belustigung. Sie wußte nicht, was es mit seiner Art zu sehen auf sich hatte, doch ihr Körper wußte es. Er registrierte die Aufforderung und reagierte mit der gleichen ziehenden und kribbelnden Empfindung tief in ihrem Inneren, die sie gehabt hatte, als sie Winnie und dem Fuchshengst zugesehen hatte. Seine Augen waren so zwingend, daß sie sich einen Ruck geben mußte, um woanders hinzusehen. Sie hantierte fahrig mit den Fellen auf seiner Lagerstatt herum und zog sie glatt, dann nahm sie die Eßschale und erhob sich, ohne ihn dabei anzusehen.
»Ich glaube, du bist schüchtern«, sagte Jondalar und sah sie weicher an. Sie erinnerte ihn an eine junge Frau vor den Ersten Wonnen. Er spürte das sanfte Sehnen, das ihn angesichts der jungen Frauen bei dieser Feier immer befiel, und das heftigere Ziehen in seinen Lenden. Und dann den Schmerz in seinem rechten Bein. »Ist auch ebenso gut«, sagte er und setzte ein schiefes Lächeln auf. »Ich bin sowieso nicht imstande dazu.«
Er ließ sich zurücksinken auf das Lager und stieß dabei die Felle beiseite und strich sie glatt; sie hatte sie benutzt, um sie ihm in den Rücken zu stopfen. Er kam sich wie ausgelaugt vor. Sein Körper schmerzte, und wenn er daran dachte, warum, schmerzte es noch mehr. Er wollte sich weder erinnern noch nachdenken. Er wollte einfach die Augen schließen und vergessen, sich dem Vergessen anheimgeben, das seinen Schmerzen ein Ende bereiten würde. Er spürte eine Berührung am Arm, und als er die Augen aufmachte, stand Ayla mit einem Becher vor ihm. Er schluckte den Sud, und es dauerte nicht lange, da legte der Schmerz sich und er wurde schläfrig. Da wußte er, daß sie ihm etwas eingegeben hatte, was das zur Folge hatte, und er war dankbar. Gleichwohl wunderte er sich, daß sie gewußt hatte, was er brauchte, ohne daß er ein Wort gesagt hatte.
Ayla hatte sein schmerzverzogenes Gesicht gesehen und wußte, wie schlimm es um seine Verletzungen bestellt war. Sie war eine erfahrene Medizin-Frau und hatte den Stechapfelsud bereits zubereitet, als er noch geschlafen hatte. Sie beobachtete, wie die Runzeln auf seiner Stirn sich glätteten und sein Körper erschlaffte. Dann blies sie die Lampe aus und deckte das Feuer ab. Alsdann legte sie den Pelz, auf dem sie schlafen wollte, richtig hin, war aber alles andere als müde.

Beim Schimmer der abgedeckten Glut suchte sie sich den Weg zum Höhleneingang, doch als sie Winnie leise schnauben hörte, trat sie zu ihr. Sie freute sich darüber, daß die Stute sich hingelegt hatte. Die unbekannte Witterung des Mannes hatte sie nach dem Fohlen nervös gemacht. Jetzt, da sie sich hingelegt hatte, mußte sie sich mit der Anwesenheit des Fremden abgefunden haben. Ayla hockte sich unter Winnies Hals und vor ihre Brust hin, damit sie ihr den Kopf streicheln und sie hinter den Ohren kraulen konnte. Das Füllen, das neben den Zitzen seiner Mutter gelegen hatte, wurde neugierig und kuschelte sich zwischen sie. Ayla streichelte und kraulte auch das Hengstfohlen und streckte ihm dann die Finger hin. Sie spürte das Saugen, doch als das Füllen merkte, daß hier nichts zu holen sei, ließ es von Ayla ab.

Er ist ein wunderbares kleines Pferd, Winnie, und wird groß und stark werden, genauso wie du. Jetzt hast du jemand von deiner Art, genauso wie ich. Schwer zu fassen, nicht wahr? Nach all der Zeit nicht mehr allein zu sein! Tränen schossen ihr in die Augen, und das hatte sie nicht erwartet. Wie viele Monde sind nun vergangen, seit ich verflucht worden bin und keinen anderen Menschen gesehen habe? Und jetzt plötzlich ist jemand da. Ein Mann, Winnie. Ein Mann von den Anderen, und ich glaube, er bleibt am Leben. Mit dem Handrücken wischte sie sich die Tränen fort. Und seine Augen wässern genauso wie meine, Winnie, und angelächelt hat er mich auch. Und ich habe sein Lächeln erwidert.

Ich bin eine von den Anderen; Creb hat recht damit gehabt. Iza hat mir gesagt, ich soll Leute meiner Art suchen und mir einen Gefährten nehmen! Winnie! Ist er mein Gefährte? Ist er aus diesem Grunde hierhergebracht worden? Hat mein Totem ihn hierhergeführt?

Baby! Baby hat ihn mir gegeben. Er ist auserwählt worden, genauso wie ich auserwählt worden bin. Geprüft und für gut befunden, von Baby, von dem kleinen Höhlenlöwen, den mein Totem mir geschenkt hat. Und jetzt ist der Höhlenlöwe auch sein Totem. Das bedeutet, daß er mein Gefährte sein könnte. Ein Mann mit dem Totem eines Höhlenlöwen könnte stark genug sein für eine Frau mit dem Totem eines Höhlenlöwen. Ich könnte sogar noch mehr Kinder bekommen. Ayla legte die Stirn in Falten. Aber Babys wurden ja nicht wirklich von den Totems gemacht. Ich weiß, daß Broud den Anstoß dafür gegeben hat, daß Durc in mir wuchs – dadurch, daß er sein Glied in mich hineinsteckte. Männer sind es, die die Babys wachsen lassen, nicht die Totems. Don-da-lah ist ein Mann . . .

Plötzlich hatte Ayla im Geiste sein Glied vor sich, wie es sich versteifte, weil der Drang des Wasserlassens so groß war, und die blauen Augen, die sie ganz durcheinander brachten. Sie spürte ein merkwürdiges Pulsieren in sich, das sie ganz unruhig machte. Warum hatte sie diese sonderbaren Empfindungen?

Angefangen hatten sie, als sie Winnie und den Fuchshengst beobachtet hatte . . .

Ein dunkelbraunes Pferd! Und jetzt hat sie ein dunkelbraunes Füllen. Dieser Hengst hat den Anstoß dafür gegeben, daß ein Baby in ihr wuchs. Don-dalah könnte den Anstoß dafür geben, daß ein Baby in mir wächst. Er könnte mein Gefährte sein . . .

Und was ist, wenn er mich nicht will? Iza hat gesagt, Männer täten das, wenn eine Frau ihnen gefiele. Die meisten Männer jedenfalls. Broud hat mich nicht gemocht. Ich hätte nichts dagegen, wenn Don-da-lah . . . Plötzlich errötete sie. Ich bin so groß und häßlich! Warum sollte er das mit mir machen? Warum sollte er mich als Gefährtin haben wollen? Vielleicht hat er sogar schon eine Gefährtin. Und was ist, wenn er fort will?

Er darf nicht fort. Er muß mir beibringen, wieder Wörter zu sprechen. Ob er wohl bliebe, wenn ich seine Wörter verstünde?

Ich werde sie lernen. Ich werde all seine Wörter lernen. Vielleicht bleibt er dann, selbst wenn ich groß und häßlich bin. Er darf jetzt nicht fort.

Ayla sprang auf und lief wie von Panik getrieben zur Höhle hinaus. Schwarz ging kaum merklich in samtenes Tiefblau über: die Nacht war fast vorüber. Sie verfolgte, wie Bäume und vertraute Besonderheiten der Landschaft Gestalt annahmen. Sie wollte hineingehen und sich den Mann nochmal ansehen, kämpfte jedoch gegen dies Bedürfnis an. Dann überlegte sie, daß es gut wäre, ihm etwas Frisches zum Frühstück bringen zu können und schickte sich an, hineinzugehen, um ihre Schleuder zu holen.

Aber vielleicht mag er es nicht, wenn ich jage? Zwar habe ich bereits beschlossen, daß ich mich von niemand davon abhalten lassen werde. Trotzdem ging sie nicht hinein, um ihre Schleuder herauszuholen. Sie stieg statt dessen zum Uferstreifen hinunter, legte ihren Überwurf ab und schwamm, wie sie es frühmorgens mit Vorliebe tat. Heute tat es ihr besonders gut und schien ihre ganzen Gefühlsaufwallungen fortzuspülen. Die Stelle, an der sie so gern gefischt hatte, war nach der Frühjahrsüberschwemmung verschwunden, doch weiter flußabwärts hatte sie eine neue Stelle entdeckt. Dorthin ging sie jetzt.

Jondalar wachte auf und hatte Essensgerüche in der Nase. Erst daran merkte er, wie ausgehungert er war. Er benutzte die Tierblase, um sein Wasser abzuschlagen; dann schaffte er es, sich aufzusetzen, sah sich um. Die Frau war fort, das Pferd samt Füllen desgleichen, doch der Platz, den sie eingenommen hatten, war die einzige andere Stelle in der Höhle, die entfernt einer Schlafstätte ähnelte. Es war auch nur eine Feuerstelle vorhanden. Die Frau lebte allein hier – bis auf die Pferde, und das waren ja nur Tiere.

Aber wo waren sie denn nur – ihre Leute? Ob es wohl in der Nähe noch andere Höhlen gab? Oder ob die Leute auf einem längeren Jagdzug waren? Im Lagerbereich fanden sich Einrichtungsgegenstände für eine Höhle, Felle und Leder, Pflanzen, die von einem Gestell herunterhingen, Fleisch- und Gemüsevorräte, die für eine große Höhle gereicht hätten. Ob das alles nur für sie allein bestimmt war? Wenn sie wirklich allein lebte – wozu brauchte sie dann soviel? Und wer hatte ihn hierhergebracht? Vielleicht hatten ihre Leute ihn hergetragen und ihn dann bei ihr zurückgelassen.

So mußte es sein! Sie ist ihr Zelandoni, und sie haben mich zu ihr gebracht, damit sie mich gesundpflegt. Sie ist zwar jung dafür – zumindest macht sie den Eindruck –, aber sie versteht ihre Sache. Da gibt es keinen Zweifel. Wahrscheinlich hat sie sich hierher zurückgezogen, um irgendeine Prüfung zu bestehen und irgendwelche besonderen Fähigkeiten auszubilden – vielleicht mit Tieren –, und ihre Leute haben mich gefunden, es war niemand anders da, und so hat sie gestattet, daß sie mich hier ließen. Sie muß schon ein sehr mächtiger Zelandoni sein, um eine solche Macht über Tiere zu haben.

Ayla trat in die Höhle und trug einen getrockneten und gebleichten Schambeinknochen mit einer großen, frisch gebackenen Forelle darauf vor sich her. Überrascht, ihn wach vorzufinden, lächelte sie ihn an. Sie stellte die Platte mit dem Fisch darauf hin und ordnete die Felle und die strohgestopften Lederpolster, damit er bequemer sitzen konnte. Zuerst reichte sie ihm Weidenrindentee, damit das Fieber gesenkt und die Schmerzen gelindert würden. Dann stellte sie ihm die Platte auf den Schoß, ging noch einmal hinaus und kam mit einer Schale gekochter Körner, frisch geputzter Distelstengel und Kerbelkraut sowie den ersten Erdbeeren zurück.

Jondalar hatte einen solchen Heißhunger, daß er alles gegessen hätte, doch nach den ersten Bissen kaute er betont langsam, um den Geschmack zu genießen. Ayla hatte von Iza gelernt, Kräuter nicht nur als Heilmittel, sondern auch als Gewürz zu betrachten. Sowohl die Forelle als auch die Körner waren von einem ganz besonderen Geschmack. Die frischen Stengel waren knackig und besaßen gerade das rechte Maß an Zartheit, und die Erdbeeren – wenn auch nur wenige – waren von der wunderbaren Süße, wie nur die Sonne sie hervorbringen konnte. Er war beeindruckt. Seine Mutter galt als ausgezeichnete Köchin, und wenn auch der Geschmack ein ganz anderer war, wußte er doch die Feinheiten gut zubereiteten Essens zu schätzen.

Es gefiel Ayla, daß er sich die Zeit nahm, das Essen zu genießen. Als er fertig war, brachte sie ihm einen Becher Pfefferminztee und schickte sich an, die Verbände zu erneuern. Die Kompresse seitlich am Kopf ließ sie ganz fort. Die Schwellung war zurückgegangen; es tat nur noch ein bißchen weh. Die Krallenkratzer auf der Brust und an den Armen verheilten. Vielleicht behielt er ein paar helle Narben zurück, doch Behinderungen keine. Was heikel war,

das war sein Bein. Ob es wohl richtig verheilte? Ob er es wieder würde gebrauchen können wie früher? Oder nur zum Teil? Oder ob er zum Krüppel wurde?
Sie nahm den Breiumschlag fort und stellte erleichtert fest, daß die Blätter des Wildkohls die Entzündung ihrer Hoffnung entsprechend zurückgedrängt hatten. Das Bein sah entschieden besser aus, wenn es auch zu früh war zu sagen, wie weit er es wieder würde gebrauchen können. Die klaffende Wunde mit Hilfe der Sehne zu schließen, war offensichtlich richtig gewesen. Wenn man bedachte, wie groß der Schaden gewesen war, sah das Bein fast so aus wie zuvor. Nur würden Narben zurückbleiben, vielleicht auch eine gewisse Verformung – trotzdem war sie sehr zufrieden.
Es war das erstemal, daß Jondalar sich sein Bein wirklich ansah, und er war natürlich alles andere als erfreut. Es sah schlimmer aus, als er gefürchtet hatte. Er wurde kalkweiß, als er es sah, und mußte ein paarmal schlucken. Jetzt begriff er auch, was sie mit den Fäden und den Knoten zu tun versucht hatte. Möglich, daß das half; trotzdem fragte er sich, ob er wohl jemals wieder imstande sein würde zu laufen.
Er redete zu ihr und fragte sie, wo sie denn die Heilkunst erlernt hätte, erwartete aber keine Antwort von ihr. Sie erkannte nur ihren Namen wieder, sonst nichts. Sie wollte ihn bitten, ihr die Bedeutung der einzelnen Wörter beizubringen, die er benutzte, wußte jedoch nicht, wie sie das anstellen sollte. Sie ging hinaus, um etwas Holz fürs Feuer zu holen, und fühlte sich frustriert. Sie hungerte förmlich danach, sprechen zu lernen, doch wie sollte sie einen Anfang damit machen?
Er dachte an das Essen, das er gerade genossen hatte. Wer immer sie verproviantierte, er machte seine Sache gut; aber sie war offensichtlich durchaus imstande, für sich selbst zu sorgen. Die Beeren, die Distelstengel und die Forelle waren frisch gewesen. Die Körner mußten allerdings schon vom vorigem Herbst stammen, waren also offensichtlich vom Wintervorrat übriggeblieben. Das wiederum verriet, daß sie zu planen und ihre Vorräte einzuteilen verstand; sie war also gegen den Hunger im Winter oder im zeitigen Frühjahr gewappnet. Es bedeutete aber auch, daß das Gebiet offensichtlich gut bekannt und daher schon seit geraumer Zeit besiedelt war. Auch manches andere deutete darauf hin, daß die Höhle schon seit längerem benutzt wurde: der Ruß um den Rauchabzug herum, vor allem aber der festgetretene Boden. Zwar war sie wohlversorgt mit Einrichtungsgegenständen und Gerätschaften, doch bei genauerem Hinsehen erkannte er, daß Ornamente und Schnitzereien an ihnen fast vollständig fehlten und sie überhaupt sehr primitiv waren. Er betrachtete den Holzbecher, aus dem er seinen Tee getrunken hatte. Nein, nicht primitiv, dachte er. Im Gegenteil: sehr fein gearbeitet. Nach der

Maserung zu urteilen, war der Becher offensichtlich aus einem knorrigen Stück Holz geschnitzt. Als Jondalar ihn ganz genau untersuchte, meinte er festzustellen, daß die besondere Form gewissen durch die Maserung vorgegebenen Linien folgte; man konnte sich leicht vorstellen, aus den Knoten und Windungen das Gesicht eines kleinen Tiers herauszusehen. Ob sie das absichtlich getan hatte? Sehr fein gemacht, jedenfalls. Der Becher gefiel ihm besser als manches Gebrauchsgerät mit sehr viel plumperen Schnitzereien darauf, die er schon gesehen hatte.

Der Becher selbst war tief, wies einen schwellenden Rand auf, war ebenmäßig und sehr fein geschliffen. Selbst das Innere wies keinerlei Meißelspuren auf. Ein knorriges Stück Holz war besonders schwer zu bearbeiten; um diesen Becher zu fertigen, mußte sie viele Tage gebraucht haben. Je genauer er ihn betrachtete, desto mehr ging ihm auf, daß es sich bei dem Becher um ein sehr schönes und in seiner Schlichtheit betörendes Stück Handwerksarbeit handelte. Marthona würde ihre helle Freude daran haben, dachte er und erinnerte sich an die Fähigkeit seiner Mutter, selbst den einfachsten Gebrauchsgegenstand und Vorratsbehälter sehr schön zu gestalten. Sie besaß eine besondere Gabe, Schönheit in einfachen Dingen zu sehen.

Er sah auf, als Ayla mit einem Armvoll Holz hereinkam, und schüttelte den Kopf über ihren primitiven Lederüberwurf. Dann bemerkte er das Polster, auf dem er lag. Wie ihr Überwurf, bestand auch er nur aus einem nicht zurechtgeschnittenen Fell, das um ein Bündel frisches Heu herumgewickelt und in eine flache Mulde hineingestopft worden war. Er zog einen Zipfel heraus, um ihn sich genauer anzusehen. Der Rand selbst war ein wenig steif, und er wies auch noch ein paar Hirschhaare auf, sonst aber war es sehr schmiegsam und samtweich. Sowohl die inneren Hautschichten wie die Außenhaut mit dem Fell daran waren abgeschabt worden; das war der Grund für seine Geschmeidigkeit. Aber ihre Pelze machten mehr Eindruck auf ihn. Es war eine Sache, Tierhäute aufzuspannen und Hautschichten abzuschaben, um sie geschmeidig zu machen. Weit schwieriger war das mit längerhaarigen Pelzen, bei denen man nur die inneren Hautschichten entfernen durfte. Pelze waren im allgemeinen steifer; doch diejenigen, die sein Lager bedeckten, waren genauso weich wie die Häute.

Sie anzufassen, rief eine vertraute Empfindung in ihm hervor, doch wußte er nicht, woran das lag.

Weder Schnitzereien noch Verzierungen, dachte er, und doch mit großem handwerklichem Geschick hergestellt. Felle und Pelze mit großem Können und großer Sorgfalt behandelt – die Kleidung hingegen weder zugeschnitten noch passend gemacht weder genäht, noch zusammengeschnürt und überhaupt nichts mit Perlen, Federkielen geschmückt, gefärbt oder auf irgendeine andere Weise verschönert. Trotzdem hatte sie seine Beinwunde vernäht. Das alles wies merkwürdige Ungereimtheiten auf; die ganze Frau war ein Geheimnis.

Jondalar hatte Ayla beim Feuermachen zugesehen, aber nicht sonderlich aufmerksam verfolgt, was vorgegangen war. Er hatte zu oft gesehen, wie Feuer gemacht worden war. Flüchtig überlegte er, warum sie denn nicht einfach ein Stück Glut von dem Feuer hereingebracht hatte, auf dem sie seine Mahlzeit gekocht hatte, und dann vermutet, daß es ausgegangen sei. Ohne es wirklich wahrzunehmen, sah er, wie die Frau besonders leichtbrennbaren Zunder zerzupft und dann ein paar Steine aufgenommen und diese aneinandergeschlagen hatte, woraufhin eine Flamme zum Leben erwacht war. Das war so rasch vonstatten gegangen und das Feuer hatte so schnell gebrannt, daß er gar nicht gemerkt hatte, wie sie das eigentlich gemacht hatte.

»Große Mutter! Wie hast du denn so schnell Feuer gemacht?« Dunkel meinte er gesehen zu haben, wie sie auch während der Nacht im Handumdrehen ein Feuer entzündet hatte, doch glaubte er, das müsse ein falscher Eindruck gewesen sein.

Fragend sah Ayla ihn auf seinen Ausbruch hin an.

»Wie hast du dies Feuer angezündet?« fragte er nochmals und setzte sich auf. »Ach, Doni! Sie begreift kein Wort von dem, was ich sage.« Verzeifelt warf er die Hände in die Höhe. »Weißt du denn wenigstens, was du getan hast? Komm her, Ayla«, sagte er und winkte sie zu sich heran.

Sie ging augenblicklich zu ihm; es war das erste Mal, daß sie ihn ein Handzeichen hatte machen sehen, mit dem er etwas hatte erreichen wollen. Irgend etwas bereitete ihm große Sorgen, und so runzelte sie die Stirn und konzentrierte sich auf seine Worte. Wenn sie die doch nur verstünde!

»Wie hast du dies Feuer gemacht?« fragte er nochmals und sprach die einzelnen Wörter langsam und sehr sorgfältig aus, als ob das ihr helfen müsse, sie zu verstehen – und wies mit ausgestrecktem Arm auf das Feuer.

»Feu . . .?« Sie machte den halbherzigen Versuch, das letzte Wort zu wiederholen, das er gesagt hatte. Irgend etwas war sehr wichtig. Sie zitterte, so sehr konzentrierte und bemühte sie sich, ihn zu verstehen.

»Feuer! Feuer! Ja, Feuer«, rief er und wies abermals auf die Flammen. »Bist du dir denn darüber im klaren, was das bedeuten könnte – so schnell Feuer machen zu können?«

»Feur . . .?«

»Ja, wie das dort drüben«, sagte er und stieß in Richtung Herdfeuer mit dem Zeigefinger in die Luft. »Wie hast du das gemacht?«

Sie stand auf, trat ans Feuer und zeigte darauf nieder. *»Feur?«* sagte sie.

Aufseufzend stieß er die Luft aus und lehnte sich in die Felle. Ihm war plötz-

lich aufgegangen, daß er versucht hatte, sie zu zwingen, Wörter zu verstehen, die sie nicht kannte. »Tut mir leid, Ayla. Das war dumm von mir. Wie sollst du mir etwas sagen, wenn du nicht mal weißt, was ich dich frage?«
Die Spannung war vorüber. Jondalar schloß die Augen und kam sich ganz leer vor. Ayla hingegen war erregt. Sie hatte ein Wort. Eines zwar nur, aber es war ein Anfang. Wie aber jetzt dabeibleiben? Wie ihm begreiflich machen, daß er ihr mehr beibringen sollte, daß sie mehr lernen müsse?
»Don-da-lah . . .?« Er machte die Augen wieder auf. Sie deutete abermals auf die Feuerstelle und wiederholte: *»Feur?«*
»Feuer, ja, das ist ein Feuer«, sagte er und nickte bestätigend. Dann machte er die Augen wieder zu. Er war müde und kam sich ein bißchen albern vor, sich dermaßen aufgeregt zu haben. Außerdem hatte er Schmerzen – physisch und psychisch.
Er war nicht interessiert. Was konnte sie tun, um sich ihm verständlich zu machen? Ihr war, als ob sich alles gegen sie verschworen hätte, und es erboste sie, daß ihr nichts einfiel, womit sie ihm hätte begreiflich machen können, was sie wollte. Sie versuchte es noch einmal.
»Don-da-lah.« Sie wartete, bis er die Augen wieder aufschlug. *»Feur . . .?«* sagte sie und sah ihn dabei beifallheischend an.
Was will sie nur, dachte Jondalar, dessen Neugier geweckt war. »Was soll mit dem Feuer sein, Ayla?«
Sie spürte, daß er eine Frage stellte, merkte das an der Art, wie er die Schultern straffte, und an seinem Gesichtsausdruck. Er gab also acht auf sie. Sie sah sich um, bemühte sich, sich etwas einfallen zu lassen, was sie ihm sagen wolle, und sah das Holz neben dem Feuer. Sie nahm ein Scheit auf, trug es zu ihm und hielt es hoffnungsvoll fragend in die Höhe.
Verwirrt runzelte er die Stirn. Dann, als er meinte, begriffen zu haben, was sie wollte, glättete sie sich wieder. »Möchtest du das Wort dafür hören?« fragte er und wunderte sich darüber, wieso sie plötzlich ein solches Interesse bekundete, seine Sprache zu lernen, wo sie doch zuvor keinerlei Interesse gehabt zu haben schien. Sprechen! Reden! Ihr ging es nicht darum, eine Sprache gegen die andere auszutauschen – sie versuchte, überhaupt erst einmal sprechen zu können! Sollte das der Grund sein, warum sie bisher nur geschwiegen hatte? Weil sie einfach nicht sprechen konnte?
Er berührte das Scheit in ihrer Hand. »Holz«, sagte er.
Es war, als ob ihr Atem explodierte; sie war sich nicht bewußt, ihn angehalten zu haben. *»Ol . . .?«* versuchte sie es.
»Holz«, sprach er ihr langsam und mit übertrieben gerundeten Lippen vor.
»Olz«, sagte sie und machte seine Lippenbewegung nach.
»Das klingt schon besser«, sagte er und nickte.

Ihr Herz hämmerte. Verstand er sie? Gehetzt blickte sie sich nochmals um, suchte nach etwas, um das Ganze in Gang zu halten. Ihr Blick fiel auf den Becher. Sie nahm ihn und hielt ihn in die Höhe.

»Willst du mich dazu bringen, dir das Sprechen beizubringen?«

Sie verstand nicht, schüttelte den Kopf und hielt den Becher nochmals in die Höhe.

»Wer bist du, Ayla? Woher kommst du? Wie bringst du all dies fertig . . . und kannst doch nicht sprechen? Du bist ein Rätsel, aber wenn ich jemals hinter dieses Rätsel kommen will, muß ich dir wohl das Reden beibringen.«

Sie setzte sich auf den Pelz neben ihn und wartete begierig, den Becher immer noch in der Hand. Sie befürchtete, wenn er so viele Wörter sagte, könnte er gerade das vergessen, nach dem sie ihn gefragt hatte. Und wieder hielt sie den Becher in die Höhe.

»Was willst du wissen: trinken oder Becher? Aber das spielt wohl keine Rolle.« Er tippte gegen das Trinkgefäß in ihrer Hand und sagte: »Becher.«

»Be . . .«, wiederholte sie und lächelte dann erleichtert.

Jondalar folgte einem Gedanken, der ihm kam, griff nach dem Schlauch mit frischem Wasser, den sie für ihn hatte liegen lassen, und schenkte sich etwas in den Becher. »Wasser«, sagte er.

»Uas-sah.«

»Versuch's noch einmal: *Wasser*«, ermunterte er sie.

»Was-sah!«

Jondalar nickte, hielt dann den Becher an die Lippen und nippte. »Trinken«, sagte er. »Wasser trinken.«

»Trin-ken«, wiederholte sie ganz deutlich, nur, daß sie das *r* besonders rollte und den Rest ein wenig verschluckte. *»Was-sah trin-ken.«*

21

»Ayla, ich halte es einfach nicht mehr aus, in der Höhle herumzusitzen. Schau, wie draußen die Sonne scheint! Ich weiß, meine Wunde ist verheilt genug, daß ich mich ein bißchen bewegen kann. Zumindest bis vor die Höhle schaffe ich es.«

Ayla verstand zwar nicht alles, was Jondalar sagte, kannte jedoch inzwischen genug Wörter, um zu wissen, worüber er sich beschwerte – und konnte das gut verstehen. »Knoten«, sagte sie und berührte einen der Fäden. »Knoten aufmachen. Morgen Bein sehen.«

Er lächelte, als ob er einen Sieg errungen hätte. »Du wirst die Fäden herausholen, und dann kann ich morgen früh die Höhle verlassen.«

Mochten die Sprachprobleme auch weiterhin bestehen – Ayla war nicht gewillt, sich zu mehr zu verpflichten, als sie beabsichtigt hatte. »Sehen«, wiederholte sie eindringlich. »Ayla nachsehen . . .« Sie rang damit, sich bei ihren beschränkten Fähigkeiten auszudrücken. »Bein nicht heil . . . Don-do-lah nicht raus.«

Wieder lächelte Jondalar. Er wußte, daß er mehr gesagt hatte, als sie auszudrücken gemeint hatte. Er hatte insgeheim gehofft, daß sie einverstanden sein würde, doch freute er sich jetzt, daß sie sich durch seinen Trick nicht hatte hereinlegen lassen und darauf bestand, sich genau auszudrücken. Es war möglich, daß er die Höhle auch morgen noch nicht verlassen durfte, doch bedeutete das auch, daß sie schneller lernen würde.

Ihr das Sprechen beizubringen, war eine Herausforderung für ihn, und ihre Fortschritte machten ihm Freude, auch wenn sie recht ungleichmäßig waren. Ihr Wortschatz war bereits erstaunlich groß; sie konnte die Wörter offensichtlich ebenso rasch behalten, wie er sie ihr nannte. Den größten Teil des Nachmittags hatte er damit verbracht, ihr die Bezeichnungen von allem möglichen zu nennen, das ihm einfiel, und als sie fertig waren, wiederholte sie die Wörter und brachte sie unweigerlich mit den dazugehörigen Dingen in Verbindung. Schwierig war für sie nur die Aussprache. Manche Laute konnte sie einfach nicht hervorbringen, mochte sie sich noch soviel Mühe geben – und das tat sie wirklich.

Gleichwohl gefiel ihm ihre Sprechweise. Sie hatte eine angenehme tiefe

Stimme, und die merkwürdige Aussprache verlieh dem Ganzen einen exotischen Reiz. Er beschloß, die Art und Weise, wie sie die Wörter zusammenstellte, vorläufig nicht zu verbessern. Die richtige Ausdrucksweise konnte später kommen. Ihre eigentliche Schwierigkeit wurde deutlicher, als sie zu Wörtern übergingen, die nicht mit irgendwelchen Dingen oder Tätigkeiten gleichzusetzen waren. Selbst die einfachsten abstrakten Vorstellungen stellten ein Problem für sie dar – sie wollte ein besonderes Wort für jede Farbschattierung und hatte Schwierigkeiten, sich damit abzufinden, daß das Dunkelgrün der Fichtennadeln und das Hellgrün der Weidenblätter mit ein und demselben Wort – *grün* – bedacht werden sollten. Vollzog sie dann einmal eine Abstraktion nach, schien das wie eine Offenbarung für sie zu sein, oder die Erinnerung an etwas lang Vergessenes.

Einmal machte er eine schmeichelhafte Bemerkung über ihr phänomenales Gedächtnis, doch hatte sie offenbar Schwierigkeiten, das zu verstehen – oder ihm zu glauben.

»Nein, Don-da-lah. Ayla nicht gut erinnern. Ayla versuchen, kleines Mädchen Ayla wünschen gutes . . . Gedächtnis. Nicht gut. Versuchen, versuchen, immer wieder versuchen.«

Jondalar schüttelte den Kopf und wünschte, seine Merkfähigkeit wäre so gut wie ihre – oder sein Wunsch zu lernen genauso ausgeprägt und hartnäckig wie der ihre. Obwohl er Tag für Tag Fortschritte sah, war sie nie zufrieden. Doch je größer ihre Fähigkeit, sich miteinander zu verständigen, wurde, desto tiefer wurde für ihn ihr Geheimnis. Je mehr er über sie erfuhr, desto brennender die Fragen, die er gern von ihr beantwortet haben wollte. In mancher Beziehung war sie unglaublich geschickt und wußte auch viel, in anderer war sie völlig naiv und unwissend – und er war sich nie sicher, woran er denn war. Manche ihrer Fertigkeiten – wie zum Beispiel die des Feuermachens – überstiegen alles, was er bisher erlebt hatte; andere wiederum waren primitiv, daß es nicht zu glauben war.

Eines jedoch bezweifelte er keinen Augenblick: Ob nun Menschen ihres Stammes in der Nähe waren oder nicht, sie war durchaus imstande, für sich selbst zu sorgen. Und für ihn obendrein, dachte er, als er die Decke beiseite schlug, um sein verletztes Bein zu betrachten.

Ayla hatte eine entzündungshemmende Lösung bereitstehen, war jedoch nervös, als sie sich anschickte, die Fäden herauszuholen, die das Fleisch zusammenhielten. Zwar meinte sie nicht, daß die Wunde wieder aufplatzen würde – sie schien recht gut zu verheilen –, aber sie war diese Art des Vorgehens nicht gewohnt und war sich einfach nicht sicher. Sie hatte schon seit Tagen daran gedacht, die Fäden herauszuziehen, doch hatte es Jondalars Beschwerde bedurft, daß sie sich endlich dazu durchrang, es nun auch zu tun.

Die junge Frau beugte sich über das Bein und betrachtete die Fäden sehr eingehend. Vorsichtig zupfte sie an einem der verknoteten Sehnenstücke. Haut hatte sich daran festgesetzt und wurde mit hochgezogen. Sie überlegte, ob sie wirklich solange hätte warten sollen, doch war es jetzt zu spät, sich deshalb Sorgen zu machen. Sie hielt den Knoten mit den Fingern fest und durchtrennte dann mit einem scharfen Messer – einem bisher noch nie benutzten – die Sehne so nahe am Knoten wie möglich. Als sie versuchsweise zog, stellte sie fest, daß die Sehne sich doch nicht so leicht herausziehen ließ, wie sie es sich vorgestellt hatte. Schließlich nahm sie den Knoten zwischen die Zähne und riß ihn mit einem raschen Ruck heraus.

Jondalar zuckte zusammen. Sie bedauerte, ihm Unbehagen bereitet zu haben, doch klaffte kein Spalt. Ein kleines bißchen Blut sickerte hervor, wo die Haut ein wenig eingerissen war, doch Muskeln und Fleisch hielten zusammen. Etwas Unannehmlichkeit war ein geringer Preis dafür. Sie zog die restlichen Fäden, so rasch sie konnte, und Jondalar biß die Zähne zusammen und ballte die Hände zur Faust, um nicht jedesmal loszuheulen, wenn sie einen herauszog. Beide steckten sie die Köpfe zusammen, um das Ergebnis zu begutachten.

Ayla kam zu dem Schluß, daß – falls es nicht zu einer Verschlechterung kam – sie ihm gestatten könnte, das Bein zu belasten und nach draußen vor die Höhle zu gehen. Sie nahm Messer und Schale mit der entzündungshemmenden Lösung fort und wollte aufstehen. Jondalar ließ das nicht zu. »Läßt du mich das Messer mal sehen?« bat er und zeigte darauf. Sie gab es ihm und sah zu, während er es eingehend betrachtete.

»Das ist ja aus einem Splitter gemacht! Und hat nicht einmal eine richtige Klinge. Es ist mit einigem Geschick gemacht, aber auf eine so primitive Weise. Nicht mal ein Griff ist daran – nur einfach oben abgeplattet, damit du dich nicht schneidest. Woher hast du dies, Ayla? Wer hat dieses Messer gemacht?«

»Ayla machen.«

Sie wußte, daß er Bemerkungen über die Qualität und die handwerkliche Verarbeitung machte, und wollte ihm erklären, daß sie nicht so geschickt sei wie Droog; gleichwohl hätte sie vom besten Werkzeugmacher des Clans gelernt. Jondalar betrachtete das Messer von allen Seiten und schien offensichtlich überrascht. Sie hätte gern über die Vorzüge dieses Mannes geredet und über die Qualität des Feuersteins, konnte es jedoch nicht. Dazu war ihr Wortschatz doch noch zu beschränkt, schaffte sie es noch nicht, sich abstrakt auszudrücken. Es war schon quälend.

Sie sehnte sich danach, mit ihm zu reden – über alles. Wie lange war es her, daß sie jemand gehabt hatte, mit dem sie sich austauschen konnte; sie hatte ja

gar nicht gewußt, wie sehr ihr das gefehlt hatte, bis Jondalar gekommen war. Ihr war, als sei ihr ein Fest bereitet, daß sie einen Heißhunger hätte und alles verschlingen wollte – und doch nur davon kosten konnte.
Jondalar gab ihr das Messer zurück und schüttelte verwundert den Kopf. Es war scharf und erfüllte gewiß seinen Zweck, aber es stachelte seine Neugier nur an. Sie war so gut ausgebildet wie nur je eine Zelandoni und bediente sich fortgeschrittener Techniken – wie zum Beispiel der Technik des Wundvernähens –, verwendete dabei aber solch ein primitives Messer. Wenn er sie nur fragen und sich verständlich machen könnte! Und wenn sie es ihm nur sagen könnte! Ja, warum konnte sie denn nicht reden? Sie lernte doch jetzt so schnell. Warum hatte sie es nicht früher schon gelernt? Daß Ayla möglichst schnell sprechen lernte, war etwas, worin sie beide ihren Ehrgeiz setzten.

Jondalar wurde zeitig wach. In der Höhle war es noch dunkel, doch der Eingang und das Loch oben ließen das tiefe Blau des Himmels kurz vorm Morgengrauen erkennen. Während er hinsah, wurde es merklich heller, und nach und nach traten alle Höcker und Mulden der Höhlenwand zum Vorschein. Schloß er die Augen, konnte er sie genauso sehen; sie waren in seinem Gedächtnis eingegraben. Er mußte endlich hinaus und etwas anderes sehen. Seine Erregung wuchs; bestimmt würde es heute soweit sein. Er konnte es kaum abwarten und wollte die Frau, die neben ihm schlief, schon wachrütteln. Doch ehe er sie anfaßte, hielt er inne; dann besann er sich eines Besseren. Auf der Seite liegend, zusammengerollt und die Felle um sich herum aufgehäuft, schlief sie. Normalerweise war die Stelle, wo er lag, ihre Schlafstätte, da war er sich ganz sicher. Ihre Felle lagen auf einer Matte, die sie neben sein Lager gezogen hatte, nicht in einer flachen, mit Heu ausgestopften Polstern ausgelegten Mulde. Sie wälzte sich auf den Rücken. Er betrachtete sie ausgiebig und suchte nach irgendwelchen Besonderheiten, die einen Rückschluß auf ihre Herkunft zuließen.
Die Knochenstruktur, der Schnitt ihres Gesichts und ihrer Backenknochen muteten, verglichen mit denen der Zelandonii, ein wenig fremd an; doch hatte sie überhaupt nichts Außergewöhnliches an sich, höchstens, daß sie außergewöhnlich hübsch war. Ja, mehr als nur hübsch, zu diesem Schluß kam er jetzt, wo er sie genau ansah. Ihre Züge hatten etwas, was wohl jeder als schön bezeichnen würde.
Ihre Haartracht – kleine Haarfelder zu regelmäßigen Zöpfen geflochten, die hinten und an den Seiten lang herunterhingen, während sie sie vorn aufgerollt hatte – war ihm unbekannt, doch hatte er in dieser Beziehung schon viel Ungewöhnlicheres gesehen. Ein paar Strähnen hatten sich gelöst; entweder hatte sie sie sich hinters Ohr gestrichen, oder sie hingen unordentlich herum;

außerdem hatte sie einen Holzkohlenfleck auf der Backe. Ihm wurde bewußt, daß sie ihn, seit er zu sich gekommen war, kaum einen Moment allein gelassen hatte und vorher vermutlich auch nicht. An ihrer Pflege und Fürsorglichkeit war nichts auszusetzen ...

Sein Gedankengang wurde unterbrochen, denn Ayla schlug die Augen auf und stieß vor Überraschung einen kleinen Schrei aus.

Sie war es nicht gewohnt, beim Aufwachen ein Gesicht über sich zu sehen, zumal eines mit solch strahlendblauen Augen und einem zotteligen blonden Bart. Sie fuhr so rasch in die Höhe, daß ihr einen Moment schwindlig war, doch faßte sie sich bald wieder und stand auf, um nach dem Feuer zu sehen. Es war ausgegangen, sie hatte schon wieder vergessen gehabt, es abzudecken. Infolgedessen suchte sie ihre Sachen zusammen, um ein neues zu entzünden.

»Würdest du mir zeigen, wie du Feuer machst, Ayla?« bat Jondalar, als sie die Steine zur Hand nahm. Diesmal verstand sie ihn.

»Nicht schwer«, sagte sie und trug die funkenerzeugenden Steine und das Brennmaterial näher an sein Lager heran. »Ayla zeigen.« Sie machte vor, wie sie die Steine zusammenschlug. Dann häufte sie Rindenfasern und Kleinholz aufeinander und gab ihm den Feuerstein und das Eisenpyrit.

Den Feuerstein erkannte er sofort – er meinte auch, schon Steine wie den anderen gesehen zu haben, doch hätte er nie den Versuch unternommen, sie für irgend etwas gemeinsam zu benutzen, insbesondere nicht zum Feuermachen. Er schlug sie zusammen, so wie sie es ihm vorgemacht hatte. Zwar war es nur ein leichter Schlag, doch meinte er, einen kleinen Funken davonfliegen zu sehen. Er hieb die Steine noch einmal zusammen, immer noch nicht überzeugt, Feuer herausschlagen zu können, obwohl er gesehen hatte, wie Ayla es getan hatte. Ein großer Funken entsprang den kalten Steinen. Er war wie vor den Kopf geschlagen und sehr erregt. Nach einigen weiteren Versuchen und mit ein wenig Hilfe von Ayla gelang es ihm, neben seinem Lager ein kleines Feuer zu entfachen. Abermals betrachtete er die beiden Steine.

»Wer hat dich gelehrt, auf diese Weise Feuer zu machen?«

Sie verstand, was er fragte, nur wußte sie nicht, wie es ihm sagen. »Ayla tun«, sagte sie.

»Ja, ich weiß, daß du es machst. Bloß: Wer hat es dir gezeigt?«

»Ayla ... zeigen.« Wie sollte sie ihm von jenem Tag erzählen, da ihr Feuer ausgegangen und das Handbeil zerbrochen war und sie den Feuerstein entdeckt hatte? Für einen Augenblick barg sie das Gesicht in den Händen, suchte nach einer Möglichkeit, es ihm zu erklären, doch dann blickte sie ihn kopfschüttelnd an. »Ayla nicht gut reden.«

Er erkannte, daß sie das Gefühl hatte, eine Niederlage hinnehmen zu müssen. »Das kommt schon, Ayla. Dann kannst du es mir später sagen. Es wird nicht mehr lange dauern – du bist eine erstaunliche Frau.« Er lächelte sie an. »Heute gehe ich hinaus, nicht wahr?«

»Ayla sehen ...« Sie zog das Fell zurück, mit dem er zugedeckt war, und untersuchte das Bein. Die Stellen, wo die Knoten gesessen hatten, wiesen ein kleines bißchen Schorf auf; das Bein insgesamt schien gut zu verheilen. Es war an der Zeit, ihn aufstehen zu lassen und zu sehen, wie weit er behindert war. »Ja, Don-da-lah rausgehen.«

Seine jungenhafte Begeisterung war ansteckend. Sie erwiderte sein Lächeln, versuchte aber dennoch, ihn zurückzuhalten. »Don-da-lah erst essen.«

Es dauerte nicht lange, das Frühstück aus jenen Lebensmitteln zu bereiten, die sie schon am Abend zuvor vorbereitet hatte, und den Tee aufzubrühen. Ayla brachte Winnie Körner hinüber und verbrachte ein paar Augenblicke damit, sie mit einer Kardendistel zu striegeln und auch das kleine Hengstfohlen damit zu bearbeiten. Jondalar sah ihr dabei zu. Es war nicht das erste Mal, daß er sie beobachtete, doch diesmal erlebte er zum ersten Mal, daß er sie dabei ertappte, wie sie einen Laut ausstieß, der einem leisen Wiehern erstaunlich ähnlich war. Hinzu kamen noch ein paar abgehackte, kehlige Laute. Ihre Handbewegungen bedeuteten ihm nichts – er sah sie gar nicht, wußte nicht, daß sie ein unabdingbarer Teil der Sprache waren, mit dem sie sich dem Pferd verständlich machte –, wußte aber wohl, daß sie auf irgendeine unbegreifliche Weise mit dem Pferd redete. Nicht minder stark war sein Eindruck, daß das Tier sie zu verstehen schien.

Während sie die Stute und ihr Füllen streichelte, überlegte er, welchen Zauber sie wohl benutzt haben mochte, um die Tiere einzufangen. Er kam sich selbst sogar ein wenig gefangen vor, doch war er überrascht und entzückt, als sie das Pferd und das Füllen zu ihm brachte. Er hatte nie zuvor ein lebendiges Pferd gestreichelt und war auch einem Füllen mit zottigem Fell nie so nahe gewesen, doch was ihn überwältigte, war, daß sie nicht die geringste Furcht bekundeten. Insbesondere das Füllen schien sich von ihm angezogen zu fühlen, nachdem seine ersten vorsichtigen Berührungen zu Streicheln und Kraulen führten, und das unweigerlich genau an den richtigen Stellen.

Ihm fiel ein, daß er ihr die Bezeichnung für das Tier noch nicht genannt hatte, zeigte auf die Stute und sagte: »Pferd.«

Aber Winnie besaß bereits einen Namen ohne Laute, genauso wie sie und er. Ayla schüttelte den Kopf. »Nein«, sagte sie, »Winnie.«

Für ihn ergab dieser Klang keinen Namen – sondern stellte die vollkommene Nachbildung eines Pferdewieherns dar. Er war verblüfft. Eine menschliche Sprache sprach sie nicht, wohl aber konnte sie reden wie ein Pferd? Einem Pferd etwas sagen? Er wurde von Ehrfurcht ergriffen: Das war in der Tat ein mächtiger Zauber!

Sie nahm seinen benommenen Ausdruck irrtümlich für ein Zeichen, daß er nicht verstanden habe. Daraufhin berührte sie ihre Brust, sprach ihren Namen aus, versuchte zu erklären. Dann zeigte sie auf ihn und sprach seinen Namen aus. Dann deutete sie auf das Pferd und ließ wieder das leise Wiehern vernehmen.

»Heißt das Pferd so, Ayla? Einen solchen Laut kann ich nicht machen. Ich verstehe mich nicht darauf, mit Pferden zu sprechen.«

Nach einer zweiten, etwas geduldigeren Erklärung machte er einen Versuch, nur – was dabei herauskam, war mehr ein gewieherähnliches Wort. Doch das schien sie zufriedenzustellen, und sie führte die beiden Pferde zurück an den Platz der Stute. »Er bringt mir Wörter bei, Winnie. Ich werde alle seine Wörter lernen. Nur mußte ich ihm sagen, wie du heißt. Und für dein Kleines werden wir uns einen Namen ausdenken . . . Ob es ihm wohl Freude machen würde, deinem Füllen einen Namen zu geben?«

Jondalar hatte von gewissen Zelandonii gehört, die die Gabe besitzen sollten, den Jägern Tiere herbeizulocken. Manche Jäger verstanden sich sogar darauf, die Laute bestimmter Tiere nachzuahmen, die ihnen halfen, näher heranzukommen. Doch von einem, der mit einem Tier reden konnte oder eines bewogen hatte, mit ihm zu leben, hatte er noch nie gehört. Was sie anging, so hatte eine Wildstute direkt vor seinen Augen gefohlt und hatte ihn sogar dieses Fohlen berühren lassen. Es traf ihn wie mit einem plötzlichen Schlag, mit Erstaunen und ein bißchen Furcht, was diese Frau getan hatte. Wer war sie? Und welche Art Magie besaß sie? Doch als sie mit einem glücklichen Lächeln auf ihrem Gesicht auf ihn zuging, schien sie nichts mehr zu sein als eine ganz gewöhnliche Frau. Eine ganz gewöhnliche Frau, die mit Pferden, aber nicht mit Menschen sprechen konnte.

»Don-da-lah gehen raus?«

Er hatte es fast vergessen. Bevor sie bei ihm war, versuchte er aufzustehen. Seine Begeisterung schwand. Er war schwach, und jede Bewegung schmerzte ihn. Benommenheit und Übelkeit kamen und gingen dann. Ayla sah, wie auf seinem Gesicht das Lächeln von einem schmerzlichen Ausdruck abgelöst wurde und er plötzlich erbleichte.

»Ich brauche doch ein bißchen Hilfe«, sagte er.

Sein Lächeln war angestrengt, aber doch aufrichtig.

»Ayla hilft«, sagte sie und bot ihm ihre Schulter und ihre Hand zur Unterstützung an. Zuerst wollte er nicht zuviel Gewicht auf sie verlagern, doch als er sah, daß sie dies tragen konnte, die Kraft hatte und wußte, wie sie ihn hochziehen sollte, nahm er ihre Hilfe an.

Als er schließlich auf seinem gesunden Bein stand, an einen Pfosten der Darre gelehnt, und Ayla zu ihm aufblickte, mußte sie tief Luft holen. Sie ging ihm kaum bis zum Kinn. Sie wußte, daß sein Körper länger war als der der Männer des Clans, aber sie hatte diese Länge nicht in aufragende Größe umgesetzt und sich nicht vorgestellt, wie er sich wohl ausnahm, wenn er stand. Sie hatte nie einen so großen Menschen gesehen.

Sie konnte sich nicht erinnern, seit ihrer Kindheit zu irgend jemand aufgesehen zu haben. Selbst noch vor ihrer Reife war sie größer gewesen als alle Clansangehörigen, die Männer eingeschlossen. Sie war immer groß und häßlich gewesen: zu groß, zu hellhäutig, zu flachgesichtig. Kein Mann hatte sie haben wollen, nicht einmal dann, nachdem ihr mächtiges Totem überwältigt worden war und sie alle sich gern eingebildet hätten, daß es ihr Totem gewesen sei, welches ihren Höhlenlöwen besiegt und sie schwanger gemacht hatte; nicht einmal, als sie wußten, daß, wenn sie vor der Geburt des Kindes keinen Gefährten hatte, das Kind vom Unglück verfolgt sein würde. Und Durc war wahrhaftig vom Unglück verfolgt gewesen. Sie hatten ihn nicht am Leben lassen wollen. Sie hatten gesagt, er sei mißgestaltet; doch dann hatte Brun ihn trotzdem anerkannt. Damit hatte ihr Sohn sein Unglück überwunden. Er würde auch über das Unglück hinwegkommen, seine Mutter zu verlieren. Und er würde groß werden – das war ihr auch vor ihrem Fortgehen klar gewesen –, aber nicht so groß wie Jondalar.

Diesem Mann gegenüber kam sie sich wirklich klein vor. Ihr erster Eindruck von ihm war gewesen, daß er jung war, und jung war für sie gleichbedeutend mit klein. Auch hatte er jünger ausgesehen, als er wohl in Wirklichkeit war. Jetzt blickte sie zu ihm auf und bemerkte, daß sein Bart gewachsen war. Sie wußte zwar nicht, wieso er zuvor keinen gehabt hatte, doch da sie jetzt sah, daß ihm struppiges Blondhaar auf dem Kinn sproß, wußte sie, daß er kein Junge mehr war. Er war ein Mann – ein großer, kräftiger, reifer Mann.

Ihre Verwunderung und Verblüffung ließ ihn lächeln, obwohl er nicht wußte, was sie so überraschte. Auch sie war größer, als er angenommen hatte. Die Art, wie sie sich bewegte und hielt, ließ eigentlich vermuten, daß es sich um einen wesentlich kleineren Menschen handelte. Dabei war sie sogar recht groß, und er mochte große Frauen. Sie waren es, die für gewöhnlich sein Wohlgefallen erregten – obwohl diese bestimmt eines jeden Mannes Wohlgefallen erregt, dachte er. »Wenn wir es so weit geschafft haben, dann laß uns jetzt hinausgehen«, sagte er.

Ayla war sich seiner Nähe und seiner Nacktheit bewußt. »Don-da-lah brauchen . . . Kleid«, sagte sie und benutzte sein Wort für ihren Überwurf, obwohl sie etwas für einen Mann meinte. »Brauchen . . . Bedeckung . . .« Sie zeigte auf sein Gemächt; auch die Bezeichnung dafür hatte er ihr nicht gesagt. Dann errötete sie aus irgendeinem unerklärlichen Grund.

Das war kein Anstandsgefühl. Sie hatte viele Männer und auch viele Frauen unbekleidet gesehen – darum ging es nicht. Sie meinte, er brauchte Schutz, nicht vor den Elementen, sondern vor den bösen Geistern. Obwohl Frauen von ihren Ritualen ausgeschlossen waren, wußte sie, daß die Männer des Clans ihre Geschlechtsteile nicht gern unbedeckt ließen, wenn sie hinausgingen. Warum der Gedanke daran sie so verwirrte, wußte sie ebensowenig, warum ihr Gesicht plötzlich so heiß wurde oder wieso sich unversehens dieses ziehende und pulsierende Gefühl bei ihr einstellte.

Jondalar sah an sich hinunter. Auch er war abergläubisch hinsichtlich seines Geschlechts, doch es zu bedecken, um es vor bösen Geistern zu beschützen, war ihm nie in den Sinn gekommen. Wenn bösartige Feinde einen Zelandoni bewogen hatten, Schlimmes auf ihn herabzubeschwören oder eine Frau ihn aus einem gerechten Grund verflucht hatte, gehörte weit mehr als ein Kleidungsstück dazu, ihn zu beschützen.

Nur hatte er gelernt, daß einem Fremden ein gesellschaftlicher Fehler zwar verziehen wurde, es jedoch ratsam war, auf Reisen vorsichtigen Hinweisen zu folgen, um möglichst wenig in irgendwelche Fettnäpfchen zu treten. Er hatte gesehen, worauf sie deutete – und ihr Erröten war ihm gleichfalls nicht entgangen. Beidem entnahm er, daß sie meinte, er solle nicht mit unbedecktem Geschlecht ins Freie treten. Hinzu kam, daß es ohnehin unbequem wäre, sich mit bloßem Gesäß auf nackte Felsen zu setzen. Und viel herumlaufen konnte er nicht.

Dann dachte er über sich selbst nach, darüber, wie er auf einem Bein dastand, sich an dem Pfosten der Darre festhielt und so begierig war, hinauszukommen, daß es ihm gar nicht aufgefallen war, völlig nackt zu sein. Ihm wurde urplötzlich klar, wie komisch diese Situation war, und so brach er in ein herzliches Lachen aus.

Jondalar konnte nicht ahnen, wie sein Gelächter auf Ayla wirkte. Für ihn war Lachen genauso natürlich wie Atmen, wohingegen Ayla bei Wesen aufgewachsen war, die nicht lachten und ihr Lachen so voller Argwohn betrachteten, daß sie gelernt hatte, es sich möglichst zu verbeißen, nur um nicht aufzufallen. Das war ein Teil des Preises, den sie bezahlte, um zu überleben. Erst nach der Geburt ihres Sohnes hatte sie die Lust des Lachens neu entdeckt. Das Lachen gehörte zu den Dingen, die er der von ihr stammenden Hälfte seines Erbes entnommen hatte. Zwar hatte sie gewußt, daß, ihn dazu zu ermuntern, mit Mißbilligung vermerkt werden würde, doch wenn sie allein waren, konnte sie der Versuchung nicht widerstehen, ihn zum Spaß zu kitzeln und auf diese Weise zum Lachen zu bringen.

Für sie war Lachen mehr als nur eine spontane Lebensäußerung. Lachen – das war das einzigartige Band, welches sie mit ihrem Sohn verband –, mit jedem Teil von ihm, in dem sie sich selbst wiedersah und den sie als Ausdruck ihres eigenen Wesens begriff. Das Lachen, welches das von ihr geliebte Höhlenlöwenjunge in ihr hervorrief, hatte diesen Ausdruck nur noch verstärkt, und sie war nicht gewillt, auf ihn zu verzichten. Denn damit hätte sie nicht nur auf Gefühle verzichten müssen, die mit der Erinnerung an ihren Sohn verbunden waren, sondern auch auf ihr immer noch im Entstehen begriffenes Selbstwertgefühl.

Nur wäre es ihr nie in den Sinn gekommen, daß auch ein anderer lachen könnte. Sie konnte sich nicht erinnern, jemals ein anderes Wesen außer Durc und sich selbst lachen gehört zu haben. Die besondere Art von Jondalars Lachen – die Unbekümmertheit und die Herzlichkeit – verlangten nach einer Antwort. Wie er da über sich selbst lachte, das verriet hemmungslose Belustigung, und sie liebte dieses Lachen vom ersten Augenblick, da sie es hörte. Im Gegensatz zu den Vorwürfen, die ihr von den männlichen Erwachsenen im Clan gemacht wurden, bekundete Jondalars Lachen schon durch seinen Klang Anerkennung. Es war nicht nur recht zu lachen, man wurde dazu regelrecht aufgefordert. Es war unmöglich zu widerstehen.

Und Ayla widerstand auch nicht. Das anfänglich schockierte Überraschtsein wurde zu einem Lächeln, das sich zu einem richtigen Gelächter auswuchs. Sie wußte gar nicht, was eigentlich so komisch war; sie lachte, einfach weil Jondalar lachte.

»Don-da-lah«, sagte Ayla, nachdem dieser Augenblick vorüber war: »Was ist Wort für . . . ha-ha-ha-ha?«

»Lachen? Gelächter?«

»Wie heißt . . . richtiges Wort?«

»Beides ist richtig. Wenn wir es tun, sagen wir: ›Wir lachen.‹ Und wenn man darüber redet, redet man von Gelächter«, erklärte er.

Ayla überlegte eine Weile. Er hatte mehr zum Ausdruck gebracht als die Möglichkeiten des Wortgebrauchs; am Sprechen war mehr dran als bloßes Worte-von-sich-Geben. Sie kannte nun bereits eine ganze Menge Wörter, verzweifelte jedoch immer wieder, wenn sie versuchte, ihre Gedanken auszudrücken. Sie wurden auf eine besondere Art aneinandergereiht, und sie hatten eine Bedeutung, die sie nie ganz packte. Obgleich sie Jondalar größtenteils verstand, gaben die Wörter ihr doch nur einen gewissen Hinweis. Sie verstand nicht minder viel mit Hilfe ihrer hochentwickelten Fähigkeit, die unbewußte Sprache des Körpers zu verstehen. Was sie spürte, war der Mangel an Genauigkeit und Tiefgang ihrer Unterhaltung. Schlimmer allerdings war noch das Gefühl, es zu *wissen*, wenn sie sich nur erinnern könnte, und die unerträgliche Spannung, wie ein harter, schmerzender Knoten, der versuchte zu zerspringen, die sie jedesmal befiel, wenn sie das Gefühl hatte, gleich würde es ihr wieder einfallen.

»Don-da-lah lachen?«
»Ja, das ist richtig.«
»Ayla lachen. Ayla gern lachen.«
»Jetzt, in diesem Augenblick, möchte Jondalar gern hinaus«, nahm er das Wort von ihr auf. »Wo sind meine Sachen?«
Ayla holte die Lederkleidung, die sie ihm gleichsam vom Leib geschnitten hatte. Zum Teil waren die Sachen von den Krallen des Löwen zerfetzt, zum Teil voller brauner Flecken. Perlen und andere Schmuckelemente lösten sich von dem Hemd.
Der Anblick ernüchterte Jondalar. »Ich muß ja schlimm ausgesehen haben«, sagte er, als er die von seinem eigenen Blut steifen Hosen in die Höhe hielt. »Die kann ich nicht mehr tragen.«
Ayla dachte das gleiche. Sie ging hinüber in jenen Teil der Höhle, wo sie ihre Vorräte lagern hatte, und brachte ein unbenutztes Fell sowie lange Riemen mit und wickelte sie ihm um die Hüfte, wie die Männer des Clans Felle zu tragen pflegten.
»Ich mach das schon, Ayla«, sagte er, nahm das weiche Leder zwischen die Beine und zog es vorn und hinten hoch wie einen Lendenschurz. »Aber ein bißchen Hilfe könnte ich schon gebrauchen«, fügte er noch hinzu, als er sich damit abmühte, sich den Riemen um die Taille zu schlingen und den Schurz damit festzuhalten.
Sie half ihm, den Riemen zuzubinden. Dann bot sie ihm ihre Schulter zum Abstützen an und ermunterte ihn, sein Bein zu belasten. Er setzte den Fuß fest auf und lehnte sich munter vor. Das war schmerzlicher, als er erwartet hatte, und er zweifelte nachgerade daran, ob er es überhaupt schaffen würde. Dann jedoch nahm er alle Entschlußkraft zusammen, stützte sich auf Ayla und machte erst einen und dann noch einen kleinen hüpfenden Schritt vorwärts. Als sie den Ausgang der kleinen Höhle erreichten, strahlte er sie an und ließ den Blick über das Sims und die großen Fichten schweifen, die vor der gegenüberliegenden Felswand wuchsen.
Sie ließ ihn, der sich dort an das feste Gestein der Höhle klammerte, stehen und ging eine Grasmatte und einen Pelz holen, um beides am Ende des Simses auszubreiten, dort, wo er den besten Blick auf das Tal hatte. Dann ging sie wieder zu ihm, um ihm weiterzuhelfen. Er war erschöpft und hatte Schmerzen, alles in allem aber doch zufrieden mit sich, als er sich auf dem Pelz niederließ und einen ersten Rundblick tat.
Winnie und ihr Füllen grasten unten auf der Weide; sie waren kurz nachdem Ayla sie zu Jondalar gebracht hatte, hinuntergegangen. Das Tal selbst war ein üppiges Paradies, versteckt inmitten der trockenen Steppe. Nie hätte er es für möglich gehalten, daß es so etwas hier gab. Er schaute sich nach der engen

Schlucht flußaufwärts sowie jenem Teil des steinübersäten Uferstreifens um, der seinem Blick nicht entzogen war, doch wandte er seine Aufmerksamkeit sogleich wieder dem Tal zu, das sich bis zu jener fernen Stelle dehnte, wo der Fluß eine Biegung machte.

Der erste Schluß, zu dem er kam, war, daß Ayla hier allein gelebt hatte. Nichts wies auf irgendwelche Besiedelung durch Menschen hin. Sie blieb eine Weile bei ihm sitzen, kehrte dann noch einmal in die Höhle zurück und kam mit einer Handvoll Körner wieder hervor. Sie spitzte die Lippen, stieß einen melodiösen Triller aus und verstreute die Körner ringsum auf dem Sims. Jondalar wußte nicht, was er davon halten sollte, bis ein Vogel landete und nach den Körnern pickte. Bald schwirrte eine ganze Wolke bunt gefiederter Sänger um sie herum und pickte mit kurzen, ruckartigen Bewegungen nach den Körnern.

Ihre Lieder – Triller, Pfeiftöne und schrilles Gekreisch – erfüllten die Luft, während die Vögel mit aufgeplusterten Federn nach dem günstigsten Platz suchten. Jondalar mußte zweimal hinsehen, bis er begriff, daß viele von den Vogelstimmen, die er hörte, von der Frau stammten! Sie konnte die ganze Skala der Vogelstimmen nachmachen, und als sie sich auf eine bestimmte Lautfolge beschränkte, hüpfte ein bestimmter Vogel ihr auf den Finger und blieb sitzen, als sie ihn hochhob und die beiden dann ein Duett schmetterten. Ein paarmal hob sie einen Vogel so nahe an Jondalar heran, daß er ihn streifte, ehe er davonflog.

Als die Körner aufgepickt waren, flogen die meisten Vögel davon, doch eine Amsel blieb, um noch mit Ayla um die Wette zu tirilieren. Sie ahmte den volltönenden Gesang des Vogels wunderbar nach.

Als die Amsel davonflog, holte Jondalar tief Atem. Zuvor hatte er ihn angehalten und versucht, die Vorführung der gefiederten Wesen durch Ayla nicht zu stören. »Wo hast du das gelernt? Das war aufregend, Ayla. So nahe bin ich lebendigen Vögeln noch nie gewesen.«

Zwar war sie sich nicht ganz sicher, was er gesagt hatte, doch lächelte sie, da er beeindruckt schien. Sie ließ noch einen Vogelruf ertönen in der Hoffnung, daß er ihr den Namen des Vogels nennen würde, doch lächelte er nur anerkennend zu ihrem Können. Sie versuchte es mit einem anderen und dann noch mit einem, dann gab sie es auf. Er verstand nicht, was sie wollte, doch ein anderer Gedanke ließ ihn die Stirn runzeln. Sie konnte die Vogelstimmen besser nachmachen als der Shamud mit seiner Flöte. Stand sie womöglich mit Muttergeistern in Vogelform in Verbindung? Ein Vogel kam herabgeschossen und landete vor ihren Füßen. Mißtrauisch sah er ihn an.

Das flüchtige bangvolle Gefühl wurde bald von der Freude vertrieben, endlich wieder draußen zu sitzen und die Sonnenwärme in sich aufzunehmen, sich vom Wind umfächeln zu lassen und über das Tal hinzuschauen. Auch Ayla war voller Freude – sie genoß seine Gesellschaft. Wie schwer zu glauben, daß er neben ihr auf dem Sims saß; sie mochte kaum die Lider bewegen aus Angst, wenn sie die Augen schloß, könnte er beim Wiederaufmachen fort sein. Als sie endlich überzeugt war, daß er keine Einbildung war, schloß sie die Augen, um herauszufinden, wie lange sie es schaffte, sich seinen Anblick zu versagen – und hinterher die Freude zu haben, beim Augenaufmachen festzustellen, daß er immer noch da war. Der tiefe Klang seiner Stimme, wenn er zufällig etwas sagte, während sie die Augen geschlossen hatte, war eine unerwartete Freude.

Als die Sonne höherstieg und ihre Wärme spürbarer wurde, erregte der glitzernde Fluß unten Aylas Aufmerksamkeit. Außerstande, Jondalar allein zu lassen aus Furcht, er könnte irgend etwas benötigen, hatte sie auf ihr übliches morgendliches Schwimmen verzichtet. Aber jetzt ging es ihm viel besser, und er konnte sie ja rufen, falls er sie brauchte.

»Ayla gehen Wasser«, sagte sie und machte Schwimmbewegungen.

»Schwimmen«, sagte er und machte ähnlich Bewegungen. »Es heißt: schwimmen. Ich wünschte, ich könnte mitkommen.«

»Sfimmen«, sagte sie langsam.

»Schwimmen«, verbesserte er.

»Schfimmen«, versuchte sie es noch einmal, und als er nickte, machte sie sich an den Abstieg. Es wird einige Zeit dauern, ehe er diesen Pfad hinunter schafft – ich werde ihm Wasser hinaufbringen. Aber sein Bein heilt gut. Ich nehme an, er wird es wieder gebrauchen können. Vielleicht wird er ein wenig humpeln, doch hoffentlich nicht so schlimm, daß es ihn arg behindert.

Als sie unten auf dem Uferstreifen stand, löste sie den Riemen ihres Überwurfs und beschloß, sich auch die Haare zu waschen. Auf der Suche nach Seifenwurzeln ging sie flußaufwärts. Sie blickte auf, sah Jondalar, winkte ihm zu und ging dann zurück zum Uferstreifen, wo er sie nicht mehr sehen konnte. Sie setzte sich auf den Rand eines riesigen Felsens, der bis zum letzten Frühjahr noch ein Teil der Wand gewesen war, und begann, ihr Haar zu lösen. Eine tiefe Stelle, die vor der Neuverteilung der Felsen nicht dagewesen war, war ihr Lieblingsbadeplatz geworden. Der Fluß war hier tiefer als an den anderen Stellen, und im Felsen in der Nähe fand sich eine kleine beckenähnliche Mulde, die sie benutzte, um das Saponin aus der Seifenwurzel herauszuklopfen.

Jondalar sah sie wieder, nachdem sie die Haare gespült hatte und stromaufwärts schwamm. Er bewunderte ihre sauberen und kraftvollen Schwimmzüge. Träge paddelte sie zu dem Felsen zurück, setzte sich darauf und ließ sich von der Sonne trocknen. Mit einem Zweig versuchte sie, sich kleine Verfilzungen aus dem Haar zu zupfen; danach bürstete sie es mit einer Kardendistel. Als ihr dichtes Haar trocken war, fühlte sie sich wieder durchwärmt und fing an, sich Sorgen um Jondalar zu machen, obwohl dieser nicht nach ihr gerufen hatte. Er muß allmählich müde werden, dachte sie. Ein Blick auf ihren Überwurf sagte ihr, daß sie einen sauberen brauchte. Folglich hob sie den alten auf und trug ihn den Pfad hinauf.

Jondalar spürte die Sonne weit mehr als Ayla. Es war Frühling gewesen, als Thonolan und er sich auf den Weg gemacht hatten, und das bißchen Sonnenbräune, das er sich zugelegt hatte, nachdem sie das Mamutoilager verlassen hatten, war in Aylas Höhle längst wieder verlorengegangen. Seine Haut war immer noch winterlich blaß – oder war es zumindest gewesen, bis er herausgekommen war, um in der Sonne zu sitzen. Als er sich voller Unbehagen seines Sonnenbrands bewußt wurde, war Ayla nicht da. Er versuchte, ihn nicht zur Kenntnis zu nehmen; schließlich wollte er die Frau nicht stören, die zum ersten Mal nach der langen Zeit der Pflege ein paar Augenblicke für sich hatte. Er fragte sich, wieso sie denn so lange blieb, und wünschte, sie würde sich beeilen. Er blickte zur Einmündung des Pfades hinüber und dann den Fluß auf und ab in der Annahme, daß sie vielleicht noch einmal Schwimmen gegangen war.

Er schaute gerade in die entgegengesetzte Richtung, als Ayla oben auf dem Sims erschien. Ein Blick auf seinen tiefroten Rücken genügte, ihr die Schamröte ins Gesicht zu treiben. Sieh nur, was für ein Sonnenbrand! Was für eine Medizinfrau bin ich denn, daß ich ihn solange allein in der Sonne sitzen lasse? Sie eilte auf ihn zu.

Er hörte sie kommen und drehte sich dankbar darüber, daß sie endlich gekommen war, nach ihr um. Ein bißchen war er auch ärgerlich, daß sie nicht früher gekommen war. Doch als er sie sah, spürte er den Sonnenbrand nicht mehr. Offenen Mundes starrte er die nackte Frau an, die da im hellen Sonnenlicht auf ihn zukam.

Ihre Haut war goldbraun und spielte, wenn sie sich bewegte, über festen, sehnigen Muskeln. Ihre Beine waren vollkommen geformt; nur auf dem linken Schenkel störten vier parallel verlaufende Narben. Er konnte die festen und gerundeten Gesäßbacken sehen, und über dem dunkelblonden Flaum ihrer Schamhaare den sanft gewölbten Bauch mit den blassen Dehnungsnarben aus der Zeit der Schwangerschaft. Schwangerschaft? Sie hatte ausladende Brüste, die gleichwohl hochstanden wie die eines Mädchens und rosige Höfe um die vorspringenden Brustwarzen herum aufwiesen. Ihre langen schlanken Arme verkündeten ohne falsche Hemmungen, wie stark sie war.

Ayla war unter Männer und Frauen aufgewachsen, die von Natur aus kräftig waren. Um die Aufgaben zu erfüllen, die der Clan von Frauen verlangte –

Heben und Tragen, Felle bearbeiten, Holz zerkleinern –, mußte ihr Körper schon die notwendige Muskelkraft entwickeln. Die Jagd hatte ihr etwas Drahtiges und Federndes verliehen, und das Alleinleben hatte es erforderlich gemacht, sämtliche Kräfte fürs Überleben zu mobilisieren.

Wahrscheinlich, dachte Jondalar, war sie die stärkste Frau, die er je gesehen hatte; sie war imstande gewesen, ihn hochzuheben und sein ganzes Gewicht zu tragen. Für ihn gab es keinen Zweifel, daß er noch nie eine Frau mit einem so wunderschön gewachsenen Körper gesehen hatte. Aber es war nicht nur ihr Körper allein. Er hatte sie von Anfang an für ausnehmend hübsch gehalten, doch hatte er sie noch nie bei vollem Tageslicht gesehen.

Sie hatte einen langen Hals mit einer kleinen Narbe vorn, ein schön geschwungenes Kinn, vollen Mund, gerade schmale Nase, hochsitzende Bakkenknochen und weit auseinanderstehende blaugraue Augen. Ihre feingemeißelten Züge bildeten ein harmonisches Ganzes, die langen Wimpern und schön gewölbten Brauen waren hellbraun, nur um ein Geringes dunkler als die locker fallenden Wellen ihres goldenen, in der Sonne schimmernden Haares.

»Große, segenspendende Mutter!« stieß er halblaut aus.

Er rang nach Worten, sie zu beschreiben; die Gesamtwirkung war blendend. Sie war bezaubernd, hinreißend, überwältigend. Nie hatte er eine so atemberaubend schöne Frau gesehen. Warum nur verbarg sie diesen wunderschönen Körper unter einem solchen formlosen Überwurf? Und er hatte sie nur für hübsch gehalten! Wieso war ihm das nicht sofort aufgefallen?

Erst als sie das Sims überquert hatte und näherkam, spürte er, daß er erregt war, doch von da an war es ein inständig pulsierendes Drängen, wie er es nie zuvor empfunden hatte. Ihn juckte es in den Händen, diesen vollkommenen Körper zu liebkosen und seine geheimsten Stellen zu entdecken; es verlangte ihn zu erforschen, zu kosten und Wonnen zu bereiten. Als sie sich zu ihm hinneigte und er ihre warme Haut roch, war er bereit, sie zu nehmen, ohne sie auch nur zu fragen – wenn er dazu imstande gewesen wäre. Aber er spürte, daß sie jemand war, der sich nicht ohne weiteres nehmen ließ.

»Don-da-lah! Rücken ist . . . Feuer . . .«, sagte Ayla und suchte nach dem richtigen Wort für den glühenden Sonnenbrand. Dann zögerte sie – gebannt vom tierischen Magnetismus seines Blicks. Sie sah ihm in die leuchtendblauen Augen und fühlte sich tief in sie hineingezogen. Ihr Herz hämmerte, die Knie wurden ihr weich, und Hitze ergoß sich über ihr Gesicht. Ihr Körper zitterte, und zwischen ihren Beinen wurde es plötzlich feucht.

Sie wußte nicht, wie ihr geschah. Sie gab sich einen Ruck und riß sich von den Augen los. Ihr Blick fiel auf das ragende Glied unter seinem Lendentuch, und sie hatte das überwältigende Verlangen, die Hand danach auszustrecken und es anzufassen. Sie schloß die Augen, holte vernehmlich Atem und bemühte sich, ihr Zittern in den Griff zu bekommen. Als sie sie wieder aufmachte, mied sie seinen Blick.

»Ayla Don-da-lah helfen Höhle gehen«, sagte sie.

Der Sonnenbrand schmerzte, und die Zeit draußen hatte ihn müde gemacht, doch als er sich bei dem kurzen Gang zurück auf sie stütze, war ihr nackter Körper ihm so nahe, daß sein heftiges Verlangen auch weiterhin brannte. Sie ließ ihn auf seine Lagerstatt gleiten, nahm eilends eine Bestandsaufnahme ihrer Kräuter vor und eilte dann hinaus.

Er fragte sich, wohin sie wohl gegangen sein mochte, und begriff das, als sie mit Händen voll großer graugrüner Klettenblätter zurückkam. Sie streifte die Blätter von den kräftigen Hauptstengeln und zerstückelte diese in einer Schale, fügte kaltes Wasser hinzu und zerstampfte das Ganze mit einem Felsbrocken zu einem sämigen Brei.

Das Jucken und Brennen des Sonnenbrands hatte ihm schon arg zugesetzt, und als er die lindernde Wirkung des kühlen Breis auf dem Rücken spürte, war er doch wieder dankbar, daß sie eine Heilkundige war.

»Ah, das tut gut«, sagte er.

Als sie den Brei sanft mit den Händen verteilte, wurde er sich bewußt, daß sie sich nicht die Zeit genommen hatte, etwas anzuziehen. Sie kniete neben ihm, und er spürte ihre greifbare Nähe. Der Duft ihrer warmen Haut und andere geheimnisvolle weibliche Gerüche ermutigten ihn, nach ihr zu greifen. Von den Kniekehlen fuhr er ihr mit der Hand bis zum Gesäß über den Schenkel.

Ayla erstarrte bei der Berührung und hörte ihrerseits auf, ihre Hand zu bewegen. Sie war sich unendlich bewußt, daß er sie streichelte. Unsicher, was sie tun sollte oder was von ihr erwartet wurde, hielt sie sich ganz steif. Sie wußte nur, daß sie nicht wollte, daß er aufhörte. Doch als er die Hand hob und nach einer Brustwarze griff, holte sie erschrocken Luft bei dem unerwarteten Ruck, der durch sie hindurchging.

Jondalar überraschte der Schrecken, der sie durchfuhr. War es für einen Mann nicht völlig natürlich, daß er den Wunsch verspürte, eine schöne Frau anzufassen? Zumal sie so nahe war und sie sich ohnehin fast berührten? Da er nicht wußte, was er davon halten sollte, zog er die Hand fort. Sie reagiert, als ob sie noch nie berührt worden wäre, dachte er. Aber sie war eine Frau und kein junges Mädchen mehr. Und nach den Dehnungsnarben zu urteilen, hatte sie sogar schon ein Kind geboren. Auf ein Kind freilich wies nichts in der Höhle hin. Nun, sie wäre nicht die erste Frau, die ein Kind verloren hat, auf jeden Fall muß sie die Riten der Ersten Wonnen erlebt haben, sonst könnte sie des Segens der Mutter nicht teilhaftig geworden sein.

Ayla verspürte immer noch das kribbelnde Nachgefühl seiner Berührung. Sie wußte nicht, warum er aufgehört hatte, war verwirrt, erhob sich und ging fort.

Vielleicht mag sie mich nicht, dachte Jondalar. Nur, warum ist sie mir dann so nahe gekommen, zumal mein Begehren so deutlich erkennbar war. Sie konnte seinem Wunsch nicht entsprechen, sie hatte seinen Sonnenbrand behandelt. Und ihr Verhalten hatte nichts Aufreizendes gehabt, ja, sie schien blind zu sein für die Wirkung, die sie auf ihn ausübte. War sie es gewohnt, daß man so auf ihre Schönheit reagierte? Allerdings benahm sie sich nicht mit der Abgebrühtheit und Überlegenheit einer erfahrenen Frau; und dennoch: Wie konnte eine Frau, die so aussah, sich ihrer Wirkung auf Männer nicht bewußt sein?

Jondalar nahm ein zerstampftes Stück Blatt auf, das ihm von der Schulter gefallen war. Der Heilkundige der Sharamudoi hatte gleichfalls Kletten gegen Verbrennungen benutzt. Sie versteht etwas von der Heilkunst. Aber selbstverständlich! Wie kann man nur so dumm sein, Jondalar, sagte er sich. Der Shamud hat dir doch von den Prüfungen derer erzählt, Die Der Mutter Dienen. Da muß sie auch auf die Wonnen verzichten. Kein Wunder, daß sie diese formlosen Felle trägt, um ihre Schönheit zu verbergen. Hättest du dir nicht diesen Sonnenbrand geholt, sie wäre dir nie so nahe gekommen. Und du hast zugegriffen wie ein Junge, der noch nicht ganz trocken hinter den Ohren ist.

In seinem Bein klopfte es, und wiewohl der Brei geholfen hatte, juckte der Sonnenbrand immer noch. Er ließ sich niedergleiten, legte sich auf die Seite und schloß die Augen. Er hatte Durst, wollte sich jedoch nicht umdrehen, um an den Wasserschlauch heranzukommen, wo er gerade eine einigermaßen erträgliche Lage gefunden hatte. Ihm war nicht wohl in seiner Haut, und das nicht nur wegen der Schmerzen und des Sonnenbrandes, sondern auch deshalb, weil er meinte, indiskret gewesen zu sein. Es war ihm peinlich.

Es war ihm schon seit sehr langer Zeit nicht mehr passiert, daß er sich so danebenbenommen hatte – schon seit seiner Knabenzeit nicht mehr. Er hatte sich in glatter Selbstbeherrschung geübt, bis sie zu einer Kunst geworden war. Jetzt war er wieder zuweit gegangen, und man hatte ihn zurückgestoßen. Diese wunderschöne Frau; diese Frau, die er mehr begehrt hatte als je eine Frau zuvor, hatte ihn abgewiesen. Er wußte, wie es gehen würde. Sie würde tun, als ob nichts geschehen wäre, doch würde sie ihm aus dem Wege gehen, soweit es ging. Und wenn sich das nicht machen ließ, würde sie trotzdem Distanz wahren. Sie würde kühl und unnahbar sein; und mochte ihr Mund auch lächeln, ihre Augen würden die Wahrheit verraten. Es würde keine Wärme in ihnen liegen; oder, noch schlimmer, sie würde Mitleid verströmen.

Ayla hatte einen sauberen Überwurf angezogen, flocht sich das Haar und schämte sich, zugelassen zu haben, daß Jondalar sich einen Sonnenbrand ge-

holt hatte. Sie war ihrem Vergnügen nachgegangen, hatte geschwommen und sich die Haare gewaschen. Dabei hätte sie besser auf ihn achtgeben sollen. Und ich will eine Medizinfrau sein! Eine Medizinfrau in Izas Tradition. Ihre Tradition wird im Clan mehr verehrt als alles andere – was würde Iza zu einer solchen Gedankenlosigkeit sagen? Zu einem solchen Mangel an Mitgefühl für jemand, der ihrer Fürsorge anvertraut war? Ayla war zerknirscht. Er hatte eine so schwere Verletzung erlitten, hatte noch soviel Schmerzen, und nun hatte sie ihm noch mehr Schmerzen verursacht.
Doch das allein war nicht der Grund für ihr Unbehagen. Er hatte sie angefaßt. Noch jetzt spürte sie seine warme Hand auf ihrem Schenkel. Sie wußte genau, wo er zugefaßt hatte und wo er nicht hingekommen war, es war, als hätte er sie mit seiner sanften Liebkosung versengt. Warum hatte er ihre Brustwarze berührt? Es kribbelte noch jetzt darin. Er war so voll seines Mannestums gewesen, und sie wußte, was das bedeutete. Wie oft hatte sie nicht Männer Frauen das Zeichen geben sehen, wenn sie ihr Bedürfnis hatten stillen wollen. Broud hatte es ihr gegeben – ein Schauder überlief sie – und sie hatte es damals gehaßt, ihn so voll seines Mannestums zu sehen.
So war ihr im Moment nicht zumute. Ja, sie würde es sogar gern sehen, wenn Jondalar ihr das Zeichen gäbe . . .
Sei doch nicht lächerlich. Wie sollte er, mit seinem Bein. Es war kaum geheilt genug, es zu belasten.
Dennoch war er voll und hart in seinem Mannestum gewesen, als sie vom Schwimmen zurückgekommen war, und seine Augen . . . Heiß lief es ihr über den Rücken, als sie an seine Augen dachte. Wie blau sie waren, so voll von Begehren, und so . . .
Sie wußte nicht, wie sie es sich selbst gegenüber zum Ausdruck bringen sollte, hielt jedoch im Haarebürsten inne, schloß die Augen und ließ das Ziehen, das von ihm ausging, noch einmal auf sich wirken. Er hatte sie angerührt.
Doch dann hatte er aufgehört. Sie richtete sich auf. Hatte er ihr ein Zeichen gegeben? Hatte er aufgehört, weil sie nicht eingewilligt hatte? Eine Frau hatte aber für einen Mann und die Befriedigung seiner Bedürfnisse immer dazusein. Jeder Frau im Clan war das klargemacht worden, vom ersten Augenblick an, da ihr Geist kämpfte und sie blutete. Genauso wie die behutsamen Gebärden und Stellungen, mit denen eine Frau in einem Mann den Wunsch wecken konnte, sein Bedürfnis bei ihr zu stillen. Früher hatte sie nie verstanden, wieso eine Frau ihrerseits den Wunsch verspüren konnte, solche Mittel einzusetzen. Jetzt jedoch begriff sie das sehr wohl, wie ihr plötzlich aufging.
Sie wollte, daß dieser Mann sein Verlangen an ihr stillte, kannte jedoch nicht sein Zeichen. Und wenn ich sein Signal nicht kenne, weiß er auch nicht, wie es um mich bestellt ist. Und wenn ich ihm etwas versagt habe, ohne es zu wissen,

versucht er es vielleicht nie wieder. Aber hat er mich wirklich begehrt? Ich bin so groß und häßlich.

Ayla bog den letzten Zopf auf der Stirn zurück und steckte ihn fest, dann ging sie das Feuer schüren und ein schmerzlinderndes Mittel für Jondalar bereiten. Als sie es ihm brachte, lag er auf der Seite und ruhte. Wo sie ihm das Mittel gegen den Schmerz brachte, damit er ruhen konnte, wollte sie ihn nicht stören, wenn er auch ohne das Mittel bereits Ruhe gefunden hatte. Mit gekreuzten Beinen hockte sie sich neben seinem Lager nieder und wartete ab, daß er die Augen aufmachte. Sein Atem ging unregelmäßig, und seine Stirn zeigte irgendein Unbehagen, das er nicht hätte, wenn er tief schliefe.

Jondalar hatte sie kommen hören und die Augen zugemacht, um so zu tun, als schliefe er. Verkrampft lag er da und kämpfte gegen den Wunsch an, die Augen aufzumachen und nachzusehen, ob sie wirklich da sei. Warum war sie so still? Warum ging sie nicht wieder fort? Der Arm, auf dem er lag, begann wegen mangelnder Durchblutung zu kribbeln. Wenn er ihn jetzt nicht bald bewegte, würde er einschlafen. In seinem Bein klopfte es. Es verlangte ihn danach, seine Lage zu verändern, denn es war anstrengend, es ständig in derselben Stellung zu belassen. Da sein Gesicht von jungen Bartstoppeln bedeckt war, juckte es ihn, und der Rücken brannte ihm. Vielleicht war sie gar nicht da? Vielleicht hatte sie sich entfernt, und er hatte sie nur nicht gehört. Oder saß sie einfach da und starrte ihn an?

Sie hatte ihn aufmerksam beobachtet. Sie hatte diesen Mann länger offen angesehen als je einen Mann zuvor. Für die Frauen im Clan gehörte es sich nicht, Männer anzusehen, doch hatte sie vielen Dingen gefrönt, die sich nicht gehörten. War sie nicht nur in der Pflege eines Schutzbefohlenen nachlässig gewesen, sondern hatte sie nun auch noch vergessen, sich so zu benehmen, wie Iza es ihr beigebracht hatte? Sie starrte auf ihre Hände und den Becher mit dem Stechapfeltrank. Wie hatte eine Frau sich denn einem Mann zu nähern? Auf dem Boden hockend und den Kopf gesenkt – solange, bis er ihr auf die Schulter klopfte und damit zu verstehen gab, daß er ihre Anwesenheit wahrgenommen hatte. Vielleicht wurde es Zeit, daß sie sich an das erinnerte, was ihr beigebracht worden war.

Jondalar machte die Augen einen Spalt weit auf. Er wollte sehen, ob sie da sei, ohne daß sie merkte, daß er wach war. Er sah einen Fuß und machte die Augen rasch wieder zu. Sie war da. Warum saß sie dort? Worauf mochte sie warten? Warum ging sie nicht fort und ließ ihn mit seinem Elend und seiner Demütigung allein? Nochmals spähte er unter den Lidern hervor. Ihr Fuß hatte sich nicht bewegt. Sie saß mit untergeschlagenen Beinen da. Sie hatte einen Becher mit irgendeiner Flüssigkeit in der Hand. Ach, Doni! Welchen Durst er hatte! Ob das für ihn sein sollte? Ob sie dort saß und nur auf sein

Erwachen wartete, um ihm eine Medizin zu geben? Sie hätte ihn wachrütteln können; sie brauchte doch nicht zu warten.
Er schlug die Augen auf. Gesenkten Kopfes saß Ayla da und blickte vor sich nieder. Gekleidet war sie in einen dieser formlosen Überwürfe, und das Haar hatte sie zu vielen kleinen Zöpfen geflochten. Wie frisch-geschrubbt sie aussah. Der Fleck auf ihrer Wange war fort, der Überwurf war sauber und bestand aus einem ungetragenen Fell. Es hatte so etwas Argloses, wie sie mit gesenktem Kopf dasaß. Nichts da von Ausgesetztem und Unnatürlichem, kein geziertes Getue und keine vielsagenden Blicke.
Daß sie die Zöpfe so fest geflochten hatte, verstärkte diesen Eindruck nur noch – genauso wie der Überwurf mit den sich bauschenden Falten, der sie so gut tarnte. Das war's: den reifen Frauenkörper und das volle glänzende Haar kunstvoll zu verbergen. Zwar ließ sich ihr Gesicht nicht verbergen, doch lenkte ihre Gewohnheit, zu Boden oder zur Seite zu blicken, einen ab. Warum verbarg sie sich? Es mußte zu der Prüfung gehören, der sie sich unterzog. Die meisten Frauen, die er kannte, hätten ihren schönen Körper stolz gezeigt, eine solche goldene Herrlichkeit im vorteilhaftesten Licht glänzen lassen und alles für ein so wunderschönes Gesicht gegeben.
Reglos beobachtete er sie; sein ganzes Unbehagen war vergessen. Warum rührte sie sich nicht? Vielleicht mag sie mich nicht ansehen, dachte er, und das brachte ihm seine Verlegenheit und seinen Schmerz wieder zum Bewußtsein. Er konnte es nicht mehr aushalten; er mußte sich regen.
Als er den Kopf vom Arm herunternahm, blickte Ayla auf. Er konnte ihr nicht auf die Schulter klopfen, um ihre Anwesenheit anzuerkennen, sie mochte sich noch so guter Verhaltensweisen befleißigen. Er kannte ja das Zeichen nicht. Jondalar war erstaunt, Zerknirschung und Schmerz in ihrem Gesicht zu lesen und in ihren Augen das ehrliche und offene Flehen. Nichts da von Verdammung, Zurückweisung oder Mitleid! Im Gegenteil: Es sah so aus, als ob sie sich schämte. Was nur mochte ihr peinlich sein?
Sie reichte ihm den Becher. Er nahm einen Schluck und verzog das Gesicht, so bitter war der Trank. Doch tapfer schluckte er den Rest hinunter und griff dann nach dem Wasserschlauch, um den Geschmack aus dem Mund zu bekommen. Dann legte er sich zurück; irgendwie konnte er nicht die richtige Lage finden. Sie gab ihm durch Gesten zu verstehen, er solle sich aufsetzen. Danach strich sie Häute und Pelze glatt und legte sie anders hin. Er streckte sich nicht sofort wieder aus.
»Ayla, da ist so viel von dir, das ich nicht weiß und doch gern wüßte. Ich weiß nicht, wo du deine Heilkunst erlernt hast – ja, ich weiß nicht einmal, wie ich überhaupt hierhergekommen bin. Ich weiß nur, daß ich dir dankbar bin. Du hast mir das Leben gerettet und – was noch wichtiger ist – hast mein Bein

gerettet. Ohne den Gebrauch meines Beines würde ich es nie zurück nach Hause schaffen, selbst wenn ich am Leben geblieben wäre.
Es tut mir leid, daß ich einen solchen Narren aus mir gemacht habe, aber du bist so schön, Ayla. Ich hatte ja keine Ahnung – du verbirgst dich so gut. Zwar weiß ich nicht, warum du das tust, aber du wirst schon deine Gründe haben. Du lernst schnell. Vielleicht erklärst du es mir später, wenn du noch besser sprechen kannst. Falls du darfst. Wenn nicht, werde ich mich damit abfinden. Ich weiß, du verstehst nicht alles von dem, was ich sage – ich möchte es trotzdem sagen. Ich werde dich nicht wieder belästigen, Ayla. Das verspreche ich.«

22

»Sag ob richtig: ›Don-da-lah‹.«

»Du sprichst meinen Namen wirklich gut aus.«

»Nein. Ayla falsch aussprechen.« Heftig schüttelte sie den Kopf. »Sag ob richtig.«

»Jondalar. Jon-da-lar.«

»Dschon . . .«

»Jjjj«, machte er es ihr vor. »Jondalar.«

»Dsch . . . Dsch . . .« Sie rang mit dem unvertrauten Laut.

»Dschon-da-larr.« Mit kräftig rollendem *r* gab sie es auf.

»Das ist gut! Sehr gut sogar«, sagte er.

Ayla lächelte über ihren Erfolg, dann wurde aus dem Lächeln ein listiges Grinsen. *»Dschon-da-larr won ten Zel-ann-do-nee.«* Er hatte den Namen seines Volkes öfter gebraucht als seinen eigenen, und sie hatte still für sich geübt.

»Ja, das ist richtig!« Jondalar war ehrlich erstaunt. Zwar hatte sie es nicht ganz richtig ausgesprochen, doch nur ein geborener Zelandonii hätte den Unterschied gehört. Seine freudige Anerkennung war der rechte Lohn für ihre Mühen, und Aylas Lächeln über ihren Erfolg war wunderschön.

»Was bedeuten Zelandonee?«

»Das bedeutet ›Mein Volk‹. Kinder der Mutter, die im Südwesten leben. Doni bedeutete Große Erdmutter. Erdenkinder wäre vermutlich das Treffendste. Aber alle Menschen nennen sich in ihrer Sprache Erdenkinder. Es bedeutet einfach Menschen.«

Sie standen einander gegenüber, lehnten sich an zwei Stämme einer Birke, die derselben Wurzel entwachsen waren. Zwar stützte Jondalar sich auf einen Stock und zog das Bein merklich nach, war aber glücklich und dankbar, auf der grünen Wiese der Talsohle zu stehen. Nach seinen ersten zaghaften Schritten hatte er sich gezwungen, immer weiterzugehen. Als er das erste Mal den steilen Pfad hinuntergestiegen war, hatte er das als schwere Prüfung empfunden – doch dann war ein Triumph draus geworden. Das Hinaufsteigen hatte sich als leichter erwiesen denn der Abstieg.

Trotzdem wußte er immer noch nicht, wer ihn denn ohne Hilfe zur Höhle hinaufgeschafft hatte. Wenn andere ihr geholfen hatten – wo waren sie? Diese Frage hatte er ihr schon längst stellen wollen, doch zuerst hatte sie ihn nicht verstanden, und danach war es ihm ungehörig erschienen, einfach mit einer solchen Frage herauszuplatzen, um seine Neugier zu befriedigen. Er hatte auf den richtigen Augenblick gewartet, und jetzt schien er da zu sein.

»Wer sind deine Leute, Ayla? Und wo sind sie?«

Das Lächeln schwand von ihrem Gesicht; fast tat es ihm leid, gefragt zu haben. Nach einem ausgedehnten Schweigen meinte er, sie habe ihn vielleicht nicht verstanden.

»Keine Leute. Ayla nicht von Leuten«, erklärte sie schließlich, stemmte sich von dem Baum ab und trat in seinen Schatten. Jondalar packte seinen Stock und humpelte hinter ihr her.

»Aber du mußt doch irgendwoher kommen. Du hast eine Mutter gehabt. Wer hat dich aufgezogen? Wer hat dir die Heilkunst beigebracht? Wo sind deine Leute jetzt, Ayla? Warum lebst du allein?«

Langsam ging Ayla voran. Sie starrte auf die Erde. Nicht, daß sie versuchte, seinen Fragen auszuweichen – sie mußte ihm antworten. Keine Frau im Clan konnte sich weigern, eine direkte Frage von einem Mann unbeantwortet zu lassen, ja, alle Clansangehörigen – Männer wie Frauen – beantworten direkte Fragen. Es war nur so, daß Frauen Männern keine persönlichen Fragen stellten und Männer Männern auch so gut wie nie. Für gewöhnlich waren es die Frauen, die gefragt wurden. Jondalars Fragen riefen viele Erinnerungen wach; manche Fragen konnte sie einfach nicht beantworten, und bei anderen wußte sie nicht, wie sie sie beantworten sollte.

»Wenn du es mir jetzt nicht sagen möchtest . . .«

»Nein.« Sie sah ihn an und schüttelte den Kopf. »Ayla sagen.« Ihre Augen hatten etwas Bekümmertes. »Nicht wissen Wörter.«

Nochmals fragte Jondalar sich, ob es gut gewesen sei, die Frage zu stellen; doch war er nun mal neugierig, und sie schien ja auch durchaus bereit zu antworten. Abermals blieben sie vor dem riesigen Felsen stehen, der einst zu der hohen Wand gehört hatte, ehe er auf der Talsohle zu liegen gekommen war. Jondalar setzte sich auf eine bequeme Stelle am Rand, wo der Fels dergestalt auseinandergebrochen war, daß gerade in der richtigen Höhe für Jondalar ein Sitz mit geneigter Rückenlehne entstanden war.

»Wie nennen deine Leute sich?« fragte er.

Ayla überlegte einen Moment. »Die Leute. Mann . . . Frau . . . Baby.« Wieder schüttelte sie den Kopf. Sie wußte nicht, wie sie es erklären sollte. »Der Clan.« Gleichzeitig vollführte sie die Geste, die dasselbe bedeutete.

»Wie Familie? Eine Familie besteht aus einem Mann, einer Frau und ihren Kindern, die am selben Herdfeuer leben . . . Für gewöhnlich.«

Sie nickte. »Familie . . . mehr.«
»Eine kleine Gruppe? Mehrere Familien, die zusammenleben, nennt man eine Höhle«, sagte er, »auch dann, wenn sie gar nicht in einer leben.«
»Ja«, sagte sie, »Clan klein. Und mehr. Clan bedeutet alle Leute.«
Er hatte sie beim ersten Mal nicht recht verstanden, und die Geste der Hand, mit der sie das Wort begleitete, hatte er nicht mitbekommen. Es war ein schwer auszusprechendes, kehliges Wort, und außerdem war da die Neigung, die er nicht anders bezeichnen konnte als das Verschlucken des Wortinneren. Er hätte es überhaupt nicht für ein Wort gehalten. Sie hatte keine Wörter benutzt außer denen, die sie von ihm hatte, und so war sein Interesse geweckt.
»Glan?« fragte er und versuchte, das Wort nachzuahmen.
Ganz richtig war es nicht, aber es kam der richtigen Aussprache nahe. »Ayla nicht sagen richtig Jondalars Wörter. Jondalar nicht sagen Aylas Wörter richtig. Jondalar sagen gut.«
»Ich dachte, du kenntest gar keine Wörter, Ayla. Ich habe dich nie in deiner Sprache reden hören.«
»Nicht kennen viele Wörter. Clan nicht sprechen Wörter.«
Jondalar verstand nicht. »Womit reden sie denn, wenn nicht mit Wörtern?«
»Sie sprechen . . . Hände«, sagte sie, wohl wissend, daß das nicht ganz stimmte.
Ihr ging auf, daß sie die Gesten in dem Bemühen, sich auszudrücken, unabsichtlich vollführte. Als sie Jondalars verständnislosen Blick sah, nahm sie seine Hände und vollführte damit die richtigen Bewegungen, während sie ihre Worte wiederholte.
»Clan nicht sprechen viele Wörter. Clan sprechen . . . Hände.«
Als ihm dämmerte, was sie meinte, glättete sich seine verwirrt gerunzelte Stirn. »Willst du mir sagen, deine Leute redeten mit den Händen? Zeig's mir! Sag etwas in deiner Sprache.«
Ayla überlegte einen Augenblick und begann dann: »Ich möchte dir so gern soviel sagen, aber ich muß lernen, es in deiner Sprache auszudrücken. Das ist die einzige Möglichkeit, die mir offensteht. Wie soll ich dir erklären, wer meine Leute sind? Ich bin ja keine Frau des Clans mehr. Wie soll ich dir erklären, daß ich tot bin? Ich habe keine Angehörigen. Für den Clan bewege ich mich in der nächsten Welt, so wie der Mann, mit dem zusammen du unterwegs gewesen bist. Der andere Sohn deiner Mutter, wie ich glaube.
Ich möchte dir so gern sagen, daß ich die Zeichen über seinem Grab gemacht habe, um ihm zu helfen, seinen Weg zu finden, und damit der Kummer in deinem Herzen weniger werde. Außerdem möchte ich dir gern sagen, daß ich um ihn getrauert habe, obwohl ich ihn nicht gekannt habe.
Ich kenne die Menschen nicht, denen ich geboren wurde. Ich muß eine Mut-

ter und eine Familie gehabt haben, die aussahen wie ich . . . und du. Doch ich kenne sie nur unter dem Namen ›die Anderen‹. Iza ist die einzige Mutter, an die ich mich erinnere. Sie hat mich die Zauberkraft der Heilkunst gelehrt und eine Medizinfrau aus mir gemacht. Doch sie ist jetzt tot. Auch Creb ist tot. Ach, Jondalar, wie sehr es mich danach verlangt, dir von Iza, Creb und Durc zu berichten . . .« Sie hielt inne und holte tief Atem. »Auch mein Sohn ist von mir fortgegangen, aber er lebt. Soviel ist mir also noch geblieben. Und jetzt hat der Höhlenlöwe dich zu mir gebracht. Ich hatte Angst, daß die Männer von den Anderen so wären wie Broud, doch du bist mehr wie Creb, behutsam und geduldig. Ich würde mir gern vorstellen, daß du mein Gefährte wirst. Als du herkamst, dachte ich, du wärest deswegen hergebracht worden. Das habe ich wohl geglaubt, weil ich mich so sehr nach Gesellschaft gesehnt habe, und du bist der erste Mann von den Anderen, den ich gesehen habe . . . zumindest, soweit ich mich erinnere. Zu Anfang wäre es gleichgültig gewesen, wer du warst. Ich wollte dich zum Gefährten, bloß um überhaupt einen Gefährten zu haben.

Jetzt ist es aber nicht mehr dasselbe. Jeden Tag, den du hier bist, wächst mein Gefühl für dich. Ich weiß, Andere sind nicht allzu fern, und es muß andere Männer geben, die mein Gefährte werden könnten. Aber ich möchte keine anderen, habe aber Angst, daß du nicht hierbleiben möchtest, wenn du erstmal wieder ganz gesund bist. Da fürchte ich, dich zu verlieren. Ich möchte dir sagen, daß ich . . . daß ich so unendlich froh über dein Hiersein bin, daß ich es manchmal nicht ertragen kann.« Unfähig weiterzusprechen, hielt sie inne, hatte aber gleichwohl unbestimmt das Gefühl, noch nicht fertig zu sein.

Ihre Gedanken waren dem Mann, der ihr zusah, nicht gänzlich unverständlich. Ihre Gesten – nicht nur die Handbewegungen, sondern auch ihr Mienenspiel, der Ausdruck ihrer Augen und ihres ganzen Körpers – waren so ausdrucksvoll, daß es ihn tief anrührte. Sie erinnerte ihn an einen schweigenden Tänzer – nur, daß sie zwischendurch rohe Laute ausstieß, die merkwürdigerweise sehr gut zu den Bewegungen paßten, die sie machte. Er nahm nur gefühlsmäßig auf und konnte nicht ganz glauben, daß sie wirklich vermittelte, was er empfand – doch dann hielt sie inne, und da wußte er, daß sie sich in der Tat mitgeteilt hatte. Er wußte auch, daß ihre Bewegungs- und Gebärdensprache nicht einfach, wie er ursprünglich gemeint hatte, eine Erweiterung von Gebärden waren, wie er sie bisweilen gebrauchte, um etwa seine Worte zu unterstreichen. Vielmehr schien es so zu sein, daß die Laute, die sie ausstieß, dazu dienten, ihre Gebärden zu unterstreichen.

Nachdenklich schweigend stand sie eine Weile da. Dann sank sie anmutig zu seinen Füßen zu Boden und senkte den Kopf. Er wartete, doch da sie sich nicht rührte, befiel ihn Unbehagen. Sie schien auf ihn zu warten, und das vermittelte ihm das Gefühl, als ob sie ihm huldigte. Der Großen Erdmutter gegenüber war eine solche Ehrerbietung durchaus angebracht, nur wußte man, daß Sie eifersüchtig war und nicht gern sah, wenn einem Ihrer Kinder eine Verehrung zuteil wurde, die eigentlich Ihr gebührte.

Schließlich beugte er sich hinunter und berührte sie am Arm. »Steh auf, Ayla. Was machst du da?«

Die Berührung des Arms war zwar nicht genau dasselbe wie ein Klopfen ihrer Schulter, doch kam er damit für ihr Gefühl dem Clanszeichen zu sprechen so nahe, wie er nur konnte. Sie sah zu dem Sitzenden auf.

»Clans-Frau sitzen, wollen sprechen. Ayla wollen sprechen Jondalar.«

»Du brauchst aber nicht auf dem Boden zu sitzen, wenn du mit mir reden willst.« Er streckte die Hand aus und versuchte, sie hochzuheben.

Sie jedoch wollte unbedingt dort sitzenbleiben. »So machen im Clan.« Mit der Bitte, sie doch zu verstehen, sah sie ihn an. »Ayla wollen sagen . . .« Tränen der Verzweiflung stiegen ihr in die Augen. Sie fing noch einmal von vorn an. »Ayla nicht gut sprechen. Ayla wollen sagen, Jondalar geben Ayla Sprache, wollen sagen . . .«

»Willst du mir etwa danken?«

»Was ›danken‹?«

Er hielt inne. »Du hast mir das Leben gerettet, Ayla. Du hast dich meiner angenommen, hast meine Wunden versorgt, mir zu essen gegeben. Und dafür möchte ich dir danken. Sogar noch mehr als nur danken.«

Ayla runzelte die Stirn. »Nicht dasselbe. Mann verwundet. Ayla helfen allen Männern. Jondalar geben Ayla Sprache. Ist mehr. Ist mehr danken.«

»Möglich, daß du nicht gut sprichst, aber verständlich machen tust du dich gut. Steh auf, Ayla, oder ich muß mich neben dich hocken. Ich weiß, daß du eine Heilkundige bist und es dein Beruf ist, dich eines jeden anzunehmen, der Hilfe braucht. In deinen Augen ist es vielleicht nichts Besonderes, mir das Leben gerettet zu haben, doch bin ich dir deshalb nicht weniger dankbar. Für mich ist es eine Kleinigkeit, dir meine Sprache beizubringen, dich überhaupt zu lehren zu sprechen, aber mir wird allmählich klar, daß das für dich sehr wichtig ist und daß du dankbar bist. Dankbarkeit zum Ausdruck zu bringen, ist in jeder Sprache schwierig. Ich tue es dadurch, daß ich ›danke‹ sage. Deine Art ist für meine Begriffe allerdings schöner. Aber jetzt stehe bitte auf.«

Sie spürte, daß er verstand. Ihr Lächeln vermittelte mehr Dankbarkeit als sie meinte. Für sie war das eine schwierige Sache, es zum Ausdruck zu bringen, aber sehr wichtig. Folglich war ihr jetzt, als sie aufstand, leichter ums Herz. Sie versuchte, ihren Jubel durch irgendeine Handlung zum Ausdruck zu bringen, und als sie Winnie und ihr Füllen sah, stieß sie daher einen lauten und schrillen Pfiff aus. Die Stute stellte die Lauscher auf, kam herbeigaloppiert, und als sie nahe war, nahm Ayla einen Anlauf und landete mühelos auf dem Rücken des Pferdes.

Das Hengstfohlen folgte ihnen dicht auf den Fersen, als sie in weitem Bogen um die Weidefläche herumritten. Ayla hatte sich in der letzten Zeit stets in Jondalars Nähe aufgehalten, so daß sie gar nicht zum Reiten gekommen war; jetzt genoß sie das herrliche Freiheitsgefühl. Als sie zum Felsen zurückkehrten, stand Jondalar da und wartete auf sie. Er sperrte vor Staunen nicht mehr Mund und Nase auf, wie er es anfangs getan hatte. Im ersten Augenblick war es ihm kalt über den Rücken gelaufen und hatte er sich gefragt, ob diese Frau übernatürliche Kräfte besaß, ja, vielleicht sogar eine Donii war. Dunkel erinnerte er sich an einen Traum von einem Muttergeist in Form einer jungen Frau, die einen Löwen beiseite geschoben hatte.

Doch dann fiel ihm wieder ein, wie Ayla von nur allzu menschlicher Verzweiflung über ihre Unfähigkeit, sich mitzuteilen, gepackt gewesen war. Solche Probleme hatte eine Geistgestalt der Großen Erdmutter bestimmt nicht. Trotzdem, die Art, wie sie mit Tieren umging, hatte schon etwas Unheimliches. Vögel kamen auf ihren Ruf herbeigeschwirrt und fraßen ihr aus der Hand, und jetzt kam auf ihren Pfiff hin eine säugende Mutterstute herbeigelaufen und gestattete der Frau, auf ihrem Rücken zu reiten. Und was war mit diesen Leuten, die ohne Worte, dafür aber mit Gebärden redeten? Ayla hatte ihm für diesen Tag genug zu denken gegeben, sann er und kraulte das Hengstfohlen. Je mehr er darüber nachdachte, desto größer wurde ihr Geheimnis.

Wenn ihre Leute nicht sprachen, konnte er verstehen, daß auch sie nicht sprach. Aber wer waren diese Leute? Wo hielten sie sich jetzt auf? Sie sagte, sie hätte keine Angehörigen, und in der Tat lebte sie allein in diesem Tal. Doch wer hatte sie in der Heilkunst unterwiesen und wer ihr diesen Zauberumgang mit den Tieren beigebracht? Woher hatte sie den Feuerstein? Sie war eigentlich zu jung für einen so begabten Zelandoni. Für gewöhnlich brauchte es viele Jahre, um ein solches Können zu erlangen, und für gewöhnlich zogen solche Leute sich häufig zurück . . .

Sollten das ihre Leute sein? Er wußte von besonderen Gruppen jener, Die Der Mutter Dienten, die sich der Erlangung tiefer Einsichten in große Geheimnisse widmeten. Gruppen dieser Art genossen hohes Ansehen: der Zelandoni daheim hatte mehrere Jahre bei einer solchen Gruppe zugebracht. Der Shamud hatte von selbstauferlegten Prüfungen gesprochen, um Einsichten und Fertigkeiten zu erlangen. War es möglich, daß Ayla unter einer solchen Gruppe gelebt hatte, die sich nur mittels Gebärden verständigte? Und jetzt lebt sie allein, um ihre Fähigkeiten zu vervollkommnen?

Und du dachtest daran, Wonnen mit ihr zu genießen, Jondalar! Kein Wun-

der, daß sie so reagiert hat. Doch welch ein Jammer! So schön zu sein, und dann die Wonnen aufzugeben! Aber ob sie nun schön ist oder nicht – auf jeden Fall wirst du ihre Wünsche respektieren, Jondalar.
Das braune Hengstfohlen stieß mit dem Kopf nach dem Mann und scheuerte sich an ihm, erwartete aufmerksameres Gekraule von feinfühligen Händen, die bei dem juckenden Prozeß des Fohlenfell-Verlierens immer die richtigen Stellen zum Kratzen gefunden hatten. Jondalar war entzückt, daß das Füllen zu ihm kam. Bisher waren Pferde nie etwas anderes als eine Nahrungsquelle für ihn gewesen; nie war es ihm in den Sinn gekommen, daß sie fühlende Geschöpfe sein könnten, die warm auf sein Streicheln reagierten.
Ayla lächelte. Sie freute sich über das Band der Zuneigung, das sich zwischen dem Mann und Winnies Füllen entwickelte. Ihr fiel ein, woran sie einmal gedacht hatte, und dann erwähnte sie es spontan.
»Jondalar geben Füllen Namen?«
»Dem Füllen einen Namen geben? Du möchtest, daß ich dem Füllen einen Namen gebe?« Er war unsicher, gleichwohl jedoch erfreut. »Ich weiß nicht, Ayla. Ich habe nie daran gedacht, jemand einen Namen zu geben – von einem jungen Pferd ganz zu schweigen. Wie gibt man einem Pferd einen Namen?«
Ayla hatte Verständnis für seine Verlegenheit. Auch sie hatte sich nicht sofort mit dem Gedanken anfreunden können. Namen waren etwas Bedeutungsschweres; sie drückten Anerkennung aus. Winnie als etwas anzuerkennen, das losgelöst war von der Vorstellung *Pferd*, hatte gewisse Konsequenzen. Sie war damit nicht mehr einfach ein Herdentier, das mit seinen Artgenossen über die Steppe zog. Sie verkehrte mit Menschen, holte sich von ihnen Sicherheit und schenkte ihnen damit Vertrauen. Sie stellte etwas Besonderes in ihrer Art dar. Sie hatte einen Namen.
Doch das erlegte der Frau gewisse Verpflichtungen auf. Das Wohlergehen des Tieres erforderte ein beträchtliches Maß an Mühe und Fürsorge. Sie mußte ständig an das Pferd denken; beider Leben waren unentwirrbar miteinander verbunden.
Ayla hatte das Besondere an der Beziehung zwischen ihnen erkannt und anerkannt, besonders, nachdem Winnie zurückgekehrt war. Wenn auch nicht geplant oder berechnet, eignete ihrem Wunsch, daß Jondalar dem Hengstfohlen einen Namen gab, ein gewisses Element der Anerkennung. Ihr lag daran, daß er bei ihr blieb. Verlor er sein Herz an das junge Pferd, konnte das ein zusätzlicher Grund für ihn sein, dort zu bleiben, wo das Hengstfohlen bleiben mußte – zumindest vorläufig; im Tal bei Winnie – und ihr.
Es war nicht nötig, den Mann zu drängen. Vorläufig würde er ohnehin nirgendwo hingehen, jedenfalls nicht, bevor sein Bein geheilt war.

Ayla schrak hoch. Es war dunkel in der Höhle. Sie lag auf dem Rücken, blickte in das undurchdringliche Dunkel und versuchte, wieder einzuschlafen. Schließlich schlüpfte sie leise aus ihrer Lagerstätte hinaus – sie hatte neben der jetzt von Jondalar benutzten eine flache Mulde in den Boden gegraben – und tastete sich bis zum Höhleneingang vor. Sie hörte Winnie leise schnaufend bekunden, daß sie merkte, wohin sie ging.
Ich habe das Feuer schon wieder ausgehen lassen, dachte sie, als sie die Wand bis zum Rand des Simses entlangging. Jondalar ist noch nicht so vertraut mit der Höhle wie ich. Wenn er einmal mitten in der Nacht hinausmuß, sollte er mehr Licht haben.
Draußen blieb sie eine Weile stehen. Ein Viertelmond, der sich nach Westen neigte, stand nahe dem Rand des Felsens auf der gegenüberliegenden Seite; bald würde er dahinter verschwunden sein. Es war dem Morgen näher als der Mitte der Nacht. Unten herrschte Dunkel, bis auf den silbrigen Sternenschimmer, der sich ab und zu im murmelnden Fluß brach.
Am Nachthimmel vollzog sich eine kaum wahrnehmbare Veränderung von Schwarz zu Dunkelblau, doch das nahm sie nur unbewußt wahr. Ohne zu wissen warum, beschloß Ayla, sich nicht wieder hinzulegen. Sie verfolgte, wie der Mond noch einmal aufzuleuchten schien, ehe er hinter dem Rand des Felsens verschwand. Wie in Vorahnung von etwas Bösem, überlief sie ein Schauder, als das Licht plötzlich wie ausgelöscht verschwand.
Nach und nach wurde der Himmel heller, und die Sterne traten im schimmernden Blau zurück. Weit hinten am Ende des Tals färbte der Himmel sich violett. Sie sah zu, wie der deutlich erkennbare Bogen einer blutroten Sonne über den Rand der Erde anschwoll und eine Garbe fahlen Lichts über das Tal ausschickte.
»Das im Osten muß ein Steppenfeuer sein«, sagte Jondalar.
Ayla fuhr herum. Der Mann wurde umspielt vom lebendigen Schimmer der Feuerkugel, die sein Auge in einen Lavendelton verwandelte, wie man ihn bei Feuerlicht nie zu sehen bekam. »Ja, großes Feuer, viel Rauch. Ich nicht gewußt, du auf.«
»Ich bin schon eine ganze Weile wach und habe gehofft, du würdest wieder hereinkommen. Als du das nicht tatest, dachte ich, ich könnte auch aufstehen. Das Feuer ist erloschen.«
»Ich weiß. Ich unachtsam. Nicht richtig gemacht, damit es ganze Nacht brennt.«
»Abdecken. Du hast es nicht abgedeckt, damit es nicht ausgeht.«
»Abdecken«, wiederholte sie. »Ich Feuer machen.«
Er folgte ihr hinein in die Höhle und bückte sich, als er durch den Eingang trat. Das entsprang mehr der Vorsicht als der Notwendigkeit. Der Höhlen-

eingang war hoch genug für ihn, allerdings nicht viel. Ayla holte das Eisenpyrit und den Feuerstein und suchte Zunder und Kleinholz zusammen.
»Hast du nicht gesagt, du hättest den Feuerstein am Strand gefunden? Sind da noch mehr?«
»Ja. Nicht viele. Wasser kommen, weggenommen.«
»Eine Überschwemmung? Der Fluß hat Hochwasser geführt und einiges von den Feuersteinen fortgeschwemmt? Vielleicht sollten wir hingehen und so viele wie möglich zusammensuchen.«
Ayla nickte wie abwesend. Sie hatte andere Pläne für den Tag, wollte jedoch, daß Jondalar ihr half und wußte nicht, wie davon anfangen. Das Fleisch ging ihr aus, und sie wußte nicht, ob er irgendwelche Einwände hätte, wenn sie auf die Jagd ging. Zwar war sie gelegentlich mit der Schleuder hinausgegangen, und er hatte sie nicht gefragt, woher sie die Springmäuse, Hasen und Riesenhamster hatte. Doch sogar die Männer des Clans hatten ihr erlaubt, Kleinwild mit der Schleuder zu erlegen. Jetzt jedoch ging es darum, größeres Wild zu jagen, und das hieß, mit Winnie hinausreiten und eine Fallgrube auszuheben.
Sie freute sich nicht sonderlich darauf. Viel lieber wäre sie mit Baby jagen gegangen, und der war fort. Doch daß ihr der Jagdgefährte fehlte, war die geringste ihrer Sorgen. Viel mehr lag ihr Jondalar auf der Seele. Sie wußte, selbst wenn er etwas dagegen hatte, sie hindern konnte er nicht. Schließlich gehörte sie nicht zu seinem Clan – immerhin war dies ihre Höhle, und er war noch nicht vollständig genesen. Aber ihm schien es im Tal zu gefallen, und er schien Winnie und das Hengstfohlen gern zu haben. Darum sollte sich möglichst nichts ändern. Nur hatte sie bisher die Erfahrung gemacht, daß Männer etwas dagegen hatten, wenn Frauen jagten, doch blieb ihr keine Wahl.
Auch war ihr mehr als an seiner bloßen Einwilligung gelegen – sie wollte, daß er sie unterstützte und ihr half. Sie wollte das Füllen nicht auf die Jagd mitnehmen, weil sie Angst hatte, wenn eine Herde in Panik davonjagte, könnte ihm etwas zustoßen. Wenn aber Jondalar ihm Gesellschaft leistete, blieb es zurück, sobald sie mit Winnie fortritt, da war sie sich ganz sicher. Außerdem würde sie nicht lange fortbleiben. Sie konnte eine Herde aufspüren, eine Fallgrube graben und dann am nächsten Tag mit der eigentlich Jagd beginnen. Doch wie den Mann bitten, dem Füllen Gesellschaft zu leisten, während sie jagen ging?
Als sie die Brühe für die Morgenmahlzeit aufsetzte, überzeugte sie ein Blick auf ihre schwindenden Vorräte, daß etwas getan werden müsse. Sie beschloß, zunächst einmal ihre Neigung zur Jagd auf unverfängliche Weise kundzutun und ihm ihr Können mit ihrer Lieblingswaffe vorzuführen. Je

nachdem, wie er auf ihre Jagd mit der Schleuder reagierte, würde sie wissen, ob es sich lohnte, ihn um seine Mithilfe zu bitten.
Sie hatten es sich zur Gewohnheit gemacht, vormittags an dem Gebüsch und den Bäumen entlangzugehen, die den Fluß säumten. Das war eine gute Übung für ihn, und sie genoß es. An diesem Morgen stopfte sie sich die Schleuder in den Leibriemen. Jetzt brauchte sie nur noch ein Tier, das so nett war, sich in Wurfweite zu zeigen.
Ihre Hoffnung sollte sich mehr als erfüllen, denn als sie sich ein wenig vom Fluß entfernten, flog ein Schneehuhnpaar vor ihnen auf. Sobald sie es sah, griff sie nach der Schleuder. Als sie das erste Schneehuhn herunterholte, stieg das zweite auf, das sie mit ihrem zweiten Stein erlegte. Ehe sie sie holte, warf sie einen Blick auf Jondalar. Was sie sah, war Verwunderung und – weit wichtiger – ein Lächeln.
»Aber das ist ja erstaunlich, Frau! Hast du die Tiere auf diese Weise erlegt? Und ich dachte, du legst Schlingen aus. Was ist das für eine Waffe?«
Sie reichte ihm den Lederriemen mit dem breiten Mittelteil und ging dann die Vögel holen.
»Ich glaube, dies nennt man eine Schleuder«, sagte er, als sie wieder da war. »Willomar hat mir von einer solchen Waffe erzählt. Ich konnte mir nicht recht vorstellen, was er eigentlich meinte, aber das hier muß es gewesen sein. Du bist sehr gut damit, Ayla. Du mußt ganz schön geübt haben, selbst wenn du von Natur aus dafür begabt warst.«
»Dir gefällt, ich jagen?«
»Wenn du nicht jagtest, wer sollte es sonst tun?«
»Clan-Männer nicht mögen, Frauen jagen.«
Jondalar sah sie prüfend an. Sie hatte etwas Erwartungsvolles, Beunruhigendes. Vielleicht hatten die Männer es nicht gern, wenn die Frauen auf die Jagd gingen, doch hatten sie sie offensichtlich nicht davon abgehalten, es zu lernen. Warum hatte sie diesen Tag ausgewählt, um ihm ihr Können vorzuführen? Und wieso hatte er das Gefühl, daß sie ihn ansah, als ob sie sich seiner Zustimmung vergewissern wollte?
»Die meisten Frauen der Zelandonii gehen auf die Jagd, zumindest, solange sie jung sind. Meine Mutter war berühmt wegen ihrer Fähigkeiten im Fährtenlesen. Ich sehe keinen Grund, warum Frauen nicht jagen sollten, wenn sie wollen. Mir gefallen Frauen, die jagen, Ayla.«
Er sah, wie die Spannung in ihrem Gesicht sich legte; offensichtlich hatte sie genau dies von ihm hören wollen; und er hatte auch noch die Wahrheit gesprochen. Trotzdem fragte er sich, warum das für sie so wichtig gewesen sein mochte.
»Ich jagen müssen«, sagte sie. »Brauchen Hilfe.«

»Ich würde ja gern mitkommen, aber ich glaube, soweit bin ich noch nicht.«
»Nicht helfen bei Jagen. Ich nehmen Winnie, du behalten Füllen?«
»Ach, darum geht es«, sagte er. »Du möchtest, daß ich mich um das Hengstfohlen kümmere, während du mit der Stute auf die Jagd gehst?« Er gluckste. »Das ist mal was anderes. Für gewöhnlich bleibt die Frau zu Hause, wenn sie erstmal ein oder zwei Kinder hat. Es ist Aufgabe des Mannes, für sie zu jagen. Ja, ich bleibe bei dem Füllen zurück. Irgend jemand muß schließlich auf die Jagd gehen, und ich möchte nicht, daß dem kleinen Burschen was zustößt.«
Erleichtert verzog sie das Gesicht zu einem Lächeln. Er hatte nichts dagegen, er hatte offensichtlich wirklich nichts dagegen.
»Aber ehe du deine Jagd planst, solltest du dir das Feuer dort im Osten ansehen. Ein Feuer, das so groß ist, könnte die Jagd überflüssig machen.«
»Feuer jagt?« sagte sie.
»Es ist schon vorgekommen, daß allein vom Rauch ganze Herden zugrunde gegangen sind. Manchmal findest du dein Fleisch schon gegart vor! Geschichtenerzähler wissen von einem Mann zu berichten, der nach einem Steppenbrand gebratenes Fleisch findet und dann Probleme hat, seiner Höhle begreiflich zu machen, daß er das Fleisch absichtlich hat verbrennen lassen. Aber das ist eine alte Geschichte.«
Ein verstehendes Lächeln breitete sich auf ihrem Gesicht aus. Ein schnell dahineilendes Feuer konnte eine ganze Herde einholen. Vielleicht brauchte sie gar keine Falle auszuheben!
Als Ayla das Zuggestell und die Tragkörbe für Winnie hervorholte, wußte Jondalar zuerst nichts mit der komplizierten Ausrüstung anzufangen.
»Winnie tragen Fleisch in Höhle«, erklärte sie ihm das Zuggestell, während sie den Gurt straffte. »Winnie auch dich in Höhle gebracht«, fügte sie dann hinzu.
»So also bin ich hierhergekommen! Das habe ich mich schon die ganze Zeit über gefragt. Ich konnte mir nicht vorstellen, daß du mich allein hierhergetragen hättest. Ich hatte schon gedacht, vielleicht hätten irgendwelche anderen Leute mich gefunden und mich bei dir abgeliefert.«
»Keine . . . anderen Leute. Ich finden . . . dich . . . anderen Mann.«
Jondalars Gesicht verzog sich, und alle Freude wich daraus. Auf die Erwähnung Thonolans war er nicht vorbereitet, und der Schmerz über seinen Verlust packte ihn. »Hast du ihn dort zurücklassen müssen? Hättest du ihn nicht auch hierherbringen können?« sagte er in vorwurfsvollem Ton.
»Mann tot, Jondalar. Du verletzt. Viel verletzt«, sagte sie und spürte, wie sie gequält nach Worten suchte. Sie wollte ihm sagen, daß sie den Mann bestattet, daß sie um ihn getrauert hätte, aber sie konnte es ihm nicht verständlich machen. Sie konnte zwar Informationen austauschen, nicht aber Ideen erfor-

schen. Sie wollte von Gedanken zu ihm sprechen, von denen sie noch nicht einmal mit Sicherheit wußte, ob man sie überhaupt in Worten ausdrücken könnte – und fühlte sich ohnmächtig. Er hatte seinen Kummer gleich am ersten Tag ausgelebt, und nun konnte sie nicht einmal sein Leid teilen.

Sie sehnte sich danach, so mühelos mit Wörtern umzugehen wie er, sie ganz spontan in der richtigen Reihenfolge anzubringen, neidete ihm seine Freiheit, sich auszudrücken. Doch irgendwo war da ein unbestimmtes Hindernis, über das sie nicht hinwegkam, spürte sie einen Mangel, bei dem sie manchmal das Gefühl hatte, ihn ausfüllen zu können, um dann doch nicht dazu imstande zu sein. Ihre Intuition sagte ihr, daß sie es wissen müßte – daß das Wissen in ihr eingeschlossen sei und sie nur den Schlüssel finden müßte.

»Tut mir leid, Ayla. Ich hätte dich nicht so anfahren sollen, aber Thonolan war mein Bruder . . .« Das Wort war fast wie ein Aufschrei.

»Bruder. Du und anderer Mann . . . haben dieselbe Mutter?«

»Ja, wir hatten dieselbe Mutter.«

Sie nickte und wandte sich wieder dem Pferd zu. Wenn sie ihm doch nur sagen könnte, daß sie die besondere Beziehung verstand, die zwischen Menschen bestand, die von derselben Mutter geboren worden waren. Creb und Brun waren Brüder gewesen.

Sie war mit dem Packen der Körbe fertig und griff nach den Speeren, um sie in den Halterungen festzustecken, sobald sie durch den niedrigen Höhleneingang nach draußen gekommen wäre. Während er ihr bei ihren letzten Vorbereitungen zusah, ging ihm auf, daß das Pferd für die Frau mehr war als nur ein seltsamer Gefährte. Das Tier brachte ihr entschieden Vorteile. Ihm war nicht klargewesen, wie nützlich so ein Pferd sein konnte. Doch noch ein anderer Widerspruch verwirrte ihn: Sie benutzte ein Pferd, ihr bei der Jagd zu helfen und das Fleisch zurückzubringen – von so etwas Fortschrittlichem hatte er noch nie gehört – und doch benutzte sie Speere, die primitiver waren als alles, was ihm je zu Gesicht gekommen war.

Er war schon mit vielen auf die Jagd gegangen, und jede Gruppe verwendete ihre besondere Art von Jagdspeeren, die sich jedoch untereinander nicht so grundsätzlich unterschieden wie von dem Speer, den sie benutzte. Trotzdem hatte der Speer etwas Vertrautes. Seine Spitze war scharf und feuergehärtet, der Schaft gerade und glatt – trotzdem war er so ungefüge. Selbstverständlich sollte er geschleudert werden, das war überhaupt keine Frage; er war sogar größer als derjenige, den er benutzte, um Nashörner zu jagen. Wenn sie zurückkam, mußte er sie fragen, was es damit auf sich hatte. Jetzt würde das zu lange dauern. Sie machte zwar Fortschritte mit der Sprache, aber es war immer noch schwierig.

Ehe Ayla und Winnie loszogen, führte er das Füllen in die Höhle. Dort

kraulte und streichelte er das kleine Pferd und redete solange mit ihm, bis er überzeugt war, daß Ayla und die Stute weit fort wären. Es war ein merkwürdiges Gefühl, allein in der Höhle zu sein und zu wissen, daß die Frau den größten Teil des Tages über fortbleiben würde. Er benutzte den Stock, um sich hochzuziehen; dann siegte seine Neugier, er fand eine Lampe und zündete sie an. Den Stock zurücklassend – in der Höhle brauchte er ihn nicht – hielt er die ausgehöhlte Steinlampe in der einen Hand und folgte den Wänden der Höhle, um zu sehen, wie groß sie eigentlich war und wohin sie führte. Was die Größe betraf, so gab es keinerlei Überraschungen – sie war ungefähr so groß, wie er angenommen hatte, und bis auf die kleine Nische hinten gab es keine Seitengänge. Doch die Nische wartete mit einer Überraschung auf: alles wies darauf hin, daß hier in letzter Zeit ein sehr großer Höhlenlöwe gehaust hatte; nicht einmal Tatzenspuren fehlten.
Nachdem er sich den Rest der Höhle angesehen hatte, war er überzeugt, daß Ayla seit Jahren hier lebte. Was die Spur des Höhlenlöwen betraf, so mußte er sich irren. Doch als er noch einmal hinging und die Nische genauer untersuchte, war er doch überzeugt, daß innerhalb des vergangenen Jahres irgendwann einmal ein Höhlenlöwe hier gehaust haben mußte.
Noch ein Geheimnis! Ob er jemals Antwort auf all diese verwirrenden Fragen erhalten würde?
Er nahm einen von Aylas Körben – unbenutzt, soweit er sehen konnte – und beschloß, unten am Strand nach Feuersteinen zu suchen. Warum sich nicht nützlich machen? Während das Füllen voraussprang, mühte Jondalar sich mit Hilfe seines Stocks den steilen Pfad hinunter. Nahe dem Knochenhaufen lehnte er ihn an die Felswand. Wenn er ihn doch endlich überhaupt nicht mehr brauchen würde!
Jondalar blieb stehen, um das Hengstfohlen, das an seiner Hand schnupperte, zu streicheln und zu kratzen, und lachte dann, als das junge Pferd sich überschäumend vor Freude in der Suhle wälzte, die es sonst mit Winnie benutzte. Vor Entzücken prustend und die Beine in der Luft krümmte und wälzte das Füllen sich in der lockeren, nachgebenden Erde. Als es dann aufstand, schüttelte es sich, so daß Schmutz nach allen Richtungen spritzte. Dann ließ es sich an seinem Lieblingsplatz im Schatten einer Weide nieder, um sich auszuruhen.
Langsam schritt Jondalar den steinübersäten Uferstreifen ab, beugte sich hinunter und musterte jeden Stein einzeln. »Ich hab' einen!« rief er aufgeregt, so daß das Füllen erschrak. Er kam sich ein bißchen albern vor. »Und hier ist noch einer!« sagte er und lächelte etwas verlegen. Doch als er dabei war, den erzenen grauen Stein aufzuheben, hielt er inne; er hatte einen weiteren, viel größeren Stein entdeckt. »Gibt es viel Feuerstein an diesem Ufer!«
Sie holt sich ihre Feuersteine hier und schlägt auch ihre Werkzeuge gleich hier

an Ort und Stelle! Wenn du einen Hammerstein hättest und kräftig zuschlagen könntest und . . . Du könntest einige Werkzeuge herstellen, Jondalar. Messer mit guten scharfen Klingen und spitze Meißel. Er richtete sich auf und schätzte den Haufen Knochen und Treibgut ab, den der Fluß an der Felswand abgelagert hatte. Sieht ganz so aus, als ob sich ein vernünftiger Knochen finden ließe; und Gehörn und Geweih auch. Du könntest sogar einen anständigen Speer machen.

Aber vielleicht legt sie gar keinen Wert auf einen ›anständigen‹ Speer, Jondalar. Vielleicht gibt es einen guten Grund, warum sie die ihren benutzt. Aber das bedeutet noch lange nicht, daß du nicht für dich einen Speer fertigen solltest. Auf jeden Fall wäre das besser, als den ganzen Tag müßig herumzusitzen. Du könntest sogar etwas schnitzen. Früher, ehe du es aufgabst, hast du doch eine gute Hand fürs Schnitzen gehabt.

Er stocherte und wühlte in dem Haufen Knochen und Treibholz herum, ging dann um die Felswand herum, durchsuchte Aylas Abfälle und fand darunter einzelne Knochen, Schädel und Geweihe. Außerdem fand er bei der Suche nach einem vernünftigen Hammerstein mehrere Händevoll Feuersteine. Nachdem er die Kruste des ersten zertrümmert hatte, ging ein Leuchten über sein Gesicht. Ihm war gar nicht klargewesen, wie sehr er die Ausübung seines Handwerks vermißt hatte.

Er dachte an all die vielen Dinge, die er machen könnte, jetzt, wo er Feuersteine hatte. Er brauchte nur ein gutes Messer und eine Axt, beides mit Griff. Im übrigen hatte er Lust, Speere zu fertigen, und außerdem konnte er jetzt seine Kleidung mit ein paar guten Ahlen in Ordnung bringen. Vielleicht gefielen Ayla seine Werkzeuge; zumindest hätte er ihr etwas vorzuweisen.

Die Zeit war ihm nicht lang geworden, wie er befürchtet hatte, und die Dämmerung brach herein, als er seine neuen Steinhauer-Werkzeuge und die neu damit hergestellten Feuersteinwerkzeuge zusammenpackte und in einem Fell verstaute, das er sich von Ayla ausgeliehen hatte. Wieder in der Höhle, stupste das Füllen ihn und heischte Aufmerksamkeit; offenbar hatte es Hunger, wie er annahm. Ayla hatte einen dünnen Körnerschleim zurückgelassen – den das Füllen erst zurückgewiesen hatte, später aber doch fraß. Doch das war um Mittag gewesen. Wo mochte sie jetzt sein?

Als die Dunkelheit hereingebrochen war, fing er an, sich ernstlich Sorgen zu machen. Das Füllen brauchte Winnie, und Ayla sollte wieder da sein. Vom äußersten Rand des Simses hielt er Ausschau nach ihr und beschloß dann, ein Feuer zu machen; vielleicht sah sie das, falls sie sich verirrt hatte. Nein, selbstverständlich verirrte sie sich nicht, sagte er sich, machte aber das Feuer trotzdem.

Es war spät, als sie endlich heimkam. Er hörte Winnie und wollte schon den

Steinpfad hinunter, um ihr entgegenzugehen, doch das Füllen war schneller als er. Ayla stieg am Strand vom Pferd, schleifte einen Tierkadaver vom Zuggestell herunter und ordnete die Stäbe dergestalt, daß sie den schmalen Pfad hinaufgingen. Gerade als Jondalar unten ankam, führte sie die Stute hinauf, und er mußte beiseite treten. Mit einem brennenden Scheit, das ihr als Fackel diente, kehrte sie zurück. Jondalar hielt es, während Ayla den zweiten Kadaver wieder auf das Zuggestell lud. Er humpelte hinüber, um ihr zu helfen, doch sie hatte es bereits geschafft. Als er sah, wie sie mit dem schweren toten Hirsch umging, konnte er zum erstenmal sehen, welche Körperkraft sie besaß und auf welche Weise sie sie erworben hatte. Pferd und Zuggestell waren nützlich, vielleicht sogar etwas, worauf sie nicht verzichten konnte; trotzdem war sie nur eine Person.

Das Hengstfohlen suchte gierig nach der Zitze der Mutter, doch Ayla scheuchte es fort, bis sie die Höhle erreicht hatten.

»Du recht gehabt, Jondalar«, sagte sie, als sie oben auf dem Sims ankam. »Großes, großes Feuer. Ayla nie zuvor so großes Feuer gesehen. Bis ganz weit. Viele, viele Tiere.«

Etwas an ihrer Stimme ließ ihn genauer hinsehen. Sie war völlig ausgepumpt, und das Blutbad, das sie hatte mitansehen müssen, trug dazu bei, daß ihre Augen noch tiefer in den Höhlen lagen. Ihre Hände waren schwarz, und ihr Gesicht und der Überwurf voller Ruß und Blut. Sie nahm Winnie das Zuggeschirr ab, schlang der Stute dann den Arm um den Hals und lehnte völlig erschöpft die Stirn an das Tier. Das Pferd hatte den Kopf gesenkt und stand mit gespreizten Vorderbeinen da, während das Füllen den bis zum Bersten gefüllten Zitzen etwas von der Spannung nahm. Das Pferd sah nicht minder erschöpft aus als die Frau.

»Das Feuer muß weit entfernt gewesen sein. Es ist spät. Bist du den ganzen Tag geritten?« fragte Jondalar.

Unter Mühen hob sie den Kopf und sah ihn an. Für einen Augenblick hatte sie vergessen, wo sie war. »Ja, den ganzen Tag«, sagte sie und seufzte dann tief auf. Sie konnte ihrer Müdigkeit noch nicht nachgeben, dazu gab es noch zuviel zu tun. »Viele Tiere sterben. Viele kommen Fleisch holen. Wolf. Hyäne. Löwe. Andere, die ich noch nie gesehen hatte. Große Zähne.« Sie riß den Mund weit auf wie ein Maul und ließ die beiden Zeigefinger herunterhängen wie zwei überlange Reißzähne.

»Du hast einen Säbelzahntiger gesehen! Ich habe nicht gewußt, daß es sie wirklich gibt! Ein alter Mann hat uns Jungen beim Sommertreffen immer davon erzählt, wie er in seiner Jugend einen gesehen hätte, aber geglaubt hat es ihm keiner. Du hast wirklich einen gesehen?« Er wünschte, er hätte bei ihr sein können.

Sie nickte und zitterte, straffte die Schultern und machte die Augen zu. »Machen Winnie angst. Schleicht heran. Schleuder vertrieben. Winnie und ich weglaufen.«

Jondalar riß die Augen weit auf, als er ihrem zögernd vorgebrachten Bericht von diesem Zwischenfall folgte. »Du hast mit deiner Schleuder einen Säbelzahntiger vertrieben? Große Mutter, Ayla!«

»Viel Fleisch. Tiger . . . nicht brauchen Winnie. Schleuder vertreiben.« Sie wollte noch mehr sagen, alles genau beschreiben und ihre Angst schildern, damit er an ihr teilhätte, doch sie wußte einfach nicht, wie sie das machen sollte. Sie war zu abgespannt, um die Bewegungen vorzuführen und sich dann die passenden Wörter dafür zu überlegen.

Kein Wunder, daß sie erschöpft ist, dachte Jondalar. Vielleicht hätte ich ihr nicht raten sollen, sich das Feuer anzusehen. Aber immerhin hat sie zwei Hirsche bekommen. Und dazu muß Mut gehören, sich gegen einen Säbelzahntiger zur Wehr zu setzen! Wirklich eine beachtliche Frau!

Jondalar hatte Kochsteine ins Feuer gelegt, und dafür war sie ihm dankbar. Eine Tasse heißen Tees war gerade das richtige. Sie hatte zu essen für ihn zurückgelassen und gehofft, daß er nicht von ihr erwartete, noch zu kochen. Daran konnte sie im Augenblick wirklich nicht denken. Sie hatte zwei Hirsche, die abgehäutet und zum Trocknen zerlegt und kleingeschnitten werden mußten.

Sie hatte nach Tieren gesucht, die nicht verbrannt waren, denn schließlich wollte sie auch die Häute haben. Doch als sie anfing zu arbeiten, fiel ihr ein, daß sie vorgehabt hatte, ein paar neue Messer zu fertigen. Messer wurden mit der Zeit stumpf – winzige Plättchen blätterten an der Schneide ab. Für gewöhnlich war es leichter, neue zu fertigen und die alten für etwas anderes zu verwenden, zum Beispiel als Schaber.

Das stumpfe Messer war mehr, als sie ertragen konnte. Tränen der Müdigkeit und der Niederlage traten ihr in die Augen, als sie auf dem Fell herumhackte, statt zu schneiden.

»Ayla, was fehlt dir?« fragte Jondalar.

Woraufhin sie nur noch um so wütender auf den Hirsch loshackte. Sie konnte es ihm nicht erklären. Daraufhin nahm er ihr das stumpfe Messer aus der Hand und zog sie hoch. »Du bist müde. Warum legst du dich nicht hin und ruhst eine Weile?«

Sie schüttelte den Kopf, obwohl sie gern getan hätte, was er ihr sagte. »Hirsch Fell abziehen, Fleisch trocknen. Nicht warten, Hyäne kommen.«

Er machte sich gar nicht erst die Mühe ihr vorzuschlagen, die Beute hineinzubringen; sie konnte ja nicht mehr klar denken. »Ich passe auf«, sagte er. »Du mußt dich ausruhen. Gehe hinein und lege dich hin, Ayla.«

Dankbarkeit erfüllte sie. Er würde über dem Fleisch wachen! Sie war gar nicht auf den Gedanken gekommen, ihn darum zu bitten; sie war es einfach nicht gewohnt, jemanden zu haben, der ihr helfen konnte. Sie stürzte in die Höhle und zitterte vor Erleichterung am ganzen Leibe. Sie ließ sich auf ihr Lager fallen. Sie wollte Jondalar sagen, wie dankbar sie ihm war, und spürte, daß ihr wieder die Tränen kamen, und da wußte sie, daß jeder Versuch vergeblich wäre. Sie konnte ja nicht reden!

Jondalar kam im Laufe der Nacht etliche Male in die Höhle herein und ging wieder hinaus. Manchmal blieb er stehen und betrachtete die schlafende Frau. Besorgt runzelte er die Stirn. Sie war unruhig, schlug mit den Armen um sich und murmelte im Traum Unverständliches.

Ayla ging durch Nebel und rief um Hilfe. Eine große, dunstverhangene Frau, deren Gesicht nur undeutlich zu erkennen war, hielt die Arme ausgebreitet. »Ich habe versprochen, daß ich vorsichtig bin, Mutter, aber wo bist du gewesen?« murmelte Ayla. »Warum bist du nicht gekommen, als ich dich rief? Ich habe gerufen und gerufen, aber du bist nicht gekommen. Wo bist du gewesen? Mutter? Mutter! Geh nicht fort! Bleib bei mir, Mutter, warte auf mich. Laß mich nicht allein!«

Das Bild der großen Frau löste sich auf, und der Nebel verflog. An ihrer Stelle stand eine andere Frau, klein und untersetzt. Ihre kräftigen muskulösen Beine waren leicht nach außen gebogen, doch ging sie aufrecht und gerade. Sie hatte eine große Adlernase mit kräftigem Nasenbein; der vorspringende Mund hatte so gut wie kein Kinn. Die fliehende Stirn war nur niedrig, der Kopf jedoch groß, und der Nacken kurz und dick. Mächtige Brauenwülste beschatteten zwei große, kluge braune Augen, die sie voller Sorge liebevoll ansahen.

Sie winkte. »Iza!« rief Ayla. »Iza, hilf mir! Bitte, hilf mir!« Doch Iza sah sie nur fragend an. »Hörst du mich denn nicht, Iza? Warum verstehst du mich nicht?«

»Niemand kann dich verstehen, wenn du nicht sprichst, wie es sich gehört«, ließ eine andere Stimme sich vernehmen. Sie sah einen Mann, der sich mit Hilfe eines Stabes vorwärtsbewegte. Er war alt und lahm. Der eine Arm war ihm am Ellbogen abgenommen. Seine linke Gesichtshälfte war schrecklich vernarbt, und das linke Auge fehlte. Das rechte Auge verriet Kraft, Weisheit und Mitleid. »Du mußt lernen zu sprechen, Ayla«, sagte Creb mit seiner einhändigen Gebärdensprache. Dabei konnte sie ihn hören. Er sprach mit Jondalars Stimme.

»Wie soll ich sprechen? Ich kann mich nicht erinnern. Hilf mir, Creb!«

»Dein Totem ist der Höhlenlöwe, Ayla«, sagte der alte Mog-ur.

Rötlich aufblitzend sprang die Raubkatze den Auerochsen an, rang die riesige, vor Schrecken schreiende rotbraune Kuh zu Boden. Ayla rang nach Luft, und der Säbelzahntiger riß das bluttropfende Maul mit den riesigen Reißzähnen auf und fauchte. Er kam auf sie zu, und seine Zähne wurden immer länger und schärfer. Sie hatte in einer winzigen Höhle Schutz gesucht und drängte sich an den festen Felsen im Rücken. Ein Höhlenlöwe brüllte.
»Nein! Nein!« rief sie.
Eine Riesentatze mit ausgefahrenen Krallen fuhr auf sie zu und riß ihr vier parallel zueinander verlaufende Kratzwunden auf den Oberschenkel.
»Nein! Nein!« rief sie. »Ich kann nicht! Ich kann nicht!« Der Nebel um sie herum wallte. »Ich kann mich nicht erinnern.«
Die große Frau breitete die Arme aus. »Ich werde dir helfen . . .«
Für einen Moment verschwand der Nebel, und Ayla erblickte ein Gesicht, ähnlich dem ihren. Schmerz und Übelkeit bemächtigten sich ihrer, und ein säuerlicher Geruch nach Feuchtigkeit und Moder entströmte einem Spalt im Boden.
»Mutter! *Mutterrr!*«

»Ayla! Ayla! Was hast du denn?« Jondalar schüttelte sie. Er war draußen auf dem Sims gewesen, als er sie in einer fremden Sprache hatte schreien hören und schneller hineingehumpelt war, als er es für möglich gehalten hatte.
Sie saß aufrecht da, und er nahm sie in die Arme. »Ach, Jondalar! Das war mein Traum, mein Alptraum«, schluchzte sie.
»Ist ja schon gut, Ayla. Jetzt ist ja alles wieder gut.«
»Es war ein Erdbeben. Das war es. Und sie ist in dem Erdbeben umgekommen.«
»Wer ist bei einem Erdbeben umgekommen?«
»Meine Mutter. Und später auch Creb. Ach, Jondalar, ich *hasse* Erdbeben!« Sie erschauerte in seinen Armen.
Jondalar schüttelte sie an beiden Schultern und hielt sie von sich, um sie ansehen zu können. »Erzähl mir von deinem Traum, Ayla«, sagte er.
»Diesen Traum habe ich, solange ich zurückdenken kann – er stellt sich immer wieder ein. In einem bin ich in einer kleinen Höhle, und eine krallenbewehrte Tatze streckt sich nach mir aus. Ich glaube, auf die Weise hat mein Totem mich gekennzeichnet. An den anderen konnte ich mich nie erinnern, aber jedesmal, wenn ich davon aufwachte, habe ich gezittert und mir war übel. Nur diesmal nicht. Ich habe sie gesehen, Jondalar. Ich habe meine Mutter gesehen!«
»Ayla, hörst du dich eigentlich?«
»Was meinst du?«

»Du sprichst, Ayla! Du sprichst!«

Einst hatte Ayla sprechen können. Wenn es auch nicht dieselbe Sprache war, hatte sie doch das Gefühl und Empfinden für Sinn und Rhythmus einer gesprochenen Sprache gekannt. Sie hatte vergessen, sich durch Sprache auszudrücken, weil ihr Überleben von einer anderen Verständigungsart abgehangen hatte – und weil sie die Tragödie hatte vergessen wollen, die sie allein zurückgelassen hatte. Wenn es auch nicht auf bewußter Bemühung beruhte, sie hatte mehr von Jondalars Sprache gehört und sich mehr eingeprägt, als ihr bewußt war. Syntax, Grammatik und Betonung gehörten ja zu den Lauten dazu, die sie aufnahm, wenn er sprach.

Wie ein Kind, das sprechen lernt, war sie mit der Fähigkeit und dem Wunsch zu sprechen geboren; sie brauchte nur ständigem Sprechen ausgesetzt zu werden. Nur ihre Motivation war stärker als die eines Kindes, und deshalb lernte sie schneller. Obwohl sie einige seiner Laute und die Art, wie er sie hervorbrachte, nicht genau nachmachen konnte, war ihr seine Sprache auf ganz natürliche Weise zugewachsen.

»Ja, das tue ich. Ich kann sprechen, Jondalar. Ich kann in Worten denken!«

Da ging beiden auf, daß er sie im Arm hielt, und beide wurden verlegen. Er nahm die Arme herunter.

»Ist es schon morgen?« fragte Ayla, als sie die leichte Helligkeit am Höhleneingang und am Rauchloch oben wahrnahm. Sie warf die Felle zurück, unter denen sie gelegen hatte. »Ich habe ja nicht gewußt, daß ich solange schlafen würde. Große Mutter! Ich muß unbedingt anfangen, das Fleisch zu trocknen.« Auch seine Ausrufe hatte sie mit aufgenommen. Er lächelte. Es hatte schon etwas Erschreckendes oder Ehrfurchtgebietendes, sie plötzlich sprechen zu hören; doch auch noch zu hören, wie seine Ausrufe ihr über die Lippen kamen, und noch dazu mit ihrer eigentümlichen Aussprache, war schon komisch.

Sie lief auf den Eingang zu und blieb wie angewurzelt stehen. Sie rieb sich die Augen und sah noch einmal hin. An Schnüren aufgehängte zungenförmige und dünn geschnittene Fleischstücke zogen sich von einem Ende des Platzes vor der Höhle zur anderen; unten auf dem Boden glosten mitten dazwischen mehrere kleine Feuer. Träume ich denn immer noch? Waren denn plötzlich alle Frauen des Clans erschienen, um ihr zu helfen?

»Am Herdfeuer habe ich ein Stück von der Lende aufgespießt, falls du hungrig bist«, sagte Jondalar mit aufgesetzter Beiläufigkeit und einem breiten selbstgefälligen Grinsen.

»Du! Du hast das gemacht?«

»Ja, das habe ich.« Sein Grinsen wurde womöglich noch breiter. Sie reagierte noch besser auf seine kleine Überraschung, als er angenommen hatte.

Mochte er auch noch nicht wieder soweit sein, daß er auf die Jagd gehen konnte – zumindest konnte er die Tiere enthäuten, die sie anbrachte, und anfangen, das Fleisch zu trocknen, zumal er gerade ein paar neue Messer gemacht hatte.

»Aber ... du bist doch ein Mann!« sagte sie wie vor den Kopf geschlagen.

Jondalar war seine Überraschung wesentlich besser gelungen, als er ahnte. Nur dadurch, daß sie sich auf ihre Erinnerungen verließen, erwarben Clansangehörige das Wissen und die Fertigkeiten, die sie instand setzten zu überleben. Für sie hatte sich die instinktive Fähigkeit herausgebildet, sich an Können und Fertigkeiten ihrer Vorfahren zu erinnern und sie – in ihren Gehirnwindungen gespeichert – an ihre Nachkommen weiterzugeben. Die Aufgaben, die Männer und Frauen zu verrichten hatten, waren seit so vielen Generationen unterschieden worden, daß Clansangehörige ein geschlechtsspezifisches Erinnerungsvermögen hatten. Männer waren unfähig, die Aufgaben von Frauen zu übernehmen und umgekehrt; sie waren nicht mit den dafür notwendigen Erinnerungen ausgestattet.

Ein Clans-Mann hätte jagen oder einen zu Tode gekommenen Hirsch finden und diesen auch zurückbringen können. Er hätte seiner Beute sogar das Fell abziehen können, wenn auch weniger geschickt als eine Frau. Und unter Druck hätte er es wohl auch verstanden, ein paar Fleischbatzen herauszuhakken. Nie jedoch wäre er auf die Idee gekommen, das Fleisch aufzuschneiden, um es zu trocknen; und selbst wenn er auf den Gedanken gekommen wäre, er hätte nicht gewußt, wie beginnen. Auf keinen Fall hätte er das Fleisch in regelmäßig dünne Scheiben zerlegen können, die schön gleichmäßig trockneten, und wie Ayla sie jetzt vor Augen hatte.

»Darf ein Mann denn nicht mal ein bißchen Fleisch zerschneiden?« fragte Jondalar. Er wußte, daß manche Völker hinsichtlich der Männer- und der Frauen-Arbeit unterschiedlichen Gebräuchen folgten; er jedoch hatte ihr nur helfen wollen. Er hatte nicht angenommen, daß sie gekränkt sein könnte.

»Beim Clan kann die Frau nicht jagen und der Mann nicht ... Essen machen«, versuchte sie zu erklären.

»Aber du gehst doch auf die Jagd.«

Diese Feststellung ließ sie überraschend zusammenfahren. Sie hatte vergessen, daß sie mit ihm die Unterschiede zwischen dem Clan und den Anderen teilte.

»Ich ... ich bin keine Clans-Frau«, sagte sie verunsichert. »Ich ...« Sie wußte nicht, wie sie es ihm erklären sollte. »Ich bin wie du, Jondalar. Eine von den Anderen.«

23

Ayla hielt, ließ sich von Winnie herabgleiten und reichte Jondalar den tropfenden Wasserschlauch. Er nahm ihn und stillte mit großen Zügen seinen Durst. Sie waren weit das Tal hinuntergezogen, fast bei den Steppen, und ein beträchtliches Stück vom Fluß entfernt.

In Wellen neigte sich das goldene Gras um sie herum. Sie waren dabei gewesen, die Körner von Rispen- und Kolbenhirse sowie Roggen einzuheimsen, die auf einem gemischten Schlag gediehen, zu dem auch noch die nickenden Ähren der zweizeiligen Gerste sowie Einkorn und zweiblütiger Emmer gehörten. Es war eine harte, zeitraubende Arbeit, die kleinen harten Körner von den Fruchtständen einzelner Stengel abzustreifen. Die kleine runde Hirse, die in die eine Abteilung des zweigeteilten Sammelkorbs kam, den sie an einer Schnur um den Hals trugen, um die Hände freizuhaben, ließ sich leicht abbrechen, mußte jedoch zusätzlich geworfelt werden, wohingegen der Roggen, der in die andere Abteilung kam, sich sauber aus der Ähre löste.

Ayla schlang sich die Schnur ihres Korbes wieder um den Hals und arbeitete weiter. Jondalar gesellte sich kurze Zeit darauf wieder zu ihr. Eine Zeitlang streiften sie Seite an Seite Körner ab, doch dann wandte er sich an sie: »Wie ist das eigentlich zu reiten, Ayla?« fragte er.

»Das ist schwer zu erklären«, sagte sie und überlegte. »Wenn man schnell dahinfliegt, ist es sehr aufregend. Aber das langsame Reiten auch. Es gibt mir ein so gutes Gefühl, wenn ich auf Winnies Rücken sitze.« Sie streifte weiter Ähren ab, hielt dann jedoch inne und sagte: »Möchtest du es einmal ausprobieren?«

»Was ausprobieren?«

»Winnie zu reiten.«

Er sah sie an, versuchte herauszubekommen, welche Gefühle sie wirklich dabei bewegten. Es hatte ihn schon seit geraumer Zeit gereizt, einmal zu reiten, doch schien sie eine solch persönliche Beziehung zu dem Tier zu haben, daß er nicht wußte, wie er taktvoll darum bitten sollte. »Ja, das würde ich gern. Aber würde Winnie mich auch lassen?«

»Das weiß ich nicht.« Sie warf einen Blick auf den Sonnenstand, um zu sehen, wie spät es sei, dann schwang sie sich den Korb auf den Rücken. »Das werden wir ja sehen.«

»Jetzt?« fragte er. Sie nickte und machte sich bereits auf den Rückweg. »Und ich dachte, du hättest das Wasser geholt, damit wir noch länger Körner einheimsen können.«

»Das habe ich auch. Nur habe ich vergessen, daß das Ernten mit zwei Paar Händen schneller geht als nur mit einem. Ich hatte nur in meinen Korb gesehen – ich bin es nicht gewohnt, daß man mir hilft.«

Was dieser Mann alles konnte, überraschte sie immer aufs neue. Er war nicht nur bereit, sondern auch imstande, alles zu tun, was auch sie konnte, oder aber er konnte es lernen. Er war neugierig und interessierte sich für alles; eine besondere Freude machte es ihm, etwas Neues auszuprobieren. Sie sah sich selbst in ihm wieder, und erst jetzt begriff sie, wie ungewöhnlich sie dem Clan vorgekommen sein mußte. Dennoch hatten sie sie bei sich aufgenommen und versucht, sie ihrer Art zu leben anzupassen.

Schwungvoll schob Jondalar seinen Pflückkorb auf den Rücken und faßte neben ihr Schritt. »Ich bin bereit, für heute Schluß zu machen. Außerdem hast du schon soviel Körner, Ayla, und Gerste und Weizen sind noch nicht einmal reif. Ich verstehe gar nicht, warum du noch mehr haben willst.«

»Das ist für Winnie und ihr Baby. Die beiden brauchen auch noch Gras. Winnie frißt im Winter zwar draußen, aber wenn der Schnee hoch liegt, gehen viele Pferde ein.«

Diese Erklärung reichte, um jeden Einwand von seiner Seite zu ersticken. Sie gingen durch das hohe Gras zurück und genossen jetzt, da sie in der Hitze nicht mehr arbeiten mußten, die warme Sonne auf der bloßen Haut. Jondalar trug nur seinen Lendenschurz, und seine Haut war genauso gebräunt wie ihre. Ayla trug jetzt ihren kurzen Sommerüberwurf, der ihr von der Hüfte bis zu den Knien ging und vor allem deshalb wichtig war, weil sie in den Falten Werkzeuge, Schleuder und andere Dinge mit sich herumtragen konnte. Sonst hatte sie nur ihren kleinen Beutel an einem Riemen um den Hals hängen. Jondalar bedachte ihren festen und geschmeidigen Körper mehr als einmal mit bewundernden Blicken, hütete sich jedoch, irgendwelche anzüglichen Gesten zu machen, und von ihr kam nichts, was man als eine Aufforderung hätte betrachten können.

Er freute sich auf den Ritt und fragte sich, was Winnie wohl machen würde. Wenn nötig, konnte er ihr rasch aus dem Weg gehen. Bis auf ein leichtes Hinken war seinem Bein nichts mehr anzumerken, und er meinte, auch dieses Hinken würde sich mit der Zeit noch geben. Ayla hatte die Wunde wirklich auf geradezu wunderbare Weise versorgt; er hatte ihr so viel zu danken. In letzter Zeit hatte er ans Fortgehen gedacht – es gab ja keinen Grund mehr für ihn zu bleiben –, doch schien sie es nicht eilig zu haben, daß er ging, und so schob er es immer wieder auf. Er wollte ihr noch helfen, sich auf den kommenden Winter vorzubereiten; das zumindest war er ihr schuldig.

Außerdem mußte sie an die Pferde denken. Auf den Gedanken war er nie gekommen. »Das ist ziemlich viel Arbeit, auch noch Futter für die Pferde zu lagern, nicht wahr?«

»Ach, soviel nun auch wieder nicht«, sagte sie.

»Ich habe gerade darüber nachgedacht, daß du gesagt hast, sie brauchten auch noch Gras. Könntest du denn nicht die ganzen Stengel schneiden und sie in die Höhle bringen? Dann könntest du, statt die Körner in diesen zu sammeln« – er zeigte auf ihre Sammelkörbe –, »die Körner in einem Korb ausschütteln und hättest außerdem auch noch das Gras für sie.«

Sie legte die Stirn in Falten und überlegte. »Vielleicht ... Wenn man die Stengel nach dem Schneiden trocknete, ließen sich die Körner vielleicht herausschütteln. Manche besser als andere. Aber es kommen ja immer noch Weizen und Gerste ... ein Versuch wird sich lohnen.« Ein breites Lächeln malte sich auf ihrem Gesicht. »Jondalar, ich glaube, es könnte klappen!«

Sie war so rückhaltlos aufgeregt, daß auch er lächeln mußte. Daß er sie hoch schätzte, daß er sich von ihr angezogen fühlte und einfach Freude an ihr hatte – all das war nur allzu deutlich in seinen wunderbar verführerischen Augen zu erkennen. Und wie sie reagierte, das war offen und spontan.

»Jondalar, ich mag das so gern, wenn du ... mich mit deinem Mund und deinen Augen anlächelst.«

Er lachte – sein unerwartetes, unverkrampftes, überschäumendes und mutwilliges Lachen! Diese Ehrlichkeit und Offenheit, die sie hat, dachte er. Ich glaube, sie ist noch nie anders als völlig aufrichtig gewesen. Was für eine ungewöhnliche Frau!

Ayla ließ sich von seinem Heiterkeitsausbruch mitreißen. Ihr Lächeln verstärkte sich unter seinem Einfluß, wurde zu einem Glucksen und entlud sich dann in einem vollen, hemmungslosen und hinreißend befreienden Lachen.

Beide waren außer Atem: als sie sich wieder fingen, ließen sie sich zu neuen Lachausbrüchen verleiten, holten neuerlich tief Atem und wischten sich die Lachtränen aus den Augenwinkeln. Keiner von beiden konnte sagen, was denn eigentlich so umwerfend komisch gewesen sei; ihr Lachen hatte sich an sich selbst genährt, gleichzeitig war es aber auch ein Loswerden von Spannungen gewesen, die sich in ihnen beiden aufgestaut hatten.

Als sie weitergingen, legte Jondalar Ayla den Arm um die Hüfte – eine liebevolle Geste, die noch zum gemeinsamen Lachen dazugehörte. Er spürte, wie sie sich versteifte und ließ sofort los. Er hatte sich – und ihr, wenngleich sie das in dem Augenblick nicht begriffen hatte – versprochen, sich ihr nie aufzudrängen. Wenn sie Enthaltsamkeit von den Wonnen gelobt hatte, wollte er

sich nicht in eine Lage bringen lassen, die sie zwänge, ihn zurückzuweisen. Er hatte sich besonders viel Mühe gegeben, ihre Person zu achten.
Aber der weibliche Duft ihrer warmen Haut war ihm in die Nase gestiegen, er hatte die strotzende Fülle ihrer Brüste neben sich gespürt. Plötzlich wurde ihm klar, wie lange er schon nicht bei einer Frau gelegen hatte, und der Lendenschurz tat nichts, seine Gedanken zu verbergen. In dem Versuch, seine Erektion zu verbergen, wandte er sich ab, doch das war alles, was er tun konnte, um sich davon abzuhalten, ihr den Überwurf herunterzureißen.
»Doni! Wie sehr ich diese Frau begehre!« murmelte er halblaut.
Tränen schossen Ayla in die Augen, als sie mit ansehen mußte, wie er davonschoß. Was habe ich falsch gemacht? Warum reißt er sich von mir los? Warum will er mir nicht das Zeichen geben? Ich erkenne doch sein Bedürfnis, warum will er es nicht mit mir stillen? Bin ich denn so häßlich? Sie zitterte, als sie daran dachte, wie es sich angefühlt hatte, als er den Arm um sie gelegt hatte; ihre Nase war noch voll von seinem männlichen Geruch. Sie verlangsamte ihre Schritte, wollte ihm nicht gegenübertreten und kam sich vor wie als kleines Kind, wenn sie etwas getan hatte, von dem sie wußte, daß es unrecht war – nur wußte sie diesmal nicht, was es war.
Jondalar hatte den kühlen Schatten des Vegetationsbandes erreicht, welches den Fluß säumte. Der Drang in ihm war so groß, daß er sich nicht mehr zurückhalten konnte. Nur wenige Augenblicke nachdem sie ihn hinter einer Wand aus dichtem Laub nicht mehr sehen konnte, spritzte es weiß und zähflüssig auf den Boden; sich immer noch in Händen haltend, lehnte er die Stirn an einen Baum, und ein Zittern durchlief ihn. Es war eine Befreiung, mehr nicht; doch konnte er der Frau jetzt jedenfalls gegenübertreten, ohne zu versuchen, sie zu Boden zu werfen und ihr Gewalt anzutun.
Er fand einen Stecken, um den Boden damit zu lockern, und bedeckte den Seim seiner Wonnen mit der Erde der Mutter. Der Zelandoni hatte ihm gesagt, es sei Verschwendung, sich der Gabe der Mutter einfach zu entledigen, doch wenn es sich nicht vermeiden lasse, solle sie einfach an sie zurückgegeben werden, zu Boden geschüttelt und mit Erde bedeckt. Der Zelandoni hat recht, dachte er. Es war Verschwendung, und eine Lust war es auch nicht gewesen.
Es war ihm peinlich, wieder aus dem Uferstreifen hinauszutreten, und so ging er am Fluß entlang. Den Arm um das Füllen gelegt und die Stirn an Winnies Hals gedrückt, sah er sie neben dem großen Felsen warten. Wie verletzt und verletzbar sie aussah, und wie sie sich trost- und hilfesuchend an die Tiere wandte! Dabei sollte sie sich um Unterstützung an ihn lehnen, dachte er, sollte er es sein, der sie tröstete! Es war überzeugt, ihr Kummer bereitet zu haben und empfand Scham, als ob er etwas Verwerfliches getan hätte. Widerstrebend trat er aus den Bäumen und Sträuchern heraus.

»Es gibt Zeiten, da kann ein Mann nicht warten, sein Wasser zu lassen«, log er zaghaft lächelnd.

Ayla war überrascht. Warum sprach er Wörter, die nicht wahr waren? Sie wußte, was er getan hatte. Er hatte sich erleichtert.

Ein Mann aus dem Clan hätte um die Gefährtin des Anführers gebeten, ehe er sich erleichtert hätte. Hätte er sich nicht beherrschen können, hätte er selbst ihr – so häßlich sie war – das Zeichen gegeben, falls keine andere Frau zur Hand gewesen wäre. Kein erwachsener Mann würde sich selbst erleichtern. Nur Heranwachsende, die zwar die körperliche Reife erreicht, aber noch nicht ihre erste Beute erlegt hatten, würden diese Möglichkeit in Betracht ziehen. Jondalar hingegen hatte es vorgezogen, die Sache selbst in die Hand zu nehmen, statt ihr das Zeichen zu geben. Sie war mehr als nur verletzt; sie war gedemütigt.

Sie überging seine Worte mit Stillschweigen und bemühte sich, ihm nicht in die Augen zu sehen. Wo war seine Begeisterung geblieben? Wie konnte sich soviel in der kurzen Zeit verändern, die es brauchte, von einem Ende der Weidefläche zur anderen zu gehen? Ganz bemüht, den Eindruck hervorzurufen, alles sei wie sonst, kletterte er auf die sitzähnliche Auswölbung des Felsens, während Ayla das Pferd näher herantrieb; aber auch er mied jeden Blickkontakt.

»Wie bringst du sie dazu, dorthin zu gehen, wo du willst?« fragte er.

Ayla dachte über die Frage nach. »Ich bringe sie nicht dazu, sie will dorthin, wo auch ich hinwill.«

»Aber woher weiß sie, wohin du willst?«

»Das weiß ich nicht . . .« Sie wußte es wirklich nicht. Sie hatte nie darüber nachgedacht.

Jondalar schloß daraus, daß es ihr egal war. Er war bereit, dorthin zu gehen, wohin immer das Pferd wollte – sofern es überhaupt bereit war, ihn auf seinem Rücken zu dulden. Er legte ihm eine Hand auf die Kruppe, um sich festzuhalten, dann setzte er sich behende rittlings aufs Pferd.

Winnie legte die Ohren an. Sie wußte, daß es nicht Ayla war, denn die Last war schwerer, und sie verspürte auch nicht den lenkenden Druck von Aylas Schenkeln und Beinen. Aber Ayla stand neben ihr, hielt ihr den Kopf, und der Mann war ihr auch vertraut. Die Stute tänzelte einen Moment unsicher, um sich gleich darauf zu beruhigen.

»Und was mache ich jetzt?« fragte Jondalar. Seine Beine baumelten zu beiden Seiten des kleinen Pferdes herunter, und mit den Händen wußte er auch nicht recht etwas anzufangen.

Beruhigend klopfte Ayla dem Pferd den Hals und wandte sich dann in einer Sprache an Winnie, die teils aus Gebärden, teils aus halbverschluckten Clan-

Wörtern und teils aus Zelandonii bestand. »Jondalar möchte auf dir reiten, Winnie.«
Ihre Worte hatten den Klang des Vorwärtsdrängens, und ihre Hand übte sanften Druck aus – Hinweis genug für das Tier, das an Aylas Angaben und Anweisungen gewöhnt war. Winnie setzte sich in Bewegung.
»Wenn du dich festhalten mußt, schling ihr die Arme um den Hals«, riet Ayla ihm.
Winnie war es gewohnt, jemand auf dem Rücken zu tragen. Sie sprang nicht und bockte auch nicht, doch da ihr die Anweisungen fehlten, bewegte sie sich nur zögernd. Jondalar lehnte sich vor, um ihr den Hals zu klopfen, womit er ebensosehr sich selbst als auch das Pferd beruhigen wollte, nur hatte diese Bewegung Ähnlichkeit mit Aylas Angabe zu beschleunigen. Das unerwartete Vorwärtsschießen ließ Jondalar Aylas Rat befolgen. Er schlang der Stute die Arme um den Hals und lehnte sich weiter vor. Für Winnie war das ein Signal, ihre Gangart noch mehr zu beschleunigen.
In gestrecktem Galopp sprengte das Pferd davon, und Jondalar klammerte sich mit aller Kraft an seinen Hals. Sein langes Haar flatterte hinter ihm. Er verspürte den Luftzug im Gesicht, und als er schließlich wagte, die Augen einen Spalt weit aufzumachen, sah er das Land mit einer alarmierenden Geschwindigkeit an sich vorbeiziehen. Es war erschreckend und faszinierend zugleich! Er begriff Aylas Unfähigkeit, das Gefühl zu beschreiben. Es war, als sauste man im Winter einen Eishang hinunter, und er wurde an das eine Mal erinnert, da er von dem großen Stör flußaufwärts geschleppt worden war – nur war es noch unendlich aufregender. Sein Blick wurde auf etwas verschwommen sich Bewegendes neben ihm aufmerksam. Das Fuchsfohlen sprengte neben seiner Mutter her und fiel nicht hinter ihr zurück.
Er hörte einen fernen Pfiff, scharf und durchdringend, woraufhin das Pferd plötzlich eine enge Schleife machte und zurückgaloppierte.
»Aufsetzen!« rief sie Jondalar zu, als sie sich ihr näherten. Als das Pferd verlangsamte, setzte er sich in der Tat aufrechter hin. Aus dem Trab kam Winnie neben dem Felsen zum Halten.
Jondalar zitterte ein wenig, als er absaß, aber seine Augen blitzten vor Erregung. Ayla klopfte der Stute die schweißbedeckten Flanken und folgte ihr langsamer, als Winnie dem Ufer in der Nähe der Höhle zustrebte.
»Weißt du, daß der kleine Hengst die ganze Strecke über mitgehalten hat? Ist das ein Renner!«
Der Art, wie Jondalar das Wort benutzte, entnahm Ayla, daß mehr an dem Ausdruck war. »Was ist ein ›Renner‹?« fragte sie.
»Beim Sommertreffen werden Wettkämpfe abgehalten – alle möglichen –, aber am aufregendsten sind die Wettläufe«, erklärte er. »Die Läufer werden

Renner genannt, und inzwischen hat das Wort die Bedeutung von jemand angenommen, der alles dransetzt, um zu gewinnen oder irgendein Ziel zu erreichen. Das Wort selbst bedeutet schon Anerkennung und Ermutigung – und Lob.«

»Das Füllen ist ein Renner; es mag gern rennen.«

Schweigend gingen sie weiter, und das Schweigen wurde mit jedem Schritt schmerzlicher. »Warum hast du mir zugerufen, ich sollte mich aufsetzen?« fragte Jondalar schließlich, um es auszufüllen. »Ich dachte, du hättest gesagt, du wüßtest nicht, wie du Winnie zu verstehen gibst, was du willst. Und doch ist sie langsamer geworden, als ich mich aufsetzte.«

»Ich habe nie darüber nachgedacht, doch als ich dich kommen sah, dachte ich plötzlich: ›Aufsetzen!‹ Zuerst wußte ich auch nicht, wie ich es dir klarmachen sollte, doch als du langsamer werden mußtest, wußte ich es einfach.«

»Dann gibst du dem Pferd also doch Signale. Irgendwelche Zeichen. Ich möchte mal wissen, ob das Hengstfohlen imstande wäre, Zeichen zu erlernen«, sann er.

Sie erreichten die Wand, die bis ins Wasser hineinreichte, und als sie sie umrundeten, sahen sie Winnie wohlig schnaufend sich am Rand des Flusses suhlen, um sich abzukühlen. Gleich neben ihr strampelte das Fohlen mit den Beinen in der Luft. Lächelnd blieb Jondalar stehen, um zuzusehen, doch Ayla ging mit gesenktem Kopf weiter. Als sie gerade den Pfad hinaufzusteigen begann, holte er sie ein.

»Ayla . . .« Sie drehte sich um, und er wußte nicht mehr, was sagen. »Ich . . . ich, ahhh . . . ich möchte dir danken.«

Den Sinn dieses Wortes zu begreifen, fiel ihr immer noch ein wenig schwer. Es gab im Clan keine direkte Entsprechung dafür. Die Mitglieder eines jeden kleinen Clans hingen, um zu überleben, so sehr voneinander ab, daß gegenseitige Hilfe einfach zu ihrer Lebensweise gehörte. Man sagte genausowenig ›dankeschön‹, wie ein Baby seiner Mutter für ihre Fürsorge dankte oder seine Mutter das von ihm erwartete. Besondere Gunstbeweise, Gefallen oder Geschenke verpflichteten den Empfänger, sie in gewisser Weise zu erwidern und wurden nicht immer gern angenommen.

Am nächsten kam man im Clan dem Konzept des Dankens, wenn jemand Tieferstehendes einem Höheren gegenüber froh war, von einer Verpflichtung entbunden zu werden – für gewöhnlich eine Frau einem Mann gegenüber. Ayla wollte es jetzt scheinen, daß Jondalar versuchte, ihr zu vermitteln, daß er dankbar sei, auf Winnie geritten zu haben.

»Jondalar, Winnie hat dir gestattet, auf ihrem Rücken zu sitzen. Warum dankst du dann mir?«

»Du hast mir geholfen, sie zu reiten, Ayla. Und außerdem ist da so viel, wofür ich dir dankbar zu sein habe. Du hast so viel für mich getan, hast dich meiner angenommen.«

»Würde das Füllen Winnie danken, daß sie sich seiner annimmt? Du warst in Bedrängnis, und da habe ich dich gepflegt. Warum ... ›danken‹?«

»Aber du hast mir das Leben gerettet.«

»Ich bin Eine Frau, Die Heilt, Jondalar.« Sie überlegte, wie sie ihm klarmachen könnte, daß – wenn jemand einem anderen das Leben rettete – der Retter Anspruch auf einen Teil des Lebensgeistes des Geretteten hatte und infolgedessen verpflichtet war, seinerseits die oder den Betreffenden zu schützen; und daß die beiden einander infolgedessen fortan näherständen als Blutsbrüder. Sie jedoch sei eine Medizinfrau, und mit dem kleinen Brocken Mangandioxid, das sie in ihrem Amulettbeutel um den Hals trage, sei ihr ein Stück vom Geist eines jeden gegeben worden. Niemand sei verpflichtet, ihr mehr zu geben. »Danke zu sagen, ist nicht nötig«, sagte sie.

»Ich weiß, daß es nicht nötig ist. Und ich weiß auch, daß du Eine Frau bist, Die Heilt. Es ist mir nun aber mal wichtig, daß du weißt, wie mir zumute ist. Menschen danken einander für Hilfe. Das gebietet die Höflichkeit und entspricht Sitte und Herkommen.« Einer hinter dem anderen stiegen sie den Pfad hinan. Sie gab ihm keine Antwort, doch was er gesagt hatte, ließ sie daran denken, wie Creb versucht hatte, ihr zu erklären, es sei unhöflich, über die Grenzsteine zum Herdfeuer eines anderen Mannes hinüberzublicken. Sitten und Gebräuche des Clans zu verstehen, war ihr schwerer gefallen, als seine Sprache zu erlernen. Jondalar sagte, es sei unter seinen Leuten üblich, seiner Dankbarkeit Ausdruck zu verleihen; das erfordere die Höflichkeit; doch das stürzte sie womöglich in noch größere Verwirrung.

Wie konnte er den Wunsch verspüren, sie seiner Dankbarkeit zu versichern, wo er sie doch gerade eben mit Schande bedeckt hatte? Wäre ein Mann aus dem Clan ihr mit einer solchen Verachtung begegnet, hätte sie für ihn aufgehört zu existieren. Seine Sitten und Gebräuche zu erlernen, würde schwer sein; doch deswegen fühlte sie sich jetzt nicht weniger gedemütigt.

Er versuchte, die Barriere zu überwinden, die sich plötzlich zwischen ihnen aufgebaut hatte, und so brachte er sie dazu stehenzubleiben, gerade, als sie die Höhle betreten wollte. »Ayla, es tut mir leid, wenn ich dich in irgendeiner Weise gekränkt haben sollte.«

»Gekränkt: Ich verstehe das Wort nicht.«

»Ich denke, ich habe dich wütend gemacht, dich dazu gebracht, daß du dich ganz elend fühlst.«

»Wütend nicht, aber ja, du hast mich dazu gebracht, daß ich mich elend fühle.«

Daß sie das einräumte, erschreckte ihn. »Tut mir leid«, sagte er.

»Leid tun. Das ist Höflichkeit, stimmt's? Sitte, oder? Jondalar, was sollen solche Wörter wie ›leid tun‹? Damit ändert sich gar nichts, und es bewirkt auch nicht, daß mir wohler zumute ist.«

Er fuhr sich mit der Hand durchs Haar. Sie hatte recht. Was immer er getan hatte – und er glaubte, genau zu wissen, was –, daß es ihm ›leid tat‹, half überhaupt nicht. Es half genausowenig, daß er dem Problem aus dem Weg gegangen war, sich ihm nicht direkt gestellt hatte aus Angst, das könnte ihn in noch größere Verlegenheit bringen.

Sie ging in die Höhle hinein, nahm den Sammelkorb ab und schürte das Feuer, um die Abendmahlzeit zu bereiten. Er folgte ihr, stellte seinen Korb neben den ihren und zog eine Matte an die Feuerstelle heran, um sich hinzusetzen und sie zu beobachten.

Sie benutzte ein paar von den Geräten, die er ihr geschenkt hatte, nachdem er die beiden Hirsche zerlegt hatte, doch für einige Aufgaben zog sie immer noch das grifflose Messer vor, das sie gewohnt war. Er fand, daß sie dieses primitive Messer, das aus einem großen Feuerstein herausgehauen und viel schwerer war als seine Klingen, genauso gut handhabte wie nur jemand, den er kannte, die kleineren, feineren und mit Griffen versehenen. Sein Steinschläger-Verstand beurteilte, wertete und verglich die Vorteile einer jeden Art miteinander. Es geht nicht so sehr darum, daß das eine leichter zu gebrauchen ist als das andere, dachte er. Jedes scharfe Messer schneidet, nur: Denk einmal, um wieviel mehr rohen Feuerstein man braucht, um Werkzeuge für jedermann zu fertigen. Schon das Fördern des Feuersteins könnte ein Problem sein.

Es machte Ayla nervös, ihn so nahe bei sich sitzen und sie beobachten zu wissen. Schließlich stand sie auf, um etwas Kamille für den Tee zu holen; sie hoffte, ihn dadurch abzulenken und sich selbst zu beruhigen. Ihm jedoch machte das nur bewußt, daß er es wieder hinausgeschoben hatte, sich dem Problem zu stellen. Und so nahm er allen Mut zusammen und beschloß, es direkt anzugehen.

»Du hast recht, Ayla. Zu sagen: ›Tut mir leid‹, bedeutet nicht viel. Nur weiß ich nicht, was ich sonst sagen soll. Ich weiß nicht, womit ich dich gekränkt habe. Bitte, sag mir, warum fühlst du dich so schlecht?«

Er mußte wieder Wörter sagen, die nicht wahr waren, dachte sie. Wie sollte er es nicht wissen? Dennoch schien er aufrichtig betrübt. Sie senkte den Blick und wünschte, er hätte sie nicht gefragt. Es war schon schlimm genug, eine solche Demütigung zu ertragen – doch jetzt auch noch darüber reden zu müssen . . . Aber er hatte eine direkte Frage gestellt.

»Mir ist unwohl zumute, weil . . . weil ich unerwünscht bin.« Sie richtete diese Worte an ihre Hände, die sie – einen Becher Tee haltend – im Schoß liegen hatte.

»Was meinst du damit: Du bist unerwünscht? Ich verstehe das nicht.«

Warum stellte er ihr diese Frage? Wollte er, daß ihr noch elender zumute war? Ayla blickte zu ihm auf. Er lehnte sich vor, und sie las Aufrichtigkeit und Besorgnis in seiner Haltung und in seinen Augen.

»Kein Mann beim Clan würde je sein Bedürfnis selbst stillen, wenn eine annehmbare Frau da wäre.« Sie errötete, als sie von ihrem Versagen sprach, und senkte den Blick wieder auf die Hände. »Dein Bedürfnis war groß, und doch bist du vor mir davongelaufen. Wie sollte ich mich nicht elend fühlen, wo ich doch unerwünscht für dich bin?«

»Willst du damit sagen, du bist gekränkt, weil ich dich nicht . . .« Er setzte sich zurück und blickte auf. »Ach, Doni! Wie konntest du nur so dumm sein, Jondalar?« Diese Frage war an die Höhle ganz allgemein gerichtet.

»Und ich dachte, du wolltest, daß ich dich nicht belästige, Ayla. Ich habe nur versucht, deine Wünsche zu respektieren. Ich habe dich so sehr gewollt, daß ich es nicht mehr ertragen konnte, doch jedesmal, wenn ich dich berührte, wurdest du ganz steif. Wie kommst du auf die Idee, irgendein Mann könnte dich nicht für annehmbar halten?«

Ein großes Begreifen ging durch sie hindurch und löste die schmerzliche Verkrampfung ihres Herzens. Er begehrte sie! Er hatte gedacht, sie sei es, die *ihn* nicht wollte! Wieder diese unterschiedlichen Sitten und Gebräuche! »Aber Jondalar, du hättest doch bloß das Zeichen zu machen brauchen. Was spielt es für eine Rolle, was *ich* möchte?«

»Natürlich spielt es eine Rolle, was du möchtest. Willst du . . .« Plötzlich übergoß sich sein Gesicht mit flammender Röte. »Willst du mich denn nicht?« Seine Augen hatten etwas Zauderndes und verrieten Angst vor dem Abgewiesenwerden. Das Gefühl kannte sie. Es überraschte sie, es bei einem Mann zu sehen, doch schmolz damit auch noch der letzte Zweifel, den sie haben konnte, und was in ihr aufblühte, waren Wärme und Zärtlichkeit.

»Ich will dich, Jondalar, ich habe dich vom ersten Augenblick an begehrt, da ich dich sah. Als du so schwer verletzt warst, war ich mir nicht sicher, ob du durchkommen würdest, und da habe ich dich angeschaut und gefühlt . . . Da entstand in mir dieses Gefühl. Aber immer habe ich vergeblich auf das Zeichen von dir gewartet . . .« Wieder senkte sie den Blick. Sie hatte mehr gesagt, als sie beabsichtigt hatte. Die Frauen des Clans gingen feinfühliger vor, wenn sie einem Mann durch ihre Gesten zu verstehen gaben, daß sie sich nach ihm sehnten.

»Und ich habe die ganze Zeit über gedacht . . . Was ist das für ein Zeichen, von dem du dauernd redest?«

»Wenn beim Clan ein Mann eine Frau begehrt, macht er das Zeichen.«

»Zeig es mir!«

Sie machte die Gebärde und errötete. Es war eine Bewegung, die eine Frau für gewöhnlich nicht machte.
»Und das ist alles? Nur das brauche ich zu tun? Und was machst du dann?« Er war wie vor den Kopf geschlagen, als sie sich erhob, sich hinkniete und ihm darbot.
»Soll das heißen, ein Mann tut dies, eine Frau tut das, und damit hat sich's? Sie sind dann bereit?«
»Ein Mann macht das Zeichen nicht, wenn er nicht bereit ist. Bist du heute nicht bereit gewesen?«
Jetzt war es an ihm zu erröten. Er hatte vergessen, wie sehr bereit er gewesen war und was er getan hatte, um zu verhindern, daß er ihr Gewalt antat. Er hätte in diesem Augenblick alles darum gegeben, hätte er das Zeichen gekannt.
»Und was ist, wenn eine Frau ihn nicht will? Oder wenn sie nicht bereit ist?«
»Wenn ein Mann das Zeichen macht, hat eine Frau die Stellung einzunehmen.« Sie dachte an Broud, und ihre Stirn umwölkte sich, als sie an den Schmerz und an die Erniedrigung dachte.
»Jederzeit, Ayla?« Er sah den Schmerz und fragte sich, was es wohl sein mochte. »Selbst beim ersten Mal?« Sie nickte. »Ist dir das so ergangen? Daß irgendein Mann dir einfach das Zeichen gegeben hat?« Sie schloß die Augen, schluckte und nickte dann wieder.
Jondalar war entsetzt und außer sich. »Willst du damit sagen, daß es keine Riten der Ersten Wonnen gab? Niemand, der achtgab und gewährleistete, daß ein Mann dir nicht zu weh tat? Was für Menschen sind denn das? Ist es ihnen denn gleichgültig, was eine Frau beim ersten Mal empfindet? Sie überlassen es einfach irgendeinem Mann, sie zu nehmen, wenn er hoch in der Brunst steht? Und sie zwingt, ob sie bereit ist oder nicht? Ob es weh tut oder nicht?« Er war aufgestanden und lief zornerfüllt auf und ab. »Das ist grausam! Das ist unmenschlich! Wie konnte das zugelassen werden? Haben sie denn kein Mitgefühl? Ist es ihnen denn vollkommen gleichgültig?«
Sein Ausbruch kam so unerwartet, daß Ayla ihn nur mit großen Augen anstarrte und zusah, wie Jondalar sich in rechtschaffenen Zorn hineinsteigerte. Als seine Worte jedoch immer mehr etwas Verunglimpfendes und Herabsetzendes bekamen, schüttelte sie den Kopf und bestritt, was er da behauptete.
»Nein!« sagte sie schließlich und verlieh ihrer gegenteiligen Meinung Ausdruck. »Das ist nicht wahr, Jondalar. Sie haben durchaus Mitgefühl! Iza hat mich gefunden – und hat sich meiner angenommen. Sie haben mich an Kindes Statt bei sich aufgenommen, haben mich zu einem Mitglied des Clans gemacht, obwohl ich ein Kind der Anderen war. Sie hätten mich nicht bei sich aufzunehmen brauchen.
Creb hat mich verstanden, daß Broud mir wehtat. Er hat nie eine Gefährtin

gehabt. Er wußte in der Beziehung nichts von Frauen, und es war Brouds Recht. Als ich dann schwanger wurde, hat Iza sich wieder meiner angenommen. Sie hat alles, aber auch wirklich alles in ihrer Macht Stehende getan, um mir die richtige Medizin zu beschaffen, damit ich mein Kind nicht verlor. Ohne sie wäre ich gestorben, als Durc auf die Welt kam. Und Brun erkannte ihn an, obwohl alle meinten, er sei mißgestaltet. Doch das war er nicht. Er ist gesund und kräftig . . .« Ayla sprach nicht weiter, als sie sah, daß Jondalar sie eigentümlich anstarrte.

»Du hast einen Sohn? Wo ist er?«

Ayla hatte noch nie von ihrem Sohn gesprochen. Selbst nach so langer Zeit noch war es schmerzlich, von ihm zu sprechen. Sie wußte, wenn sie ihn erwähnte, würde das Fragen zur Folge haben, obwohl es irgendwann doch einmal zur Sprache kommen mußte.

»Ja, ich habe einen Sohn. Er ist noch beim Clan. Als Broud mich zwang fortzugehen, habe ich ihn Uba gegeben.«

»Dich zwang fortzugehen?« Er setzte sich zurück. Sie hatte also einen Sohn. Also hatte er recht gehabt mit seiner Annahme, daß sie schon einmal schwanger gewesen sein mußte. »Wie kommt jemand auf den Gedanken, eine Mutter von ihrem Kind zu trennen? Wer ist dieser . . . Broud?«

Wie sollte sie ihm das erklären? Einen Moment schloß sie die Augen. »Er ist der Anführer. Als sie mich fanden, war Brun das. Er gestattete Creb, mich zu einer Clanangehörigen zu machen, aber er wurde alt, und da hat er Broud zum Anführer gemacht. Broud hat mich immer gehaßt, selbst als ich ein kleines Mädchen war.«

»Das ist derjenige, der dir wehgetan hat, nicht wahr?«

»Als ich zur Frau heranreifte, klärte Iza mich über das Zeichen auf; allerdings sagte sie, Männer stillten ihre Bedürfnisse mit Frauen, die sie möchten. Broud hat es nur getan, weil es ihm wohlgetan hat zu wissen, daß er mir etwas antun konnte, was ich haßte. Aber ich denke, mein Totem hat ihn dazu gebracht, es zu tun. Der Geist des Höhlenlöwen wußte, wie sehr ich mich nach einem Baby sehnte.«

»Was hat dieser Broud denn mit dem Baby zu tun? Die Große Erdmutter segnet, wann es Ihr beliebt. Ist dein Sohn seines Geistes gewesen?«

»Creb hat gesagt, die Geister machten die Babys. Er hat gesagt, eine Frau schluckte den Geist vom Totem eines Mannes. War er stark genug, überwand er den Geist ihres Totems, nahm seine Lebenskraft und sorgt dafür, daß ein neues Leben in ihr wächst.«

»Es so zu sehen, ist schon merkwürdig. Die Erdmutter ist es, die den Geist des Mannes auswählt, der sich mit dem Geist der Frau vermischt, wenn Sie eine Frau segnet.«

»Ich glaube nicht, daß Geister Babys machen. Weder Totemgeister noch die Geister, die deine Große Mutter miteinander vermischt hat. Ich glaube, das Leben beginnt, wenn eines Mannes Glied voll ist und er es in eine Frau hineinsteckt. Ich glaube, das ist der Grund, warum Männer so starke Bedürfnisse haben und warum Frauen sich so sehr nach Männern sehnen.«
»Das kann nicht sein, Ayla. Weißt du, wie viele Male ein Mann seine Männlichkeit in eine Frau hineinstecken kann? So viele Kinder könnte eine Frau gar nicht bekommen. Ein Mann bringt eine Frau dazu mit dem Wonnengeschenk der Mutter; er öffnet es, damit der Geist eintreten kann. Aber die Allerheiligste Gabe des Lebens ist nur Frauen gegeben. Sie empfangen die Geister und schaffen Leben und werden zu Müttern wie Sie. Wenn ein Mann Sie ehrt, Ihre Gaben zu schätzen weiß und sich verpflichtet, für eine Frau und ihre Kinder zu sorgen, kann Doni möglicherweise seinen Geist für die Kinder seines Herdfeuers erwählen.«
»Was ist das: Wonnengeschenk?«
»Ja, richtig. Du hast ja Wonnen nie kennengelernt, nicht wahr?« sagte er völlig überwältigt, als er darüber nachdachte. »Kein Wunder, daß du keine Ahnung hattest, als ich ... Du bist eine Frau, die mit einem Kind gesegnet wurde, ohne die Riten der Ersten Wonnen erlebt zu haben. Dein Clan muß schon sehr ungewöhnlich sein. Alle, denen ich auf meinen Reisen begegnet bin, kannten die Mutter und Ihre Gaben. Das Wonnengeschenk ist, wenn ein Mann und eine Frau das Gefühl haben, daß sie einander wollen und einander dann geben.«
»Es ist, wenn ein Mann voll ist und sein Bedürfnis bei einer Frau stillen muß, habe ich recht?« sagte Ayla. »Es ist, wenn er sein Glied dort hineintut, wo die Babys herauskommen. Ist das das Wonnengeschenk?«
»Ja, das ist es. Das und noch viel mehr.«
»Möglich. Nur hat mir jeder gesagt, ich würde nie ein Baby bekommen, weil mein Totem zu stark sei. Es hat sie alle überrascht. Durc war nicht mißgestaltet, sondern sah nur ein wenig so aus wie ich und ein wenig wie sie. Allerdings bin ich erst schwanger geworden, nachdem Broud anfing, mir das Zeichen zu geben. Keiner sonst wollte mich – ich bin zu groß und zu häßlich. Nicht einmal auf dem Clanstreffen war ein Mann, der mich nehmen wollte; dabei war ich von dem Augenblick an, da sie mich bei sich aufnahmen, Izas Tochter und war daher hoch angesehen.«
Irgend etwas an ihrer Erzählung nagte an Jondalar, setzte ihm zu und entzog sich seinem Zugriff.
»Du sagst, die Medizinfrau fand dich – war das ihr Name? Iza? Wo hat sie dich gefunden? Woher kamst du?«
»Das weiß ich nicht. Iza sagte, ich stammte von den Anderen ab, solchen, die

so wären wie ich. Wie du, Jondalar. An das, was war, ehe ich beim Clan war, erinnere ich mich nicht mehr – ich konnte mich nicht einmal an das Gesicht meiner Mutter erinnern. Du bist der einzige Mann, den ich je gesehen habe und der so aussieht wie ich.«

Jondalar lauschte, und während er zuhörte, wurde ihm immer unbehaglicher zumute.

»Auf einem Clanstreffen habe ich von einer anderen Frau von einem Mann der Anderen erfahren. Deshalb hatte ich Angst vor ihnen, bis ich dich traf. Sie hatte ein Baby, ein Mädchen, das Durc so ähnlich war, daß es von mir hätte sein können. Oda wollte, daß ihre Tochter und mein Sohn einmal zusammengegeben würden. Sie behaupteten, auch ihr Baby sei mißgestaltet; ich aber glaube, der Mann von der Anderen war verantwortlich dafür, daß das Kind in ihr wuchs, nachdem er sie gezwungen hatte, sein Bedürfnis an ihr zu stillen.«

»Der Mann zwang sie.«

»Und brachte dabei auch noch ihre erste Tochter um. Oda war mit zwei anderen Frauen zusammen, da kamen viele von den Anderen, aber sie gaben ihnen nicht das Zeichen. Als einer von ihnen sie packte, fiel Oda erstes Baby hin und schlug mit dem Kopf an einem Felsen auf.«

Siedend heiß fiel Jondalar die Bande von jungen Männern aus einer Höhle weit im Westen ein. Er wollte die Folgerungen von sich weisen, die er bereits zog. Doch wenn eine Bande von jungen Männern dazu imstande war, warum dann nicht auch eine andere? »Ayla, du sagst immer wieder, du bist nicht wie der Clan. Wieso sind sie denn anders?«

»Sie sind nicht so groß – deshalb war ich ja so überrascht, als du aufstandest. Ich bin immer größer gewesen als alle anderen, die Männer eingeschlossen. Deshalb wollte mich ja keiner haben. Ich bin zu groß und zu häßlich.«

»Und weiter?« Er wollte nicht fragen, konnte sich jedoch auch nicht zurückhalten. Er mußte es wissen.

»Sie haben braune Augen. Iza meinte, mit meinen Augen müsse was nicht stimmen, da sie von der Farbe des Himmels waren. Durc hat ihre Augen und die . . . ich weiß nicht, wie ich es ausdrücken soll: die großen Brauen. Aber seine Stirn ist wie meine. Ihre Köpfe sind flacher . . .«

»Flachschädel!« Angewidert bleckte er die Zähne. »Gute Mutter, Ayla! Du hast unter diesen Tieren gelebt! Du hast zugelassen, daß einer von ihren Männchen . . .« Ein Schauder überlief ihn. »Du hast ein Monstrum zur Welt gebracht, einen Wechselbalg gemischter Geister, halb Mensch und halb Tier!«

Als ob er etwas Widerwärtiges berührt hatte, fuhr Jondalar zurück und sprang auf. Seine Reaktion beruhte auf irrationalen Vorurteilen, auf eingefleischten Grundüberzeugungen, die von den meisten Menschen, die er kannte, nie in Frage gestellt wurden.

Ayla begriff zuerst gar nichts und sah ihn verwirrt und stirnrunzelnd an. Aber sein Ausdruck verriet Abscheu, ähnlich dem, den sie empfand, wenn sie an Hyänen dachte. Und dann nahmen seine Worte Bedeutung an.

Tiere! Er nannte die Menschen, die sie liebte, Tiere! Stinkende Hyänen! Den verständnis- und liebevollen Creb, der gleichwohl der ehrfurchtgebietendste und mächtigste heilige Mann des ganzen Clans war – Creb ein Tier? Iza, die sie aufgezogen hatte und wie eine Mutter zu ihr gewesen war, die ihr das Wissen um die Heilkunst vermittelt hatte – Iza eine stinkende Hyäne: Und Durc! Ihr Sohn!

»Was willst du damit sagen – Tiere?« rief Ayla, die inzwischen aufgesprungen war und ihn anstarrte. Nie zuvor hatte sie im Zorn ihre Stimme erhoben, und jetzt überraschte es sie selbst, wie laut sie sein konnte – und wie giftsprühend.

»Creb und Iza Tiere? Mein Sohn, ein Monstrum? Die Leute vom Clan sind doch keine stinkenden Hyänen!

Würden Tiere ein verletztes kleines Mädchen bei sich aufnehmen? Würden sie es als ihresgleichen akzeptieren? Für es sorgen und es großziehen? Wo, meinst du, habe ich gelernt, Nahrung zu finden? Oder sie zuzubereiten? Und wo, meinst du, habe ich die Heilkunst erlernt? Wären diese Tiere nicht gewesen, ich würde heute nicht mehr am Leben sein – und du auch nicht, Jondalar! Du behauptest, der Clan, das wären Tiere, und nur die Anderen Menschen? Nun, vergiß nicht: Der Clan hat ein Kind von den Anderen gerettet, und die Anderen haben eines von ihren Kindern getötet. Wenn ich zwischen Menschen und Tieren wählen sollte, würde ich mich für die stinkenden Hyänen entscheiden.«

Damit stürmte sie zur Höhle hinaus und den Pfad hinunter. Dann pfiff sie nach Winnie.

24

Jondalar war wie vom Donner gerührt. Er folgte ihr und sah ihr vom Sims aus nach. Mit geübtem Sprung saß sie auf und sprengte das Tal hinunter. Immer war Ayla entgegenkommend gewesen. Nie hatte sie Zorn gezeigt. Der Gegensatz machte den Ausbruch nur um so überwältigender.

Was die Flachschädel betraf, so hatte er sich immer für gerecht und offen gehalten. Er war der Meinung gewesen, man sollte sie in Ruhe lassen, sie weder belästigen noch reizen, und absichtlich hätte er auch nie einen von ihnen getötet. Nur hatte die Vorstellung, daß ein Mann rein zum Vergnügen eine Flachschädel-Frau benutzen könnte, sein ganzes Empfinden stark verletzt. Daß nun einer von ihren Männern eine Menschenfrau genauso benutzte, hatte einen tiefsitzenden Nerv bei ihm getroffen. Eine derart mißbrauchte Frau mußte besudelt sein!

Dabei hatte er sich so sehr von ihr angezogen gefühlt. Er dachte an die drekkigen Witze, die kichernde Halbwüchsige und junge Männer sich erzählten, und hatte unwillkürlich das Gefühl, als ob sich zwischen seinen Beinen etwas zusammenzöge, als ob er sich bereits angesteckt hätte, sein Glied schrumpfte und kurz davor stehe abzufallen. Kraft irgendeiner Vorsehung der Großen Erdmutter war er noch einmal davongekommen.

Doch schlimmer noch: Sie hatte ein Monstrum zur Welt gebracht, einen Wechselbalg böser Geister, über den man in anständiger Gesellschaft nicht einmal reden konnte. Daß es so etwas Ungeheuerliches überhaupt geben sollte, wurde von vielen heftig abgestritten; dennoch war immer wieder darüber geredet worden.

Ayla hatte es nicht geleugnet. Sie gab es offen zu, stellte sich hin und verteidigte ihr Kind ... nicht minder wütend als jede andere Mutter, deren Kind man verunglimpfte. Sie war gekränkt, war wütend, daß er auf so abwertende Weise über sie gesprochen hatte. Ob sie wirklich von einem Rudel Flachschädel großgezogen worden war?

Einigen Flachschädeln war er auf seiner Reise ja begegnet, und er hatte bei sich längst bezweifelt, ob sie wirklich Tiere wären. Er erinnerte sich an den Zwischenfall mit dem jungen Mann und der älteren Frau. Jetzt, wo er darüber nachdachte – hatte der Junge nicht ein aus einem großen Feuerstein geschlagenes Messer benutzt, um den Fisch in zwei Teile zu teilen – *genauso eines, wie Ayla es benutzt hatte?* Und die Mutter hatte ihren Überwurf genauso um den Leib gewickelt gehabt, wie Ayla es tat. Ayla hatte sogar dieselben unnatürlichen Eigenheiten gehabt, besonders zu Anfang: diese Neigung, den Blick zu Boden gesenkt zu halten und möglichst nicht aufzufallen. Die Felle auf ihrem Lager waren von der gleichen Weichheit wie das Wolfsfell, das sie ihm gegeben hatte. Und ihr Speer! Dieser schwere, primitive Speer – war das nicht genauso ein Speer, wie das Rudel Flachschädel sie getragen hatten, denen Thonolan und er begegnet waren, kurz nachdem sie den Gletscher verlassen hatten?

Er hatte es die ganze Zeit über vor Augen gehabt, er hätte bloß hinsehen müssen. Wozu hatte er sich die Geschichte ausgedacht, sie sei eine von Denen, Die Der Mutter Dienen und sich Prüfungen unterziehen, um ihr Können zu vervollkommnen? Sie verstand ihre Kunst wie nur je ein Heilkundiger, wahrscheinlich noch besser. Hatte Ayla all ihre Kunst wirklich von einem Flachschädel?

Er sah ihr nach, wie sie in der Ferne verschwand. Prachtvoll war sie in ihrem Zorn gewesen. Er kannte viele Frauen, die schon bei der kleinsten Herausforderung die Stimme erhoben. Marona konnte ein keifendes, streitsüchtiges und übellauniges Weib sein, dachte er, als er an die Frau dachte, der er einstmals versprochen gewesen war. Gleichwohl hatte jemand, der so fordernd war, eine Stärke, die ihn ansprach. Ihm gefielen starke Frauen. Sie stellten eine Herausforderung für ihn dar, besaßen einen eigenen Willen und ließen sich bei den seltenen Gelegenheiten, da sie durchbrach, nicht so leicht von seiner eigenen Leidenschaft überwältigen. Trotz ihrer Gelassenheit hatte er immer einen felsharten Kern in Ayla vermutet. Sieh sie dir an, wie sie auf dem Pferd sitzt, dachte er. Sie ist wirklich eine bemerkenswerte, eine wunderschöne Frau!

Plötzlich ging ihm auf, was er getan hatte; es war, als ob er mit eisigem Wasser übergossen worden wäre. Alles Blut wich ihm aus dem Gesicht. Sie hatte ihm das Leben gerettet, und er war vor ihr zurückgezuckt wie vor etwas Schmutzigem und Widerlichem! Sie hatte ihn mit Fürsorge überhäuft, und er hatte ihr das mit Abscheu vergolten! Er hatte ihr Kind ein Monstrum genannt! Ein Kind, das sie offensichtlich liebte. Seine Lieblosigkeit und sein mangelndes Feingefühl machten ihn ganz krank.

Er lief zurück in die Höhle und warf sich auf das Lager. Ihr Lager! Er hatte auf dem Lager einer Frau geschlafen, vor der er gerade eben voller Verachtung zurückgewichen war.

»Ach, Doni!« rief er. »Wie konntest du nur zulassen, daß ich das tat? Warum hast du mir nicht geholfen? Warum hast du mich nicht davon abgehalten?«

Er barg den Kopf unter den Fellen. Seit seiner Jugend war ihm nicht mehr so elend zumute gewesen. Er hatte gedacht, über so etwas wäre er längst hinweg.

Auch damals hatte er zu unbedachtem Handeln geneigt. Lernte er denn nie? Warum hatte er nicht ein bißchen Feingefühl bewiesen? Schließlich hatte er ohnehin bald fortwollen; sein Bein war geheilt. Warum hatte er sich nicht zusammennehmen können, bis er weiterzog?
Überhaupt – warum war er noch hier? Warum hatte er ihr nicht gedankt und war seiner Wege gegangen? Nichts hielt ihn hier fest. Warum war er trotzdem geblieben und hatte Antworten auf Fragen aus ihr herausgeholt, die ihn nichts angingen? Dann hätte er sie als schöne, geheimnisvolle Frau in der Erinnerung behalten können, die ganz allein in einem Tal lebte, Tiere verzauberte und ihm das Leben gerettet hatte?
Weil du einer schönen, geheimnisvollen Frau nicht einfach den Rücken kehren konntest, Jondalar – das weißt du auch ganz genau.
Warum quält dich das jetzt so sehr? Was macht es schon, daß sie . . . daß sie bei Flachschädeln gelebt hat?
Weil du sie wolltest. Und dann dachtest du, sie sei nicht gut genug für dich, weil sie . . . weil sie zugelassen hat, daß . . .
Du Narr! Du hast nicht zugehört. Sie hat es nicht *zugelassen*, er hat sie gezwungen! Ohne irgendwelche Riten der Ersten Wonnen! Und du machst *ihr* Vorwürfe! Da hat sie es dir erzählt, es dir anvertraut und vielleicht ein wenig von der Verletztheit abgestreift – und du, was hast du getan?
Du bist schlimmer als er, Jondalar. Bei ihm hat sie zumindest gewußt, woran sie war. Er hat sie gehaßt und wollte sie verletzen. Und du? Dir hat sie vertraut. Sie hat dir gesagt, was sie für dich empfand. Du hast sie so sehr begehrt, Jondalar, und hättest sie jederzeit haben können. Und jetzt fürchtetest du, daß dein Stolz es nicht zulassen könnte . . .
Wenn du dich ein bißchen mehr mit ihr beschäftigt hättest, statt ständig um dich selbst besorgt zu sein, hättest du vielleicht gemerkt, daß sie sich nicht wie eine erfahrene Frau verhielt. Wie ein verängstigtes junges Mädchen hat sie sich benommen. Hast du denn noch nicht genug von ihnen gehabt, daß du jetzt nicht einmal den Unterschied merkst?
Nun, ja, aussehen tut sie nicht wie ein verängstigtes junges Mädchen. Nein, sie ist ganz einfach die schönste Frau, die du jemals gesehen hast. So schön, so verständig und kenntnisreich und selbstsicher, daß du Angst vor ihr hattest. Angst davor, sie könnte dir einen Korb geben. Dir, dem großen Jondalar! Dem Mann, hinter dem alle Frauen her sind. Jetzt kannst du sicher sein, daß sie dich nicht mehr haben will.
Du hieltest sie für selbstsicher – dabei weiß sie noch nicht mal, daß sie eine Schönheit ist. Sie hält sich wirklich für groß und häßlich. Wie könnte irgendein Mensch sie häßlich finden?
Sie ist unter Flachschädeln groß geworden, vergiß das nicht! Wer hätte ge-

dacht, daß sie über so etwas nachdenken? Aber andererseits: Wer hätte gedacht, daß sie ein fremdes kleines Mädchen bei sich aufnehmen würden? Würden wir denn eines von ihnen bei uns aufnehmen? Wie alt sie damals wohl gewesen sein mag? Sehr groß kann sie noch nicht gewesen sein – diese Krallennarben sind alt. Grauenhaft muß das gewesen sein: mutterseelenallein, nicht zu wissen, wo sie war, und von den Krallen eines Höhlenlöwen zerfleischt zu werden!

Und dann von einem Flachschädel gesundgepflegt! Woher weiß so ein Flachschädel überhaupt, was Heilkunst ist? Dabei hat sie sie von ihnen erlernt, und sie ist sehr gut darin. So gut, daß du hast glauben können, sie sei eine von Denen, Die Der Mutter Dienen. Du solltest die Steinhauerei aufgeben und Geschichtenerzähler werden! Du wolltest die Wahrheit einfach nicht sehen! Und jetzt, wo du sie kennst – macht es dir da etwas aus? Bist du weniger lebendig, weil sie ihre Heilkunst von den Flachschädeln hat? Ist sie weniger schön, weil sie . . . weil sie ein Monstrum geboren hat? Was macht ihr Kind zu einem Monstrum?

Du willst sie immer noch, Jondalar.

Es ist zu spät. Sie wird dir nie wieder glauben, dir nie wieder vertrauen. Und abermals wallte Scham in ihm auf. Er ballte die Hände zur Faust und hämmerte auf die Felle ein. Du Narr! Du dummer, dummer Narr! Du hast es dir alles selbst kaputtgemacht. Warum gehst du nicht fort?

Du bringst es nicht fertig. Du mußt dich ihr stellen, Jondalar. Du hast keine Kleidung, keine Waffen, keine Nahrung – du kannst nicht ohne alles losziehen!

Woher willst du etwas zu essen bekommen? Wo sonst? Das hier ist Aylas Höhle – du mußt es schon von ihr holen. Du wirst sie darum bitten müssen, zumindest um ein paar Feuersteine. Mit Werkzeug kannst du dir Speere fertigen, und damit kannst du dir etwas zu essen jagen, verschaffst dir Felle und eine Schlafrolle und ein Traggestell. Du wirst dir Zeit für die Vorbereitung nehmen müssen; außerdem brauchst du für den Rückmarsch mindestens ein Jahr. Und ohne Thonolan wird es dir sehr, sehr einsam sein.

Jondalar wühlte sich tiefer in die Felle hinein. Warum hat Thonolan sterben müssen? Warum hat dieser Löwe nicht statt dessen mich getötet? Tränen traten ihm aus den Augenwinkeln. Thonolan hätte so etwas Dummes nie getan! Wenn ich doch nur wüßte, wo diese Schlucht liegt, Kleiner Bruder! Hoffentlich hat dir ein Zelandoni geholfen, den Weg in die nächste Welt zu finden. Der Gedanke, daß deine Gebeine von irgendwelchen Aasfressern verstreut wurden, ist mir entsetzlich.

Er hörte Hufgeklapper den schmalen Pfad vom Uferstreifen heraufkommen und meinte, Ayla käme zurück. Dabei war es nur das Hengstfohlen. Jondalar

stand auf, trat auf das Sims hinaus und schaute ins Tal hinaus. Ayla war nirgends zu sehen.
»Was hast du denn, kleiner Bursche? Haben sie dich allein zurückgelassen? Das ist meine Schuld, aber sie werden wiederkommen ... und sei es nur deinetwegen. Außerdem lebt Ayla hier ... allein. Wie lange sie hier wohl schon lebt? Allein. Ob ich das wohl fertiggebracht hätte?«
Da stehst du nun und vergießt Tränen darüber, wie dumm du dich angestellt hast – überleg doch mal, was sie alles durchgemacht hat? Ohne deswegen groß zu weinen! Sie ist wirklich eine erstaunliche Frau. Schön, großartig! Und du hast dir das alles verscherzt, Jondalar, du Narr! Ach, Doni! Wenn ich es doch nur gutmachen könnte!

Jondalar irrte: Ayla vergoß durchaus Tränen. Sie weinte, wie sie noch nie geweint hatte. Die Tränen machten sie nicht weniger stark; sie halfen ihr nur, alles zu ertragen. Sie trieb Winnie an, bis das Tal weit hinter ihnen lag, dann hielt sie an einer engen Schleife eines Flusses, der in ›ihren‹ Fluß vor der Höhle einmündete. Das Land, das von dieser Flußschleife eingeschlossen wurde, stand oft unter Wasser, das Sickerstoffe hinterließ, die fruchtbaren Boden für üppigen Pflanzenwuchs ergaben. Hier hatte sie Moor- und Schneehühner und eine ganze Reihe anderer Tiere vom Murmeltier bis zum Riesenhirsch gejagt, die so saftigem Grün nicht hatten widerstehen können.
Sie schwang ein Bein über Winnies Rücken und ließ sich von ihr heruntergleiten. Sie trank einen Schluck und wusch sich das tränenüberströmte, schmutzige Gesicht. Ihr war, als hätte sie einen bösen Traum gehabt. Der ganze Tag war eine einzige Folge von schwindelerregenden Hochgefühlen und bitterer Niedergeschlagenheit gewesen, die immer neue Höhen und neue Tiefen erreichten. Noch einmal glaubte sie ein solches Wechselbad der Gefühle nicht ertragen zu können.
Der Morgen hatte so gut begonnen. Jondalar hatte ihr beim Getreidesammeln geholfen und sie neuerlich mit der Schnelligkeit überrascht, mit der er lernte. Sie war sich sicher, daß er im Körnerabstreifen zuvor keinerlei Fertigkeiten erworben hatte, doch nachdem sie es ihm einmal gezeigt hatte, ging es ihm flugs von der Hand. Dabei war es nicht so, daß nur die beiden zusätzlichen Hände es waren, was ihr half. Das tat vor allem seine Gesellschaft. Ob sie redeten oder nicht – jemand in der Nähe zu haben machte ihr erst wirklich klar, wie sehr ihr das zuvor gefehlt hatte.
Dann war es zu einer kleinen Meinungsverschiedenheit gekommen. Nichts Ernstem. Sie hatte, als der Wasserschlauch ausgelaufen war, weiterpflücken wollen, er hingegen aufhören. Als sie jedoch vom Fluß zurückgekehrt war und begriff, daß er gern einmal auf dem Pferd reiten wollte, glaubte sie, das sei

vielleicht eine Möglichkeit, ihn an sich zu binden, damit er hierblieb. Er hatte eine Zuneigung zu dem Hengstfohlen gefaßt, und wenn das Reiten ihm gefiel, wollte er vielleicht bleiben, bis der Hengst groß geworden war. Als sie sich bereitfand, den Versuch mit Winnie und ihm zu wagen, hatte er sofort zugegriffen.

In welch glückliche Stimmung sie das beide versetzt hatte! Dadurch war es zu dem Lachen gekommen. So ausgeschüttet vor Lachen hatte sie sich nicht mehr, seit Baby fortgegangen war. Sie liebte Jondalars Lachen – allein es zu hören, war herzerwärmend.

Und dann hat er mich angerührt, dachte sie. Niemand im Clan berührt einen so wie er, zumindest nicht außerhalb des Herdfeuerbereichs. Wer weiß, was ein Mann und seine Gefährtin des Nachts unter ihren Fellen alles trieben! Vielleicht faßt er sie dann so an, wie er mich angefaßt hat. Fassen alle die Anderen einen auf diese Weise an, außerhalb des Herdfeuerbereichs? Ich habe das gern gemocht, wie er mich angerührt hat. Bloß, warum ist er weggelaufen?

Ayla hätte vor Scham vergehen mögen, als er sich selbst befriedigte – sie mußte ja die häßlichste Frau auf Erden sein. Dann, in der Höhle, als er gesagt hatte, er habe sie begehrt und nur gedacht, sie wolle ihn nicht, hätte sie vor Seligkeit fast geheult. Angesehen hatte er sie – sie hatte gespürt, wie die Wärme dabei in ihr hochgestiegen war, das Gefühl des Begehrens, des Ziehens. Er war so zornig gewesen, als sie ihm von Broud erzählt hatte, daß sie überzeugt gewesen war: Er mochte sie. Vielleicht, wenn er das nächstemal bereit war . . .

Aber niemals würde sie vergessen, wie er sie angesehen hatte – als wäre sie ein Stück faulendes Fleisch! Geschüttelt hatte es ihn!

Iza und Creb *sind keine Tiere*! Sie sind Menschen. Menschen, die sich meiner angenommen und mich geliebt haben. Warum haßte er sie so? Sie waren die ersten gewesen, die auf diesem Land gelebt hatten; seine Leute – *unsere* Leute – sind erst später gekommen. Ist das nun die Art meiner Leute?

Ich bin froh, Durc beim Clan zurückgelassen zu haben. Möglich, daß sie ihn für eine Mißgeburt halten, und Broud mag ihn hassen, weil er mein Sohn ist, aber mein Kind ist kein Tier, kein . . . Monstrum. Das ist doch das Wort, das er gebraucht hat. Das braucht er mir nicht zu erklären.

Wieder schossen ihr die Tränen in die Augen. Mein Baby, mein Sohn . . . Er ist nicht mißgebildet – er ist gesund und kräftig. Und er ist auch kein Tier und kein Monstrum.

Woher nur dieser schnelle Sinneswandel? Da saß er und sah mich an mit seinen blauen Augen, sah mich an . . . Und im nächsten Augenblick zuckte er vor mir zurück, als ob er sich an mir verbrennen könnte, als ob ich ein böser Geist wäre, dessen Namen nur die Mog-urs kennen. Das war schlimmer als ein Todesfluch. Die Clansleute haben sich bloß abgewandt und sahen mich nicht mehr. Für sie war ich tot und gehörte der nächsten Welt an. Zumindest haben sie mich nicht angesehen, als ob ich ein . . . ein Monstrum wäre!

Die untergehende Sonne brachte Abendkühle. Selbst im heißesten Sommer noch waren die Steppen nachts kalt. Sie hatte nur ihren Sommerüberwurf an und zitterte. Hätte ich doch nur daran gedacht, ein Zelt und ein Fell mitzunehmen. Nein, Winnie würde ohnehin unbedingt zu ihrem Füllen zurück wollen, und das muß säugen.

Als Ayla vom Ufer aufstand, hob Winnie den Kopf aus üppigem Gras, kam auf sie zugetrabt und scheuchte dabei ein Paar Moorhühner auf. Ayla reagierte fast instinktiv. Die Schleuder aus dem Leibriemen herauszureißen und sich nach Steinen zu bücken, war eine einzige Bewegung. Die Vögel hatten sich kaum in die Luft erhoben, da plumpste erst der eine und gleich danach der andere zu Boden. Ayla holte sie sich, suchte nach dem Nest und blieb dann stehen.

Wieso suche ich nach den Eiern? Will ich Jondalar denn Crebs Lieblingsgericht vorsetzen? Wieso komme ich dazu, überhaupt etwas für ihn zu kochen, von Crebs Lieblingsgericht ganz zu schweigen? Doch als sie des Nestes ansichtig wurde – das kaum mehr war als eine flache Mulde im Boden, in der ein Gelege von sieben Eiern lag –, zuckte sie mit den Achseln und sammelte die Eier vorsichtig ein.

Unten am Fluß legte sie die Eier neben die erlegten Vögel und suchte sich dann langes Schilfrohr, das am Rand des Wassers wuchs. Einen locker geflochtenen Korb herzustellen, brauchte nur wenige Augenblicke; sie benötigte ihn nur für den Heimtransport der Eier und würde ihn hinterher wegwerfen. Sie brauchte noch ein paar Schilfstengel, um den Moorhühnern, denen bereits die dichten Winterfedern wuchsen, die Füße zusammenzubinden.

Winter! Ayla durchlief ein Frösteln. Sie wollte nicht an den kalten und trostlosgrauen Winter denken. Nur konnte sie den Winter eigentlich nie ganz vergessen. Der Sommer war nur die Zeit, sich auf den Winter vorzubereiten.

Jondalar würde sie verlassen! Das wußte sie. Es war töricht, sich einzubilden, daß er bei ihr im Tal bleiben könnte. Warum sollte er? Ob er wohl bliebe, wenn sie nicht allein wäre? Wenn er fort war, würde es noch schlimmer werden . . . selbst nachdem er sie so angesehen hatte!

»Warum hat er kommen müssen?«

Der Klang ihrer eigenen Stimme erschreckte sie. Sie war es nicht gewohnt, sie zu hören, wenn sie allein war. »Aber ich kann sprechen. Das zumindest hat Jondalar erreicht. Jedenfalls kann ich jetzt mit diesen Menschen reden, falls ich welchen begegne. Und ich weiß, daß weiter im Westen welche leben. Iza hat recht, es muß viele Menschen geben, viele von den Anderen.«

Sie legte der Stute die Moorhühner über die Kruppe, so daß auf jeder Seite eins herunterbaumelte, und hielt den Korb mit den Eiern zwischen den Beinen. Geboren worden bin ich den Anderen ... Such dir einen Gefährten, hat Iza mir gesagt. Ich dachte, Jondalar wäre mir von meinem Totem geschickt worden, aber würde mein Totem nur jemand schicken, der mich mit einem solchen Blick ansieht?

»Wie hat er mich nur so ansehen können?« rief sie, von Schluchzen geschüttelt. »Ach, Höhlenlöwe, ich will nicht mehr allein sein!« Ayla sackte in sich zusammen und überließ sich wieder ihren Tränen. Winnie merkte, daß ihr keine Richtungen angegeben wurden, doch das spielte keine Rolle. Sie kannte den Weg. Nach einer Weile setzte Ayla sich wieder auf. Niemand wird mich dazu bringen, hier zu bleiben. Ich hätte mich schon vorher umsehen müssen. Ich kann jetzt sprechen ...

»... und kann ihnen sagen, daß Winnie kein Pferd ist, auf das man Jagd macht«, fuhr sie laut fort, nachdem sie sich dieses Umstands bewußt geworden war. »Ich werde alles vorbereiten, und nächsten Frühling ziehe ich dann los.« Sie wußte, daß sie es wieder hinausschieben würde.

Jondalar wird nicht gleich fortgehen. Er braucht Kleidung und Waffen. Vielleicht hat mein Höhlenlöwe ihn geschickt, damit er mir einiges beibringt. Dann muß ich alles von ihm lernen, was möglich ist, ehe er fortgeht. »Ich werde ihn beobachten und ihm Fragen stellen, egal, wie er mich ansieht. Broud hat mich all die Jahre gehaßt, da ich beim Clan gelebt habe. Da kann ich es auch aushalten, wenn Jondalar ... wenn er mich ... haßt. Sie drückte die Augen zu, um die Tränen zurückzudrängen.

Sie griff nach ihrem Amulett und erinnerte sich, was Creb vor langer Zeit gesagt hatte: Wenn du ein Zeichen findest, das dein Totem für dich zurückgelassen hat, stecke es in deinen Amulettbeutel. Es wird dir Glück bringen. Ayla hatte alle diese Dinge in ihren Beutel gesteckt. Höhlenlöwe, ich habe jetzt so lange allein gelebt – jetzt muß mein Amulett mir Glück bringen.

Als sie zum Strom hinunterritt, war die Sonne bereits hinter den Klippen verschwunden, zwischen denen weiter stromaufwärts der Fluß hindurchfloß. Das Dunkel kam dann immer sehr schnell. Jondalar sah sie kommen und lief zum Fluß hinunter. Ayla hatte Winnie zu einem Galopp angetrieben, und als sie jetzt um die Felswand herumritt, wäre sie ums Haar mit ihm zusammengestoßen. Das Pferd scheute und hätte sie beinahe abgeworfen. Jondalar griff hinauf, um sie festzuhalten, doch als er nacktes Fleisch spürte, riß er – überzeugt, daß sie ihn verachtete – die Hand wieder fort.

Er haßt mich, dachte Ayla. Er kann es nicht einmal ertragen, mich anzufassen. Sie schluckte einen Schluchzer hinunter und gab Winnie das Zeichen vorwärtszugehen. Das Pferd überquerte den steinübersäten Uferstreifen und stieg dann – Ayla auf dem Rücken – den steilen Pfad zur Höhle hinauf. Am Höhleneingang saß sie ab und schoß hinein; hätte sie doch nur sonst einen Ort, sich zu verstecken! Sie stellte den Eierkorb neben das Herdfeuer, raffte einen Armvoll Felle zusammen und trug sie dorthin, wo sie ihre Vorräte lagern hatte. Dort warf sie sie hinter der Darre und zwischen unbenutzten Körben, Matten und Schalen auf den Boden, schlüpfte hinein und zog sich ein Fell über den Kopf.

Gleich darauf vernahm Ayla Winnies Hufe, dann die des Füllen. Sie wurde von Schluchzern geschüttelt, kämpfte gegen die Tränen an und war sich die ganze Zeit über deutlich des Mannes bewußt, der sich da in ihrer Höhle bewegte. Wenn er doch bloß fortginge, damit sie wenigstens weinen konnte!

Sie hörte seine bloßen Füße auf dem Steinboden nicht, wußte jedoch, daß er da war und versuchte, sich zu beruhigen.

»Ayla?« sagte er. Sie gab keine Antwort. »Ayla, ich habe dir Tee gebracht.« Sie wurde ganz steif. »Ayla, du brauchst nicht hier hinten zu bleiben. Ich ziehe um. Ich lege mich auf die andere Seite der Feuerstelle.«

Er haßt mich! Er kann meine Nähe nicht ertragen, dachte sie und unterdrückte wieder ein Schluchzen. Wäre er doch fortgegangen! Würde er doch nur fortgehen!

»Ich weiß, es hilft dir nicht, aber ich muß es trotzdem sagen. Es tut mir leid, Ayla. Es tut mir mehr leid, als ich sagen kann. Ich hätte dir das nicht antun dürfen. Du brauchst mir nicht zu antworten, aber ich muß zu dir sprechen. Du bist mir gegenüber immer ehrlich gewesen – es wird Zeit, daß ich auch dir gegenüber mal rückhaltlos offen bin.

Seit du fortgeritten bist, habe ich nichts anderes getan, als über uns nachzudenken. Ich weiß nicht, warum ich . . . warum ich das getan habe, aber ich will versuchen, es zu erklären. Nachdem dieser Löwe mich angefallen hat und ich hier aufwachte, wußte ich nicht, wo ich war, und vor allem konnte ich nicht verstehen, warum du nicht mit mir reden wolltest. Du warst ein Geheimnis. Warum lebtest du hier ganz allein? Ich dachte mir eine Geschichte über dich aus, daß du ein Zelandoni wärest, der sich Prüfungen auferlegte, eine Heilige Frau, die dem Ruf Der Mutter folgte, Ihr zu dienen. Als du auf meine plumpen Versuche, die Wonnen mit mir zu teilen, nicht eingingst, dachte ich, das gehörte zu deinen selbstauferlegten Prüfungen. Und ich dachte, der Clan, bei dem du lebtest, wäre eine merkwürdige Gruppe von Zelandoni.«

Ayla hatte aufgehört zu schluchzen und lauschte seinen Worte, lag jedoch weiter regungslos da.

»Ich dachte nur an mich selbst, Ayla.« Er hockte sich vor sie hin. »Ich weiß nicht, ob du mir glaubst, aber ich ... hm ... ich habe immer ... als attraktiver Mann gegolten. Den meisten Frauen war an meiner Aufmerksamkeit gelegen. Ich konnte mir auswählen, wen ich wollte. Ich dachte, du lehntest mich ab. Das war ich nicht gewohnt, und es hat meinen Stolz verletzt, doch das wollte ich nicht zugeben. Ich nehme an, das ist der eigentliche Grund, warum ich mir diese Geschichte über dich ausgedacht habe – um mir selbst gegenüber einen Grund zu sehen, warum du mich offenbar nicht wolltest.

Hätte ich aufmerksamer hingeschaut, hätte ich sehen müssen, daß du nicht eine erfahrene Frau warst, die mich abwies, sondern daß du dich eher verhieltest wie eine junge Frau vor ihren Riten der Ersten Wonnen – unsicher und ein wenig ängstlich und doch darauf bedacht zu gefallen. Wenn jemand hätte imstande sein sollen, das zu erkennen, dann ich – ich ..., aber lassen wir das. Das spielt keine Rolle.«

Ayla ließ die Felle herunterfallen und lauschte so angestrengt, daß sie das Blut in ihren Ohren rauschen hören konnte.

»Alles, was ich sehen konnte, war Ayla, die Frau. Und glaub mir, du siehst wirklich nicht wie ein Mädchen aus. Ich dachte, du wolltest mich aufziehen, als du mir erzähltest, du wärest groß und häßlich. Dabei hast du das gar nicht gewollt, nicht wahr? Du glaubst wirklich, du bist häßlich, oder? Vielleicht warst du für die Fl ..., für die Leute, die dich aufgezogen haben, zu groß und anders, Ayla – aber du solltest wissen, daß du nicht zu groß und häßlich bist. Du bist schön. Du bist die schönste Frau, die ich je gesehen habe.«

Sie hatte sich herumgewälzt und setzte sich auf. »Schön? Ich?« sagte sie – um dann, unfähig, das glauben zu können, wieder unter ihren Fellen zu verschwinden; sie wollte nicht noch einmal verletzt werden. »Du machst dich über mich lustig.«

Er streckte die Hand aus, um sie anzufassen, zögerte dann jedoch und zog sie wieder zurück. »Ich kann es dir nicht verübeln, daß du mir nicht glaubst. Nicht nach dem, was ... was heute geschehen ist. Vielleicht sollte ich dem offen ins Auge sehen und versuchen, es zu erklären.

Es ist nicht leicht zu glauben, was du alles durchgemacht hast: verwaist und von ... von den Leuten großgezogen, die so ganz anders sind. Ein Kind zu haben, das dir dann fortgenommen wurde. Gezwungen, dein Zuhause zu verlassen und dich einer fremden Welt zu stellen, und allein hier zu leben. Das ist eine härtere Prüfung, als je einer heiligen Frau einfallen würde, sich selbst aufzuerlegen. Viele hätten das nicht durchgehalten. Du bist nicht nur schön, Ayla, du bist stark. Innerlich bist du stark. Aber es ist möglich, daß du sogar noch stärker sein mußt. Du mußt wissen, wie die Menschen über diejenigen denken, von denen du als Clan sprichst. Ich habe früher genauso gedacht – die Menschen halten sie für Tiere ...«

»Sie sind keine Tiere.«
»Aber das habe ich nicht gewußt, Ayla. Manche Menschen hassen deinen Clan sogar. Warum, weiß ich nicht. Wenn ich darüber nachdenke, ist mir klar, daß man Tiere – richtige Tiere, auf die man Jagd macht – nicht haßt. Vielleicht ist es so, daß die Leute im Grunde ihres Herzens wissen, daß Flachschädel – denn auch so werden sie genannt, Ayla – Menschen sind. Nur sind sie eben so ganz anders. Da erschrickt man oder fühlt sich bedroht. Trotzdem zwingen manche Männer Flachschädel-Frauen – nun ja, eigentlich kann man es so nicht sagen, aber: Wonnen mit ihnen zu teilen. Vielleicht sollte man besser deinen Ausdruck gebrauchen, ihr Bedürfnis zu stillen. Ich kann zwar nicht begreifen, warum, aber sie reden von ihnen wie von Tieren. Ich weiß nicht, ob sie Tiere sind, wenn die Geister sich vermischen können und Kinder geboren werden . . .«
»Bist du sicher, daß es wirklich die Geister sind?« fragte sie. Er schien seiner Sache so sicher zu sein, daß sie geneigt schien, ihm Glauben zu schenken.
»Was immer es ist, jedenfalls bist du, Ayla, nicht die einzige, die ein Kind hat, das eine Mischung zwischen Menschen und Flachschädeln ist, obwohl die Leute darüber nicht reden . . .«
»Sie sind der Clan, und sie sind Menschen«, fiel sie ihm ins Wort.
»Du wirst diese Bezeichnung noch oft hören, Ayla. Ich muß dir das einfach sagen. Außerdem mußt du wissen, daß, wenn ein Mann einer *Clan*-Frau Gewalt antut, das zwar nicht gebilligt, wohl aber darüber hinweggesehen wird. Wenn jedoch eine Frau die Wonnen mit einem Flachschädel-Mann teilt . . . dann ist das für manche Leute unverzeihlich.«
»Monströs?«
Jondalar wurde blaß, machte jedoch keinen Rückzieher. »Ja, monströs.«
»Ich bin nicht monströs!« begehrte sie auf. »Und Durc ist auch kein Monstrum! Ich habe es nicht gemocht, was Broud mir angetan hat, aber monströs war es nicht. Wenn es irgendein anderer Mann gewesen wäre, der nur sein Bedürfnis an mir gestillt hätte, ohne mich dabei zu hassen, so hätte ich das hingenommen wie jede andere Clan-Frau auch. Es ist keine Schande, im Clan eine Frau zu sein. Ich wäre bei ihnen geblieben, sogar als Brouds zweite Frau, wenn man mich gelassen hätte. Bloß um meinem Sohn nahe zu sein. Es ist mir gleichgültig, wie viele Menschen das mißbilligen.«
Er mußte sie bewundern; dennoch – es würde nicht leicht für sie sein. »Ayla, ich sage ja gar nicht, daß du dich schämen müßtest. Ich sage dir nur, worauf du dich einstellen mußt, was dir bevorsteht. Vielleicht könntest du einfach sagen, du stammtest von einem anderen Volk.«
»Jondalar, warum rätst du mir, Worte zu sagen, die nicht wahr sind? Ich kann das nicht. Im Clan spricht keiner die Unwahrheit – das würde herauskom-

men. Man könnte es sehen. Selbst wenn man sich hütet, irgend etwas zu sagen – es kommt doch heraus. Manchmal ist es gestattet – aus Höflichkeit. Trotzdem weiß jeder Bescheid. Ich kann es sehen, wenn du Worte sagst, die nicht wahr sind. Dein Gesicht verrät es mir, deine Schultern, deine Hände . . .«
Schamröte schoß ihm ins Gesicht. Waren seine Lügen so durchsichtig? Wie froh er war, sich entschlossen zu haben, ihr gegenüber rückhaltlos offen und aufrichtig zu sein. Vielleicht konnte er etwas von ihr lernen. Ihre Aufrichtigkeit und Geradheit machten einen Teil ihrer inneren Stärke aus.
»Ayla, du brauchst nicht lügen zu lernen; aber ich dachte, ich sollte dir diese Dinge sagen, ehe ich fortgehe.«
Ayla spürte, wie sich ihr der Magen verkrampfte und sich ihr der Hals zuschnürte. Er will fort. Sie wollte sich wieder in ihren Fellen vergraben und ihren Kopf verbergen. »Ich habe mir gedacht, daß du das tun würdest«, sagte sie. »Aber du hast ja nichts, um zu reisen. Was brauchst du?«
»Wenn ich ein paar von deinen Feuersteinen haben könnte – ich kann Werkzeuge machen und einige Speere. Und wenn du mir sagst, wo die Kleidung ist, die ich anhatte, als ich herkam, würde ich die gern heil machen. Die Proviianttasche müßte eigentlich noch ganz in Ordnung sein, wenn du sie aus der Schlucht mitgebracht hast.«
»Was ist eine Provianttasche?«
»Genauso wie ein Traggestell dient sie zum Transport von etwas. Nur trägt man sie nicht auf dem Rücken, sondern über der Schulter. Im Zelandonii haben wir kein Wort dafür; die Mamutoi benutzen sie. Was ich getragen habe, war Mamutoi-Kleidung . . .«
Ayla schüttelte den Kopf. »Warum ist das ein anderes Wort?«
»Mamutoi ist eine andere Sprache.«
»Eine andere Sprache? Welche Sprache hast du mir denn beigebracht?«
Jondalar hatte das Gefühl, als würden ihm die Knie weich. »Meine Sprache – Zelandonii. Ich dachte nicht . . .«
»Und die Zelandonii – die leben im Westen?«
»Ja, natürlich – nur: sehr weit weg im Westen. Die Mamutoi leben in der Nähe.«
»Jondalar, du hast mich eine Sprache gelehrt, wie Menschen sie sprechen, die sehr weit fort von hier leben, und die die Menschen in der Nähe nicht sprechen. Warum?«
»Ich . . . darüber habe ich nicht nachgedacht. Ich habe dir einfach meine Sprache beigebracht«, sagte er. Plötzlich war ihm hundeelend zumute. Er hatte aber auch wirklich überhaupt nichts richtig gemacht!
»Und du bist der einzige, der sie sprechen kann?«
Er nickte. Ihr drehte sich der Magen um. Sie hatte gedacht, er wäre hierher-

geschickt worden, um sie das Sprechen zu lehren, und nun konnte sie nur mit ihm sprechen! »Jondalar, warum hast du mir nicht die Sprache beigebracht, die alle können?«

»Eine Sprache, die alle können, gibt es nicht.«

»Ich meine die Sprache, die du benutzt, wenn du mit deinen Geistern sprichst, oder meinetwegen auch mit deiner Großen Mutter.«

»Wir haben keine Sprache, die nur dem Gespräch mit Ihr vorbehalten ist.«

»Wie redest du denn mit Menschen, die deine Sprache gar nicht verstehen können?«

»Wir lernen die des anderen. Ich kann drei Sprachen und ein paar Wörter in einigen anderen.«

Ayla zitterte wieder. Sie hatte geglaubt, ihr Tal verlassen und mit den Menschen reden zu können, denen sie begegnen würde. Was jetzt? Sie erhob sich; auch er stand auf. »Ich möchte alle deine Wörter kennen, Jondalar. Ich muß sprechen lernen. Du mußt es mir beibringen. Du mußt, unbedingt.«

»Ayla, ich kann dir nicht noch zwei Sprachen beibringen. Dazu braucht man Zeit. Ich kann sie ja nicht mal vollkommen – dazu gehört mehr als das Wörter-Können.«

»Aber wir können mit den Wörtern anfangen. Wir müssen ganz von vorn anfangen. Was heißt *Feuer* auf Mamutoi?«

Er sagte es ihr und wollte abermals Einspruch erheben, doch sie ließ sich nicht beirren und fragte ein Wort nach dem anderen ab, in genau derselben Reihenfolge, wie sie sie in der Zelandonii-Sprache gelernt hatte. Nachdem sie eine ganze Liste durchhatte, unterbrach er sie abermals. »Ayla, was nützt es, wenn ich dir so viele Wörter hersage? Du kannst sie doch unmöglich einfach so behalten.«

»Ich weiß, mein Gedächtnis könnte besser sein. Sag mir, welche Wörter falsch sind.«

Sie kehrte noch einmal zu dem Wort *Feuer* zurück und wiederholte dann sämtliche Wörter in beiden Sprachen. Als sie endlich fertig war, konnte er sie nur bewundernd ansehen. Ihm fiel ein, daß es nicht die Wörter gewesen waren, die ihr beim Erlernen des Zelandonii Schwierigkeiten bereitet hatten, sondern Struktur und Konzeption der Sprache ganz allgemein.

»Wie machst du das?«

»Habe ich eines ausgelassen?«

»Nein, kein einziges.«

Erleichtert lächelte sie. »Als ich jung war, war es viel schlimmer. Ich mußte immer alles mehrere Male wiederholen. Ich weiß nicht, wieso Iza und Creb eine solche Geduld für mich aufgebracht haben. Selbstverständlich meinten einige, ich sei nicht besonders klug. Jetzt geht es mir damit besser, aber dazu hat Übung gehört, und trotzdem erinnert sich jeder im Clan immer noch besser als ich.«

»Jeder in deinem Clan ist beim Auswendiglernen besser als du – so wie du es mir eben gezeigt hast?«

»Sie vergessen nie etwas. Allerdings werden sie ja auch mit dem Wissen um fast alles geboren, was sie wissen müssen; infolgedessen brauchen sie auch nicht viel zu lernen. Sie brauchen sich nur zu erinnern. Sie haben . . . Erinnerungen – ich weiß nicht, wie ich es sonst nennen soll. Wenn ein Kind größer wird, braucht man ihm etwas nur einmal zu sagen – man braucht es nur daran zu erinnern. Erwachsene braucht man nicht mehr zu erinnern, das tun die von selbst. Aber ich hatte die Clan-Erinnerung nicht. Deshalb mußte Iza alles wiederholen, ehe ich es fehlerlos behielt und mich dran erinnern konnte.«

Jondalar wußte sich nicht zu fassen. Ihre Gedächtnisfähigkeit war unglaublich; im übrigen hatte er Schwierigkeiten, die Vorstellung der Clans-Erinnerungen nachzuvollziehen.

»Manche Leute meinten, ich könnte ohne Izas Erinnerungen keine Medizinfrau werden, aber Iza hat gesagt, ich wäre durchaus gut genug, auch wenn ich mich nicht so gut erinnern könnte. Sie sagte, ich besäße andere Gaben, die sie nicht begriff, etwa die Fähigkeit zu erkennen, was los sei, und die beste Behandlungsmethode zu finden. Sie brachte mir bei, wie man neue Heilkräuter ausprobiert, damit ich Mittel und Wege für ihre Anwendung fände, ohne ein direktes Pflanzenerinnerungsvermögen zu haben. Auch haben sie eine Alte Sprache, die benutzen sie bei Zeremonien und zur Anrufung von Geistern und auch, wenn sie die gewöhnliche Sprache eines anderen nicht verstehen. Auch die habe ich gelernt.

Weil ich alles lernen mußte, habe ich mir angewöhnt, immer genau aufzupassen und mich zu konzentrieren, um mich hinterher zu erinnern, ohne daß ein anderer *mich* erinnern mußte und die Leute nicht die Geduld mit mir verloren.«

»Verstehe ich dich recht? Die Clansangehörigen verstehen alle ihre eigene Sprache und darüber hinaus noch eine Art alter Sprache, die allgemein verstanden wird? Jeder kann sich mit jedem anderen unterhalten – das heißt: sich verständlich machen und ihn verstehen?«

»Auf dem Clans-Treffen konnten das jedenfalls alle.«

»Reden wir über dieselben Leute? Über Flachschädel?«

»Wenn du den Clan so nennst? Ich habe dir ja gesagt, wie sie aussehen«, erklärte Ayla und senkte den Blick dann zu Boden. »Und da hast du gesagt, ich sei monströs.«

Sie erinnerte sich sehr wohl an den eisigen Blick, der seinen Augen alle Wärme entzog, die zuvor darin gewesen war, hatte das Erschaudern nicht

vergessen, mit dem er sich losgerissen hatte, die Verachtung. Das war gerade in dem Augenblick geschehen, da sie ihm vom Clan erzählt und sie geglaubt hatte, sie verständen sich besonders gut. Es schien ihm schwerzufallen, das, was sie gesagt hatte, zu akzeptieren. Plötzlich beschlich sie Unbehagen; sie hatte allzu zuversichtlich gesprochen. Rasch ging sie zum Feuer hinüber, sah die Moorhühner, die Jondalar neben den Eiern hingelegt hatte, und fing an, sie zu rupfen, bloß um etwas zu tun.
Jondalar hatte beobachtet, wie ihr Argwohn gewachsen war. Er hatte sie zu sehr gekränkt und würde ihr Vertrauen nie zurückgewinnen, obwohl er das eine Zeitlang gehofft hatte. Die Verachtung, die ihn jetzt befiel, galt ihm selbst. Er raffte ihre Felle zusammen und trug sie zurück zu ihrer Lagerstatt; dort nahm er dann diejenigen, die er selbst benutzt hatte, und trug sie an eine Stelle auf der anderen Seite des Feuers.
Ayla legte die Vögel nieder – ihr war nicht nach Federviehrupfen – und eilte auf ihr Lager. Sie wollte nicht, daß er das Wasser sah, das ihr in die Augen trat.
Jondalar versuchte, die Felle möglichst behaglich um sich auszubreiten. Erinnerungen, hatte sie gesagt. Flachschädel hatten eine besondere Art von Erinnerungsvermögen und geboten über eine Gebärdensprache, die sie alle kannten? War das möglich? Schwer zu glauben – bis auf eines: Ayla sagte niemals die Unwahrheit.
Ayla hatte sich in den letzten Jahren an Stille und Einsamkeit gewöhnt. Wenn sie auch die Gegenwart eines anderen in gewisser Weise genoß, so erforderte sie dennoch eine gewisse Anpassung und ein bestimmtes Maß an Entgegenkommen, doch hatte der Aufruhr und das Wechselbad ihrer Gefühle heute sie völlig erschöpft und ausgepumpt zurückgelassen. Sie wollte einfach nicht mehr fühlen, über etwas nachdenken oder auf etwas reagieren, was der Mann, der ihre Höhle mit ihr teilte, sagte. Sie wollte nur noch ihre Ruhe haben.
Doch der Schlaf wollte sich nicht einstellen. Sie war sich ihrer Fähigkeit zu reden so sicher gewesen! Hatte ihr ganzes Bemühen und ihre ganze Konzentration hineingelegt, und jetzt kam sie sich getäuscht vor. Warum hatte er ihr die Sprache beigebracht, mit der er großgeworden war? Er wollte fort. Sie würde ihn nie wiedersehen. Ihr blieb nichts anderes übrig, als im Frühling fortzuziehen und sich auf die Suche nach Menschen zu begeben, die mehr in ihrer Nähe lebten – und vielleicht einen anderen Mann finden.
Aber sie wollte keinen anderen Mann. Sie wollte Jondalar mit seinen Augen und seiner Art, sie anzurühren. Ihr fiel wieder ein, wie es zu Anfang mit ihm gewesen war. Er war der erste Mann ihrer Leute, den sie je gesehen, und in einer ganz allgemeinen Weise stand er für sie alle. Er war für sie nicht richtig

ein Individuum. Sie wußte nicht, wo er aufhörte, ein Beispiel zu sein und wo er – einzigartig – Jondalar wurde. Sie wußte nur, daß ihr der Laut seines Atems und seine Wärme neben ihr fehlten. Der Leere der Lagerstatt, die er bisher eingenommen hatte, entsprach die schmerzliche Leere in ihr selbst.

Auch Jondalar konnte nicht einschlafen. Es war, als wollte sich keine behagliche Lage finden lassen. Die Seite, an der sie gelegen hatte, war kalt, und sein Schuldbewußtsein bohrte. Er konnte sich nicht erinnern, einen schlimmeren Tag gehabt zu haben; jetzt hatte er ihr nicht einmal die richtige Sprache beigebracht! Wann würde sie jemals Zelandonii sprechen können? Seine Leute lebten eine Jahresreise von ihrem Tal entfernt, und das auch nur, wenn man unterwegs keine größere Pause einlegte.

Er dache über die Reise nach, die er mit seinem Bruder gemacht hatte. Alles kam ihm so sinnlos vor. Wie lange war es her, daß sie losgezogen waren? Drei Jahre? Das bedeutete, mindestens vier Jahre, ehe er zurückkam. Vier Jahre seines Lebens vorbei. Ohne jeden Zweck. Sein Bruder tot. Jetamio tot, und das Kind von Thonolans Geist auch. Was blieb ihm denn noch?

Jondalar hatte seit seiner Jugend gelernt, seine Gefühle zu beherrschen, doch auch er wischte sich die Feuchtigkeit mit Fellen fort. Er weinte nicht nur um seinen Bruder, sondern auch um sich selbst: um den Verlust, den er erlitten hatte, und um die vertane Chance, die wunderbar hätte sein können.

25

Jondalar schlug die Augen auf. Er hatte so lebhaft von zu Hause geträumt, daß die rauhen Höhlenwände ihm ganz vertraut vorkamen, so als wäre der Traum Wirklichkeit und Aylas Höhle ein Teil von einem Traum. Die letzten Reste des Schlafs verflüchtigten sich, die Wände schienen verrückt. Doch dann wachte er endgültig auf und erkannte, daß er nur alles aus einer anderen Perspektive sah als zuvor – er lag weit hinter der Feuerstelle.

Ayla war fort. Zwei gerupfte Moorhühner und der Deckelkorb, in dem sie lose Federn aufhob, standen neben dem Herdfeuer; sie mußte seit geraumer Zeit auf sein. Der Becher, den er für gewöhnlich benutzte – derjenige, der so gearbeitet war, daß die Holzmaserung den Eindruck eines kleinen Tieres hervorrief – war hingestellt worden. Daneben stand ein dichtgeflochtener Korb, in dem sie seinen Morgentee ziehen ließ, und ein frisch entrindeter Birkenzweig. Sie wußte, daß er gern auf einem Zweig herumkaute, bis dieser ein zerfasertes Ende aufwies, das er benutzte, um sich die Zähne damit von der Schicht zu befreien, die sich die Nacht über darauf gebildet hatte, und hatte es sich zur Gewohnheit gemacht, ihm morgens einen bereitzulegen.

Er stand auf und streckte sich. Sein Lager war so ungewohnt hart gewesen, daß er sich ganz steif fühlte. Zwar hatte er auch vorher schon auf hartem Boden geschlafen, doch eine Strohschütte war etwas ganz anderes und roch sauber und süß. Ayla wechselte das Stroh regelmäßig, so daß sich kein muffiger Geruch festsetzen konnte.

Der Tee in dem Korb-Topf war heiß – sie konnte also noch nicht lange fort sein. Er schenkte sich ein und schnupperte an dem warmen, pfefferminzartigen Aroma. Er machte jedesmal ein Spiel daraus zu erraten, welche Kräuter sie heute benutzt hatte. Er nippte und meinte, den Geschmack von Johannisbeer- und vielleicht auch Luzerneblättern herauszuschmecken. Dann nahm er Becher und Zweig mit nach draußen.

Am Rande des Simses stehend, von dem aus er fast das ganze Tal überblicken konnte, kaute er auf seinem Zweig und verfolgte, wie sein Wasser in weitem Bogen hinunterfiel und die Felswand benetzte. Er war immer noch nicht ganz wach. Was er machte, tat er rein aus Gewohnheit. Als er fertig war, schrubbte er sich die Zähne mit dem zerkauten Zweigende und spülte sich dann den

Mund mit Tee. Das war schon zu einem Ritual geworden und erfrischte ihn jedesmal; und für gewöhnlich überlegte er gleich hinterher seine Pläne für den Tag.

Erst als er den letzten Schluck Tee getrunken hatte, kam ihm alles siedend heiß zum Bewußtsein und war alle Selbstgefälligkeit wie weggewischt. Das heute war kein Tag wie jeder andere. Dafür hatte das gesorgt, was er gestern getan. Schon wollte er den kleinen Zweig fortwerfen, da bemerkte er ihn, hielt ihn in die Höhe, zwirbelte ihn zwischen Daumen und Zeigefinger und dachte darüber nach, was er alles bedeutete.

Wie mühelos er sich daran gewöhnt hatte, daß sie für ihn sorgte; schließlich tat sie es unaufdringlich und mit sehr viel Anmut. Er brauchte nie um etwas zu bitten, sie kam seinen Wünschen einfach zuvor. Der kleine Birkenzweig war ein gutes Beispiel dafür. Offensichtlich war sie vor ihm wach gewesen, hinausgegangen, einen zu holen, hatte ihn von der Rinde befreit und ihn für ihn zurechtgelegt. Wann hatte sie damit angefangen? Er entsann sich: als er es zum ersten Mal den Pfad hinunter geschafft hatte, hatte er sich selbst einen gebrochen. Am nächsten Morgen hatte ein Zweig neben seinem Becher gelegen, und er war sehr dankbar gewesen. Er hatte damals noch Schwierigkeiten mit dem steilen Pfad gehabt.

Und der heiße Tee. Gleichgültig, um welche Zeit er aufwachte, der Tee stand bereit. Woher wußte sie, wann sie das Wasser aufzusetzen hatte? Als sie ihm morgens das erste Mal Tee gebracht hatte, war ihm wohl anzumerken gewesen, wie sehr er das zu schätzen wußte. Doch wann hatte er ihr das letztemal gedankt? Und wie viele andere Gefälligkeiten hatte sie ihm auf so unaufdringliche Weise erwiesen? Nie macht sie irgendwelches Gehabe darum. Marthona ist so, dachte er; sie versteht es, ihre Gaben und ihre Zeit so anmutig herzugeben, daß niemand sich je verpflichtet fühlt. Wann immer er sich zu helfen erbot, schien Ayla überrascht, war aber gleichwohl so dankbar – als ob sie wirklich keinerlei Gegenleistungen für all das erwartete, was sie für ihn getan hatte.

»Ich habe ihr weniger denn nichts gegeben«, sagte er laut. »Und selbst nach dem, was gestern . . .« Er hielt den kleinen Zweig hoch, zwirbelte ihn zwischen den Fingern hin und her und schnippte ihn über den Rand des Simses.

Er sah Winnie und das Füllen unten auf der Weide in einem weiten Kreis hintereinander herjagen; sie waren ausgelassen, und er verspürte eine gewisse Erregung angesichts der dahinjagenden Pferde. »Schau nur, was für Beine es macht. Dieses Hengstfohlen kann wirklich laufen! Ich glaube, auf einer kurzen Strecke würde es seine Mutter weit abhängen.«

»Das tun Junghengste auf kurzer Strecke oft, aber auf längeren Strecken halten sie noch nicht durch«, sagte Ayla, die eben oben am Pfad auftauchte. Jondalar fuhr herum; seine Augen leuchteten und sein Lächeln war erfüllt von

Stolz auf das Hengstfohlen. Seiner Begeisterung konnte man kaum widerstehen, und so lächelte sie trotz aller Befürchtungen. Sie hatte gehofft, daß der Mann Zuneigung zu dem jungen Pferd entwickeln würde – nicht, daß das noch eine Rolle spielte.

»Ich hatte mich schon gewundert, wo du warst«, sagte er. Ihre Gegenwart machte ihn verlegen, und sein Lächeln schwand.

»Ich habe in der Grube draußen ein Feuer für die Moorhühner gemacht und bin gerade hin, um nachzusehen, was sie machen.« Er scheint nicht sonderlich glücklich, mich zu sehen, dachte sie und wandte sich ab, um in die Höhle zu gehen. Auch ihr Lächeln schwand.

»Ayla!« rief er und eilte hinter ihr her. Als sie sich daraufhin umdrehte, wußte er nicht, was er sagen sollte. »Ich . . . hm . . . ich wollte gern wissen . . . hm . . . ich würde gern ein paar Werkzeuge machen. Wenn du nichts dagegen hast, selbstverständlich. Ich möchte nicht deinen ganzen Feuersteinvorrat aufbrauchen.«

»Ich habe nichts dagegen. Das Hochwasser nimmt jedes Jahr einige fort und bringt neue«, sagte sie.

»Dann wird er wohl aus einer Kalkablagerung weiter flußaufwärts herausgewaschen. Wenn ich wüßte, daß es nicht weit ist, würde ich hingehen und welche direkt von der Quelle holen. Der Stein ist soviel besser, wenn er noch bergfrisch ist. Er läßt sich dann viel besser bearbeiten. Dalanar holt seinen aus einer Ablagerung in der Nähe der Höhle, und die Qualität von Zelandonii-Flint ist überall bekannt.«

Die Begeisterung kehrte in seine Augen zurück – wie immer, wenn er über sein Handwerk redete. Droog war genauso, dachte Ayla. Er liebte das Herstellen von Werkzeug und Gerät und alles, was damit zusammenhing. Sie lächelte, als sie daran dachte, wie Droog entdeckt hatte, daß Agas kleiner Sohn – derjenige, der zur Welt gekommen war, nachdem sie zusammengegeben worden waren – lustvoll Steine gegeneinanderschlug. Droog war so stolz gewesen, daß er ihm sogar einen Hammerstein geschenkt hatte. Er tat nichts lieber, als sein Können weiterzugeben; er hat nicht einmal etwas dagegen gehabt, mich einzuweihen, obwohl ich ein Mädchen war.

Jondalar bemerkte ihr Nach-innen-gekehrt-Sein sowie den Hauch eines Lächelns, der ihren Mund umspielte. »Woran denkst du, Ayla?« fragte er.

»An Droog. Er war Werkzeugmacher und ließ mich ihm bei der Arbeit zusehen, wenn ich mich ganz still verhielt und ihn in seiner Konzentration nicht störte.‹

»Du kannst mir zusehen, wenn du möchtest«, sagte Jondalar. »Ja, ich hatte gehofft, du würdest mir einmal die Techniken zeigen, nach denen du vorgehst.«

»Ich verstehen mich nicht besonders gut darauf. Zwar kann ich die Werkzeuge machen, die ich brauche, aber Droogs sind viel besser als meine.«
»Deine Werkzeuge erfüllen vollkommen ihren Zweck. Was ich gern sähe, sind die Techniken, mit denen du arbeitest.«
Ayla nickte und ging in die Höhle hinein. Jondalar wartete, und als sie nicht gleich wieder zum Vorschein kam, fragte er sich, ob sie jetzt oder später gemeint hatte. Schon wollte er ihr folgen, da tauchte sie am Eingang auf, woraufhin er so hastig zurücksprang, daß er fast gestolpert wäre. Er wollte sie nicht durch eine unabsichtliche Berührung kränken.
Ayla holte Atem, straffte die Schultern und reckte das Kinn. Vielleicht konnte er es nicht gut ertragen, in ihrer Nähe zu sein; von ihr würde er jedoch nicht erfahren, wie sehr das verletzte. Er würde ohnehin früh genug fort sein. Sie schickte sich an, mit den beiden Moorhühnern, den Eiern und einem oben verschnürten Fellbündel beladen, den steilen Pfad hinunterzugehen.
»Laß mich dir tragen helfen«, sagte Jondalar und eilte hinter ihr her. Sie blieb gerade lange genug stehen, um ihm den Korb mit den Eiern zu geben.
»Erst müssen die Moorhühner aufgesetzt werden«, sagte sie, als sie das Bündel am Uferstreifen niederlegte. Das war nichts weiter als eine Feststellung, doch hatte Jondalar das Gefühl, als erwartete sie seine Zustimmung. Damit hatte er so unrecht nicht. Trotz jahrelanger Unabhängigkeit wurde vieles von dem, was sie tat, noch von den Sitten und Gebräuchen des Clans geprägt. Sie war es nicht gewohnt, etwas anderes zu tun, wenn ein Mann ihr etwas aufgetragen oder sie darum gebeten hatte.
»Aber natürlich, nur zu. Ich muß sowieso mein Handwerkszeug holen, ehe ich den Feuerstein bearbeiten kann«, sagte er.
Sie trug die fetten Vögel um die Wand herum zu einer Grube, die sie gegraben und mit Steinen ausgelegt hatte. Zwar war das Feuer unten in der Grube aus, doch zischte es, als sie ein paar Tropfen Wasser auf die Steine sprenkelte. Überall im Tal hatte sie nach der richtigen Zusammenstellung von Kräutern und Gewürzen gesucht und sie zu diesem Steinofen gebracht. Des leicht salzigen Geschmacks wegen nahm sie Huflattich; als Beilage dienten Brennesseln, Fuchsschwanz und Sauerklee; den eigentümlichen Geschmack steuerten Zwiebeln, knoblauchähnlich-schmeckender Bärenlauch, Salbei und Basilikum bei. Geschmacksbildend wirkten sich auch der Rauch und die leicht salzige Asche aus.
Die Moorhühner bekamen eine Füllung aus ihren eigenen, auf Grünzeug gebetteten Eiern – drei in einem, vier in dem anderen Vogel. Zwar hatte sie die Moorhühner zuvor immer mit Weinlaub umwickelt, ehe sie sie in die Grube hinabgelassen hatte, doch Wein wuchs nicht in ihrem Tal. Da war ihr eingefallen, daß man Fisch manchmal garte, indem man ihn in frisches Heu ein-

wickelte; warum sollte das bei den Moorhühnern nicht auch gehen? Nachdem die Vögel unten in der Grube lagen, legte sie auch noch Gras obendrauf und häufte dann Felsgestein und Erde darüber.
Jondalar hatte inzwischen eine ganze Reihe von Gerätschaften aus Hirschhorn, Knochen und Stein um sich herum ausgebreitet, von denen Ayla manches bereits kannte. Manches war ihr aber auch völlig unbekannt. Jetzt schnürte sie ihr Bündel auf und legte ihre Gerätschaften griffbereit neben sich, setzte sich dann hin und breitete den Lederschurz über ihren Schoß. Das war ein guter Schutz; denn Feuerstein konnte zu nadelscharfen Spitzen zersplittern. Sie warf einen Blick auf Jondalar, der all ihre aus Knochen und Stein bestehenden Stücke sehr interessiert betrachtete.
Er schob mehrere Steinknollen zu ihr hinüber. Ihr fielen zwei auf, die ganz nahe bei ihr lagen, und mußte an Droog denken. Ein guter Werkzeugmacher bewies sein Können bereits bei der Auswahl, fiel ihr ein. Was sie wollte, waren feinkörnige Steine; folglich sah sie sie durch und entschied sich dann für einen kleineren Stein. Beifällig nickte Jondalar, ohne sich dessen bewußt zu sein.
Sie dachte an den kleinen Jungen, der seine Neigung zum Steinschlagen und Werkzeugmachen bereits zu erkennen gegeben hatte, als er kaum hatte laufen können. »Hast du immer gewußt, daß du Steine bearbeiten würdest?« erkundigte sie sich.
»Eine Zeitlang hatte ich gedacht, ich würde Bildhauer werden und vielleicht sogar Der Mutter Dienen oder mit denen zusammenarbeiten, Die Der Mutter Dienen.« Schmerzlich und voller Sehnsucht verzog sich sein Gesicht. »Dann wurde ich zu Dalanar geschickt und erlernte statt dessen die Kunst des Steinschlägers. Das war eine gute Entscheidung – mir gefällt das Handwerk, und ich bin nicht ungeschickt darin. Ein großer Bildhauer wäre ich nie geworden.«
»Was ist das, ein Bildhauer, Jondalar?«
»Ja, das ist es! Genau das fehlt hier!« Verblüfft und überrascht sprang Ayla auf. »Es gibt hier keine Bildwerke, keine Malereien, keine Perlen, überhaupt keine Verzierungen. Nicht einmal Farben.«
»Ich verstehe nicht . . .«
»Tut mir leid, Ayla. Woher solltest du wissen, wovon ich rede? Ein Bildhauer ist jemand, der Tiere aus Steinen macht.«
Ayla legte die Stirn in Falten. »Wie kann jemand Tiere aus Steinen machen? Ein Tier besteht aus Fleisch und Blut; es lebt und atmet.«
»Ich meine keine richtigen Tiere. Ich meine, ein Abbild, eine Darstellung von Tieren. Ein Bildhauer schlägt aus dem Stein das Abbild eines Tieres heraus – macht, daß der Stein aussieht wie ein Tier. Manche Bildhauer machen auch

Abbilder der Großen Erdmutter, nachdem sie Sie in einer Vision geschaut haben.«

»Ein Abbild? Aus Stein?«

»Auch aus anderem Material. Aus den Stoßzähnen von Mammuts zum Beispiel, aus Knochen, Hirschhorn. Ich habe sogar von Leuten gehört, die Bilder aus Schlamm machen. Ja, aber was das betrifft: Ich habe sogar schon ein paar sehr hübsche Standbilder aus Schnee gesehen.«

In dem Bemühen zu begreifen, hatte Ayla den Kopf geschüttelt – bis er ›aus Schnee‹ sagte. Da fiel ihr jener Wintertag ein, an dem sie ganze Schalen voll Schnee neben der Höhle aufeinandergeschichtet hatte. Hatte sie sich da nicht eine Zeitlang vorgestellt, der Schneehaufen sehe aus wie Brun?

»Ein Abbild aus Schnee? Ja.« Sie nickte. »Ich glaube, ich verstehe.«

Er war sich nicht sicher, ob sie wirklich verstand, doch wußte er nicht, wie er ihr ohne ein Bildwerk oder eine Schnitzerei als Beispiel deutlich machen sollte, worum es ging. Wie düster und freudlos ihr Leben gewesen sein mußte, da sie unter Flachschädeln herangewachsen war. Selbst ihre Kleidung ist nichts weiter als zweckmäßig. Haben sie denn nichts anderes gekannt als Jagen, Essen und Schlafen? Wo sie doch nicht einmal die Gaben Der Mutter zu schätzen wußten! Keine Schönheit, nichts Geheimnisvolles, keine Phantasie. Ich möchte mal wissen, ob sie sich darüber im klaren ist, was ihr alles entgangen ist.

Ayla nahm den kleinen Flintknollen zur Hand und betrachtete ihn eingehend von allen Seiten. Sie war bemüht, sich darüber klarzuwerden, wo sie anfangen sollte. Sie beschloß, kein Handbeil zu machen – das war sogar in Droogs Augen ein besonders einfaches, wenn auch unentbehrliches Werkzeug. Aber sie nahm nicht an, daß die Fertigung eines Handbeils jene Technik erforderte, für die Jondalar sich interessierte. Sie griff nach einem Gerät, das in der Ansammlung von Werkzeugen des Mannes fehlte: dem Fußknochen eines Mammuts – jenem federnden Knochen, auf dem ihr Feuerstein bei der Bearbeitung ruhte, damit er nicht einfach barst oder zersplitterte. Sie drehte ihn um, bis er die richtige Lage zwischen ihren Beinen gefunden hatte.

Als nächstes griff sie nach ihrem Hammerstein. Eigentlich bestand kein großer Unterschied zwischen seinem und ihrem Steinschlegel, nur, daß ihrer kleiner war und damit besser in ihre Hand paßte. Den Feuerstein oder Flintknollen auf ihrem Mammutknochen-Amboß festhaltend, schlug Ayla einmal kräftig zu. Ein Stück der äußeren Kruste oder Ummantelung sprang ab und gab den Blick auf den dunkelgrauen Kern frei. Das Stück, das abgeblättert war, wies dort, wo der Hammerstein es getroffen hatte, eine deutlich erkennbare Delle – eben die Schlagdelle – auf und lief am andern Ende in einem dünnen Rand aus. Es könnte als Schneidewerkzeug dienen, und die ersten

Messer, die je hergestellt wurden, waren nichts anderes als eben diese Splitter mit den scharfen Rändern. Die Werkzeuge jedoch, die Ayla machen wollte, erforderten eine weit fortgeschrittenere und kompliziertere Technik.

Eingehend betrachtete sie die tiefe Narbe, die am Kern des Steins zurückgeblieben war: die Aushöhlung, die der Splitter zurückgelassen hatte. Die Farbe stimmte, und der Stein war von sehr glatter Beschaffenheit, ja, hatte geradezu etwas Wachsartiges. Irgendwelche Fremdkörper waren nicht in den Stein eingebettet. Folglich ließen sich gute Werkzeuge herausschlagen. Sie schlug noch ein Teil von der Kruste ab.

Da sie fortfuhr, Teile der Rinde abzuschlagen, konnte Jondalar sehen, wie sie den eigentlichen Flintsteinkern aus der Kreidehülle herausarbeitete. Nachdem sie die Hülle losgeschlagen hatte, klopfte sie noch hier eine kleine Erhebung und dort einen unerwünschten Buckel ab, bis der Flintkern aussah wie ein etwas abgeflachtes Ei. Dann wechselte sie den Hammerstein gegen einen kräftigen Knochenschlegel aus. Den Feuerstein auf die Seite legend und sich vom Rand bis zur Mitte vorarbeitend, schlug sie mit diesem Beinschlegel oder Knochenhammer Stücke von der Kuppe des Steins ab. Der Knochen war elastischer, als der Hammerstein zuvor es gewesen war, und die abspringenden Flintsplitter waren länger und dünner und wiesen eine flachere Schlagdelle auf. Als sie fertig war, zeigte das ziemlich große Steinei eine recht flache ovale Kuppe, gleichsam als wäre es oben abgeschnitten worden.

Dann hielt sie inne, griff nach dem um ihren Hals hängenden Amulett, schloß die Augen und richtete stumm ihre Gedanken auf den Geist des Höhlenlöwen. Droog hatte stets vor dem nächsten Schritt einer Arbeit die Hilfe seines Totems erfleht. Es bedurfte nicht nur des handwerklichen Könnens, es gehörte auch Glück dazu, und heute, wo Jondalar ihr so aufmerksam zusah, war sie besonders nervös. Sie wollte es richtig machen und spürte, daß die Herstellung dieser Geräte wichtiger war als die Geräte selbst. Wenn sie den Stein verdarb, fiel damit ohne Zweifel ein Schatten des Zweifels auf Droog und des gesamten Clans Fähigkeiten, da konnte sie noch so oft wiederholen, daß sie schließlich keine gelernte Werkzeugmacherin sei.

Jondalar war ihr Amulett auch vorher schon aufgefallen, doch erst als er es sie jetzt mit beiden Händen umfassen und dabei die Augen schließen sah, überlegte er, was es damit auf sich haben mochte. Sie schien das Beutelchen voller Ehrfurcht zu behandeln, ungefähr so, wie er eine Donii in die Hand nehmen würde. Aber eine Donii war das sorgsam aus Stein oder anderem Material und mit allen Attributen ihrer mütterlichen Fülle herausgearbeitete Figürchen einer Frau, ein Symbol der Großen Erdmutter und ein wundersames Mysterium der Schöpfung. Ein dickes Lederbeutelchen konnte doch unmöglich eine vergleichbare Bedeutung haben.

Ayla nahm den Knochenhammer wieder auf. Um einen größeren Splitter vom Flintkern abzuschlagen, der etwa gleich groß war wie das abgeflachte ovale Oberteil, nur, daß er scharfe gerade Kanten aufwies – um das zu bewerkstelligen, mußte zuvor noch etwas geschaffen werden: eine Schlagunterlage. Sie mußte ein kleines Plättchen abschlagen, das am Rand der glatten Oberfläche eine Einkerbung hinterließ, die lotrecht zu der Schichtung verlief, um die es ihr letztlich ging.

Den Feuerstein fest packend, damit er ruhig liegen blieb, zielte die Frau sehr sorgfältig. Sie mußte die Kraft ihres Schlages genauso richtig berechnen wie die Stelle, die sie treffen wollte: saß zuwenig Kraft dahinter, würde der Splitter den falschen Winkel aufweisen, wendete sie zuviel auf, würde sie den sorgfältig herausgearbeiteten Rand zerschmettern. Sie holte Atem, hielt die Luft an und ließ dann den Knochenschlegel herniedersausen, daß es einen hellen kleinen Klang ergab. Der erste Schlag war immer der wichtigste. Saß er, sah alles nach einem geglückten Ende aus. Ein kleiner Splitter sprang ab, und als sie die Delle sah, atmete sie erleichtert weiter.

Den Winkel verändernd, in dem sie den Flintkern gepackt hielt, schlug sie noch einmal zu, diesmal mit mehr Kraft. Der Knochenschlegel landete genau in der Delle, und von dem vorgearbeiteten Kern splitterte noch ein Stück ab. Diese Scheibe wies die Form eines langgezogenen Ovals auf. Die Vorderseite bestand aus der von ihr hergestellten flachen Oberfläche. Die Rückseite bildete die nach innen gewölbte Wandung nach, die an dem Ende, auf das geschlagen worden war, glatter und dicker war und immer schmäler wurde, bis sie über die ganze Fläche rasiermesserscharf auslief.

Jondalar nahm es in die Hand. »Das ist eine Technik, die schwierig zu meistern ist. Du brauchst Kraft und Genauigkeit zugleich. Schau die Schneide an! Das kann man wirklich kein primitives Werkzeug nennen.«

Ayla stieß einen tiefen Seufzer der Erleichterung aus. Ihr Gesicht glühte vor Freude über das Erreichte – und noch etwas anderes. Sie hatte den Clan nicht blamiert, ja, es war sogar so, daß sie ihn besser repräsentierte als andere, da sie nicht von Geburt an zu ihm gehörte. Auch wenn er sich darum bemüht hätte, dieser Mann, der die Kunst des Steinschlagens selbst so trefflich beherrschte, wäre der Persönlichkeit dessen, der sein Können vorführte, zu sehr bewußt gewesen, als daß er die Kunst als solche objektiv hätte beurteilen können.

Ayla sah ihm zu, wie er den bearbeiteten Stein von allen Seiten betrachtete, doch dann – unversehens – erlebte sie eine eigentümliche innere Entrückung. Ein unheimliches Frösteln überlief sie, und ihr war, als ob sie sie beide aus der Ferne beobachtete, gleichsam als eilte sie außerhalb ihrer selbst.

Eine lebhafte Erinnerung wurde in ihr wach aus einer Zeit, da sie eine ähnliche Orientierungslosigkeit erfahren hatte. Sie folgte den flackernden Steinlämpchen tief ins Innere der Höhle hinein und sah, wie sie sich an den feuchten Stein klammerte, als sie unerklärlich von einem kleinen erleuchteten Raum angezogen wurde, der im Herzen des Berges von dicken Stalaktiten abgeschirmt wurde.

Zehn Mog-urs saßen im Kreis um ein Feuer herum, doch war es Der Mog-ur in höchsteigener Person – Creb –, dessen mächtiger Geist, vergrößert und unterstützt noch durch den Trank, den Iza Ayla für die Zauberer aufzusetzen gelehrt hatte, ihre Anwesenheit entdeckte. Auch sie hatte – unabsichtlich – von dem mächtigen Trank gekostet, und ihr Geist reckte und dehnte sich auf nicht zu beherrschende Weise. Es war der Mog-ur, der sie vor dem tiefen Abgrund drinnen zurückzog und sie auf eine erschreckende und faszinierende Reise des Geistes bis zurück zum Urbeginn mitnahm.

Im Verlauf dieses Geschehens hatte der allerheiligste Mann des Clans, dessen Hirn selbst unter Seinesgleichen noch ungewöhnlich war, neue Wege in ihr Gehirn vorangetrieben, wo zuvor nur spurenhafte Neigungen dagewesen waren. Doch wenn ihr Hirn dem seinen auch ähnelte, es war nicht das gleiche. Sie konnte gemeinsam mit ihm und seinen Erinnerungen an ihren gemeinsamen Ursprung zurückkehren und dabei jedes Stadium der Entwicklung durchlaufen, doch konnte er ihr nicht schnell genug folgen, als sie wieder zu sich selbst zurückkehrte – und ging einen Schritt zu weit.

Ayla hatte nie begriffen, was Creb so tief verletzt hatte; sie wußte nur, daß das ganze Erlebnis ihn und ihre Beziehung zueinander verändert hatte. Aber auch die von ihm hervorgerufenen Veränderungen begriff sie nicht, doch spürte sie für einen flüchtigen Augenblick mit größter Gewißheit, daß sie aus einem ganz bestimmten Zweck, zu dem auch der große blonde Mann gehörte, in dieses Tal geschickt worden war.

Als sie sich und Jondalar auf dem steinübersäten Uferstreifen in diesem abgelegenen Tal sitzen sah, wurden sie von Irrlichtern und Irrströmungen umflossen, die aus schimmernden Luftverdichtungen herauskamen und im Leeren verschwanden – umflossen sie und wurden aneinander gebunden. Unbestimmt erahnte sie ihr eigenes Schicksal als Dreh- und Angelpunkt vieler Strömungen, die Vergangenheit, Gegenwart und Zukunft im entscheidenden Übergang miteinander verbanden. Eine Kälte, die ihr durch Mark und Bein ging, fuhr über sie hinweg. Sie rang nach Atem, und als sie erschrocken aufsah, erblickte sie eine gerunzelte Stirn und ein besorgtes Gesicht. Ein Schauder überlief sie, und sie schüttelte sich, um ein unheimliches Gefühl von Unwirklichkeit zu vertreiben.

»Ist auch alles in Ordnung mit dir, Ayla?«

»Ja. Durchaus. Mir geht es gut.«

Eine unerklärliche Kälte hatte bewirkt, daß er eine Gänsehaut bekam und

sich ihm seine Nackenhaare sträubten. Er hatte das mächtige Gefühl, sie schützen zu müssen, doch wußte er nicht, was sie bedrohte. Es dauerte nur einen Augenblick, und er versuchte, es schulterzuckend abzutun; dennoch, ein Gefühl des Unbehagens blieb.
»Ich glaube, uns steht ein Wetterwechsel bevor«, sagte er. »Ich habe einen kalten Wind verspürt.« Beide hoben sie die Augen zu einem klaren blauen Himmel empor, in dem keine Wolken zu sehen waren.
»Um diese Jahreszeit kommt es häufig zu Gewittern – die können rasch aufziehen.«
Er nickte, und um etwas Handfestes zu haben, an das er sich halten konnte, kam er wieder auf die praktischen Seiten des Werkzeugmachens zurück.
»Und was kommt als nächstes an die Reihe, Ayla?«
Die Frau wandte sich wieder der vor ihr liegenden Aufgabe zu. Sich ganz auf ihre Arbeit konzentrierend, schlug sie noch weitere fünf scharfe Flintscheiben herunter, und nach einem letzten Blick auf den Steinklumpen, um festzustellen, ob noch weitere brauchbare Flintscheiben abzuschlagen wären, warf sie den Stein beiseite.
Dann wandte sie sich den sechs grauen Flintscheiben zu und nahm die dünnste von ihnen in die Hand. Mit einem glatten, abgeflachten runden Stein besserte sie eine lange scharfe Schneidefläche nach, stumpfte die andere Seite ab, so daß es einen Rücken ergab, und spitzte einen Punkt gerade gegenüber der Delle zu, die durch den Schlag mit dem Hammerstein entstanden war. Als sie zufrieden war, reichte sie sie Jondalar auf der flachen Hand.
Er nahm sie und betrachtete sie eingehend. Im Durchmesser war sie ziemlich dick, lief jedoch in eine dünne, scharfe Schneide aus. Sie war breit genug, so daß man sie bequem in einer Hand halten konnte, und der Rücken war genügend abgestumpft, daß der Benutzer sich nicht schnitt. In mancher Beziehung ähnelte das Schneidewerkzeug einer Speerspitze der Mamutoi, dachte er, doch war nicht daran gedacht, einen Handgriff oder Schaft dranzufügen. Es handelte sich um ein Handmesser, und da er gesehen hatte, wie sie ein ähnliches benutzt hatte, wußte er, wie erstaunlich brauchbar und schneidfähig es war.
Jondalar legte es hin und ermunterte sie nickend weiterzumachen. Sie nahm eine weitere dicke Steinscheibe auf und benutzte diesmal den Reißzahn eines Raubtiers, um feine Plättchen vom Rand des Ovals abzuschlagen. Auf diese Weise wurde die Schneidefläche zwar um ein Weniges abgestumpft, gleichzeitig jedoch in einem Maße verstärkt, daß vom scharfen und gerundeten Rand nichts abbröckelte, wenn jemand damit Haare und Fett von Fellen abschabte. Ayla legte den Schabstein hin und nahm noch ein Flintstück zur Hand.

Sie legte eine große glatte Flintscheibe auf den aus Mammut-Fußknochen bestehenden Amboß. Dann übte sie mit dem spitzen Reißzahn Druck auf den Stein aus und schlug aus der Mitte des langen, scharfen Randes einen V-förmigen Einschnitt heraus, der groß genug war, das Ende eines Speerschaftes damit anzuspitzen. Aus einer längeren ovalen Scheibe fertigte sie unter Verwendung einer ähnlichen Technik ein Gerät, mit dem man Löcher in Leder stechen oder in Holz, Hirschhorn oder Knochen bohren konnte.

Ayla wußte nicht, was für andere Werkzeuge sie vielleicht noch benötigte und beschloß, die beiden letzten Steinscheiben unbearbeitet für später aufzuheben. Den Mammutknochen fortschiebend, nahm sie die Zipfel des Fells zusammen und trug alles zu dem Abfallhaufen hinter der Steinwand, um es dort auszuschütten. Feuersteinsplitter waren so scharf, daß sie selbst die hornhautgeschützteste Fußsohle noch durchschnitten hätten. Er hatte kein Wort über ihre Werkzeuge gesagt, doch bemerkte sie, daß Jondalar sie immer wieder umdrehte und sie in der Hand hielt, als wollte er sie ausprobieren.

»Ich würde gern mal deinen Schurz benutzen«, sagte er.

Sie gab ihn ihm, froh, daß ihre Vorführung vorbei war, und war gespannt auf die seine. Er breitete sich den Lederschurz über den Schoß, machte die Augen zu und dachte über die Steine und darüber nach, was sich aus ihnen machen ließ. Dann nahm er einen der Flintknollen zur Hand, die er mit heruntergebracht hatte, und begutachtete sie.

Das harte Kieselgestein war aus Kreideablagerungen herausgebrochen worden, die sich während des Mittelalters der Erdgeschichte gebildet hatten. Die kreidige äußere Hülle oder Kruste legte immer noch Zeugnis von seiner Herkunft ab, obwohl die reißende Flut es durch die schmale Schlucht weiter stromaufwärts geschwemmt und dann auf diesen Uferstreifen geworfen hatte. Flint oder Feuerstein war das für die Herstellung von Werkzeugen zweckdienlichste in natürlichem Zustand vorkommende Material. Es war hart, ließ sich aber dank seiner feinstkristallinen Struktur bearbeiten; welche Formen sich herausschlagen ließen, bestimmte einzig das Können des Steinschlägers.

Jondalar hielt nach klar erkennbaren Eigenschaften des Chalcedonflints Ausschau, dem reinsten und klarsten Feuerstein. Steine mit Rissen oder haarfeinen Bruchlinien sonderte er ebenso als unbrauchbar aus wie solche, die einen Klang von sich gaben, wenn er mit einem anderen Stein dagegenschlug – was seinem Ohr einen Fehler oder Einschlüsse verriet. Schließlich wählte er einen aus.

Gestützt von seinem Oberschenkel, hielt er ihn mit der Linken fest, griff derweil mit der Rechten nach dem Hammerstein und rüttelte diesen ein wenig, um ihn gut in den Griff zu bekommen. Er war neu, ihm noch nicht vertraut, und jeder Hammerstein besaß seine eigene Individualität. Nachdem er richtig in der Hand zu liegen schien, packte er den zu bearbeitenden Feuerstein fest und schlug zu. Ein großes Stück von der grauweißen Hülle sprang ab. Dieser Flint wies innen eine hellere Graufärbung auf als derjenige, den Ayla bearbeitet hatte. Außerdem hatte er einen grünlichen Schimmer. Das verriet eine besonders feine Körnung. Ein guter Stein. Ein gutes Zeichen.

Er schlug nochmals und nochmals zu. Ayla war mit dem Vorgang genug vertraut, um augenblicklich sein hervorragendes fachliches Können zu erkennen, welches das ihre bei weitem überstieg. Der einzige, bei dem sie je erlebt hatte, daß er einen Stein mit ähnlich sicherem Zutrauen formen konnte, war Droog gewesen. Doch die Form, die Jondalar seinem Stein verlieh, wies keinerlei Ähnlichkeit mit denen auf, die der Werkzeugmacher des Clans je geschaffen hatte.

Jondalars Gesteinskern nahm weniger die Form eines Eies als vielmehr die eines allerdings nicht ganz runden Zylinders an. Dadurch, daß er Splitter von beiden Enden her abschlug, ließ er einen Wulst entstehen, der sich über die ganze Länge des Zylinders hinzog. Dieser Wulst war noch roh und gewellt, als die Kruste ganz abgegangen war, und so legte er jetzt den Hammerstein beiseite, um ein schönes Geweihende zu packen, das unterhalb der ersten Sprosse abgesägt worden war, damit keinerlei Verästelungen störten.

Mit diesem Hirschhornhammer schlug er kleinere Stücke ab, um den Wulst zu begradigen. Auch Jondalar war erst mit der Zurichtung seines Gesteinskern beschäftigt, doch hatte er nicht vor, dicke Scheiben von einer vorbestimmten Form herauszuschlagen – soviel war Ayla sofort klar. Als er schließlich mit dem Wulst zufrieden war, nahm er ein anderes Werkzeug zur Hand – eines, auf das sie schon neugierig gewesen war. Auch dieses bestand aus einem großen Geweihabschnitt, war länger als das erste und wies im Gegensatz zu diesem zwei Sprossen auf, die von der unten zugespitzten Hauptstange abgingen.

Jondalar stand auf und hielt den Gesteinskern mit dem Fuß fest. Dann setzte er die Spitze der Geweihgabelung unmittelbar über dem sorgfältig zurechtgeschlagenen Wulst auf. Die obere Sprosse hielt er dergestalt, daß die untere nach vorn vorsprang. Dann klopfte er mit einem langen Knochen auf die vorspringende Sprosse.

Ein dünnes Plättchen sprang ab. Es war genauso lang wie der Steinzylinder, aber nur etwa ein Sechstel so breit wie lang. Er hielt das Plättchen gegen die Sonne und zeigte es Ayla. Licht schimmerte hindurch. Der Wulst, um den er sich so sorgfältig bemüht hatte, lief nun über die ganze Länge des Mittelteils, und das Stück wies jetzt zwei Schneiden auf.

Wo die Spitze des Geweihs direkt auf dem Feuerstein auflag, brauchte er nicht mehr so sorgfältig zu zielen oder die Entfernung genau zu bemessen. Die Schlagkraft wurde genau dort hingeleitet, wo er sie haben wollte, und da die Schlagkraft sich zwischen zwei elastischen Zwischenstücken verteilte – dem Knochenhammer und dem Geweihmeißel –, entstand so gut wie keine Schlagdelle. Die Klinge war lang und schmal und überall gleich dünn. Ohne die Kraft seines Schlags genau abzumessen, konnte er das Ergebnis weit genauer bestimmen.

Jondalars Steinbearbeitungstechnik stellte einen umwälzenden Fortschritt dar, doch nicht weniger wichtig als die auf diese Weise hergestellte Klinge war die Narbe, die auf dem Gesteinskern zurückblieb. Der Wulst, den er herausgearbeitet hatte, war verschwunden. An seiner Stelle wies der Stein jetzt eine lange Hohlkehle mit zwei Wulsten zu beiden Seiten auf. Genau darauf hatte er mit seiner sorgfältigen Vorarbeit abgezielt. Er verschob die Spitze seines Meißels um ein Weniges, so daß sie über einem der neuen Wulste lag, dann klopfte er neuerlich mit dem Knochenhammer. Eine zweite längliche Klinge sprang ab, und wieder blieben zwei Wulste stehen. Abermals verschob er den Meißel, setzte ihn wieder oberhalb eines Wulstes an, löste noch eine Klinge und ließ weitere Wulste entstehen.

Als ihm schließlich das brauchbare Material ausging, lagen nicht sechs, sondern fünfundzwanzig Klingen aufgereiht nebeneinander – über das Vierfache an nützlichen Schneiden, die er aus dem selben Stein herausgearbeitet hatte. Lang und schmal mit rasiermesserscharfen Schneiden, stellten diese Klingen so, wie sie waren, brauchbare Schneidewerkzeuge dar – dabei waren sie noch keineswegs das fertige Produkt. Sie ließen sich noch weiter zu allen möglichen Zwecken herrichten, vornehmlich, um andere Werkzeuge zu machen. Je nach Form und Qualität der Flintknollen ließen sich mit dieser fortgeschrittenen Technik nicht nur das Vier-, sondern bis zum Sechs- und Siebenfachen verwertbarer Grundformen für die Herstellung von Werkzeugen aus gleich großem Gestein erzielen. Die neue Methode verschaffte dem Werkzeugmacher nicht nur mehr Kontrolle über den Fertigungsvorgang – er räumte seinen Leuten darüber hinaus einen noch nie dagewesenen Vorteil ein.

Jondalar hob eine der Klingen auf und reichte sie Ayla. Sie prüfte die Schärfe der Schneide leicht mit dem Daumen, übte einigen Druck darauf aus, um zu sehen, wie zerbrechlich sie wäre, und drehte sie dann um. Nach den Enden hin wölbte die Schneide sich; das lag zwar in der Natur des Materials, trat aber bei der Dünne der Klinge besonders deutlich zutage. Sie drückte ihre Handfläche ganz durch und beobachtete, wie sie auf der gewölbten Fläche schaukelte. Die Form grenzte die Funktion des Messers jedoch nicht ein.

»Jondalar, das ist . . . Ich weiß das Wort nicht. Es ist wunderbar . . . wichtig.

Du hast so viele gemacht ... Dabei bist du mit diesen noch nicht fertig, nicht wahr?«
Er lächelte. »Nein, sie sind noch nicht fertig.«
»Wie dünn und fein sie sind – wirklich wunderschön. Möglich, daß sie leichter brechen, aber ich glaube, wenn man die Enden noch ein bißchen bearbeitet, kann man kräftige Schaber daraus machen.« Praktisch veranlagt, wie sie war, stellte sie sich sofort vor, was sich alles aus den Grundformen machen ließ.
»Ja, und gute Messer, wie deines – obwohl ich noch einen Zapfen für einen Griff dranmachen möchte.«
»Ich weiß nicht, was ein Zapfen ist.«
Er nahm eine Klinge, um es ihr zu erklären. »Bei diesem brauchte ich nur den Rücken etwas abzustumpfen und die Spitze abzurunden, dann hätte ich ein Messer. Wenn ich durch Druck noch ein paar Splitter aus der Innenwölbung herausnehme, ließe sich diese sogar noch begradigen. Wenn ich nun jedoch etwas unterhalb der Mitte einen Teil der Schneide wegplatzen und nur eine vorspringende Kante stehen lasse, habe ich einen Zapfen.«
Er nahm ein kleines Geweihstück. »Stecke ich diesen Zapfen in ein Stück Knochen, Holz oder Geweih wie dieses hier, hat das Messer einen Griff. Mit einem Griff ist es leichter zu handhaben. Kocht man ein Gehörn eine Zeitlang, schwillt es und wird weicher, trocknet es dann hinterher wieder aus, zieht es sich zusammen und umfaßt den Zapfen ganz eng. Oft hält das ohne Wickelung sehr lange.«
Ayla war ganz aufgeregt über diese neuen Methoden und wollte sie gern ausprobieren, wie sie es immer getan hatte, nachdem sie Droog zugesehen hatte. Nur war sie sich nicht sicher, ob sie damit nicht gegen Sitten und Traditionen von Jondalars Leuten verstieß. Je mehr sie über die Lebensweise seiner Leute erfuhr, desto weniger Sinn ergab sie. Er schien nichts dagegen zu haben, daß sie jagte, aber wer weiß, vielleicht hatte er etwas dagegen, daß sie seine Art von Werkzeugen machte.
»Ich möchte gern versuchen ... Gibt es Einwände dagegen ... daß Frauen Werkzeuge machen?«
Ihre Frage gefiel ihm. Ihre Art von Werkzeugen herzustellen, erforderte einiges Geschick. Er war überzeugt, daß auch noch der beste Werkzeugmacher unterschiedliche Ergebnisse aufzuweisen hatte, wenn auch die schlechtesten immer noch einiges Brauchbares hervorbringen konnten – selbst wenn sie unabsichtlich einen größeren Feuerstein zertrümmerten, fielen für gewöhnlich noch ein paar Stücke ab, die zu gebrauchen waren. Immerhin hätte er verstanden, wenn sie ihre Methode gerechtfertigt hätte. Statt dessen schien sie seine Technik als das zu erkennen, was sie war – nämlich ein

gewaltiger Fortschritt – und wollte sie ausprobieren. Wie er wohl darauf reagieren würde, wenn irgend jemand ihm eine so radikale Verbesserung zeigte?

Dann würde ich sie gern erlernen wollen, dachte er mit einem schiefen Grinsen.

»Frauen können gute Steinschläger sein. Joplaya, meine Base, ist eine der besten. Aber da sie eine schreckliche Plage ist, habe ich ihr das nie gesagt. Sie würde mich das nie vergessen lassen.« Er lächelte in der Erinnerung an sie.

»Beim Clan dürfen Frauen Werkzeuge machen, aber keine Waffen.«

»Frauen können Waffen fertigen. Wenn sie erstmal Kinder haben, gehen Zelandonii-Frauen nur noch selten auf die Jagd. Aber wenn sie es in ihrer Jugend gelernt haben, sind sie darüber im Bilde, wie Waffen gebraucht werden. Viele Werkzeuge und Waffen gehen auf der Jagd verloren oder entzwei. Ein Mann, dessen Gefährtin weiß, wie man neue macht, leidet nie Mangel an Nachschub. Außerdem stehen Frauen Der Mutter näher. Deswegen meinen manche Männer, von Frauen gefertigte Waffen bringen mehr Glück. Hat aber ein Mann Pech – oder ist er ungeschickt –, wird er die Schuld immer auf den Werkzeugmacher schieben, besonders, wenn der eine Frau ist.«

»Könnte ich es lernen?«

»Jeder, der Werkzeuge herzustellen versteht wie du, kann auch lernen, sie auf meine Weise zu fertigen.«

Damit beantwortete er ihre Frage ein wenig anders, als sie sie gemeint hatte. Daß sie die Kunst des Steinschlagens erlernen konnte, wußte sie – sie hatte nur wissen wollen, ob es auch statthaft sei. Doch seine Antwort ließ sie innehalten und stimmte sie nachdenklich.

»Nein . . . ich glaube nicht.«

»Selbstverständlich kannst du es lernen.«

»Ich weiß, daß ich es lernen kann, Jondalar, aber nicht jeder, der Werkzeuge auf die Clan-Weise macht, kann lernen, sie auf deine Weise zu fertigen. Manche könnten das. Ich glaube, Droog könnte das. Aber alles Neue ist sehr schwierig für sie. Sie lernen aus ihren Erinnerungen.«

Im ersten Augenblick dachte er, sie scherze, doch war das durchaus ernst gemeint. Sollte sie recht haben? Sollte es sich erweisen, daß – vorausgesetzt, man gäbe ihnen die Möglichkeit – Flach . . ., daß Clan-Werkzeugmacher vielleicht nicht unwillig, wohl aber unfähig waren zu lernen?

Plötzlich ging ihm auf, daß er sie vor noch gar nicht langer Zeit überhaupt für unfähig gehalten hatte, Werkzeuge zu machen. Sie stellten Werkzeug her, sie verständigten sich untereinander und nahmen ein fremdes Waisen-

kind bei sich auf. Er hatte in den letzten paar Tagen mehr über die Flachschädel erfahren, als irgendeiner – mit Ausnahme Aylas – von ihnen wußte. Vielleicht war es einmal von Nutzen, noch mehr über sie zu wissen. Es schien mehr an ihnen dran zu sein, als irgend jemand klar war.
Beim Gedanken an die Flachschädel fiel ihm plötzlich der gestrige Tag wieder ein, und das stürzte ihn in größte Verlegenheit. Da sie beide sich ganz auf das Werkzeugmachen konzentrierten, war es ihm ganz entfallen. Er hatte die Frau angesehen und weder wahrgenommen, wie ihre goldenen Zöpfe im Sonnenlicht schimmerten und einen auffallenden Gegensatz zu ihrer tiefgebräunten Haut bildeten, noch daß ihre Augen blaugrau leuchteten wie die Farbe von feinem Flint.
Ach, Mutter, war sie schön! Er wurde sich prickelnd bewußt, wie nahe sie bei ihm saß, und er spürte, wie es sich in seinen Lenden rührte. Er hätte die plötzliche Verlagerung seines Interesses nicht verdrängen können, und wenn er sich noch so sehr darum bemüht hätte.
Ayla spürte den Stimmungsumschwung; die Veränderung, die in ihm vorging, flutete über sie hinweg und traf sie gänzlich unvorbereitet. Wie konnten die Augen eines Menschen nur so blau sein? Weder der Himmel noch die Enzianblüten, die in der Nähe der Clanshöhle auf den Bergmatten blühten, waren von dieser intensiven, vibrierenden Schattierung. Sie spürte, wie das . . ., wie das Gefühl sich in ihr regte. Ihr ganzer Körper kribbelte, sehnte sich schmerzlich nach seiner Berührung. Sie saß vorgeneigt da, von ihm angezogen, zu ihm hingedrängt, und es bedurfte einer äußersten Willensanstrengung, die Augen zu schließen und sich zurückzunehmen.
Warum sieht er mich so an, wo ich doch ein . . . ein Monstrum bin? Wo er es nicht fertigbringt, mich zu berühren, ohne zurückzuzucken, als ob er sich verbrannt hätte? Ihr Herz hämmerte; sie atmete schwer, als ob sie gelaufen wäre, und sie bemühte sich, ihren Atem langsamer gehen zu lassen.
Sie hörte ihn aufstehen, ehe sie die Augen wieder aufmachte. Der Lederschurz war beiseite geworfen, die sorgfältig geschlagenen Messerschneiden ringsum verstreut. Mit steifen Bewegungen sah sie ihn davongehen; er hatte die Schultern zusammengezogen, bis er hinter der Wand verschwand. Ihm schien elend zumute zu sein, genauso elend wie ihr.
Nachdem er die Wand hinter sich hatte, verfiel Jondalar in Laufen. Er rannte, bis seine Beine schmerzten und er keuchend nach Atem rang; dann verlangsamte er und kam allmählich zu einem Halt. Schwer atmend, senkte und hob sich sein Brustkorb.
Du Tor, was braucht es noch, dich zu überzeugen? Daß sie den Anstand besitzt, dir ein paar Vorräte zur Verfügung zu stellen, bedeutet noch lange nicht, daß sie etwas von dir will . . . insbesondere nicht *das* will. Gestern war

sie verletzt und gekränkt, weil du nicht ... Doch das war, bevor du alles zerstört hast!
Er dachte nicht gern darüber nach. Er wußte, was er empfunden, was sie gesehen haben mußte – den Ekel. Und was hat sich heute verändert? Sie hat unter den Flachschädeln gelebt, vergiß das nicht! Jahrelang. Ist zu einer von ihnen geworden. Und einer von ihren Männchen ...
Er brachte absichtlich alles Hassenswerte, Besudelte und Unreine heraus, was in seinem Lebensbereich als solches galt. Ayla stellte all dies dar! Als er sich als Junge zusammen mit anderen Jungen hinter Büschen versteckt und sie einander die schmutzigsten Wörter gesagt hatten, die sie kannten, hatte ›Flachschädel-Weib‹ dazugehört. Als er älter war – nicht viel älter, aber immerhin älter genug, um zu wissen, was ›Frauen-Macher‹ bedeutete –, trafen sich dieselben Jungen in dunklen Ecken der Höhle, um halblaut über Mädchen zu reden, dreckig lachend Pläne zum Raub eines Flachschädel-Weibs auszuhekken und sich gegenseitig mit den Folgen zu schrecken, die das haben sollte.
Doch selbst da war die Vorstellung von einem Flachschädel-Männchen und einer Menschen-Frau ein Unding gewesen. Erst als er ein junger Mann geworden war, hörte er es erwähnen, und auch da noch so, daß ja kein Älterer davon erfuhr. Wenn junge Männer wieder zu kichernden Jungen werden wollten und sich die schmutzigsten und derbsten Geschichten erzählten, die sie sich ausdenken konnten, ging es immer um Flachschädel-Männchen und Menschen-Frauen, und was einem Mann blühte, wenn er hinterher mit einer solchen Frau die Wonnen teilte, selbst wenn er nichts davon wußte – besonders dann. Das war ja gerade der Witz.
Freilich, über Monstren wurden keine Witze gerissen, auch nicht über die Frauen, die sie zur Welt brachten. Das waren verderbte Wechselbälger, eine Plage, die über das Land hereinbrach, so daß selbst Die Mutter, die Schöpferin allen Lebens, sich davor ekelte. Und die Frauen, die sie zur Welt brachten, waren unberührbar.
Konnte Ayla das sein? War es möglich, daß sie besudelt war? Unrein? Dreck und von Übel? Ausgerechnet die aufrichtige, offene Ayla? Die über die Gabe der Heilkunst gebot? Die so klug und unerschrocken war, und dabei sanft und schön? Konnte jemand, der so schön war wie sie, unrein sein?
Ich glaube, sie würde nicht einmal begreifen, was das bedeutet. Was aber würde jemand denken, der sie nicht kannte? Was, wenn sie ihr begegneten und sie ihnen ohne jedes Arg erzählte, wer sie großgezogen hatte? Ihnen von dem ... Kind erzählte? Was würden die Zelandonii davon halten? Oder Marthona? Selbstverständlich würde sie ihnen das erzählen! Würde ihnen von ihrem Sohn erzählen und für ihn eintreten. Ich glaube, Ayla könnte sich gegen jeden zur Wehr setzen, selbst gegen einen Zelandoni. Bei dem Geschick,

mit dem sie heilte, und der Art, wie sie mit Tieren umging, könnte man sie selbst für eine Zelandoni halten.

Aber wenn Ayla nicht von Übel ist, dann stimmt nichts, was über die Flachschädel gesagt wird. Und das wird niemand mir glauben.

Jondalar hatte nicht weiter darauf geachtete, wo er hinging und erschrak, als er die weiche Schnauze in seiner Hand spürte. Er hatte die Pferde nicht gesehen. Er blieb stehen und kraulte und kratzte den Junghengst. Winnie zog langsam in Richtung Höhle dahin und graste unterwegs. Als der Mann ihm einen letzten Klaps gab, sprang das Hengstfohlen zu ihr voraus. Jondalar hatte es nicht eilig, Ayla wieder gegenüberzutreten.

Aber Ayla war nicht in der Höhle. Sie war ihm um die Felswand herum gefolgt und hatte ihm nachgeblickt, wie er das halbe Tal hinuntergerannt war. Ihr war selbst manchmal nach rennen, doch fragte sie sich, was ihn denn plötzlich dazu brachte, so hart zu laufen? War sie das? Sie legte eine Hand über die heiße Erde auf der Feuergrube und ging hinterher zu dem großen Felsen hinüber. Jondalar war wieder ganz in Gedanken versunken, daß er überrascht war, als er aufblickte und die beiden Tiere sie umringen sah.

»Es . . . tut mir leid, Ayla. Ich hätte nicht weglaufen sollen.«

»Auch ich muß manchmal laufen. Gestern habe ich Winnie für mich laufen lassen. Sie kommt weiter.«

»Auch das tut mir leid.«

Sie nickte. Wieder Höflichkeit, dachte sie, Sitte und Brauch. Was bedeutet das wirklich? Schweigend lehnte sie sich an Winnie, und das Pferd ließ seinen Kopf über ihre Schulter hängen. Jondalar hatte sie schon früher in dieser Haltung gesehen, wenn Ayla durcheinander war. Sie schienen einander dann Halt zu geben. Ihm selbst bereitete es ja auch eine gewisse Genugtuung, das Hengstfohlen zu streicheln.

Aber das junge Pferd war zu ungeduldig, um Tatenlosigkeit über längere Zeit ertragen zu können, so sehr es liebte, wenn man sich mit ihm beschäftigte. Es warf den Kopf in die Höhe, hob den Schweif und sprengte davon. Dann bockte es, fuhr herum und stupste den Mann an, gleichsam, als ob es ihn zum Spielen aufforderte. Ayla und Jondalar mußten beide lachen, und damit war die Spannung gebrochen.

»Du wolltest ihm einen Namen geben«, sagte sie. Es war nichts weiter als eine Feststellung und wurde auch nicht in drängendem Ton vorgebracht. Wenn er dem Hengst jetzt keinen Namen gab, würde vermutlich sie es tun.

»Ich weiß nicht, wie ich ihn nennen soll. Ich habe mir noch nie einen Namen ausdenken müssen.«

»Das ist mir genauso ergangen, bis Winnie kam.«

»Und was war mit deinem ... Sohn? Hast du dem keinen Namen gegeben?«
»Das hat Creb getan. Durc war der Name eines jungen Mannes in einer Legende. Die habe ich immer am liebsten von allen Legenden und Geschichten gehört, und das wußte Creb. Ich glaube, er hat den Namen Durc gewählt, um mir eine Freude zu machen.«
»Ich habe ja gar nicht gewußt, daß dein Clan Legenden hatte. Wie erzählt man denn eine Geschichte, ohne zu sprechen?«
»Genauso wie du eine mit Worten erzählen würdest, nur, daß es in mancher Beziehung leichter ist, etwas zu zeigen als zu sagen.«
»Das stimmt wohl«, sagte er und überlegte, was für Geschichten sie einander wohl erzählten oder vielmehr zeigten. Wer hätte gedacht, daß Flachschädel imstande waren, sich Geschichten auszudenken!
Beide verfolgten sie mit den Augen, wie der junge Hengst – den Kopf vorgestreckt und den Schweif erhoben – das Galoppieren genoß. Was für ein Renner, dachte Jondalar.
»Renner!« sagte er. »Was hältst du davon, wenn wir ihn Renner nennen?« Er hatte das Wort so oft im Zusammenhang mit dem Füllen gebraucht, daß es zu passen schien.
»Mir gefällt das. Renner ist ein guter Name. Aber wenn er schon so heißen soll, so muß das auch richtig gemacht werden.«
»Und wie macht man das?«
»Ich bin mir nicht sicher, ob es auch wirklich das Richtige für ein Pferd ist, aber ich habe Winnie den Namen so gegeben, wie es bei den Kindern im Clan gemacht wird. Ich werde es dir zeigen.«
Die Pferde hinter sich, führte sie ihn an eine Stelle auf der Steppe, die früher einmal ein Flußbett gewesen war, das jetzt jedoch schon so lange trocken lag, daß es zum Teil mit Geröll ausgefüllt worden war. Auf der einen Seite war der Boden ausgewaschen worden und ließ waagerechte Bodenschichten erkennen. Zu Jondalars Verwunderung stocherte sie mit einem Stecken in einer Ockerschicht herum und hob dann die dunkle braunrote Erde mit beiden Händen in die Höhe. Wieder am Fluß, verrührte sie die rote Erde mit Wasser zu einem schlammigen Brei.
»Creb hat die rote Farbe mit dem Fett des Höhlenbären vermischt, doch das habe ich nicht, und ich denke auch, einfacher Schlamm ist für ein Pferd besser geeignet. Der trocknet und läßt sich leicht wieder abbürsten. Worauf es ankommt, ist doch die Namensgebung. Du mußt jetzt seinen Kopf festhalten.«
Jondalar winkte. Das Hengstfohlen wollte herumtollen, verstand die Geste jedoch. Es stand still, und der Mann legte ihm den Arm um den Hals und kraulte es. Ayla vollführte ein paar Gebärden in der Alten Sprache, mit der sie um die Gunst der Geister bat. Sie wollte es nicht allzu ernst machen, denn sie

war immer noch nicht ganz sicher, ob die Geister es nicht übelnahmen, wenn man einem Tier einen Namen gab, obwohl das Winnie nicht schlecht bekommen war. Sie nahm eine Handvoll roten Schlamm.
»Der Name dieses jungen Hengstes ist Renner«, sagte sie und vollführte gleichzeitig die entsprechenden Gebärden. Dann schmierte sie feuchte rote Erde über sein Gesicht, von der weißen Blesse auf der Stirn bis zu seiner ziemlich langen Nase.
Das ging so schnell und war beendete, ehe das Füllen sich Jondalars Umarmung entwinden konnte. Es sprengte davon, warf den Kopf ruckend in die Höhe und versuchte, sich von der ungewohnten Feuchtigkeit zu befreien. Dann stieß es Jondalar an und hinterließ einen roten Fleck auf seiner nackten Brust.
»Ich glaube, er hat eben mir einen Namen gegeben«, sagte der Mann lächelnd. Dann lief Renner – seinem Namen getreu – in gestrecktem Galopp davon. Jondalar wischte sich über die rote Schmiere auf der Brust. »Warum hast du das benutzt? Die rote Erde?«
»Sie ist etwas Besonderes . . . Heiliges . . . für die Geister«, sagte sie.
»Etwas Heiliges? So nennen wir das. Das Blut Der Mutter ist heilig.«
»Das Blut, ja. Creb . . . der Mog-ur, rieb Izas Körper mit einer Salbe aus roter Erde und dem Fett des Höhlenbären ein, nachdem ihr Geist sie verlassen hatte. Das nannte er das Blut der Geburt, damit Iza in der nächsten Welt geboren werden konnte.«
Jondalar bekam große Augen. »Flachschädel . . . ich meine, dein Clan verwendet die heilige Erde, um einen Geist in die nächste Welt zu schicken? Bist du sicher?«
»Ohne sie gilt keiner als richtig bestattet.«
»Ayla, wir verwenden die rote Erde. Sie ist das Blut Der Mutter. Es wird auf den Körper und auf das Grab aufgetragen, damit Sie den Geist zurücknimmt in Ihren Schoß und er neu geboren werden kann.« Ein schmerzlicher Blick trat in seine Augen. »Thonolan hat keine rote Erde.«
»Ich hatte keine für ihn, Jondalar, und ich konnte mir auch nicht die Zeit nehmen, welche zu beschaffen. Ich mußte hierher zurück, sonst hätte ich noch ein zweites Grab machen müssen. Ich habe mein Totem und den Geist von Ursus, dem Großen Höhlenbären, gebeten, ihm zu helfen, seinen Weg zu finden.«
»Du hast ihn bestattet? Sein Leichnam ist keinen Aasfressern überlassen worden?«
»Ich habe seinen Leichnam an die Felswand gelegt und Felsgestein gelockert, damit Geröll und Brocken ihn unter sich begruben. Nur an rote Erde habe ich nicht gedacht.«

Die Vorstellung, daß Flachschädel ihre Toten bestatteten, war für Jondalar am schwersten nachzuvollziehen. Tiere bestatteten ihre Toten nicht. Nur Menschen dachten darüber nach, woher sie kamen und wohin sie nach diesem Leben gehen. Ob ihre Clan-Geister Thonolan auf seinem Weg begleiten konnten?

»Das ist mehr, als meinem Bruder beschieden gewesen wäre, wenn du nicht dagewesen wärest, Ayla. Und ich habe noch viel mehr – ich habe mein Leben.«

26

»Ayla, ich kann mich nicht erinnern, wann ich zuletzt etwas so Köstliches gegessen habe. Wo hast du denn so gut Kochen gelernt?« sagte Jondalar und griff nach noch einem Stück saftigen, zartgewürzten Moorhuhn.
»Von Iza. Wo hätte ich es sonst lernen sollen? Das hier war Crebs Leibgericht.« Ayla wußte nicht warum, aber seine Frage machte sie ein wenig unsicher. Wieso sollte sie nicht kochen können? »Eine Medizin-Frau kennt sich mit Kräutern aus, Jondalar. Sie weiß, welche heilen und welche einen besonderen Geschmack geben.«
Er hörte den Ton leichten Gereiztseins heraus und fragte sich, woran das lag. Er hatte ihr doch bloß ein Kompliment machen wollen. Das Essen war gut. Ausgezeichnet sogar. Überhaupt, wenn er darüber nachdachte, so war alles, was sie ihm vorsetzte, köstlich zubereitet. Vieles, was es gab, war ihm unbekannt, aber neue Erfahrungen waren ja einer der Gründe, warum man auf Reisen ging; und wenn ihm die Gerichte auch fremd waren, daß sie vorzüglich zubereitet waren, merkte man sofort.
Und all das schafft sie. Wie beim heißen Tee am Morgen macht sie es einem so leicht zu vergessen, wieviel sie tut. Sie ging auf die Jagd, sammelte eßbare Pflanzen, kochte. Sie hat für alles gesorgt. Du hast nichts weiter getan als es gegessen, Jondalar. Du hast überhaupt nichts dazu beigetragen. Du hast einfach genommen und nichts dafür gegeben ... weniger als nichts.
Und jetzt machst du ihr Komplimente, gesprochene Worte. Kannst du es ihr da verargen, daß sie verärgert ist? Sie wird froh sein, wenn du fortgehst, du machst ihr nur mehr Arbeit.
Du könntest wenigstens etwas auf die Jagd gehen und ein bißchen von dem Fleisch zurückgeben, das du verzehrt hast. Wie wenig das ist, nach allem, was sie für dich getan hat! Kannst du dir denn nicht etwas ... Bleibendes einfallen lassen? Sie ist doch selbst eine vorzügliche Jägerin. Was soll das schon, ein bißchen für sie auf die Jagd gehen?
Allerdings: Wie sie das macht, mit diesem ungefügen Speer, der mehr ein Spieß ist? Ich möchte mal wissen ... ob sie wohl das Gefühl hätte, daß ich ihren Clan beleidigte, wenn ich ...

»Ayla . . . ich, hm . . . ich möchte etwas sagen, möchte dich aber nicht kränken.«
»Warum hast du Angst, mich zu kränken? Wenn du etwas zu sagen hast, sag' es.« Daß in ihr immer noch tief der Stachel saß, war ihr anzumerken, und so hätte er vor lauter Bedenken ums Haar Abstand davon genommen.
»Du hast recht. Es ist ein bißchen spät. Aber ich frage mich . . . hm . . . wie jagst du mit diesem Speer?«
Sie wußte nicht, was sie von seiner Frage halten sollte. »Ich hebe eine Grube aus und lasse die Herde darauf zulaufen, scheuche sie, bis sie in Panik gerät. Aber letzten Winter . . .«
»Eine Fallgrube! Selbstverständlich, damit du nahe genug herankommen kannst, um diesen Speer zu schleudern. Ayla, du hast soviel für mich getan, und da möchte ich jetzt gern etwas für dich tun, ehe ich fortgehe; etwas, um das es sich lohnt. Ich möchte nur nicht, daß du dich durch meinen Vorschlag verletzt fühlst. Wenn er dir nicht gefällt, vergiß einfach, daß ich was gesagt habe, ja?«
Sie nickte, ein wenig beklommen, aber neugierig.
»Du bist . . . du bist eine gute Jägerin, besonders, wenn man bedenkt, mit was für einer Waffe du jagst. Aber ich glaube, ich kann dir eine Möglichkeit zeigen, dir das Jagen zu erleichtern und eine bessere Jagdwaffe daraus zu machen, wenn du erlaubst.«
Ihr Argwohn verflüchtigte sich. »Du willst mir eine bessere Jagdwaffe zeigen?«
»Und eine leichtere Art und Weise zu jagen – es sei denn, du möchtest es lieber nicht. Es gehört ein wenig Übung dazu . . .«
Ungläubig schüttelte sie den Kopf. »Clan-Frauen jagen nicht, und kein Mann wollte, daß ich auf die Jagd ging – nicht einmal mit einer Schleuder. Brun und Creb erlaubten es nur, um mein Totem zu beschwichtigen. Der Höhlenlöwe ist ein mächtiges männliches Totem, das ihnen klarmachte, daß es sein Wille war, daß ich auf die Jagd ging. Dem wagten sie nicht, sich zu widersetzen.« Plötzlich stand ihr lebhaft eine Szene wieder vor Augen. »Sie hielten eine besondere Zeremonie ab.« Sie faßte nach der kleinen Narbe unten am Hals. »Creb hat mir Blut abgenommen, als Opfer für die Ahnen, damit ich zu Der Frau, Die Jagt, werden konnte.
Als ich dies Tal entdeckte, war die einzige Waffe, die ich kannte, meine Schleuder. Aber eine Schleuder genügt nicht, und da habe ich mir Speere gemacht, solche wie diejenigen, mit denen die Männer jagten, und habe mit ihnen Jagen gelernt, so gut ich konnte. Ich hätte nie gedacht, daß ein Mann den Wunsch haben könnte, mir eine bessere Art zu zeigen.« Sie hörte auf zu sprechen und senkte, plötzlich überwältigt, den Blick auf ihren Schoß. »Ich wäre dir sehr dankbar, Jondalar.«

Die Sorgenfalten auf der Stirn des Mannes glätteten sich. Er meinte, eine Träne schimmern zu sehen. Sollte ihr das soviel bedeuten? Und er hatte gefürchtet, sie könnte es ihm übelnehmen. Ob er sie jemals begreifen würde? Je mehr er von ihr erfuhr, desto weniger schien er sie zu kennen. Sie hatte es sich selbst beigebracht?

»Ich werde ein paar Spezialwerkzeuge machen müssen. Und einige Knochen. Die Hirschknochen, die ich gefunden habe, sind genau richtig, ich muß sie nur zuvor einweichen. Hast du ein Behältnis, in dem ich Knochen einweichen kann?«

»Wie groß muß es denn sein? Ich habe viele Behältnisse«, sagte sie und erhob sich.

»Es eilt nicht. Iß doch erst fertig, Ayla.«

Aber ihr war im Moment nicht nach Essen zumute, dazu war sie viel zu aufgeregt. Aber er war noch nicht fertig. Sie setzte sich zurück und stocherte lustlos in ihrem Essen herum, bis er merkte, daß sie gar nichts aß.

»Möchtest du jetzt nach den Behältnissen sehen?« fragte er.

Sie sprang auf und ging hinüber, wo sie ihre Sachen aufbewahrte, um eine Steinlampe zu holen. Hinten in der Höhle war es dunkel. Sie ließ Jondalar die Lampe halten, während sie Körbe, Schalen und Birkenrindenbehältnisse aufdeckte, von denen sie viele ineinandergesteckt stehen hatte. Er hielt die Lampe hoch, damit der Lichtkreis sich vergrößerte, und blickte sich um. Da war soviel vorhanden, viel mehr, als er gebrauchen konnte.

»Hast du all diese Dinge gemacht?«

»Ja«, sagte sie und sah ihre Vorräte durch.

»Das muß ja Tage ... Monde ... ganze Jahreszeiten gedauert haben. Wie lange hast du daran gearbeitet?«

Ayla überlegte, ob ihr nichts einfiel, wie sie es ihm erklären konnte. »Viele, viele Jahreszeiten. Die meisten Sachen habe ich im Winter gemacht. Ich hatte ja sonst nichts zu tun. Sind denn welche groß genug für dich, daß du sie gebrauchen kannst?«

Er sah die Behälter durch, die sie vor ihm ausgebreitet hatte, nahm mehrere hoch, mehr um zu sehen, wie sie gemacht waren, als um einen auszusuchen. Es war kaum zu glauben. Mochte sie noch so tüchtig und noch so flink bei der Arbeit sein, die fein geflochtenen Körbe und geglätteten Becher und Schalen fertigzustellen, hatte Zeit gebraucht. Wie lange war sie hier? Allein.

»Dieser hier ist gut geeignet«, sagte er und wählte eine große, trogähnliche Holzschale mit hohen Seitenwänden. Ayla steckte alles andere säuberlich wieder zusammen, während er die Lampe hielt. Sie kann kaum älter als ein Mädchen gewesen sein, als sie hierherkam, überlegte er. Sie ist ja noch nicht sehr alt – oder doch? Schwer zu beurteilen. Sie hatte etwas Zeitloses und gleichzeitig Treuherziges, das nicht ganz mit dem vollen und reifen Körper in Einklang zu bringen war, den sie hatte. Sie hatte ein Kind geboren, war also in jeder Beziehung eine Frau. Ich möchte wissen, wie alt sie ist.

Sie stiegen den Pfad hinunter. Jondalar füllte die trogähnliche Schale mit Wasser und untersuchte die Beinknochen, die er auf ihrem Abfallhaufen entdeckt hatte. »Dieser hier weist einen Riß auf, den ich vorher nicht bemerkt habe«, sagte er und zeigte ihr den Knochen, ehe er ihn fortwarf. Die anderen legte er ins Wasser. Bei ihrer Rückkehr in die Höhle versuchte er, Aylas Alter zu schätzen.

»Ayla, wie lange bist du schon hier?« fragte er, als sie im Begriff standen, die Höhle wieder zu betreten. Er konnte seine Neugier nicht bezähmen.

Sie blieb stehen und wußte nicht, wie darauf antworten – oder wie sie sich verständlich machen könnte. Ihre Zahlstäbe fielen ihr ein, doch wenn Creb ihr auch beigebracht hatte, die Kerben anzubringen – eigentlich durfte sie ja gar nicht wissen, wie man die Zeit maß. Vielleicht hatte Jondalar etwas dagegen. Aber er geht ja ohnehin, dachte sie.

Sie holte eines der Bündel hervor, deren Stäbe sie Tag für Tag mit einer Kerbe versehen hatte; sie schnürte es auf und legte die Stäbe vor sich hin.

»Was ist das?« fragte er.

»Du möchtest wissen, wie lange ich hier bin. Ich weiß nicht, wie ich es dir sagen soll, aber seit ich dieses Tal gefunden habe, habe ich jeden Tag eine Kerbe in einen Stab geschnitten. Ich bin also so viele Tage hier, wie Kerben auf meinen Stäben sind.«

»Und weißt du, wie viele Kerben das sind?«

Sie wußte noch genau, wie quälend es gewesen war, als sie schon einmal versucht hatte, eine gewisse Ordnung in ihre Kerben und Stäbe zu bekommen und diese zu deuten. »So viele, wie das sind«, sagte sie.

Interessiert nahm Jondalar einen der Stäbe in die Hand. Sie kannte zwar die Zahlwörter nicht, besaß aber ein gewisses Gefühl dafür. Nicht einmal jeder in seiner Höhle begriff sie. Jedem war der machtvolle Zauber ihrer Bedeutung nicht verständlich. Einiges davon hatte der Zelandoni ihm erklärt. Zwar kannte er nicht allen in ihnen enthaltenen Zauber, aber er wußte mehr als die meisten derer, die nicht berufen waren. Wo hatte Ayla gelernt, die Stäbe einzukerben? Wie konnte jemand, der unter Flachschädeln großgeworden war, auch nur das geringste Verständnis für Zahlwörter haben?

»Wie hast du dies gelernt?«

»Das hat Creb mir beigebracht. Schon vor langer Zeit. Als ich noch ein kleines Mädchen war.«

»Creb – der Mann, an dessen Herdfeuer du gelebt hast? Er hat gewußt, was sie bedeuten? Er hat nicht einfach nur Kerben geschnitzt?«

»Creb war der . . . Mog-ur . . . ein heiliger Mann. Der Clan erwartete von ihm, daß er den richtigen Zeitpunkt für bestimmte Zeremonien wie etwa die Namensgebungszeremonie oder auch für das Clanstreffen wußte. So hat er das gemacht. Ich glaube, er hat gemeint, ich verstünde das nicht – denn selbst für einen Mog-ur ist es schwierig. Er hat es mir nur gesagt, damit ich nicht allzu viele Fragen stellte. Und hinterher hat er mir verboten, die Sache je wieder zu erwähnen. Einmal hat er mich erwischt, aber da war ich schon älter und kerbte die Tage für den Mondzyklus ein – und da war er sehr böse.«
»Dieser . . . Mog-ur« – Jondalar hatte Schwierigkeiten mit der Aussprache –, »dieser Mog-ur war etwas Heiliges, Geweihtes, wie ein Zelandoni?«
»Ich weiß nicht. Du sagst Zelandoni, wenn du Heilkundiger meinst. Der Mog-ur war kein Heiler. Iza kannte sich in den Pflanzen und Kräutern aus – sie war die Medizinfrau. Der Mog-ur kannte die Geister. Er half mir, mit ihnen zu reden.«
»Ein Zelandoni kann ein Heiler sein, aber auch andere Gaben haben. Ein Zelandoni ist jemand, der dem Ruf gefolgt ist, Der Mutter Zu Dienen. Manche besitzen keine besonderen Gaben, nur den Wunsch, in Ihren Dienst zu treten. Sie können mit Der Mutter sprechen.«
»Creb besaß andere Gaben. Er war der Allerhöchste und Allermächtigste. Er konnte . . . er . . . ich weiß nicht, wie ich das erklären soll.«
Jondalar nickte. Es war auch nicht in jedem Falle leicht, die Gaben eines Zelandoni zu erklären. Auf jeden Fall waren sie auch die Bewahrer besonderen Wissens. Er warf noch einen Blick auf die Stäbe. »Was bedeutet dies hier?« sagte er und zeigte auf die extra-dicken Kerben.
Ayla errötete. »Das ist . . . ist mein . . . Frauentum«, antwortete sie in dem Bemühen, eine Erklärung zu geben.
Von den Clan-Frauen wurde erwartet, daß sie während ihrer Regel den Männern aus dem Weg gingen, und die Männer übersahen sie vollkommen. Frauen machten in dieser Zeit eine Art Teilverbannung durch, litten unter dem, was man den ›Frauen-Fluch‹ nannte; denn die Männer waren von Furcht vor der geheimnisvollen Lebenskraft erfüllt, die Frauen instand setzte, Leben hervorzubringen. Sie war es, die dem Geist ihres Totems jene außerordentliche Kraft verlieh, die gegen das durchdringende Wesen der Totemsgeister der Männer ankämpfte. Wenn eine Frau blutete, bedeutete das, daß ihr Totem obsiegt und dem Wesen des männlichen Totems eine Wunde zugefügt – es hinausgeworfen hatte. Kein Mann wollte, daß der Geist seines Totems in dieser Zeit in den Kampf hineingezogen wurde.
Nun war Ayla, kurz nachdem sie den Mann in ihre Höhle gebracht hatte, in einer gewissen Bedrängnis gewesen. Sie hatte sich nicht streng absondern können, als ihre Blutung einsetzte – jedenfalls nicht, solange sein Leben noch

an einem dünnen Faden hing und sie sich aufmerksam um ihn kümmern mußte. Sie durfte sich einfach nicht einengen lassen. Später hatte sie dann versucht, den Kontakt mit ihm während ihrer Periode auf das Mindestmaß zu beschränken; aber ganz ließ sich dieser nicht vermeiden, wo sie doch beide eine Höhle teilten. Auch war es ihr unmöglich, sich nur mit Frauenaufgaben zu beschäftigen, wie das beim Clan der Fall gewesen war. Es waren ja keine anderen Frauen da, ihren Platz einzunehmen. Sie mußte für den Mann jagen und für ihn kochen; und außerdem wollte er, daß sie mit ihm aß.

Das einzige, was sie tun konnte, um zumindest den Anschein von weiblichem Anstand zu wahren, war, das Thema möglichst zu meiden und ihre Fellbinden zu wechseln, wenn sie allein war, und überhaupt so wenig Aufhebens von der ganzen Sache zu machen wie möglich. Wie aber nun seine Frage beantworten?

Er jedoch nahm ihre Erklärung ohne irgendwelches peinliches Berührtsein oder böse Ahnungen hin. Sie entdeckte nicht das geringste Anzeichen, daß es ihm überhaupt etwas ausmachte.

»Die meisten Frauen versuchen die Tage zu zählen. Hat Creb oder Iza dir das beigebracht?« fragte er.

Ayla senkte den Kopf, um ihre Verwirrung zu verbergen. »Nein, das habe ich selbst gemacht, um Bescheid zu wissen. Ich wollte nicht unvorbereitet von der Höhle entfernt davon überrascht werden.«

Sein verständnisvolles Nicken überraschte sie. »Frauen erzählen sich eine Geschichte über die Zahlwörter«, fuhr er fort. »Sie sagen, der Mond – Lumi – ist der Geliebte der Großen Erdmutter. An den Tagen, da Doni blutet, will Sie die Wonnen nicht mit ihm teilen. Da wird er zornig, und es verletzt seinen Stolz. Er wendet sich von Ihr ab und verbirgt sein Licht. Aber lange kann er sich nicht von Ihr fernhalten. Er fühlt sich einsam, er vermißt ihren fülligen warmen Leib und blickt insgeheim zurück, um Sie zu sehen. Doch Doni ist inzwischen außer sich und will ihn nicht ansehen. Doch wenn er sich umdreht und sein Licht in seiner ganzen Pracht für Sie leuchten läßt, kann Sie ihm nicht wiederstehen. Sie öffnet sich ihm wieder, und beide sind glücklich.

Das ist der Grund, warum viele Ihrer Feste bei Vollmond abgehalten werden. Die Frauen sagen, ihre Perioden fallen mit denen Der Mutter zusammen – sie nennen die Zeit ihres Blutens Mond-Zeit und können durch Beobachtung Lumis sagen, wann es wieder soweit sein wird. Sie sagen, Doni habe ihnen die Zahlwörter gegeben, damit sie es auch dann wissen, wenn der Mond sich hinter den Wolken versteckt; nur werden sie heute in vielen wichtigen Bereichen benutzt.«

Wiewohl es sie beunruhigte, einen Mann so ungezwungen über intime Frauenangelegenheiten reden zu hören, war Ayla von der Geschichte fasziniert.

»Manchmal beobachte auch ich den Mond«, sagte sie, »aber ich kerbe auch die Stecken ein. Was sind das – Zahlen oder Zahlwörter?«
»Das sind . . . einmal Namen für die Kerben auf deinen Stecken, aber auch für anderes. Man benutzt sie, um die Anzahl von . . . allem Möglichen anzugeben. Mit ihrer Hilfe kann ein Fährtenleser oder Späher angeben, wie viele Hirsche er gesehen hat oder wie viele Tage sie noch entfernt sind. Handelt es sich um eine große Herde, wie etwa im Herbst bei den Büffeln, dann muß ein Zelandoni die Herde auskundschaften, einer, der besondere Möglichkeiten des Zählens kennt.«
Ein ahnungsvolles Erwarten ging durch die Frau hindurch; fast verstand und begriff sie, was er meinte. Ihr war, als stehe sie kurz davor, die Antwort auf eine Frage zu finden, die sie bisher nicht hatte packen können.
Der Blick des großen blonden Mannes fiel auf den Haufen runder Kochsteine. Mit beiden Händen nahm er davon und sagte: »Ich will es dir zeigen.« Mit diesen Worten legte er die Steine in eine Reihe nebeneinander, zeigte auf einen nach dem anderen und zählte dabei: »Eins, zwei, drei, vier, fünf, sechs, sieben . . .«
Ayla sah ihm zu und wurde immer aufgeregter.
Nachdem er fertig war, blickte er sich nach etwas anderem um, und nahm einige von Aylas Kerbstäben. »Eins«, sagte er und legte den ersten nieder, »zwei«, und legte den nächsten daneben, »drei, vier, fünf . . .«
Ayla erinnerte sich noch lebhaft daran, wie Creb »Jahr der Geburt, Jahr des Laufenlernens, Jahr der Entwöhnung . . .« zu ihr gesagt und dabei auf ihre ausgestreckten Finger gezeigt hatte. Jetzt hob sie die Hand in die Höhe, sah Jondalar an, und zeigte auf einen Finger nach dem anderen; »Eins, zwei, drei, vier, fünf«, sagte sie.
»Richtig! Ich wußte, daß du nahe dran warst, als ich deine Stäbe sah.«
Ihr strahlendes Lächeln hatte etwas herrlich Triumphierendes. Sie nahm einen der Stecken und zählte die Kerben. Jondalar fuhr fort, ihr die Zahlwörter über diejenigen hinaus vorzusagen, die sie bereits kannte, doch auch er mußte ein paar Kerben über der zweiten, extra dicken Kerbe aufgeben. Er runzelte die Stirn. »Und solange bist du hier?« fragte er und zeigte auf die wenigen Stäbe, die sie herausgebracht hatte.
»Nein«, sagte sie und holte den Rest. Die Verschnürungen von allen Bündeln lösend, breitete sie alle vor ihnen aus.
Jondalar schaute genauer hin und erblaßte. Der Magen krampfte sich ihm zusammen. Jahre! Die Kerben stellten Jahre dar! Er legte sie nebeneinander, damit er sämtliche Kerben sehen konnte, dann ließ er den Blick auf ihnen ruhen. Obwohl der Zelandoni ihm erklärt hatte, wie man größere Mengen zusammenfaßte, mußte er überlegen.

Dann lächelte er. Statt die einzelnen Tage zu zählen, konnte er auch die extra dicken Kerben zählen, diejenigen, die einen vollständigen Mondzyklus repräsentierten und gleichzeitig den Beginn ihrer Mond-Zeiten angaben. Jedesmal wenn er auf eine solche extra dicke Kerbe zeigte, machte er einen Strich auf den Boden und sagte dazu das Zahlwort auf. Nach dreizehn Strichen fing er eine zweite Reihe an, ließ dabei aber den ersten Strich aus, wie der Zelandoni es ihm erklärt hatte, und machte entsprechend nur zwölf Striche. Mondzyklen entsprachen den Jahreszeiten nicht genau. Am Ende der dritten Reihe gelangte er an das Ende ihrer Kerben und blickte sie scheu und ehrfürchtig zugleich an.
»Drei Jahre! Du bist drei Jahre hier! Genauso lange, wie ich jetzt auf meiner Reise bin. Bist du die ganze Zeit über allein gewesen?«
»Ich habe Winnie gehabt und bis vor . . .«
»Aber Menschen hast du keine gesehen?«
»Nein, seit ich vom Clan fort bin, nicht.«
In ihren Gedanken zeichneten sich die Jahre durch irgendeine Besonderheit aus. Das erste – an dem sie den Clan verlassen, das Tal gefunden und das kleine Füllen bei sich aufgenommen hatte – nannte sie Winnies Jahr. Im folgenden Frühling – dem Beginn des neu erwachenden Wachstums – hatte sie das Löwenjunge gefunden; infolgedessen nannte sie dieses Jahr Babys Jahr. Für Jondalar ging das Jahr Eins von Winnies Jahr bis zu Babys Jahr. Dann kam das Jahr des Hengstes – Zwei. Und Drei das Jahr von Jondalar und dem Füllen. Sie selbst merkte sich die Jahre besser auf ihre Art; gleichwohl gefielen ihr die Zahlwörter. Der Mann hatte ihre Kerben dazu gebracht, ihm zu verraten, wie lange sie im Tal war, und jetzt wollte auch sie lernen, wie man das machte.
»Weißt du, wie alt du bist, Ayla? Wie viele Jahre bist du jetzt am Leben?« fragte Jondalar plötzlich.
»Laß mich überlegen«, sagte sie und hielt eine Hand mit ausgestreckten Fingern in die Höhe. »Creb hat gesagt, nach Izas Meinung war ich ungefähr so viele . . . fünf . . . Jahre alt, als sie mich fanden.« Jondalar machte fünf Striche auf den Boden. »Durc wurde im Frühling jenes Jahres geboren, da wir zur Clan-Versammlung zogen. Ich habe ihn mitgenommen. Creb sagte, zwischen den Clan-Treffen lägen immer so viele Jahre.« Damit hielt sie zusätzlich zu der vollen Hand noch zwei Finger der anderen in die Höhe.
›Das sind sieben«, sagte Jondalar.
»Im Sommer, ehe sie mich fanden, hatte eine Clan-Versammlung stattgefunden.«
»Also eins weniger – laß mich überlegen«, sagte er und machte noch zwei Striche auf den Boden. Dann schüttelte er den Kopf. »Bist du sicher? Das bedeutet, daß dein Sohn geboren wurde, als du elf warst.«
»Ich bin sicher, Jondalar.«

»Ich habe gehört, daß einige Frauen schon so jung Kinder bekommen können, aber nicht viele. Mit dreizehn oder vierzehn ist eigentlich die Regel, und manche halten auch das noch für zu jung. Dann bist du ja selbst kaum mehr als ein Kind gewesen.«

»Nein, ich bin kein Kind gewesen. Ich war schon seit mehreren Jahren kein Kind mehr. Ich war zu groß, um ein Kind zu sein, größer als alle anderen, die Männer eingeschlossen. Und ich war schon älter als die meisten Mädchen des Clans, wenn sie Frauen werden.« Sie verzog den Mund zu einem schiefen Lächeln. »Ich glaube, ich hätte nicht noch länger warten können. Manche dachten schon, ich würde nie eine Frau werden, weil ich ein so starkes männliches Totem habe. Iza war so froh, als ich . . . als die Mondzeiten anfingen. Und ich auch . . .« Ihr Lächeln schwand. »Das war Brouds Jahr. Und das Jahr darauf Durcs Jahr.«

»Das Jahr vor der Geburt deines Sohnes – zehn! Zehn Jahre warst du erst alt, als er dich zwang? Wie konnte er das denn tun?«

»Ich war eine Frau, größer als die meisten Frauen. Größer als er.«

»Aber nicht so kräftig wie er! Ich habe ein paar von diesen Flachschädeln gesehen. Groß sind sie vielleicht nicht – aber stark. Ich möchte nicht mit ihnen kämpfen müssen.«

»Es sind Männer, Jondalar«, verbesserte sie ihn sanft. »Sie sind keine Flachschädel – sie sind Männer des Clans.«

Das brachte ihn zur Besinnung. Trotz ihres sanften Tonfalls – das Kinn war eigensinnig vorgereckt.

»Selbst nach dem, was er dir angetan hat, bestehst du immer noch darauf, daß er kein Tier ist?«

»Du kannst meinetwegen sagen, daß er sich wie ein Tier benommen hat, daß er mich zwang – aber wie benehmen sich denn die Männer, die den Clans-Frauen Gewalt antun?«

So hatte er die Sache eigentlich noch nie gesehen.

»Nicht alle Männer waren wie Broud, Jondalar. Nur die wenigsten. Creb war nicht so – er war sanft und gütig, obwohl er ein mächtiger Mog-ur war. Brun war es nicht, und dabei war er unser Anführer. Er hatte einen starken Willen, aber er war gerecht. Er hat mich in seinen Clan aufgenommen. Einiges mußte er tun – so war das nun mal Sitte beim Clan –, aber er ehrte mich durch seine Dankbarkeit. Clan-Männer zeigen Frauen gegenüber nicht oft Dankbarkeit, vor allem nicht in der Öffentlichkeit. Er ließ mich auf die Jagd gehen; er akzeptierte Durc. Als ich fortging, versprach er mir sogar, ihn zu beschützen.«

»Wann bist du denn fortgegangen?«

Sie hielt inne, um nachzudenken. Jahr der Geburt, Jahr des Laufen-Lernens, Jahr des Entwöhnens. »Durc war drei Jahre alt, als ich fortging«, sagte sie.

Jondalar fügte noch drei Striche hinzu. »Vierzehn warst du? Erst vierzehn Jahre alt? Und seither hast du hier mutterseelenallein gelebt? Drei Jahre lang?« Er zählte alle Striche zusammen. »Du bist siebzehn Jahre alt, Ayla. Und hast schon ein volles Leben hinter dir mit deinen siebzehn Jahren«, sagte er.

Schweigend und nachdenklich saß Ayla eine Weile da – dann ergriff sie das Wort. »Durc ist jetzt sechs Jahre alt. Inzwischen werden die Männer ihn mit aufs Übungsfeld nehmen. Grod wird ihm einen Speer machen, der zu seiner Größe paßt, und Brun wird ihn lehren, damit umzugehen. Wenn er noch am Leben ist, wird der alte Zoug ihn im Gebrauch der Schleuder unterweisen. Durc wird sich darin üben, indem er mit seinem Freund Grev Jagd auf kleine Vögel macht – Durc ist zwar jünger als Grev, aber größer. Er war immer groß für sein Alter, das hat er von mir. Er kann schnell laufen; keiner kann ihn einholen. Und mit der Schleuder ist er gut. Und Uba liebt ihn. Sie liebt ihn genauso sehr wie ich.«

Ayla merkte gar nicht, daß ihr die Tränen herunterliefen, bis sie tief Atem holte und daraus ein Schluchzer wurde, und wußte nicht, wie sie sich in Jondalars Armen wiederfand und den Kopf an seiner Schulter barg.

»Ist ja schon gut, Ayla«, sagte der Mann. Mit elf Mutter, mit vierzehn von ihrem Sohn getrennt, war es ihr versagt, ihn aufwachsen zu sehen, ja, war sie sich noch nicht einmal sicher, ob er überhaupt noch am Leben war. Aber sie ist sich sicher, daß jemand ihn liebt und sich um ihn kümmert und ihm das Jagen beibringt . . . wie es jedem Kind ergeht.

Ayla kam sich vor wie ausgewrungen, als sie schließlich den Kopf von der Schulter des Mannes nahm, aber ihr war auch leichter ums Herz, als ob ihr Kummer nicht mehr ganz so schwer auf ihr lastete. Seit sie den Clan verlassen hatte, war es das erstemal, daß sie ihren Verlust mit einer anderen Menschenseele teilte. Dankbar bedachte sie Jondalar mit einem Lächeln.

Zärtlich und mitleidig erwiderte er es, und plötzlich wallte noch etwas anderes aus der unbewußten Quelle seines Inneren auf und zeigte sich im tiefen Blau seiner Augen. Das brachte eine gleichgesinnte Saite in der Frau zum Klingen. Innig sahen sie einander lange an, und ihre Augen sagten wortlos, was sie laut nicht zu sagen wagten.

Die Intensität dieses Austauschs war zuviel für Ayla; sie hatte immer noch Schwierigkeiten, einen Menschen direkt anzusehen. Sie riß die Augen von ihm los und sammelte ihre Kerbstäbe zusammen. Jondalar brauchte einen Moment, ehe er sich aufraffen und ihr helfen konnte, die Stäbe zu Bündeln zusammenzuschnüren. Als er jetzt an ihrer Seite arbeitete, war er sich der warmen Fülle und ihres angenehmen weiblichen Geruchs bewußter, als er es gewesen war, da er sie in seinen Armen getröstet hatte. Ayla wiederum spürte ein Nachglühen, wo ihre Leiber sich berührt und seine sanften Hände sie angefaßt hatten, und das Salz seiner Haut vermischte sich mit ihren Tränen. Beide begriffen sie, daß sie einander berührt hatten und dies keinen von ihnen gekränkt hatte. Trotzdem hüteten sie sich sorgsam, sich direkt anzusehen oder einander zu nahe zu kommen, aus Angst, daß es diesen unvorhergesehenen Augenblick der Zärtlichkeit stören könnte.

Ayla nahm ihre Stabbündel auf und wandte sich dann dem Mann zu. »Wie viele Jahre bist du alt, Jondalar?«

»Ich war achtzehn, als ich auf die Reise ging. Thonolan war fünfzehn . . . und achtzehn, als er starb. So jung.« Sein Gesicht verriet seinen Schmerz; dann fuhr er fort: »Ich bin jetzt einundzwanzig Jahre alt . . . und bin immer noch ohne Gefährtin. Ich bin alt für einen Junggesellen. Die meisten Männer haben in diesem Alter eine Frau gefunden, ja, haben schon in einem viel jüngeren Alter ein Herdfeuer gegründet. Sogar Thonolan. Er war sechzehn, als er heiratete.«

»Ich habe aber nur zwei Männer gefunden. Wo war seine Gefährtin?«

»Sie ist gestorben. Bei der Geburt, und ihr Sohn ist auch gestorben.« Mitleid füllte Aylas Augen. »Deshalb haben wir ja unsere Reise fortgesetzt. Er wollte nicht dort bleiben. Es ist aber auch von Anfang an mehr seine als meine Reise gewesen. Es war immer er, der auf Abenteuer aus war und keinerlei Bedenken kannte. Er hat einfach alles gewagt, und doch war jeder sein Freund. Ich bin bloß mit ihm gereist. Thonolan war mein Bruder und der beste Freund, den ich je hatte. Nachdem Jetamio tot war, wollte ich ihn bewegen, mit mir zurückzukehren nach Hause, aber er wollte nicht. Er war so voller Trauer, daß er ihr bis in die nächste Welt nachfolgen wollte.«

Ayla erinnerte sich, wie unendlich verzweifelt Jondalar gewesen war, als er begriffen hatte, daß sein Bruder tot war; jetzt erkannte sie, daß der Schmerz immer noch verweilte. »Vielleicht ist er dann jetzt glücklicher, wenn es doch das gewesen ist, was er gewollt hat. Es ist schwer weiterzuleben, wenn man jemand verliert, den man so sehr liebt«, sagte sie sanft.

Jondalar dachte daran, wie untröstlich sein Bruder gewesen war, und begriff das jetzt besser. Vielleicht hatte Ayla recht. Sie müßte es wissen; sie hatte Kummer und Elend genug erlebt. Gleichwohl war sie entschlossen weiterzuleben. Thonolan hatte Mut besessen, war tollkühn und unbesonnen gewesen; Aylas Mut war der Mut des Durchhaltens.

Ayla schlief nicht gut, und das Sich-Herumwälzen und Sich-hin-und-her-Geschiebe auf der anderen Seite des Feuers ließ sie vermuten, daß vielleicht auch Jondalar wach dalag. Sie verspürte den Wunsch aufzustehen und zu ihm zu gehen, doch kam ihr das Gefühl von Zuneigung und Zärtlichkeit, das dem geteilten Kummer und Gram entwachsen war, doch zu zerbrechlich vor, als daß sie es gewagt hätte, es dadurch aufs Spiel zu setzen, daß sie mehr wollte, als er zu geben bereit war.

Im dämmerigen Licht des abgedeckten Feuers erkannte sie unter den Schlaffellen seine Umrisse sowie den braungebrannten Arm, den er ebenso herausgesteckt hatte wie die muskulöse Wade mit der Ferse auf dem Boden. Sie sah ihn deutlicher vor sich, wenn sie die Augen zumachte, als wenn sie sie öffnete und den Blick auf den atmenden Haufen jenseits des Feuers richtete: das straff zurückgestrählte und mit einem Riemen im Nacken zusammengehaltene Haar, der dunklere und gekrauste Bart, seine bestürzenden Augen, die so viel mehr sagten als seine Worte, und seine großen, feinfühligen, langfingerigen Hände – all das war mehr als eine Vision. Ihr Anblick erfüllte sie mit einem inneren Seufzen. Er wußte immer, was mit den Händen tun, ob er nun ein Stück Flint hielt oder genau die richtige Stelle fand, den Junghengst zu kraulen. Renner! Ein guter Name. Der Mann hatte ihm einen Namen gegeben.

Wie konnte ein Mann, der so groß und stark war, so sanft sein? Sie hatte seine harten Muskeln gespürt, hatte gefühlt, wie sie sich bewegten, als er versuchte, sie zu trösten. Er . . . er schämte sich nicht, Zuneigung oder Kummer zu zeigen. Die Männer im Clan waren distanzierter und reservierter. Selbst Creb, von dem sie sehr wohl wußte, daß er sie liebte, hatte seine Gefühle nie so offen gezeigt.

Was sollte sie nur tun, wenn er nicht mehr da war? Sie wollte nicht darüber nachdenken. Trotzdem mußte sie dem ins Auge sehen: Er würde fortgehen. Er hatte gesagt, er wolle ihr etwas schenken, bevor er gehe – er hatte gesagt, er werde fortgehen.

Ayla wälzte sich die ganze Nacht von einer Seite auf die andere, erhaschte Blicke auf seinen bloßen, tiefgebräunten Oberkörper; auf seinen Hinterkopf und seine breiten Schultern; und – einmal – auf seinen rechten Oberschenkel mit der gezackten Narbe, aber nichts Schlimmerem. Warum war er geschickt worden? Sie lernte die neuen Wörter – um ihr das Sprechen beizubringen? Er wollte ihr eine neue, eine bessere Art zu jagen zeigen. Wer hätte gedacht, daß ein Mann einmal bereit wäre, ihr in der Jagd etwas Neues beizubringen? Auch in der Beziehung war Jondalar anders als die Clan-Männer. Vielleicht gelingt es mir, etwas Besonderes für ihn zu tun, damit er mich nicht vergißt.

Ayla döste ein in dem Gedanken, wie sehr es sie danach verlangte, daß er sie wieder in den Armen hielt, wie sehr sie seine Wärme spüren und seine Haut an der ihren fühlen wollte. Kurz vor Morgengrauen erwachte sie aus einem Traum, in dem er über die winterliche Steppe dahinschritt, und da wußte sie, was sie gern tun wollte. Sie wollte etwas für ihn machen, das seiner Haut immer nahe wäre, etwas, das ihn warmhielt.

Leise stand sie auf und fand die Kleider, die sie ihm in der ersten Nacht vom Leib geschnitten hatte, und trug sie näher an die Feuerstelle heran. Das getrocknete Blut machte sie immer noch steif, aber wenn sie das einweichte, konnte sie feststellen, wie sie gemacht waren. Das Hemd mit dem reizvollen Muster darauf ließ sich ihrer Meinung nach retten, sofern sie die Armteile ersetzte. Die Hosen mußte sie aus neuem Material ganz neu machen, doch von der Bluse ließ sich einiges retten. Die Fußlinge waren unbeschädigt und brauchten nur neue Riemen.

Sie beugte sich dicht über die rote Glut und untersuchte die Säume. Die ganzen Ränder entlang waren kleine Löcher in die Felle gestochen und diese mit Hilfe von Sehnen und dünnen Lederstreifen zusammengezogen worden. Zwar hatte sie sie sich bereits einmal angesehen – in der Nacht, da sie die Kleidung aufgeschnitten hatte. Sie war sich nicht sicher, ob sie all dies nachmachen konnte, aber sie konnte es immerhin versuchen.

Jondalar regte sich, und sie hielt den Atem an. Sie wollte nicht, daß er sie mit seinen Kleidern ertappte; davon sollte er erst erfahren, wenn sie fertig waren. Er beruhigte sich wieder und machte die schweren Atemzüge des Tiefschlafs. Sie verschnürte die Kleider noch einmal zu einem Bündel und steckte dieses unter ihren Schlafpelz. Später, so nahm sie sich vor, würde sie ihren Stapel gewalkter Felle und Pelze nach solchen Stücken durchsehen, die sich verwenden ließen.

Ein schwaches Licht kam durch den Höhleneingang und den Rauchabzug hereingeströmt, und eine kaum merkliche Veränderung seiner Bewegungen und seines Atmens verkündeten Ayla, daß er bald aufwachen würde. Sie legte Holz nach und tat Heizsteine in die Glut, dann setzte sie den Koch-Korb auf. Der Wasserschlauch war fast leer, und Tee bereitete man am besten aus frischem Wasser. Winnie und ihr Füllen standen auf ihrer Seite der Höhle, und Ayla blieb auf dem Weg hinaus kurz neben ihnen stehen, als die Stute leise schnaubte.

»Ich habe eine großartige Idee«, erklärte sie dem Pferd lächelnd in lautloser Gebärdensprache. »Ich werde Jondalar ein paar Kleider machen, solche, wie er sie trägt. Meinst du, daß ihm das gefällt?« Doch dann schwand das Lächeln aus ihrem Gesicht. Sie schlang den einen Arm Winnie, den andern Renner um den Hals und lehnte die Stirn an die Stute. Dann wird er mich verlassen, dachte sie. Sie konnte ihn nicht zwingen zu bleiben. Sie konnte ihm nur helfen fortzugehen.

Im ersten Licht der Morgendämmerung stieg sie den Pfad hinunter und versuchte, nicht mehr an die trübe Zukunft ohne Jondalar zu denken, sondern etwas Trost aus dem Gedanken zu schöpfen, daß die Kleider, die sie ihm machen wollte, ihm nahe sein würden. Sie zog sich den Überwurf über den Kopf

und schwamm ihre morgendlichen Runden im kalten Wasser, dann fand sie einen Zweig von der richtigen Größe und füllte den Wasserschlauch.
Heute morgen werde ich mal etwas anderes probieren, dachte sie: Süßgras und Kamille. Sie entrindete den Zweig, lehnte ihn neben den Becher und ließ dann den Tee ziehen. Die Himbeeren sind reif. Ich glaube, ich pflücke ein paar.
Sie stellte Jondalar den heißen Tee hin, suchte sich einen Pflückkorb und ging hinaus. Winnie und Renner folgten ihr und grasten in der Nähe des Himbeerschlags. Außerdem grub sie wilde Möhren aus, die klein und blaßgelb waren, und fand auch ein paar weiße, stärkehaltige Erdnüsse, die roh gut schmeckten, obwohl sie sie lieber gekocht aß.
Als sie wieder an den Fluß ging, stand Jondalar draußen auf dem sonnigen Sims. Sie winkte hinauf, wusch die Möhren, brachte sie dann hinauf und fügte sie einer Brühe hinzu, die sie mit Trockenfleisch aufgesetzt hatte. Sie kochte sie ab, streute einige getrocknete Kräuter darüber und teilte die Himbeeren in zwei Portionen auf. Dann erst schenkte sie sich selbst einen Becher kühlen Tee ein.
»Kamille«, sagte Jondalar, »und ich weiß nicht was sonst noch . . .«
»Ich weiß nicht, wie ihr es nennt – etwas wie Gras, nur süß. Ich werde dir die Pflanze bei Gelegenheit zeigen.« Ihr fiel auf, daß er sein Gerät zur Herstellung von Werkzeugen sowie einige der neulich geschlagenen Klingen bereitliegen hatte.
»Ich dachte, ich fange zeitig an«, sagte er, als er ihr Interesse bemerkte. »Es gibt ein paar Dinge, die ich vorher machen muß.«
»Es ist an der Zeit, auf die Jagd zu gehen. Das Trockenfleisch ist so mager. Inzwischen werden die Tiere ein wenig Fett angesetzt haben. Ich habe einen Bärenhunger auf frisches, fettriefendes Fleisch.«
Er lächelte. »Es klingt köstlich, allein wie du davon sprichst. Es war mir übrigens durchaus ernst, Ayla. Du bist eine erstaunlich gute Köchin.«
Errötend senkte sie den Kopf. Es war hübsch zu wissen, daß er so darüber dachte, doch merkwürdig, daß ihm etwas auffiel, was doch eigentlich zu erwarten stand.
»Ich wollte dich nicht in Verlegenheit bringen.«
»Iza hat immer gesagt, Komplimente machen die Geister neidisch. Eine Aufgabe gut zu verrichten, sollte genug sein.«
»Ich glaube, deine Iza hätte Marthona gefallen. Auch sie kann Komplimente nicht ausstehen. ›Das beste Kompliment ist eine gut getane Aufgabe‹, hat sie immer gesagt. Alle Mütter müssen sich ähnlich sein.«
»Marthona ist deine Mutter?«
»Ja, habe ich dir das noch nicht gesagt?«

»Ich hatte das zwar angenommen, war mir aber nicht sicher. Hast du Geschwister? Außer dem Bruder, den du verloren hast?«
»Ja, noch einen älteren Bruder, Joharran. Der ist heute Anführer der Neunten Höhle. Er wurde an Joconans Herdfeuer geboren. Dann lösten Marthona und Dalanar den Knoten auf, und sie heiratete Willomar. Thonolan ist der Sohn und Folara die Tochter seines Herdfeuers.«
»Du aber hast bei Dalanar gelebt, nicht wahr?«
»Ja, drei Jahre hindurch. Er hat mich mein Handwerk gelehrt – ich habe also beim Besten seiner Kunst gelernt. Ich war zwölf, als ich zu ihm kam, und schon über ein Jahr ein Mann. Mein Mannestum entwickelte sich früh, und groß war ich auch für mein Alter.« Ein merkwürdiger, undeutbarer Ausdruck malte sich auf seinem Gesicht. »Es war schon das beste, daß ich fortging.« Dann lächelte er. »Das war, als ich meine Base, Joplaya, kennenlernte. Sie ist Jerikas Tochter, Tochter von Dalanars Herdfeuer, nachdem sie zusammengegeben worden waren. Sie war zwei Jahre jünger als ich. Dalanar hat uns beide gleichzeitig die Flintbearbeitung gelehrt. Wir lagen ständig im Wettstreit miteinander – das ist der Grund, warum ich ihr nie sagen wollte, wie gut sie war. Sie weiß es aber. Sie hat ein gutes Auge und eine sichere Hand – irgendwann wird sie so gut sein wie Dalanar.«
Ayla schwieg eine Zeitlang. »Etwas verstehe ich nicht ganz, Jondalar. Folara hat dieselbe Mutter wie du, dann ist sie doch deine Schwester, oder?«
»Ja.«
»Du wurdest an Dalanars Herdfeuer geboren und Joplaya wurde auch an Dalanars Herdfeuer geboren. Trotzdem ist sie deine Base. Was ist der Unterschied zwischen Schwester und Base?«
»Schwester und Brüder stammen von derselben Mutter ab. Vettern und Basen sind sich nicht so eng. Ich wurde an Dalanars Herdfeuer geboren, und wahrscheinlich bin ich seines Geistes. Die Leute sagen, wir sehen einander ähnlich. Und ich glaube, auch Joplaya ist seines Geistes. Ihre Mutter ist untersetzt, doch sie ist groß, wie Dalanar. Nicht ganz so groß, aber ein bißchen größer als du, glaube ich.
Niemand weiß genau, wessen Geist die Große Mutter erwählt, daß er sich mit dem einer Frau vermischt. Deshalb können Joplaya und ich Dalanars Geistes sein, aber wer weiß? Deshalb sind wir Vetter und Base.«
Ayla nickte. »Vielleicht wäre Uba eine Base, aber für mich war sie eine Schwester.«
»Eine Schwester?«
»Wir sind keine echten Geschwister. Uba war Izas Tochter und kam auf die Welt, nachdem ich gefunden worden war. Iza sagte, wir wären beide ihre Töchter.« Aylas Gedanken kehrten sich nach innen. »Uba wurde mit einem

Mann zusammengegeben, aber nicht mit dem, den sie gewählt hätte. Nur, der andere Mann hätte dann nur seine Schwester zur Gefährtin nehmen können, und im Clan sollen Geschwister sich nicht zu Gefährten nehmen.«

»Wir heiraten nicht unsere Brüder und Schwestern«, sagte Jondalar. »Im allgemeinen heiraten wir auch unsere Vettern und Basen nicht, wenn das auch nicht regelrecht verboten ist. Man sieht es nur nicht gern. Manche Vettern und Basen sind annehmbarer als andere.«

»Und was für Vettern und Basen sind das?«

»Viele Arten, manche sind enger miteinander verwandt als andere. Die Kinder der Schwester deiner Mutter sind deine Vettern und Basen; die Kinder des Gefährten des Bruders deiner Mutter; die Kinder von . . .«

Ayla schüttelte den Kopf. »Das ist mir zu verwirrend. Woher willst du wissen, wer Vetter oder Base ist und wer nicht? Fast jeder könnte Vetter oder Base von jedem sein . . . Wer bleibt in eurer Höhle denn noch, mit dem man sich zusammentun könnte?«

»Die meisten heiraten keine Angehörigen ihrer eigenen Höhle. Für gewöhnlich ist es jemand, den man auf einem Sommertreffen kennenlernt. Ich glaube, die Heirat zwischen Vetter und Base wird manchmal deshalb gestattet, weil man gar nicht weiß, daß derjenige, den man heiraten will, Vetter oder Base von einem ist, bis man seine Bande bekanntgibt . . . die Verwandtschaftsbande, meine ich. Im allgemeinen kennen die Menschen ihre engeren Verwandten, selbst wenn diese in einer anderen Höhle leben.«

»Wie Joplaya?«

Jondalar nickte zustimmend. Er hatte den Mund voller Himbeeren.

»Jondalar, was ist, wenn es gar nicht die Geister sind, die die Kinder machen? Was, wenn es ein Mann ist? Würde das nicht bedeuten, daß die Kinder genausoviel vom Mann abstammen wie von der Frau?«

»Das Baby wächst aber in der Frau, Ayla. Es stammt von ihr.«

»Warum paaren dann Mann und Frau sich so gern?«

»Wozu hat Die Mutter uns das Geschenk der Wonnen gemacht? Das ist eine Frage, die man einem Zelandoni stellen müßte.«

»Warum sagst du immer ›Geschenk der Wonnen‹? Es gibt viele Dinge, die die Menschen glücklich machen und ihnen Wonne bereiten. Bereitet es einem Mann Wonne, sein Glied in eine Frau hineinzustecken?«

»Nicht nur dem Mann, der Frau auch . . . aber das weißt du nicht, nicht wahr? Du hast die Riten der Ersten Wonnen nicht erlebt. Ein Mann hat dich geöffnet und zur Frau gemacht, doch das ist nicht dasselbe. Schändlich war das. Wie konnten diese Leute das nur zulassen?«

»Sie haben es nicht anders gewußt. Sie haben nur gesehen, was er tat. Und was er tat, war nicht schändlich, nur die Art und Weise, *wie* er es tat. Es wurde nicht um der Wonnen willen getan – Broud hat es mit Haß getan. Ich verspürte Schmerz und Zorn, aber keine Schande. Wonnen freilich auch nicht. Ich weiß nicht, ob Broud mein Baby in mir zum Leben erweckt hat, Jondalar, oder mich zur Frau machte, damit ich eines haben konnte, aber mein Sohn, der hat mich glücklich gemacht. Durc ist meine ganze Wonne gewesen.«

»Das Geschenk des Lebens von Der Mutter ist eine Freude; aber es ist mehr daran als Lust, wenn Mann und Frau sich vereinigen. Auch das ist ein Geschenk, und Ihr zu Ehren sollte es mit Freuden geschehen.«

Vielleicht ist auch mehr daran, als du weißt, dachte sie. Doch schien er seiner Sache so sicher. Ob er wohl recht hatte? Ayla glaubte ihm nicht ganz; die Frage beschäftigte sie auch weiterhin.

Nach dem Essen setzte Jondalar sich auf den breiten ebenen Teil des Simses, wo er sein Arbeitsgerät zurechtgelegt hatte. Ayla folgte ihm und setzte sich ganz in seine Nähe. Er legte die von ihm gemachten Klingen nebeneinander, um sie vergleichen zu können. Geringfügige Unterschiede machten, daß einige sich besser für bestimmte Werkzeuge eigneten als andere. Er wählte eine Klinge aus, hielt sie gegen die Sonne und zeigte sie dann der Frau.

Die Klinge war über zehn Zentimeter lang und etwas über zwei Zentimeter breit. Der Wulst auf der Außenseite verlief gerade und lief zu den Schneiden hin so dünn aus, daß das Licht hindurchschien. Nur wenn man es gegen die Sonne hielt, konnte man die feinen Bruchlinien sehen, die von der extrem flachen Schlagdelle ausgingen. Die beiden langen Schneiden waren gerade und scharf. Jondalar zog ein Barthaar straff und probierte eine Schneide aus. Sie schnitt, und es gab keinen Widerstand. Eine vollkommenere Klinge war kaum vorstellbar.

»Die behalte ich zum Rasieren«, sagte er.

Ayla wußte nicht, was er damit meinte, hatte jedoch bei Droog gelernt, irgendwelche Kommentare oder Erklärungen einfach hinzunehmen und keine Fragen zu stellen, weil das die Konzentration stören konnte. Er legte die Klinge auf die andere Seite und nahm eine andere zur Hand. Die beiden Schneiden dieser Klinge liefen allmählich aufeinander zu, so daß die Klinge am einen Ende schmaler war als am anderen. Jondalar griff nach einem glatten Stein, den er vom Uferstreifen heraufgebracht hatte und etwa doppelt so groß war wie seine Faust, und legte das schmale Ende darauf. Mit Hilfe eines abgestumpften Geweihendes klopfte er das Ende zu einer Dreiecksform zurecht. Indem er die Ränder des Dreiecks gegen den Steinamboß drückte, nahm er kleine Splitter davon fort, so daß die Klinge eine schmale scharfe Spitze bekam.

Er zog ein Ende seines ledernen Lendenschurzes glatt und bohrte ein kleines

Loch hinein. »Das hier ist eine Ahle«, sagte er und zeigte sie Ayla. »Damit sticht man kleine Löcher, um Sehnen hindurchzuziehen und Kleidung zu nähen.«
Er mußte gesehen haben, wie ich seine Kleidung untersucht habe, dachte Ayla. Offenbar wußte er, was sie vorhatte.
»Und jetzt mache ich noch einen Bohrer. Der sieht nicht wesentlich anders aus als die Ahle, nur, daß er größer und kräftiger ist; damit kann man Löcher in Holz, Knochen oder Hirschhorn bohren.«
Ihr fiel ein Stein vom Herzen; er redete einfach nur über Werkzeuge.
»Ich habe eine . . . Ahle benutzt, um Beutel zu machen, nur keine so feine wie diese.«
»Möchtest du sie haben?« Er grinste. »Ich kann mir eine andere machen.«
Daraufhin nahm sie sie, beugte den Kopf, um auf Clanweise ihrer Dankbarkeit Ausdruck zu verleihen, doch dann erinnerte sie sich. »Vielen Dank«, sagte sie.
Er bedachte sie mit einem raschen, erfreuten Lächeln. Dann nahm er eine dritte Klinge und legte sie an den Stein. Mit dem abgestumpften Hirschhornhammer nahm er einer Schmalseite die Rundung und machte, daß es schräg zur langen Schnittfläche ansetzte. Dann hielt er das begradigte Ende dergestalt, daß es rechtwinklig zur Schneide stand und tat einen kurzen, aber kräftigen Schlag. Ein langes Stück löste sich, und der schmale Stein wies eine kräftige scharfe Spitze auf.
»Weißt du, was das ist?« fragte er. Sie betrachtete es, schüttelte den Kopf und gab es ihm zurück.
»Das ist ein Meißel«, sagte er. »Schnitzer und Bildhauer benutzen ihn – nur sehen sie bei denen ein kleines bißchen anders aus. Diesen brauche ich für die Waffe, von der ich dir erzählt habe.«
»Meißel, Meißel«, sagte sie in dem Bemühen, sich das neue Wort einzuprägen.
Nachdem er noch einige Werkzeuge ähnlich jenen gefertigt hatte, die sie bereits kannte, schüttelte er den von Ayla erbetenen Schutzschurz über dem Rand des Simses aus und zog das trogähnliche Gefäß heran. Er entnahm ihm einen langen Knochen, wischte ihn ab und drehte den Vorderbeinknochen in der Hand. Wo sollte er anfangen? Sich niedersetzend, stemmte er den Knochen gegen den Fuß, nahm den spitzen Meißel und ritzte der Länge nach eine Linie hinein. Dann ritzte er eine zweite Linie hinein, die in spitzem Winkel auf die erste zulief, und zum Schluß eine dritte, die die Basis eines länglichen Dreiecks abgab.
Nun zog er die erste Linie nach, wischte einen langen geringelten Knochenspan weg, fuhr fort, jedesmal tiefer in den Knochen eindringend mit der Mei-

ßelspitze die vorgezeichneten Linien nachzuziehen und zuletzt bis zum hohlen Kern des Knochens vorzustoßen. Er zog alles noch ein letztes Mal nach, um zu gewährleisten, daß auch wirklich alles frei war, und übte dann an der Basis Druck aus. Die lange Spitze des Dreiecks fuhr hoch, und er holte das freigelegte Stück heraus. Nachdem er es beiseite gelegt hatte, wandte er sich nochmals dem Knochen zu, und ritzte eine neue Linie hinein, die spitz auf eine der zuvor herausgeritzten Seiten zulief.

Ayla sah gebannt zu und wollte sich nichts entgehen lassen. Doch nach den ersten paar Malen war es reine Wiederholung, und ihre Gedanken wandten sich wieder ihrer Frühstücksunterhaltung zu. Ihr ging auf, daß Jondalars Einstellung sich verändert hatte. Das ging nicht aus irgendeiner bestimmten Bemerkung hervor, sondern war vielmehr der Grundtenor all dessen, was er sagte.

Ihr fiel ein, daß er gesagt hatte: »Deine Iza hätte Marthona gefallen«, und etwas darüber, daß alle Mütter einander gleich wären. Seine Mutter würde einen Flachschädel gemocht haben? Sie ähnelten einander? Später hatte er dann sogar von Broud als einem Mann gesprochen – dabei war er aufgebracht gewesen –, einem Mann, der ihr den Weg gebahnt hatte, ein Kind zu bekommen. Außerdem hatte er gesagt, er könne nicht verstehen, wie »diese Leute« das hätten geschehen lassen. Ihm selbst war das gar nicht aufgegangen, und das hatte sie am meisten gefreut. Wenn er jetzt an den Clan dachte, dachte er an Menschen. Und nicht an Tiere, Flachschädel oder Monstren – Menschen!

Sie wandte ihre Aufmerksamkeit wieder dem Mann zu, der jetzt etwas anderes machte. Er hatte eines von den Knochendreiecken und einen scharfkantigen, kräftigen Feuersteinschaber genommen und glättete die scharfen Ränder der Knochenstücke, wobei lange Knochenspäne sich ringelten. Es dauerte nicht lange, und er hielt einen runden Knochenteil in die Höhe, der in einer scharfen Spitze auslief.

»Jondalar . . . machst du einen . . . Speer?«

Er grinste. »Knochen läßt sich genauso anspitzen wie Holz, nur ist er härter und splittert nicht so leicht. Außerdem ist Knochen leicht.«

»Aber ist das nicht ein sehr kurzer Speer?«

Er ließ ein mächtiges, warmherziges Lachen ertönen. »Das wäre er wohl, wenn das alles wäre. Im Augenblick mache ich bloß die Spitzen. Manche stellen sie aus Flint her. Zum Beispiel die Mamutoi, besonders wenn sie Mammuts damit jagen wollen. Flint ist spröde und bricht, aber mit seinen messerscharfen Rändern durchdringt so ein Feuersteinspeer das zähe Mammutfell leichter. Doch für die Jagd auf die meisten anderen Tiere ist eine Speerspitze aus Knochen vorzuziehen. Die Schäfte werden aus Holz gemacht.«

»Und wie bringst du sie zusammen?«
»Schau«, sagte er und drehte die Spitze um, um ihr das untere Ende zu zeigen. »Dieses Ende kann ich mit einem Meißel und einem Messer spalten und das Ende des Schaftes so zuschnitzen, daß er in den Spalt hineinpaßt.« Er führte ihr das vor, indem er den Zeigefinger der einen Hand zwischen Daumen und Zeigefinger der anderen Hand hielt. »Dann kommt noch Leim oder Pech hinzu und wird mit feuchter Sehne oder Lederriemen umwickelt. Die ziehen sich beim Trocknen zusammen und halten Speerspitze und Schaft zusammen.«
»Aber diese Spitze ist zu klein. Da kann der Schaft ja nur ein kleiner Ast sein.«
»Nein, viel länger als ein Zweig. Allerdings wird er nicht so schwer sein wie dein Speer. Das darf er auch gar nicht sein, wenn du ihn schleudern willst.«
»Werfen? Einen Speer schleudern?«
»Du schleuderst doch auch Steine mit deiner Schleuder, oder? Das gleiche kann man auch mit einem Speer machen. Du brauchst jetzt keine Fallgruben mehr auszuheben, ja, kannst dein Wild sogar im Laufen erlegen; dazu gehört nur ein bißchen Übung. Genauso zielsicher wie mit deiner Schleuder. Ich bin überzeugt, du lernst das schnell.«
»Jondalar! Weißt du, wie oft ich mir gewünscht habe, ich könnte einen Hirsch oder einen Büffel mit der Schleuder erlegen? Daß man einen Speer schleudern könnte, daran habe ich nie gedacht. Für mich war er nur zum Stechen da.« Sie runzelte die Stirn. »Läßt er sich aber auch mit genug Kraft werfen? Mit der Schleuder sitzt viel mehr Kraft hinter dem Stein, als wenn ich mit der Hand würfe.«
»Genausoviel Kraft wird wohl nicht dahintersitzen, aber dafür brauchst du auch nicht so weit zu werfen. Aber wart mal, du hast recht. Ein Jammer, daß man einen Speer nicht mit der Schleuder schleudern kann, aber . . .« Er brach mitten im Satz ab und schwieg. »Ich möchte mal wissen . . .«, fuhr er dann fort und runzelte die Stirn bei einem Gedanken, der so aufrüttelnd war, daß er ihn augenblicklich verfolgen mußte. »Nein, ich glaube nicht . . . Wo finden wir ein paar gute Schäfte?«
»Unten am Fluß, Jondalar. Gibt es irgendwelche Gründe, die mich hindern, dir beim Speermachen zu helfen? Ich würde doch nur schneller lernen, solange du noch hier bist und mir sagst, was ich falsch mache.«
»Ja, natürlich«, sagte er, doch war ihm, als ob seine Glieder ihm schwer würden, als sie den Pfad hinunterstiegen. Er hatte gar nicht mehr daran gedacht, daß er ja fort wollte von hier, und er bedauerte, daß sie ihn daran erinnert hatte.

27

Ayla duckte sich tief und spähte durch hohes goldenes Gras, das sich unter der Last der reifen Ähren beugte. Sie jedoch hatte ausschließlich Sinn für die Umrisse des Tieres. Sie hielt den Speer wurfbereit in der rechten und einen anderen in der linken Hand. Eine Strähne langen Blondhaars löste sich von einem der festgeflochtenen Zöpfe und flatterte ihr vors Gesicht. Sie verlagerte den langen Schaft um ein Weniges, um das Gleichgewicht zu finden, dann verengte sie die Augen und zielte. Vorwärtsspringend schleuderte sie den Speer.

»Ach, Jondalar! Mit diesem Speer treffe ich nie genau!« erklärte Ayla verzweifelt. Sie bewegte sich auf einen Baum zu, dessen Stamm sie mit einem Fell umwickelt hatten, das wiederum mit Gras ausgestopft worden war. Sie zog den noch zittenden Speer aus dem Rumpf eines Wisents, den Jondalar mit einem Stück Holzkohle darauf gezeichnet hatte.

»Du verlangst zuviel von dir, Ayla. Du bist viel besser, als du ahnst. Du lernst sehr schnell, allerdings habe ich soviel Entschlossenheit auch noch nie erlebt. Du übst jeden freien Augenblick. Vielleicht ist es gerade das, was dir im Moment zu schaffen macht. Du hast dir zuviel vorgenommen. Du darfst dich nicht verkrampfen.«

»Aber die Schleuder gebrauchen habe ich auch nur durch Übung erlernt.«

»Und doch, du bist doch auch nicht von einem Tag auf den anderen zu einer so guten Schützin geworden, oder?«

»Nein, es hat ein paar Jahre gedauert. Aber ich möchte nicht noch Jahre warten, ehe ich mit diesem Speer jagen kann.«

»Das wirst du auch nicht. Vermutlich könntest du schon jetzt losziehen und würdest auch irgendein Tier erlegen. Nur hast du nicht mehr die Stoßkraft und die Schnelligkeit, die du gewohnt warst, du wirst sie mit dem Speer auch nie erreichen, Ayla. Du mußt lernen, dich auf die neue Wurfweite einzustellen. Aber wenn du keine Lust mehr zum Üben hast, warum nimmst du dann nicht für eine Zeitlang wieder die Schleuder?«

»Mit der Schleuder brauche ich nicht zu üben.«

»Aber du mußt entspannen, und ich glaube, es würde dich lockern. Versuch's doch mal.«

Das vertraute Gefühl des Lederstreifens in der Hand und der gewohnte Umgang mit der Schleuder trugen in der Tat dazu bei, sie zu entspannen. Sie genoß einfach freudig ihr langerworbenes Können mit dieser Waffe; dabei hatte sie auch damit ihre Schwierigkeiten gehabt. Sie traf alles, was sie wollte, vor allem unbewegliche Ziele. Die offenkundige Bewunderung des Mannes ermunterte sie nur, dieses Können abermals unter Beweis zu stellen.

Sie sammelte ein paar Kiesel vom Uferstreifen auf und ging dann ein beträchtliches Stück fort, um zu zeigen, wie weit sie wirklich schleudern konnte. Sie führte ihre rasche Doppel-Wurf-Technik vor, und das zweimal sehr schnell hintereinander.

Jondalar machte mit, indem er Ziele aufstellte, um ihre Genauigkeit zu prüfen. So legte er vier Steine auf den großen Felsen in einer Reihe nebeneinander – vier rasch aufeinanderfolgende Würfe, und sie waren nicht mehr zu sehen. Er warf zwei Steine, einen nach dem anderen, in die Höhe – sie traf sie mitten in der Luft. Und dann machte er etwas, was sie überraschte. Er stand da, legte sich einen Stein auf jede Schulter und strahlte sie grinsend an. Er wußte, daß die Gewalt, mit der sie ihre Steine aus der Schlinge herausfliegen ließ, zumindest schmerzlich sein, aber auch, wenn einer eine gefährliche Stelle traf, sich als tödlich erweisen konnte. Diese Probe bewies, wie sehr er ihr vertraute, mehr jedoch noch, wie sehr er von ihrem Können überzeugt war.

Er hörte die Luft pfeifen und die dumpfen Laute, als erst der eine und gleich darauf der andere Stein von seiner Schulter heruntergeschlagen wurde. Er sollte jedoch nicht davonkommen, ohne zu beweisen, wie gefährlich die ganze Übung für ihn gewesen war. Ein winziger Splitter sprang von einem der Steine ab und drang ihm in den Hals. Er zuckte nicht zusammen, doch ein kleines Blutgerinnsel, das sich verschmierte, als er den Steinsplitter herausholte, verriet ihn.

»Jondalar! Du bist verletzt!« rief Ayla, als sie ihn sah.

»Ach, nur ein Splitter, das ist nichts. Aber du bist phantastisch mit der Schleuder, Frau! Ich habe nie jemand erlebt, der so phantastisch mit einer Waffe umgehen konnte wie du!«

Ayla hatte nie jemand erlebt, der sie so angesehen hätte wie er. Aus seinen Augen leuchteten Hochachtung, ja Bewunderung, seine Stimme war heiser, so bewegt war er von dem Lob, mit dem er sie pries. Sie errötete; ihre Gefühle überwältigten sie dermaßen, daß ihr die Tränen in die Augen traten.

»Wenn man so einen Speer schleudern könnte . . .« Er sprach nicht weiter, schloß die Augen und bemühte sich, mit seinem inneren Auge etwas Bestimmtes zu sehen. »Ayla, darf ich mal deine Schleuder nehmen?«

»Möchtest du lernen, wie man mit ihr jagt?« fragte sie.

»Nein, eigentlich nicht.«

Er nahm einen Speer – einen von mehreren, die auf dem Boden herumlagen –

und versuchte, das Schaftende in die Verbreiterung des Lederriemens einzubetten, die von den Steinen, die für gewöhnlich darin lagen, schon ganz ausgebeult war; doch war er mit der Handhabung der Schleuder nicht vertraut genug, und so reichte er ihr Speer und Schleuder nach einigen unbeholfenen Versuchen zurück.

»Meinst du, du könntest damit diesen Speer schleudern?«

Sie begriff, worauf er hinauswollte, und es gelang ihr auch, eine ungefüge Verbindung zwischen den beiden Waffen herzustellen – wobei das Schaftende die Schleuder dehnte, während sie die Enden der Schleuder *und* den Schaft gleichzeitig festhielt. Damit bekam sie den Speer aber nicht ins Gleichgewicht, erreichte nur eine geringe Durchschlagskraft und konnte auch ihr langes Geschoß nicht richtig lenken – aber immerhin: Sie schleuderte den Speer ein ganzes Stück weit.

»Entweder die Schleuder muß länger sein oder der Speer kürzer«, sagte er und versuchte, sich etwas vorzustellen, was er noch nie gesehen hatte. »Außerdem ist die Schleuder zu elastisch. So ein Speer braucht einen festeren Halt. Etwas, worauf er aufliegt . . . vielleicht aus Holz oder Knochen . . . mit einem Widerstand daran, damit er nicht runterrutscht. Ich glaube, ich könnte einen . . . Speerwerfer bauen!«

Ayla sah Jondalar beim Bauen und Ausprobieren zu und war ebensosehr davon fasziniert, etwas herzustellen, was es nur in der Vorstellung – als Idee – gab, wie vom Vorgang des Entstehens. Der Kultur, in der sie aufgewachsen war, war die Vorstellung von Neuerungen fremd gewesen, und sie wußte auch nicht, daß der Ausbau ihrer Jagdmethoden und der Bau des Zuggestells für Winnie der gleichen schöpferischen Quelle entsprungen war.

Er benutzte Materialien, die dem entsprachen, was er vorhatte, und paßte Werkzeuge den neuen Erfordernissen an. Er fragte sie um Rat und profitierte von ihrer jahrelangen Erfahrung im Umgang mit der Schleuder, doch sollte sich bald herausstellen, daß das Gerät, das er baute, seine Schubkraft zwar der Schleuder entlehnte, sonst aber eine völlig neue und einzigartige Erfindung darstellte.

Nachdem das Wurfgerät in den Grundzügen feststand, brachte er viel Zeit damit zu, es in den Einzelheiten zu verändern, um den Flug des Speers zu verbessern. Ayla war mit den Feinheiten des Speerschleuderns genausowenig vertraut, wie es Jondalar an Erfahrung mit der Steinschleuder fehlte. Mit einem lustig-listigen Aufblitzen in den Augen warnte er sie: Wenn sie erst einmal brauchbare Modelle hätten, würden sie beide tüchtig üben müssen.

Ayla kam zu dem Schluß, daß es am besten sei, ihm die beiden Wurfgerät-Modelle mit den Werkzeugen machen zu lassen, mit denen er so gut umzuge-

hen verstand. Sie wollte derweil mit einem anderen seiner Werkzeuge experimentieren. Sehr weit war sie in der Herstellung der Kleider für ihn nicht gekommen. Sie waren jetzt soviel zusammen, daß die einzige Zeit, die sie fand, um allein zu sein, der frühe Morgen oder die Nacht waren, wenn er schlief.
Während er letzte Hand an seine Erfindung legte und an den Feinheiten arbeitete, trug sie seine alten Kleider und ihr neues Material hinaus auf das Sims. Bei Tageslicht konnte sie sehen, wie die Einzelteile zusammengefügt waren und fand den Vorgang des Zusammenfügens so interessant und die Kleidungsstücke selbst so fazinierend, daß sie beschloß, etwas Ähnliches auch für sich selbst herzustellen. Sie unternahm erst gar nicht den Versuch, die Ziermuster auf dem Hemd, die aus Perlen und Federkielen bestanden, nachzumachen, sah sie sich aber sehr genau an und meinte, so etwas könnte eine verlockende Beschäftigung im kommenden stillen Winter sein.
Von ihrem Arbeitsplatz hoch oben konnte sie Jondalar unten auf dem Uferstreifen und draußen auf freiem Feld sehen und ihre Arbeit verschwinden lassen, ehe er wieder in die Höhle zurückkehrte. Doch an dem Tag, da er heraufgelaufen kam und atemlos und stolz seine beiden fertigen Speerwerfer vorzeigte, hatte Ayla kaum Zeit, das Kleidungsstück, an dem sie gerade arbeitete, zusammenzuknüllen, so daß es aussah wie irgendein unwichtiges Stück Leder. Er war so erfüllt von seiner Leistung, daß er für anderes überhaupt kein Auge hatte.
»Was meinst du, Ayla - ob es funktioniert?«
Sie nahm eines der auf einem ebenso einfachen wie einfallsreichen Prinzip beruhenden Geräte in die Hand. Es handelte sich um eine lange schmale Unterlage, die ungefähr halb so lang war wie der Speer und in der Mitte eine Rille und am Ende einen hakenförmigen Widerstand aufwies. Am vorderen Ende des Speerwerfers waren zu beiden Seiten für die Finger zwei Lederschlaufen angebracht.
Zuerst wurde der Speerwerfer waagerecht gehalten, indem man zwei Finger durch die Schlaufen vorn steckte und Werfer und Speer gleichzeitig festhielt, der ja in der langen Rille lag und mit dem Schaftende gegen den Widerstand stieß. Hielt man den Werfer beim Schleudern am vorderen Ende mit den Schlaufen fest, wurde das hintere Ende hochgedrückt und stellte praktisch eine Verlängerung des Wurfarms dar. Der zusätzliche Schub vergrößerte Geschwindigkeit und Stoßkraft, mit welcher der Speer die Hand verließ.
»Ich glaube, es wird Zeit, daß wir mit dem Üben beginnen, Jondalar.«

Das Üben füllte ihre Tage aus. Das mit Gras ausgestopfte Fell an ihrem Zielbaum war bald so durchlöchert, daß es in Fetzen auseinanderfiel, und so mußten sie ein zweites aufspannen. Diesmal zeichnete Jondalar die Umrisse eines Hirschs darauf. Während sie beide im Schleudern mehr Sicherheit gewannen, ergaben sich kleinere Veränderungen am Wurfgerät von selbst. Beide holten sie für sich am meisten von den Techniken im Umgang mit jenen Waffen heraus, mit denen sie am vertrautesten waren. Seine Überhandwürfe gingen im allgemeinen weiter als die ihren; ihre Würfe, die ein wenig mehr von der Seite kamen, wiesen eine flachere Wurfbahn auf. Infolgedessen benutzte jeder den Werfer auf seine eigene Weise. Ein freundschaftlicher Wettkampf entspann sich zwischen ihnen. Ayla versuchte es, konnte aber mit Jondalars kraftvollen Würfen, mit denen er eine größere Reichweite erreichte als sie, nicht ganz mithalten; Jondalar wiederum erreichte nie Aylas tödliche Zielgenauigkeit. Beide jedoch waren sie gleichermaßen überrascht von dem ungeheuren Vorteil, den das neue Gerät ihnen verschaffte. Jondalar konnte, nachdem er einige Geschicklichkeit damit erworben hatte, damit doppelt so weit werfen wie früher, und das mit gleicher Durchschlagskraft und Zielgenauigkeit. Für Ayla jedoch war ein anderes Ergebnis der Übungszeiten mit Jondalar wichtiger als der Umgang mit der Waffe selbst.

Sie hatte bisher stets allein geübt und gejagt. Zuerst im Spiel und unter der ständigen Angst, daß man ihr auf die Schliche käme; später dann beim ernsten, gleichwohl jedoch nicht weniger heimlichen Üben. Als man ihr schließlich erlaubte, überhaupt zu jagen, geschah das nur sehr widerwillig. Niemand kam je auf den Gedanken, gemeinsam mit ihr zu jagen, keiner ermunterte sie, wenn sie vorbeischoß, oder freute sich mit ihr, wenn sie ihr Ziel traf. Es war auch niemand da, mit ihr darüber zu reden, wie sie ihre Waffe am vorteilhaftesten gebrauchte, ihr riet, anders an die Sache heranzugehen oder sich interessiert oder achtungsvoll ihre Vorschläge anhörte. Außerdem hatte nie jemand sie aufgezogen, Späße mit ihr gemacht oder mit ihr gelacht. Nie zuvor hatte Ayla die Freundschaft und die Fröhlichkeit kennengelernt, die sich einstellen, wenn man einen Gefährten hat.

Bei allem Abbau von Spannungen, die das Üben mit sich brachte, es blieb eine Distanz zwischen ihnen, die sie meinten nicht überwinden zu können. Ging es um unverfängliche Themen wie Jagd oder Waffen, unterhielten sie sich höchst angeregt; trafen sie jedoch auf irgend etwas Persönliches, hatte das peinliches Schweigen oder zögerndes Ausweichen zur Folge. Eine zufällige Berührung war wie ein ruckartiger Schlag, auf den hin sie beide auseinandersprangen, was unvermeidlich steife Förmlichkeit und längeres Nachdenken zur Folge hatte.

»Morgen!« erklärte Jondalar und holte sich einen nachzitternden Speer zurück. Etwas Heu, mit dem sie das Fell ausgestopft hatten, kam durch das größer gewordene und rissige Loch mit heraus.

»Was ist morgen?« fragte Ayla.
»Morgen gehen wir auf die Jagd. Wir haben jetzt lange genug gespielt. Wir werden auch nicht mehr lernen, wenn wir weiterhin auf diesen Baum zielen. Es wird Zeit, daß wir einmal Ernst machen.«
Sie sammelten ihre Speere ein und gingen zurück. »Du kennst doch die Gegend hier, Ayla. Wohin sollten wir gehen?«
»Die Steppe im Westen kenne ich am besten, aber vielleicht sollte ich vorher erst einmal auf Kundschaft gehen. Ich könnte ja Winnie nehmen.« Sie blickte zum Himmel hinauf, um festzustellen, wie hoch die Sonne stand. »Es ist noch früh.«
»Gute Idee. Du und das Pferd, ihr seid besser als eine Handvoll Kundschafter zu Fuß.«
»Behältst du Renner hier? Mir ist immer wohler zumute, wenn er uns nicht folgt.«
»Und was machen wir morgen, wenn wir auf die Jagd gehen?«
»Da werden wir ihn mitnehmen müssen. Wir brauchen Winnie schließlich, um das Fleisch zurückzuschaffen. Winnie wird immer ein wenig unruhig, wenn ich ein Tier erlege, aber sie ist es gewohnt. Sie wird stehenbleiben, wo ich es ihr sage, aber wenn ihr Füllen von Erregung gepackt wird und hinläuft, wo es will – wer weiß, ob es dann nicht in eine von Panik ergriffene Herde hineingerät . . . Ich weiß das einfach nicht.«
»Mach dir jetzt jedenfalls keine Gedanken darüber. Ich werde mir schon etwas ausdenken.«
Aylas durchdringender Pfiff brachte Stute und Füllen zu ihr. Während Jondalar Renner einen Arm um den Hals legte, ihn kratzte, wo es ihn juckte, und ihm gut zuredete, bestieg Ayla Winnie und trieb sie zu einem Galopp an. Der Junghengst empfand es bei dem Mann angenehm. Nachdem die Stute ein gehöriges Stück fort war, lud Jondalar sich einen Armvoll Speere und die beiden Wurfgeräte auf.
»Nun, Renner, gehen wir in die Höhle hinauf und warten wir dort auf ihre Rückkehr?«
Die Speere legte er vor dem Höhleneingang nieder und ging hinein. Er war unruhig und wußte nicht recht, was tun. Er stocherte im Feuer herum, schob die Glut zusammen und legte ein paar Stücke Holz nach. Dann trat er wieder auf das Sims hinaus und schaute hinunter ins Tal. Die weiche Schnauze des Hengstes suchte seine Hand, und wie abwesend streichelte er das zottige junge Pferd. Als er mit den Fingern durch das dicker werdende Fell fuhr, mußte er unwillkürlich an den Winter denken.
Er versuchte, an etwas anderes zu denken. Die warmen Sommertage schienen kein Ende zu nehmen, einer war so schön wie der andere, daß die Zeit wie

ausgesetzt schien. Es war leicht, Entscheidungen hinauszuschieben. Morgen war immer noch früh genug, sich Gedanken über die kommende Kälte zu machen . . . und ans Fortziehen zu denken. Er wurde sich des leichten Lendenschurzes bewußt, den er trug.

»Mir wächst kein Winterfell wie dir, Bürschlein. Deshalb täte ich gut daran, bald für etwas Warmes zu sorgen. Die Ahle habe ich Ayla gegeben, ohne eine neue für mich zu machen. Vielleicht sollte ich das nachholen – und überhaupt ein paar neue Werkzeuge machen. Außerdem muß ich mir etwas überlegen, damit dir nichts passiert.«

Er trat wieder in die Höhle, stieg über seine Schlafstelle hinweg und warf einen sehnsüchtigen Blick nach Aylas Seite hinüber. Dann kramte er unter ihren Vorräten nach dünnen Riemen oder kräftiger Schnur und fand ein paar Felle, die zusammengerollt und beiseite gelegt worden waren. Diese Frau versteht sich wahrhaftig auf das Walken von Fellen, dachte er, als er fühlte, wie samtweich das Leder war. Vielleicht gibt sie mir welche davon ab. Nur bitte ich sie nicht gern.

Wenn das mit den Speerwerfern klappt, könnte ich genug Felle bekommen, um etwas zum Anziehen für mich zu machen. Vielleicht sollte ich einen glücksbringenden Zauber auf sie einritzen. Schaden kann das wenigstens nichts. Hier liegt eine Rolle Riemen. Vielleicht kann ich was für Renner daraus machen. Wie schnell er ist – aber warte nur, bis er ein ausgewachsener Hengst ist! Ob ein Hengst einen Menschen auf dem Rücken dulden würde? Ob ich ihn wohl dazu bringe, dorthin zu gehen, wo ich will?

Das wirst du nie erfahren. Du wirst nicht mehr hier sein, wenn er ein ausgewachsener Hengst ist. Du ziehst weiter.

Jondalar ergriff den zu einer Rolle zusammengelegten Riemen, holte sich auch noch sein Bündel mit den Steinschläger-Werkzeugen und ging dann den Pfad zum Uferstreifen hinunter. Der Fluß machte einen einladenden Eindruck, er kam sich heiß und verschwitzt vor, legte den Lendenschurz ab, watete ins Wasser hinein und schwamm dann stromaufwärts gegen die Strömung an. Für gewöhnlich machte er kehrt, wenn er die schmale Schlucht erreichte, doch diesmal beschloß er, weiter vorzugehen. Er schaffte es die ersten Stromschnellen hindurch, doch dann sah er sich einer rauschenden Wand aus weißschäumendem Wasser gegenüber und kehrte um.

Das Schwimmen kräftigte und belebte ihn, und das Gefühl, eine Entdeckung gemacht zu haben, bestärkte ihn in seinem Wunsch nach Veränderung. Er strählte sich das Haar zurück, drückte es aus und drückte auch das Wasser aus seinem Bart heraus. Nun hast du ihn fast den ganzen Sommer über getragen, Jondalar, und jetzt ist er fast schon vorbei. Meinst du nicht, es wird Zeit? Erst werde ich mich rasieren, dann denke ich mir etwas aus, um Renner daran

zu hindern, daß er uns in die Quere kommt. Ich möchte ihm nicht einfach einen Strick um den Hals binden. Hinterher mache ich mir eine Ahle und ein, zwei Meißel oder Grabstichel, um den Zauber auf das Wurfgerät zu schnitzen. Außerdem glaube ich, ich koche heute abend. Man kommt ja ganz aus der Übung, wenn man mit Ayla zusammen ist. Vielleicht kann ich es nicht ganz so gut wie sie, aber ich glaube, ich schaffe es immer noch, ein Essen zusammenzubringen. Das habe ich unterwegs weiß Mutter oft genug getan.
Was für ein Bild sollte die Speerwerfer schmücken? Am meisten Glück würde eine Donii bringen, doch habe ich meine Noria gegeben. Ob sie wohl jemals ein blauäugiges Baby bekommen hat? Wer hätte gedacht, daß es der alten Haduma gerade darauf angekommen ist! Die Riten der Ersten Wonnen! Ayla hat das nie erlebt. Was sie nicht alles hat durchmachen müssen! Und was für ein Wunder sie mit der Schleuder ist! Und mit dem Speerwerfer auch. Ich glaube, ihren beschnitze ich mit einem Wisent. Ob sie wirklich helfen? Hätte ich doch bloß eine Donii. Vielleicht könnte ich eine machen . . .
Als der Abendhimmel sich verdunkelte, hielt Jondalar vom Sims aus Ausschau nach Ayla, und als das Tal zu einer bodenlosen schwarzen Grube geworden war, baute er auf dem Sims ein Feuer auf, damit sie den Weg nach Hause fand. Immer wieder bildete er sich ein, sie den Pfad heraufkommen zu hören. Schließlich steckte er eine Fackel an und ging nach unten. Er folgte dem Fluß um die vorspringende Wand herum und wäre auch noch weiter gegangen, hätte er nicht Hufgetrappel gehört.
»Ayla! Wieso hat es so lange gedauert?«
Der gebieterische Ton, mit dem er das sagte, machte sie ein wenig stutzig. »Du weißt doch, daß ich nach Herden Ausschau gehalten habe.«
»Aber jetzt ist es schon dunkel.«
»Ich weiß, aber es war fast dunkel, ehe ich mich auf den Rückweg machte. Ich glaube, ich habe die richtige Stelle gefunden: eine Herde Wisente, die nach Südosten zieht . . .«
»Es war fast dunkel, und du hast noch Wisente beobachtet! Du kannst doch im Dunkeln keine Wisente sehen!«
Ayla konnte nicht begreifen, was ihn so aufregte und ihn so herrische Fragen stellen ließ. »Ich habe nicht im Dunkeln nach Wisenten Ausschau gehalten, aber warum willst du hier herumstehen und reden?«
Mit einem hohen Wiehern tauchte der kleine Hengst im Lichtkreis der Fackel auf und stupste seine Mutter an. Winnie reagierte, und noch ehe Ayla absteigen konne, saugte das junge Pferd zwischen den Hinterbeinen der Stute. Jetzt erst ging Jondalar auf, daß er so getan hatte, als ob er ein Recht hätte, ihr Fragen zu stellen. Er wandte sich aus dem Fackellicht fort und war dankbar, daß sie nicht sehen konnte, wie sein Gesicht rot wurde. Er folgte ihr, während

sie sich mühselig den Pfad hinaufschleppte, und er war so verlegen, daß er gar nicht merkte, wie erschöpft sie war.
Sie griff nach einem Schlafpelz, hüllte sich hinein und hockte sich neben dem Feuer nieder. »Ich habe vergessen, wie kalt es abends schon wird«, sagte sie. »Ich hätte einen wärmeren Überwurf mitnehmen sollen, aber ich hatte nicht gedacht, daß es solange dauern würde.«
Jondalar sah, wie sie zitterte, und war nur noch beschämter. »Dich friert. Komm, ich hole dir was Heißes zu trinken.« Damit schenkte er ihr heiße Brühe in einen Becher.
Auch Ayla hatte ihn nicht sonderlich genau angesehen – dazu hatte ihr viel zu sehr daran gelegen, endlich zum Feuer zu kommen. Doch als sie jetzt aufblickte, um den Becher in Empfang zu nehmen, hätte sie ihn fast fallen lassen. »Was ist denn mit deinem Gesicht geschehen?« sagte sie mit einer ähnlichen Mischung aus Schock und Besorgnis.
»Was meinst du?« fragte er beunruhigt.
»Dein Bart . . . er ist fort.«
Der Schock, der den ihren gespiegelt hatte, wich einem Lächeln. »Ich habe ihn abrasiert.«
»Abrasiert?«
»Ja, dicht an der Haut abgeschnitten. Das mache ich normalerweise im Sommer. Sonst juckt es, wenn es heiß wird und man schwitzt.«
Ayla konnte der Versuchung nicht widerstehen. Sie langte hinauf, um die Glätte seiner Backe zu fühlen, fuhr ihm dann gegen den Strich darüber und spürte die beginnende Rauheit. Kratzig, wie die Zunge eines Löwen. Ihr fiel ein, daß er ja keinen Bart gehabt hatte, als sie ihn gefunden, doch nachdem er wieder gewachsen war, hatte sie das ganz und gar vergessen. Er kam ihr so jung vor ohne Bart und auf eine kindliche Weise anziehend – jedenfalls nicht wie ein Mann. Sie war bartlose Männer nicht gewohnt. Sie fuhr mit dem Finger über sein kräftiges Kinn und das kleine Grübchen in der Mitte.
Ihre Berührung ließ ihn erstarren. Er war unfähig, sich ihr zu entziehen, spürte mit jeder Faser das Streicheln ihrer Fingerspitzen. Wiewohl sie nichts Erotisches beabsichtigt hatte, sondern nur neugierig gewesen war, reagierte er auf eine tiefere Weise. Das drängend-angespannte Pulsieren zwischen seinen Beinen setzte so schlagartig ein, daß er völlig überrascht war.
Die Art, wie seine Augen sie anblickten, weckte in ihr das geradezu zwanghafte Verlangen, trotz seines fast allzu jungenhaften Aussehens den Mann in ihm zu sehen. Er langte hinüber, um ihre Hand zu ergreifen und sie an sein Gesicht zu legen, und es bedurfte einer großen Willensanstrengung, sie ihm zu entziehen. Sie nahm den Becher auf und trank, ohne etwas zu schmecken. Das war mehr als Verlegenheit, bloß weil sie einen Mann angefaßt hatte.

Plötzlich stand ihr lebhaft vor Augen, wie sie einander das letztemal Aug' in Aug' am Feuer gegenübergesessen hatten und dieser Ausdruck in seine Augen gekommen war. Und diesmal nun hatte sie ihn berührt. Sie hatte Angst, ihn anzublicken, Angst davor, diesen schrecklichen, erniedrigenden Blick noch einmal auf sich gerichtet zu sehen. Doch ihre Fingerspitzen erinnerten sich an sein glattes und doch rauhes Gesicht, und es juckte sie, erneut hinzulangen.
Jondalar war entsetzt darüber, mit welch einer Heftigkeit er augenblicklich auf ihre sanfte Berührung reagierte. Wie er jetzt auf sie herniederblickte, machte sie einen so befangenen, so zerbrechlichen Eindruck; dabei wußte er ganz genau, wie stark sie innerlich war. Für ihn war sie eine wunderschöne Feuersteinklinge, die vollkommen vom Stein absprang und deren Ränder zart und durchscheinend, gleichzeitig aber hart und scharf waren, daß man noch das zäheste Leder damit durchtrennen konnte.
Ach, Mutter, wie schön sie ist! dachte er. Ach, Doni, Große Erdmutter, es verlangt mich nach dieser Frau, verlangt mich so sehr nach ihr . . .
Plötzlich sprang er auf. Es war ihm unerträglich, sie einfach anzublicken. Unversehens fiel ihm das Essen ein, das er zubereitet hatte. Da sitzt sie, völlig durchgefroren und hundemüde, und ich sitze einfach da. Er ging, den Mammut-Hüftknochen zu holen, den sie als Teller benutzten.
Ayla hörte ihn aufstehen. Das geschah so unvermittelt, daß es fast schon ein Aufspringen war, und sie war fest überzeugt, daß der Widerwille gegen sie wieder in ihm hochgekommen war. Sie fing an zu zittern und biß die Zähne aufeinander in dem Bemühen, es nicht zuzulassen. Das konnte sie nicht noch einmal ertragen. Sie wollte ihm sagen, er solle fortgehen, damit sie ihn nicht mehr sehen und erleben müsse, wie seine Augen . . . Monstrum zu ihr sagten. Obwohl sie die Augen geschlossen hatte, spürte sie, als er wieder vor ihr stand, und sie hielt die Luft an.
»Ayla?« Er sah, daß sie zitterte, trotz des Feuers, und obwohl sie sich in den Pelz gehüllt hatte. »Ich hatte mir schon gedacht, daß es spät werden könnte, ehe du zurückkehrtest, und da habe ich schon was zu essen für uns gemacht. Möchtest du etwas? Bist du auch nicht zu müde?«
Hatte sie richtig gehört? Sie machte die Augen auf, langsam. Er hielt ihr eine Platte hin. Er stellte sie vor sie hin, zog dann eine Matte heran und setzte sich neben sie. Da lag ein Hase, am Spieß gebraten, einige gekochte Wurzeln in einer Brühe aus Trockenfleisch und sogar ein paar Heidelbeeren.
»Du . . . hast dies . . . für mich gekocht?« sagte Ayla ungläubig.
»Ich weiß, es schmeckt nicht so gut wie bei dir, aber ich hoffe, es geht. Ich dachte, es könnte Unglück bringen, wenn ich den Speerwerfer schon jetzt gebrauchte, und da habe ich nur den Speer genommen. Das erfordert eine andere Wurftechnik, und ich war mir nicht sicher, ob nicht die ganze Überei

mit dem Wurfgerät mir meine ganze Beute zuschanden machen würde, aber man verlernt es wohl nicht. Nur zu, iß!«
Die Männer im Clan kochten nicht. Sie waren dazu außerstande – sie besaßen dafür keinerlei Erinnerungen. Sie wußte, daß Jondalar in all diesen Dingen wesentlich vielseitiger war, doch daß er kochen konnte – auf diese Idee war sie nie gekommen; jedenfalls nicht, wenn eine Frau da war. Aber noch bedeutsamer als die Tatsache, daß er kochen konnte, war, daß er überhaupt daran gedacht hatte. Beim Clan war, selbst nachdem sie auf die Jagd ging, von ihr erwartet worden, daß sie ihre üblichen Pflichten erfüllte. Dies hier war so unerwartet, so . . . rücksichtsvoll. Ihre Befürchtungen waren völlig unbegründet gewesen, und so wußte sie nicht, was sagen. Sie griff die Keule, die er abgeschnitten hatte, und biß hinein.
»Ist er auch durch?« fragte er ein wenig ängstlich.
»Wunderbar ist er«, sagte sie mit vollem Mund.
Der Hase war in der Tat gar und gut, doch hätte es auch keine Rolle gespielt, wenn er verbrannt und zäh gewesen wäre – sie hätte ihn bestimmt köstlich gefunden. Sie hatte das Gefühl, gleich müßte sie weinen. Er fischte eine Kelle langer dünner Wurzeln heraus. Sie nahm eine und biß hinein. »Sind das . . . Kleewurzeln? Gut sind die.«
»Ja«, sagte er nicht ohne eine gewisse Selbstgefälligkeit. »Besser schmecken sie noch, wenn man sie in etwas Öl tunken kann. Kleewurzeln sind eines der Gerichte, die die Frauen an besonderen Festen für die Männer kochen; für viele ist das ihr Leibgericht. Ich habe den Klee weiter stromaufwärts entdeckt und dachte, du möchtest ihn vielleicht.« Es war ein guter Einfall gewesen zu kochen, dachte er und genoß ihre Überraschung.
»Es ist sehr mühevoll, sie auszugraben. Viel ist ja nicht dran an einer, aber ich habe nicht gewußt, daß sie so gut schmecken. Ich benutze die Wurzeln nur zu Heilzwecken.«
»Wir essen sie gewöhnlich im Frühling. Es ist eines der ersten frischen Gemüse im Jahr.«
Sie hörten Hufgeklapper draußen auf dem Sims und drehten sich um, als Winnie und Renner hereinkamen. Ayla stand nach einer Weile auf und sagte ihnen gleichsam gute Nacht. Das war ein allabendliches Ritual, zu dem vielerlei Dinge gehörten: Streicheln, frisches Heu, Körner, Wasser und – besonders nach einem langen Ritt – eine Abreibung mit wasseraufsaugendem Leder sowie Abbürsten mit einer Kardendistel. Ayla sah, daß frisches Heu, Körner und Wasser bereits hingestellt worden waren.
»Nicht einmal die Pferde hast du vergessen«, sagte sie, als sie sich wieder hinsetzte, um die Heidelbeeren zu essen. Sie hätte sie auch dann gegessen, wenn sie nicht hungrig gewesen wäre.

Er lächelte. »Ich hatte ja nicht viel zu tun. Aber ich muß dir etwas zeigen.« Er stand auf und kam mit den beiden Speerwerfern zurück. »Ich hoffe, du hast nichts dagegen – das soll Glück bringen.«
»Jondalar!« Sie war von einer solchen heiligen Scheu ergriffen, daß sie Angst hatte, ihren anzufassen. »Hast du das gemacht?« Ihre Stimme verriet etwas von dieser Ehrfurcht. Sie war schon überrascht gewesen, als er die Umrisse eines Tieres auf die Zielfelle gezeichnet hatte, doch dies hier war so unendlich viel mehr. »Es ist . . . als ob du das Totem, den Wisentgeist, genommen und hierher getan hättest.«
Der Mann verzog das Gesicht zu einem Grinsen. Wie herrlich sie auf seine Überraschungen reagiert. Das machte Spaß. Sein Speerwerfer war mit einem Riesenhirsch mit Schaufelgeweih geschmückt, und auch da fragte sie sich nach dem Sinn. »Es soll den Geist des Tieres bezwingen, so daß es zu der Waffe hingezogen wird. Ich bin eigentlich kein besonders guter Schnitzer; du solltest mal die anderen sehen. Und auch die Arbeiten der Bildhauer und Künstler, die die heiligen Wände bemalen.«
»Ich bin sicher, du hast einen mächtigen Zauber hineingelegt. Ich habe keine Hirsche gesehen, aber im Südosten steht eine Wisentherde. Ich glaube, sie ziehen jetzt zusammen weiter. Ob ein Wisent wohl von einer Waffe mit einem Hirsch darauf angezogen wird? Ich könnte morgen ja nochmal losreiten und nach Hirschen sehen.«
»Das hier wirkt auch auf Wisente. Aber deiner wird mehr Glück bringen. Ich freue mich, daß ich deinen mit einem Wisent geschmückt habe.«
Ayla wußte nicht was sagen. Er war ein Mann, und er hatte ihr mehr Jagdglück zugestanden als sich selbst, und er freute sich.
»Ich wollte auch noch eine Glücksdonii machen, hatte aber keine Zeit, sie fertigzustellen.«
»Jondalar, ich bin ganz durcheinander. Was ist eine ›Donii‹? Ist das deine Erdmutter?«
»Die Große Erdmutter ist Doni, aber sie nimmt auch andere Gestalten an, und dann sind das Donii. Im allgemeinen ist eine Donii Ihre Geistform, wenn Sie auf dem Wind reitet oder Sich in Träume schiebt – Männer träumen oft in der Gestalt einer schönen Frau von Ihr. Aber eine Donii ist auch die geschnitzte Frauengestalt – für gewöhnlich eine mildtätige Mutter –, denn die Frauen sind von Ihr gesegnet. Meistens wird auch eine Donii geschickt, einen Mann in Ihre Geisterwelt zu geleiten – manche behaupten, Frauen brauchten keine Führer, sie kennten den Weg. Und manche Frauen behaupten, sie können sich, wenn sie wollen, in eine Donii verwandeln – und das nicht immer zur reinen Freude des Mannes. Die Sharamudoi, die westlich von hier leben, behaupten, die Mutter könne die Gestalt eines Vogels annehmen.«

Ayla nickte. »Beim Clan sind nur die Urahnen weibliche Geister.«
»Was ist denn mit deinen Totems?« fragte er.
»Die Schutzgeist-Totems sind alle männlich, für Frauen wie Männer zugleich, nur, daß die Totems der Frauen für gewöhnlich die kleineren Tiere sind. Ursus, der Große Höhlenbär, ist der große Beschützer des Clans – und jedermanns Totem. Ursus war auch Crebs persönliches Totem. Er ist erwählt worden, genauso, wie ich vom Höhlenlöwen erwählt worden bin. Du kannst noch das Zeichen an mir sehen.« Sie zeigte ihm die vier parallelen Narben auf ihrem Oberschenkel, die ihr von den Krallen eines Höhlenlöwen gerissen worden waren, als sie fünf Jahre alt gewesen war.
»Ich habe ja gar nicht gewußt, daß Flach . . ., daß dein Clan überhaupt etwas von der Geisterwelt versteht, Ayla. Es fällt mir immer noch schwer zu glauben – ich glaube dir ja –, aber es ist schwer für mich zu begreifen, daß die Leute, von denen zu redest, dieselben sind, die für mich immer die Flachschädel gewesen sind.«
Ayla senkte den Kopf und hob dann wieder den Blick. Ernst und besorgt sah sie ihn an. »Ich glaube, der Höhlenlöwe hat dich erwählt, Jondalar. Ich glaube, er ist jetzt dein Totem. Creb hat mir gesagt, daß es nicht leicht ist, mit einem mächtigen Totem zu leben. Er hat bei seinen Prüfungen ein Auge verloren, aber er hat große Macht errungen. Neben Ursus ist der Höhlenlöwe das mächtigste aller Totems, und es ist wahrhaftig nicht leicht gewesen. Seine Prüfungen waren sehr schwer, aber nachdem ich erst einmal den Grund dafür verstanden hatte, habe ich sie nie bedauert. Ich meine, du solltest das wissen, falls er jetzt dein Totem ist.« Sie senkte den Blick. Hoffentlich hatte sie nicht zuviel gesagt.
»Er hat dir sehr viel bedeutet, nicht wahr? Der Clan, meine ich.«
»Ich wollte eine Clan-Frau sein, konnte es aber nicht. Ich habe es einfach nicht fertiggebracht, eine Clan-Frau zu sein. Ich bin nicht wie sie. Ich stamme von den Anderen. Creb hat das gewußt, und Iza hat mir gesagt, ich solle fortgehen und meine eigene Art suchen. Ich wollte nicht fort, mußte jedoch. Ich bin mit dem Todesfluch belegt. Ich bin tot.«
Jondalar war sich nicht sicher, was sie damit meinte, doch fröstelte ihn, und die Nackenhaare sträubten sich ihm, als sie das sagte. Sie holte tief Atem, ehe sie fortfuhr.
»Ich habe keinerlei Erinnerung an die Frau, der ich geboren wurde, oder an das Leben, das ich vor dem Clan führte. Ich habe es versucht, konnte mir aber keinen Mann von den Anderen vorstellen, einen Mann, der so war wie ich. Und wenn ich jetzt versuche, mir die Anderen vorzustellen, kann ich nur dich sehen. Du bist der erste meiner Art, den ich je gesehen habe, Jondalar. Was auch immer geschieht, ich werde dich nie vergessen.« Ayla hielt inne. Sie hatte

das Gefühl, zuviel gesagt zu haben. Sie stand auf. »Wenn wir in der Frühe auf die Jagd gehen wollen, sollten wir jetzt wohl etwas schlafen.«
Jondalar wußte, daß sie von Flachschädeln großgezogen war und allein in diesem Tal lebte, nachdem sie sie verlassen hatte. Doch bis sie es ausgesprochen hatte, war ihm nicht klar gewesen, daß er wirklich ›der Erste‹ war. Es störte ihn, sich vorzustellen, daß er alle seine Artgenossen darstellte, und er war nicht gerade stolz darauf, wie er das getan hatte. Gleichwohl – er wußte, wie alle über die Flachschädel dachten. Wenn er es ihr nur gesagt hätte – würde das genauso gewirkt haben? Würde sie dann wirklich gewußt haben, was ihr bevorstand?
Aufgewühlt und von widerstreitenden Gefühlen erfüllt, legte er sich schlafen. Nachdem er sich ausgestreckt hatte, starrte er zum Feuer hinüber und dachte nach. Plötzlich befiel ihn ein Gefühl, das alles verzerrte, eine Art Schwindel, ohne daß sich ihm alles drehte. Er erblickte eine Frau, wie gespiegelt in einem Teich, in den ein Stein hineingefallen war; ein waberndes Bildnis, von dem Wellen ausgehen, die zu größeren und immer größeren Kreisen werden. Er wollte nicht, daß die Frau ihn vergaß – es bedeutete ihm etwas, daß sie sich seiner erinnerte.
Er verspürte eine Abweichung, eine Weggabelung, eine Wahl, die ihm offenstand – und er war führerlos. Ein warmer Luftstrom bewirkte, daß sich ihm die Nackenhaare sträubten. Er wußte, Sie verließ ihn. Nie hatte er bewußt Ihre Anwesenheit wahrgenommen, aber er wußte, daß Sie jetzt fort war, und die Leere, die Sie hinterließ, tat weh. Es war der Beginn von etwas, das zu Ende ging: die Eiszeit, ein Zeitalter, das Ende der Zeit, da Sie alles nährte. Die Erdmutter verließ Ihre Kinder, auf daß sie sich selbst ihren Weg suchten, ihr Leben selber gestalteten und die Folgen für ihr Handeln übernahmen – erwachsen wurden. Nicht zur Zeit seines Lebens, noch auf Generationen hinaus nicht, und doch war der erste unerbittliche Schritt getan worden. Sie hatte Ihr Abschiedsgeschenk gemacht, Ihr Geschenk des Wissens.
Jondalar vernahm ein unheimlich klagendes Geschrei, und er wußte, daß er Die Mutter weinen hörte.
Wie ein bis zum Übermaß gestreckter Riemen, der plötzlich losgelassen wird, ging ein Ruck durch die Wirklichkeit, und alles war wieder wie zuvor. Trotzdem war etwas überspannt worden und wollte nicht mehr auf die zuvor gültigen Größenverhältnisse passen. Er spürte, daß irgend etwas nicht paßte. Er blickte über das Feuer hinweg zu Ayla und sah, daß Tränen ihr über das Gesicht liefen.
»Was hast du denn, Ayla?«
»Ich weiß es nicht.«

»Bist du sicher, daß sie uns beide tragen kann?«
»Nein, sicher bin ich nicht«, sagte Ayla, die die mit den Tragekörben beladene Winnie führte. Renner trottete an einem Strick hinter ihnen her; dieser war an einer Kopfhalterung aus Lederriemen befestigt, der ihm die Möglichkeit ließ, den Kopf frei zu bewegen und zu grasen und der ihm nicht den Hals abschnürte. Zuerst hatte die Halterung dem Füllen zu schaffen gemacht, doch jetzt gewöhnte es sich daran.
»Wenn wir beide aufsitzen, kommen wir schneller voran. Wenn sie es nicht mag, wird sie es mich wissen lassen. Dann reiten wir eben abwechselnd, oder wir gehen beide zu Fuß.«
Als sie den großen Felsen unten in den Wiesen erreichten, kletterte Ayla auf das Pferd, rückte ein Stück vor und hielt die Stute ruhig, während auch Jondalar aufstieg. Winnie legte die Ohren an. Sie spürte die ungewohnte zusätzliche Last, aber sie war ein robustes zottiges Pferd, und als Ayla sie antrieb, setzte sie sich in Bewegung. Die Frau hielt sie zu einer gleichmäßigen Gangart an und spürte durchaus die Veränderung darin, die ihr anzeigte, daß es an der Zeit sei anzuhalten und zu rasten.
Als sie das zweitemal weiterritten, war Jondalar schon entspannter – und wünschte dann, er sei immer noch nervös. Ohne die ständige Angst wie zuvor, wurde er sich plötzlich sehr deutlich der Frau bewußt, die da vor ihm saß. Er spürte, wie sich ihm ihr Rücken an die Brust drückte, fühlte ihre Schenkel an den seinen, und jetzt entwickelte Ayla Gespür nicht nur für das Pferd. Ein heißer, harter Druck regte sich hinter ihr, über den Jondalar keine Gewalt hatte; dabei brachte jede Bewegung des Pferdes sie dazu, sich aneinander zu reiben. Sie wünschte, der Druck würde weichen – dann aber auch wieder nicht.
Jondalar spürte einen Schmerz, wie er ihn nie zuvor erfahren hatte. Nie hatte er sich in solchem Maße gezwungen, sich mit seinem Verlangen zurückzuhalten. Seit den ersten Tagen seines Mann-Seins hatte es immer irgendwelche Mittel gegeben, zur Entspannung zu kommen; nur gab es hier keine andere Frau außer Ayla. Er weigerte sich, sich selbst Erleichterung zu verschaffen, und versuchte, es auszuhalten.
»Ayla«, – seine Stimme klang ganz unnatürlich, »ich glaube, . . . ich glaube, wir sollten wieder eine Rast einlegen«, entfuhr es ihm.
Sie hielt das Pferd an und glitt so schnell hinunter wie möglich. »Es ist nicht mehr weit«, sagte sie. »Den Rest können wir auch zu Fuß zurücklegen.«
»Ja, da kann Winnie sich auch ausruhen.«
Ayla widersprach nicht, obwohl sie wußte, daß dies nicht der Grund war, warum sie zu Fuß gingen. Das Pferd zwischen sich, gingen sie nebeneinander her und unterhielten sich über Winnies Rücken hinweg. Doch selbst so

brachte Ayla es kaum fertig, nach auffälligen Punkten in der Landschaft Ausschau zu halten, um sich zu orientieren. Jondalar schritt mit schmerzenden Lenden aus und war froh, daß sie das Pferd zwischen sich hatten.
Als sie endlich die Wisentherde sichteten, vertrieb die Vorfreude auf die Jagd mit den Speerwerfern ihre unterdrückte Leidenschaft zu einem großen Teil, obwohl sie sich bemühten, einander nicht zu nahe zu kommen und möglichst eines der Pferde zwischen sich zu haben.
Die Wisente grasten an einem kleinen Strom, und die Herde war größer als zu der Zeit, da Ayla sie zuerst gesehen hatte. Mehrere kleine Rudel hatten sich ihr angeschlossen, andere sollten noch folgen. Zuletzt sollten Zehntausende von den dicht an dicht stehenden, zottigen, schwarzbraunen Tieren über sanft gewelltes Land dahinziehen, die Flußtäler bevölkern und einen wallenden lebendigen Teppich bilden. Innerhalb der Gesamtherde besaß das Einzeltier nur wenig Bedeutung; die Überlebensstrategie dieser Tiere beruhte auf der Vielzahl.
Selbst kleinere Gruppen, die sich in der Nähe des Stroms gebildet hatten, unterwarfen sich mit ihrer Widerborstigkeit und ihrem Eigensinn ganz dem Herdeninstinkt. Später sollte das Überleben es erforderlich machen, daß sie sich wieder in kleine Familiengruppen aufteilten, die sich weit auseinanderziehen und während der mageren Jahreszeit auf Futtersuche gehen konnten.

Ayla lenkte Winnie an den Rand des Stroms in der Nähe einer zähen, windgebeugten Kiefer. In der Gebärdensprache des Clans gab sie dem Pferd zu verstehen, es solle sich in der Nähe aufhalten, und als sie sah, daß die Stute ihr Füllen nahe zu sich heranholte, wußte sie, daß sie sich um Renner keine Sorgen zu machen brauchte. Winnie war in der Lage, ihr Füllen von der Gefahr fernzuhalten. Einzig Jondalar hatte einige Schwierigkeiten, eine Lösung für ein Problem zu finden, das sie vorausgesehen hatte, und jetzt war sie neugierig, wie er damit zurechtkam.
Mann wie Frau nahmen jeder ihren Speerwerfer und einen Köcher mit einigen Speeren darin; dann bewegten sie sich zu Fuß auf die Herde zu. Viele Hufe hatten die harte dünne Kruste des Steppenbodens aufgebrochen und Unmengen Staub aufgewirbelt, der sich jetzt auf ihrem zotteligen dunklen Fell niederließ. Die Richtung, die die Herde einschlug, war an dem erstikkenden Staub zu erkennen, so wie Rauch von einem schwelenden Steppenbrand erkennen ließ, in welche Richtung sich das Feuer weiter ausbreiten würde; auch hinterließ er ähnliche Verheerungen.
Jondalar und Ayla schlugen einen Bogen, damit der Wind der Herde nicht ihre Witterung zutrug. Statt dessen trug dieser ihnen jetzt den beizenden Wisentgeruch zu und blies ihnen feinen Sand ins Gesicht. Blökende Kälber

hüpften schwerfällig hinter den Mutterkühen her, und stoßende Jährlinge stellten die Geduld von ausgewachsenen Bullen auf eine harte Probe.
Ein alter Stier, der sich in einer Staubsuhle wälzte, richtete sich vorn auf, um wieder auf die Beine zu kommen. Sein massiger Kopf hing tief herab, gleichsam als würde er von den enormen schwarzen Hörnern zu Boden gedrückt. Jondalar mit seinen beinahe zwei Metern überragte, wenn auch nur wenig, das Stockmaß des Stiers. Der massige, mit einem dichten Pelz besetzte kräftige und hochstehende Vorderkörper ging in eine vergleichsweise niedrige, nahezu zierliche Hinterhand über. Das gewaltige alte Tier, das seine beste Zeit wohl gerade hinter sich hatte, war für ihre Bedürfnisse viel zu zäh und sehnig; als der Bulle stehenblieb und sie mißtrauisch musterte, wußten sie, daß er ihnen sehr gefährlich werden könnte. Sie warteten daher, bis er weitergezogen war.
Als sie sich näher heranschoben, verstärkte sich das grummelnde Hintergrundgeräusch der Herde und wurde gleichzeitig von höchst unterschiedlichem trompetenartigen Geblöke und röhrendem Muhen zerrissen. Jondalar zeigte auf eine junge Mutterkuh. Ihr Kalb war schon fast ausgewachsen, hatte auf der sommerlichen Weide Fett angesetzt und war fast so weit, selbst ein Kalb austragen zu können. Ayla nickte zustimmend. Sie legten ihre Speere in die Wurfgeräte ein, und Jondalar gab ihr durch Zeichen zu verstehen, daß er vorhabe, auf die andere Seite der Färse hinüberzugehen.
Kraft eines unbekannten Instinkts, oder vielleicht auch, weil es den Menschen sich hatte bewegen sehen, spürte das Tier, daß es als Beute auserwählt worden war. Nervös drängte es sich näher an die Hauptmasse der Herde heran. Etliche andere Wisente kamen herbei, um es in die Mitte zu nehmen, was Jondalars Aufmerksamkeit ablenkte. Ayla war sicher, daß ihnen die Kuh entgehen würde. Jondalar hatte ihr den Rücken zugekehrt, so daß sie ihm auch kein Zeichen geben konnte, und das fast ausgewachsene Kalb geriet außer Reichweite. Rufen konnte sie nicht; selbst wenn er sie hätte hören können – ein Schrei würde die Wisente warnen.
So faßte sie ihren Entschluß und zielte. Jondalar blickte zurück, gerade als sie im Begriff stand, ihren Speer zu schleudern, erfaßte die Situation auf einen Blick und machte sein Wurfgerät bereit. Das schnell dahinstürmende Jungwisent scheuchte seine Artgenossen genauso auf wie die Jäger. Ayla und Jondalar hatten gedacht, die Staubwolke wäre genug Deckung für sie, doch die Wisente waren daran gewöhnt. Die Färse hatte fast die Sicherheit des Hauptteils der Herde erreicht, und andere folgten ihr.
Jondalar schoß auf sie zu und schleuderte seinen Speer. Ayla folgte einen Augenblick später und jagte ihm den Speer in den Nacken, während Jondalar das Wisent in die Weichteile getroffen hatte. Die Schubkraft des Wisents trug

es noch ein paar Schritte voran, doch dann wurde das Tier merklich langsamer. Es geriet ins Stocken, taumeltet und brach dann in die Knie, wobei Jondalars Speer einfach durchknickte. Die Herde witterte Blut. Ein paar Tiere schnupperten an der zusammengebrochenen Färse und stießen ein klagendes Muhen aus. Andere nahmen ihren Klagelaut auf, stießen sich gegenseitig an und wußten nicht wohin, und die Luft war spannungsgeladen.

Ayla und Jondalar liefen aus entgegengesetzten Richtungen auf ihre Beute zu. Plötzlich schrie er ihr etwas zu und fuchtelte mit den Armen in der Luft herum. Da sie seine Zeichen nicht verstand, schüttelte sie den Kopf.

Einem jungen Bullen, der Kopfstoßen gespielt hatte, war es endlich gelungen, den alten Patriarchen zu einer Reaktion zu verleiten, sprang beiseite und prallte dabei gegen eine nervöse Kuh. Unentschlossen und doch aufgeregt, machte der Jungbulle ein paar Schritte rückwärts, doch sein Ausweichen hatte zur Folge, daß er von dem großen Stier abgeschnitten wurde. Er wußte nicht, wohin, bis seine Aufmerksamkeit auf eine sich bewegende zweibeinige Gestalt gerichtet wurde. Er senkte den Kopf und stürmte darauf zu.

»Ayla! Aufpassen!« schrie Jondalar und lief auf sie zu. Er hatte einen Speer in der Hand und zeigte damit.

Ayla fuhr herum und sah den Jungbullen auf sich zugerast kommen. Ihr erster Gedanke galt ihrer Schleuder; das war fast wie ein Reflex. Die Schleuder war immer schon dasjenige gewesen, womit sie sich gewehrt hatte. Doch nahm sie diesmal gleich Abstand davon und legte einen Speer in das Wurfgerät ein.

Jondalar schleuderte seinen Speer nur einen Moment vor ihr mit der Hand, doch ihr Wurfgerät verlieh ihrer Waffe eine größere Geschwindigkeit. Jondalars Speer fraß sich in eine Flanke ein, woraufhin der Wisent augenblicklich herumfuhr. Als er hinsah, steckte Aylas Waffe dem jungen Tier zitternd im Auge; es war tot, bevor es zusammenbrach.

Das Laufen, das Geschrei und der neue Blutgeruch brachte die heillos durcheinanderwurlende Wisentherde dazu, gemeinsam die Flucht zu ergreifen – fort von dem beunruhigenden Geschehen. Die letzten Nachzügler schlugen einen Bogen um ihre gefällten Artgenossen, und mit donnernden Hufen raste die riesige Herde davon. Das Donnern der Hufe war immer noch zu hören, als der Staub sich längst gesetzt hatte.

Dem Mann und der Frau verschlug es für einen Moment die Sprache, als sie die beiden erlegten Wisente auf der sonst leeren Steppe liegen sahen.

»Es ist vorbei«, sagte Ayla, immer noch benommen. »Einfach so.«

»Warum bist du denn nicht weggelaufen?« rief Jondalar erregt; jetzt, wo die Gefahr vorüber war, brach die Angst sich bei ihm Bahn. Er kam auf sie zugeschritten. »Er hätte dich töten können!«

»Wie hätte ich einem angreifenden Bullen den Rücken zukehren sollen! Das ging doch nicht!« hielt Ayla ihm entgegen. Sie sah sich den Wisent genauer an. »Nein, dein Speer hätte ihn wohl davon abgehalten . . . aber woher sollte ich das wissen? Ich habe noch nie zuvor mit jemand zusammen gejagt, habe immer für mich selbst aufpassen müssen. Hätte ich das nicht getan, niemand hätte sich um mich gekümmert.«

Ihre Worte rückten eine letzte Unklarheit zurecht, und plötzlich stand Jondalar ein Bild klar vor Augen: So mußte ihr Leben gewesen sein. Er sah sie auf eine neue Weise. Diese Frau, dachte er, diese sanfte, liebevolle und fürsorgliche Frau hat mehr überlebt, als irgend jemand für möglich gehalten hätte. Nein, selbstverständlich hat sie nicht weglaufen können, vor nichts und wieder nichts – nicht einmal vor dir. Wann immer du dich bisher hast gehen lassen, Jondalar, wann immer du aus der Haut gefahren bist, sind die Menschen zurückgewichen. Sie jedoch hat auch dann noch ihren Mann gestanden, als es am allerschlimmsten, am allerbedrohlichsten war.

»Ayla, du schöne, ungezähmte, wunderbare Frau – schau, was für eine Jägerin du bist!« Er lächelte. »Schau, was wir getan haben. *Zwei* Wisente! Und wie wollen wir die jetzt nach Hause schaffen?«

Als ihr das ganze Ausmaß dessen aufging, was sie geleistet hatten, verzog sich ihr Gesicht zu einem Lächeln der Zufriedenheit, des Triumphes und der Freude. Jondalar wurde sich bewußt, daß er dieses Lächeln nicht oft bei ihr gesehen hatte. Schön, wunderschön war sie, wenn sie so lächelte; sie glühte, wie von einem inneren Feuer erhellt. Unversehens stieg ein Lachen in ihm auf, ein hemmungsloses, ansteckendes Lachen, in das sie gleich darauf einfiel – sie konnte gar nicht anders. Es war ihr Siegesschrei, ihr Ruf, mit dem sie ihren Erfolg verkündeten.

»Schau, was für ein Jäger du bist, Jondalar!« sagte sie.

»Das liegt an den Speerwerfern – dadurch ist alles soviel einfacher. Wir haben uns dieser Herde genähert, und ehe sie wußten, was ihnen geschah . . . *zwei* von ihnen! Überleg doch mal, was das bedeutet!«

Sie wußte, was es für sie bedeuten konnte. Diese neue Waffe setzte sie instand, immer allein zu jagen, sommers wie winters. Sie brauchte keine Fallgruben mehr auszuheben. Sie konnte unterwegs sein und jagen. Der Speerwerfer besaß sämtliche Vorteile ihrer Schleuder und noch so viele mehr.

»Ich weiß, was das bedeutet. Du hast mir gesagt, du würdest mir eine bessere Jagdweise zeigen, eine, die leichter wäre. Das hast du getan, in einem Maße, wie ich es mir nicht hätte träumen lassen. Ich weiß nicht, wie ich es dir sagen soll . . . ich bin so . . .«

Sie kannte nur eine Möglichkeit, ihrer Dankbarkeit Ausdruck zu verleihen – so, wie sie es im Clan gelernt hatte. Sie hockte sich zu seinen Füßen hin und

senkte den Kopf. Vielleicht klopfte er ihr nicht auf die Schulter, um ihr zu gestatten, es ihm so zu sagen, wie es sich gehörte, aber sie mußte es versuchen.
»Was machst du?« sagte er und griff hinunter, um ihr aufzuhelfen. »So hock' doch nicht so da, Ayla.«
»Wenn eine Clan-Frau einem Mann irgend etwas von Wichtigkeit mitteilen will, hockt sie sich so vor ihn hin, um seine Aufmerksamkeit zu erringen«, sagte sie und blickte auf. »Mir ist es wichtig, dir zu sagen, wieviel mir dies bedeutet und wie dankbar ich für die neue Waffe bin. Und dafür, daß du mich die Worte gelehrt hast, und für alles . . .«
»Bitte, Ayla, steh auf«, sagte er und hob sie in die Höhe. »Nicht ich habe dir diese Waffe geschenkt – du hast sie mir geschenkt. Hätte ich dich nicht mit deiner Schleuder umgehen sehen, wäre ich nie auf die Idee gekommen. Ich bin dir dankbar, und zwar für mehr als nur für diese Waffe.«
Er hielt ihre Arme gepackt, spürte ihren Körper nahe dem seinen. Sie sah ihm in die Augen, unfähig und auch nicht bereit, die Augen abzuwenden. Er beugte den Kopf näher heran und legte den Mund auf den ihren.
Ihre Augen weiteten sich vor Überraschung. Das kam so unerwartet. Nicht nur sein Tun, sondern auch ihre Reaktion, wie es sie durchfahren hatte, als sie seinen Mund auf dem ihren gespürt hatte. Und sie wußte nicht, was sie ihrerseits nun tun sollte.
Schließlich begriff er. Er wollte sie nicht mit Gewalt zu mehr bringen als dieser zärtlichen Geste – noch nicht.
»Was ist dieses Mund auf Mund?«
»Ein Kuß, Ayla. Es ist dein erster Kuß, nicht wahr? Ich vergesse es immer wieder, aber es ist schwer, dich zu sehen und . . . Ayla, manchmal bin ich schon ein sehr dummer Mann.«
»Warum sagst du das? Du bist nicht dumm.«
»Und ob ich dumm bin! Nicht zu fassen, *wie* dumm ich gewesen bin.« Er ließ sie los. »Aber im Moment glaube ich, sollten wir sehen, daß wir eine Möglichkeit finden, diese Wisente zurückzuschaffen in die Höhle, denn wenn ich weiter so neben dir stehenbleibe, werde ich einfach nicht imstande sein, es richtig für dich zu machen. So, wie es dir beim erstenmal gemacht werden sollte.«
»Wie was gemacht werden sollte?« fragte sie, die nicht wirklich wollte, daß er sich von ihr löste.
»Die Riten der Ersten Wonnen, Ayla. Falls du es mir erlaubst.«

28

»Ich glaube nicht, daß Winnie es geschafft hätte, die beiden Wisente hierherzuschleppen, wenn wir die Köpfe nicht zurückgelassen hätten«, sagte Ayla. »Das war eine gute Idee.« Gemeinsam mit Jondalar zog sie den Kadaver des Bullen vom Zuggestell herunter und auf das Sims hinauf. »Soviel Fleisch! Allein das Zerlegen und Kleinschneiden! Wieviel Zeit das brauchen wird! Wir sollten gleich anfangen.«

»Die halten sich eine Zeitlang, Ayla!« Das Lächeln seiner Augen ließ Wärme in ihr aufsteigen. »Ich meine, deine Riten der Ersten Wonnen sind wichtiger. Ich werde dir jetzt helfen, Winnie abzuschirren – und dann gehe ich erstmal schwimmen. Ich bin verschwitzt und voller Blut.«

»Jondalar . . .« Ayla zögerte. Sie war erregt und schüchtern zugleich. »Das ist doch eine Zeremonie, diese Ersten Riten, nicht wahr?«

»Ja, es ist eine Zeremonie.«

»Iza hat mich gelehrt, mich auf Zeremonien vorzubereiten. Gibt es eine . . . besondere Vorbereitung für diese Zeremonie?«

»Für gewöhnlich helfen ältere Frauen jüngeren, sich darauf vorzubereiten. Ich weiß nicht, was sie sagen oder tun. Ich finde, du solltest all das tun, was du für richtig hältst.«

»Dann werde ich Seifenwurzeln holen und mich reinigen, so wie Iza es mir gezeigt hat. Ich werde warten, bis du mit dem Schwimmen fertig bist. Ich sollte allein bleiben, wenn ich mich fertigmache.« Sie errötete und senkte die Augen.

Wie jung und wie verschämt sie wirkt, dachte er. Genauso wie die meisten jungen Frauen vor den Ersten Wonnen. Die ihm vertraute Mischung aus Zärtlichkeit und Erregung stieg in ihm auf. Sogar mit ihren Vorbereitungen traf sie das Richtige. Er legte ihr einen Finger unters Kinn, hob es in die Höhe, gab ihr noch einen Kuß und wandte sich dann entschlossen ab. »Ich hätte selbst auch gern ein paar Seifenwurzeln.«

»Ich hole dir welche«, sagte sie.

Er grinste, als er hinter Ayla den Fluß hinaufging. Nachdem sie die Wurzeln ausgegraben hatte und wieder hinaufgegangen war zur Höhle, warf er sich aufspritzend ins Wasser und war zufrieden mit sich wie schon lange nicht mehr. Er klopfte solange auf den Wurzeln herum, bis Seifenschaum entstand, rieb sich den Körper damit ein, nahm den Lederriemen ab, der seine Haare zusammenhielt, und rieb den Schaum in sie hinein. Für gewöhnlich tat Sand es auch, aber Seifenwurzeln waren besser.

Er tauchte und schwamm flußaufwärts fast bis zum Wasserfall hinauf. Nachdem er an den Uferstreifen zurückgekehrt war, legte er den Lendenschurz um und eilte zur Höhle hinauf. Es roch köstlich nach Braten, und er war so entspannt und glücklich, daß er es schier nicht fassen konnte.

»Ich bin froh, daß du zurück bist. Es wird einige Zeit dauern, mich gehörig zu reinigen, und ich wollte nicht, daß es zu spät wird.« Sie nahm eine Schale mit einer dampfenden Flüssigkeit und Schachtelhalm darin für ihre Haare und ergriff dann ein frischgewalktes Fell für einen neuen Überwurf.

»Nimm dir nur soviel Zeit wie du willst«, sagte er und gab ihr einen flüchtigen Kuß.

Sie schickte sich an hinunterzugehen, blieb dann jedoch stehen und drehte sich um. »Dieses Mund auf Mund gefällt mir, Jondalar. Dieser Kuß«, sagte sie.

»Ich hoffe, alles andere wird dir auch gefallen«, sagte er, nachdem sie schon gegangen war.

Er ging in der Höhle umher und betrachtete alles mit neuen Augen. Er prüfte die Wisentlende, drehte den Spieß und bemerkte, daß sie einige Wurzeln in Blätter gewickelt und in die Nähe der Glut gelegt hatte. Dann entdeckte er, daß sie heißen Tee für ihn bereitgestellt hatte. Diese Wurzeln muß sie ausgegraben haben, als ich schwimmen war, dachte er.

Er sah seine Schlaffelle auf der anderen Seite der Feuerstelle, runzelte die Stirn, machte sich dann mit großem Vergnügen daran, sie aufzuheben und hinüberzutragen an die leere Stelle neben Aylas Lager. Nachdem er sie glattgezogen hatte, ging er noch einmal an das Bündel mit seinen Werkzeugen und erinnerte sich an die Donii, die er angefangen hatte zu schnitzen. Er setzte sich auf die Matte, die dafür sorgte, daß seine Schlaffelle nicht mit dem Boden in Berührung kamen, und rollte das in Hirschleder eingewickelte Paket aus.

Eingehend betrachtete er das Stück Mammut-Elfenbein, aus dem er begonnen hatte, eine weibliche Figur herauszuarbeiten, und beschloß, sie zu beenden. Möglich, daß er nicht gerade zu den besten Bildschnitzern gehörte, doch fand er es irgendwie nicht richtig, eine der wichtigsten Zeremonien der Mutter ohne eine Donii auszuführen. Er nahm Meißel und Grabstichel heraus und trug das Elfenbein nach draußen.

Schnitzend, schneidend und kerbend saß er draußen, und da ging ihm auf, daß sein Elfenbein nicht zu einer Figur mit ausladend mütterlichen Attributen wurde, sondern zu der Gestalt einer jungen Frau geriet. Das Haar, das in der Tracht eigentlich jener des alten Donii entsprach, den er verschenkt hatte, also wie ein Wulst, der nicht nur den Hinterkopf bedeckte, sondern auch das Gesicht, erinnerte an Zöpfe – über den ganzen Kopf eng geflochtene Zöpfe, die nur das Gesicht freiließen. Dies Gesicht war leer. Donii wurden nie mit einem Gesicht ausgestattet; wer hätte es schon ausgehalten, das Antlitz der Mutter zu schauen? Wer sollte es auch kennen? Sie war alle Frauen und gar keine.

Er hörte auf zu schnitzen und ließ, obwohl sie gesagt hatte, sie wolle allein bleiben, den Blick in der Hoffnung, sie zu sehen, flußaufwärts und dann flußabwärts schweifen. Ob es ihm wohl gelang, ihr Wonnen zu bereiten? Nie hatte er an sich gezweifelt, wenn er bei den Sommertreffen aufgerufen worden war, die Riten der Ersten Nacht zu vollziehen; doch dabei hatte es sich immer um junge Frauen gehandelt, die Sitten und Gebräuche kannten und wußten, was sie erwartete. Sie hatten ja ältere Frauen gehabt, die ihnen alles erklärt hatten.

Ob ich wohl versuchen sollte, es zu erklären? Nein, du wüßtest doch nicht, was du sagen solltest, Jondalar. Zeig es ihr einfach. Sie wird dich schon spüren lassen, wenn etwas ihr mißfällt. Daß sie so ehrlich ist, gehört ja zu ihren anziehendsten Eigenschaften.

Wie es wohl sein würde, das Wonnegeschenk der Mutter einer Frau zu zeigen, die mit nichts zurückhielt und auch nichts vorspielte?

Aber warum sollte sie bei den Ersten Wonnen anders sein als die anderen Frauen? Weil sie bei den Ersten Wonnen nicht wie andere Frauen ist. Denn sie ist schon geöffnet worden, unter großen Schmerzen. Und was ist, wenn du es nicht schaffst, daß sie diesen schrecklichen Anfang überwindet? Was, wenn sie außerstande ist, Wonnen zu genießen, was, wenn du es nicht schaffst, daß sie sie empfindet? Wenn es doch bloß eine Möglichkeit gäbe, sie vergessen zu machen! Wenn es mir doch nur gelänge, sie zu mir herüberzuziehen, ihren Widerstand zu überwinden und ihren Geist gefangenzunehmen!

Ihren Geist gefangenzunehmen?

Er blickte auf das Figürchen in seiner Hand, und plötzlich rasten seine Gedanken. Warum gruben sie das Abbild eines Tieres auf eine Waffe oder malten es auf die Heiligen Wände? Um an den ihnen innewohnenden Muttergeist heranzukommen, um ihren Widerstand zu überwinden und ihr Wesen zu erfassen.

Sei doch nicht lächerlich, Jondalar. Auf die Weise nimmst du Aylas Geist nie gefangen. Und es wäre auch nicht richtig, denn niemand stattet eine Donii mit einem Gesicht aus. Menschen wurden nicht abgebildet – schließlich konnte es sein, daß mit einer Ähnlichkeit auch das Wesen eines Geistes erfaßt wurde. Doch wen würde es gefangennehmen?

Kein Mensch sollte den Geist eines anderen gefangennehmen. Schenk ihr die

Donii. Damit würdest du ihr doch ihren Geist zurückgeben, oder? Wenn du ihn nun nur für eine Zeitlang behieltest und ihn ihr . . . hinterher gäbest? Wenn du ihr nun ihre Züge verleihst – würde sie das zu einer Donii machen? Ihrer Heilkunst, ihres magischen Umgangs mit Tieren wegen hältst du sie ohnehin fast für eine Donii. Aber wenn sie das ist, könnte sie ja deinen Geist gefangennehmen wollen. Wäre das so schlimm?

Du möchtest, daß ein Teil bei dir bleibt, Jondalar. Jener Teil des Geistes, der immer in den Händen des Schöpfers zurückbleibt. Und um diesen Teil von ihr geht es dir, nicht wahr?

Ach, Große Mutter, sag mir – wäre das denn wirklich eine so schreckliche Sache, einer Donii ihr Gesicht zu geben?

Er starrte das kleine Stück Elfenbein an, das er geschnitzt hatte. Dann nahm er einen Grabstichel zur Hand und begann, ein Gesicht herauszuarbeiten – ein vertrautes Gesicht.

Als er fertig war, hielt er das Figürchen in die Höhe und drehte es langsam in der Hand. Ein richtiger Bildschnitzer hätte es vielleicht besser gemacht, aber schlecht war es nicht. Sie ähnelte Ayla, wenn auch mehr dem Gefühl nach als tatsächlich – dem Gefühl nach, das er von ihr hatte. Er ging in die Höhle hinein und überlegte, wo er es hintun könnte. Die Donii sollte in der Nähe sein, nur sollte sie sie nicht sehen – noch nicht. Er erblickte ein Bündel Ledersachen, die nahe der Wand neben ihrem Lager zusammengerollt lagen, und steckte die Donii dazwischen.

Dann ging er wieder nach draußen und hielt vom äußersten Rand aus Ausschau. Wieso braucht sie so lange? Er sah sich die beiden Wisente an, die nebeneinander dalagen. Sie würden nicht schlecht werden. Speere und Wurfgeräte lehnten neben dem Eingang an der Felswand. Er nahm sie und trug sie in die Höhle hinein. Dann hörte er, wie Geröll auf das Sims prasselte. Er drehte sich um.

Ayla rückte den Gürtelknoten ihres neuen Überwurfs zurecht, band sich das Amulett um den Hals und strich das Haar, das sie gerade mit einer Kardendistel gebürstet hatte, aber noch nicht ganz trocken war, aus dem Gesicht. Dann hob sie den alten Überwurf auf und machte sich an den Aufstieg. Sie war nervös und aufgeregt.

Zwar hatte sie eine Vorstellung von dem, was Jondalar mit den Riten der Ersten Wonnen meinte, war jedoch tief gerührt von seinem Wunsch, es für sie zu tun und sie mit ihr zu teilen. Zu schlimm, meinte sie, könnte es mit der Zeremonie wohl nicht werden – selbst bei Broud hatte es nach den ersten paar Malen nicht wehgetan. Wenn Männer Frauen das Zeichen gaben, die sie gern hatten – bedeutete das dann jetzt, daß Jondalar sich etwas aus ihr machte?

Als sie das Sims fast erreicht hatte, wurde Ayla durch ein braungelbes Gewirr blitzschnell sich vollziehender Bewegung aus ihren Gedanken herausgerissen.
»Bleib, wo du bist, Ayla!« schrie Jondalar. »Bleib zurück, Ayla! Ein Höhlenlöwe!«
Den Speer in der Hand, stand er am Höhleneingang und schickte sich an, diesen auf eine gewaltige, sich duckende und sprungbereite Raubkatze zu schleudern, die ein tiefes Knurren und Fauchen ausstieß.
»Nicht, Jondalar!« schrie Ayla und warf sich zwischen sie. »Nicht!«
»Ayla, fort! Oh, Mutter, halt sie zurück!« schrie der Mann, als sie vor ihn hinsprang und sich dem angreifenden Löwen in den Weg stellte.
Die Frau vollführte eine entschiedene, gebieterische Gebärde und rief in der kehligen Sprache des Clan: »Aufhören!«
Ein Ruck ging durch den gewaltigen Höhlenlöwen mit der gelbroten Mähne, als er den Sprung gleichsam abbrach und vor den Füßen der Frau landete. Dort rieb er seinen riesigen Kopf an ihrem Bein. Jondalar war wie vom Donner gerührt.
»Baby! Ach, Baby! Du bist zurückgekommen«, sagte Ayla bewegt und schlang dem mächtigen Tier ohne jede Hemmung und ohne alles Zaudern die Arme um den Hals.
Baby stieß sie so sanft um, wie es ihm möglich war, und Jondalar sperrte Mund und Nase auf, als der größte Höhlenlöwe, den er je gesehen hatte, der Frau die Pfoten umlegte, und damit einer Umarmung so nahekam, wie ein Löwe einer solchen nahekommen kann. Die Raubkatze leckte mit rauher Zunge Tränen von Aylas Gesicht und leckte sie fast wund.
»Das reicht, Baby«, sagte sie und setzte sich auf. »Sonst habe ich überhaupt kein Gesicht mehr.«
Sie fand die Stellen hinter den Ohren und in der Mähne, wo er es liebte, gekrault zu werden. Baby legte sich auf den Rücken, um ihr seine Kehle darzubieten und ließ dabei ein tiefes wohliges Knurren ertönen.
»Ich hätte ja nie gedacht, daß ich dich noch einmal wiedersehen würde, Baby«, sagte sie, als sie damit aufhörte und der Löwe sich wieder herumwälzte. Er war größer, als sie ihn in der Erinnerung hatte, und wenn er auch ein bißchen mager wirkte, machte er doch einen sehr gesunden Eindruck. Er wies Narben auf, die sie noch nicht kannte, und sie nahm an, daß er um sein Revier gekämpft und gewonnen hatte. Das erfüllte sie mit Stolz. Dann bemerkte Baby wieder Jondalar, und er fauchte.
»Fauch ihn nicht an! Das ist der Mann, den du mir gebracht hast. Du hast eine Gefährtin . . . Ich nehme an, mehrere sogar inzwischen.« Der Höhlenlöwe stand auf, wandte dem Mann den Rücken zu und trottete zu den Wisenten hinüber.

»Hast du was dagegen, wenn wir ihm einen überlassen?« rief sie zu Jondalar hinüber. »Wir haben doch ohnehin zuviel.«
Er hielt den Speer immer noch in der Hand und stand völlig benommen am Höhleneingang. Er versuchte zu antworten, doch nur ein Quieken kam heraus. Dann kam seine Stimme wieder. »Dagegen? Du fragst mich, ob ich was dagegen habe? Gib ihm meinetwegen beide! Gib ihm alles, was er will.«
»Baby braucht aber nicht beide.« Ayla verwendete die Namensbezeichnung in einer Sprache, die er nicht kannte, doch er erriet, daß es wohl ein Name wäre. »Nein, Baby, nicht die Färse«, sagte sie in Lauten und mit Gebärden, die für den Mann immer noch keine rechte Sprache abgaben, ihm jedoch einen Stoßseufzer abrangen, als sie dem Löwen ein Wisent abnahm und ihn auf das andere zuschob. Der Löwe packte den Tierkadaver mit gewaltigen Kiefern und schleppte ihn vom Sims fort. Nachdem er ihn besser packen konnte, schickte er sich an, ihn den vertrauten Pfad hinunterzuschleifen.
»Ich bin gleich wieder da, Jondalar«, sagte die Frau. »Kann sein, daß Winnie und das Füllen unten sind, und ich möchte nicht, daß Baby Renner einen Schrecken einjagt.«
Jondalar sah der Frau nach, wie sie dem Löwen folgte, bis sie außer Sicht war. Auf der Talseite der Wand tauchte sie wieder auf, und zwar ging sie völlig sorglos neben dem Löwen einher, der das Wisent zwischen den Vorderbeinen hinter sich herschleppte.
Beim großen Felsen angekommen, blieb Ayla stehen und umarmte den Löwen noch einmal. Baby ließ das Wisent fallen, und Jondalar schüttelte fassungslos den Kopf, als er sah, wie Ayla dem wilden Raubtier auf den Rücken kletterte. Sie hob einen Arm, ließ ihn vorschnellen und hielt sich an der rötlichgelben Mähne fest, während das riesige Katzentier einen Satz machte und mit Höchstgeschwindigkeit davonsprang, während Aylas Haare flatterten. Dann verlangsamte er seinen Lauf und kehrte zu dem Felsen zurück.
Dort angekommen, packte er neuerlich das Wisent und schleppte es durchs Tal. Ayla blieb bei dem großen Felsen zurück und sah ihm nach. Weit draußen ließ der Löwe den Bullen nochmals fallen. Er hob zu einer Reihe von Sprechgrunzern an – seinem vertrauten *hnga hnga* – und ließ dann ein so laut anschwellendes Gebrüll vernehmen, daß es Jondalar durch Mark und Bein ging.
Als der Löwe fort war, holte Jondalar tief Atem und lehnte sich mit weichen Knien an die Felswand. Von Scheu und ein wenig auch von Furcht ergriffen, fragte er sich. Was ist das für eine Frau? Über welchen Zauber gebietet sie? Vögel – nun ja. Auch Pferde noch. Aber einen Höhlenlöwen? Den größten Höhlenlöwen, den er je gesehen hatte?
War sie eine . . . Donii? Wer außer der Mutter konnte Tiere dazu bringen zu

tun, was sie wollte? Und was war mit ihren Heilkräften? Oder ihrer phänomenalen Fähigkeit, so schnell so gut zu sprechen? Wenn auch mit einem ungewöhnlichen Akzent, aber sie hatte den größten Teil seines Mamutoi von ihm und sogar ein paar Worte Sharamudoi gelernt. War sie eine Erscheinungsform der Mutter?

Er hörte sie den Pfad heraufkommen, und ein Angstschauer überlief ihn. Er hätte sich nicht gewundert, wenn sie ihm plötzlich eröffnet hätte, daß sie die Große Erdmutter in höchsteigener Person wäre, und er hätte ihr geglaubt. Was er jedoch sah, war eine Frau mit aufgelöstem Haar, der Tränen übers Gesicht liefen.

»Was hast du denn?« fragte er, und Fürsorglichkeit verdrängte seine eingebildeten Ängste.

»Warum muß ich nur all meine Babys verlieren?« schluchzte sie.

Er erbleichte. Ihre Babys? Dieser gewaltige Löwe ihr Baby? Schockartig kam ihm wieder das Gefühl von der weinenden Mutter, der Mutter aller.

»Deine Babys?«

»Erst Durc und dann Baby.«

»Ist das dein Name für den Löwen?«

»Baby? Das bedeutet: kleines Kind«, erklärte sie in dem Bemühen, es in seiner Sprache auszudrücken.

»*Kleines* Kind?« schnaubte er. »Das war der riesigste Höhlenlöwe, den ich jemals zu Gesicht bekommen habe.«

»Ich weiß.« Ein Lächeln mütterlichen Stolzes wurde hinter dem Tränenschleier erkennbar. »Ich habe auch immer dafür gesorgt, daß er genug zu fressen hatte – nicht wie die Löwenjungen im Rudel. Aber als ich ihn fand, war er auch noch klein. Ich nannte ihn Baby und habe es nie geschafft, ihm dann einen anderen Namen zu geben.«

»Gefunden hast du ihn?« fragte Jondalar immer noch zaudernd.

»Sie hatten ihn für tot zurückgelassen. Ich glaube, ein Rentier hat ihn getreten. Ich habe sie in meine Fallgrube gejagt. Brun hat mir manchmal erlaubt, kleine Tiere in die Höhle zu bringen, wenn sie verletzt waren und meiner Hilfe bedurften – allerdings: fleischfressende Tiere niemals. Ich wollte dieses Höhlenlöwenjunge eigentlich auch liegen lassen, aber dann fielen die Hyänen über es her. Da habe ich sie mit meiner Schleuder vertrieben und es hierhergebracht.« Etwas in die Ferne Gerichtetes trat Ayla in die Augen, und ihr Mund verschob sich zu einem schiefen Grinsen. »Baby war so komisch, als er klein war; er hat mich immer zum Lachen gebracht. Aber es hat viel Zeit gekostet, für ihn zu jagen, bis der zweite Winter kam und wir lernten, gemeinsam zu jagen. Wir alle, Winnie auch. Ich habe Baby seither nicht wiedergesehen, seit . . .« Plötzlich fiel es ihr ein . . .

»Oh, Jondalar, es tut mir ja so leid. Baby ist der Löwe, der deinen Bruder getötet hat. Aber wäre es irgendein anderer Löwe gewesen, ich wäre nicht in der Lage gewesen, ihn fortzuscheuchen.«

»Und du bist doch eine Donii!« entfuhr es Jondalar. »Ich habe dich in meinem Traum gesehen! Ich dachte, eine Donii sei gekommen, mich in die nächste Welt zu bringen; statt dessen brachte sie den Löwen dazu, sich zu trollen.«

»Du wirst wohl etwas aufgewacht sein, Jondalar. Als ich dich transportierte, hast du vor Schmerz wahrscheinlich das Bewußtsein verloren. Ich mußte dich ja in größter Eile fortschaffen. Ich wußte, *mir* würde Baby nichts tun – er ist manchmal nur etwas ungestüm, aber das meint er nicht so. Er kann einfach nicht anders. Nur wußte ich nicht, wann seine Löwin zurück sein würde.«

Fassungslos und ungläubig schüttelte der Mann den Kopf. »Bist du wirklich mit diesem Löwen auf die Jagd gegangen?«

»Das war die einzige Möglichkeit, ihn satt zu bekommen. Zuerst, ehe er imstande war, selbst seine Beute zu reißen, pflegte er ein Tier zu Fall zu bringen. Ich bin dann mit Winnie gekommen und habe es mit dem Speer getötet. Damals wußte ich ja noch nichts vom Speer*werfen.* Und als Baby groß genug war, selbst Beute zu schlagen, schnitt ich mir manchmal ein Stück heraus, ehe er sie zerriß; manchmal wollte ich ja auch das Fell haben . . .«

»Also hast du ihn einfach weggestoßen, wie von diesem Wisent? Weißt du denn nicht, daß es gefährlich ist, einem Löwen Fleisch wegzunehmen? Ich habe erlebt, wie einer deshalb sein eigenes Junges umgebracht hat.«

»Ich auch. Aber Baby ist anders, Jondalar. Er ist ja nicht innerhalb eines Rudels aufgewachsen. Er ist hier großgeworden, bei Winnie und mir. Wir sind zusammen auf die Jagd gegangen – er ist es gewohnt, daß wir die Beute teilen. Ich freue mich so, daß er eine Löwin gefunden hat, da kann er jetzt jedenfalls wie ein Löwe leben. Winnie ist für eine Zeitlang zu einer Herde zurückgekehrt, aber da war sie nicht glücklich . . .«

Ayla schüttelte den Kopf und senkte den Blick. »Nein, das stimmt nicht. Ich möchte das gern glauben. Ich glaube, sie war glücklich bei ihrer Herde und ihrem Hengst. Ich war unglücklich ohne sie. Ich war so froh, als sie wieder zurückkam, nachdem ihr Hengst umgekommen war.«

Ayla nahm ihren schmutzigen Überwurf auf und ging in die Höhle. Jondalar, dem erst jetzt aufging, daß er immer noch den Speer in der Hand hielt, lehnte diesen gegen die Felswand und folgte ihr. Ayla war nachdenklich. Babys Rückkehr hatte so viele Erinnerungen in ihr wachgerufen. Sie sah nach der Wisentlende, drehte den Spieß und stocherte im Feuer, daß es heller brannte. Dann goß sie aus einem großen Wasserschlauch aus dem Magen eines

Wildesels, der an einem Pfosten hing, Wasser in einen Kochkorb und legte ein paar Kochsteine ins Feuer, damit sie heiß wurden.

Jondalar war immer noch so benommen von dem Besuch des Höhlenlöwen, daß er ihr einfach zusah. Der Schrecken war schon groß genug gewesen, als er den Löwen auf das Sims hatte herunterspringen sehen, doch wie Ayla dann vor ihn hingetreten war und das riesige Raubtier zurückgehalten hatte ... kein Mensch würde das glauben.

Während er noch hinsah, hatte er das Gefühl, irgend etwas sei anders an ihr. Dann fiel ihm auf, daß sie das Haar offen trug. Er mußte daran denken, wie er sie das erste Mal gesehen und die Sonne golden darin geschimmert hatte. Sie war vom Fluß unten heraufgekommen, und da hatte er sie das erste Mal mit offenem Haar gesehen, war ihm zum erstenmal aufgegangen, welch prachtvollen Körper sie hatte.

»... gut, Baby wiederzusehen. Die Wisente müssen in sein Revier eingedrungen sein. Wahrscheinlich hat er das Blut gewittert und unsere Fährte aufgenommen. Und war dann überrascht, dich zu sehen. Ich weiß nicht, ob er sich an dich erinnerte. Wie seid ihr eigentlich in die Falle der Schlucht hineingeraten?«

»Wa ...? Tut mir leid, aber was hast du gesagt?«

»Ich habe mich gefragt, wie du zusammen mit deinem Bruder in diese Schlucht mit Baby hineingeraten bist. Das war doch eine regelrechte Falle«, sagte sie und blickte auf. Violett schimmernde Augen sahen sie eindringlich an, so daß ihr das Blut zu Kopf stieg.

Er mußte sich von allem anderen losreißen, um sich auf ihre Frage zu konzentrieren. »Wir hatten einen Hirsch angeschlichen. Thonolan hat ihn erlegt, aber eine Löwin war hinter demselben Hirsch hergewesen. Sie schleifte ihn fort, und da ist Thonolan hinterher. Ich habe ihm gesagt, er soll ihn ihr lassen, aber er wollte nicht hören. Wir sahen, wie die Löwin in die Höhle hineinging und dann wieder verschwand. Thonolan dachte, er könnte sich seinen Speer wiederholen und sich etwas von dem Fleisch nehmen, ehe sie wiederkam. Aber der Löwe hatte anderes vor.«

Einen Moment schloß Jondalar die Augen. »Ich kann ihm das nicht verargen. Es war dumm, der Löwin zu folgen, aber er ließ sich nicht davon abbringen. Er war schon immer tollkühn, aber nachdem Jetamio gestorben war, war das schon mehr als verwegen. Er hat den Tod gesucht. Ich hätte ihm wohl nicht folgen sollen.«

Ayla wußte, daß er noch immer Trauer um seinen Bruder im Herzen trug, und sprach daher von etwas anderem. »Ich habe Winnie nicht unten auf der Weide gesehen. Sie muß zusammen mit Renner draußen auf der Steppe sein. Sie geht in letzter Zeit öfter dorthin. Wie du diese Riemen um Renners Kopf befestigt hast, das war gut. Aber war es denn nötig, ihn mit Winnie verbunden zu halten?«

»Der Riemen war zu lang. Ich habe nicht gedacht, daß es sich in einem Strauch verheddern könnte. Aber es hat sie gehalten. Vielleicht erinnerst du dich daran, wenn du mal möchtest, daß sie irgendwo bleiben. Zumindest Renner. Tut Winnie immer das, was du willst?«

»Ich nehme es an, aber es ist mehr so, daß sie das auch möchte. Sie weiß, was ich will, und so tut sie es. Baby bringt mich dorthin, wo er will, nur ist er so schnell.« Ihre Augen leuchteten in Erinnerung an ihren Ritt vorhin. Es war immer faszinierend, auf einem Löwen zu reiten.

Jondalar sah sie noch vor sich, wie sie sich mit fliegenden Haaren, die goldener waren als die eher rötliche Mähne, an der sie sich festhielt. Da er sie so hatte dahinfliegen sehen, hatte er Angst um sie gehabt; gleichzeitig war es aber auch aufregend gewesen, wie Ayla überhaupt aufregend war. So ungebändigt und frei, so wunderschön . . .

»Du bist eine aufregende Frau, Ayla«, sagte er, und seine Augen verliehen dem, was er gesagt hatte, Nachdruck.

»Aufregend? Aufregend ist der . . . Speerwerfer, oder schnell auf Winnie zu reiten, oder auf Baby . . . stimmt es nicht?« Die Röte stieg ihr zu Kopf.

»Stimmt. Aber auch Ayla ist für mich aufregend . . . und schön.«

»Jondalar, du scherzt. Eine Blume ist schön, oder der Himmel, wenn die Sonne hinter dem Rand versinkt. Ich bin nicht schön.«

»Kann eine Frau denn nicht schön sein?«

Er sah sie bei diesen Worten so eindringlich an, daß sie beiseite sehen mußte.

»Ich . . . ich weiß nicht. Jedenfalls bin ich nicht schön. Ich bin . . . groß und häßlich.«

Jondalar erhob sich, ergriff ihre Hand und nötigte sie, sich gleichfalls zu erheben. »Nun, wer ist größer?«

Ihn so nahe vor sich zu haben, war überwältigend. Ihr fiel auf, daß er sich das Gesicht nochmals rasiert hatte. Die kurzen Bartstoppel waren nur von ganz nahem zu erkennen. Es verlangte sie danach, sein glatt-rauhes Gesicht anzufassen, und seine Augen gaben ihr das Gefühl, als könnten sie in sie hineinsehen.

»Du«, sagte sie leise.

»Dann bist du also nicht zu groß, oder? Und häßlich bist du auch nicht, Ayla.« Er lächelte, doch das wußte sie nur, weil seine Augen es ihr sagten. »Es ist schon komisch – die schönste Frau, die ich je gesehen habe, hält sich für häßlich.«

Ihre Ohren hörten, doch sie war so verloren in seinen Augen und zu sehr beschäftigt mit der Reaktion ihres Körpers, als daß sie auf seine Worte hätte

achtgeben können. Sie sah, wie sein Gesicht sich über sie beugte, wie er den Mund auf den ihren legte, und spürte dann, wie er die Arme um sie schlang und sie an sich zog.
»Jondalar«, hauchte sie. »Ich mag das . . . dieses Mund auf Mund.«
»Kuß«, sagte er. »Ich glaube, es ist soweit, Ayla.« Er nahm ihre Hand und führte sie zu den Schlaffellen.
»Soweit?«
»Es ist Zeit für die Ersten Riten«, sagte er.
Sie setzten sich auf die Felle. »Was für eine Zeremonie ist das?«
»Es ist die Zeremonie, durch die ein Mädchen zur Frau gemacht wird. Ich kann dir nicht alles darüber sagen. Die älteren Frauen erklären einem Mädchen, was es zu erwarten hat, und daß es wehtun kann, daß das aber notwendig ist, um den Gang zu öffnen, der sie zur Frau macht. Sie wählen den Mann dafür aus. Männer möchten gern erwählt werden, aber manche haben auch Angst davor.«
»Warum haben sie Angst?«
»Sie haben Angst, der Frau wehzutun, Angst, sich ungeschickt anzustellen, Angst, daß ihr Frauen-Macher ihnen nicht steht.«
»Das bedeutet Glied des Mannes? Es hat so viele Namen.«
Er dachte an all die Namen, von denen manche vulgär, andere lustig waren. »Ja, es hat viele Namen.«
»Und wie heißt es richtig?«
»Männlichkeit, würde ich meinen«, sagte er, nachdem er eine Weile überlegt hatte, »wie für männliches Wesen. Aber er wird auch Frauen-Macher genannt.«
»Und was geschieht, wenn die Männlichkeit nicht stehen will?«
»Dann muß ein anderer Mann heran – sehr peinlich. Aber die meisten Männer möchten gern für das erste Mal einer Frau ausgewählt werden.«
»Hast du es gern, wenn du gewählt wirst?«
»Ja.«
»Und fällt die Wahl oft auf dich?«
»Ja.«
»Warum?«
Jondalar lächelte und überlegte, ob sie all diese Fragen aus Neugier oder aus Verlegenheit stellte. »Ich glaube, weil ich es mag. Das erste Mal bei einer Frau ist etwas Besonderes für mich.«
»Jondalar, wie können wir die Riten der Ersten Wonnen feiern? Ich habe das erste Mal hinter mir, ich bin bereits offen.«
»Ich weiß, aber bei den Ersten Wonnen geht es um mehr als nur um das Öffnen.«

»Das verstehe ich nicht. Was soll mehr daran sein?«
Wieder lächelte er, neigte sich dann über sie und legte seinen Mund auf den ihren. Sie lehnte sich an ihn, erschrak jedoch, als sein Mund sich öffnete und sie spürte, wie seine Zunge versuchte, in das Innere ihres Mundes einzudringen. Sie zuckte zurück.
»Was machst du?« fragte sie.
»Magst du das nicht?« Betroffen runzelte er die Stirn.
»Ich weiß nicht.«
»Möchtest du es noch einmal versuchen und sehen, ob es dir gefällt?« Nichts überstürzen, sagte er sich. Bedränge sie nicht. »Warum legst du dich nicht hin und entspannst dich?«
Mit sanftem Druck half er seinen Worten nach, streckte sich dann neben ihr aus und stützte sich auf den Ellbogen. Nachdem er auf sie herniedergeschaut hatte, legte er nochmals seinen Mund auf den ihren. Er wartete, bis die Spannung sich legte, fuhr ihr dann leicht mit der Zunge über die Lippen. Dann hob er den Kopf und sah, daß sie die Augen geschlossen hatte und ihr Mund lächelte. Als sie die Augen wieder aufmachte, senkte er den Kopf wieder, um sie abermals zu küssen. Sie kam ihm entgegen. Diesmal küßte er mit mehr Nachdruck und offenem Mund. Als seine Zunge Eingang suchte, machte sie den Mund auf, um sie einzulassen.
»Ja«, sagte sie. »Ich glaube, es gefällt mir.«
Jondalar grinste. Sie stellte Fragen, kostete und probierte aus, und er war froh, daß sie nichts an ihm auszusetzen hatte.
»Was jetzt?« fragte sie.
»Noch mehr vom Gleichen?«
»Gut.«
Wieder küßte er sie, erforschte sanft ihre Lippen, den Gaumen und den Bereich unter ihrer Zunge. Dann hinterließen seine Lippen eine Spur auf ihrem Kinn und fanden ihr Ohr. Er knabberte an ihrem Ohrläppchen und bedeckte dann ihren Hals mit Küssen und ließ die Zunge suchend darüberfahren.
»Wie kommt es, daß ich mir dabei vorkomme, als ob ich Fieber hätte und Schauder über mich dahingingen?« fragte sie. »Allerdings nicht wie bei einer Krankheit – angenehme Schauder.«
»Du brauchst jetzt keine Medizinfrau zu sein, es ist keine Krankheit«, sagte er. Und dann, nach einem Moment: »Wenn dir warm ist, warum machst du dann nicht deinen Überwurf auf, Ayla?«
»Das geht schon. Mir ist nicht zu heiß.«
»Hättest du was dagegen, wenn ich den Überwurf aufmachte?«
»Warum?«
»Weil ich es möchte.« Er küßte sie nochmals und versuchte, den Knoten des

Riemens zu lösen, der ihren Überwurf geschlossen hielt. Damit kam er nicht besonders gut zurecht, und er erwartete, daß sie weiter darüber redete.
»Ich mach' schon auf«, flüsterte sie, als er den Mund von dem ihren löste. Mit geübten Fingern nestelte sie den Knoten auf und wölbte sich dann in die Höhe, um den Riemen unter sich herauszuziehen. Der lederne Überwurf fiel auseinander, und Jondalar hielt die Luft an.
»Oh, Frau!« Seine Stimme war belegt vor Begehren, und seine Lenden zogen sich zusammen. »Ayla, ach Doni, was für eine Frau!« Wild küßte er sie auf den Mund, barg dann das Gesicht an ihrem Hals und saugte Wärme empor. Heftig schnaufend riß er sich los und sah das rote Mal, das er gemacht hatte. Er holte tief Atem und suchte seine Beherrschung wiederzuerlangen.
»Stimmt irgendwas nicht?« fragte Ayla und runzelte besorgt die Stirn.
»Nur, das ich dich zu sehr will. Du bist ... so wunderschön, so sehr, sehr Frau.«
Ihre Stirn glättete sich, und sie lächelte. »Was du auch tust, es wird gut sein, Jondalar.«
Und wieder küßte er sie, sanfter diesmal und mehr denn je in dem Bemühen, ihr Lust zu bereiten. Er streichelte eine Seite ihres Körpers, fühlte die Fülle ihrer Brust, ertastete die Grube ihres Nabels, die sanfte Wölbung ihrer Hüfte, die festen Muskeln ihres Oberschenkels. Sie erbebte unter seiner Berührung. Er fuhr mit der Hand über den goldenen Flaum ihres Hügels und dann zurück über den Bauch zur strotzenden Festigkeit ihrer Brust und spürte, wie ihre Brustwarze sich unter seiner Hand versteifte. Er gab der winzigen Narbe auf ihrem Halsansatz einen Kuß; suchte dann die andere Brust und saugte die Brustwarze in sich hinein.
»Es fühlt sich anders an als bei einem Baby«, sagte sie.
Damit war die Spannung gebrochen. Jondalar setzte sich auf und lachte. »Eigentlich sollst du all dies nicht analysieren, Ayla.«
»Nun ja, aber es fühlt sich nicht so an, als ob ein Baby saugt, und ich weiß nicht warum. Ich weiß überhaupt nicht, warum ein Mann den Wunsch verspürt, zu nuckeln wie ein Baby«, sagte sie und hatte ein wenig das Gefühl, sich rechtfertigen zu müssen.
»Möchtest du nicht, daß ich es tue? Ich tu's nicht, wenn es dir nicht gefällt.«
»Ich habe nicht gesagt, daß es mir nicht gefällt. Es fühlt sich gut an, wenn ein Baby saugt. Zwar fühlt es sich anders an, wenn du es tust, aber es ist ein angenehmes Gefühl. Ich spüre, daß es mir durch und durch geht, besonders nach unten. Und das Gefühl löst ein Baby nicht bei einem aus.«
»Das ist ja der Grund, warum ein Mann das tut – damit die Frau dieses Gefühl hat, und um auch selbst von diesem Gefühl erfüllt zu werden. Deshalb möchte ich dich ja auch anfassen, möchte dir Lust verschaffen und mir auch.

Das ist das Wonnegeschenk der Mutter an Ihre Kinder. Sie schuf uns, damit wir diese Lust erfahren, und wir ehren Sie, indem wir Ihr Geschenk annehmen. Willst du, daß ich dir Lust bereite, Ayla?«

Er sah sie an. Ihr goldenes Haar, zerzaust auf dem Fell, rahmte ihr Gesicht ein. Die sanft und warm blickenden Augen waren geweitet und glühten von einem verborgenen Feuer; sie schienen voll, im Begriff, jeden Moment überzulaufen. Der Mund zitterte ihr, als sie ihn aufmachte, um zu antworten; doch dann nickte sie nur.

Erst küßte er das eine ihrer geschlossenen Augen, dann das andere – und sah eine Träne. Er kostete den salzigen Tropfen, indem er ihn mit der Zungenspitze aufnahm. Woraufhin sie die Augen aufschlug und lächelte. Er gab ihr einen Kuß auf die Nasenspitze, dann jeweils einen auf ihre Brustwarzen. Und dann stand er auf.

Sie sah ihm nach, wie er zur Feuerstelle ging, die aufgespießte Lende vom Feuer fortnahm und die in Blätter eingewickelten Wurzeln von der Glut fortnahm. Sie wartete, konnte überhaupt nicht denken, sondern wartete einfach – worauf, wußte sie nicht. Er hatte Gefühle in ihr erweckt, von denen sie nicht geahnt hatte, daß ihr Körper imstande sei, sie zu haben, und hatte gleichzeitig ein unerklärliches Sehnen in ihr wach werden lassen.

Er schenkte einen Becher mit Wasser voll und trug ihn zu ihr. »Ich möchte nicht, daß uns etwas unterbricht«, sagte er, »und dachte, vielleicht möchtest du etwas Wasser trinken.«

Sie schüttelte den Kopf. Er trank einen Schluck, stellte den Becher hin, nestelte den Riemen seines Lendenschurzes auf und sah sie dann im Vollbesitz seiner aufgerichteten Männlichkeit an. In ihren Augen las er nur Vertrauen und Verlangen und nichts von der Furcht, welche die Größe seines Gliedes oft in jüngeren Frauen und mancher der nicht so jungen Frauen hervorrief, wenn sie es das erste Mal sahen.

Er legte sich neben sie und ergötzte sich an ihrem Anblick. Ihr weiches, üppiges und schimmerndes Haar; ihre sehnsuchts- und erwartungsvollen Augen; ihr prachtvoller Leib – überhaupt die ganze wunderschöne Frau, die auf seine Berührung wartete, darauf, daß er in ihr jene Gefühle weckte, von denen er wußte, daß sie in ihr schlummerten. Er wollte, daß es für sie andauerte, dieses erste Gewahrwerden ihrer selbst. Er war erregter, als er es je zuvor bei irgendwelchen Riten der Ersten Wonnen einer unerfahrenen Frau gewesen war. Ayla wußte nicht, was sie erwartete; niemand hatte es ihr lebhaft und bis in die Einzelheiten gehend erklärt. Sie war bisher nur mißbraucht worden.

Ach, Doni, hilf mir, es richtig zu machen, dachte er und hatte im Augenblick das Gefühl, eher einer bösen Verpflichtung nachzukommen, statt einem lustvollen Vergnügen.

Still lag Ayla da. Kein Muskel rührte sich, und dennoch bebte sie innerlich. Sie hatte das Gefühl, seit Ewigkeiten auf etwas gewartet zu haben, das sie nicht benennen, er ihr jedoch geben konnte. Nur seine Augen vermochten sie im Innersten zu rühren; sie vermochte sich die pulsierende, bebende, schwindelerregende Wirkung seiner Hände, seines Mundes und seiner Zunge nicht zu erklären, konnte jedoch nicht genug davon bekommen. Sie hatte das Gefühl, unfertig und unvollständig zu sein ohne ihn. Bis er sie davon hatte kosten lassen, hatte sie von diesem Hunger in sich nichts gewußt; doch jetzt, wo er einmal geweckt war, mußte er auch gestillt werden.

Nachdem seine Augen sich an ihr sattgesehen hatten, schloß er sie und küßte sie noch einmal. Ihr leicht geöffneter Mund erwartete ihn. Sie saugte seine suchende Zunge in sich hinein und unternahm versuchsweise selbst Erkundungen mit der ihren. Er riß sich von ihr los und lächelte sie ermunternd an, hob eine dichte, schimmernde Strähne ihres Haars an die Lippen und rieb sich dann damit das ganze Gesicht. Er küßte sie auf die Stirn, auf die Augen, auf die Wangen, wollte alles an ihr kennenlernen.

Er fand ihr Ohr, und sein warmer Atemhauch schickte ihr wieder köstliche Schauder über den Rücken. Er knabberte an ihrem Ohrläppchen, saugte dann daran. Er fand die empfindsamen Stellen an Hals und Kehle, was wiederum Lustgefühle in ihrem Inneren auslöste, wo bislang niemand hingekommen war. Seine großen, ausdrucksvollen und empfindsamen Hände erforschten sie, ertasteten das Seidige ihres Haars, legten sich über Wange und Kinn, zogen die Umrisse ihrer Schulter und ihres Arms nach. Als er ihre Hand erreichte, führte er sie an seinen Mund, küßte die Handfläche, fuhr über jeden einzelnen ihrer Finger und folgte dann der Innenseite ihres Arms.

Sie hatte die Augen geschlossen und ergab sich ganz den gleichmäßig in ihr aufwallenden Gefühlen. Sein warmer Mund fand die kleine Narbe am Halsansatz, folgte dann der Bahn zwischen ihren Brüsten und fuhr im Bogen unter der einen entlang. Er beschrieb mit der Zunge immer enger werdende Kreise, und sie spürte, wie ihre Haut sich veränderte und zusammenzog, als er den Brustwarzenhof erreichte. Als er die Brustwarze in den Mund nahm, saugte sie vernehmlich Luft ein, und er spürte, wie die Glut in seinen Lenden aufglühte.

Was seine Zunge mit der einen Brust machte, tat seine Hand mit der anderen, und seine Finger fanden ihre Brustwarze hart und aufgerichtet. Zuerst nukkelte er sanft, doch als sie sich ihm entgegendrängte, saugte er immer heftiger. Sie atmete schwer und stöhnte leise. Sein Atem gab ihrem Verlangen Antwort; er wußte nicht, ob er es noch lange aushalten konnte. Daraufhin hielt er inne, um sie nochmals anzusehen. Die Augen hatte sie geschlossen, der Mund stand ihr leicht offen.

Er wollte sie ganz, wollte sie auf einmal. Er nahm ihren Mund, saugte ihre Zunge in den seinen herein. Als er sie freiließ, machte sie es ebenso mit der seinen und spürte die Wärme darin. Er fand wieder ihre Kehle und zog feuchte Kreise um ihre andere volle Brust, bis er die Brustwarze erreichte. Verlangend drängte sie sich ihm entgegen, und ein Zittern durchlief sie, als er mit einem heftigen Saugen darauf reagierte.

Mit der Hand strich er zärtlich über ihren Bauch, ihre Hüfte, den Oberschenkel und wandte sich dann der Innenseite zu. Ihre festen Muskeln erzitterten, als sie sich für einen Moment verkrampften, dann nahm sie die Beine auseinander. Er bedeckte mit der ganzen Hand ihren mit dunkelgoldenen Locken bedeckten Hügel und verspürte plötzlich eine feuchte Wärme. Die plötzliche Reaktion seiner Lenden überraschte ihn. Er blieb regungslos liegen, kämpfte um Selbstbeherrschung und hätte sie ums Haar fahren lassen, als er nochmals eine kleine warme Welle von Feuchtigkeit gegen seine Handfläche anbranden fühlte.

Sein Mund ließ ihre Brustwarze fahren und beschrieb auf ihrem Bauch einen Bogen um den Nabel. Als er den Hügel erreichte, warf er einen Blick zu ihr hinauf. Keuchend und leise stöhnend ging ihr Atem, und in Erwartung des Kommenden drückte sie den Rücken durch. Sie war soweit. Er drückte einen Kuß auf ihren Hügel, spürte sprödes Haar an den Lippen und schob sich tiefer hinunter. Sie zitterte, und als seine Zunge die oberste Falte ihres engen Schlitzes berührte, fuhr sie mit einem Schrei in die Höhe und legte sich gleich darauf wieder stöhnend hin.

Fordernd und ungeduldig pochte seine Männlichkeit, als er seine Lage veränderte, um sich zwischen ihren Beinen niederzulassen. Dann zog er die Falten auseinander und tauchte lange und liebevoll die Zunge hinein und kostete. Während sie sich in die Flut erlesener Gefühle verlor, als er mit seiner Zunge jede Falte und jeden Grat erkundete, hatte sie überhaupt kein Ohr mehr dafür, was für Geräusche sie von sich gab.

Um sein eigenes forderndes Bedürfnis nicht übermächtig werden zu lassen, konzentrierte er sich ganz auf sie, fand das Knötchen, das den kleinen, aber hochgereckten Mittelpunkt ihrer Lust bildete, und bewegte es rasch und mit Festigkeit. Er hatte Angst, die Grenze seiner Selbstbeherrschung erreicht zu haben, als sie sich unter ihm wand und mit einer Ekstase schluchzte, wie sie sie noch nie gekannt hatte. Mit zwei langen Fingern drang er in ihre feuchte Passage ein und übte von innen Druck nach oben aus.

Plötzlich wölbte sie sich ihm entgegen und stieß einen kleinen Schrei aus – und er schmeckte eine neue Art von Feuchtigkeit. Konvulsiv verkrampfte und entkrampfte sie die Hände, unbewußt lockende Bewegungen, die mit ihren keuchenden Atemzügen einhergingen.

»Jondalar«, rief sie ihm zu, »ach, Jondalar ... Ich brauche ... brauche dich ... brauche etwas ...«
Er kniete vor ihr, biß die Zähne zusammen in dem Bemühen, sich zurückzuhalten und beim Eindringen besonders behutsam vorzugehen. »Ich versuche ... vorsichtig zu sein«, sagte er fast unter Schmerzen.
»Es ... es wird mir nicht wehtun, Jondalar ...«
Und das stimmte. Es war ja nicht wirklich das erste Mal für sie. Während sie sich ihm entgegenbäumte, um ihn aufzunehmen, ließ er sich hineingleiten. Nichts war da, was sich ihm widersetzte. Er drang weiter vor, erwartete jeden Augenblick auf ihren Widerstand zu stoßen, spürte jedoch, wie er hineingezogen wurde, fühlte, wie ihre warmen feuchten Tiefen sich öffneten und ihn aufnahmen, bis sie ihn zu seiner Überraschung ganz umfing. Er zog zurück und stieß noch einmal in ihre Tiefe vor. Sie schlang die Beine um ihn, um ihn ganz hineinzuziehen. Wieder zog er zurück, und als er sie nochmals durchdrang, spürte er, wie ihre wundersam pulsierende Passage ihn in seiner ganzen Länge liebkoste. Das war mehr, als er ertragen konnte. Wieder und immer wieder stieß er hemmungslos zu und überließ sich nun vollständig seinem eigenen Bedürfnis.
»Ayla ... Ayla ... Ayla ...«, rief er laut.
Die Spannung erreichte ihren Höhepunkt. Er spürte, wie es sich in seinen Lenden versammelte. Noch einmal zog er zurück. Ayla stemmte sich ihm mit jedem Nerv und mit jedem angespannten Muskel entgegen. Er stieß zu, schwelgte in der reinen sinnlichen Lust, seine Männlichkeit bis zur Gänze in ihrer hingegebenen Wärme verschwinden zu lassen. Gemeinsam spannten sie sich noch einmal an, Ayla rief seinen Namen hinaus, und mit einem letzten Stoß ergoß er sich in sie.
Einen Augenblick, der eine ganze Ewigkeit zu währen schien, vermischten seine tieferen, kehligeren Schreie sich immer lauter werdend mit den atemlosen Schluchzern, mit denen sie seinen Namen wiederholte, da Paroxismen unerklärlicher Lust zitternd durch sie hindurchgingen. Dann brach er wunderbar erleichtert über ihr zusammen.
Lange hörte man nichts weiter als ihrer beider Atem. Sie waren unfähig, sich zu rühren. Sie hatten einander alles gegeben, hatten mit jeder Faser ihres Seins Gemeinsamkeit erfahren. Sie mochten sich nicht rühren, wollten nicht, daß es zu Ende sei, obwohl sie wußten, daß es vorbei war. Für Ayla war es das Erwachen gewesen; nie zuvor hatte sie die Wonnen kennengelernt, die ein Mann ihr schenken konnte. Jondalar wußte, daß seine Lust darin bestand, sie zu erwecken, doch hatte sie ihm eine unerwartete Überraschung bereitet und damit zu seiner Erregung beigetragen.
Nur wenige Frauen waren so tief, daß sie ihn ganz aufnehmen konnten; er

hatte gelernt, sein Eindringen zu kontrollieren und den Gegebenheiten anzupassen, und tat das mit Feingefühl und Geschick. Nie wieder würde es ganz so sein wie dieses eine Mal – doch die Erregung der Ersten Wonnen zu erleben und dann das seltene und herrliche Sich-Verströmen bei ganzem Eindringen – das war unglaublich.

Bei Riten der Ersten Wonnen gab er sich immer besonders Mühe; die Zeremonie hatte etwas, was das Beste in ihm herausholte. Sein Bemühtsein um die Frau und seine Fürsorglichkeit waren echt, und sein Bemühen, der Frau zu gefallen, seine eigene Befriedigung kamen ebenso sehr von ihrer wie von seiner Lustempfindung. Ayla jedoch hatte ihm gefallen und ihn befriedigt, wie er es sich in seinen kühnsten Phantasien nicht hatte ausmalen können. Nie zuvor hatte er so tiefe Erfüllung gefunden. Einen Augenblick war es gewesen, als wären sie eines.

»Ich werde zu schwer für dich«, sagte er und raffte sich hoch, um sein Gewicht zum Teil wenigstens mit einem Ellbogen abzustützen.

»Nein«, sagte sie leise. »Du bist überhaupt nicht zu schwer. Ich glaube, ich möchte, daß du nie mehr aufstehst.«

Er senkte den Kopf, um mit den Lippen an ihrem Ohrläppchen zu zupfen und sie auf den Hals zu küssen. »Ich will ja auch nicht aufstehen, aber ich glaube, es wäre besser, wenn ich es täte.« Langsam löste er sich von ihr, streckte sich dann an ihrer Seite aus und legte den Arm so hin, daß sie den Kopf an seine Schulter betten konnte.

Ayla schnurrte gleichsam vor Behagen, war vollkommen entspannt und sich Jondalars wunderbar bewußt. Sie fühlte, wie er den Arm um sie legte, seine Finger sie leicht streichelten, spürte das Spiel seiner Brustmuskeln unter ihrer Wange und hatte den Schlag seines Herzens im Ohr – vielleicht war es auch ihr eigener. Sie roch den leicht moschusartigen Geruch seiner Haut und ihrer beider Wonnen. Nie war sie sich so umsorgt und umhegt vorgekommen.

»Jondalar«, sagte sie nach einiger Zeit. »Woher weißt du, was du zu tun hast? Ich hatte gar nicht gewußt, daß diese Gefühle in mir sind. Wie hast du das nur gemacht?«

»Jemand hat es mir gezeigt, mich gelehrt und mir geholfen zu erspüren, was eine Frau braucht.«

»Wer?«

Sie spürte, wie seine Muskeln sich anspannten, bemerkte eine Veränderung seiner Stimme.

»Es ist üblich, daß ältere, erfahrenere Frauen es jüngeren Männern beibringen.«

»Du meinst, wie bei den Riten der Ersten Wonnen?«

»Nicht ganz. Das Ganze geht weniger förmlich vor sich. Wenn junge Männer anfangen in Hitze zu geraten, wissen die Frauen das unweigerlich. Eine oder mehrere, die verstehen, daß er nervös oder unsicher ist, sind dann für ihn da und helfen ihm darüber hinweg. Nur – eine Zeremonie ist das nicht.«

»Beim Clan ist es so: Wenn ein Junge seine erste Jagdbeute nach Hause bringt – und zwar von einer richtigen Jagd, nicht bloß bei kleineren Tieren –, dann ist er ein Mann, und es wird eine Mannbarkeitszeremonie für ihn abgehalten. Daß er in Hitze kommt, ist unwichtig. Was ihn zum Mann macht, ist die Jagd. Dabei muß er Erwachsenenverantwortung übernehmen.«

»Die Jagd ist schon wichtig, aber es gibt auch Männer, die nie auf die Jagd gehen. Sie zeichnen sich durch andere Fertigkeiten aus. Ich glaube, ich brauchte nicht auf die Jagd zu gehen, wenn ich nicht wollte. Ich könnte Werkzeuge machen und sie gegen Fleisch oder Felle oder was ich sonst haben möchte, eintauschen. Die meisten Männer gehen allerdings auf die Jagd, und wenn ein junger Mann das erste selbsterlegte Tier nach Hause bringt, ist das schon etwas Besonderes.«

Jondalars Stimme nahm bei diesen Worten den warmen Ton der Erinnerung an. »Es gibt zwar keine besondere Zeremonie, aber jeder in der Höhle bekommt etwas von seiner ersten Beute ab – während er selbst überhaupt nicht davon ißt. Geht er vorüber, reden die anderen so laut, daß er es hören muß, und sagen, wie groß und wie wunderbar das von ihm erlegte Tier ist, wie zart das Fleisch und wie köstlich es schmeckt. Die Männer fordern ihn auf, zusammen mit ihnen auf die Jagd zu gehen, oder unterhalten sich nur mit ihm. Und die Frauen behandeln ihn nicht mehr wie einen Jungen, sondern wie einen Mann und machen gutmütige Witze mit ihm. Fast jede Frau würde, wenn er alt genug ist und es möchte, mit ihm zusammenliegen. Das erste Mal ein Tier erlegt zu haben, verleiht ihm sehr wohl das Gefühl, ein Mann zu sein.«

»Aber eine Mannbarkeitszeremonie gibt es nicht?«

»Jedesmal, wenn ein Mann ein Mädchen zur Frau macht, sie öffnet und die Lebenskraft in sie hineinfließen läßt, bestätigt er sich in seiner Männlichkeit. Das ist der Grund, warum sein Werkzeug, seine Männlichkeit, Frauen-Macher genannt wird.«

»Es könnte sein, daß sie damit nicht nur zur Frau gemacht wird. Es könnte auch sein, daß dadurch ein Baby entsteht.«

»Ayla, die Große Erdmutter ist es, die eine Frau mit Kindern segnet. Sie bringt sie in die Welt und an das Herdfeuer eines Mannes. Doni hat die Männer geschaffen, ihr zu helfen, für sie zu sorgen, wenn sie hochschwanger ist oder ein Kind nährt oder für ein Kleinkind sorgt. Und um sie zur Frau zu machen. Ich kann es dir nicht besser erklären. Vielleicht kann ein Zelandoni das.«

Vielleicht hat er recht, dachte Ayla und schmiegte sich an ihn. Aber wenn es nicht stimmt, könnte jetzt ein Baby in mir wachsen. Sie lächelte. Ein Baby wie Durc, das ich herzen und hätscheln, das ich umsorgen kann, ein Baby, das ein Teil von Jondalar wäre.

Wer aber hilft mir, wenn er fort ist, dachte sie, und das versetzte ihr einen Stich. Sie mußte an ihre schwierige erste Schwangerschaft denken, daran, daß bei der Geburt der Tod sie gestreift hatte. Ohne Iza lebte ich jetzt nicht mehr. Und selbst wenn ich es schaffte, das Kind allein zu gebären – wie sollte ich dann jagen und für das Baby sorgen? Was, wenn ich verletzt oder gar getötet werde? Wer würde sich dann meines Babys annehmen? Es würde sterben, ganz allein sich selbst überlassen.

Ich darf jetzt kein anderes Baby bekommen! Sie schoß in die Höhe. Was, wenn nun eines anfängt, in mir zu wachsen? Was sollte ich dann tun? Izas Medizin! Rainfarn und Mistel, oder . . . keine Mistel. Die wächst nur auf Eichen, und hier gibt es keine Eichen. Aber es gibt etliche andere Pflanzen, die es auch tun – ich muß darüber nachdenken. Es könnte gefährlich sein, doch besser, das Baby jetzt zu verlieren, als daß irgendeine Hyäne es frißt, nachdem es geboren ist.

»Stimmt irgend etwas nicht, Ayla?« fragte Jondalar und bedeckte eine feste Brust mit seiner Hand, denn er wußte, er konnte. Und dies Bewußtsein machte, daß er wollte.

Sie drängte sich seiner Hand entgegen, erinnerte sich, was seine Berührung bewirkte. »Nein, es ist nichts.«

Lächelnd entsann er sich der tiefen Befriedigung, die er vor kurzem erfahren, und spürte, wie es sich neuerlich in ihm regte. Bald, dachte er. Ich glaube, sie besitzt den Haduma-Zauber!

Sie sah Wärme und Begehren in seinen blauen Augen. Vielleicht möchte er noch einmal Wonnen mit mir machen, dachte Ayla und erwiderte sein Lächeln. Doch dann schwand ihr Lächeln. Wenn jetzt kein Baby in mir wächst und wir machen wieder Wonnen, könnte es sein, daß dann eines in mir wächst. Vielleicht sollte ich Izas Geheimmedizin nehmen, diejenige, von der sie gesagt hat, ich solle sie nie einem Menschen gegenüber erwähnen.

Sie erinnerte sich an das, was Iza ihr von den Kräutern erzählt hatte – von Goldrute und Salbeiwurzel –, denen ein so mächtiger Zauber innewohnte, daß sie dem Totem einer Frau die Kraft verliehen, gegen die durchdringenden Säfte des Mannes anzukämpfen und zu verhindern, daß Leben entstand. Ayla hatte gerade erfahren, daß sie schwanger war. Vorher hatte Iza ihr nicht von dieser Medizin erzählt – keiner hätte je gedacht, daß sie ein Baby bekommen würde, und so war es in ihrer Ausbildung nie zur Sprache gekommen. Ob mein Totem nun stark war oder nicht, ich hatte ein Baby und ich kann wieder eines bekommen. Ich weiß nicht, ob es an den Geistern liegt oder an den Männern; für Iza hat die Medizin jedenfalls gewirkt, und so nehme ich sie wohl besser ein; sonst muß ich womöglich noch etwas anderes nehmen, um es zu verlieren.

Wenn ich es doch nur nicht tun müßte! Ich wünschte, ich könnte es behalten. Wie gern ich ein Baby von Jondalar hätte! Ihr Lächeln war so zart und so voller Lockung, daß er nach ihr griff und auf sich heraufzog. Das Amulett, das ihr um den Hals hing, stupste ihn an der Nase.

»Oh, Jondalar! Hat es wehgetan?«

»Was hast du darin? Es müssen ja lauter Steine sein!« sagte er, setzte sich auf und rieb sich die Nase. »Was ist es?«

»Das ist . . . es ist dazu da, daß mein Totemgeist mich findet. Es enthält jenes Teil meines Geistes, das er wiedererkennt. Wenn er mir Zeichen geschickt hat, verwahre ich auch die hier drin. Jeder im Clan hat eines. Creb hat gesagt, wenn ich es verliere, sterbe ich.«

»Dann ist es ein Zauber oder ein Amulett«, sagte er. »Dein Clan versteht die Geheimnisse der Geisterwelt. Je mehr ich über sie erfahre, desto mehr kommen sie mir wie Menschen vor, wenn auch nicht wie welche, die ich kenne.« Seine Augen waren voll der Zerknirschung. »Ayla, es lag an meiner Unwissenheit, daß ich mich so benahm, als ich begriff, was du unter Clan verstehst. Es war schändlich von mir, und es tut mir leid.«

»Ja, es war schändlich, aber ich bin dir nicht böse und bin auch nicht mehr gekränkt. Du hast mich dazu gebracht, daß ich . . . daß auch ich höflich sein möchte. Für das heute, für die Ersten Wonnen, möchte ich dir sagen: Danke.«

Er grinste. »Ich glaube nicht, daß mir je eine Frau dafür gedankt hat.« Das Grinsen schwand, doch das Lächeln blieb, wiewohl er sie ganz ernst aus seinen Augen anblickte. »Wenn jemand das sagen sollte, dann ich. Ich danke dir, Ayla. Du hast keine Ahnung, was ich durch dich habe erfahren dürfen. So befriedigend ist es für mich nicht mehr gewesen, seit . . .« Er hielt inne, und sie sah ihn schmerzlich die Stirn runzeln. ». . . seit Zolena.«

»Wer ist Zolena?«

»Zolena ist nicht mehr. Sie war eine Frau, die ich gekannt habe, als ich jung war.« Er legte sich auf den Rücken, starrte an die Decke der Höhle und schwieg so lange, daß Ayla dachte, er würde überhaupt nicht mehr reden. Dann, mehr für sich selbst als für sie, begann er zu erzählen.

»Sie war damals wunderschön. Alle Männer redeten von ihr, und alle Jungen träumten von ihr, doch keiner mehr als ich, selbst noch ehe die Donii mir im Schlaf erschien. In der Nacht, da mir meine Donii erschien, tat sie das in der Gestalt von Zolena, und als ich erwachte, waren meine Schlaffelle voll von meinem Saft und mein Kopf voll von Zolena.

Ich weiß noch, wie ich ihr folgte, oder eine Stelle fand, wo ich warten und sie beobachten konnte. Ich bat die Mutter um sie. Doch als sie zu mir kam, konnte ich es nicht glauben. Es hätte eine jede von den Frauen sein können, aber die einzige, die ich wollte, war Zolena – ach, wie sehr ich sie begehrt habe! – und tatsächlich: Sie kam zu mir.

Zuerst erfuhr ich einfach meine Lust in ihr. Selbst damals war ich schon groß für mein Alter – in vieler Hinsicht. Sie lehrte mich, mich zu beherrschen, es einzusetzen und brachte mir bei, was eine Frau braucht. Ich lernte, daß ich Wonnen bei einer Frau erfahren konnte, selbst wenn sie nicht tief genug war, wenn ich mich bloß solange wie möglich zurückhielt und sie kommen ließ. Dann brauchte ich nicht eine solche Tiefe, und sie konnte mehr aufnehmen.

Bei Zolena brauchte ich mir keine Gedanken zu machen. Trotzdem konnte sie Männer glücklich machen, die kleiner waren – auch sie kannte Mittel und Wege, sich zu beherrschen. Es gab keinen Mann, den es nicht nach ihr gelüstet hätte – und ausgerechnet mich mußte sie erwählen. Nach einiger Zeit wählte sie mich ständig. Dabei war ich kaum mehr als ein Junge.

Aber ein Mann war da, der immer hinter ihr her war, obwohl er wußte, daß sie ihn nicht wollte. Das machte mich wütend. Als er uns zusammen sah, sagte er zu ihr, sie solle sich doch zur Abwechslung mal einen richtigen Mann nehmen. Er war nicht so alt wie Zolena, aber älter als ich, obwohl ich größer war als er.«

Jondalar schloß die Augen, fuhr dabei jedoch fort: »Wie dumm ich damals war! Ich hätte es nicht tun sollen, es lenkte nur die Aufmerksamkeit auf uns, aber er wollte sie nicht in Ruhe lassen. Er machte mich so wütend! Eines Tages schlug ich ihn, und dann konnte ich nicht aufhören.

Es heißt, es sei nicht gut für einen jungen Mann, zuviel mit einer Frau zusammenzusein. Ist er mit mehreren zusammen, besteht weniger die Chance, daß er sich an sie anschließt. Junge Männer sollen bei jungen Frauen liegen; ältere Frauen sollen sie nur lehren. Immer wird der Frau die Schuld gegeben, wenn ein junger Mann zuviel für sie empfindet. Aber sie hätten ihr keine Vorwürfe machen sollen. Ich wollte einfach keine von den anderen Frauen, ich wollte nur Zolena.

Wie roh diese Frauen mir damals vorkamen, wie wenig feinfühlig, nur ständig bereit, sich über die Männer lustig zu machen, besonders über die jungen. Vielleicht hat es mir auch an Feingefühl gemangelt, daß ich sie fortscheuchte und sie beschimpfte.

Sie waren es, die die Männer für die Ersten Riten aussuchten. Alle Männer wollen erwählt werden – sie reden ständig davon. Es ist eine Ehre, und es ist aufregend. Nur haben diese Frauen Angst, ein Mann könnte zu roh sein, oder zu hastig, oder noch schlimmer. Was taugt ein Mann, wenn er nicht

einmal imstande ist, eine Frau zu öffnen? Jedesmal, wenn ein Mann an einer Gruppe Frauen vorübergeht, machen sie spöttische Bemerkungen.«
Er veränderte die Stimme und machte sie nach: »Ja, ist das nicht ein Hübscher? Soll ich dir nicht mal was Schönes beibringen?‹ Oder: ›Diesem Burschen habe ich nichts, aber auch gar nichts beibringen können. Jemand da, der's mal versuchen möchte?‹«
Dann wieder mit seiner normalen Stimme: »Die meisten Männer lernen, es ihnen schlagfertig zurückzugeben und haben an der Plänkelei genausoviel Spaß wie die Frauen. Aber für die jungen Männer ist es schwer. Jeder, der an einer Gruppe lachender Frauen vorübergeht, fragt sich, ob sie sich wohl auf seine Kosten über ihn lustig machen. Zolena war anders. Die anderen Frauen mochten sie nicht besonders, vielleicht deshalb, weil die Männer sie so besonders gern mochten. Jedenfalls war sie auf den Festen und den Tagen der Mutter immer die begehrteste . . .
Der Mann, den ich schlug, verlor mehrere Zähne. Einem jungen Mann kommt es hart an, seine Zähne zu verlieren. Er kann nicht mehr richtig kauen, und die Frauen wollen ihn nicht. Ich habe es seither immer bedauert. Wie konnte ich nur so dumm sein! Meine Mutter hat ihn entschädigt, und er ist dann zu einer anderen Höhle gezogen. Aber er kommt zu den Sommer-Treffen, und jedesmal, wenn ich ihn sehe, versetzt mir das einen Stich.
Zolena hatte davon gesprochen, Der Mutter zu Dienen, während ich daran dachte, Bildschnitzer zu werden und Ihr auf diese Weise zu dienen. Damals meinte Marthona, ich könnte einen guten Steinschläger abgeben und ließ bei Dalanar anfragen, ob ich willkommen wäre. Nicht lange danach ging Zolena fort, um sich besonders unterweisen zu lassen, und Willomar brachte mich zu den Lanzadonii, bei denen ich leben sollte. Marthona hatte recht. Ich war der Beste. Und als ich drei Jahre später zurückkehrte, war Zolena nicht mehr.«
»Und was ist mit ihr geschehen?« fragte Ayla, die fast Angst hatte, überhaupt zu sprechen.
»Diejenigen, Die Der Mutter Dienen, geben ihre eigene Persönlichkeit auf und nehmen die von Menschen an, für die sie sich einsetzen. Dafür überläßt die Mutter ihnen Gaben, die Ihren gewöhnlichen Kindern unbekannt sind: Gaben der Magie, besondere Fähigkeiten, Wissen und – Macht. Viele, die sich dem Dienst Der Mutter weihen, kommen über den Status des Gehilfen nicht hinaus. Von denen, an die Ihr Ruf ergeht, sind nur wenige wirklich begabt, doch steigen sie in den Rängen Derer, Die Der Mutter Dienen, rasch auf.
Kurz, bevor ich fortging, wurde Zolena zur Hohenpriesterin Zelandoni gemacht, zur Ersten unter Denen, Die Der Mutter Dienen.«
Plötzlich sprang Jondalar auf und sah den violett und gold gefärbten West-

himmel durch die Höhlenöffnung. »Es ist noch Tag. Mir ist danach zu schwimmen«, sagte er und verließ raschen Schrittes die Höhle. Ayla nahm ihren Überwurf und den langen Riemen und folgte ihm. Als sie den Fluß erreichte, war er bereits im Wasser. Sie legte ihr Amulett ab, ging ein paar Schritte hinein und stieß sich dann ab. Er war weit stromaufwärts geschwommen. Sie begegnete ihm, als er bereits auf dem Rückweg war.

»Wie weit bist du geschwommen?« fragte sie.

»Bis zu den Wasserfällen«, sagte er. »Ayla, ich habe das noch nie einem Menschen erzählt. Das mit Zolena.«

»Siehst du Zolena denn manchmal?«

Jondalars explosives Lachen klang bitter. »Nicht Zolena, sondern die Zelandoni. Ja, ich habe sie gesehen. Wir sind gute Freunde. Ich habe sogar die Wonnen mit der Zelandoni getauscht«, sagte er. »Aber es ist nicht mehr so, daß sie nur mich erwählt.« Mit schnellen, harten Zügen schwamm er stromabwärts.

Stirnrunzelnd schüttelte Ayla den Kopf und folgte ihm dann bis zum Uferstreifen. Sie legte das Amulett um und schloß den Überwurf mit einem Leibriemen, während sie ihm den Pfad hinauffolgte. Als sie eintrat, stand er neben der Feuerstelle mit der kaum noch glosenden Glut. Sie legte letzte Hand an den Sitz ihres Überwurfes, nahm dann Holz und legte es aufs Feuer. Er war noch naß, und sie sah ihn zittern. Sie ging hin und holte sein Schlaffell.

»Die Jahreszeit ändert sich«, sagte sie. »Die Abende sind schon kühl. Hier, du holst dir sonst eine Erkältung.«

Ein wenig linkisch zog er den Pelz um seine Schultern. Das war nicht das Richtige für ihn, dachte sie, ein Pelzüberwurf. Und wenn er wirklich fort muß, sollte er losziehen, ehe es Winter wird. Sie ging zu ihrem Lager hinüber und hob ein neben der Felswand liegendes Bündel auf.

»Jondalar . . .?«

Er schüttelte den Kopf, um zurückzukehren in die Gegenwart und lächelte, doch erreichte das Lächeln nicht seine Augen. Als sie das Bündel aufzuschnüren begann, fiel etwas heraus. Sie hob es auf.

»Was ist das?« fragte sie, furchtsam und verwundert zugleich. »Wie ist das dort hineingekommen?«

»Das ist eine Donii«, sagte Jondalar, als er die kleine Elfenbeinschnitzerei sah.

»Eine Donii?«

»Ich habe sie für dich gemacht, für deine Ersten Wonnen. Eine Donii darf dabei nicht fehlen.«

Ayla senkte den Kopf, um ihn nicht merken zu lassen, daß ihr die Tränen in die Augen schossen. »Ich weiß nicht, was ich sagen soll, so etwas habe ich noch nie gesehen. Wie schön sie ist! Sie sieht ganz echt aus, wie ein lebendiger Mensch. Fast so wie ich.«

Er hob ihr Kinn. »Das ist Absicht gewesen, daß sie so aussieht wie du, Ayla. Ein richtiger Bildschnitzer hätte sie wohl besser gemacht . . . nein, ein richtiger Bildschnitzer hätte überhaupt nie eine solche Donii gemacht, und ich weiß nicht recht, ob es von mir richtig war, es zu tun. Eine Donii hat für gewöhnlich kein Gesicht – das Gesicht der Mutter darf niemand kennen. Diese Donii mit deinem Gesicht auszustatten, heißt vielleicht, daß dein Geist darin gefangen ist. Deshalb soll sie dir gehören – sie ist ein Geschenk von mir für dich.«

»Da frage ich mich, warum du dein Geschenk ausgerechnet hier hereingesteckt hast«, sagte Ayla, als er fertig war. »Denn diese habe ich für dich gemacht.«

Er faltete das Leder auseinander, erkannte die Kleidungsstücke, und seine Augen leuchteten auf. »Ayla! Ich habe ja gar nicht gewußt, daß du nähen und Perlenstickereien machen kannst«, sagte er und betrachtete die einzelnen Kleidungsstücke.

»Die Perlenstickerei ist nicht von mir. Ich habe nur neue Teile für das Hemd zurechtgeschnitten, das du anhattest. Ich habe die anderen Sachen auseinandergenommen, um zu wissen, welche Größe und welche Form die Sachen haben mußten, und außerdem habe ich mir angesehen, wie sie zusammengefügt worden waren. Zum Zusammenfügen habe ich dann die Ahle benutzt, die du mir gegeben hast. Ich weiß nicht, ob ich richtig damit umgegangen bin, aber es hat geklappt.«

»Wunderbar ist es geworden!« sagte er und hielt sich das Hemd vor. »Ich hatte schon vorgehabt, mir Kleider zu machen, die sich besser für unterwegs eignen. Ein Lendenschurz mag ja für hier angehen, aber . . .«

Es war heraus. Laut gesprochen. Wie die Bösen, von denen Creb einst gesprochen und deren Macht nur auf der Anerkennung beruhte, die ihnen zuteil wurde, sobald ihr Name laut ausgesprochen wurde, genauso war Jondalars Fortgehen nun zu einer Tatsache geworden. Es war jetzt nicht mehr ein unbestimmter Gedanke, der eines Tages Wirklichkeit werden würde – es besaß jetzt Substanz. Und wurde immer gewichtiger, je mehr sich ihre Gedanken darauf konzentrierten. Etwas greifbar Bedrückendes schien in die Höhle eingedrungen zu sein und wollte nicht mehr weichen.

Jondalar zog rasch die Kleider aus, faltete sie zusammen und legte sie aufeinander. »Ich danke dir, Ayla. Ich kann dir gar nicht sagen, wieviel mir dies bedeutet. Wenn es kälter wird, sind sie genau das Richtige für mich, aber jetzt tut es auch der Lendenschurz noch.«

Ayla nickte und getraute sich nicht, etwas zu sagen. Sie verspürte einen Druck in den Augen, und das Elfenbeinfigürchen verschwamm. Sie drückte es an die Brust: sie liebte es. Er hatte es mit seinen Händen gemacht. Er nannte sich einen Werkzeugmacher; dabei konnte er so viel mehr als nur das. Seine Hände waren geschickt genug, ein Bildnis zu machen, welches ihr das gleiche zärtliche Gefühl einflößte, das sie erfüllt hatte, als er ihr gezeigt hatte, was es heißt, eine Frau zu sein.

»Danke«, sagte sie, als ihr die Höflichkeitsfloskel einfiel.

Er runzelte die Stirn. »Du darfst die Donii nie verlieren«, sagte er. »Wo sie dein Gesicht trägt und vielleicht dein Geist darin gefangen ist, ist es vielleicht nicht ganz ungefährlich, wenn jemand anders sie findet.«

»In meinem Amulett ist ein Teil von meinem Geist und dem Geist meines Totems eingeschlossen. Jetzt ist auch in dieser Donii ein Teil meines Geistes eingeschlossen, ebenso wie der Geist deiner Erdmutter. Wird sie nicht dadurch auch zu meinem Amulett?«

Daran hatte er noch nicht gedacht. War sie nun Teil der Mutter? Eines von den Erdenkindern? Vielleicht hätte er nicht mit Kräften spielen sollen, die jenseits seines Gesichtskreises lagen. Oder war er ihr Werkzeug gewesen?

»Ich weiß es nicht, Ayla«, sagte er. »Aber auf jeden Fall: Verliere es nicht.«

»Jondalar, wo du doch gedacht hast, es sei gefährlich – warum hast du diese Donii dann mit meinem Gesicht ausgestattet?«

Er nahm ihre Hände, die das Figürchen hielten. »Weil ich deinen Geist einfangen wollte. Nicht, um ihn zu behalten. Ich wollte ihn zurückgeben. Ich wollte dir Wonnen bereiten und wußte nicht, ob ich dazu imstande sein würde. Ich wußte nicht, ob du verstehen würdest; du bist ja nicht dazu erzogen worden, Sie zu erkennen. Ich dachte, wenn ich diese Donii mit deinem Geist ausstattete, würde dich das zu mir hinziehen.«

»Dazu brauchtest du nicht einer Donii mein Gesicht geben. Ich wäre glücklich gewesen, wenn du einfach dein Bedürfnis bei mir hättest befriedigen wollen – ehe ich wußte, was Wonnen sind.«

Samt Donii schloß er sie in die Arme. »Nein, Ayla. Du bist vielleicht bereit gewesen, aber für mich war es wichtig zu begreifen, daß es für dich das erste Mal war, sonst wäre es nicht recht gewesen.«

Sie verlor sich wieder in seinen Augen. Seine Arme drückten sie fester, und sie ergab sich ihm, bis sie überhaupt nichts anderes mehr wußte, als daß er sie eben in den Armen hielt, sein hungriger Mund auf ihrem Mund lag, sein Körper sich an den ihren drängte und ein schwindelerregendes forderndes Verlangen sie erfüllte. Sie wußte nicht, wann er sie hochhob und von der Feuerstelle forttrug.

Ihre fellbedeckte Lagerstatt kam ihr entgegen, sie aufzunehmen. Sie spürte, wie er am Knoten ihres Leibriemens nestelte und nicht damit zurechtkam, es schließlich aufgab und einfach ihren Überwurf hochhob. Hitzig öffnete sie sich ihm. Sie fühlte, wie seine strotzende Männlichkeit suchte und dann fand. Heftig, ja geradezu verzweifelt versenkte er seinen Schaft in sie, gleichsam als gälte es, sich zu überzeugen, daß sie für ihn da war und er sich nicht zurückzuhalten brauchte. Sie hob sich ihm entgegen, empfing ihn, wollte es genauso sehr wie er.

Er zog zurück und stieß zu, spürte, wie die Spannung wuchs. Angestachelt von der Erregung, die ihre rückhaltlose Hingabe erzeugte, und seinerseits ganz hingegeben an die Kraft seiner Leidenschaft, ließ er sich von den Wellen unbändigen Glücks tragen. Auf dem Höhepunkt jeder Woge war sie da, tat es ihm Stoß für Stoß gleich, wölbte sich ihm entgegen, um den Druck seiner Bewegung zu leiten.

Doch die Empfindungen, die sie trugen, gingen weit hinaus über Reibung und Stoß in ihrer Spalte. Jedesmal, wenn er ganz in sie eindrang und sie ausfüllte, war sie sich nur seiner bewußt; ihr ganzer Körper – Nerven, Muskeln und Sehnen – waren von ihm erfüllt. Er fühlte, wie das Ziehen in seinen Lenden immer stärker wurde, wuchs und in die Höhe schoß – dann ein unerträgliches Crescendo, als der Druck sich in dem Augenblick mit einer Erschütterung Bahn brach, da er ein letztesmal zustieß, sie zu erfüllen. Sie kam seinem letzten, wilden Eintauchen entgegen. Die Erschütterung durchlief ihren ganzen Körper und brachte ihr lustvolle Erlösung.

29

Ayla drehte sich auf die andere Seite. Sie war noch nicht ganz wach, sich aber einer gewissen Unbequemlichkeit bewußt. Der kleine Buckel unter ihr wollte nicht weichen, und so blieb ihr nichts anderes übrig, als ganz aufzuwachen und hinunterzugreifen. Sie hielt den Gegenstand in der Hand und erkannte im dämmerigen roten Schimmer des nahezu erloschenen Feuers die Umrisse der Donii. Mit blitzhafter Erkenntnis stand ihr der gestrige Tag wieder lebendig vor Augen, und sie wußte, daß die Wärme ausstrahlende Gestalt neben ihr auf dem Lager Jondalar war.

Wir müssen nach den Wonnen eingeschlafen sein, dachte sie. Glücklich kuschelte sie sich an ihn und schloß die Augen. Doch der Schlaf wollte sich nicht wieder einstellen. Bruchstücke des Geschehens bildeten Muster und Figuren, denen sie mit ihrem inneren Gespür nachging. Die Jagd und Babys Rückkehr, die Ersten Wonnen und – alles andere überlagernd – Jondalar. Die Gefühle, die sie ihm entgegenbrachte, überstiegen alle Worte, die sie kannte, erfüllten sie jedoch mit einer unsäglichen Freude. Sie lag neben ihm und dachte an ihn, bis das einfach zuviel wurde und sie still aus dem Schlaffell hinausschlüpfte. Das Elfenbeinfigürchen nahm sie mit.

Sie trat an den Höhleneingang und sah Winnie und Renner dicht beisammenstehen. Schnaubend gab die Stute zu erkennen, daß sie die Frau erkannt hatte, und Ayla fuhr zu ihnen herum.

»Ist es so für dich gewesen, Winnie?« sagte sie leise. »Hat dein Hengst dir Wonnen bereitet? Ach, Winnie, ich habe ja nicht gewußt, daß es so sein kann. Wie ist es nur möglich, daß es mit Broud so schrecklich war und mit Jondalar so wunderbar?«

Der Junghengst drängte sich mit der Schnauze an sie, um sich seinen Teil ihrer Aufmerksamkeit zu sichern. Sie kratzte und streichelte ihn, und zuletzt umarmte sie ihn. »Egal, was Jondalar sagt, Winnie, ich glaube, daß es der Hengst war, der dir Renner gegeben hat. Er hat ja sogar das gleiche Fell wie der Hengst, und so viele braune Pferde gibt es nicht. Kann natürlich auch sein, daß es sein Geist war, doch glaube ich das nicht.

»Ich wünschte, ich könnte ein Baby bekommen, Jondalars Baby. Aber es geht nicht – was sollte ich tun, wenn er fortgeht?« Sie erbleichte, und das Gefühl, das sie befiel, hatte etwas von Entsetzen. »Wenn er geht! Ach, Winnie, Jondalar wird mich verlassen!«

Sie rannte zur Höhle hinaus und den steilen Pfad hinunter, wobei sie sich mehr auf ihr Gefühl verließ als auf das, was sie sah. Ihre Augen waren von Tränen geblendet. Sie schoß über den steinigen Uferstreifen, bis sie vor der vorspringenden Felswand stand und nicht weiterkonnte. Dort sank sie schluchzend in sich zusammen. Jondalar geht fort! Was soll ich tun? Wie soll ich das ertragen? Was kann ich tun, um ihn zum Bleiben zu bewegen? Nichts.

Sie schlang die Arme um die Schultern, als ob es sie fröstelte, ging noch weiter in die Hocke und lehnte sich gegen die Steinbarriere, als gälte es, einen Schlag abzuwehren. Wenn er fort war, würde sie wieder allein sein wie zuvor. Schlimmer noch als zuvor: ohne Jondalar. Was soll ich ohne ihn nur tun? Vielleicht sollte auch ich fortgehen und irgendwelche Anderen finden und bei ihnen bleiben. Nein, das geht nicht. Sie werden fragen, woher ich komme, und die Anderen hassen den Clan. In ihren Augen bin ich ein Monstrum, es sei denn, ich spreche Worte, die nicht wahr sind.

Ich kann es nicht. Ich kann nicht zulassen, daß Creb und Iza als etwas Schändliches gelten. Sie haben mich geliebt und für mich gesorgt. Uba ist meine Schwester, und sie kümmert sich um meinen Sohn. Der Clan ist meine Familie. Als ich niemand hatte, hat der Clan sich meiner angenommen, und jetzt wollen die Anderen mich nicht.

Und Jondalar geht fort. Ich werde wieder allein hier leben müssen, mein ganzes Leben lang. Da könnte ich genausogut tot sein. Broud hat mich verflucht; und jetzt hat er doch gewonnen. Wie soll ich ohne Jondalar leben?

Ayla weinte, bis sie keine Tränen mehr hatte und nur eine verzweifelte Leere in sich spürte. Mit dem Handrücken fuhr sie sich über die Augen und wischte die Tränen fort; dabei merkte sie, daß sie immer noch die Donii in der Hand hielt. Sie drehte sie und betrachtete sie von allen Seiten, war von Staunen und Bewunderung über die Möglichkeit, ein kleines Stück Elfenbein in eine kleine Frau zu verwandeln, ebenso erfüllt wie von dem Figürchen selbst. Im Mondlicht sah es ihr womöglich noch ähnlicher als sonst. Das zu vielen Zöpfen geflochtene Haar, die im Schatten liegenden Augen, die Nase und die Form der Wange – all das erinnerte sie an ihr Spiegelbild im Teich.

Warum hatte Jondalar dieses Symbol der Erdmutter, die die Anderen verehrten, mit ihrem Gesicht ausgestattet? War ihr Geist darin gefangen, unlösbar mit dieser Figur verbunden, die er Donii nannte? Creb hatte gesagt, ihr Geist werde durch ihr Amulett an den Geist des Höhlenlöwen gebun-

den, und durch Ursus, den Großen Höhlenbären, das Totem des Clans. Als sie zur Medizinfrau gemacht worden war, hatte sie ein Stück vom Geist eines jeden Clansangehörigen bekommen, und die waren nach dem Todesfluch nicht zurückgenommen worden.
Clan wie Andere, Totems wie Mutter – all das hatte einigen Anspruch auf jenen unsichtbaren Teil von ihr, der Geist genannt wurde. Ich meine, mein Geist muß ganz durcheinander sein, dachte sie – ich jedenfalls bin es, das weiß ich.
Ein kühler Wind trieb sie zurück zur Höhle. Sie räumte die aufgespießte kalte Wisentlende beiseite und baute ein kleines Feuer auf, wobei sie sich bemühte, Jondalar nicht zu stören. Dann setzte sie Wasser auf, um sich einen Tee aufzubrühen, der ihr helfen sollte, sich zu entspannen. Sie war außerstande, sich wieder schlafen zu legen. Während sie wartete, starrte sie in die Flammen und dachte an die vielen Male, da sie in die Flammen gestarrt hatte in dem Verlangen, etwas Lebendiges darin zu sehen. Die heißen Zungen leckten das Holz entlang, suchten zuckend nach dem Geschmack eines neuen Stücks davon, zogen sich dann zurück und sprangen wieder auf, bis es ihnen gehörte und sie es verzehrten.
»Doni! Bist du's? Bist du's?« rief Jondalar im Schlaf. Ayla sprang auf und ging zu ihm. Er warf sich hin und her und träumte offensichtlich. Ob sie ihn wekken sollte? Plötzlich riß er die Augen auf und machte ein erschrockenes Gesicht.
»Ist auch alles in Ordnung mit dir, Jondalar?« fragte sie.
»Ayla? Ayla? Bist du das?«
»Ja, ich bin's.«
Er machte die Augen wieder zu und murmelte etwas Unzusammenhängendes. Ihr wurde klar, daß er nicht wirklich ganz wach gewesen war. Sie hatte offensichtlich zu seinem Traum gehört, doch war er jetzt ruhiger. Sie beobachtete ihn, bis er sich entspannte, und dann kehrte sie ans Feuer zurück. Während sie ihren Tee trank, ließ sie die Flammen ersterben. Als sie endlich müde genug war, streifte sie den Überwurf ab, kroch neben Jondalar unter das Schlaffell und zog dieses um sich. Die Wärme, die der schlafende Mann ausstrahlte, ließ sie daran denken, wie kalt es sein würde, wenn er nicht mehr da war – und neue Tränen kamen aus ihrer unendlichen Leere. Sie weinte sich in den Schlaf.

Keuchend rannte Jondalar auf den Höhleneingang zu. Er hob den Blick und sah den Höhlenlöwen. Nein, nein! Thonolan! Thonolan! Der Höhlenlöwe war hinter ihm, duckte sich und sprang. Plötzlich tauchte die Mutter auf und gebot dem Löwen mit einem Wort abzudrehen.

»Doni! Du bist's! Du bist's!«
Die Mutter drehte sich um, und er sah Ihr Gesicht. Das Gesicht war die Donii, die er geschnitzt hatte in dem Bemühen, sie Ayla ähnlich zu machen. Er rief nach Ihr.
»Ayla? Ayla? Bist du's?«
Das geschnitzte Gesicht bekam Leben; Ihr Haar war ein goldener Schimmer, der wiederum von einem roten Glutschein umflossen war.
»Ja, ich bin's.«
Die Ayla-Donii wuchs und veränderte ihre Gestalt, wurde zu der uralten Donii, die er verschenkt hatte, jener Donii, die seit Generationen in seiner Familie gewesen war. Sie war üppig und mütterlich und dehnte sich immer mehr aus, bis sie Berggröße erreicht hatte. Dann fing sie an zu kreißen. Sämtliche Geschöpfe des Meeres flossen in einem Fruchtwasserschwall aus ihrer tiefen Höhle heraus, dann sämtliche Insekten und alle Vögel der Luft. Dann kamen alle Tiere des Landes – Kaninchen, Hirsche, Wisente, Mammuts, Höhlenlöwen – und in der Ferne erblickte er durch einen feinen Nebel hindurch die unbestimmten Gestalten von Menschen.
Der Nebel verflüchtigte sich, sie kamen näher, und plötzlich konnte er sie sehen. Flachschädel! Sie ihrerseits sahen ihn und liefen davon. Er rief hinter ihnen her, und eine Frau drehte sich um. Sie hatte Aylas Gesicht. Er lief auf sie zu, doch der Nebel schloß sich um sie herum und hüllte auch ihn ein.
Er tastete sich durch einen roten Dunst und hörte in der Ferne Brüllen, wie das Rauschen eines Wasserfalls. Das Rauschen wurde immer lauter und bedrängte ihn. Er war überwältigt von dem reißenden Strom von Menschen, der aus dem riesigen Schoß der Erdmutter hervorquoll, einer gewaltigen Erdmutter, wie ein Gebirge und mit dem Gesicht von Ayla.
Er bahnte sich den Weg durch die Menschen, kämpfte darum, zu Ihr zu gelangen und erreichte endlich die große Höhle. Ihre tiefe Öffnung. Er drang in Sie ein, und seine Männlichkeit erkundete vorsichtig ihre warmen Falten, und diese umschlossen ihn mit ihren beseligenden Tiefen. Wie wütend warf er sich vor, und seine Lust war unbändig; dann sah er ihr Gesicht, tränenüberströmt. Ihr Leib wurde von Schluchzern geschüttelt. Er wollte Sie trösten, wollte Ihr sagen, Sie solle nicht weinen, doch konnte er nicht sprechen. Er wurde beiseite gestoßen.
Er befand sich inmitten der großen Menge, die aus Ihrem Schoß herausfloß; alle trugen perlenbestickte Hemden. Er versuchte, sich den Weg zurückzubahnen, doch der Sog der Menschen trieb ihn wie ein Baumstamm, der vom Fruchtwasser davongeschwemmt wurde; wie ein Baumstamm, der mit einem blutigen Hemd daran den Großen Mutter Fluß heruntertrieb.
Er reckte den Hals, um zurückzublicken, und sah Ayla am Schlund der Höh-

lung stehen. Ihr Schluchzer hallten in seinen Ohren wider. Dann krachte die Höhle in sich zusammen, und ein Regen von Felsgestein prasselte hernieder. Er war allein und weinte.

Jondalar machte die Augen auf, und es war dunkel. Aylas kleines Feuer hatte sämtliches Holz verzehrt. In der absoluten Finsternis war er sich nicht sicher, ob er wirklich wach sei. Die Höhlenwand war irgendwo, und es gab keinen vertrauten Punkt, von dem aus er sich orientieren konnte. Was seine Augen betraf, so konnte er genausogut in abgrundloser Tiefe hängen und schweben. Die lebendigen Gestalten seines Traums waren greifbarer gewesen als dies hier. In der Erinnerung zogen Fetzen davon ihm durchs Gemüt, nahmen in seinen Gedanken ungeheure Dimensionen an.

Als die Nacht soweit vergangen war, daß Felsen und Höhlenöffnung gewisse Formen annahmen, hatte Jondalar angefangen, den Bildern seines Schlafs bestimmte Bedeutungen beizumessen. Es kam nicht oft vor, daß er sich an seine Träume erinnerte, doch dieser heute war so stark, so greifbar gewesen, daß er eine Botschaft der Mutter enthalten mußte. Was wollte Sie ihm zu verstehen geben? Er wünschte, ein Zelandoni wäre da, ihm bei der Deutung des Traums zu helfen.

Als das erste schwache Licht in die Höhle hereindrang, sah er eine Fülle blonden Haars, das Aylas schlafendes Gesicht einrahmte. Außerdem bemerkte er die Wärme, die ihr Körper ausstrahlte. Schweigend betrachtete er sie, und allmählich durchdrang Helligkeit auch die Schatten. Er verspürte den überwältigenden Drang, sie zu küssen, doch wollte er sie nicht wecken. So hob er eine lange goldene Strähne an die Lippen und stand dann leise auf. Er fand den lauwarmen Tee, schenkte sich etwas davon ein und trat hinaus auf den Platz vor dem Höhleneingang.

Zwar fröstelte ihn in seinem Lendenschurz, doch achtete er nicht weiter auf die Temperatur, obwohl er flüchtig an die Kleider denken mußte, die Ayla ihm gemacht hatte. Er beobachtete, wie der Himmel im Osten heller wurde und die Einzelheiten des Tals deutlicher zutage traten; dann ließ er seinen Traum wieder vor sich erstehen und versuchte, den verworrenen, darin verborgenen Fäden zu folgen, um sein Geheimnis zu entwirren.

Warum hatte Doni ihm noch einmal deutlich gezeigt, daß alles Leben von Ihr kam? Das hatte er auch schon vorher gewußt, gehörte zu den unumstößlichen Tatsachen seines Lebens. Warum war Sie ihm im Traum erschienen und hatte all die Fische geboren, die Vögel und Tiere und . . .

Flachschädel! Selbstverständlich! Sie hatte ihm sagen wollen, auch die Angehörigen des Clans seien Ihre Kinder. Warum hatte das nie zuvor jemand klargemacht? Niemand hatte je in Frage gestellt, daß *alles* Leben von Ihr kam. Warum wurden nun diese Geschöpfe so verächtlich gemacht? Tiere wurden

sie genannt – als ob Tiere etwas Böses wären! Warum galten Flachschädel als böse?
Eben weil sie *keine* Tiere waren. Sie waren Menschen, eine andere Art von Menschen! Das hatte Ayla schon die ganze Zeit über gesagt. War das der Grund, warum einer von ihnen Aylas Gesicht trug?
Zwar konnte er verstehen, wieso die Donii, die er gemacht hatte, diejenige, die in seinem Traum dem Löwen Einhalt geboten hatte, ihr Gesicht trug – keiner würde ihm glauben, was Ayla tatsächlich getan hatte; das war noch unglaublicher als der Traum. Aber warum trug die uralte Donii ihr Gesicht? Warum sollte die Große Erdmutter Ayla ähnlich sehen?
Er wußte, daß er seinen Traum nie ganz verstehen würde, hatte aber das Gefühl, daß ihm immer noch ein wichtiger Teil fehlte. Er ging ihn im Geiste nochmals durch, und als er sich daran erinnerte, daß Ayla in der Höhle war, die im Begriff stand einzustürzen, hätte er sie fast angeschrien wegzulaufen.
Die Gedanken nach innen gekehrt, starrte er zum Horizont hinüber und verspürte die gleiche Verzweiflung und Einsamkeit wie in seinem Traum, da er allein und ohne sie dagestanden hatte. Tränen netzten sein Gesicht. Warum packte ihn jetzt eine solche unsägliche Verzweiflung? Was sah er denn nicht? Menschen in perlenbestickten Hemden kamen ihm in den Sinn, Menschen, die die Höhle verließen. Ayla hatte sein perlenbesticktes Hemd geflickt. Sie hatte ihm Kleider gemacht, obwohl sie zuvor keine Ahnung vom Nähen gehabt hatte. Reisekleider, die er tragen sollte, wenn er fortging.
Fortging? Ayla verlassen? Das feurige Licht schob sich über den Horizont. Er schloß die Augen und sah einen warmen goldenen Schimmer.
Große Mutter! Was für ein Tor und Dummkopf du doch bist, Jondalar. Ayla verlassen? Wie sollst du denn das fertigbringen? Du liebst sie! Wie hast du nur so blind sein können? Warum hast du erst von der Mutter träumen müssen, auf daß Sie dir etwas klarmacht, das so einfach ist, daß ein Kind es hätte begreifen können?
Die Empfindung, daß ihm eine ungeheure Last von den Schultern genommen würde, erfüllte ihn mit dem Gefühl von Freude und Freiheit und einer ganz unerwarteten Schwerelosigkeit. Ich liebe sie! Endlich ist es mir widerfahren! Ich liebe sie! Was ich nicht für möglich gehalten hatte, ist geschehen: Ich liebe Ayla!
Er war von einem solchen Gefühlsüberschwang erfüllt, daß er es am liebsten der ganzen Welt zugerufen hätte, daß er am liebsten hineingelaufen und es ihr gesagt hätte. Niemals habe ich einer Frau gesagt, daß ich sie liebe, dachte er. Er schoß zur Höhle hinein – doch Ayla schlief noch.
Er ging noch einmal hinaus, holte Holz und schaffte es mit Hilfe von Feuerstein und Eisenpyrit mühelos, ein Feuer zu entfachen, etwas, was er immer

noch kaum fassen konnte. Endlich einmal war es ihm gelungen, vor ihr wach zu werden, und jetzt wollte er sie zur Abwechslung einmal mit heißem Tee verwöhnen. Er fand ihre Minzblätter, es dauerte nicht lange, und der Tee zog – doch Ayla schlief immer noch.

Er sah sie atmen, sich umdrehen – wie er es liebte, wenn sie ihr Haar offen trug wie jetzt! Er war versucht, sie aufzuwecken. Nein, sie mußte müde sein. Es ist bereits heller Tag, und sie ist immer noch nicht auf.

Er stieg hinunter zum Fluß, fand einen Zweig, sich die Zähne damit zu reinigen, und schwamm dann seine morgendlichen Runden. Erfrischt, voller Energie und hungrig kam er aus dem Wasser. Zum Essen waren sie gestern einfach nicht gekommen. Er mußte lächeln, als er an den Grund dachte, und der Gedanke daran wiederum hatte eine Erektion zur Folge.

Er lachte. Den ganzen Sommer über hast du ihn schlecht behandelt, Jondalar. Da kannst du es deinem Frauen-Macher nicht übelnehmen, daß er jetzt, wo er weiß, was ihm entgangen ist, so gierig ist. Aber bedränge sie jetzt nicht. Vielleicht braucht sie Ruhe – sie ist es nicht gewöhnt. Er rannte den Pfad hinauf und betrat leise die Höhle. Die Pferde waren draußen auf der Weide. Sie müssen die Höhle verlassen haben, während ich beim Schwimmen war und sie immer noch schlief. Ob ihr auch nichts fehlt? Vielleicht sollte ich sie doch wecken. Sie wälzte sich auf die andere Seite und ließ eine Brust sehen, was seinen früheren Gedanken neuen Auftrieb gab.

Er beherrschte sich und ging zur Feuerstelle, um sich Tee einzuschenken und zu warten. Die Art, wie sie sich bewegte, veränderte sich; dann sah er sie nach etwas tasten.

»Jondalar! Jondalar! Wo bist du?« rief sie und fuhr in die Höhe.

»Hier bin ich«, sagte er und eilte zu ihr.

Sie klammerte sich an ihn. »Ach, Jondalar! Ich dachte, du wärest fort.«

»Ich bin hier, Ayla. Wirklich hier.« Er hielt sie im Arm, bis sie sich beruhigte. »Alles in Ordnung mit dir? Dann laß mich dir Tee holen.«

Er schenkte ihr Tee ein und brachte ihr den Becher. Sie nahm einen Schluck, dann einen größeren. »Wer hat den aufgebrüht?« fragte sie.

»Ich. Ich wollte dich mit einem heißen Tee überraschen, nur ist er jetzt nicht mehr heiß.«

»Du hast ihn für mich aufgebrüht? Für mich?«

»Ja, für dich. Ayla, das habe ich noch nie zu einer Frau gesagt: Ich liebe dich.«

»Lieben?« fragte sie. Sie wollte sichergehen, daß er auch wirklich das meinte, was sie kaum zu hoffen wagte, daß er es meinte. »Was bedeutet das: ›lieben‹?«

»Was bedeutet . . .! Jondalar! Du aufgeblasener Tor!« Er stand auf. »Du, der große Jondalar, den jede Frau begehrt. Du hast selbst daran geglaubt. Hast alles daran gesetzt, um das eine Wort zurückzuhalten, von dem du meintest, daß sie alle es hören wollten. Und so stolz gewesen bist, es nie einer Frau zu sagen. Jetzt endlich hast du dich verliebt – und wolltest es dir nicht einmal selbst eingestehen. Doni hat es dir im Traum sagen müssen! Endlich wird Jondalar es aussprechen; er wird zugeben, daß er eine Frau liebt. Und erwartet nun fast, daß sie vor Überraschung in Ohnmacht fällt – und weiß nicht einmal, was ›lieben‹ bedeutet.«

Völlig verblüfft sah Ayla ihn auf und ab laufen und mit sich selbst von Liebe reden. Sie mußte das Wort erst kennenlernen.

»Jondalar, was bedeutet ›Liebe‹?« Sie fragte ganz ernst, und ihm war das ein wenig lästig.

Er kniete vor ihr nieder. »Es ist ein Wort, das ich dir schon längst hätte erklären sollen. Liebe ist das Gefühl, das dich erfüllt, wenn jemand dir etwas bedeutet. Es ist das, was eine Mutter für ihre Kinder empfindet, oder ein Mann für seinen Bruder. Handelt es sich um einen Mann und eine Frau, bedeutet es, daß sie einander soviel bedeuten, daß sie ihr Leben miteinander teilen und nie wieder getrennt werden möchten.«

Sie schloß die Augen und spürte, wie ihr der Mund zitterte, als sie diese Worte hörte. Hatte sie richtig gehört? Hatte sie wirklich recht verstanden?

»Jondalar«, sagte sie, »ich habe das Wort nicht gekannt, aber ich weiß, was es bedeutet. Ich habe um die Bedeutung dieses Wortes gewußt, seit du gekommen bist, und je länger du hier warst, desto besser und mehr wußte ich darum. Wie oft habe ich mich nicht nach einem Wort gesehnt, das diese Bedeutung ausdrückte!« Sie machte die Augen zu, doch ließen sich die Tränen der Erleichterung und der Freude nicht zurückhalten. »Jondalar, auch ich . . . liebe dich.« Er stand auf und hob sie dabei mit in die Höhe, küßte sie zärtlich und hielt sie dabei umfaßt wie einen kostbaren Schatz, von dem er nicht wollte, daß er zerbrochen wurde oder verloren ging. Sie schlang ihm die Arme um die Brust und hielt ihn, als wäre er ein Traum, der vergehen könnte, wenn sie losließ. Er küßte sie auf den Mund und auf ihr tränensalziges Gesicht, und als sie den Kopf an seiner Brust barg, barg er selbst das Gesicht in ihrem zerzausten goldenen Haar, um seine eigenen Tränen darin zu trocknen.

Er war unfähig zu sprechen. Er konnte sie nur umfangen halten und fassungslos über das unglaubliche Glück staunen, daß er sie gefunden hatte. Bis ans Ende der Welt hatte er reisen müssen, um eine Frau zu finden, die er lieben konnte; nichts würde ihn je dazu bringen, sie wieder herzugeben.

»Warum nicht einfach hierbleiben? Dies Tal hat doch alles, was wir brauchen. Und wo wir zu zweit sind, wird es um so leichter für uns sein. Wir haben die Speerwerfer, und Winnie ist eine große Hilfe. Wie Renner es eines Tages auch sein wird«, sagte Ayla.

Sie gingen durchs Gelände ohne einen anderen Zweck, als miteinander zu reden. Sie hatten soviel Körner eingeheimst, wie sie wollten; gejagt und genug Fleisch getrocknet, daß es über den ganzen Winter reichte; reifende Früchte und Wurzeln und andere Pflanzen zum Heilen und zum Essen gesammelt und eingelagert; und noch eine ganze Reihe von unterschiedlichen Materialien in die Höhle geschafft, um sich den Winter über zu beschäftigen. Ayla wollte sich am Verzieren von Kleidern versuchen, und Jondalar dachte daran, Spielfiguren zu schnitzen und Ayla das Spielen beizubringen. Aber die größte Freude für Ayla war immer noch, daß Jondalar sie liebte – und sie nicht allein bleiben würde.

»Es ist ein wunderschönes Tal«, sagte Jondalar. Warum nicht einfach mit ihr hierbleiben? Thonolan war bereit gewesen, bei Jetamio zu bleiben, dachte er. Aber da waren nicht nur sie beide gewesen. Wie lange würde er es aushalten können, ohne irgendeinen anderen Menschen zu sehen? Ayla hatte drei Jahre hindurch allein gelebt. Und sie brauchten ja nicht allein zu bleiben. Denk an Dalanar. Der hatte eine neue Höhle gegründet, obwohl er zu Anfang nur Jerika und den Gefährten ihrer Mutter, Hochaman, gehabt hatte. Später hatten sich ihnen andere angeschlossen, und Kinder waren geboren worden. Jetzt dachten sie schon daran, eine Zweite Höhle der Lanzadonii zu gründen. Warum sollst du nicht eine neue Höhle gründen wie Dalanar? Vielleicht wirst du es tun, Jondalar, aber was immer du unternimmst – du wirst es nicht ohne Ayla tun.

»Du mußt andere Menschen kennenlernen, Ayla, und ich möchte dich mit nach Hause nehmen. Ich weiß, es wird eine lange Reise werden, aber in einem Jahr könnten wir es meiner Meinung nach schaffen. Meine Mutter würde dir gefallen, und daß Marthona dich mögen wird, das weiß ich. Genauso wird es meinem Bruder, Joharran, und meiner Schwester, Folara, ergehen – sie muß inzwischen eine junge Frau sein. Und Dalanar.«

Ayla senkte den Kopf und hob den Blick dann wieder. »Werden sie mich auch mögen, wenn sie erfahren, daß meine Leute vom Clan sind? Werden sie mich noch willkommen heißen, wenn sie erfahren, daß ich einen Sohn habe, der geboren wurde, als ich beim Clan lebte?«

»Du kannst dich nicht für den Rest deines Lebens vor den Menschen verstekken. Hat nicht die Frau . . . hat nicht Iza dir gesagt, du sollst welche von deiner Art suchen? Sie hat recht gehabt, weißt du. Es wird nicht leicht sein – ich will und kann dir da nichts vormachen. Die meisten wissen gar nicht, daß Clan-Angehörige Menschen sind. Aber mir hast du das begreiflich gemacht, und es gibt andere, die auch schon ihre Zweifel haben. Die meisten Menschen sind anständig, Ayla. Wenn sie dich erstmal kennenlernen, werden sie dich mögen. Außerdem bin ich bei dir.«

»Ich weiß nicht recht. Können wir nicht noch darüber nachdenken?«
»Selbstverständlich können wir das tun«, sagte er. Vor Frühjahr können wir uns ohnehin nicht auf eine so weite Reise begeben, dachte er. Zwar könnten wir es vor Einsetzen des Winters bis zu den Sharamudoi schaffen, aber wir können genausogut auch hier überwintern. Da hat sie jedenfalls Zeit, sich ein wenig an den Gedanken zu gewöhnen.
Ayla lächelte. Sie war ehrlich erleichtert, und so beschleunigte sie jetzt ihren Schritt, denn das Sich-Bewegen war ihr sowohl physisch als auch psychisch schwergefallen. Sie wußte, daß seine Familie und seine Leute ihm fehlten und daß sie ihm folgen würde, wenn er beschloß fortzugehen, wohin auch immer er ging. Dennoch hoffte sie, daß – wenn sie sich erst einmal für den Winter eingerichtet hätten – er den Wunsch haben könnte zu bleiben und das Tal zusammen mit ihr zu seinem Zuhause zu machen.
Sie waren weit vom Fluß abgekommen und fast den Hang zur Steppe hinauf, als Ayla sich bückte, um etwas aufzuheben, das ihr irgendwie bekannt vorkam.
»Mein Auerochsenhorn!« sagte sie zu Jondalar, klopfte die Erde ab und betrachtete das angekohlte Innere. »Damit habe ich früher mein Feuer mit mir herumgetragen. Gefunden habe ich es unterwegs, bald nachdem ich den Clan verlassen hatte.« Erinnerungen stellten sich ein. »Auch habe ich ein Stück Glut darin getragen, um die Fackeln anzuzünden, mit deren Hilfe ich die Pferde in meine erste Fallgrube getrieben habe. Winnies Mutter ist hineingestürzt, und als die Hyänen das Füllen haben wollten, habe ich sie fortgescheucht und habe es mit in die Höhle gebracht. Wieviel seither nicht alles geschehen ist!«
»Vielleicht trägt man unterwegs seine Glut mit sich herum, aber mit den Feuersteinen brauchen wir uns in der Hinsicht ja keine Sorgen mehr zu machen.« Plötzlich legte sich seine Stirn in Falten, und Ayla wußte, daß er nachdachte. »Vorräte haben wir genug, nicht wahr? Es gibt nichts, was wir noch tun müßten.«
»Nein, wir brauchen nichts.«
»Warum machen wir dann keinen Ausflug? Eine kurze Reise«, fügte er hinzu, als er ihre Betroffenheit sah. »Nach Westen hin hast du das Gebiet noch nicht erforscht. Warum nehmen wir nicht etwas zu essen, Zelte und Schlaffelle und sehen es uns an? Wir brauchen ja nicht weit zu gehen.«
»Und was ist mit Winnie und Renner?«
»Die nehmen wir mit. Winnie kann uns einen Teil der Zeit sogar tragen, und vielleicht den Proviant und unsere Ausrüstung. Nur wir beide.«
Die Vorstellung, nur zum Vergnügen unterwegs zu sein, war ihr neu und schwer zu verdauen; nur fielen ihr keine Einwände ein. »Ja, das könnten wir

wohl«, sagte sie. »Nur wir beide . . . warum nicht?« Vielleicht ist es gar keine so schlechte Idee, das Land im Westen zu erkunden, dachte sie.

»Hier hinten ist die Erdschicht zwar nicht so dick wie vorn«, sagte Ayla, »aber es ist doch die beste Stelle für ein Vorratslager. Außerdem können wir Gestein darüberschichten.«
Jondalar hielt die Fackel höher, damit das flackernde Licht weiter reichte. »Mehrere kleine Vorratslager, meinst du nicht?«
»Damit, falls ein Tier eines entdeckt, nicht gleich alles fort ist. Gute Idee.«
Jondalar hob das Licht, um in die Spalten unter den heruntergebrochenen Felsbrocken hineinspähen zu können. »Ich habe mich hier einmal umgesehen. Und da dachte ich, Spuren von einem Höhlenlöwen zu entdecken.«
»Das hier war Babys Platz. Ich hatte aber schon Spuren von Höhlenlöwen entdeckt, als ich einzog. Viel ältere. Ich hielt sie für ein Zeichen, mit dem mein Totem mir zu verstehen geben wollte, hierzubleiben und zu überwintern. Nie hätte ich gedacht, daß ich so lange hierbleiben würde. Jetzt glaube ich, daß ich hier auf dich warten sollte. Ich glaube, der Geist des Höhlenlöwen hat dich hierhergeleitet und dich dann erwählt, damit dein Totem stark genug wäre für meines.«
»Ich habe immer Doni für den Geist gehalten, der mich leitete.«
»Vielleicht war sie es, die dich geleitet hat; aber erwählt hat dich der Höhlenlöwe.«
»Vielleicht hast du recht. Die Geister aller Geschöpfe gehören Doni, auch der Höhlenlöwe. Mutters Wege sind unerforschlich.«
»Den Höhlenlöwen als Totem zu haben, ist ein hartes Los, Jondalar. Die Prüfungen, die er einem auferlegt, sind schwierig – ich bin mir nicht immer sicher gewesen, daß ich überleben würde –, aber die Gaben, die man dafür erhält, lassen einen das vergessen. Ich glaube, das größte Geschenk, das er mir gemacht hat, bist du«, schloß sie mit leiser Stimme.
Er steckte die Fackel in eine Felsspalte und nahm dann die Frau, die er liebte, in die Arme. Sie war so offen, so ohne jedes Arg, und als er sie küßte, reagierte sie bereitwillig darauf, daß er ihrem Verlangen fast nachgegeben hätte. »Wir müssen damit aufhören«, sagte er und hielt sie bei den Schultern gepackt, um sie zumindest etwas von sich fernzuhalten, »sonst kommen wir nie fort. Ich glaube, du besitzt den Haduma-Zauber.«
»Und was ist der Haduma-Zauber?«
»Haduma war eine alte Frau, der wir unterwegs begegnet sind, die Mutter von sechs Generationen, die von ihren Abkömmlingen hoch verehrt wurde. Sie besaß viele Kräfte von Doni. Die Männer glaubten, wenn sie ihre Männlichkeit berührte, setzte das sie instand, sich so oft zu erheben, wie sie wollten,

um eine Frau oder viele Frauen zu befriedigen. Die meisten Männer wünschten sich das. Manche Frauen kennen Mittel und Wege, Männer zu ermuntern. Du aber brauchtst mir nur nahezukommen, Ayla. Heute morgen, gestern abend. Wie viele Male gestern? Und vorgestern. Dazu bin ich zuvor noch nie imstande gewesen, habe es mir aber auch noch nie so sehr gewünscht. Aber wenn wir jetzt nicht weitermachen, werden wir mit dem Anlegen der Vorratsverstecke nie fertig.«

Sie räumten Geröll fort und schoben mit Hebeln einige größere Brocken fort; dann bestimmten sie, wo Verstecke hinsollten. Im Laufe des Tages fand Jondalar, daß Ayla ungewöhnlich still und in sich gekehrt sei und fragte sich, ob das an etwas liege, was er getan oder gesagt hatte. Vielleicht sollte er nicht soviel Begierde zeigen. Es war kaum zu glauben, daß sie jedesmal bereit für ihn war, wenn er sie begehrte.

Er wußte, daß viele Frauen mit ihrem eigenen Verlangen zurückhielten und einen Mann für seine Lust arbeiten ließen, obwohl sie ihn mochten. Für ihn war das selten ein Problem gewesen, doch hatte er gelernt, sein Begehren nicht allzusehr zu zeigen: Für eine Frau besaß es mehr Reiz, wenn ein Mann sich ein bißchen zurückhielt.

Als sie ihre Vorräte im Hintergrund der Höhle vergruben, schien Ayla noch reservierter als zuvor, senkte oft den Kopf und kniete ruhig da, ehe sie ein in rohe Tierhaut eingewickeltes Paket Dörrfleisch oder einen Korb mit Wurzeln aufhob. Als sie soweit waren, daß sie immer wieder hinunterstiegen zum Uferstreifen, um mehr Steine heraufzubringen, sie auf ihre Verstecke zu häufen, war Ayla merklich durcheinander. Jondalar war sicher, daß es an ihm lag, wußte jedoch nicht, was er getan hatte. Es war später Nachmittag, als er sah, wie sie wütend einen Felsbrocken hochzuheben versuchte, der für sie allein viel zu schwer war.

»Den Stein brauchen wir doch nicht, Ayla. Ich finde, wir sollten uns jetzt ausruhen. Es ist warm, und wir haben den ganzen Tag gearbeitet. Laß uns schwimmen gehen.«

Sie hörte auf, sich mit dem Felsbrocken abzumühen, strich sich das Haar aus den Augen, löste den Knoten ihres Leibriemens und nahm das Amulett im selben Augenblick ab, da ihr Überwurf fiel. Jondalar spürte ein vertrautes Sich-Regen in den Lenden. Das geschah jedesmal, wenn er ihren Körper sah. Sie bewegt sich wie ein Löwe, dachte er und bewunderte die schlanke, sehnige Anmut, mit der sie ins Wasser hineinlief. Er warf den Lendenschurz ab und lief hinter ihr her.

Sie schwamm mit solcher Heftigkeit voran, daß das Wasser hinter ihr aufschäumte und Jondalar beschloß, solange zu warten, bis sie wieder heruntergeschwommen kam. Sollte sie doch einen Teil ihrer Gereiztheit abreagieren!

Als er sie einholte, ließ sie sich mühelos mit der Strömung treiben und schien in der Tat etwas weniger verkrampft als zuvor. Als sie sich auf den Bauch drehte, um zu schwimmen, strich er ihr mit der Hand über den Rücken, die Hüfte und die gerundeten Hinterbacken.

Sie schoß voran und war aus dem Wasser, hatte das Amulett wieder umgelegt und griff bereits nach dem Überwurf, als er erst herauswatete.

»Was mache ich falsch, Ayla?« fragte er, als er tropfend vor ihr stand.

»Es liegt nicht an dir. Ich bin es, die es falsch macht.«

»Du machst überhaupt nichts falsch.«

»Doch tue ich das. Ich versuche schon den ganzen Tag, dich zu ermuntern, aber du verstehst die Clans-Gebärden nicht.«

Als Ayla zur Frau herangereift war, hatte Iza ihr nicht nur gezeigt, wie man damit umging, wenn man blutete, sondern auch, wie man sich reinigte, nachdem man mit einem Mann zusammengewesen war, und welche Gebärden sie benutzen und welche Haltungen sie einzunehmen hatte, wenn sie einen Mann ermuntern wollte, ihr das Zeichen zu geben, obwohl Iza bezweifelte, daß sie diese Informationen je gebrauchen würde. Die Männer des Clans würden sie schwerlich attraktiv finden, egal, welche Gebärden sie vollführte.

»Ich weiß, wenn du mich auf eine bestimmte Weise anfaßt oder deinen Mund auf meinen legst, ist das dein Zeichen; aber ich weiß nicht, wie ich dich auffordern kann«, fuhr sie fort.

»Aber Ayla, du brauchst doch nur dazusein, das ist Aufforderung für mich genug.«

»Das ist es nicht, was ich meine«, sagte sie. »Ich weiß nicht, wie ich es dir sagen soll, wenn ich möchte, daß du Wonnen mit mir machst. Ich weiß einfach keine Mittel und Wege . . . du hast gesagt, manche Frauen verstünden sich darauf, einen Mann zu ermuntern.«

»Ach, Ayla, ist es das, was dich bedrückt? Du möchtest lernen, mich zu reizen?«

Sie nickte, senkte den Kopf und fühlte sich peinlich berührt. Clanfrauen verstanden sich nicht darauf, so direkt zu sein. Sie bekundeten ihr Verlangen nach einem Mann mit übertriebener Bescheidenheit, als könnten sie den Anblick eines so überwältigend männlichen Mannes nicht ertragen – gleichwohl jedoch mit gezierten Seitenblicken und unschuldigen Stellungen, die denen ähnelten, die eine Frau einnehmen sollte; auf diese Weise gaben sie ihm zu verstehen, daß sie ihn für unwiderstehlich hielten.

»Nun schau, wie du mich gereizt hast, Frau«, sagte er, wohl wissend, daß er beim Sprechen mit ihr eine Erektion bekommen hatte. Weder konnte er etwas dagegen tun, noch konnte er sie verbergen. Da sie ihn so offensichtlich ermuntert sah, umspielte ein Lächeln den Mund der Frau; sie konnte einfach nicht anders. »Ayla«, sagte er und hob sie mit beiden Armen in die Höhe, »weißt du denn nicht, daß du mich allein schon dadurch ermunterst, daß du lebst?«

Sie auf den Armen tragend, schickte er sich an, über den Uferstreifen hinweg zum Pfad zu gehen. »Ahnst du eigentlich, wie sehr es mich reizt, wenn ich dich bloß sehe? Schon als ich dich das erste Mal sah, habe ich dich begehrt.«

Mit einer höchst überraschten Ayla stieg er den Pfad hinauf. »Du bist so sehr Frau, daß du keine Mittel und Wege brauchst, um einen Mann zu reizen – du brauchst nichts, aber auch gar nichts zu lernen. Alles, was du tust, bringt mich nur dazu, dich noch mehr zu begehren.« Sie erreichten den Eingang. »Und wenn du mich willst, brauchst du das nur zu sagen oder – noch besser – dies zu tun.« Er küßte sie.

Er trug sie in die Höhle hinein und ließ sie auf ihr Fellager nieder. Dann küßte er sie nochmals mit offenem Mund und sanft forschender Zunge. Sie spürte seine Männlichkeit hart und heiß zwischen ihnen. Dann setzte er sich auf. Ein verschmitztes Lächeln breitete sich auf seinen Zügen aus.

»Du sagst, du hast es den ganzen Tag über versucht. Wie kommst du eigentlich darauf, daß du mich nicht gereizt hättest?« sagte er. Und dann tat er etwas völlig Unerwartetes: Er vollführte eine Geste.

Verblüfft weiteten sich ihre Augen. »Jondalar! Das . . . das ist das Zeichen!«

»Wenn du jetzt anfängst, mir Clans-Zeichen zu machen, ist es wohl nur gerecht, wenn ich sie zurückgebe.«

»Aber . . . ich . . .« Sie wußte nicht, was sie sagen sollte – wohl aber, was tun. Sie erhob sich, drehte sich um, ließ sich mit gespreizten Beinen vor ihm auf die Knie nieder und bot sich ihm dar.

Für ihn hatte das Zeichen ein Scherz sein sollen; er hatte nicht erwartet, so schnell dermaßen angeregt zu werden. Aber der Anblick ihrer runden, festen Hinterbacken und ihrer klaffenden weiblichen Öffnung, rosig und einladend – das war unwiderstehlich. Ehe er wußte, wie ihm geschah, kniete er hinter ihr und drang in ihre warmen, klopfenden Tiefen ein.

Von dem Augenblick an, da sie die Stellung eingenommen hatte, waren Erinnerungen an Broud ihr durch den Kopf geschossen. Zum erstenmal hätte sie sich Jondalar verweigert – wenn sie dazu überhaupt imstande gewesen wäre. Doch so stark die abstoßenden Gedankenverbindungen auch waren, ihre frühe Erziehung zum Gehorsam war stärker als alles andere.

Er bestieg sie und stieß zu. Sie spürte, wie Jondalar sie ausfüllte und schrie auf vor unerwartetem Entzücken. In dieser Stellung verspürte sie Druck und Reibung dort, wo sie sie zuvor nicht gespürt hatte, und als er sich wieder herauszog, erregte sie das gleichfalls auf eine neue Weise. Als er wieder in sie einfuhr, hob sie sich ihm entgegen. Während er stoßend und sich anspannend über ihr ragte, mußte sie unwillkürlich an Winnie und ihren Fuchshengst denken. Dieser Gedanke löste ein köstliches Gefühl von Wärme in ihr aus, und es kribbelte und pulsierte in ihr. Sie richtete sich auf und kam ihm entgegen und paßte sich lustvoll erschaudernd seinem Rhythmus an.

Zitternd hielten sie dann inne. Ayla ließ den Kopf hängen. Sie mitnehmend, ließ er sich auf die Seite rollen, und dann lagen sie regungslos hintereinander. Ihren Rücken an seine Brust geschmiegt, seine Männlichkeit noch in ihr, ringelte er sich um sie und griff um sie herum, ihre Brüste mit den Händen zu umfassen.

»Ich muß zugeben«, sagte er nach einiger Zeit, »so schlecht ist das mit dem Zeichen gar nicht.« Er fuhr mit den Lippen über ihren Hals und griff dann nach ihrem Ohr.

»Zuerst war ich mir nicht sicher, aber mit dir, Jondalar, ist alles recht. Alles ist Wonne«, sagte sie und drängte sich noch enger an ihn.

»Wonach suchst du, Jondalar?« rief sie vom Sims hinunter.

»Ich wollte nachsehen, ob ich noch ein paar Eisenpyritsteine finde.«

»Der erste, mit dem ich angefangen habe, ist kaum angeschlagen. Der hält noch eine lange Zeit. Wir brauchen keine.«

»Ich weiß, aber ich habe einen gesehen und dachte, ich sehe mal nach, wieviel ich finde. Ist sonst alles fertig?«

»Mir fällt nichts ein, was wir noch brauchten. Lange können wir ohnehin nicht fortbleiben – das Wetter ändert sich um diese Jahreszeit sehr rasch. Morgens kann es heiß sein, und abends gibt es einen Schneesturm«, sagte sie und kam den Pfad herunter.

»Ayla, was hast du denn an?«

»Gefällt es dir nicht?«

»Und ob es mir gefällt! Nur, woher hast du sie?«

»Selbst gemacht – als ich deine machte. Ich habe sie deiner Kleidung nachgemacht, nur so, daß sie mir paßt. Ich war mir nicht sicher, ob ich sie anziehen sollte; vielleicht tragen ja nur Männer so etwas. Und außerdem habe ich es nicht geschafft, das Hemd mit Perlen zu verzieren. Geht es so?«

»Ich denke schon. Ich kann mich nicht erinnern, daß die Frauenkleidung wesentlich anders gewesen wäre. Das Hemd war vielleicht etwas länger, und vielleicht war auch der Schmuck anders. Dies hier ist nämlich Mamutoi-Kleidung. Meine habe ich verloren, als wir das Ende des Großen Mutter Flusses erreichten. Du siehst großartig darin aus, Ayla. Und ich glaube, es wird dir angenehmer sein als deine Überwürfe. Wenn es kalt wird, wirst du merken, wie warm sie sind, und wie bequem.«

»Bin ich froh, daß sie dir gefallen. Ich wollte mich gern . . . so wie du kleiden.«

»So wie ich . . . ich glaube, wie ich – das weiß ich selbst nicht mehr. Sieh uns an! Ein Mann und eine Frau und zwei *Pferde*! Eines davon mit unserem Zelt, dem Proviant und Extrakleidung beladen. Das ist schon ein merkwürdiges Gefühl, sich so unbehindert auf eine Reise zu begeben und nichts weiter zu tragen als Speere – und Speerwerfer! Und meinen Beutel mit den Feuersteinen. Ich glaube, die Leute würden ganz schön Augen machen, wenn sie uns so sähen. Allerdings bin ich über mich selbst noch mehr verwundert. Ich bin einfach nicht mehr derselbe Mann, der ich war, als du mich fandest. Du hast mich vollständig umgekrempelt, Frau, und dafür liebe ich dich.«

»Auch ich bin eine ganz andere geworden, Jondalar. Ich liebe dich.«

»Nun, welche Richtung schlagen wir jetzt ein?«

Ayla hatte das beunruhigende Gefühl, etwas zu verlieren, als sie – die Stute und den jungen Hengst hinter sich – durch das ganze Tal zogen. Als sie ganz am Ende, dort, wo es abbiegt, angekommen waren, warf sie einen Blick zurück.

»Schau, Jondalar! Es sind Pferde zurückgekommen ins Tal. Seit ich hierhergekommen bin, habe ich keine mehr gesehen. Sie sind fortgezogen, nachdem ich Jagd auf sie gemacht und Winnies Mutter erlegt habe. Wie froh ich bin, daß sie wieder da sind. Für mich ist dies immer ihr Tal gewesen.«

»Ist es denn dieselbe Herde?«

»Das weiß ich nicht. Der Hengst war rotbraun wie Renner. Ich sehe aber den Hengst nicht, sondern nur die Leitstute. Es ist aber schon eine lange Zeit her.«

Auch Winnie hatte die Pferde gesehen und ließ ein lautes Gewieher vernehmen. Der Gruß wurde erwidert, und Renner stellte interessiert die Ohren vor. Doch dann folgte die Stute der Frau, und ihr Füllen trottete hinterher.

Ayla folgte dem Fluß in südlicher Richtung und überquerte ihn, als sie den Steilhang auf der anderen Seite erblickte. Oben machte sie halt, und dann bestiegen sie beide, Ayla und Jondalar, Winnie. Die Frau fand ihre auffälligsten Orientierungspunkte in der Landschaft wieder und ritt gen Südwesten. Das Gelände wurde rauher, zerrissener und gefalteter und wies felsige Schluchten und steile Abhänge auf, die zu flachen Erhebungen hinaufführten. Als sie sich zwischen zerklüfteten Felswänden einer Öffnung näherten, saß Ayla ab und untersuchte den Boden. Eine frische Spur war nirgends zu finden. Sie ging in eine weglose Schlucht voran, kletterte dann auf einen Felsen, der von der Wand heruntergebrochen war. Dann ging sie zu einer Geröllhalde am Ende hinüber, und Jondalar folgte ihr.

»Hier ist es, Jondalar«, sagte sie, zog einen Beutel aus ihrer Tunika und reichte ihn ihm.

Er kannte den Ort. »Und was ist dies?« fragte er und hielt den kleinen Lederbeutel in die Höhe.

»Rote Erde, Jondalar. Für sein Grab.«

Unfähig, etwas zu sagen, nickte er nur. Er spürte den Tränendruck und gab sich keine Mühe, sie zurückzuhalten. Dann schüttete er sich den roten Ocker in die Hand und verstreute ihn über Felsen und Geröll; mit einer zweiten Handvoll machte er es genauso. Ayla wartete, während er den Geröllhang mit feuchten Augen betrachtete; als er sich zum Gehen anschickte, vollführte sie eine Gebärde über Thonolans Grab.

Erst nachdem sie eine Weile geritten waren, ergriff Jondalar wieder das Wort. »Er war ein Liebling der Mutter. Sie wollte ihn zurückhaben.«

Noch ein wenig weiter, fragte er: »Was war das für eine Gebärde, die du gemacht hast?«

»Ich habe den Großen Höhlenbären gebeten, ihn auf seiner Reise zu begleiten und ihm Glück zu bringen. Es bedeutet: ›Gehe mit Ursus.‹«

»Ayla, ich habe es nicht vollkommen zu würdigen gewußt, als du es mir sagtest. Das tue ich erst jetzt. Ich bin dir dankbar, daß du ihn bestattet hast und die Clan-Totems gebeten hast, ihm zu helfen. Ich glaube, weil du das getan hast, wird er sich in der Geisterwelt zurechtfinden.«

»Du hast gesagt, er sei kühn gewesen. Ich glaube, die Mutigen brauchen keine Hilfe, um ihren Weg zu finden. Für die Unerschrockenen muß es ein aufregendes Abenteuer sein.«

»Er war mutig, und er liebte das Abenteuer. Er steckte so voll von Leben – als ob es gälte, das ganze Leben auf einmal zu leben. Wäre er nicht gewesen – ich von mir aus hätte diese Reise nie unternommen.« Sie ritten einer hinter dem anderen, und er hatte die Arme um Ayla geschlungen. Er drückte zu und zog sie an sich. »Und dann hätte ich dich nicht gefunden.

Genau das aber hat der Shamud gemeint, als er sagte, er sei mein Schicksal! ›Er führt dich dorthin, wohin du sonst nicht gehen würdest.‹ Thonolan hat mich zu dir geführt . . . und ist dann seiner Liebe in die nächste Welt gefolgt. Ich wollte nicht, daß er ging, aber jetzt verstehe ich ihn.«

Da sie weiterzogen nach Westen, wich das zerklüftete Land wieder offenen, ebenen, von Flüssen und Strömen durchzogenen Steppen, Wasserläufen, die sich vom Schmelzwasser der Gletscher im Norden speisten. Diese Flüsse durchschnitten häufig Schluchten mit hohen Wänden und schlängelten sich sanft abfallende Täler hinunter. Die wenigen Bäume, die auf der Steppe wuchsen, waren in ihrem Überlebenskampf verkrüppelt, selbst dort, wo sie am Rande der Flüsse wuchsen, also genug Wasser hatten, ihre Wurzeln vollzusaugen; ihre Umrisse hatten etwas Gequältes, wie erfroren in dem Augenblick, da sie sich unter einem heftigen Windstoß beugten.

Wo es möglich war, hielten sie sich an die Täler, denn dort fanden sie am besten Schutz vorm Wind und Holz für ein Feuer. Nur hier, einigermaßen geschützt, gediehen Birken und Weiden, Fichten und Lärchen die Fülle. Für die Tiere galt nicht dasselbe. Die Steppen bildeten ein riesiges Wildreservat. Wann immer sie Appetit auf frisches Fleisch hatten, jagten der Mann und die Frau mit ihrer neuen Waffe, und häufig hinterließen sie die Überreste ihrer Beute anderen Raubtieren und Aasfressern.

Sie waren etwa eine halbe Mondphase hindurch dahingezogen, als ein heißer und ungewöhnlich stiller Tag heraufzog. Sie waren fast den ganzen Vormittag über unterwegs gewesen, und als sie in der Ferne eine Anhöhe mit einer Andeutung von Baumwuchs darauf sichteten, stiegen sie aufs Pferd. Jondalar, den Aylas Wärme und Nähe anregten, hatte seine Hand unter ihre Tunika geschoben, um sie zu liebkosen. Sie erreichten den Kamm der Anhöhe und blickten hinab auf ein liebliches, von einem großen Fluß bewässertes Tal. Als die Sonne ihren Höchststand erreicht hatte, langten sie beim Wasser an.

»Wollen wir jetzt nach Norden oder nach Süden, Jondalar?«

»Ich würde sagen, weder das eine noch das andere. Laß uns hier das Lager aufschlagen«, sagte er.

Schon wollte sie Einwände erheben, bloß weil sie es nicht gewohnt war, ohne besonderen Grund so früh Rast zu machen. Doch als Jondalar an ihrem Hals nagte und sanft ihre Brustwarze drückte, fand auch sie, daß kein Grund vorläge weiterzuziehen, sie jedoch allen Anlaß hätten, eine Rast einzulegen.

»Na schön, dann laß uns ein Lager aufschlagen«, sagte sie, schwang das Bein über Winnies Hals und glitt zu Boden. Auch Jondalar saß ab und half ihr, Winnie die Packkörbe abzunehmen, damit das Pferd sich ausruhen und grasen könne. Dann schloß er sie in die Arme, küßte sie und griff wieder unter ihre Tunika.

»Warum läßt du mich sie nicht ausziehen?« sagte sie.

Er lächelte, und sie zog die Tunika über den Kopf, nestelte den Riemen des Untergewands los und stieg heraus. Er streifte seinerseits sein Hemd über den Kopf und hörte sie dann kichern. Als er aufblickte, war sie fort. Sie lachte nochmals und sprang dann in den Fluß.

»Ich hatte plötzlich Lust zu schwimmen«, rief sie.

Er grinste, zog die Hosen aus und folgte ihr ins Wasser. Der Fluß war tief und kalt und die Strömung reißend; gegen die Strömung anzuschwimmen war schwierig, daß er sie kaum einholen konnte. Doch dann packte er sie, trat Wasser und küßte sie. Tauchend entwand sie sich seinen Armen, schwamm schnell ans Ufer und lachte.

Er schwamm hinterher, doch als er das Ufer erreichte, war sie bereits hinaufgelaufen. Als er hinterherlief und sie gerade packen wollte, schlug sie einen Haken und entwischte ihm abermals. Nochmals lief er hinter ihr her, so schnell er konnte, und schließlich gelang es ihm, sie um die Hüfte zu fassen.

»Diesmal entkommst du mir nicht, Frau«, sagte er und zog sie an sich. »Wenn ich dauernd hinter dir herjagen muß, ermüdest du mich, und dann bin ich außerstande, dir Wonnen zu bereiten«, sagte er entzückt von ihrer Verspieltheit.
»Ich will ja gar nicht, daß du mir Wonnen bereitest«, sagte sie.
»Du möchtest nicht, daß ich . . .« Er ließ sie los.
»Diesmal möchte *ich dir* Wonne bereiten.«
Sein Herz fing wieder an zu schlagen. »Das tust du ohnehin, Ayla«, sagte er und schloß sie wieder in die Arme.
»Ich weiß, du hast es gern, mir Wonnen zu bereiten – das habe ich nicht gemeint.« Ihre Augen bekamen etwas Ernstes. »Ich möchte lernen, *dir* Wonnen zu bereiten, Jondalar.«
Er konnte ihr nicht widerstehen. Seine Männlichkeit stand hart zwischen ihnen, als er sie an sich drückte und sie küßte, als ob er nicht genug von ihr bekommen könne. Sie erwiderte seine Küsse und folgte seinem Beispiel. Beim Küssen verweilten sie und kosteten und berührten und erforschten einander.
»Ich will dir zeigen, was ich gern habe, Ayla«, sagte er und nahm sie bei der Hand. In der Nähe des Wassers fand er eine Stelle mit grünem Gras. Als sie sich niederließen, küßte er sie nochmals, griff dann nach ihrem Ohr, küßte sie auf den Hals und stieß sie zurück. Eine Hand ruhte auf ihrer Brust, und er war schon im Begriff, sie mit der Zunge zu bearbeiten, da setzte sie sich auf.
»*Ich* möchte *dir* Wonne bereiten«, sagte sie.
»Ayla, du weißt gar nicht, welche Lust es ist, dir Wonnen zu bereiten – ich weiß nicht, ob es möglich wäre, daß es lustvoller wäre, wenn du mir Wonnen bereitetest.«
»Würde es dir denn weniger gefallen?« fragte sie.
Jondalar warf den Kopf in den Nacken, lachte und schloß sie dann in die Arme. Sie lachte gleichfalls, war sich aber nicht sicher, was ihn so entzückt hatte.
»Ich glaube, nichts, was du getan hast, könnte mir weniger gefallen.« Daraufhin sah er sie an und sagte: »Ich liebe dich, Frau!«
»Ich liebe dich, Jondalar. Ich empfinde Liebe, wenn du so lächelst und auch deine Augen lächeln, und liebe dich so sehr, wenn du lachst. Im Clan hat niemand gelacht. Sie mochten es auch nicht, wenn ich es tat. Ich möchte nie wieder mit Menschen zusammenleben, die mir nicht erlauben, zu lächeln oder zu lachen.«
»Du solltest auch lachen und lächeln, Ayla. Denn dein Lächeln ist bezaubernd.« Bei diesen Worten mußte sie einfach lächeln. »Ayla, ach, Ayla!« sagte er, barg sein Gesicht an ihrem Hals und streichelte sie.
»Jondalar, ich liebe es, wenn du mich anfaßt und meinen Nacken küßt, aber ich möchte gern wissen, was *dir* gefällt.«
Er verzog das Gesicht zu einem schiefen Grinsen. »Ich kann mir nicht helfen –

du ›ermunterst‹ mich einfach zu sehr. Was magst du denn besonders gern, Ayla? Mach mit mir, was du bei dir besonders schön findest.«

»Wird es dir denn auch gefallen?«

»Probier's doch mal aus.«

Jetzt war es an ihr, ihn zurückzustoßen, sich über ihn zu beugen, den Mund zu öffnen und ihre Zunge zu gebrauchen. Er reagierte, beherrschte sich jedoch. Dann bedeckte sie seinen Hals mit ihren Küssen und schnippte leicht mit der Zunge dagegen. Sie spürte, wie er ein wenig erschauderte. In Erwartung seiner Bestätigung, sah sie ihn an.

»Gefällt dir das?«

»Ja, Ayla, es gefällt mir.«

Das tat es wirklich. Sich unter ihrem behutsamen Vorgehen zurückzuhalten, erregte ihn mehr, als er sich je hätte träumen lassen. Ihre leichten Küsse reizten ihn aufs höchste. Sie war sich ihrer selbst nicht sicher, so unerfahren wie ein Mädchen, das gerade die Reife erlangt, nicht jedoch die Riten der Ersten Wonnen erlebt hatte – und keine war begehrenswerter. Solch zarten Küssen wohnte ein Reiz von einer Intensität inne, dem sich die glühendsten und sinnlichsten Liebkosungen von erfahreneren Frauen nicht vergleichen ließen – denn sie waren verboten.

Die meisten Frauen waren bis zu einem gewissen Grade zu haben; sie war unberührbar. Die unerprobte Frau vermochte junge wie alte Männer mit ihren heimlichen Liebkosungen in dunklen Ecken der Höhle bis zur Raserei treiben. Die schlimmsten Befürchtungen einer jeden Mutter bestanden darin, daß ihre Tochter kurz nach dem Sommertreffen ihre Reife erlangte und der lange Winter vor dem nächsten Treffen zu überstehen war. Die meisten Mädchen hatten vor den Riten der Ersten Wonnen eine gewisse Erfahrung mit Küssen und Knutschen, und Jondalar hatte gewußt, daß es bei manchen nicht das erste Mal war, wenn er auch keine Schande über sie bringen wollte, indem er das enthüllte.

Er kannte den Reiz jener jungen Frauen – das war es ja, was zum Teil seine Lust bei den Ersten Wonnen ausmachte – und gerade diesen Reiz übte Ayla jetzt auf ihn aus. Sie bedeckte seinen Hals mit Küssen. Er erschauderte, schloß die Augen und ergab sich ihren Liebkosungen.

Sie schob sich weiter hinunter, zog kitzelnde feuchte Kreise auf seiner Haut und merkte, daß ihre eigene Erregung sich dabei steigerte. Für ihn war es fast eine Qual, eine lustvolle Qual, teils Kitzeln, teils sengende Reizung. Als sie seinen Nabel erreichte, konnte er nicht mehr an sich halten. Er legte ihr die Hände auf den Kopf und schob sie sanft tiefer, bis sie seine heiße Rute an der Wange spürte. Ihr Atem ging keuchend, und ziehende und drängende Empfindungen reichten tief in sie hinein. Ihre kitzelnde Zunge war mehr, als er

ertragen konnte. Er führte ihren Kopf an sein aufgerichtetes, strotzendes Glied heran. Sie blickte zu ihm auf.
»Jondalar, möchtest du, daß ich . . .«
»Nur, wenn du möchtest, Ayla.«
»Aber es würde dir gefallen?«
»Es würde mir gefallen.«
»Dann möchte ich auch.«
Er spürte, wie feuchte Wärme erst die Spitze und dann mehr als nur die Spitze seiner klopfenden Männlichkeit umschloß. Er stöhnte. Ihre Zunge erforschte den glatten runden Kopf, ertastete die winzige Öffnung, lernte die Beschaffenheit der Haut kennen. Als ihre ersten Berührungen mit Lippen und Zunge einen lustvollen Ausdruck bei ihm hervorrief, wurde sie kecker. Sie genoß ihre Erkundungen und spürte ihr eigenes Innere pulsieren. Sie ließ die Zunge um seinen Schaft kreisen. Er rief ihren Namen, und sie bewegte die Zunge schneller und spürte die Feuchtigkeit zwischen den eigenen Beinen.
Er spürte, wie warme Feuchtigkeit sich saugend auf- und abbewegte. »Ach, Doni! Ach, Frau! Ayla! Ayla! Wo hast du das nur gelernt!«
Sie probierte aus, wieviel sie aufnehmen konnte, und ging auf ihm herunter, bis sie fast erstickte. Seine Rufe und sein Stöhnen ermunterten sie, es noch einmal und dann noch einmal zu versuchen, bis er sich ihr entgegenhob.
Als sie sein Bedürfnis nach ihrer Tiefe spürte – und ihr eigenes auch –, richtete sie sich auf, schob ein Bein hinüber, um sich rittlings auf ihn zu setzen, und pfählte sich auf seinem bis zum Bersten angeschwollenen und ragenden Glied und zog es in sich herein. Sie drückte den Rücken durch und genoß ihre Lust, als er tief in sie eindrang.
Er sah zu ihr auf und schwelgte in ihrem Anblick. Die Sonne hinter ihr verwandelte ihr Haar in einen goldenen Strahlenkranz. Die Augen hatte sie geschlossen, ihr Mund stand offen, und ihr Gesicht schwamm in Ekstase. Da sie sich zurücklehnte, stießen ihre wohlgeformten Brüste vor, aus denen wiederum ihre ein wenig dunkleren Brustwarzen vorstanden. Ihr biegsamer Körper glänzte in der Sonne; seine tief in ihr vergrabene Männlichkeit stand im Begriff, vor Beseligung zu bersten.
Sie schob sich an seinem Schaft in die Höhe und senkte sich wieder auf ihn hinab, als er sich ihr entgegenhob. Er hielt die Luft an. Er fühlte eine Woge in sich hochsteigen, die er nicht zu beherrschen vermocht hätte, selbst wenn er es versucht hätte. Als sie sich nochmals in die Höhe schob, schrie er auf. Abermals stieß sie auf ihn hernieder und spürte, wie er sich krampfartig in sie ergoß und vor Erlösung zitterte.
Er langte hinauf und zog sie auf sich herab; sein Mund fand ihre Brustwarze. Nach einer Weile der Erschöpfung und der Befriedigung ließ Ayla sich auf

die Seite rollen. Jondalar richtete sich auf, beugte sich über sie, um sie zu küssen, und packte dann ihre beiden Brüste, um sich hineinzuwühlen. Er nukkelte erst an der einen, dann an der anderen und küßte sie abermals. Dann streckte er sich entspannt neben ihr aus und nahm ihren Kopf in den Arm.

»Es gefällt mir, dir Wonnen zu bereiten, Jondalar.«

»Keine hat mir je größere bereitet, Ayla.«

»Aber du magst es lieber, wenn du es bist, der mir Wonnen bereitet.«

»Nicht eigentlich lieber, aber . . . wieso kennst du mich so gut?«

»Es liegt an dem, was du zu tun gelernt hast. Es liegt an deinem Können, wie beim Werkzeugmachen.« Sie lächelte, kicherte dann. »Jondalar hat zwei Berufe. Er ist ein Werkzeugmacher und ein Frauen-Macher«, sagte sie und sah dabei sehr selbstzufrieden aus.

Er lachte. »Was du da gerade gemacht hast, war ein Witz, Ayla!« sagte er und setzte ein etwas schiefes Lächeln auf. Sie kam der Wahrheit ein wenig zu nahe, und außerdem war der Witz nicht das erste Mal gemacht worden. »Aber du hast recht. Ich liebe es, dir Wonnen zu bereiten, ich liebe deinen Körper, ich liebe alles an dir.«

»Mir gefällt es ja auch, wenn du mir Wonnen bereitest. Die Liebe sättigt sich dann in mir. Du darfst mir ja auch Lust bereiten, sooft und soviel du willst, aber manchmal möchte ich sie auch dir bereiten.«

Und wieder lachte er. »Einverstanden. Und da du so lernbegierig bist, kann ich dir auch noch mehr beibringen. Weißt du, wir können uns ja auch gegenseitig Wonnen bereiten. Ich wünschte, ich wäre an der Reihe, dafür zu sorgen, daß ›die Liebe sich in dir sättigt‹. Aber du hast das so gut gemacht, daß ich glaube, nicht einmal Hadumas Zauber könnte mich dazu bringen, daß er noch einmal aufsteht.«

Ayla schwieg einen Moment. »Es macht nichts, Jondalar.«

»Was macht nichts?«

»Selbst wenn deine Männlichkeit nie wieder aufstünde – du würdest doch dafür sorgen, daß die Liebe sich in mir sättigt.«

»Sag das nicht!« Er grinste, und doch überlief es ihn ein wenig.

»Deine Männlichkeit wird wieder aufstehen«, sagte sie mit großer Feierlichkeit und brach dann in Kichern aus.

»Wieso bist du denn so witzig, Frau? Es gibt ein paar Dinge, über die solltest du keine Witze machen«, sagte er und tat so, als wäre er beleidigt. Doch dann lachte auch er. Er war überrascht und entzückt von ihrer Lustigkeit und ihrem neuerwachten Sinn für Humor.

»Es macht mir Spaß, dich zum Lachen zu bringen. Mit dir zu lachen, gibt fast ein genauso gutes Gefühl, wie dich zu lieben. Ich möchte, daß du immer mit mir lachst. Dann meine ich, daß du nie aufhörst, mich zu lieben.«

»Aufhören, dich zu lieben?« sagte er, setzte sich ein wenig auf und sah auf sie hernieder. »Ayla, ich habe mein Leben lang nach dir Ausschau gehalten, ohne es zu wissen. Du bist alles, was ich mir je von einer Frau erwünscht und erträumt habe, und noch mehr. Du bist ein faszinierendes Rätsel, bist ein Paradox. Du bist vollkommen aufrichtig, offen; du verbirgst nichts; und doch bist du die geheimnisvollste Frau, die ich kenne.

Du bist stark, selbständig, völlig in der Lage, für dich und auch noch für mich zu sorgen; trotzdem, wenn ich dich ließe, würdest du ohne dich zu schämen und ohne jeden Groll vor mir knien, genauso, wie ich Doni ehren würde. Du bist unerschrocken, bist mutig; du hast mir das Leben gerettet, mich gepflegt und wieder gesund gemacht, bist für mich auf die Jagd gegangen und hast für mein Wohlergehen gesorgt. Du brauchst mich nicht. Trotzdem weckst du in mir den Wunsch, dich zu beschützen, über dir zu wachen und dafür zu sorgen, daß dir nichts zustößt.

Ich könnte mein ganzes Leben mit dir verbringen, ohne daß ich dich je ganz richtig kenne; du besitzt Tiefen, die zu erforschen viele Leben nicht ausreichen würden. Du bist weise und uralt wie die Mutter und doch so frisch und jung wie eine Frau bei den Riten der Ersten Wonnen. Außerdem bist du die schönste Frau, der ich je begegnet bin. Ich kann mein Glück immer noch nicht fassen – daß ich soviel bekommen soll! Ich glaube, ich war unfähig, jemand zu lieben; heute weiß ich, daß ich nur auf dich gewartet habe. Ich habe nicht gedacht, daß ich jemals lieben könnte, Ayla. Dabei liebe ich dich mehr als das Leben selbst.«

Ayla hatte Tränen in den Augen. Er küßte beide Lider und hielt sie an sich gedrückt, als hätte er Angst, sie zu verlieren.

Als sie am nächsten Morgen erwachten, lag eine dünne Schicht Schnee auf dem Boden. Sie ließen die Zeltöffnung wieder zufallen und kuschelten sich tiefer in die Schlaffelle. Dennoch waren sie beide von einer unbestimmten Traurigkeit erfüllt.

»Es wird Zeit zurückzukehren, Jondalar.«

»Da hast du wohl recht«, sagte er und verfolgte, wie sein Atem einen leichten Dampf bildete. »Der Winter kommt aber erst. Eigentlich sollten wir nicht von wirklich schlimmen Stürmen überrascht werden.«

»Das kann man nie wissen; das Wetter kann einen überraschen.«

Schließlich standen sie auf und brachen das Zelt ab. Ayla erlegte mit ihrer Schleuder eine große Wüstenspringmaus, die in raschen Sprüngen mit den Hinterbeinen aus ihrem unterirdischen Bau aufgetaucht war. Sie hob sie am Schwanz auf, der fast doppelt so lang war wie der Körper, und warf sie sich, sie an den hufähnlichen Hinterkrallen packend, über die Schulter. Am Lager balgte sie sie rasch ab und schob sie auf einen Spieß.

»Es macht mich traurig, daß wir zurück müssen«, sagte Ayla, während Jondalar das Feuer aufbaute. »Es hat ... Spaß gemacht. Einfach umherziehen, zu bleiben, wo wir wollten. Nichts mit zurückbringen zu müssen. Schon um die Mittagszeit das Lager aufzuschlagen, bloß weil wir Wonnen bereiten wollten. Ich bin froh, daß du daran gedacht hast.«
»Auch ich bedaure, daß es vorbei ist, Ayla. Es ist ein schöner Ausflug gewesen.«
Er stand auf, um Holz zu holen, ging zum Fluß hinunter. Ayla half ihm. Sie kamen um eine Flußbiegung und fanden einen Haufen Bruchholz. Plötzlich hörte Ayla etwas. Sie sah auf und griff nach Jondalar.
»Heeeiiieeeooo!« rief eine Stimme.
Eine kleine Gruppe von Leuten kam winkend auf sie zu. Ayla klammerte sich an Jondalar; er hatte beschützend und begütigend den Arm um sie gelegt.
»Keine Angst, Ayla. Das sind Mamutoi. Hab ich dir je erzählt, daß sie sich die Mammutjäger nennen? Sie halten auch uns für Mamutoi«, sagte Jondalar.
Als die Gruppe näherkam, drehte Ayla sich zu Jondalar um, das Gesicht voller Verwunderung. »Diese Leute, Jondalar – sie lächeln«, sagte sie. »Sie lächeln mich an.«

DANKSAGUNG

Außer den in *Ayla und der Clan des Bären* Genannten, die mir auch bei der Arbeit an dem vorliegenden Band der *Erdenkinder*-Reihe geholfen haben und denen ich weiterhin dankbar bin, schulde ich Dank:

Direktor Dr. Denzel Ferguson und seinen Mitarbeitern von der *Malheur Field Station* in der hochgelegenen Trockensteppe von Zentral-Oregon. Besonders danken möchte ich jedoch Jim Riggs, der mir – neben anderem – beibrachte, wie man Feuer macht, wie man eine Speer-Schleuder benutzt, aus Binsen Schlafmatten flicht, (unter Druck) Steinwerkzeuge schärft und Rotwildhirn zu Brei verarbeitet – wer hätte gedacht, daß man damit Hirschfelle zu samtweichem Leder verarbeiten kann?

Doreen Gray für ihr sorgfältiges Korrekturlesen und ihre hochgeschätzten Anmerkungen; beides bestärkte mich in der Überzeugung, daß dieses Buch für sich stehen kann.

Ray Auel für seine Unterstützung, seine Ermunterung und Hilfe – und dafür, daß er das Geschirrspülen übernahm.

ANHANG

Als *Jungpaläolithikum* (»jüngere Altsteinzeit«) bezeichnen wir den letzten Abschnitt der Altsteinzeit – in absoluten Daten: die Zeit vor etwa 40 000 Jahren (Auftreten der ersten Kulturen des »Jetztzeitmenschen«) bis vor etwa 10 000 Jahren (Ende der bisher letzten Eiszeit). Im angelsächsischen Sprachbereich pflegt man dieselbe Kulturstufe *Oberes Paläolithikum* zu nennen, weil die jungpaläolithischen Schichten in der eiszeitlichen (bzw. altsteinzeitlichen) Schichtenfolge zuoberst liegen. Auch die Bezeichnung *Leptolithikum* wurde vorgeschlagen. »Leptolithikum« bedeutet etwa »Feinsteinzeit« – dies wegen der im Vergleich zu wuchtigen »Spaltern«, »Faustkeilen« sowie anderen Kern- und Abschlaggeräten früherer Epochen sehr viel »feineren«, »zarteren«, leichteren und kleineren Steinwerkzeuge, die nun üblich waren.
Doch welchem Etikett man auch den Vorzug gibt – fest steht: Das Jungpaläolithikum war in mehr als einer Hinsicht »Achsenzeit«: eine Zeit der Wende. Eine jener Zeiten, in der die Menschheit, so scheint es wenigstens, einen ihrer großen Entwicklungssprünge tat.
Klimatisch gesehen begann es mitten in der bisher letzten großen Eiszeit (etwa 70 000–10 000 vor der Gegenwart), die wir nach der aus dem Starnberger See der Amper zuströmenden Würm im Alpenraum als »Würm-Eiszeit« bezeichnen. Damals rückten die Alpengletscher weit ins Alpenvorland vor, und selbst von Mittelgebirgshöhen wie dem Feldberg im Schwarzwald schoben sich mächtige Eiszungen zu Tal. Der Feldberg-Gletscher zog sich hinab in Richtung Titisee. Aus ihm entsprang ein Fluß, der zunächst die heutige Wutachschlucht durchlief, dann aber nicht – wie die heutige Wutach – nach Süden hin, dem Rhein entgegen, abknickte, sondern sich nach Nordosten der Donau zuwandte und dann als »Ur-Donau« weiterfloß. Im heutigen Wutach-Unterlauf, der bei Waldshut in den Rhein mündet, strömte das Wasser damals entgegen der heutigen Flußrichtung und führte die Fluten der Aare sowie des heutigen Hochrheins der »Ur-Donau« zu. In Nordeuropa entsprach dieser »Würm-Eiszeit« die »Weichsel-Eiszeit«, deren Gletscher sich von Skandinavien bis zum 52. Breitengrad (also noch ein gutes Stück südlich von Berlin) erstreckten. Ja, in Nordamerika reichten die Eismassen dieser Vergletscherungsphase (man spricht in Amerika von der »Wisconsin-Verei-

sung«) sogar bis zum 39. Breitengrad (also etwa bis nach Washington D. C.). Dauerfrost- und Strukturböden umgaben die Gletscherränder. Frostschutt und Blockmeere bildeten sich. Tundren und Kaltsteppen prägten das Gesicht der Landschaft, soweit sie nicht vereist war. Die riesigen Eisschollen banden derartige Wassermengen, daß der Meeresspiegel um mehr als 100 Meter abgesunken war und weithin die Kontinentalsockel trockenlagen. Eisfüchse, Höhlenbären, Mammute, Rentiere, Wisente, Wollnashörner und andere kältegewohnte Tiere bevölkerten das eisfreie Gebiet.
Unter derartigen Bedingungen begann das Jungpaläolithikum. Es entfaltete sich, als das Klima sich langsam besserte. Mit dieser letzten Vergletscherungsphase (und damit mit dem Jungpaläolithikum als der entsprechenden Kulturstufe) endete vor ungefähr 10 000 Jahren das Pleistozän, die letzte Stufe der erdgeschichtlichen Vorzeit. Mit der sich anschließenden Nacheiszeit brach das Holozän an – die Zeit der gegenwärtigen Tier- und Pflanzenwelt.
Vom Standpunkt der *biologischen Evolution* des Menschen aus betrachtet, befinden wir uns allerdings bereits mit dem Jungpaläolithikum in der »Jetztzeit«, denn es waren »Jetztzeitmenschen«, die nun schon die Erde bevölkerten. Zwar hatte es »anatomisch moderne« Menschen schon seit langer Zeit gegeben, nun aber lösten sie ganz die Neandertaler ab, die seit ungefähr 60 000 Jahren (also ab etwa 100 000 vor heute) die Szene beherrscht hatten.
Diese »Jetztzeitmenschen« des vollausgebildeten Typs *Homo sapiens sapiens* vermehrten sich. Sie drangen – nach Ausweis der archäologischen Befunde (die sich freilich von einem Tag auf den anderen ändern können) – noch während der End-Eiszeit, als das Klima sich zu bessern begann, hinter ihrem den Gletschern folgenden Jagdwild her nicht nur bis nach Sibirien vor, sondern überschritten die damals im Gebiet der heutigen Beringstraße bestehende, mehr als 1000 Kilometer breite Landverbindung zwischen Asien und Amerika. Wir sagten es bereits: Der Meeresspiegel war um mehr als 100 m gesunken. Die Haupt-Gletschermassen, die den nordamerikanischen Kontinent unpassierbar machten, lagen weiter im Osten und Süden. Doch über die Bering-Landbrücke gelangte man damals ungehindert und trockenen Fußes nach Alaska. Nur das weitere Südwärts-Vordringen war in Amerika erst später möglich . . . Und allem Anschein nach waren diese Menschen gewaltige Jäger. Ihnen standen ja noch alle die Großtiere des Pleistozäns als Jagdwild zur Verfügung, und man hält es durchaus für möglich, daß der späteiszeitliche Jungsteinzeitmensch kräftig zum Aussterben wenigstens einiger Arten beitrug.
So war denn trotz rauhen Klimas sowie karger Tundra- und Steppenvegetation diese eiszeitliche Umwelt für den Menschen der Sammler- und Jägerstufe (Ackerbau und Viehzucht gab es noch nicht) dennoch vielleicht ein

Stück »Garten Eden«, in dem er aus dem vollen lebte. Vielleicht ist es die Erinnerung hieran, die noch in so manchen Vorstellungen vom »verlorenen Paradies« fortlebt, welche schließlich in die Mythen sehr viel späterer Jahrtausende eingehen sollten!

Von geradezu »paradiesischer« Fülle jedenfalls ist – und dies ist ein weiterer, vielleicht der augenfälligste »Achsenzeit«-Aspekt des Jungpaläolithikums – die kostbarste Hinterlassenschaft dieser spät-eiszeitlichen, spät-altsteinzeitlichen Jäger und Sammler; ihre Kunst! In der Tat ist das Jungpaläolithikum die erste große *Kunstepoche* der Weltgeschichte. Ihre zum Teil überwältigenden Erzeugnisse finden sich im Dordognegebiet (Südwestfrankreich) ebenso wie in Kantabrien (Nordspanien) im Pyrenäenraum (Südwestfrankreich), in Portugal, Südspanien, Südostfrankreich, Sizilien und Festlandsitalien wie am Rhein, an der Donau, in Mitteldeutschland, in Mähren, im Ural, in der Ukraine und in Südanatolien. Ja, jungpaläolithische »Kleinkunst« (vorwiegend Frauen- und Tierfigürchen aus Stein, Knochen, Elfenbein, bisweilen sogar schon aus gebranntem Ton) ist von Sibirien bis zum Atlantik verbreitet.

Insgesamt unterscheidet man drei Kategorien jungpaläolithischer Kunst: *Höhlenkunst* (Malereien an Höhlenwänden und -decken, bisweilen auch Reliefs). Sie ist besonders eindrucksvoll im sogenannten frankokantabrischen Raum (Südwestfrankreich/Nordspanien) vertreten. *Mobile Kunst* (Malereien, vor allem aber Ritzungen an kleineren Gegenständen aus Stein, Knochen oder Elfenbein) und schließlich *Statuetten*, unter denen ganz besonders die bereits erwähnten Frauenfigürchen auffallen. Für diese Frauenfigürchen hat sich der Name »Venusstatuetten« eingebürgert, und damit scheint auch ihre Deutung festgelegt. Mit ihren betonten Brust-, Bauch und Gesäßpartien scheinen sie von irgendwelchen Fruchtbarkeitsriten zu zeugen. Man schrieb den End-Altsteinzeitleuten ihretwegen einen allgemein verbreiteten »Kult der Großen Mutter« zu – über den Atlantik erreichte uns sogar die Kunde von einer »Hypersexualität« (übersteigerten Sexualität) der Steinzeitfrauen. Selbstverständlich läßt sich nichts dergleichen beweisen. Sexualität gehört zur Dynamik des Lebens, das archäologische Material aber ist tot, starr, in sich ruhend, adynamisch, statisch. Es spricht nicht von selbst und für sich selbst. Oder wenn es vielleicht doch eine unzweideutige, unmißverständliche Sprache spricht, sind wir jedenfalls noch weit davon entfernt, sie zu verstehen. Noch wissen wir nicht, wie wir die Verbindung zwischen diesem stummen, starren, toten, statischen Material und der Dynamik des Lebens in diesem Zeitraum vor 40 000 bis 10 000 Jahren herstellen sollen. Diese »Venusfigürchen« können ebensogut Zeichen männlicher Begierde, weibliche »Sexsymbole«, Kultfigürchen oder magische Zeichen bzw. Amulette gewesen sein wie ganz einfach Kinderspielzeug. Vielleicht auch waren sie sowohl das eine als

auch das andere und vereinigten mehrere Funktionen in sich. Oder aber die einen dienten diesem, die anderen jenem Zweck. Wir wissen es nicht.
Ebensowenig sprechen die beim ersten Hinsehen so beredt erscheinenden Wand- und Deckenmalereien der großen jungsteinzeitlichen Höhlenkunst für sich selbst. Sie lassen herdenweise Tiere am Betrachter vorbeiziehen, ohne daß man von »Szenen« sprechen könnte, Handabdrücke, Hand-»Negative« auf eingefärbten Flächen, Farbkleckse und rätselhafte Zeichen bedecken die Felswände. Bisweilen stößt man zwischen Pferden, Mammuten, Rindern und anderem Wild auf ein Gesicht (einen »Dämon«?), ein Fabelwesen, einen »Zauberer« in Tier-Mensch-Mischgestalt (einen »Gott«?), an einer Stelle auch auf Reliefdarstellungen nackter Frauen in Frontalansicht (Laussel). Auch noch in einigen anderen Fällen sind – meist stark stilisiert – Frauen abgebildet. Seltsam eine Reihe vereinzelter Darstellungen, die verwundete oder getötete Menschen zeigen – bisweilen in Zusammenhang mit Wisenten (die berühmteste Darstellung dieser Art findet sich in der Höhle von Lascaux). Es sind die einzigen Bilder dieser Höhlenkunst, die sich als »Szenen« ansprechen lassen. Diese Kunstwerke – oft meisterhaft in der Ausführung und außerordentlich eindringlich in ihrer Wirkung – geben Rätsel auf. Sie finden sich oft an völlig unzugänglichen Stellen tief im Inneren von Höhlen dem Blick entzogen, dienten also wohl kaum der Befriedigung des Schönheitssinnes. Manche Bilder sind einfach übermalt, so daß es Überschneidungen und Überlagerungen gibt. Aber wenn sie auch vielleicht sakralen Charakter hatten – ob man versteinerte steinzeitmenschliche Fußspuren, die man gleichfalls fand, als Zeugnisse »stampfender orgiastischer Tänze« zu werten hat, ist ganz und gar ungewiß.
Der französische Abbé Henri Breuil (1877–1961), der große Pionier der Jungpaläolithikums-Höhlenforschung, brachte diese Höhlenkunst mit Jagd- und Fruchtbarkeitszauber in Verbindung. Neuere Forscher – so André Leroi-Gourhan und Annette Laming-Emperaire – glaubten an eine sakrale Sexualsymbolik dieser Höhlenkunstwerke und meinten, ein regelrechtes »Bilderprogramm« nachweisen zu können. Doch wie schwach ihre Position ist, zeigt sich nicht zuletzt darin, daß beide sich nicht einmal darüber einig werden konnten, welche Tierart als welches Geschlechtssymbol anzusehen sei (bzw. welchen Geschlechtsaspekt vertrete). Nein, auch die scheinbar so beredten Höhlenmalereien und -reliefs dieser großartigen jungsteinzeitlichen Kunst sprechen zumindest keine uns schon verständliche Sprache. In den rund 10 Jahrtausenden ihres Bestehens ist der Schlüssel zu ihrem Verständnis verlorengegangen, und es kann noch keine Rede davon sein, daß wir ihn wiedergefunden hätten.
Nicht viel anders verhält es sich mit der Einteilung des Jungpaläolithikums in

einzelne *Kulturen*, die man jeweils nach einer besonders typischen Fundstätte mit charakteristischem Inventar (meist aber auch einfach nach der ersten ausgegrabenen Fundstätte des betreffenden Typs) zu benennen pflegt.
Die »klassische« Einteilung lautet: Aurignacien, Gravettien, Solutréen und Magdalénien, doch schaltet man in Frankreich noch ein Châtelperronien vor, das man mit dem Gravettien zu einer besonderen Formengruppe, dem Périgordien, zusammenzufassen und dem Aurignacien entgegenzustellen pflegt. Folglich gab es womöglich mehrere Entwicklungsstränge nebeneinander, und daneben entwickelte sich ein »Gravettien östlicher Prägung« mit Schwerpunkten in Mähren und südlich des Plattensees, ganz zu schweigen von anderen Ausprägungen wie etwa in der Levante. Nicht selten lösen jedoch Périgordien- und Aurignacien-Schichten einander ab. Nun liegen zwar für die einzelnen dieser »Kulturen« unabhängige naturwissenschaftliche Zeitansätze vor, dennoch ist man durchaus nicht mehr sicher, ob all diese »Stufen« und »Kulturen« tatsächlich aufeinanderfolgende Zeiträume, sozusagen »Epochen des Jungpaläolithikums«, repräsentieren – ja von der Völkerkunde herkommende amerikanische Vorgeschichtler geben sogar zu bedenken, daß vermeintliche »Kultur-Unterschiede« einfach auf funktionale Unterschiede zwischen einzelnen Plätzen zurückzuführen sein könnten (an einer dieser Stätten hatte man sein Wohnlager, anderswo sein Jagdlager, an einer dritten lagerte man, wenn man Brennmaterial sammelte, und überall verwendete man unterschiedliche Geräte bzw. Waffen, so daß der Eindruck unterschiedlicher »Kulturen« entstehen konnte). Wie gesagt – wir wissen es nicht. Wir wissen auch nicht, wie sich die Ablösung des Neandertalers und seiner biologischen Formengruppe durch den »Jetztzeitmenschen« abspielte, ebensowenig, wie wir sicher wissen, was die Eiszeiten auslöste und wieder abklingen ließ. Doch um bei den Menschen zu bleiben: Verdrängte der »Jetztzeitmensch« den Neandertaler oder ging er aus ihm hervor? Gab es einen spürbaren Bruch zwischen den Steingeräte-Industrien des Neandertalers (dem Moustérien mit seinen Varianten) und den Steingeräteindustrien der jüngeren Altsteinzeit, oder verlief der Übergang mehr oder weniger bruchlos (worauf in Frankreich das Châtelperronien und in der Levante das entsprechende Emiran [die Stufe I des dortigen Jungpaläolithikums] hinzudeuten scheinen)?
Noch verlegener, ja hilfloser stehen wir der Frage gegenüber, *warum* das alles geschah. Einfach weil »die Zeit reif war«? Weil »der rechte Augenblick gekommen war«? Weil »die Menschheits-Entwicklung den entscheidenden Punkt erreicht hatte«? Gewiß nicht – oder vielleicht doch? Was wissen wir schon von der inneren Dynamik und den Mechanismen – wenn es denn Mechanismen sind und es eine derartige »innere Dynamik« (im vitalistischen Sinne) gibt – der Menschheitsentwicklung! Am wahrscheinlichsten ist frei-

lich, daß bei all dem die vielbemühten Umwelteinflüsse eine Rolle spielten. Daß infolge des sich allmählich bessernden Klimas die Bevölkerung zunahm und der »Jetztzeitmensch« expandierte, der sich vielleicht mit neuen Fern-Jagdwaffen (anfangs Wurfspeeren, später wohl auch schon Pfeil und Bogen sowie Speerschleudern) sowie mit seiner überlegenen Gerätetechnik als lebenstüchtiger erwies, kommt möglicherweise als zweiter Faktor in Betracht. Aber im Grunde wissen wir doch nur: irgendwann, irgendwo riß der »Jetztzeitmensch« das Gesetz des Handelns an sich. Schon vorher hatte es – Skelettfunde beweisen es – ein Nebeneinander von »Jetztzeitmenschen« und Neandertalern gegeben, ja es sind sogar Formen mit teils neandertalerhaften, teils »jetztzeitmenschlichen« Zügen belegt. Doch keine dieser frühen Formen des »Jetztzeit«-Menschentyps scheint besonders nachhaltige Spuren im archäologischen Material ihrer jeweiligen Zeit hinterlassen zu haben. Nun ist es der »Jetztzeitmensch« allein, der, so scheint es, das Bild der archäologischen Befunde prägt. Wie kam es wirklich dazu? Warum reagierte die gesamte damalige Menschheit – Neandertaler wie »Jetztzeitmenschen« – so und nicht anders auf die Herausforderungen durch ihre Umwelt, nachdem zuvor ein viele Jahrzehntausende langer Wechsel von Kalt- und Warmzeiten keinerlei vergleichbare Umwälzung hervorgerufen hatte? Und vor allem: Wie kam der Mensch plötzlich auf die Kunst? Warum schuf er mit einem Male Kunstwerke, deren Eindruck wir uns noch immer nicht entziehen können? Vielleicht vermögen nur die Dichter diese Frage zu beantworten!

Joachim Rehork,
Berlin, November 1983

Europa im Jungpaläolithikum
Ausdehnung des Eises und Verlauf der Küstenlinien während eines 10.000 Jahre andauernden Interstadials, einer Wärmeschwankung während der Würmeiszeit. Dieses Interstadial lag vermutlich in der Zeit von 33.000 bis 23.000 v. Chr.
Die abgebildeten „Venus"-Statuetten sind Beispiele für viele ähnliche Skulpturen, die aus der Zeit vor ca. 30.000 Jahren stammen und in Europa gefunden wurden.

S. a. den Anhang Seite 593 ff.

① „Venus" von Lespugue. Elfenbein (restauriert). Höhe: 14,7 cm. Fundort: Lespugue, Haute Garonne, Frankreich. *Musée de l'homme, Paris*

② „Venus" von Willendorf. Kalkstein. Höhe 11 cm. Fundort: Willendorf, Wachau, Österreich. *Naturhistorisches Museum, Wien.*

③ „Venus" von Věstonice. Keramik (in Feuer gehärteter Ton). Höhe 11,4 cm. Fundort: Dolni Věstonice, Unterwisternitz, Mähren, Tschechoslowakei. *Mährisches Museum, Brünn*

④ Weibliche Figur. Elfenbein. Höhe: 5,8 cm. Fundort: Gagarino, Ukraine, UdSSR. *Ethnographisches Institut, Leningrad*

⑤ Dame von Brassempouy. Elfenbein (Fragment). Höhe: 3,2 cm. Fundort: Brassempouy (Landes), Frankreich. *Musée des Antiquites Nationales, Saint-Germain-en-laye*

*Chronologie der Würm-Eiszeit und Abfolge der paläolithischen Kulturen in Mittel- und Nordeuropa**

Im Unterschied zu den lange andauernden Zwischeneiszeiten nennt man kürzere Phasen mit günstigerem Klima während einer Eiszeit Interstadial oder auch Wärmeschwankung. Die Einteilung der vierten großen Eiszeit *(Würm)* in verschiedene Abschnitte geht auf die Kenntnis derartiger Schwankungen sowie auf die Tatsache zurück, daß sich das Eis von den Hochgebirgen und aus dem Norden Europas langsam zurückzuziehen beginnt. Untersuchungen über die Stratigraphie der verschiedenen Lößablagerungen sowie ^{14}C-Daten haben darüber hinaus eine einigermaßen zuverlässige absolute Chronologie der letzten Eiszeit ermöglicht.

Absolute Chronologie	Gliederung der Würm-Eiszeit		Kulturen
8000		Nacheiszeit	Mesolithikum
	Spät-Würm		
		Allerød-Schwankung	
10000			Swiderien
		Bølling-Schwankung	Ahrensburg
12000	Mittleres oder Haupt-Würm		
14000		Pommersches Stadium	
		Frankfurter Stadium	
18000		Brandenburger Stadium	Magdalenien
		KALT	
23000			Östl. Gravettien
27000		Paudorf-Schwankung	
32000		KALT	
			Aurignacien
		Göttweiger Interstadial	
47000	Früh-Würm		Szeletien
		KALT	
75000	Riß/Würm-Interglazial		Moustérien
			Acheuléen

* Nach *Fischer Weltgeschichte.* Band 1, »Vorgeschichte«. Frankfurt am Main 1974